BASTEI
LÜBBE

Von Pat Conroy sind bei BASTEI-LÜBBE erschienen:

11467 Die Herren der Insel
11747 Der große Santini
11924 Trennende Wasser

Pat Conroy

STOLZ UND EHRE

Aus dem Englischen
von Wolfgang Neuhaus

BASTEI
LÜBBE

BASTEI-LÜBBE-TASCHENBUCH
Band 12 146

Deutsche Erstveröffentlichung
Titel der amerikanischen Originalausgabe:
The Lords of Discipline

Printed in Great Britain März 1994
Einbandgestaltung: Roberto Patelli
Satz: hanseatenSatz-bremen, Bremen
Druck und Bindung: Cox & Wyman, Ltd.
ISBN 3-404-12146-5

Danksagungen

Dieser Roman ist in Liebe und Dankbarkeit Oberstleutnant i. R. Thomas Nugent Courvoisie, U.S.A., gewidmet, dem besten Offizier, den ich jemals kennengelernt habe. Und Joseph Michael Devito und Robert D. Marks, Freunde und Brüder.

Und James T. Roe III und John C. Warley. Und meinen Freunden, Lehrern, Jahrgangs- und Mannschaftskameraden an der Zitadelle von 1963 bis 1967. Und den Jungs, die es nicht geschafft haben.

Mein besonderer Dank gilt fünf hervorragenden Mitarbeiterinnen und Mitarbeitern des Verlages Houghton Mifflin: Norman Berg, Shannon Ravenel Purves, Jonathan und Susan Galassi sowie Anne Barrett. Daß sie in den Ruhestand getreten ist, bedeutet einen großen Verlust für das Verlagswesen und die Schriftsteller, die sie geliebt haben.

Mit ruhigem Herzen stieg ich hinauf
zur Zitadelle steiler Höhe,
und sah die Stadt wie von einem Turm,
Krankenhaus, Bordell, Gefängnis
und dergleichen Höllen mehr,
in denen das Böse erblüht
still und leise wie eine Blume.

BAUDELAIRES EPILOG

Prolog

Ich trage den Ring.

Ich trage den Ring, und ich kehre oft nach Charleston in South Carolina zurück, um die Geschichte zu studieren, wie ich zum Mann wurde. Immer nähere ich mich dieser Stadt schweigend und beunruhigt; doch ich komme unter vollem Segel, hoch erhobenen Hauptes und erfüllt von beflügelten Erinnerungen, welche die Form jener Vögel besitzen, die mir am liebsten sind: alte braune Pelikane, große Blaureiher, Amseln, auf dem Meer verirrte Falken und Seeadler, die über Schwärmen von Meeräschen dahingleiten. Ich stamme aus dem Tiefland. Immer, wenn ich in diese von Sümpfen bedrängte Stadt komme, bin ich erfüllt von aufwühlenden Erinnerungen an meine Ausbildung und an die Einsamkeit während der vier Jahre an der Akademie.

Charleston ist ein Fest für das Auge: das zarte, unaufdringliche Grün seiner Palmen, die symmetrische, nüchterne Linienführung der Straßen und Gassen und die heitere Gelassenheit der alten Villen an der Broad Street. Doch für mich ist Charleston eine düstere Stadt, eine melancholische Stadt, deren dunkle Geheimnisse und Schwüre genauso machtvoll und betörend sind wie ihre Eleganz und Harmonie, und deren Dämonen nachts zu unheilvollen Hymnen an die erdabgewandte Seite des

Mondes in den Straßen tanzen. Einst habe ich diese Dämonen aus der Nähe betrachtet, und sie haben geholfen, den Jungen in meinem Innern zu töten.

Ich bin kein Sohn Charlestons, und selbst, wenn ich den Wunsch hätte, könnte ich es nicht sein. Ich bin immer nur ein Besucher gewesen, und meine Ergebenheit gilt anderen Besuchern, die durch Zufall oder Umstände zu Söhnen und Töchtern dieser Stadt geworden sind. Wie Edgar Allan Poe, zum Beispiel, ein Sohn dieser Stadt durch Besuch. Es hat mich nicht verwundert, als ich während meiner Rekrutenzeit an der Akademie entdeckte, daß Poe einst in Fort Moultrie stationiert gewesen ist und sein Roman ›The Golden Bug‹ eine der Meeresinseln vor der Küste Charlestons behandelt. Ich stelle mir gern vor, wie Poe durch die Straßen ging, wie einst auch ich, und mich freut der Gedanke, daß die Stadt ihn dabei beobachtet hat, daß sie seinen Wahnsinn und sein Genie spüren konnte, wenn er über die Promenade an der Meeting Street schlenderte; mir gefällt der Gedanke, wie Charleston diesen einsamen, verzweifelten Soldaten geformt und seine Leidenschaft für das Schreckliche, Unheimliche gesteigert hat, wie sie seine Alpträume verdüstert hat, wie sie seine Ängste und seinen Wahn geschürt hat, wie sie seine innige Vertrautheit mit den sonnenlosen Einöden vertieft hat, aus denen funkelnde Inseln aus englischer Sprache aufstiegen, noch unausgeformt und schemenhaft in diesem Königreich der Alpträume. Immer wenn ich nach Charleston komme, muß ich an Poe denken und daran, daß er die Akademie nur ein einziges Jahr besucht hat, bevor er in Schimpf und Schande abging und sein Leben inmitten von Worten aufnahm. Ich frage mich, wie dieses Jahr in den Kasernen Poe geprägt haben mag; ich frage mich, ob unsere Narben auf der Seele sich ähneln.

Ein anderer Besucher Charlestons war Osceola, der Seminolen-Häuptling. Betrogen von weißen Friedensfahnen und des weißen Mannes Ehre, brachte man ihn ins Gefängnis von Fort Moultrie, wo er nach einem Monat Internierung starb, in Träumen über klare Wildbäche versunken, die durch Mangrovenwälder nach Norden flossen, durch die vom Salz rostigen Gitterstäbe seiner Zelle hinaus in die Weite und die Freiheit; Bäche, welche die Hitze der Ratsfeuer seines Stammes zu ihm trugen, und die Gesänge stolzer Krieger; Bäche, die den Schauder eines Mannes erregten, der in die heitere Stille von Zypressenhainen und die Geborgenheit von Zelten aus Otterfell zurückkehren möchte. Osceolas Gebeine ruhten in einem Grab auf Sullivan's Island, bis sie im Frühling während meines zweiten Ausbildungsjahres an der Akademie gestohlen wurden. Ich weiß noch, daß ich damals gehofft habe, der Dieb möge ein reinblütiger Seminole sein und wissen, wo die Größten seines Stammes zur letzten Ruhe gebettet wurden. Kurz nachdem jemand die sterblichen Überreste Osceolas gestohlen hatte, ging ich in H. R. Rabun's Bar an der King Street, wo ich mit einer Gruppe von Kadetten der R-Kompanie einen Toast auf die Flucht des Häuptlings ausbrachte. Und während wir tranken, gab ich mich einem Traumbild hin: Ich sah, wie ich die Gitterstäbe der Zelle durchsägte, in der Osceola gefangengehalten wurde; wir schlugen uns gemeinsam bis in die Sümpfe durch, und der Indianer lehrte mich die Geheimnisse des Waldes, als wir nach Süden zogen, schwindlig vor Glück über die wiedergewonnene Freiheit. Mein Gott, es war wunderschön, die Everglades durch die Augen Osceolas zu betrachten. Aber in diese Vision schlich sich Bedauern: Ich hätte dem Häuptling vorher gerne Charleston gezeigt, durch meine Augen, durch die Augen von William McLean. Auch ich hatte meine Gefängniszelle in Charleston, und auch ich hätte ihm einige bleiche Gebeine zeigen können.

Obwohl ich immer ein Besucher Charlestons bleibe, werde ich doch nie die feste Überzeugung aufgeben, daß Charleston die schönste Stadt Amerikas ist und daß man einen Schritt in den Blutstrom der Geschichte tut, wenn man des Nachts durch die Altstadt geht. Es ist eine Geschichte, die von ungewöhnlichen Menschen auf ungewöhnliche Art und Weise gelebt wurde – Menschen, die zur unerschütterlichen und leidenschaftlichen Rechtfertigung ihrer eigenen Vergangenheit geboren sind. In den Schatten der Villen an der Church Street zu gehen heißt, die Chronik einer Mythologie zu studieren, die dieser Stadt eigen ist, und nur dieser Stadt; einer dreifältigen Mythologie, die sich zu gleichen Teilen aus dem Erhabenen, dem Geheimnisvollen und dem Grotesken zusammensetzt. Aber nichts, gar nichts kann einen Besucher vor Charlestons ausgeklügelter Grausamkeit warnen. Dieses Wissen muß man sich verdienen. An den Fassaden der Kirchen, der St. Philip's und der St. Michael's, gibt es keine Dämonenfratzen aus Sandstein, und an den schmiedeeisernen Verzierungen der Stadttore gibt es keine warnenden Botschaften an Besucher wie Poe, Osceola, mich und Sie.

Charleston brennt wie eine Flamme aus reinster Erinnerung. Es ist eine Stadt, die sich durch ihre Selbstverherrlichung verzerrt hat. Ich glaube nicht, daß es auf Erden eine andere Stadt gibt, die Charleston gleichkommt. Ich glaube auch nicht, daß es eine andere Ausbildungsstätte gibt, die der Akademie gleichkommt. Und ich kann mir die Akademie in keiner anderen Stadt der Welt vorstellen. Die Akademie hat im Laufe der Jahrzehnte viele der seltsamen, düsteren und schrulligen Eigenheiten Charlestons in sich aufgenommen; beide haben sich gegenseitig geformt, haben die Schwächen des anderen vervielfacht und seine Stärken erhöht. Würde die Akademie sich in San Francisco befinden, oder in Chicago, Dallas oder Phoenix, wäre sie eine völlig andere Hochschule, und sie würde ganz andere Menschen beherbergen. Das von Flüssen gegürtete Charleston hat ein geradezu tyrannisches Bedürfnis nach Ordnung und Symmetrie. Es ist keine Stadt der Gesetzlosen, kein Landstrich für Abtrünnige. Hier gibt es keine Atmosphäre der Gefahr. Aber die Stadt hat etwas so Bedrückendes, Beengendes, etwas dermaßen streng Reglementiertes, und sie gibt sich so sehr der Anbetung von Beschränkungen hin, daß man manchmal seinen Wunsch nach Befreiung hinausschreien möchte, nach ein bißchen Ausschweifung und Unordnung und schlechtem Geschmack, nach dem reinigenden Brüllen des Chaos, wenn es irgendwo in der Stadt Halt gefunden und sich festgekrallt hat. Aber gerade das unbeirrte Beibehalten der strengen Regelmäßigkeit der Form macht den Charme Charlestons aus. Wer in diese Stadt kommt, hat das Gefühl, durch den funkelnden Kohlenstoffwald eines Brillanten zu schreiten; das Licht blendet auf tausend verschiedene Weisen; es macht benommen – eine Attacke von Licht und Schatten, verursacht durch Licht. Die Sonne und die Stadt haben ein unverbrüchliches Bündnis geschlossen. Die Stadt kehrt ihr wahres Äußeres nach innen und wird zum Spiegelbild ihrer selbst; sie wendet sich vom Besucher ab und bleibt verführerisch in ihr eigenes Geheimnis gehüllt. Charleston hat einen

Geruch, einen schweren, erdigen Duft nach Adel, der vom wilden Wein und von der Geschichte des Tieflandes herrührt, die unter den Veranden der Villen altern; es ist der süßliche, dekadente Geruch von Dingen, die sich überlebt haben. Im späten August beschränkt die Schönheit der Stadt sich nur noch auf die Schönheit des Zusammenflusses der beiden Ströme. Aber ich kenne den Geruch der Stadt im späten August; ich kenne ihn gut. Es ist die schreckliche Angst von Jungen, die an die Akademie kommen, um ihr Rekrutenjahr anzutreten. Diesen Geruch nehme ich wahr, als ich bei meiner Rückkehr nach Charleston über den Ashley River fahre.

Würde jemand mich fragen, wie ich mich selbst beschreibe, würde ich ihm antworten: Ich bin der Sohn des Patrick McLean aus Savannah, Georgia, eines impulsiven, streitsüchtigen Mannes, der die Benedictine High School und die Militärakademie von South Carolina besucht hat und dem als Captain der Marineinfanterie im Zweiten Weltkrieg nach der Eroberung Iwo Jimas ein Tapferkeitsorden verliehen wurde, das Marinekreuz. 1944 kehrte er als verwundeter Held nach Savannah zurück, nahm eine Stelle in Belk's Warenhaus an und heiratete ein Mädchen aus Dahlogena, Georgia, die ebenfalls bei Belk's arbeitete und die nach einer Stippvisite in der Kurzwarenabteilung in die Parfümerieabteilung versetzt worden war. Ich mochte weder die Marineinfanteristen noch Belk's noch meinen Vater, aber ich wuchs als Verehrer der schwarzhaarigen Frau aus der Parfümerieabteilung auf. Meine Mutter war der Meinung, daß der Charakter meines Vaters durch die schrecklichen Kriegsereignisse auf Iwo Jima geprägt worden sei; ich aber hegte den ketzerischen Gedanken, daß mein Vater schon ein Hurensohn gewesen ist, lange bevor die Japaner Pearl Harbor überfielen. Als er an Krebs starb, mußte ich ihm versprechen, die Militärakademie von South Carolina zu besuchen und dort meinen Abschluß zu machen, und ich gab ihm unter Tränen dieses Versprechen. Er sagte mir, ich solle zu weinen aufhören und mich wie ein Mann benehmen, und ich tat es. Dann nahm er mir das Versprechen ab, daß ich es bis zum Luftwaffenpiloten gebracht haben müsse, wenn ich meinen Dienst in den Streitkräften antrat; er wolle nicht, sagte er, daß einer seiner Söhne an irgendeinem gottvergessenen Strand wie dem auf Iwo Jima getötet würde, besonders dann nicht, wenn er diesen Sohn so liebe wie mich. Acht Stunden nachdem mein Vater mir zum erstenmal gesagt hatte, daß er mich liebe, starb er an Krebs und ließ mich als Gefangenen seiner Erinnerungen zurück. Mit vierzehn Jahren war ich der Mann im Hause.

Bei meiner Mutter war es anders. Sie ist so reizend, wie eine Frau es nur sein kann; sie wurde so sorgsam aufgezogen und gehegt und gepflegt wie eine Gardenie, und sie hat immer einen irgendwie geruchlosen und geschlechtslosen Eindruck auf mich gemacht. Aber dennoch besaß sie den verführerischen Charme der Frauen aus den Südstaaten, jener krallenbewehrten Spezies, die in maßvollen, gesetzten Worten reden, bedächtig und gedehnt, die ein Zimmer mit der Aura von Eleganz und Verletzlichkeit erfüllen, die sich mit der Anmut eines im Wind wogenden Zweiges bewegen und ihre Familien durch einen unsichtbaren stählernen Pakt regieren. Unter der Liebenswürdigkeit der Südstaatenfrauen verbirgt sich oft die Tödlichkeit von Schlangen. Dieser Mythos hat diesen Frauen geholfen, die Tyrannei der Männer aus dem Süden leichter zu ertragen, als eine Frau aus Fleisch und Blut es gekonnt hätte.

Ich habe Jahre gebraucht, um die Haubitzen in den Augen meiner Mutter zu entdecken, und noch viele Jahre mehr, um zu begreifen, warum es diese Feldgeschütze gab. Meines Vaters wegen war meine Kindheit ein langer Marsch der Angst gewesen; die leidenschaftslose Ergebenheit meiner Mutter, was Vaters patriarchalisches Auftreten betraf, war schuld daran, daß ich diese Geschütze erst so spät entdeckte. Mutter erwarb sich meine ewige Liebe, weil sie immer dann furchtlos in die Schlacht mit meinem Vater schritt, wenn er mich beschimpfte. Jahrelang betrachtete ich sie mit unkritischen Augen. Doch im Laufe eines langen, ernsthaften Studiums meiner Mutter lernte ich etwas Wichtiges: Ein wirklich bewundernswerter Gegner ist nur der, der seine Arbeit innerhalb der Festungsmauern tut und der fröhliche Lieder singt, während er Honig von Messern leckt. Es war meine Mutter, die mich ermutigte, mein Versprechen zu halten und die Militärakademie zu besuchen. Es war meine Mutter, die mich ermutigte, die Ausbildung durchzustehen. Weil sie eine Frau aus dem Süden war, beendete der Tod meines Vaters nicht die totalitäre Herrschaft meines Elternhauses; sie lastete weiter auf mir, wenn auch nicht mehr ganz so schwer. Mutters Strenge war sanft, aber nichtsdestoweniger war es Strenge; denn Mutter war ein Produkt des Südens wie auch ich. Die Disziplin meines Vaters war kompromißlos und unmißverständlich; die Disziplin meiner Mutter verbarg sich in Liebe und Zärtlichkeit und hielt oft viel größere Schrecken für mich bereit. Immer wieder schreibe ich die Geschichte meiner Mutter um. Doch weil ich Mutter lieben mußte und aus tiefstem Herzen liebe, kapitulierte ich fast augenblicklich, sobald sie mich unter Beschuß nahm. Dann zuckten überall um mich herum weiße Flaggen in die Höhe; zitternde Finger unterschrieben Friedensverträge, und ich trat eroberte Territorien an Mutter ab. Sie, eine Lady aus dem Süden, hatte mich zu einem Gentleman aus dem Süden erzogen, und das machte uns beide zu Fremden im Haus meines Vaters.

Im Alter von neunzehn Jahren zog ich im Marschtritt in die Militärakademie von South Carolina ein. Meiner Mutter wegen. Sie und ich redeten uns ein, daß ich es Vaters wegen täte. Lebenslange Übung hatte uns gelehrt, wie man alles auf ihn abwälzen konnte. Selbst als Vater zum Geschäftsführer des Belk's aufgestiegen war, hatte er mich nie aus Mutters Parfümerieabteilung herauslocken können.

Aber letztendlich war der Eintritt in die Akademie meine eigene Entscheidung und geschah auf eigene Verantwortung. Auch die Akademie wurde zu einem Bestandteil der Beschreibung meiner selbst. Meine Instinkte waren wie die von Schafen oder Lemmingen oder Heringen: Ich ließ mich in der Menge treiben, auf dem Weg des geringsten Widerstands. Was die hohe Kunst des Gehorsams betraf, war ich von meinen Eltern hervorragend ausgebildet worden. Weil ich Südstaatler war, erschien die Akademie mir wie ein Ort, an dem man den letzten Feinschliff bekam, bis die wenigen noch stumpfen Stellen blankpoliert waren. Einst würde ich funkelnd und strahlend wieder zum Vorschein kommen, als ein Mann, der bereit war, seinem Vaterland bedingungslos zu dienen, mit vollkommener Hingabe und Aufrichtigkeit. Ein Mann aus dem Süden ist kein ganzer Kerl, falls er keine militärische Erziehung genossen hat. Insofern bin ich ein ganzer Kerl aus dem Süden. Aber bin auch beschädigtes Material wie alle anderen ganzen Kerle aus dem Süden.

Nach meinem Abschluß an der Akademie war ich der

Meinung, meine Ausbildungsjahre wären Zeitverschwendung gewesen; aber ich habe mich geirrt. Die Akademie war die wertvollste Erfahrung, die ich je gemacht habe und machen werde. Ich bin der Überzeugung, daß ich dort zur Mannhaftigkeit erzogen wurde: Die Akademie hat mich gelehrt, wie jene Art Mann aussieht, der ich auf keinen Fall sein wollte. Durch unerbittliche Härte wurde ich weich und habe gelernt, dieser Weichheit zu vertrauen. Durch das verzerrte Blickfeld einer vier Jahre währenden Schizophrenie wurde ich klarsichtig. Durch das militärische System wurde in meinem Innern ein Guerilla geboren; als die anderen Jungs losstürmten, um die Prinzipien der Akademie in die Arme zu schließen, zog der Guerilla einsam ins Hügelland.

Wann immer ich mir Fotos anschaue, auf denen ich als Kadett zu sehen bin, blicke ich in das unbewegte Gesicht eines Fremden. Er trägt meinen Namen, und sein Gesicht kommt mir irgendwie bekannt vor; aber mit seinem Aussehen kann ich mich nicht anfreunden. Das eingefrorene, falsche Lächeln ist der Ausdruck einer beinahe unbegreiflichen Melancholie. Ich habe Mitleid mit diesem dünnen, furchterregenden Ahnherren – und ich liebe ihn mehr, als Worte sagen können. Ich bewundere den Mut, von dem er nicht wußte, daß er ihn besaß. Vier lange Jahre hatte er Angst. Dennoch hat er die Stellung gehalten. Daß er aus einer Südstaatenfamilie stammte, versperrte ihm jede Möglichkeit, ehrenhaft von der Akademie abzugehen: Aufgeben war eine nicht wiedergutzumachende Schande. Doch ich weiß, was dieser dünne Junge getan und gesagt hat, was er gefühlt hat, und wie er überlebt hat. Ich durchlebe seine Reise noch einmal – in Tagträumen und Alpträumen und immer dann, wenn ich nach Charleston zurückkehre. Er verfolgt mich, und er bleibt ein Fremder.

Einmal, als er und die anderen auf dem Fußboden des Duschraums Liegestütze machten, erbrach sich ein Jahrgangskamerad über ihn, weil er zu erschöpft war, den Kopf zur Seite zu wenden. Daraufhin wurden die Rekruten von den Kadetten des Ausbildungskaders gezwungen, sich so lange im Erbrochenen ihres Kameraden zu wälzen, bis auf den übelriechenden Fliesen nichts mehr zu sehen war. Der dünne Junge hat sich oft an diese Szene erinnert. Nicht der Demütigung oder des Ekels wegen, sondern weil er in diesen Augenblicken zum erstenmal die Ahnung hatte, daß er eines Tages seine Geschichte erzählen würde; daß er darüber berichten würde, was es bedeutete, die Akademie zu besuchen: Ein Augenzeugenbericht über die verschiedenen Gesichter von Disziplin und Gehorsam. In den finsteren Herzen der Kadetten des Ausbildungskaders, die um ihn herum standen, konnte er einen erhabenen, strahlenden Glanz erkennen. Er würde sich wieder in Erbrochenem wälzen, doch beim nächsten Mal würde er sich über den Symbolgehalt seines Tuns im klaren sein. Darum geht es in der Geschichte, die der dünne Junge erzählen wird: An der Akademie war es eine Art absurdes Handwerk, aus Jungen Männer zu machen.

Doch ich bin ein Produkt dieses Handwerks. Und ich habe das Verlangen, Zeugnis darüber abzulegen, was ich auf der Akademie erlebt habe. Ich möchte Ihnen erzählen, wie es gewesen ist. Ich möchte es Ihnen so genau wie möglich erzählen — und mit schonungsloser, mörderischer Aufrichtigkeit. Ich möchte dabei zum erstenmal meine eigene, alleinige Stimme finden. Ich möchte, daß Sie verstehen, warum ich die Militärakademie von ganzem Herzen hasse. Und dann möchte ich, daß Sie mir verzeihen, daß ich die Akademie liebe. Einige Verantwortliche an der Akademie und jene Jungs, die sie besucht haben und die nun ihre Söhne sind, werden mich für den Rest ihres Lebens hassen. Aber das ist nicht weiter schlimm. Ich trage den Ring, wissen Sie.

Erstes Buch

DER KADER

September 1966

1

Als ich zu Beginn meines letzten Ausbildungsjahres in meinem grauen 1959er Chevrolet den Ashley River überquerte, kehrte ich mit Zuversicht, ja Freude an die Akademie zurück. Du bist jetzt ein Senior, dachte ich, ein Abschlußsemester. Ich blickte nach rechts und sah die schlichten, zurückhaltenden Konturen von Charleston am Horizont. Die Klarheit und Harmonie dieser Skyline hatten mir immer schon gefallen. Eine Flotte kleiner Segelboote mühte sich trotz der schwachen Brise über den Fluß auf eine Boje zu; die Boote waren im klaren, goldfarbenen Licht des Spätnachmittags wie blasse Motten gefangen. Ich blickte zur linken Seite und sah flußaufwärts die weißen Festungsmauern und Brüstungen der Militärakademie von South Carolina; in der Erinnerung wie in der Realität gleichermaßen teilnahmslos und unbewegt. Dieser Blick nach links ließ mich nicht mehr unwillkürlich erschaudern wie im ersten Jahr, das ich in diesen Mauern verbracht hatte, dem Rekrutenjahr. Jetzt kehrte ich nicht mehr in die kalten, feindseligen Augen des Kaders zurück. Jetzt galt der Blick aus diesen Augen nicht mehr mir und meinen Jahrgangskameraden, und ich spürte nur noch das Gefühl der nahenden Freiheit; denn im Juni nächsten Jahres machte ich meinen Abschluß. Nach einer langen Kindheit mit einem tyrannischen Vater und nach vier einsamen Jahren auf der Akademie, sah ich dem Tag der Befreiung freudig entgegen, jenem Tag, da ich nicht mehr dem starren, unerbittlichen Standrecht unterworfen sein würde; jener Stunde, da ich meine Entlassungspapiere bekam und zum erstenmal durchs Leben gehen konnte, ohne den Gleichschritt halten zu müssen.

Ich kehrte früher als die meisten meiner Kameraden an die Akademie zurück; zusammen mit den Angehörigen des Ausbildungskaders. Es war die dritte Augustwoche des Jahres 1966; der Vietnamkrieg nahm allmählich an Heftigkeit zu, und Charleston hatte nie so schön und so unberührbar ausgesehen, und nie war es so voll und ganz *meine* Stadt. Doch es war ungewöhnlich, daß ich zu einem so frühen Zeitpunkt auf den Campus zurückkehrte. Ich war in dieser Woche, während der Kader sich auf die Ausbildung der bald eintreffenden neuen Rekruten vorbereitete, der einzige Kadett ohne Dienstgrad in den Kasernen. Der Kader setzte sich aus den höchstrangigen Offizieren und Unteroffizieren des Kadettenkorps zusammen. Ihnen fiel die schwere Aufgabe zu, den Rekruten während der Einführungswoche die freudlosen Grundlagen des Ausbildungssystems und der Ranghierarchie beizubringen. Der Kader war ein kleines Regiment aus Elitekadetten, die man wegen ihrer Fähigkeit zur Menschenführung, ihrer militärischen Härte, ihrer Hingabe an die Pflicht, ihres Ehrgeizes und ihres unerschütterlichen und bedingungslosen Glaubens an das Jahrgangssystem ausgewählt hatte.

Was militärische Dinge betraf, hatte ich mich an der Akademie nicht gerade hervorgetan. Als die Verkörperung bewußter Schlampigkeit, war ich vier aufeinanderfolgende Jahre gemeiner Soldat geblieben. Meine Jahrgangskameraden hatten bemerkenswerte Fähigkeiten gezeigt, wenn es galt, mich zu kompromittieren. Sie hatten beharrlich dafür gesorgt, daß ich Jahr für Jahr als einer der schlechtesten Kadetten des Jahrgangs dastand. Ich war nicht aus dem Holz, aus dem man Offiziersanwärter schnitzt, und niemand, einschließlich meiner selbst, hatte jemals die Möglichkeit in Erwägung gezogen, mich in den Kader aufzunehmen.

Doch in meinem dritten Jahr an der Akademie hatten die Kadetten des dritten Bataillons sowohl mich wie auch die Kommandantur überrascht, als sie mich zum Mitglied des Ehrengerichts wählten, ein Tribunal, dem einundzwanzig Kadetten angehörten, die für ihre Aufrichtigkeit, Sachlichkeit und Ehrlichkeit bekannt waren. Mag sein, daß ich auf militärischem Gebiet eine ziemliche Niete gewesen bin; doch was die letztgenannten Eigenschaften betraf, besaß ich mehr als genug davon. Es war die bittere, abscheuliche Pflicht des Ehrengerichts, über Schuld oder Unschuld eines Kameraden zu urteilen, den man der Lüge, des Diebstahls oder des Betrugs beschuldigte oder der solche Vergehen bei anderen stillschweigend geduldet hatte. Diejenigen, die man einer Ehrverletzung schuldig sprach, wurden aus dem Korps ausgestoßen – in einer düsteren Zeremonie der Verbannung, die mit einem grausamen mittelalterlichen Prunk vollzogen wurde. Als ich eine solche Zeremonie zum ersten Mal miterlebte, erlosch auch das leiseste Verlangen, das Ehrsystem herauszufordern, jene Erziehungsmethode, die keine Strafen anwendet, sondern an das Ehrgefühl appelliert. Dann machten die Mitglieder des Gerichts mein Leben noch komplizierter, als es ohnehin schon war, indem sie mich zum zweiten Vorsitzenden ernannten; eine vollkommen unerklärliche Angelegenheit, die mich zutiefst bestürzte, da ich nicht einmal begreifen konnte, warum man mich überhaupt in dieses schreckliche Gericht gewählt hatte, dessen Spezialität darin bestand, die akademischen Karrieren junger Männer zu zerstören. Durch einen unnatürlichen Ausleseprozeß war ich einer von jenen Kadetten geworden, die das Korps und diese gräßliche Trommler-Einheit zur Verbannungszeremonie unehrenhaft entlassener Kadetten, dem Schandgang, zusammenrufen konnten. Und in meiner Funktion als zweitem Vorsitzenden des Gerichts hatte die Kommandantur mir nun den Befehl erteilt, mich zwei Wochen vor Eintreffen des regulären Korps zum Rapport zu melden. In meinem Abschlußjahr hatte mir die Ironie des Schicksals noch einmal ein Bein gestellt: Ich wurde zum Angehörigen des Ausbildungskaders ernannt. Traditionsgemäß mußte der zweite Vorsitzende des Gerichts den Rekruten die Vorschriften und Feinheiten des Ehrsystems erklären. Traditionsgemäß hatte der zweite Vorsitzende immer im Offiziersrang gestanden, aber nicht einmal auf der Akademie konnte man sich immer an die Traditionen halten. Sowohl die Tradition als auch die Ironie haben eigene Kreislaufsysteme und ihren eigenen Sinn für Geheimnisse und Überraschungen.

Es machte mir nichts aus, wieder zum Kader zurückzukehren. Da meine einzige Aufgabe darin bestand, den neuen Rekruten die Grundlagen und Fallstricke des Ehrsystems zu erklären, tat ich nichts anderes, als diesen Jungen ein Instrument in die Hand zu geben, das sie befähigen sollte, den Abschluß an der Akademie zu machen, um als Absolventen zur Gattung ›ganzer Kerl‹ zu zählen. Es fiel mir leicht, diese Aufgabe pietätvoll zu erledigen. Ich hatte die Absicht, die Rekruten während meines einstündigen Vortrags zum Lachen zu bringen, ein paar Witze zu reißen, ihnen von meinem ersten Jahr an der Akademie zu erzählen, ihnen die Anspannung zu nehmen und diejenigen, die das Bedürfnis hatten, den Schlaf nachzuholen, den sie in den Kasernen versäumt hatten, möglichst nicht zu wecken. Der Bodensatz des langen, gesetzlich abgesegneten Alptraums namens Rekrutenjahr war immer noch in meinem Innern, und ich wollte den Neulingen wahrheitsgemäß mitteilen, daß mich das Jahrgangssystem – egal, wie schnell die Zeit seit meinem ersten Tag an der Akademie vergangen war – nur eine einzige Wahrheit gelehrt hatte: Ein Teil meiner selbst würde immer ein Rekrut bleiben.

Ich lenkte meinen Wagen vor das Legrand-Tor und wartete, daß der Unteroffizier vom Dienst mich durchwinkte. Er unterhielt sich mit dem Wachoffizier, einem Kadetten. Der blickte auf und erkannte mich.

»McLean, du Saftsack«, sagte Cain Gilbreath, dessen Stiernacken den Kragen seines grauen Uniformhemds aus Baumwolle zu sprengen drohte.

»Verzeihung, Sir«, sagte ich, »Sie sind doch ein ausgewachsenes Mitglied dieser Akademie, nicht wahr? Junge, Junge, dafür sind Sie aber ein gutaussehender, kräftiger Bursche. Solange es Männer wie Sie gibt, ist mein Vaterland in Sicherheit.«

Cain kam zu meinem Wagen, legte die Hände, die in Handschuhen steckten, auf das Dach und sagte: »Es hat Gerüchte gegeben, daß du mit einem solchen Wrack von Auto tödlich verunglückt bist. Die ganze Akademie feiert schon dein Ableben. – Wie ist der Sommer gewesen, Will?«

»Prima, Cain. Warum schiebst du so früh Wache?«

»Reine Glückssache. Hast du irgendwelche religiösen Bedenken, deinen Karren mal zu waschen?« fragte er und nahm seine weißen Handschuhe vom Wagendach. »Übrigens, der Bär sucht dich.«

»Warum?«

»Ich glaube, er will dich zum Regimentskommandeur ernennen. Woher, zum Teufel, soll ich das wissen? Was hältst du eigentlich von der großen Neuigkeit?«

»Welche große Neuigkeit?«

»Der Nigger.«

»Das ist eine alte Neuigkeit, und du weißt, wie ich darüber denke.«

»Diskutieren wir es aus.«

»Jetzt nicht, Cain«, sagte ich. »Aber wir gehen in dieser Woche mal ein Bierchen trinken, ja?«

»Ich bin Footballspieler in der Akademie-Auswahlmannschaft«, sagte er grinsend, und seine blauen Augen blitzten. »Während der Saison darf ich keinen Alkohol trinken.«

»Wie wär's mit Donnerstag?«

»Gern. Schön, dich zu sehen, Will. Ich hab's richtig vermißt, daß wir uns gegenseitig Beleidigungen an den Kopf werfen.« Ich fuhr den Wagen durch das Legrand-Tor, um mein viertes und letztes Ausbildungsjahr zu beginnen. Mir wurde bewußt, daß die Akademie mittlerweile ein Teil meiner Identität geworden war. Noch neun Monate, dann war ich Eingeborener dieses Landes.

Bevor ich mein Gepäck in die Kaserne brachte, fuhr ich gemächlich die ›Straße der Erinnerungen‹ hinunter, die an der Bibliothek, der Kapelle und der Durrell-Halle an der Westseite des Paradeplatzes vorbeiführte. Die Straße trug ihren Namen zu Ehren des Epigramms des Ecclesiastes, das über dem Eingangstor der Kapelle eingemeißelt war: ›Gedenke deines Schöpfers, Jüngling, in den Tagen deiner Jugend.‹ Als ich die schmucklose Architektur der Akademie zum ersten Mal zu Gesicht bekam, fand ich sie durch und durch häßlich. Aber mit der Zeit hatte ich beinahe Geschmack daran gefunden. Die Schönheit des Campus – jedenfalls nach meinem in drei Jahren erworbenen Sinn für Schönheit, das gebe ich zu –, lag in seiner unerschütterlichen Schlichtheit und Gelassenheit: Er war mehr, als er zu sein vorgab, indem er vor der Dominanz der Form über die Farbe kapitulierte, vor der Kunst der ständigen Wiederholungen und der schlichten Harmonie eines kompromißlos unsentimentalen Anblicks. Die vier Kasernen und sämtliche anderen Gebäude auf dem Campus blicken wie ausgerichtete Soldaten zum Paradeplatz hinüber, einer weitläufigen, üppigen Rasenfläche, die so sorgfältig gepflegt war wie der Rasen von Wimbledon. Die meiste Zeit des Jahres lag der Duft von frisch gemähtem Gras über dem Campus. An seinen vier Ecken wurde der Paradeplatz von Kriegsgerät geziert: ein Sherman-Panzer, ein Landungsboot der Marineinfanterie, eine Jupiter-Rakete und ein Abfangjäger der Luftwaffe. Bezeichnenderweise waren alle diese hübschen Dekorationsgegenstände veraltet und anachronistisch, als man sie hier ehrfurchtsvoll zur letzten Ruhe aufgestellt hatte. Das ganze Gelände sah aus, als wäre es von einem Stab farb- und humorloser Colonels entworfen worden. Nirgends gab es auch nur die Andeutung einer Kurve, nirgends ein Aus-der-Reihe-Treten; alles war kerzengerade und streng geometrisch und in Linie ausgerichtet. Dieses Bemühen um Kongruenz hatte ein beinahe herzzerreißend perfektes Ergebnis erbracht: eine orthodoxe Kasernenlandschaft. Für ein romantisches Auge sah die Akademie wie ein spanisches Gefängnis oder wie eine Festung aus, die nicht von feindlichen Armeen belagert wurde, sondern von der viel bedrohlicheren Anarchie des zwanzigsten Jahrhunderts, die draußen, vor dem Legrand-Tor, ihr chaotisches, lärmendes Unwesen trieb.

Es war mir immer seltsam vorgekommen, daß die Akademie eine der bedeutendsten Touristenattraktionen von Charleston war. Jeden Freitagnachmittag marschierten die zweitausend Angehörigen des Kadettenkorps in Galauniform über den Paradeplatz – zur Erbauung der Einheimischen als auch der Touristen. Dieser Anachronismus hatte irgend etwas Wunderschönes, das man nicht recht fassen konnte; man mußte diese perfekte Synchronisation des Regiments erlebt haben, diese martialische Zeremonie, deren Wurzeln bis in jene Zeit zurückreichten, als die napoleonischen Truppen an ihrem Kaiser vorbeimarschiert waren. Seit die Akademie 1842 nach einem Sklavenaufstand gegründet worden war, hatte der Marsch des Korps jeden Freitag in Charleston stattgefunden, außer an dem Freitag nach jenem gefeierten Augenblick, als Kadetten der Akademie das Feuer auf die ›Star of the East‹ eröffnet hatten, einem Versorgungsschiff der Nordstaaten, das versucht hatte, Nachschub zur belagerten Garnison in Fort Sumter durchzubringen. Wenn man den Historikern glauben darf, haben diese Kadetten die ersten Schüsse im amerikanischen Bürgerkrieg abgefeuert. Es war der stolzeste Augenblick in der Geschichte der Akademie, gefeiert und gepriesen als der erhabenste Augenblick in ihrer Vergangenheit. Der Patriotismus war ein Abwehrstoff im Blut eines jedes Kadetten, und wir, die Söhne der Akademie, würden singend und voller Begeisterung in jede Schlacht ziehen, mit dem Namen unserer Akademie auf den Lippen. Die todesverachtende, draufgängerische Unbekümmertheit der jungen Männer aus dem Süden besaß etwas Lyrisches und

Schreckliches, und die barbarische Unschuld, mit der in den Südstaaten alles Militärische betrachtet wurde, hatte etwas Trauriges und Edles. Die Akademie, romantisch und bizarr, war das Heiligtum der Stadt Charleston, in dem die Männlichkeit des Südstaatlers verehrt wird. Sie war eine der letzten Militärakademien in den USA, die mit staatlichen Mitteln gefördert wurden, und die Jungen, die man dort ausbildete, waren die letzten einer besonderen Art. Es hat mir schon immer gefallen, wie sich das anhört: McLean, der Letzte einer besonderen Art.

Ich lenkte meinen Wagen vor das Kasernengebäude Nummer vier. In meinen Halbschuhen, den Bermudashorts und dem T-Shirt kostete ich die letzten uniformlosen Stunden dieses Jahres aus. Ich hob gerade mein Gepäck aus dem Kofferraum — und erstarrte zur Salzsäule, als hinter mir eine barsche, dröhnende Stimme ertönte.

»Stillgestanden, Kleiner.«

Ich war zusammengezuckt, als er so plötzlich losgebrüllt hatte. Ich war immer schon zusammengezuckt, wenn er mich anschrie. Er wußte es, und es machte ihm einen Heidenspaß. Ich drehte mich nicht um, als ich ihn heranstapfen hörte; ich blieb in Habachtstellung neben meinem Wagen stehen.

»Guten Tag, Colonel«, sagte ich zu Colonel Thomas Berrineau, dem Kommandanten der Kadettenkompanien.

»Woher hast du gewußt, daß ich es bin, Kleiner?« fragte er und erschien in meinem Blickfeld.

»Ich würde Ihre schrille Kastratenstimme überall erkennen, Colonel. Wie war der Sommer, Sir?«

»Der Sommer war schön, Kleiner. Ich konnte endlich mal ausspannen; du warst ja nicht hier. Also brauchte ich mir keine Sorgen um die Unschuld meiner Nichte oder über Verschwörungspläne gegen die Akademie zu machen. Wo hast du den Sommer verbracht, McLean? Im Kreml? In Peking? In Hanoi?«

»Ich bin zu Hause geblieben und habe Schals für unsere Jungs in Vietnam gestrickt, Colonel«, sagte ich. »Das ist ja wohl das mindeste, was man erwarten kann.«

»Du Sohn eines Bolschewiken«, flüsterte er und näherte sein Gesicht dem meinen. Er balancierte eine Zigarre auf seiner herabhängenden Unterlippe, und wenige Zentimeter von meinem rechten Auge entfernt glühte ihre Asche hell und heiß. Ich habe den Bären nie ohne eine Zigarre zwischen den Lippen gesehen. Ich hätte ihn mir eher ohne Nase oder Ohren vorstellen können. Wenn er näher kam, konnte man es oft schon riechen, bevor er auftauchte. Die Nase warnte einen vor, wenn man vom Bären lautlos gemustert wurde, bevor seine Stimme dröhnte, die unter den Kadetten so berühmt-berüchtigt war.

»Ich wette, McLean, du hast irgendwas ausgeheckt, wie du dieses Land zugrunde richten, die Abgeordneten von Senat und Repräsentantenhaus abschlachten und alle Offiziere hinter Gitter bringen kannst.«

»Sie haben völlig recht, Colonel. Ich habe gelogen. Ich habe einen fröhlichen Sommer im Kreml verbracht und bei Doktor Schiwago bakteriologische Kriegführung studiert. Aber in einem Punkt irren Sie sich. Falls sämtliche Offiziere verhaftet werden, habe ich nichts damit zu tun. Ich habe mich dafür ausgesprochen, sie alle an die Wand zu stellen und mit jugoslawischen Flammenwerfern zu rösten.«

»Wer mag wohl der erste amerikanische Offizier sein, dem ein solches Schicksal widerfährt, Kleiner?« fragte der Bär. Es war eine rhetorische Frage. Wieder näherte sich die glühende Zigarrenasche meinem Auge.

»Na ja, der unerschrockenste, tapferste Krieger in der Geschichte der Armee der Vereinigten Staaten, Sir. Der Mann mit der Seele eines Löwen, dem Herzen eines Dinosauriers, dem Hirn eines Pantoffeltierchens und dem Geschlechtsorgan einer Pfadfinderin. Der erste, der hingerichtet würde, wären Sie, Sir.«

»Du gottverdammter leninistischer Mitläufer«, sagte er lächelnd. »Ich habe noch knapp ein Jahr Zeit, einen Mann aus dir zu machen, McLean.«

»Im Juni bin ich ein ausgewachsener Ehemaliger dieser ehrwürdigen Akademie, Sir. Ein redlicher, waschechter, rechtmäßiger Absolvent. – Wie denken Sie eigentlich darüber?«

»Ich schäme mich dafür, Kleiner. Mir wird kotzübel bei dem Gedanken. Wenn du mir auch nur die kleinste Chance gibst, dich mit einem Arschtritt hier rauszubefördern, werde ich sie nutzen. Versprich mir, daß du dir etwas einfallen läßt, Kleiner. Wir haben einen weltweit guten Ruf, und einer wie du könnte den Ruin für hundert Jahre Stolz und Tradition bedeuten.«

»Ich werde die Akademie mit Ruhm bekleckern, Colonel«, sagte ich und wich ein kleines Stück vor ihm zurück, »denn ich werde mich einer freiwilligen Operation unterziehen. Ich lasse mir den Ring der Akademie in die Nase implantieren.«

Der Bär warf den Kopf in den Nacken und lachte dröhnend. Er hatte eine hervorstehende, fleischige Nase, strohiges, dichtes Haar mit weißen Strähnen, traurige, aber wachsame braune Augen von der Farbe seiner Zigarre, und einen riesigen Mund mit nikotingelben, unregelmäßigen Zähnen – ein richtiges Nußknackergebiß.

»Schön, daß du wieder hier bist, Kleiner. Schön, dich und alle meine anderen Schäfchen wiederzusehen. Auf dem Campus ist es richtig trostlos, wenn das Korps den Sommer über nicht da ist. Morgen muß ich mit dir reden. Ein ernsthaftes Gespräch, kein Herumalbern, verstanden? Komm in Henry's an der Market Street. Zwölf-null-null mittags, *mañana.* Das ist Spanisch, McLean, und bedeutet: der Tag nach dem heutigen Tag.«

»Sie sind ein Mann, der in vielen Sprachen zu Hause ist. Aber Sie sollten es mal mit Englisch versuchen, Colonel.«

»Wie ihr Schwuchteln vom Institut für Anglistik? Sag mir die Wahrheit, Kleiner. Stimmt es wirklich, was man über die Englischstudenten im Korps erzählt? Ich werde an höherer Stelle kein Wort davon erzählen.«

»Na ja, Colonel«, flüsterte ich verschwörerisch, »wenn Sie's versprechen. Wir tragen Büstenhalter, Schlüpfer und Strumpfhalter unter unseren Uniformen, wenn wir zu den Seminaren gehen. Wir diskutieren über Literatur, machen auf vornehm, kichern ein bißchen, trinken einen guten Schluck, und dann blasen wir uns gegenseitig einen. Es ist ein sehr fröhliches Institut.«

»Kein Wunder, daß es dir bei denen so gut gefällt, Kleiner. Aber ich will dich nie auf derselben Latrine sehen, wenn ich mal pinkeln muß. Hast du kapiert?«

»Ich könnte einer solchen Versuchung auch nicht widerstehen, Colonel. Das könnte keiner, der im Hauptfach Englisch studiert.«

»Herrgott. Es macht mich ganz nervös, daß ich morgen mittag mit dir essen gehe.«

»Von mir haben Sie nichts zu befürchten, Colonel. Ich kann mich beherrschen.«

»Morgen geht's um ernste Dinge, Kleiner. Denk dran. Ich muß eine bestimmte Sache mit dir besprechen.«

»Jawohl, Sir.«

Er musterte mich eingehend und sagte: »Ich weiß nicht, ob du als Zivilist oder als Kadett eine größere Schande für die Menschheit bist. Rührt euch. Weitermachen.«

»Sir«, sagte ich.

»Ja, Kleiner.«

»Schön, Sie wiederzusehen, Sir.«

»Ja, Kleiner, ja.«

2

Am späten Nachmittag fuhr ich durch das Legrand-Tor vom Gelände der Akademie. Anläßlich meines ersten Abendausgangs in diesem Jahr trug ich meine gestärkte weiße Ausgehuniform. Den ganzen Sommer über liegt eine Glocke aus schwülfeuchter Luft über der Stadt. Wenn man an einem späten Nachmittag im August durch die Straßen von Charleston geht, hat man jedesmal das Gefühl, sich durch warmen, nassen Verbandsmull zu bewegen.

Ich fuhr langsam durch die Stadt, am Hampton Park vorbei, die King Street hinunter und durch das Einkaufsviertel mit seinen ungezählten Antiquitätenläden und teuren Herrenmodegeschäften. Drei Jahre lang hatte ich den Daumendruck dieser Stadt auf mir gespürt, der meine Leidenschaft für Sümpfe geweckt hatte, für Tideflüsse, für Symmetrie und für die strenge Architektur des achtzehnten Jahrhunderts. Charleston ist in eine Landschaft eingebettet, die zur innigen Freundschaft ermutigt. Ich habe gehört, daß eine frühzeitige Impfung gegen den Anblick und die Gerüche des Tieflandes von Carolina ein lebenslang wirkendes Gift ist, was die Empfänglichkeit für die Reize anderer Landschaften betrifft. Man kann von anderen Städten, Meeren, Wäldern und Bergen tief bewegt sein, aber ihrer Verführung nicht mehr erliegen. Man kann das Tiefland verlassen; man kann es anderer Landschaften, anderer Klimagebiete wegen aufgeben, aber völlig kann man der sinnlichen, subtropischen Anziehungskraft Charlestons und seiner Sümpfe nie mehr entrinnen. Es ist eine jener Städte, in denen die Kindheit eine Freude ist, und die Erinnerungen einem süßen Strom aus Honig gleichen; eine der Städte, die einen nie mehr loslassen, weil sie von einer unaufdringlichen Schönheit und Eleganz sind, die sich unmerklich, aber unauslöschlich einprägen.

Charleston liegt auf einer Halbinsel zwischen zwei Tideflüssen, dem Ashley und dem Cooper River, an deren Zusammenfluß sich der Hafen von Charleston befindet. Seltsamerweise hat diese Halbinsel Menschen hervorgebracht, welche die Belagerungsmentalität von Inselbewohnern besitzen. Besucher haben die Charlestoner als prahlerisch, starrsinnig, lebhaft, sprunghaft, geschwätzig, fremdenfeindlich und von angeborener Liebenswürdigkeit beschrieben. Aber sie entziehen sich einer oberflächlichen Beschreibung; sie besitzen einen städtischen Charakter, der viel mit zwei Jahrhunderten felsenfester Überzeugung zu tun hat, daß sie allen anderen Menschen auf Erden überlegen sind. Falls Sie diese Theorie für Unsinn halten oder sich davon gar vor den Kopf gestoßen fühlen – tja, dann bedeutet es eben, daß Sie von ›anderswo‹ kommen und offensichtlich kein Charlestoner sind. Die ganze Mythologie der Stadt beruht auf der Existenz einer dünnen, zunehmend bedrängten Schicht des gehobenen Bürgertums: dem alten South-Carolina-Adel, der seine Herkunft bis in die früheste Kolonialzeit zurückführt. Diese Leute wohnen – jedenfalls die meisten alten Charlestoner; andere möchten es gerne – in den prächtigen Villen und Herrenhäusern im Süden der Broad Street, der South of Broad; einer mythischen, seltsamen gesellschaftlichen Maginot-Linie. Jedes dieser Häuser ist ein mondänes Schiff der vornehmen Abgeschiedenheit und der uneingeschränkten Privatsphäre. Die alteingesessenen Charlestoner haben das Leben in Luxus zu einer Kunstform entwickelt, und man kann mit Recht behaupten, daß das Gebiet südlich der Broad Street das über die Jahrhunderte hinweg am besten bewahrte historische Territorium Amerikas ist.

Der Rest von South Carolina hat einen ausgeprägten Minderwertigkeitskomplex gegenüber Charleston entwickelt – einen Komplex, den es nach Meinung der Charlestoner mehr als verdient hat. Anders als andere Städte in diesem Staat, einschließlich Savannah und Columbia, hat Charleston nie die volle, schreckliche Wut eines Angriffs der Armeen General William Tecumseh Shermans erleiden müssen. Charleston hat den Bürgerkrieg überlebt, ohne daß sein architektonisches Erbe erheblichen Schaden nahm – und mit einer kollektiven, unbewußten, gärenden Wut bei den Erinnerungen an Bombardements, Wiederaufbau und Befreiung, als Charleston sich darum bemühte, wieder das zu werden, was es gewesen war. Der Krieg hat eine seltsame Stadt noch seltsamer gemacht. Oft hat man den Eindruck, als würde Charleston noch immer die Bedrohung durch eine Phantom-Armada spüren, welche die Stadt in einen ewigen, gefährlichen Belagerungszustand versetzt. Mehr als in jeder anderen Stadt hat man in Charleston das Gefühl, als wäre das zwanzigste Jahrhundert ein gewaltiger, gewissenloser Fehler.

Die Villen südlich der Broad Street bilden ein malerisches Archipel der Abgeschiedenheit. Es hing nicht vom Geld ab, wer Zugang zu dieser Idylle hatte; es hing vom Blut ab. Natürlich war eine Verbindung von altehrwürdiger Herkunft und Wohlstand der Idealfall, doch das Jahrhundert hatte sich als reizbar und kleinlich erwiesen, was die Behandlung einiger der ältesten und angesehensten Familien Charlestons betraf. So manche Nachfahren von Plantagenbesitzern mußten feststellen, daß die Höhe ihrer Bankkonten denen von Baumwollpflückmaschinen-Vertretern entsprach. Aber ein bescheidenes Einkommen allein hat den Auserwählten nie den Zugang zu den vornehmen Salons der Oberschicht verwehrt; andererseits war Reichtum allein nie eine verläßliche Zugangsberechtigung. Wenn man von niederer Geburt oder nicht gesellschaftsfähig war, spielte es für die stolzen Bewohner der South of Broad keine Rolle, ob man Geld hatte oder nicht – man wurde nicht in ihre Villen eingeladen. Ich kannte Mädchen in meinem Alter, die von einem ganz normalen jungen Mann aus South Carolina genauso begehrlich umworben wurden wie von einem Jungen, der Zugang zur South-of-Broad-Gesellschaft besaß. Oft waren es blonde Mädchen aus alteingesessenen Familien, schlank und sauber und zartgliedrig, die zwölf Jahre lang die Ashley Hall besuchten, anschließend im Hügelland von Virginia aufs College gingen und dann geschliffen und aufpoliert zurückkehrten, um junge Männer aus reicher Familie zu heiraten, die all die steifen Förmlichkeiten in diesem Königreich aus dem Effeff beherrschten. Doch gelegentliche Fälle von Inzucht zeigten bei einigen der ältesten Familien der Stadt allmählich ihre schädliche Wirkung. Tagsüber füllten sich die engen Straßen mit wieselgesichtigen Kindern, deren Augen denen der Weimaraner ähnelten, eine Hunderasse, die in diesem Landstrich beheimatet ist. Wenn ich an diesen Kindern vorüberging, während sie unter den gelangweilten, desinteressierten Blicken ihrer Kindermädchen spielten, hielt ich unwillkürlich Ausschau nach kinnlosen blonden Mädchen oder Jungen mit Nasenbluten. Wie bei allen Aristokraten der Welt hatte der Adel Charlestons bewiesen, welche Gefahren bestehen, wenn man aus der genetischen Tasse trinkt, ohne die nötige Sorgfalt walten zu lassen oder – besser noch – das Auge eines Spielers für den richtigen Partner zu besitzen. Zu viele blauäugige Männer hatten zu viele von ihren blauäugigen Kusinen dritten Grades geheiratet. Ehepaare, die wie Bruder und Schwester aussahen, waren in Charleston kein ungewohnter Anblick.

Auch ich war nicht immun gegen die Schönheit und den Zauber der Broad Street; ich war gegen keine Schönheit und keinen Zauber immun. Ich bewunderte die Straßen dieses Viertels, die mehr waren, als sie zu sein schienen; ich liebte die pralle Üppigkeit der Unterstadt, den köstlichen Duft ihrer Weine, die strenge Disziplin ihrer Bauwerke. In Gesellschaft der Menschen, die dort wohnten, hatte ich viel über mich selbst gelernt, über den Mann, der ich wirklich war. Ich schämte mich oft meiner faden irischen Gesichtszüge, wenn ich unter diesen Menschen war. Ich hatte keine Geheimnisse zu bieten, nichts Subtiles, Verborgenes; ich konnte nur die Aura der Energie und Ruhelosigkeit vorweisen und schwankte unsicher auf der Woge der späten Einwandererflut; ich roch nach Kilkenny, den Rücksitzen von Kombis und dem Chlor im Hallenbad eines CVJM. Es schien, als müßte ich tief in die Gewässer der Geschichte hinabtauchen, um wenigstens einen kurzen Blick auf diese schillernden Guramis und goldenen Karpfen Charlestons werfen zu können, die sich so leichthin in den reinen, destillierten Fanggründen ihres Erbes tummelten. Ich war in der Masse zu Hause, nicht unter den Auserwählten; und die Auserwählten wußten es sehr genau.

Denn ich hatte es geschafft, in die South of Broad eingelassen zu werden, obwohl die Charlestoner Aristokratie wie ein unschiffbarer Fluß war. Es beruhte auf einem Zufall, daß ich Zugang zu dieser Zivilisation gefunden hatte. Einer meiner Stubenkameraden war an der East Bay Street geboren und aufgewachsen. Sein Name, Tradd Prioleau St. Croix, war eine zungenbrecherische Huldigung an zweihundert Jahre Carolina-Geschichte. Dank Tradd und dessen Familie war ich mit den Umgangsformen, Gewohnheiten und Traditionen des alten Charleston vertraut gemacht worden.

Ich fand einen Parkplatz an der East Bay Street und ging zum schmiedeeisernen Tor der St.-Croix-Villa. Das Haus meines Stubenkameraden war ein so prunkvolles Gebäude, daß ich es niemals ohne ausdrückliche Erlaubnis betreten hätte, obwohl es mir gestattet war. Architekten zählten diese Villa zu den fünf schönsten Häusern Charlestons. Das Herrenhaus der St. Croix erweckte bei den ehrfürchtigen Besuchermassen, die jeden April bei der jährlichen Villen-Besichtigungstour im Gänsemarsch durch sein stilles, von Kerzenschein erhelltes Inneres zogen, ein tiefes, mystisches Gefühl der Nostalgie, denn die Villa versinnbildlichte geradezu die herausragendsten positiven Eigenschaften einer Gesellschaft, die von der Harmonie der Form besessen war. Alles, was zum guten Geschmack zählte und was einst den wohlhabendsten Kaufleuten Charlestons Freude und Behaglichkeit verschafft hatte, konnte in seiner ganzen Fülle und in Muße bestaunt werden, sobald man über die Schwelle des Hauses East Bay Street Nummer fünfundzwanzig getreten war.

Auf der unteren Veranda mit ihrem von Säulen getragenen Vordach wartete Abigail St. Croix auf mich. Sie lehnte an einer der gerundeten dorischen Säulen. Abigail war eine große, starkknochige, plumpe Frau. Mit stiller, in sich gekehrter Gelassenheit beobachtete sie, wie ich die Stufen der Veranda zu ihr hinaufstieg. Ihre Bewegungen waren langsam und träge, ohne Arg und List. Als sie mir ihre große Hand entgegenstreckte, erinnerte ich mich, die Feststellung gemacht zu haben, daß die Unbeholfenheit bei manchen Menschen eine geradezu schmerzliche Schönheit besitzt. Ich hatte es beobachtet, wenn Abigail einen Tisch deckte oder ein Buch aufschlug oder sich einfach nur das Haar aus der Stirn strich.

»Abigail«, rief ich freudig und lief auf sie zu.

»Willkommen daheim, Will. Wir haben dich vermißt. Ich habe dich am meisten vermißt. Will, ich möchte, daß du dir den Garten anschaust, bevor du zu Tradd und Commerce ins Haus gehst. Und ich möchte mich ernsthaft mit dir unterhalten, bevor Commerce sich über Football und die sieben Weltmeere ausläßt.«

Wir gingen zum hinteren Teil des Hauses und in Abigails riesigen, geometrisch angelegten Garten, den ihr Ururgroßvater entworfen und angepflanzt hatte. Oben spielte Tradd eine Klaviersonate von Mozart; die Klänge rieselten über die Gartenlandschaft wie Schnee zur falschen Jahreszeit. Abigail redete, während wir zur Bank am gegenüberliegenden Ende des Gartens schlenderten.

»Du weißt schon, daß meiner Schwester eine Brust amputiert wurde, nicht wahr, Will? Ich glaube, ich habe es dir geschrieben. Es war ein scheußlicher Sommer. Missy Rivers, das Mädchen aus unserem Nachbarhaus — du weißt doch, wen ich meine? Ein unglaublich freundliches und charmantes Mädchen, aber häßlich wie die Sünde. Sie hat einen Jungen aus einer sehr netten Familie aus Virginia geheiratet. Mrs. Rivers hat sich schrecklich darüber aufgeregt, daß Tradd in England war und bei der Hochzeitsfeier nicht dabeisein konnte. Eins der Kinder des Pfarrers der St.-Michael's-Kirche ist beim Segeln im Hafen ertrunken. Seine Frau ist vor Trauer halb wahnsinnig, und der Pfarrer hat Bischof Temple gebeten, ihm eine andere Gemeinde zuzuteilen . . . Es ist so viel geschehen, Will, und alles ist so langweilig.«

Der Garten war mit peinlicher Genauigkeit und Sorgfalt manikürt und frisiert. In seinen gestutzten Hecken und den mit militärischer Präzision angelegten Inseln aus Blüten und Rasenflächen strahlte er die Tugenden der Disziplin aus. In diesem Garten war es nur wenigen Blumen erlaubt, auf den Rabatten an den kleinen, hölzernen Gittern zu sterben; die meisten starben in abgestandenem Wasser in zerbrechlichen Vasen im Kerzenlicht, das vom funkelnden Tafelsilber reflektiert wurde.

»Woran denkst du, mein Lieber?« fragte Abigail und unterbrach ihre verkürzte Version der Geschichte dieses Sommers, der sich allmählich seinem Ende zuneigte.

»Ich habe mich entschlossen, daß ich so leben möchte wie jetzt, Abigail«, sagte ich und ließ den rechten Arm in einer knappen Geste über den Garten schweifen. »Was muß ich tun, um ein Charlestoner Aristokrat zu werden?«

»Was glaubst du denn, was du tun mußt?« fragte sie, während wir gemächlich über die gepflasterten Gehwege schlenderten.

»Laß mich mal überlegen«, sagte ich. »Wenn ich die Aristokraten, die ich kenne, als Maßstab nehme, sollte ich zuerst einmal eine psychochirurgische Gehirnoperation vornehmen lassen. Dann sollte ich ein hoffnungsloser Alkoholiker werden, eine altjüngferliche Tante auf dem Dachboden in Ketten legen, abartige sexuelle Beziehungen mit Polopferden eingehen und so reden, als wäre ich zur Hälfte Brite und zur Hälfte Neger.«

»Ich wußte noch gar nicht, daß du *solche* Vorstellungen von meinen Verwandten hast, mein Lieber«, sagte sie. »Aber vergiß bitte nicht, daß ich zufällig auch zu diesen schrecklichen Leuten gehöre.«

»Dich habe ich nicht mit einbezogen, Abigail. Das weißt du doch. Auf deinem Dachboden wäre ich gern angekettet.«

»Jetzt ist aber Schluß, Will«, sagte sie streng. »Ich möchte dir einige von meinen Rosen zeigen.«

Alles, was Abigail St. Croix an physischer Anmut besaß, kam in ihrem Garten zur Geltung. Sie bewegte sich mit natürlicher Geschmeidigkeit zwischen den Blumenbeeten und genoß mit der Ruhe und Konzentration eines Uhrmachers all jene Schönheiten wachsender Dinge, die sich nicht mitteilen lassen. Hier, in ihrem kleinen grünen Land, von alten Charlestoner Ziegelsteinen umarmt und von der Außenwelt abgeschlossen, befanden sich Kamelien von außerordentlicher Schönheit, acht verschiedene Azaleenarten und eine Heerschar anderer Blumen. Doch Abigails Aufmerksamkeit galt fast ausschließlich ihrer Rosenzucht. Sie hatte mich gelehrt, Blumen zu lieben, seit ich die St. Croix kannte; von ihr wußte ich, daß jede Pflanzenart eine eigene Persönlichkeit besitzt, einen eigenen Charakter und eine ganz bestimmte Art und Weise, sich der Welt zu präsentieren. Sie erzählte mir von der

Schüchternheit der Akelei, der Aggressivität des Efeus und den Krankheiten, von denen die Gardenie befallen werden konnte. Einige Pflanzen waren überhebliche Eindringlinge und würden den ganzen Garten in Besitz nehmen, wenn man ihnen zu viele Freiheiten erlaubte. Andere waren so scheu und ängstlich, daß in ihrer zerbrechlichen Schüchternheit oft die aufrichtigste und höchste Schönheit lag. Geistesabwesend redete sie mit ihren Blumen, während wir zu den Rosen im hinteren Teil des Gartens schlenderten.

»Man kann vom Rosenzüchten sehr viel lernen, Will. Das habe ich dir immer schon gesagt.«

»Ich habe noch nie eine edle Pflanze gezüchtet, Abigail.«

»Dann ist ein Teil deines Lebens leer«, erklärte sie. »Dann liegt ein Teil deines Geistes brach.«

»Ich beschäftige meinen Geist mit anderen Dingen.«

»Zum Beispiel?«

»Mit Basketball.«

»Basketball?« sagte sie und schaffte es nicht, die Verachtung aus ihrer Stimme fernzuhalten. »Du stellst Basketball und Rosen auf eine Stufe? Das ist schrecklich primitiv und ordinär, mein Lieber. Es gibt schon zu viel Eintönigkeit auf der Welt, und manchmal ist zu viel Eintönigkeit auch in unserem Innern. Bei Blumen ist es anders. Deshalb liebe ich Blumen im allgemeinen, und Rosen im besonderen. Sie haben Charakter; sie unterscheiden sich voneinander. Jede Rose in diesem Garten ist einzigartig. Jede hat ihre Geheimnisse und ihre Überraschungen, und in jeder verbirgt sich ein Wunder. Die Welt braucht viel mehr Rosen, und sie braucht sie viel dringender als noch mehr Basketballspieler.«

»So betrachte *ich* den Basketball, Abigail. Ich weiß,

daß du mich jetzt für einen Dummkopf hältst und du es als ordinär betrachtest, was ich gesagt habe. Ich verstehe, wie du das mit den Rosen meinst, wirklich. Wahrscheinlich werde ich nie im Leben eine Blume züchten. Erst recht keine Rose. Aber ich glaube, ich kann verstehen, wenn jemand mit ganzem Herzen an Blumen hängt. Wenn ich Basketball spiele, ist jeder Wurf anders, kompliziert, und jedes Spiel ist auf seine ganz besondere Art und Weise schön oder häßlich. Ich glaube, ich betrachte den Basketball so, wie du die Rosen betrachtest, oder wie Tradd Mozart betrachtet, oder wie Commerce seine Schiffe betrachtet. Wir alle haben Glück gehabt, denn wir haben eine Leidenschaft gefunden. Mir tun Menschen leid, die dieses Glück nicht haben. Und weißt du, Abigail, *ich* habe in der Welt noch keine Eintönigkeit entdeckt, egal, wo ich hinschaue, wenn ich nur *scharf* genug hinschaue. Früher habe ich das Korps für eintönig gehalten. Wir tragen die gleiche Kleidung, wir sind gleich alt, wir sehen in Uniform einer wie der andere aus, wir sind den gleichen Gesetzen unterworfen – und vieles mehr. Aber jeder von uns ist einzigartig. Wenn ich durch diesen Garten gehe, sieht für mich eine Rose wie die andere aus. Wenn du dir eine Parade anschaust, sieht für dich jeder von den zweitausend Kadetten wie der andere aus. Aber wenn du sie dir genau anschaust, Abigail, geschieht mit diesen Kadetten das gleiche wie mit deinen Rosen. Du wirst feststellen, daß jeder ein anderer ist, mit seinen eigenen Geheimnissen, Überraschungen und Wundern.«

»Es gibt offenbar noch Hoffnung für meinen Lieblingssportler«, sagte Abigail. »Aber ich möchte dich noch etwas fragen, Will. Dann gehen wir ins Haus und treten den anderen Männern in meinem Leben gegenüber.« Sie hatte mir in die Augen geschaut; jetzt wandte sie den

Kopf zur Seite und ließ den Blick über die von Kletterpflanzen bewachsenen Ziegelsteinwände der Villa schweifen, hinauf zum Fenster, durch das die leisen, schwebenden Klänge der Mozartschen Musik drangen. »Du und ich, wir haben noch nie über Tradd geredet. Immer gab es diese stillschweigende Übereinkunft zwischen uns, nie über Dinge zu reden, von denen wir beide wissen. Es hat viel zu viele Tabus zwischen uns gegeben, Will.«

»Ich fürchte, ich weiß nicht, was du meinst, Abigail.«

»Wie denken die Jungens in den Kasernen wirklich über Tradd? Ich möchte gern die Wahrheit wissen.«

»Er ist sehr beliebt. Die anderen finden, genau wie ich, daß er ein feiner Kerl ist. Sie reden oft darüber, wie gut Tradd sich seit seinem ersten Jahr an der Akademie in die Gemeinschaft eingefügt hat.«

»Das sind genau die Worte, die ein höflicher junger Mann einer Mutter sagt, damit sie beim Gedanken an ihren Sohn beruhigt sein kann.«

»Du kannst wirklich beruhigt sein. Du kannst sogar stolz auf Tradd sein«, sagte ich; aber es hörte sich ein bißchen rechtfertigend an. »Das Rekrutenjahr war schrecklich für ihn. Aber das war bei mir nicht anders. Das geht jedem so. Doch wenn man dieses eine Jahr erst hinter sich gebracht hat, lassen die Vorgesetzten den Kadetten ziemlich viel Freiraum. Tradd hat das Wesen der Akademie in sich aufgenommen. Er ist Oberleutnant, Abigail. Er macht sich viel besser als ich.«

»Halten die anderen Tradd für seltsam, Will? Halten sie ihn für weibisch?«

»Er ist angehender Anglist, Abigail.« Ich schrie es beinahe. »Angehender Anglist, genauso wie ich. Im Korps hält man alle Studenten, die im Hauptfach Englisch studieren, für schwul wie Dreidollarscheine. Tradd ist still, höflich, kultiviert . . . allerdings ist er kein guter Sportler. Er hat eine hohe Stimme, spielt Klavier und weigert sich, die derbe Soldatensprache zu sprechen, was aber die einzige Möglichkeit ist, sich in den Kasernen klar und deutlich auszudrücken. Darüber reden die anderen; aber das ist doch unwichtig. Das hat gar nichts zu bedeuten. Ich habe versucht, bei Tradd ein bißchen mehr Interesse an Mädchen zu wecken, damit das dumme Geschwätz endlich aufhört. Weißt du, was er zu mir gesagt hat?«

»Natürlich nicht.«

»Er sagt, er geht genauso oft mit Mädchen aus wie ich. Mindestens.«

»Und was sagst du dazu?«

»Gar nichts, denn es stimmt.«

»Hab Geduld mit den Mädchen«, sagte Abigail zärtlich und berührte mit ihrer großen Hand zögernd meine Wange. »Eines Tages wird dir ein nettes Mädel begegnen und in dir den Mann sehen, der du bist, und dann wird sie dich aus Gründen lieben, die gut und richtig sind. Junge Mädchen haben eine unerschöpfliche Gabe, von den falschen Männern angezogen zu werden. Ich weiß sehr viel darüber. Ich weiß alles darüber.«

»Commerce ist ein feiner Kerl, Abigail«, sagte ich. Die Wendung, die unser Gespräch genommen hatte, behagte mir nicht. »Er hat einen von diesen verdrehten Charlestoner Vornamen; aber das gilt ja auch für Tradd. Das gilt für jeden in dieser traurigen, dummen Stadt.«

»Commerce war gutaussehend und charmant und noch zu haben, als ich ihn kennenlernte. Er war beträchtlich älter als ich, und er stand unter dem gleichen Druck wie ich, was das Heiraten betraf. Bei ihm war es das Alter, bei mir das Aussehen. Ich war plump und linkisch, mit großen Füßen und großen Händen und einem Pferdegesicht. Ich war sehr glücklich, daß ich Commerce bekommen habe. Wir haben ein gemeinsames Leben geführt — recht und schlecht. Ich glaube, wir freuen uns vor allem deshalb auf die Gesellschaft des anderen, weil Commerce so oft von Charleston fort ist.«

»Machst du deshalb manchmal einen so unglücklichen Eindruck, Abigail? Wegen deiner Ehe?«

»Ich bin nicht unglücklich, Will. Ich möchte, daß du das weißt und immer daran denkst. Nur wenige Menschen müssen für so vieles dankbar sein wie ich. Ich habe ein wunderschönes Haus, und ich habe einen lieben, netten, gefühlvollen Sohn großgezogen. Und ich habe einen Mann, der mich liebt — trotz seiner Verschrobenheiten und meiner Fehler.«

Ich liebte das Gesicht von Abigail St. Croix; ich liebe die Gesichter von Männern und Frauen, die einen unerschütterlichen Glauben an ihre Schlichtheit besitzen. An diesem goldenen Spätnachmittag sah ihr Gesicht im grünen, von den Blättern gefilterten Gespinst aus Licht und Schatten in seiner stillen Gelassenheit wie aus Marmor gemeißelt aus. Es war ein Gesicht, das Ehrlichkeit und Reinheit und einen unbestimmbaren Ausdruck der Resignation besaß. Falls es ein schönes Gesicht war, dann war es eine durch und durch kalte, ernste Schönheit, in der sich ein beunruhigender Ausdruck von Weisheit und Schmerz spiegelte. Es war ein Gesicht, das die Spuren eines intensiven Lebens und Leidens, von Spott und Verzweiflung und einem Lachen aufwies, das diese Verzweiflung besiegt hatte; ein Gesicht, das ungezählte düstere Stunden überlebt hatte. Nun war es geläutert und besaß die gleiche strenge Bindung an die klare, schlichte Form wie alles in Charleston. Auf Abigail St. Croix' Gesicht spiegelte sich die Kraft, mit leiser Erheiterung auf diese lange, wechselvolle Reise durch das Leben zurückblicken zu können.

Wir näherten uns dem Haus. Abigail war eine unermüdliche und hingebungsvolle Hüterin des ererbten Wohnsitzes ihres Gatten, und wann immer sie neue Erkenntnisse gewonnen hatte, war ich der erste, der davon erfuhr. Obwohl ich kein beständiges Interesse an der inneren und äußeren Gestaltung der Villa besaß, war Abigails Begeisterung ansteckend. Es gab kein Gegenmittel, das mich vor ihrem Enthusiasmus hätte schützen können. In diesem altehrwürdigen Haus lernte ich den Unterschied zwischen Hepplewhite und Regency, Chippendale und Queen Anne kennen. Bald konnte ich Touristen, die an der Villa vorüberkamen, wenn ich lesend im Korbsessel auf der unteren der beiden Veranden saß, auf die riesigen Ecksteine am Eingang aufmerksam machen, oder auf die außergewöhnlichen Stuckverzierungen der Fassade, oder auf die architektonischen Feinheiten der dorischen Säulen. Selbst ein nur oberflächliches Wissen über die Villa der St. Croix' war als solches eine gehobene humanistische Bildung.

Es war unmöglich, die Geschichte von South Carolina zu studieren, ohne dem altehrwürdigen hugenottischen Namen St. Croix immer wieder zu begegnen. Dieser Name war mit einer beneidenswerten, untadeligen Vergangenheit verknüpft (es sei denn, daß jemand die Sklavenhaltung als tadelnswert betrachtet, was bei den St. Croix' selbstverständlich nicht der Fall war); allerdings auch mit einer ungewissen Zukunft; es war ein Name, der akut vom Aussterben bedroht war. Die Reichen und Hochwohlgeborenen waren alles andere als fleißige Reproduzenten ihrer seltenen Spezies, und mein Stubenkamerad

Tradd sah sich mit der wenig beneidenswerten Situation konfrontiert, die alleinige Verantwortung für das Fortbestehen seines Familiennamens zu tragen. Er war der letzte St. Croix, und die Last der Verantwortung, seine lange Ahnenreihe nicht abreißen zu lassen, drückte schwer auf seine Schultern, so daß er diesem Thema beharrlich auswich. Ich hatte mehr Vettern ersten Grades als eine Feldmaus; falls ich eines plötzlichen Todes sterben sollte, würde der Name McLean in den nächsten tausend Jahren trotzdem blühen und gedeihen; falls Tradd starb, würde der Name St. Croix nur noch in Geschichtsbüchern und als der Name einer Straße überleben. Die Vornehmheit einerseits und das Schreckgespenst des Aussterbens anderseits hatten den Charakter Tradds geformt und das Leben seines Vaters, Commerce St. Croix, beinahe zugrunde gerichtet.

Wir trafen Commerce dort an, wo ich ihn für gewöhnlich antraf, wenn ich in dieses Haus kam – im Wohnzimmer im ersten Stock, vor dem Fernseher.

»Du hast dir sehr viel Zeit gelassen, uns deinen Besuch abzustatten, mein Junge«, sagte er förmlich, erhob sich und schüttelte mir die Hand. »Ich warte schon seit heute morgen auf dich.«

Geistesabwesend führte er mich zu einem Sessel neben dem seinen, während sein Blick sich wieder auf den Bildschirm richtete. Commerce hatte niemals einer Person, mit der er sich unterhielt, in die Augen geschaut. Und sein Gesichtsausdruck schien sich nie zu verändern. Ob Zorn, Freude oder Kummer – es spielte keine Rolle. Commerces Gesicht glich einer Totenmaske.

»Seit ich Regimentskommandeur bin, habe ich sehr viele Pflichten«, sagte ich und knöpfte die obersten beiden Knöpfe meines weißen Uniformhemds auf, bevor ich es mir im Sessel bequem machte.

»Du bist zum gewöhnlichen Soldaten geboren, Will. Mein Junge, Tradd, ist Oberleutnant«, sagte Commerce und sprach dabei zum Fernseher. Wenn ich nicht aufpaßte, würde auch ich unwillkürlich zum Fernseher sprechen.

»Ich weiß, Commerce. Dein Junge ist schließlich mein Stubenkamerad.«

»Gott sei Dank, daß du wieder da bist, Will.« Commerce seufzte. »Jetzt kann ich mit jemandem reden, der ein bißchen was von Baseball versteht. Abigail und Tradd halten die Boston Red Sox für eine neue Kleidermode.«

»Ich freue mich auch, daß du wieder hier bist, Will«, warf Abigail leise ein. »Jetzt brauche ich nicht mehr so zu tun, als würde ich mich für Baseball interessieren. Wenn die Herren mich jetzt bitte entschuldigen. Ich werde uns Tee aufsetzen.« Sie stieg die Hintertreppe hinunter.

Commerce, der grimmig auf den Bildschirm starrte, sagte: »Dein letztes Jahr, Junge. Im Juni bist du ein gestandener Absolvent.«

»Genau wie du, Commerce.«

»Und wie fühlt man sich dabei? Tradd redet nicht viel mit mir.«

»Man fühlt sich ganz anders. In diesem Sommer ist mein Schwanz einen halben Meter länger geworden. Daran habe ich erkannt, daß mein Examen nicht mehr fern ist.«

»Nur einen halben Meter? Da muß dein Ding aber noch viel länger werden, wenn du ein richtiger Absolvent sein willst«, sagte er, lachte meckernd und warf einen raschen, nervösen Blick zur Tür.

»Wo ist Tradd?« fragte ich.

»Eben hat er noch auf seinem verdammten Klavier gespielt. Ruf ihn noch nicht herunter, Will«, bettelte Commerce. »Ein Gespräch unter Männern ist nichts für ihn. Jedenfalls dann nicht, wenn ich einer der Männer bin.« Plötzlich beugte er sich zu meinem Sessel herüber; seine kleinen, blassen Frettchenaugen waren immer noch andächtig auf den Fernseher gerichtet, und er flüsterte: »Wie viele Weiber hast du denn diesen Sommer vernascht?«

»Das geht in die Tausende, Commerce. In die Zehntausende.«

»Wenn du dein Examen gemacht hast, solltest du mit mir in See stechen. Die Weiber in Brasilien tun alles, was du willst. Alles. Jedenfalls haben mir das die Jungs von meiner Besatzung gesagt. Aber erzähl Tradd nichts davon«, sagte er und legte einen Finger auf die Lippen.

»Du siehst aus, als würdest du dich nicht allzu gut fühlen, Commerce«, sagte ich. Commerce schien immer in eine Aura der Kränklichkeit gehüllt zu sein. Er war ein kleiner, drahtiger, wieselgesichtiger Mann, der selbst im Ruhezustand innerlich auf Hochtouren zu laufen schien, als würde sein Herz ohne besonderen Grund heftig weiter schlagen. Obwohl er zwanzig Jahre älter war als Abigail, hatte er kein einziges graues Haar auf seinem schmalen Kopf mit den flinken, nervösen, wachsamen Augen.

»Immer wenn ich in dieser verdammten Stadt lebendig begraben bin wie jetzt, fühle ich mich beschissen, Junge. Das weißt du doch. Ich kann gar nicht schnell genug verschwinden, weg von Charleston, von diesem Haus, von allem. Diese Stadt macht mich krank, weil ich so ganz und gar ihr gehöre.«

Er schwieg eine Zeitlang. »Nächste Woche steche ich wieder in See«, sagte er dann zum Fernseher.

»Wohin geht die Fahrt, Kapitän?« fragte ich ihn.

»Wieder nach Südamerika.«

»Wann kommst du zurück?«

»Ich hoffe, zur Ringverleihung.«

»Das hoffe ich auch, Vater«, sagte Tradd und kam ins Zimmer. »Es wäre eine Schande, wenn du nicht dabeisein könntest.«

»Tradd!« rief ich und sprang auf.

»Hallo, William«, sagte Tradd mit steifer, angeborener Förmlichkeit. Die Familie St. Croix beherrschte die Kunst, Distanz zwischen sich und anderen zu schaffen; sie enthielten sich, so gut es ging, körperlicher Berührungen, wie sie von den unteren gesellschaftlichen Schichten praktiziert werden.

»Du hättest mich nach Europa begleiten sollen, Will. Wir hätten eine wunderbare Reise erlebt.«

»Das hast du mir schon einmal gesagt, Tradd. Offenbar fällt es dir schwer, die Gründe nachzuvollziehen, warum das nicht möglich war: Ich bin ein McLean, kein St. Croix. Meine Familie besitzt keine Millionen Dollar, die sie für die Vergnügungen ihres ältesten Sohnes ausgeben kann.«

»Ausflüchte, alles Ausflüchte«, erwiderte er. »Hast du diesen Sommer etwas gegen deine Schlampigkeit unternommen, oder wohne ich immer noch mit dem größten Ferkel von South Carolina auf einer Stube?«

»O ja. Ich habe eine neurotische Abneigung gegen Sauberkeit entwickelt. Von jetzt an kannst du auf meinem fetten Arsch zu Abend essen.«

Tradd zuckte zusammen. »Vater, Will ist ein netter Junge, aber er hat eine Zunge, die man nicht einmal mit Seife reinigen könnte.«

»Er ist ein Kerl, mein Sohn. Ein Mann, wie du nie einer sein wirst. Jawohl, Will ist ein richtiger Kerl. Deshalb bin ich so gern mit meinen Jungs auf See.«

»Seit ich vor drei Tagen nach Hause gekommen bin, hat Vater sich dauernd darüber beklagt, daß ich kein Gewichtheber oder sonst was bin, auf das er stolz sein kann. Ich habe dir ein Geschenk mitgebracht, Will.«

»Ich hoffe, es war schweineteuer«, sagte ich.

Tradd reicht mir ein kleines Päckchen, das in braunes Papier eingewickelt war. Ich riß es auf, öffnete das kleine, rechteckige Kästchen und nahm einen abgegriffenen, stummeligen Füller heraus.

»Er ist dreißig Jahre alt. Ich habe ihn in einem exzentrischen Geschäft in London gekauft, von einem noch exzentrischeren alten Mann, der alte Füllfederhalter repariert. Ich habe mir dabei gedacht, du könntest deine Examensarbeit damit schreiben.«

Ich umarmte Tradd, bevor er zurückweichen konnte. Ich küßte ihn auf die Wange; sein Gesicht lief dunkelrot an, und er wandte sich von seinem Vater und mir ab. Sein Vater bekam das allerdings nicht mit, denn er starrte wieder auf den Fernseher.

»Bitte, laß das«, sagte Tradd verlegen, aber ich wußte, daß er sich freute.

»Das ist ein schönes Geschenk, Tradd. Wunderschön, wirklich. Und ich kenne niemanden, der es mehr verdient hätte als ich.«

»Du hast nichts Schönes verdient, solange du nicht gelernt hast, Sauberkeit und Ordnung zu halten. Seine Stubenecke sieht aus, als würde sie zum städtischen Abwassersystem gehören, Vater.«

»Und ich wette, in deiner Stubenecke sieht es wie im Zimmer eines kleinen Mädchens aus. Dort, wo es mit seinen Puppen spielt«, sagte Commerce. »Du und die anderen, Will, ihr wolltet Tradd doch beibringen, wie er sich in die Gemeinschaft der anderen Jungs einfügen kann. Selbst wenn du dich nur wie ein Mann zu *benehmen* versuchst, vermasselst du's, mein Sohn.«

Tradd knöpfte seinen Blazer zu und ging zum Fenster hinüber, das einen Blick auf den Hafen von Charleston und die Battery gewährte. Am anderen Ende des Zimmers trat Abigail mit einem Tablett durch die Tür, auf dem Gläser und eine gekühlte Karaffe mit Eistee standen. Sie starrte auf ihren Sohn am Fenster; sie starrte auf ihren Mann im Sessel. Ich wurde plötzlich unsichtbar; ein bewegungsloser Voyeur, der nicht hierhergehörte. Es war kein scharfes Beobachtungsvermögen, sondern die Erfahrung, die Abigail sofort den Grund für die Spannung im Zimmer erkennen ließ. Im Krieg um die Seele ihres Sohnes hatte keine einzige wirkliche Schlacht stattgefunden. Es hatte nur eine Okkupation und drei stolze, entmutigte Verwundete gegeben, die durch die unblutige, aber leidenschaftliche Natur dieses Gefechts untrennbar verbunden waren. Keines der beiden feindlichen Heere war jemals entschlossen ins Feld gezogen. Commerce hatte sich einen Sportler, einen Kumpel und Saufkumpanen als Sohn gewünscht. Statt dessen hatte er einen schlanken, intelligenten, kultivierten Jungen gezeugt, der klassische Musik, Architektur, Malerei und Gedichte liebte: all jene Interessengebiete, die Abigail mit Freude erfüllten, und Commerce mit Zorn. Außerdem hatte er einen der besten Freunde gezeugt, die ich je besaß.

Tradd war in die Akademie eingetreten, um einen Traum seines Vaters zu erfüllen, der seinem Sohn erklärt hatte, daß dieser das Rekrutenjahr an der Akademie nicht durchstehen würde – durchstehen könne –, falls er in der Gemeinschaft der Kameraden keine Wandlung durchmache, die ihn von der sanften, siegreichen Tyrannei des mütterlichen Regiments befreite, egal, wie kurzzeitig oder tiefgreifend diese Wandlung sein mochte. Es hatte Commerce überrascht und beeindruckt, daß sein Sohn das Rekrutenjahr durchstand; aber nicht minder bestürzte es ihn, daß dieses Jahr keine fundamentalen Veränderungen im Charakter seines Sohnes bewirkt hatte. Die Akademie hatte seinen Sohn nicht von dessen Zurückhaltung, Kultiviertheit und Zerbrechlichkeit reinigen können. Selbst die Militärakademie war hilflos, wenn es galt, die Eigenschaften der Chromosomen zu verändern. Aber die Akademie hatte immerhin bewiesen, daß es tief im Innern Tradds eine Härte gab, die weder seine Mutter, sein Vater noch er selbst erkannt hatten. Es war das einzige Mal in Tradds Leben gewesen, daß er seinem Vater ein Geschenk von unschätzbaren Wert gemacht hatte. In jenem ersten Jahr hatten nur wenige Rekruten über so lange Zeit hinweg so viele Demütigungen ertragen wie Tradd. Aber er hatte es geschafft; er hatte alles durchgestanden, jedes bißchen. Als wir am ersten Tag unseres ersten Jahres an der Akademie das Legrand-Tor passiert hatten, wußte Tradd nicht einmal, wie man einen Liegestütz machte. Am Ende des Jahres schaffte er fünfzig, ohne einen Tropfen Schweiß zu vergießen. Doch nach diesem ersten Jahr hatte er keinen einzigen Liegestütz mehr gemacht und geschworen, es auch für den Rest seines Lebens so zu halten. Einmal – es war in jenem ersten Jahr – fragte ich ihn, warum er den Krempel nicht einfach hinschmeiße und eine zivile Hochschule besuche, zumal seine Eltern genug Kleingeld besaßen, um die Yale-Universität kaufen zu können. Tradd hatte mir erklärt: »Ich möchte, daß Vater und ich uns zum ersten Mal im Leben darüber freuen, daß er mein Vater ist und ich sein Sohn bin. Keine Macht der Welt bekommt mich von hier weg, und erst recht keiner der Senioren.« Viele versuchten es, aber Tradd behielt recht. Niemand hatte es geschafft. In weniger als drei Monaten würde er den Ring der Akademie tragen.

»Wann kommen Pig und Mark?« fragte Tradd und brach das lange Schweigen im Zimmer.

»Sie haben die Erlaubnis der Kommandantur, sich erst Mittwoch zum Rapport zu melden«, antwortete ich.

»General Durrell hat mir gestattet, zu Hause zu bleiben, bis die Rekruten eintreffen, Will. Ich hoffe, es wird dir auf unserer Stube nicht zu einsam.«

»Möchtest du nicht bei uns im Gästezimmer wohnen, Will?« fragte Abigail und schenkte Tee in vier Gläser.

»Ihr habt hier kein Horn, Abigail. Ohne das Horn beim Zapfenstreich und das nächtliche Schluchzen der Rekruten kann ich nicht schlafen.«

»Sagt General Durrell, er soll mir den Hintern küssen, wenn ihr ihn trefft, Jungs«, rief Commerce dem Fernseher zu und versuchte, so weit wie möglich vom Thema und von der Bemerkung abzulenken, die seinen Sohn verletzt hatte. »Ich habe diesen großkotzigen Hurensohn neulich auf der King Street gesehen. Er hat sich ein Paar Schuhe mit Einlagen gekauft, glaube ich. Er ist mit seiner Einsneunzig-Körpergröße nicht zufrieden. Man hätte glauben können, er wäre jemand Bedeutendes, so wie er sich aufgeführt hat. Mein Gott, er stammt aus Spartanburg. Aus Spartanburg, dem erbärmlichsten aller Kuhdörfer. Aus dem Hügelland. Dem beschissenen, nichtsnutzigen Hügelland.

»Am Samstagabend findet das erste Footballspiel der neuen Saison statt, Will«, fuhr er fort. »Hast du Lust, mit mir hinzugehen? Du, Pig und Mark?« fragte Commerce, der sehr wohl wußte, daß man ihn wieder durch allgemeines Schweigen auf die Probe stellen würde.

»Tradd.« Abigail seufzte, lächelte aber und meinte scherzhaft: »Ich denke ernsthaft darüber nach, ob wir deinen Vater dieses Jahr während der Football-Saison intravenös ernähren lassen sollten. Stell ein paar Gallonen Cutty Sark und Glukose neben seinen Sessel und schließ die Schläuche an.«

»Vielleicht solltest du versuchen, andere Interessengebiete zu finden, Vater. Andere Zerstreuungen. Nur der Pöbel und Methodisten schauen sich mit solchem Fanatismus Footballspiele an.«

»Dein armer alter Herr *gehört* zum Pöbel, Tradd. Ganz bestimmt. Ich bin ein verdammter, hundertprozentiger, unverbesserlicher Plebejer. Will, ich weiß nicht, ob ich dir die Geschichte schon mal erzählt habe, aber vor zehn Jahren habe ich in der Zeitung gelesen, daß Bowlingspieler den niedrigsten Intelligenzquotienten aller Sportler haben und allesamt aus den untersten sozialen Schichten stammen. Tja, da bin ich sofort losgerannt und einem Bowlingverein in North Charleston beigetreten. Ich habe da die prächtigsten Burschen kennengelernt, die mir an Land jemals begegnet sind.«

»Warum hast du diese prächtigsten Burschen, die dir an Land jemals begegnet sind, dann noch nie zum Abendessen eingeladen, Vater?«

»Wahrscheinlich kommen sie aus Spartanburg«, sagte Abigail. »Aus dem Hügelland.«

»Bowlingspieler riechen nach Schweiß und Bier.« Tradd schnüffelte und zwinkerte mir zu. »Es sind primitive, unkultivierte Menschen.«

»Kultur!« brüllte Commerce den Fernseher an. »Ich habe seit meiner Geburt Kultur in mich hineingeschaufelt. Weißt du eigentlich, daß ich seit meinem sechsten Lebensjahr in die Oper gehe, Will? Sechs Jahre alt – und was tue ich? Ich höre mir fette Weiber an, die glatzköpfigen Schwulen in silbernen Hosen Ithaker-Arien in die feisten Visagen schmettern. Man kann alles, was Amerika an Kultur zu bieten hat, zusammenschnüren, mit dem Bündel raus in die Sargasso-See schippern und es in Brand stecken. Ich würde nicht mal darauf spucken, um die Flammen zu löschen. Es ist mir peinlich, was ich euch jetzt gestehen muß, aber ich wünsche mir sehr oft, nicht St. Croix, sondern John Smith zu heißen. Oder besser noch John Nigger. Ja, genau. John Nigger-Wulstlippe. Diesen Namen hätte ich mir ausgesucht.«

»Jetzt machst du deinen Standpunkt aber wirklich zu deutlich, Vater«, sagte Tradd und wandte sich wieder dem Fenster mit Blick auf den Hafen zu.

»Möchte noch jemand Eistee?« fragte Abigail fröhlich.

»Ich gehe auf mein Zimmer, damit ihr Literaten vor dem Abendessen noch ein hochgeistiges kleines Schwätzchen über Kultur halten könnt. Will, könnte ich oben mal für ein paar Minuten mit dir reden? Wenn du mich entschuldigen würdest, meine Liebe«, sagte er zu Abigail, stand auf und verbeugte sich mit einer plötzlichen, abrupten Bewegung vor seiner Frau – wie ein Klappmesser, dessen Klinge vor- und zurückschnellt.

Als ich Commerce nach oben folgte, stellte er gerade eine Topfpalme zur Seite, die vor seinem Arbeitszimmer stand. Dann schloß er behutsam die Tür auf und verschwand für einen Moment in seinem verbotenen Heiligtum, so daß ich gespannt und nervös auf dem Flur warten mußte. Niemandem war der Zugang zu seinem Arbeitszimmer gestattet; Abigail und Tradd hatten mir erzählt, daß sie sich daran hielten und das Zimmer nie betraten, selbst dann nicht, wenn Commerce auf hoher See war. Als er wieder aus dem Zimmer kam, nahm er mich beim Arm und führte mich hinaus auf die Veranda im zweiten Stock. Wir blickten über den Garten hinweg, ein duftendes schwarzes Meer aus Vegetation, das die salzige Luft atmete, die vom Fluß herüberwehte.

»Siehst du's?« fragte er.

»Was denn?«

»Ich habe ihn übergestreift, als ich im Zimmer war. Schau auf meine Hand, Will.«

Ich schaute auf seine rechte Hand und sah seinen matten Schimmer.

»Der Ring«, sagte ich.

»Ich bewahre ihn in meinem Zimmer auf. Zusammen mit allem anderen.«

»Gold, Weihrauch und Myrrhe.«

»Bücher und Briefe. Dinge, die ich in Häfen rund um den Globus gesammelt habe und die Abigail als Abfall betrachtet.«

»Warum trägst du den Ring nicht ständig, Commerce?« fragte ich. »Du bist der einzige Akademie-Absolvent, der seinen Ring nicht so sorgsam behandelt, als wäre er aus den Nägeln am Kreuz Christi gehämmert.«

»Die Jahre an der Akademie waren die glücklichsten meines Lebens, Will. Aber seit Durrell, dieser arrogante Schweinehund, zurückgekommen und Direktor der Akademie geworden ist und seit er das Jahrgangssystem in diese brutale Rekrutenschinderei verwandelt hat, habe ich den Ring nicht mehr getragen. Ich habe mit Durrell darüber gesprochen. Er hat mir gesagt, er will dafür sorgen, daß die Akademie das härteste Jahrgangs- und Ausbildungssystem der Welt besitzt. Wenn ich dich und Tradd so höre, hat er offenbar bewundernswerten Erfolg.

Aber als er und ich noch Rotärsche gewesen sind, war es gar nicht so übel in dem Laden. Um ehrlich zu sein, es hat sogar Spaß gemacht.«

»Du und General Durrell, ihr wart in einem Jahrgang, nicht wahr?«

»Ja, und ich weiß so einiges über ihn. Als Kadett habe ich Tagebuch geführt. Es war eine gute Übung für später, als ich zur See fuhr und Logbuch führen mußte. Ich kann jederzeit nachschlagen und dir über alles berichten, was ich getan habe, seit ich fünfzehn Jahre alt war. In manchen Dingen bin ich sehr diszipliniert, Will.«

»Disziplin ist das einzige Geschenk, das die Akademie mir *nicht* gemacht hat.«

»Du hast sie dir erkämpft, Junge«, sagte Commerce. »Die Disziplin stellt sich von selbst ein, wenn man sich erst einmal entschlossen hat, bei einer bestimmten Sache aufs ganze zu gehen.«

Er starrte den Ring eine volle Minute an, ohne ein Wort zu sagen.

»Sag Tradd, daß ich nicht die Absicht hatte, seine Gefühle zu verletzen, Will. Es ist mir einfach herausgerutscht.«

»Warum sagst du es ihm nicht selbst, Commerce? Ich bin sicher, es würde ihm sehr viel mehr bedeuten, als wenn ich es ihm sage.«

»Wenn du es ihm nicht sagst, Will, wird er nie erfahren, wie leid es mir tut, wenn ich so mit ihm rede wie vorhin. Bitte, sag es ihm.«

»Mach ich, Sir.«

»Mir ist schon vor Jahren etwas aufgefallen, Sohn. Wenn ich mit den Menschen zusammen bin, die ich am meisten liebe, fühle ich mich so einsam wie der einsamste Mensch auf Erden. Einsam, Will. Einsam. Einsam«, sagte er mit gedämpfter Stimme. Plötzlich richtete er die Augen auf mich, suchte nach Verständnis, nach Bestätigung.

Er bedachte mich mit einem Blick, der uns zu geistigen Verbündeten machte, zu verzweifelten Desperados auf der wilden Flucht vor der trügerischen Schönheit Charlestons, vor der Düsternis unter dem falschen Glanz. Doch ich erwiderte Commerces Blick nicht mit der gleichen Überzeugung, was die grundlegende Prämisse betraf, auf der sein Standpunkt beruhte: daß unser beider Seelen, unser beider Charaktere artverwandt und auf beinahe unlösbare Weise miteinander verkettet waren. Und das alles nur, weil wir uns beide gern Footballspiele anschauen, dachte ich. Ich war als McLean auf die Welt gekommen – und nicht als St. Croix; ich wurde nicht von den furchterregenden Dämonen dieser Stadt gequält, die mit schrillen Stimmen nach der Gleichförmigkeit und Fügsamkeit ihrer Söhne und Töchter schrien. Das alles war nicht meine Schuld. Ich konnte nicht einmal Mitleid für Menschen wie Commerce empfinden, die unter Todesqualen litten, weil sie aus den altehrwürdigsten Familien stammten, die beste Erziehung genossen hatten und die klangvollsten Namen trugen. Als ich Commerces Blick erwiderte, erkannte ich, daß er sich ungeachtet seiner tiefen Abneigung gegen diese Stadt entschieden hatte, sein Leben dennoch im toten Zentrum jener Rasse zu führen, die er aus vollem Herzen haßte. Die Anziehungskraft Charlestons war lunar und weiblich und heimtückisch und befiel sogar jene Einheimischen, die – wie Commerce – beteuerten, die beinahe umfassende Künstlichkeit dieser Stadt und die fleischfressende Etikette ihrer sozialen Struktur zu verabscheuen. Er war und blieb Charlestoner, so wie ich ein männlicher Weißer war und blieb. Charleston besaß seine Seele, und weder er noch ich konnten irgend etwas dagegen tun.

Aber er schien mit dem Blick zufrieden zu sein, mit dem ich ihn musterte. Ich habe Augen, die den Menschen geben können, was sie wollen; Augen, die sich prostituieren, um zufriedenzustellen, Anteil zu nehmen, zu bestätigen und zuzustimmen. Die Menschen können aus meinen Augen nehmen, was immer sie brauchen. Für gewöhnlich schaue ich jemanden, der mir eine Geschichte erzählt, einfach nur an; später bin ich erstaunt, wenn ich entdecke, daß diese Leute der Überzeugung gewesen sind, daß ich ihnen voll und ganz zugestimmt habe. Ich habe die Augen eines Kommunalpolitikers oder eines Priesters, der geil auf Chorknaben ist. Ich habe gelernt, daß ich meinen Augen absolut nicht trauen kann.

»Ich werde Tradd sagen, daß es dir leid tut, Commerce«, rief ich ihm nach, als er die Veranda verließ und in seinem Zimmer verschwand, dessen einzige Lichtquelle eine Schiffslaterne war. Ich hörte, wie hinter ihm der Riegel mit leisem Klicken ins Schloß fiel.

Als ich an diesem Abend das Haus verlassen hatte, drehte ich mich um, blickte die Villa der St. Croix noch einmal an und dachte an die vielen Zufälle und all die Eskapaden des Schicksals zurück, die meine Geschichte mit der Geschichte dieses vornehmen Hauses verknüpft hatte. Zu Beginn unseres Rekrutenjahres an der Akademie hatte Tradd mich hierher zum Abendessen eingeladen, kurz nachdem wir Stubenkameraden geworden waren. Bevor wir an jenem Abend die Villa verlassen hatten, um in die Kaserne zurückzukehren, hatte Abigail mich zur Seite genommen und mir dafür gedankt, daß ich ihrem Sohn geholfen hatte. Ich erzählte ihr, daß Tradd unglaublich tapfer sei und er die grausame, unbarmherzige Brutalität des Rekrutenjahres klaglos über sich ergehen ließe. Später im Jahr, bei einem meiner weiteren Besuche, hatte Abigail mir irgend etwas in die Hand gedrückt. Es war ein Schlüssel zur St.-Croix-Villa.

»Jetzt haben Sie in Charleston ein Zuhause, Will«, hatte sie gesagt. »Sie können den Schlüssel benutzen, wann immer Sie möchten. Es spielt keine Rolle, ob wir hier sind oder nicht.«

Ich hatte den Schlüssel nie benutzt, ihn aber immer bei mir getragen; denn mir gefiel der Gedanke, daß ich dieses Haus jederzeit betreten durfte. Ich fragte mich, was der Erbauer des Hauses, der ehrenwerte Rechtsanwalt Rhett St. Croix, wohl dazu gesagt hätte, daß Will McLean mit einem Schlüssel zu seinem Haus durch die Straßen von Charleston schlenderte.

3

Es dauerte ein paar Sekunden, bis meine Augen sich an das schummrige Licht gewöhnt hatten, als ich am nächsten Mittag Henry's Restaurant betrat. Um diese Tageszeit machte die Augustsonne in Charleston schwindlig und benommen. Ich ging dem Geruch von Zigarrenrauch nach. Der Bär saß an einem Ecktisch, von dem er einen ungehinderten Blick auf die Eingangstür hatte. Er aß ein Dutzend ungekochte Austern und hatte ein zweites Dutzend für mich bestellt. Ich grüßte militärisch, bevor ich ihm gegenüber Platz nahm.

»Ich glaube, ich werde mir Austern bestellen, Colonel.«

»Iß die Schalen nicht mit, Kleiner. Spuck sie einfach auf den Teller.«

»Ich habe noch nie Austern gegessen, die wie Zigarren schmecken«, sagte ich durch eine träge Wolke Tabaksqualm.

»Heute werden keine Scherze gemacht, Kleiner«, sagte Colonel Berrineau und drückte seine Zigarre aus. »Du und Papa Bär werden ein ernsthaftes, offenes Gespräch führen.«

Als ich noch Rekrut gewesen war, hatte ich rasch das wichtigste Gesetz des Korps gelernt. Es war ein ungeschriebenes und unverkündetes Gesetz; aber es war von wesentlicher Bedeutung für das Überleben in der militanten, entzündlichen Zone, die man betrat, sobald man das Legrand-Tor passierte. Dieses Gesetz lautete: Falls du in Schwierigkeiten steckst – egal, ob sie mit der Akademie zu tun haben oder nicht –, dann geh zum Bären. Man ging zum Bären, wenn es Ärger oder Schwierigkeiten oder Kummer gab. Man hielt nach dem Bären Ausschau, wenn das System gemein und hinterhältig wurde. Wenn man zu niemand anderem mehr gehen konnte, war der Bär zur Stelle. In den vier Jahren, die ich auf der Akademie verbrachte, hatte noch jeder Kadett, der in ernsten Schwierigkeiten steckte, darum gebeten, so schnell wie möglich ein Gespräch mit dem Bären führen zu dürfen. Oft brüllte er den Kadetten an, putzte ihn seiner Dummheit oder Nachlässigkeit wegen herunter, erbot sich im Scherz, für seine Versetzung an eine zivile Hochschule zu sorgen, machte ihn zur Schnecke, weil die Stiefel nicht auf Hochglanz poliert waren, beschimpfte ihn vor den Augen der Sekretärinnen im Vorzimmer des

Kommandeurs; aber immer, immer half er dem Betreffenden, so gut er konnte. Das war der entscheidende, unentbehrliche Nachtrag zu diesem wichtigsten Gesetz des Korps. Außerhalb der Kasernen wußte niemand von der geheimen, inoffiziellen Existenz dieses Gesetzes, nicht einmal der Bär.

»Du weißt, daß Pearce an die Akademie kommt. Stimmt's, Kleiner?«

»Der Neger?«

»Ja. Genau der. Wir hinken ein bißchen hinter der Zeit zurück, Kleiner. An jeder anderen Hochschule in South Carolina studieren schon seit längerem Nigger. Weiß Gott, wir haben uns so lange dagegen gewehrt, wie wir nur konnten, aber nächsten Montag wird Mr. Pearce durch das Legrand-Tor bei uns Einzug halten. Und er kommt nicht zu uns, um den Rasen zu mähen oder in der Kantine Hähnchen zu braten. Er wird die ehrenvolle graue Uniform der Südstaaten tragen. Einige Ehemalige, sehr einflußreiche Männer, haben jahrelang versucht, unsere Akademie so weiß wie den Bauch einer Flunder zu halten. Wir sind eine der letzten Bastionen des Südens, vielleicht die allerletzte. Tja, mehrere Mitglieder des Verwaltungsrats wissen, daß es für diesen jungen schwarzen Schwulen sehr wichtig ist, die Akademie erfolgreich zu absolvieren. Andernfalls könnte es ernsthafte Probleme geben, was die Regierungszuschüsse und den ganzen Scheißdreck betrifft. Aber diese Männer wissen auch, daß der General alles haßt, was schwarz ist, seit eine Nigger-Einheit, die er im Pazifikkrieg führte, einfach die Klamotten hingeschmissen hat und vor den Japsen davongelaufen ist. Darum schmieren diese Herren dem General jetzt Honig um den Bart und halten ihn aus der Sache raus. Der Verwaltungsrat redet sonst kaum ein Wort mit dem

General, es sei denn, die Herren möchten, daß sich Wasser in Burgunder verwandelt oder der Ashley River sich teilt wie das Rote Meer vor den Israeliten. Der General ist der Wunderknabe an unserer Akademie, Kleiner, aber er ist ein bißchen zu alt, um sich noch groß mit dem alltäglichen Kram zu befassen, was die administrativen Aufgaben der Akademie betrifft. Ich habe dich heute hierher bestellt, weil wir dafür sorgen müssen, daß Pearce durchhält. Und das bedeutet, wir müssen dem Nigger die weißen South-Carolina-Jungs vom Hals halten, so gut wir können.«

»Dann müssen Sie ihn in einen Käfig sperren, Colonel. Und wenn Sie ihm auch nur die kleinste Vergünstigung gewähren, wird das ganze Korps ihn fertigmachen. Sie wissen so gut wie ich, daß die Jungs jeden Rekruten loswerden können, wenn sie wollen. Falls sie der Meinung sind, daß irgend jemand nicht an die Akademie paßt, können sie ihn so zur Schnecke machen, daß er nicht mehr weiß, ob er Männlein oder Weiblein ist.«

»Danke, daß du mich über das Korps belehrst, Kleiner. Aber ich habe diesen Haufen sehr viel länger beobachtet als du. Ich weiß besser als jeder andere, was das Korps kann und was nicht. Aber du hast recht. Die Jungs können Pearce so fertigmachen, daß die Müllabfuhr nur noch seine Reste fortzuschaffen braucht. Allerdings haben wir Pearce aus fünf schwarzen Bewerbern ausgewählt. Und wir hatten Glück – oder sind jedenfalls der Meinung. Der Junge ist ein kluger Kopf, stammt aus guter Familie, möchte eine militärische Karriere machen und sieht für einen Nigger ziemlich gut aus. Aber vor allem ist er ein harter Bursche. Er könnte fünf normale Rekruten zum Frühstück fressen. Aber, weiß Gott, er wird seine ganze Härte brauchen. Wir möchten, daß du Pearces Verbindungsmann bist und auf ihn aufpaßt. Laß dir irgendein System einfallen, das es dem Jungen ermöglicht, sich mit dir in Verbindung zu setzen, wenn die Sache außer Kontrolle gerät. Pearce hat diesen Sommer schon einen ganzen Packen Drohbriefe bekommen, und man munkelt, daß es im Korps eine Gruppe gibt, die mit allen Mitteln verhindern will, daß Pearce die Ausbildung durchsteht. Eine Gruppe, die geschworen hat, jeden Nigger von der Akademie zu jagen, den die Regierung uns aufs Auge drückt. Es liegt an dir, an mir und an anderen Verantwortlichen – und vor allem an den anständigen Kadetten –, dafür zu sorgen, daß diese Gruppe von Niggerhassern auf die Schnauze fällt.«

»Was ist das für eine Gruppe, Colonel?« fragte ich erstaunt.

»Würde ich die Kerle kennen, könnte ich mir dieses Gespräch mit dir sparen, Kleiner. Ich würde diese Kerle so lange übern Exerzierplatz scheuchen, bis ihnen das Wasser im Arsch kocht. Wir wissen bis jetzt nur eins, Kleiner, – und selbst das ist nur eine Hypothese –, daß es *vermutlich* eine solche geheime Verschwörergruppe gibt. Einer der Herren vom Verwaltungsrat glaubt, daß es sich dabei möglicherweise um ›die Zehn‹ handelt.«

»Die Zehn sind ein Märchen, Colonel. Ja, sicher, angeblich gibt es eine Geheimorganisation mit diesem Namen. Aber mir kann niemand weismachen, daß es möglich ist, die Existenz einer solchen Gruppe innerhalb des Kaders geheimzuhalten.«

»Pearce hat diesen Sommer einen Drohbrief von den Zehn erhalten«, sagte der Bär und blickte zur Tür.

»Im Ernst?« sagte ich. »Was steht drin?«

»Hauptsächlich hat man Pearce gewarnt. Er soll seinen schwarzen Hintern lieber nicht ins Kadettenkorps stekken, wenn er weiß, was gut für ihn ist. Außerdem steht drin, daß Neger der lebende Beweis dafür sind, daß die Indianer es mit Büffeln getrieben haben.«

»An solche Sachen sollte er sich gewöhnen, Colonel. Aber woher wissen Sie, daß der Brief von den Zehn stammt?«

»Ich bin nebenberuflich Detektiv, Kleiner. Er war mit ›Die Zehn‹ unterschrieben.«

»Das könnte jeder geschrieben haben, Colonel. Auch ich. Diesen und ähnliche Scherze macht man im Kader, seit ich ein Rotarsch gewesen bin.«

»Ich weiß, Kleiner, ich weiß«, sagte er, schaute mich an, verdrehte die Augen und nahm den Zigarrenstummel aus dem Aschenbecher. Er schob ihn sich zwischen die Lippen und begann darauf zu kauen, als er fortfuhr: »Seit ich auf der Akademie bin, ist mir noch nie der kleinste Beweis für die Existenz dieser Gruppe untergekommen. Aber es kursiert nun mal das Gerücht im Korps, daß irgend jemand es auf Pearce abgesehen hat. Und der gute alte Bär nimmt Gerüchte ernst. Weißt du, warum die Kommandantur gerade dich als Pearces Verbindungsmann ausgeguckt hat?«

»Der Leitartikel?« wagte ich zu fragen.

»Ja, Kleiner, du glühender Bolschewikenverehrer. Der Leitartikel«, sagte er, beugte sich über den Tisch und blickte mich mit funkelnden braunen Augen an. »Ich war dagegen, daß dein Leitartikel in der Kadettenzeitung veröffentlicht wird. Wenn es bei uns jemals eine Zensur gibt, sollte es meiner Meinung nach eine *richtige* Zensur sein und kein halbherziger, feiger Scheißdreck. Na ja, jedenfalls hat dein Artikel uns geholfen, einen aufrichtigen Niggerfreund im Korps zu finden.«

»Im Korps ist nicht jeder ein Rassist, Colonel. Es gibt ein paar selbstgefällige Abweichler.«

»Und wenn ich dir nun sage, daß neunundneunzig Prozent der Korpsmitglieder Rassisten sind?« sagte er grinsend. »Was dann, Kleiner?«

»Dann würde ich sagen, daß Ihre Schätzung zu vorsichtig ist. Der Prozentsatz liegt viel höher.«

»Hast du diesen Leitartikel geschrieben, um deinem Vorgesetzten vor den Koffer zu scheißen, oder kriegst du wirklich einen Steifen, wenn du an Nigger denkst? Sag mir die Wahrheit.«

»Lieber nicht, Colonel. Sie würden eine Woche keinen Schlaf finden.«

»Tja, Pearce wird es schaffen, Kleiner. Pearce muß es schaffen. Seine geschichtliche Epoche ist angebrochen.«

»Und Ihre ist zu Ende, Colonel?«

»Kann sein, Kleiner. Aber für Trottel wie dich gab's keine historische Epoche. Und so Gott will, wird es für euch auch nie eine geben.«

»Colonel«, sagte ich und pickte die letzte Auster vom Teller, »sind Sie Rassist? Möchten Sie, daß Pearce die Akademie besucht?«

»Ja, ich bin Rassist. Ich habe die Akademie gemocht, als sie schneeweiß gewesen ist. Pearce wird bei einer Parade auffallen wie ein Schornsteinfeger unter Bäckergesellen.«

»Warum versuchen Sie dann, ihn zu beschützen?«

»Weil es meine Pflicht ist, Kleiner, mein Job. Wenn Pearce am Montag kommt, wird er einer meiner Lämmchen sein, und ich werde verdammt noch mal dafür sorgen, daß alle meine Lämmchen die gleichen Chancen haben.«

»Ich werde mit Freuden Pearces Aufpasser spielen, Colonel. Aber in der Einführungswoche bekomme ich ihn wahrscheinlich nur einmal zu Gesicht. Bei meinem Vortrag über den Ehrenkodex.«

»Es wird sich herumsprechen, daß du sein Verbindungsmann bist. Um ehrlich zu sein, es hat sich schon herumgesprochen. Das ganze Korps soll wissen, daß der Bär Mr. Pearce genauestens im Auge behält.«

»Wann haben Sie eigentlich Ihren Abschluß an der Akademie gemacht, Colonel?«

»Neunzehnhundertachtunddreißig, Kleiner.«

»Woher soll ich wissen, daß Sie nicht zu den Zehn gehören?« fragte ich ihn scherzhaft.

»Was die akademische Seite der Ausbildung betraf, war ich unter den schlechtesten zwanzig Prozent meines Jahrgangs«, erwiderte er, bevor er eine Auster hinunterschluckte.

»Hat das irgendwas zu bedeuten?«

»Es bedeutet, daß ich dumm war, Kleiner. Und die Zehn würden einen Dummkopf nicht mal mit einer Kneifzange anfassen. Was Bücher angeht, bin ich ein Dummkopf geblieben. Aber ich werde zum Shakespeare, wenn ich eins meiner Lämmchen erwische, das gegen die Vorschriften an der Akademie verstößt. Wir bleiben in Verbindung. Wenn du mich brauchst, ruf mich an. Komm zu mir. Geh zu keinem anderen. Zu niemandem im Korps. Zu keinem deiner Freunde. Nur zu mir. Nur zum guten alten Bären.«

4

An diesem Abend, während ich auf die Ankunft meiner beiden anderen Stubenkameraden wartete, dachte ich über das Wesen der Freundschaft nach. Meine Freunde waren immer Außenseiter gewesen, die nicht in der Menge mitgeschwommen waren. Bei der Fünften Kolonne meiner Kameraden war ich schon immer beliebt gewesen — bei jenen Individualisten, die edel in ihrer Einsamkeit waren, Fürsten ihrer stillen, unbesungenen Melancholie. Ich mißtraue der Wertschätzung der Charlestoner Auserwählten, nehme den Beifall der Verbannten aber jederzeit entgegen. Alle meine Freunde waren Fremde; man konnte in ihren Augen erkennen, daß sie frei waren und nicht dieser Stadt gehörten. Ich suchte diesen Ausdruck in Tausenden von Gesichtern; ich bekam ihn oft zu sehen, verwirrt und bruchstückhaft und wütend, und ich ging auf jeden Kameraden zu, der mich auf diese Weise zu sich einlud.

Ich saß an meinem Schreibtisch im hinteren Teil der Stube und putzte meine Paradestiefel, als ich hörte, wie die Tür geöffnet wurde. Mark Santoro kam ins Zimmer. Er sah mich zuerst nicht; aber ich lächelte, als ich seinen altbekannten finsteren Blick sah, nachdem ich ihm zugerufen hatte: »He, Itaker.«

Es war ein altes Spiel zwischen uns; wir konnten es stundenlang spielen. Er stellte sein Gepäck in der Nähe seines Spinds auf den Fußboden und kam zu mir herüber.

»Sie müssen neu in der Stadt sein, Sir«, sagte Mark. »Es verletzt meine Gefühle, wenn ein ausgesprochen häßliches Exemplar der Gattung Mensch, wie Sie eins sind, abfällige Bemerkungen über meine Abstammung von sich gibt.«

»Itaker«, wiederholte ich, »Itaker, Itaker, Itaker. Spaghettifresser.«

»Verzeihung, Sir, Sie müssen mich überhört haben. Ich habe Sie freundlich gebeten, mich mit Würde und Respekt zu behandeln. Daher möchte ich vorschlagen, daß Sie sich irgend etwas Netteres ausdenken, bevor Sie mich anreden. Sonst bin ich nämlich gezwungen, einen radikalen chirurgischen Eingriff an Ihrer fetten Nase vorzunehmen, die Ihre Mutter einem irischen Schwein gestohlen hat.«

»Wo wir gerade von Nasen sprechen, Mark – deine ist in diesem Sommer ein bißchen größer geworden. Auf deinem Riechkolben könnte bequem eine DC-8 landen.«

»Und von deinem winzigen Rüssel würde sogar 'ne Eintagsfliege abrutschen.«

»Warum läßt du dir die Nase nicht operieren, Mark?« sagte ich. »Das ist mein voller Ernst. Wahrscheinlich müßte ein Team von zwanzig, dreißig Chirurgen wie die Verrückten an dir rumschnippeln, aber in zwei bis drei Tagen könnten sie die Knolle in deinem Gesicht wieder auf normale Größe bringen.«

Er drückte mir seinen riesigen Finger auf die Nase. »Was meine Nase angeht, bin ich empfindlich. *Sehr* empfindlich.«

»Wie fühlt man sich eigentlich, Santoro, wenn man zu einer Rasse gehört, die einst die Erde beherrscht hat? Die rund ums Mittelmeer Disziplin und Ordnung eingeführt hat? Die dem Begriff Weltreich eine völlig neue Dimension verliehen hat? Die zahllose Krieger und Zivilisationen auf dem Gewissen hat? Wie fühlt man sich *wirklich*, wenn man Italiener ist, Mark? Wenn man von den einstigen Beherrschern des Universums abstammt, die heute zu Pizzabäckern und Eisverkäufern degeneriert sind?«

»Weißt du eigentlich, McLean, daß es den ganzen Sommer niemand gewagt hat, mir solchen Scheißdreck an den Kopf zu werfen? Niemand war Manns genug, mich zu verarschen. Und ich will dir noch etwas sagen.« Er trat dicht vor mich hin und ragte bedrohlich über mir auf. »Ich habe deine irische Großschnauze schmerzlich vermißt.«

Er hob mich vom Stuhl wie eine Lumpenpuppe; mein linker Stiefel flog mitsamt der Schuhwichse vom Tisch und segelte durchs Zimmer. Er drückte mich an sich, bis ich japsend nach Atem rang. Er küßte mich auf beide Wangen. Er hob mich noch ein Stück höher und schleuderte mich auf mein Bett. Als ich wieder sprechen konnte, blickte ich in sein markantes, dunkles Gesicht; er grinste breit, und seine weißen Zähne blitzten. Nach längeren Trennungen waren Marks Begrüßungen eine Art martialisches Ritual.

»Mark«, keuchte ich, »ich . . . freue mich . . . riesig, daß du wieder . . . da bist.«

»Was wäre ein Leben ohne mich, Will, nicht wahr? Und endlich wirst du ein bißchen freundlich zu uns lieben italienischen Jungs.«

»Freundlich!« rief ich. »Wenn irgend etwas auch nur italienisch *aussieht*, bin ich freundlich zu ihm, Mann. Ich bin doch nicht bescheuert. Ich bin freundlich zu Fettblasen, zu Öllachen und zu Schmiermittelflecken. Die erinnern mich an zwei meiner Stubenkameraden. Wie geht es deinen Eltern?«

»Sie haben mich angefleht, euch nicht im Stich zu lassen, und ich soll euch herzlich grüßen. Sie möchten, daß du und Tradd mir in den Hintern tretet und dafür sorgt, daß ich fleißig studiere. Übrigens, wo sind Pig und Tradd?«

»Pig ist noch nicht aufgetaucht«, sagte ich und warf einen Blick auf meine Uhr.

»Wie ich unseren Muskelberg kenne, wird er zwei Minuten nach dem Appell aufkreuzen, in einem Trainingsanzug und mit 'nem Steifen.«

»Hör mal, Mark, fahr du schon mal zu den St. Croix, okay? Abigail hat uns heute zum Abendessen eingeladen. Ich warte auf Pig und komme später mit ihm nach. Commerce wird sich freuen, wenn du mit ihm das Baseballspiel anschaust. Er hackt wieder ziemlich schlimm auf Tradd herum. Aber zieh deine Uniform an, Sohn. Du bist jetzt angehender Absolvent.«

Mark packte mich wieder, zog mich hoch und drückte mich an seine mächtige, stark behaarte Brust. Erneut küßte er mich auf beide Wangen; dann blickte er mir mit freundschaftlicher Zärtlichkeit, ohne jede Spur von Befangenheit, in die Augen und sagte: »Ich liebe dich, Will.«

Meine Antwort war eine Lektion in Geschichte und Soziologie, und man kann aus der emotionellen Zurückhaltung meiner Erwiderung einige der wesentlichsten Unterschiede zwischen Irland und Italien ableiten. Mark und ich waren der unauslöschliche Beweis, daß jedes europäische Volk sein ureigenes Temperament, seine Vorlieben und Träumereien in das launische, turbulente Bewußtsein Amerikas eingebracht hatte. Unsere Europas waren unterschiedlich; unsere Amerikas waren unterschiedlich. Marks düsteres, männliches Gesicht täuschte über sein gefühlsbetontes, ja sentimentales Inneres hinweg. Ich hatte Angst vor Gefühlen; ich fürchtete mich schrecklich davor, mich Stimmungen hinzugeben und war nicht fähig, das unverständliche Murmeln des Liebenden in meinem Innern in Worte zu kleiden. In einer Parodie des irischen Amerikaners — doch wie ein Skorpion in meinen Bernstein aus verhärteten Gefühlen eingeschlossen —, antwortete ich: »Ich glaube, du bist ein klaffendes Arschloch.«

Ich hatte Glück. Mark verstand den Scherz und ging zu den St. Croix zum Abendessen, während ich auf Pig wartete.

Pig. Der Spitzname hatte nichts mit ›Schwein‹ zu tun, sondern mit seinem Hausnamen: Dante Pignetti. Ich hatte Offiziere und Kadermitglieder sagen hören, daß es an der Akademie noch keinen Rekruten wie Pig gegeben habe, solange man sich erinnern könne. Er war der einzige meiner Jahrgangskameraden, dem das brutale Rekrutenjahr nichts hatte anhaben können. Es hatte ihn nicht beeinflußt, hatte keine Narben hinterlassen. Im Gegenteil; Pig hatte während des Rekrutenjahres gezeigt, daß er sowohl dessen Regularien als auch dessen Anomalien liebte. Zehn Liegestütze machten ihm Spaß; fünfzig waren ein Akt geradezu orgiastischen Vergnügens. Einmal hatte ich beobachtet, wie drei Senioren ihn eine Stunde lang in die Mangel genommen und versucht hatten, sein unglaubliches Stehvermögen durch eine aufeinander abgestimmte, mörderische Kombination schwerster körperlicher Übungen zu zerbrechen: Treppen hinaufrennen, M-1-Sturmgewehr in der Vorhalte, Liegestütze machen — immer wieder und wieder. Aber sie konnten Pignetti nicht zerbrechen, nicht einmal ankratzen, und sie gaben ihre Bemühungen schließlich aus purer Langeweile und mit widerwilliger Scheu auf. Nein, Scheu war nicht das richtige Wort. Es war Angst. Wenn es den drei Burschen gelungen wäre, Dante Pignetti zu zerbrechen, hätten sie für den Rest des Jahres keine ruhige Nacht mehr gehabt, da bin ich sicher. Denn Pig, das wußte jeder, war höllisch unberechenbar und teuflisch rachsüchtig. Sein Körper war ein Kunstwerk, das in ungezählten Stunden schweißtreibenden, mörderischen Krafttrainings geschmiedet worden war. Er besaß nicht jene Art von Athletenkörper, den ich persönlich bewunderte — die langen, geschmeidigen Muskeln eines Schwimmers sind für meinen Geschmack ästhetischer; aber Pigs Körper besaß eine magnetische, beinahe nukleare Spannung. Sein Oberkörper war atemberaubend, seine Brustmuskulatur, seine Schultern, seine Arme waren beeindruckend. Er spielte keinen Football, und seine Liebesabenteuer beschränkten sich auf Gewichtheben, Boxen und Ringen und Karate und all jene Sportarten, die schlimme Schmerzen bereiten und ernste Verletzungen zur Folge haben können.

Im ersten Monat unseres Rekrutenjahres kamen Senioren der anderen drei Bataillone zu uns, nur um Pig zu sehen. Der Kader zwang ihn mehr als einmal, sein Hemd auszuziehen, stramm zu stehen und seine gewaltigen Muskeln den ungebetenen, obszönen Blicken der Senioren preiszugeben, die seine damals schon berühmte Physis bestaunten. Von meinem Aussichtspunkt im zweiten Zug konnte ich die ganze Zeremonie beobachten, und es erfüllte mich mit riesigem Stolz, diesen Rekruten zu sehen — ein solches Mannsbild, daß unsere Inquisitoren, unsere hageren Folterknechte vom Kader, in die niederen Ränge der Rotärsche hinabstiegen, nur um den prachtvollsten Körper des Korps zu studieren. Sie schlugen Pig die Fäuste in den Magen, so hart sie konnten; aber er steckte ihre wuchtigsten Schläge weg. Ich kann nicht beschreiben, wie wundervoll Dante Pignetti damals in meinen Augen aussah: den nackten Oberkörper dem Sonnenlicht preisgebend, wurde er von den Senioren geschlagen und beneidet, bewundert und gefürchtet. Er war stärker, härter und besser als sie alle. Während ich diese seltsame Zeremonie verfolgte, beschloß ich auf der Stelle, mir diesen Mann zum Freund zu machen. Mein Talent zu überleben und die Klugheit sagten mir, daß es nur vernünftig wäre, das Schicksal des stärksten Mannes im Korps mit dem eigenen zu verknüpfen. Weil große, starke Männer Angst verbreiten, haben sie für gewöhnlich nur wenige Freunde, und nur selten haben sie die komplizierten Fertigkeiten entwickelt, die man braucht, um sich Freunde zu machen; sie haben zu viel Zeit darauf verwendet, ihre Muskeln auszubilden. Ich wußte damals schon, daß Pig mich instinktiv mögen würde. Als ich ihn aus der Entfernung beobachtete, wußte ich mit absoluter Gewißheit, daß Pig sich durch seine körperliche Unverletzlichkeit von den anderen isoliert hatte, daß er in seiner körperlichen Einmaligkeit gefangen war wie in einer Zelle. In diesem ersten Jahr war er einsam, und sein Lächeln war dümmlich, jungenhaft, als ich ihn fragte, ob er mit mir auf ein Bier in die Stadt gehen wolle.

Draußen auf dem Flur hörte ich einen Tumult. Das Türblatt erzitterte, als jemand dagegengeschleudert wurde. Ich hörte Rufe, lästerliche Flüche. Plötzlich flog die Tür auf. Gooch Fraser kam ins Zimmer gesegelt und schlug auf dem Fußboden auf. Pig riß ihn am Kragen hoch und versetzte ihm einen leichten Tritt in den Hintern. Gooch landete auf Marks Gepäck, alle viere von sich gestreckt.

»Komm her, Schweißfuß«, befahl Pig.

»Pig?« sagte ich – halb Frage, halb Begrüßung.

»Ich kann dir jetzt nicht guten Tag sagen, Kumpel«, erwiderte Pig, warf seinen Koffer aufs Bett und ließ die

Verschlüsse aufschnappen. »Schweißfuß hat gerade mein Mädchen beleidigt.«

»Ich wußte nicht, daß du 'ne Freundin hast, Pig«, sagte Gooch weinerlich. Gooch Fraser war Unteroffizier, im dritten Jahr an der Akademie, und so harmlos und friedlich wie eine Wüstenspringmaus.

»Sag Mr. Pignetti zu mir. Mir gefällt es nicht, wie du ›Pig‹ sagst.«

»Bitte, Mr. Pignetti. Das hatte doch gar nichts zu bedeuten.«

»Ich muß dir eine Lektion erteilen, Schweißfuß«, erklärte Pig. »Ich muß dafür sorgen, daß so was nicht noch mal passiert. Ich werde dir jetzt ein Foto von dem Mädchen zeigen, das du gerade beleidigt hast, und dann wirst du kapieren, warum ich zum wilden Mann werde, wenn jemand eine dreckige Bemerkung über sie macht.«

»Aber, Pig . . .«, sagte Gooch mit wachsender Verzweiflung.

»Halt die Fresse«, rief Pig und schlug Gooch die flache Hand auf den Hinterkopf. »Für dich bin ich Mr. Pignetti, und du bist für mich Mr. Nobody. Ich würde dir mit Vergnügen deinen dürren, ungewaschenen Hals umdrehen. Paß gut auf, wenn ich dir jetzt das Mädchen zeige, das du beleidigt hast.«

Ehrfürchtig nahm Pig das Foto aus seinem Koffer. Ich hatte dieses Foto drei Jahre lang immer wieder gesehen; das Gesicht war mir so vertraut wie das Porträt Lincolns auf einem Fünfdollarschein.

»Hier«, sagte Pig mit unüberhörbarem Stolz. »Sieh sie dir an. Verstehst du jetzt, warum ich zum mörderischen Wahnsinnigen werde, wenn ein Nichts wie du eine schmutzige Bemerkung über sie macht?«

Wieder schlug er Gooch auf den Hinterkopf.

»Glotz sie nicht so geil an!« brüllte er. »Guck weg! Du verdienst einen so schönen Anblick nicht. Wenn du wüßtest, wie schön sie ist, wie lieb, wie bescheiden, wie still, wie klug – du würdest mich anflehen, dich umzubringen, so sehr würdest du dich schämen.«

»Das habe ich nicht gewußt, Mr. Pignetti. Das habe ich wirklich nicht gewußt.«

»Was hat Gooch denn gesagt, Pig?« fragte ich.

»Ich habe Pig nur gefragt, ob er diesen Sommer was zu vögeln gehabt hat«, erklärte Gooch mir mit reumütigem, aber verständnislosem Blick.

Pig schlug ihm auf den Kopf und trat ihm in die Rippen, bis Gooch zusammengekrümmt und wimmernd auf dem Fußboden lag.

»Hast du das gehört?« wandte sich Pig an mich. »Hast gehört, was für ein Wort er im Beisein Theresas gesagt hat?«

»Das ist nicht Theresa, Pig«, erwiderte ich. »Das ist ein Foto von Theresa.«

»Das kommt für mich das aufs gleiche raus, Will. Das weißt du doch. Es ist wie in einer Kirche. Wenn ich mir ein Standbild der Mutter Gottes anschaue, werde ich von Liebe erfüllt. Ich küsse dem Standbild die Füße, als ob es die leibhaftige Jungfrau Maria ist.«

»Gooch«, sagte ich.

»Ja, Mr. McLean?«

»Du kannst Will zu mir sagen, Gooch. Entschuldige dich bei Ther ... dem Foto von Theresa. Dann läßt Pig dich vielleicht noch im Laufe dieser Woche aus unserer Stube.«

»Vielleicht reiße ich dir aber auch mit bloßen Händen die Gallenblase raus, wenn du dich nicht entschuldigst«, sagte Pig.

»Tut mir leid, Theresa« wimmerte Gooch. »Tut mir schrecklich leid.«

Pig hämmerte ihm die Faust in den Nacken, und Gooch schlug zu Boden. Dann schaute Pig mich beifallheischend an und sagte: »Er kapiert es einfach nicht, geliebter Stubenkamerad.«

»Was habe ich denn falsch gemacht?« stöhnte Gooch.

»Du hast sie mit dem Vornamen angeredet. Ich will nicht, daß Theresas Name jemals über eine schleimige Zunge wie die deine kommt. Du hast noch einen Versuch. Baust du wieder Scheiße, muß ich dir die Zunge aus dem Maul reißen.«

»Sag Miss Devito zu ihr«, riet ich Gooch.

»Tut mir leid, Miss Devito. Ich bitte vielmals um Entschuldigung. Ich werde es auch nie wieder tun«, sagte Gooch, einem hysterischen Ausbruch nahe.

»Schon besser, du Nulpe«, sagte Pig.

Doch Gooch ließ sich von der theatralischen Art und Weise seiner Reuebekundung mitreißen, und er schoß über das Ziel hinaus. Mit einer blitzschnellen, fließenden Bewegung grapschte er das Foto und bedeckte Theresas dunkles, glänzendes Gesicht mit feuchten, schmatzenden Küssen.

Ein dämonisches Heulen kam über Pigs verzerrte Lippen, und er begann, Gooch so kräftige Ohrfeigen zu verpassen, daß das Klatschen durch die ganze Stube hallte. Ich sprang auf Pigs Rücken und schrie Gooch zu: »Lauf, Mann! Ich kann ihn nur ein paar Sekunden festhalten.«

Mit einer Geschwindigkeit, wie sie nur grelles Entsetzen hervorbringt, flitzte der normalerweise phlegmatische Gooch Fraser aus dem Zimmer.

Pig rührte sich nicht. Ich hing wie eine lächerliche, überdimensionale Winkelbrettwiege an seinem Rücken und wartete darauf, daß er unsere Körper durch einen seiner wuchtigen Hiebe trennte, den er aus seinem unerschöpflichen Reservoir an Schlägen hervorkramte. Doch er verharrte bewegungslos, als würde er an Ort und Stelle Winterschlaf halten. Schließlich riskierte ich es, den Mund aufzumachen.

»Pig, wir kommen zu spät zu Abigails Bruchbude. Los, machen wir uns fertig. Ich möchte dir nicht schon vor dem Abendessen den Hintern abwischen müssen.«

»Will«, sagte er.

»Ja, Pig?«

»Du hast vorhin gesagt, du kannst mich ein paar Sekunden festhalten. Kannst du nicht. Du kannst mich nicht mal 'ne Nanosekunde festhalten.«

»Ich habe den ganzen Sommer trainiert, Pig. Ich bin jetzt so stark wie ein Gorilla.«

»Weißt du, was ich diesen Sommer gelernt habe?« sagte er mit seiner tiefen, rollenden Stimme.

»Nein.«

»Ich habe gelernt, wie man einen Mann mit dem Daumen tötet. Nur mit dem Daumen.«

»Pig!« rief ich so laut, daß es in der ganzen R-Kompanie zu hören war.

»Oink!« rief er zurück.

»Pig.«

»Oink.«

»Pig.«

»Oink, oink, oink.«

5

Am Donnerstag bekam ich die Einladung, mich nach dem Mittagessen mit General Durrell in dessen Büro zu treffen. Ich zog meine Galauniform an, polierte das Messing und das Leder und die Stiefel und stand vor dem Spiegel, während Mark mir gekonnt die scharlachrote Schärpe umlegte, die getragen werden mußte, wenn ein Kadett eine Audienz bei unserem ansonsten unerreichbar fernen, legendären Kommandeur und Direktor hatte. Eine Einladung vom General war gar keine Einladung; in der militärischen Fachsprache war es die beschönigende Umschreibung für einen strikten Befehl. Ich hatte dem Büro des Generals durch den Ordonnanzoffizier ausrichten lassen, daß ich mich durch die Einladung zutiefst geehrt fühlte und ihr mit größtem Vergnügen nachkäme.

Mit größtem Vergnügen, zutiefst geehrt und schrecklich aufgeregt kam ich genau um 13.30 Uhr ins Büro des Generals. Generäle hatten mich immer schon nervös gemacht, und ich war Begegnungen mit ihnen ausgewichen, sofern es menschenmöglich war. Aber Bentley Durrell war nicht irgendein General, er war ein herausragender Prototyp dieser Spezies. Auf dem Campus war er allgemein nur als ›Der große Mann‹ bekannt. Wenn die Leute über ihn redeten, bezeichneten sie ihn tatsächlich so, allen Ernstes, sogar in seiner Gegenwart. Er war das lebende Denkmal der Akademie; ihr einziges, nicht wegzudenkendes Aushängeschild bei internationalen Ehrungen. Siebzehn Staaten hatten ihm Orden verliehen, und vierzehn Universitäten akademische Ehrentitel. Das Museum der Akademie im dritten Stock der Bibliothek quoll über von Erinnerungsstücken und Andenken, die den Weg seiner

Heldentaten im Zweiten Weltkrieg und im Koreakrieg nachzeichneten. Einige Leute betrachteten ihn als größten Mann von South Carolina seit John C. Calhoun. Der Bär hatte mir einmal anvertraut, daß Durrells Selbstwertgefühl so groß sei, daß es allenfalls in den Petersdom in Rom passe; aber das sei denn auch so ziemlich das einzige öffentliche Bauwerk auf Erden, dessen Fassungsvermögen ausreiche. Dieser aus den Fugen geratene Größenwahn kennzeichnete Durrell als eingeschworenes Mitglied der Bruderschaft der Generäle.

Selbst wenn man nur dem Aussehen nach General werden könnte, hätte Durrell es mit Leichtigkeit geschafft. Er war hochgewachsen, hager, drahtig und dunkel, wie ein Dobermann. Als ein Mann von kühler, kultivierter Intelligenz, hatte er sein Leben geordnet wie eine Logarithmentafel. Normalerweise redete er langsam, mit wohlmodulierter, beherrschter Stimme; aber ich hatte oft erlebt, wie er Feuer fing. Wenn das der Fall war, wenn er sich selbst auf ein Thema brachte, das ihn begeisterte, konnte man sehen, wie seine Augen sich veränderten, nicht die Farbe, sondern das Licht hinter den Augen, das immer dann zu flackern begann, wenn über irgendeinen Gegenstand diskutiert wurde, dem seine unverbrüchliche Treue galt. Wenn er vor dem Korps Reden hielt, riß die unbestreitbare Kraft seiner rhetorischen Fähigkeiten ihn dermaßen mit, daß er einen gefährlichen Drahtseilakt der mühsam beherrschten Mäßigung vollführte, wobei er ständig in Gefahr war, kopfüber in die Abgründe seiner sehr viel dunkleren und radikaleren Leidenschaften zu stürzen. Wenn er das Vaterland oder die noble Gesinnung und hehre Vision der Gründerväter pries, wurde er immer von dermaßen tiefen Gefühlen überwältigt, daß er zwar nicht in Tränen ausbrach, aber ins Stocken geriet;

seine Stimme begann zu schwanken, und seine Emotionen befanden sich bei ihrem wundersamen Duell zwischen Mannestum und Tränen in einem unsicheren Schwebezustand. Es war das einzige, kaum merkliche Anzeichen, daß unter der kalten Oberfläche Durrells heißer Fanatismus brodelte.

Ansonsten besaß er sämtliche Merkmale eines militärischen Vollbluts. Sein volles graues Haar hatte jenen besonderen, vornehmen Silberglanz, der, wie es scheint, nur bei mächtigen, überaus selbstsicheren Männern zu beobachten ist. Es war kurz geschnitten und blieb selbst bei scharfem Wind in Form. Seine Nase war lang und gerade, sein Gesicht schmal; Generäle sind nun mal eine langnasige, schmalgesichtige Rasse. Er war dazu geboren, die Generalssterne zu tragen. Direktor der Militärakademie zu sein, war eine adäquate Bestimmung für einen Mann, der als kleiner Junge das Kavallerieschwert seines Großvaters als Weihnachtsgeschenk bekommen hatte. Er trug dieses Schwert immer, wenn er die Freitagnachmittags-Parade abnahm und seine Truppe inspizierte. Er hatte es an die Wand seiner Stube gehängt, als er selbst noch Kadettenoffizier an der Akademie gewesen war. Obwohl man ihn von höchster Stelle gebeten hatte, sich in West Point ausbilden zu lassen, hatte er sich entschieden, statt dessen die Militärakademie von South Carolina zu besuchen, um seinen Glauben an den Süden und dessen Traditionen zu unterstreichen. Indem er West Point verschmähte, trat er in die Fußstapfen seines Vaters und Großvaters. Er hatte seinen Abschluß an der Akademie mit Auszeichnung gemacht und seine brillante Karriere in der Armee dadurch gekrönt, daß er der erste Vier-sternegeneral wurde, den die Militärakademie von South Carolina bislang hervorgebracht hatte. Als berühmtester und erfolgreichster Absolvent der Akademie setzte er ein Beispiel für uns alle: Das Leben bot jedem, der hier durchhielt, die Chance, es Bentley Durrell gleichzutun. Selbst die Professoren erinnerten uns ständig daran, daß auch General Durrell einst als Rekrut durch das Legrand-Tor gekommen war, daß auch er einst als anonymer Rotarsch in den Reihen der Neulinge mitmarschiert war, daß auch er einst unter den Gewölben des zweiten Bataillons geschlafen hatte. Es hatte eine Zeit gegeben, als Bentley Durrell noch erkennbar menschlich gewesen war, bevor er durch das Legrand-Tor geradewegs in die Ruhmeshalle des Soldatentums marschierte. Nachdem er aus dem Zweiten Weltkrieg heimgekehrt war, rechnete man damit, daß er entweder Direktor der Akademie oder Präsident der Vereinigten Staaten wurde. Er wartete darauf, daß sein Land und die republikanische Partei ihn von seiner Plantage in South Carolina nach Washington riefen; statt dessen riefen sowohl das Land wie auch die Partei Dwight David Eisenhower. Man munkelte, daß General Durrell dem Land und der Partei ihr schlechtes Urteilsvermögen und ihren schlechten Geschmack nie so recht verziehen hätte. Und als der Verwaltungsrat der Akademie ihn bat, das Amt des Direktors zu übernehmen, willigte er mit Großmut und einer gewissen Verzweiflung ein.

Nachdem ich sein Büro betreten hatte, salutierte ich schneidig, knallte die Hacken meiner Stiefel zusammen und versuchte, meinem Gesicht einen Ausdruck finsterer Entschlossenheit zu verleihen, der – wie ich hoffte – vom General als Ausdruck würdevollen Ernstes interpretiert wurde. In meiner Galauniform sah ich wie einer von Napoleons Grenadieren aus; dennoch kam ich mir eher wie ein Königspinguin vor.

Der General winkte mich mit einer gebieterischen, weit ausholenden Bewegung seines langen, schlanken Armes zu sich heran und bedeutete mir, im Besucherstuhl Platz zu nehmen. Dann musterte er mich in aller Ruhe. Er lehnte sich im Sessel hinter seinem Mahagonischreibtisch zurück und hielt dabei den Blick unverwandt auf meine Augen gerichtet. Der Intensität dieses Blickes nach zu urteilen, war es offensichtlich, daß er daran gewöhnt war, andere Männer in die Unterwürfigkeit hineinzustarren. Er war ein Athlet des Starrens; dieser Sport machte ihm Spaß. Mir nicht. Ich ließ den Blick durchs Zimmer schweifen. In General Durrells Büro herrschte eine kühle Symmetrie, eine bedingungslose Aufmerksamkeit auch der kleinsten Kleinigkeit gegenüber, die gleichermaßen pingelig wie zwanghaft war.

»Sind Sie der Meinung, daß wir es dieses Jahr bis zum Ende schaffen, Mr. McLean?« fragte der General. In seiner leisen, trägen Stimme der Hügellandbewohner Carolinas konnte man die liebliche Kadenz und die langgezogenen Dehnungen der Vokale heraushören.

»Bis zum Ende schaffen, Sir?« fragte ich.

»Ja. Ich möchte wissen, ob wir es schaffen. Bis zum Ende.«

»Bis zu welchem Ende, Sir? Ich verstehe nicht, was Sie meinen, Sir.«

»Das ist ganz offensichtlich, Mr. McLean«, sagte er lächelnd und verschränkte bedächtig die Hände auf seinem Schreibtisch. »Ich möchte wissen, ob unsere Basketballmannschaft es bis ins Endspiel schafft und die Südstaaten-Hochschulmeisterschaft gewinnt.«

»Das hoffe ich, Sir. Ich glaube, wir haben eine ziemlich gute Mannschaft, Sir«, antwortete ich, erleichtert, daß es sich um Basketball und nicht um meine Person drehte.

»Eine ziemlich gute Mannschaft ist nicht gut genug, und Ihre Antwort ist es auch nicht. Ich schlage vor, Ihre Antwort lautet: ›Wir haben eine großartige Mannschaft, Sir, und ich sehe keinen Grund, weshalb wir nicht sogar die nationale Meisterschaft erringen sollten.‹«

»Wir haben eine großartige Mannschaft, Sir, und ich sehe keinen Grund, weshalb wir nicht sogar die nationale Meisterschaft erringen sollten«, wiederholte ich mit dem angemessenen Maß an Überzeugung, obwohl mir hundert Gründe einfielen, warum wir diese Meisterschaft nie und nimmer gewinnen konnten.

»Ausgezeichnet! Ausgezeichnet!« rief er. »Alles ist eine Sache des Willens, Mr. McLean. Der Wille ist ein komplizierter Mechanismus, der sowohl mit dem Brennstoff des Sieges als auch des Defätismus betrieben werden kann. Ich habe es erlebt, als ich meine Truppen in die Schlacht führte. Als kommandierender Frontoffizier habe ich in meiner Karriere keine einzige Schlacht verloren, weil das Wort ›Rückzug‹ nicht zu meinem Vokabular gehörte. Ich wußte nicht einmal, was dieses Wort bedeutet, und meine Männer auch nicht. Das gleiche gilt für den Sport. Also, sind Sie der Meinung, daß wir es in diesem Jahr bis ins Endspiel schaffen?«

»Ich sehe keinen Grund, weshalb wir nicht sogar die nationale Meisterschaft erringen sollten, Sir«, wiederholte ich und kam mir mehr und mehr wie ein Idiot vor.

»Das ist der rechte Geist, McLean. Beim zweitenmal haben Sie es sogar mit noch mehr Enthusiasmus gesagt. Sagen Sie es wieder und wieder und wieder, und es wird für Sie und Ihre Mannschaftskameraden zu einem festen Glaubensgrundsatz. Ich möchte, daß das gesamte Korps in diesem und in jedem Jahr von einem solchen

Enthusiasmus angesteckt wird. Ich verabscheue eine negative Einstellung. Sie auch, Mr. McLean?«

»Jawohl, Sir.«

»Dennoch sind Sie auf dem Campus für Ihre negative Einstellung bekannt, Mr. McLean. Falls Sie den Negativismus verabscheuen, wie Sie behaupten – wie sind Sie dann Ihrer Meinung nach zu Ihrem Ruf gekommen?«

»Ich habe den Ruf, ein bißchen sarkastisch zu sein, General. Daß mir nachgesagt wird, eine negative Einstellung zu haben, wußte ich nicht.«

»Sarkasmus kann noch heimtückischer und gefährlicher sein als Negativismus. Jetzt möchte ich aber auf den Grund zu sprechen kommen, weshalb ich Sie heute nachmittag zu mir gebeten habe. Ich möchte, daß Sie mir sagen, was Sie über die Ehre wissen, Mr. McLean. Ich möchte, daß Sie den Begriff Ehre mit eigenen Worten definieren, so, wie Sie ihn verstehen. Ich möchte feststellen, ob Ihre Vorstellung von Ehre sich wesentlich von der meinen unterscheidet.«

»Darf ich fragen warum, Sir?«

»Das dürfen Sie nicht, Mr. McLean«, sagte der General freundlich. »Sie dürfen mir nur Ihre Definition von Ehre vortragen.«

»Ich bin mir nicht sicher, ob ich den Begriff mit eigenen Worten definieren kann, General.«

»Und dennoch glauben Sie, den neuen Rekruten am kommenden Mittwoch einen einstündigen Vortrag über das Ehrsystem halten zu können.«

»Sir, ich kann den Begriff Ehre so definieren, wie es im Wörterbuch steht, oder in den Dienstvorschriften, oder im Ehrenkodex. Ich kann den Begriff aber nicht in eigene Worte kleiden, Sir. Diese Worte sind allesamt von anderen niedergeschrieben worden.«

»Sie sind sich also nicht sicher, was Ehre ist?«

»Das stimmt, Sir. Ich bin mir nicht sicher, was Ehre ist. Ich habe den ganzen Sommer darüber nachgedacht, aber ich kann Ihnen beim besten Willen nicht sagen, was Ehre ist oder wer von meinen Freunden sie besitzt und wer nicht.«

»Das ist der wesentliche Unterschied zwischen Ihnen und mir, Mr. McLean. Ein grundlegender Unterschied. Ich habe mir niemals über eine Definition des Begriffs Ehre den Kopf zerbrechen müssen. Ich wußte instinktiv, was Ehre ist. Ich besaß sie bereits am Tag meiner Geburt, und ich habe mir nie die Frage zu stellen brauchen, woher diese Ehre stammt oder mit welchem Recht sie mir gehört. Würde man mir die Ehre nehmen, würde ich den Tod wählen, so selbstverständlich, wie ich jeden Morgen meine Schuhe putze. Ehre ist die Anwesenheit Gottes im Menschen. Es bekümmert mich zutiefst, daß Sie ein Problem mit der Ehre haben. Ich muß mir von daher die Frage stellen, ob Sie die Fähigkeit besitzen, den Rekruten den notwendigen Eifer einzuimpfen, so daß sie tüchtige Absolventen der Akademie werden. Sie dürfen nie aus den Augen verlieren, daß das Ziel der Akademie darin besteht, einen ganzen Kerl hervorzubringen. Einen ganzen Kerl, Mr. McLean. Das ist ein ehrenhaftes Ziel. Aber ohne Ehre kann ein Mann kein ganzer Kerl werden. Ein Mann ohne Ehre ist überhaupt kein Mann.«

»Das weiß ich, Sir«, erwiderte ich und blickte ihm zum ersten Mal fest in die Augen. »Als ich ins Ehrengericht gewählt wurde, habe ich mir geschworen, die Vorschriften des Ehrsystems buchstabengetreu zu erfüllen. Deshalb haben die Kadetten des vierten Bataillons mich in dieses Gericht gewählt, und ich werde alles tun, diese Aufgabe nach besten Kräften zu erfüllen. Ich gebe zu, daß ich keine präzise Vorstellung habe, was den Begriff Ehre angeht, und ich gebe zu, daß mir einige Vorschriften des Ehrsystems nicht gefallen. Aber sollte in diesem Jahr ein Kadett vor das Ehrengericht gestellt werden, und sollte sich bei den Nachforschungen herausstellen, daß dieser Kadett ein Lügner, Dieb oder Betrüger ist, oder daß er Lügen, Diebstahl oder Betrug stillschweigend geduldet hat, dann werde ich ihn schuldig sprechen. Dann werde ich dafür stimmen, daß er aus dem Kadettenkorps verstoßen wird.«

»Ich hoffe, Sie erwarten jetzt keinen Applaus von mir, Mr. McLean. Denn was Sie gerade umschrieben haben, ist Ihre Pflicht. Ich hatte nie Schwierigkeiten, meine Pflichten zu erfüllen. Und nun möchte ich Sie bitten, mir näher zu erläutern, welche Vorschriften des Ehrsystems Ihnen nicht gefallen.«

Ich zögerte kurz; dann sagte ich: »Zum Beispiel der Schandgang, Sir.«

Er lachte kurz auf und erwiderte: »Natürlich wissen Sie, daß ich den Schandgang nach meiner Rückkehr an die Akademie wieder eingeführt habe.«

Ich errötete. »Jawohl, Sir. Das weiß ich.«

»Und außerdem wissen Sie, daß die Zahl der Ehrverletzungen seit meiner Rückkehr an die Akademie um sechzig Prozent zurückgegangen ist.«

»Jawohl, Sir«, sagte ich, während Durrell sich erhob und zur Hintertür des Büros ging. Er befahl zwei Kadetten herein, die in einem kleinen, gut ausgestatteten Vorzimmer gewartet hatten. Es waren John Alexander, der stellvertretende Kadetten-Bataillonskommandeur, und dessen Erster Offizier, Wayne Braselton, ein junger, farbloser Bursche mit Augen wie ein Spaniel, dessen Schicksal untrennbar mit dem des temperamentvolleren, charismatischeren Alexander verknüpft war. John Alexander war ein blendend aussehender Kadett, schneidig und arrogant. Sein Instinkt für das Überleben im Korps war gleichermaßen bewundernswert wie verschlagen. Die beiden gingen zu zwei ledernen Sesseln und setzten sich rechts neben den Schreibtisch des Generals; ihre Gesichter waren mir zugewandt, nicht dem General. Ihre Mienen waren streng, ihre Blicke forschend. Dann hörte ich wieder die Stimme des Generals. »Mr. McLean, ich bin sicher, Sie kennen Ihre Jahrgangskameraden, Kadett Alexander und Kadett Braselton. Sie haben mich gebeten, sich in meinem Beisein mit Ihnen zu treffen. Diese beiden Herren haben ein bestimmtes Anliegen. Sie halten es für falsch, daß ein Senior im Rang eines gemeinen Soldaten vor den Rekruten die Einführungsrede über das Ehrsystem hält. Die beiden sind der Überzeugung, daß es einen viel besseren Eindruck auf die Rekruten machen würde, diese Aufgabe einem Kadetten im Offiziersrang zu übertragen. Ist das korrekt, meine Herren?«

»Jawohl, Sir«, erwiderte Alexander zackig; Braselton tat durch eifriges Kopfnicken seine Zustimmung kund. »Wir sind der Meinung, Sir, der Ausbildungskader der Akademie sollte aus einer streng ausgewählten Elite bestehen. Denn nur das Erscheinungsbild und das Auftreten einer Elite kann das Streben nach herausragenden militärischen Leistungen verdeutlichen. Auf diese Weise wird den Rekruten ein hoher Standard vor Augen geführt, dem sie nacheifern können. Im Korps ist allgemein bekannt, daß Mr. McLean den militärischen Teil der Ausbildung nicht ernst nimmt. Wir sind der Meinung, daß eine solche Einstellung die Funktionstüchtigkeit des Jahrgangssystems beeinträchtigt und den Rekruten Schaden zufügen kann. Wir sind der Meinung, daß Mr.

McLean zum Wohle aller Beteiligten durch einen Kadetten im Offiziersrang abgelöst werden sollte. Falls erforderlich, werden Mr. Braselton oder ich Mr. McLeans Verantwortungsbereich übernehmen und dabei helfen, den Rekruten die Vorschriften des Ehrsystems zu vermitteln.«

»Oh, Mann, vielen Dank, John«, sagte ich und versuchte, meine Wut im Zaum zu halten. »Was für eine großherzige, selbstlose Geste. Aber ich glaube, die Rekruten werden diese eine Stunde mit mir überleben.«

»In dieser Angelegenheit geht es um ein Prinzip, Mr. McLean«, sagte der General. »Und ich glaube nicht, daß Sie dieses Prinzip begriffen haben. Wenn wir es einem gemeinen Soldaten gestatten, den Rekruten ein so wichtiges Thema wie das Ehrsystem nahezubringen, schaffen wir einen Präzedenzfall. Doch wenn wir unseren Standard auf ein möglichst hohes Niveau steigern wollen – dem höchsten Niveau aller Militärakademien der Welt –, kann das nur dadurch geschehen, daß wir das System selbst stärken. Dann wird unsere Wachsamkeit belohnt. Ich bin ebenfalls der Meinung, daß unser Kader nur aus den besten, streng ausgewählten Kadetten des Korps bestehen sollte. Das bin ich den Rekruten schuldig, ihren Eltern, und den Kameraden, die in Vietnam an der Front kämpfen.«

»Das haben Sie vorzüglich ausgedrückt, Sir, wenn ich mir diese Bemerkung erlauben darf«, sagte Alexander, und Braselton nickte heftig.

Alexander durfte sich diese Bemerkung nicht nur erlauben; der General strahlte, sichtlich erfreut über dieses schleimige Kompliment. Vermutlich hat jeder General eine kleine Privatarmee von Speichelleckern, die ihre Zeit damit verbringen, das Ego ihrer Herrn zu hegen und zu pflegen, in der Hoffnung, daß es ihnen eines Tages genauso ergeht. Und jeder General, den ich bis jetzt kennengelernt hatte, brauchte die verlogenen Streicheleinheiten so beflissener Akolyten der Arschkriecherei wie John Alexander. Ich konnte es einfach nicht begreifen.

»Sir«, wandte ich mich direkt an den General. »Kadett Alexander und ich sind nicht befreundet.«

»Das stimmt, Sir«, erwiderte Alexander. »Mir gefällt nicht, was Mr. McLean im Kadettenkorps repräsentiert.«

»Was repräsentiert er denn?« fragte der General, beugte sich zu Alexander hinüber und legte die Hand trichterförmig hinter das rechte Ohr.

»Er repräsentiert die negative Einstellung, Sir. Er macht sich über die Traditionen der Akademie lustig ... geheiligte Traditionen wie den Ring und die Uniform, ja, sogar über das Kadettengebet. Ich habe mit eigenen Ohren gehört, wie Mr. McLean eine profane, abscheulich verzerrte Version des Kadettengebets aufgesagt hat, als die R-Kompanie zum Marsch zur Kapelle Aufstellung nahm.«

»Eine profane Version des Kadettengebets?« Der General war sichtlich entsetzt.

»So profan war sie nun auch wieder nicht, General«, sagte ich kleinlaut.

Braselton spürte, daß er mir jetzt den Todesstoß versetzen konnte. Hastig sprudelte er heraus: »Und sein Erscheinungsbild ist eine Schande, Sir. Und das ist noch vorsichtig ausgedrückt. Er gibt sich besondere Mühe, eine zerknitterte Uniform, verkratztes Messing und rissiges Leder zu tragen. Und seine Schuhe werden im ganzen Korps als Witz betrachtet. Ja, so würde ich es ausdrükken, Sir. Nach sorgfältigem Nachdenken. Seine Schuhe sind ein Witz.«

»Was haben Sie zu Ihrer Verteidigung vorzubringen, Mr. McLean?« fragte der General.

»Sir, Sie und alle meine Jahrgangskameraden wissen, daß ich mich auf dem militärischen Gebiet der Ausbildung nicht besonders hervorgetan habe. Ich bin nun gut drei Jahre hier und immer noch gemeiner Soldat. Aber Sie selbst, Sir, haben einmal gesagt, daß der ideale Kadett sich sowohl auf militärischem, akademischem und sportlichem Gebiet auszeichnen sollte. Meine Studienleistungen sind besser als die der beiden Herren dort drüben, und ich bin in diesem Jahr Kapitän der Basketball-Auswahlmannschaft der Akademie. Wenn man also Ihre Kriterien zugrunde legt, was den Modell-Kadetten betrifft, Sir, habe ich auf zwei von drei Gebieten Hervorragendes geleistet, während die beiden Kameraden dort drüben dies nur auf einem Gebiet geschafft haben. Insofern halte ich mich für genauso geeignet wie die beiden, die Rede vor den Rekruten zu halten.«

»Darum geht es nicht«, warf Alexander ein. »Es ist Mr. McLeans Haltung, gegen die wir Einwände erheben, General. An der Art und Weise, wie er Mr. Braselton und mich persönlich anzugreifen versucht, können Sie unschwer erkennen, daß seine Einstellung sehr zu wünschen übrig läßt. Wir bezweifeln seine Liebe zur Akademie und seine Ergebenheit dem Korps gegenüber. Das ist kein persönlicher Angriff gegen Mr. McLean. Aber daß er ihn als solchen betrachtet, spricht für seine Unreife.«

»Sir«, sagte ich und blickte den General an. »Die Kadetten des vierten Bataillons haben mich als ihren Vertreter ins Ehrengericht gewählt. Mich, Will McLean. Die Kadetten hätten ebensogut Mr. Alexander oder Mr. Braselton wählen können. Statt dessen haben sie sich für mich entschieden, aus welchen Gründen auch immer.

Außerdem haben die Mitglieder des Ehrengerichts mich zum stellvertretenden Vorsitzenden gewählt. Ich habe das Militär nie ernst genommen. Aber meinen Sitz im Ehrengericht nehme ich sehr ernst. Das Korps hat mir die Verantwortung übertragen, dem Ehrengericht zu dienen, nicht Mr. Alexander und Mr. Braselton. Ich halte es für unverschämt, daß diese beiden Herren nun versuchen, sich in eine Entscheidung einzumischen, die das Korps getroffen hat.«

»Ich glaube, daß wir im Interesse des Korps handeln, General«, sagte Alexander.

»Ich weiß Ihre Besorgnis zu schätzen, Mr. Alexander. Ich werde überdenken, was Sie gesagt haben.«

»Außerdem möchte ich gegen Mr. McLeans Andeutung protestieren, daß er ehrenhafter ist als Mr. Braselton und ich, nur weil er zufällig bei einem Beliebtheitswettbewerb unter den Kadetten gesiegt hat, General.«

»Ich bin sicher, daß Mr. McLean Ihre Ehrenhaftigkeit nicht in Zweifel gezogen hat, Mr. Alexander.« Der General nickte den beiden zu. »Guten Tag, meine Herren. Danke, daß Sie Ihre Standpunkte so offen dargelegt haben. Es braucht Mut, einen Jahrgangskameraden von Mann zu Mann so heftig zu kritisieren.«

Die beiden Kadetten salutierten und verließen das Zimmer. Es kam mir gleichermaßen seltsam wie symbolisch vor, daß die beiden und ich durch verschiedene Türen in General Durrells Büro hinein- und hinausbefohlen wurden. Bevor er das Zimmer verließ, schoß Alexander einen herablassenden Blick auf mich ab. Ich grinste ihn an, und als der General ihn und seinen Hofnarren zur Tür geleitete, zeigte ich Alexander den Vogel. Vielleicht war es das erste Mal gewesen, daß in diesen heiligen Hallen eine solche Geste vollführt worden war.

Der General kehrte lächelnd zu seinem Sessel zurück. Er setzte sich, stützte das Kinn auf die verschränkten Hände und entwaffnete mich aufs neue mit dem vernichtenden Flakfeuer seiner Blicke. Dann schwand das Lächeln, und seine Stimme, kühl und beherrscht, drang wieder durch das Zimmer. Mein Zorn war versickert, als die beiden Kadetten das Büro verlassen hatten; doch nun begann die instinktive Furcht vor dem General die Leere in meinem Innern wieder aufzufüllen.

»Glauben Sie, bei diesem kleinen Gefecht gesiegt zu haben, Mr. McLean?« fragte er.

»Ich brauchte nicht zu siegen, General. Ich habe den Befehl erhalten, mich nach dem Sommerurlaub in meiner Funktion als Kadermitglied zurückzumelden und mich darauf vorzubereiten, die Rekruten über das Ehrsystem zu belehren.«

»Sie irren sich, Mr. McLean. Sie *mußten* siegen. Wenn ich gewußt hätte, daß ein Senior im Rang eines gewöhnlichen Soldaten zum Kader des Jahres 1966 gehört, hätte ich der Sache selbst einen Riegel vorgeschoben. Daß Sie auf dem Campus sind, hat mich ein wenig überrascht, aber ich glaube, daß Sie Ihre Pflichten angemessen erfüllen werden.«

»Danke, Sir.«

»Ich möchte Ihnen eine kleine Geschichte erzählen, Mr. McLean. Ich hoffe, Sie haben noch ein wenig Zeit. Vor zehn Jahren habe ich als Zuschauer bei einem Schwimmwettkampf erlebt, wie unser Starschwimmer mitten im Rennen aufgegeben hat und aus dem Becken gestiegen ist. Ich hörte, wie er zum Trainer unserer Schwimmannschaft sagte, daß er verkrampft hätte und einfach nicht weitermachen konnte. Am nächsten Tag rief ich ihn in mein Büro. Ich sagte dem Mann, daß ich ihm nach seinem Examen an der Akademie den Beitritt in die Armee verwehren würde. Daß ich einen Mann wie ihn nicht in den Streitkräften haben will — jemanden, der vielleicht mitten in einer Schlacht verkrampft und aufgibt. Ich sagte ihm, daß ich jemanden, der aufgibt, nicht dulden kann. Für mich ist ein Mann, der aufgibt, nicht nur unehrenhaft, er hat keine Moral. Stimmen Sie mir zu, Mr. McLean?«

»Ich denke schon, Sir.«

»Ich glaube, Sie sind wie ich. Einer jener Männer, die eher sterben würden als aufzugeben. Ich habe Sie drei Jahre lang beim Basketball beobachtet, McLean. Auch in diesem Sport würden sie niemals ein Spiel verloren geben. Entweder man hat diesen Charakterzug von Geburt an, oder man hat ihn nicht. Aber für einen Berufssoldaten ist er unerläßlich. Müßte ich eine Armee zum Rückzug führen, wüßte ich nicht, wie ich das anfangen soll, Mr. McLean.«

Der General hatte in seiner gesamten Karriere nie den Rückzug angetreten, und seine Truppen hatten beim Angriff gegen den Feind keine einzige Schlacht verloren. Doch sein hervorragender militärischer Ruf hatte durch wiederholte versteckte Anschuldigungen, bei bewaffneten Auseinandersetzungen mit dem Feind zu viele Männer geopfert zu haben, leichte Kratzer bekommen. Man beschuldigte ihn, zu viel amerikanisches Blut für zu wenig japanisches Territorium vergossen zu haben. Einmal, als er die Erstürmung einer schwer befestigten japanischen Inselstellung befahl, hatte er seine Stabsoffiziere angebrüllt, es sei ihm scheißegal, ob eine Schiffsladung Hundemarken dabei draufgehe oder nicht — wobei Sie vielleicht wissen müssen, daß eine Hundemarke die metallene Plakette mit der eingravierten Dienstnummer ist, die jeder

Soldat um den Hals trägt. General Durrell eroberte die japanische Stellung unter außerordentlich schweren Verlusten. Diese Schlacht brachte ihm den Spitznamen ›Shipload‹ Durrell ein, der in der amerikanischen Öffentlichkeit bekannter war als unter den Infanteristen, die ›Shipload‹ durch diesen Sieg den Weg freigeräumt und ihm den triumphalen Vorstoß auf das japanische Festland erst ermöglicht hatten.

»Der Mann, der den Schwimmwettkampf nicht beendet hat, ist einer unserer erfolgreichsten Ehemaligen geworden, Mr. McLean. Er ist Rechtsanwalt in Nashville, Tennessee, und er meldet sich jedes Jahr bei mir. Heute ist er mir dankbar, daß ich ihm so früh im Leben eine so wertvolle Lektion erteilt habe. Seit dem Schwimmwettkampf hat er nie mehr aufgegeben, um was es auch ging. Gut, ich will Ihnen sagen, warum ich Ihnen erlaube, die Rede vor den Rekruten zu halten. Weil Sie sich gewehrt haben, als ich Alexander und Braselton auf Sie losließ. Ich liebe Kampfgeist. Aber sagen Sie mal, was ist der Grund für die Feindschaft zwischen Ihnen und Kadett Alexander?«

»Ich halte ihn für einen Trottel, Sir.«

»Sie reden mit dem Direktor dieser Akademie, Mr. McLean«, fuhr der General mich mit schneidender Stimme an. »Zügeln Sie gefälligst Ihre Zunge, und benehmen Sie sich wie ein Gentleman.«

»Verzeihung, Sir. Mr. Alexander und ich hatten im Rekrutenjahr eine Meinungsverschiedenheit. Seitdem sind wir nicht gut aufeinander zu sprechen.«

»Zufällig halte ich Mr. Alexander für einen der fähigsten Kadetten, die jemals den grauen Rock getragen haben. Ich glaube, er ist der geborene militärische Führer.«

»Jawohl, Sir. Das glaubt er auch, Sir. Ich aber nicht, Sir.«

»Sind Sie der Meinung, daß Sie genauso gute Führungseigenschaften besitzen wie Kadett Alexander?«

»Nein, Sir. Ich glaube, ich habe so gut wie gar keine Führungseigenschaften. Alexander und ich, Sir, haben einen Kampf ausgetragen, als wir noch Rekruten gewesen sind. Eigentlich war es kein richtiger Kampf, Sir, eher ein . . . Gerangel. Kurz zuvor war ein Rekrut von der Akademie abgegangen. Seit dieser Auseinandersetzung gehen wir uns aus dem Weg. Wir reden nicht einmal dann miteinander, wenn wir uns auf dem Campus begegnen, außer, um uns Unfreundlichkeiten an den Kopf zu werfen. Es ist keine ernste Sache, Sir. Wenn man fast ständig unter zweitausend Menschen ist, sind immer ein paar darunter, die man nicht leiden kann.«

»So? Also gut, das wäre alles, Mr. McLean. Tun Sie Ihre Pflicht, sobald die Rekruten eingetroffen sind. Guten Tag.«

»Guten Tag, Sir. Und danke sehr, Sir«, sagte ich und salutierte.

Bevor ich an der Tür war, hörte ich den General fragen: »Wer hat den Kampf zwischen Ihnen und Kadett Alexander gewonnen, McLean? Ich bin neugierig.«

»Ich, Sir«, antwortete ich und fügte lächelnd hinzu: »Er hat aufgegeben.«

6

Am Samstagabend, nach einem vorzüglichen Dinner bei den St. Croix, lud Abigail mich ein, sie auf einem Spaziergang entlang der Battery zu begleiten. Meine Stubenkameraden waren früh in die Kasernen zurückgekehrt. Gemeinsam mit dem Kader mußten sie morgen zeitig aus den Federn, um die neuen Rekruten zu begrüßen, wenn diese auf dem Campus eintrafen. Ich hatte keine Befehle; meine Pflichten begannen erst am Mittwochmorgen mit dem einstündigen Vortrag über den Ehrenkodex und das Ehrsystem an der Akademie.

Gemächlich schlenderten Abigail und ich über die Straßen, nachdem wir die Villa verlassen hatten. Wir gingen die East Bay Street hinunter, überquerten die South Battery, und setzten unseren Spaziergang durch den Hain aus wind- und wettergegerbten Eichen fort, bis wir zur Kaimauer gelangten, welche die Grenze zwischen dem Wohngebiet der Charlestoner Aristokratie und dem Ashley River bildet. Es war Flut, und auf der fast unbewegten Wasseroberfläche spiegelte sich der Vollmond wie eine blaßsilberne Münze. Abigail ging ein paar Schritte vor mir her, den Kopf in den Nacken gelegt, und blickte hinauf zu den Sternen. Ich versuchte nicht, zu ihr aufzuschließen. Statt dessen beobachtete ich, wie sie langsam die Treppe an der Kaimauer hinaufstieg; dann blieb sie für einen Augenblick stehen, auf das Geländer gestützt, und betrachtete die gedämpften Lichter der Häuser, die sich entlang der Küste von James Island reihten. Dieser Spaziergang war für Abigail eine Art Ritual. Sie kannte diese Promenade so gut, daß sie den Sternen und dem Wasser und den Lichtern des vertrauten, wunderschönen

Hafens ihre ungeteilte Aufmerksamkeit schenken konnte. Die Flut ging langsam, beinahe unmerklich zurück. Der Atlantik holte tief Atem, und die beiden Flüsse, welche die Gestalt Charlestons bestimmten, begannen die gewaltige, vom Licht beseelte Kraft des lunaren Sogs zu spüren und gaben einen Teil der eroberten Wasser wieder preis. Für mich hatte dieser Rückruf der Flüsse ins Meer immer eine ernste, stille Würde besessen, besonders in einer sternklaren, warmen Nacht im Tiefland wie dieser. Ich liebte diese Salzflüsse mehr als die See; ich liebte das sanfte, bedächtige Wechselspiel von Ebbe und Flut mehr als die wütende, donnernde Brandung. Irgend etwas in meinem Innern war in perfektem Einklang mit diesem Landstrich; irgend etwas, das verstärkt wurde, wenn ich das hastige, aufgeregte Huschen der Krabben oder das Funkeln des Sternenlichts auf den Schuppen der Meeräschen beobachtete. Immer, wenn ich zurück ins Tiefland kam und die riesige grüne Weite der Sümpfe sah – weiblich wie Spitze, zart wie eine Kalligraphie –, konnte ich spüren, wie ich mich entspannte und veränderte. Weite Teile des Tieflandes hatten ihren ureigenen Schmerz und Stachel, doch Charleston war tröstlich; es war eine makellose, erhabene Stadt, die sich aus einer üppigen, wunderschönen Landschaft erhob, mit der sie verwachsen war. Aber Charleston war auch die Stadt der Akademie, und diese einzige Indiskretion konnte ich ihr nie so recht verzeihen.

Abigail verlangsamte ihre Schritte, wandte sich um und wartete, daß ich zu ihr aufschloß. Der Wind spielte mit ihrem kurzgeschnittenen, honigfarbenen Haar, und sie strich es mit einer anmutigen Bewegung zurück. Sie lächelte. Ihr Gesicht erschien in der Dunkelheit jünger, beinahe mädchenhaft. Sie nahm meine Hand, und wir schlenderten zwanzig Meter die Kaimauer entlang. Dann blieb sie stehen und ging zum Geländer. Mit geschlossenen Augen atmete sie die warme, duftende Luft in tiefen Zügen ein. Allmählich wurde der Wind stärker.

»Es gibt einen alten Charlestoner Witz, Will«, sagte sie mit fest geschlossenen Augen. »Jemand fragt eine alte Frau aus Charleston, warum sie niemals verreist. Sie antwortet: ›Warum sollte ich reisen, mein Herr? Ich bin doch schon da.‹ Genauso fühle und denke auch ich über diese Stadt.«

»Ich nicht, Abigail. Versteh mich nicht falsch; ich mag Charleston. Ich mag die Stadt sogar sehr. Ich mag ihr Aussehen. Aber manchmal gefällt mir ihre Ausstrahlung nicht. Manchmal erscheint sie mir wie tot . . . und hin und wieder kommt sie mir hinterhältig und gemein vor. Ich weiß nicht, ob es die Stadt selbst ist, oder ob es an der Akademie liegt. Wäre ich kein Kadett, würde ich für Charleston vielleicht das gleiche empfinden wie du.«

»Alle jungen Männer beklagen sich über die Akademie, solange sie dort sind, Will. Das weißt du. Aber sobald sie ihren Abschluß gemacht haben, werden sie zu ihren Fanatikern. Zu verrückten Ehemaligen. Zu Menschen, die glauben, daß die Akademie von Gott am siebenten Tag erschaffen wurde, als er ruhte. Wenn du dein Examen gemacht hast, wirst du genauso wie alle anderen Absolventen. Denk an meine Worte. Du wirst genauso wie alle anderen.«

»Ganz bestimmt nicht, Abigail.«

»Pssst, du Einfaltspinsel. Ich vertraue dir heilige Wahrheiten an, und du hörst mir nicht einmal zu. Aber jetzt möchte ich dich mal etwas fragen, Will. Und ich habe guten Grund, dir diese Frage zu stellen. Wer ist das Mädchen in deinem Leben? Du hast nie eine Freundin mit zu uns ins Haus gebracht, seit Tradd dein Stubenkamerad ist, und jetzt möchte ich eine plausible Erklärung dafür hören.«

»Es gibt kein Mädchen in meinem Leben.«

»Pourquoi, Monsieur?«

»Ich habe keine Zeit für eine Freundin«, log ich.

»Unsinn, Monsieur.«

»Mädchen haben eine seltsame Eigenart. Sie werden kindisch, sobald sie mir begegnen. Warum, weiß ich auch nicht. Ich habe nie gelernt, mich mit Mädchen zu unterhalten. Ich weiß nicht, wie ich ihnen sagen soll, was ich manchmal andere Jungs zu ihnen sagen höre. Wenn ich es versuche, komme ich mir dumm vor. Ich fühle mich in Gesellschaft von Mädchen nicht wohl. Und – weiß Gott – den Mädchen ergeht es in meiner Gesellschaft nicht anders.«

»Selbstvertrauen, Will. Selbstvertrauen«, sagte sie besänftigend. »Du mußt dir allmählich darüber klarwerden, daß du attraktiv und begehrenswert bist. Und noch zu haben. Du bist einundzwanzig. Du bist aus frischem, saftigem, zartem, köstlichem Männerfleisch. Wir werden in diesem Jahr ein Mädchen für dich finden.«

»Ich kann die hochnäsigen South-of-Broad-Mädels nicht ausstehen, Abigail«, sagte ich. »Das weißt du doch, nicht wahr? Du hast mich ja schon einmal mit einem Mädchen bekannt gemacht, als ich im zweiten Jahr an der Akademie gewesen bin. Wie hieß sie doch gleich? Buffy oder Missy oder Lizzy oder so ähnlich. Ich hätte der Welt einen Gefallen getan, wenn ich sie mit einem Tritt in den Hintern von der Brücke über den Cooper River befördert hätte – bei Ebbe. Sie war der größte Snob, der mir je über den Weg gelaufen ist.«

Abigail kicherte vor Vergnügen. »Ihr wart nicht gerade

ein Traumpaar, das muß ich zugeben, Will. Aber Suki hat so süß und niedlich ausgesehen. Ich hatte fest damit gerechnet, daß ihr euch prächtig versteht. Na ja, zwischen Männern und Frauen sind schon seltsamere Dinge geschehen. Aber du mußt auf jeden Fall versuchen, deine Vorurteile gegen Snobs zu überwinden. Ich stamme aus einer alten, vornehmen, snobistischen Familie, und mich verehrst du, mich liebst du.«

Sie beugte sich unbeholfen vor und küßte mich auf den Mund, hielt die Lippen für einige Sekunden auf die meinen gedrückt; es war ein keuscher, mütterlicher Kuß. So hatten Frauen mich immer schon geküßt. In den Schatten der Laternen am Rand der Kaimauer waren ihre Augen unsichtbar.

»Wie fühlst du dich dabei, Will?« fragte Abigail leise. »Fühlst du dich besser? Ist es nicht schön?«

»Es wäre noch schöner, wenn ich wüßte, daß Commerce uns nicht beobachtet ... daß unsere Freunde uns nicht sehen ... daß niemand uns sieht«, sagte ich und errötete.

»Ach, Unsinn. Commerce ist es egal, was ich tue. Was gewisse Dinge zwischen Mann und Frau betrifft, ist ihm seit Jahren alles egal. Seit Jahrzehnten. Es war eine freundschaftliche Geste, Will. Du bist wie ein Sohn für mich, und ich möchte dein Selbstbewußtsein stärken. Ich hoffe, ich habe dich nicht in Verlegenheit gebracht. Bei solchen Dingen stelle ich mich immer ziemlich unbeholfen an.«

»Ich bin froh, daß du es getan hast, Abigail«, sagte ich, und jetzt konnte ich sehen, daß es auch ihr peinlich war.

Ich wußte nicht, ob Abigail wirklich ermessen konnte, wie wenig Erfahrungen mit Frauen ich hatte, und daß ich in Gesellschaft junger Mädchen kein bißchen Selbstvertrauen besaß, ja daß ich mich vor ihnen fürchtete. Aber ich hatte den Verdacht, daß sie es instinktiv wußte. Meine Jungfräulichkeit mußte für eine reife Frau deutlich zu spüren sein. Es war ja auch seltsam und auf rührende Weise jämmerlich, daß ein junger Mann von einundzwanzig Jahren – gesund und stark und von ehrfurchtgebietender Begeisterungsfähigkeit – es noch nicht geschafft hatte, mit einer Frau zu schlafen. Obwohl es keiner Enthaltsamkeitsgelübde bedurft hatte, reagierten Frauen auf mich, als wäre ich ein freundlicher, aber saft- und kraftloser junger Vikar vom Lande. Dabei verspürte ich sexuelle Begierde und lustvolle Hitze wie jeder junge Mann meines Alters. Doch weil diese Gelüste unbefriedigt blieben, war Sex in meinem Leben zu einer zentralen, verzehrenden Obsession geworden, die mein Blut, meine Zellen mit Energie auflud, mit juwelenfunkelndem, gleißendem Licht und mit der süßen, verbotenen Glukose der Sünde. Ruhelos und auf ständiger Suche nach Beute, war ich vom Halbwüchsigen zum jungen Mann geworden, erschöpft und verzweifelt bemüht, mit meinem sexlosen Leben fertig zu werden – obwohl sexlos nicht ganz das richtige Wort ist. Kadetten werden zu heimlichen, jedoch ungeheuer einfallsreichen Selbstbefriedigern von höchsten Graden. Zeigen Sie mir ein Produkt einer Militärakademie, und ich werde Ihnen einen Mann zeigen, der sich selbst befriedigen kann, ohne daß er einen Muskel bewegen muß und ohne daß dabei ein Laken raschelt.

Ich hatte einmal in einem Buch über die Entwicklungsgeschichte der Blauwale gelesen, daß diese riesigen Lebewesen oft Tausende von Meilen durch die dunklen Tiefen der Meere reisen müssen, um einen Partner zu finden. Sie unternehmen diese Reise mit der wilden Verzweiflung und der erregten Wachsamkeit von Kreaturen, denen ihre drohende Ausrottung bewußt ist. Als die Walfangflotten die Zahl dieser Tiere gefährlich dezimiert hatten, stellten Wissenschaftler fest, daß es Wale gibt, die auf ihrer vergeblichen Suche nach einem Partner an Erschöpfung sterben, ohne jemals einem anderen Wal begegnet zu sein. Als ich von diesen einsamen Leviathanen las, stieg in mir die Angst auf, zufällig auf ein Gleichnis meines eigenen Lebens gestoßen zu sein; daß auch ich mein Leben lang suchen und es doch nicht schaffen würde, eine Partnerin zu finden; daß auch ich nicht imstande sein würde, jemanden zu finden, der durch die Schönheit und die Verzweiflung meiner Rufe angezogen wird. Manchmal fühlte ich mich wie ein vom Aussterben bedrohtes Wesen.

Händchenhaltend gingen Abigail und ich eine halbe Stunde durch die stillen, lieblichen Straßen der South of Broad. Eine halbe Stunde vor Mitternacht verließ ich die St.-Croix-Villa, um in die Kaserne zurückzufahren. Als ich die Tür meines Wagens öffnete, sah ich, daß ein Zettel unter einem der Scheibenwischer steckte.

Ich las die Notiz im Licht einer Straßenlaterne; ich mußte die Augen anstrengen, um die zarte, weibliche Handschrift entziffern zu können. Die Nachricht war kurz und bündig: ›Sie haben nicht das Recht, hier zu parken. Touristen und Kadetten verschandulieren Charleston. Bitte, parken Sie Ihren Wagen woanders, oder ich rufe die Polizei.‹ Der Zettel trug keine Unterschrift.

Ich schaute mich in der Dunkelheit um. Ich hatte meinen Wagen an einer Stelle geparkt, wo es weder verboten, störend, hinderlich, unverschämt noch sonst etwas war. Ich wollte gerade einsteigen, als ich das Mädchen sah, das mich aus der unbeleuchteten Einmündung in die Stoll's

Alley beobachtete, knapp zwanzig Meter vom Wagen entfernt. Das Mädchen trug einen Regenmantel, ein Kopftuch und eine Sonnenbrille.

Als sie bemerkte, daß ich sie gesehen hatte, wandte sie sich um und ging mit schnellen Schritten die enge Gasse hinunter. Ich rannte ihr nach, denn sehr weit war sie noch nicht gekommen. Es war nicht ganz einfach, mit Sonnenbrille auf einer von Bäumen beschatteten Charlestoner Seitenstraße kurz vor Mitternacht den rechten Weg zu finden.

Als ich sie fast eingeholt hatte, blieb sie plötzlich stehen und fuhr herum.

»Haben Sie den Zettel unter den Scheibenwischer meines Wagens gesteckt?« fragte ich.

»Sie haben nicht das Recht, Ihren Wagen auf der Straße dort drüben zu parken«, sagte sie mit gepreßter, angespannter Flüsterstimme.

»Wann haben Sie sic geerbt?«

»Was geerbt?«

»Die Straße.«

»Kadetten halten sich für witzig, ich weiß. Ich habe Kadetten schon immer gehaßt«, sagte sie.

»Dann haben wir wenigstens etwas gemeinsam.«

»Ich muß jetzt gehen«, sagte das Mädchen heimlichtuerisch und warf einen Blick über die Schulter. »Wenn meine Mutter wüßte, daß ich hier draußen bin und mit Ihnen rede, würde sie mich umbringen. Wie heißen Sie, Kadett? Ihre Nase sieht lustig aus. Nun machen Sie schon. Ich habe nicht viel Zeit. Ich möchte Ihren Namen wissen.«

»Nehmen Sie zurück, was Sie über meine Nase gesagt haben.«

»Das werde ich nicht. Sie haben eine unglaublich lächerliche Nase. An Ihrer Stelle würde ich eine Maske tragen oder so etwas. Und jetzt sagen Sie mir Ihren Namen, steigen Sie in Ihre Schrottkiste und verfrachten Sie Ihre dumme Nase in die Kaserne.«

»Ich heiße Will.«

Sie lachte und sagte: »Das habe ich mir gedacht. Ich hab' mir schon gedacht, daß Ihr Name so lächerlich ist wie Ihre Nase.«

»Sie wohnen zu lange in Charleston. Sie halten es für normal, wenn ein junger Mann Prioleau oder Pinckney oder Cathedral oder Seawall heißt oder sonst einen von den bescheuerten Vornamen trägt, mit denen Eltern ihre Söhne strafen.«

»Das sind aristokratische Namen«, erklärte sie mit einer Hochnäsigkeit, die mich wütend machte. »›Will‹ ist kein aristokratischer Name. Wie ist Ihr Hausname?«

»Aristokratos. Will Aristokratos. Ich bin Grieche.«

»Sie sind nicht sehr komisch. Ich kann leider nicht darüber lachen.«

»McLean. Will McLean«, sagte ich und versuchte, ein Höchstmaß an Würde in meinen bescheidenen, aber von Klang her ganz ordentlichen Namen zu legen.

»Ein Anglo.« Sie kicherte. »Ein Ire. Die Iren trinken zuviel und sind niemals ernst. Und sie schlagen ihre Kinder und mißachten ihre Frauen.«

»Stimmt genau. Und wie heißen Sie?«

»Das geht Sie nichts an. Das würde ich Ihnen selbst dann nicht sagen, wenn ich's wollte. Und ich *könnte* es Ihnen nicht sagen, selbst wenn ich's wollte«, erwiderte sie und warf erneut einen raschen Blick über die Schulter.

»Warum nicht?«

»Weil ich gar nicht in Charleston sein dürfte. Ich studiere Spanisch an der Universität von Santa Barbara in

Kalifornien. Ich bin sehr talentiert, was Sprachen betrifft, und ich habe mich immer geweigert, mit Kadetten von der Akademie auszugehen. Sie sind wie Tiere. Sie wissen nicht, wie ein Gentleman sich zu benehmen hat. Und es sind viel zu viele Anglos und Italos und was weiß ich darunter. Wußten Sie schon, daß vor langer Zeit nur Südstaatler an der Akademie aufgenommen wurden? Damals muß es eine vornehme Kadettenanstalt gewesen sein.«

»Wie gefällt Ihnen Santa Barbara?«

»Ich glaube, Sie sind ein sehr grausamer Mensch«, sagte sie und starrte mich durch die Sonnenbrille an. »Es wird wohl besser sein, das Gespräch mit Ihnen zu beenden. Sie haben keinen Grund, mich in Verlegenheit zu bringen oder meine Gefühle zu verletzen.«

»Darf ich Ihnen eine andere Frage stellen? Zwei Fragen, genauer gesagt. Warum tragen Sie einen Regenmantel, wo es doch gar nicht regnet? Und warum tragen Sie zwanzig Minuten vor Mitternacht eine Sonnenbrille?«

»Wie ich mich kleide, geht Sie nichts an, Mr. McLean. Ein Gentleman würde nicht einmal daran denken, mir eine so persönliche Frage zu stellen. Aber Anglos werden dazu erzogen, grob zu sein, wenn sie in ihren Mietskasernen aufwachsen, nicht wahr?«

Ich wandte mich um, ging langsam die Stoll's Alley hinunter und sagte, ohne mich umzublicken: »Ich hoffe, Sie rasseln nicht durch Ihre nächste Spanischklausur.« Aber ich blieb stehen, als ich ihre Stimme hörte. Es war eine Bitte und ein Versöhnungsangebot zugleich. »Ich wollte nicht unfreundlich sein. Ich wollte nur mit jemandem reden. Ich habe mir gedacht, daß Sie vielleicht nett und höflich sind . . . aber nur, weil ich Ihre dumme Nase gesehen habe. Und die ganze Zeit lächeln Sie.«

»Mir hat mal jemand gesagt«, erwiderte ich und drehte mich zu ihr um, »daß ich der einzige Mensch auf der Welt bin, der gute Laune für eine militärische Pflicht hält.«

»Haben Sie eine Freundin, Will McLean?«

»Als ich das letztemal von den dreihundert Mädchen in Sweet Briar zurückkam, habe ich vor Erschöpfung drei Tage durchgeschlafen.«

»Bitte, machen Sie sich nicht über mich lustig«, sagte sie mit einer derart kläglichen, kleinmädchenhaften Stimme, daß ich mir wie ein gefühlloser Rüpel vorkam. »Bitte nicht.«

»Ich ... ich habe mich nur über mich selbst lustig gemacht. Ich hatte noch nie eine Freundin. Mädchen betrachten mich immer als ihren großen Bruder, als Beichtvater, als guten Kumpel, den sie zum Abschied auf die Stirn küssen, wenn er sie abends nach Hause gebracht hat.«

»Finden Sie mich hübsch?« fragte sie plötzlich.

»Ich weiß nicht«, sagte ich und starrte in der Dunkelheit auf ihr Gesicht.

»Ja oder nein?«

»Sie sind das hübscheste Mädchen, das mir jemals mit Sonnenbrille, Regenmantel und Kopftuch in einer Sommernacht in Charleston begegnet ist.«

»Wer hat Ihnen gesagt, daß Sie hier auf der Bühne sind? Wer hat Ihnen gesagt, Sie wären ein guter Komödiant? Schaffen es Menschen von Ihrer Herkunft nur durch dumme, zynische Bemerkungen, dem Leben im Ghetto zu entrinnen?«

»Manchmal haben wir auch Glück und finden einen Job als Müllwagenfahrer. Übrigens, Miss Regenmantel, ich kann Charlestoner Snobs nicht ausstehen.«

»Jetzt habe ich Ihre Gefühle verletzt«, sagte sie mit leichtem Spott. »Ein empfindsamer Anglo.«

»Es macht Spaß, mit Ihnen zu reden, aber ich habe noch Wichtiges zu tun«, sagte ich und warf einen Blick auf die Uhr.

»Zum Beispiel? Was kann ein Kadett schon Wichtiges zu tun haben?«

»Ich muß in die Kaserne zurück und meine Socken waschen.«

»Ihr Kadetten seid einer wie der andere. Alle mit ein und derselben Ausstechbackform aus ein und demselben Teig gestochen.«

»Genau wie die Mädchen in Charleston.«

»Wen haben Sie hier in der Gegend besucht? Normalerweise treiben sich in South of Broad keine Proletarier herum.«

»Es geht Sie zwar nichts an, aber Tradd St. Croix ist mein Stubenkamerad.«

Sie räusperte sich, trat zurück, als wollte sie sich zum Gehen wenden, und sagte: »Ich dachte, Sie können Charlestoner Snobs nicht ausstehen.«

»Wohnen Sie in der South of Broad? Wo wohnen Sie?« fragte ich.

»Das geht Sie nichts an.«

»Ihr Name geht mich nichts an. Wo Sie wohnen, geht mich nichts an. Es ist wirklich besser, wenn wir unser Gespräch beenden. Außerdem ist gleich Mitternacht. Die magische Stunde, wenn Kadetten sich in Kürbisse verwandeln. Ich muß jetzt gehen.«

»Es tut mir kein bißchen leid. Ich wollte, Sie wären schon vor zehn Minuten gegangen.«

»Tja, dann gute Nacht, Miss Regenmantel.«

»Gute Nacht, Herr Kadett«, sagte sie und berührte

sanft meinen Arm. »Vielleicht unterhalte ich mich wieder mal mit Ihnen, wenn mir danach ist.«

»Schon beim bloßen Gedanken daran hüpft mein Herz wie eine Gazelle. Wissen Sie was? Ich glaube, Sie haben nicht alle Tassen im Schrank. Ich habe schon viele Südstaaten-Mädchen kennengelernt, aber ich habe noch nie eines getroffen, das so offensichtlich plemplem ist. Und ich habe noch nie . . .«

Plötzlich drang eine andere Stimme durch die Dunkelheit; eine beherrschte, gebieterische Stimme, die sowohl von einem Mann als auch von einer Frau stammen konnte. Das Mädchen stieß einen hohen, beinahe animalischen Laut des Erschreckens oder der Furcht oder von beidem aus.

»Komm ins Haus, Annie Kate«, befahl die Stimme.

Die Stimme gehörte einer kleinen, ein wenig verschrumpelten Frau, die mich finster anstarrte, wie ich im geisterhaften Licht der glühenden Spitze ihrer Zigarette erkennen konnte.

»Mutter«, sagte Annie Kate; es war eher ein Flehen als eine Feststellung.

»Du dummes Ding. Um diese Zeit noch auf der Straße. Und wie du aussiehst«, sagte die Frau und kam langsam näher. Sie ging an dem Mädchen vorbei und musterte mich mit funkelnden, zornigen Augen.

»Gute Nacht, junger Mann. Meine Tochter ist nur zum Wochenende zu Besuch. Sie reist morgen wieder ab.«

»Ich wollte gerade gehen, Ma'am«, sagte ich.

»Das freut mich, Kadett. Lassen Sie sich von uns nicht aufhalten.«

»Gute Nacht, Will McLean«, sagte Annie Kate.

»Gute Nacht, Annie Kate. Wenigstens habe ich doch noch Ihren Namen erfahren.«

»Vergessen Sie nicht, daß ich total verrückt bin.«

»Halt den Mund, Annie Kate«, befahl ihre Mutter.

»Es war mir ein Vergnügen, Sie beide kennenzulernen, Ma'am – Miss«, sagte ich.

»Ja, es war wirklich ein außerordentliches Vergnügen, junger Mann. Zu schade, daß wir uns nie mehr wiedersehen. Habe ich mich deutlich genug ausgedrückt? Niemand außer Ihnen weiß, daß meine Tochter hier ist. Bei Ihrer Ehre als Gentleman möchte ich Sie bitten, niemandem zu erzählen, daß Sie Annie Kate gesehen haben.«

»Ich bin sicher, es gibt niemanden, der sie kennt, Ma'am.«

»Ich bitte Sie als Gentleman, keinem Menschen zu erzählen, daß Sie meiner Tochter begegnet sind, Mr. McLean.«

»Ich verspreche es, Ma'am.«

»Danke. Ich verlasse mich auf Ihr Wort. Gute Nacht.«

Sie wandten sich um und gingen die Stoll's Alley hinunter. Ich würde nicht erfahren, ob das Mädchen in einem Haus in dieser Straße wohnte; aber ich hatte keine Zeit mehr, es herauszufinden. Mir blieben acht Minuten, in die Kaserne zurückzukehren oder mir eine Arreststrafe wegen Verstoßes gegen das Ausgangsverbot einzuhandeln. Die Stunde vor Mitternacht war eine gefährliche Zeit auf den Straßen und Landstraßen in und um Charleston, denn die Kadetten brachen sämtliche bestehenden Geschwindigkeitsrekorde, um vor Ablauf des Abendausgangs rechtzeitig in den Kasernen zu sein. Ich kannte mittlerweile die kürzesten Strecken durch die engen Straßen und Gassen der Altstadt; ich hatte sie mir in den vergangenen drei Jahren automatisch eingeprägt und meine Kenntnisse der Abkürzungen ständig verbessert.

Als ich ein paar Sekunden vor Mitternacht auf das Kasernengelände fuhr, hörte ich, wie eine Stimme aus der Wachtstube meinen Namen rief. Mein Name hallte mit verblüffendem Echo zwischen den Wänden der vier Kasernengebäude wider. »Will McLean. Telefonanruf für Will McLean.«

In der Wachstube nahm ich den Hörer ab. »Hallo?«

»Hi, Anglo.«

»Annie Kate.«

»Überrascht? Ich muß leise sprechen, damit Mutter mich nicht hört. Ich wollte Ihnen sagen, daß es schön für mich war, mit Ihnen zu reden, auch wenn Sie manchmal versuchen, sich wie ein Witzerzähler in einem Nachtclub aufzuführen.«

»Ich bin immer nervös, wenn ich zum erstenmal einem Fremden begegne. Besonders, wenn dieser Fremde ein Mädchen ist. Ich hab' immer das Gefühl, die Mädchen mögen mich, wenn ich sie nur zum Lachen bringe. Das hat zwar noch nie funktioniert, aber ich kann's trotzdem nicht lassen. Ich weiß einfach nicht, was ich einem Mädchen sagen soll.«

»Das kann ich nur bestätigen«, erwiderte sie – ein bißchen zu schnell, dachte ich. »Sind Sie schüchtern?«

»Nein. Aber katatonisch. Einmal habe ich mich vier Jahre lang nicht bewegt, nachdem ich ein Mädchen getroffen hatte. Meine Mutter hat mich an einen Kleiderbügel gehängt und mich im Wandschrank verstaut, bis ich wieder Lebenszeichen von mir gegeben habe.«

»O nein, geht das schon wieder los? Wenn Sie mit mir reden, brauchen Sie nicht nervös zu sein, Will. Warum versuchen Sie nicht, sich zu entspannen und Sie selbst zu sein? Ich beiße nicht.«

»Beißen Sie mich. Bitte, beißen Sie mich ... Nein, ich bin jetzt nicht nervös, weil ich mit Ihnen rede, Annie Kate, sondern weil in wenigen Augenblicken ein Kerl in meine Stube kommt und nachschaut, ob alle in ihren Betten liegen. Und hier an der Akademie sieht man es ganz gern, wenn auch Will McLean beim Stubenappell an Bord ist.«

»Sie möchten gar nicht mit mir reden«, sagte sie schmollend. »Kein Wunder, daß Sie keine Freundin haben.«

»Ich habe mehr als eine. Die dreihundert Mädchen aus Sweet Briar.«

»Ich bin in einen Jungen verliebt«, sagte sie plötzlich.

»Herzlichen Glückwunsch.«

»Er liebt mich nicht, aber ich, ich liebe ihn trotzdem. Sehr sogar. Ich werde ihn immer lieben.«

»Das ist wunderbar.«

»Wenn Sie möchten, können Sie mein Freund werden, Will.«

»Klar. Wenn ich das nächstemal in Kalifornien vorbeikomme, schaue ich mal an der Uni vorbei.«

»Sind Sie nie einsam, Will?« fragte sie und ignorierte meinen Sarkasmus.

»Nein. Ich lebe inmitten von zweitausend anderen prächtigen Jungs.«

»Außer meiner Mutter sind Sie der einzige Mensch, mit dem ich seit einem Monat gesprochen habe.«

»Ich wußte noch gar nicht, daß die Leute in Santa Barbara so wortkarg sind.«

»Gute Nacht, Will«, sagte sie wütend.

»Moment! Bitte, warten Sie noch einen Moment«, rief ich in den Hörer und lenkte die Aufmerksamkeit des Wachtoffiziers auf mich. »Sagen Sie mir, was das alles zu bedeuten hat. Ich begreife gar nichts, Annie Kate. Rein gar nichts. Ich möchte Ihr Freund sein. Ich wäre glücklich, wenn ich Ihr Freund sein dürfte. Jedermanns Freund. Aber Sie reisen morgen ab, und ich bin in Charleston, und Ihre Mutter hat mir gesagt, ich würde Sie nie wiedersehen. Sie hat mir gesagt, ich soll vergessen, daß ich Sie kennengelernt habe. Sie haben es ja selbst gehört. Wissen Sie was, Annie Kate? Ich werde Ihnen schreiben. Ich schreibe sehr lustige Briefe. Die Mädchen lieben mich, wenn ich ihnen Briefe schreibe. Sie lieben mich, solange ich ihnen schreibe – bis sie mich treffen und meine Nase sehen. Ich kann nichts dagegen tun, wenn Sie einsam sind. Ich bin auch immer einsam gewesen.«

»Sie wissen nichts über die Einsamkeit«, sagte sie mit kühler Stimme. »Ich wohne in einem Haus an der Church Street, Will. Hinter diesem Haus ist ein Garten. Wenn Sie die Gasse hintergehen, die neben dem zweiten Haus an der Stoll's Alley beginnt, kommen Sie dorthin. Am Ende dieser Gasse ist ein hölzernes Tor. Wir könnten uns im Garten auf der schmiedeeisernen Bank hinter dem Wagenschuppen treffen. Mutter wird uns dort nicht entdecken. Außerdem geht sie sonntags sowieso immer irgendwohin zu Besuch. Könnten Sie am Sonntag kommen?«

»Sobald die Messe vorbei ist, komme ich.«

Ich hörte sie seufzen; dann sagte sie: »Ach herrje. Sie sind Katholik, nicht wahr? Natürlich sind Sie Katholik. Wie langweilig. Hätte ich mir denken müssen.«

»Und Sie sind Anglikanerin. Stimmt's?« erwiderte ich.

»Ja.«

»Und gehören zur Kirchengemeinde St. Michael's.«

»Ja.«

»Und haben einen hugenottischen Hausnamen.«

»Ja.«

»Und Ihre Familie gehört dem Jachtclub und der St.-

Cäcilia-Gesellschaft an, und Ihre Mutter hat als höhere Südstaatentochter freiwillige soziale Dienste geleistet, und Ihr Großvater hat für die Konföderation gekämpft.«

»Ja. Ja. Ja. Ja.«

»Bravo.«

»Seien Sie am Sonntag freundlich zu mir, Will. Zur Zeit brauche ich einen netten Menschen, und wenn es nur ein Anglo ist.«

»Ich werde nett sein«, erwiderte ich. »Gute Nacht, Annie Kate.«

»Ach ja, Will. Da wäre noch etwas. Sie haben recht. Ich bin ein bißchen verrückt. Aber das ist nur . . . vorübergehend. Das ist bald wieder vorbei. Ich verspreche es Ihnen. Werden Sie mir auch etwas versprechen?«

»Natürlich.«

»Bringen Sie am Sonntag Ihre komische Nase mit.«

»Versprochen«, sagte ich, und wir legten lachend auf.

7

Am nächsten Tag trafen die neuen Rekruten ein. Sie kamen aus vierzig US-Bundesstaaten und sieben anderen Ländern. Siebenhundert Rekruten, oder ›Rotärsche‹. Die meisten wurden von ihren Eltern begleitet, als sie an diesem klaren, glutheißen, knochentrockenen Tag durch das Legrand-Tor strömten, unter einem strahlend blauen Himmel, der die Hitze noch erdrückender und betäubender zu machen schien. Der Campus war voll knisternder Spannung.

Wie immer wurde der heutige Tag offiziell aus dem regulären Dienstbetrieb ausgeklammert – der raschen Verwandlung der Rotärsche wegen. Heute wurden aus Zivilisten Rekruten; junge Männer wurden auf irgend etwas reduziert, das weniger war als ein junger Mann. Der Kader war forsch, effizient und höflich. Die Höflichkeit würde verschwinden, sobald die Eltern den Campus am Nachmittag verlassen hatten.

Ich verbrachte den Morgen damit, zwischen den Rekruten und ihren Eltern umherzuschlendern. Vor den vier Kasernengebäuden erlebte ich die verlegenen Possenspiele von Söhnen, die ihre Familien zum erstenmal verließen, und Szenen von unerträglicher Zärtlichkeit. Ich sah Frauen, die ihre Söhne wieder und wieder küßten, und die Söhne lösten sich errötend aus der Umarmung und gingen davon. Väter schüttelten ihren Jungs steif und förmlich die Hände und versuchten, sie zum erstenmal wie Männer zu behandeln. Und der Kader beobachtete; die Augen der Ausbilder waren unsichtbar unter den schwarz glänzenden Schirmen ihrer Uniformmützen. Sie scherzten und lachten mit den Eltern und Rekruten. Das Lachen würde verstummen, sobald die Eltern durch das Legrand-Tor verschwunden waren.

Die Neulinge waren größtenteils gepflegte, frische nette Jungs, doch ihre Augen waren stumpf und ängstlich. Man konnte in ihren Gesichtern das verzweifelte Bemühen erkennen, diesen einen Tag durchzustehen, diese eine Stunde, damit sie sich dann der Aufgabe zuwenden konnten, das Rekrutenjahr durchzustehen. Man konnte ihr Verlangen spüren, den sanften, besorgten Augen ihrer Lieben zu entrinnen. Sie wollten es sich selbst und ihren Familien so leicht wie möglich machen. Vor allem wollten sie anfangen. Sie wollten endlich erfahren, wie schwer das mystische und ausgeklügelte Gewicht des Rekrutenjahres auf ihnen lasten würde; sie wollten sich in dessen unbekannter Landschaft erproben. Aber diese Landschaft würde sich ihnen erst offenbaren, wenn ihre Eltern Charleston verlassen hatten.

Und die Eltern musterten ihre Söhne ein letztes Mal, damit sie am Ende des Jahres ermessen konnten, wie weit die Söhne durch diese Landschaft gereist waren.

Während der Morgen vorüberzog, verabschiedeten sich mehr und mehr Rekruten von ihren Familien und betraten durch das Hauptausfalltor den Kasernenkomplex Nummer zwei, um dem Eisfeld der Augen des Kaders gegenüberzutreten. Im Innern der Gebäude saßen Angehörige des Kaders hinter ihren Namensschildern an Kartentischen, auf denen Aktenablagen standen. Sie hatten sich die schwarzen Feldmützen tief in die Stirn gezogen, so daß die Nasen wie seltsame Schnäbel aus den Gesichtern ragten und den Männern das Aussehen einer monströsen, fleischfressenden Gattung riesiger Vögel verliehen. Sobald man das Gelände der Akademie betreten hatte, lieferte man sich dem Jahrgangssystem aus, sagte der Welt draußen vor dem Legrand-Tor Lebewohl und unterwarf sich den Gesetzen des Korps.

Um zehn Uhr vormittags wurden die Kadetten von Gefreiten des Korps – Senioren im zweiten Studienjahr, denen es sichtlich Vergnügen bereitete, zum erstenmal den Marschrhythmus brüllen zu dürfen – in geschlossenen Kolonnen zur Durrell-Halle geführt, wo die Rotärsche sich dem rituellen Haarschnitt unterziehen mußten. Andere Rekruten hatten in langen Reihen vor der Alumni-Halle Aufstellung genommen und warteten auf die Einkleidung. Ich ging über den Exerzierplatz zur Durrell-Halle und schaute zu, wie die Akademie-Friseure den Rekruten mit geübten, athletischen Schwüngen mit den summenden Rasierern die Köpfe kahlschoren. Ein farbiger Hausmeister fegte die riesigen Berge aus Haar zur Hintertür. Jede Bewegung seines Besens brachte eine neue, häßliche Haar-Kreatur hervor, die ihre ganz eigene, perverse Gestalt besaß. Nach dem Haarschneiden marschierten die Neulinge – nunmehr in Rekruten verwandelt – zurück zu den Kasernen; ihre Glatzen leuchteten obszön im Sonnenlicht, und die Luft war erfüllt von Marschtritten. Diese Verwandlung vom Zivilisten in einen Soldaten war von einer unaufdringlichen, beinahe sittsamen Schlichtheit, und der Kader erfüllte seine Aufgaben mit außerordentlicher Präzision und Schnelligkeit.

Ich genoß es, die Angst und Beklemmung der Rekruten zu beobachten. Das gebe ich zu. Es vermittelte mir ein Gefühl ungeheurer Überlegenheit diesen zitternden, schwitzenden Neulingen gegenüber. Auch ich hatte, wie jeder Angehörige des Kaders, meinen ersten Tag an der Akademie erlebt. Auch ich hatte den Schrecken dieses Tages kennengelernt, und nun machte es mir Freude, diesen Schrecken auf den Gesichtern anderer zu sehen. Die Akademie hatte mich verändert, wie sie alle ihre Söhne veränderte. Ich wußte, daß jeder, der danach strebte, Absolvent der Militärakademie zu werden, die einsamen Qualen dieses ersten Tages hinnehmen mußte. Ein jeder mußte die schreckliche Gewalt der Trennung kennenlernen und erdulden. Ich besaß alle Wesenszüge eines Senioren: In meinem Innern war irgend etwas Triebhaftes, Instinkthaftes, das den Wunsch hatte, daß alle Neulinge so leiden mußten, wie ich gelitten hatte. Das, und nur das, war die einzige Art von Zeugnis, auf dem die Angst und Einsamkeit meines Rekrutenjahres vermerkt waren.

Im ersten Stock der Durrell-Halle hörte ich mir um elf Uhr vormittags die Rede an, die der General vor den Eltern hielt. Er erklärte ihnen, was sie in den kommenden Wochen von der Akademie und von ihren Söhnen zu erwarten hatten. Einige Eltern waren sichtlich nervös (und – mein lieber Mann! – sie haben auch allen Grund dazu, dachte ich im stillen), doch die weit überwiegende Mehrheit schien zu glauben, daß die Akademie ihren Söhnen die beste Ausbildung aller Hochschulen des Landes bieten konnte. Dennoch war die Spannung im Saal körperlich zu spüren; sie brachte eine vibrierende, ungerichtete Energie hervor, die über der Menge tanzte wie phosphoreszierendes Plankton auf dem nächtlichen Meer. Diese Leute waren hierher gekommen, um in ihrer Meinung bestätigt, beruhigt, getröstet und sogar gelobt zu werden. Sie erhoben sich, als der General in den Saal kam, und bedachten ihn mit stürmischem Beifall, der minutenlang andauerte. Majestätisch ließ Durrell den Blick über die Menge schweifen; schlank und kerzengerade und eindrucksvoll stand er da, als wäre er aus dem Stahl eines abmontierten Geschützrohres gedreht worden. Als der Beifall verebbte, hallte seine Stimme durch den Saal.

»Dank Ihnen, den Eltern des zukünftigen Abschlußjahrgangs 1970, sind wir in Lage gewesen, die besten Rekruten in der Geschichte der Militärakademie von South Carolina bei uns aufzunehmen. Sie werden vom besten Kader in der Geschichte der Akademie ausgebildet. Sie haben die beste Militärakademie in den Vereinigten Staaten gewählt.«

Die Eltern spendeten enthusiastisch Beifall, als sie zu hören bekamen, was sie hören wollten. Mit erhobener Hand brachte der General sie zum Schweigen und fuhr fort: »Heute sind Ihre Söhne allein. Sie sind verängstigt, und sie verlassen zum ersten Mal die Heimat, das Elternhaus und die Freunde. Ich verspreche Ihnen: Wir werden

Ihre Söhne nicht ihrer Individualität berauben; wir werden sie festigen. Heute haben Sie uns einen neuen Rekruten gegeben. Im nächsten Jahr, im Juni, werde ich Ihnen einen Kadetten zurückgeben. In vier Jahren, im Juni, werde ich Ihnen einen Absolventen zurückgeben, und ich kann Ihnen allen versprechen, daß es einer der stolzesten Tage im Leben Ihres Sohnes und in Ihrem eigenen Leben sein wird. Ihr Sohn wird den Ring der Akademie tragen, das sichtbare Symbol seines Wertes und der Opfer, die er gebracht hat. Ein Symbol, das überall auf der Welt von Männern anerkannt wird, die zu einer Elite gehören — der stolzen, edlen Bruderschaft der Absolventen dieser Akademie.«

Während der ›große Mann‹ redete, hatte sich im Saal ehrfürchtige Stille ausgebreitet. Durrells Stimme beherrschte die Zuhörer durch die suggestive Kraft seines glühenden, inbrünstigen Glaubens.

»Und nun«, sagte er, und sein Gesicht hellte sich auf, die Stimme wurde gelöster, »möchte ich Ihnen, liebe Eltern, eine Wahrheit anvertrauen, die Sie — im Unterschied zu mir — noch nicht kennen. Im Laufe der nächsten Monate werden Sie einen verzweifelten Anruf Ihres Sohnes bekommen. Mütter sind besonders verletzlich, was diesen Anruf betrifft. Und Sie müssen damit rechnen, daß Ihr Sohn Sie bewußt dann anruft, wenn Ihr Mann nicht zu Hause ist. Wenn dieser Anruf kommt, liebe Mütter, dann wappnet euch. Euer Sohn wird euch bitten, euch anbetteln, euch anflehen, ihn nach Hause kommen zu lassen. Sagen Sie nein. Ich betone — sagen Sie *nein.* Sagen Sie Ihrem Sohn, daß Sie ihm unter keinen Umständen erlauben, vor Ablauf des Rekrutenjahres aufzugeben. Sagen Sie ihm, daß Sie ihn nicht großgezogen haben, damit er ein Mann wird, der aufsteckt, ein Mann, der fortläuft, wenn er sich zum erstenmal der Feindschaft gegenübersieht.

»Das erste Jahr ist hart, meine Damen und Herren, das kann ich Ihnen versichern. Es war hart, als ich Rekrut war, und es wird noch in hundert Jahren hart sein. Ich möchte Ihnen ein kleines Geheimnis verraten. Als Direktor und militärischer Leiter dieser Akademie habe ich alles getan, um das Ausbildungssystem noch härter zu machen. Aber dieses System hat sich bewährt. Es hat eine ganz besondere, edle Auslese von Amerikanern hervorgebracht. Und Ihre Söhne, meine Damen und Herren, haben heute eine Reise angetreten, an deren Ende die Zugehörigkeit zu dieser Auslese steht. Und Ihre Söhne werden noch besser sein als die bisherigen Absolventen. Denn zum einen ist dieser Rekrutenjahrgang, wie ich schon sagte, etwas ganz Besonderes, und zum anderen muß Ihr Sohn sich einer härteren Ausbildung unterziehen als seine Vorgänger. Unsere Absolventen sind besser, als es je der Fall war, denn mehr denn je braucht Amerika Männer, wie diese Akademie sie hervorbringt.«

Er hielt inne und holte tief Atem. Seine Miene wurde wieder gebieterisch, und er ließ den Blick langsam von rechts nach links durch den Saal schweifen. Es war eine Pause, die das Finale einleitete. Er beendete jede seine Reden mit bombastischen Erklärungen. Ich wartete immer auf seine symphonischen Finale; ich hatte immer meinen Spaß daran.

»Meine Damen und Herren. Ich möchte Ihnen abschließend sagen, warum ich nach Beendigung meiner militärischen Karriere nicht in die Politik gegangen bin. Ich bin nicht einfach deshalb an diese Akademie gekommen, weil ich von ihrer Einzigartigkeit überzeugt bin. Nein. Ich bin hierher gekommen, weil ich über die

Schwäche und Verwundbarkeit der Vereinigten Staaten entsetzt war und bin. Es war immer mein höchstes Ziel, daß man die Absolventen dieser Akademie als die Bannerträger einer moralischen Revolution betrachtet, als den wiedererstandenen amerikanischen Traum. Es ist mein größter Herzenswunsch, daß der amerikanische Geist durch die disziplinierten patriotischen Marschkolonnen, die wir an dieser Akademie Jahr um Jahr hervorbringen, aus seiner Schwächlichkeit und Dekadenz gerissen und durch gesundes frisches Mannesblut verjüngt wird. Daher möchte ich Sie um einen Gefallen bitten. Geben Sie mir Ihre Söhne, und lassen Sie sie diese prächtigen jungen Männer zumindest das erste Jahr auf der Akademie. Ich möchte, daß Ihre Söhne die Befriedigung erleben, sich vollkommen einem System der Disziplin zu unterwerfen, das sich immer wieder als sinnvoll und bewährt erwiesen hat. Ich möchte, daß jeder Ihrer Söhne die Freude erlebt, in vier Jahren vor seine Eltern zu treten – stark, stolz, aufrecht und mit klarem Blick – und ihnen zu danken, daß sie ihm die Kraft gegeben haben, die harten Bewährungsproben des Jahrgangssystems durchzustehen. Amerika ist fett, meine Damen und Herren. Amerika ist fett und schlampig und ohne Moral. Wir brauchen Männer aus Eisen, um unser Vaterland wieder auf den rechten Weg zu führen. Wir brauchen Männer, die diese Akademie absolviert haben. Wir brauchen Ihre Söhne. Helfen Sie uns, daß wir sie nicht schon in den schweren, aber lohnenden bevorstehenden ersten Tagen und Wochen verlieren. Helfen Sie uns, daß Ihre Söhne sich dem Willen des Kaders unterwerfen, diesem Schwert und Schild unseres unerschütterlichen Glaubensbekenntnisses. Helfen Sie uns, daß aus den verängstigten Jungen, die Sie heute hierher gebracht haben,

Männer aus Stahl werden, ganze Kerle, Männer dieser Akademie.«

General Durrell ging mit raschen Schritten vom Podium und den Mittelgang hinunter zur Ausgangstür, ohne auf den ohrenbetäubenden Beifallssturm und die Hochrufe zu achten. Als er durch die Tür verschwand, mußte ich daran denken, daß er den Eltern einige wichtige Statistiken verschwiegen hatte. Von den siebenhundert Jungen, die an diesem Augustmorgen in die Akademie eingetreten waren, würden erfahrungsgemäß einhundert die erste Woche des Rekrutenjahres nicht durchstehen; nach Ablauf des Rekrutenjahres würden dreihundert, knapp die Hälfte, nicht mehr hier sein. Nur Männer aus Eisen hielten durch. Männer wie du, dachte ich.

8

Zucht und Ordnung lebten wieder auf. Vom Wecken bis zum Zapfenstreich waren die Kasernen vom Gebrüll des Kaders erfüllt. In der ersten Woche der Rekrutenausbildung galt unter den Unteroffizieren und Gefreiten die Heiserkeit als eine Art Orden für die Stimmgewalt. Was die Rekruten betraf, war die Heiserkeit beinahe ein Muß. Mit dem Beginn der Ausbildung schien der Alltag wieder in die Kasernen einzukehren. Es war nicht leicht, diese Umgebung als normal zu empfinden, solange keine Neulinge schwitzend, keuchend und mit verzerrten Gesichtern über die Flure stürmten. Es bedurfte einer Atmosphäre der Angst, um nach der langen, stillen Leere des Sommers die Normalität wiederherzustellen. Erst mit dem Eintreffen der Rekruten und dem Gebrüll des Kaders erwachten die Kasernen wieder zu einem hektischen Leben, pulsierend und kraftvoll durch die Aphrodisiaka der Pflicht und der Grausamkeit.

Jetzt aber, in meinem Abschlußjahr, nahm ich das Jahrgangssystem nicht mehr allzu ernst — vor allem deshalb, weil die körperlichen und seelischen Qualen für mich in weite Ferne gerückt waren. Ich hatte einen distanzierten, umfassenderen Blickwinkel erworben; während der drei Jahre an der Akademie hatte er sich ständig vertieft und erweitert. Viele jener Jungs, die am schmerzlichsten gelitten hatten, waren zu den grausamsten Ausbildern des Korps geworden — und zu den sadistischsten Zugführern. Das lag in der Natur des Systems; das lag nun mal in der Natur des Menschen. Dieselben Jungen, die jetzt noch verängstigte und einsame Neulinge waren, würden der Alptraum zukünftiger Rekruten sein. Ich hatte dieses Phänomen wieder und wieder beobachten können. Ich schwor mir, mich nicht mit ihnen einzulassen. Es war nicht meine Schuld, daß sie hier waren, und ich hatte nur mit einem der Neuen etwas zu tun, und nur deshalb, weil man es mir befohlen hatte.

Ich wartete zwei Tage, bevor ich Pearce aufsuchte, den farbigen Rekruten; ich wußte, daß es unklug gewesen wäre, zu früh Kontakt zu ihm aufzunehmen. Ein zu frühes Treffen würde im Kader der E-Kompanie Verdacht erregen, und Pearce hatte in der Einführungswoche zweifellos genug am Hals, auch ohne sich wegen ungebetener Rendezvous und Verschwörungen, die heimlich gegen ihn ausgeheckt wurden, den Kopf zerbrechen zu müssen.

Doch am Mittwochmorgen schlenderte ich zur E-Kompanie des zweiten Bataillons, um mich Pearce in meiner kürzlich zugewiesenen Rolle als sein Beschützer und Verbindungsmann vorzustellen. Die Rekruten der E-Kompanie waren auf dem Exerzierplatz vor der Kaserne damit beschäftigt, die Grundlagen und Feinheiten der Griffübungen am Gewehr zu lernen. Die mit einer Stahlplatte beschlagenen Kolben ihrer M-1-Gewehre hämmerten gleichzeitig auf den Betonboden des Übungsgevierts. Noch nie in der Geschichte der Akademie war es einfacher gewesen, in den Reihen der Rekruten einen bestimmten Mann auf Anhieb zu entdecken. Eine Zeitlang studierte ich Pearces Äußeres mit stiller Bewunderung: Er besaß den gedrungenen, muskulösen Körper eines Ringers im Mittelgewicht; er würde kaum Schwierigkeiten haben, die körperlichen Schindereien der Rekrutenausbildung durchzustehen. Seine Hautfarbe war bemerkenswert: ein glänzendes Ebenholzschwarz, wie frisch polierte Paradestiefel. Daß Pearce ein so tiefschwarzer Neger war, überraschte mich: Militärakademien im Süden der Staaten hatten den Versuch, Farbige zu integrieren, mit den hellhäutigsten Negern aufgenommen, die auf dem Erdenrund aufzutreiben waren. Während ich die Rekruten der E-Kompanie beobachtete, die ihre Gewehre synchron von der rechten Schulter rissen und schräg nach links vor der Brust hielten, kamen Alexander und Braselton herübermarschiert und blieben neben mir im Schatten stehen, der von der Kaserne der zweiten Division über den Exerzierplatz der ersten geworfen wurde.

»Siehst du den Nigger heute zum ersten Mal, McLean?« fragte Braselton.

»Hallo, Wayne«, erwiderte ich. »Ja. Ist der erste Blick, den ich auf den jungen Scheißer werfe. Man hat uns nicht belogen, was? Der Knabe sieht wirklich alles andere als weiß aus.«

»Der schwärzeste Hurensohn, der je gelebt hat. Du

solltest den Anblick genießen, McLean«, fuhr Braselton fort und blickte dabei Alexander an. »In zwei, drei Tagen haben wir den Nigger so fertig gemacht, daß er sich verzieht.«

»Vielleicht. Vielleicht auch nicht«, sagte ich mit meiner Gary-Cooper-Stimme. »Ich habe gehört, daß John seine Rangabzeichen ablegt und gemeiner Soldat wird, wenn er den Nigger bis Weihnachten nicht aus South Carolina verjagt hat.«

Ich schaute John Alexander an. Er starrte mir in die Augen – mit einem Blick, den er als unerträgliche Bedrohung betrachtete, wie ich wußte. »Ich bezahle seinen Abtransport, wenn er dich mitnimmt, John«, fügte ich hinzu.

»Was hast du eigentlich in meinem Bataillon zu suchen, McLean?« fragte Alexander scharf und starrte auf meine bequemen, jedoch ungeputzten Stiefel.

»Ich denke ernsthaft darüber nach, ob ich es kaufen soll, John. Meine Stube ist so klein.«

»Verpiß dich, McLean«, sagte Alexander. »Hau ab.«

»Aber, aber, John. Wir hatten seit letzter Woche, als wir beim General waren, keine Möglichkeit, mal ein paar Worte zu wechseln. Unsere Freundschaft ist so tief und herzlich, und jetzt machst du alles kaputt. Weißt du was? Ich bleibe heute nacht bei dir. Du läßt dir von Braselton eine Dauerwelle verpassen, und wir machen uns einen netten Abend. Wir plaudern ein bißchen, kichern ein bißchen, und dann steck' ich dir meinen Schwanz in den Mund. Dann brauchst du nicht wieder die Hand zu benutzen.«

»Verschwinde aus meinem Bataillon, McLean«, fuhr Alexander mich an.

»Es ist nicht dein Bataillon, Herr Kadetten-Oberstleutnant.«

»Ich glaube, du solltest jetzt gehen, Will«, sagte Braselton diensteifrig.

»In meinem Bataillon will ich keine dreckigen Spitzel sehen, McLean«, sagte Alexander und trat auf mich zu. »In der Einführungswoche hast du hier nichts zu suchen . . . es sei denn, das Gerücht stimmt.«

»Was für ein Gerücht?« fragte ich.

»Daß du hierher gekommen bist, um dem Nigger den schwarzen Arsch zu küssen.«

»Mit dem Nigger verschwendest du nur deine Zeit«, sagte Braselton mit Nachdruck. »Wenn John sagt, daß er von der Akademie verschwinden wird, dann verschwindet er. John verspeist Rotärsche zum Frühstück.«

»Ich wette, Pearce hält das Rekrutenjahr durch, Wayne. Ich wette zehn Dollar, daß er noch dabei ist, wenn wir im Juni unsere Abschlußdiplome bekommen.«

»Ich will dir nicht dein Geld stehlen, McLean«, sagte Braselton lachend. »Du gehörst zu meinen Jahrgangskameraden. Aber du scheinst nicht kapiert zu haben, was Sache ist. John sagt, entweder jagt er den Nigger hier weg, oder er legt seine Rangabzeichen ab.«

»Alexander würde eher seinen Schwanz ablegen als seine Rangabzeichen«, erwiderte ich. »Aber er wird den Jungen nicht verjagen, Wayne. Das ist kein gewöhnlicher Rotarsch. Den Burschen hat man hier, im degenerierten Süden, sorgfältig aus sämtlichen Angehörigen der schwarzen Rasse ausgesucht, damit er seine Brüder in dieser Jauchegrube vertritt, die wir als Militärakademie bezeichnen.«

»Wenn die Akademie eine Jauchegrube ist, warum bist du dann nicht schon vor drei Jahren verschwunden, McLean?« fragte Alexander.

»Ich konnte den Gedanken nicht ertragen, ohne die Märsche am Freitag leben zu müssen.«

»Kannst du eigentlich nie ernst sein, McLean?« fragte Braselton wütend. »Macht es dir so viel Spaß, den Klugscheißer zu spielen?«

»Manchmal bin ich ernst, Wayne. Allerdings nur Menschen gegenüber, die ich ernst nehme. Aber laßt uns mit dem Blödsinn aufhören. Ich hab' schon gehört, daß du geschworen hast, den Nigger hier wegzujagen, Alexander. Aber damit stehst du weiß Gott nicht allein. Denn fünfhundert andere Burschen im Korps haben das gleiche geschworen. Der Bär hat mir den Befehl erteilt, dafür zu sorgen, daß der Nigger die gleiche Chance bekommt wie jeder andere. Keine Vorzugsbehandlung, nur die gleiche Chance.«

»Ich werde ihn in meinem Bataillon wie jeden anderen behandeln«, erklärte Alexander eingeschnappt.

»Mehr verlange ich nicht.«

»Warum stellt der Bär nicht gleich für *jeden* verdammten Blödmann im Korps ein Arschloch wie dich als Aufpasser ab?«

»Der Bär hat so eine seltsame Ahnung, Alexander«, sagte ich. »Er glaubt, daß einige von euch blütenweißen Südstaatenjungs nicht gerade mit Toleranz auf unseren schwarzen Bruder herabschauen werden.«

»Unter den Ehemaligen wird sehr viel über den Bären geredet, McLean«, sagte Braselton. »Sehr viele Leute sind der Meinung, daß er ein ziemlicher Versager ist, was die Aufrechterhaltung von Disziplin und Ordnung angeht.«

»Verjagt den Nigger. Dann werdet ihr erleben, wie der Bär es mit Disziplin und Ordnung hält«, erwiderte ich, kehrte den beiden den Rücken zu und beobachtete die Kadetten der E-Kompanie beim Exerzieren.

»Mir wird schon etwas einfallen, nicht nur den Nigger,

sondern auch deinen irischen Arsch hier rauszubefördern, McLean«, sagte Alexander, bevor er sich umwandte und mit Braselton zum Ausfalltor hinüberging. »Das ist ein Versprechen, du Spitzel«, fügte er über die Schulter hinzu.

»War wieder mal richtig erfrischend, mit euch zu reden, Jungs«, rief ich zurück.

Man könnte eine ziemlich gute Biographie über Alexander schreiben, wenn man ihm nur dabei zuschaut, wie er über eine Straße geht, dachte ich, als ich beobachtete, wie John Alexander davonschlenderte. Schon in seinem forschen Gang lag eine widerwärtige Großspurigkeit; er stolzierte herum wie eine mißlungene Kreuzung zwischen Pitbullterrier und Paradiesvogel.

Ich trat ins grelle Sonnenlicht, ging zu Pearces Zug hinüber und wartete, bis der Unteroffizier den Waffendrill beendete und den Befehl erteilte, wegzutreten. Als die Rekruten zu ihren Stuben stürmten, brüllte ich Pearce an, der etwa zehn Meter von mir entfernt war.

»Achtung, Rotarsch! Nehmen Sie Haltung an, Pearce«, fuhr ich ihn an.

Ich schlenderte langsam auf ihn zu und starrte ihm in die dunkelbraunen Augen. Er stand stramm und erwiderte meinen Blick ohne Anzeichen von Furcht. Für einen Rekruten war sein Blick zu fest und streitlustig, und in seinen Augen lag eine stumme Herausforderung. Eine Zeitlang schaute ich ihn nur an und beobachtete, wie ihm der Schweiß über die Stirn lief. Ich studierte einen geschichtlichen Abschnitt. Seit hundertfünfundzwanzig Jahren war die Akademie ein rein weißes Unternehmen gewesen, bis dieser untersetzte schwarze Junge, der vor mir stand, den Entschluß gefaßt hatte, die Geschichte auf seine Art und Weise umzuschreiben.

»Pearce«, sagte ich schließlich. »Jawohl, Sir«, rief er.

»Sprich leise. Ich bin derjenige, von dem man dir erzählt hat.«

»Jawohl, Sir«, sagte er. Seine Stimme war ein bißchen leiser geworden, aber immer noch nervös und angespannt vom Druck der ersten beiden Ausbildungstage.

»Du hast einen tollen Geschmack, was Hochschulen angeht, mein Freund. Dein Berufsberater muß Heinrich Himmler gewesen sein. Aber das ist deine Sache, nicht meine. Ich möchte dir folgendes sagen. Du kannst es hier schaffen. Du hast einen guten Kompanieführer, der dir helfen wird, und eine Menge anderer Jungs auch. Sehr viele Burschen werden dich scheuchen, bis dir das Wasser im Hintern kocht. Genau wie jedem anderen Rotarsch, der hierher gekommen ist. Jetzt gib mir deine Waffe und mach zehn Liegestütze. Nur zur Show, kapiert? Damit deine armen weißen Kameraden glauben, daß ich mein Bestes gebe, um dir das Leben zur Hölle zu machen.«

Ich konnte spüren, wie die Augen der Kasernen uns in aller Ruhe beobachteten. Pearce war ja auch drastisch deutlich zu sehen, und ich konnte mich schlecht mit ihm unterhalten, ohne die Aufmerksamkeit eines jeden Kameraden oder Vorgesetzten zu erregen, der in Sichtweite war.

Nachdem er die zehn Liegestütze gemacht hatte, sprang er auf und nahm wieder Haltung an. Ich gab ihm sein Gewehr zurück.

»Hat Spaß gemacht, oder?« fragte ich.

»Jawohl, Sir«, sagte er.

»Natürlich hat es Spaß gemacht, Pearce. Soviel Spaß wie Krebs«, sagte ich. »Womit wir schon bei unserem Hauptproblem wären, Pearce. Ab sofort weiß nämlich jeder hier, daß ich dein Verbindungsmann auf dem Campus bin. Falls uns irgendwann jemand beobachtet, wenn wir miteinander reden, wird er sofort auf den Gedanken kommen, daß du ein Spitzel bist. Und dann wird man dich zur Sau machen, bis du die Klamotten hinschmeißt, das kannst du mir glauben. Also, dieses kleine Gespräch ist die erste und letzte Gelegenheit, daß wir zusammen auf dem Campus gesehen werden. Ich werde dir jetzt sagen, wie wir in Verbindung bleiben. Wenn du mir was mitzuteilen hast oder mir aus irgendwelchen Gründen Namen nennen mußt, oder wenn jemand so aussieht, als könnte er dich aus naheliegenden Gründen absolut nicht ausstehen, nämlich wegen deines – wie soll ich sagen – ungewöhnlichen rassischen Make-ups, dann schreib eine Nachricht auf einen Zettel und leg ihn zwischen die Seiten dreihundertacht und dreihundertneun von Oswald Spenglers *Der Untergang des Abendlandes* in der philosophischen Abteilung der Bibliothek, die ich täglich zweimal besuche. Seit das Buch im Regal steht, hat es noch niemand rausgenommen. Kannst du das behalten, Pearce? Es ist sehr wichtig.«

»Dreihundertacht und dreihundertneun. *Der Untergang des Abendlandes* von Spengler.«

»Spengler, Pearce. Ich weiß, das hört sich alles wie eine Spionagegeschichte an. Aber einige Leute glauben, daß es hier möglicherweise eine geheime Gruppe gibt, die verhindern will, daß du die Früchte deiner Ausbildung an dieser großartigen Akademie genießen kannst. Ich gehöre nicht zu dieser Gruppe. Noch irgendwelche Fragen?«

»Jawohl, Sir.«

»Immer raus damit, Pearce.«

»Zu welcher Gruppe gehören Sie, Sir?«

»Zu den sogenannten Niggerfreunden, Pearce.«

Er lächelte.

»Freut mich, daß du Sinn für Humor hast, Rotarsch. Du wirst ihn brauchen. Viel Glück, und herzlich willkommen zum absolut beschissensten Jahr deines Lebens. Tu einfach, was man dir sagt. Zeig so viel Begeisterung wie möglich. Selbst wenn sie dich hier abmurksen, zeig dich begeistert darüber, denn man wird es als Zeichen einer vorbildlichen Einstellung betrachten. Du mußt etwas gegen den Ausdruck in deinen Augen unternehmen, Pearce. Sonst kriegst du Ärger. Besonders auf Jungen mit deinem Leck-mich-am-Arsch-Blick hat man es hier abgesehen. Ich spreche aus Erfahrung, mein Freund. Also dann, ich höre von dir.«

»Ich hoffe nicht, Sir.«

»Ich auch nicht, Pearce. Wie fühlt man sich eigentlich als der mit Abstand dämlichste Nigger der Welt?«

»Im Moment nicht so gut, Sir.«

»Ging mir im Rekrutenjahr genauso. Ich kam mir vor wie der dämlichste irische Bastard in den USA, wie die bekloppteste Knalltüte, die je gelebt hat. Und das Verrückte daran war, Pearce, daß ich recht hatte. Vollkommen recht. So, jetzt werde ich dich anbrüllen und dir den Befehl geben, auf deine Stube zu rennen. Es muß glaubwürdig aussehen, kapiert? Mach dich bereit für McLean, den schlimmsten Rekrutenschinder aller Zeiten. Du solltest jetzt auf deine Stube fliegen, du dämlicher Sack«, brüllte ich Pearce ins Ohr.

Pearce warf sich herum und sprintete zur Treppe der Kaserne der E-Kompanie in der ersten Division. »Nicht einschlafen, Rotarsch! Bewegung, Bewegung, Bewegung«, rief ich, als Pearce die Stufen hinaufstürmte. Sein graues Felduniformhemd war von den Achselhöhlen bis zur Hüfte von Schweißflecken bedeckt.

9

Am Nachmittag saß ich auf der Rednertribüne in der Durrell-Halle und beobachtete, wie die Rekruten die langen Reihen der Klappstühle füllten, um sich meinen Vortrag über das Ehrsystem der Akademie anzuhören. Die scharfen Rufe von Kadermitgliedern hallten durch den Saal, doch die Rekruten bewegten sich ohne jede Lebhaftigkeit, verwirrt und stupide zu ihren Stühlen, wie eine blinde, schicksalsergebene Herde. Der Geruch, den sie verströmten, war überwältigend. Es war leicht, eine Gruppe zu verabscheuen, die einen so schrecklichen Geruch besaß.

Gauldin Grace, der Vorsitzende des Ehrengerichts, erhob sich, um einen kurzen, historischen Abriß des Ehrsystems der Akademie vorzutragen. In seiner Stimme, inbrünstig wie die eines Predigers, lag die unerschütterliche Überzeugung, daß eine Gemeinschaft, deren oberstes Gebot die Ehre ist, automatisch rechtschaffen und edel sein müsse. Gauldins Stimme zitterte leicht und vermittelte die Ernsthaftigkeit des Redners. Für mich war Gauldin wegen seines schlichten, umfassenden, niemals in Frage gestellten Glaubens an sämtliche Systeme der Ordnung die Verkörperung des Akademie-Mannes schlechthin. Einfallslos, aber tugendhaft, ohne Ausstrahlung, aber grundsolide, war er ein guter Mann – im religiösen Sinne dieses oft mißbrauchten Wortes. Er betrachtete das Ehrsystem als seinen persönlichen Katechismus, und an seiner ernsten, würdevollen Hingabe den damit verbundenen Pflichten gegenüber war nichts Ironisches oder Unglaubhaftes. Als er mich den Rekruten vorstellte, zählte er meine Verdienste und Leistungen an der Akademie auf. Es war eine beschämend kurze Aufzählung.

Ich erhob mich und ging zum Podium. Kraft durchströmte meine Adern wie nach einer Sauerstoffdusche. Als ich redete, dröhnte meine mikrophonverstärkte Stimme gottähnlich durch den Saal. Es war die geheuchelte, unaufrichtige Stimme, die ich immer benutzte, wenn ich zu einer Versammlung sprach. Heute gelang es mir besonders gut; heute war ich die Stimme des Kaders.

»Guten Morgen, meine Herren.«

»Guten Morgen, Sir«, donnerte es mir entgegen.

»Meine Herren, ich heiße Will McLean. Ich bin gemeiner Soldat in der Romeo-Kompanie und im letzten Jahr an der Akademie. Ich bin mittlerweile im vierten Jahr ohne Dienstgrad. Sie und ich sind also militärisch ranggleich. Wenn nächste Woche die restlichen Angehörigen des Korps hier eintreffen, werden Sie weitere gemeine Soldaten sehen wie mich. Aber ich bin Ihr erster kurzer Blick auf dieses seltsame und seltene Produkt des Kadettenlebens. Heute möchte ich über die Ehre zu Ihnen reden.

An dieser Akademie gibt es einige wundervolle Dinge, obwohl es zur Zeit noch sehr schwer für Sie ist, diese Dinge zu erkennen. Zur Zeit glauben Sie — und das ist ganz normal — daß Sie einen schweren Fehler gemacht haben, sich für die Ausbildung an dieser Hochschule zu entscheiden. Aber die Akademie hat versprochen, Männer aus Ihnen zu machen, und sie wird dieses Versprechen halten.

Meine Herren, auch ich bin als verängstigter Neuling in diese Akademie eingetreten. Wie Sie hat der Kader auch mich während des Rekrutenjahres gequält, gedemütigt, geschlagen und auf andere Weise geschunden.

Die Ausbilder haben mir befohlen, Liegestütze zu machen, bis ich fix und fertig war. Sie scheuchten mich die Treppen hinauf, bis ich meine Beine nicht mehr spüren konnte. Ich mußte mein M-1-Gewehr in den vorgestreckten Armen halten, bis mir schwarz vor Augen wurde. Doch als ich am Ende des Jahres in den Spiegel schaute, habe ich erkannt, was es mit dem Jahrgangssystem wirklich auf sich hat. Ich war ein Akademie-Mann geworden. Mein Hals war stark wie der eines Ochsen, meine Beine waren wie knorrige Eichen, meine Angriffslust war wie die eines Piranhas, und mein Intelligenzquotient war um hundert Punkte gesunken. Mit anderen Worten, meine Herren, ich war zu dem Fels geworden, der heute so unerschütterlich und selbstbewußt vor Ihnen steht.«

Ich konnte spüren, wie hinter mir Gauldins wachsender Unmut plötzlich lodernd aufflammte, als das Gelächter der Rekruten an Lautstärke zunahm. Es machte Gauldin schon wütend, einen Rekruten auch nur lächeln zu sehen. Er hatte sich schon immer über meine militante Schnoddrigkeit gegenüber dem Jahrgangssystem beschwert, und ich wußte, daß es ihn zutiefst verärgern würde, wenn ich diese Schnoddrigkeit nun gegenüber frisch geweihten Anwärtern auf die moral- und seelenstärkenden Rituale dieses Systems an den Tag legte. Aber das Lachen war die einzige unangreifbare Überlebenstechnik im Rekrutenjahr, und vom Kader bekam man sie bestimmt nicht beigebracht.

»Sie begreifen nicht, meine Herren«, fuhr ich fort, »was Sie in den letzten paar Tagen durchgemacht haben. Es kommt einem vor, als wäre die Welt plötzlich zu einem Berserker geworden — völlig entfesselt und ihrer Sinne beraubt. Und irgend jemand hat Sie diesem Monstrum vorgeworfen wie ein Stück Fleisch den Wölfen. Ich kann mich noch erinnern, wie ich als Rekrut dort unten gesessen und dem Vorsitzenden sowie dem stellvertretenden Vorsitzenden des Ehrengerichts zugehört habe, als sie sehr würdevoll und bombastisch über die Wichtigkeit der Ehre geredet haben, und daß man von der Akademie gefeuert wird, falls man diese Ehre nicht besitzt. Ich kann mich erinnern, daß mir jene zwei Kadetten, die an diesem Tag über die Ehre gesprochen haben, genauso hinterhältig und unmenschlich erschienen sind wie der Rest des Kaders. Als ich die Einführungswoche hinter mich gebracht hatte, hatte ich einen sehr verzerrten Ehrbegriff entwickelt. Denn die Männer, die über die Ehre gesprochen hatten, schikanierten mich in der Kaserne bis aufs Blut, so daß ich diese Männer nicht mehr als ehrenhaft betrachten konnte.

Später stellte ich fest, daß es ausgesprochen integre Männer waren. Aber ich war verwirrt, was das Verhältnis zwischen Ehre und Jahrgangssystem betraf. Niemals habe ich die Ehre losgelöst von der ersten traumatischen Woche an der Akademie betrachten können. Der Begriff Ehre stand für ein System, das auf Angst basierte.«

Dann erklärte ich den Rekruten mit den einfachsten Worten die Regeln und Fallstricke des Ehrsystems, wie es für Kadetten und Rekruten an der Akademie geschrieben steht und praktiziert wird. Ich lobte die unbestreitbare Einfachheit dieses Systems. Der Kadett darf nicht lügen, stehlen oder betrügen, und er darf nicht hinnehmen, daß jemand anders es tut. Ich zitierte Fälle und erläuterte veranschaulichende Beispiele aus der Vergangenheit. Dann gab ich einen kurzen Abriß über die Entwicklung des Ehrsystems und verglich es mit denen an anderen Militärakademien. Während ich redete, kam ich mir immer dämlicher vor, als ich die unbewegliche, träge Artillerie in den verdutzten Augen meiner Zuhörer auf mir ruhen sah. Wieder und wieder fiel der Begriff ›Ehre‹, bis er zum Pulsschlag meiner Rede wurde. Die Abstraktion besiegte mich; ich verstrickte mich in dem vertrackten Problem, erklären zu wollen, was man nicht in Worte zu fassen vermochte. Es konnte einen verrückt machen. Es war so, als wollte man die Hierarchie der göttlichen Dreifaltigkeit erklären, oder die Sprache der Flugenten. Ich kämpfte mit dem unlösbaren Problem, etwas erklären zu wollen, das sich hartnäckig jeder Erklärbarkeit entzog. Dennoch versuchte ich unbeirrt, der erschöpften Gruppe von Jungen, die unter mir in der kühlen Luft der Klimaanlage schauderten und die ohnehin kein Wort mehr verstanden, das gottverdammte Ehrsystem zu verdeutlichen. Ich hörte mich wie ein Nebendarsteller in einer schlampig inszenierten Operette an, der einen verrückten, bedeutungsleeren Sprechgesang von sich gibt.

Die Rekruten lauschten mir jetzt mit verzweifelter Entschlossenheit. Sie hörten mir zu, weil sie mich als momentane Verkörperung des Systems betrachteten. Zu Beginn meiner Rede hatten sie über meine Scherze gelacht, aber ihr Lachen war so freudlos und gezwungen, daß es mich eher deprimierte als erfreute. Sie lachten, weil ich zum Kader gehörte, und nicht, weil sie mich für einen lustigen Kerl hielten. Das tat weh. Ich hatte an der Akademie so etwas wie eine zweite Karriere als Scherzkeks begonnen, und nun wurde ich gefürchtet. Es war ein seltsames Gefühl, gefürchtet zu werden. Und es war ein noch seltsameres Gefühl, Gefallen daran zu haben.

Ich beendete meine schwülstige, umständliche und quälend gutgemeinte Ansprache an die Rekruten mit einer Diskussion über den wichtigsten und schwierigsten Aspekt des Ehrsystems.

»Meine Herren«, sagte ich – ich hatte die beiden Worte im Verlauf dieser einen Stunde schätzungsweise fünfzigmal ausgesprochen, wodurch sie hinter dem Wort ›Ehre‹ einen deutlichen zweiten Platz belegten –, »der letzte Abschnitt des Ehrenkodex ist am schwierigsten einzuhalten. Denn einen Freund, einen Kameraden oder einen Senioren wegen einer Ehrverletzung anzeigen zu müssen ist die härteste und schmerzlichste Vorschrift des Ehrenkodex. Aber es ist auch die ernsteste Bewährungsprobe, was den Nutzen und die Glaubwürdigkeit des Kodex betrifft. Ohne diese Vorschrift wäre das Ehrsystem gar nicht erst funktionstüchtig. Ich habe mich oft gefragt, ob ich einen guten Freund anzeigen könnte, sollte ich einmal in diese Situation geraten. Um ehrlich zu sein, ich weiß es nicht. Mir ist so etwas bis jetzt erspart geblieben, und ich hoffe, daß es auch so bleibt.

Aber ich möchte Ihnen eine Geschichte erzählen, die mich an das Ehrsystem erinnert hat. Vor einigen Jahren wurde auf den Straßen von New York City eine Frau namens Kitty Genovese verprügelt, vergewaltigt und erstochen. Später konnte nachgewiesen werden, daß mindestens achtunddreißig Menschen ihre Hilferufe, ihre Schreie und ihr Flehen an den Mörder gehört haben, sie am Leben zu lassen. Nicht einer von diesen achtunddreißig Menschen hat ihr geholfen. Nicht einer von diesen achtunddreißig Menschen hat die Polizei gerufen. Nicht einer hat den Mörder vom Fenster seiner Wohnung aus angerufen. Nicht einer hat irgend etwas unternommen. Nichts, rein gar nichts. Kitty Genovese hätte genausogut in der Wüste Gobi überfallen und vergewaltigt werden können, soviel Hilfe hat sie von ihren Mitmenschen bekommen. Als die Zeugen später vernommen wurden, lautete die am häufigsten genannte Entschuldigung dieser achtunddreißig Menschen, daß sie nicht in die Sache verwickelt werden wollten. Eine Frau ist nur deshalb verblutet, weil niemand in eine Sache verwickelt werden wollte.

Der Begriff *verwickelt* hat mich dazu gebracht, über das Ehrsystem nachzudenken. Die Akademie ist eine völlig eigenständige, spezielle Umwelt, die das Darin-verwikkelt-Sein erforderlich macht. Es genügt nicht, wenn Sie selbst nicht zum Dieb werden. Die Akademie verlangt von Ihnen, daß Sie auch keine anderen Diebe in Ihren Reihen dulden. Meine Herren, das Korps ist verantwortlich für die Einhaltung der Vorschriften des Ehrenkodex. Sie selbst sind verantwortlich für Ihr eigenes Tun *und* das Tun anderer. Da Sie den Vorschriften des Ehrenkodex unterworfen sind, hoffen wir, daß andere Männer und Frauen Vertrauen in Sie setzen können. Falls die Akademie tatsächlich etwas Besonderes sein soll, dann ist der Ehrenkodex das Herz dieser Besonderheit. Die Akademie läßt Ihnen keine Wahl, ob Sie ehrenhaft sein möchten oder nicht. Der Ehrenkodex wird Ihnen an der Akademie vier Jahre lang auferlegt. Er ist die geschriebene moralische Richtschnur Ihres Verhaltens. Wenn Sie Ihren Abschluß machen, wird der Ehrenkodex Ihnen in Fleisch und Blut übergegangen sein. Er wird so lange leben wie Sie selbst.

Sie haben sich eine im wahrsten Sinne des Wortes harte Schule ausgesucht, meine Herren«, sagte ich zu den Rekruten, sah sie aber gar nicht mehr bewußt vor mir und hatte das seltsame Gefühl, zu mir selbst zu reden. »Es gibt hier viel Schlechtes und viel Gutes. Das Ehrsystem gehört zu den guten Dingen. Es ist das einzige, woran ich von ganzem Herzen glaube. Auch die Ehrlichkeit des Korps gehört zu diesen guten Dingen. Und eines kann ich Ihnen versichern: Hätte Kitty Genovese ihre Hilfeschreie vor der Kaserne Nummer vier ausgestoßen statt auf dieser Straße in New York City, hätte sie allenfalls durch die Angriffswut der Männer verletzt werden können, die sich auf ihren Angreifer gestürzt und ihn in Stücke gerissen hätten. Meine Herren, von diesem Augenblick an sind Sie bis zu Ihrem Abschluß oder Ihrem vorzeitigen Abgang von der Akademie dem Ehrenkodex unterworfen.«

10

Bevor ich an die Militärakademie von South Carolina kam, hatte ich nie von dem geheimnisvollen, fernen Land namens Vietnam gehört. Doch lange vor meinem Abschlußjahr wurde mir deutlich bewußt, daß durchaus die erschreckende Möglichkeit bestand, daß ich aus Gründen, die mir unklar waren, in Vietnam sterben mußte. Da ich nie im Leben einen Vietnamesen gesehen hatte, konnte ich mir nicht so recht vorstellen, daß irgendwo auf dem größten Kontinent der Erde asiatische Menschen lebten, die vielleicht mit einem Ochsengespann einen Akker pflügten oder am grünen Rand eines undurchdringlichen Dschungels einen Bewässerungsgraben ausschaufelten — und daß diese Menschen mich eines Tages vielleicht töten würden.

Doch der Gedanke war mir nicht völlig unangenehm. Es wäre auch seltsam gewesen, wenn ich nicht wenigstens einigen der reißerischen Hirngespinste der militärischen Mythologie zum Opfer gefallen wäre. Es gab sogar Augenblicke, da ich mir wünschte, heldenhaft in einer Schlacht zu fallen, um das meinem Vater gegebene Versprechen zu halten oder um den Beweis zu erbringen, daß man sich an der Akademie irrte, was meine soldatischen Fähigkeiten betraf. Mit achtzehn, neunzehn Jahren war eine süße, schreckliche, unwiderstehliche Kraft in meinem Innern, die den Gedanken willkommen hieß, in feindlichem Kugelhagel den Heldentod zu sterben. Zu Beginn meines Rekrutenjahres kamen Green Berets zur Akademie, um uns die neuesten Techniken zur Niederschlagung von Aufständen vorzuführen. Ich war so beeindruckt und überwältigt, daß ich an diesem Tag versuchte, zu den Elitesoldaten überstellt zu werden. Doch ein hohlwangiger, lächelnder Green-Beret-Unteroffizier überredete mich, bis zu meinem Abschluß an der Akademie zu bleiben, denn die Spezialeinheiten bräuchten qualifizierte, gut ausgebildete Offiziere, und die Bezahlung sei viel besser. Diese Zurückweisung verschaffte mir die Möglichkeit, mich drei weitere Jahre im Licht Asiens, Nordamerikas und des Krieges zu betrachten, sowie der Pflicht gegenüber meinem Vaterland und der Pflicht gegenüber mir selbst zu genügen. Die Zurückweisung gab mir Zeit, nachzudenken, zu studieren, Fragen zu stellen; mit anderen Worten: Sie gab mir Zeit, mich für das faszinierendste und vielversprechendste aller Angebote zu entscheiden – eine Hochschulausbildung. Aber ich habe nie vergessen, daß ich einmal versucht hatte, in die Reihen der Green Berets aufgenommen zu werden. Für einen achtzehnjährigen Jungen ist der Krieg eine religiöse Überzeugung, und obwohl es mir später zunehmend schwerfiel, mich mit diesem Jungen zu identifizieren, mußte ich dennoch die Aufrichtigkeit seines leidenschaftlichen, glühenden Idealismus anerkennen — und seine bedingungslose Bereitschaft, sein Leben dem Vaterland zu opfern.

Aber die Akademie hatte mich verändert, langsam und unmerklich, so wie es an jeder guten Hochschule der Fall gewesen wäre. In der Kaserne hatte man viel Zeit, nachzudenken und mit den Kameraden zu diskutieren; sehr viel Zeit, seine Meinung zu ändern. Ich betrachtete mich nicht als gefährlichen Kämpfertyp. Ich betrachtete mich — ziemlich naiv, aber aufrichtig — als einen Fürsten unter den Menschen, als einen wahren Schatz, und mein Eintritt in die Männerwelt des Korps hatte dazu beigetragen, mich in der Überzeugung zu bestärken, daß ich zumindest genauso tugendhaft wie die Mehrheit meiner Korpskameraden war. Ich betrachtete das Korps als abgeschlossenen Mikrokosmos, in dem sich Vertreter sämtlicher Menschentypen tummelten, so daß ich sie genauestens studieren und alle geheimen Riten und Neurosen der Kadetten kennenlernen konnte, um somit die Möglichkeit zu bekommen, auf umfassende Art und Weise die interessantesten Heiligtümer und Geheimnisse des menschlichen Geistes zu erforschen. Als Berufssoldat hätte ich viel mehr über eine betrübte und verwirrte Spezies gelernt; aber wir lebten nun einmal in seltsamen Zeiten, und da paßte es so recht ins Bild, daß Will McLean, zum waschechten Soldaten erzogen, den Entschluß faßte, um nichts auf der Welt Soldat zu werden. Ich glaubte mehr und mehr an meine eigenen Überzeugungen; ich beschäftigte mich mit den großen Fragen unserer Zeit; ich hielt mit meinem geheimen Selbst Zwiesprache, führte Diskussionen und Streitgespräche und gelangte zu der Einsicht, daß ich keinen Streit mit den Vietnamesen hatte, nicht den geringsten.

Ursprünglich war ich an die Akademie gekommen,

weil ich nach dem Examen Kampfflieger werden wollte. Ich wollte silberglänzend und geflügelt sein, unsichtbar in den schwindelnden Höhen der Stratosphäre, um mich dann aus dem Schutz einer Kumuluswolke wie ein Adler auf die Beute hinunterzustürzen: auf feindliche Flotten und auf Städte, deren entsetzte Bewohner eine Sprache redeten, von der ich kein einziges Wort verstand. Und ich würde auch ihre Schmerzens- und Todesschreie nicht hören. Piloten haben das Glück, die Folgen ihrer schrecklichen Angriffe und ihre räuberischen Begegnungen mit Mutter Erde nicht unmittelbar erleben zu müssen; sie sind binnen Sekunden weit fort von dem Blutbad, dem Leid und den Zerstörungen, die ihre blitzschnellen Besuche unausweichlich über die Menschen im Zielgebiet bringen. Ich frage mich, wie viele Menschen gestorben sind, weil Söhne ihren Vätern beweisen wollten, daß sie ihrer Väter wert sind. Immer wieder träumte ich davon, zur Erde hinabzustürzen, mit ratternden Bordgeschützen und Raketen, die mit glutrotem Feuerschweif unter den Flügeln der Maschine hervorschnellen; wie sich ganze Kompanien feindlicher Soldaten entsetzt zu Boden werfen und voll ängstlicher Bewunderung beobachten, wie ich heranschwebe, ein silberner Todesengel. Das war der immer wiederkehrende Traum des zukünftigen Kampffliegers, als ich die einzigen Kriege, in denen ich Sieger blieb, nachts geführt habe.

Aber noch bevor ich an die Akademie kam, hatte ich gewußt, daß mein Traum, Pilot zu werden, nicht in Erfüllung gehen konnte, trotz des Versprechens an meinen Vater. Im letzten Jahr an der High School ließ die Sehkraft meines rechten Auges nach, und Piloten müssen kerngesunde Augen haben. Es war der erste unumstößliche Beweis, daß ich die Welt anders sah als mein Vater und – als

Erweiterung dessen – anders als alle Piloten und Marineinfanteristen. Als ich an der Akademie meine Augen noch einmal untersuchen ließ, stellten die Ärzte einen weiteren Sehfehler fest: Ich war im Rot-grün-Bereich farbenblind. Es war ein zusätzlicher Beweis, daß ich die Welt mit anderen Augen sah als andere Menschen.

Später betrachtete ich die Sehschwäche und die Farbenblindheit als meine Errettung vor einem vorherbestimmten Weg. Die Brille mit dem schwarzen Horngestell, die ich beim Autofahren trug, war das erste Anzeichen dafür, daß mein Schicksal nicht schon unabänderlich festgelegt war. Es war der Beginn eines langwährenden, komplizierten Kristallisationsprozesses, der mich davor bewahrte, in Vietnam kämpfen zu müssen. Zuerst hatte es mit diesem Krieg an sich nichts zu tun; ich glaubte, es hätte etwas damit zu tun, daß ich mich nicht zum Piloten eignete. Wegen des legendären Heldentums meines Vaters auf Iwo Jima wollte ich kein Infanterist werden. Und ich wollte nicht in einem vom Krieg heimgesuchten Land sterben, von dessen Existenz ich erst vor kurzem erfahren hatte. Doch in der soldatisch-patriotischen Atmosphäre der Akademie wurde mein Entschluß, kein Berufssoldat zu werden, von den Kadetten und Vorgesetzten mit Besorgnis aufgenommen. Immerhin war ja ein richtiger Krieg im Gange. Und weil die Akademie jeden Monat einige Absolventen auf den Schlachtfeldern verlor, wurde meine Weigerung, mich vertraglich zu verpflichten, nach dem Examen der Armee beizutreten, als Verrat an der Akademie, ja beinahe als Volksverhetzung betrachtet.

Was den Krieg betraf, nahm die Akademie eine ausgesprochen besitzergreifende Haltung ein. Zuerst sorgte der Krieg für einen größeren Zustrom an Rekruten und verlieh der Akademie eine Art Sendungsbewußtsein. Eines solchen Status und Ansehens konnte sie sich immer nur dann erfreuen, wenn die Vereinigten Staaten das Blut ihrer guten Söhne vergoß, um das Blut der bösen Söhne anderer Staaten fließen zu lassen, was ja oft genug der Fall war. Diesmal war es das Blut der Söhne Vietnams. Nichts erfüllte die Akademie mit größerem Stolz als der Tod eines ihrer Absolventen auf dem Schlachtfeld. Wir führten Buch über die Zahl unserer gefallenen Helden. Es war ein Wettstreit der Militärakademien: Wer sich der meisten toten Ehemaligen rühmen durfte, hatte gewonnen. Deshalb wurden die Akten mit aller Sorgfalt geführt, und als Captain David Foxworth Johnson im Oktober 1966 getötet wurde, als er eine nächtliche Patrouille führte, zogen wir als Tabellenführer der Toten zum ersten Mal in der Geschichte der Akademie vor die Tore West Points. Als der stellvertretende Regimentskommandeur diesen Marsch ankündigte, erbebte der Speisesaal unter dem spontanen, donnernden Sprechgesang des Korps: »Wir sind die Nummer eins. Wir sind die Nummer eins. Wir sind die Nummer Eins.« Es war ein lautstarkes Gebrüll, das der Stimmung des Augenblicks entsprang, unaufrichtig, aufdringlich und schrill; das Geschrei von Männern, die noch jung genug waren, um über den Tod zu lachen. Der schwarze, zynische Humor in den Kasernen betrachtete sogar den Tod von Helden mit unverhohlener Respektlosigkeit. Bis wir die Namen der gefallenen Ehemaligen erkannten. Bis wir die Namen von Freunden hörten, die auf der Liste der Getöteten standen. Erst dann wurde der Krieg häßlich und ernst; erst dann wurde er wirklich.

Doch selbst dann blieb der Humor die einzige berechtigte Antwort auf den diffusen Schrecken, wenn die wöchentlichen Berichte von der Front eintrafen. Dieser Humor manifestierte sich auf verschiedenste Weise. Als Kritzeleien an den Latrinenwänden zum Beispiel. Man konnte die politische und soziologische Geschichte der Akademie zurückverfolgen, indem man die typischsten, mit grimmigem Humor gewürzten Sprüche und Zeichnungen an den Wänden ihrer Latrinen sammelte.

1966 waren die meisten Kritzeleien einzelkämpferische Kommentare über den Vietnamkrieg. Ich kann mich an eine ganze Serie verschiedener Vorschläge erinnern, den Krieg zu beenden: eine Waggonladung Piranhas in nordvietnamesischen Flüssen auszusetzen, so daß sie alles fraßen, was Schlitzaugen besaß und sich von Reis ernährte; die politischen Führer Nordvietnams, Chinas und der Sowjetunion zu Friedensgesprächen in die Akademie einzuladen und sie dazu zu bringen, im Speisesaal zu essen – binnen achtundvierzig Stunden wären sie alle an Lebensmittelvergiftung gestorben; den Bären ganz allein mit dem Fallschirm über Hanoi abspringen zu lassen mit dem Auftrag, für ein bis zwei Tage die nordvietnamesische Armee zu drillen, was zu Massendesertationen führen würde; John Alexander mit dem Fallschirm über Hanoi abspringen zu lassen – er würde den Nordvietnamesen so auf die Nerven fallen, daß sie ihre Hauptstadt freiwillig räumten – und ähnliches.

Unter diesen Vorschlägen stand – in wütend hingekritzelter, beinahe unleserlicher Schrift – folgender Satz: *Du verdammter schwuler Drecksack! Wie kannst du es wagen, dich über den Krieg lustig zu machen, wenn unsere Jungs da drüben jeden Tag den Arsch für dich hinhalten müssen.*

Aber selbst das war noch nicht das letzte Wort. Auch dieser wutentbrannte Kadett und Patriot hatte eine Antwort verdient: *Du kannst auch den Arsch hinhalten, Süßer. Für mich. Hier bitte Uhrzeit und Treffpunkt eintragen.*

Die Latrinenwände wurden zu einem Schlachtfeld zwischen Kadetten, die den Wunsch hatten, daß der Krieg respektvoll und ehrerbietig behandelt wurde, und denjenigen, die ihm mit Skepsis gegenüberstanden und die übernatürliche Gabe des Korps besaßen, geheiligte Themen bis zur Absurdität zu verzerren, wobei paradoxerweise gerade eine solche Verzerrung oft ein Zeichen von Respekt war.

1964 hatte man damit begonnen, an den Wänden der Bibliothek Porträts jener Absolventen aufzuhängen, die in Vietnam gefallen waren. In dieser frühen Phase des Krieges war es eine lobenswerte Idee, doch 1966 hatte sich das Untergeschoß der Bibliothek in eine deprimierende Galerie mit Bildern lächelnder, adretter junger Männer verwandelt, die vor ihrem fünfundzwanzigsten Geburtstag auf gräßliche Art und Weise getötet worden waren. Der Bibliothekar stellte fest, daß es die Kadetten mehr und mehr ins Obergeschoß zog, als wollten sie in einer Umgebung studieren, in der sie nicht ständig von diesen lächelnden Leichen verfolgt wurden, Männern, die das Korps erst vor kurzer Zeit verlassen hatten. Bald nannten die Kadetten das Untergeschoß der Bibliothek den ›Leichensack‹. Als der Bibliothekar den General um Gelder zur Errichtung eines gesonderten Anbaus bat, in dem die Fotos untergebracht werden sollten, machte in den Kasernen das Wort die Runde, daß der Bibliothekar beim General ein Gebäude von der Größe einer Turnhalle erbeten habe, um schon mal für die in den nächsten ein bis zwei Jahren eintreffenden Fotos Platz zu schaffen. Was die Akademie betraf, machte sie ihre Sache gut; sie bereitete ihre zweitausend Söhne in den Kasernen darauf vor, brav für ihr Vaterland zu sterben. Schließlich gab es ja diese großartige Belohnung für den Tod: Man bekam einen Platz an der Wand der Bibliothek.

Während der vier Jahre in Charleston wurde uns die Gestalt Vietnams unauslöschlich ins Gedächtnis eingebrannt. In den militärwissenschaftlichen Vorlesungen und Seminaren verfolgten wir Sandkastenschlachten, Gefechte und Truppenbewegungen; wir planten imaginäre Landungen von Infanterieeinheiten in der Nähe von Haiphong; wir führten Zangenmanöver durch, um Hanoi einzukesseln; wir verminten Flüsse und lernten den begrenzten Einsatz atomarer Sprengköpfe. Ich studierte die Landkarte Vietnams so oft, bis mir die Silhouette dieses Staates, die Lage seiner Städte und der Lauf seiner Flüsse fotografisch genau im Traum erschienen. Aber ich träumte nicht von Landkarten. Ich sah mich selbst in einem seltsamen Sarg, der wie Vietnam geformt war. Mein Körper war dermaßen zerfleischt, daß er genau in diesen grotesken, verzerrten Sarg paßte, und unter den Lidern meiner verwesenden Augäpfel wimmelten Maden, während ein Künstler den Rohentwurf für ein Porträtgemälde anfertigte, das später in der Bibliothek der Akademie aufgehängt werden sollte. Fast alle Kadetten – egal, ob sie dem Krieg respektlos oder ehrerbietig gegenüberstanden –, warteten begierig darauf, Truppen in die Schlacht führen zu dürfen. Es war das *Grand Guignol* unserer Generation; das Testgelände der Tapferkeit. Die kollektiven Augen des Korps waren aufmerksam und gespannt auf Asien gerichtet, mit all den blinden, irrationalen Instinkten geiler, sexuell unbefriedigter Jünglinge, während Monat für Monat neue Porträtfotos an der Bibliothekswand erschienen – und während wir allmählich begannen, die Gesichter auf den Fotos wiederzuerkennen. Ich kann mich an keinen einzigen Tag an der Akademie erinnern, an dem wir nicht über den Krieg gesprochen haben. Aber da wir eine Militärakademie besuchten, wurde der Krieg zu einem Gegenstand religiösen Glaubens, und den Krieg in Frage zu stellen war eine unverzeihliche Blasphemie. An der Akademie erhielten wir keine akademische Ausbildung, sondern wurden indoktriniert; alle Vorlesungen und Seminare dienten nur dem Zweck, uns zu phantasie- und geistlosen, formbaren, blind gehorsamen Bürgern der Vereinigten Staaten zu machen, unempfänglich für Ideale – oder Gedanken –,die nicht höheren Ortes abgesegnet waren. Wir lernten, uns unserer Sache sicher zu sein; wir lernten, Amerikaner zu sein. Viele von uns lernten zu viel, und viele zu wenig, und viel zu viele endeten an den Wänden der Bibliothek.

Das gesamte Ausbildungssystem der Akademie war darauf ausgerichtet, Bürger-Soldaten aus uns zu machen, Amphibien der Moral, die sich mit derselben Mühelosigkeit sowohl in der zivilen als auch in der militärischen Welt bewegen konnten. Die Akademie verlangte von ihren Söhnen grenzenlose Gleichförmigkeit, und was das betraf, gehorchten wir blind. Wir verbrachten unsere vier Jahre als leidenschaftliche, wahre Gläubige, als Katecheten einer rauhen, geistig und seelisch arktischen Umwelt; wir wurden gedrillt; wir studierten, exerzierten, diskutierten in den Kasernen, hielten unsere Stuben sauber, putzten unsere Stiefel, kritzelten auf die Latrinenwände, schrieben Briefe, reinigten unsere Waffen und wußten nicht, was Sache war. Die Akademie übernahm das Denken für uns, so daß wir zu Dummköpfen wurden, zu einer tragikomischen, blökenden Herde uniformierter Hammel.

Als Kadett wußte ich das alles noch nicht. Was ich soeben gesagt habe, war die aufgestaute Bitterkeit eines älteren Mannes, der von Erinnerungen geplagt wird. Damals hatte ich allenfalls eine leise Ahnung. Damals wußte ich nur, daß ich die Dinge nicht mit den gleichen Augen sah wie meine Jahrgangskameraden. Irgend etwas an mir war anders als bei ihnen, und ich litt unter dieser Andersartigkeit. Aber eines weiß ich heute: In meinem Abschlußjahr lernte ich allmählich, wie ich Gedanken, die für mich geeignet waren, von Gedanken unterscheiden konnte, die für alle anderen geeignet waren. Und ich begann – wenn auch noch grob und umrißhaft – zu verstehen, daß jede Kleinigkeit, die man mich seit frühester Kindheit gelehrt oder die ich mir selbst beigebracht hatte, die Bestandteile einer Lüge enthielt. Das gesamte Bauwerk meines Universums ruhte auf einem ausgeklügelten, verwirrenden Stützgebälk aus Lügen. Ich mußte von vorn anfangen. Das wußte ich. Und der erste Schritt zu diesem Neuanfang mußte darin bestehen, mich nicht mehr selbst zu verabscheuen, weil ich anders als die anderen war.

Am Donnerstagmorgen, vor unserem Basketballspiel gegen Auburn, blätterte ich in der *News and Courier.* Ich hatte gerade Lord Ashley Coopers Kolumne über seinen Haß auf jede Form von eßbarem Eibisch gelesen – ob gebraten, gegrillt, gebacken, gekocht oder in eingedickter Suppe –, als ich auf einen kurzen Artikel über die Akademie stieß. General Durrell hatte verkündet, daß die Akademie – wie stets den militärischen Notwendigkeiten gehorchend – im nächsten Semester Kurse in vietnamesischer Sprache und Vorlesungen über die Geschichte von Südostasien aufnehmen würde. Eines der Zitate Durrells las ich meinen Stubenkameraden vor: »Wir werden Absolventen brauchen, die feindliche Gefangene auf der Stelle verhören können«, hatte der General gesagt.

»Könnt ihr euch vorstellen, daß ich einen vietnamesischen Bastard verhören kann, wenn ich diesen Kurs belegt habe?« fragte ich meine Stubenkameraden und legte die Zeitung auf meinen Schreibtisch.

»Ich würde keins dieser Schlitzaugen verhören«, sagte Pig beiläufig. »Ich würde ihm einfach die Eier abschneiden. Das ist 'ne internationale Sprache.«

»Hör mal, Pig«, sagte Mark, »willst du nicht lieber losziehen und eine internationale Organisation für Schwachsinnige gründen?«

»Du wärst schon im Französischkurs beinahe durchgerasselt, Will«, sagte Tradd. »Da wirst du doch nicht ernsthaft mit dem Gedanken spielen, diesen verrückten Vietnamesisch-Kurs zu belegen.«

»O doch, Mann. Ich bin der geborene Verhörspezialist«, erwiderte ich. »Ich werde es euch beweisen. Tradd, setz dich auf deinen Stuhl und tu so, als wärst du der mieseste, hinterhältigste Vietkong, der je gelebt hat. Gut. Jetzt leg die Arme nach hinten, als wären dir die Hände auf dem Rücken gefesselt. Sehr schön. So, dann wollen wir mal«, sagte ich zu Pig und Mark, ohne den Gefangenen zu beachten. »Der Vietkong-Gefangene, ein wichtiger Mann, wird in mein Zelt gebracht. Er ist ein mieser kleiner Scheißer. Er ist bei einem Feuergefecht verwundet worden, und er kennt Ho Chi Minh persönlich. Wir haben den Befehl, alles an Informationen aus dem Schweinekerl rauszuquetschen. Die Situation erfordert also den besten Kenner der vietnamesischen Sprache in unserer gottverfluchten Armee, nämlich Colonel Will McLean, der schneller zum Stabsoffizier aufgestiegen ist als jeder andere Soldat in der amerikanischen Militärgeschichte.«

»O ja. Ganz bestimmt, Will«, seufzte Tradd.

»Das schmink dir mal ab, Schweißfuß«, sagte Pig kichernd.

»Geee – nau«, fügte Mark hinzu.

Ich beachtete sie nicht und fuhr fort: »Will ist ein völlig anderer Mensch geworden, nachdem er seinen Abschluß an der Akademie gemacht und zwei Jahre Dschungelkrieg gegen Schlitzaugen hinter sich hat, wobei er sich durch unglaublichen Mut auszeichnete. Aber wer wäre kein anderer Mensch, nachdem er unsere höchste Kriegsauszeichnung, die Ehrenmedaille des Kongresses, bekommen hat und bei einem Feuergefecht in den Randbezirken Hanois höchstpersönlich General Giap gefangengenommen hat? Die Männer seiner Einheit blicken genauso bewundernd zu Will auf wie seine Stubenkameraden. Für sie ist er nicht nur der bedeutendste Mann, der jemals gelebt hat ... nein, das reicht nicht annähernd, um das Ausmaß ihrer Bewunderung zu beschreiben. Sie betrachten Will als Gott. Als einen Gott unter den Menschen. Sie nennen ihn liebevoll ›unseren Colonel Will, den bescheuerten, beschissenen Rotarsch‹.«

Tradd sagte: »Sie nennen ihn liebevoll den armen Jungen, der unmittelbar nach seinem Abschluß an der Akademie den Verstand verloren hat.«

»Sie nennen ihn Colonel Schweißfuß«, murmelte Pig und warf mir einen seltsamen Blick zu.

»Der gefangene Vietkong rechnet damit, gefoltert zu werden. Er blickt in McLeans kalte, stählerne Augen und ist völlig verängstigt. Obwohl er seit zwanzig Jahren für den Vietkong gekämpft hat, obwohl er mehrere amerikanische Spezialeinheiten niedergemäht hat, obwohl er den Schrecken der B-52-Luftangriffe und den Terror der Napalmbomben kaltlächelnd miterlebt hat, wußte er nicht, was Angst ist – bis zu dem Moment, als er McLean zitternd in die Augen blickt. McLean betrachtet den Gefangenen, als hätte er ein lebendes Scheißhaus vor sich«, sagte ich, beugte mich vor und starrte mit angewidertem Gesichtsausdruck in Tradds Augen.

»McLean wurde von den Professoren der Akademie bis in die letzten Feinheiten der vietnamesischen Sprache ausgebildet«, fuhr ich fort, und meine Nase war nur Zentimeter von der Tradds entfernt. »McLean beugt sich ganz nahe an den angstschlotternden Gefangenen heran und beginnt das Verhör mit den wohlüberlegten, spitzfindigen Worten: ›Ich scheiße auf dich, Kong.‹ Selbstverständlich ist der Gefangene daraufhin zutiefst schockiert. Aber McLean bohrt unerbittlich weiter und fragt ihn: ›Hast du schon mal ein Hot Dog gegessen? Hast du schon mal einen Chrysler oder ein Chevrolet gefahren? Hast du dir schon mal *Vom Winde verweht* angeschaut? Hast du schon mal einen Steifen gekriegt, wenn du dir Fotos von Marylin Monroe angeguckt hast?‹ Durch diese gezielten Fragen bringe ich den Gefangenen völlig durcheinander. Mein Akzent ist so perfekt, daß er glaubt, ich hätte in Hué Tür an Tür mit ihm das Licht der Welt erblickt. Ich habe ihn völlig aus der Fassung gebracht – und jetzt, schnell wie der Blitz, zeige ich ihm meinen Akademie-Ring, und er gerät in Panik. Er flippt total aus. Er pinkelt sich die Hose voll und kreischt hysterisch, denn er hat erkannt, daß er nicht von irgendeinem gewöhnlichen Mann verhört wird, sondern von einem ausgewachsenen Absolventen der Militärakademie von South Carolina, von einem Supermann aus Stahl . . . nein, aus Sterling-Silber. Der Gefangene bricht total zusammen und redet wie der Niagarafall, als ich ihm erzähle, daß wir ihn für das nächste Semester an der Akademie immatrikuliert haben, und daß er das Rekrutenjahr durchstehen muß. Colonel Will hat es wieder mal geschafft. Der Gefangene nennt mir die Telefonnummer von Ho Chi Minhs Tochter. Ich rufe sie an, und wir verabreden uns zum Abendessen. Ich schelle bei ihr. Sie macht die Tür auf und dreht vor Geilheit durch, denn sie sieht zum ersten Mal den Körper eines Akademie-Mannes. Kurz darauf heiraten wir, und ein Friedensvertrag wird unterzeichnet. Und das alles nur, weil die Akademie einen Kurs in vietnamesischer Sprache angeboten hat.«

»Möchtest du den Kursus wirklich belegen, Will?« fragte Tradd.

»Um Gottes willen, nein. Ich will mit diesem verdammten Land nichts, rein gar nichts zu tun haben.«

»Du hast heute morgen noch nicht die Nachrichten gehört, Will, stimmt's?« fragte Pig.

»Was für Nachrichten?«

»Letzte Woche ist Rodney Harris in Vietnam gefallen.«

»Oh. Tut mir leid, Pig. Ich weiß, daß ihr gute Freunde wart.«

»Wir waren beide in der Ringermannschaft. Wir haben immer zusammen trainiert . . . Ringen, Konditions- und Krafttraining. Mir ist heute, wo ich erfahren habe, daß mein Kumpel tot ist, nicht nach Scherzen über Vietnam zumute, klar?«

»Du hättest mich doch bremsen können, Pig«, sagte ich. »Daß Rodney tot ist, habe ich nicht gewußt. Da drüben gibt es so viele Opfer, daß man einen Rechner braucht, um mit dem Zählen nachzukommen.«

»Will«, sagte Pig. »Ich muß dir jetzt mal ganz im Ernst was sagen, Kumpel. Ich möchte, daß in dieser Stube eine neue Regel gilt. Keine Scherze mehr über Vietnam. Alles klar? Nicht, wenn Freunde von uns da drüben getötet werden. Du mußt dir das Recht verdienen, über eine so ernste Sache Witze zu machen. Du hast ein großes Maul, Will, und du kannst lachen, worüber du willst. Aber nicht über den Krieg.«

Für einen Augenblick herrschte Stille im Zimmer, aber es war eine Stille des Einverständnisses. Ich sah, wie Mark und Tradd mich anschauten, als wäre ich ein Außenstehender, ein Fremder im Klubhaus.

Schließlich sagte Tradd: »Also, so was. Ich traue meinen Ohren nicht, Pig. Das ist eine bemerkenswert kluge Idee, und eine sehr bewegende noch dazu. Will, ich fürchte, ich muß Pig voll und ganz recht geben. Bestimmte Dinge sind viel zu ernst, als daß man sich darüber lustig machen sollte. Du hast noch nie gewußt, wann du aufhören mußt. Das wollte ich dir schon längst mal sagen, aber ich hatte Angst vor deinem Spott. Wir alle haben Angst vor deiner scharfen Zunge.«

»Mark?« fragte ich, setzte mich in meinen Stuhl und stellte mich dem Verhör durch meine Stubenkameraden. »Wie denkst du darüber?«

»Nächstes Jahr könnten wir es sein, die da drüben ins Gras beißen«, sagte Mark. »Hast du schon mal daran gedacht? Wirst du dann immer noch lachen? Mir ist es scheißegal, ob du Witze über Vietnam machst oder nicht. Aber kannst du deine Scherze immer noch machen, wenn einer von deinen Stubenkameraden in einem Leichensack nach Hause kommt?«

»Um Himmels willen, nein!« sagte ich. Beim bloßen Gedanken packte mich pure Verzweiflung. »Dann würde ich natürlich nicht lachen! Ich weiß nicht, was ich dann tun würde.«

»Tradd, Pig und ich«, sagte Mark, »werden nächstes

Jahr um diese Zeit in Vietnam sein. Also wäre es besser für uns alle, wenn wir das Thema Krieg zum militärischen Sperrgebiet erklärten.«

»Ist euch eigentlich klar, was man uns hier antut Jungs?« sagte ich und versuchte, die richtigen Worte für einen Gedanken zu finden, der mir angesichts der feindseligen Haltung meiner besten Freunde zum erstenmal gekommen war. »Wißt ihr eigentlich, worauf die Akademie uns vorbereitet? Sie bereitet uns darauf vor, getötet zu werden.«

»Da bin ich ganz anderer Meinung, Will«, erwiderte Tradd wütend. »Es ist unglaublich zynisch, so etwas zu sagen. Und völliger Unsinn. Schwachsinniges Geschwafel. Die Akademie ist der Meinung, daß ihre Söhne dem Vaterland sehr viel schulden. Unermeßlich viel. Wir werden hier zu guten Bürgern und zu guten Soldaten erzogen. Damit löst die Akademie genau das Versprechen ein, das sie uns gegeben hat, als wir hier als ahnungslose Dummköpfe angefangen haben. In Kriegszeiten eilen gute Bürger ihrem Vaterland zu Hilfe. Und dafür gibt es einen Grund, Will. Dieses Land ist einfach besser als die meisten anderen. Es hat Werte und Ideale wie Freiheit und Demokratie. Ich bin sicher, du würdest dich auch über diese Ideale lustig machen, die mit dem Blut von Patrioten erkämpft worden sind. Nicht wahr? Was ist? Warum lachst du nicht? Na los, mach dich lustig darüber. Aber die meisten von uns glauben an diese Ideale, und niemand schämt sich dafür.«

»Das hast du wunderbar gesagt, Tradd«, erklärte Pig stolz. »Wahre Poesie. Hätte von Mr. Keats sein können. Von guten, alten Hurensohn Keats.«

»Warum möchtest du nach Vietnam, Pig?« fragte ich, und erst jetzt wurde mir klar, daß diese Frage noch nie in unserer Stube gestellt worden war. »Und du, Mark? Tradd hat uns ja gerade erklärt, warum er nach Vietnam möchte, und das respektiere ich.«

»Ich werde Schlitzaugen töten und Orden bekommen«, sagte Pig. Seine Stimme war zornig und erregt. »Ich hasse Schlitzaugen.«

»Du hast noch nie ein Schlitzauge gesehen, Pig«, sagte ich.

»Ich hasse die Schlitzaugen für das, was sie Rodney Harris angetan haben.«

»Ja, sie haben Rodney Harris getötet, Pig«, sagte ich. »Aber das müssen wir aus dem richtigen Blickwinkel betrachten. Rodney war dort drüben im Dschungel und hat versucht, Vietkong zu töten. Sie hatten nichts gegen Rodney persönlich, und sie haben auch nichts gegen dich. Sie wissen nicht, was für ein netter Kerl du bist, Pig. Sie wissen nicht einmal, wie du heißt. Genausowenig wie du ihre Namen kennst. Verstehst du, was ich damit sagen will?«

Tradd kam zu meinem Schreibtisch herüber und sagte: »Warum bist du gegen alles und jedes, Will? Wenn jemandem ein Ideal, eine Überzeugung heilig ist, warum mußt du dich dann unbedingt zum Vorsitzenden eines Spott- und Hohngerichts aufschwingen und diese Überzeugung ins Lächerliche ziehen? Was ist dir denn heilig, Will? Gibt es eine einzige Überzeugung, für die du sterben würdest? Du machst dich über die Religion lustig. Du machst dich über den Patriotismus lustig. Du machst dich über die Akademie lustig. Du machst dich über Charleston und über Menschen lustig, die stolz auf ihre Geschichte sind. Du machst dich über den Süden lustig, obwohl du nicht einmal ein Südstaatler bist. Du machst dich über General Durrell und sämtliche Stabsoffiziere lustig. Warum bist gegen alles? Einfach alles? Das möchte ich mal wissen, Will. Was stört dich am Krieg? Was stört dich daran, daß wir dem Vaterland gegenüber unsere Pflicht tun?«

»Das weiß ich nicht, Tradd«, antwortete ich wahrheitsgemäß. »Irgend etwas stimmt nicht mit diesem Krieg. Mit jedem, der hier seinen Abschluß macht und hinaus ins Leben marschiert, ohne Fragen zu stellen, stimmt was nicht. Niemand stellt irgendwelche verdammten Fragen!«

»Aber deine drei besten Freunde glauben an den Krieg, Will«, beharrte Tradd. »Wir fühlen uns verpflichtet, nach Vietnam zu gehen. Wir werden dort für unseren Glauben an dieses Land unser Leben aufs Spiel setzen.«

»Seit wann habe ich Sergeant York als Stubenkamerad, Tradd? Was du gerade gesagt hast, hätte Wort für Wort von General Durrell oder Major Mudge oder jedem anderen Offizier stammen können. Es sind dieselben beschissenen Worte, die jeder beschissene Kretin an dieser Akademie benutzt, wenn er über den beschissenen Krieg redet. Das ist 'ne Akademie für Papageien, nicht für Patrioten. Sogar kluge Jungs wie du, Tradd, wirklich intelligente Jungs, faseln wie die Geisteskranken, wenn sie erklären, warum sie nach Vietnam gehen wollen.«

»Du bist ein verdammter Feigling, Will«, brüllte Pig mich an und walzte mit vor Wut geschwollenen Schläfenadern auf mich zu. »Also halt die Fresse und sei ein stiller verdammter Feigling. Mach das Maul nicht mehr auf, bis der Krieg zu Ende ist, sonst stopf ich's dir!«

»Für die Privilegien der Feigheit bin ich allzeit zum Kampf bereit, Pig«, sagte ich und versuchte, die Situation ein bißchen zu entspannen.

»Du bist schrecklich reizbar und melodramatisch,

Pig«, sagte Tradd. »Das hier ist doch nichts weiter als eine Diskussion unter Freunden. Eine intellektuelle Übung.«

»Das hier ist ein Scheißspiel. Als würde man einem Toten die Zähne raustreten, Kumpel«, sagte Pig bedrohlich leise. Er ragte wie ein Berg vor mir auf. Ich erkannte, daß er drauf und dran war, die Beherrschung zu verlieren. »Also halt jetzt die Fresse. Halt lieber deine schmierige Fresse.«

»Bei uns herrscht Redefreiheit, Pig. Ist doch auch einer der Gründe, weshalb du nach Vietnam gehst, oder? Wenn ich hier nicht sagen kann, was ich will, dann suche ich mir neue Stubenkameraden. Du kannst mir nicht den Mund verbieten. Kapiert?« sagte ich wütend.

Seine Hand zuckte vor und legte sich um meine Kehle, und er hob mich in die Höhe – mit beinahe sanfter Gewalt und einem seltsam bedrückenden Ausdruck der Trauer in den Augen, der alles noch viel schlimmer machte. Seine gewaltigen Arm- und Schultermuskeln traten hervor, als er mich an die Wand drückte. Seine Finger lösten sich leicht, und ich quetschte verzweifelt seine Handgelenke und spürte seinen kräftigen Pulsschlag; dann wurde mir die Sauerstoffzufuhr zu den Lungen und die Blutzufuhr zum Hirn gleichzeitig abgeschnitten, und Pigs Gesicht, verzerrt und gerötet, starrte zu mir herauf; ich versuchte, ihm genau in die Augen zu blicken, doch das aufgestaute Blut, das hinter der Netzhaut brannte, ließ undeutliche Bilder und formlose Bewegungen im Zimmer um mich herum entstehen. Ich hörte, wie Tradd Pig anflehte, mich herunterzulassen; seine Stimme war schrill und verstört. Ich hörte mich keuchend nach Atem ringen; es war ein gräßlich ersticktes Geräusch, das ich nur qualvoll und mühsam hervorbrachte. Ich konnte

Mark nicht mehr sehen. Und, wichtiger noch, ich konnte auch Pig nicht mehr sehen.

Man konnte leicht vergessen, wie blitzschnell Mark Santoro sein konnte. Doch wenn man einmal Marks Kraft zu spüren bekam, vergaß man sie nie mehr – soviel stand fest. Aber daß ein so großer Mann so schnell sein konnte, überraschte einen immer wieder. Marks Faust traf Pigs rechte Schläfe, und durch die Wucht des Schlages wurde er herumgewirbelt und gegen einen der stählernen Spinde geschleudert. Pigs Hand wurde von meinem Hals gerissen; ich prallte auf den Fußboden und blieb würgend und nach Atem ringend liegen. Ich versuchte zu sprechen, brachte aber nur ein ersticktes Geräusch hervor; ich versuchte zu atmen und konnte es nicht.

Als mein Blick sich endlich klärte, hob ich den Kopf und sah, daß Pig eine gefährliche Karate-Kampfstellung eingenommen hatte und Mark belauerte, der ihm gegenüberstand, nicht minder entschlossen und furchteinflößend; er stand in der perfekten Haltung eines Boxers da. In Marks Augen loderte ein grelles Feuer, und Pig hatte ich noch nie wütender gesehen. Angst stieg in mir auf. Angst, daß diese beiden Hünen sich nicht nur ernsthaft verletzen, sondern sich gegenseitig totschlagen könnten. Beide hatten die Kraft und die Fähigkeiten – und gelegentlich auch die Neigung –, einen Gegner mit bloßen Händen zu töten. Schwergewichtler können sich einander schlimme, bleibende Verletzungen zufügen; das war immer das Schreckliche, wenn zwei so starke, schwere Männer einen erbarmungslosen Zweikampf ausfochten. Übelkeit stieg in mir auf, als ich sah, daß die beiden jeden Moment aufeinander losgehen konnten, und ich versuchte mich aufzurappeln.

Doch Tradd war bereits zwischen Mark und Pig gesprungen. Er sah winzig und zerbrechlich aus, als er sich in dem gefahrvollen Land zwischen den beiden Hünen bewegte.

»Hört auf«, rief er. »Hört mit diesem Blödsinn auf.«

»Geh mir aus dem Weg, Tradd«, preßte Mark zwischen den vor Wut und Entschlossenheit verzerrten Lippen hervor.

»Tradd ist das einzige, das noch zwischen dir und 'nem gebrochenen Kiefer steht, Schweißfuß«, sagte Pig.

»Auf meiner Stube gibt es keine Schlägereien«, sagte Tradd mit Bestimmtheit, einen entschlossenen Ausdruck auf dem schmalen Gesicht. »Ich werde es nicht dulden, daß so etwas zwischen uns passiert.«

»Wenn du Will noch einmal anrührst«, sagte Mark und starrte Pig dabei an, »kannst du von Glück sagen, wenn ich dich nur aus der vierten Division rausprügle.«

»Ich will *dich* anrühren«, erwiderte Pig. »Ich werde dich so anrühren, wie man dich noch nie angerührt hat. Ich reiße dich in Stücke. Wenn ich mit dir fertig bin, kann man deinen Balg an hundert verschiedenen Stellen auflesen.«

»Du hast noch nie gegen einen Mann gekämpft, Pig. Du suchst dir immer nur Gegner aus, die keine Erfahrung haben. Ich hab's seit gut drei Jahren beobachtet. Du kämpfst nur gegen Burschen, die Angst vor dir haben.«

»Hier wird nicht gekämpft«, brüllte Tradd die beiden Kontrahenten an. »Das erlaube ich euch nicht. Gewalt zwischen meinen Stubenkameraden lasse ich nicht zu.«

Ich stand auf. Meine geschundene Kehle brannte wie Feuer. Ich ging mit schwankenden Schritten durch die Stube, quetschte mich zwischen Mark und Pig und hielt mich dabei an Tradds Arm fest. Mark starrte wutentbrannt über unser Köpfe hinweg; in seinen Augen lagen Verachtung und Herausforderung zugleich.

»Pig«, sagte ich mit krächzender, kaum verständlicher Stimme. »Tut mir leid . . . was ich über den Krieg gesagt habe. Ich werde auf dieser Stube . . . nie wieder über den Krieg reden. Ich liebe diesen verdammten Krieg . . . falls es das ist, was du willst. Es . . . ging mir nicht um den Krieg, es ging mir um die Akademie.«

»Dann hab' ich's aber nicht kapiert«, sagte Pig.

»Weil du, wo die meisten Menschen das Hirn haben zwei Kilo italienischen Käse hast«, rief Mark und schüttelte die Fäuste. »Du bist hier auf einer Hochschule, du dämlicher Bastard. Hier erwartet man von dir, daß du studierst, lernst, diskutierst, bis es dir zu den Ohren wieder rauskommt. Aber du sollst hier nicht Amok laufen und Freunde erwürgen, weil sie zufällig anderer Meinung sind als du.«

»Ist mir egal, ob du meiner Meinung bist oder nicht, Kumpel«, sagte Pig zu mir, und seine Stimme war leiser, seine Haltung entspannte sich. »Ich möchte nur, daß du an die wichtigen Sachen glaubst.«

»Dann merk dir mal folgende wichtige Sache, du Arschgeige«, sagte Mark und richtete den Finger auf Pigs Gesicht. »Wenn du Will noch einmal mit deinen Wurstfingern anrührst, oder wenn du deine Wichsgriffel gegen Tradd erhebst, wirst du das Gefühl haben, daß ein Pionierregiment auf deinem Arsch eine Landungsübung macht. Laß die Finger von den Jungs! Was deine Theresa dir bedeutet, das bedeuten die beiden mir.«

»He«, sagte Pig, der sich angesichts der geballten Feindseligkeit in der Stube plötzlich unbehaglich fühlte, »ich denke genauso darüber, Mark. Das weißt du doch. Das wißt ihr alle. Vor allem du, Will, nicht wahr? Ich hab' den Kopf verloren. Ehrlich. Ich würde eher sterben, als dir weh zu tun, Will. Ich würde mich umbringen, wenn du verletzt wirst. Das könnte ich mir nie verzeihen.«

»Ich hasse Schläger«, sagte ich zu ihm, und meine ohnehin krächzende, verzerrte Stimme wäre beinahe gebrochen. »Schläger habe ich schon immer gehaßt. Ich will dir auch sagen, was ich besonders an dir hasse. Du machst anderen Menschen angst, und dann wendest du diese Angst gegen sie an.«

»Aber du tust das gleiche mit deiner scharfen Zunge, Will«, sagte Tradd. »Manchmal benutzt du sie, um anderen Menschen weh zu tun und sie zu tyrannisieren. Du und Pig, ihr könnt aus dieser Dummheit beide etwas lernen. Du, Pig, mußt lernen, deinen Verstand als Waffe zu benutzen«, fuhr Tradd in ruhigem, versöhnlichem Tonfall fort.

»Ha!« rief Mark. »Da könnte eher ein Fisch lernen, seine Beine zu benutzen.«

»Verarsch mich nicht, Santoro«, warnte Pig ihn; wieder schwollen seine Schläfenadern an, diese Relief-Landkarte seiner Emotionen. »Ich hab' gesagt, es tut mir leid. Was wollt ihr denn noch? Soll ich euch allen den Hintern küssen?«

»Ja«, erwiderte Mark mit Bestimmtheit. »Ich will, daß du jedem den Hintern küßt. Jedem hier auf der Stube. Dann können wir sicher sein, daß es dir wirklich leid tut.«

Tradd und ich blickten Mark an und warteten auf irgendein Anzeichen, daß er nur einen Scherz gemacht hatte, aber in seinen Augen war kein Funke Humor, und seine Stimme war unmißverständlich ernst.

»Also wirklich, Mark, so etwas Verrücktes habe ich noch nie gehört«, erklärte Tradd. »Es reicht, daß Pig sein Wort gegeben hat. Er ist angehender Absolvent, genau wie du, Will und ich. Man darf keinen Mann demütigen, der bald für den Rest seines Leben den Ring trägt.«

Doch Pig war jenseits aller Demütigungen, und er hatte ein rührendes Bedürfnis, vor aller Augen einen Akt der Reue und der Bitte um Vergebung zu vollziehen. Er ließ sich auf die Knie fallen, zog den sich sträubenden Tradd zu sich heran und drückte ihm einen nassen, schmatzenden Kuß auf den Hintern. Es war eine für Tradd sehr viel unangenehmere Tortur als für Pig, und ich platzte vor Lachen heraus, als ich den entsetzten Ausdruck auf Tradds Gesicht sah.

»Ich gehe jede Wette ein, daß du der erste St. Croix in der amerikanischen Geschichte bist, dem der Arsch geküßt wurde«, sagte ich, als die Spannung im Zimmer schwand.

»Wenn Pig sich geirrt hat«, sagte Pig, »dann ist er Manns genug, das zuzugeben. Komm her, Will, du bist der nächste.«

Ich kam zu ihm, drehte ihm den Rücken zu und beugte den Oberkörper nach vorn. Ich hörte Pigs tiefes Lachen. Er hatte Spaß daran, daß seine Vorstellung so gut ankam. Dann küßte er meinen Allerwertesten – sanft, zärtlich und genüßlich –, und stieß dabei leise, glückliche Seufzer aus, als wäre er der Hauptdarsteller in einer Liebesschnulze, der in der letzten Szene des Films die wunderschöne Heldin küßt. Dann biß er mich in den Hintern, und ich machte vor Schreck einen Satz nach vorn.

»Ich war schon immer scharf auf knackige junge Männerärsche. Komm her, Santoro. Ich küsse dir den Hintern, statt ihn dir zu versohlen.«

»Ich . . . ich hab's mir anders überlegt. Ich will nicht, daß du mir den Hintern küßt. Ein andermal vielleicht«, sagte Mark, ging zum Fenster am Ende der Stube und starrte hinaus auf den menschenleeren Tennisplatz.

»Ich warte nicht mehr lange, Kumpel«, sagte Pig. »Ich bin im Moment in Arschküsser-Stimmung. Und ich habe nur ganz selten Lust, die fetten, haarigen Hintern meiner Stubenkameraden zu knutschen.«

»Kleinen Moment«, sagte Mark lächelnd, und an diesem Lächeln, dem alten, verschmitzten Santoro-Lächeln, erkannte ich, daß er nichts Gutes im Schilde führte.

»Ich möchte deinen Hintern küssen, Sohn«, bettelte Pig. »Ich muß. Wenn du mich nicht läßt, hast du mir nicht verziehen.«

»Also gut, Pig. Dann küß mir den hübschen Hintern. Aber kräftig. Ich möchte deine wulstigen Lippen durch den Stoff meiner Hose spüren.«

Pig ging hinter Mark auf die Knie und drückte ihm einen dicken Kuß aufs Gesäß. Genau in diesem Augenblick ließ Mark, perfekt getimt, lautstark und triumphierend einen fahren.

Dann rannte er los, flitzte durch die Tür und lachte wie ein Irrer. Pig spuckte fluchend auf den Fußboden, sprang auf, stürmte zum Waschbecken und putzte sich wie ein Verrückter die Zähne, wieder und wieder, hustend und fluchend, während Tradd und ich auf dem Fußboden lagen und uns vor Lachen krümmten, bis uns Tränen über die Wangen liefen.

Am Abend legte Pig mir ein nasses, heißes Handtuch um den Hals, bevor ich ins Bett ging. Er gab mir Vitaminpillen und erklärte, sie würden dafür sorgen, daß die wunden Stellen und die blauen Flecke am Hals binnen zwei Tagen verschwunden wären. Pigs Entschuldigungen waren untrennbar mit dem Verabreichen von Vitaminen und dem sanften Auflegen seiner riesigen, starken Hände verbunden.

Seit jenem Tag redete ich in dieser Stube nie wieder über Vietnam. Statt dessen plagten mich von nun an Alpträume und Sorgen, daß Pig in Vietnam getötet werden könnte.

Ich wünschte, es wäre so gekommen. Bei Gott, ich wünschte es.

11

Liberal zu sein war in den sechziger Jahren für einen Jungen aus den Südstaaten eine unfehlbare Methode, die Aufmerksamkeit seiner Familie und seiner Freunde auf sich zu ziehen. Da mein Vater zu den Erzkonservativen gehört hatte, war es ganz natürlich, daß ich sorgfältig jedes politische Glaubensbekenntnis, jede Doktrin studierte, die den Ansichten meines Vater diametral entgegenlief. Daß ich zum Rebellen wurde, kam ganz von selbst. Der Wunsch zur Rebellion ist das wertvollste und belebendste Geschenk, das man von einem Tyrannen bekommen kann. Ich entdeckte sehr früh, daß mein Vater mein Äußeres und mein Auftreten beherrschen konnte, aber nicht meine Gedanken, obwohl er es versuchte — weiß Gott! Der Liberalismus — ich benutze diesen Begriff ungenau und in abstrakter Form, er soll nur für die Gedanken stehen, die meine Umwelt zu bestimmten Zeiten bei mir ausgelöst hat — verschaffte mir die Gelegenheit, meinen ziemlich unbedarften, naiven Blick zu schärfen, was politische und soziale Fragen betraf. Ich sprach oft über Politik, ohne etwas darüber zu wissen. Doch in meiner

Frömmelei lag eine gewaltige Kraft, die meinen unbeholfenen Ausbrüchen eine gewisse Glaubwürdigkeit verlieh. Mein Blut sagte mir, was ich denken sollte, nicht mein Hirn. Zahlen, Fakten, Daten – sie störten und verwirrten mich nur. Meine Ideen waren gasförmige Emissionen, die aus einem natürlichen, unerschöpflichen, heißen Quell der Frömmigkeit aufstiegen. Mit fast einundzwanzig Jahren war ich die pharisäerhafteste, selbstgerechteste, moralisierendste, scheinheiligste Person, die ich je gekannt habe. Mir waren Menschen begegnet, die annähernd mein Niveau an Rechtschaffenheit erreicht hatten – aber auch nur annähernd: In meiner Liga spielte ich allein. Das ist der Grund, weshalb der Vorfall mit meinen Stubenkameraden mich so sehr bestürzte. Sie hatten mich durchschaut.

Jeder, der mich näher kennt, bezeichnet mich als frömmlerisch. Aber ich bin nun mal ein herausragender Vertreter dieser kontemplativen Rasse; ich kann nichts dagegen tun. Meine Güte ist meine Eitelkeit, mein Übel. Sie strömt nicht aus mir hervor, weil sie ein Teil meiner Selbst ist; sie wird sorgfältig geplant, genau berechnet und gezielt eingesetzt – so wie ein Kapitän sorgsam die Seekarten studiert, bevor er in einen unbekannten Hafen einläuft. Manchmal, wenn ich Freunden Einblick in mein Inneres gewähre, mögen sie mich und schätzen mich meiner Aufrichtigkeit wegen. Aber in Wahrheit bekommen sie nicht mein Inneres zu sehen, sondern eine Seekarte meines Charakters.

Jeder, der mich kennt, muß genau wissen – und Verständnis dafür aufbringen –, daß es mein ehrlicher und größter Wunsch ist, selbst mein gefeiertster Held zu sein. Das ist kein Charakterfehler; es ist eine Katastrophe. Ich bin immer auf der Seite der Benachteiligten gewesen.

Aber ich habe immer so getan, als wäre es deswegen, weil ich so sensibel und einfühlsam bin. Das stimmt nicht. Der wahre Grund ist, daß ich von den Benachteiligten bewundert werden will; daß ich mir des Respekts und des Beifalls gewiß sein möchte, den der Unterdrückte dankbar seinem Befreier spendet. Der wahre Grund sind mein Wunsch nach väterlicher Fürsorge, mein unstillbares Verlangen, ein gütiger Despot zu sein und unter denen, die in mein tristes Königreich hineinstolpern und dessen spirituelle Hungersnot erleiden müssen, schimmelige Nahrungsmittel und wertlosen Tand als Gaben zu verteilen. Indem ich Tradd, Mark und Pig meine Freundschaft schenkte, habe ich ihnen einen Gefallen getan; ich mochte sie, während andere Menschen sie nicht beachteten oder fürchteten. Und es war ganz selbstverständlich, daß ich mich um Pearce kümmerte. Nicht meiner humanen Überzeugungen wegen (obwohl ich genau das gern geglaubt hätte), sondern weil Pearce dadurch in meiner Schuld stand und ich ihn beherrschen und regieren und besitzen und sogar hassen konnte, da ich ihn zu einem Gefangenen meiner Güte gemacht hatte. Ich hatte das Verlangen, der gute Herr und Meister zu sein, auf jeden Fall der Herr und Meister, egal, was es kostete. Es gefiel mir nicht, daß die drei Jungen, die ich mit meiner Freundschaft beehrt hatte, andere Ideale und Vorstellungen hatten als ich. Es überraschte und ärgerte mich gleichermaßen, daß meine Stubenkameraden zu einer gemeinsamen Übereinkunft gelangt waren, die sich gegen mich richtete. So, wie ich die Welt betrachtete, übten nur Feinde Kritik an mir, Freunde hingegen stimmten mir zu. Ich gewährte meinen Freunden nur dann die Freiheit, ihre Meinungen zu äußern, wenn ich sicher war, daß diese Meinungsäußerungen mit meinen eigenen Ansichten in Einklang standen. Das war einer der Gründe für meine Einsamkeit an der Akademie; das war eine der Unwägbarkeiten, die eine Freundschaft mit mir zu einem ambivalenten Unterfangen machten.

Als meine Stubenkameraden mich fragten, ob ich mir an diesem Freitagabend in der Durrell-Halle einen Spielfilm zusammen mit ihnen anschauen wolle, sagte ich, daß ich einige Briefe schreiben müsse. Ich war sauer auf sie, und es würde ein paar Tage dauern, bis sich mein Zorn gelegt hatte. Sie kannten mich gut genug, um gar nicht erst noch einmal zu fragen, und schlenderten Arm in Arm davon, um sich den Film anzusehen. Zehn Minuten später wünschte ich, ich wäre mit ihnen gegangen. Doch wenn ich an die Ereignisse jener ersten Woche zurückdenke, war ich an diesem Freitagabend nicht dazu bestimmt, mir einen Spielfilm anzuschauen. Ich war dazu bestimmt, früher als gewöhnlich unter die Dusche zu gehen.

Es war neun Uhr abends, und ich dachte immer noch über Freundschaft und Frömmigkeit nach, als ich die Stube verließ. Ich trug einen hellblauen Akademie-Bademantel und meine Gummisandalen. Auf dem Außengang hielt ich inne, lehnte mich an das eiserne Geländer und schaute auf den rechteckigen Exerzierplatz tief unter mir, der sich vor jedem Kasernengebäude befand. Ich ließ den Blick über die nebeneinanderliegenden Bögen an den Außengängen der gegenüberliegenden Kaserne schweifen. Sie besaßen eine perfekte Symmetrie. Sämtliche Gebäude der Akademie waren symmetrisch angeordnet. Wie ein Rose, ging es mir durch den Kopf. Die stille Harmonie dieser fließenden Linien aus Stein strahlte eine beinahe heitere Gelassenheit aus. Dann hörte ich den grellen Schrei eines Jungen. Die Geräusche kamen aus dem Duschraum.

Ich betrat den Raum und sah zwei Angehörige der A-Kompanie, einen Senioren im zweiten und einen im dritten Jahr, die einen übergewichtigen Rekruten bedrängten, der wie eine riesige Süßkartoffel aussah. Mit hämischer Freude beobachteten die zwei, wie der Dicke weinte. Der Kadett aus dem dritten Jahr war Cecil Snipes. Er drehte sich um und sah mich durch die Tür hereinkommen, und als wir uns anblickten, flatterten augenblicklich die Dämonen einer langen Feindschaft mit ihren ledernen Schwingen in der schwülwarmen, dunstigen Atmosphäre des Duschraums.

Ich wollte mich an diesem Abend nicht mit Snipes streiten. In der gerade erst vergangenen Rekrutenwoche war schon zu viel geschehen, und ich brauchte Zeit, das alles zu begreifen, zu verarbeiten und mich darauf einzustellen. Doch als ich Snipes jetzt so plötzlich Auge in Auge gegenüberstand, spürte ich, daß eine Konfrontation unausweichlich war.

»Ruhig, Jungs, ruhig Blut. Sieht ganz so aus, als hätte der Knabe genug für heute«, sagte ich mit freundlicher, besänftigender Stimme, wie ich hoffte.

»Hi, Will«, sagte Matt Ledbetter. Er war Fahnenjunker, und wie die meisten Kadetten im zweiten Jahr war er in seinem Eifer, Bestrafungen gegen Rekruten zu verhängen – die genauso unvertretbar waren wie die Strafen, die er selbst erst ein Jahr zuvor hatte hinnehmen müssen –, weit übers Ziel hinausgeschossen. Kadetten im zweiten Jahr waren gefährlich in ihrem Wunsch nach Rache.

»Hallo, Matt. Sieht wirklich so aus, als hätte der kleine Wichser genug für heute.«

»Der Typ ist ein echter Scheißkerl, Will«, sagte Matt verächtlich. »Im alten Korps hätte der Knabe keine fünf Minuten durchgehalten.«

Snipes sagte nichts, wandte sich statt dessen wortlos von mir ab und starrte den Rekruten an. Es war deutlich zu sehen, daß Snipes froh war, daß ich kein Ausbildungsoffizier auf einer Inspektionsrunde durch die Kasernen war.

»Du beschissener Weichling«, brüllte er dem Jungen ins Ohr. »Komm schon, ich will dich noch ein bißchen winseln sehen, du Arschloch! Na los, fang an zu plärren, du dämliche fette Niete!«

Der Rekrut war schon fix und fertig gewesen, bevor ich den Duschraum betreten hatte. Er schwitzte am ganzen Körper, und sein Gesicht hatte eine beängstigende, purpurrote Farbe angenommen. Die Tränen hatten zwei häßliche, glänzende Rinnsale unter seinen verquollenen Augen gebildet. Kaum hatte Snipes ihn angebrüllt, brach der Junge wieder in unkontrolliertes Schluchzen aus.

»Was für eine gewählte Ausdrucksweise, Snipes«, sagte ich. »Ich frage mich, ob manche Kadetten wirklich Gelehrte und Gentlemen sind.«

Snipes beachtete mich nicht. Er konzentrierte sich darauf, den Rekruten zu beobachten. Er starrte den Jungen mit stechenden, bösartigen Augen an. »Warum bist du an die Akademie gekommen, Fettsack? Ein Schlappschwanz wie du wird es im Korps niemals schaffen. Himmel, Arsch! Dem läuft der Rotz aus der Nase. Dem läuft der Sabber aus dem Maul. Dem laufen die Tränen aus den Schweinsaugen. Du kotzt mich an, du Waschlappen. Was hast du hier unter Männern zu suchen? Verpiß dich nach Hause!«

»Sir«, schluchzte der Junge. Seine Stimme war kaum zu verstehen. »Sir, mein Vater hat hier seinen Abschluß gemacht. Ich wollte schon immer hier studieren, Sir.«

»Tja, jetzt bist du hier, du Saftsack. Und wie gefällt es dir?« Snipes' gehässige Stimme war widerlich.

»Sehr, sehr gut, Sir«, erwiderte der Rekrut.

»Quatsch, mein Junge«, schaltete ich mich ein. »Dich widert dieser Laden an. Wie wär's, Snipes, wenn du dir deinen Kader-Kumpel schnappst und verschwindest? Ich gehe mit dem Jungen auf meine Stube und erzähle ihm ausführlich über die fröhliche Kunst, das Rekrutenjahr zu überleben. Okay?«

»Sieht aus, als wolltest du unter die Dusche gehen, Will«, sagte Snipes. »Soll ich dir schon mal das Wasser aufdrehen?«

»Nein, danke, Cecil. Mir wär's lieber, du läßt das arme Schwein in Ruhe.«

»Du mischst dich schon wieder ins Ausbildungssystem ein, McLean«, sagte Snipes mühsam beherrscht. »Du hast dich letztes Jahr schon einmal eingemischt, als ich einem Rotarsch Disziplin beigebracht habe, und damals wärst du beinahe in verdammte Schwulitäten gekommen.«

»Was du hier machst, Cecil, ist keine Lektion in Disziplin, sondern Schikane.«

»Du hast kein Recht, dich einzumischen, Will«, sagte Ledbetter ein wenig zögernd. Für einen Senioren im zweiten Jahr war es nicht ganz einfach, einen angehenden Absolventen wie mich herauszufordern; man brauchte Mut, besonders wenn man so unverhohlen ehrgeizig war wie Ledbetter. »Wir haben die Verantwortung für den Jungen, nicht du.«

»Er weint, Matt. Ich glaube, du hast ihn überzeugt, daß du der zähe, harte Hurensohn bist, für den du dich hältst. Siehst du, daß er weint?«

»Der Kerl ist ein beschissener Schlappschwanz«, sagte Snipes.

»Kann sein, Cecil. Aber warum läßt du ihn nicht auf seine Stube gehen und in Ruhe darüber nachdenken? Du hast den Jungen fertiggemacht. Das hat mit Ausbildung nichts mehr zu tun. Das geht zu weit.«

»Du legst dich mit dem System an, McLean«, sagte Snipes, packte den Rekruten beim Hemdkragen und schubste ihn brutal gegen die gekachelte Wand.

»Ich lege mich mit einem Arschloch an, Snipes«, erwiderte ich, drehte mich zu dem Rekruten um und brüllte ihn an: »Geh jetzt auf deine Stube, du Blödmann!«

Der Rekrut machte zwei Schritte in Richtung Ausgangstür; dann nahm er Hab-acht-Stellung ein, als Snipes' Stimme durch den Duschraum peitschte: »Achtung! Du bleibst, wo du bist, Schlappschwanz.«

Dann wandte Snipes sich zu mir um und sagte: »Ich bin dein Vorgesetzter, McLean. Ich bin Feldwebel, und du bist nur ein beschissener gemeiner Soldat.«

»Mann, o Mann. Ein Feldwebel. Mein lieber Schwan, du mußt ja ganz was Besonderes sein, Mr. Snipes. Eine richtige Führungspersönlichkeit, was? Ich will dich mal an etwas erinnern, du Arschloch. Ich bin ein Abschlußsemester, und du bist erst im dritten Jahr. Der militärische Rang zählt an dieser Hochschule einen Scheißdreck, und das weißt du so gut wie Matt. Was zählt, sind allein die Semester.«

Matt meldete sich aus der Ecke, wohin er sich zurückgezogen hatte, nervös zu Wort.

»Ich glaube nicht, daß der Rotarsch das mitkriegen sollte, Will.«

»Genau«, warnte Snipes mich. »So darfst du vor einem Rekruten nicht reden, McLean. Sonst verliert er den Respekt vor mir.«

Ich ging zu dem Rekruten hinüber und stellte mich direkt vor ihn. Er weinte immer noch, hatte sich aber wieder halbwegs unter Kontrolle.

»Wie heißt du, Junge?« fragte ich.

»Kadettenrekrut Poteete, J. M., Sir.«

»Hast du den Respekt vor Mr. Snipes verloren, Poteete?«

»Nein, Sir.«

»Tja, aber ich, Rotarsch. Ich habe schon vor zwei Jahren jeden Respekt vor Mr. Snipes verloren, als er winselnd unter dem Treppenschacht in der ersten Division gestanden hat.«

»McLean!« rief Snipes.

»Er hat zu weinen angefangen, als drei Senioren sich ihn vorgeknöpft haben. Er wollte aus dem Speisesaal auf seine Stube. Die Jungs haben es nicht mal allzu schlimm mit ihm getrieben, Poteete. Sie haben Mr. Snipes nur ein bißchen zurechtgestutzt. Eine kleine Aufwärmübung, könnte man sagen. Aber der gute Mr. Snipes hat Rotz und Wasser geheult. Ich habe ihn von der Folterbank geholt und auf meine Stube geschleppt, die drei Abschlußjahrgänge auf den Fersen. Sie haben mich angebrüllt und mir gedroht, mich zur Sau zu machen, weil ich mich in die Rekrutenausbildung eingemischt hätte. Ins geheiligte System. Genau wie Mr. Snipes, Poteete. Der kleine Cecil hat sich damals eine halbe Stunde auf meiner Stube ausgeweint. Ich möchte, daß du dir diese Geschichte merkst. Ich möchte, daß du über diesen Abschaum, diesen krankhaften Sadisten, der dich heute abend zum Weinen gebracht hat, Bescheid weißt. Mr. Snipes hat auch geweint. Er hat sich durch das ganze Rekrutenjahr hindurchgeschluchzt. Geh jetzt auf deine Stube, Poteete. In einer Stunde kommst du zu einem kleinen Kriegsrat auf meine Stube in der vierten Division. Ist das klar?«

»Jawohl, Sir«, sagte Poteete und wäre beinahe auf den nassen Fliesen ausgerutscht, als er aus dem Duschraum stürmte.

»Misch dich nie wieder ein, wenn ich einem Rekruten Disziplin beibringe, McLean«, zischte Snipes. »Oder ich werde dich melden, das schwöre ich.«

»Ich mach' mir gleich die Hosen voll. Ich glaube, mir wird schlecht. Angst schlägt mir immer auf den Magen.«

»Du hast dich letztes Jahr schon einmal mit mir angelegt.«

»Sadismus kotzt mich an, Snipes. Das ist eine Marotte von mir.«

»Es ist das System, McLean«, wiederholte er.

»Es ist eine Perversion des Systems.«

Matt Ledbetter räusperte sich. Mit einer Stimme, die vor Emotionen zitterte, sagte er zu mir: »Will, dieser Rotarsch gehört nicht an die Akademie. Wir müssen dafür sorgen, daß er von hier verschwindet. Wir können nichts daran ändern, wenn der Bursche laufend weint. Der fängt schon an zu heulen, wenn wir ihn nur angucken. Er gehört einfach nicht hierher. Es ist für ihn und die anderen Rekruten besser, wenn er verschwindet.«

»Letztes Jahr warst du selbst noch Rekrut, Matt. Dieses Jahr bist du der liebe Gott.«

»Er gehört nicht hierher, Will. Wir haben die Pflicht, ihn aus dem Korps zu entfernen. Das sind wir der Akademie schuldig. Das sind wir den Kameraden schuldig.«

»Eure Pflicht?« fragte ich ihn.

»Unsere Pflicht«, erwiderte Matt.

12

Es war gefährlich, einen Sadisten in den Kasernen zu haben, besonders wenn dieser Sadist seine Exzesse durch eine beinahe religiöse Anrufung der hochheiligen Autorität des Jahrgangssystems rechtfertigte. Dieses System enthielt ohnehin einen hohen Prozentsatz an Grausamkeit, und zwischen der Hingabe an die Pflicht – mit anderen Worten: dem strengen Festhalten an den Vorschriften des Ausbildungssystems, was in den Kasernen als beispielhafte Tugend betrachtet wurde – und Sadismus gab es nur eine sehr dünne Trennlinie. Aber ich hatte festgestellt, daß in der tatsächlichen Hierarchie der Werte an der Akademie Sadisten wie Snipes eine höhere Stellung einnahmen als jemand, der kein Interesse an den Rekruten hatte und ganz und gar nicht an das System glaubte. Nach den Gesetzen des Korps aber war es besser, den Glauben ans System bis ins Extrem zu übersteigern, als ungläubig zu sein. Für die meisten Angehörigen des Korps bestand die einzige Sünde des Sadisten darin, daß er zu leidenschaftlich an das System glaubte und seinen Glauben mit einem übermäßigen Diensteifer verknüpfte. Deshalb gewährte die Akademie dem Sadisten jederzeit einen sicheren Zufluchtsort, und fast alle bekamen einen Dienstgrad verliehen. Meine Sünde wog schwerer: Ich nahm nicht an den Ritualen des Ausbildungs- und Jahrgangssystems teil. Grausamkeit war leichter zu verzeihen als Abtrünnigkeit vom Glauben.

Ich schätzte meine Feindschaft mit Snipes sehr hoch ein. Er personifizierte die Fähigkeit der Akademie, ein grausames, perverses Verhalten an den Tag zu legen. Er besaß das Gesicht eines jungen Wolfes – schmal und wachsam, gerissen und gierig. Er hatte eine fette, pickelige Haut, als wäre sein Fleisch von seinem verderbten Charakter verpestet. Oft stromerte er auf der Suche nach ahnungslosen Rekruten, die er zur Sau machen konnte, über die Flure. Ich war froh, daß Snipes kein gutaussehender Bursche war; es war sehr viel leichter, häßliche Feinde zu haben.

Während ich darauf wartete, daß Poteete an die Tür meiner Stube klopfte, dachte ich über mein Verhältnis zu Cecil Snipes nach. Instinktiv brauchte ich jemanden wie Snipes; an der Akademie auf jeden Fall, vielleicht sogar mein Leben lang. Ich brauchte den Haß eines erklärten Feindes; die Gewißheit, einen eingeschworenen, unversöhnlichen Gegenspieler zu haben. Ja, ich brauchte jemanden wie ihn; ich brauchte ihn als Symbol all dessen, gegen das zu kämpfen sich lohnte, und um die Stärke und Widerstandskraft meiner Menschlichkeit auf die Probe zu stellen. Und falls ich es schaffte, den Feldzug gegen Snipes und alles, wofür er stand, mit unverminderter Kraft zu führen, brauchte ich nicht in mein Inneres zu blicken und das verborgene, noch weithin unerforschte Schlechte in mir selbst zu entdecken.

Die äußere Gittertür knallte zweimal gegen den Türpfosten: das Zeichen, daß ein Rekrut darum bat, von einem Senioren auf die Stube gelassen zu werden.

»Komm rein, Rotarsch«, rief ich.

Poteete erschien im Türrahmen. Er schwitzte immer noch stark. Man konnte förmlich beobachten, wie er an Gewicht verlor. Sein Gesicht sprach Bände, was die Qualen und Demütigungen des heutigen Tages betraf. Seine braunen Schweinsäuglein waren scheußlich verquollen.

»Guten Abend, Mr. Poteete.«

»Kadettenrekrut Poteete wie befohlen zur Stelle, Sir«, rasselte er herunter.

»Nicht schlecht, Poteete«, sagte ich anerkennend. »Erstaunlich, wie schnell du die kleinen Kunststücke lernst, die man den Neuen in der ersten Woche andressiert. Nimm die Mütze ab, wenn du in die Stube eines Senioren kommst. Ich hab's in meiner Rekrutenwoche einmal vergessen. Der Unteroffizier hätte mir fast den Kopf abgerissen. So ist es richtig. Also, immer mit der Ruhe. Setz dich, und entspann dich.«

Er stand noch so nervös und ängstlich vor mir wie vor ein paar Sekunden, als er auf die Stube gekommen war. Während der ersten Monate an der Akademie war es so gut wie unmöglich, Auge in Auge mit einem Senioren locker und lässig zu sein. Dieses Sich-Wappnen wird zu einer instinktiven Verteidigungsmethode, zu einem natürlichen Reflex wie bei einer Schildkröte, die sich in ihren Panzer verzieht.

»Steh nicht da wie ein Zinnsoldat«, befahl ich. »Entspann dich, und setz dich auf deine vier Buchstaben. Du machst mich nervös. War ein schwerer Tag heute, was?«

»Nein, Sir.«

»Bitte, denk daran. Ich bin nicht Snipes oder eins der anderen Arschlöcher.«

»Jawohl, Sir.«

»Ich bin ein Senior im Rang eines gewöhnlichen Soldaten. Ich habe keine Sterne oder Streifen und keine Befehlsgewalt. Nur die Autorität, die jedem Abschlußjahrgang automatisch zukommt. Zur Zeit sind nicht viele gemeine Soldaten hier. Aber nächste Woche, wenn das Korps zurückkommt, werden sich hier eine ganze Menge herumtreiben. Und wir gemeinen Soldaten erlangen unseren unbedeutenden militärischen Rang, weil uns grundsätzlich alles scheißegal ist. Kapiert?«

»Jawohl, Sir.«

»Du hast eine große Persönlichkeit, Junge. Du wirst es hier weit bringen«, sagte ich.

»Sir, ich bitte um die Erlaubnis, eine Erklärung abgeben zu dürfen, Sir.«

»Mein Gott, Poteete. Soll ich den General kommen lassen, damit er uns einen Erlaubnisschein ausstellt, daß wir uns ein bißchen unterhalten dürfen?«

»Sir«, sagte er, und seine Stimme war weinerlich und zitternd, »Sir, ich war der beliebteste Schüler auf der High School. Alle konnten mich gut leiden und . . .«

»Ha! Wirklich toll, Rotarsch. Du mußt auf jeden Fall dafür sorgen, daß der Kader es auch erfährt. Die Ausbilder würden sich zu Tode schämen, daß sie den beliebtesten Jungen seiner High-School-Klasse so schlecht behandeln. Ich will dir einen Gefallen tun, Poteete. Behalte das für dich, ja? Wenn der Kader von deinem Netten-Jungen-Stuß erfährt, reißt er dir erst recht den Arsch auf. Übrigens, Poteete, bist du sicher, daß du auf der Akademie bleiben willst?«

»Ja, Sir«, antwortete er. »Mehr als alles auf der Welt. Solange ich denken kann, wollte ich die Akademie besuchen.«

»Dann kannst du noch nicht allzu lange denken.«

»Sir« – jetzt wurde er sogar richtig wütend –, »mein Vater war Kadetten-Bataillonskommandeur, Jahrgang 1947. Er war hier eine Legende. Sam Poteete. Haben Sie schon mal von ihm gehört?«

»Nee. Noch nie. Sollte ich?«

»Es hätte ihn umgebracht, wäre ich zum Studium nach Clemson oder Carolina gegangen. Aber im letzten

Jahr an der High School hat er mir gesagt, ich könne zu jeder Hochschule gehen, die ich gern besuchen möchte. Er würde mir nicht reinreden.«

»Und da hast du dich ausgerechnet für diesen Laden entschieden?« fragte ich.

»Vater hat mir eines zur Bedingung gemacht, Sir. Er wollte mir die Ausbildung nur dann bezahlen, wenn ich die Militärakademie von South Carolina besuche.«

»Zu seiner Zeit war er 'ne Legende, sagst du?« erwiderte ich. »Dann hat sich diese Legende in ein ausgemachtes Arschloch verwandelt.«

»Sir! Er liebt diese Akademie noch heute. Ich glaube, hier hat er die glücklichsten Jahre seines Lebens verbracht.«

»Und dir wird's genauso ergehen, was, Poteete?«

»Ich wußte nicht, daß mich hier so etwas erwartet, Sir. Ich habe nichts von dieser Grausamkeit gewußt.«

»Ach herrje. Das war noch gar nichts«, sagte ich. »Bloß ein Aufwärmen, bevor die Post so richtig losgeht. Du hast noch neun heiße Monate deines Rekrutenjahres vor dir. Diese Woche hast du erst die Geburt der Bestie erlebt. Warte mal ab, wenn sie im Januar ausgewachsen ist. Dann, und erst dann, kann man wirklich von Grausamkeit reden. Aber wenn du bis dahin durchhältst, kannst du ganz allein einen Angriff der gesamten chinesischen Armee aufhalten.«

»Glauben Sie, ich halte so lange durch, Sir?« fragte Poteete beinahe flehentlich. »Wissen Sie, ich muß es schaffen. Als Versager könnte ich Dad nie mehr unter die Augen treten.«

»Du mußt dir das Weinen abgewöhnen, Poteete.«

»Das kann ich nicht, Sir. Ich rege mich so furchtbar schnell auf.«

»Wenn du's nicht schaffst, haben sie dich in ein paar Tagen von hier weggejagt. Die wissen nun, daß sie dich schnell zum Weinen bringen, Poteete. Deshalb werden sie dich jetzt besonders auf dem Kieker haben. Sie werden dich schikanieren, wie heute abend im Duschraum. Sie werden dich aus der Gruppe rauspicken. Sie werden dich von deinen Kameraden isolieren, um ihre Macht an dir zu beweisen und die anderen gegen dich aufzuhetzen. Falls du dir das Weinen nicht abgewöhnst, Poteete, mußt du hier jede Sekunde mit einer Gruppenvergewaltigung rechnen, wenn du verstehst, was ich meine.«

»Aber ich kann nichts dagegen tun, Sir. Ich kann es nicht beherrschen.«

»Ich weiß, Poteete. Ich hab' mich auch drei Monate lang jeden Abend in den Schlaf geweint. Ich habe das ganze Rekrutenjahr geheult. Weißt du, was mir danach passiert ist?«

»Nein, Sir.«

»Seitdem habe ich keine Träne mehr vergossen. Keine einzige. Ich weiß nicht, ob ich überhaupt noch weinen kann.«

»Wollen Sie damit sagen, das System funktioniert?«

»Oh, das System funktioniert ausgezeichnet, Poteete.«

»Ich hoffe, das kann man auch von mir sagen, Sir.«

»Du darfst nur nachts weinen, Poteete. Oder auf der Latrine – oder unter der Dusche. Aber bitte, weine nicht mehr vor den Augen anderer, oder du bist sehr schnell wieder bei deinem Heldenvater in . . . Wo kommst du eigentlich her?«

»Meine Heimatstadt ist Pickens, Sir. In South Carolina, Sir.«

»Wenn du weiter flennst, wirst du in Pickens einen langen Winter mit einem sehr enttäuschten und schweigsamen Vater verbringen.«

»Falls ich aufgebe, gehe ich nie mehr zurück nach Pikkens.«

»Ich an deiner Stelle würde nie mehr nach Pickens zurückgehen, wenn ich bliebe«, sagte ich. »Aber ich wollte dich nur warnen, Poteete. Die haben dich jetzt aufs Korn genommen. Ich werde dir helfen, so gut ich kann. Aber ich genieße hier nicht allzu viel Respekt, weil ich das Jahrgangssystem zum Kotzen finde. Und wenn die anderen merken, daß ich dir zu sehr unter die Arme greife, wird es nur noch schlimmer für dich. Du mußt dich für Snipes und Konsorten unsichtbar machen. Du mußt mit deiner Umgebung verschmelzen. Tu alles, was sie dir sagen. Und laß es so aussehen, als würdest du es gerne tun – egal, ob du den Exerzierplatz vor eurer Kaserne mit einer Zahnbürste fegen mußt, oder ob du hundert Liegestütze machst. Die haben hier schon mehr als einen Rekruten wegen 'nem Nervenzusammenbruch nach Hause geschickt.«

»Wenn Sie die Akademie so hassen, Sir, warum sind Sie dann geblieben?« fragte Poteete.

»Leck mich«, fuhr ich ihn an. »Du bist nicht mein Seelenklempner. Ich bin aus den gleichen Gründen geblieben wie du – falls du so lange durchhältst. Die Fahne der McLeans hochhalten, die Familienehre nicht besudeln. Dieser ganze Schwachsinn. Und soll ich dir noch was verraten, Poteete? Ich war ein Feigling. Ich hätte die Schande nicht ertragen, den Krempel hinzuschmeißen. Ich habe die Jungs beneidet, die hier rausmarschiert sind und ein neues Leben angefangen haben. Die nichts mehr mit der Akademie oder dem System oder dem Korps zu tun haben wollten. Die Ironie an der Sache ist, Poteete, daß der

Rest der Welt jeden für total bescheuert halten würde, der mit diesem Saftladen hier zu tun hat – wenn man nur *Bescheid* darüber wüßte!«

Poteete musterte mich argwöhnisch und fragte: »Sie glauben nicht an das System, Mr. McLean?«

»So ist es, Rotarsch«, erwiderte ich und blickte ihm fest in die Augen. »Ich glaube nicht an das System.«

»Dann halte ich es für besser, mich von Ihnen fernzuhalten, Sir«, sagte er. »Ich glaube an das System, Sir.«

»Gut. Dann schlage ich vor, du gehst jetzt zu den nächstbesten Kaderangehörigen, Poteete. Die werden dir mit Freuden die ganze Pracht und Herrlichkeit deines geliebten Systems eintrichtern, bis es dir zu den Ohren rauskommt.«

»Ich weiß es zu schätzen, Sir, daß Sie mir helfen wollen. Aber mehr als alles andere auf der Welt möchte ich ein Akademie-Mann werden.«

»Gut. Dann werde ich zu Snipes gehen und ihm sagen, daß du ihn für einen miesen, dreckigen Hurensohn hältst. Und dann wird Snipes dir helfen, daß du ein kerniger Akademie-Mann wirst. Ein besserer, als wenn du dich mit Weichlingen unterhältst, wie ich einer bin.«

»Sie haben mich mißverstanden, Mr. McLean. Hier versteht mich jeder falsch.«

»Keine Angst. Ich werde nicht mit Snipes reden, Poteete. Wenn ich den Kerl nur von weitem sehe, bekomme ich Ausschlag.«

»Wäre das alles, Sir?« fragte Poteete und nahm wieder eine angespannte Haltung ein.

Ich legte ihm die Hand auf die Schulter und führte ihn zur Tür.

»Denk daran, was ich dir gesagt habe, Poteete. Auch wenn es dir ein Kerl gesagt hat, der nicht an das System glaubt. Wenn du dir das Weinen nicht abgewöhnst, schaffst du es nicht. Dann werden sie dich von hier wegjagen. Viel Glück. Und komm hierher, wenn du mal die Schnauze voll hast. Ich habe wirklich nette Stubenkameraden.«

»Vielen Dank, Sir. Ich werde mein Bestes tun, Sir.«

»Ich hoffe, du schaffst es, Poteete. Ich hoffe, du schaffst es für dich – und nicht für deinen Vater, diesen Affenarsch aus Pickens, South Carolina.«

»Nennen Sie meinen Vater nicht so, Sir«, fuhr Poteete auf.

»Was willst du denn dagegen tun, Rotarsch?« fragte ich neugierig.

»Ich würde gegen Sie kämpfen, Sir«, erwiderte Poteete. Er bot ein höchst jämmerliches Bild, als er gleichzeitig strammstand und mir seine Herausforderung entgegenschleuderte.

»Sehr gut. Dein Vater ist kein Affenarsch. Tut mir leid. Dein Vater ist ein Geschenk der heiligen drei Könige. Du hättest wirklich gegen mich gekämpft, was? Mein lieber Mann, Poteete, vielleicht hältst du es hier wirklich durch.«

»Ich werde niemals aufgeben, Mr. McLean. Gute Nacht, Sir. Danke für Ihre Ratschläge. Ich weiß, daß Sie mir nur helfen wollten.«

»Danke, daß du mich nicht in den Hintern getreten hast, Poteete. Als du mir eben Prügel angedroht hast, ist wie bei einem Todgeweihten mein ganzes Leben wie im Zeitraffer vor meinem geistigen Auge vorbeigerast. Aber mal im Ernst. Denk daran, du mußt zu weinen aufhören. Schaffst du es nicht, bist du weg vom Fenster, Poteete.«

13

Am Sonntag fand ich das weiße Tor an der Stoll's Alley, hinter dem ein schmaler, gepflasterter Gehweg begann, der zum Garten hinter Annie Kates Haus an der Church Street führte. Die verschwenderisch wuchernde Fülle des ungepflegten Gartens verlieh ihm eine eher düstere als beunruhigende Atmosphäre. Inmitten der am sorgsamsten gepflegten Wohngegend von South Carolina strahlte dieser Garten irgend etwas Wildes, Urwaldhaftes aus. Es war der ideale Ort für ein geheimes Rendezvous.

Ich sah Annie Kate auf einer kleinen Bank hinter einem leeren Wagenschuppen sitzen. Sie beobachtete mich durch die Gläser ihrer Sonnenbrille. Sie saß in einer Laube aus üppiger Vegetation und wartete auf mich, die Hände tief in den Taschen ihres Regenmantels vergraben. Selbst jetzt, am Mittag dieses späten Augusttages, war es in den tiefen Schatten kühl. Sie lächelte mich an und bedeutete mir, schnell zu ihr zu kommen und mich neben sie zu setzen, und ich bemerkte, daß ich von mindestens zwei Fenstern des Hauses aus zu sehen war. Mit raschen Schritten ging ich zu ihr. Sie, in ihrem verblaßten Regenmantel, und ich, in meiner weißen Sommeruniform, wir leuchteten wie zwei Schachfiguren aus Elfenbein im grünen Chaos dieses Gartens.

»Sie tragen ja schon wieder Ihre komische Nase«, sagte sie.

»Ich habe beschlossen, sie zu behalten, weil ich damit so gut atmen kann.«

»Ich hoffe, Sie überdenken diese Entscheidung noch einmal«, erwiderte sie und zupfte ihr Kopftuch zurecht.

»Sie tragen ein anderes Kopftuch.«

»Das ist mein Lieblingskopftuch. Freut mich, daß es Ihnen auffällt. Das Kopftuch, das ich an dem Abend getragen habe, als wir uns zum erstenmal begegnet sind, ist ein billiges Ding. Ich habe es nie gemocht. Erzählen Sie mir alles, was Sie diese Woche getan haben. Lassen Sie nichts aus, nicht die geringste Kleinigkeit. Ich langweilte mich so sehr, daß ich drauf und dran war, ein Buch zu lesen. Warum haben Sie mich nicht angerufen?«

»Ich habe Ihre Nummer nicht. Ich kenne nicht mal Ihren Nachnamen. Und außerdem wußte ich nicht, ob Sie auf meinen Anruf Wert legen.«

»Sie dürfen mich nicht anrufen. Mutter wäre außer sich vor Zorn. Aber haben Sie wenigstens mal daran gedacht, mich anzurufen? Haben Sie den Wunsch gehabt?«

»Ja, ich wollte Sie anrufen.«

»Wenn Sie wirklich den Wunsch gehabt hätten, mich anzurufen, hätten Sie einen Weg gefunden. Wären Sie ein wirklich romantischer junger Mann, dann wären Sie nachts hierher gekommen und auf einer Leiter zu meinem Schlafzimmer hinaufgestiegen und hätten mich angefleht, Ihnen meine Telefonnummer zu geben«, flüsterte sie. Da ich wegen der Sonnenbrille Annie Kates Augen nicht sehen konnte, wußte ich nicht, ob sie mich auf den Arm nehmen wollte oder tatsächlich eine Macke hatte. Nie zuvor hatte ich ein Mädchen aus den Südstaaten kennengelernt, das so zusammenhanglos redete — und hätte mir jemand ein so unglaublich kesses Geschöpf beschrieben, ich hätte ihm kein Wort geglaubt.

»Das fehlte mir noch«, sagte ich. »In der South of Broad von einer Leiter heruntergeschossen zu werden, weil man mich für einen Einbrecher hält.«

»Ich war diese Woche so einsam, daß ich Selbstmord hätte begehen können, ohne groß darüber nachzudenken«, murmelte sie und sprach mehr zu sich selbst als zu mir. »Wenn ich allein bin, kann ich nur eines: nachdenken. Ich hasse das Nachdenken. Besonders jetzt.«

»Sie sehen so aus, als hätten Sie sich auch auf dieser Bank tiefschürfende Gedanken gemacht.«

»Menschen, die lange und gründlich nachdenken, sind für gewöhnlich dumm und großspurig und wissen nicht, wer sie sind. Ich bin sicher, Sie denken auch sehr viel nach. Junge Männer aus guter Familie gehen aus und vergnügen sich. Sie hassen die Grübelei genausosehr wie ich. Aber wenn es um wichtige Dinge geht, sind sie ernst.«

»Was für wichtige Dinge?« fragte ich und setzte mich neben sie.

»Das Bewahren der Geschichte, zum Beispiel. Oder den Verkauf von Grundbesitz. Oder wenn es darum geht, ihren Familien ein sorgenfreies Leben zu ermöglichen. Tüchtige Bedienstete einzustellen. Ihre Kinder auf angemessene Schulen und Universitäten zu schicken. Jungen aus Charleston zeigen sich immer im bestmöglichen Licht.«

»Sie haben gerade von Bediensteten gesprochen«, sagte ich und ließ den Blick über den verwilderten Garten schweifen. »Ihr Gärtner ist gestorben, nicht wahr?«

»Ich werde es nicht zulassen, daß Sie heute wieder Ihre dummen Scherze machen«, sagte sie. »Haben Sie mir eine Blume mitgebracht, Will? Oder eine Schachtel Pralinen? Oder ein anderes nettes, liebevoll ausgesuchtes Geschenk?«

»Nein. Ich habe Ihnen gar nichts mitgebracht«, erwiderte ich und war sauer auf mich selbst, daß ich nicht daran gedacht hatte.

»Kein Wunder, daß Sie keine Freundin haben«, sagte

sie schmollend. »Für Ihre Nase können Sie nichts. Aber ich bin es eigentlich gewohnt, daß nette, wohlerzogene junge Männer ein kleines Geschenk mitbringen, wenn Sie vor meiner Tür erscheinen.«

»Wenn ich vor Ihrer Tür erschienen wäre, hätte die Sache vielleicht anders ausgesehen«, erwiderte ich mit leicht erhobener Stimme. »Aber ich bin nun mal im Garten hinter dem Haus erschienen. Ich sitze nicht in Ihrem Wohnzimmer, knabbere keine selbstgebackenen Kekse und trinke keinen englischen Tee. Ich sitze in diesem Dschungel und friere mir einen ab. Nein, Annie Kate, ich habe Ihnen kein verdammtes Geschenk mitgebracht.«

Sie lächelte wieder. In ihrer Stimme lag leichte Belustigung, als sie in einer perfekten Selbstparodie erwiderte: »Ein Gentleman würde niemals, unter gar keinen Umständen, solche Worte in Gegenwart einer Dame gebrauchen. Erst recht nicht in Gegenwart einer Dame von so hoher Bildung und atemberaubender Schönheit, wie ich eine bin. Wir Mädchen aus Charleston sind zart und zerbrechlich, Will. Eine derbe Sprache verletzt uns.«

»Sagen Sie mal, Annie Kate, reden und benehmen Sie sich immer wie ein Vollidiot?«

»Wie können Sie es wagen, in meinem Haus so mit mir zu reden?« fuhr sie mich an. »Wenn Sie nicht begreifen, was ich tue, Will, dann sollten Sie für den Rest Ihres Lebens einen großen Bogen um die Frauen machen. Ich kenne mich lange genug mit Männern aus, um zu wissen, daß sie vor allem eine Frau haben möchten, die ihnen das Gefühl gibt, intelligent, überlegen und gutaussehend zu sein. Ich habe mein Leben lang Männer und Frauen beim Flirten beobachtet, und ich habe es verdammt gut gelernt, die Kokette zu spielen. Falls Sie es noch nicht bemerkt haben sollten.«

»Bitte«, sagte ich. »Ich bin Kadett. Derbe Sprache verletzt mich.«

»Kein Mädchen, das richtig im Kopf ist, würde sich mit jemandem wie Ihnen einlassen. Da könnten Sie genausogut verkünden, daß Sie homosexuell sind.«

»Das sollte ein Witz sein, oder?«

»Daß Sie mich einen Vollidioten genannt haben, war kein Witz.«

»Ich habe Sie nicht als Vollidioten bezeichnet. Ich habe nur gesagt, daß Sie manchmal so reden und sich so aufführen, als hätten Sie nicht alle Tassen im Schrank.«

»Ich bin intelligenter als jeder Ihrer Mitstudenten an dieser zweitklassigen Akademie. Sie ist eine minderrangige Hochschule für Kretins, die nicht klug genug waren, um von den berühmten Militärakademien aufgenommen zu werden. Ein intelligenter junger Mann würde gar nicht erst daran denken, diesen Schandfleck zu besuchen.«

»Sie können mich nicht beleidigen, indem Sie die Akademie runtermachen«, sagte ich ihr wahrheitsgemäß. »Ich bin unempfindlich gegen Kritik an meiner Alma Mater.«

»Ich finde, Sie sollten mehr Loyalität zeigen und Ihre Akademie verteidigen. Ich kann treulose Menschen nicht ausstehen. Ich bin für meine Loyalität bekannt.«

»Wem oder welchem Gut gilt denn Ihre Loyalität?« fragte ich.

»Meiner Familie. Meiner Stadt. Meinem historischen Erbe. Meinem religiösen Glauben.«

»Und Ihrer Alma Mater in Santa Barbara«, fügte ich hinzu.

Ihr Kopf ruckte zornig zu mir herum. »Gott mag das Häßliche nicht, Will McLean. Er mag keine Häßlichkeit, und er vergibt keine Häßlichkeit, und Sie benehmen sich häßlicher als jeder andere Mensch, dem ich bis heute begegnet bin. Die meisten Mädchen, die ich kenne, sind viel zu stolz, als daß sie sich mit einem ungehobelten Kadetten wie Ihnen zeigen würden.«

»Außer Ihrer Mutter hat uns noch niemand zusammen gesehen. Und jetzt verstecken wir uns in einem Garten hinter einem Wagenschuppen. Wer uns in diesem Urwald aufstöbern will, müßte schon ein Rudel Bluthunde von der Leine lassen.«

»Niemand hat Sie gezwungen, hierher zu kommen, Will. Und Sie können mir glauben – es ist mir völlig egal, ob Sie bleiben oder nicht«, sagte Annie Kate. In ihrer Stimme lag ein eisiger Unterton. Ich erhob mich und stellte mich vor sie hin.

»Ich kann mich nicht besonders gut mit Mädchen unterhalten, Annie Kate. Ich habe versucht, es Ihnen zu sagen. Ich weiß auch nicht, warum es immer so endet wie jetzt, wenn ich mit Ihnen rede. Ich habe mich darauf gefreut, Sie wiederzusehen. Ich habe mich die ganze Woche darauf gefreut, weil . . . weil es so geheimnisvoll war und ich gehofft hatte, aus unserem Treffen könnte sich etwas Wunderschönes entwickeln.«

»Aus unserem Treffen kann sich nichts Wunderschönes entwickeln. Das kann ich Ihnen versprechen. Mir wird nie wieder etwas Schönes begegnen. Ich hatte hier in Charleston eine wundervolle Kindheit, Will. Eine unglaublich heitere Kindheit voller Blumen und Farben, voll unbeschwertem Spielen mit den Freundinnen auf der Kaimauer an der Battery, voller Sommernächte in Hängematten, Segeltörns im August und Debütantinnenbällen. Aber das alles ist jetzt Vergangenheit und kommt nie mehr wieder. Das alles ist vorbei. Diese Zeiten sind tot.«

»Ja, Ihre Lebensuhr ist so gut wie abgelaufen«, sagte ich. »Ich würde sagen, Sie haben schon das biblische Alter von . . . na ja, zwanzig Jahren erreicht.«

»Ich bin neunzehn. Machen Sie mich nicht älter, als ich bin. Ich werde erst in drei Monaten zwanzig.«

»Es ist schwer zu schätzen, wie alt Sie sind, wenn Sie immer mit Sonnenbrille, Kopftuch und Regenmantel herumlaufen.«

»Was soll das? Mache ich spitze Bemerkungen über Ihre Uniform? Ihr Kadetten seht in euren billigen weißen Sommeruniformen allesamt wie Eisverkäufer aus.«

»Das war eine spitze Bemerkung, und ich bin sehr empfindlich, was meine Uniform betrifft. Das hängt mit meiner unglaublichen Loyalität der Akademie gegenüber zusammen. Aber mal im Ernst – ich kann Ihnen erklären, warum ich meine Uniform tragen muß. Aber ich verstehe nicht, warum Sie Ihre tragen.«

»Weil ich in einem Gefängnis bin«, antwortete sie.

»Wenn Sie das hier für ein Gefängnis halten«, sagte ich und wies mit einer Armbewegung auf den Garten, »dann würde ich Ihnen gern mal die Akademie zeigen. Aber darum geht es gar nicht. Ich habe einen sehr guten Grund, Sie wegen Ihrer Sonnenbrille zu fragen, Annie Kate. Bevor ich als alter, gebrechlicher Mann meinen Lebensabend im Altersheim verbringe, möchte ich gern mal Ihr Gesicht sehen.«

»Ich habe ein sehr hübsches Gesicht«, sagte sie schlicht.

»Ich möchte gerne sehen, welche Farbe Ihre Augen und Ihr Haar haben.«

»Meine Augen sind blau. Ein sehr helles Blau. Nicht so hell wie Ihre Augen, aber auch nicht so bedrohlich. Nicht so leer. Ihre Augen sehen irgendwie . . . leblos aus.«

Ich lachte – ein bißchen zu laut, und sie legte einen Finger auf die Lippen und wies mit einer leichten Kopfbewegung auf das Haus. Es war totenstill im Garten, als ich die lange Pause des Schweigens beendete. »Wenn Sie so weiterreden, laufe ich auch bald nur noch mit Sonnenbrille herum. Man hat mir immer gesagt, daß ich sehr schöne Augen habe. Was anderes fällt den Leuten nicht ein, wenn sie irgendwas Nettes über mein Gesicht sagen wollen.«

»Ich an Ihrer Stelle würde nicht bloß eine Sonnenbrille tragen, Mr. McLean«, erwiderte sie schnippisch. »Ich würde mir eine große Maske kaufen. Oder einen Einkaufsbeutel.«

»Oha. Unter Kopftuch und Sonnenbrille steckt eine scharfe Zunge.«

»Ich habe Ihnen ja gesagt, daß ich ein kluger Kopf bin.«

Bevor ich ihr antworten konnte, sagte eine andere Stimme irgendwo aus dem Dickicht: »So klug nun auch wieder nicht, meine Liebe.«

Die Frau war kleiner, als ich sie in Erinnerung hatte, und viel dünner. Aber es war nicht ihre Winzigkeit, die den stärksten Eindruck auf mich machte; vielmehr war es eine Aura mühsam aufrecht erhaltener Vornehmheit, als hätte die Persönlichkeit dieser Frau dieselbe lieblose Unaufmerksamkeit erdulden müssen wie ihr Garten. Sie hatte irgend etwas Unzulängliches, Vernachlässigtes an sich. Ihre Stimme war bekümmert und niedergeschlagen.

»Ma'am«, sagte ich in die betretene Stille, die nach dem Schreck über ihre plötzliche, lautlose Attacke eingetreten war, »Sie sind eine sehr kleine, leise Person.«

Doch ihr Erscheinen war eigentlich keine wirkliche Überraschung. Die unvollkommene Planung meines geheimen Treffens mit ihrer Tochter lud geradezu dazu ein, uns in flagranti zu erwischen. Das Gesicht der Frau war vor Mißbilligung und Triumph gerötet. Annie Kate hatte nicht aufgeblickt, seit sie die Stimme ihrer Mutter gehört hatte. Der Garten war plötzlich von Melancholie und Scham, von Verrat und Sünde erfüllt.

»Sie befinden sich hier auf einem Privatgrundstück, junger Mann. Falls Sie nicht auf der Stelle gehen, rufe ich die Polizei und lasse Sie ins Stadtgefängnis am Fluß werfen. Das Stadtgefängnis von Charleston ist bekannt für die außergewöhnliche Größe der Ratten, die sich dort herumtreiben.«

»Mutter, bitte«, sagte Annie Kate verschämt.

»Warum stellen Sie meiner Tochter nach? Ich verlange eine Erklärung.«

»Mutter!«

»Was ich tue, Annie Kate, das tue ich nur für dich, und das weißt du. Und du weißt auch, daß es mir genausowenig gefällt wie dir. Aber es ist nun mal unbedingt erforderlich.« Sie wandte sich wieder mir zu: »Und Sie, Kadett, sind nicht unbedingt erforderlich. Sie sind nicht einmal besonders begehrenswert.«

»Ich bin nicht auf dem Bürgersteig an der Church Street gestolpert und zufällig in diesem Garten gelandet, Ma'am. Annie Kate hat mich hierher eingeladen. Ich habe den Eindruck, daß sie dringend jemanden braucht, mit dem sie mal ein bißchen plaudern kann. Sie hat mir gesagt, daß sie einen Freund braucht. Ich kann ein guter Freund sein, und ich kann diskret sein, und falls Annie Kate eine Bank ausgeraubt oder die Fische in ihrem Aquarium vergiftet hat, interessiert mich das nicht. Wenn Sie nicht wollen, daß jemand in Charleston erfährt, daß Annie Kate in der Stadt ist, dann werde ich den Mund halten. Wenn Sie mir nicht sagen wollen, warum Sie sich wie Annie Kates Schatten aufführen, dann brauchen Sie es mir nicht zu sagen. Ich habe Ihnen mein Wort gegeben, niemandem zu erzählen, daß ich Ihnen beiden begegnet bin.«

Die ältere Frau musterte mich eine Zeitlang; dann fragte sie ihre Tochter: »Glaubst du, man kann ihm trauen, Annie Kate?«

»Ich weiß nicht«, erwiderte sie. »Er hat Katholikenaugen.«

»Meine Tochter ist sehr einsam und sehr gelangweilt, Mr. McLean. Das ist zum Teil meine Schuld, zum Teil ihre.«

»Ma'am, wenn Ihre Tochter anonyme Nachrichten unter die Scheibenwischer eines Wagens klemmt, der einem Kadetten gehört, dann ist sie mehr als gelangweilt.«

»Ich bin total verrückt«, sagte Annie Kate und ließ sich auf der Bank zusammensinken.

»Hör auf, so einen Unsinn zu reden, Annie Kate. Entscheide selbst, was du Mr. McLean erzählen möchtest. Ich überlasse es voll und ganz dir. Da du ja ohnehin zu beweisen versuchst, was für ein erwachsenes Mädchen du bist. Also kannst du auch selbst entscheiden, ob er hierher kommen darf oder nicht. Und was Sie betrifft, Mr. McLean«, sagte sie und sah mir mit ihrem gleichermaßen traurigen wie durchdringenden Blick in die Augen, »verlasse ich mich auf Ihr Ehrenwort, daß Sie mit niemandem über diese Sache reden, nicht einmal mit Ihren engsten Freunden.«

»Ja, Ma'am. Ich verspreche es.«

Sie verschwand den gepflasterten Gehweg hinunter, der zum Haus führte. Ihr Gang war steif, gequält würdevoll und schmerzlich ungraziös. Als sie gegangen war, fiel mir der schwere, süße Duft auf, den der Garten verströmte, jetzt, da die zunehmende Mittagshitze die Feuchtigkeit in den Schatten verdunstete, die von den unbeschnittenen Hecken und den wuchernden Blumenrabatten aufstieg. Der Garten roch wie ein Blumengeschäft, das seit Tagen geschlossen hatte. Annie Kate schien diese Gedanken in meinem Gesicht lesen zu können, als ich mich wieder neben sie auf die Bank setzte.

»Früher hatten wir einen Gärtner«, sagte sie. »Bevor mein Vater gestorben ist.«

»Sieht so aus, als hätte der Gärtner ebenfalls das Zeitliche gesegnet.«

»Mutter hat ihn vor ein paar Jahren entlassen. Sie sagt zwar immer, weil er getrunken hat, aber in Wahrheit hatten wir kein Geld mehr.«

»Dann solltet ihr Safaris durch euren Garten veranstalten. Da würde ganz schön was herausspringen.«

»Ihr Gesicht ist sehr irisch«, sagte sie, beugte sich zu mir herüber und betrachtete mich eingehend.

»Warum sagen Sie nicht: Ihr Gesicht ist sehr sexy?«

»Weil es nicht sexy ist. Sie haben ein komisches, trauriges Clownsgesicht.«

»Die Frauen werden ganz verrückt, wenn sie dieses Gesicht zu sehen bekommen. Wenn es mehrere Frauen sind, gibt es immer eine Massenschlägerei, weil jede dieses Gesicht als erste abknutschen will.«

»Ich möchte, daß unser Freundschaft von Anfang an ehrlich ist«, sagte sie.

»Na klar. Ehrlichkeit ist ja Ihre Stärke.«

»Seien Sie nicht zynisch«, sagte sie. »Ich brauche keinen Freund, was das Sexuelle angeht, ich brauche einen . . . guten Freund.«

»Ich brauche zwar eine Freundin, was das Sexuelle angeht, aber es würde mich trotzdem freuen, wenn ich Ihr Freund sein darf.«

»Als feste Freundin wäre ich nicht die Richtige für Sie, Will. Glauben Sie mir.«

»Und warum nicht?« fragte ich. »Sie sind doch ein sehr ansehnliches Mädchen. Sie kleiden sich zwar ein bißchen verrückt, aber Sie sind ein schönes Exemplar der Gattung Weib.«

»Für mich ist es vorbei, Will. Mein ganzes Leben ist vorbei«, sagte sie, erhob sich von der Bank und stellte sich vor mich hin.

Sie nahm ihr Kopftuch ab, und eine Flut langen blonden Haares fiel üppig über ihre Schultern.

Vorsichtig nahm sie die Sonnenbrille ab, und zum ersten Mal sah ich ihre Augen. Sie waren blau, glänzend, und wunderschön. Tränen glitzerten in den Winkeln. Sie öffnete die Knöpfe des Regenmantels und schlug ihn auf – mit einem gewaltsamen Ruck, mit plötzlicher Befreiung.

»Mein Baby kommt im Februar«, sagte sie. »Möchtest du der Vater sein, Will?«

14

Am Abend bevor das Korps einrückte und die eigentliche Ausbildung begann, steckte Cain Gilbreath, einer der Verteidiger unserer Football-Auswahlmannschaft, den Kopf in meine Stube. Cain stammte aus Richmond, Virginia, und besaß die opulenten Merkmale des Mitglieds eines altehrwürdigen, jedoch heruntergekommenen Südstaatlergeschlechts aus den Küstengebieten Ost-Virginias. Seine Familie war früher sehr wohlhabend gewesen, und es war ein beinahe besessener Wunsch Cains, sie wieder zu alter Macht und Größe zu führen. Politisch war er konservativ und betrachtete mich als gefährlichen Radikalen, weil ich mich bei den Präsidentschaftswahlen 1964 für Johnson eingesetzt hatte. An der Akademie haftete Anhängern der Demokraten jedoch mehr und mehr der Geruch von Volksverhetzern an. Cain und ich waren hauptsächlich aus einem Grund Freunde: Wir hatten beide Spaß an mehr oder weniger geistreichen Dialogen, die mit Beschimpfungen begannen und mit Morddrohungen endeten.

»Gott ist Liebe«, begann Cain. Er machte sich immer lange im voraus Gedanken über seinen Eröffnungszug. »Liebe ist blind. Ray Charles ist Gott. Gott ist ein blinder Nigger.«

»Du hast auf dem Footballplatz mal wieder zu viele Bälle an den Kopf gekriegt, was, Gilbreath? Dein Hirn zeigt die ersten Zerfallserscheinungen.«

»Es ist schmerzhaft, ein Genie zu sein, McLean.« Er seufzte, ging durchs Zimmer und ließ sich schwer auf mein Bett fallen.

»Freut mich, dich zu sehen, Cain. Nur zu. Mach's dir in meinem Bett gemütlich.«

Cain besaß einen schweren, massigen Rumpf mit breiten, muskulösen Schultern und einem Stiernacken. Aber seine Hände und Füße waren unverhältnismäßig klein, zart und schön geformt. Seine Beine waren lang und haarlos, wie die eines Mädchens, während seine Arme kurz und dick waren – keine besonders geeigneten Waffen, wenn es bei einem Footballspiel galt, Angreifern der gegnerischen Mannschaft Kinnhaken zu verpassen. In seinem Gesicht konnte man seine edle Abstammung zurückverfolgen. Wie auch an seinen zu kleinen Händen und Füßen. Sein ganzes Erscheinungsbild war so unharmonisch und verblüffend wie das eines Gnus.

»Ich habe gesagt, es ist schmerzhaft, ein Genie zu sein, immer nur tiefschürfende Gedanken und Empfindungen zu haben. Manchmal versuche ich bewußt, die Umwelt so oberflächlich zu betrachten wie ein Mensch mit durchschnittlicher Intelligenz. Ich versuche, mich in die geistigen Niederungen der bananenfressenden Schimpansenmeute herabzubegeben, die den Großteil des Kadettenkorps ausmacht. Aber es ist schwer, Will. Furchtbar schwer. Wo wir gerade von Affen reden — wo sind deine Stubenkameraden? Die beiden Gorillas und der kleine schwule Pavian?«

»Tu mir einen Gefallen, Cain, und bezeichne Pig und Mark als Gorillas, wenn sie mal auf der Stube sind. Oder nenn Tradd einen schwulen Pavian, wenn die beiden hier sind. Dann wirst du selbsternanntes Genie die tiefe Empfindung haben, von einem Katapult abgeschossen worden zu sein.«

»Komm, machen wir Diskussionstraining«, sagte er, stützte sich auf einen Ellbogen und grinste mich an. Unbewußt fuhr er sich mit dem Zeigefinger über eine lange, häßliche Narbe, die wie ein Tausendfüßler aussah und von einer Schulteroperation im vergangenen Jahr herrührte. Er war jungenhaft stolz auf diese Narbe, und wenn Dienst und Wetter es erlaubten, lief er ohne Uniformhemd herum.

»Ich hab' keine Lust zu diskutieren«, sagte ich. »Fällt dir eigentlich nie etwas anderes ein, wenn wir uns mal treffen?«

»Wir diskutieren noch einmal über Vietnam. Letztes Mal habe ich dich zum Schluß ermordet.«

Ich seufzte und legte den Kopf in meine auf der Schreibtischplatte verschränkten Arme. »Jeder, mit dem ich über Vietnam rede, ermordet mich.«

»Weil du der einzige Kadett an der Akademie bist, der sich nach seinem Examen nicht bei der Armee verpflichtet hat.«

»Ja. Ich bin ein echtes Arschloch, was?«

»Soll ich dir sagen, was ich glaube, McLean?«

»Nein.«

»Ich sag's dir trotzdem. Ich glaube, du bist nur deshalb gegen den Krieg, weil alle anderen dafür sind. Ich glaube, du bist nur deshalb anders, weil du anders sein willst. Das Anderssein ist für dich zum Selbstzweck geworden.«

»Genau, Gilbreath. Volltreffer. Auf den Punkt. Du hast es durchschaut. Du hast mir soeben einen ganz neuen Einblick in meine Persönlichkeit gewährt. Mann, wie soll ich dir nur danken? Du hast mich perfekt beschrieben.«

»Was Vietnam betrifft, Will«, sagte er, »solltest du den Krieg mal als eine Art Verlängerung deiner Basketball-Karriere betrachten. Als einen Ort, wo du dich selbst prüfen kannst. Bist du nicht neugierig, wie du dich in einer richtigen Schlacht verhalten würdest? Meinst du nicht auch, daß ein Mann nur in einer Schlacht erfahren kann, aus welchem Holz er wirklich geschnitzt ist? Vietnam – der Staat, die Bevölkerung – ist mir im Grunde genommen egal, aber den Krieg betrachte ich als Chance für meine große Bewährungsprobe. Ich bin deshalb für den Krieg, weil ich an Amerika glaube, und freue mich unheimlich darüber, daß ich meine zwei Jahre in der Armee auf dem Schlachtfeld verbringen werde und nicht in irgendeinem tristen Büro, wo uniformierte Weiber um Schreibtischhengste herumscharwenzeln. Sag mir die Wahrheit, Will, macht es dir wirklich gar nichts aus, den einzigen Krieg dieser Generation zu versäumen? Bist du kein bißchen traurig?«

»Nein, Cain. Ich wäre traurig, wenn mir in Vietnam die Eier weggeschossen würden. Außerdem weiß ich, wie ich mich in einer Schlacht verhalten würde. Ich würde mir vor Angst in die Hose pinkeln. Ich hätte Angst, wenn ich nur ein paar Schritte gehen müßte, weil ich immer an die Tretminen denken müßte. Mir ist die große, männliche Bewährungsprobe scheißegal, und ich hoffe, der Vietnamkrieg *bleibt* der einzige Krieg unserer Generation.«

»Du mußt der erste Pazifist sein, den die Akademie hervorgebracht hat.«

»Ich habe nicht behauptet, Pazifist zu sein, Gilbreath. Es gibt Kriege, in denen ich mit Freuden kämpfen würde. Zum Beispiel würde ich mich an die Spitze einer Aufständischenarmee setzen, falls man dich jemals zum Gouverneur von Virginia wählt. Und ich würde den Angehörigen der Nationalgarde, der mir deine Eier in 'nem Einmachglas bringt, zum General ernennen. Aber der Krieg in Vietnam ist nicht mein Krieg, Cain, und ich werde nicht dabei mitkämpfen.«

»Aber du trittst doch auch für die Sache der Südvietnamesen ein, Will, nicht wahr? Für ihren Kampf gegen die Ausbreitung des Kommunismus in Südostasien.«

»Du hörst dich an wie Radio Freies Europa. Ja, sicher, stehe ich dahinter. Aber ich habe auch Verständnis für die Nordvietnamesen. In politischen Dingen habe ich für jeden Verständnis. Jeder kann Argumente für seine Sache vorbringen — und gegen die Sache der anderen Seite. Kannst du dich erinnern, was Major Mudge letztes Jahr im militärwissenschaftlichen Seminar gesagt hat, als wir über den Kommunismus geredet haben? ›Du mußt deinen Feind kennen, bevor du ihn hassen kannst‹. Tja, das

Seminar hat einen ziemlichen Eindruck auf mich hinterlassen. Wir haben ein halbes Semester darüber gesprochen, daß Kommunisten die schlimmsten Hurensöhne sind, die Säuglinge mit Mistgabeln aufspießen und Jungfrauen mit Bajonetten die Unschuld rauben.«

»So was tun die wirklich, Will. Das sind Tatsachen«, sagte Cain.

»Darauf will ich gar nicht hinaus, Cain. Ich weiß auch nicht, ob die Kommunisten so etwas tun oder nicht. Aber mir ist klargeworden, daß ich noch nie einen Kommunisten gesehen habe, außer im Fernsehen. Somit habe ich einen Großteil der menschlichen Rasse verabscheut, ohne jemals ein Individuum auch nur gesehen zu haben!«

»Mußt du dir erst den Tripper holen, damit du weißt, daß du ihn nicht haben willst?«

»Cain, kannst du dich an den militärwissenschaftlichen Vortrag erinnern, der dich so unheimlich dafür begeistert hat, in Vietnam zu kämpfen?«

»Ja, das war 1964, als Mahaffy wieder Vorlesungen gehalten hat.«

»Genau. Mahaffy. Du hast seinen Vortrag bewundert, nicht wahr?«

»Es war die mit Abstand bewegendste und patriotischste Rede, die ich an der Akademie gehört habe. Nicht einmal der General könnte da mithalten . . . obwohl er manchmal nahe an dieses Niveau herankommt. Mann, der halbe Saal war nach Mahaffys Rede in Tränen ausgebrochen. Aber ich bin sicher, daß *du* dich die ganze Zeit irgendwo im Saal vor Lachen am Boden gekringelt hast.«

»Ja. Ich fand die Rede einfach umwerfend«, erwiderte ich. »Damals ist mir zum erstenmal bewußt geworden, daß ich anders bin als die anderen Jungs.«

»Amen. Gelobet sei der Herr, daß wir anderen nicht so sind wie du.«

»Als Mahaffy mit seiner Rede fertig war, hat jeder im Saal nur noch darüber gesprochen, wie heiß er darauf ist, nach Vietnam zu gehen.«

»Das war doch ganz klar. Mahaffy hat leidenschaftlich an den Krieg geglaubt, und er war unglaublich fesselnd, als er von den Schlachten erzählte, an denen er teilgenommen hat.«

»Weißt du, was mir während seiner Rede aufgefallen ist, Cain?«

»Nein.«

»Daß Mahaffy keine Beine mehr hat.«

»Na und? Das hatte doch nichts mit seiner Rede zu tun.«

»Als Mahaffy von der Akademie abging, hatte er seine Beine noch. Als er von seinem Ausflug nach Vietnam zurückkam, hatte er sie nicht mehr. Ich habe versucht, diese Beobachtung in einen Zusammenhang zu bringen.«

»Es war eine Handgranate.«

»Ist mir egal, ob er die Beine durch eine Handgranate oder durch verdorbenen Reis verloren hat. Ich habe seine Rede gar nicht gehört. Ich hab' nur auf die Stelle gestarrt, an der seine Beine gewesen sind. Er war Leichtathlet. Ein sehr guter Mittelstreckenläufer. Er hatte schöne Beine. Ich hab' auch schöne Beine. Aber ich möchte sie behalten. Ich will nicht, daß sie in einen Müllbeutel gestopft und in einen Verbrennungsofen geworfen werden.«

»Mahaffy hat eine phantastische Rede gehalten.«

»Er hat ein Paar phantastische Beine verloren.«

»Wenn ein Mann im Krieg seine Beine verliert, braucht man nicht gefühlsduselig zu werden.«

»Ich verspreche dir, nicht in Tränen auszubrechen,

wenn du ohne Beine aus Vietnam zurückkommst. Statt dessen werde ich eine Party geben und unter deinem Namen eine Stiftung für Krüppel gründen.«

»Bist du ein Feigling, Will?«

»Einer von der zitternden, schwitzenden, zähneklappernden, bettnässenden Sorte.«

»In meiner Familie hat es nie einen Feigling gegeben, in Jahrhunderten nicht. Mein Vater hat es bei der Ahnenforschung festgestellt.«

»Wo du gerade von deiner Familie sprichst, Gilbreath — ich habe mich nie getraut, dich danach zu fragen, aber ich weiß, daß alte Südstaatenfamilien ihre Sprößlinge mit schrecklichen Vornamen strafen. Wer hat dir den Namen Cain gegeben?«

»Meine Mutter war eine geborene Cain«, erwiderte er. »Cain von Virginia.«

»Das ist ja umwerfend. Ich fange an, die Aristokratie zu mögen. Cain *von* Virginia. Oh, Mann.«

»Wie bist du denn an deinen Namen gekommen, Genosse? Wie suchen Eltern der Unterschicht die Namen für ihre Kinder aus?«

»Aufs Geratewohl, Euer Gnaden. Einfach so.«

Cain beachtete mich nicht; statt dessen bemühte er sich, die Stimmen des Kaders zu verstehen, der gerade eine klammheimliche ›Schwitzparty‹ im Duschraum der vierten Division veranstaltete. Wenn die Schikanen besonders barbarisch waren, fanden diese Veranstaltungen klugerweise möglichst weit von den Augen des diensthabenden Offiziers entfernt statt. Ich hatte mich so sehr an das Gebrüll des Kaders gewöhnt, daß ich es gar nicht mehr bewußt hörte. Doch plötzlich bemerkte auch ich, was Cain offensichtlich schon wahrgenommen hatte: der Tumult, der sich im Duschraum — ein gutes Stück den

Flur hinunter — abspielte, war anderer Natur als sonst. Irgend etwas war schiefgegangen. Es war ein Lärm, als hätte jemand ein Wespennest angezündet und mitten in die Reihen der Rekruten geworfen. Den Geräuschen nach war es kein militärischer Drill, keine Schikane, keine Übung; es hatte nichts mit der institutionalisierten Angst zu tun, die zum Rekrutenleben gehörte — es war das nackte Chaos. Cain und ich schauten uns für einen Augenblick verdutzt an, als John Kinnell, Chef der R-Kompanie, in die Stube platzte.

»Will. Will. Komm schnell. Mach schon, mach schon!«

»Was ist denn los, John?«

»Poteete ist durchgedreht. Er ist über das Geländer vom Außengang geklettert. Er sagt, er springt in den Hof runter.«

Ich stürmte aus der Stube und über den Korridor. Eine wogende Menge uniformierter Rekruten kam mir mit dröhnenden Stiefeln entgegengerannt; die Neulinge wurden von Kadermitgliedern über die Flure auf die Stuben gescheucht, fort von dem Chaos, dem Höllenlärm und dem einsamen Rekruten, der in einem winzigen Augenblick der Anarchie der allgegenwärtigen Kontrolle des Systems entschlüpft war. Sechs Kadermitglieder standen ratlos und unentschlossen in einem Halbkreis um Poteete herum, der sich mit einer Hand am Geländer festhielt und auf dem schmalen Sims stand; der Oberkörper war weit über die gähnende Tiefe hinausgebeugt. Der Betonboden des Exerzierplatzes lag gut dreißig Meter unter ihm. Er rief den Männern zu, keinen Schritt näher zu kommen, sonst würde er sich sofort fallen lassen.

»Haut ab, ihr Schweine!« kreischte er wieder und wieder, und mit jedem Schrei wichen die Kadermitglieder einen Schritt zurück. Jetzt gab ein Rotarsch die Befehle.

»Er hat gesagt, er will dich sprechen, Will«, hörte ich John Kinnells Stimme hinter mir.

Unten auf dem Exerzierplatz strömten Kadetten zusammen, um einen ungehinderten Blick auf Poteete werfen zu können. Auf jedem Quadratmeter der Kaserne brach jetzt die Hölle los; der Wachoffizier versuchte, die Kadetten vom Exerzierplatz zu vertreiben, doch er wurde vom anhaltenden Zustrom der Gaffer regelrecht erstickt. Aus jeder Richtung zeigten Finger auf Poteete. Er stand im Brennpunkt von tausend Augen. Sogar die Rekruten spähten aus den Fenstern ihrer Stuben, um einen Blick auf den Rotarsch zu werfen, der durchgedreht war.

»Schaff die Leute weg, John«, sagte ich. »Da unten geht's ja zu wie auf einem Rummelplatz.«

»R-Kompaniiieee – auf die Stuben!« brüllte John in die Tiefe. Er hatte eine bewundernswert laute, schneidende Stimme, wie geschaffen zum Befehlserteilen. Ich hörte, wie die anderen Kompaniechefs den Befehl aufnahmen und ihre Männer in die Dunkelheit unter den von Bogen überspannten Außengängen scheuchten. Aus den Lautsprechern dröhnte die Stimme von Jimmy Bull, dem Kommandeur des vierten Bataillons: »Achtung! Sämtliche Kadetten des vierten Bataillons melden sich sofort auf den Stuben.« Doch obwohl die Ausbilder und Kadetten des vierten Bataillons in den Schatten verschwanden, würden sie die Rolle des Beobachters nicht aufgeben, diese glühenden Fans einer neuen Sportart in den Kasernen: Selbstmord.

»Halt ihn auf, Will. Auf dich wird er hören«, flüsterte John mir zu, bevor er sich zurückzog.

»Das Rekrutenjahr bringt wirklich ganze Männer hervor«, flüsterte ich zurück und hoffte, daß der Zynismus mir helfen würde, das Zittern zu unterdrücken, das meinen ganzen Körper erfaßt hatte. Doch das Zittern wurde schlimmer, als ich langsam auf Poteete zutrat und unsere Blicke sich trafen. Er weinte. Tränen, Wut und Verzweiflung hatten sich zu einer unseligen, zerstörerischen Dreifaltigkeit vermischt, und jetzt hing das arme Schwein dreißig Meter über dem Exerzierplatz. Er war der erste Rekrut, der es in meiner Zeit an der Akademie geschafft hatte, den Kader zur völligen Hilflosigkeit zu verdammen. Inzwischen hatte sich in den Kasernengebäuden die Befehlskette wieder gefestigt. Eine drückende, unnatürliche Stille lag über dem Gelände. Unter den steinernen Bogen der Außengänge der anderen Kasernen konnte ich die Glühpunkte von Zigaretten sehen; sie verrieten, daß viele Senioren ihre ganze Aufmerksamkeit nach wie vor Poteete zugewandt hatten. Poteete schluchzte in unregelmäßigen Abständen; sehr laut und unendlich traurig.

»Kommen Sie nicht näher, McLean«, sagte er.

Ich hatte gar nicht bemerkt, daß ich mich auf ihn zubewegt hatte.

»Na, Poteete?« sagte ich und hatte nicht die leiseste Ahnung, wie ich das Gespräch anfangen sollte. »Wie läuft's denn so in deiner Kompanie?«

»Sie können sich Ihre Scheißakademie in den Hintern stecken, Mr. McLean!« Er hatte die Kraft des Systems noch nicht völlig besiegt. Er redete mich immer noch mit ›Mister‹ an.

»Die Akademie ist viel zu groß für meinen kleinen Arsch, Poteete.«

»Wie schaffen Sie es nur . . . über die Akademie immer Witze machen zu können?« sagte er zwischen zwei

Schluchzern. »Wie kann ein Mensch . . . hier irgend etwas komisch finden?«

»Für mich war es die einzige Möglichkeit, durchzuhalten. Hätte ich es nicht geschafft, mich über diesen Saftladen lustig zu machen, dann hätte ich irgendwas Dummes getan. Vielleicht hätte ich versucht, vom Dach der Kaserne der vierten Division zu springen. Wenn du das tust, Poteete, sehe ich schwarz für deine nächste Beförderung.«

Ich lehnte mich an den Bogenpfeiler, der Poteete am nächsten war. Seine Augen verfolgten jede meiner Bewegungen. Seine Blicke sagten mir: Bis hierher und nicht weiter. Er hatte sich einen Freiraum geschaffen, den er mit seinem Leben verteidigen würde — im wahrsten Sinne des Wortes.

»Kommen Sie nicht näher, Sir. Ich meine es ernst. Ich werde springen. Verlassen Sie sich darauf. Sie können mich nicht daran hindern. Ich wollte nur mit Ihnen reden. Ich wollte herausfinden, wie ich das alles hier überleben kann. Wie kann man eine solche Grausamkeit überleben? Sie sind genau wie ich, Mr. McLean. Ich könnte anderen Rekruten so etwas niemals antun. Ich könnte keinem Menschen so etwas antun. Ich habe nicht gewußt, daß es hier so abscheulich ist. Mein Daddy hat mir nie gesagt, wie abscheulich es hier zugeht.«

»Das kannst du ihm nicht zum Vorwurf machen, Poteete. Ich hab' so etwas schon hunderte Male erlebt. Die Absolventen erinnern sich nur an die schönen Seiten des Rekrutenjahres. Und wenn sie an all das Schlechte denken, lachen sie sich krumm und schief. Dir wird's auch mal so gehen. Was dir heute abend so schrecklich vorkommt, wird dir schon nächstes Jahr lächerlich erscheinen. So ist das nun mal. So funktioniert das System.«

»Lachen Sie heute auch, wenn Sie an Ihr Rekrutenjahr zurückdenken?«

»Nein. Ich finde das Schlechte immer noch schlecht.«

»Ist es Ihnen genauso ergangen wie mir, Mr. McLean? War man zu Ihnen auch so grausam?«

»Will. Du kannst Will und du zu mir sagen, Poteete. Wie heißt du mit Vornamen?«

»Das spielt keine Rolle. Seit ich hier bin, hat mich noch niemand mit Vornamen angeredet. Nicht einmal mein Stubenkamerad.«

»So schlimm wie dir ist es mir nicht ergangen, Poteete. Ich hab' dir gesagt, daß man dir keine Ruhe läßt, wenn du dir das Weinen nicht abgewöhnst.«

»Ich kann aber nichts dagegen tun, Will«, sagte er und brach wieder in Tränen aus. »Ich kann einfach nichts dagegen tun. Ich habe es versucht. Ich habe alles versucht, mit dem Weinen aufzuhören. Aber die haben mich die ganze Zeit angebrüllt. Die schreien und schreien und schreien. Die machen mich fertig. Die demütigen mich schlimmer als die anderen Rekruten. Die Jungs aus meiner Kompanie würden lieber mich loswerden als die Schweine vom Kader.«

»Ich möchte auch, daß du von der Akademie abgehst, Poteete. Aber aus ganz anderen Gründen.«

»Dann glaubst du auch nicht, daß ich hierher gehöre, Will?« fragte Poteete mit leiser Stimme. »Du glaubst auch nicht, daß ich Manns genug bin, um das Rekrutenjahr durchzustehen? Sag mir, wie du es gemacht hast. Wie war es damals, als du noch Rotarsch gewesen bist?«

»Damals hat man mich wegen meines schneidigen militärischen Auftretens immer mit Douglas MacArthur und dem Herzog von Wellington verglichen.«

Er lächelte und blickte aus der schwindelnden Höhe

des Simses, auf dem er stand, in die Tiefe, der Nobody, der plötzlich zum Mittelpunkt des vierten Bataillons geworden war. Ich konnte die roten und weißen Quadrate der Exerzierplätze vor den Kasernengebäuden sehen, die von acht Flutlichtscheinwerfern angestrahlt wurden, welche sich auf den Dächern der Kasernen befanden. In der tiefen Stille, die über dem Gelände lag, versuchte Poteete sich zu entscheiden, was er jetzt tun sollte. Er hatte seine Perspektiven auf zwei Möglichkeiten eingeengt – nur noch zwei Möglichkeiten. Er hatte sein Leben auf den einfachsten gemeinsamen Nenner gebracht. Er wurde plötzlich sehr ruhig und gefaßt, und ich befürchtete, daß diese tiefe Ruhe stärker sein würde als die Hysterie. Mir schoß der Gedanke durch den Kopf: Stürz dich auf ihn und schnapp ihn dir! Denn er schien jetzt ganz darin aufzugehen, gelassen das fremde Terrain zu studieren, das seinen Geist in Bruchstücke zersprengt hatte, die man nie mehr zusammenfügen konnte. Ich fragte mich, wie viele Jungen unter dem furchtbaren Druck des Rekrutenjahres zerbrochen waren. Ich fragte mich, ob die verzerrten Phantome ihrer zerstörten Geister für alle Zeiten in den dunklen Winkeln der Kasernen spukten und darauf lauerten, zerbrochene Rekruten in ihre geschändeten, geschundenen Bataillone aufzunehmen, wobei sie mit schaurigem Freudengeheul beobachteten, wenn eine gequälte Kreatur wie Poteete den Kampf aufgab, um mit zerfetzter Seele in ihre Reihen einzutreten. Der Schüttelfrost der Qual tobte nun wild und unkontrolliert in den Augen des Rekruten, und auf dem Grunde seiner Augen war grenzenloses Entsetzen zu erkennen, als wäre dort ein Wespennest voller Schrecken explodiert und als wären seine Hirnzellen zu tödlichen, geflügelten Insekten geworden, die im Innern seines Schädels wimmelten, brausend und dröhnend und klebriges Gift versprühend. Poteetes Augen leuchteten grell im Licht der Scheinwerfer. Ich stürzte mich nicht auf ihn, als ich sah, daß diese Augen mich anblickten. Ich sah den Wahnsinn darin lodern, und den Abscheu gegen mich und das, was ich repräsentierte. Er wollte springen.

»Was macht dein Vater beruflich, Poteete?« fragte ich, weil ich irgend etwas sagen mußte. »Er hat 1947 seinen Abschluß gemacht, sagtest du. Aber du hast mir nie erzählt, was er beruflich macht.«

»Er ist Bankier. Direktor der First National Bank in Pickens, South Carolina. Ich habe hier im Hauptfach Betriebswirtschaft belegt. Daddy möchte, daß ich nach Hause komme und in der Bank arbeite, wenn ich meinen Abschluß habe.«

»Hört sich ja so an, als hättest du ausgesorgt, Mann. Scheiß auf die Akademie und fang in der Bank an, die dir sowieso eines Tages gehört. Kommt deine Mutter auch aus Pickens?«

»Sie kommt aus Greenville. Ihrem Vater gehört eine Mühle in der Nähe von Greenville. In Greenville gibt es mehr Mühlen als Bäume, hat meine Mutter immer gesagt. Das hat sie die ganze Zeit gesagt. Ich habe immer gedacht, ich würde lieber in einer Mühle arbeiten als den Versuch zu machen, mit Daddy in der Bank mitzuhalten. Daddy ist ein prima Kerl, aber ich glaube nicht, daß wir gut zusammenarbeiten könnten.«

»Das finde ich toll, Poteete. Das hast du dir gut überlegt, ehrlich. Verdammt noch mal, ich hab' keine Ahnung, was ich tun soll, wenn ich hier meinen Abschluß gemacht habe. Du hast zwei Spitzenjobs in Aussicht. Du hast ausgesorgt, Mann. Dir stehen alle Türen offen.«

»Mir steht keine Tür offen«, sagte er. »Mir steht keine

einzige Tür offen. Als ich von zu Hause weggegangen bin, hat Daddy mir gesagt, daß ich um Gottes willen das erste Jahr hinter mich bringen soll. Wenigstens das erste Jahr. Unbedingt. Dann hätte ich bewiesen, daß ich ein Mann bin, und dann wäre es ihm egal gewesen, ob ich hier weitermache oder nicht. Aber ich habe es nicht mal zwei Wochen ausgehalten.«

»Es gibt noch andere Kompanien im Korps, Poteete. Jede Menge andere Kompanien. Man könnte dich heute abend noch zum ersten Bataillon versetzen. Ich versprech's dir. Nicht alle Kompanien sind wie die R-Kompanie. Es gibt hier Kompanien, bei denen alles scheißegal ist. Mann, im ersten Bataillon kannst du 'ne ruhige Kugel schieben, Poteete. Da glauben die Rekruten, sie wären gestorben und in den Himmel gekommen.«

Poteete wandte sich um und blickte mich an. Ich lehnte bewegungslos – sofern man vom Zittern absieht – am Bogenpfeiler.

»Wissen Sie, daß die meisten Jungs aus meiner Kompanie Sie für einen kaputten Typ halten, Mr. McLean?« sagte Poteete.

»Die meisten Rekruten aus *meiner* Kompanie halten mich für einen kaputten Typ«, erwiderte ich.

»Meine Kameraden halten Sie für einen kaputten Typ, weil Sie nett zu ihnen sind und sie nicht anschreien und ihnen nicht dauernd befehlen, Liegestütze zu machen. Was ist das bloß für eine Akademie, an der man jemanden verachtet, weil er nett zu anderen ist?«

»Hast du den Sinn und Zweck dieses Saftladens immer noch nicht begriffen, Poteete? Amerika ist knapp an Arschlöchern. Also braucht das Land Militärakademien wie diese hier, um für Nachschub sorgen zu können. Aber es wird hier erträglicher. Mit jedem Tag. Ich schwöre es dir. Natürlich gibt es immer Typen wie Snipes. Aber die Drecksäcke sterben nun mal nicht aus. Als ich noch Rotarsch war wie du, da gab es hier Bastarde, die hätten aus Jux und Dollerei Kleinkinder in kochendes Wasser geworfen. In meinem Rekrutenjahr gab es hier einen Unteroffizier bei einer Nachschubkompanie, der sich einen Spaß daraus gemacht hat, Goldhamstern das Fallschirmspringen beizubringen. Die Fallschirme hat er aus Taschentüchern gemacht. Bekloppt, was? Der Kerl ist immer zur vierten Division marschiert und hat die Viecher vom Dach aus in die Höhe geworfen, ungefähr zehn Meter hoch, also vierzig Meter über dem Boden, und dann fielen sie runter wie Steine, und manchmal haben die Taschentuchfallschirme sich fünfzehn Meter über dem Boden geöffnet, und die Hamster sind sanft auf dem Exerzierplatz gelandet. Und unten haben zwei Burschen von Kader gewartet und die Viecher mit ihren Stiefeln zu Brei gestampft, wenn sie heil gelandet waren. Aber so richtiges Vergnügen kam erst auf – und darum hat dieser Unteroffizier diesen Sport so geliebt –, wenn der kleine Fallschirm sich nicht geöffnet hat und der Hamster auf dem Boden zerschellt ist, und wenn das ganze Bataillon gejohlt hat: ›Flieg, flieg, flieg.‹«

»Ob sie das bei mir auch rufen?« fragte Poteete mit kühler Stimme, die nun jenseits aller Gefühlsregungen war, an einem Ort der Erlösung.

»Niemand möchte, daß du springst, Poteete. In sämtlichen Kasernen gibt es keinen Menschen, der das möchte. Keinen einzigen. Sie wollen alle nur eins: Daß du zurück übers Geländer steigst. Du hast den gleichen Fehler gemacht wie ich, als ich noch Rekrut war. Du hast das alles hier ernst genommen. Du hast es nicht als Spiel betrachtet.«

»Mir gefällt das Spiel nicht, Will. Es ist mir zu ernst. Im Kader gibt es welche, die haben jedes Wort, das sie zu mir sagten, todernst gemeint. Einige von denen hassen mich, weil ich fett und häßlich bin und mir die beschissene Uniform nicht steht. Ich dachte, ich könnte es schaffen. Ich dachte, ich würde es besser machen, bis sie mich zu dem Haus gebracht haben.«

»Was für ein Haus?« fragte ich.

»Sie wissen genau, welches Haus ich meine«, sagte er scharf. »Das Haus, in das sie die Rekruten bringen.«

»Meinst du die Stube von irgend jemandem?«

»Ich konnte es nicht aushalten, was sie dort mit mir gemacht haben. Sie haben mich schlimmer als ein Tier behandelt.«

»Was für ein Haus, Poteete? Wovon redest du eigentlich?«

In den Schatten hinter Poteete sah ich eine fast unmerkliche Bewegung. Irgend jemand kam langsam das Geländer entlang. Er bewegte sich mit unendlicher Geduld und so leise wie ein Luchs. Sofort nahm ich den Blick von der schemenhaften Gestalt und zeigte auf einen Punkt auf dem Exerzierplatz.

»Genau da habe ich das schlimmste Jahr meines Lebens verbracht, Poteete. Nicht weit von der Stelle entfernt, an der du immer Aufstellung nehmen mußt. Im zweiten Zug der R-Kompanie. Ich dachte, das Jahr würde nie vorbeigehen. Ich dachte, es würde ewig dauern. Und dann war es ganz plötzlich um. Ich glaubte, daß nie in meinem Leben ein Jahr schneller vergangen wäre. In diesem Jahr habe ich etwas über die Zeit gelernt. Was Zeit ist, wie die Zeit arbeitet, und was sie bedeutet. Nichts ist von Dauer, Poteete. Ich weiß nicht, was dich heute abend dazu getrieben hat, übers Geländer zu steigen, aber was es auch sein mag, es ist auch nicht von Dauer.«

»Ich gehe nicht mit denen zurück!«

»Mit wem, Poteete?«

»Ich weiß nicht, mit wem, McLean. Verdammt noch mal, ich weiß überhaupt nichts mehr. Aber ich kann spüren, daß sie mich angaffen. Ich weiß, daß welche von denen da unten sind, und ich kann ihren Haß spüren. Und weißt du, was ich noch spüren kann? Ich kann spüren, wie die Augen meines Vater mich beobachten. Ich kann hören, wie er mich einen Waschlappen nennt. Ich kann hören, wie meine Mutter und mein Vater sich wegen mir streiten. Wie er sie beschuldigt. Wie sie ihn beschuldigt. Wer hat den Jungen so versaut? Wer hat den Jungen so kaputtgemacht? Wer hat dies getan, wer hat das getan? Wer hat zu viel getan, zu wenig getan, genug getan? Schlage ich nach Vaters Familie, oder schlage ich nach Mutters Familie? Was ist bloß mit unserem Jungen schiefgegangen?«

»Deine Eltern möchten beide, daß du auf diese Seite des Geländers kommst.«

»Ich kann jetzt nicht.«

Die Kasernen schwiegen. Sterne redeten in der Sprache der Lichtjahre, trübe, glanzlos und gleichgültig über den tristen Gebäuden. Sterne, Bogen, Steine, Kader, Poteete, ich – und der Tod. Ich suchte verzweifelt nach den richtigen Worten; ich wollte die lebensrettenden Worte hinausbrüllen. Mir war schlecht; ich hatte Angst. Die Gestalt in den Schatten bewegte sich unaufhaltsam auf uns zu. Ich verfolgte aus dem Augenwinkel, wie sie näher kam. Sie war noch gut drei Meter entfernt, als ich erkannte, daß es Pig war. Hinter ihm, verborgen im Schutz der Schatten, den die Bogen warfen, kroch Mark heran.

»Warum, Poteete? Du brauchst doch nur über das Geländer zu steigen. Na, komm, gib mir die Hand, ich helf' dir rüber.«

»Wenn ich nicht springe, werden sie mich auslachen. Sie werden mich für einen Weichling halten, weil ich immer so schnell weine. Ich muß ihnen beweisen, daß ich Mut habe.«

»Das ist Blödsinn, Poteete. Erst läßt du dir von den Arschlöchern diesen ganzen Schwachsinn eintrichtern, und dann glaubst du auch noch daran?« sagte ich und machte eine weit umfassende Armbewegung über das ganze Gelände hinweg. »Das alles da unten, das ist Scheißdreck. Das ist völlig unwichtig.«

»Für mich ist es aber wichtig«, rief er zurück. »Hier führt kein Weg raus, Will. Ohne Ehre führt kein Weg hier raus. Laß dir einen ehrenvollen Weg zurück über das Geländer einfallen, dann komme ich.«

»Das hat nichts damit zu tun, daß man mutig oder männlich oder ehrenvoll oder sonst was ist. Das hat aber *alles* damit zu tun, daß man ein Mensch ist und Angst hat, daß man gedemütigt wird und daß hier die Welt auf den Kopf gestellt wird. Das hat nur damit zu tun, daß du besser bist als wir anderen, Poteete. Du kannst das Leben in der Kaserne nicht ertragen, weil du uns allen unendlich überlegen bist.«

»Ich habe Angst«, sagte Poteete. »Seit ich hierher gekommen bin, habe ich Angst.«

»Alle Rekruten haben Angst. Man erwartet es von ihnen. Man erwartet von ihnen, daß sie vor Angst fast den Verstand verlieren.«

»Dann haben sie's bei mir geschafft, Will«, sagte er. »Ich habe vor Angst den Verstand verloren. Sag' mir, wie ich hier wieder rauskomme, Will. Ich halte das nicht mehr aus. Ich will weg hier. Aber ich möchte ehrenvoll von hier weggehen. Ich will nicht angeschrien oder ausgelacht werden.«

»Pig, Mark und ich werden dich aus der Kaserne bringen, Poteete. Wenn auch nur einer lacht, kriegt er was auf die Schnauze. Pig und Mark werden dir helfen. Ich verspreche es dir. Wir bringen dich hier raus. Ich sag' dem Bären, er soll deinen Vater anrufen und ihm erzählen, daß man dich von der Akademie geworfen hat, weil du in der ersten Rekrutenwoche den halben Kader zusammengeschlagen hast. Und in der zweiten Woche die andere Hälfte. Wir werden deinem Vater erzählen, daß du deinem Kompaniechef den Kiefer gebrochen hast. Daß du viel zu widerspenstig bist, um in einer Kaserne zu leben. Daß man in Pickens 'nen Käfig für dich bauen, dich drin einsperren und dich mit rohem Fleisch und scharfer Munition füttern muß.«

»Das würde Daddy gefallen, nicht wahr?« sagte Poteete und lächelte bei diesem Gedanken. »Aber irgendwann würde er die Wahrheit erfahren. Manchmal wünsche ich mir, ich käme aus New York City statt aus Pickens. Mein Vater kann nicht verstehen, wie jemand den Wunsch haben kann, in einer Stadt mit acht Millionen anderen Menschen zu leben. Ich habe das immer verstanden.«

»Poteete, komm über das Geländer. Ich kaufe dir 'ne gottverfluchte Fahrkarte nach New York City. Ich besorg' dir dort 'ne Wohnung und bezahle dir die Miete. Ich kaufe dir die Möbel.«

»Es geht nicht. Ich kann nicht mehr zurück«, sagte er und blickte hinunter auf die perfekte Geometrie des quadratischen Exerzierplatzes.

In diesem Augenblick war Pig heran. Er packte Poteete, legte ihm den Arm um die Brust, riß ihn mit einem

Ruck nach hinten. Mark schwang sich übers Geländer und packte eins der strampelnden Beine des Jungen. Ich schob die Hand unter den Uniformgürtel Poteetes, und dann zerrten wir den kreischenden und wild um sich schlagenden Jungen über das Geländer und drückten ihn gegen die Betonwand des Außengangs. Aus dem Treppenschacht erklang das Dröhnen von Stiefeln. Binnen Sekunden standen hundert Kadetten um uns herum.

»Versager.«

»Beschissener Weichling«, sagten einige höhnische Stimmen.

»Haltet den Schnabel!« brüllte ich.

»Schnauze halten!« donnerte Pig, und sie hielten die Schnauze.

Die beiden Sanitäter vom Dienst kamen mit einer Trage, und wir schnallten Poteete, der jetzt hysterisch schrie und strampelte und um sich schlug, darauf fest. Sämtliche Dämonen der Akademie schienen in seine Schreie einzustimmen; die ganze unerbittliche Grausamkeit dieser Anstalt kam in ihrer reinsten, wesenhaftesten Form darin zum Ausdruck. Ich ging zu ihm. Ich wollte ihm ein paar Worte sagen, bevor man ihn ins Lazarett brachte. Inmitten des Lärms, der nun ungehindert in den Kasernen tobte, drängte ich mich zwischen den Kadetten hindurch, die einen Blick auf den Rotarsch werfen wollten, der das System für sage und schreibe eine Viertelstunde zum Stillstand gebracht hatte. Ich versuchte, zu dem kreischenden Poteete zu reden.

»Tut mir leid, Poteete. Es war die einzige Möglichkeit.«

Seine Schreie verstummten für einen Augenblick. Er schaute mich an. Er schaute den Pöbel an, der um ihn herum stand und ihn begaffte. In seinen Augen flackerte der Wahnsinn, und die Wildheit der verborgenen giftigen Insektenschwärme in seinem zerstörten Geist kam noch einmal mit schrecklicher Wucht zum Ausbruch.

»McLean«, flüsterte er, und seine Stimme zitterte vor Haß.

Dann spuckte er mir ins Gesicht.

Als eine Krankenschwester des Lazaretts Poteete am nächsten Morgen sein Frühstück bringen wollte, sah sie seine Leiche an einem der Heizungsrohre hängen, die unter der Decke des Zimmers verliefen. Er hatte sich mit seinem eigenen Uniformgürtel erhängt. Ich bekam Poteetes Vater zu sehen, als er zur Akademie kam, um den Leichnam seines Sohnes zu identifizieren und die Überführung zu regeln. Er war der klassische Akademie-Mann: aufrecht, schlank und erfolgreich. Als ich ihn sah, kam er gerade aus dem Lazarett. Er blickte nicht nach links und nicht nach rechts. In seinem Lincoln Continental saß seine Frau und weinte. Ich hätte sie gern gefragt, wie die Ehe mit einem Absolventen des Jahrgangs 1947 ist, der zu seiner Zeit eine Legende an der Akademie gewesen war. Ich versuchte, genug Mut aufzubringen, mit den beiden zu reden, aber ich konnte weder den nötigen Mut zusammenkriegen noch die richtigen Worte finden. Dann sah ich den Ausdruck auf dem Gesicht von Poteetes Vater, und ich war froh, nie im Leben mit diesem Mann reden zu müssen. Ich sah, daß es ihm peinlich war. Auf seinem Gesicht sah ich die nackte Verlegenheit wegen der Schwäche seines Sohnes.

In der Zeitung las ich von der Beerdigung. Es wurde nicht erwähnt, wie Poteete ums Leben gekommen war, aber ich erfuhr, daß sein Vorname John gewesen war und seine Freunde ihn ›Bucky‹ genannt hatten.

15

Die Klänge des Zapfenstreichs hallen über die Kasernen hinweg. Die Musik des Schlafs, die Musik des Todes, jenes Lied, das jedes Licht in jeder Stube, jedem Zimmer der Akademie erlöschen ließ. Es war lichttötende Musik, die das Kommen der kleinen Geschöpfe der Nacht ankündigte. In der Stille, die nach dem Zapfenstreich eintrat, ging ich zur vierten Division, stieg die Treppen hinauf, trat auf den Außengang und blickte hinunter auf das Rechteck des Exerzierplatzes. Ich stand genau an der Stelle, an der Poteete auf der anderen Seite des Geländers gestanden und gedroht hatte, in den Tod zu springen. Jetzt, in der Stille, da die Kadetten in ihren offiziell erlaubten Sieben-Stunden-fünfzehn-Minuten-Schlaf gefallen waren, erwachten die Insekten vorsichtig zum Leben und begannen ihr nächtliches Regiment in den Kasernen. In der Luft lag das leise Schwirren kleiner Flügel; die Spinnen nahmen ihre lautlosen Beutezüge auf; die Prozessionen der feuchtglänzenden, riesigen Kakerlaken auf den Korridoren begannen; die Lichtpunkte von Glühwürmchen flammten auf, und manchmal konnte man die schwarzbraunen, huschenden Gestalten der Ratten zwischen den Mülltonnen und Abfallhaufen sehen. Obwohl die Betonburgen der Kasernen den Eindruck vermittelten, als könnte hier kein tierisches Leben überdauern, hatten einige kleine Lebewesen sich dem monotonen Rhythmus von Wecksignal und Zapfenstreich angepaßt. Der Zapfenstreich erklang im Mondlicht, im Sternenlicht, wenn Eulen tief über den Dächern der Gebäude dahinflatterten, wenn die Kasernen aussahen, als wären sie aus Gletschereis gehauen, und wenn die bogenüberdachten Außengänge aussahen, als wären sie Verzierungen aus hauchfeinem Zuckerguß an riesigen, cremeweißen Tortenstücken. Wenn die Reveille, das Blasen zum Wekken, die kühle Stille des frühen Morgens durchdrang, hatten die Insekten und Nagetiere sich bereits in ihre geheimen Verstecke zurückgezogen, und die Ausbilder und Kadetten beherrschten wieder die Szene.

Ich dachte an die ersten zwei Wochen meines letzten Jahres an der Akademie zurück und versuchte mir darüber klarzuwerden, was alles geschehen war und was es bedeutete. An der Akademie hatte ich gelernt, vorsichtig zu sein und dem beharrlichen Wahrheitsanspruch meiner Überzeugungen zu mißtrauen. Ich hatte gelernt, meine Spuren zu verwischen und nahezu unsichtbar inmitten des Korps zu wandeln, ohne dabei allzuviel Aufmerksamkeit auf mich zu ziehen. Jetzt aber hatte ich mein eigenes Gebot nicht beachtet; ich kam mir nackt vor, deckungslos und verwundbar. Ich hatte zugelassen, daß die Ereignisse mein Handeln bestimmten – und nicht umkehrt; und was geschehen war, hatte mich hinaus auf offenes Gelände gejagt und mich vom Hauptkontingent des Korps abgeschnitten. Jetzt, als ich allein in der Dunkelheit stand, wurde ich das Gefühl nicht los, daß irgend etwas geschehen würde, worauf ich nicht vorbereitet war; daß ich mich auf eine Überraschung gefaßt machen mußte, auf einen überfallartigen Flankenangriff. Über mir schwebten körperlose Gesichter am dunklen Himmel: Annie Kate, Pearce, der Bär, der General, Abigail, Poteete, Alexander – Gesichter, Gesichter, Gesichter, zu viele auf einmal, als daß ich mich auf eines hätte konzentrieren können. Ich konnte nicht sagen, auf welchem Gesicht eine Bedrohung zu sehen war, oder eine Warnung – oder Errettung. Ich konnte nicht sagen, welches Gesicht – oder welche Gesichter — mir das Gefühl einer Vorahnung vermittelten. Deshalb wandte ich meine Aufmerksamkeit nur dem hübschen Gesicht von Annie Kate Gervais zu. Wieder und wieder und wieder.

Ich hörte nicht, daß Mark sich mir von hinten näherte. Ich spürte seine Hand auf meiner Schulter, drehte mich um und sah, daß seine dunklen Augen mich prüfend musterten. Er besaß die düsteren Augen eines Meuchelmörders, der eine Überzeugung liebt oder eine Sache, aber keinen Menschen. Seine Hand bewegte sich von meiner Schulter über meinen Hals; dann gab er mir einen freundschaftlichen Klaps auf den Kopf.

»Red schon!« befahl er.

»Reden? Worüber?« fragte ich.

»Wenn ich Kummer habe, rede ich mit dir. Wenn du Kummer hast, steigst du hier herauf und starrst auf den Exerzierplatz. Da könnte man ja auf den Gedanken kommen, daß ich dir viel mehr vertraue, als du mir vertraust.«

»Das stimmt nicht, Mark«, erwiderte ich. »Aber diesmal weiß ich einfach nicht, was mir Kummer macht. Ich hab's noch nicht herausgefunden. Ich weiß immer erst mit ein paar Monaten Verzögerung, worüber ich eigentlich nachgedacht habe . . . und was für Gefühle ich hatte.«

»Das kommt davon, wenn man Englisch im Hauptfach studiert. Du hättest dich an etwas Handfestes halten sollen: Chemie zum Beispiel. Da lernst du alles über verzögerte Reaktionen.«

»Mein Stubenkamerad Mark. Der Mann, der alle Antworten weiß.«

»Dein Stubenkamerad, der einige Antworten weiß. Du mußt mal wieder lachen. In den letzten paar Tagen warst du so lustig wie 'ne kalte Lasagne. Sieh zu, daß du dich wieder der menschlichen Rasse anschließt, Mann.«

»Ich habe über Poteete nachgedacht, Mark. Kannst du dir vorstellen, wie einsam er war, als er sich erhängt hat?«

»Der arme Hund hatte nicht alle Latten im Zaun.«

»Er hat etwas gesagt, aus dem ich nicht schlau werde, Mark. Er hat etwas gesagt, das mir verdammtes Kopfzerbrechen macht.«

Hinter uns erklang das Geräusch von Schritten. Pig und Tradd kamen aus den Schatten und traten in den trüben Lichtkreis, den die Flutlichter warfen, und in dem Mark und ich standen und redeten. Wir vier bildeten Schattenrisse unter dem mittleren Bogen auf dem obersten südlichen Außengang unseres Kasernengebäudes.

»Hoffentlich erwischt uns der Wachoffizier nicht hier draußen«, sagte Tradd und blickte zur Tür.

»Wenn er kommt, schleiche ich mich ein Stück die Treppe runter und verstecke mich in den Schatten. Wenn er an mir vorbeigeht, trete ich ihm in den fetten Arsch, daß es ihm das Rückgrat bricht«, sagte Pig.

»Was treibt ihr beiden Verschwörer nach dem Zapfenstreich eigentlich hier oben? Ich fürchte, es ist meine Pflicht, euch bei den Vorgesetzten zu melden«, sagte Tradd.

»Will hat wieder eine seiner philosophischen Anwandlungen«, sagte Mark.

»Nein, es ist das Ehrengericht«, erklärte Tradd. »Seit man ihn hineingewählt hat, trägt der arme Kerl viel zu schwer unter der Last der Pflicht und der Verantwortung. Mir war der alte Will McLean lieber, der Gott angefleht hat, die ganze Akademie auf den Meeresboden zu versenken.«

»Du brauchst einen Vitaminstoß, Will«, sagte Pig und

bot mir welche von seinen Placebo-Pillen an, die bei jeder Krankheit halfen – egal, ob körperlich oder geistig –, die einen Menschen befallen konnte. »Das sind Protein-Tabletten. Nimm schon. Die möbeln dich wieder auf, Junge. Und ich mache Krafttraining mit dir. Deine Brustmuskeln sind so schlaff wie Hängetitten.«

»Und du solltest lieber Kraftübungen für deine Hirnmuskeln machen, Pig«, sagte Mark.

»He, he, was ist denn mit dir los, Mark?« fragte Pig.

»Ich muß mir jetzt schon länger als drei Jahre dein Geschwafel von wegen Krafttraining anhören. Ich hab' die Schnauze voll von dem Blödsinn.«

»Ruhig, Jungs«, sagte ich und trat zwischen sie, als ich spürte, wie sich Spannung zwischen ihnen aufbaute.

»Wir hätten sowieso nicht gekämpft. Stimmt's, Alter?« sagte Pig und musterte forschend Marks Gesicht.

»Stimmt, wir hätten nicht gekämpft, Pig«, erwiderte Mark.

»Gut«, sagte ich. »Ich dachte schon, ich müßte euch beiden Riesenbabys mal wieder den Hintern versohlen, damit ihr zur Vernunft kommt.«

»Du kriegst, was von ihm übrigbleibt, wenn ich mit ihm ein paar Minuten den Fußboden geschrubbt habe«, sagte Mark und tätschelte Pigs Kopf.

Pig duckte sich und strich sich mit der Hand durchs Borstenhaar, als wäre sie ein riesiger Kamm.

»Versau mir meine Locken nicht, Mann. Weißt du, was 'ne Dauerwelle kostet?«

Ich blickte wieder auf den Exerzierplatz hinunter, und die anderen stellten sich neben mich ans Geländer und folgten meinem Blick. Wir vier standen schweigend da; unsere Schultern berührten sich. Im Kasernengebäude gegenüber schlurfte ein Rekrut der T-Kompanie den Außengang hinunter zur Latrine. Zwei, drei Minuten sprachen wir kein Wort, bis Tradd schließlich das Schweigen brach. »Ich hätte nie erwartet«, sagte er, »mal an einen Ort zu kommen, den ich so liebe wie die Akademie.«

»Sie ist die beste Hochschule des Landes. Da gibt's gar keinen Zweifel«, stimmte Pig zu.

»Wie denkst du darüber?« fragte mich Mark.

»Ich weiß immer noch nicht, ob ich sie liebe oder hasse. Manchmal tue ich beides gleichzeitig.«

Tradd sagte: »Du bist wegen Poteete bedrückt, Will, das ist alles. Du hast nicht begriffen, daß so etwas überall geschehen kann. Poteete war geistig labil. Manche Leute gehören einfach nicht hierher.«

»Das hat man auch von dir gesagt, Tradd«, erwiderte ich scharf. »Oder erinnerst du dich nicht mehr, wie der Kader es in unserem Rekrutenjahr Tag für Tag behauptet hat?«

»Aber wie du siehst, haben sie sich geirrt, Will«, sagte Tradd mit ruhiger Stimme. »Und ich habe mich nicht aufgehängt.«

»Ich wette, der Knabe hat keine Vitamine genommen«, sagte Pig. »Deswegen hatte er 'nen geistigen Defekt, da bin ich sicher.«

»Ich danke Gott, daß wir einen Facharzt für geistige Defekte auf unserer Stube haben«, murmelte Mark fast unhörbar.

»Wie denkst du über die Akademie, Mark?« fragte ich. »Wie denkst du *wirklich* darüber?«

»Ich hätte es an keiner anderen Hochschule geschafft«, antwortete er. »Ich wäre im ersten Semester durchgerasselt, wenn man mich nicht gezwungen hätte, zu bleiben und Tag und Nacht zu büffeln.«

»Jawohl, die Akademie ist die beste Hochschule des

Landes«, sagte Pig. »Dagegen sind Harvard und Yale gequirlte Scheiße, das ist mal sicher.«

»Ich glaube, in Harvard sind die Anforderungen auf akademischem Gebiet ein bißchen größer, Pig«, widersprach Tradd leise.

»Blödsinn!« fuhr Pig auf. »Ich kann schneller laufen, schaffe mehr Liegestütze, hebe größere Gewichte und hab' mehr Mumm in den Knochen als jeder Student auf sämtlichen Eliteuniversitäten.«

»Was für ein Blödmann«, flüsterte Mark mir zu und schüttelte betrübt den Kopf.

»Lernen die Pinkel in Harvard, was bei einem Notfall zu tun ist? Nein. Die würden sich die Hosen vollpinkeln, wenn die Indianer hinter ihnen her wären.«

»Ich auch, Pig«, sagte ich.

»Wißt ihr, was ich an der Akademie so liebe?« fragte Tradd. »Daß alles von Ordnung und Disziplin durchdrungen ist. Alles hat seinen Platz. Auf alles gibt es eine Antwort. Die Traditionen werden geachtet. Hier gibt es keinen Platz für das Chaos. Hier duldet man kein Durcheinander. Weißt du, was ich glaube, Will? Daß dieses Streben nach Ordnung dich stört.«

»Will denkt über Poteete nach«, sagte Mark zu Tradd. »Geh ihm nicht auf die Nerven, ja?«

»Ich will ihm doch gar nichts, Mark«, erwiderte Tradd. »Ich möchte ihm nur deutlich machen, daß die Akademie keine Schuld hat, wenn sich geistig labile Jungen von ihr angezogen fühlen.«

»Es geht doch gar nicht um Poteete.« Ich blickte Tradd an. »Was ist denn deiner Meinung nach die wahre Funktion der Akademie? Um was, zum Teufel, geht es in diesem Laden überhaupt?«

»Die Akademie formt den Charakter, Will«, sagte

Tradd. »Im Rekrutenjahr macht sie dich fertig. Sie zerbricht dich. Und in den nächsten drei Jahren macht sie aus den Bruchstücken einen neuen Menschen aus dir. Einen Akademie-Mann. Einen ganzen Kerl. Die Akademie hat auch mich zerbrochen, das gebe ich zu. Aber auf eine Art und Weise, die mir sehr zugute gekommen ist. Sie hat mir das Vertrauen gegeben, daß ich alles, einfach alles durchstehen kann, egal wann und wo. Und dieses Vertrauen verdanke ich dem Jahrgangssystem, nichts anderem. Ich glaube, die Akademie bereitet ihre Söhne besser auf die Stürme des Lebens vor als jede andere Hochschule des Landes.«

»Ich mag die Akademie aus anderen Gründen«, sagte Mark. »Ich mag sie, weil ich euch mag, Jungs. Ihr seid gut zu mir gewesen. Alle Jungs in der R-Kompanie waren gut zu mir. Ich hab' mich nie im Leben einer Clique so nahe gefühlt, so verbunden.«

»Genau. Ganz genau«, stimmte Pig ihm begeistert zu. »Das ist hier 'ne richtige Familie, Kumpel. Wir haben zweitausend Brüder, die für uns durchs Feuer gehen. Das ist das Entscheidende an der Akademie.«

Wir hakten uns beim Nebenmann ein, standen eine Zeitlang schweigend da und spürten den Körper des anderen, seine Wärme, seine Berührung, seine Nähe. Solange ich lebe, werde ich mich an diesen Augenblick erinnern. Nie werde ich dieses Gefühl unglaublicher Zärtlichkeit vergessen, das mich in diesen Sekunden durchströmte; die unerträgliche, unbeschreibliche Zerbrechlichkeit einer Liebe, die man in der Kaserne nicht als Liebe bezeichnen durfte, nicht einmal unter uns vieren. In den Kasernen war man vier Jahre inhaftiert, und junge Männer lernten andere Jungen kennen und verliebten sich; aber in den Kasernen sprach niemand von

Liebe, wenn er seine Gefühle den anderen gegenüber in Worte kleidete. Man sprach von Freundschaft, Kameradschaft; man bezeichnete jemanden als nett und sympathisch, verläßlich und treu, als ›echten Kumpel‹ — aber das alles traf es nicht. Wir liebten einander in Unschuld. Und die Brutalität und Barbarei in den Kasernen trug dazu bei, diese Unschuld zu bewahren. Unsere Liebe hielt die Welt davon ab, die Tore der Akademie zu stürmen, und sie hielt uns selbst davon ab, eigene Entscheidungen treffen zu können und jenen Menschen zu begegnen, die sich in der normalen, zivilisierten Welt mit ihren eigenen Überlebenstechniken durchschlugen. Wir wußten sehr wenig über die Welt draußen vor dem Legrand-Tor.

Heute, viele Jahre später, glaube ich, daß wir in jenen Minuten verstohlen von einem Herrn über die Gewalt beobachtet wurden, von einer uns unbekannten Macht, ohne daß wir es merkten, und daß diese Macht die Tore der Kasernen für die Welt draußen öffnete, so daß sämtliche Scheusale und Zentauren und schwerfälligen Ungetüme dieser Welt — tödlich, bösartig, mit glühenden Augen und begierig auf eine Chance lauernd, über uns herzufallen — unsichtbar zur Mitte des Exerzierplatzes eilten, um einen Blick hinauf zu uns zu werfen, auf die vier Jungs, die einander heimlich liebten. Sie starrten begierig zu uns empor, diese Ungeheuer unseres letzten Jahres an der Akademie, diese lüsternen, heimtückischen und ungeduldigen Bestien. Sie beäugten jeden einzelnen von uns, kritisch und aufmerksam. Heute, wenn ich Jahre später an diesen Abend zurückdenke, weiß ich, daß sie eine Wahl getroffen und sich drei von uns als Opfer erwählt haben — und einen als Beute.

Bevor wir zurück auf unsere Stube gingen, stellte Mark

mir eine Frage: »Was hat Poteete dir eigentlich gesagt, das dir so viel Kopfzerbrechen macht?«

»Er sagte, man hätte ihn zu irgendeinem Haus gebracht. Ich werde nicht schlau daraus. Was für ein Haus könnte er gemeint haben? In der ersten Ausbildungswoche dürfen die Neulinge ja nicht einmal den Campus verlassen.«

»Es gibt kein Haus«, sagte Tradd. »Der arme Junge war geisteskrank.«

Zweites Buch

DIE ZÄHMUNG

Rekrutenjahr 1963 – 1964

16

An der Akademie gibt es die ›Straße der Erinnerungen‹. Ich werde Sie nun meine eigene Straße der Erinnerungen hinunterführen, die sich zwischen den Qualen, Gefahren und Schatten meines Rekrutenjahres hindurchwindet. Ich kann die Geschichte nicht klangvoll und mit kräftiger Stimme erzählen, denn ich möchte auch für jene jungen Männer sprechen, die von der Akademie verletzt wurden und die sie entehrt, zerbrochen und beschämt verlassen haben; für all die Jungen, die voller Wunden und bitterem Zorn von der Akademie abgegangen sind. Aber ich möchte auch für jene siegreichen, triumphierenden jungen Männer sprechen, die alles geschluckt haben, was das System ihnen hinwarf; die jede Schikane und jeden Exzeß erduldet und die Feuerprobe des Rekrutenjahres überstanden haben und deren Lohn darin bestand, etwas bisher Unerreichtes erreicht zu haben und ein anderer Mensch geworden zu sein — ein Hochgefühl, das sie mit solcher Intensität nie mehr erleben werden.

Ich möchte diese Geschichte aus dem Gedächtnis erzählen — meinem Gedächtnis — einem Gedächtnis, das aus einem flimmernden, wirbelnden Chaos aus Elektronen besteht, die mit bitterem Schmerz und tiefem Staunen geladen sind und die von einem Licht bestrahlt werden, das von Träumen, Wünschen und Erinnerungen tausendfach gebrochen wird. Mein Gedächtnis erscheint mir oft wie eine Stadt, deren Bewohner verbannte Dichter sind, die allesamt den brennenden Wunsch haben, von ihren Erlebnis-

sen zu berichten; die allesamt an die Echtheit und Wahrheit ihrer — und nur ihrer — Erinnerungen glauben; Dichter, die allesamt unterschiedliche kulturelle und ethnische Wurzeln haben und die allesamt von jenem heiligen Feuer beseelt sind, welches das wahre Wesen der Dichtkunst ausmacht.

Aber ich will versuchen, einen einsamen Poeten aus all den anderen herauszuheben; denjenigen, der die Bruchstücke meines Rekrutenjahres aufgesammelt und die Schreie in Verse gekleidet hat. Viele Jahre habe ich mich dagegen gewehrt, seiner bedrückenden Stimme zu lauschen, wenn sie die bösartige Litanei der Verbrechen erzählte, die gegen meine Jugend begangen wurden. Wir alle hören weg, wenn jener Dichter, der uns den größten Schmerz bereitet, seine Stimme erhebt; wir alle versuchen, ihn auf jede nur erdenkliche Weise zum Schweigen zu bringen. Ich habe diesem zornigen Abweichler nie die Höflichkeit erwiesen, ihm meine volle Aufmerksamkeit zu schenken. Was mich betrifft, sind seine Verse Gedichte für die Toten. Wann immer ich seine tiefe, mutige Stimme höre, die mir aus der Einsamkeit seines Verbannungsortes in meinem Innern etwas zuruft, stirbt irgend etwas in mir. Er hat immer gewußt, daß ich mir eines Tages seine Geschichte würde anhören müssen; daß ich mich der Frage stellen muß, ob das, was er zu berichten hat, Wahrheit oder Lüge ist. Er hat immer gewußt, daß ich eines Tages die volle Verantwortung für seine Schöpfung übernehmen muß; daß ich — indem ich ihm endlich zuhöre — die finstersten Abgründe meines Innern ausloten würde. Ich werde seine Geschichten jetzt, da er sie mir wieder einmal zuruft, zu Papier bringen. Ich werde ihm zuhören — und mir selbst. Ich werde alles niederschreiben.

Doch die Erinnerung ist Verzerrungen und Verfremdungen unterworfen. Das Gedächtnis ist ein Kniff, ein Trick, und was meine eigene Rolle und die Rollen der anderen in meiner Geschichte betrifft, habe ich mich so oft selbst belogen, daß ich mir nicht mehr sicher bin, ob ich die Wahrheit über jene vergangenen

Tage noch zu erkennen vermag. Doch ich bin zu der Überzeugung gelangt, daß in der Lüge eine unbewußte Wahrheit liegt. Also werde ich auch die Lügen niederschreiben, jede einzelne. Irgendwo in der dunklen Unermeßlichkeit der Lüge erstrahlt die Wahrheit – wie das in helles Licht getauchte Gerippe eines gemordeten Engels. Und irgendwo in der gewaltigen Lügenhaftigkeit meiner Geschichte ist die Wahrheit über all jene versteckt, die im Jahre 1963 in die Akademie eingetreten sind; über diejenigen von uns, die versagt haben und diejenigen, die überlebten und zu Söhnen der Akademie wurden. Ich schreibe meine eigene Wahrheit, aus meinem Blickwinkel, auf meine Art und Weise, und ich übernehme die volle Verantwortung für Fehler und Verleumdungen. Sogar die Lügen sind ein Teil meiner Wahrheit.

Ich kehre in die Stadt der Erinnerungen zurück, in die Stadt der verbannten Poeten. Ich nähere mich jenem einen Dichter, der mir den Rücken zugewandt hat. Er ist schwach und zerbrechlich, furchtsam und zornig. Sein Kopf ist kahlgeschoren, und er hat Angst vor dem Urteil, das die Zukunft über ihn fällen wird. Er wird immer ein Opfer sein, immer ein Rekrut bleiben. Ich klopfe ihm auf die Schulter.

»Erzähle«, befehle ich ihm.

»Es war Anfang September 1963«, beginnt er, und ich weiß, daß er nicht aufhören wird, bis seine Geschichte zu Ende ist.

Es war Anfang September 1963, als ich die Kaserne des zweiten Bataillons betrat, in der sich der Kader der Romeo-Kompanie befand. Vier seiner Mitglieder saßen an einem Kartentisch und blätterten kleine Kästen voller Akten und Karteikarten durch. Die übrigen Kadermitglieder saßen neben dem Tisch und schauten zu; ihre Augen, unsichtbar im Schatten der Schirme ihrer Uniformmützen, musterten mich abschätzend. Die Männer sahen sauber und adrett aus, gestählt und tüchtig. Sie schienen immun gegen die sengende Hitze der über Charleston aufgehenden Sonne zu sein. Ich war achtzehn Jahre alt.

»Hallo«, sagte ich, legte beide Hände auf den Kartentisch und beugte mich in einer Geste kumpelhafter Vertrautheit zu einem der Männer hinunter. »Ich heiße Will McLean. Man hat mir gesagt, ich soll mich bei der R-Kompanie melden.«

Der stellvertretende Kompaniechef, ein leicht übergewichtiger junger Mann, blickte mich mit überheblicher Miene an; dann starrte er wie gebannt auf meine Hände. Auf seinem Namensschild stand ›Blasingame‹. Ich konnte den Duft des Rasierwassers riechen, der von seinem Gesicht aufstieg. Für einen winzigen Augenblick begegnete ich dem Blick aus seinen braunen Augen; dann brüllte er mich an: »Nimm die Wichsgriffel vom Tisch, du Rotarsch.«

»Oh. Ja, sicher«, sagte ich und trat einen Schritt zurück. Zwei andere Kadermitglieder kamen mit schnellen Schritten um den Tisch herum und nahmen links und rechts von mir Aufstellung.

»Das heißt ›jawohl, Sir‹, du dämlicher Hurensohn.«

»Jawohl, Sir.«

»Deinen Namen, Rotarsch«, sagte der Mann zu meiner Rechten. »Sag noch einmal deinen Namen.«

»Will. Will McLean.«

»Paß mal auf. Du sagst jetzt: ›Sir, mein Name ist Kadettenrekrut McLean, W.P., Sir.‹ Hast du kapiert?« sagte der Erste Offizier der R-Kompanie und studierte dabei eine Namensliste auf seinem Klemmbrett. Er war dünn und blond und hatte ein freundliches, intelligentes Gesicht. Er hieß Wentworth.

»Deine Dienstnummer lautet 16 407, Rotarsch«, sagte

Blasingame. »Die Nummer deiner Stube ist 4131. Und für mich bist du nur ein Haufen Scheiße. Hast du kapiert? Mach's Maul auf, du Niete.«

»Jawohl, Sir.«

Die Stimme zu meiner Rechten flüsterte: »Für mich bist du nicht mal soviel wert wie ein Haufen Scheiße. Ein Haufen Scheiße ist eine Kostbarkeit im Vergleich zu einer Kotztüte wie du. Du bist Walscheiße, Junge. Die treibt irgendwo auf dem Meer. Niemand kann sie sehen, niemand kann sie gebrauchen, und niemand interessiert sich dafür. Hast du gehört, Wichser?«

»Jawohl, Sir.«

»Und jetzt hältst du die Fresse, bis ich sage: ›Mach's Maul auf.‹ Mach's Maul auf, du linke Bazille.«

»Jawohl, Sir.«

»In spätestens einer Woche haben wir dich hier rausgejagt, McLean.«

»He, Jungs. Das ist dieser Basketball-Komiker«, sagte eine Stimme am Tisch. Ich drehte mich in die Richtung, aus der die Stimme erklungen war.

»Gaff mich nicht so schmierig an, du schwule Geige!« rief die Stimme. »Willst mir wohl an die Wäsche, was?«

»Nein, Sir.«

»Dann glotz mich nie wieder an, du geiler Drecksack.«

»Sir«, sagte ich, blickte starr geradeaus und sprach zu jedem, der mir zuhörte. »Ich bin hierher gekommen, um für die Akademie Basketball zu spielen. Ich habe ein Sportstipendium. Hier muß irgendein Mißverständnis vorliegen. Mr. Byrum, der Trainer, hat mir gesagt, daß die Leistungssportler anderes behandelt werden als die normalen Rekruten.«

»Oh«, riefen gleich mehrere Stimmen in gespieltem Erstaunen. Dann sagte Blasingame mit geheucheltem

Bedauern: »Wir bitten vielmals um Entschuldigung, Mr. McLean. Da haben wir aber einen schlimmen Fehler gemacht! Mcin Gott, wir haben Sie wie einen ganz gewöhnlichen Rotarsch behandelt. Aber wie konnten wir auch wissen, daß wir die Ehre haben, einen Auswahlsportler empfangen zu dürfen? Ach, du liebe Güte, was sind wir in den ersten Tagen immer durcheinander, wenn die neuen Rekruten kommen. He, Jungs, hat einer von euch gewußt, daß wir einen Auswahlsportler angeschrien haben?«

»Gott bewahre, nein«, sagte Wentworth, der Erste Offizier. »Sonst könnte ich heute nacht nicht schlafen.«

»Das ist unverzeihlich, Mr. McLean. Wirklich schrecklich. Wie können wir das wiedergutmachen?« fragte Blasingame.

»Ist schon in Ordnung, Jungs«, erwiderte ich lächelnd. »Das habt ihr ja nicht wissen können. Ich hätt's euch sofort sagen müssen. Na ja, jeder macht mal einen Fehler. Ich werde es keinem erzählen. Also, macht euch keine Sorgen, daß ihr Ärger bekommt. Wenn jemand wohl so freundlich wäre, mich auf meine Stube zu bringen.«

»Ist einer der Herrn wohl so nett, Mr. McLean auf sein Zimmer zu führen?« fragte Blasingame in die Runde.

»Ich würde es als persönliche Auszeichnung betrachten, Mr. Blasingame«, sagte die Stimme zu meiner Rechten. Dann spürte ich den stinkenden, feuchten Atem des Mannes an meinem Ohr, als er flüsterte: »Ich bringe dich um, du aufgeblasenes Arschloch. Ich mach' dich zur Sau. Ich werde dich zum Frühstück fressen, zu Mittag, zu Abend. Ich werde dein Leben zu einem langen, langen Alptraum machen, du Saftsack. Ich werde dich persönlich jeden Abend ins Bett bringen und deinen dreckigen Hintern zum Wecken aus den Kissen zerren, bis du mich anflehst, dir das Tor zu öffnen, damit du nach Hause zu dem Flittchen rennen kannst, das Abschaum wie dich in die Welt gesetzt hat. Ich werde in deinen Träumen sein, Rotarsch. Du wirst in den Spiegel gucken, und dann wirst du mich sehen, Dreckschwein. Vielleicht überlege ich's mir und jage dich noch heute hier raus. Heute noch. Was sagst du dazu, du Schwuler? Na, was meinst du? Das gefällt dir, nicht wahr?«

»Nein, Sir«, sagte ich. »Sie werden mich nicht hier rausjagen.«

»Du glaubst, ich kann das nicht, du Miststück? Traust du mir das nicht zu?« brüllte er mir direkt ins Ohr. »Maul auf!«

»Sie können mich nicht wegjagen, Sir.«

»Der gehört mir. Überlaßt mir den kleinen Ficker«, sagte ein junger Mann, stellte sich dicht vor mich hin und prägte sich meine Gesichtszüge so genau ein, wie ich mir die seinen. Er war etwa so groß wie ich, aber schlanker, knochiger, mit einem langen, aber ziemlich gutaussehenden Gesicht, das jedoch von einem grausamen, beinahe lippenlosen Mund und schmalen Augen entstellt war.

»Er hat im Hauptfach Englisch belegt«, las Wentworth laut von der Liste auf seinem Klemmbrett vor.

»Hauptfach Englisch!« riefen mehrere Stimmen zugleich.

Der Junge, der vor mir stand, hieß Fox.

»Hauptfach Englisch«, sagte er angewidert. »Möchtest du mir einen lutschen, Süßer?«

»Nein, Sir.«

»Na komm schon. Jeder weiß doch, daß Schwuchteln, die im Hauptfach Englisch studieren, so was gerne tun.«

»Ich würde das lieber nicht sagen, Fox«, erklärte

Wentworth, ohne vom Klemmbrett aufzublicken. »Ich studiere auch Englisch als Hauptfach.«

»Wie heiße ich, du Kotzbeutel? Maul auf«, sagte Fox.

»Sie heißen Fox, Sir.«

»›Mister Fox‹. Sag: ›Mister Fox, Sir‹.«

»Sie heißen Mister Fox, Sir«, sagte ich.

»Und was bin ich, du Idiot?« brüllte er und zeigte auf seine Rangabzeichen. »Sieh dir meine Uniform an, und dann sag mir, was ich bin.«

Ich starrte auf seine Uniform, auf das mir unbekannte Rangabzeichen, auf das aufgenähte Namensschild, in sein Gesicht. Ich war durcheinander, verwirrt; ich wußte nicht, was für eine Antwort er von mir erwartete.

»Du solltest mir jetzt lieber sagen, was ich bin, du Idiot. Auf der Stelle. Jetzt sofort, Saftarsch. Sag irgendwas. Irgendwas. Du solltest jetzt lieber was sagen, du linke Bazille. Jetzt, Junge. Jetzt. Jetzt. Jetzt.«

Ich blickte auf sein Namensschild und sagte: »Sir, Sie sind ein kleines, fleischfressendes, hundeähnliches Tier.«

Der Schlag kam von hinten; ein unsichtbarer Angreifer hatte ihn mir verpaßt. Es war ein perfekter Schlag auf die Nieren. Ich taumelte nach vorn, brach in die Knie und hätte dabei um ein Haar Fox und den Kartentisch umgestoßen.

»Nicht hier, Newman, du dämlicher Bastard«, sagte der Kompaniechef. »Warte, bis du ihn auf seine Stube gebracht hast. Wenn ein Ausbildungsoffizier dich erwischt, wandern wir alle in den Kahn. Und falls der Bär dich sieht, können wir froh sein, wenn wir unseren Abschluß bekommen.«

»Ich kann klugscheißerische Rotärsche nicht ausstehen«, sagte eine tiefe Stimme hinter mir.

»Steh auf, Kotzbeutel«, befahl Fox. »Wenn du noch

einmal so ’ne Bemerkung machst, schicken wir dich stückweise nach Hause. Und merk dir jetzt, was ich sage. Ich bin dein Zugführer.«

Am späten Nachmittag, vor dem abendlichen Antreten, betrachtete ich mein rasiertes Gesicht im Spiegel. Ich erkannte den Jungen nicht, der mich vorwurfsvoll aus dem Spiegel anstarrte; ich erkannte die verzweifelten blauen Augen nicht. In der neuen Sommeruniform, die von den Senioren ›grauer Star‹ genannt wurde, kam ich mir dämlich vor. Die Uniform verströmte den übelkeiterregenden Geruch neuer Kleidung. Meine Hände rochen nach Möbelpolitur. Es herrschte eine Backofenhitze, und unter meinen Achseln, auf dem Rücken und am Kragen hatten sich Schweißflecken gebildet. »McLean, du dämliches Arschloch«, sagte ich zu meinem Spiegelbild. »Du armer blöder Hund. Warum hast du dich selbst in diese Scheiße reingeritten?«

»Gibst du mir mal eine Klammer für meinen Hosenaufschlag, äh . . . Dingsbums?« sagte mein Stubenkamerad hinter mir. »Nun mach schon. Wir müssen gleich raus zum Antreten.«

Er hieß Harvey Clearwater und kam aus Memphis, Tennessee. »*Die* Clearwaters aus Memphis«, hatte er ausdrücklich betont.

»Ich heiße Will, Harvey«, sagte ich. »Will. Ein ganz einfacher, schlichter Name. Vier Buchstaben. Beginnt mit einem großen *W*. Endet mit zwei kleinen *l*. Ich habe es lieber, wenn jemand statt Dingsbums Will zu mir sagt. Das ist ’ne alte Angewohnheit aus meinen Kindertagen.«

»Gib mir einfach eine Klammer, ja? Die bringen uns um, wenn wir zu spät kommen.«

»Die bringen uns um, wenn wir zu früh kommen.«

»Also wirklich. Meine Mutter hat mir verschwiegen, daß es hier *überall* so schrecklich zugeht«, sagte Harvey. Ich kann gar nicht sagen, wie sehr ich den Namen Harvey verabscheute.

»Tja«, sagte ich, »*die* Clearwaters aus Memphis waren schon immer eine ziemlich verschlossene Sippschaft.«

»Sag mal, wie gefällt es dir bis jetzt?« fragte er, als ich ihm die Klemme reichte.

»Mann Gottes, Harvey«, erwiderte ich und konnte nichts dagegen tun, daß ich jedesmal gegen meinen Stubenkameraden vom Leder zog, wenn er etwas von sich gab. »Ich habe ein neues Zuhause gefunden. Hier ist es wunderbar. Es gibt nicht viele Hochschulen in diesem Lande, wo man gleich am allerersten Tag erleben kann, wie sieben Kommilitonen vor Erschöpfung aus den Latschen kippen.«

Er beachtete mich gar nicht. »Hätte ich die Universität von Texas besucht«, sagte er, »wäre ich ein hohes Tier in einer studentischen Verbindung geworden. Clearwater ist in Texas ein bedeutender Name.«

»Ja, ja, ja. Das hast du mir heute schätzungsweise dreitausendmal gesagt, Harvey, und dabei habe ich dich nur zehn Minuten unter vier Augen gesehen.«

»Du hast die Freundlichkeit nicht gerade mit Löffeln gegessen, Dingsbums.«

»Ich fange gerade erst an, unfreundlich zu sein. Ich übe noch. In einem Monat bin ich der mieseste, unhöflichste Hurensohn der Vereinigten Staaten.«

»Ich will nicht, daß ich deinetwegen Schwierigkeiten bekomme und nicht befördert werde. Verstanden?«

»Wie bitte?« Ich konnte mein Pech kaum fassen. Ausgerechnet diesen Blödmann hatte man mir als Stubenkameraden zugeteilt.

»Ich möchte Kompaniechef werden. Schon meiner Mutter wegen. Das ist das mindeste. Was hast du für Ziele, Dingsbums?«

»Morgen früh wieder Zivilist zu sein, Harvey. Aber nur, wenn meine Mutter mich läßt.«

»Die werden dich in den nächsten zwei Wochen nicht mal in die Nähe eines Telefons lassen. Und du darfst keine Briefe schreiben und keine Rauch-, Trommel- oder Leuchtsignale geben. Deine Mom wird die nächsten zwei Wochen nicht mal wissen, ob du noch am Leben bist. Weißt du eigentlich, daß zwanzig Prozent der Rekruten schon im ersten Monat aufgeben? Jeder Fünfte.«

»Hoffentlich gehöre ich nicht zu Nummer eins bis vier«, sagte ich.

»Wenn der morgige Abend vorbei ist, wirst du wissen, ob du es hier durchhalten kannst«, sagte Harvey und blickte auf die Uhr.

»Kann es morgen abend denn noch schlimmer werden als heute?« fragte ich aufgeschreckt.

»Morgen ist der Höllenabend.«

»Und was passiert am Höllenabend?«

»Laß deiner Phantasie freien Lauf«, sagte er und verdrehte die Augen. »Und sag mir noch einmal, wie du heißt. Ich kann einfach keine Namen behalten. Diesmal merke ich ihn mir.«

»Lee Vercingetorix. Mein Mutter stammt aus Virgina, mein Vater aus Gallien.«

»Du hast ein schlechtes Benehmen, Lee«, sagte Harvey kopfschüttelnd. »Sag mal, sind dir die Liegestütze und dieser dauernde Laufschritt auch so schwergefallen? Hoffentlich ist das nach dem Höllenabend nicht mehr ganz so schlimm.«

»In zwei Minuten müssen wir draußen Aufstellung

nehmen«, sagte ich und verrenkte mir beinahe den Hals, als ich auf Harveys Uhr schaute.

»Wirst du mich unterstützen, Lee?« fragte er.

»Unterstützen? Wobei?«

»Kompaniechef zu werden. Man muß sich zeitig die Unterstützung seiner Jahrgangskameraden sichern.«

»Harvey«, sagte ich. »Ob du Bürgermeister von Charleston oder Schütze Arsch werden willst – du hättest meine volle Unterstützung. Aber du hast mir nicht zugehört. Ich bin nicht mehr lange hier. Ich gehöre nicht hierher. In den nächsten zwei, drei Tagen haue ich ab. Ich muß nur an ein Telefon rankommen.«

»Darf ich dich mal was fragen, Lee?«

»Schieß los, Harvey.«

»Was ist eine linke Bazille?«

»Nie gehört«, sagte ich. »Ich habe auch noch keine gesehen. Aber bestimmt finden eine Menge Leute, daß ich starke Ähnlichkeit mit so was habe.«

Das alles war die Ouvertüre zu einem höllischen Konzert. Die ersten beiden Tage waren kaum mehr als eine Kleideranprobe. Der schwierigste Test der Rekrutenwoche begann offiziell am Abend des zweiten Tages. Schon den Tag über wurden wir gedrillt, gescheucht, gehetzt. Uns blieb keine Sekunde für uns selbst, keine Zeit zum Nachdenken, keine Zeit zum Verschnaufen, keine Zeit, um uns mit den engen, düsteren Zellen vertraut zu machen, in denen wir schlafen mußten. Am zweiten Tag wechselten wir viermal die Uniformen. Man brüllte uns an, beschimpfte uns, schlug uns mit den Fäusten vor die Brust. Man jagte uns von einem Ende des Campus zum anderen.

Am späten Nachmittag war mir die Müdigkeit in

sämtliche Glieder gekrochen, und meine Beine brannten vor Schmerz. Das Blut schien sich in meinem Schädel zu stauen. In der Hitze spürte ich ein seltsames Schwindelgefühl, als könnte ich jeden Augenblick das Bewußtsein verlieren, zu Boden stürzen und mir auf dem glühenden Beton des Exerzierplatzes den Kopf einschlagen. In der ersten Woche kam es häufig vor, daß Rekruten ohnmächtig wurden. Es war für den Kader das Zeichen, daß er seine Pflichten ordentlich erfüllt hatte. Das Ansehen der Ausbilder stieg proportional mit der Anzahl der kollabierten Rotärsche. Die Sonne schien sich mit dem Kader verbündet zu haben. Die Hitze war mörderisch. Bei jedem Uniformwechsel konnte ich einen Eimer voll Schweiß aus den Klamotten in das kleine Waschbecken neben der Tür wringen. Die Rekrutenkompanien verbreiteten einen allgegenwärtigen Gestank. An diesem Tag betete ich zum erstenmal im Leben, daß es regnen möge.

Um 17 Uhr standen wir nach einem dreiviertelstündigen Drill – Griffübungen mit dem Gewehr – in Halbacht-Stellung auf dem Exerzierplatz. Blasingame, der stellvertretende Chef meiner Kompanie, gab uns einen abschließenden Befehl. Es war ein Befehl, mit dem niemand gerechnet hatte, denn Blasingame rief halblaut: »Rührt euch, Jungs.«

Dann sagte er mit ruhiger, freundlicher Stimme, ohne jede Spur von Hinterhältigkeit: »Gut, ihr Rotärsche. Ich weiß, daß heute ein langer, heißer und anstrengender Tag hinter euch liegt. Ich möchte euch allen jetzt die Gelegenheit geben, auszuruhen, bevor ihr zum Abendessen zum Speisesaal marschiert. Sobald ihr auf euren Stuben seid, zieht ihr eure Bademäntel an und entspannt euch. Macht ein Nickerchen. Oder schreibt euren Eltern. Oder geht unter die Dusche und erfrischt euch. Heute habt ihr eure Sache gut gemacht, Männer. Ich bin zufrieden mit euch. Ihr habt euch diese Verschnaufpause redlich verdient.«

Er war so freundlich und kumpelhaft, daß mir vor lauter Dankbarkeit fast die Tränen gekommen wären. Seit ich das Legrand-Tor durchschritten hatte, war es das erstemal, daß ein Senior, und noch dazu ein Kadermitglied, mit einer Gruppe von Rekruten *nicht* brutal und zynisch umsprang. Zum erstenmal hatte ein Kadermitglied so zu uns gesprochen, als hätten wir einen Platz in der menschlichen Gesellschaft, einen Rang, und mochte er noch so niedrig sein.

Blasingame fuhr mit unverändert freundlicher Stimme fort: »Und jetzt ab auf die Stuben mit euch, ihr Heldensöhne. Der Kader wird euch eine Weile in Ruhe lassen. Wir brauchen nämlich auch eine Verschnaufpause. Also, Jungs, entspannt euch, hört Musik, lest, schreibt, macht es euch bequem.«

Plötzlich, mit so lauter Stimme, daß sie sich überschlug und von den Mauern der umstehenden Kasernen widerhallte, schrie er: »In dreißig Sekunden seid ihr Drecksäcke wieder hier auf dem Exerzierplatz. Bewegung, ihr Trantüten! Laufschritt! Runter mit den stinkenden Uniformen. Wir machen Lei-bes-übung!«

Sechzig Mann stürmten mit dröhnenden Stiefeln vom Betongeviert, verfolgt vom Gebrüll und Gekreische des Kaders. Ich schaffte es vergleichsweise schnell bis auf meine Stube in der Kaserne der ersten Division. Harvey stürmte unmittelbar hinter mir durch die Tür, und dann rissen wir uns die schweißfeuchten Uniformen vom Leib und schleuderten die Sachen in hektischer Eile irgendwohin, um das Dreißig-Sekunden-Zeitlimit einzuhalten, bevor der Kader draußen wieder zu schreien und zu toben anfangen würde. Als ich mir das Akademie-T-Shirt und die kurze Trainingshose überstreifte, bemerkte ich, daß in Harveys grauen Augen eine Veränderung vor sich gegangen war; die Zuversicht, die gestern noch darin geleuchtet hatte, war einem dumpfen Blick gewichen. Seit dem Frühstück hatte er kein Wort mehr gesagt. Als er nackt vor mir stand und verzweifelt nach seinen Sportschuhen suchte, sah ich, wie jämmerlich hager und unterentwikkelt sein Körper war, und mir wurde klar, daß die gewaltigen physischen Anstrengungen dieser ersten Tage einen ungeheueren Tribut vom Clearwater-Jungen aus Memphis gefordert hatten.

»Ist alles in Ordnung, Harvey?« fragte ich, während ich mit fliegenden Fingern die Schnürsenkel meiner Sportschuhe zuband.

»Ich darf nicht im Speisesaal essen«, sagte er. »Ich muß aber was essen, sonst halte ich das nicht durch.«

»Zu welcher Tischgruppe gehörst du?«

»Zu der von Mr. Fox.«

Ich öffnete meinen Spind, wühlte in meiner Zivilkleidung, die schlaff zwischen den Uniformen hing, nach meiner Jacke, und zog ein Tüte M & M-Erdnüsse aus der Tasche.

»Ich bin Fan von M & M-Erdnüssen. Du kannst sie aufessen, Harvey.«

Er schaufelte sich eine Handvoll Nüsse in den Mund.

»Noch fünf Sekunden, Rotärsche«, brüllte eine Stimme auf dem Flur.

»Zwei Sekunden, Schlappschwänze.«

»Daß es hier so schlimm zugeht, hat meine Mutter mir nicht gesagt«, keuchte Harvey.

»Meine auch nicht.«

»Wo bleibt ihr Kotzbrocken? Raus mit euch! Los, los,

los. Ist mir scheißegal, ob ihr nackt über den Campus rennt. Kommt jetzt *raus!*«

Türen knallten, als die Rekruten der R-Kompanie aus den Stuben stürmten und die Treppen hinunterrannten.

»Danke für die Nüsse, Bill«, stieß Harvey hervor und legte mir die Hand auf die Schulter. »Die müssen mich . . . essen lassen. Ich habe immer regelmäßige . . . Mahlzeiten gebraucht.«

»Du mußt deine Kräfte besser einteilen, Harvey. Du siehst fix und fertig aus.«

»Ich kratz' bald ab«, erwiderte er. »Ich habe noch nie einen Liegestütz gemacht.«

»Kommt *runter*, ihr Stinkstiefel!«

Sie scheuchten uns über eine Strecke von drei Kilometern. Wir rannten zweimal um den Campus herum, an der Waffenkammer und dem Jachthafen vorbei und über den Baseballplatz, bis wir schließlich am entferntesten Ende des Paradeplatzes stehenbleiben durften, unmittelbar am Rand des Salzsumpfes, der das Gelände der Akademie vom Ashley River trennte. Während des Laufs waren einige meiner Kameraden getaumelt, gestolpert, gestürzt; manche waren einfach stehengeblieben, andere waren entkräftet zusammengebrochen; sie hatten stöhnend im Gras oder auf dem Beton gelegen, umringt von Kadermitgliedern mit geröteten, verzerrten Gesichtern, die sie anbrüllten: »Hoch mit dir!« Sie wurden gezwungen, weiterzumachen, wieder loszurennen und zur Kompanie aufzuschließen. Wer aufgab oder einfach nicht mehr konnte, beging Verrat an seinen Kameraden, und der wichtigste Wahlspruch dieser ersten Stunden der ersten Woche des Rekrutenjahres lautet denn auch, daß niemand das Recht habe, ›auf seine Kameraden zu scheißen‹. Es war das höchste Gesetz des Korps.

Der Kader versammelte sich, und dann jagte er die Rekrutenkompanie in den Sumpf. Die langen Schilfhalme schlitzten unsere nackten Beine auf, und aus dem Boden quoll unter dem Gewicht von sechzig jungen Männern dicker, zäher Schlamm, in dem zuerst die Schuhe bis zu den Knöcheln versanken, dann die Beine bis zu den Knien. Als wir weit genug in den Sumpf vorgedrungen waren, bekamen wir den Befehl, stehenzubleiben und Haltung anzunehmen. Sie riefen uns zu, daß sie uns ›die Ärsche mit den Degen blutig schneiden‹ würden, falls wir auch nur einen Muskel rührten. In meinen Schuhen stand das Wasser. Ich wußte nicht, warum sie uns in den Sumpf gescheucht hatten und uns nun mit einer Mischung aus Erheiterung und wacher Aufmerksamkeit von ihren Aussichtspunkten am trockenen Ufer des Sumpfes aus beobachteten.

Als ich in Hab-acht-Stellung im Matsch stand, fiel mir auf, daß ich kein Gesicht meiner Kameraden kannte, von Harveys abgesehen. Für mich sahen sie alle gleich aus: eine Rasse glatzköpfiger, furchtsamer lebendiger Leichen, die in einem Land der Grausamkeit zu Hause waren. Während ich im Schlamm stand und wartete, erschienen mir die anderen Rekruten plötzlich wie abstoßend häßliche, stinkende, verachtenswerte Kreaturen. Sie sahen mir selbst viel zu ähnlich, und auf ihren Gesichtern spiegelte sich der gleiche Schmerz wie auf meinem. Diese gedemütigten Jammergestalten führten mir vor Augen, was aus mir geworden war.

Die Kadermitglieder besprühten ihre Uniformen gegenseitig mit Aerosol. Das Zischen der Spraydosen hörte sich an, als würden irgendwo im verdorrten Sommergras Schlangen ein Kolloquium veranstalten. Meine Zunge war angeschwollen; ich brauchte dringend einen Schluck

Wasser. Und dann, im Licht der untergehenden Sonne und in der Stille dieses Spätnachmittags im Tiefland von South Carolina, wußten wir plötzlich, warum man uns nach dem Langlauf gezwungen hatte, in den Sumpf zu rennen. Der erste Moskito stach mich in den Oberschenkel. Instinktiv holte ich mit der Hand aus, um das Insekt zu töten.

»Beweg dich nicht, Schwuli«, brüllte Fox mich an.

Wolken von Stechmücken und Moskitos schwärmten vor meinen Augen. Auf dem Nacken des Jungen vor mir sah ich sieben, acht von diesen Biestern. Unser Erscheinen hatte ein schlummerndes, unsichtbares Insektenimperium erweckt, und wir waren als lebende Speise in dieses Königreich gekommen. Es sah aus, als wäre die ganze bewegungslose Kompanie plötzlich in einer gräßlichen lebenden Wolke aus winzigen Flügeln und kleinen schwarzen Leibern verschwunden. Bald spürte ich ein Dutzend Stiche gleichzeitig. Ich hörte, wie um mich herum Rekruten zu stöhnen begannen; manche waren drauf und dran, einfach loszurennen, um dieser einfallsreichen Folter zu entkommen. Ich sah, wie die Leiber der Moskitos sich aufblähten, als sie sich langsam und ungestört sättigten, so als wären sie über ein Bataillon abgeschlachteter Soldaten hergefallen, um das noch warme und flüssige Blut aus den Adern der Toten zu saugen. Einige Kadermitglieder lachten so begeistert, daß sie im Gras auf die Knie gefallen waren.

Als ich das Gefühl hatte, es nicht mehr ertragen zu können, befahl Blasingame: »Volle Deckung.« Wir gehorchten diesem Befehl nur zu gern und warfen uns zu Boden. Als mein Oberkörper, die Beine und Arme im Schlamm versanken, durchströmte mich ein Gefühl unendlicher Erleichterung. Man befahl uns, auf dem Bauch liegend ans Ufer zu kriechen. Wir wühlten uns durch den Morast und das Sumpfgras und zerstörten dabei eine große Kolonie Winkerkrabben. Der Schlamm fühlte sich herrlich kühl an.

Nachdem wir wieder auf festem Boden standen, mußten wir uns in langen Marschkolonnen aufstellen. Der Kader amüsierte sich köstlich über unser Erscheinungsbild. Wir sahen wirklich lächerlich aus, wie als Neger geschminkte Schauspieler. Die Kadermitglieder versicherten uns wieder und wieder, daß diese Zeremonie im Sumpf nur eine kleine, lustige Aufwärmübung gewesen sei; das Rekrutenjahr habe noch gar nicht richtig angefangen. Hinter mir brach ein Neuling in Tränen aus. Zwei Kadermitglieder zerrten ihn zur Seite und machten ihn irgendwo in den Sträuchern zur Schnecke. Ich konnte das heisere Gebrüll hören. Er weinte immer noch, als wir im Laufschritt zurück zur Kaserne rennen mußten, wo der Höllenabend beginnen sollte. Der Kader legte Wert darauf, daß wir uns der wirklichen Härteprobe frisch und sauber stellten. Als wir zur Kaserne rannten, konnte ich mein Entsetzen nicht mehr im Zaum halten. Ich schaffte es nicht mehr, so zu tun, als wäre ich mutig oder gelassen oder furchtlos. Von den sechzig schlammbedeckten Rekruten, die auf dem Rückweg zur Kaserne waren, sollten am nächsten Morgen zehn die Akademie verlassen. Ich war nicht der einzige Rotarsch, der vor dem nervlichen und körperlichen Zusammenbruch stand.

Um 20 Uhr begann der Höllenabend. Der Kader trieb uns im großen Mannschaftsraum in der ersten Division zusammen. Wir trugen unsere Bademäntel, Unterwäsche, Drillichmützen und Gummisandalen. Der Kader hatte am Morgen die Heizkörper eingestellt und die Fenster verschlossen. Draußen betrug die Temperatur an diesem schwülfeuchten, windstillen Charlestoner Abend 37 Grad Celsius. Wir konnten das Wummern der Heizkörper hören, die wütend die Hitze zu steigern versuchten, und die Luft sorgte dafür, daß uns der Schweiß ausbrach; sie benebelte uns und machte schläfrig. Schon nach einer Minute stieß der Gestank im Raum sogar uns Rekruten ab. Es roch widerlich süßlich, wie ein toter, malariaverseuchter Sumpf voller verrottender Pflanzen.

Als ich in den Mannschaftsraum stürmte, hörte ich, daß irgendwo in einer der Kasernen ein Radio lautstark ›I Want to Hold Your Hand‹ spielte. Seit jenem Abend hatte ich jedesmal, wenn ich diesen Song hörte, das Gefühl, inmitten einer Gruppe geschundener Rekruten in einer dunklen Zelle voller Hitze, Gewalt und Schweißgestank getrieben zu werden. Seit jenem Abend waren mir die Songs der Beatles verleidet; wie ein mürrischer alter Mann konnte ich der Musik und den Texten nichts mehr abgewinnen – und alles nur wegen dieses einen Radios, aus dem das Lied erklang, während wir zur Eröffnungszeremonie des Höllenabends in den Mannschaftsraum gescheucht wurden. In diesen Sekunden starben die Beatles für mich, lange bevor sie zur musikalischen Stimme meiner Generation heranreiften. Denn auf irgendeine seltsame, mein tiefstes Inneres erschütternde Art und Weise gab ich meine Zugehörigkeit zu dieser Generation durch das bloße Betreten des Raumes auf.

Nur zwei Kadermitglieder – beides Unteroffiziere im zweiten Jahr an der Akademie – hatten den Befehl, uns im Mannschaftsraum zusammenzutreiben. Sie erledigten ihre Aufgabe, sechzig junge Männer in einen Raum zu stopfen, der gerade groß genug für vierzig war, mit bemerkenswert platzsparender Systematik.

»Zusammenrücken, Rotärsche. Rückt enger zusammen«, brüllten sie. »Steckt eure Schwänze in die Ärsche der Vordermänner, wenn's sein muß. Die Köpfe hoch. Augen nach vorn. Zusammenrücken, verdammt noch mal. Enger zusammen.«

Wir bildeten ein kompaktes Rechteck aus schweißnassem, zitterndem Fleisch. Eine unbeschreibliche Atmosphäre des Terrors herrschte im Mannschaftsraum, diffus und unausgeformt, aber körperlich spürbar. Unter uns Rekruten breitete sich Panik aus – in grotesken, verrückten Formen –, doch wir standen regungslos im Licht einer strahlenden, geheimnisvollen Abenddämmerung, in einem blutroten, fahlen Licht, das durch die Fenster fiel, und warteten in bedrückender Stille auf den Kader.

Nach einer Viertelstunde kamen sie in einer geordneten Marschkolonne in den Raum, in perfektem Gleichschritt. Sie bewegten sich dermaßen synchron, daß sie überirdisch, übermenschlich erschienen. Sie waren die Elite, gestählt und hager und bösartig. Sie waren der sichtbare Erfolg der Kraft und Wirksamkeit des Systems; Männer, die durch eisernen Willen und unerschütterliche Überzeugung zu einer Einheit geschweißt worden waren. Sie trugen frische, gestärkte Uniformen aus Baumwolle. Ihr Erscheinungsbild war tadellos. Sie waren, was wir werden wollten. Sie umrundeten unsere Gruppe; dann nahmen sie Haltung an, blieben vor uns stehen und zuckten zusammen, als ihnen unser Geruch in die Nasen stieg.

Ich hörte, wie noch jemand den Raum betrat. Das harte Pochen seiner Stiefel war das einzige Geräusch. Obwohl ich ihn nicht sah, ging irgend etwas Bedrohliches, Bösartiges von ihm aus. Er stieg auf einen Tisch, der unmittelbar vor der ersten Reihe der Rekruten stand. Ich spürte den heißen Atem meines Hintermanns im Nakken. Ich konnte die Gesäßbacken des Jungen vor mir spüren, die fest gegen meinen Unterleib gepreßt waren. Ich konnte die Arme nicht bewegen; sie waren rechts und links durch die Arme meiner Nebenmänner fest an meinen Oberkörper gedrückt. Der Schweiß lief mir in Strömen den Körper hinunter, und meine Augen brannten vom Salz und der Müdigkeit. Die Atmosphäre im Raum war so dick und zäh und überhitzt, daß man das Gefühl hatte, unter Wasser zu atmen.

Der Mann auf dem Tisch war Hauptfeldwebel Maccabee, der Spieß der R-Kompanie. Er betrachtete uns einige Sekunden mit verächtlicher Miene. Dann brüllte er mit überkippender Stimme: »Setzen, Rotärsche!«

Wir gehorchten diesem schroffen, knappen Befehl in blindem Gehorsam. Ich kann bis heute nicht begreifen, daß es keine Knochenbrüche oder ernsthafte Verletzungen gab, als wir uns zu Boden fallen ließen. Ich hörte ein häßliches, dröhnendes Geräusch und prallte schmerzhaft auf das Steißbein; mein rechtes Bein lag auf der Schulter eines anderen Rekruten; jemand saß auf meinem linken Arm, und ich hockte rücklings auf dem Bein eines Jungen hinter mir. Der Kader beobachtete schweigend, wie wir uns wanden und ringelten wie Würmer in einer Blechdose, bis auch der letzte von uns den Sprecher sehen konnte, der in kerzengerader Haltung auf dem Tisch stand und ein Offiziersstöckchen in eine Handfläche klatschen ließ.

Dann begann Maccabee mit tiefer, mitleidloser Stimme zu sprechen. »Meine Herren, ich bin Ihr Kompaniefeldwebel, und ich möchte, daß Sie sich auf vergnügliche Tage vorbereiten.«

Er klatschte den Offiziersstock lauter gegen die Handfläche.

»Ich, meine Herren, trage die Verantwortung, aus diesem Saustall Akademie-Männer zu machen. Was ich bis jetzt von diesem« – er ließ den Blick über uns schweifen – »stinkenden Haufen Hundescheiße gesehen habe, läßt nur den Schluß zu, daß man mir hoffnungslose Fälle zugeteilt hat. Aber mit Hilfe des Kaders und dieses Offiziersstocks werde ich alles tun, um dafür zu sorgen, daß die Romeo-Kompanie die beste Kompanie des Korps bleibt. Um dieses Ziel zu erreichen, meine Herren, werde ich Ihnen im Lauf dieses Jahres jedesmal, wenn ich in Ihre Nähe komme, diesen Offiziersstock in den fetten Arsch stecken. Ich werde für Sie ein Ungeheuer sein, das in jedem wachen Augenblick über jeden von Ihnen herfallen kann. Ich werde ein Jahr lang jede Ihrer Bewegungen beobachten, meine Herren. Heute abend beginnen wir eine lange, qualvolle Reise, die einige von Ihnen verwandeln wird – von wertlosen Schlappschwänzen in ausgewachsene Akademie-Männer. Auf dieser Reise trägt der Kader eine gewaltige, eine schreckliche Verantwortung. Denn wir sind jenen Männern verpflichtet, die den Ring tragen, und wir werden es nicht zulassen, daß diese Ehre dadurch beschmutzt wir, indem irgendein Dünnschiß das Jahrgangssystem im allgemeinen und das Rekrutenjahr im besonderen überlebt. Noch einmal, meine Herren: kein Dünnschiß. Kein Dünnschiß wird den Ring tragen. Das schwöre ich Ihnen hoch und heilig.

Heute abend sind hier sechzig Rekruten der R-Kompanie versammelt. Wenn Sie in vier Jahren Ihren Abschluß machen, werden nur noch zwanzig von Ihnen übrig sein. Die meisten werden im Rekrutenjahr das Handtuch werfen. Einige werden sich als zu dämlich erweisen, die akademischen Hürden zu nehmen. Einige wird man wegen Ehrverletzung entlassen. Und einige« –

er legte eine dramatische Pause ein – »werden noch heute abend aufgeben.

Ich möchte Ihnen nun sagen, was wir, der Kader, von Ihnen erwarten. Wir erwarten jederzeit absoluten, blinden Gehorsam. Falls Sie zögern, falls Sie einen Befehl in Frage stellen, falls Sie einen Befehl verweigern, wird der geballte Zorn des Kaders Sie treffen, mit zerstörerischer Wucht, und wir werden Sie binnen achtundvierzig Stunden von der Akademie jagen. Kein Rekrut kann der Kraft und dem Zorn unserer Bruderschaft etwas entgegensetzen, sofern Sie gegen einen einzelnen gerichtet ist. Ihre einzige Überlebenschance besteht darin, selbst eine enge, unverbrüchliche Bruderschaft zu bilden, sich gegenseitig zu schützen, für den anderen zu sorgen, dem anderen Halt zu geben und sich am anderen aufzurichten – von jetzt an bis zu jenem Tag, da Sie Ihren Abschluß machen.

Was mich betrifft«, fuhr er fort, und seine kalten Augen musterten uns verächtlich, »hätte ich nichts dagegen, wenn jeder von euch Fehlgeburten noch heute abend seine Koffer packte und nach Hause liefe, um sich an Mutters Rockschöße zu hängen. Ihr seid der erbärmlichste Misthaufen von Rekruten, der seit zwanzig Jahren in diese Akademie eingetreten ist. Aber eins kann ich euch versprechen, meine Herren. Diejenigen von euch, die das Rekrutenjahr in der Romeo-Kompanie durchstehen, können durch das Tor der Hölle gehen, und es wird ihnen so vorkommen, als würden sie ins Paradies eintreten. Wenn ihr Jammergestalten heute abend auf eure Stuben zurückkehrt – und falls ihr dann noch Kraft genug habt, einen Kugelschreiber zu halten, dann möchte ich, daß ihr euren Müttern einen Brief schreibt und ihnen eure Liebe schenkt. Dann schreibt euren Mädchen und schenkt ihnen eure Herzen. Und dann möchte ich, daß ihr auf die Knie fallt und dem Herrgott eure Herzen schenkt.«

Dann brüllte er: »Und zwar deshalb, weil eure Körper, ihr Hurensöhne, von diesem Augenblick an Maccabee gehören!« Speichel lief ihm aus den Mundwinkeln über das Kinn, und er drosch mit dem Offiziersstöckchen auf seine Handfläche, als bestünde sie aus knochenlosem, nervenlosem Zellgewebe.

»Die Köpfe hoch!« kreischte er, daß der Speichel flog. »Hoch! Höher!« Unser Köpfe ruckten nach hinten. Wir starrten an die Decke. Der Schweiß strömte jetzt in eine andere Richtung: in die Ohren.

»Seht ihr die Hände Gottes? Seht ihr, wie der Herr sie aus dem Himmel nach euch ausstreckt, um euch zu helfen, ihr Frühgeburten? Seht ihr, wie der heilige Geist zu eurer Errettung heranschwebt? Nein, ihr Arschlöcher. Ihr seht gar nichts. Weil es gar nichts zu sehen gibt. Denn jetzt kann euch keine Macht im Himmel und auf Erden mehr helfen. Ihr seid *mir* ausgeliefert. Ihr gehört mir — und mir allein. Und merkt euch eins: Ich bin ein Verrückter, ein Irrer. Ich bin ein perverser Wahnsinniger. Wenn es an mir läge, wenn die beschissene Kommandantur mir nicht im Wege wäre, würde ich diese Bude mit DDT vollpumpen und euch krepieren lassen wie Sackratten. Ich bin seit langer, langer Zeit unzurechnungsfähig. Ich bin schon so lange ein krimineller Wahnsinniger, ein Psychopath, daß ich schon Lustgefühle kriege, wenn ich nur daran denke, meinen Offiziersstock in eure Ärsche zu stecken und ihn voller Blut und Innereien wieder herauszuziehen. Und ich will euch den wahren Grund sagen, warum ihr die Hand Gottes nicht seht, die sich euch aus dem Himmel entgegenstreckt, um euch vor dem wahnsinnigen Kompaniefeldwebel Maccabee zu retten, der jetzt euer Schicksal in der Hand hält. Für euch gibt es keinen Gott mehr. Gott ist es scheißegal, was ich mit euch mache. Für euch ist Gott gestorben. Euer neuer Gott ist euer Kompaniefeldwebel, der große Gott Maccabee. Köpfe runter! Seht mich an! Jaaa, blickt in die geilen, irren Augen eures neuen Gottes! Ich bin euer Herr und Gott, und ihr werdet meine Befehle befolgen, oder ich reiße euch die Eier ab und stopf sie euch ins Maul!

»Das ist eure neue Bibel«, sagte er und hielt ein Exemplar der Dienstvorschriften und Verordnungen der Akademie in die Höhe. »Und jetzt werde ich euch zeigen, was euer neuer, wahnsinniger, Rotarsch-zermalmender Gott von eurer alten Bibel hält.«

Er schleuderte seinen Offiziersstock zu Boden und zog seinen Degen aus der silberglänzende Scheide. Auf der Tischplatte, zu seinen Füßen, lag eine dicke Bibel in schwarzem Leineneinband. Mit einem wuchtigen Stoß trieb er die Degenspitze tief in die Bibel hinein; dann hob er das aufgespießte Buch in die Höhe und reckte es über seinen Kopf. Die entweihte Bibel war mit Benzin getränkt. Mit der freien Hand riß er ein Streichholz an und hielt es an das Buch, das explosionsartig in Flammen aufging. Das klare, helle, blasphemische Licht der geschändeten Bibel beleuchtete die grinsenden Gesichter des Kaders und ließ geisterhafte Schatten darauf tanzen. Der Kompaniefeldwebel stöhnte, als er den Degen mit dem unheiligen Feuer senkte und beobachtete, wie die dünnen Seiten verbrannten, Schicht um Schicht: von der Schöpfungsgeschichte bis zum Buch der Könige, vom Markus-Evangelium bis zur Offenbarung des Johannes. Wie winzige, glühende schwarze Fledermäuse stiegen die Aschefetzen in der heißen Luft wirbelnd zur Decke auf.

Die Rekruten schauten zu. Wir waren an einen Ort gekommen, wo ein einundzwanzigjähriger Junge seine eigene Göttlichkeit hinausbrüllte und die Bibel mit dem Schwert gerichtet und auf den Scheiterhaufen gestellt wurde, um die Allmacht der Disziplin zu offenbaren. In diesen Sekunden betraten wir das finstere Land des Rekrutenjahres, und wir betraten es voller Angst.

Dann befahl man uns, aufzustehen, und mit ungewöhnlicher Hast stieß, trat und prügelte der Kader uns aus dem Mannschaftsraum und hinaus auf den Exerzierplatz. In keinem Fenster der umliegenden Kasernen brannte Licht. Die schwülwarme Luft des späten Abends war nach dem stinkenden Dampfbad im Mannschaftsraum unsagbar kühl und wohltuend auf der Haut. Die drei anderen Kadettenkompanien hatten die Initiationsriten bereits hinter sich, denn die Neulinge standen in Rekruten-Grundstellung auf den Exerzierplätzen. Unsere Kadermitglieder trennten uns in Zehnergruppen; dann befahl man uns, die Rekruten-Grundstellung einnehmen – zum erstenmal. Wir mußten stocksteif Haltung annehmen, den Kopf weit in den Nacken gelegt, bis das Rückgrat vor Schmerz aufschrie und die Halsmuskeln verkrampften. Diese qualvolle Grundstellung war das Symbol dafür, daß das Rekrutenjahr offiziell begonnen hatte.

Nachdem wir uns in Reihe aufgestellt hatten, verschwand der Kader lautlos außer Sicht. Die Kasernen waren völlig dunkel. Im vierten Bataillon war nicht das leiseste Geräusch zu hören. Die Stille dröhnte in den Ohren. Das Gebrüll war zu einem gewohnten Bestandteil unserer Umwelt geworden. Ohne Schreie stimmte etwas nicht. Irgend etwas Bösartiges, Bedrohliches lag in der Luft. Seit ich an die Akademie gekommen war, hatte mich nichts so sehr alarmiert wie diese angespannte, ungewohnte Stille. Auf dem Exerzierplatz war kein einziges Kadermitglied mehr zu sehen. Mein Hals war bereits ein einziger glühender Schmerz; dennoch versuchte ich unverdrossen, das Kinn so hoch wie möglich zu recken. Die Moskitos hatten uns wieder ausfindig gemacht. Ich spürte, wie einige der Biester mir in die Beine stachen, und mußte wieder an den Sumpf denken. Irgendwo in der Kaserne schlug der Kader die Zeit damit tot, uns zu beobachten. Ich nutzte die Gelegenheit, meine fünf Sinne zu sammeln, indem ich mich auf den beißenden Geruch der brennenden Bibel konzentrierte, der mir immer noch in der Nase lag.

Am Kasernentor machte der Wachoffizier mit absichtlicher Bedächtigkeit eine regelrechte Zeremonie daraus, das stählerne Tor zu verschließen. Wir hörten das Dröhnen, als die Flügel ins Schloß fielen; dann das Klirren eines schweren Schlüsselbunds und den harten, metallenen Knall, als der Offizier den Riegel vorschob. Jetzt waren wir von der Außenwelt abgeschlossen — und die Außenwelt von uns. Nun konnte niemand mehr auf das Gelände des vierten Bataillons, um die zweiten Phase des Höllenabends mitzuerleben. Und von uns konnte ihr keiner mehr entfliehen.

Der Lautsprecher wurde eingeschaltet, und ein unsichtbarer Musiker spielte auf einem Akkordeon ›Home, Sweet Home‹. Er spielte gräßlich; das Instrument gab schrille, quäkende Zwischentöne von sich, die mich normalerweise sehr erheitert hätten; aber in den vergangenen zwei Tagen war mein Sinn für Humor auf ein beängstigendes Niveau gesunken.

Nachdem die Musik verstummt war, trat eine kurze Pause ein. Jemand klopfte dreimal auf das Mikrophon.

Dann räusperte er sich. Und dann erklang eine feste, pflichtbewußte, entschlossene Stimme.

»Meine Herren«, sagte die Stimme, und jeder Muskel meines Körpers spannte sich, »hier spricht Ihr Regimentskommandeur.«

Jetzt kommt's, dachte ich. *Jetzt kommt's.*

Ohne den Kopf zu bewegen, blickte ich nach rechts und links. Ich wollte vorbereitet sein. Ich wollte die Gewißheit haben, daß der Kader sich an uns heranschlich. Ich sah nichts. Ich wußte nicht, was geschehen würde, aber ich konnte spüren, wie sich im Innern der Kasernen eine gewaltige Spannung aufbaute und wie der Kader auf dem Sprung stand.

Die Stimme fuhr fort: »Das Rekrutenjahr des Abschlußjahrgangs 1967 beginnt *jetzt.*«

Und dann kamen sie.

Die Kader der vier Kompanien des Bataillons sprangen aus ihren Verstecken unter den Außentreppen hervor. Nein – sie *explodierten* hervor; sie stürmten mit einem so gräßlichen Geschrei auf uns zu, wie ich es nie zuvor gehört hatte. Sämtliche Flutlichter flammten gleichzeitig auf. Der Kader kam wie ein alles vernichtender Sturmwind des Chaos über uns, wie ein irrsinniges, mordlüsternes Rudel Bestien. Sie schienen überall gleichzeitig zu sein. Licht und Geräusche, Licht und Angst, Schweiß und Schreie, schrilles, überkippendes Gebrüll. Zuerst die Dunkelheit, dann das Licht, dann die Schreie, dann ihr heißer Atem an unseren Ohren, dann die Beschimpfungen und Demütigungen – Ausdrücke! Was für Ausdrücke – dann die hinterhältigen Tritte, Schläge, das Anspucken, verzerrte Visagen, schallende Ohrfeigen. Sie erniedrigten uns. Sie machten uns zu Kreaturen, die weniger galten als ein Mensch, weniger noch als sie selbst.

Die Reihen der Rekruten wankten, drohten zu zerfallen. Ich verlor völlig die Beherrschung, und schon in diesen ersten Sekunden starb irgend etwas in meinem Innern – und etwas Neues, Seltsames, bisher Unbekanntes erwachte zum Leben.

Ich zuckte zusammen, als ich den ersten kollektiven Schrei des Kaders hörte und aus meiner Hab-acht-Stellung beobachtete, wie sie unter den Rekruten wüteten, terrorisierten und schikanierten. Ich stand stocksteif, wappnete mich und wartete, daß ich an die Reihe kam. Ich bereitete mich auf die Tortur vor. Ich versuchte, mein Überleben auf diesen Angriff von Licht und Stimmen und Schlägen zu planen. Ich versuchte, den Athleten in meinem Innern wachzurütteln, auf daß er die Kontrolle über meinen Körper übernahm und mich sicher durch diesen Abend geleitete.

Eins der Kadermitglieder stieß mich bei der ersten wilden Attacke, die er gegen mich führte, beinahe zu Boden. Ich spürte seine Lippen an meinem Ohr. Sein Speichel sprühte an meine Wange. Er rief keine Schimpfworte. Er kreischte mir einfach ins Ohr wie ein Tier. Ich taumelte zur Seite – genau in die grellen, irren Schreie eines anderen. Ich beugte mich zur anderen Seite – und hörte wieder das wahnsinnige Gebrüll. Wieder rechts herüber: schrilles Gekeife. Es war der körperliche Schmerz, der mich zu einer Witzfigur degradierte, die hin und her schwankte, hin und her; kein Trommelfell kann den Schock solch anhaltender Schreie ertragen.

Dann befahl die Stimme zu meiner Rechten: »Das Kinn hoch, Scheißer. Das Kinn hoch. Nimm das Kinn hoch! Hoch. Hoch. Hoch. Wichser. Ich will sehen, wie die Krampfadern in deinem häßlichen Schädel platzen.

Nimm die Rübe hoch, du Pißkerl! Das Kinn hoch. Höher. Noch höher.«

Und gleichzeitig, von der linken Seite: »Die Schultern nach hinten, du Scheißhaus. Arme an den Körper. Kinn höher. Das Kinn höher. Arschloch. Brust raus. Raus, raus, raus.«

Und hinter mir noch eine Stimme, leiser, ein hinterhältiger Singsang, unheilverkündend, verdammt glaubhaft und seltsam rhythmisch wie eine Litanei. »Ich mach' dich kalt, Kotzbeutel. Ich laß dir keine ruhige Minute mehr. Ich mach' dich fertig. Ich mach' dich alle. Nimm das Kinn hoch. Das Kinn hoch. Hast du gehört, Junge? Ich mach' dich zur Sau. Kinn hoch. Höher. Ich mach' dich fertig. Ich meine das todernst. Ich versprech's dir. Ich mach' dich kalt. Wenn es keiner sieht, mach' ich dich alle. Aber nimm erst mal das Kinn hoch, Schleimscheißer. Brust raus. Kinn hoch.«

Dann veränderten sich die Stimmen, als der Kader von Rekrut zu Rekrut ging, als die Meute sich zwischen den strammstehenden, betäubten, schmerzerfüllten Rotärschen bewegte, als ihre Stimmen nach der Angriffswucht der ersten Attacke rauher und heiserer wurden. Es war unmöglich, die Stimmen zu unterscheiden. Sie verschmolzen zu einer einzigen boshaften Stimme. Eine Stimme, ein Brüllen, in grellem Licht, in wildem Haß, ohne Ende, von allen Seiten, aus allen Ecken, richtungslos, außer Kontrolle. Faustschläge gegen meine Brust und vor das Rückgrat. In den ersten zehn Minuten, nachdem die Scheinwerfer aufgeflammt waren, machte ich sechzig Liegestütze. Ich lief auf der Stelle. Ich beantwortete ihre Fragen, schrie die Antworten zurück. Ich gehorchte ihnen. Das Chaos war abgrundtief. Die Kasernen waren von einem Meer aus Licht überflutet, von einem

Mahlstrom aus menschlichen Stimmen, die bis an die äußersten Grenzen beansprucht wurden, bis an das Nichtsein, bis an die unbegreifliche Schwelle des Wahnsinns. Die Welt bestand nur noch aus Chaos, Irrsinn, Gebrüll, Licht, Kader, Schlägen, Obszönitäten. Das beginnende Rekrutenjahr verbrannte die Septemberluft. Stimmen regneten von allen Seiten aus dem Himmel. Stimmen. Stimmen.

»Sag mir deine Dienstnummer, Scheißhausdeckel!«

»Wie lauten die Wachtvorschriften, Mißgeburt?«

»Dein Name, du Niete!«

»Vögelt deine Mutter den Müllmann, du Wichser?«

»Deine Alte hätte sich lieber einen Kleiderbügel reinstecken sollen, um eine Küchenschabe wie dich abzutreiben.«

»Was bist du, Junge?« fragte eine Stimme hinter mir. »Maul auf.«

»Wie bitte, Sir?« fragte ich und erkannte meine eigene Stimme nicht wieder.

»Sprich mir nach, Arschloch. Ich werde dir sagen, was du bist«, sagte die Stimme. »Du bist eine Fehlgeburt.«

»Ich bin ein Fehlgeburt, Sir!« brüllte ich.

»Eine fette Made.«

»Ich bin eine fette Made, Sir!«

»Eine Drecksau.«

»Ich bin eine Drecksau, Sir!«

»Ein erbärmlicher Schlappschwanz.«

»Ich bin ein erbärmlicher Schlappschwanz, Sir!«

»Du bist ein Haufen Scheiße.«

»Ich bin ein Haufen Scheiße, Sir!«

»Du bist eine Null.«

»Ich bin eine Null, Sir!«

»Das Schamhaar eines Niggers.«

»Ich bin das Schamhaar eines Niggers, Sir!«

»Gefällt es dir hier, Süßer? Maul auf!« brüllte eine Stimme irgendwo vor mir. Ich konnte nur noch verschwommen sehen, weil der Schweiß mir in die Augen lief, und ich konnte das Gesicht vor mir nicht erkennen.

»Jawohl, Sir!«

»Lauter, Schwuli.«

»Jawohl, Sir!« kreischte ich.

»Lauter. Sag es wie ein Mann.«

»Jawohl, Sir!« schrie ich, bis meine Stimme brach.

»Bist du glücklich, daß du hergekommen bist, Schlappschwanz?«

»Jawohl, Sir!«

»Ich werde dafür sorgen, daß du den Tag verfluchst, als deine Alte dich geworfen hat.«

»Du wirst sterben, McLean. Du wirst krepieren, Arschloch«, sagte eine andere Stimme.

»Wir haben dich neun Monate ganz für uns allein, Dünnschiß. In den neun Monaten wird jeder Abend wie der heutige sein. Jeden Abend das gleiche. Neun Monate so was wie das hier, McLean.«

In meinem Kopf drehte sich alles. Vor dem geistigen Auge sah ich heiser brüllende Ausbilder, die sich zwischen den Reihen zitternder, schwitzender Rekruten bewegten. Je weiter der Abend fortschritt, desto mehr Kadermitglieder schienen es zu werden. Manchmal standen sie um mich herum, und ich hätte nicht sagen können, ob es zwei oder zehn Mann waren. Sie alle brüllten ihre Fragen gleichzeitig heraus. Ich wußte nicht, ob ich seit zehn Minuten oder seit zwei Stunden auf dem Exerzierplatz stand. Hin und wieder spürte ich, wie mein Geist und mein Körper Verrat an mir begingen. Die Welt veränderte sich in ein tristes, trübes Königreich des Nebels; meine

Augen konnten die verzerrten Fratzen, die von allen Seiten auf mich einschrien, nicht mehr erfassen. Mein Körper suchte Zuflucht in einer psychischen und physischen Lähmung. Meine Erwiderungen kamen langsamer; meine Antworten wurden unverständlich; ich hatte meine Zunge nicht mehr in der Gewalt. Ich antwortete ›ja‹, als ein Unteroffizier wissen wollte, ob ich eine Frau wäre, und ›nein‹, als jemand mich fragte, ob ich mich im Staate South Carolina aufhielte. Vom Licht und der Hitze und dem Getöse wurde mir übel und schwindelig; ich verlor den Bezug zur Realität. Ich konzentrierte mich darauf, nicht zu weinen und nicht aus den Latschen zu kippen.

Gleichzeitig war mir glasklar bewußt, daß die Reihen der Rekruten sich erschreckend lichteten. Ich hörte, wie die Körper von Kameraden, die das Bewußtsein verloren, zu Boden stürzten. Auch die beiden Jungen rechts und links von mir schlugen schwer auf den Betonboden. Der Rekrut zu meiner Linken prallte vorher gegen mich und stieß mich aus der Reihe – genau in die Arme eines Kadermitglieds, das mich auf den Körper des Jungen schleuderte, der Augenblicke zuvor zusammengebrochen war. Dann riß er mich in die Höhe, hämmerte mir die Faust vor die Brust und schrie: »Du hast mich angerührt, du Drecksau. Du hast mich mit deinem fauligen, stinkenden Körper angerührt. Deine Visage merke ich mir, du Schleimscheißer. Los, runter mit dir. Fünfzig Liegestütze. Los, los, los!«

Ich ließ mich zu Boden sinken, begann mit den Liegestützen und zählte laut mit: »Eins, Sir, zwei, Sir, drei, Sir.« Ich merkte schnell, daß ich nie und nimmer fünfzig Liegestütze schaffen würde. Meine Arme waren verkrampft und kraftlos. Er beugte sich tief zu mir herunter und rief mir verächtlich ins Ohr: »Pisser. Pisser, Pisser,

Pisser.« Meine Arme begannen unkontrolliert zu zittern. Sie konnten mein Gewicht nicht mehr tragen, und ich prallte mit dem Oberkörper auf den Beton.

»Steh auf, Junge«, hörte ich eine andere Stimme über mir. Eine vertraute Stimme.

Ich erhob mich, nahm Haltung an und starrte ins Gesicht des Kompaniefeldwebels Maccabee. Durch den Schleier aus Schweiß, der mir übers Gesicht strömte, sah er trocken und kalt und makellos sauber aus.

»Wie fühlen Sie sich, Mr. McLean?« fragte er mit todernster Stimme, in der weder Ironie noch Drohung lag.

Ich konnte es nicht fassen, daß er mir eine derart dumme Frage stellte. Am liebsten hätte ich geantwortet: ›Großartig, du dämliches Arschloch. Einfach phantastisch. Auch Ihnen einen wunderschönen guten Abend, Sir.‹ Statt dessen rief ich: »Gut, Sir.«

»Sie müssen die Knie leicht beugen, Mr. McLean«, sagte er freundlich, »oder Sie fallen in Ohnmacht wie einige Ihrer Kameraden. Sie müssen Ihre Körperhaltung verbessern. Nehmen Sie die Schultern ein wenig zurück. Ja, so ist es gut. Jetzt den Rücken entspannen. Arme gerade ausstrecken und an den Körper drücken. Sehr gut. Denken Sie daran, Mr. McLean. Vor zwei Jahren habe ich dort gestanden, wo Sie heute abend stehen. Der Höllenabend war das schlimmste, was ich je erlebt habe. Ich wollte am nächsten Tag aufgeben. Wenn auch Sie diese Sache durchstehen, macht sich all der Schmerz bezahlt. Es ist das System. Mehr nicht. Ganz einfach. Denken Sie daran. Das System. Nichts von dem, was hier geschieht, ist persönlich gemeint. Sollten Sie durchhalten, dann gehen Sie und ich im nächsten Juni mal ein Bierchen trinken.«

Der Kompaniefeldwebel verschwand aus meinem Gesichtsfeld. Sofort nahmen drei andere seinen Platz ein, brüllend, schreiend, kreischend. Ihre Stimmen schienen von überall her zu kommen, von nirgendwo, körperlos, abgetrennt. Jede Stimme brüllte, und jede war ein und dieselbe. Ich konnte meine Schreie kaum mehr von den ihren unterscheiden.

Plötzlich erschien eine hochgewachsene Gestalt vor mir. Ich schätzte den Mann auf mindestens zwei Meter und fünf. Er lächelte breit.

»Hi, Will. Eine tolle Hochschule, was?« fragte er.

Verblüfft antwortete ich: »Jawohl, Sir.«

»Ist das nicht lustig? Ist 'ne verdammt lustige Art und Weise, den zweiten Abend an der Akademie zu verbringen, nicht wahr?«

»Jawohl, Sir.«

»Ich bin Lancey Hemphill, Will. Center der Basketballmannschaft. Unser Trainer möchte, daß ich heute, am Höllenabend, mal nach dir sehe.«

»Richten Sie ihm bitte meinen Dank aus, Sir.«

»Laß das ›Sir‹ weg. Wir sind Kumpel, Will, Leistungssportler. Wir versuchen immer, uns so weit wie möglich von diesem Scheißdreck fernzuhalten.«

»Warum hat Trainer Byrum mir nichts davon gesagt?« fragte ich, und meine Stimme war nur noch ein Flüstern.

»Ganz einfach, Will. Weil dir und ein paar anderen Hirnamputierten Basketballern auch von anderen Hochschulen Stipendien angeboten wurden. Aber *wir* wollten dich haben. Glaub mir, Will, der Trainer hat jeden von uns genauso reingelegt wie dich. Aber das hier, das ist alles Scheißdreck. Merk dir das. Der reinste Scheißdreck. Es hat überhaupt nichts zu bedeuten. Betrachte das alles als riesigen Scherz. Versuch es. Du hast Gott geärgert, und jetzt revanchiert er sich, indem er dafür gesorgt hat, daß du auf die Akademie gekommen bist. Wenn es im Rekrutenjahr zu schlimm für dich wird, dann sag mir die Namen von den Kerlen, die dir zuviel Feuer unterm Hintern gemacht haben. Mit toten Unteroffizieren mache ich besonders gern Gewichtheben. Schönen Abend noch«, sagte er.

»Lancey«, sagte ich.

»Ja, Will.«

»Mir ist jetzt schon zu heiß unterm Hintern.«

Er lachte. »Oh, ein kleiner Spaßvogel, was? Hör mal, Rotarsch, heute abend *müssen* sie dir einheizen. Das ist sozusagen ein offizielles Feuer unter dem Hintern«, sagte er und ging zum Gelände der T-Kompanie hinüber.

Immer noch brachen Rekruten bewußtlos zusammen und prallten auf das Betongeviert des Exerzierplatzes. Sie blieben liegen, wo sie zu Boden gestürzt waren, bis ein Kadermitglied den Betreffenden mit Ohrfeigen aus der Ohnmacht weckte und ihm befahl, aufzustehen und Haltung anzunehmen – bis der Rekrut wieder aus den Latschen kippte. Wer dreimal das Bewußtsein verloren hatte, wurde von Sanitätern auf einer Trage festgeschnallt und im Laufschritt ins Lazarett gebracht. Für diesen Abend hatte die Akademie sich vier zusätzliche Krankenschwestern besorgt. Ein Junge vor mir brach so plötzlich zusammen, als wären ihm beide Beine gebrochen. Man schleifte ihn an den Armen vom Exerzierplatz.

Das Gebrüll ließ allmählich nach. Nicht etwa deshalb, weil der Kader Mitleid bekam, sondern weil einigen Ausbildern bereits die Stimme versagt hatte. Mittlerweile waren die Schreie rauher, angestrengter geworden. Auch in den Kasernengebäuden legte sich das Geschrei, als wäre das Hochgefühl verflogen, die Neulinge beschimpfen und anschnauzen zu dürfen. Der Höllenabend neigte sich seinem Ende zu, als Fox und Newman plötzlich vor mir auftauchten. Fox packte mich am Kragen meines Bademantels und zerrte mich mit einem Ruck so nahe an sich heran, daß unsere Nasenspitzen sich berührten.

»Hast wohl gedacht, ich hätte dich vergessen, du linke Bazille, was? Maul auf!«

»Nein, Sir.«

»Dich habe ich mir zum Nachtisch aufbewahrt, du Eiterbeutel. Ich hab' gesehen, wie du mit diesem Riesenaffen geredet hast, diesem Hemphill. Glaubst du, er kann dich retten, Rotarsch? Nichts und niemand kann dich retten. Nichts auf der Welt. Ich wollte dir nur schnell Bescheid sagen, Mißgeburt, daß du dieses Jahr eines meiner ganz besonderen Projekte bist. Ich werde dir jeden Tag den Arsch aufreißen. So lange, bis du mich anbettelst, dich von hier wegzulassen.«

Newman schob Fox zur Seite, und dann stand auch er ganz dicht vor mir und starrte mich an. Er hatte ein schmales, verschlagenes Gesicht, wie ein Wiesel, und seine Haut war so weiß und käsig wie die Kruste eines Camembert. Seine riesigen Sommersprossen hatten die Farbe eingetrockneten Blutes.

»Sportlertypen kotzen mich an. In der R-Kompanie will ich keinen einzigen Sportlerfritzen sehen, McLean. Wir sind eine militärische Einheit, Freundchen. Deshalb haben Mr. Fox und ich uns geschworen, dich von der Akademie zu jagen, bevor du den Abschluß machen kannst. Du wirst weinend nach Hause rennen. Was meinst du, Dreckschwein? Schaffen wir das?«

»Nein, Sir.«

Ich stand zitternd vor ihnen, schweißüberströmt, fix und fertig, aller geistigen und körperlichen Kraft beraubt; ich hatte Angst vor den beiden und haßte mich selbst meines Gestanks, meiner Hilflosigkeit, meiner vollkommenen Machtlosigkeit wegen.

Fox begann zu flüstern und raunte mir schmierige Obszönitäten ins Ohr. Dann befahl er: »Das Kinn hoch, Arschloch. Höher. Noch höher. Das Kinn hoch, Wichser! Du tust nicht, was ich sage, McLean. Du sollst das Kinn hochnehmen, du verdammte Mistsau.«

Sein Gesicht war meinem so nahe, daß ich sein Abendessen riechen konnte. Er hatte eine ausgeprägte, lange, gekrümmte Hakennase, die aussah wie ein bronzezeitliches Schneidewerkzeug. Als er jetzt flüsterte, waren seine Lippen zu einem höhnischen Grinsen verzogen, und ich konnte das rosige, feuchtschimmernde Zahnfleisch des Oberkiefers sehen.

»Du gehörst nicht hierher, du Made. Du bist nicht Manns genug, an dieser Akademie durchzuhalten. Falls du länger als eine Woche bleibst, schneide ich dir den Schwanz ab und stopf' ihn dir ins Maul. Ich werde dir meinem Offiziersstock langsam und genüßlich in den Arsch schieben.«

Seine Lippen berührten mein Ohr; es war die widerliche, boshafte Parodie eines Kusses. Als ich seine Zunge an meinem Ohr spürte, erkannte ich, daß die Freuden der Disziplin für Fox mit primitiver Sexualität verbunden waren. In seiner Brutalität lag irgend etwas alptraumhaft Erotisches, als ich seinem häßlichen Geflüster lauschte, das mir in den Ohren brannte. Ich mußte an die Einnahme belagerter Städte denken, an blutiges Gemetzel, an Plünderungen und die Vergewaltigungen der Frauen durch die siegreichen Eroberer. Genau das ist es, dachte ich. Genau das ist es, ging es mir durch den Kopf, während ich die Bilder vor mir betrachtete. Eine Vergewaltigung von Jungen. Dieser Höllenabend vermittelte tatsächlich das Gefühl einer psychischen Vergewaltigung. In sämtlichen Kasernen wurde in den Herzen der Rekruten eine bösartige Abart der Männlichkeit geboren. Heute in genau einem Jahr würden viele von uns zum Kader gehören und genau hier, auf diesem Exerzierplatz, verängstigte Jungen zur Schnecke machen.

Eine Stunde und fünfzehn Minuten nach dem offiziellen Beginn des Rekrutenjahres und der Eingliederung in das Jahrgangssystem hallte das Schmettern eines Horns über das Gelände und beendete, was die Stimme des Regimentskommandeurs begonnen hatte.

Der Kader schrie uns an: »Auf die Stuben. Laufschritt, ihr Lahmärsche. Schneller, schneller. Auf die Stuben, Leute.«

Ich machte einen Schritt in Richtung Kasernengebäude und fiel auf die Knie. Die Beine wollten mir nicht mehr gehorchen. Ich versuchte aufzustehen, schaffte es aber nicht. Kein Rekrut stand mehr auf den Beinen. Die gesamte R-Kompanie lag im Lazarett oder auf der Schnauze.

Fox trat mir in den Hintern und kreischte: »Kriech, du Made. Du sollst kriechen, du Fehlgeburt. Kriiiechen!«

Er ließ sich auf meinen Rücken fallen und ritt auf mir wie auf einem Pferd, als ich über den Beton kroch. Dabei gab er mir schmerzhafte Schläge auf den Hintern. Ich spürte, wie meine nackten Knie zu bluten anfingen. Als ich die Treppe erreicht hatte, sprang Fox von meinem Rücken. Ich rappelte mich auf und wankte zu den anderen Rekruten hinüber, die es geschafft hatten, aufzustehen und zur Kaserne zu kriechen. Dann begann für uns ein Spießrutenlauf über die Flure des Kasernengebäudes; noch einmal brüllte der Kader auf uns ein, trat, schlug und schimpfte.

Vor mir stürzte ein Junge. Er riß mich und einige Kameraden zu Boden. Sie krochen über ihn hinweg. Ich stand auf, wurde von einem unsichtbaren Angreifer umgeworfen, rappelte mich wieder auf, und half dem gestürzten Jungen, auf meine Stube zu taumeln, wo wir beide in der Dunkelheit zu Boden fielen.

Dann blieben wir keuchend liegen und lauschten dem chaotischen Lärm auf den Korridoren. Er fing an zu weinen, und ich fing an zu weinen. Zwei, drei Minuten lagen wir schluchzend am Boden, bis wir hörten, wie eine scharfe Stimme befahl, zum Duschen anzutreten. Ich konnte mich kaum noch rühren. Meine Arme rebellierten, als ich versuchte, auf die Beine zu kommen. Ich rollte auf die Seite – und schaute plötzlich dem Fremden, der neben mir lag, ins Gesicht.

»Geht's wieder?« fragte ich. Ich weinte immer noch.

»Ja, ich glaube schon«, erwiderte er. »Danke, daß du mir geholfen hast.«

»Ich kann noch gar nicht fassen, daß mir so etwas passiert ist«, sagte ich.

»Es ist scheußlich. Widerlich.«

»Wo ist mein Stubenkamerad?« fragte ich und schaute mich im Zimmer um.

»Ich kenne deinen Stubenkameraden nicht. Ich weiß nicht einmal, wer du bist.«

»Will. Ich heiße Will.«

»Ich möchte mich noch einmal bedanken, Will.«

»Wie heißt du?«

Wir lagen Gesicht an Gesicht; Tränen liefen uns über die Wangen.

»Ich heiße Tradd«, sagte er. »Ich komme aus Charleston.«

»Wir müssen aufstehen, Tradd. Diese Bestien rufen uns wieder.«

Noch einmal versuchte ich, mich hochzustemmen, brachte aber nicht mehr die Kraft auf, mein eigenes Gewicht zu tragen. Tradd kam schwerfällig auf die Beine und half mir auf. Dankbarkeit, gegenseitige Sympathie, Erleichterung, diesen Abend beinahe hinter uns zu haben, und so etwas wie Freundschaft vermischten sich in den seltsamen und geheimnisvollen Sekunden, als ich ihm den Arm um die Schultern legte und wir uns gegenseitig stützten. Im Lauf dieses endlos langen, schrecklichen Abends war irgend etwas in unserem Innern zum Leben erwacht und bewegte sich nun. Wir weinten, aber wie hatten uns nicht unterkriegen lassen. Er und ich, wir trugen jene Saat in uns, die für die Fortpflanzung und den Weiterbestand des Systems sorgen würde.

»Zu den Duschen, Leute!« befahl eine Stimme draußen auf dem Flur. »Ihr stinkt wie die Schweine, ihr Drecksäcke! Voran, voran.«

Die Stimme des Feindes verlieh mir die Kraft, mich wieder gerade aufzurichten und ihm noch einmal gegenüberzutreten. Tradd und ich blickten uns an, und wir erkannten, daß wir etwas unendlich Kostbares zu verlieren drohten.

»Können wir Freunde sein, Tradd?« fragte ich. »Ich habe hier noch keine Freunde.«

»Wir sind schon Freunde«, erwiderte er.

Dann verließen wir die Stube und schlossen uns den Rekruten an, die in einer langen Reihe Aufstellung genommen hatten und in den Duschraum getrieben wurden.

Dort angelangt, zogen wir uns nackt aus und rannten zwischen zwei Reihen johlender Kadermitglieder hindurch, die zu beiden Seiten der Dusche standen und uns brutal unter das kalte Wasser stießen, das aus sechs Brauseköpfen sprühte. Sie erlaubten uns, nur ein paar Sekunden darunter stehen zu bleiben, bis sie uns unter den Duschen wegstießen. Jedem wurde ein Stück Seife gereicht. Wir bekamen den Befehl, uns einzuseifen. Bevor sich Schaum bilden konnte, mußten wir zurück auf unsere Stuben rennen, nackt wie wir waren. Schweiß, Feuchtigkeit und Seife schimmerten auf unseren naßglänzenden Körpern und brannten höllisch auf der Haut. Ich taumelte zurück auf meine Stube und versuchte hastig, mir an dem kleinen Waschbecken neben der Tür den Schweiß und die Seife vom Körper zu spülen.

Ich war splitternackt, als der Kompaniefeldwebel und sein Stellvertreter in die Stube platzten.

»Achtung!« brüllte ich und nahm Haltung an.

»Wo ist dein Stubenkamerad, McLean?« fragte Blasingame. »Maul auf.«

»Das weiß ich nicht, Sir«, antwortete ich. »Ich habe ihn zum letztenmal im Speisesaal gesehen, Sir.«

»Hast du ihn heute abend irgendwann gesehen?« fragte Maccabee.

»Nein, Sir.«

»Kein Aas hat Clearwater auf dem Exerzierplatz gesehen, McLean. Im Lazarett ist er auch nicht.«

»Weißt du, wo er steckt, McLean? Mach's Maul auf«, sagte Blasingame. »Mach laut und deutlich das Maul auf, du linke Titte.«

»Ich weiß nicht, wo Clearwater ist, Sir.«

Der stellvertretende Kompaniefeldwebel ließ sich auf ein Knie nieder und spähte in die Schatten unter dem Etagenbett. Dann ging er zum Spind meines Stubenkameraden und riß die Tür auf. Es hing nur Kleidung darin. Als er die Tür meines Spinds öffnete, blickte ich in die weit aufgerissenen Augen meines Stubenkameraden Harvey Clearwater, auf dessen Gesicht ein Ausdruck lag, der alle Schrecken dieser Welt widerspiegelte. Er starrte an Blasingame vorbei direkt auf mich. Er bat mich, ihm zu helfen; er bettelte mich an, ihn vom Schreckgespenst des Kaders zu befreien, aus der Knochenmühle des Systems – egal wie. Aber ich wußte jetzt etwas über das System. Ich senkte den Blick und tat nichts.

»Sir, ich gehöre nicht hierher, Sir. Ich gehöre einfach nicht hierher«, schluchzte Harvey.

»Du verdammte Ratte«, sagte Blasingame angewidert. »Du hast dich im Spind verkrochen, während deine Kameraden auf dem Exerzierplatz waren.«

»Dir sind deine Kameraden scheißegal, Clearwater«, fuhr Maccabee fort. »Das ist die einzige unverzeihliche Sünde an der Akademie. Raus hier, du widerlicher Kotzbrocken. Du wirst deinen Höllenabend bekommen, ganz für dich allein.«

Harvey stieg aus dem Spind. Er zitterte am ganzen Körper. Sie schubsten ihn aus der Stube auf den dunklen Flur.

Ich wusch mir wieder die Seife vom Körper. Als ich fertig war, trocknete ich mich ab, zog mir frische Unterwäsche an und ließ mich auf die untere Koje des Doppelbetts fallen, ohne die Decke zur Seite zu schlagen. Clearwater war nicht mehr der gleiche Junge gewesen wie heute morgen nach dem Wecken. Jetzt war dieser Junge ein Fremder für mich, und ich würde mich nie mehr an ihn erinnern. Das System hatte mich in ein zutiefst erstauntes Wesen verwandelt. Draußen auf dem Exerzierplatz hatte ich Dinge über mich selbst und andere erfahren, die ich vorher nicht einmal geahnt hatte. Der

Kader hatte die Zivilisiertheit von mir abgerissen wie alte, trockene Hautfetzen. Er würde aus uns allen Männer formen, indem er uns zu Primitiven machte, indem er uns jeden noch so kleinen Rest von Zivilisiertheit und gesellschaftlicher Anpassung nahm, den wir uns erworben hatten, um uns und andere zu schützen und zu erhalten. Er würde uns zähmen wie Wildtiere, um uns dann zu Abbildern seiner selbst zu formen.

Im ganzen vierten Bataillon gingen den verängstigten, verstörten, verletzten, erschöpften Neulingen ähnliche Gedanken durch den Kopf. Einige von ihnen hatten jetzt schon den Entschluß gefaßt, die Akademie zu verlassen; einige würden es noch einen Monat durchhalten; andere würden während des Weihnachtsurlaubs aufgeben. Doch am deutlichsten wurde die ungeheure Macht des Jahrgangssystems dadurch sichtbar, daß es vierhundert Jungen gab, die aus den gleichen Gründen hierher gekommen waren wie ich und die an diesem Abend dieselbe Entscheidung trafen. Vierhundert verängstigte Jungen, die sich schworen, um keinen Preis aufzugeben — egal, was passierte.

»Ich werde nicht aufgeben. Ich werde nicht aufgeben«, sagte ich wieder und wieder zu mir selbst.

Bevor ich in einen tiefen, traumlosen Schlaf fiel, hörte ich nur noch die Schreie meines Stubenkameraden Harvey Clearwater.

Ich sah ihn nie wieder.

Meine Hochschulausbildung hatte begonnen.

17

Am Höllenabend wurde auch der Rebell in meinem Innern geboren. An diesem Abend zog er hinaus ins Hügelland, um seinen langen, geduldigen Zermürbungskrieg gegen den Mann zu beginnen, der ich zu werden drohte. Von dem Augenblick an, als ich vom Exerzierplatz des vierten Bataillons gekrochen war, begann dieser zähe, anonyme Guerilla ein wütendes und beharrliches Nachhutgefecht gegen meine Bereitschaft, jene Mechanismen der Akademie zu akzeptieren, die sie benutzte, um aus Jungen Männer zu schmieden.

Ich versuchte, im Strom mitzuschwimmen. Ich wollte als Glaubender am Jahrgangssystem teilhaben. Ich wollte von der Begeisterung und dem Fanatismus angesteckt werden, der meine Jahrgangskameraden in den ersten schrecklichen, entmutigenden Monaten der Ausbildung gepackt hatte. Doch von Anfang an kämpfte der Guerilla in meinem Innern dagegen an; ich spürte, daß er da war, und mehr noch: Daß er mir letztendlich überlegen war. Ein kleiner, unblutiger Krieg, ohne Taktiken und Strategien, begann in mir zu wüten; ein Krieg um die Herrschaft über mein Inneres. Der einsame, verbissene Rebell kämpfte gegen die beiden großen patriarchischen Einflüsse, die meine Kindheit geformt hatten: der amerikanische Süden und die katholische Kirche, die beiden tragenden Säulen der Autorität, auf denen mein Leben errichtet worden war und deren Prinzipien mir in Fleisch und Blut übergegangen waren: die Verehrung der Traditionen, die Ordnungsliebe, das strenge Regelwerk, die Verdammung der Anarchie und die Verachtung gegenüber alleinstehenden Männern und Frauen. Doch der

Süden und die Kirche hatten mich nicht auf einen Zeitraum in meinem Leben vorbereitet, da ich allein sein mußte. Und der schwächliche, hungernde Guerilla, der durch die Hügel streifte, Parolen und Schlagworte an Felsbrocken schrieb und seinen einsamen, unsichtbaren Kampf unbeirrt weiterführte, gewann schon in der ersten Ausbildungswoche an Kontur. Und der Schock, den der Höllenabend hinterlassen hatte, ließ seinen Protest glaubhafter und dringlicher erscheinen, so daß Verstärkung in die Hügel eilte, um dem Rebellen die Nachricht von meinem Entsetzen und meinem Zorn zu überbringen. Nach und nach bedrohte der Rebell die gesamte starre, aufgezwungene, einengende Struktur meiner Zivilisation, in deren Mitte sich eine Stadt der Melancholie befand, langweilig und eintönig, mit breiten Prunkstraßen, die nach einem strengen geometrischen System angelegt waren; eine Stadt, in der die Glocken der Kathedralen im Gleichklang läuteten, in der die Polizisten niemals lächelten und die Gefängnisse mit schweigenden, geschundenen Separatisten überfüllt waren. Doch ich spürte, daß er frei war, der Rebell, diese einsame Stimme in dem trostlosen Land in meinem Innern, und er sagte ›nein‹ und gab mir Hoffnung, daß das Jahrgangssystem mich nicht für immer zu einem anderen, düsteren Menschen formen würde. Bei den ›Schwitzpartys‹ im ersten Monat der Ausbildung, wenn ich vom Kader umringt war und meine Stimme verlor, spürte ich, wie der Rebell sich zu einem Überhang hinaufschlich und mich geduldig und scharf aus der Deckung beobachtete. Ich schauderte vor Dankbarkeit, wenn ich ihn tief in den Wäldern von meiner Befreiung singen hörte, wenn ich hörte, wie er voller Freude feierte, daß ich mit Leib und Seele anders war als die anderen. Als ich achtzehn war, wußte ich nichts über die Dualität der menschlichen Natur, aber ich wußte, daß der Rebell in meinem Innern lebte und kämpfte und niemals aufgab. Und als die Monate dahinzogen, erkannte ich, daß er stärker wurde und ich lernen mußte, mit seinem unaufhaltsamen Aufstieg umzugehen. Denn ich war sicher, daß der Rebell eines Tages stark genug sein würde, die Stadt der Melancholie zu stürmen und zu befreien.

Im ersten Monat der Ausbildung gehorchte ich blind und hielt den Mund. Ich lernte, was von mir erwartet wurde. Was ich tun mußte, tat ich mit Begeisterung und Hingabe. Ich machte Liegestütze, hielt das Gewehr in Vorhalte, rannte Treppen hinauf und hinunter und ließ das Gebrüll des Kaders über mich ergehen, die Schindereien, die Demütigungen, die ›Schwitzpartys‹. Ich prägte mir alles ein, was ich über das Rekrutenjahr erfuhr. Ich prägte mir meine eigenen Erfahrungen und die Erfahrungen anderer ein und begann insgeheim, das System zu studieren, um begreifen zu können, welche Auswirkungen es auf mich hatte. Ich wollte beiseite schieben, was ich über das System gelernt hatte, wollte mich von seinen Mechanismen befreien, während ich noch ein Teil seiner selbst war. Meine Persönlichkeit, mein Charakter machten es mir unmöglich, die Rechtmäßigkeit dieses langen, beschwerlichen Weges voller Schikanen und Demütigungen als selbstverständlich hinzunehmen. Falls diese Art der Ausbildung die einzige wirksame Methode war, aus Jungen Männer zu schmieden, dann konnte ich gut auf das Mannestum verzichten; dann war ich vollkommen zufrieden damit, ein Junge zu sein. Selbst in der Freizeit übte ich das Überleben, und ich lernte Dinge, die wertvoll für mein ganzes Leben waren. Ich erkannte, daß das menschliche Wesen eine beinahe grenzenlose Kapazität besaß, was Rücksichtslosigkeit und Brutalität betraf. Diese Entdeckung machte ich schon in den ersten Tagen des Rekrutenjahres, und alles, was ich in meinem ersten und den darauffolgenden Jahren an der Akademie lernte, bewies mir die unumstößliche Gültigkeit dieses Naturgesetzes. Schon im ersten Ausbildungsmonat bekam ich so viel Grausamkeit zu sehen, daß es für mein Leben lang reichte. Aber ich sollte noch viel mehr zu sehen bekommen.

Hätte der Kader von meinen ketzerischen Gedanken gewußt, hätte er mich binnen vierundzwanzig Stunden von der Akademie gejagt. Abweichler wurden vom ›System‹ nicht geduldet. ›Das System‹ – es war eine Phrase, die wir Tag für Tag zu hören bekamen, vom Wecken bis zum Zapfenstreich, wenn wir abends todmüde ins Bett fielen. Das Rekrutensystem. Das Jahrgangssystem. Das Ausbildungssystem. Das Ehrsystem. Das System bewies uns, daß wir ungeahnte Kraftreserven und die Fähigkeit besaßen, der Gewalt zu widerstehen. Das war einer der heiligsten Verse unserer neuen Bibel. Da ich nicht den Mut hatte, aufzugeben, wurden jene Jahre, die ich im System, als Teil des Systems, verbrachte, zu einer Forschungsreise in die Natur der Unschuld, die man ihrer Rechte beraubt hatte.

Ich war an die Akademie gekommen, um der militärischen Karriere meines Vaters die Ehre zu erweisen und um das Versprechen einzulösen, das ich ihm am Totenbett gegeben hatte. Wie die meisten Söhne dominierender Väter hatte ich das dringende Bedürfnis, die Qualität meiner männlichen Tugenden auf die Probe zu stellen, indem ich entschlossen in jenes Territorium einmarschierte, das mein Vater ausdrücklich als das seine deklariert hatte. Ich mußte mich selbst in einer vom Militärischen beherrschten Umwelt erproben, bevor ich wirklich frei und unabhängig sein konnte. Doch mein Vater hätte das Rekrutenjahr und das Jahrgangssystem als einen Witz betrachtet, und er hätte über seinen Sohn gelacht, der das alles so furchtbar ernst nahm. Er hätte sich über den Sohn, der jede Nacht heimlich ins Kopfkissen weinte, lustig gemacht und geärgert. Er hätte sich meiner Tränen geschämt.

Als nach Ablauf der zweiten Woche meine Mutter anrief, weinte ich, kaum daß ich ihre Stimme vernahm. Sie hörte sich so sanft und freundlich an. Ich hatte vergessen, wie es war, mit jemandem zu sprechen, der mich liebte. Ich sagte ihr, daß es fürchterlich sei, daß ich einen schrecklichen Fehler gemacht hätte, daß ich aufgeben und nach Hause kommen wollte und daß die Akademie ein monströser, unbeschreiblich grauenhafter Ort sei. Natürlich kannte meine Mutter mich sehr gut, und sie sagte genau jene Worte, die mich zum Bleiben bewegten. Sie wäre sicher, sagte sie mir, daß ich mehr Mumm in den Knochen hätte als die Kadermitglieder, die mich mißhandelten und demütigten, und ich ganz bestimmt den Wunsch hätte, ihnen und mir selbst zu beweisen, daß ich ein ganzer Kerl sei. Ich glaube, meine eigenen Zweifel hinsichtlich meiner Mannhaftigkeit hätte ich ertragen können – aber nicht die meiner Mutter, auf gar keinen Fall. Ich hatte schon früh im Leben die geballte Wucht der Zuwendung erfahren, die manchem Einzelkind von seiten der Eltern zuteil wird. Ich war ihr ganzer Stolz, all ihre Hoffnung.

Als die Tage vorüberzogen, lernten die Rekruten der R-Kompanie sich allmählich näher kennen. Freundschaften wurden geschlossen und Bündnisse eingegangen, die es uns erleichtern sollten, die Unbilden des Rekrutenjahres zu überstehen. Der schlimmste Schrecken des Höllenabends hatte ja darin bestanden, daß ein jeder von uns diesen Terror völlig einsam und allein hatte erdulden müssen, daß jeder von uns ein Fremder inmitten von Fremden gewesen war. Erst als wir uns vorsichtig einander näherten, wurden uns die Geheimnisse des Systems deutlicher. Unser Überleben hing von unserer Solidarität ab. Wir entwickelten ein primitives System, durch Gesten unsichtbare Nachrichten zu übermitteln. Als die Vorlesungen begannen, tuschelten wir miteinander, bevor die Chemieprofessoren sich räusperten oder während Mathematikprofessoren mit dem Rücken zu uns standen und Algebraformeln an die Tafel schrieben. Wann immer wir in den ersten Wochen die Gelegenheit hatten, miteinander zu reden, taten wir es. Aber wir sprachen nicht darüber, woher wir kamen, wie unsere Freundinnen aussahen oder wie unsere Väter ihr Geld verdienten: nein, dieser Welt hatten wir entsagt; sie war das Freihafengebiet draußen vor dem Legrand-Tor. Wir redeten über Strategie und Überleben. Wir lernten die Kunst, Opfer zu sein, und wir studierten die Methoden des Erleidenkönnens. Doch in diesen frühen Gesprächen kamen die ersten Andeutungen zum Ausdruck, daß wir zu einer Gemeinschaft wurden — und über die Grenzen unserer Kompanien hinaus zum Rekrutenjahrgang 1963.

Ich versuchte herauszufinden, wer diese Jungen waren und was sie veranlaßt hatte, gerade hierher, an diese Akademie zu kommen. Ich entdeckte, daß die Akademie ihre Söhne aus allen Staaten der USA angelockt hatte; doch sie war vorrangig eine Südstaaten-Hochschule, die sich der Aufgabe verschrieben hatte, Südstaatler hervorzubringen. Südstaatler besitzen eine schlichte, aber dennoch beeindruckende Besessenheit, was militärische Dinge betrifft. Sie lieben die Autorität in jeder Form – staatlich oder kirchlich, weiblich oder männlich. Sie tragen leidenschaftlich gern Uniformen. Sie lieben das Schießen, das Kriegführen, den Parademarsch, den Flaggengruß und das Festhalten an Traditionen, die schon seit Jahrhunderten tot sein müßten. Südstaatler haben viel mit dem Rest der Menschheit gemein. Sogar die Yankees – die meisten von ihnen waren von den Nordstaaten-Militärakademien abgewiesen worden – verbrachten die Jahre an der Militärakademie von South Carolina damit, sich die Fertigkeiten eines Südstaaten-Gentleman anzueignen und zu perfektionieren.

Wir, der Rekrutenjahrgang 1963, waren allesamt Weiße. Sechshundert Protestanten, einhundert Katholiken, drei Juden, zwei Griechen und ein Puertoricaner. Wir kamen aus beiden ›Carolinas‹, North und South Carolina, aus dem grünen Hügelland der Blue Ridge Mountains, aus winzigen Städten mit nur einer Kreuzung, aus den blaudunstigen Bergen Tennessees, von der Goldküste Floridas, aus den Städten im Tiefland, die wie kostbare antike Teller auf der grünen Leinentischdecke der riesigen Sumpfgebiete lagen. Sechs Jungen kamen aus Kalifornien, acht aus Texas, und einer aus Idaho. Neun kamen aus New York, drei aus New Jersey, zwölf aus Virginia; aber die meisten kamen aus dem Imperium des Südostens, den beiden Carolinas.

Wir alle waren gekommen, um Akademie-Männer zu werden. Und das Jahrgangssystem diente nur einem Ziel: uns zu genauen Abbildern der Kadermitglieder zu formen, die uns quälten, tyrannisierten, schikanierten. Wir sollten so werden wie sie.

Ich nicht.

Genau das unterschied mich von meinen Jahrgangskameraden, und schon bald fühlte ich mich isoliert von den anderen, und einige mieden sogar meine Gesellschaft. Die meisten hatten vor dem Eintritt in die Akademie gewußt, wie grausam das Rekrutenjahr ist, doch sie begrüßten diese Grausamkeit, stellte sie doch ihre innere Kraft auf die Probe. Viele hatten die Absicht, ihr Leben dem Militär zu verschreiben und Berufssoldaten zu werden. Sie hatten sich wegen des Systems bereitwillig an der Akademie immatrikuliert, nicht trotz des Systems. Ihre aufrichtige Begeisterung stand in krassem Gegensatz zu meiner Abneigung gegenüber jeder Demütigung, die wir vom Kader über uns ergehen lassen mußten. Für diese Jungen waren die Auswüchse des Rekrutenjahres heilsam und charakterbildend. Sie betrachteten physische und psychische Qualen schlichtweg als wirksamen Test ihres männlichen Muts und ihres Durchstehvermögens. Es war das System, und wir alle hatten uns einverstanden erklärt, seine Gesetze zu beachten. Deshalb redete ich bald nicht mehr über meine Vorbehalte gegen das System – nicht einmal mehr zu meinen Kompaniekameraden. Ich hielt einfach die Augen auf und versuchte, alles allein zu durchschauen und allein damit fertigzuwerden.

Ich erlebte, wie das Rekrutenjahr bei meinen Kameraden die Fähigkeit, ja den Wunsch zerstörte, das Wort *ich* zu benutzen. *Ich* zu sagen war eine unverzeihliche Obszönität, und jene Jungen, die unerschrocken genug waren, an dieser schändlichen Blasphemie festzuhalten, wurden vom Korps rasch und unbarmherzig ausgemerzt. Die Akademie war ein Universum, das in die erste Person Plural verliebt war, in das Gebrüll und Geschrei des uniformierten Pöbels, das der Akademie ihre unverwechselbare Identität verlieh und die Quelle ihrer Kraft und Unverwundbarkeit war. Das Rekrutenjahr war, ins Unermeßliche verkleinert, ein Krieg der Grammatik zwischen zwei Pronomen. Ins Unermeßliche vergrößert, beinhaltete es die Elemente des größten Krieges des zwanzigsten Jahrhunderts. Wer das Rekrutenjahr überstand und immer noch das Wort *ich* benutzte, gehörte zur widerstandsfähigsten und kampfgestähltesten Elite der Überlebenden. So jemand war ein Mann, mit dem man rechnen mußte; wahrscheinlich ein gefährlicher Mann. Und zweifellos ein einsamer Mann. In meiner Kompanie wollte ich dieser Mann sein. Um dieses Ziel zu erreichen, schloß ich ein Bündnis mit mir selbst – um dann wieder und wieder gegen dieses Bündnis zu verstoßen, denn ich war ein Sohn des Südens und mit dem Wort *wir* aufgewachsen, auch wenn ich nur von mir selbst redete. *Wir*, Will McLean. Es ist viel schwieriger, sich bestimmte Dinge abzugewöhnen, als sie zu erlernen.

Im Oktober hatte das Rekrutenjahr sich verändert, weil die Rekruten sich verändert hatten. Sie waren immun gegen das Gebrüll des Kaders geworden – oder hatten sich zumindest daran gewöhnt. Doch wenn die Qualen des Rekrutenjahres zur Gewohnheit wurden, dann wurde es langweilig. Ich glaubte damals, mich sogar an die Angst gewöhnt zu haben und mittlerweile genug über die Psychologie des Kaders zu wissen, um immun gegen seine Grausamkeiten zu sein. Es sollte nicht mein letzter verhängnisvoller Irrtum sein, was mein Verhältnis zur Akademie betraf.

Mein Problem war die Angst. Einige Rekruten verloren ihre Angst sehr schnell; andere verloren sie, weil sie durch das blinde, unbedingte Vertrauen zum System vollständig absorbiert wurde. Aber ich wurde meine Ängste niemals los; zu keinem Zeitpunkt. Ich redete mir zwar ein, keine Angst mehr zu haben, aber ich log mir nur etwas vor. Ich schämte mich meiner selbst, als ich entdeckte, daß meine Aufnahmefähigkeit grenzenlos war, was den Terror betraf, den Schrecken, die Alpträume.

Wenngleich ich es noch nicht wußte, als ich in die Akademie eintrat: Der Feigling hatte seit langer Zeit einen ehrenvollen Platz in meiner Psyche. Ich benutze den Begriff ›ehrenvoll‹, weil ich gelernt habe, diesem ängstlichen Bewohner in meinem Innern Respekt zu zollen. Manchmal gelang es mir, den Feigling zu überwältigen und ihn in die finsterste Ecke meines Geistes zu prügeln, wo er sich winselnd verkroch. Doch bei anderen Gelegenheiten, wenn der Kader brüllend und keifend auf mich losging, kam er wieder hervor, nahm einen Platz unmittelbar hinter meinen Augen ein und setzte sich triumphierend dort fest. Er triumphierte häufig. Er war ein Gast aus reinstem Feuer. Jedesmal, wenn ich im Rekrutenjahr Tapferkeit an den Tag legte, erwies ich meiner Feigheit die höchste Ehre. Ich wußte, daß ich meine Angst verbergen mußte, denn – bei Gott – falls der Kader sie entdeckte oder sie auch nur spürte, würde er vereint auf mich losgehen, mit geballter Kraft.

Jede Woche suchte der Kader sich einen oder zwei Rekruten heraus und machte sie fertig, fix und fertig, so daß die armen Schweine binnen achtundvierzig Stunden das Handtuch warfen und ausstiegen. Seit dem Höllenabend hatten der Kader sich zwölf Jungen herausgepickt und bearbeitet, und alle zwölf hatten kurz darauf die Akademie verlassen. Dieser Vorgang wurde als die ›Zähmung‹ bezeichnet.

Nur wenige Jungen überstanden die Zähmung. Es war eine Art sportliche Übung des Kaders, bei der es darum ging, Rekruten vollständig zu zerbrechen, um festzustellen, wieviel ein bestimmter Junge ertragen konnte, bevor er sich in ein jämmerliches, winselndes, bettelndes, sabberndes Etwas verwandelte. Der Kader zerbrach einen Jungen, wann immer es ihm paßte und auf seine eigene Art und Weise, und er studierte sein Opfer genau, bevor er darüber herfiel. In der Regel suchte er sich die Schwächsten aus. Die Jungen, die herausgepickt wurden, um dem schlimmsten Druck ausgesetzt zu werden, den das System ausüben konnte, waren immer die verletzlichsten; diejenigen mit den wenigsten Möglichkeiten, dem Druck irgend etwas entgegenzusetzen. Ich gehörte nicht zu den Opfern, jedenfalls nicht am Anfang. Ich war weder häßlich noch pickelig, weder dünn noch dick. Ich hinkte nicht, ich stotterte nicht, ich weinte nicht vor versammelter Mannschaft, und ich wurde nicht nach zwanzig Liegestützen bewußtlos. Die Opfer waren immer die Schwächsten, Leisesten und Harmlosesten, und jedes Kadermitglied hatte sich einen solchen Jungen als persönliches Opfer erkoren, an dem er seine perverse Lust, zu quälen und zu demütigen, auslassen konnte. Ich betrachtete mein Leben an der Akademie als schrecklich und bedauernswert, doch was diese Jungen durchmachten, war nicht zu beschreiben. Aber in jenen frühen Tagen des Rekrutenjahres erlebte ich auch Augenblicke, in denen ein Opfer des Kaders bewundernswerten Mut zeigte. Einige überstanden sogar die Zähmung.

Ich studierte meine Vorgesetzten mit so viel Gründlichkeit, wie das System es erforderte. Durch Beobachtung und Erfahrung lernte ich, wem ich um jeden Preis aus dem Weg gehen mußte. Einige Kadermitglieder waren im Grunde harmlos; manche waren sogar nett und freundlich – umgängliche Kerle, wenn sie einem auf dem Campus allein über den Weg liefen. Einige betrachteten das System objektiv und sachlich als einen wirksamen, bewährten Mechanismus, der aus Jungen Akademie-Männer formen konnte. Doch sie alle forderten von uns zunächst nur eines: daß wir das Spiel nach ihren Regeln spielten. Wir mußten erst einmal die schwierige Kunst der bedingungslosen Unterwerfung erlernen – die Kunst, Rekrut zu sein. Der Kader wachte mit Argusaugen und lauerte auf das kleinste Anzeichen von Aufsässigkeit, unmilitärischem Auftreten, unkontrolliertem Zorn oder Enttäuschung oder dem plötzlichen Aufflackern der Verzweiflung in den Augen eines Neulings, das immer dann zu sehen war, wenn der Betreffende kurz davor stand, aufzugeben. Der Kader studierte uns so sorgfältig, wie wir ihn studierten, doch der Kader hatte mehr Geduld. Langsam, während das Jahr voranschritt, entdeckte er, wo unsere größten Schwachstellen lagen, und seine unermüdliche Aufmerksamkeit wurde belohnt. Die Kadermitglieder sonderten einen Rekruten von der Herde ab und brachten ihn in schwierige, schreckliche Situationen, die aus dem Rahmen fielen, der vom System vorgegeben war. Und indem sie das Opfer genauestens beobachteten, fanden sie heraus, wovor es sich am meisten fürchtete. Dann setzten sie dieses Wissen rücksichtslos und mit tödlicher Zielstrebigkeit ein. Wenn sie bei einem Opfer nicht genau lokalisieren konnten, wo seine größten Ängste lagen, benutzten sie einen letzten Trick: Der gesamte Kader ging auf den Betreffenden los. Nur sehr wenige konnten der gemeinsamen Attacke von zwanzig entschlossenen Männern standhalten.

Die Zähmung konnte verschiedene Formen annehmen. In der zweiten Woche entdeckte der Kader durch Zufall, das Graham Craig unter Höhenangst litt. Er war ein hitzköpfiger Bursche aus Greensboro, der die ungeteilte Aufmerksamkeit des Kaders auf sich gezogen hatte, indem er von der Akademie abging, um zwei Tage später wieder zu erscheinen. Dann begann die Zähmung. Maccabee fand heraus, daß Craig es nicht über sich brachte, vom Außengang der vierten Division auf den Exerzierplatz hinunterzublicken. Craig gab zu, daß ihm dabei schwindelig wurde. Der Kader wickelte ihn in eine Tagesdecke; dann hievten sie das Bündel über das Geländer und banden es mit Stricken am Handlauf fest, so daß es gut dreißig Meter über dem Beton in der Luft baumelte. Craig, der keine Ahnung hatte, was geschehen war, strampelte sich frei und steckte den Kopf aus der zusammengeschnürten Tagesdecke. Als er sah, wo er sich befand, wurde er bewußtlos, sehr zur Erheiterung der zuschauenden Kadermitglieder. Sie ließen ihn die Nacht über am Geländer hängen. Craigs Kopf kam nicht mehr zum Vorschein. Das zusammengeschnürte Bündel rührte sich nicht mehr. Und Craig verschwand am nächsten Tag auf Nimmerwiedersehen von der Akademie.

Jeff Lieckweg hatte Angst vor Schlangen. Er stammte aus Cleveland und hatte noch nie eine lebende Schlange gesehen, bis sein Zugführer, Muller, sich bei einem morgendlichen Stubendurchgang von seinem Haustier begleiten ließ, einer Boa Constrictor. Die Schlange jagte Lieckweg höllische Angst ein. Er konnte einfach nicht mehr den Mund halten; ihm platzte der Kragen, und er gab Muller patzige, respektlose Antworten. Jeff sah immer wütend aus, und er war es auch immer. Am Abend dieses Tages fesselten sie Jeff die Hände auf den Rücken und ließen ihn an einem Seil, das sie ihm um die Füße gebunden hatten, kopfüber in einem Aufzugsschacht hinunter. Bevor sie ihn abseilten, sagten sie ihm, daß sie vorher zwölf giftige Mokassinschlangen in den Schacht geworfen hätten. Sie rieten ihm, sich ja nicht zu bewegen, wenn er am Boden angekommen sei; dann würden die Schlangen vielleicht nicht zubeißen, würden ihn vielleicht nicht einmal bemerken. Aber wenn er Pech hätte, sagten sie Jeff, würde er mit dem Kopf genau auf eine oder zwei Schlangen landen. Das wäre eine schlimme, sehr schlimme Sache, war die einhellige Meinung des Kaders. Es lagen keine Schlangen auf dem Boden des Aufzugsschachts, und Jeff Lieckweg kam nie auf dem Boden an. Auf halber Strecke in die Tiefe schrie er so laut, daß sich weitere Zähmungen als überflüssig erwiesen. Noch in der gleichen Nacht verließ Lieckweg die Kasernen.

Selbstbefriedigung war laut Dienstvorschrift verboten. Wahrscheinlich wurde gegen keine andere Dienstvorschrift so häufig verstoßen. Der Kader machte sich einen Spaß daraus, Rekruten auf den Latrinen aufzulauern, um sie beim Masturbieren auf frischer Tat zu ertappen. Bill Agee, ein bemitleidenswert fetter Junge aus Fort Lauderdale, wurde zwei Wochen lang jeden Abend beim Onanieren erwischt. »Ich kann doch nichts dagegen tun! Ich kann doch nichts dagegen tun!« schrie er die Kadermitglieder verzweifelt an. Der Kader ließ ihn nur noch mit einem weißen Handschuh über den Campus marschieren. Von nun an konnte man Agee deutlich ausmachen; unter fünfhundert Rekruten erkannte man ihn sofort am weißen Handschuh und konnte jederzeit beobachten, wann er welches Gebäude betrat und wann er welches verließ. Es war eine ausgesprochen öffentliche Form der Demütigung, und jeder auf dem Campus – einschließlich der weiblichen Bibliotheksangestellten und der Gattin des Direktors – wußte, was der weiße Handschuh zu bedeuten hatte. Agee wurde nach und nach erniedrigt, Schritt um Schritt, und schließlich, als er längst zur Witzfigur des Campus geworden war, verließ er unter Tränen die

R-Kompanie. Er trug immer noch den weißen Handschuh, als er durch das Legrand-Tor flüchtete.

Rodney Aimar war ein beklagenswert dünner, zerbrechlicher Junge aus Anderson, South Carolina. Als er auf die Akademie kam, schaffte er keinen einzigen Liegestütz. Nach einem Monat anhaltender, brutaler Schinderei schaffte er nicht mehr als zehn. Jeder wußte, daß es nur eine Frage der Zeit war, bis man Rodney zerbrochen hatte, doch er erwies sich als erstaunlich zäh. Er schien vollkommen unempfindlich gegen das Gebrüll des Kaders zu sein, und nichts deutete darauf hin, daß er die Akademie verlassen wollte. Im Gegenteil – er vertraute seinen Kameraden aus der Kompanie an, daß der Kader tun könne, was er wolle – er, Rodney, ließe sich nie und nimmer verjagen. Er hatte schon als kleiner Knirps den Wunsch gehabt, die Akademie zu besuchen. Das war sozusagen sein Wahlspruch: ›Ein kleiner Knirps‹. Er war fest entschlossen, zu bleiben. Und er sagte: ›Um ein ganzer Kerl zu sein, braucht man keine Liegestütze machen zu können. Wenn man das nötige Rückgrat hat, kann man auch als kleiner Knirps alles ertragen, was der Kader sich an Gemeinheiten einfallen läßt.‹ Das hatte er verkündet, bevor der Kader die Sache mit Rodney und den Würmern herausfand. Rodneys Kameraden, darunter auch ich, durften als Augenzeugen miterleben, wie eine Zähmung vor sich ging. Die Kadermitglieder fesselten Rodney nackt auf sein Bettgestell und schoben es auf den Flur, auf dem wir in zwei Reihen an den Wänden Aufstellung genommen hatten, um uns das Schauspiel anzusehen. Sein dünner, zerbrechlicher Körper bäumte sich auf; er zerrte verzweifelt an den Seilen. Keiner von uns wußte, was der Kader mit Rodney vorhatte. Fox war zu einem Geschäft für Anglerzubehör gefahren und hatte mehrere Dosen gekauft. Tausend Würmer. Sie schütteten Dose um Dose über den nackten Körper Rodney Aimars. Sie hatten ihn geknebelt, so daß seine Schreie keinen Ausbildungsoffizier oder den Bären alarmieren konnten. Auf Rodneys Gesicht, der Brust, den Genitalien ringelten sich Würmer, bis sein Körper fast vollständig bedeckt war. Nach diesem Abend sahen wir Rodney Aimar nie wieder.

Ich weiß nicht mehr genau, wann ich zum erstenmal Bobbys Namen gehört habe, Bobby Bentley aus Ocilla, Georgia. Ich weiß auch nicht mehr, wann mir klar wurde, daß der Kader sich geschworen hatte, ihn am Thanksgiving-Tag aus der R-Kompanie zu verjagen. In der ersten Woche des Rekrutenjahres bekam ich seinen Namen oft zu hören; er wurde verächtlich von bartlosen Unteroffizieren gerufen und hallte über die Flure der Kaserne. Noch bevor ich Bobby zu sehen bekam, wußte ich, daß der Kader ihn zur Zähmung auserkoren hatte. Aber Bobby Bentley war anders als alle anderen. Auch unter dem schrecklichsten Druck weigerte er sich standhaft, von der Akademie abzugehen. Er setzte ein Beispiel an Mut, das ich nie vergessen werde.

Später stellte ich fest, daß diejenigen Jungen, die am schlimmsten unter den Härten und Schikanen des Rekrutenjahres gelitten hatten, die brutalsten, sadistischsten Kadermitglieder wurden. Die Akademie hatte es ihnen ermöglicht, den Mut zu finden, der in ihrem Innern versteckt gewesen war. Unter Fett, Fleisch und Knochen war die Klinge des Systems auf einen bisher unbekannten Nerv aus Stahl gestoßen. Das System hatte diese Jungen überrascht und belohnt, indem es eine gewaltige innere Kraft und die Fähigkeit zu Überleben in ihnen erweckt hatte. Ich erlebte Beispiele von unglaublichem, edlem Mut der Schwachen — und konnte beobachten, wie sie sich später in schmutzige, verzerrte Abbilder ihrer Peiniger verwandelten. Aber das geschah mit anderen; mit Bobby Bentley geschah es nicht.

Er war ein hagerer, beinahe ausgezehrter Junge. Sein Körper sah aus, als wäre er aus den unbrauchbaren, unterentwickelten Produkten eines Gemüsegartens zusammengesetzt: Selleriearme, Spargelbeine und ein Brokkoli-Rückgrat. Aber Bobby war kein körperlicher Schwächling wie Rodney Aimar. Bobby konnte eine ganze Nacht lang Liegestütze machen und sein Gewehr so lange in Vorhalte halten, bis uns anderen die Arme weich wie Pudding wurden. Seine Sünde war eine Schwäche ganz anderer Art. Er hatte die unglückselige Veranlagung, sich auf dem Höhepunkt der Schwitzpartys in die Hose zu pinkeln. In der ersten Woche des Rekrutenjahres passierte es ihm einmal, in der zweiten Woche zweimal, in der dritten viermal, bis Bobby schließlich jedesmal in die Hose pinkelte, wenn ein Kadermitglied ihn anbrüllte. Binnen einer Woche war er von den Ausbildern als Hauptziel zum Abschuß aus der R-Kompanie freigegeben. Der Kader ließ ihm nun keine ruhige Minute mehr. Sie bearbeiteten Bobby Bentley aus Ocilla, Georgia, mit einer Brutalität, wie ich sie nie zuvor erlebt hatte. Selbst die tolerantesten und umgänglichsten Kadermitglieder waren sich einig, daß Bobby eine Peinlichkeit für die Akademie sei und die Integrität und Wirksamkeit des Systems in Frage stelle. Rasch wurde Bobby für den Kader zu einem Symbol, und bald kursierte in den anderen Kompanien der Witz, daß der Kader der R-Kompanie nicht einmal imstande sei, einen Jungen von der Akademie zu jagen, der die meiste Zeit mit vollgepinkelten Hosen durch die Gegend lief. Im Oktober schließlich wurde es als Ehrensache betrachtet, sich Bobby Bentley endlich vom Hals zu schaffen. Die Grausamkeiten, die man diesem zerbrechlichen Jungen antat, waren unbeschreiblich; manche Rekruten verdrückten sich klammheimlich, weil sie es nicht mit ansehen konnten, was der Kader diesem Jungen antat.

Aber in Bentley war irgendeine Kraft, irgend etwas, womit der Kader nicht gerechnet hatte und das wir, seine Kameraden, nicht vermutet hatten. Irgendwann während des ersten Ausbildungsmonats, nachdem Bobby sich bei jedem Antreten in die Hose machte, nachdem man ihn über alle Grenzen des menschlichen Anstands hinweg gedemütigt hatte, nachdem der Kader es zu einer perversen sportlichen Übung gemacht hatte, Bobby anzubrüllen und dabei zu beobachten, wie seine Hose sich dunkel färbte – inmitten eines Hexenkessels aus Grausamkeiten und Erniedrigungen hatte dieser Rekrut eine schlichte, aber schreckliche Entscheidung getroffen: Bobby Bentley war fest entschlossen, auf der Akademie zu bleiben.

Doch der Kader konnte es sich einfach nicht leisten, daß jemand das Rekrutenjahr überstand, der eine solche Unart wie Bentley besaß. Wenn sie jemanden wie ihn nicht zur Aufgabe zwingen konnten – einen Jungen, der nicht einmal seine Blase in der Gewalt hatte –, wie sollten sie dann die Furcht in die Herzen und Köpfe ihrer zukünftigen Opfer einpflanzen? Denn Bentley war auf dem besten Weg, nicht nur das Rekrutenjahr zu überstehen – sondern auch die Zähmung.

Anfang September fand jeden Abend in der düsteren Stunde zwischen dem Rückmarsch vom Speisesaal und dem Beginn der abendlichen Aufarbeitung des Studienstoffes eine kleine Schwitzparty statt. Und bei jeder dieser

Partys pinkelte Bobby Bentley sich in die Uniformhose. Bei jedem Antreten stellte der Kader einen Eimer neben ihn. Er mußte an sonnigen Tagen einen Regenmantel tragen. Er wurde gezwungen, Windeln und Gummihosen zu tragen. Ihm wurde befohlen, in Badehose anzutreten. Er mußte mit der hohen, schrillen Stimme eines Kleinkinds sprechen. Er mußte sich einen Schnuller in den Mund stecken. Er mußte seine Milch aus einem Babyfläschchen trinken. Bobby Bentley regte die schöpferische Kraft des Kaders an und trieb dessen Phantasie in unerreichte Höhen, was neue, grausame Möglichkeiten eines Angriffs auf die menschliche Psyche betraf. Bobby wurde für den Kader zur Besessenheit.

Als alle Versuche der Zähmung fehlschlugen, hetzte der Kader Bobbys Kameraden gegen ihn auf – jene Jungen, die seine Brüder und Beschützer vor dem System waren. Der Kader forderte von uns, daß wir Bobby unsere Verachtung zeigten und ihn fallenließen. Sie belohnten uns für diesen Verrat.

Und in den ersten Monaten fiel es mir leicht, Bentley nicht zu mögen. Außerdem brauchte ich jemanden, den ich hassen konnte – in aller Offenheit, für jedermann sichtbar. Also schloß ich mich meinen Kameraden bei ihrer Verleumdungskampagne gegen Bobby Bentley an. Nach kurzer Zeit wurde er von den Rekruten genauso verachtet wie vom Kader und den Senioren. Wir haßten ihn seiner Schwäche, seiner Zerbrechlichkeit, seiner vollgepinkelten Hosen und seines Geruchs wegen. Er war unsauber und verströmte ständig den Gestank von Urin, wie andere Laute den Duft von Rasierwasser. Oft wurde ihm verboten, sich umzuziehen, und er mußte den ganzen Tag seine vollgepinkelte Hose tragen. Der Gestank verriet Bobby, bevor man ihn sah oder hörte. Ob im Speisesaal, beim Antreten – immer konnte man riechen, daß Bobby Bentley dabei war.

Die Rekruten begannen Bobby zu schneiden. Ihm wurden nicht mehr jene geheimen Zeichen gegeben, durch die wir uns lautlos verständigten. Niemand half ihm mehr, sich für die Parade fertigzumachen. Niemand verriet ihm mehr, wenn er im voraus erfuhr, welche Schikanen der Kader sich für uns ausgedacht hatte. Wenn wir beim Samtagsabendausgang den Campus verlassen durften, ließen wir Bobby in der Kaserne zurück. Wir übernahmen die Rolle seiner Peiniger, seiner Zähmer, und reagierten all unseren unterdrückten Haß und Zorn auf den Kader an Bobby ab. Wir mieden Bobby Bentley, denn wir erkannten in seinem Leid uns selbst wieder, und wir wollten nicht daran erinnert werden, daß er einer von uns war, daß auch er unsere Kompanie repräsentierte, unsere Mannhaftigkeit und unser eigenes Elend. Auf einer Anstalt wie der Akademie, wo man nur durch die Freundschaft und Unterstützung der Kameraden Trost finden kann, wurde Bobby Bentleys Einsamkeit ehrfurchtgebietend, mythisch und unerträglich. Zuerst glaubten wir, in Bobby eine Insel erschaffen zu haben, eine unreine, stinkende, unbetretbare Insel; aber das stimmte nicht. Wir waren zu einem Pseudo-Kader geworden, zu einer Kompanie aus lauter Judas Ischariots. Dadurch, daß meine Kameraden und ich die Verachtung des Kaders für Bentley so eifrig billigten und unterstützten, hatten wir, die Rekruten vom Jahrgang 1963, etwas bisher nicht Gesehenes erschaffen.

Wir hatten den ersten Mann unseres Jahrgangs erschaffen.

An einem regnerischen Oktoberabend mußten alle Rekruten der R-Kompanie vor der Kaserne in Reihe Aufstellung nehmen. Bobby Bentley stand uns allein gegenüber. Wir waren achtunddreißig Rekruten, die den ersten Monat überstanden hatten. Der Kader befahl uns, an Bobby Bentley vorbeizumarschieren und ihm ins Gesicht zu spucken. Wir gehorchten, alle siebenunddreißig. Als ich an der Reihe war und vor Bobby stand, sah ich, daß sein Gesicht vollständig mit klebriger Spucke bedeckt war und er die Augen fest geschlossen hielt. Ich spuckte ihm ins Gesicht und rannte zurück ans Ende der Reihe.

Mitte Oktober wurde der Kader von Verzweiflung gepackt. Er befahl sämtlichen Rekruten, ein persönliches Gespräch mit Bentley zu führen. Der Kader hatte ihn nicht zähmen können. Man befahl uns, ihn zur Vernunft zu bringen und ihm zu sagen, daß er dem Ansehen der Kompanie und des Jahrgangs schade, und daß der Kader verschärften Druck auf uns alle ausüben würde, falls Bobby nicht endlich aufgäbe. Zehn meiner Kameraden waren vor mir auf Bobbys Stube in der dritten Division gewesen, um ihn dazu zu bewegen, endlich von der Akademie zu verschwinden. Als ich seine Stube betrat, schrieb er einen Brief. Dann hob er den Kopf, lächelte mich an und forderte mich auf, Platz zu nehmen.

»Wo ist dein Stubenkamerad, Bobby?« fragte ich. Im Zimmer herrschte ein scharfer Uringestank. Bobby bemerkte, daß ich es bemerkte.

»Seit der Einführungswoche habe ich keinen Stubenkameraden mehr. Niemand möchte mit einem Kerl die Stube teilen, der sich dauernd in die Hose pißt«, erwiderte er. »Man will mir verbieten, meine Uniformen in die Wäscherei zu geben. Bis auf die beiden, die ich bei den Seminaren und Vorlesungen trage.«

»Man hat mir gesagt, ich soll mit dir reden, Bobby.«

»Ich weiß, Will.«

»Hör mal, Bobby, warum verschwindest du nicht einfach von hier? Du machst uns anderen nur Ärger. Die Ausbilder fangen an, Schwitzpartys unter deinem Namen zu veranstalten, Mann. Es ist doch offensichtlich, daß du nicht hierher gehörst, verdammt noch mal. Was du tust, das tun nicht mal drei Jahre alte Kinder, Bobby. Du solltest wirklich mehr Stolz haben, als hier zu bleiben und dir vor aller Augen die Hosen naßzumachen.«

»Daß ich mir in die Hosen pinkle, tut mir leid«, sagte er. »Es tut mir wirklich leid. Aber ich kann einfach nichts dagegen machen, Will. Es ist peinlich. Es ist schrecklich für mich. Die Ärzte sagen, es sind die Nerven. Nerven. Jeden Abend sage ich mir, Bobby, morgen wird es anders, morgen pißt du dir nicht in die Hose. Aber es ist jeden Tag dasselbe. Es kotzt mich genauso an wie den Kader. Und ich bin euch und dem Kader auch nicht böse, daß ihr mich verjagen wollt.«

»Warum verschwindest du dann nicht?«

»Weil ich mich entschlossen habe, hier zu bleiben. Das ist mein Entschluß, nicht eurer und nicht ihrer.«

»Du gehörst nicht hierher, Bobby.«

»Mein Daddy hat aber genau so gutes Geld für meine Ausbildung bezahlt wie die Väter aller anderen Rekruten.«

»Das habe ich nicht gemeint, und das weißt du.«

»Die anderen, die bis hier auf der Stube waren, haben mich angeschrien, Will. Jedenfalls die meisten. Sie sind hier reinmarschiert und haben mich behandelt, als wären sie der Kompaniefeldwebel. Sie haben mich als Pisser bezeichnet und als Stinktier. Alexander hat mir sogar eine Ohrfeige verpaßt, als ich ihm gesagt habe, daß ich bleibe. Aber von denen weiß ja keiner, wie man sich fühlt, wenn es einem so ergeht wie mir. Ich bin den Jungs nicht böse.

Ich würde dasselbe sagen und dasselbe tun, wäre ich an ihrer Stelle. Wenn ich doch nur meine Nerven unter Kontrolle halten könnte! Das alles ist mir so peinlich. Jedesmal, wenn ich das Signal zum Wecken oder zum Antreten höre, dann krieg' ich so ein komisches Gefühl im Bauch. Und dann weiß ich, es geht wieder los. Ich sage mir immer wieder, daß ich es einmal am Tag aushalte, daß ich mich nicht unterkriegen lasse, daß ich neun Monate lang alles ertragen kann. Ich muß mir selbst beweisen, daß ich so hart bin wie der Kader. Verstehst du das, Will?«

»Nein.«

»Warum bist du dann hier?«

»Weil ich ein Arschloch bin. Und es tut mir leid, daß ich hergekommen bin und dir diesen Schwachsinn gesagt habe, Bobby. Letztes Jahr hätte ich so etwas niemals getan. Aber letztes Jahr war alles noch ganz anders. Es tut mir leid. Es tut mir wirklich leid.«

»Dein Stubenkamerad, St. Croix – möchte der auch, daß ich verschwinde?«

»Nein. Ich glaube nicht, Bobby. Er hat Angst, daß der Kader sich ihn als nächsten vorknöpft, wenn du nicht mehr hier bist.«

Bobby Bentley lachte, und mir wurde klar, daß ich ihn vorher nie hatte lachen sehen. Daß ich die meisten meiner Kameraden noch nie hatte lachen, nicht einmal lächeln sehen. Ich verließ die Stube mit einem scheußlichen Gefühl der Scham, daß ich die Rolle als Inquisitor des Kaders so bereitwillig übernommen hatte. Ich schwor mir, von diesem Abend an keine der Probleme mehr zu sein, mit denen Bobby Bentley zu kämpfen hatte. Ich hatte mehr als genug mit mir selbst zu tun.

Drei Tage später trafen sich sämtliche Rekruten der

R-Kompanie im Mannschaftsraum der ersten Division, um über das Problem namens Bobby Bentley zu sprechen. Es war das erste Treffen, das man uns offiziell gestattete, ohne daß der Kader die Aufsicht führte. Und es war für uns Jungen die erste Zusammenkunft an der Akademie, die unter den Bedingungen der institutionellen Demokratie stattfand. Zum erstenmal sah ich die Gesichter einiger Kameraden entspannt und ausgeruht — so, wie sie wirklich waren.

John Alexander, der mit Abstand schneidigste Rekrut auf militärischen Gebiet, leitete die Diskussion forsch und mit knappen, klaren Worten. Schon im ersten Ausbildungsmonat hatte sich ganz von selbst gezeigt, daß ihm, und nur ihm, die Führungsrolle unter den Rekruten zufiel. Sogar der Kader war sich einig, daß Alexander aus jenem Holz geschnitzt war, aus dem Kompaniechefs, wenn nicht sogar Regimentskommandeure sind. Er eröffnete das Treffen mit einer Stimme, in der die Dringlichkeit des zu behandelnden Themas zum Ausdruck kam: »Also, Männer. Wir alle wissen, warum wir heute abend zusammengekommen sind. Ich habe mit einigen Kadermitgliedern gesprochen. Der Kader möchte uns helfen, eine Möglichkeit zu finden, Bentley aus dem Korps zu entfernen. Er schadet dem Ansehen unseres Jahrgangs, und insbesondere dem Ansehen der R-Kompanie. Ich bin sicher, wir alle wollen den Beweis erbringen, daß der Rekrutenjahrgang 1963 der beste Jahrgang ist, der diese Akademie jemals besucht hat. Um dies beweisen zu können, Männer, dürfen wir nicht tatenlos zusehen, wie einer der unseren sich jedesmal in die Hose pinkelt, wenn es heißt: Kompanie angetreten. Ich möchte einen Vorschlag machen, wie wir dieses Problem bereinigen können, und ich zähle auf eure Hilfe. Ich schlage vor, wir gehen nach Abschluß dieser Versammlung auf Bentleys Stube. Als Kameraden. Als Gemeinschaft. Wir gehen zu Bentley und sagen ihm, wir haben uns geschlossen dafür ausgesprochen, daß er es nicht wert ist, auf dieser Akademie ausgebildet zu werden. Dann werden wir seine Taschen packen und ihn gemeinsam zum Legrand-Tor geleiten. Falls er Widerstand zu leisten versucht, werden wir nicht davor zurückschrecken, unserer Forderung durch Anwendung körperlicher Gewalt Nachdruck zu verleihen.«

»Gute Idee, John«, ließ sich eine Stimme vernehmen.

»Einverstanden«, erklärten drei andere.

»Irgendwelche Einwände?« fragte Alexander.

Ich versuchte zu sprechen, hielt dann aber den Mund. Im Schweigen lag meine Errettung; das hatte ich schon vor langer Zeit erkannt. Ich wollte mich unbemerkt durch das Rekrutenjahr schleichen, kein Aufsehen erregen, keinen Ärger machen und mir keine Feinde schaffen. Ich hatte erlebt, was der Kader mit Neulingen anstellte, die sich zu deutlich exponierten. Die hier versammelten Rekruten waren auf dem besten Weg, ihren Kader-Vorbildern zu folgen und sich zum Pöbel zu entwickeln, aber ich wollte und konnte nichts dagegen tun. Wir wollten die Versammlung gerade beenden und zu Bentleys Stube gehen, als eine Stimme erklang.

»Ich bin dagegen.«

Wir drehten uns in die Richtung, aus der die Stimme gekommen war, und ich bekam zum erstenmal Mark Santoro zu Gesicht, der auf einem Stuhl am Fenster saß. Hinter ihm stand der muskelbepackte Rekrut, den einige meiner Kameraden ›Pig‹ nannten. Santoro und Pig waren die einzigen Yankees, die in der R-Kompanie übriggeblieben waren.

Mark drehte sich langsam im Stuhl herum, wies mit seinem riesigen Zeigefinger auf John Alexander, gestikulierte heftig und sagte: »Runter von dem Schreibtisch, du Wichsgriffel. Es macht mich nervös, wenn jemand mir etwas vorfaselt und dabei auf dem beschissenen Schreibtisch steht.«

Jetzt erst fiel mir auf, daß Alexander auf dem gleichen Schreibtisch gestanden hatte, auf dem Maccabee zu Beginn des Höllenabends seine Ansprache gehalten hatte.

»Paßt dir was nicht, Santoro?« fragte Alexander grinsend, doch plötzlich lag Unsicherheit in seiner Stimme.

»Du paßt mir nicht, du Südstaaten-Waschweib. Du und all die anderen Virginia- und Carolina-Schleimscheißer, deren Ahnen von unserem General Grant was vor die Fresse gekriegt haben.«

Mark stand auf und verschränkte die Arme vor der Brust, während der nicht minder riesige Pignetti sich neben ihm aufbaute, um zu demonstrieren, daß er allem zustimmte, was sein Stubenkamerad gesagt hatte und noch sagen wollte.

»Pig und ich haben die Sache durchgesprochen«, fuhr Santoro fort. »Wir sind der Meinung, daß Bobby Bentley mehr Mumm in den Knochen hat als jeder andere Rotarsch dieser Kompanie.«

»Bentley ist ein Versager, Santoro«, sagte Alexander.

»Seit wann bist du Unteroffizier, Alexander?« fragte Mark verächtlich. »Seit wann bist du Kadermitglied? Woher nimmst du das Recht, dich selbst zum Boß zu ernennen, der seine Scheiße über die Kameraden ausgießen darf?«

»Jetzt reicht's aber. Ich habe mit Mr. Maccabee und Mr. Blasingame über unser Problem mit Bentley gesprochen. Ich weiß nicht, warum sie gerade mit mir darüber geredet haben. Aber ich glaube, sie haben erkannt, daß ich am besten weiß, wie die Kameraden über diese Sache denken. Ich versuche nichts weiter, als der Kompanie als Gemeinschaft zu helfen. Der Kader gibt den Rekruten der R-Kompanie die Chance, sich schon mal ein bißchen in Führerschaft zu üben. Man überläßt uns diese Sache. Der Kader gibt uns die Gelegenheit, uns seinen Respekt zu verdienen.«

»Es ist Aufgabe des Kaders, Rotärsche von der Akademie zu jagen«, erwiderte Mark. »Deine Aufgabe besteht darin, deine Kameraden zu beschützen.«

»Bentley, diese Pflaume, gehört nicht hierher«, sagte Jim Massengale.

»Nur wegen Bentley stehen wir wie Trottel da«, stimmte Webb Stockton zu.

»Wir müssen uns den Pisser vom Hals schaffen.«

»Wenn wir diese Pfeife nicht loswerden, trägt der Kader es auf unserem Rücken aus.«

Ich sagte nichts, stand auf und bedeutete Tradd, zu mir zu kommen. Dann gingen wir zur Tür des Mannschaftsraumes.

»Wo willst du hin, Mann?« fragte Alexander scharf. Für mich war es der Beweis, daß mein Versuch, anonym zu bleiben, bis jetzt erfolgreich gewesen war. Nicht einmal John Alexander, der ehrgeizigste aller Rekruten, kannte meinen Namen.

»Ich will auf meine Stube«, sagte ich.

»Das Treffen ist noch nicht vorbei«, erwiderte Alexander.

»Für mich schon.«

»Für mich auch«, sagte Tradd. »Bentley, der arme Kerl, hat schon genug Probleme. Er braucht sich nicht auch noch wegen seiner Kameraden Sorgen zu machen.

Wir haben ihm genug Böses angetan, und ich halte dieses Treffen für lächerlich.«

»Ach ja? Ausgerechnet du, St. Croix?« sagte Alexander. »Weißt du, einige Leute sind der Meinung, daß du genauso wenig an diese Akademie gehörst wie Bentley. Am besten, wir schaffen uns euch beide vom Hals. Noch heute abend.«

»Hör mal, Alexander«, sagte ich.

»Ja? Mach's kurz.«

»Ich möchte eine kleine Information von dir. Du bist der einzige in diesem Raum, der sie mir geben kann.«

»Dann stell endlich deine Frage«, erwiderte er schroff und blickte auf die Uhr. »Wir müssen noch vor dem Zapfenstreich entscheiden, was zu tun ist.«

»Mein Frage lautet folgendermaßen: Fällt dir das Atmen schwer, wenn du die Nase in Mr. Maccabees Arschloch gesteckt hast?«

Damit verließen Tradd und ich den Mannschaftsraum, der von grölendem Gelächter erfüllt war, als die Versammlung ein abruptes Ende fand.

Dieser Abend erbrachte einige bemerkenswerte Ergebnisse: Bentley sollte nicht durch die eigenen Kameraden von der Akademie gejagt werden, wie sich herausstellte; zwischen Mark, Pig und mir entwickelte sich eine Freundschaft, und ich hatte mir mit John Alexander meinen ersten Todfeind geschaffen.

Nach der Rekrutenversammlung richtete sich der geballte Zorn des Kaders noch vehementer gegen Bobby Bentley. Tag für Tag wurde es schlimmer. Und das Gelächter der Senioren wurden schriller und spöttischer, als sie von den anderen drei Bataillonen zu uns kamen, um die verzweifelten Bemühungen des Kaders der R-Kompanie zu verfolgen, einen kleinen, hageren Rotarsch fertigzumachen, der sich alle Nase lang in die Hose pinkelte. Aber die Sache war alles andere als lächerlich. Sie war todernst und nahm Formen einer derart unmenschlichen Grausamkeit an, daß sie alle Grenzen des Systems sprengte – so wie wir es bis zu diesem Zeitpunkt kennengelernt hatten.

Doch als der Druck auf Bentley immer mörderischer und grotesker wurde, änderte sich – ganz allgemein – das Verhalten der Rekruten der Romeo-Kompanie. Allmählich wuchs die Erkenntnis, daß wir Zeuge einer unerhörten Begebenheit waren. Der Kader rannte sich an Bobby Bentley den Schädel ein. Wir wurden stolz auf Bobby, der alles ertragen konnte, der alles wegsteckte, der mit wachsendem Gegendruck auf wachsenden Druck reagierte. Kadermitglieder schlugen mit den Fäusten auf ihn ein oder drückten ihm die Stiefel aufs Rückgrat, wenn er Liegestütze machte. Sie schlugen ihm den Hintern mit Stöcken blutig, ja mit ihren Degen. Sie ließen ihn nicht essen, nicht schlafen. Jeden Abend brach er unter der Dusche bewußtlos zusammen, wenn sie mit ihm fertig waren. Manchmal richteten fünf, sechs Kadermitglieder gleichzeitig ihre perverse Energie gegen Bobby, während der Rest sich um uns kümmerte.

Unter den Rekruten der R-Kompanie wurde in jenen Wochen die Erkenntnis geboren, daß er einer von uns war; daß Bobby Bentley, unser Jahrgangs- und Kompaniekamerad, ein tapferer, *edler* Kerl war, viel zu edel für die Akademie; daß er einen Mut an den Tag legte, wie der Stärkste von uns ihn niemals aufbringen konnte, und daß er auf seine stille, entschlossene Art und Weise der vielleicht härteste Rekrut war, der jemals das Legrand-Tor durchschritten hatte. Es beschämte uns, wie wir ihn behandelt hatten, und wir äußerten offen unsere Bewunderung für diesen Jungen. Bald war er zu einer Art Wahrzeichen für uns alle geworden. Er war tapferer als jeder von uns. Er war der Beste von uns allen. Bobby hatte mehr als dreißig Tage Zähmung durchgehalten, und er zerbrach nicht am Kader – der Kader begann an ihm zu zerbrechen.

Die Schönheit des Rekrutenjahres – die eine und einzige wundervolle Tugend, die diese neunmonatige Reise durch Verderbnis und Qualen hervorbringen kann – nahm Gestalt an, als wir uns um Bobby scharten und ihn beschützten. Wir wurden zur Bruderschaft. Wenn der Kader nach Bobby Bentley rief, dann rief er nach uns allen, und unsere Hingabe an Bobby wurde stärker, während wir Zeugen seiner Erniedrigung und seiner Einsamkeit waren.

Er hielt es bis zu den paar Tagen Dienstbefreiung an Thanksgiving durch. Dann ging die Zähmung weiter. Im Dezember rief der Kader Bobby beim Antreten nach vorn. Sie rissen ihn aus unserer Mitte, trennten ihn vom Hauptteil der Rekruten, wie sie es immer taten, um uns das Ausmaß seiner Abartigkeit zu verdeutlichen. Wir beobachteten, wie Bobby aus unseren Reihen trat und Fox und Newman in den Schatten der Treppe vor der Kaserne folgte. Doch als sie an diesem Dezemberabend nach Bentley riefen, trat Mark ohne Erlaubnis aus der Reihe der angetretenen Rekruten und folgte Bobby dichtauf, gefolgt von Pig, gefolgt von Tradd, von John Kinnell, von Webb Stockton, von Jim Massengale, von mir, von uns allen. Und als sie Bobby sagten: »Runter mit dir, Pisser, mach fünfzig Liegestütze!«, gingen wir achtunddreißig allesamt gleichzeitig zu Boden und machten ebenfalls Liegestütze. Der Kader tobte, raste, drehte durch. Er schlug unsere kleine, halbherzige Revolte rasch und brutal nieder, indem er uns mit Tritten und Hieben in kleinere Gruppen zersprengte, die er über den Exerzierplatz verteilte. Doch es war das erste Anzeichen der Macht unserer Bruderschaft, einer wunderbaren, unzerstörbaren Kraft, die wahrer Solidarität entspringt.

An diesem Abend schlich Bobby Bentley nach dem Zapfenstreich auf die Stuben sämtlicher Rekruten der R-Kompanie. Er bedankte sich bei uns und flehte uns an, so etwas nie wieder zu tun. Es würde uns nur Ärger einbringen, sagte er. Er weinte, als er auf unsere Stube kam und sich bei Tradd und mir für diese bedeutungslose Geste bedankte. Er kniete vor meinem Bett, den Kopf auf die Matratze gelegt, und ich hörte ihn schluchzen. Am liebsten hätte ich ihn in der Dunkelheit in die Arme genommen und ihn um Verzeihung gebeten, daß ich ihm ins Gesicht gespuckt hatte. Aber ich tat nichts, wie immer. Ich hörte nur zu, wie er leise weinte. Es kam oft vor, daß mir das Richtige einfiel, aber ich konnte es nur selten in die Tat umsetzen.

Es war am 16. Dezember, fünf Tage vor Beginn des Weihnachtsurlaubs, als der Kader uns auf dem Flur antreten ließ. Wir wußten, daß heute ein besonderer Abend war, denn wir hatten die Gerüchte gehört: Heute abend wollte der Kader dafür sorgen, daß Bobby Bentley nach dem Weihnachtsurlaub nicht mehr an die Akademie zurückkehrte. Aber der Kader wußte nicht, daß wir, die Rekruten, darauf vorbereitet waren. Wir hatten den ganzen Tag damit verbracht, geheime Botschaften auszutauschen. Wir hatten die Absicht, die Aufmerksamkeit des Kaders von Bobby Bentley auf uns zu lenken. Es war erstaunlich, wie schnell wir uns Strategien angeeignet hatten, wie wir den Kader in Wut bringen, verwirren oder seine Pläne sabotieren konnten – auch wenn es nur vorübergehende Siege für uns waren.

Wieder zwangen sie Bobby Bentley, aus der langen Reihe der Rekruten vorzutreten. Diesmal hatten die Kadermitglieder sich in regelmäßigen Abständen vor uns postiert, um zu verhindern, daß wir Bobby wieder folgten. Er mußte uns gegenüber Aufstellung nehmen – siebenunddreißig Mann gegen einen. Seine Augen waren stumpf vor Resignation und erfüllt von den aufgestauten, erbitternden Erniedrigungen, die er Abend für Abend erleiden mußte. Er sah die Hilflosigkeit auf unseren Gesichtern und senkte kaum merklich den Kopf.

Fox und Newman gingen mit bedächtigen Schritten zu ihm, nahmen schweigend links und rechts von ihm Aufstellung und drückten ihre Münder auf Bobbys Ohren. Als Blasingame das Zeichen gab, stießen sie Schreie aus – so laut und grell, daß wir zusammenzuckten. Wie immer, färbte Bobbys Hose sich dunkel; zwischen seinen Füßen bildete sich eine Pfütze. Wir konnten seinen Urin auf den Beton plätschern hören.

Fox und Newman brüllten weiter: »Piß, piß, piß, piß, du beschissener Weichling.«

Plötzlich verstummten sie. Sie hielten inne, als sie es hörten, als sie uns hörten. Der ganze Kader verstummte, als er das Geräusch hörte – das Geräusch, als siebenunddreißig andere Rekruten sich in die Hosen pinkelten, als Zeichen eines Treueids auf Bobby Bentley aus Ocilla, Georgia. Sie hörten, wie der Urin auf den kahlen Betonboden plätscherte und über den Flur strömte. Ich pinkelte mir in die Hose, so gut ich nur konnte, und spürte, wie der Urin mir warm die Beine hinunterlief. Es war das erhabendste Pinkeln meines Lebens, die Krone allen Pinkelns. Zwischen den Füßen von siebenunddreißig Jungen bildeten sich Urinpfützen, als wir gemeinsam Wasser ließen, gleichzeitig, als untrennbare Bruderschaft, als Kameraden und Freunde. Es war ein vergnügliches und freudiges Pinkeln, ein sakramentales Pinkeln, ein transzendentales.

Als Bobby Bentley sah, was wir taten, fing er an zu weinen, nein, nicht zu weinen – er schrie, er war völlig außer sich; er war fassungslos, bewegt, aufgewühlt, daß wir uns auf seine Seite stellten, ihn in die Arme schlossen und ihm unsere Achtung erwiesen. Er hob die Hände in einer Geste der Dankbarkeit. Einige von uns brachen in Tränen aus, als sie sahen, wie Bobby die Hände hob. Es lag eine seltsame Melancholie in dieser Geste der Dankbarkeit für den unreinen, überfälligen Gnadenakt seiner vor kurzem noch so erbarmungslosen Feinde.

Der Kader fing sich schnell wieder. Wir wurden gezwungen, uns auf den Boden zu legen, Gesicht nach unten, in den eigenen Urin. Sie packten uns im Genick, rieben unsere Nasen darin; wir mußten uns in den Pfützen wälzen, bis unsere Uniformen vollgesogen waren; wir mußten uns den Urin in die Haare reiben, ins Gesicht, bis uns – und ihnen – vom Gestank übel wurde. Wir machten Liegestütze, bis wir mit dem Oberkörper erschöpft auf den Beton fielen und vor Schwäche nicht mehr aufstehen konnten; dann spürten wir ihre Faustschläge und Tritte an Kopf, Hals, Rücken. Einige von uns mußten sich übergeben; dann übergaben wir uns alle. Ich kann Ihnen sagen: Es waren eine strahlende Schönheit und ein erhabener Edelmut in diesen siebenunddreißig Jungen, die sich als Akt der Reue und Buße für Bobby Bentley in Urin und Erbrochenem wälzten.

Der Kader brüllte, tobte, wütete, doch in diesen Augenblicken waren wir unerreichbar und unantastbar für ihn. Während wir uns bei dieser unreinen, stinkenden Taufe in Urin und Erbrochenem wälzten, handelten wir zum erstenmal als eine wirkliche Bruderschaft, als würden wir von einem gemeinsamen, unbezwingbaren Willen geleitet. An diesem Abend konnte der Kader uns nichts anhaben, konnte uns nicht weh tun. Unser Gemeinschaftsgefühl war stärker als seine Wut.

Seit diesem Abend waren wir keine Rotärsche mehr, sondern hatten eine verschworene, unzerstörbare Gemeinschaft gebildet. Meine Freude war die meiner Kameraden; meine Liebe war die Liebe der Gruppe, und meine Stimme gehörte nun zu der einen, trotzigen Stimme der Rekruten, die lauter und mächtiger als die des Kaders war.

An diesem Abend hatten wir das System zum ersten Mal besiegt. Wir waren zu Brüdern geworden, zu Männern, zu Revolutionären. Und an diesem Abend war der Kader machtlos gegen uns. Es gab kein Mittel, uns aufzuhalten. Der Sieg gehörte den Rekruten des Jahrgangs 1963 und Bobby Bentley aus Ocilla, Georgia.

Doch beim Antreten am nächsten Abend erschienen plötzlich der Kadettenchef des zweiten Bataillons und der stellvertretende Regimentskommandeur. Sie gingen zu Bobby und flüsterten ihm irgend etwas zu; dann führten sie ihn aus der Kaserne hinaus in die Dunkelheit. Er kam nicht zu den abendlichen Studierstunden zurück, und er wurde beim Stubendurchgang nach dem Zapfenstreich einfach als ›abwesend‹ ins Dienstbuch eingetragen. Beim Wecken am nächsten Morgen und beim Mittagessen im Speisesaal war Bobby immer noch nicht zurück. Als wir nach dem Abendessen seine Stube durchsuchten, stellten wir fest, daß irgend jemand seine Sachen gepackt und seine Uniformen weggeschafft hatte. Die Senioren wußten nicht genau, was geschehen war, sagten uns aber, daß Bobby eine ›Spezialbehandlung‹ bekommen hätte. Zwei Tage vor Beginn des Weihnachtsurlaubs ging Bobby von der Akademie ab, ohne sich von uns verabschiedet zu haben. Einige behaupteten, Bobby hätte aufgegeben, weil er sich geschämt habe, seine Kameraden zu sehr in seine eigenen Schwierigkeiten hineingezogen zu haben. Doch es gab ein anderes Gerücht, das sich sehr viel düsterer anhörte. Ein Senior vertraute Tradd und mir an, er habe den Verdacht, Bobby sei von einer Geheimorganisation ›behandelt‹ worden, die sich ›die Zehn‹ nenne. Weil der Kader der R-Kompanie es nicht geschafft habe, Bobby von der Akademie zu verscheuchen, hätte die Zehn sich dieser Sache angenommen. Und niemand, niemand könne eine ›Spezialbehandlung‹ der Zehn überstehen. So lautete das Gerücht – wenngleich der Senior sich beeilte, zu beteuern, daß niemand mit Sicherheit wisse, ob dieser Geheimbund überhaupt existiere.

Siebenunddreißig Rekruten der R-Kompanie hatten bis Weihnachten durchgehalten. Sechs Kameraden kehrten nach dem Weihnachtsurlaub nicht mehr an die Akademie zurück. Wir begannen die kalte Jahreszeit mit einunddreißig Mann, die das Schlimmste hinter sich hatten.

18

Dies also sind meine Erinnerungen an die neun langen Monate, die ich als Rekrut verbracht habe. In den Kasernen lernte ich sehr viel über die Zeit, in der ich lebte, und über mein bewegtes Jahrhundert. Ich gewöhnte mich an das Klima von Gewalt und Grausamkeit. Ich erlernte das Fachjargon des Leidens, wie auch sämtliche Sprachen und Glaubensregeln, welche die Akademie in mein Inneres hatte fließen lassen. Im Januar begriff ich das System, und dadurch, daß ich nicht aufgab und blieb, gewöhnte ich mich an seine Gesetze. Ich bekam allmählich das Gefühl, mein ganzes Leben in einem feindseligen Jahrhundert gelebt zu haben. Es kam mir vor, als würde man an der Akademie alles Gute in meinem Innern abtöten; aber ich wußte nicht, was ich dagegen tun konnte. Ich hätte alles dagegen getan, nur eines nicht: aufgeben.

Also blieb ich und zog mich in mich selbst zurück. Ich versuchte, die Schwere der Verbrechen einzuschätzen, die im Namen der Tradition und Disziplin begangen wurden – und ich konnte nicht erkennen, daß sie es wert waren, einige Junge daran zugrunde gehen zu lassen, nur um die Überlebenden um so härter zu machen. Ich hatte den tyrannischen Charakter des menschliches Geistes am eigenen Leibe erfahren, und ich wußte, daß rücksichtslose, unmoralische Kräfte fremde Flaggen in meiner Seele gehißt hatten. ›Rekrutenjahr‹ war eine nüchterne Umschreibung für Menschenverachtung und verhüllte den Sadismus unter dem Deckmantel von Gehorsam und Pflichterfüllung. Die Schlechtigkeit des Kaders besaß ein Energiefeld; ich konnte die Kraft und Verderbtheit seiner unbekümmerten, unreifen Boshaftigkeit spüren. Ich würde dem Kader niemals verzeihen. An der Akademie hatte man ein Jahr des Schreckens und drei Jahre Erholung von diesem Jahr vor sich; aber ich erholte mich nie. Und ich lernte nur eins: daß Widerstand gegen das System ein lächerlich sinnloses Unterfangen war. In den neun Monaten von September bis

Juni veränderte sich irgend etwas in den Augen der Rekruten. In meinen Augen veränderte sich für alle Zeiten irgend etwas.

In den Erinnerungen meiner Freunde und Jahrgangskameraden sind alle diese Verbrechen und Erniedrigungen verdrängt oder vergessen. Die Vergeßlichkeit kann sehr nützlich sein. Sie ist eine der sanftesten Formen der Heilung – und eine der gefährlichsten. Ich aber bin Gefangener meiner Erinnerungen, und ich hatte seit vielen Jahren das Bedürfnis, mich von den Trümmern und dem Schmutz zu befreien, die das Rekrutenjahr hinterlassen hat. Dieses eine Jahr war sehr bedeutsam im Hinblick darauf, was für Männer meine Kameraden und ich geworden sind und was für Männer wir deshalb *nicht* wurden. Was meine Beobachtungen des Systems und meine daraus resultierenden Schlußfolgerungen betrifft, würde keiner meiner Kameraden zu den gleichen Ergebnissen gelangen. Sie würden sagen, daß ich verbittert gewesen sei, und das war ich auch. Sie würden sagen, daß ich nicht an die Akademie gehörte, und sie hätten recht. Sie würden sagen, daß ich der Akademie Schaden zufügen wollte, und auch damit hätten sie recht. Aber sie sind nicht Gefangene der Erinnerungen, wie ich es bin.

Ich schildere die Lehrzeit eines leidenschaftlichen Dissidenten. Ich schildere meine Ausbildung und den Weg, der mich zur Mannhaftigkeit geführt hat.

Was im September noch ungeheuerlich gewesen war – im Januar war es alltäglich. Ich kehrte in die winterliche Dunkelheit zurück, in die eisigen Winde, die über die Korridore wehten, zu Basketballspielen und Zwischenprüfungen. Jeden Abend fanden nach dem Essen im Speisesaal Schwitzpartys statt, und während des Essens wurden wir beschimpft, unseren ›Fraß‹ nicht verdient zu haben. Die Grausamkeit und Brutalität des Systems, der Schmerz und die Melancholie bestimmten wieder unser Leben, nur daß wir jetzt Veteranen waren. Jedesmal, wenn wir die Kasernen betraten, war es ein Akt einzigartigen Mutes. Jedesmal, wenn wir unsere Stuben verließen, riskierten wir eine unangenehme, gefährliche Begegnung auf den Fluren. Einige von uns schafften es, andere schafften es nicht. Wer wie lange durchhielt, war ziemlich unwichtig; aber ich war neugierig, welchen Charakter diejenigen besitzen würden, die durchhielten, und von welcher Art diejenigen waren, die aufsteckten.

Im Januar gaben drei weitere Rekruten der R-Kompanie auf. Eines Morgens stellte der Kader im Speisesaal fest, daß Lawrence Masters allergisch gegen Tomatensaft war. Im Speisesaal durfte man auf gar keinen Fall den Fehler begehen und sich anmerken lassen, daß man eine bestimmte Speise nicht mochte. Im ersten Monat an der Akademie hatte ich mich geweigert, Spinat zu essen, wenn mir die Schüssel gereicht wurde. Als der Kader dahinterkam, daß ich mich vor Spinat geradezu ekelte, aß ich jedesmal vier Teller davon. Im Laufe der Zeit lernte ich, Appetit vorzutäuschen; aber bei einer Allergie sieht die Sache anders aus. Dennoch hatte bis dahin noch kein Rekrut eine Allergie als Entschuldigung angeführt, irgend etwas nicht anzurühren. Der Kader zwang Masters, elf Gläser Tomatensaft zu trinken. Masters verbrachte zwei Tage auf der Intensivstation des Roper-Krankenhauses. Eine Zeitlang rechneten die Ärzte damit, daß er sterben müsse. Er überlebte, aber er kehrte nicht mehr zur R-Kompanie zurück.

Albie Boles war nach dem ersten Semester der fünftbeste Rekrut auf der Rangliste der R-Kompanie. Sowohl auf militärischem als auf akademischem Gebiet war er überdurchschnittlich gut; er schien einer der wenigen Jungen zu sein, die das Rekrutenjahr ohne seelische und körperliche Blessuren überstehen konnten. An einem Donnerstag um drei Uhr früh weckte Albie die ganze Kaserne auf, als er schrie: »Hilfe! Hilfe! Bitte, helft mir!« Er träumte – nur hatte er schon seit Wochen ein und denselben Traum. In diesem Traum standen die Kadermitglieder um ihn herum, bewaffnet mit Eispickeln und Schlachtermessern; dann kamen sie lächelnd auf ihn zu. Jede Nacht fuhr er aus dem Schlaf und schrie dieselben Worte. Tagsüber war er ein vorbildlicher Rekrut, doch Nacht für Nacht rückte der Kader ihm näher, und Albies Hilfeschreie wurden schriller und verzweifelter, bis sie dermaßen nervtötend wurden, daß der Kader ihn zwang, aus gesundheitlichen Gründen von der Akademie abzugehen.

Den Zusammenbruch von Howie Snyders erlebte ich als Augenzeuge mit. Eines Sonntags stand er mir nach dem Kirchgang in der Kapelle bei einer Schwitzparty direkt gegenüber. Wir mußten unsere M-1-Gewehre mit ausgestreckten Armen in Vorhalte tragen, während der Kader uns beobachtete und demjenigen die Hölle auf Erden androhte, der die Waffe fallen ließ. Aber wenn man ein Sturmgewehr lange genug mit ausgestreckten Armen vor sich hält, machen die Oberarmmuskeln irgendwann schlapp, mochte man so stark wie ein Ochse sein. Die schwächeren Jungen konnten das Gewehr nicht lange halten, genausowenig, wie sie über längere Zeit rhythmische, kraftvolle Liegestütze machen konnten. Howie Snyders ließ sein M-1 bei Schwitzpartys immer wieder zu Boden fallen – und mußte immer wieder wüste Beschimpfungen des Kaders wegen Beschädigung von Staatseigentum über sich ergehen lassen.

Vor allem aber machte Howie den Fehler, sich seine Angst zu deutlich anmerken zu lassen. Er hatte das harmlose, furchtsame Gesicht eines Hamsters. Die Kadermitglieder konnten seine Angst riechen. Dieser Geruch war für sie so scharf und widerlich wie der Gestank eines verdorbenen Fisches. Natürlich war Howies Angst ein gefundenes Fressen für den Kader und erregte seine grausamen Instinkte. An besagtem Sonntag hatte Howie sein Gewehr bereits fünfmal hintereinander fallen lassen, und nun lauerten drei Kadermitglieder auf das sechste Mal. Als es soweit war, geschah etwas Schreckliches mit Howie Snyders. Ich hatte schon vorher den Zusammenbruch von Rekruten erlebt, aber das hier stellte alles in den Schatten. Irgend etwas attackierte Howies Nervensystem wie ein tödliches Gift. Er fing am ganzen Körper zu zittern an, stürzte zu Boden, krümmte und wand sich, stöhnte und schrie, als hätte er einen epileptischen Anfall. Er verdrehte die Augen, bis nur noch das Weiße zu sehen war; Speichel lief ihm übers Kinn, Tränen strömten ihm über die Wangen, und er zappelte auf dem kahlen Beton wie ein Fisch auf dem Trockenen. Der Kader schrie auf ihn ein: »Krepier, krepier, krepier, krepier.« Einer von ihnen – ich glaube, es war Wentworth, der Erste Offizier der Kompanie, obwohl es keine Rolle spielt –, schob Howie einen Besenstiel in den Mund, um zu verhindern, daß er an seiner eigenen Zunge erstickte. Es war keine Epilepsie, und die Ärzte versicherten, daß auch keine physischen Funktionsstörungen für die Symptome verantwortlich seien. Doch von nun an zeigte Howie bei jeder Schwitzparty diese Symptome, bis er eines Abends ehrenhaft von der Akademie entlassen wurde, nachdem er sich ein Stück Zunge abgebissen hatte. Newman behielt Howies Zungenstück als Talisman. Er konservierte es in einem mit Formaldehyd gefüllten Plastikkästchen, das er stolz auf seinem Schreibtisch ausstellte.

Im Februar zogen Tradd und ich auf eine große, mit vier Arbeitsnischen ausgestattete Vier-Mann-Stube in der Kaserne der vierten Division um. Die Stube wurde bereits von Mark Santoro und Dante Pignetti bewohnt. Damit ging für mich ein langgehegter Wunsch in Erfüllung. Während der Schwitzpartys hatte ich bemerkt, daß der Kader Mark und Pig anders als die anderen Rekruten behandelte, und ich wollte mein und Tradds zukünftiges Schicksal mit dem der beiden stärksten Rekruten des Jahrgangs verknüpfen –, den einzigen jungen Männern, vor deren Körperkraft sich sogar der Kader fürchtete. Bei den Boxmeisterschaften des Korps hatten Pig und Mark mehrere Kadermitglieder so schrecklich verprügelt, daß Colonel Mudge eine Verordnung erließ, die Rekruten von der Teilnahme an den Korps-Meisterschaften im Boxen und anderen Kampfsportarten ausschloß. Doch Mark und Pig hatten sich bereits so viel Respekt verschafft, daß Körperhaltung und Stimmen der Kadermitglieder sich änderten, sobald sie Mark und Pig anredeten. Da ich selbst nicht zu jenen Männern gehörte, die anderen durch ihre bloße Physis Angst einjagen konnten, versuchte ich, mir solche Männer zu festen Freunden zu machen. Pig und Mark hatten auf akademischem Gebiet einige Schwierigkeiten, so daß ich den Antrag stellte, gemeinsam mit Tradd zu ihnen auf die Stube ziehen zu dürfen, um ihnen unter die Arme zu greifen. Dem Antrag wurde stattgegeben, und von nun an wurden Tradd und ich bei unseren abendlichen Studien nicht mehr durch Mistkerle wie Fox oder Newman gestört, denn Pig und

Mark hätten kurzen Prozeß mit ihnen gemacht. Bevor wir Stubenkameraden wurden, trafen wir uns in John's Bar an der East Bay Street, wo wir uns bei ein paar Krügen kühlem, gezapftem Bier voneinander erzählten. Es war mein erstes Bier seit langer Zeit, und noch heute muß ich immer, wenn ich ein gezapftes Bier trinke, an die Gesichter meiner drei Stubenkameraden denken. Wir unterhielten uns über das Rekrutenjahr und den Kader. Seit ich an die Akademie gekommen war, hatte ich nicht mehr so herzlich gelacht wie an jenem Abend. Und ich hatte mich nie so sicher gefühlt.

Der militärische Drill und die akademische Ausbildung nahmen in jenen Wintertagen des Jahres 1964 einen gewissen Rhythmus an und fielen mir zunehmend leichter. Ich spielte in der besten Rekruten-Basketballmannschaft in der Geschichte der Akademie. Von den sieben Mann des Gründungsteams aus dem September waren im März nur noch zwei übriggeblieben: Reuben Clapsaddle und ich. Die anderen waren Opfer des Rekrutenjahrs geworden; aber nicht minder gute Spieler hatten ihre Plätze eingenommen. Mir machte der Studienbetrieb allmählich Freude, und ich genoß die Stille in der Bibliothek mit ihren staubbedeckten Regalen und den lächelnden, nach Parfüm duftenden Frauen, die für die Buchausgabe zuständig waren. An freien Wochenenden erforschte ich die wunderschönen Straßen Charlestons und schaute zu, wie die großen Frachter ihre duftenden Ladungen an den Kais löschten. Ich gelangte zu der Einsicht, daß ich mir zwar die falsche Hochschule, aber die richtige Stadt ausgesucht hatte. Damals war ich der Meinung, daß ich vier Jahre in der schönsten Stadt auf dem Kontinent verbrachte, und dieser Meinung bin ich noch heute. Ich war sicher, daß diese Stadt mir ein unauslöschliches Mal der Kultiviertheit einbrennen würde; daß ich eine innige, leidenschaftliche Vertrautheit mit der Schönheit und der Harmonie der Form entwickeln und sie mein Leben lang behalten würde, falls ich neugierig und aufmerksam genug war, falls meine Entschlossenheit groß genug war, die Atmosphäre dieser zauberhaften Stadt in mich aufzunehmen, und falls meine Bereitschaft groß genug war, mich ihren Verlockungen hinzugeben. Ich hungerte nach Kultur, ohne eine Vorstellung zu haben, was Kultur eigentlich war oder wie man sie sich aneignen konnte oder woran ich erkennen konnte, was wert war, daß man es sich einprägte. Zusammen mit Tradd und seiner Mutter, Abigail St. Croix, besuchte ich das Ballett und das Dock-Street-Theater, und ich hörte ihnen zu, wenn sie sich anschließend über die Aufführungen unterhielten. Alles, was sie sagten, prägte ich mir ein; dann schrieb ich meiner Mutter Briefe, in denen ich den Inhalt dieser Gespräche auf eine Weise wiedergab, als wären es meine eigenen Gedanken; denn ich wußte, wie sehr meine Mutter sich darüber freuen würde, daß aus ihrem Sohn nicht nur ein Mann, sondern ein Mann von Kultur wurde. Wenn Abigail, Tradd und ich die Vorstellungen des Dock-Street-Theaters besuchten, saßen wir während der Pausen auf einer der Bänke im mondbeschienenen Hof, und Abigail erzählte uns von Stücken, in denen sie hier, an diesem Theater, als Schauspielerin aufgetreten war, bevor sie Commerce geheiratet hatte. Nach Ende der Vorstellung gingen wir zurück zur St.-Croix-Villa, und die Stadt sah im Mondlicht unbeschreiblich reizvoll aus. Manchmal besuchten wir bei dieser Gelegenheit Abigails Schwester in deren Haus an der Kreuzung Dock und Church Street und tranken Kaffee. Und immer nahmen Tradd und ich Abigail in unsere Mitte und hielten sie an der Hand, und sie erzählte uns Geschichten aus ihrer Kindheit oder über ihre Reisen nach Europa, und ihre Stimme klang schüchtern und leise in der Dunkelheit. Der Geruch der Narzissen, die zertreten auf dem Gehsteig lagen, war schwer und süß, und aus den Fenstern in den oberen Stockwerken der Häuser fiel das weiche Licht von Nachttischlampen. Wir kamen an der Catfish Row und dem Geschäft von Elizabeth O'Neill Verner vorbei, in dessen Schaufenster die Aquarelle ausgestellt waren, die in zarten Farben ihre Heimatstadt zeigten. Wir gingen durch die Kälte, die Kragen unserer Uniformmäntel hochgeschlagen, an Terrell's Bekleidungsgeschäft vorüber und an dem Haus, in dem George Washington geschlafen hatte, und an dem, in welchem Dubose Hayward viele seiner Werke geschrieben hatte, und an dem, in welchem Ed und Kitty Holt wohnten, Tradds Vetter und Kusine. Das alles war für mich das wirkliche Studium, und ich wußte, daß ich irgend etwas Kostbares in mich aufnahm, wenngleich ich mir nicht genau im klaren darüber war, wie das geschah. Die Erhabenheit und die Pracht dieser Abende gaben mir die Kraft, die langen Nächte in der Kaserne durchzustehen. Ich wußte, dies war die Ausbildung, die ich mir ersehnt hatte, und ich erkannte, daß ich in Tradds Mutter eine Frau gefunden hatte, die jenes Attribut der Anmut und Intelligenz und Tugend verkörperte, die ich in einer Frau suchte. Und in Tradd glaubte ich jene Aufrichtigkeit und Herzlichkeit gefunden zu haben, die ich von meinen besten Freunden immer erwartete, aber nur selten selbst an den Tag legte. Und indem ich Pig und Mark zu meinen Stubenkameraden machte, fügte ich meiner Welt an der Akademie ein fehlendes Element hinzu: männliche Kraft und Draufgängertum. Ich kannte die beiden damals noch nicht sehr gut, aber es sollte sich zeigen, daß ich mir zwei der besten und treuesten Freunde erworben hatte, die ich je haben sollte.

Im März hatte ich gelernt, mit dem System zu leben. Meine Einstellung zum Rekrutenjahr war eine Mischung aus fast gleichgültiger Hinnahme und Resignation. Obwohl ich immer noch ängstlich war, hatte ich mich mit dem Leidensweg eines Rekruten abgefunden, zumal ich der Meinung war, ein vergleichsweise ruhiges Leben in der Kaserne zu führen. Ich war kein Opfer, und der Kader hatte mich nicht zur Zähmung auserkoren. Mir erging es wie jedem normalen Rekruten, nicht besser und nicht schlechter. Ich war nicht sonderlich beliebt; aber das machte mir weiter nichts aus, denn ich konnte die meisten anderen auch nicht leiden.

Hin und wieder machte ich mir Sorgen, welche Auswirkungen das Rekrutenjahr auf Tradd haben mochte. Die Kadermitglieder hatten ihm bereits den Spitznamen ›Honigprinz‹ gegeben, und es verging kein einziger Tag, ohne daß sie irgendwelche Anspielungen auf Tradds gezierte, beinahe weibische Art und seine gewählte Ausdrucksweise machten. Gewiß, der Kader hatte ihn in den zurückliegenden Monaten härter gemacht, aber es gab immer noch Abende, wo er den Tränen nahe war, wenn er über seinen Büchern saß. »Schwuli, Schwuli«, brüllten die Kadermitglieder ihn an. »Willst du mir einen blasen, Süßer?« riefen sie ihm zu und knöpften sich dabei die Hosen auf. Als ich Tradd anvertraute, daß ich mir Sorgen machte, der Kader könnte versuchen, ihn von der Akademie zu jagen, beruhigte er mich, indem er mir mit ungewohnter Offenheit erklärte: »Will, die wissen, daß sie in große Schwierigkeiten kommen, wenn sie mich von hier verjagen. Die Kadermitglieder verachten mich, da bin ich sicher, aber sie wissen sehr genau, daß ich aus einer alten Charlestoner Familie stamme. Das kannst du nicht begreifen, ich weiß, aber es ist die Wahrheit. Wenn ich denen sagen würde, daß ich die Akademie verlasse, würden sie mich anflehen, zu bleiben. Aber ich muß beweisen, daß ich alles durchstehen kann. Ich brauche es für mich selbst. Es hat nichts mit dem Kader zu tun. Ich betrachte diese Leute nicht als Gentlemen. Sie alle sind unter unserer Würde.«

Tradd hatte recht. Obwohl das System ihm übel mitspielte, ging der Kader, was Brutalitäten und Schikanen anbelangte, bei ihm nur bis zu einem bestimmten Punkt; dann aber – als hätten sie eine stillschweigende Übereinkunft getroffen –, zogen sie sich in gemeinsamer Erkenntnis der Grenzen ihrer Macht von Tradd zurück.

Doch in der ersten Märzwoche stand nicht Tradds Zukunft an der Akademie auf dem Spiel, sondern meine. Ich hatte hart dafür geschuftet, in der R-Kompanie ein namenloser Nobody zu sein, und ich hatte dieses Ziel erreicht. Ich besaß eine nichtssagende Persönlichkeit, ein nichtssagendes Äußeres und eine nichtssagende Personalakte. Die meisten Senioren, die nicht zum Kader gehörten, wußten nicht einmal, wie ich hieß und erkannten mich nicht, wenn sie mir auf dem Weg zu den Seminarräumen und Vorlesungssälen begegneten. Doch schon bald sollten alle meinen Namen und mein Gesicht kennen und darin übereinstimmen, daß ich in der R-Kompanie und im Kadettenkorps nichts zu suchen hatte. Mir war die erste ungeheuerliche Fehleinschätzung als Rekrut unterlaufen, und für diesen Fehler sollte ich teuer bezahlen. Ich hatte im *Guidon* ein Gedicht veröffentlicht. Der *Guidon* war eine neugegründete literarische Zeitschrift, die von Senioren herausgegeben wurde.

Der *Guidon* hatte mehr mit dem Tod der Literatur zu tun als mit ihrer Verbreitung. Die Autoren – Kadetten mit dichterischen oder schriftstellerischen Ambitionen – mißhandelten die englische Sprache mit erschreckender Mühelosigkeit. Ich hatte im ersten Semester zwei Gedichte für den *Guidon* geschrieben, die bei den Lesern jedoch keinerlei Beachtung fanden. Das erste dieser beiden Werke war eine rhapsodische Ode an Thomas Wolfe – eine dichterische Reminiszenz an eine Pilgerfahrt, die ich im vergangenen Sommer nach Asheville unternommen hatte. Das Gedicht fügte Wolfe kein Leid zu, trug aber ebensowenig zur Verbesserung der sprachlichen Qualität des *Guidon* bei. Das zweite Gedicht war eine kritische Betrachtung der Schönheiten des Frühlings, ein äußerst originelles Thema, dem junge Dichter sich nur selten zuwenden. Jeder unvoreingenommene Leser hätte nach dem Genuß der mageren zwölf Zeilen zu dem Schluß gelangen müssen, daß ich die Erinnerungen an den Frühling durch dieses Gedicht nur deshalb in den Schmutz zog, weil ich ihn von Herzen herbeisehnte. Das schien zwar niemand begriffen zu haben, aber es machte mir dennoch Freude, die beiden Gedichte veröffentlicht zu sehen, und im Vergleich zu den anderen Werken in der ersten Ausgabe des *Guidon* erschienen mir meine Gedichte als von geradezu Miltonscher Schönheit. Ich sah mich selbst in einem völlig neuen Licht. Du bist ein Sportler-Poet, sagte ich mir in stolzen Stunden, und in weniger stolzen: Du bist ein Poeten-Sportler.

Bevor die zweite Ausgabe des *Guidon* in Druck ging, beschloß ich, meinen bislang sorgfältig gehüteten Sinn für Humor an die Öffentlichkeit zu tragen. Ich hatte mein neues Gedicht nach einer besonders rüden Schwitzparty im Januar geschrieben und es Mark, Pig und Tradd gezeigt. Sie waren voll des Lobes. Pig drohte mir sogar an, mir ›die Haare vom Arsch zu reißen‹, falls ich mein Werk nicht in der Redaktion des *Guidon* einreichte. Ich hatte keine Haare auf dem Hintern, aber ich wollte Pig und die anderen auch nicht enttäuschen. Außerdem hielt ich das Gedicht für lustig und war der Überzeugung, daß es im ganzen Korps einen Heiterkeitserfolg erzielen würde.

Die zweite Ausgabe des *Guidon* sollte am ersten Mittwoch im März in Druck gehen. Beim mittäglichen Antreten an diesem Mittwoch hatte ich nicht die leiseste Ahnung, daß die Ausgabe bereits am Morgen erschienen war. Ich stand in Hab-acht-Stellung an meinem angestammten Platz in der Kompanie. Mein Zugführer, ein Unteroffizier, schlenderte die Reihen entlang und inspizierte die Uniformen der Rekruten. Ich stand da und wartete, daß ich an die Reihe kam. Der Zugführer machte gerade Jim Massengale zur Schnecke, meinen rechten Nebenmann, als Bill Toons, ein Senior im Rang eines gemeinen Soldaten, mit einem Exemplar des *Guidon* heranmarschiert kam. Er blickte auf das Namensschild an meiner Uniformjacke. Er warf einen Blick in die aufgeschlagene Zeitschrift. Er starrte wieder auf mein Namensschild, dann noch einmal in die Zeitschrift. »Ich kann nicht glauben, daß du dieses Machwerk produziert hast, McLean. Es ist völlig unmöglich, daß du dieses Gedicht geschrieben hast und noch am Leben bist.«

Quigley, mein Zugführer, ging zu Toons hinüber, nahm ihm die Zeitschrift aus der Hand und fing an zu lesen. Er las mein Gedicht, so schnell er konnte. Nach meiner Schätzung brauchte er zehn Sekunden pro Wort. Dann starrte auch er auf mein Namensschild. Plötzlich kam Maccabee von hinten heranmarschiert. Er hielt ein zusammengerolltes Exemplar des *Guidon* in der Hand, das er mir so kräftig auf den Kopf schlug, daß meine Uniformmütze davonsegelte und zwischen den Stiefeln der Rekruten eines anderen Zuges landete.

»So eine gequirlte Scheiße lassen wir Rotärschen nicht durchgehen, McLean«, brüllte Maccabee. »Willst du die Ehre und das Ansehen der glorreichen R-Kompanie in den Dreck ziehen? Maul auf, du Mistbock.«

»Nein, Sir.«

Dann kam auch Wentworth, der Erste Offizier der R-Kompanie, mit einem Exemplar des *Guidon* herangeschlendert. Offensichtlich hatte mein Werk für eine beträchtliche Auflagensteigerung gesorgt. Wentworth schüttelte traurig den Kopf und sagte: »McLean, einige meiner Jahrgangskameraden aus anderen Kompanien haben mir Ihr Gedicht während eines Examenskolloquiums vorgelesen. Sie sind der Meinung, die Rekruten unserer Kompanie bringen ihren Vorgesetzten gegenüber nicht den nötigen Respekt auf. Haben Sie Respekt vor mir, Mr. McLean?«

»Jawohl, Sir.«

»Und wie groß ist dieser Respekt?«

»Oh, unermeßlich groß, Sir.«

»Ich kann es einfach nicht fassen, daß McLean so was geschrieben hat«, wiederholte Toons. »Im alten Korps wäre er fünf Minuten nach Veröffentlichung ein toter Mann gewesen. Unser Kompaniechef hätte diesen verrückten Rotarsch mit Haut und Haaren gefressen, Maccabee.«

»Was wolltest du denn mit diesem Gedicht sagen, McLean?« fragte Maccabee.

»Nichts, Sir. Es sollte nur ein kleiner Scherz sein, Sir.«

»Du hältst das für lustig, du Schleimbeutel? Maul auf!«

»Jawohl, Sir. Nein, Sir. Ich weiß nicht, Sir«, antwortete ich.

»Würden Sie den Rekruten der R-Kompanie Ihr Werk zur geistigen Erbauung vortragen, Mr. McLean?« sagte Maccabee. »Ich möchte Sie bitten, vor die Kompanie zu treten und dieses Machwerk laut und deutlich vorzulesen.«

Er packte mich beim Arm und führte mich vor die angetretenen Rekruten und Kadermitglieder. Ich mußte neben Blasingame Aufstellung nehmen, strammstehen und mich den drei Zügen der R-Kompanie zuwenden. Dann reichte Maccabee mir ein Exemplar der Zeitschrift, wandte sich der Kompanie zu und rief: »Meine Herren, wir haben soeben festgestellt, daß die Romeo-Kompanie einen Rekruten namens Shakespeare in ihren Reihen hat. Ich habe ihn gebeten, eine kleine Dichterlesung zu veranstalten, bevor wir zum Speisesaal marschieren.«

Dreimal versagte mir die Stimme, als ich mein Werk vortrug. Doch Maccabee ließ mich jedesmal von vorn anfangen, bis ich das Gedicht an einem Stück und fehlerfrei vorgetragen hatte. In den umliegenden Kasernen hatte sich Schweigen ausgebreitet, und die Kadetten dreier anderer Kompanien lauschten aufmerksam, als ich mit lauter Stimme las:

»Den Rekruten der Romeo-Kompanie gewidmet.

Ich träumte unlängst,
ein Hund zu sein,
und pinkelte an einen Baum,
wie's eines jeden Hundes Ader.
Doch dieser Baum, der war ein Bein,
von einem Herrn vom Kader.

Träume sind Schäume, sagt man,
und meist ohne Sinn.
Doch manchmal, wie ein jeder weiß,
steckt ein Körnchen Wahrheit drin.«

Ein blödes, harmloses Gedicht, ich weiß, und deshalb hätte ich nicht im Traum damit gerechnet, daß der Kader so wütend darauf reagierte – von ein paar für die Akademie ungewöhnlichen Begleiterscheinungen abgesehen. Zuerst brachen die Rekruten der drei anderen Kompanien in schallendes Gelächter aus, in das ihre Kader einfielen. Sie riefen spöttische Bemerkungen zur R-Kompanie herüber, bis der gesamte Kasernenhof von Gelächter und Gegröle widerhallte. Plötzlich tauchte der riesige Lancey Hemphill, der Center der Basketball-Auswahlmannschaft, hinter mir auf, legte mir die Arme um die Schultern und rief: »Du bist der Richtige, Will. Pinkle Maccabee und den anderen Dickärschen kräftig ans Bein, Junge. Scheiß auf die glorreiche R-Kompanie.«

Er stand da, den Arm auf meiner Schulter, und zeigte mit dem Finger auf meine prustenden Kameraden.

Ich wußte, das alles war gar nicht so lustig. Das schlimmste war, daß schließlich auch die Rekruten der R-Kompanie nicht mehr an sich halten konnten. Gott sei Dank war Pig der erste, der lauthals zu lachen anfing, denn an ihn wagte sich keiner vom Kader heran. Pigs Gelächter steckte Mark an, der wiederum den gesamten ersten Zug, und der erste Zug den zweiten, der zweite den dritten. Das gesamte vierte Bataillon verwandelte sich in einen sehr unsoldatischen, grölenden, lachenden Haufen, der sich über den Kader der R-Kompanie lustig machte. Der Kader wiederum starrte mich an, als wäre ich die Reinkarnation von Bobby Bentley. Ich hätte mir keine unhaltbarere Situation vorstellen können. Und das alles nur, dachte ich, um Pig zu beweisen, daß ich keine Haare auf dem Hintern habe.

Fox und Newman stießen mich vom Exerzierplatz und schubsten mich über den Flur bis an die Treppe. Zwölf neugierige Kadermitglieder verschiedener Kompanien folgten uns auf den Fersen. Fox, der seinen Zuschauern etwas bieten wollte, packte mich am Kragen und rammte meinen Kopf gegen eine der steinernen Säulen des Treppenhauses. Dann hämmerte er mir die Faust vors Brustbein und gab mir zwei schallende Ohrfeigen. Zorn loderte in mir auf. Fox sah es in meinen Augen.

»Na los, du Wichser. Schlag zu. Du bist sowieso geliefert. Ich möchte dir gern noch die Fresse polieren, bevor du von hier verschwindest. Los, versuch's. Schlag zu, du beschissene Trantüte«, rief er.

»Bist ein echter Komiker, McLean«, sagte Newman. »Und ein fairer Sportler. Machst uns und deine Kameraden lächerlich, du Mistsau. Schreibst schwachsinnige Gedichte, während die anderen sich einen abschwitzen.«

»Kameradenschweine haben an der Akademie nichts zu suchen«, sagte eine Stimme.

»Ich wette, der Kerl hat nicht mal gelernt, vernünftig Haltung anzunehmen«, sagte eine andere Stimme.

»Meint ihr? Stillgestanden!« rief Fox und schlug mir ins Gesicht. »Das Kinn höher. Arme nach hinten. Du stehst da wie eine gesengte Sau. Und jetzt sag mir — wie geht es der Kuh?«

»Mal steht sie, mal geht sie, Sir. Frißt sie, käut sie wider. Bumst sie der Bulle, kommt sie nieder«, erwiderte ich und leierte einen der dämlichen Sprüche herunter, die an Militärakademien bei manchen Kadetten offenbar als Zeichen der Gelehrsamkeit gelten.

»Und was ist Kotze, du Drecksack?« flüsterte Fox. »Hoffentlich weißt du's. Flehe zu Gott, Junge, daß du jeden Spruch kennst, oder ich schlag' dir hier und jetzt sämtliche Knochen ein.«

»Sir, Kotze ist eine faulige Flüssigkeit von grünlich-gelber Farbe, die oft aus den Krokodilsmägen abgehärteter Kadermitglieder hervorschießt, wenn sie in die übelkeiterregenden, abstoßenden und arschähnlichen Visagen von Rekruten wie Will McLean blicken müssen, Sir. Kotze setzt sich zu drei Teilen aus zähem Schleim, zu vier Teilen aus verfaulendem Fleisch, zu einem Teil aus geronnener Säure und zu zehn Teilen aus den Exkrementen von West-Point-Studenten zusammen, Sir.«

»Würde ein Rekrut Kotze fressen?« sagte Newman mit hämischem Grinsen.

»Nur mit Salz, Pfeffer und einer ganzen Flasche Ketchup, Sir«, erwiderte ich.

»Was würde ein Rekrut niemals essen?« fragte eine Stimme, die ich nicht erkannte.

»Sir, ein Rekrut würde niemals die Hämorrhoiden eines Admirals essen, niemals die Schwielen eines Armeegenerals, niemals die Warzen eines Luftwaffengenerals, und er würde niemals eine Mahlzeit essen, die in der Kantinenküche der Akademie zubereitet wurde.«

Draußen erklangen ein Hornsignal und gebrüllte Befehle, und ich hörte die Stimme des Bataillonskommandeurs, der über Lautsprecher befahl, unverzüglich zum Speisesaal zu marschieren.

Wieder hämmerte Fox mir die Faust vor die Brust und hob die andere Hand, um mir ins Gesicht zu schlagen.

Newman hielt Fox' Hand fest und sagte: »Jetzt nicht. Keine Zeit mehr. Wir warten noch.«

»Ich will den Scheißkerl aber jetzt fertigmachen. Worauf denn noch warten?«

»Auf heute abend«, sagte Newman und grinste schmierig, »auf die Zähmung.«

19

An diesem Abend machten sie mich fertig, und sie taten es schnell und gründlich. Sie brauchten nicht lange, um meine verwundbarste Stelle zu finden. Ich hatte keine Höhenangst, und ich fürchtete mich nicht vor Schlangen oder Insekten. Ich hatte Angst vor ihnen; ich fürchtete mich vor dem Kader. Und um den Schrecken vollständig zu machen, stand ich ihm nun ganz allein gegenüber, ohne meine Freunde und Kompaniekameraden. Ich konnte diese Isoliertheit nicht ertragen; ich hielt es nicht aus, voll perverser Vorfreude vom Kader angestarrt zu werden. Als das System noch unpersönlich und ich selbst noch anonym gewesen waren, hatte ich es ertragen können. Jetzt aber, da sie mich zum Opfer erkoren hatten, brach die Hülle auf, und die nackte Angst und das Entsetzen quollen hervor. Jetzt waren mir Namen wie Rotarsch oder Schleimbeutel oder Scheißgesicht tausendmal lieber als der Name McLean. Ich möchte nie wieder, daß meine Feinde wissen, wie ich heiße. Denn falls sie den Namen wissen, ist schon das eine Verletzung der persönlichen Souveränität. Wenn der Kader jemanden beim Namen ruft, hat das System sich verändert — und die Vendetta hat begonnen.

Als wir am Abend vom Speisesaal kamen, rief der Kader mich aus dem Reihen meiner angetretenen Kameraden nach vorn. Ich hatte mich den ganzen Tag über bemüht, dem Kader gegenüber tapfer und selbstbewußt aufzutreten. Und nun zerbrach er mich schneller als alle Kameraden vor mir. Ich werde diesen Abend nie vergessen.

Als ich in den Duschraum kam, warteten sie dort mit vierzehn Mann auf mich. Fox stieß mich in die Mitte des Raumes. Und dann stürmten plötzlich alle auf mich zu, als hätte jemand ein Stück Fleisch in ein Rudel ausgehungerter Hunde geworfen. Den ganzen Abend mußte ich an Hunde denken. Die gefühllosen, grausam verzerrten Gesichter um mich herum erinnerten mich an Hunde; ihr Kläffen und Heulen, ihre gefletschten Zähne, ihr stinkender Atem, die Bewegungen ihrer Zungen, die Schnelligkeit ihrer hageren, sehnigen Körper, die aufeinander eingespielten Bewegungen – ich hatte ein Land der Hunde betreten, und nun wandte das Rudel seine ganze Aufmerksamkeit mir zu; sein ganzer Hunger, all seine Erfahrungen und mörderischen Instinkte richteten sich allein gegen mich.

Fox und Newman kamen rauchend auf mich zu und drückten ihre Zigaretten auf meinen Armen aus. Ich unterdrückte einen Schrei und spürte, wie mir die erste unversöhnliche Woge des Hasses entgegenschlug, als sie mich umringten; jeder schrie auf mich ein; jeder stieß andere Obszönitäten und Beleidigungen aus; jeder brüllte mir eine andere Frage zu, jeder erteilte mir einen anderen Befehl. Der Lärm ließ mir die Knie weich werden. Zwei Mann kreischten mir direkt in die Ohren; vier andere standen vor mir, fünf oder sechs weitere hinter mir, und sie brüllten, brüllten, brüllten.

»Die Augen – links«, schrie einer, und gleichzeitig:

»Die Augen – rechts«, ein anderer, und alle zusammen:

»Augen – geradeaus.«

»Fünfzig Liegestütze!«

»Wie lauten die Wachtvorschriften?«

Hände rissen mein Hemd in Fetzen. Fäuste schlugen von allen Seiten auf mich ein. Ich wurde zu Boden geschleudert und von groben Händen in Liegestütz-Haltung gezerrt. Das Licht war zu hell, und ich verlor die Orientierung. Ich konnte keinen klaren Gedanken mehr fassen. Ich machte hundert Liegestütze. Und noch einmal hundert. Vier Mann lagen links und rechts neben mir am Boden und schrien mir in die Ohren, als ich laut meine Liegestütze mitzählte. Ihre Gesichter lagen auf den Fliesen, ganz dicht neben dem meinen, und ich konnte ihre Münder und Zungen sehen und spürte, wie ihr Speichel auf meine Haut sprühte. Newman kniete sich auf meinen Rücken, beugte sich vor und befahl mir mit kreischender, überkippender Stimme, noch einmal hundert Liegestütze zu machen, mit ihm auf dem Rücken. Ich versuchte, mich in die Höhe zu stemmen, spürte, wie Newman mir die Knie ins Rückgrat drückte, hörte das Universum aus betäubendem Gebrüll, in dessen Mitte sich mein Kopf befand, und das Licht wurde greller und schmerzte in den Augen. Schreie, Tritte, Schläge, Licht, Raserei, Wahnsinn, und jetzt hörte ich mich stöhnen, als ich versuchte, den Oberkörper hochzudrücken, und ich schaffte es nicht. Sie rissen mich in die Höhe. Sie preßten mich gegen die Wand, und immer noch drangen alle vierzehn Mann auf mich ein, vierzehn weit aufgerissene, kreischende Münder schienen dicht vor mir zu sein, nur Zentimeter von meinen Augen entfernt. Ich spürte, wie sie mir ein Gewehr in die Hand drückten, das ich mit ausgestreckten Armen in Vorhalte tragen mußte. Sie zwangen mich, tief in die Knie zu gehen. Einer von ihnen schob mir einen Besenstiel zwischen die Kniekehlen, so daß er zwischen Oberschenkel und Waden gepreßt wurde. Der Besenstiel schnitt die Blutzufuhr zu den Beinen ab, und nach dreißig Sekunden wurde ich zum ersten Mal im Leben bewußtlos. Sie kippten mehrere Eimer kaltes Wasser über mir aus. Ich kam wieder zur Besinnung. Sie rissen mich auf die Beine und drückten mir wieder das Gewehr in die Hände; dann mußte ich Kniebeugen machen, das Gewehr in den vorgestreckten Armen, und dann wieder tief in die Hocke gehen; noch einmal wurde mir der Besenstiel in die Kniekehlen geschoben, und wieder spürte ich den Druck, und wieder umfing mich die Schwärze, und ich wurde zum zweiten Mal bewußtlos. Ich schlug mit dem Gesicht auf den gekachelten Boden des Duschraums, und wieder wurde kaltes Wasser über mich gekippt, und ich erwachte mit blutendem Mund. Und dann wieder das Gewehr und Kniebeugen und der Besenstiel. Erneut wurde ich bewußtlos. Fünfmal verlor ich das Bewußtsein. Wieder die Schreie. Das Blut im Mund. Das lichttötende Gekeife und Gebrüll. Für einen Moment glaubte ich, jemand hätte das Licht ausgeschaltet, doch urplötzlich flammte es wieder auf, greller als zuvor, und ein scheußlich schmerzhafter Blitz stach mir in die Augen. Und dann glaubte ich, daß Stille eingekehrt wäre, doch der Kader drang immer noch auf mich ein, kläffte und heulte immer noch wie eine Hundemeute. Ich bekam keine Luft mehr und glaubte für einen schrecklichen Augenblick, langsam erwürgt zu werden, so als hätte jemand mein Gesicht mit einem todbringenden Seidentuch bedeckt. Ich rang nach Luft, und mit dem ersten keuchenden Atemzug kam der erste Schluchzer, und mit dem ersten Schluchzer kam die völlige Zerstörung meines Innern, und in diesen Sekunden starb meine kleine, halbherzige Rebellion auf dem Boden des Duschraums.

Der Kader machte sich jetzt zum Gnadenstoß bereit. Ich hatte seinen Appetit auf die Zerstörung junger Männer wieder angeregt und seine Bemühungen belohnt. Der Kader erkannte, daß das Ende nahte.

»Nun fang schon an zu weinen, du Arschloch.«

»Du sollst weinen, du Versager.«

»Oh. Der Kleine will zur Mama.«

»Aber Mama hat jetzt keine Zeit. Mama vögelt mit dem Milchmann.«

Ich konnte nicht mehr. Ich war völlig fertig, jenseits allen Schmerzes, allen Leids und aller Erniedrigung. Ich weinte hemmungslos.

Dann fielen sie wieder über mich her. Wieder das Gewehr in Vorhalte, wieder runter in die Hocke, wieder den Besenstiel in die Kniekehlen, und wieder wurde ich bewußtlos. Bekam wieder einen Schwall kaltes Wasser ins Gesicht. Stand auf. Stürzte. Stand wieder auf. Stürzte wieder. Das Gewehr, das Licht, die Gesichter, die Schreie, der Duschraum – und kein Zufluchtsort. Ich sah die Bilder von Hunden und hörte die Raserei der Meute, als sie das Blut des Neunzehnjährigen vergossen, als sie den Jungen in mir durch eine letzte Grausamkeit für immer töteten. Ich schluchzte jetzt unkontrolliert und bettelte sie an. Ich hörte meine Stimme, und diese Stimme flehte sie an. Es war eine Stimme, die um Gnade winselte.

»Bitte, bitte nicht. Bitte, hört auf. Ich kann nicht mehr.«

Fox schleuderte mich zu Boden und befahl mir, ihm die Stiefel zu lecken. Ich tat es. Ich packte seine Knöchel und leckte ihm die Stiefel, leckte meine Tränen auf, die auf die Stiefel fielen, und bettelte ihn an, aufzuhören. Ich versprach, die Akademie auf der Stelle zu verlassen. Aber bitte, bitte hör auf. Ich kann nicht mehr. Du hast gewonnen. Du hast gewonnen.

Ich bekam einen Tritt in den Magen und rollte über den Boden. Blieb vor Newmans Stiefel liegen. Ich leckte ihm die Stiefel ab . . . und andere Stiefel – jeden Stiefel, der vor meinem Mund auf den Boden gestampft wurde.

Dann hörte ich wieder Gebrüll, aber ich hatte schon den ganzen Abend Gebrüll gehört. Der Stiefel, den ich ableckte, wurde hastig weggezogen, und ich hörte, wie ein wütender Streit losbrach. Der Duschraum füllte sich mit Männern aus anderen Kompanien. Ich konnte sie durch den Schleier aus Tränen nicht erkennen. Ich konnte nicht mehr sehen und nicht mehr atmen, und heftige Schluchzer schüttelten meinen Körper. Ich schaute ins grelle Licht, als der Streit wilder und die Stimmen schärfer wurden, und nun sah ich, wer gekommen war.

Sehr große Männer. Die Basketball-Auswahlmannschaft. Diese Jungs sahen schon auf dem Basketballplatz verdammt groß aus, doch in der Enge des Duschraums wirkten sie riesenhaft, mythisch.

Lancey Hemphill hatte Fox an der Kehle gepackt. Die Mannschaft und der Kader brüllten sich jetzt gegenseitig an. Lancey sah mich am Boden liegen. Er drehte sich langsam zum zappelnden Fox um und schmetterte ihm die freie Hand ins Gesicht. Noch einmal. Und noch einmal. Dann ließ er Fox' Kehle los, und Fox krachte auf die Fliesen. Der Kader der R-Kompanie rückte auf Lancey zu, aber nicht sehr weit. Lancey kam zu mir herüber und hob mich hoch, trug mich wie ein Kind. Ich legte ihm die Arme um die Schultern und versteckte die Augen an seiner Brust. Ich konnte es nicht ertragen, daß meine Mannschaftskameraden mich so sahen. Ich konnte den Schmerz auf ihren Gesichtern nicht ertragen, als sie mich anschauten.

Lancey blieb in der Tür des Duschraums stehen und sagte zum Kader: »Wenn einer von euch bis zum Ende des Jahres auch nur ein falsches Wort zu McLean sagt, gehe ich zum Bären und erzähle ihm, was heute abend hier gelaufen ist. Ich scheiß auf die R-Kompanie und die Zähmung. Und ich werde jeden von euch Dreckschweinen zu Brei schlagen, jeden einzelnen, und meine Mannschaftskameraden werden mir dabei helfen. Ihr rührt keinen Basketballspieler mehr an, das verspreche ich euch. Was seid ihr doch für ein Haufen Scheiße. Was für ein erbärmlicher Haufen Scheiße.«

Und Lancey Hemphill trug mich wie ein Kind auf meine Stube.

Ich spürte nicht, daß meine Stubenkameraden mich auszogen. Ich spürte nur die kalten Tücher auf meinem Gesicht. Ich spürte, wie Marks Hände die verspannten Muskeln an meinem Hals und dem Rücken massierten. Ich lag schwitzend und schluchzend in meinem Bett, doch es kamen keine Tränen mehr. An diesem Abend hatte ich keine Tränen mehr. Tradd wrang meine Uniform über dem Waschbecken aus, und Pig wusch mich bedächtig und gründlich mit einem Schwamm; dann rieb er mich mit Alkohol ein. Ich wollte mich bei den Freunden bedanken, aber ich bekam kein Wort heraus. Ich kann mich noch heute ganz genau daran erinnern. Drei Stunden lag ich bewegungslos auf dem Bett und starrte mit offenen Augen, die nichts sahen, an die Decke. Ich bemerkte, daß mehrere Leute an mein Bett kamen, mich betrachteten, mich berührten und mit leiser Stimme ein paar aufmunternde Worte zu mir sagten. Meine Kompaniekameraden kamen einer nach dem anderen auf die Stube, um nach mir zu sehen, um mir zu sagen, daß sie Bescheid wüßten und daß ich mich auf sie verlassen könne: John Kinnell und Jim Massengale und Harvey Peak und Webb Stockton und John Alexander und all die anderen. Ich hörte, wie sie sich flüsternd mit meinen Stubenkameraden unterhielten; ich hörte, wie Pig Rache schwor. Den ganzen Abend hörte ich die gedämpften Stimmen zorniger junger Männer; aber sie schienen aus einem anderen Land zu kommen, mit dem ich nichts zu tun hatte.

Vor dem Zapfenstreich fing ich wieder an zu weinen, und die Tränen waren echt und flossen in Strömen. Ich zwang mich, aufzuhören, und fing wieder an. Jedesmal, wenn ich die Augen schloß, sah ich wieder vor mir, was der Kader mir angetan hatte. Ich konnte seinen Stimmen einfach nicht entrinnen, und ich hatte den süßlichen, übelkeiterregenden Geschmack von Schuhcreme auf der schwarz verfärbten Zunge.

Pig kam ans Bett und wischte mir mit einem feuchten Waschlappen das Gesicht ab. Bevor ich einschlief, hörte ich ihn noch sagen: »Das zahlen wir denen heim, Kumpel. Das zahlen wir denen heim.«

»Und das alles nur wegen eines beschissenen Gedichts«, sagte Mark.

Den Zapfenstreich hörte ich nicht, und ich spürte auch nicht, wie Mark mich zudeckte und Tradd mir Hose und Schuhe auszog. Ich sah nicht, wie Pig den Wecker auf drei Uhr früh stellte. Ich hörte das letzte Gespräch meiner Stubenkameraden nicht, bevor sie zu Bett gingen.

Ich erwachte um halb drei in der Frühe und ging zum Waschbecken, um ein Glas Wasser zu trinken. Mein ganzer Körper schmerzte. Ich wusch mir das Gesicht und betrachtete die Verletzungen. Ich rieb Salbe über die zwei Brandwunden, welche die Zigaretten hinterlassen hatten. Dann trank ich noch zwei Glas Wasser.

Ich sah mein Gesicht im Spiegel und war erstaunt über den düsteren, melancholischen Ausdruck. Was ist mit dir geschehen? fragte ich mich und musterte dieses fremde Gesicht. Wirst du jemals wieder der sein, der du gewesen bist? Was der Kader mir angetan hatte, was er mir zugebrüllt hatte, wozu er mich gezwungen hatte – das alles hatte mein Gesicht an einem einzigen Abend völlig verändert. Ich hatte heute einen Tag überlebt, an dem ich ein Mensch geworden war, der ich nie hätte sein sollen. In den zwei schrecklichen Stunden im Duschraum war ein neuer Will McLean geboren worden. Der Kader hatte mich entwürdigt, erniedrigt und mir irgend etwas Kostbares geraubt, das nicht mehr zu ersetzen war. Ich hatte etwas unschätzbar Wertvolles verloren, doch ich hatte endlich gelernt, was ich über das System und die Rolle, die ich darin spielte, wissen mußte. Ich hatte vieles von dem gelernt, was ich wissen mußte, wenn ich eines Tages durch das Legrand-Tor wieder zurück in die Welt ging.

Der Kader hatte mich gelehrt, was Macht und Mißbrauch von Macht war. Von nun an trat mir das Böse in der Verkleidung von Systemen entgegen, die vom Gesetz abgesegnet waren. Es gab immer Kader und Duschräume, und immer würden sie uneingeschränkte Macht über mich haben. Der Kader hatte mich gelehrt, ihn zu hassen, Systeme zu hassen. Doch was noch viel wichtiger war: Er hatte mich gelehrt, daß ich wahrscheinlich nicht anders war als er selbst. Daß auch ich die Macht mißbrauchen würde, wenn ich sie besäße. Daß auch ich jeden als Feind betrachten und zertreten würde, der sich mir widersetzte und mir unter die Stiefel geriet.

Sie hatten versprochen, einen Mann aus mir zu machen, und das taten sie. Sie erschufen einen hinterhältigen, zynischen Mann. Sie hatten sich einen achtzehnjährigen Jungen genommen. Sie hatten seinen Schädel kahlrasiert, ihn gedemütigt und geschunden. Sie hatten ihn sechs Monate lang angebrüllt, hatten ihn gepeinigt, hatten ihn Hunger und Durst leiden lassen, hatten ihn ängstlich gemacht, gehorsam, unterwürfig, hatten ihn zum Weinen gebracht und schließlich so weit getrieben, daß er den Tag seiner Geburt verfluchte. Sie raubten ihm die Jugend, schlugen ihn, traten ihn, spuckten ihn an, lauerten ihm in Rudeln auf, jagten ihn, bis er erschöpft zu Boden stürzte, sorgten dafür, daß er sie haßte, damit auch sie ihn hassen konnten; sie ließen ihn vor aller Augen weinen, ließen sich die Stiefel von ihm lecken und brachten ihn dazu, sie anzuflehen, ihn gehen zu lassen.

Das alles hatte mein Inneres vergiftet. Der Kader hatte dafür gesorgt, daß ich seiner Bruderschaft angehören wollte, daß ich einer der ihren sein wollte. Am Ende des neunmonatigen Rekrutenjahres würde ich ihnen bei der Abschlußfeier dankbar die Hände schütteln, sie duzen und mit Vornamen anreden. Und in diesem Augenblick würde sogar Fox, der schlimmste von allen, der größte Feigling von allen, der Mann, dem das System die schrecklichsten Schäden zugefügt hatte, mit dem Segen der Tradition und der Geschichte auf mich zutreten und mich seinen Freund, Bruder und Kameraden nennen. Er würde sagen: ›Will, du bist so wie ich.‹ Und dann würde er mir die Fackel des Hasses und der Grausamkeit überreichen, die ich dann wiederum an jemanden weitergeben würde, der erst noch zerbrochen und geschunden werden mußte, bis er haßte, haßte, haßte. So funktionierte das System. So blieb es am Leben.

Ich stützte die Hände auf den Rand des Waschbeckens und fing wieder an zu weinen, als plötzlich der Wecker schellte. Es war drei Uhr morgens. Pig und Mark waren sofort aus den Betten. Sie weckten Tradd und zogen sich schweigend an. Pig sagte mir, ich solle mich ebenfalls anziehen. Ich wusch mir das Gesicht und riß mich zusammen, so gut es ging. Dann zog ich mir eine saubere Hose und ein T-Shirt an. Mark kam zu mir und legte mir die Hand auf die Schulter.

»Jetzt machen wir ihn fertig«, sagte er zu mir, aber ich wußte nicht, was er meinte.

Leise verließen sie die Stube und traten auf den dunklen, stillen Flur. Ich folgte den dreien. Die Kaserne schlief. Mark trug eine Decke unter dem Arm. Wir schlichen barfuß zur dritten Division hinüber. Wir bewegten uns wie ein Spähtrupp – langsam, fast geräuschlos, angespannt lauschend, auf jede Bewegung achtend.

Vor Fox' Stube blieben wir stehen.

Mark legte einen Finger auf die Lippen, als er das Erstaunen und die Angst auf meinem Gesicht sah. Pig öffnete vorsichtig die Tür. Fox' Stubenkamerad war seit Februar mit Mononukleosis im Krankenhaus. Fox lag in der unteren Koje des Etagenbettes und schlief tief und fest. Pig bedeutete uns, ihm zu folgen.

Fox lag auf dem Rücken. Sein Mund stand offen; er hatte den Kopf nach links auf die Seite gelegt. Er atmete tief und gleichmäßig. Wir stellten uns um das Bett herum auf, und Pig gab das Zeichen.

Mark warf Fox die Decke über den Kopf, und Pig begann wild auf den Körper unter der Decke einzuschlagen. Seine riesigen Fäuste zerschmetterten Fox' Gesicht, während Marks Hand fest auf den Mund des Opfers gepreßt war und die Schreie erstickte. Dann schlugen auch

Tradd und ich auf Fox' Körper ein, und Mark prügelte ihn mit der freien Hand. Fox wand sich verzweifelt unter der Decke und versuchte, sich freizukämpfen, doch Marks Kraft hatte er nichts entgegenzusetzen. Deckungslos mußte er die wuchtigen Faustschläge einstecken. Pigs Arme bewegten sich rhythmisch; er hämmerte mit ansatzlosen, brutalen Hieben auf Fox ein, als würde er am Sandsack trainieren. Die Decke über Fox' Gesicht färbte sich rot von seinem Blut, doch wir prügelten und schlugen auf ihn ein, bis seine Bewegungen völlig erlahmten. Als die anderen innehielten, ging ich zum Kopfende des Bettes und schmetterte Fox die Fäuste ins Gesicht, mit wildem Haß. Ich hoffte, ihm die Knochen zu brechen.

Bis Mark mich an der Schulter packte und auf die Tür zeigte. Wir verließen das Zimmer und rannten unentdeckt und unbeobachtet bis zu unserer Stube in der vierten Division. Wir lachten, als wir in die Betten stiegen. Pig wusch sich das Blut von den Händen, bevor er in seine Koje kletterte.

Beim Antreten am nächsten Morgen wurde Fox vermißt, und nach dem Frühstück machte man sich auf die Suche nach ihm. Als man ihn halb bewußtlos im Bett fand, war sein Gesicht gräßlich entstellt; die Haut war blutig und aufgeplatzt und dermaßen geschwollen, daß er nicht mehr zu erkennen war. Das Korps gab Lancey Hamphill und der Basketballmannschaft die Schuld, doch ohne es den Jungs beweisen zu können, und unter den Kadern ging das Wort um, den Auswahlsportlern der Akademie mit Vorsicht zu begegnen.

20

Anfang Mai verlor der militärische Drill allmählich an Härte; ein Zeichen, daß sich das Rekrutenjahr dem Ende zuneigte. Nur noch einen Monat, und wir waren keine Rotärsche mehr, sondern Senioren, Kadetten. Die Tage wurden länger, und wir saßen in unseren Baumwolluniformen schwitzend in den Seminarräumen, obwohl sämtliche Fenster geöffnet waren. Der süße Duft des Charlestoner Frühlings lag wie ein unsichtbarer Baldachin über der Stadt. Tauben nisteten an den Dachvorsprüngen der vierten Division, und im Hafen fanden an den Wochenenden Segelregatten statt.

In den Kasernen breitete sich unter den Rekruten das große Vergessen aus, als uns klar wurde, wie bedeutsam und folgenschwer die Verwandlung vom Rotarsch zum Kadetten war. Wir eigneten uns die Arroganz der Überlebenden an, der Elite des Rekrutenjahrgangs 1963. Endlich spürten wir, daß wir rechtmäßige Bewohner dieser grauen steinernen Festung waren. Die Härten und Reglementierungen des Rekrutenjahres hatten sich in einem solchen Ausmaß entspannt, daß wir es schließlich wagten, aus der Gosse zu steigen und nach Einbruch der Dunkelheit über den Paradeplatz zu schlendern, wenn kein Senior in der Nähe war, der uns abfangen konnte. Die Kasernen hatten die Atmosphäre des Schreckens verloren; mittlerweile waren sie für uns zu Orten geworden, an die wir gehörten, die wir uns verdient hatten und die wir mit Stolz unser Zuhause nennen durften. Natürlich, Fox und Newman und einige andere Kadermitglieder waren immer noch so zynisch und brutal wie eh und je; aber die meisten ließen es mittlerweile schon so locker angehen, daß sie abends, wenn wir den Studienstoff aufarbeiteten, manchmal auf unsere Stuben kamen, um sich mit uns zu unterhalten. Noch hielten sie Distanz, noch waren sie der Kader, doch sie bereiteten schon den Boden für künftige Bündnisse vor. Beim Antreten konnte man bereits erkennen, welches Kadermitglied – nun die angehenden Kadetten des dritten und vierten Ausbildungsjahres – mit wem aus unseren Reihen, den angehenden Kadetten im zweiten Jahr, nach Ende des Rekrutenjahres Freundschaft schließen würde.

Doch immer noch wurden hin und wieder Schwitzpartys veranstaltet, Exerzierübungen, Stubendurchgänge, und noch immer kam es zu plötzlichen Ausbrüchen von Gewalt und Schikanen. Noch immer gab es einen Restbestand des Systems und eine halbherzige Komplizenschaft zwischen System und Kader, bis zum letzten Tag des Rekrutenjahrs, bis zu unserer Ernennungsfeier. Doch wir, die Rotärsche, begannen allmählich, uns wie Kadetten statt wie Rekruten zu benehmen.

Theresa, Pigs Freundin, hatte ihm zum Geburtstag ein großes Paket geschickt, das er nach der Parade an einem Freitagnachmittag noch in der Poststelle öffnete. Das Paket war bis zum Rand gefüllt mit italienischen Würsten und fettem, würzigem Käse; außerdem waren eine rotkarierte Tischdecke und ein großer Schokoladenkuchen mit eingebackenen Pecanüssen darin.

»Ein Festschmaus, Kumpels!« rief Pig voller Vorfreude. »Ein italienischer Festschmaus wie zum Sankt-Josefs-Tag.«

»Der heilige Josef war kein Italiener«, sagte Tradd.

»Dann weiß er nicht, was ihm entgangen ist«, sagte Pig und nahm einen Bissen Provolone. »Heute abend veranstalten wir eine Orgie. Wie Kaiser Nero. Wir stopfen uns mit Wurst und Käse voll und tun so, als würden wir zuschauen, wenn in der Arena ein paar fette Christen von Löwen gefressen werden.«

»Ich schlage vor, wir tauschen die Christen gegen den Kader aus.«

»Pfui Teufel«, sagte Tradd. »Ihr verderbt mir den Appetit. Es ist schon schlimm genug, wenn ich mir all das fette Fleisch ansehe. Sag mal, Pig, ist das auch gut durchgekocht? Woraus bestehen die Würstchen?«

»Aus Fleisch«, sagte Pig.

»Das beste Fleisch, das man überhaupt bekommen kann«, erklärte Mark. »Aber davon habt ihr Nichtitaliener ja sowieso keine Ahnung.«

»Italiener machen ihre Würstchen aus Schweineembryos und Vitalis, Tradd«, sagte ich todernst. »Sie werden von Fliegen und Maden als Delikatesse betrachtet.«

»He! Sag bloß nichts Schlechtes über die Sachen, die Theresa mir geschickt hat. Du weißt, wie empfindlich ich bin, wenn es um Theresa geht.«

»Theresa ist ja nicht in der Wurst«, sagte Mark kichernd. »Sie hätte dir eine Büchse voll Scheiße schicken können, und du hättest sie leergefuttert, als wäre Kaviar drin. Stimmt's, Pig?«

»Ich . . . werde mich an den Kuchen halten«, erklärte Tradd.

»Los, kommt. Gehen wir auf die Stube«, sagte Pig und klemmte sich das Paket unter den Arm. »Und zu niemandem ein Wort, was wir hier Leckeres haben. Sonst hockt der Kader auf unserer Bude und schiebt es sich in die häßlichen Visagen.«

Wir bogen nach rechts um die Gebäudeecke und rannten über den Exerzierplatz zur Kaserne, ohne uns allzu große

Sorgen darüber zu machen, von einem Kadermitglied aufgehalten zu werden. Die meisten Rekruten und Kadetten hatten Ausgang und waren in Charleston, und die Gebäude der Akademie sahen wie ein verlassenes Fort aus. Wir stiegen gerade die Eingangstreppe zur Kaserne der zweiten Division hinauf, als aus dem gegenüberliegenden Gebäude eine scharfe Stimme über den Exerzierplatz peitschte: »Halt, Rotärsche.«

Blasingame und Maccabee kamen in Räuberzivil die Treppe vor der Kaserne der dritten Division herunter. Offenbar hatten sie zum Parkplatz neben dem Kasernengebäude gewollt. Jetzt kamen sie zu uns herüber.

»Was haben wir denn da, Mr. Pignetti?« sagte Blasingame. »Sieht wie ein Care-Paket von Muttern aus. Habe ich recht?«

»Wie bitte, Sir?« Pig nahm Haltung an und klemmte sich das Paket fester unter den Arm.

»Aber, aber. Sie haben mich schon verstanden, Mr. Pignetti«, sagte Blasingame und rieb sich die Hände. »Tja, es ist meine Pflicht, den Inhalt des Pakets sorgfältig zu überprüfen. Schließlich haben wir der Akademie gegenüber die Verantwortung, dafür zu sorgen, daß unsere Rekruten kein Fett ansetzen. Zum Beispiel, indem sie sich mit Leckereien aus Mutters Küche vollstopfen. Fette Rotärsche sind schlappe Rotärsche, sage ich immer. Und schlappe Rotärsche sind schlecht für unsere glorreiche R-Kompanie.«

Blasingame zog das Paket unter Pigs Arm hervor, stellte es auf den Boden und klappte die Pappdeckel auseinander.

»Sieh mal einer an«, sagte er grinsend. »Itakerfraß. Würstchen. Pepperoni. Käse.«

»Das sind wunderbare Pepperoni«, sagte Maccabee,

nachdem er einen Bissen davon genommen hatte, den er nun mit übertrieben genüßlicher Miene kaute.

»Ich bitte um die Erlaubnis, eine Erklärung abgeben zu dürfen, Sir«, sagte Pig.

»Nur zu«, erwiderte Maccabee.

»Das ist mein Geburtstagsgeschenk. Meine Freundin hat es mir geschickt.«

»Aha. Dann richt' ihr mal unseren besten Dank aus, du fette Qualle. Sag ihr, es war ganz reizend, daß sie uns diesen Itakerfraß zu Ehren deines Geburtstags geschickt hat. Vielleicht schicken wir ihr dafür sogar ein Dankschreiben. So, und jetzt macht ihr Heinis fünfzig Liegestütze, bevor's zum gemütlichen Teil des Abends übergeht«, sagte Maccabee.

»Schokoladenkuchen. Mein Leibgericht«, meinte Blasingame und pulte eine Nuß heraus. »Wissen Sie was, Mr. Maccabee? Wir nehmen diese Schmuggelware mit zur Party ins Strandhaus. Was für ein Glück, daß wir ein bißchen zu spät dran waren.«

Als wir auf unsere Stube kamen, hämmerte Pig die Fäuste gegen die stählerne Tür seines Spinds und schlug sich an zwei Knöcheln die Haut blutig. Es hörte sich an, als würde ein Büffel über das Dach eines Autos hinwegdonnern. Mark packte Pig von hinten und hielt ihn umklammert. Von Pigs Knöcheln strömte Blut über seine Hände, und auf der grün angestrichenen Stahltür waren rote Blutflecke zu sehen. Eine Schläfenader, die von Pigs Haaransatz bis zum Nasenrücken reichte, war zur Dicke eines Pfeifenreinigers angeschwollen und pochte im Rhythmus seines Herzschlags.

»Ruhig, Pig. Ruhig, Kumpel«, flüsterte Mark, der Pig immer noch fest umklammert hielt.

»Ich gebe dir eine Pizza aus, Pig«, sagte Tradd. »Wir könnten ins Labrasca's gehen.«

»Es war von Theresa. Die hatten kein Recht, mir etwas zu klauen, das Theresa mir geschickt hat. Dafür krieg' ich sie am Arsch. Nächsten Monat, auf der Kompaniefeier, schlage ich den beiden die Fresse ein.«

»Hab Geduld, Pig«, sagte Mark beschwichtigend. »Bis dahin sind's nur noch ein paar Wochen.«

»Warum zahlen wir es denen nicht sofort heim?« sagte Tradd. Wir blickten ihn erwartungsvoll an.

»Ist euch nie aufgefallen, daß die Senioren das immer so machen? Jedesmal, wenn ein Rekrut mit Süßigkeiten, Kuchen oder Plätzchen in die Kaserne kam, haben sie ihm die Sachen weggenommen und aufgegessen.«

»Ach ja? Ist uns noch nie aufgefallen«, sagte Pig und betrachtete seine blutigen Hände.

»Selbst wenn man es schafft, irgend etwas auf die Stube zu schmuggeln, muß man es im Wäschesack verstekken. Und wenn man es dann herausholt, schmeckt es wie schmutzige Socken«, fuhr Tradd fort.

»Und was hast du vor, Tradd?« wollte ich wissen. »Die Kadetten über das Recht auf Eigentum belehren?«

»Ich habe vor, Essen in die Kaserne zu schmuggeln.«

»Na und?« sagte Mark.

»Es soll etwas besonders Leckeres sein.«

»Na und?«

»Wir werden es selbst zubereiten.«

»Na und?« fragte Pig.

»Diesmal legen wir es darauf an, daß diese Kerle es essen.«

Wir alle riefen gleichzeitig dasselbe Wort.

»Ja!«

Nach dem Appell am Samstagmorgen fuhren sämtliche Rekruten der R-Kompanie zur St.-Croix-Villa in der

East Bay Street, während Tradd und ich einen kurzen Abstecher zum Feinkostgeschäft auf der Meeting Street machten, um die Zutaten für das Essen zu kaufen, das wir dem Kader unterschieben wollten. Commerce hatte ein Faß Bier anliefern und auf der oberen Veranda aufstellen lassen. Zehn unserer Kompaniekameraden saßen auf dem Geländer und tranken Bier, blickten auf den Garten hinunter und hörten Commerce zu, der Geschichten über das alte Korps erzählte. Abigail wartete in der Küche auf uns, als wir zur Villa kamen. Ihr Gesicht zeigte einen verblüfften, aber höchst erheiterten Ausdruck. Pig und Mark saßen zusammen mit John Kinnell und Jim Massengale am Küchentisch und tranken Bier.

»Seit wann finden meine Rekruten Gefallen an den kulinarischen Künsten?« fragte sie.

»Ich glaube, wir brauchen deinen fachlichen Rat und deine Küchengeräte, Mutter«, sagte Tradd und nahm die Pakete aus den braunen Einkaufstüten.

»Ich hab' noch nie was gekocht, in dem keine Tomatensauce war«, erklärte Mark.

»Ich hab' noch nie gegessen, was ich selbst gekocht habe. Und das Zeug, das wir diesmal fabrizieren werden, rühr' ich ganz bestimmt nicht an«, sagte Pig.

»Was wollt ihr denn kochen?« fragte Abigail.

»Fondant«, erwiderten wir alle und brachen in schallendes Gelächter aus.

»Fondant?« fragte Abigail. »Was ist an Fondant denn so komisch?«

»Nichts. Aber unser Fondant soll nur so aussehen wie Fondant, Mrs. St. Croix«, sagte Mark. »Es darf aber nicht auffallen, und dabei könnten Sie uns sicher helfen.«

»Darf ich fragen, für wen das Fondant bestimmt ist?« fragte sie.

»Wir möchten unseren Ausbildern, dem Kader, unsere Dankbarkeit erweisen, Abigail«, erwiderte ich. »Den Leuten, die uns zu Männern gemacht haben.«

»Oh. Dann hole ich mein Kochbuch über Charlestoner Spezialitäten, und wir fangen an«, erklärte Abigail.

»Ach, es soll nichts Besonderes sein, Mrs. St. Croix«, sagte Mark. »Die Jungs stehen auf Hausmannskost. Zeigen Sie uns einfach, wie man so was zubereitet.«

»Jawohl, fangen wir einfach an«, sagte Pig.

Abigail runzelte die Stirn. »Habt ihr diese schrecklichen Menschenschinder so sehr ins Herz geschlossen, daß ihr denen jetzt so etwas Gutes spendieren wollt?«

»Äh . . . irgendwie müssen wir ihnen ja unsere Dankbarkeit zeigen, Mrs. St. Croix«, sagte John Kinnell vorsichtig. »Ohne Dankbarkeit wäre die Welt ein trostloser Ort.«

»So ist es«, sagte sie. »Darum hole ich jetzt das Buch, und wir kochen ihnen etwas Feines.«

Mrs. St. Croix holte ihr altes, zerfleddertes, von eingetrockneten Fettspritzern übersätes Rezeptbuch über Charlestoner Spezialitäten und begann laut das Rezept für ›Fondant à la Charleston‹ vorzulesen. Wenn man die Rezepte ihrer besten Köche liest, kann man mehr über die Charlestoner Gesellschaft lernen als aus jedem Geschichtsbuch, das je über diese Stadt geschrieben worden ist. Zuerst schmolzen wir zwölf Riegel feinster Zartbitterschokolade auf niedriger Flamme. Dann gaben wir Eier hinzu und wechselten uns eine Viertelstunde lang am Schneebesen ab, bis die Mischung dick und kremig geworden war. Wir gaben Zucker und Salz hinzu und stippten die Finger hinein, um es abzuschmecken.

»Gut«, sagte ich. »Tja, wieviel von dem anderen Zeug sollen wir jetzt reintun? Alles?«

»Wir wollen sie ja nicht gleich umbringen«, erwiderte Tradd.

»Nicht unbedingt«, sagte Mark. »Aber ich finde, Will hat recht. Wir tun alles rein.«

Mrs. St. Croix stand mit offenem Mund da. »Was für ein . . . Zeug meint ihr?«

»Das hier«, sagte Pig und kippte aus einer Tüte zwanzig Packungen flüssiges Abführmittel auf den Tisch.

»Das könnt ihr nicht tun!« sagte Abigail. »Das ist kriminell.«

Wir öffneten die zwanzig Schachteln ›Ex-Lax‹ und schütteten den Inhalt ins Fondant.

»Das . . . die Leute werden krank«, sagte Abigail. »Todkrank. Wenn sie das essen, brauchen sie einen Arzt.«

»Denen kann sowieso kein Arzt mehr helfen, Mrs. St. Croix«, sagte Mark. »Außerdem setzen wir es ihnen ja nicht vor. Sie werden es uns *wegnehmen.* Wir versprechen Ihnen, die Kerle anzubetteln, daß wir es selbst essen dürfen.«

»Außerdem leiden ein paar von denen unter chronischer Verstopfung«, sagte Pig und rührte wie ein Wilder die Mischung durch. »Wir tun also ein gutes Werk.«

»Vielleicht sollten wir noch ein bißchen Rattengift dazugeben«, schlug Jim Massengale vor.

»Die sollen leiden«, sagte Mark, »nicht sterben.«

»Oh, ja. Ich will sie leiden sehen«, sagte Tradd grinsend. »Sie sollen sich in Todesqualen winden!«

»Mein Gott.« Abigail schlug die Hände über dem Kopf zusammen. »Was hat diese Akademie nur aus meinen lieben, netten Jungs gemacht?«

Unser Zeitplan für die Rückkehr in die Kaserne erwies sich als goldrichtig. Statt leise und unauffällig, wie bei Rekruten üblich, schwankten wir grölend, lachend und singend auf das Kasernengelände, als wären wir sinnlos betrunken. Wir waren fünfzehn Mann, die an der T-Kompanie nach rechts um die Gebäudeecke bogen – und augenblicklich zehn oder zwölf Kadermitglieder erblickten, die im Lichtkegel der Lampe neben der Treppe zur R-Kompanie lauerten. Pig ging uns voran. Als er an den Mülleimern vor der Kaserne der ersten Division vorbeikam, trat er eine davon um, daß sie laut scheppernd auf den Exerzierplatz rollte. Sofort schwärmte der Kader aus, um uns abzufangen. Die fünf von uns, die vorneweg gingen, trugen liebevoll verpackte Schachteln mit Schokoladenfondant à la Charleston.

»Halt, Rotärsche«, befahl eine Stimme. Sie gehörte Fox.

»Was glaubt ihr, wo ihr hier seid, ihr Nachgeburten?« sagte Newman. »Wo wollt ihr hin?«

»Die Mülltonne, Mr. Pignetti!« befahl Wentworth scharf. »Entschuldigen Sie sich.«

Pig wankte auf den Exerzierplatz, schnappte sich die Mülltonne und stellte sie an ihren Platz zurück. Dann stieg er hinein, nahm Haltung an und sagte zur Mülltonne: »Leutnant Mülltonne, Kadettenrekrut Pignetti bittet um Entschuldigung, daß er Sie getreten und sich Ihnen gegenüber ungebührlich benommen hat, Sir.«

»Du Arschloch, Pignetti!« brüllte Newman wütend und drehte sich zu uns um. »Und euch habe ich gefragt, wohin ihr wollt, ihr besoffene Schweinebande.«

»Auf unsere Stuben, Sir«, antwortete Mark.

»Was ist in den Schachteln, ihr Kotzbrocken?«

»Nichts, Sir«, sagte Tradd.

»Sieht aber ganz so aus, als wäre da was Leckeres drin. Stimmt doch, ihr Schwuchteln — oder?« fragte Wentworth mit freundlicher, kumpelhafter Stimme.

»Nein, Sir«, riefen wir fünfzehn fröhlich.

»Ist das eine offizielle Erklärung?« wollte Fox jetzt wissen.

»Nein, Sir«, riefen wir noch einmal.

»Ahaaa!« sagte Wentworth. »Sehr gut, Jungs. Wenn wir an das Ehrsystem appellieren, rückt ihr endlich mit der Wahrheit raus. Würde mir auch nicht gefallen, euch alle vors Ehrengericht schleifen zu müssen, kurz bevor ihr die Freuden und Privilegien eines Kadetten genießen könnt, ihr Dummköpfe. Ich gehe doch recht in der Annahme, daß die tapferen Rotärsche der glorreichen R-Kompanie ihrem Kader nicht das rechtmäßige Privileg verwehren, einen Teil dieser Nahrungsmittel an sich zu nehmen?«

»Sir. Bitte um die Erlaubnis, eine Erklärung abgeben zu dürfen«, meldete Tradd sich zu Wort.

»Ja? Ja, gut«, sagte Newman.

»Sir, ich kann Ihnen versichern, daß meine Mutter sich sehr freuen würde, wenn Sie auch Ihnen etwas kochen darf . . . nächste Woche. Da bin ich ganz sicher, Sir.«

»Das ist aber nett von ihr, Schwuli. Ganz reizend«, sagte Newman. »Aber wir, der Kader, tragen die Verantwortung für euch Saftärsche. Wir müssen uns davon überzeugen, daß in den Schachteln kein Gift ist. Also müssen ein paar mutige Vorkoster ran, die Kopf und Kragen für euch riskieren. Und das sind wir. Also, rückt die Schachteln raus. Während wir den Inhalt inspizieren, macht ihr eine Alkoholverdunstungsübung. Ich würde sagen, fünfzig Liegestütze.«

Wir ließen uns zu Boden sinken und begannen im

Gleichtakt, Liegestütze zu machen und laut mitzuzählen. Es fiel uns schwer, nicht vor Lachen herauszuplatzen, als wir Fox rufen hörten: »Mann! Das ist ja Schokoladenfondant.«

Er nahm sich ein großes Stück und biß herzhaft hinein. »Mit Pecanüssen«, rief er kauend. »Wir sind auf eine Goldader gestoßen, Jungs.«

Die Kadermitglieder stürzten sich auf die sechs Schachteln, fetzten die Verpackung auf und rissen sich so große Stücke heraus, wie sie nur konnten. Als der Ruf ›Fondant‹ bis in die oberen Stockwerke des Kasernengebäudes vorgedrungen war, stürmten Kadermitglieder dreier anderer Kompanien die Treppe herunter, um sich ihren Anteil an der Beute zu holen. Während wir die vergnüglichsten Liegestütze unseres Rekrutenjahres absolvierten, beobachteten wir, wie die Kadermitglieder über das Fondant herfielen. Und als wir schnaufend aufstanden, lagen die sechs Schachteln leer und zerknüllt auf den Treppenstufen.

Newman leckte sich Schokoladenreste von den Fingern. »Weil ihr undankbaren Drecksäcke«, sagte er, »nicht die Großzügigkeit hattet, diesen Leckerbissen freiwillig mit euren Vorgesetzten zu teilen, kriegt ihr gar nichts. Und jetzt ab, auf die Stuben, ihr besoffenen Hurenböcke. Schlaft euren Rausch aus.«

Wir warteten bis Viertel vor eins in der Frühe; dann schlichen wir uns auf den dunklen, menschenleeren Flur. Ich sah, wie Jim Massengale und Murray Sievers auf Zehenspitzen die Treppe zur O-Kompanie hinaufschlichen. John Kinnell und Webb Stockton waren bereits auf der Latrine der N-Kompanie verschwunden. Tradd und ich waren für die Latrinen in der zweiten Division zuständig; Mark und Pig schlichen zur ersten Division hinüber.

Jetzt mußte alles schnell gehen. Wir schlossen hastig die Tür hinter uns und knipsten das Licht ein. Tradd sammelte jede auffindbare Rolle Toilettenpapier ein und warf sie in die Waschbecken, die er vorher zugestöpselt und mit Wasser und Ammoniak gefüllt hatte; währenddessen schmierte ich die Toilettenbrillen dick mit schwarzer Schuhcreme ein. Dann zog Tradd sich einen Handschuh über und schraubte die Glühbirnen aus den Deckenlampen. Schlagartig wurde es stockdunkel auf der Latrine. Tradd verstaute die Glühbirnen in die Taschen seines Bademantels und knipste, wie auch ich, seine Taschenlampe ein. Ich drehte die Heißwasserhähne im angrenzenden Duschraum so weit auf, wie es nur ging. Die Nacht war heiß, und der Dampf, der im Duschraum aufstieg, machte das Atmen fast unmöglich. Ich verstopfte die Abflüsse und kehrte zu Tradd zurück. Bevor wir verschwanden, nahm Tradd die acht Glühbirnen aus der Tasche und zerschmetterte sie auf dem gekachelten Fußboden nahe der Eingangstür.

»Hoffentlich haben die Kerle es so eilig, daß sie barfuß angerannt kommen«, flüsterte Tradd. »Dann sind die Scherben eine nette Überraschung für sie.«

»Aus dir wird mal ein toller Kadett, St. Croix.«

Wir hörten Pig und Mark die Treppe heruntereilen.

»Fertig?« fragte Pig leise, als er näher kam.

»Fertig«, erwiderte Tradd.

»Gut. Dann mache ich jetzt den Draht an die Türklinke.«

Geschickt und schnell wickelte Pig ein gut einen Meter langes Stück Stacheldraht um die Türklinke und spannte es anschließend um ein Wasserrohr, das unmittelbar neben der Tür senkrecht an der Wand verlief.

Selbst mit einem Vorhängeschloß hätte er die Tür nicht fester verschließen können.

»So, und jetzt ab auf die Stuben. Ich schätze, in ein paar Minuten bricht hier die große Scheißerei aus«, sagte Pig.

Mark hatte in einer Mülltonne eine leere Flasche Cola entdeckt. Bevor wir um eine Ecke verschwanden, schleuderte er sie über den Flur. Die Flasche zerplatzte an der Wand, und die Splitter flogen bis vor die Tür der Latrine.

»Die werden das Gefühl haben, über ein Minenfeld zu gehen«, sagte er.

Dann lagen wir im Halbdunkel der Stube in unseren Betten und unterhielten uns. Mark zündete sich eine Zigarette an. Ich bat ihn, mir auch eine zu geben, und er warf mir das Päckchen zu. Umständlich zündete ich mir eine Zigarette an und inhalierte vorsichtig. Ich hatte noch nie geraucht und versuchte vergeblich, Mark nachzuahmen, der Rauchkringel produzierte und beobachtete, wie sie träge zur Decke stiegen.

»Das war einer der schönsten Tage meines Lebens«, sagte Tradd, der über mir im Etagenbett lag.

»Es gibt ein paar nette Jungs in unserem Haufen. Richtige Kumpel. Richtige Brüder«, sagte Pig.

»Ob diejenigen von uns, die mal zum Kader gehören, auch solche Schweinehunde werden wie Fox und Konsorten?« fragte ich. »Ob wir wohl dazu fähig sind, Rekruten genauso zu behandeln? Was meint ihr?«

Eine Zeitlang herrschte Schweigen auf der Stube.

»Ja«, sagte Mark schließlich.

»Ja«, sagten Pig und Tradd.

»Dann hätten wir nichts, aber auch gar nichts gelernt«, murmelte ich.

Pig lachte leise. »Das stimmt nicht, Kumpel. Wir haben gelernt, wie man anderen den Arsch aufreißen *könnte.*«

»Und wie man Fondant macht«, sagte Mark, und in diesem Augenblick hörten wir, wie in der ersten Division eine Tür aufgerissen wurde.

Kurz darauf flogen zwei Türen in der zweiten Division auf. Dann hörten wir das Klatschen von Gummisohlen auf dem kahlen Fußboden, als jemand zur Latrine rannte. Weitere Türen flogen auf, und diesmal waren es unverkennbar nackte Füße, als zwei, drei Mann an der Tür unserer Stube vorbeistürmten. Sekunden später ertönten Schmerzensschreie und obszöne Flüche, als Glassplitter in die Fußsohlen schnitten und Stacheldraht Handflächen und Finger aufriß. Dann knallten in der ganzen Kaserne Türen. Ein dumpfes Geräusch hallte durch das Gebäude, als in der dritten Division jemand mit dem Schaft eines M-1-Gewehres auf den Stacheldraht an einem der Türgriffe einhämmerte. Auf den Fluren brach die Hölle los. In der zweiten Division brüllte jemand wie am Spieß.

»Man sollte sich immer Schuhe anziehen, wenn man zur Latrine geht«, sagte Mark. »Denn man muß immer darauf gefaßt sein, daß eine zerschmetterte Flasche Cola auf dem Boden liegt.«

Ein Stimme schrie: »Ich brauch' Klopapier. Verdammter Mist, hier ist kein Klopapier!«

»Paß auf, da liegen Splitter.«

»He! Welcher Idiot hat die Duschen aufgedreht?«

Wir stiegen aus den Betten, schlichen zur Tür und warfen einen Blick auf den Flur. Auf den vier Mülltonnen in der vierten Division saßen vier Mitglieder des Kaders der R-Kompanie; auf ihren Gesichtern lag ein Ausdruck unsäglichen Leids. Wir sahen Newman zu seiner Stube gehen. Er war splitternackt bis auf seine Gummisandalen und sein M-1-Gewehr, das er über der Schulter trug. Als er an unserer Tür vorbei war, sahen wir einen großen, schwarzen, ovalen Abdruck auf seinem Hintern. Er humpelte, als hätte er große Schmerzen. Er schaffte die halbe Strecke bis zu seiner Stube; dann machte er plötzlich kehrt und rannte mit verbissenem Gesicht wieder in Richtung Latrine.

Blasingame hatte geschlafen, als wir in die Kaserne zurückgekommen waren. Jetzt kam er die Treppe von der dritten Division heraufgestiegen und blickte sich fragend und verwirrt um. Er riß die Augen auf, als er die vier nackten Kadermitglieder sah, die regungslos wie Statuen auf den Mülltonnen saßen.

»Jungs«, rief er. »Jungs, Jungs. Was geht in der glorreichen R-Kompanie vor sich? Alle meine Jungs scheißen in Mülltonnen. Verdammt noch mal, Männer, geht auf die Latrinen. Gütiger Himmel, alle meine Jungs scheißen in Mülltonnen.«

Pig hatte sich ein Handtuch in den Mund gestopft, um nicht vor Lachen loszubrüllen. Ich warf mich aufs Bett und erstickte mein Lachen im Kopfkissen. Tradd und Mark rollten sich am Boden. Mark liefen die Tränen übers Gesicht.

Als wir wieder sprechen konnten, sagte Tradd: »Ob es heute nacht wohl eine Schwitzparty gibt? Wie lange werden die wohl brauchen, bis sie es sich überlegt haben?«

»Die müssen erst mal ihr Geschäft erledigen, bevor sie sich's überlegen können«, sagte Pig. »Und ehrlich gesagt, Kumpel, ich glaube, die sind zu müde für 'ne Schwitzparty. Ein paar von denen werden den Rest der Nacht auf dem Pott sitzen.«

Die Schwitzparty am nächsten Tag war die längste und

härteste des Jahres, aber wir brachten sie mit lachendem Herzen hinter uns. Der Kader wußte, und wir wußten, daß uns nur noch knapp zwei Wochen von der Ernennung zu Kadetten trennten. Wir hatten es geschafft.

21

Dann kam die Juniwoche, und braungebrannte Kadetten flanierten in ihren weißen Sommeruniformen an den Schaufenstern der Geschäfte an der King Street vorüber, und die Eltern und Verwandten der Senioren hatten sämtliche Hotels in der Stadt und den Vororten belegt. Jeden Tag hatten wir eine Parade in voller Uniform, und wir schauten uns unsere Abschlußnoten des Grundstudiums auf den Listen an, die mit Klebestreifen an den Türen der Seminarräume in den Studiengebäuden befestigt waren. Tradd überraschte uns alle, als ihm der ›Stern des Südens‹ als dem ›am besten gedrillten Kadetten‹ verliehen wurde, nachdem er unter glühender Sonne beim Exerzier-Wettkampf mit den schneidigsten Rekruten der anderen Kompanien siegte. Mark, Pig und ich hatten Tradd von der Zuschauertribüne aus bejubelt, während Abigail und Commerce neben General und Mrs. Durrell unter einem Sonnenschirm gesessen und ihrem Sohn nervös zugeschaut hatten. Als Tradd zum Sieger ausgerufen wurde, stürmten sämtliche Angehörige der R-Kompanie auf den Paradeplatz, und Tradd wurde auf den Schultern der Kameraden zurück zur Kaserne getragen. Durch den Gewinn des Sterns des Südens hatte die R-Kompanie genug Punkte gesammelt, um für ein weiteres Jahr das Aushängeschild der Akademie zu bleiben, und bei der Parade am darauffolgenden Tag nahm Maccabee aus den Händen des Generals den Commandant's Cup für den besten Kompaniechef entgegen. Traditionsgemäß wurde Tradd zusammen mit dem General, Abigail und Commerce fotografiert. Das Foto erschien am Mittwoch der ersten Juniwoche auf der Titelseite des Charleston *News and Courier.* Tradd war der erste Charlestoner Junge seit zwanzig Jahren, der den Stern des Südens gewonnen hatte – und, wie er lächelnd zu seinem Vater sagte, der erste St. Croix, der mit dieser Auszeichnung geehrt worden war.

Dann wurden unter meinen Jahrgangskameraden die Einstufungs- und Beförderungslisten für das zweite Studienjahr ausgegeben. Tradd, Mark und Pig wurden zu Unteroffizieren ernannt; ich blieb gemeiner Soldat. Einen höheren militärischen Rang sollte ich nie erreichen. Was meine Leistungen insgesamt betraf, war ich in das untere Fünftel meines Jahrgangs eingestuft worden. Ich wäre auf einem noch schlechteren Platz gelandet, hätte Pig mich nicht auf seinem Bewertungsbogen an die erste Stelle gesetzt. »Wegen deines Gedichts, Kumpel«, erklärte er. »Weil du zwar keine Haare auf dem Hintern, aber auf den Zähnen hast.« Es war eine Begründung, die ich zu schätzen wußte, die aber nur sehr wenige begriffen.

Die Basketballmannschaft wurde von General Durrell zu einer Grillparty in seine Villa nördlich von Charleston eingeladen; es war das Herrenhaus eines ehemaligen Plantagenbesitzers. Reuben Clapsaddle und ich waren unter den Gästen die einzigen Überlebenden des Rekrutenjahrgangs 1963. Lancey Hemphill erhielt die Auszeichnung als bester Spieler, und Wig Bowman wurde von Trainer Byrum zum Mannschaftskapitän für das kommende Jahr ernannt. Wieder einmal lag eine lange, erfolglose Saison hinter der Auswahlmannschaft, und die meisten Spieler schlangen ihre Steaks schnell und lustlos hinunter und wichen den enttäuschten, vorwurfsvollen Blicken ihres Trainers aus. Der General hielt eine ziemlich lustlose Rede über die wertvollen Lektionen, die man aus Niederlagen lernen kann. Mrs. Durrell schenkte uns Limonade ein und entschuldigte sich dafür, daß sie in der abgelaufenen Saison kein einziges Spiel besucht hatte. Sie war Zoll für Zoll die Frau des Generals und bewegte sich mit der bedächtigen, anmutigen Eleganz, die allen Südstaatenfrauen aus vornehmer Familie eigen ist.

Pigs Freundin, Theresa, kam aus New York nach Charleston geflogen und wohnte die ganze Woche im Francis Marion Hotel. Sie war ein zurückhaltendes, zerbrechliches Mädchen mit langem, glänzendem Haar, schwarz wie die Schwingen eines Raben. Sie war so zart und feinfühlig, wie Pig es nicht war, und es war offensichtlich, daß die beiden sich sehr liebten. Es war schön, in ihrer Gesellschaft zu sein, und ich studierte, wie Menschen sich verhielten, wenn sie einander liebten, so daß ich die Formen und Feinheiten dieses süßen Rausches kannte, sollte es mich einmal erwischen. Auf dem Abschlußball ließ Pig mich mit Theresa tanzen. Ich war der einzige Junge, mit dem sie tanzte, seit sie Pig mit vierzehn Jahren kennengelernt hatte.

»Geh mir nicht zu nah ran, Kumpel«, warnte Pig mich freundschaftlich. »Er ist wie ein Bruder für mich, Theresa, aber ich will nicht, daß er dir zu nahe kommt.«

Ich kam Theresa nicht zu nahe. Ich hatte zwar noch nie einen langsamen Tanz getanzt, ohne meine Partnerin zu berühren, aber in diesem Fall schaffte ich es und mußte das Gelächter Tradds und Marks über mich ergehen lassen, die uns von ihrem Tisch aus zuschauten.

Ich besuchte den Ball in Begleitung der Schwester meines Zugführers Quigley. Sie hieß Susan, und ich konnte sie nicht besonders leiden. Sie war ein nettes Mädchen, aber ihr Gesicht rief bei mir eine Vielzahl von Erinnerungen wach, die allesamt unschön waren. Susans Gesicht war das Gesicht ihres Bruders, und als ich mit ihr tanzte, erinnerte ihr Mund mich an seinen Mund, ihre Augen wurden zu seinen Augen, und ihr Atem war der Atem ihres Bruders, nicht der ihre. Sie konnte nichts dafür, daß ihr Bruder mein Zugführer war, und ich auch nicht. Aber ein Quigley mit Brüsten war und blieb nun mal ein Quigley. Im Brackwasser meiner Erinnerungen betrachtete ich das Mädchen, als wäre es auf geheimnisvolle, obszöne Art und Weise mit dem Kader verbunden: ein sanfter Brutmeiler von Kadermitgliedern und Rekrutenjahren. Ihr Bruder hatte nicht zur schlimmsten Sorte gehört, aber er war nun mal einer von ihnen gewesen. Bei meiner Zähmung hatte ich auch seine Stiefel geleckt und geküßt, und nun brachte ich es einfach nicht fertig, seine Schwester zu küssen, mochte sie ihren Körper noch so sehr an mich drängen, mochte sie mir noch so viele auffordernde Blicke zuwerfen, als wir nach dem Ball die Battery entlangspazierten.

Jeden Tag nach der Parade fuhren Mark, Tradd und ich mit Commerce zum Angeln von Seebarschen in den Tideflüssen der Gegend um Kiowah und Seabrook Island. Am Dienstag holte ich mir einen so schlimmen Sonnenbrand, daß Abigail mir Essig auf Schultern und Rükken rieb, als wir nach Hause kamen. Den Barsch kochte sie in Weißwein und Cremesoße, nachdem wir die Fische auf der Veranda hinter dem Haus ausgenommen hatten.

Nach dem Essen setzten wir uns für ein paar Drinks auf der Veranda zusammen. Commerce erzählte lange Geschichten über das Speerfischen auf den Jungferninseln und das Fischen von Piranhas im Amazonas. Abigail und ich saßen auf der Verandaschaukel, Mark auf dem Geländer, Tradd und Commerce in den weißen Korbstühlen, die Gläser in der Hand, während Commerce ausführlich von seinen längst vergangenen Hochseefahrten erzählte, die ihn weit von Charleston fort in die Welt hinaus geführt hatten. Langsam und genüßlich tranken wir unseren Gin-Tonic und lauschten den Geräuschen der Insekten im Garten und Commerces Stimme, die uns über die Meere dieser Welt führte.

Auf unserer Stube lagen wir nach dem Zapfenstreich noch lange wach und erzählten uns Geschichten aus unserem Leben. Wir redeten über unsere Ängste und Ziele, unsere Enttäuschungen und Unsicherheiten. Wir waren keine Rotärsche mehr und würden nie wieder unter der brutalen Härte des Rekrutenjahres leiden müssen, und zum erstenmal vertrauten wir einander persönlichere Gedanken an, wie sie sich nach dem gemeinsamen Erreichen eines Zieles in langen, geruhsamen Stunden einstellen. Wir schworen, daß unsere Bruderschaft, unser Viererbund, ewig halten würde und unsere Freundschaft stärker und unverletzlicher sein würde als unsere Verbundenheit und Treue zu allen anderen Kameraden.

Am Abend vor der offiziellen Ernennung zu Kadetten, holte Pig ein Taschenmesser, und jeder von uns schnitt sich in den Daumenballen. Wir vermischten unser Blut und legten jene kindlichen Schwüre von Freundschaft ab, die Jungen mit Hilfe solcher sentimentalen, symbolischen Gesten immer leichter fallen als durch Worte. Unsere Stube erstrahlte in diesen letzten, heiteren Tagen unseres Rekrutendaseins in einem wundervollen Licht der Kameradschaft. »Jetzt sind wir wie Indianer«, sagte Pig und drückte sich ein Taschentuch auf die Schnittwunde. »Jetzt sind wir wie die beschissenen Indianer, und für den Rest unseres Lebens werden wir gemeinsam Büffel jagen, Kumpels. Für den Rest unseres Lebens.«

Tradd erzählte uns, daß er noch nie drei so enge Freunde gehabt habe und es für ihn immer schwierig und schmerzlich gewesen sei, sich Freunde zu schaffen. In der Dunkelheit der Stube, als wir sein Gesicht nicht sehen konnten, dankte er uns wieder und wieder, jeden Abend in dieser bewegten und bewegenden letzten Woche des Rekrutenjahres.

Am Donnerstag vor der Ernennung umarmten die Rekruten sich beim mittäglichen Antreten auf dem Exerzierplatz. Seit Wochen war auf den Gesichtern des Kaders nur noch wenig Boshaftigkeit und Bedrohlichkeit zu sehen gewesen, und wir hatten keine Angst mehr vor den Kasernen. Die abschließenden Prüfungen hatten auch den letzten Tropfen Gift des Rekrutenjahres aufgelöst.

Doch an diesem Tag fiel der Kader noch einmal über uns her. Ein letztes Mal stürmten sie auf uns zu, schrien auf uns ein, stießen uns vor die Brust, beleidigten uns, befahlen uns, auf dem Exerzierplatz Liegestütze zu machen, auf der Stelle zu laufen, und brüllten uns die altbekannten Obszönitäten und Beleidigungen ins Ohr. Eine halbe Stunde nahmen sie uns fürchterlich in die Mangel, bis Blasingame plötzlich den Befehl erteilte, aufzuhören.

Ich erhob mich schwitzend und keuchend — und nahm Haltung an, denn Maccabee stand vor mir.

»Steh bequem, Rotarsch«, sagte er mit ganz normaler Stimme. »Kinn *runter*, Bauch *raus*, Schultern nach *vorn*.«

»Wie bitte, Sir?«

»Ich bin jetzt kein ›Sir‹ mehr. Ich heiße Frank«, sagte er lächelnd und streckte mir die Hand entgegen.

Ich schüttelte ihm die Hand und sagte: »Ich heiße Will, Frank.«

»Wir zwei Hübschen gehen heute abend zu Gene's Lounge rüber, Will. Du und ich, wir müssen mal anständig einen zur Brust nehmen.«

»Gern, Mr. Maccabee . . . äh, Frank«, sagte ich. »Ja, sicher. Sehr gern.«

Und in diesem Augenblick *hatten sie mich.* Ich war verdammt nahe daran, in Tränen auszubrechen. Ich weiß bis heute nicht, ob aus Dankbarkeit, Erleichterung oder Stolz, aber ich wußte, daß sie mich hatten, und beinahe hätte ich vor den Augen Frank Maccabees die Fassung verloren und geweint.

Und dann kamen sie einer nach dem anderen, der ganze Kader. Sie schüttelten mir die Hand, lächelten mich an, klopften mir auf die Schulter und redeten mich zum ersten Mal mit Vornamen an. An diesem Tag lernte ich, wie bedeutsam eine Anrede sein kann, wie ein Name die Wahrnehmung der eigenen Person und des Universums verändern kann.

»Hallo, George. Ich heiße Will.«

»Hallo, Larry. Will.«

»Hallo, Dan. Du kannst Will zu mir sagen.«

»Hallo, D. J. Mein Vorname ist Will.«

Dann kam Blasingame zu mir herüber und sagte lachend: »›Ich pinkelte an einen Baum, wie's eines jeden Hundes Ader, doch dieser Baum, der war ein Bein, von einem Herrn vom Kader.‹ Du Spaßvogel von einem Rotarsch, ich heiße Philip.«

»Hi, Philip«, sagte ich und schüttelte ihm die Hand. »Ich heiße Will.«

Und dann kam Fox.

Er lächelte nicht, und noch immer bekam ich Angst, wenn er sich mir näherte. Er schaute mich an, den grausamen Mund zu einem unverhohlen spöttischen Lächeln verzogen. Er wußte, daß er sich unter Jungen befand, die ihn verachteten und denen er nur ein Geschenk anbieten konnte: seinen Vornamen.

»Ich heiße Gardiner, Rotarsch«, sagte er und streckte mir die Hand entgegen.

Ich schlug die Hand zur Seite.

Dann blickte ich ihm fest in die schmalen Augen und sagte kühl: »Für dich bin ich *Mr.* McLean, Fox. Und daran wird sich niemals etwas ändern.«

»Es war nur das System, Mr. McLean, du Weichling«, sagte er wütend. »Es war nichts Persönliches. Es war das System, und ich habe schließlich nur meine Pflicht getan.«

»Dann laß dir gesagt sein, daß dein System mir nicht gefällt. Und auf welche Weise du deine Pflicht tust, gefällt mir noch viel weniger.«

»Du solltest lieber daran denken, daß du gemeiner Soldat bleibst, du kleiner Stiefellecker. Bei jedem Stubendurchgang werde ich dir ans Bein pinkeln. Ich werde mir keine Chance entgehen lassen, dich zur Sau zu machen. Ich werde meine Kameraden dazu bringen, dich so fertig zu machen, daß du nicht mehr weißt, ob du Männlein oder Weiblein bist. Wir werden dafür sorgen, daß du so viele Strafpunkte kassierst, daß du von der Akademie fliegst.«

»Wir treffen uns auf der Kompaniefete, Fox«, erwiderte ich. »Falls du den Mumm hast, dort aufzukreuzen, was ich ernsthaft bezweifle.«

»Ich werde die Scheiße schon aus dir rausprügeln, McLean«, sagte er mit erhobener Stimme.

»Dann mußt du erst an achtundzwanzig Mann vorbei, Fox.«

»Wir sehen uns am Strand, McLean. Was bist du für ein Arschloch! Ich hätte dich schon in der ersten Woche von der Akademie jagen sollen.«

»Du wirst es dir noch sehnlicher wünschen, wenn ich dir auf der Fete einen Knoten in den Schwanz mache.«

»Das Kinn hoch, Rotarsch!« brüllte er. »Noch bist du Rekrut, du Wichser. Das Kinn hoch. Wird's bald, du Drecksack?«

»Verpiß dich, Fox.«

Das Genie der Akademie äußerte sich in seiner perfekten, meisterhaften Beherrschung sämtlicher Riten der Umwandlung sowohl unbedeutender als auch bedeutsamer Natur. Dazu gehörte unter anderem, daß diese Riten an einem Tag außer acht gelassen wurden – dem Tag, an dem das Rekrutenjahr endgültig abgelaufen war und die angehenden Kadetten sämtlicher Kompanien sich mit ihren Ausbildern am Strand zu einer Bierparty trafen und den Tag mit Schwimmen, Trinken und Raufen verbrachten. Die Noch-Rekruten konnten die Kadermitglieder zu Zweikämpfen herausfordern, um auf diese Weise den letzten Rest des aufgestauten Zorns und der Demütigungen der zurückliegenden neun Monate abzureagieren. Für gewöhnlich waren diese Auseinandersetzungen freundschaftliche Ringkämpfe im Sand. Die Noch-Rekruten erprobten ihre neuerworbene Männlichkeit an denjenigen, denen sie dieses Mannestum zu verdanken hatten: den Kadermitgliedern. Es war der erste Tag der offiziell abgesegneten Verbrüderung zwischen den beiden Gruppen. Es war die erste öffentliche Versammlung der einstigen Rotärsche als Bürger erster Klasse in diesem

Königreich — Bürger, bei denen alle Rechte intakt und alle Papiere in Ordnung waren.

Die R-Kompanie versammelte sich am Nordufer der Isle of Palms. Zwischen dem Strand und der windzerzausten, verkümmerten Vegetation auf den niedrigen Sanddünen unweit der Straße wurde ein großes Faß Bier aufgestellt.

Die Noch-Rekruten kauerten sich in ihren Badehosen in Gruppen zusammen, tranken das kalte Bier und stießen auf die viel größere Gruppe der Senioren und Kadermitglieder der R-Kompanie an. Ich betrachtete meine Kameraden bewundernd. Unsere Körper waren gebräunt, schlank und sehnig. Wir konnten die ganze Nacht hindurch Liegestütze machen; wir waren kräftig, gesund und durchtrainiert und strahlten eine unglaubliche Frische und Vitalität aus. Achtundzwanzig von uns hatten den langen Marsch durch das Rekrutenjahr überstanden. Zweiunddreißig unserer Kameraden waren längst ausgestiegen und wir, die Überlebenden, betrachteten sie als unterlegen und minderwertig. Wir waren die Elite. Und nun hatten wir endlich die Gelegenheit, es dem Kader zu zeigen. Wir flüsterten miteinander, als wir unter uns ausmachten, wer sich auf wen stürzen sollte, wenn wir auf den Kader losgingen.

Der Kader ließ sich durch unsere Aggressivität kein bißchen einschüchtern. Sie waren Veteranen solcher Kompaniefeten und kannten deren Verlauf. Von uns hatten sie nichts zu befürchten. Sie waren in der Überzahl. Sie waren älter, stärker, gerissener. Wir aber hatten die bitteren Rückstände von Demütigungen und Zorn auf unserer Seite. Ich hielt den Blick auf Fox gerichtet. Ich wollte es mit ihm austragen, mit keinem anderen.

Ich zündete mir eine Zigarette an und paffte wild daran, während ich ein Bier nach dem anderen hinunterstürzte. Ich war weder Raucher noch Trinker noch Kämpfer, aber heute wollte ich alles zugleich sein. Ich hatte auf die Kompaniefete gewartet wie eine Azalee auf den Frühling. Ich beobachtete, wie Fox sich von einer Gruppe Kadermitgliedern löste und zum Bierfaß schlenderte, um sich das Glas neu zu füllen.

Ich ging langsam von hinten an ihn heran. Ich machte keine feindselige, verräterische Bewegung; es sah aus, als wollte auch ich nur mein Bierglas nachfüllen. Fox sah mich nicht kommen, aber ich bemerkte, daß andere Kadermitglieder mich mit Argusaugen beobachteten. Der Kampf würde gleich beginnen; wir alle konnten die Atmosphäre von Gewalttätigkeit spüren, die plötzlich in der Luft lag.

Ich drückte meine Zigarette auf Fox' nacktem Rücken aus. Ich bohrte ihm den Glühpunkt genau auf das Rückgrat.

Er schrie auf und fuhr herum. »Bist du verrückt geworden, McLean?«

»Entschuldigung, Fox«, entschuldigte ich mich. »Ich hab' dich mit einem Aschenbecher verwechselt. Jeder macht mal einen Fehler.«

»Das schreibe ich dir für nächstes Jahr auf die Rechnung, du Arschloch«, sagte er und betastete behutsam die verbrannte Stelle auf dem Rücken.

»Nächstes Jahr«, erwiderte ich, »wird nicht mehr genug von dir übrig sein, um 'ne Venusfliegenfalle damit satt zu bekommen.«

Und ich senkte den Kopf und ging auf Fox los. Ich schleuderte ihn in den Sand, warf mich auf ihn und schlug auf ihn ein. Fox trat um sich und krallte die Faust in mein Haar. Und dann brach die Schlacht los.

Die beiden gegnerischen Gruppen stürzten in einem wilden, kopflosen Sturmangriff aufeinander. Keine Regel galt mehr; alle Griffe waren erlaubt. Es gab Faustkämpfe, Ringkämpfe; es wurde an den Haaren gezerrt und in den Leib getreten. Beim ersten wilden Ansturm stürzten sich vier Mann auf mich und rissen mich von Fox herunter. Ich wurde unter einem grunzenden, wütenden und sich bewegenden Berg aus Fleisch begraben.

Ich konnte mich nicht rühren. Maccabee und Wentworth hielten meine Arme fest, und jemand hämmerte mir die Fäuste in den Magen. Ich sah Pig und Mark, die Seite an Seite kämpften und jeden zu Boden droschen, der in ihre Reichweite gelangte. Tradd attackierte die Gruppe, die mich kampfunfähig machte, und riß den Kerl von mir herunter, der auf meinen Magen einhämmerte. Es war Newman.

Newman schlug einen Schwinger nach Tradd. Der Hieb ging ins Leere. Newman wollte nachsetzen, doch Pig und Mark griffen ihn von hinten an. Newman wirbelte herum, hielt das Gleichgewicht, schoß eine wilde, ungezielte Gerade ab und traf Mark mitten auf die Nase. Plötzlich ging ein kurzer, wuchtiger Schlaghagel auf Newman nieder, und dann hockte er auf den Knien, und das Blut tropfte von seinem Gesicht und färbte den Sand rot.

Die Schlägerei dauerte eine Stunde. Sie war ermüdend und schmerzhaft und machte einen Heidenspaß. Ich kämpfte mit jedem, den ich verabscheute, und die meisten meiner Gegner besiegte ich. An jenem Tag am Strand fühlte ich mich mächtig und befreit. Pig, Mark und ich hatten als Team zu kämpfen begonnen; wir bewegten uns von Gruppe zu Gruppe, als die Gegner schließlich über den ganzen Strand verstreut kämpften.

Wir schütteten Maccabee Bier über den Kopf, rissen Blasingame die Badehose herunter und beobachteten den wilden Sprint des nackten Mannes in die Deckung der Sanddünen. Maccabee sammelte seine Kameraden zum Gegenangriff. Ich wurde von mehreren Widersachern rücklings auf den Boden gedrückt. Sie gossen mir Bier über Kopf und Gesicht, bis Pig ihre Verteidigungslinie durchbrechen konnte. Ich hatte mich lange nicht mehr so köstlich amüsiert.

Dann sah ich Fox, der in Ufernähe rittlings auf Jim Massengales Rücken saß. Ich machte mich frei, stürmte hinüber, fegte den Hurensohn mit einem Schlag von Jims Rücken und hockte auf ihm, bevor er reagieren konnte. Fast jeder Rekrut der Kompanie hatte sich mit Fox geprügelt, und er konnte kaum mehr die Arme heben, um mich abzuwehren. Ich zerrte ihn an den Füßen ins Wasser. Als die Brandung mir bis zu den Knien reichte, blieb ich stehen und drückte Fox' Kopf unter Wasser. In Abständen ließ ich ihn Atem holen. Die Abstände wurden immer länger, und es erfüllte mich mit wilder, grimmiger Freude, als ich seinen verzerrten, weit aufgerissenen Mund sah, während er unter Wasser verzweifelt gegen Luftmangel kämpfte. Er geriet in Panik, strampelte mit den Beinen, krümmte und wand sich. Ich hörte einen Ruf vom Strand her. Acht von Fox' Kameraden rannten auf mich zu. Pig warf sich dazwischen, und zwei von ihnen stürzten zu Boden. Mark attackierte einen weiteren, doch die anderen kamen bis zu mir durch, zerrten mich von Fox weg und drückten mich unter Wasser – lachend, ausgelassen, ohne jede Boshaftigkeit. Keiner von ihnen wußte, daß ich Fox hatte ermorden wollen.

Bald wurde nur noch vereinzelt und halbherzig gekämpft. Kadermitglieder und Rekruten gingen Arm in

Arm zum Strand, versammelten sich um das Bierfaß, sangen und tranken. Überall Händeschütteln und Schulterklopfen. Der angetrunkene Maccabee legte mir den Arm um den Hals und küßte mich auf die Wange.

»Komm, ich schenk' dir ein Bier ein, Will«, sagte er, »falls ich noch die Kraft dazu habe . . . was ich bezweifle.«

Frank Maccabee zapfte mir ein Bier, als Fox mir auf die Schulter klopfte.

»Ich geb' dir demnächst mal einen aus, Will. Wird Zeit, daß wir Freunde werden. Ich heiße Gardiner, und du hast mir heute 'ne ganz schöne Abreibung verpaßt«, sagte er und streckte die Hand in einer Geste aus, die besagte: Komm, laß uns das Kriegsbeil begraben.

Ich lächelte, nahm seine Hand und sagte, so freundlich ich konnte: »Sag nie wieder Will zu mir, du schmierige Drecksau.«

Ich schüttelte ihm mit der Rechten fest die Hand und schmetterte ihm die Linke mit einem wuchtigen Hieb ins Gesicht, den ich seit September geübt hatte. Der Schlag trieb seine Zähne in die Unterlippe. Der zweite Hieb traf ihn auf den Wangenknochen. Dann wurde ich in den Sand geschleudert, als Quigley, der neben mir gestanden hatte, mir die Faust an die Schläfe schmetterte. Mark wiederum schickte Quigley mit einem Hieb an den Hinterkopf zu Boden, und der Nachmittag war wieder häßlich geworden.

Fox, der im Sand lag, starrte mich an. »Ich sorge dafür, daß du nächstes Jahr so viele Punkte abgezogen bekommst, daß du von der Akademie fliegst, McLean. Meine Kumpels und ich jagen dich zum Teufel. Das verspreche ich dir.«

»He, Fox«, sagte ich, rieb mir die Schläfe und schenkte mir ein Bier ein. »Ich weiß jetzt, wie das System arbeitet.

Du versuchst, mich von der Akademie zu jagen, und ich werde einen kleinen Spaziergang ins Büro des Bären machen und ihm sagen, daß du verheiratet bist. Wir werden die Akademie Hand in Hand verlassen.«

»Das kannst du nicht machen, Will«, sagte Maccabee.

»Oh, das werde ich auch nicht tun, Frank.« Ich lächelte. »Nur wenn es sein muß. Aber ich glaube nicht, daß es soweit kommt. Ich bin ganz sicher, soweit kommt es erst gar nicht.«

Und ich kippte Fox mein Bier ins Gesicht und ging zu meinen Kameraden hinüber.

Die Noch-Rekruten entzündeten am Strand ein Lagerfeuer, und wir setzten uns drumherum und erzählten uns Episoden aus unserem Rekrutenjahr, das bereits Geschichte wurde und sogar die ersten phantastischen Formen und Verzerrungen eines Mythos annahm. Es war jetzt Erinnerung, wenngleich diese Erinnerung für jeden von uns anders war.

Ich hörte zu, als Pig erzählte, wie er, Mark, Tradd und ich um drei Uhr früh auf Fox' Stube geschlichen waren und ihn bewußtlos geschlagen hatten. Ich hörte zu, als Alexander erklärte, er könne es kaum erwarten, bis die neuen Rekruten einträfen, denn er wollte ihnen das Leben genauso zur Hölle machen, wie wir es erlebt hatten. Jim Massengale schilderte den Höllenabend auf eine Art und Weise, daß wir uns vor Lachen im Sand wälzten. Tradd ahmte die Rede nach, die Maccabee zu Beginn des Höllenabends gehalten hatte.

Ich schnappte mir Murray Seivers' Bourbonflasche und goß meinen Plastikbecher voll.

»Langsam, Tiger«, warnte Mark. »Manche Dinge vertragen sich nicht.«

Ich schlenderte vom Lagerfeuer zum Strand hinunter, wo die Brandungswellen meine Füße umspielten. Ich nahm einen Schluck Bourbon, blickte hinaus auf das Meer und dachte an eine Chemieübung im ersten Semester zurück. Im Labor hatte der Professor mir ein Gefäß mit einer mir unbekannten Substanz in die Hand gedrückt und mich aufgefordert, eine Reihe von Experimenten durchzuführen, um die Chemikalie zu bestimmen. Statt dessen hatte ich die Substanzen auf gut Glück in die Reagenzgläser gegossen, die der Professor vor mich auf den Labortisch gestellt hatte. Die Mischung veränderte zweimal ihre Farbe; es waren drastische, ungewöhnliche Veränderungen. Ich gab eine weitere Chemikalie hinzu, die sich in einem nicht gekennzeichneten Fläschchen befand und die mir genauso unbekannt war wie die Substanz, die ich bestimmen sollte. Es war eine farblose, anscheinend harmlose Flüssigkeit. Doch als ich diese Flüssigkeit ins Reagenzglas tropfen ließ, schuf ich irgend etwas Schreckliches, Aggressives. Dampf stieg aus dem Reagenzglas, und die Mischung begann zu kochen und zu brodeln, kroch über den Rand des Reagenzglases hinweg und spritzte auf die marmorne Tischplatte. Der Professor kam wütend zu mir gestürmt, nahm eine lange Holzzange und schüttete mein Gebräu in den Ausguß. An diesem Tag war ich als Laborassistent entlassen. Ich dachte oft an diesen Augenblick zurück und fragte mich, über welches Geheimnis der Chemie ich zufällig gestolpert war und was für eine aggressive, unheilbringende Macht ich entfesselt hatte. Als ich jetzt am Strand stand und hinter mir die Geräusche meiner Kameraden hörte, hatte ich plötzlich den Wunsch, immer nach außergewöhnlichen Zusammenstellungen zu suchen, Unbekanntes hinzuzugeben und Dinge, die deutlich gekennzeichnet waren, mit Dingen zu mischen, die sich jeder Kennzeichnung entzogen. Ich wollte weit über die kleine, eingeschränkte Welt des Chemielabors hinaus auf verbotenes Terrain vordringen. Ich wollte den Augenblick erleben, da ich allein experimentieren konnte, voller Erwartung, voller Spannung, voller Staunen. Ich wollte diesen Augenblick für immer festhalten und seine Herausforderung annehmen. Ich wollte der Sucher werden, der unermüdliche und leidenschaftliche Forscher. Und ich hielt es für besser, dieses Ziel als Nichtwissender anzustreben, immer auf der Suche nach der unbekannten Substanz, der Flasche ohne Etikett, immer auf der Suche nach der richtigen Methode, und nur mit Zuversicht und dem Glauben an positive Überraschungen bewaffnet. Doch wenn ich in nur einem einzigen Reagenzglas zufällig einen brodelnden Vulkan erzeugte, was konnte ich dann mit all den seltsamen, wunderbaren Elementen anfangen, die auf der Welt existierten – in der Unendlichkeit des Unbekannten, in Millionen von Menschen, in Zivilisationen, in Sprachen?

Mark hat recht, sagte ich mir und nippte am Bourbon. Manche Dinge vertragen sich nicht. Manche Dinge vertragen sich ganz und gar nicht. Aber im Leben muß man es manchmal darauf ankommen lassen.

Bevor ich zurück zu den Kameraden ging, bevor ich als Kadett, als Senior, ans Feuer zurückkehrte, legte ich einen Schwur vor mir selbst ab, einen Schwur vor dem Guerilla im Hügelland, einen Schwur vor dem Dichter, der sich aufmachte, die verwirrende Stadt meiner Erinnerung zu betreten.

Ich gelobte mir:

Ich werde nicht wie sie. Ich werde nicht wie sie.
Ich werde Zeugnis gegen sie ablegen.

Drittes Buch

DER RING

September 1966 – 1967

22

Im September fiel kein Regen, und die Bäume in der Stadt nahmen ein verzweifeltes, gehetztes Aussehen an. Die erbarmungslose Sonne über Charleston folterte die Wälder und trocknete die stillen, verborgenen Gärten aus. Während dieser langen, heißen Dürreperiode schien die Stadt von den unhörbaren Schreien gequälter Pflanzen erfüllt zu sein. Vor den Fenstern der Kasernen raschelten die verdorrten Blätter im warmen Wind; es hörte sich an, als würden Tausende verirrter Wespen im Flug zusammenprallen. Das verbrannte braune Gras schrie nach Wasser, und sogar der riesige Paradeplatz mit seinem sorgsam gepflegten Rasen zeigte ein unnatürliches, schwächliches Grün. Die automatischen Sprinkleranlagen arbeiteten den ganzen Tag und blieben meist auch den größten Teil der Nacht über in Betrieb. Die Dürre schien ein treffendes Symbol für meine Gefühle nach Poteetes Selbstmord zu sein. Aber vielleicht nahm ich das Wetter damals nur deshalb so intensiv wahr, weil auch mein Geist verdorrt und ausgetrocknet war und, genau wie die Stadt und das Umland, dringend Regen und Veränderung und Erlösung brauchte.

Bei meinen Stubenkameraden war ich für meine plötzlichen Stimmungsumschwünge berüchtigt. Doch sie akzeptierten meine Melancholie als eine Art verzerrtes Spiegelbild meiner überreizten euphorischen Höhenflüge. Wenn sie unter sich waren, flüsterten sie, es hätte irgend etwas mit meiner irischen Herkunft zu tun. Sogar das Lachen der Iren sei traurig, sagten sie und zuckten die Achseln, als wäre dies ein unveränderliches Naturgesetz. Aus der Freude schien ich nie etwas zu lernen; ich verdiente mir meinen Anteil an Lebensweisheit durch Trauer.

In diesem Monat verlor ich etwas, erwarb aber viel mehr. Es war eine Zeit der allgemeinen Verlangsamung, eine Zeit der Ruhe, des schwierigen, aber produktiven Nachdenkens und einer allgemeinen Trägheit, die jenen Teil von mir einschläferte, der zynisch war, vorsichtig und neugierig auf einen Fehler.

In diesen Wochen, als ich nicht so auf der Hut war wie sonst, konnte Annie Kate mich sehr viel besser leiden. Gleiches galt für Tradd. Beide erkannten in meiner deprimierten Stille eine Verletzlichkeit, die ich nur dann nicht besaß, wenn ich tat, was man von mir erwartete, oder wenn jedes Wort, das ich sagte, ein Scherz oder der Versuch eines Scherzes war. Das war der entscheidende Punkt. Ich machte überhaupt keine Scherze mehr; meine endlosen Albernheiten und Späße hörten auf, als es nichts Lustiges mehr zu sagen gab, gar nichts mehr. Ich fand ein Exil in mir selbst. Während dieser langen, freudlosen Reisen in mein Inneres gab ich vor, zu studieren, doch es war ein Studium, für das man keine Bücher braucht. Ich saß an meinem Schreibtisch und starrte auf den Text, doch mein Blick war nach innen gerichtet, während mein Geist über die Worte huschte wie ein Korken, der von einer Strömung fortgerissen wird. Ich hörte nicht, was um mich herum in der Stube vor sich ging. Ich hörte nicht, wie Pig Gewichte stemmte oder wie Tradds Füller auf den Seiten seines Notizbuchs kratzte oder wie Mark italienische Wiegenlieder summte, während er seinen Schreibtisch gemächlich für seine Studien vorbereitete. Ich hörte weder den Klang der Hörner beim Zapfenstreich noch die Marschtritte der Kompanien, die zu Exerzierübungen ausrückten. Ich hörte nicht, wenn Mark am Radio den Sender WTMA einstellte. Ich hörte nicht einmal das Brüllen des Löwen im Hampton-Park-Zoo oder das schrille Pfeifen des 23-Uhr-42-Zuges, des Lowcountry Zephyr, wenn er über die Holzbrücke am Fluß donnerte, wie jeden Tag zur gleichen Zeit, seit ich an der Akademie war. Das Brüllen des Löwen und das Pfeifen des Zuges vermißte ich am meisten.

Doch wenn man nachdenkt, tief nachdenkt, nimmt man selbst vertraute Klänge nicht mehr wahr; nur überraschende oder ungewohnte Geräusche können einen aus den Gedanken reißen. Seit der ersten Woche meines Rekrutenjahres hatte ich jeden Abend nach dem Zapfenstreich dem Zug und dem Löwen gelauscht, denn ihre Zuverlässigkeit, ihre Regelmäßigkeit hatten mir Trost gespendet. Oft waren es die letzten Geräusche gewesen, die ich vor dem Einschlafen hörte, und sie hatten sich in meinem Unterbewußtsein festgesetzt.

Für einen Rekruten gehörte es zu den ungeschriebenen Gesetzen, daß er den Löwen vor Beginn des zweiten Ausbildungsjahres anpinkeln mußte. Der Löwe war schon so oft von betrunkenen Kadetten angepinkelt worden, daß er sich gar nicht mehr bewegte oder protestierte, wenn Jungen die Reißverschlüsse ihrer Hosen aufzogen und sich seinem Käfig näherten. Der Löwe war alt und gedemütigt und stank penetrant nach menschlichem Urin. Nur des Nachts gewann er ein wenig von seiner Würde zurück und legte Zorn und Bedrohlichkeit in sein Gebrüll.

Jeden Abend hallte das Brüllen des Löwen über den Campus der Akademie. Wenn es noch früh genug war, brüllten Rekruten und Kadetten zurück und begannen einen seltsamen Austausch von Botschaften zwischen Häftlingen: zweitausend Jungen, die in der Akademie gefangen waren, begrüßten die einsame Kreatur, die im Zoo dahinvegetierte, umgeben von Tauben und Blumen und Waschbären. Doch für gewöhnlich stieß der Löwe seine Warnrufe tief in der Nacht aus.

Der Löwe tat mir leid; den Zug aber liebte ich. Jeden Abend um 23 Uhr 42 fuhr er durch meine Träume; manchmal hatte er in diesen Träumen gerade malariaverseuchte Dschungel hinter sich gelassen — oder Streitgespräche mit meiner Mutter — oder gebirgige Pässe — oder den Garten hinter Annie Kates Haus — oder er tauchte aus den schimmernden Tiefen des nächtlichen Meeres auf: der Zug donnerte jeden Abend, immer zur gleichen Zeit, durch meine Träume. Ich bin sicher, daß ich es gewußt hätte, wenn der Zug auf seinem langen Weg über die einsamen Schienen entgleist wäre, die das Sumpfgebiet des Unterlands durchschnitten, so daß er nicht pünktlich erscheinen konnte. Doch er war immer pünktlich, und deshalb war es der richtige Zug, um spätabends am Rande des Campus einer Militärakademie dahinzudonnern.

Während der Dürrezeit im September vermißte ich die Geräusche des Löwen und des Zuges; ich kann mich nicht an ein einziges Mal erinnern, daß sie sich den Weg in mein Unterbewußtsein gebahnt hätten. Ich versuchte, meine Probleme allein zu bewältigen, ohne mit jemandem darüber zu sprechen. Poteetes Name wurde in den Kasernen niemals in den Mund genommen. Wie ein Kadett, den man wegen einer Ehrverletzung von der Akademie verstoßen hatte, wurde Poteete zu einem Tabu. Die Erinnerungen an ihn wurden so gründlich ausgelöscht, als hätte es ihn nie gegeben, als hätte er nie vor dem Geländer auf dem Außengang der vierten Division gestanden, dreißig Meter über dem Exerzierplatz, als hätte er sich nie am eigenen Uniformgürtel erhängt, während wir anderen in den Kasernen schliefen. Ich mußte immerzu an ihn denken. Ich versuchte, ihn in meinem Innern zu begraben. Ich versuchte, mit ihm zu reden. Ich versuchte, ihn wegen irgend etwas um Verzeihung zu bitten, woran weder er noch ich etwas ändern konnten. Es gehörte zu meiner ausufernden Egomanie, daß ich mich für jedes Unrecht verantwortlich fühlte, das an der Akademie begangen wurde. Später, als ich die monströsen Ungerechtigkeiten studierte, welche die Welt gegen ihre sanftmütigsten und hilflosesten Bewohner beging, sollte ich denselben ohnmächtigen Zorn verspüren. Damals war ich noch jung, und meine Jugend erlaubte es mir, zu glauben, daß ich die Welt verändern könnte, falls es mir gelang, eine Strategie zu entwickeln, die klug genug war.

In diesen trockenen, wolkenlosen Tagen war die Einsamkeit wie ein süßes Wasser, das über die Felder in meinem Innern floß, und ich sprach ganz allein mit Poteete, mit meinem Zug oder mit meinem Löwen im Zoo. Und ganz allein lernte ich, eigene Denkmechanismen zu entwickeln und die Dinge auf eine ganz eigene Art und Weise zu sehen. Ich lernte, Gedanken, die für mich geeignet waren, von jenen zu unterscheiden, die für die anderen von Bedeutung sein mochten, und mein Vertrauen in diese Fähigkeit wuchs ständig. Ich entwickelte ein eigenes Rechtssystem, das tief aus meinem Innern stammte. Ich spürte, daß ich eine Macht besaß — oder eine Schwäche (ich konnte es nicht eindeutig benennen) —, die nur sehr wenigen Menschen gegeben war. Ich konnte mich an die Stelle anderer versetzen und mir die Frage stellen, was ich denken und empfinden würde, wäre ich in ihrer Situation. Ich konnte mit Poteete über das Geländer steigen und die Anziehungskraft des Betongevierts tief unter mir spüren — und die Erlösung, die ein Sprung in die Tiefe bringen konnte. Poteete lebte in meiner Erinnerung; er baumelte an seinem Uniformgürtel, und sein langsam pendelnder Schatten war eine einzige, bittere Anklage.

Es gab eine Zeit, da ich glaubte, vollkommen aus grüner Küste und fruchtbarem Ackerland zu bestehen; ich war sicher, daß die Landstriche meines Innern zu den Appalachen gehörten, zur Skyline von Savannah, zum Land der Zitronen inmitten Floridas und zu den von der Brandung erodierten Küsten der Barriereninseln, die sich den Flutwellen des Atlantiks entgegenstemmen. Doch als ich älter wurde und die einsameren, öderen Gegenden in meinem Innern gewissenhafter erforschte, stieß ich immer wieder auf Pyramiden, Lagerfeuer der Mayas, Ruinenstädte der Hunnen — Zivilisationen, denen der Zutritt auf das Terrain der Seele eines Südstaatenjungen verboten war. Ich hatte den verzweifelten Wunsch, herauszufinden, warum ich anders als die anderen Kadetten an der Akademie war, warum ich mir mehr wie Poteete vorkam als wie Pig, Mark, Tradd oder sonst jemand. Ich wollte herausfinden, warum ich so einsam war und warum das Gefühl der Einsamkeit besonders intensiv war, wenn ich mit dem Regiment ausmarschierte, im Gleichschritt mit zweitausend anderen jungen Männern. Als ich das Jahrbuch der Akademie aufschlug, das auf meinem Schreibtisch lag, die Seiten durchblätterte und in die Gesichter meiner Freunde blickte, kam es mir vor, als würde ich eine Flurkarte studieren, die durch ein Land zerstörter junger Männer führte. Aber das stimmte nicht. Die Akademie hatte vielen dieser Jungen geholfen, sich selbst zu finden. Doch als ich mein eigenes Porträtfoto sah und auf das unbewegte Lächeln eines Fremden starrte, der meine Gesichtszüge besaß und meinen Namen trug, wurde mir bewußt, daß nur ein einziger junger Mann zerstört worden war. Meine Aufgabe im kommenden Ausbildungsjahr war klar: Ich mußte herausfinden, warum der Junge auf dem Foto sich selbst dermaßen verabscheute.

Am zwölften Tag nach Poteetes Selbstmord hörte ich den Löwen wieder brüllen. Eine halbe Stunde später hörte ich, wie der Zug um 23 Uhr 42 durch die windstille Nacht von South Carolina raste. Mein Abschlußjahr hatte zum zweitenmal begonnen.

Allabendlich nach dem Essen ging ich in die Bibliothek, um nachzuschauen, ob Pearce, der farbige Rekrut, zwischen den Seiten von *Untergang des Abendlandes* eine Nachricht hinterlassen hatte. An einem Mittwochabend, zwei Wochen nach Abschluß der Rekrutenwoche, bekam ich die erste Benachrichtigung von Pearce. Bo Maybank hatte mir erzählt, daß der Kader der E-Kompanie sein Bestes tat, den ›Nigger‹ fertigzumachen. Pearce ließe sich zwar nicht unterkriegen, doch der Druck, der auf ihm laste, sei unmenschlich, und Pearces aufbrausende Natur mache die Sache nicht gerade einfacher. Denn falls der Kader ihn so weit bringen konnte, einem der ihren auch nur einen Faustschlag zu verpassen, konnte er seine Koffer packen. Pearces Nachricht war kurz und bündig: ›Stube 2426, nach dem Zapfenstreich. Obergefreiter Turpin und Unteroffizier Siddons.‹

Vom Buchausgabeschalter der Bibliothek rief ich den Bären zu Hause an. Der Colonel inspiziere die Kasernen, teilte Mrs. Berrineau mir mit. Wenn er nach Hause käme, würde sie ihm ausrichten, daß ich angerufen hätte.

Ich ging im Schatten der großen Eichen am Rand des Paradeplatzes entlang bis zum südlichen Ende, wo die beiden Haubitzen standen, die nach Barnwell und Freeman benannt waren, den beiden Kadetten, die zu Beginn des amerikanischen Bürgerkriegs die ersten Schüsse auf Fort Sumter abgefeuert hatten. Von den Kasernen hallten das Geschrei der siebzehn Kader und die angestrengten, verzweifelten Stimmen der sechshundert neuen Rotärsche zu mir herüber. Es waren jeden Abend dieselben Geräusche. Gebrüllte Befehle und Fragen; schrille, verschüchterte Antworten. Die Schwitzpartys zwischen dem Abendessen und den abendlichen Studierstunden hatten sich kein bißchen verändert, seit ich selbst Rekrut gewesen war. Und meine Kompaniekameraden hatten bewiesen, daß sie in der Kunst des Menschenschindens genauso begabt waren wie der Kader, der uns geschunden hatte.

Als ich auf meine Stube kam, saß Reuben Clapsaddle, der zwei Meter und zehn große Center der Basketballmannschaft, hinter meinem Schreibtisch und redete mit Mark, Pig und Tradd über die bevorstehende Basketballsaison.

»Das Ding lebt«, sagte Reuben, als ich ihm zuwinkte.

»Sir«, sagte ich, ließ mich auf mein Bett fallen und trat

die Schuhe von den Füßen, »leiden Sie unter Schwindsucht? Sie sind schrecklich mager.«

»Das Ding spricht sogar«, sagte Mark, drehte sich im Stuhl um und schaute mich an. »In den letzten zwei Wochen hattest du die Persönlichkeit eines leeren Joghurtbechers. Wird höchste Zeit, daß du dich davon löst.«

»Deshalb bin ich hier, Will«, erklärte Reuben. »Trainer Byrum hat mich hergeschickt, um mit dir zu reden. Er möchte wissen, wo dein alter Schwung geblieben ist, dein alter Kampfgeist. Bist du in die Wechseljahre gekommen, oder was ist los?«

»Es geht mir gut, Jungs«, sagte ich und starrte auf die Matratze des Etagenbettes über mir. »Gebt dem alten Will noch ein paar Tage, und er singt und tanzt wie zu seinen besten Zeiten.«

»Das bist du der Mannschaft auch schuldig. Wenn wir dieses Jahr besser abschneiden wollen, mußt du wieder zu dir finden, Junge. Das soll ich dir von Trainer Byrum ausrichten.«

»Danke für deine Besorgnis, Reuben«, sagte ich. »Im Ernst, ich finde es wirklich nett von dir, daß du gekommen bist. Aber was Trainer Byrum sagt oder denkt, interessiert mich seit mittlerweile drei Jahren nicht.«

»Was für eine miese Einstellung, Will«, schimpfte Reuben und hob tadelnd seinen riesigen Zeigefinger. »Der Trainer fürchtet, daß deine negative Haltung auf das ganze Team abfärbt. Glaubst du vielleicht, er hätte dich zum Kapitän der beschissenen Mannschaft ernannt, wenn er gewußt hätte, wie saumäßig lustlos du wirst, du alter Ficker?«

»Nimm dieses Wort nicht in Gegenwart meines Mädels in den Mund, Clapsaddle«, sagte Pig und wies würdevoll auf Theresas Foto auf seinem Schreibtisch. »Na ja, du konntest nicht wissen, daß sie zuhört. Aber daß mir so was nicht noch mal passiert!«

Pigs Augen hatten den glasigen, starren Ausdruck angenommen, der immer dann zu beobachten war, wenn er das Bildnis Theresas vor den Augen lästerlicher Fremder in der Stube anrief.

»Welches Wort?« fragte Reuben. »Wovon redest du eigentlich, Pig? Ach, deshalb bist du so niedergeschlagen, Will. Weil du die Stube mit einem Honigprinzen und zwei muskelbepackten Yankee-Schlägern mit verrückten Einfällen und komischen Nachnamen teilen mußt.«

»Hältst du meinen Nachnamen für komisch, Reuben?« fragte Mark und erhob sich. »Jemand, der Clapsaddle heißt, findet den Namen Santoro komisch?«

»Clapsaddle«, sagte Pig. »Hört sich an wie ein Esel mit Tripper.«

»Reuben hat nur einen Scherz gemacht, Mark«, sagte ich. »Er hat sich nichts dabei gedacht.«

»Santoro ist ein wunderschöner Name«, sagte Mark, der mich gar nicht beachtete. »Findest du nicht auch, Reuben?«

Reuben spürte, wie sich in der Stube eine Atmosphäre von Gewalt aufstaute, und ich sah, wie er mich mit leuchtenden, ängstlichen Augen hilfesuchend anschaute. Reuben gehörte zu den riesigen Sportlertypen, die ihre körperliche Überlegenheit als selbstverständlich betrachteten und oft verunsichert, ja verängstigt reagierten, wenn sie von kleineren, gewalttätigeren Männern herausgefordert wurden. Wenn ein Mann zwei Meter und zehn groß ist, muß er nie die Kunst der Selbstverteidigung erlernen. Da er zu den größten Männern auf dem Planeten gehörte, hatte Reuben nie irgend jemandem einen Fausthieb verpassen müssen. Pig und Mark hatten dies instinktiv erkannt, seit sie Reuben das erste Mal begegnet waren.

»Santoro ist einer der schönsten Namen, die ich je gehört habe, Mark«, sagte Reuben und gab ihm einen freundschaftlichen Klaps auf den Rücken. »Ehrlich, Junge, der Name ist reinste Poesie.«

Tradd saß am Schreibtisch in seiner Nische und hatte uns den Rücken zugewandt. Er füllte einen Federhalter mit Tinte. Der Füller gab dabei quietschende, zischende Geräusche von sich. Ohne sich umzudrehen, fragte er mit einer Stimme, die vor Schmerz bebte: »Warum nennt ihr mich alle Honigprinz, Reuben?«

Wie auf Kommando drehten wir uns zu Tradd um und schauten ihn an. Wie er dort an seinem Schreibtisch saß – in der Stille, die nach seiner traurigen Frage im Zimmer lastete –, verkörperte er ein Porträt der Einsamkeit. Es war einer jener Augenblicke, da mir wieder einmal bewußt wurde, daß Tradd zu den einsamsten Menschen gehörte, die ich jemals kennengelernt hatte; ein junger Mann, in dessen Innern eine so tiefe, wesenhafte Stille herrschte und so viele unausgesprochene Fragen waren, daß ich beinahe das Gefühl hatte, ihn nie kennengelernt oder berührt, sondern nur aus der Ferne beobachtet zu haben. Ich überlegte, wie ich seiner Frage durch eine scherzhafte Bemerkung die Bitterkeit nehmen konnte, doch wieder einmal mußte ich feststellten, daß mein Humor nicht mehr so beschaffen war, daß er beschwichtigen oder Spannungen hätte entschärfen können.

»Weil du reich bist, Tradd«, sagte ich schließlich. »Auf reiche Leute sind andere immer neidisch.«

»Du kannst nicht sehr gut lügen«, sagte Tradd.

»Die anderen meinen, du verhältst dich sonderbar,

Tradd«, erklärte Reuben. »Du bist nicht gerade der typische Kadett, stimmt's? Du drückst dich sonderbar aus. Du verhältst dich sonderbar. Du bewegst dich sonderbar. Du bist einfach nicht so wie die anderen Jungs. Ich hab' nie genau gewußt, was es bedeutet, aber irgendwie trifft es auf dich zu.«

»Das meinen nur Leute, die dich nicht kennen, Tradd«, sagte Mark und warf Reuben wieder einen düsteren Blick zu.

»Ist doch nicht meine Schuld, daß die anderen Tradd für schwul halten«, brüllte Reuben wütend. »Ich habe seinen Spitznamen nur gehört, Jungs, ich habe ihn nicht erfunden.«

»Er hat's nicht so gemeint, Tradd«, sagte ich, schwang mich aus dem Bett und ging zu Tradds Schreibtisch. »Sportskanonen sind nicht gerade für ihre Einfühlsamkeit bekannt.«

Mark sagte: »Tradds Spitzname ist nicht auf deinem Mist gewachsen, Reuben? Gut. Aber ich rate dir dringend, daß du ihn nicht mehr benutzt, wenn du auf dieser Stube bist.«

»Auf dieser Stube sind wir Brüder«, fügte Pig hinzu. »Wenn du einem Bruder weh tust, tust du allen weh.«

»Hat er dir weh getan, Tradd?« fragte Mark leise.

»Nein, natürlich nicht«, log Tradd.

»Gut«, erklärte Pig fröhlich. »Denn falls einem meiner Brüder weh getan wird, Clapsaddle, müßte ich herausfinden, warum es geschehen ist. Und dann müßte ich demjenigen, der's getan hat, ebenfalls weh tun, nur daß die Schmerzen sehr viel schlimmer sind als Tradds. Hast du das kapiert, Clapsaddle?«

»Schon gut, schon gut, Pig. Wenn du so wild darauf bist, dich zu prügeln, warum trittst du dann nicht gegen das weißhaarige Arschloch an, das nächste Woche auf dem Jahrmarkt in der Stadt auftritt? Der Kerl hat öffentlich verkündet, daß niemand von der Akademie länger als fünf Minuten im Ring mit ihm durchsteht. Ich bin hergekommen, um mit Will zu reden, um ihn aufzumuntern, und nicht, um meinem Kameraden auf den Schlips zu treten. Na ja, jetzt weiß ich wenigstens, wo dein Problem liegt, Will. Mein lieber Mann. Kein Wunder, daß du deprimiert bist. Du wohnst in einer verdammten Irrenanstalt.«

Reuben erhob sich, blieb auf dem Weg zur Tür an Pigs Schreibtisch stehen und tippte mit einem riesigen, lasziven Finger vor das gerahmte Foto Theresas. »Hübsche Titten, Pig«, sagte er bewundernd. »Wirklich hübsche Titten.«

Mark war bei Pig, bevor ich ihn erreichen konnte, und es war nur Marks Schnelligkeit und Geistesgegenwart zu verdanken, daß Reuben eine gewaltsame Auseinandersetzung mit Pig erspart blieb, die er nicht so schnell vergessen hätte.

Ich schob Reuben aus der Tür. An seinem fassungslosen Gesichtsausdruck konnte ich erkennen, daß er nicht die leiseste Ahnung hatte, gegen welches Gesetz des seltsamen Rechtssystems auf unserer Stube er verstoßen hatte.

»Das ist ja ein verdammtes Affenhaus bei euch, Will«, schimpfte er, als ich ihn zur Treppe drängte. »Warum läßt du dich nicht ins erste Bataillon versetzen?«

»Beeil dich, Reuben! Lauf los!« rief ich. »Tu mir einen Gefallen. Renn, so schnell du kannst, auf deine Stube und bleib eine Woche in Deckung. Pig reagiert sehr empfindlich, wenn es um seine Freundin geht.«

Und Reuben rannte. Auf der Treppe, die hinunter zur

dritten Division führte, nahm er vier Stufen auf einmal. Ich beobachtete, wie er den Exerzierplatz überquerte; er rannte mit langen Sätzen über den Beton, in der anmutigen Gangart einer aufgeschreckten zweibeinigen Giraffe.

Als ich auf meine Stube zurückkehrte, war es Mark gelungen, Pig zu beruhigen. Tradd saß lesend an seinem Schreibtisch, während Mark sich am Waschbecken neben der Tür die Zähne putzte.

»Ist diese Riesenfruchtfliege verschwunden?« fragte Mark und spuckte ins Waschbecken.

»Ihr Basketballspieler seid die seltsamsten Kreaturen an der Akademie«, erklärte Tradd. »Die allerseltsamsten Kreaturen, vom Honigprinzen natürlich abgesehen.«

»Du weißt doch, daß solche Spitznamen nichts zu bedeuten haben, Tradd«, sagte ich. »Du lieber Himmel, wir haben das ganze Rekrutenjahr damit verbracht, nur als Schwuchteln, Arschlöcher, Schleimbeutel und dergleichen mehr angeredet zu werden.«

»Das war etwas anderes, Will, und das weißt du. Sie haben uns *alle* als Schwuchteln bezeichnet.«

»Jetzt hört mal zu, Männer«, sagte ich. »Es ist meine Schuld, daß in den letzten zwei Wochen eine ziemlich gedrückte Stimmung auf der Stube geherrscht hat. Aber es hat mich sehr mitgenommen, was in der ersten Division passiert ist, und ich brauche Zeit, darüber hinwegzukommen.«

»Du brauchst dich bei deinen Freunden nicht zu entschuldigen, Will«, erwiderte Tradd. »Das müßtest du eigentlich wissen. Jedenfalls nicht bei den Freunden, die dich lieben, obwohl du manchmal mehr als seltsam sein kannst.«

»Entschuldige dich bei mir«, verlangte Mark. »In den letzten zwei Wochen bist du mir ganz schön auf den

Geist gegangen. Manchmal wäre mir der Löwe aus dem Zoo als Stubenkamerad lieber gewesen. Ich möchte den alten klugscheißerischen Will mit seiner Revolverschnauze zurückhaben. Du kommst mir wie ein Fremder vor, wenn du nicht die Gefühle von irgend jemandem verletzt.«

»Ich bin wieder der alte, Mark«, sagte ich lächelnd. »Großes Ehrenwort.«

»Du würdest dich besser fühlen, wenn du die Vitaminpillen nimmst, die ich dir auf den Schreibtisch gelegt habe. Depressionen sind auf Vitaminmangel zurückzuführen, Junge. Das ist erwiesen. Ich bin noch nie deprimiert gewesen.«

»Pig«, sagte ich leise, damit Mark und Tradd sich endlich in Ruhe mit ihren Büchern beschäftigen konnten.

»Ja, Kumpel«, flüsterte Pig liebevoll zurück. Auf seinem offenen, glatten Gesicht lag ein Ausdruck so vollkommener Unschuld, als hätte er noch nie im Leben unter Kummer und Schmerz gelitten.

»Ich muß mit dir reden, Pig.«

»Du kannst immer mit mir reden, Will. Wir sind Brüder, nicht wahr?« Er streckte die Hand nach meiner Kehle aus und lächelte, als ich hastig zurückwich. Ich hatte noch nie einen Menschen gesehen, der schweißtreibende Übungen machte, um die Muskeln seiner Finger zu kräftigen.

»Du mußt mir eins versprechen«, sagte ich. »Du mußt mir versprechen, mir nicht die Fresse zu polieren.«

»Ich würde niemals Hand an dich legen. Das wäre so, als würde ich meinen eigenen Bruder schlagen. Oder Theresa.«

»Warum bist du vorhin so wütend geworden, als Reuben geflucht hat? In Theresas Beisein, wie du sagst. Es ist doch verrückt, sich darüber aufzuregen.«

Pig machte eine wegwerfende Handbewegung, als würde er eine Fliege verscheuchen, die vor seinem Gesicht herumschwirrte. »Ich kann es nicht zulassen, daß Jungs fluchen, wenn mein Mädel dabei ist, Will. Das weißt du doch.«

»Dein Mädel ist nicht dabei, Pig. Auf deinem Schreibtisch steht ein Foto von deinem Mädel. Das ist etwas ganz anderes.«

»Für mich kommt es aufs gleiche heraus. Wenn du im Angesicht Theresas schmutzige Wörter sagen würdest, dann wäre das so, als würdest du mir ins Gesicht spukken. So empfinde ich es jedenfalls. Kann sein, daß ich mich irre, Will. Tut mir leid. Ich könnte es mir nie verzeihen, wenn du mich zwingen würdest, dich totzuschlagen.«

Ich nickte. »Das würde auch keinen Spaß machen, Pig. Aber ich möchte dich noch etwas fragen. Hast du schon mal gehört, daß die Jungs in den Kasernen sich unterhalten, ohne schmutzige Wörter zu benutzen? Natürlich nicht. Denn es ist die einzige Sprache, die jeder versteht. Es ist die normale Sprache in dieser Umgebung.«

»Wenn du im Beisein Theresas unbedingt einen schmutzigen Gedanken loswerden möchtest, Will, dann schlage ich vor, daß du ein angemessenes Wort benutzt. Einen sachlichen Begriff, wie ein Gentleman ihn wählen würde. Zum Beispiel würde ich vorschlagen, daß du statt ›Schwanz‹ oder ›Pimmel‹ das Wort *Penis* benutzt.«

Mark knallte sein Chemiebuch zu und vergrub das Gesicht in den Händen.

Ich sagte: »Aha. Penis. Ich hab' verstanden. Hört sich auch viel schöner an.«

»Und dann erst die Worte *ficken* und *beschissen*«, flüsterte Pig mit einem raschen Seitenblick auf Theresas Foto. »Theresa kann diese Worte nicht ausstehen. Darum möchte ich dich mit allem gebotenen Respekt bitten, solche Worte in ihrem Beisein nicht mehr zu benutzen.«

»Du kannst in der Kaserne keine zwei Sätze sagen, ohne diese Worte zu benutzen, Pig«, erklärte ich. »Rekruten und Kadermitglieder kommen ohne solche Ausdrücke gar nicht zu Rande.«

»Wir sind jetzt Kadetten.« Pig seufzte. »Also drück dich sachlich aus.«

»Und was ist mit ›Furz‹?«

»Ist natürlich auch verboten«, sagte Pig. »Das müßte dir eigentlich der gesunde Menschenverstand sagen. Ich schlage vor, du benutzt die Wendung . . .« – er überlegte kurz – »Flatulenz ausstoßen.«

»Flatulenz ausstoßen?«

»Genau. Das würde Theresa nichts ausmachen. Sie würde sich sehr über dein Taktgefühl freuen.«

»Sie würde nicht mal wissen, was ich meine«, protestierte ich. »Himmel noch mal, ich wüßte ja selbst nicht, was ich meine.«

Mark seufzte, stand auf, schlenderte zu Pigs Schreibtisch, blickte Theresa tief in die Augen und rief: »Ich bin ein alter Ficker und furze wie eine gesengte Sau, Theresa. Und weil ich jetzt kacken muß, gehe ich durch die bepißte Tür unserer mistigen Stube aufs verwichste Scheißhaus und seile einen ab, bis mir der Arsch platzt. Hast du gehört, Theresa, du kleine Muschi?«

»Pfui Teufel, Mark«, murmelte Tradd von seinem Schreibtisch aus. »Pfui Teufel.«

Pig starrte Mark mit schmalen Augen an, rührte sich aber nicht, als Mark ohne erkennbare Eile oder Furcht durch die Tür verschwand.

»Er hat versucht, mich zu provozieren«, knurrte Pig und starrte auf die Tür.

»Den Eindruck hatte ich allerdings auch«, sagte ich. »Du hast eine scharfe Beobachtungsgabe, Pig. Oder ist es dein sechster Sinn?«

»Es kommt schon noch der richtige Augenblick«, sagte Pig. »Es wird ein klassisches Duell, wenn Mark und ich kämpfen. Einer von uns beiden wird am Boden liegen, zu Füßen des triumphierenden Siegers. Dieser Kampf ist längst überfällig.«

»Red nicht so einen Quatsch! Ihr seid viel zu eng befreundet, um euch zu prügeln«, sagte ich. Der bloße Gedanke, daß die beiden aufeinander losgehen könnten, erfüllte mich mit namenlosem Entsetzen. »Und ich bin noch nicht fertig, Pig. Ich möchte jetzt und hier für klare Verhältnisse sorgen. Ich will nicht, daß meine Freunde Angst haben, auf diese Stube zu kommen. Reuben wird jetzt jedem aus der Mannschaft erzählen, daß ich mit einem mörderischen Irren zusammenwohne. Die halbe R-Kompanie traut sich schon nicht mehr auf unsere Stube. Himmel noch mal, manchmal habe sogar ich selbst Angst, hier reinzukommen. Also, reden wir noch einmal über dich und Theresa, ja?«

Plötzlich rötete sich Pigs Gesicht, und die Schläfenadern traten so dick hervor, daß man seinen Pulsschlag schon durch Beobachtung der regelmäßig pochenden Venen hätte messen können.

»Sei bloß vorsichtig, McLean«, warnte er mich.

»Was ist denn jetzt schon wieder, Pig? Wir sind erwachsene Menschen, und ich sag' doch nichts Schlechtes über dich und Theresa.«

»Am besten sagst du gar nichts mehr über Theresa«, rief Pig. »Was hackt ihr immer auf ihr herum? Findest du sie häßlich, McLean? Ich breche dir sämtliche Knochen, wenn du sie für häßlich hältst. Oder glaubst du etwa, sie meint es nicht ernst mit mir? Glaubst du, daß sie 'ne Hure ist? Ja, das wird es sein. Du glaubst, sie treibt es mit jedem Kerl in Brooklyn, der ihr schöne Augen macht. Was hast du gehört, Will? Wer hat es dir gesagt? Ich werde ihm die Eingeweide rausreißen. Ich werde ihn vom Dach der vierten Division werfen!«

Plötzlich packte er mich am Kragen und stieß mich gegen die Wand hinter seinem Schreibtisch.

»Hör auf damit, Pig!« rief Tradd, wirbelte im Stuhl herum und stürmte zu uns herüber. »Manchmal bist du wirklich verrückt. Gewalttätig und verrückt.«

»Pig«, würgte ich hervor, während Tradd vergeblich versuchte, eine von Pigs Pranken von meinem Hemdkragen loszuzerren. »Das geht seit mehr als drei Jahren so. Du mußt endlich aufhören, dir wegen Theresa Sorgen zu machen. Sie ist eins der hübschesten, freundlichsten, liebsten Mädchen auf der Welt . . . und es würde ihr gar nicht gefallen, daß du seit fast vier Jahren immer wieder Jungs zusammenschlägst, die nichts weiter tun, als ihr Foto anzuschauen, um dir zu sagen, wie hübsch sie ist.«

Pig verzog das Gesicht, als würde er unter schrecklichen körperlichen Schmerzen leiden. »Mir gefällt es einfach nicht, wie ihr Kerle meine Freundin anstarrt, Will. Das hab' ich nie ertragen können. Es ist schmutzig. Wenn ihr sagt, Theresa ist hübsch, dann meint ihr in Wirklichkeit, daß ihr sie vögeln wollt. Ihr glotzt auf ihr

Foto und stellt sie euch nackt vor . . . und wie sie die Beine breitmacht und auf euch herumhüpft.«

»So was denkt keiner, Pig!« rief ich.

»Niemand käme auf derart schmutzige Gedanken. Nur ein rohes, primitives Tier wie du«, sagte Tradd.

»Woher willst du das wissen, Will?« fragte Pig mit beinahe kindlichem Ernst.

»Weil ich mir oft Theresas Foto anschaue und niemals schmutzige Gedanken habe«, erwiderte ich.

»Was *hast* du denn für Gedanken?« fragte Pig lauernd.

»Ich habe jedenfalls nie . . . lustvolle Gedanken gehabt«, versichert ich ihm. »Ich habe sie einfach nur . . . angeschaut.«

»Ah! Dann findest du sie also nicht hübsch? Du hältst mein Mädchen für'n häßlichen Vogel, stimmt's? Du gaffst ihr Foto an und bist nicht scharf auf sie? Ich breche dir sämtliche Knochen!«

»Jetzt hör aber endlich auf, Pig«, rief ich mit wachsender Verzweiflung, als ich spürte, wie seine Fäuste sich um meinen Kragen spannten. »Das ist kindisch, und du bist ein viel zu netter Kerl, als daß du dir wegen Theresa Sorgen machen müßtest. Sie liebt dich. Du brauchst dir wirklich keine Sorgen zu machen! Und du brauchst nicht jedes arme Schwein, das hier reinmarschiert kommt und irgendwas über Theresas Foto sagt, in Grund und Boden zu stampfen.«

»Ich will, daß alle Respekt vor ihr haben«, rief er.

»Die Jungs haben Respekt vor ihr, Pig«, sagte ich. »Aber du hast vor irgendwas Angst, und ich weiß nicht, was es ist.«

»Will, ich weiß, daß du mich nicht als Feigling betrachtest. Sag mir, daß du's nicht tust.«

Tradd sagte Pig leise ins Ohr: »Will hält dich nicht für einen Feigling, das weißt du doch. Aber hast eine panische Angst vor Dingen, vor denen du gar keine Angst zu haben brauchst, Pig. Du kämpfst gegen Phantome und Schatten, die es nicht gibt. Du erfindest sie. Will hat recht. Und er tut gut daran, mit dir darüber zu reden. Wir alle hätten schon längst mit dir reden sollen. Aber wir hatten Angst, deine Gefühle zu verletzen, oder daß du es mißverstehen könntest.«

»Ich dachte, wir sind Brüder.« Pigs Stimme war traurig, und er hielt die Augen gesenkt. »Ich dachte, wir erzählen uns alles.«

»Ich bin sicher, daß wir uns so einiges nicht erzählen«, murmelte Tradd.

»Du bist jetzt erwachsen, Pig«, sagte ich. »Nächstes Jahr bist du Armeeoffizier. Da kannst du auch nicht jeden verprügeln, der irgendeine harmlose Bemerkung über deine Frau macht. Du mußt dich damit abfinden, daß Generäle auf Empfängen ihren süßen Hintern tätscheln und daß kichernde Colonels anzügliche Bemerkungen über die goldenen Nächte machen, die du mit Theresa im Bett verbringst.«

»Tote Generäle. Verstorbene Colonels«, sagte Pig düster.

»Es wird Zeit, daß du aufwachst, Pig. Ich finde es gar nicht mehr lustig, wie du dich aufführst. Das nimmt allmählich krankhafte Formen an«, sagte ich.

Und Tradd fügte mit einem gewissen Maß an Endgültigkeit hinzu: »Und es ist jedesmal überflüssig, roh und primitiv.«

»Aber es wirkt«, widersprach Pig dickköpfig. »Niemand zerreißt sich sein ungewaschenes Maul über mein Mädchen.«

»Das kann ich dir garantieren, Pig«, erklärte ich mit wachsender Erschöpfung. »Aus strategischer Sicht hast du erfolgreich sämtliche offenen Gespräche über Theresas Körper eliminiert. Ich möchte doch nur, daß du ein bißchen Toleranz zeigst. Gewalt geht mir gegen den Strich, Pig. Ich möchte nicht auf einer Stube wohnen, auf der zwei-, dreimal täglich die Todesschreie Fremder zu hören sind. Versuch es wenigstens mal, Pig. Um deiner geliebten Stubenkameraden willen.«

»Du weißt, daß ich für meine geliebten Stubenkameraden alles tun würde«, sagte Pig.

»Und wir würden alles für dich tun«, erklärte Tradd und duckte sich, als Pig ihn umarmen wollte.

»Ohne euch, Jungs, hätte ich's an der Akademie nicht so weit gebracht. Ihr wißt ja, daß meine Familie bettelarm ist, und ihr alle habt euch bis aufs Hemd für mich ausgezogen, habt mir Geld und Sachen gegeben. Das werde ich euch nie vergessen. Niemals.«

»Über Geld dürfen wir auf dieser Stube nicht sprechen«, sagte Tradd und ging zurück zu seinem Schreibtisch. »Jetzt verletzt *du* eine unserer Regeln, Pig.«

»Sollen wir's mal üben, Will?« fragte Pig, nachdem Tradd sich wieder seinen Büchern zugewandt hatte. »Du tust so, als würdest du zum erstenmal auf unsere Stube kommen, und dann machst du irgendeine schmutzige Bemerkung über Theresa. Ich werde nichts tun. Ich werde tolerant sein. Ich werde nicht das rohe, primitive Tier sein, für das Tradd mich hält.«

»Du bist nur roh und primitiv, wenn du gewalttätig wirst«, berichtigte Tradd ihn vom Schreibtisch aus. »Einem Yankee kann man unmöglich erklären, was primitiv bedeutet. Im Norden gibt es einfach nicht das richtige Wort dafür, aber – bei Gott – die Yankees bräuchten es dringend.«

»Versprichst du mir, nicht aus deiner italienischen Haut zu fahren und den Fußboden mit mir aufzuwischen?« fragte ich.

»Versprochen«, sagte Pig. »Du weißt doch, daß ich eher sterben als mein Wort brechen würde.«

»Also gut.« Ich starrte mit lüsterner Hingabe auf Theresas Foto. Ich leckte mir die Lippen und fing an zu keuchen. Dann leckte ich über Theresas Brüste auf dem Foto, ließ meine Zunge über das Glas gleiten und stöhnte orgastisch. Vorsichtig blickte ich auf, schaute Pig an und sagte vorsichtig: »Mann, o Mann. Das ist aber ein heißes Gerät. Junge, Junge, hat die Kleine Holz vor der Hütte. Mit solchen Titten könnte sie ganz Tokio mit Milch versorgen.«

Ich hielt den Atem an, denn vielleicht erlebte ich die letzten Sekunden meines Lebens.

»Alles in Ordnung, Pig?« fragte ich vorsichtig.

»Jaaa«, sagte er.

»Bist du ganz sicher?«

»Jaaa.«

»Soll ich weitermachen?«

»Ja«, preßte er durch die fest zusammengedrückten Lippen hervor.

»Oooh, wie gerne würde ich eine lange, dicke, behaarte Banane in diese heiße italienische Muschi stekken. Yes, Sir. Aaah, wie gerne würde ich mir von dieser scharfen Madonna einen blasen lassen. – Soll ich weitermachen?«

»Ich muß dir jetzt sehr große Schmerzen zufügen, Will«, erklärte Pig mit ruhiger Stimme. »Du bist zu weit gegangen. Das muß bestraft werden. Ich wollte tolerant sein, aber jetzt hast du den Bogen überspannt. Theresa hätte keine Achtung mehr vor mir, wenn sie wüßte, was du gesagt hast.«

»Ich hab' doch so getan, als wäre ich jemand anders«, rief ich und wich von Pigs Schreibtisch zurück. »Das ist doch nur ein beschissenes Spiel!«

»Und ich tue jetzt so, als würde ich jemand anderen zusammenschlagen. Sonst könnte ich's auch gar nicht, weil du wie ein Bruder für mich bist. Also tu' ich so, als wärst du ein schleimiger Hurensohn, den ich auf den Tod nicht ausstehen kann.«

Doch bevor Pig auf mich losgehen konnte, kam Mark zurück auf die Stube gestürmt und flüsterte ein einziges Wort, worauf wir an unsere Schreibtische stürzten und so taten, als wären wir in die Bücher vertieft.

»Bär«, flüsterte Mark.

Die Tür flog krachend auf, und der Bär kam in die Stube gestampft. Er paffte so heftig an seiner Zigarre, daß die Funken stoben, und der Blick aus seinen wachsamen braunen Augen huschte durchs Zimmer. Seine Auftritte waren immer spektakulär, und jedesmal nahm er seine Stubendurchgänge mit der Ausstrahlung und dem Elan eines boshaften Konquistadoren vor.

»Achtung!« brüllte Pig.

»Warum tut ihr so überrascht, ihr Süßen?« Der Bär grinste uns durch den Rauch seiner Zigarre an. »Ihr habt doch gewußt, daß ich komme.«

»Guten Abend, Colonel«, sagte Tradd. »Was für eine unerwartete Freude.«

»Was versteckt ihr Bumsköpfe denn heute abend vor dem guten alten Bären?« fragte er mit seiner rollenden Stimme. »Ist da etwa Fusel im Spind von Pignetti, dem Unschuldsengel?« Er ließ das Stahlschloß an Pigs Spind aufschnappen, riß die Tür auf und durchwühlte auf der Suche nach Schmuggelware die Stapel der aufgefalteten Kleidungsstücke. »Oder hat der kleine Santoro in einer Schublade mit doppeltem Boden Aufputschpillen versteckt, die er an unschuldige Rotärsche verscherbelt?« sagte er und durchwühlte die Schubladen von Marks Schreibtisch. »Oder schreibt Mr. McLean mal wieder aufwieglerische Gedichte, die der Welt beweisen sollen, daß der Bär in Wahrheit für den Vatikan arbeitet? Oder schmiedet unser Playboy St. Croix illegale Pläne, auch noch den Rest von South Carolina zu kaufen, jetzt, wo ihm und seiner Familie die Stadt Charleston gehört?«

»Sir, meine Familie ist nicht so wohlhabend, wie Sie zu glauben scheinen«, protestierte Tradd.

»Ja, Kleiner, und meine Pisse stinkt nicht, wenn ich vorher Spargel esse. He, Bolschewik«, sagte der Bär, drehte sich zu mir um und nahm meine Gürtelschnalle in Augenschein, »die Aufzucht von Penicillinkulturen auf der Gürtelschnalle ist nur Kadetten erlaubt, die nachweisen können, daß sie sich den Tripper geholt haben.«

»Habe ich Ihnen schon von dem Mädchen erzählt, mit dem ich verabredet war, Colonel?« fragte ich, noch immer in Hab-acht-Stellung. »Ich habe sie für ein nettes Mädchen gehalten, obwohl sie aus einer Proletenfamilie von äußerst schlechtem Ruf stammte. Ihr Vater war ein Schläger mit einstelligem Intelligenzquotienten. Aber seine Tochter war ein warmherziger Mensch, auch wenn sie drei Zentner wog und ich an ihrem Damenbart Klimmzüge machen konnte. Ich war sehr überrascht, Colonel, daß ich mir bei diesem Mädchen eine Geschlechtskrankheit geholt habe. Das ist der Grund für die Pilzkultur auf der Gürtelschnalle.«

»Wer war dieses Mädchen, Kleiner? Das arme Geschöpf, das so arm dran war, daß es einen wie dich rangelassen hat?«

»Ihre Tochter, Sir.«

Das Brüllen des Bären war unmöglich zu beschreiben. Es gibt einfach keinen passenden Ausdruck dafür. Manche Kadetten verglichen es mit dem Donnern der Haubitzen, die bei der Parade abgefeuert wurden, oder mit dem Überschallknall, wenn ein Flugzeug die Schallmauer durchbricht, oder mit dem Löwen im Zoo. Andere sagten, es wären diese drei Geräusche gleichzeitig. Aber das Geheul, das er an diesem Abend auf unserer Stube ausstieß, stellte alles in den Schatten, was ich bisher eine menschliche Kehle hatte hervorbringen hören. Es riß mich beinahe von den Beinen.

»Du Wahnsinniger! Ich habe die bestaussehende Tochter, die du dir vorstellen kannst! Und wenn du ohne Nägel gekreuzigt werden oder in der Hölle schmoren willst, bevor der Schöpfer dich abberuft, oder wenn ich dir mit der Zigarrenspitze ein zweites Arschloch einbrennen soll, brauchst du nur noch ein einziges Wort über meine Tochter zu sagen.«

»Ich habe schon den ganzen Abend versucht, Mr. McLean Respekt vor den Frauen beizubringen, Sir«, sagte Pig triumphierend.

»Colonel«, flüsterte ich, »ich wußte nicht, daß Sie eine Tochter haben. Sonst hätte ich das nie gesagt.«

»Ich werde dir trotzdem ein paar Punkte für schlechtes Betragen abziehen, du Blödmann, damit du dich an die Ehre meiner Tochter erinnerst, wenn ich das nächste Mal auf diese Stube komme.«

»Das ist nicht nötig, Sir«, erwiderte ich. »Abzugspunkte machen mich nur um so vergeßlicher.«

»Ich habe die Erfahrung gemacht, daß Minuspunkte die gegenteilige Wirkung haben, Kleiner. Ich habe festgestellt, daß sie das Erinnerungsvermögen meiner Lämmchen stärken«, sagte er und reichte mir einen der gefürchteten weißen Zettel.

»Colonel, finden Sie nicht auch, daß die Epigramme auf diesen Zetteln der unverschämteste Mißbrauch der englischen Sprache ist, den Sie je gehört haben? ›Disziplin ist eine Tugend, die Bestrafung überflüssig macht.‹ Das symbolisiert in meinen Augen die ganze Logik an der Akademie.«

»Dann solltest du die Hochschule wechseln, Kleiner. Ich pack' dir sogar deine Taschen, fahre dich zur Bushaltestelle und gebe dir einen Abschiedskuß. Ich halte das Epigramm nämlich für ausgesprochen treffend. Deine Eltern zahlen gutes Geld dafür, daß ich ein Auge auf dich halte und dich Zucht und Ordnung lehre. Minuspunkte sind Teil deiner Ausbildung, Kleiner, genauso wie Bücher oder Noten oder Rechenschieber. Je mehr Minuspunkte ich dir gebe, und je mehr Vorteile du vom Studium an einer Hochschule hast, desto besser macht sich das Geld bezahlt, das deine Eltern in deine Ausbildung investieren. Minuspunkte sind wahrscheinlich das einzige Mittel, dich daran zu erinnern, daß dies eine Militärakademie ist, McLean.«

»Amen«, sagte Tradd.

Nachdem ich den weißen Zettel unterschrieben hatte, zog ich verstohlen Pearces Notiz aus der Tasche, faltete sie zweimal und reichte sie zusammen mit dem Zettel dem Bären. Er steckte beides an seinem Klemmbrett fest und blies mir als Abschiedsgruß eine dichte Wolke aus Zigarrenqualm ins Gesicht, mit der man einen Ameisenhaufen hätte ausräuchern können.

»Colonel, ich rede gern mit Ihnen, außer wenn ich atmen muß.«

Der Bär grinste, so daß man seine nikotinbraunen Zähne sehen konnte, und sagte: »Danke für den Zettel, Kleiner. Noch achtundneunzig Stück davon, und ich werde dich nach Clemson bringen, bevor du die Möglichkeit hast, die Ehre des Rings zu besudeln.«

»Beim Stubendurchgang am Samstagmorgen hat Major Mudge mir schon fünf Minuspunkte verpaßt, Sir«, sagte ich. »Aber ich weiß, daß Sie zu gutherzig sind, einen Senioren wegen Überschreitung der zulässigen Minuspunktzahl von der Akademie zu verstoßen.«

»Da irrst du dich gewaltig. Ich würde es von Herzen gern tun«, sagte er. »Im Mai letzten Jahres habe ich mir drei von deiner Sorte auf diese Weise vom Hals geschafft. Gute Jungs, so wie du. Aber Großschnauzen, so wie du. Ich habe denen gesagt, daß ich nichts gegen sie persönlich habe. Ich hab' nur meine Pflicht getan – diese drei Pinselaffen aber nicht.«

»Colonel, bevor Sie gehen, möchte ich mich wegen Ihrer Tochter entschuldigen. Aber darf ich Ihnen eine Frage stellen? Schlägt Ihre Tochter nach Ihnen oder nach Ihrer Frau?«

»Nach meiner Frau, Kleiner. Warum?« fragte er mißtrauisch.

»Weil ich sonst an der Güte des Herrn gezweifelt hätte«, sagte ich. Er lachte, ließ den Blick noch einmal durch die Stube schweifen. Bevor er ging, sagte er: »Zwei Italiener, ein alteingesessener Charlestoner und ein schlampiger Ire aus Georgia. Ihr solltet in dieser Stube eine Zweigstelle der Vereinten Nationen eröffnen. In diesem Sinne – guten Abend, meine Herren.«

Zehn Minuten vor dem Zapfenstreich gingen Tradd und ich den Flur hinunter, um zu duschen. Wir waren allein im Duschraum. Im Bataillon kehrte die abendliche Ruhe ein, und die Kadetten schlurften müde über die Flure.

»Mutter würde sich freuen, wenn du nach dem Footballspiel am Sonntag zum Abendessen kommst«, sagte Tradd, als er sich Shampoo aus seinem kurzgeschorenen Haar spülte. »Du könntest bei uns schlafen, wenn der Bär dir über Nacht Ausgang gibt.«

»Diesen Sonntag kann ich nicht, Tradd. Ich habe schon was anderes vor.« Ich ließ mir die heißen, stechenden Wasserstrahlen ins Gesicht prasseln. Drei Jahre lang hatte ich jedes Wochenende bei den St. Croix verbracht, weil ich nirgendwoanders hingehen konnte. Mittlerweile aber war ich fast jedes Wochenende zu Annie Kate eingeladen, und wir entwickelten eine immer engere freundschaftliche Beziehung.

»Mutter wird enttäuscht sein«, sagte Tradd. »Darf ich fragen, was du vorhast, Will?«

»Ich treffe mich mit einem Mädchen, das ich wirklich gern habe. Aber sag Pig und Mark nichts davon.«

»Oh!« sagte Tradd, ehrlich überrascht. »Hat sie dich auch gern?«

»Es hält sich im Rahmen«, antwortete ich wahrheitsgemäß.

»Wohnt sie hier in Charleston? Vielleicht kenne ich sie.«

»Nein, sie ist nicht von hier«, log ich. »Sie kommt aus einem kleinen Nest im Norden. Ihr Vater ist bei der Marine.«

»Wann werde ich sie kennenlernen?«

»Vorläufig nicht, Tradd. Sie ist Fremden gegenüber

sehr schüchtern. Ich kann dir jetzt nicht alles über sie erzählen. Aber irgendwann hole ich das nach. Ich verspreche es dir. Du wirst sie als erster kennenlernen.«

»Warum sollen Pig und Mark nichts davon wissen? Die beiden würden sich freuen. Sie liegen dir schon lange in den Ohren, daß du eine Freundin brauchst.«

»Stimmt. Ungefähr genauso lange wie dir.« Ich lachte. »Ich möchte nicht, daß die beiden anzügliche Bemerkungen machen, Tradd. Dumme Scherze über Mädchen habe ich nie ertragen.«

»Und ich habe sie noch nie ertragen müssen«, sagte Tradd und lächelte.

»In Gesellschaft von Mädchen komme ich mir tolpatschig vor. Mir fallen nie die richtigen Worte ein. Ich glaube, ich kann Mädchen nicht das Gefühl geben, sich bei mir wohlzufühlen. Ich habe immer den Eindruck, sie wären lieber mit jemand anderem zusammen. Mädchen machen mich schüchtern und befangen, Tradd. Sogar häßlich. Sobald ich mit Mädchen zusammen bin, muß ich immer an mein Gesicht denken, an mein Aussehen, und wie ich wohl auf sie wirke . . . so sehr, daß ich sie gar nicht richtig sehe oder vernünftig mit ihnen reden kann. Wie ist es bei dir, Tradd? Was geht in deinem Kopf vor, wenn du mit einem Mädchen zusammen bist, das du gern hast?«

»Dann fühle ich mich bedroht, Will«, sagte er ernst. »Dann habe ich das Gefühl, völlig erstickt zu werden. In Gesellschaft von Mädchen fühle ich mich unbehaglich. Aber das ist ja nicht weiter erstaunlich. Bei den meisten Menschen fühle ich mich unbehaglich.«

»Nur bei mir nicht«, verbesserte ich ihn.

»Nur bei dir nicht«, stimmte er mir zu.

»Und was ist mit Mark und Pig?« fragte ich. »Warum fühlst du dich bei den beiden nicht unbehaglich?«

»Bei Mark und Pig ist es etwas anderes, Will. Es ist ein Unterschied, der schwer zu erklären ist. Ich habe die beiden sehr gern, und ich weiß, daß auch sie mich mögen. Aber so richtig wohl fühle ich mich nur, wenn wir alle vier zusammen sind. Mark und Pig sind nur deinetwegen meine Freunde und Stubenkameraden. Ich habe mir ihre Freundschaft nicht selbst verdient. Ich glaube, die beiden würden alles für mich tun. Ich habe noch keinen Menschen mit einem so ausgeprägten Sinn für Kameradschaft und Treue kennengelernt, und wir haben sehr viel zusammen erlebt. Aber wir sind sehr unterschiedliche Naturen, und es ist ein seltsamer Zufall, daß wir zusammengefunden haben. Aber es ist auch ein glücklicher Zufall, und ich bin froh, daß wir auf einer Stube wohnen.«

»Ein wunderbarer Zufall.«

»Besonders für den Honigprinzen«, sagte er bitter.

»Denk nicht mehr an diesen Blödsinn, Tradd. Es ist nun mal die häßliche Eigenart des Korps, manchen Menschen schmerzliche Spitznamen zu geben.«

»Aber es tut so furchtbar weh, weil ein Körnchen Wahrheit daran ist, Will. Einige Leute, darunter mein Vater, haben mich immer schon für weibisch gehalten. Das war auch einer der Gründe, warum ich die Akademie besuche. Wenn ich das Rekrutenjahr überstehe, dachte ich, würden alle Zweifel an meiner Männlichkeit verfliegen. Niemand hat sich so sehr vor dem Rekrutenjahr gefürchtet wie ich. Bei mir war es anders als bei dir, Will. Ich wußte alles über die Brutalität und die Exzesse, und ich wußte, daß der Kader mich von dem Augenblick an verachten würde, da ich durch das Legrand-Tor komme. Aber ich mußte mir selbst beweisen, daß ich alles ertragen kann, was der Kader sich an Schikanen einfallen läßt. Ich habe mich gefreut, daß Footballspieler und andere Sportskanonen aufgegeben haben, weil sie es nicht mehr aushalten konnten. Ja, ehrlich, ich war schadenfroh, und ich konnte nichts dagegen tun, Will. Wenn du bleibst, habe ich mir gesagt, wo Jungen aufgeben, die viel stärker und härter sind als du, kann sich niemand mehr über deine Stimme oder dein Auftreten lustig machen. Aber so einfach ist das nicht. Nicht im Kadettenkorps. Honigprinz ist ein treffender Spitzname für mich. Ein perfekter Spitzname. Darum hasse ich ihn so sehr. Du kannst dir nicht vorstellen, wie schmerzlich ein perfekter Spitzname sein kann. Auf dem Campus kann ich keinen Schritt tun, ohne diesen Namen zu hören. Selbst wenn niemand ihn ruft, kann ich ihn hören.«

Die Hornklänge des Zapfenstreichs hallten mit der altbekannten, tiefen Trauer der Endgültigkeit über das Kasernengelände. Alle Rekruten und Kadetten waren dem Tag, da ganze Männer aus ihnen wurden, wieder vierundzwanzig Stunden näher.

Wir trockneten uns eilig ab und rannten den Flur hinunter, um rechtzeitig zum Stubendurchgang zu kommen. Mark und Pig lagen bereits in den Betten; das Licht war gelöscht. Tradd zog seinen gestreiften Schlafanzug an und stieg ins obere Bett, während ich mich auf die untere Koje fallen ließ, nur mit der Unterhose bekleidet. Meine Uniform lag zerknautscht neben meinem Schreibtisch auf dem Fußboden.

Diese Minuten waren für mich die schönste Zeit des Tages, ob in der Kaserne oder anderswo. Ich liebte das Gefühl des nahenden Schlafes genauso wie den Schlaf selbst. Die Bettlaken waren sauber, die Fenster standen offen, und die Zikaden zirpten in den trockenen Zweigen der Eichen auf dem Hof. Der Duft des Sumpfs lag schwer und würzig in der salzigen Meeresluft, und die sanfte Brise, die durch die Fenster wehte und über meine Haut strich, schmeckte nach Forelle und Alse und Meeräsche und schien wie ein unsichtbarer Wildbach durch unser Stube zu fließen. In der Ferne, in dieser Stadt aus Licht und Wasser, läuteten die Glocken der St. Michael's hoch über der Broad Street; Frachter glitten träge durch die dunklen Fluten, und die Nachtschwärmer traten ihr einsames, unangefochtenes Regiment über die Straßen und Gassen an. Im Bett über mir bewegte sich Tradd. Am Horizont flackerten Blitze, und leiser Donner grollte.

»He, Will«, sagte Mark. »Hast du deine Arbeit für das Seminar bei Edward dem Großen fertig?«

»Noch nicht«, antwortete ich und wandte mich der Stimme aus der Dunkelheit zu. »Ich gehe morgen früh in die Bibliothek.«

»Wie könnt ihr bloß den Anblick dieses Fettsacks ertragen?«, sagte Pig und stützte sich auf einen Ellbogen. »Der Kerl wiegt mindestens drei Zentner. Sein Körper ist abstoßend. Da hilft nicht mal die strengste Diät, Jungs. Da hilft nur noch 'ne Operation. Man müßte seine Speiseröhre für ungefähr ein Vierteljahr zunähen.«

»Er ist ein sehr guter Lehrer, Pig«, erwiderte Mark. »Der beste, den ich je hatte.«

»Ich habe ja nicht behauptet, daß er nichts auf dem Kasten hat, Kumpel. Aber wenn ich diesen qualligen Körper den ganzen Tag angucken müßte, würde mir schlecht.«

»Vielleicht hat er ein Schilddrüsenleiden, Pig«, sagte Tradd. »Manche dicken Menschen können nichts gegen ihre Fettleibigkeit tun.«

»Das sagen sie alle«, erwiderte Pig. »Jede fette Qualle,

die mir über den Weg gelaufen ist, hat mir erzählt, irgendwas an den Schilddrüsen zu haben. Kein einziger hat zugegeben, daß er frißt wie ein Schwein. Reynolds sollte sich den Gefallen tun und einen langen Urlaub in 'nem Land machen, in dem eine Hungersnot herrscht.«

Mark wechselte abrupt das Thema, denn er fragte mich: »Will, hast du diesen Sommer eigentlich schon gevögelt?«

»Nein«, antwortete ich, drehte mich auf die Seite, um zu schlafen, und hoffte, daß diese Geste das Gespräch beenden würde.

»Hast du's versucht?« Mark ließ nicht locker.

»Na klar. Ich versuche es ständig. Und ich bin dem Ziel schon ziemlich nahe gekommen. Ein Mädchen hat mir erlaubt, sie nach einem Kinobesuch nach Hause zu bringen, und dann durfte ich ihr vor der Haustür sogar die Hand schütteln.«

»Warum kommst du eigentlich nicht zum Zug, Will?« fragte Pig. »Wenn ich's nicht besser wüßte, würde ich dich für 'nen Homo oder 'nen Amputierten halten. Mann, du hast doch Chancen bei den Weibern. In der Stadt gibt's scharfe Bräute genug, die nur darauf warten, daß ihnen ein Kerl wie du über den Weg läuft.«

»Ich habe diesen Sommer so viele Mädels gevögelt, daß ich schon glaubte, der einzige weiße Mann in South Philly zu sein«, prahlte Mark.

Pig kicherte. »Du *bist* der einzige weiße Mann in South Philly.«

Nach kurzem Schweigen hörte ich Tradds Stimme über mir: »Warum hast du mich nicht auch gefragt, ob ich diesen Sommer mit einer Frau geschlafen habe, Mark?«

»Du schaust die Weiber doch nicht mal an, Tradd«, erwiderte Mark. »Und vögeln tust du sie erst recht nicht.«

»Ich habe diesen Sommer ein Mädchen kennengelernt. Ich habe Liebe mit ihr gemacht. Mindestens zweimal«, erklärte Tradd mit steifer Förmlichkeit. »Und zwar auf meiner Reise durch England.«

Pig und Mark kreischten vor Freude gleichzeitig los, und ich hörte das Geräusch ihrer nackten Füße auf dem Fußboden, als sie durch die Dunkelheit zu Tradds Bett tappten. Sie schlugen ihm rauh, aber herzlich auf die Schultern und kitzelten ihn, daß er wild strampelte und vor Lachen nach Atem rang.

»Du alter Sexprotz«, sagte Mark. »Hast du noch mehr so interessante Geheimnisse vor deinen Stubenkameraden? Da vögelt der Kerl munter drauflos und erzählt uns kein Wort davon.«

»Stille Wasser gründen tief«, sagte Pig. »Wenn ich mal Töchter habe, dürfen sie sich nur mit Quasselstrippen verabreden. Ein Kerl, der nur redet, kommt nicht zum Vögeln.«

»Wer war das Mädchen, Tradd?« fragte ich und drehte mich wieder auf die andere Seite. »War sie ein menschliches Wesen?«

»Das geht nur mich etwas an. Und die fragliche junge Dame, natürlich«, erwiderte Tradd steif, doch es war offensichtlich, daß er noch nie im Mittelpunkt eines Gesprächs über sexuelle Eroberungen gestanden hatte, und nun genoß er diese Erfahrung auf die ihm eigene schüchterne, unbeholfene Art und Weise.

»War sie ein nettes Mädchen?« fragte ich.

»Sie war eine wunderbare Person«, erwiderte er. »Aber eigentlich nicht mein Typ.«

»Was hattest du gesagt? Wie oft hast du sie vernascht?« fragte Pig und leckte sich die Lippen.

»Hast du's ihr von hinten oder von vorn besorgt?« wollte Mark wissen.

»Wie du siehst, Tradd«, sagte ich, »ist Sex für unsere frommen italienischen Stubenkameraden ein Sakrament.«

»Hast du 'nen Pariser benutzt, Tradd?« fragte Mark.

»Ich will jede scharfe, geile, schmutzige Einzelheit hören«, sagte Pig in einem Tonfall, in dem alle Sinnlichkeit und Ungezügeltheit des Sex lagen.

»Du überraschst mich, Pig«, schimpfte Tradd. »Seit über drei Jahren verprügelst du unschuldige Jungen, wenn sie auf diese Stube kommen und einen zufälligen Blick auf Theresas Foto werfen. Und jetzt beschmutzt ausgerechnet du meine Ehre und die meiner Freundin. Wie kannst du nur erwarten, daß ich dir irgendwelche Einzelheiten erzähle? Dein Verhalten ist total widersprüchlich.«

»Schon gut. Hast ja recht, Kumpel. Tut mir leid. Ist mir so rausgerutscht«, sagte Pig kleinlaut.

»Ich bin die letzte Jungfrau auf dieser Stube.« Ich seufzte. »Teufel noch mal, wahrscheinlich bin ich die letzte Jungfrau auf Gottes weitem Erdenrund.«

»Würdest du vögeln, hättest du nie wieder Pickel«, dozierte Pig. »Pickel können regelmäßigen Geschlechtsverkehr nicht überleben.«

»Oh, verflixt noch mal«, seufzte Tradd. »Hätte ich dieses widerliche Thema doch nicht angeschnitten.«

»Widerlich? Bumsen ist das schönste Thema, das es gibt«, sagte Mark. »Ich bin stolz auf dich, Tradd. Ich bin wirklich stolz auf dich. Jetzt bist du ein Mann.«

»Soll ich dir sagen, warum ich mit dem Mädchen geschlafen habe?« erwiderte Tradd, und in seiner Stimme lag jener Anflug aristokratischer Traurigkeit, die sein Markenzeichen bei ernsthaften Gesprächen war.

»Das spielt keine Rolle, Tradd«, sagte ich. »Du hast nichts Verkehrtes getan.«

»Es *war* verkehrt.« Tradds Stimme klang plötzlich scharf. »Es war grundverkehrt, und ich habe es aus den verkehrten Gründen getan. Es hat mir kaum Spaß gemacht. Die ganze Affäre hat mir schreckliche Schuldgefühle bereitet.«

»Daran mußt du dich gewöhnen, Tradd«, sagte Mark sanft. »Die ersten paarmal gefällt es niemandem.«

»Mir hat's gefallen, seit ich elf Jahre alt war«, erklärte Pig verträumt. »Ich hab' mich als der Größte gefühlt, als ich 'ner Braut zum erstenmal einen verplättet habe.«

»Du bist schrecklich primitiv, Pig«, sagte Tradd. »Aber gut. Ich will euch den Grund nennen. Ich habe mit dem Mädchen geschlafen, damit die Leute mich nicht mehr Honigprinz nennen. Ich hatte gehofft, daß man mich hinterher mit anderen Augen betrachtet und jeder spürt, daß ich keine Jungfrau mehr bin. Aber nichts hat sich geändert. Die Leute halten mich immer noch für homosexuell, und ich kann nichts dagegen tun.«

»Tradd.« Ich seufzte. »Denk nicht mehr an diesen Spitznamen. Seit Reuben dich so genannt hat, sprichst du von nichts anderem mehr. Dabei hat Reuben sich gar nichts dabei gedacht.«

»He, Kumpel«, flüsterte Pig. »Wenn dich nochmal jemand so nennt, schlage ich dem Bastard die Fresse ein und wisch' den Exerzierplatz mit ihm auf. Das verspreche ich dir.«

»Ihr wißt, was ich für euch empfinde«, sagte Tradd,

und plötzlich war die Stube aufgeladen mit der Spannung sprachloser Jungen.

»Wir empfinden das gleiche für dich, Tradd«, erklärte Mark. »Ihr alle wißt, was in Marks Herz ist.«

»Ja, wir sind Brüder, Kumpels«, sagte Pig. »Ich würde für jeden von euch durchs Feuer gehen.«

»Ich konnte von Anfang an keins von euch Arschlöchern leiden«, sagte ich.

Es fing an zu regnen. Ich konnte sehen, wie der Himmel von silbernen, gezackten Blitzen erhellt wurde. ›Der Teufel deckt den Tisch‹, hatte meine Großmutter mir bei diesem Anblick immer gesagt. Ich war überwältigt von der Kraft der Gefühle, die unsere Stube erfüllten und sich mit dem Geruch von Ozon, Sumpf und Meer vermischten. Selbst bei den banalsten Gesprächen konnte es plötzlich zu Sturmwarnungen kommen. Ich hörte den Donner, dann das Pfeifen des Zuges, bevor er über die Holzbrücke am Ashley River donnerte.

Dann hörte ich den Löwen.

Nie hatte ich den Zug und den Löwen gleichzeitig gehört. Ich hatte nie gehört, daß der Löwe genau um 23 Uhr 42 brüllte, wenn der Lowcountry Zephyr mit seiner Fracht und seinen Fahrgästen über den Bahndamm jagte. Nie hatte ich den Löwen, den Zug, den Donner und das Rauschen des Regens im verdorrten Laub der Eichen vor dem Fenster gleichzeitig gehört. Damals hielt ich es für ein gutes Omen, doch ich sollte mich irren. Ich sollte mich sehr irren, und dieser Irrtum lehrte mich zu verstehen warum die alten Griechen geheimnisvolle Orakel besuchten, Menschen mit wundersamen, unerklärlichen Kräften, welche die komplizierten Signale und Botschaften zu deuten verstanden, die ein unversöhnliches und unbegreifliches Universum den Menschen sandte. Aber damals war ich noch jung, und jedes Omen war ein gutes Omen. An jenem Abend schlief ich mit den Gedanken an Tradds unsägliche Traurigkeit ein, an Marks schroffe, unbeholfene Sanftheit, an Pigs Impulsivität und seine unverbrüchliche Treue, an meine Jungfräulichkeit, an die Freude, die es mir bereitete, mich spätabends auf der Stube mit den Kameraden zu unterhalten, wenn die Kasernen schliefen; ich dachte an die Geheimnisse unter uns Stubenkameraden, an meine Unfähigkeit, Jungen, die mich liebten, meine Liebe zu gestehen. Ich schlief tief, ruhig und traumlos, und nie wieder quälten mich die Gedanken an Bucky Poteete.

Doch seit jenem Abend besaß das Jahr, wie ich erfahren sollte, einen eigentümlichen Charakter der Unabwendbarkeit, als wären wir von nun an allesamt Teilnehmer eines seltsamen Spieles, dessen Ausgang von vornherein feststand. Alle Geheimnisse des Jahres waren in den Worten enthalten, die wir an diesem einen Abend so unschuldig und ernst und natürlich gewechselt hatten, ohne zu ahnen, daß unsere Tischkarten bereits von flinken, boshaften Händen verteilt wurden. Das Unwetter hüllte Charleston in einen Mantel aus windgepeitschtem Regen, der vom Atlantik kam. Die Dürrezeit des Septembers endete, und wir alle nahmen die Einladung zu einem Bankett aus Sturm und Zerstörung, aus Schrecken und Übel an. Ich hatte den Rest der Geschichte vergessen, die meine Großmutter mir oft erzählt hatte. ›Der Teufel kann seinen Tisch überall hinstellen‹, hatte sie gesagt, ›und er braucht nicht erst auf ein Unwetter zu warten‹.

23

Als Annie Kates Schwangerschaft trotz des Regenmantels erkennbar wurde, brachte Mrs. Gervais sie ins Strandhaus der Familie auf Sullivan's Island, einem grauen Gebäude im viktorianischen Stil an der Südküste, unmittelbar gegenüber von Fort Sumter, mit außergewöhnlich reizvollem Blick auf den Hafen und die Stadt. Mrs. Gervais war zu Tode verängstigt, daß jemand Bedeutsames, der in den sauerstoffarmen Höhen der Charlestoner Gesellschaft zu Hause war, Annie Kate bei einem ihrer spätabendlichen Spaziergänge durch die stillen Straßen entdecken könnte oder daß man sie beobachtete, wenn sie Blumen pflückte und unbeholfen über die gepflasterten Gehwege des ungepflegten Gartens hinter dem Haus eilte. Annie Kate war schon im Haus an der Church Street eine Gefangene gewesen; doch auf der Insel wurde sie zur verbannten, heimatlosen Gefangenen, wenngleich der Strand im Winter praktisch menschenleer war, so daß sie auf Sullivan's Island viel mehr Bewegungsfreiheit hatte als in der Stadt. Ich konnte mich davon überzeugen, als Annie Kate und ich ausgedehnte Spaziergänge über die flachen Dünen unternahmen, Muscheln sammelten und beobachteten, wie die Schiffe in den Hafen einliefen und ausfuhren. Sie winkte den Frachtern begeistert zu, die nach Charleston kamen, um ihre Ladung zu löschen; die Schiffe jedoch, die aufs Meer hinausfuhren, beachtete sie nicht, als könnte sie nicht verstehen, warum irgend jemand oder irgend etwas den Wunsch hatte, einen so wunderschönen Ort zu verlassen. Annie Kates Einsamkeit war so vollkommen, daß sie immer reizbarer und unberechenbarer wurde.

Wenn sie über Charleston redete, konnte man den Eindruck bekommen, als wäre die Stadt eine Fürstin, die von denen, die sie liebten, einen schrecklichen Tribut an geistiger Energie verlangte. Annie Kate war besessen von dem Gedanken, Charleston für sich zurückzugewinnen und wieder am Charme dieser Stadt und den Privilegien ihrer alteingesessenen Bewohner teilhaben zu dürfen. Die Schwangerschaft habe sie nachdenklicher gemacht, sagte Annie Kate; sie sei weiser geworden, seit sie die Lichter Charlestons nicht mehr aus der Nähe, sondern nur noch von der Veranda des Strandhauses auf Sullivan's Island sehen könne. Ich habe nie vergessen, was sie in diesen wundervollen Tagen, als wir uns stundenlang über die ungewisse Zukunft unterhielten, über Charleston gesagt hat. Charleston sei nicht bloß eine Stadt, sagte sie. Charleston sei ein Geschenk, aber dieses Geschenk müsse man sich verdienen. Dann blickte sie sehnsuchtsvoll auf die funkelnden Lichter der Stadt, die sich wie eine brillantenbesetzte Halskette an die sanft gebogene Küstenlinie der Halbinsel schmiegten. Sie schwor, sich ihren rechtmäßigen Platz in der Stadt eines Tages wiederzuerobern; einen Platz, den sie als Mädchen verloren habe, bevor ihr klargeworden sei, wie leidenschaftlich sie die Stadt liebe. Erst jetzt, da Charleston ihr so grausam entrissen wurde, habe sie erkannt, wie schrecklich sie die Stadt vermisse.

Ich besuchte Annie Kate jedes Wochenende auf der Insel. Viermal gelang es mir sogar, dem Bären verlängerten Ausgang abzuluchsen, so daß ich an Wochentagen auf die Insel fahren und mit Annie Kate zu Abend essen konnte. Wann ich mich in sie verliebte, weiß ich nicht mehr; es spielt auch keine Rolle. Genausowenig weiß ich, warum ich mich in sie verliebte; das allerdings ist von sehr großer Bedeutung. Ich weiß nur, daß ich irgendwann an einem Punkt angelangt war, an dem ich erkannte, daß ich mich nicht mehr lebendig fühlte, wenn ich nicht in Annie Kates Gesellschaft war oder wenigstens mit ihr telefonierte oder ihr Briefe schrieb. Sie wurde zu einem festen Bestandteil meiner Gedanken, aller Gedanken, und zum Mittelpunkt meiner Träume. Ich sagte ihr nicht, daß ich sie liebte; ich gab es kaum mir selbst gegenüber zu. Aber ich lebte bald nur noch für die langen Spaziergänge, die wir den Strand entlang unternahmen, und für den Anblick ihrer kleinen Fußabdrükke im nassen, glitzernden Sand, und ich freute mich über jede Muschel, die sie aufhob und in ihren zarten, feingliedrigen Händen hielt, um sie zu betrachten. In diesen Monaten im Spätherbst und während der ersten kühlen Tage des milden Winters in South Carolina wußte ich eines mit absoluter Gewißheit: In meinem Fall war es nicht Charleston, das ich mir verdienen wollte.

Ich beobachtete die Veränderungen ihres Körpers, als ihr gesamtes Äußeres heranreifte, wie das Kind in ihrem Leib, das seinen Herzschlag mit dem ihren vereinte, seinen Hunger mit ihrem Hunger, seine Bewegungen und sein Verlangen mit ihren Bedürfnissen. Ich beobachtete, wie ihr blasses Gesicht Farbe bekam und wie die Schwangerschaft sie aufblühen ließ. Doch ich war nicht der Vater des Kindes; letztendlich war ich nur ein liebender Beobachter, und Annie Kates Mutter und ich waren und blieben die einzigen Zeugen ihrer Schande und wurden abwechselnd mit ihrer Dankbarkeit und ihren Zornesausbrüchen belohnt. Oft weinte sie; ihr Kummer besaß jene düstere, verzweifelte Natur, dessen einzige Heilung sie als Fleisch und als Last im eigenem Fleisch trug.

An einem späten Samstagnachmittag suchten wir Sanddollars am Strand, flachschalige Seeigel. Annie Kate und ich hatten bei Ebbe die gesamte Gezeitenzone auf eine Meile Länge erkundet und das Gelände, das in kurzer Zeit wieder vom Meer überspült werden würde, mit geübten und aufmerksamen Blicken erkundet. Diese Exkursionen waren uns zur Gewohnheit geworden. Obwohl Annie Kate sich lieber auf die Suche nach neuen Muschelarten machte, wenn ich nicht in der Stadt war oder keine Gelegenheit hatte, sie zu besuchen, so wartete sie doch immer vor der Veranda des Strandhauses auf mich, bevor wir uns aufmachten, die Sanddollars, diese stummen, schön geformten Münzen, aus ihren Verstekken im nassen Sand der Gezeitenzone auszugraben. Zuerst suchten wir nur größere Exemplare, doch nach und nach lernten wir, welche Sanddollars selten und kostbar waren, und wir suchten nur die kleinsten und schönsten für unsere Sammlung heraus. Unsere Trophäen waren manchmal so klein wie ein Daumennagel und so zerbrechlich wie Kontaktlinsen. Annie Kate sammelte nur die winzigsten Exemplare – runde und kreuzförmige; allesamt so weiß wie feinstes Porzellan, sobald man sie gereinigt und getrocknet hatte. Dann legte sie unsere Funde in eine Vitrine in ihrem Schlafzimmer. Oft saßen wir zusammen und bewunderten die bescheidene Pracht unserer gehorteten Schätze. Die Suche nach Sanddollars wurde zu einer Art Wettstreit zwischen uns beiden, und als die Monate ins Land zogen und das Kind in Annie Kates Leib heranwuchs, wurden die zerbrechlichen, ausgetrockneten Tiere mit der feinen Kreuzzeichnung auf dem Rücken, die wir aus dem Sand gruben, kleiner und kleiner. Möchte man immer weniger finden, muß man vor allem die Augen trainieren.

Doch an jenem kalten Samstagnachmittag hob ich den größten Sanddollar, den wir je gesehen hatten, aus dem harten, nassen Sand. Er hatte die Größe eines Aschenbechers, und ich wollte ihn schon in die Wellen des windgepeitschten Meeres werfen, als Annie Kate mich innehalten ließ.

»Hast du schon mal einen Sanddollar geöffnet?« fragte sie, nahm ihn mir aus der Hand und brach ihn behutsam entzwei, als würde sie eine Scheibe Brot teilen. »Er hat eine religiöse Bedeutung. So wie der Hornstrauch. Du weißt, daß diese Tiere das Kreuz des Herrn auf dem Rücken tragen, aber du weißt bestimmt nicht, daß der Heilige Geist am biblischen Karfreitag in den Körper des Sanddollars geschlüpft ist, nicht wahr? Er mußte einen stillen Ort auf der Erde finden, an dem er sich in jenen Stunden verstecken konnte, als Christus ans Kreuz genagelt war. Kannst du dich erinnern, daß der Heilige Geist immer in Form einer Taube erschienen ist? Die Taube ist sein Symbol. Hier sind vier Tauben, die an den Besuch des Heiligen Geistes erinnern. Das Kreuz symbolisiert den Karfreitag und die Kreuzigung.«

Annie Kate nahm vorsichtig vier Muscheln, die wie Vögel geformt waren, aus den ausgetrockneten Innereien des Sanddollars. Sie waren so klein und zerbrechlich wie die Flügelknochen eines Kolibris und völlig identisch, und jede dieser winzigen Muscheln war ein perfektes Abbild eines in der Abgeschiedenheit trauerenden Paraklets. Ich wußte nicht, ob diese taubenähnlichen Knorpel zum Blutgefäßsystem des Sanddollars gehörten oder nicht, und ich habe es auch nie herauszufinden versucht. Es war eine alte Tradition bei den Südstaatlern, selbst in den primitivsten von der Natur geschaffenen Gebilden nach religiösen Bedeutungen zu suchen, und ich habe solche romantischen, folkloristischen Erklärungen immer den nüchternen wissenschaftlichen Analysen vorgezogen.

Als ich auf die vier taubenähnlichen Gebilde blickte, sagte Annie Kate: »Mutter möchte nicht mehr, daß ich tagsüber am Strand spazierengehe. Sie sagt, jeder kann aus einer halben Meile Entfernung erkennen, daß ich schwanger bin. Und ich soll nicht das Risiko eingehen, daß jemand aus der Stadt mich zufällig sieht.«

»Warum macht sie sich jetzt erst Sorgen darüber, Annie Kate? Ich war ohnehin erstaunt, daß du dich hier die ganze Zeit frei bewegen konntest, ohne daß deine Mutter etwas dagegen hatte. Du bist schließlich auf Sullivan's Island, und nicht auf Tahiti. Du kannst von hier aus die ganze Stadt sehen.«

»Aber du kennst Charleston nicht«, beharrte sie. »Ab Mitte September kommt niemand mehr hierher auf die Insel. Jedenfalls niemand aus der Gesellschaft. Das weiß jeder.«

»Ich kann es nicht glauben, daß deine Mutter zwei Häuser besitzt«, wechselte ich das Thema.

»Sie besitzt zwei Häuser, aber sie kann es sich nicht leisten, auch nur eines davon in Schuß zu halten.«

»Warum vermietet sie das Strandhaus nicht?« fragte ich.

»Weil es ein Eingeständnis wäre, daß sie kein Geld mehr hat. Sie besitzt wirklich keinen Cent mehr, Will, aber sie ist viel zu stolz, das zuzugeben. Sie hoffte, ich würde einen ekelhaften jungen Mann aus reicher Familie heiraten, der die Gervais wieder zu altem Glanz und Reichtum führt. Aber dann ist das hier geschehen«, sagte Annie Kate und tätschelte ihren Leib, und wir machten uns auf den Rückweg zum Haus.

»Annie Kate«, sagte ich, »darf ich dir eine persönliche Frage stellen?«

Ich sah, wie sie zusammenzuckte, als wir über den Strand gingen und unsere Arme sich leicht berührten. »Das hängt davon ab, wie persönlich die Frage ist.«

»Ich würde um nichts auf der Welt deine Gefühle verletzen, wirklich nicht«, sagte ich unbeholfen. »Aber warum hast du dich entschlossen, das Kind zu behalten? Warum hast du keine Abtreibung vornehmen lassen? Warum hast du beschlossen, dich so zu quälen? Niemand hätte von der Schwangerschaft oder einer Abtreibung erfahren. Dein Leben wäre sehr viel leichter. Und du wärst jetzt sehr viel glücklicher. Jedesmal, wenn ich dich sehe, stimmt deine Traurigkeit auch mich traurig. Ich kann nicht warten, bis das Baby geboren ist, damit ich dich wenigstens ab und zu einmal lächeln sehe.«

Sie wandte sich zornig zu mir um. »Sprich nie wieder über das Baby, Will. Es existiert kein Baby. Nur neun furchtbare Monate in meinem Leben, die es niemals gegeben hat. Neun gräßliche Monate, als die Zeit vollkommen stillstand.«

»Wirst du das Kind behalten, Annie Kate?« fragte ich und wich ihrem Blick aus. »Du mußt dir doch Gedanken darüber gemacht haben, was du tun wirst, wenn du das Kind bekommen hast.«

»Du hast kein Recht, mir zu sagen, daß ich mir Gedanken machen soll. Weiß Gott, ich denke schon viel zuviel nach«, sagte sie bitter. Dann, als sie den Schmerz auf meinem Gesicht sah, fuhr sie mit sanfter Stimme fort. »Tut mir leid, Will. Du kennst mich noch nicht sehr lange. Ich war ein sehr fröhliches Mädchen. Wenn das hier vorbei ist, werde ich wieder lächeln können. Ich bin stark, Will. Zuerst glaubte ich, meine Periode hätte zu spät eingesetzt. Das geschieht bei mir häufiger. Als ich dann erkannt habe, daß ich schwanger bin, habe ich den Gedanken einfach verdrängt. Selbst wenn mir morgens übel war, habe ich mir eingeredet, daß es eine Grippe ist. Aber natürlich wußte ich damals schon, daß ich schwanger war. Ich habe alles mögliche versucht, den Jungen ... den Vater des Kindes, zur Heirat zu bewegen, bevor er von der Schwangerschaft erfuhr. Ich wollte ihn nicht zwingen. Und meiner Mutter zu gestehen, daß ich ein Kind erwartete und dadurch all ihre Pläne zerstört hatte – das habe ich nicht fertiggebracht. Aber es wäre noch schlimmer für mich gewesen, ihr sagen zu müssen, daß mein Freund mich abgewiesen hatte und mich nie mehr sehen wollte. Tja, aber irgendwann wurde es offensichtlich, daß ich schwanger war, und ich mußte mich jemandem anvertrauen. Also habe ich es meinem Freund gesagt. Ich werde nie vergessen, wie er mich angeschaut hat, Will. Er sagte mir, er würde für eine Abtreibung bezahlen, doch ich war so tief verletzt, so wütend und schockiert, daß ich nicht mehr wußte, wo mir der Kopf stand. Ich war wie betäubt. Vollkommen betäubt und zutiefst gedemütigt. In den Wochen darauf habe ich an Selbstmord gedacht. Ich habe Rasierklingen gekauft und Schlaftabletten gesammelt. Jeden Tag habe ich meinen Freund angerufen, habe gebeten und gebettelt, mich zu heiraten. Einmal bin ich sogar zu ihm gefahren und habe ihn auf den Knien angefleht. Es war schrecklich. Ich habe geweint und geweint, bis seine Mutter mich nach Hause gebracht hat. Sie war sehr höflich und hat mit meiner Mutter geredet. Dann haben die beiden dagesessen und lange Zeit geweint. Aber sie haben um sich selbst geweint, nicht um mich oder das Kind. Am nächsten Tag verließ mein Freund die Stadt und ist in den Norden gegangen, um dort ein College zu besuchen, soviel ich weiß. Aber niemand hat mir etwas Genaues darüber gesagt. Dann haben seine und meine Mutter folgendes ausgetüftelt: Ich sollte jedem erzählen, daß ich meine Pläne geändert hätte, was mein Studium betrifft. Statt nach Hollins zu gehen, besuchte ich angeblich die Universität von Santa Barbara in Kalifornien. Bis das Kind kam, sollte ich mich im Haus verstecken. Ein Charlestoner Arzt, ein alter Freund meiner Mutter, hat sich bereit erklärt, das Kind zu entbinden. Aber ich möchte gar nicht daran denken. Weißt du, Will, ich war allein, ganz allein, bis ich dich an dem Augustabend in der East Bay Street in dein Auto steigen sah.«

»Bedauerst du heute, daß du die Abtreibung nicht hast vornehmen lassen?« fragte ich.

»Ja.«

»Ich bin froh, daß du es nicht getan hast«, sagte ich und starrte auf die Festungsmauern von Fort Sumter an der Hafeneinfahrt.

»Warum?«

»Weil ich dich sonst nicht kennengelernt hätte, Annie Kate. Du wärst jetzt eine der affektierten höheren Töchter an einem teuren College und würdest mit reichen jungen Männern aus Virginia oder Charleston ausgehen, und ich hätte nie die Chance bekommen, dein Freund zu werden.«

»Ich war nicht gerade nett zu dir, Will«, sagte sie und rückte den Schirm meiner Mütze gerade. »Ich habe dir viel Ärger bereitet, und ich könnte gut verstehen, wenn du dir ein anderes Mädchen suchst.«

»Ich denke nicht einmal daran. Ich bin sehr gern mit dir zusammen. Ich sehne die Wochenenden herbei, Annie Kate. Es ist schrecklich für mich, wenn ich nicht zu dir kommen kann. Was ich auch tue, ich muß immer an dich denken.«

»Und was denkst du über mich, Will?« fragte sie verschmitzt, und in ihren Augen schimmerte ein Hauch ihrer alten Koketterie. »Erzähl mir alles, was du über mich denkst.«

»Und du bist mir nicht böse?«

»Nur wenn du es mir nicht erzählst.«

»Dann muß ich dir erst einmal mein Phantasieleben beschreiben, Annie Kate. Es war schon immer viel schöner und erfüllter als mein wirkliches Leben. In meinem Phantasieleben laufen unglaubliche Bilder vor meinem inneren Auge ab, wie ein Film. Manchmal sehe ich mich als Basketballspieler, als Stürmer, den kein Verteidiger der Welt aufhalten kann. Dann bin ich übermenschlich. Dann kann ich mit einem Basketball Dinge tun, die noch nie vollbracht wurden, an die noch nie jemand gedacht hat. Es sind sehr lebendige Bilder, Annie Kate. Ich kann jede Einzelheit erkennen. In meinem Phantasieleben habe ich schon mit Hunderten von Frauen geschlafen, die nicht einmal geahnt haben, daß sie attraktiv auf mich wirken.

Einmal bin ich einer Frau die King Street hinunter gefolgt. Sie war eine der schönsten Frauen, die ich je gesehen habe. Ich wurde nicht nur ihr Liebhaber; ich wurde ihr Ehemann und der Vater ihrer Kinder. Wir waren uns vorher noch nie begegnet, aber in meinem Phantasieleben war sie verrückt nach mir.«

»Denkst du bei mir das gleiche?« wollte Annie Kate wissen.

»Wie meinst du das?«

»Daß du mit mir schlafen möchtest? Ist das eine der Phantasien?«

Ich errötete. »Nein, natürlich nicht, Annie Kate«, log ich.

»Weil ich schwanger bin?«

»Das hat nichts damit zu tun. Gar nichts.«

»Dann findest du mich nicht attraktiv«, sagte sie.

»Du bist wunderschön, Annie Kate. Ich kann dich nicht einmal längere Zeit anschauen, so wunderschön bist du für mich. Und wenn du mich ansiehst, muß ich immer wegschauen, weil ich mir so häßlich vorkomme.«

»Ihr armen Jungs mit eurem armseligen Selbstbewußtsein. Warum redest du immer so, als wärst du der häßlichste junge Mann auf der Welt, Will? Ich habe mindestens einen oder zwei Jungen gekannt, die häßlicher waren als du.« Sie kicherte. »Jetzt guck nicht so betroffen. Das war nur ein Scherz. Aber siehst du, wie ansteckend dein schrecklicher Humor ist? Jeder, der längere Zeit mit dir zusammen ist, macht die gleichen Scherze wie du, da bin ich sicher. Als ich dich kennengelernt habe, war ich verzweifelt. Und jetzt bekomme ich allmählich eine genauso spitze Zunge wie du. Wenn es so weitergeht, will mich niemand mehr haben.«

»Ich könnte mir keinen Mann vorstellen, der dich nicht haben möchte«, sagte ich.

»Ich kenne mindestens einen.«

»Bitte, Annie Kate, beantworte mir eine Frage.« Ich blieb im Sand stehen, packte ihre Schultern und drehte sie zu mir herum. »Ich weiß nicht, wer er ist oder was er tut oder warum er sich entschieden hat, dich nicht zu heiraten oder wenigstens in dieser schweren Zeit bei dir zu bleiben, aber ich glaube, dein Freund hat nicht alle Tassen in Schrank, ein Mädchen wie dich sitzenzulassen. Und noch etwas. Wer dich und dein Kind verläßt, der ist ein mieses Schwein. Irgend etwas in seinem Innern ist tot und kann nie wieder zum Leben erweckt werden. Ich glaube, der Kerl wird jeder Frau das gleiche antun wie dir, solange er lebt.«

»Nett von dir, daß du mich trösten willst«, sagte sie, hakte sich bei mir ein und lächelte, als wir uns wieder auf den Weg zum Haus machten. »Das ist lieb und nett von dir, und ich danke dir dafür. Aber jetzt laß uns über dich reden. Wie soll der Partner sein, den du suchst? Hast du schon mal darüber nachgedacht?«

»Vor allem weiblich«, sagte ich. »Das ist mir das Wichtigste.«

»Da haben wir's schon wieder«, schimpfte sie. »Wenn jemand versucht, ernsthaft mit dir zu reden, fängst du mit deinen schrecklichen Scherzen an.«

»Tut mir leid, Annie Kate. War dumm von mir. Aber wenn es mir zu persönlich wird, reagiere ich automatisch mit dummen Scherzen oder Zynismus, um das Gespräch in andere Bahnen zu lenken. Ist ein alter Trick von mir. Aber bei dir hätte ich ihn mir sparen sollen.«

»Ich habe auch meine kleinen Tricks«, sagte sie.

»Und welche?«

»Das sage ich dir nicht. Das mußt du schon selbst herausfinden. Eine Frau, die ihre Geheimnisse preisgibt, ist eine Närrin. Aber einen Hinweis gebe ich dir, Will.« Ihre Stimme wurde leiser, trauriger. »Du wirst Schwierigkeiten bekommen, wenn du bei mir bleibst. Ganz bestimmt.«

»Ach, Unsinn. Daß ich dich kennengelernt habe, ist für mich das Schönste, seit ich an der Akademie bin.«

»Für mich ist es ganz bestimmt nicht das Schönste, daß ich dich kennengelernt habe«, sagte sie bitter.

Wir gelangten an die Deichmauer, die sich eine halbe Meile die südwestliche Küste entlang erstreckte, und gingen über die riesigen schwarzen Felsbrocken, aus denen die Mauer errichtet war. Ich streifte Annie Kates Hand von meinem Arm, sprang von der Mauer und rannte zu meinem Wagen.

»Will«, hörte ich sie hinter mir rufen. »Warum gehst du fort? Ich habe es nicht so gemeint. Ich wollte doch nur einen Scherz machen, so wie du. Ich weiß, es war nicht lustig. Es tut mir leid, Will. Will!«

»Solche gemeinen Scherze macht man nicht mit seinen Freunden, Annie Kate.«

»Und ich bin deine Freundin, die gerade etwas sehr Dummes gesagt hat. Und ich bin deine Freundin, die es nicht ertragen könnte, wenn du jetzt aus meinem Leben verschwindest. Will. Bitte, komm zurück.«

»Du brauchst mich nicht anzubetteln«, sagte ich. »Ich kann nirgendwohin, außer in die Kaserne, und dort ist das Nirgendwo.«

»Komm wieder zu mir, Will. Setzt dich neben mich. Laß uns hier auf den Felsen sitzen und den Sonnenuntergang beobachten. Ich bin zu oft allein. Du kannst dir nicht vorstellen, wie ich mich auf dich freue, wenn du an den Wochenenden kommst. Die Einsamkeit bringt mich um. Will, bitte, komm zurück. Hättest du mich nicht jeden Tag angerufen und mir geschrieben, hätte ich schon Selbstmord begangen.«

Ihr immer noch den Rücken zuwendend, erwiderte ich: »Wenn ich dir schreibe oder dich anrufe oder sogar mit dir zusammen bin, Annie Kate, dann wünsche ich mir immer nur eins – ich wünsche mir, es wäre mein Kind, das du bekommst. Unser Kind. Ich stelle mir immer vor, wie es wäre, bei dir anzurufen und zu fragen, wie es unserem Kind geht, wie es meiner Frau geht, wie es der Mutter meines Kindes geht. Ich wünsche mir nichts sehnlicher, als daß es unser Kind wäre, Annie Kate. Das ist die einzige Phantasievorstellung, die ich seit Monaten habe. Sie läßt mich nicht mehr los. Sie ist zu stark.«

Ich spürte, wie mein Gesicht tiefrot anlief. Wann immer ich versuchte, auch nur die grundlegendsten Schritte auf dem Tanzparkett der Liebe zu machen, bewegte ich mich schrecklich unbeholfen. Ich fühlte mich so klein und schüchtern wie ein Sanddollar. In meinen Worten lag keine Selbstsicherheit, keine kühle Überlegung; ich stockte und formulierte um, was ich bereits gesagt hatte. Die Worte waren hektisch und ängstlich aus mir hervorgeströmt: eine Flut seit langem aufgestauter, tief empfundener und mühsam unterdrückter Gefühle. Herrgott, ich war einundzwanzig Jahre alt und nicht imstande, einer Frau zu sagen, daß ich sie liebte. Und dabei brauchte ich eine Frau wie Annie Kate, eine Frau, die sich in einer Situation befand, daß sie meine Avancen nicht zurückweisen konnte, daß sie mich nicht abweisen und mein Bedürfnis, ihr meine aufrichtige Liebe zu gestehen, nicht ins Lächerliche ziehen konnte. Erst später fragte ich mich, ob es ein Zufall gewesen war, daß ich mich ausgerechnet in eine ledige Mutter verliebt hatte, die vor Einsamkeit, Angst und Enttäuschung halb verrückt geworden war. Aber damals konnte ich mich stark fühlen. Es gibt einem Sicherheit, eine Frau wie Annie Kate zu lieben.

»Komm zurück, Will«, sagte sie leise, »und setz dich neben mich.«

Ich wandte mich um, ging zu ihr zurück und setzte mich neben sie auf den Felsen. Die Flut begann zu steigen, und die riesigen Granitblöcke übernahmen wieder die gewaltige Aufgabe, die Erosion entlang der Küste zu hemmen, sich der Kraft und dem Willen des atlantischen Ozeans mit seinem unermeßlichen Gewicht und seiner unendlichen Geduld entgegenzustemmen, jahrhundertelang zu ertragen, zu kämpfen und zu erdulden, was dem Meer gefiel. Die gesamte Atlantikküste war übersät mit Buhnen und Molen, Deichen und Dämmen, die alle nur dazu bestimmt waren, den Atlantik daran zu hindern, sich ein kleines Stück des Kontinents einzuverleiben. Ein sinnloses Unterfangen. Die Wellen spülten durch die Spalten und Höhlungen in der Kaimauer – so leicht, wie Licht durch ein Buntglasfenster fällt.

Zwanzig Meter von der Stelle entfernt, an der wir uns auf die Mauer gesetzt hatten, brachen mehrere Tümmler durch die Wellen und bliesen mit explosiver Wucht die Luft durch die Atemlöcher auf ihren Köpfen. Jeder Tümmler gab dabei Geräusche von sich, die sich ein wenig von denen seiner Artgenossen unterschieden, so daß die Gruppe, ein Dutzend Tiere, die schnaufend, zischend und prustend ganz nahe an uns vorbei durchs Wasser glitten und tanzten, eine Art Blasorchester auf der Meeresoberfläche bildete, wenn nicht sogar ein einziges Instrument, irgend etwas den Menschen Unbekanntes, Wundersames, ein Symbol des Atmens und Lebens, des Sauerstoffs, des Meerwassers und des Sonnenlichts. Die Tiere besaßen die Augen riesiger Hunde, und ihre Haut hatte die wunderschönste, seidigste Farbe, die man sich nur vorstellen konnte.

Doch selbst die spielenden Tümmler konnten uns nicht von der blendenden, strahlenden Sonne ablenken, die in einem Flammenmeer aus Rottönen, wie ich es nie zuvor gesehen hatte, unter den Horizont versank, dort, wo in weiter Ferne Tennessee und Alabama lagen. Fort Sumter befand sich jetzt rechts von uns, und als ich es durch die Flut der blonden Haare Annie Kates betrachtete und durch das Parfum riechen konnte, das sie sich hinter die Ohren und auf den Hals getupft hatte, veränderte sich in meinen Augen die Geschichte dieser alten Festung. Die Flüsse Charlestons erstrahlten in der schwächer werdenden Reflexion des verglühenden Himmels wie Ströme aus geschmolzenem Kupfer; das erschöpfte Licht ruhte noch eine Zeitlang auf den Kirchtürmen der Stadt, und über die Meerenge spannte sich ein wogendes Leinentuch aus reinstem, schimmerndem Gold zu uns herüber, wie ein Glas Chablis, das über einem Tisch ausgegossen wurde, der von Flecken aus Licht bedeckt ist. Die Wolken über der Stadt leuchteten in den verschiedensten zarten Schattierungen: zinnober, orange, rosa, perlfarben, magenta und mauve; doch diese unbeschreiblichen Pastellfarben wechselten langsam, kaum wahrnehmbar die Farbe, mit jeder Sekunde, die vorüberging. Annie Kate hielt meine Hand, und der Druck ihrer Hand veränderte sich, als die Sonne sich veränderte und die Welt um Charleston grau und farblos wurde, als die Kirchturmspitzen erloschen, als die Tümmler sich in tiefere Gewässer zurückzogen, bis wir die primitive Musik ihres Atmens nicht mehr hören konnten. Ein riesiger weißer Frachter, auf dem bereits die Lichter brannten, bewegte sich lautlos und majestätisch aufs offene Meer hinaus. Annie Kate winkte keinen Schiffen nach, die aus Charleston ausliefen, doch ich winkte dem weißen Frachter und hatte plötzlich das schmerzliche Gefühl, etwas verloren zu haben, das nie mehr wiederkehrte. Ich wollte den Augenblick für immer festhalten. In diesem Moment hätte ich mein Leben dafür gegeben, hätte ich den weißen Frachter an der Positionslampe vor Fort Sumter zum Halten bringen können, zum Wenden und zur ewigen Rückfahrt in den Hafen Charlestons – als Geschenk an Annie Kate, als ein Schiff, das sie niemals verlassen würde. Ich kann nicht in Worte fassen, wie intensiv ich in diesen Augenblicken das Leben in mir spürte und wie unerklärlich geschärft meine Sinne waren: Ich war ein König des Hafens, ein Herrscher der Tümmler – ein schlanker, samtblauer Pfeil, der zwischen den Bojen und den Einfahrtsrinnen der Schiffe hin und her schoß. Ich hörte das Blut in meinen Ohren rauschen, ich spürte meinen Herzschlag, spürte den Puls an den Handgelenken, spürte die Adern, die an meinen Unterarmen hervortraten. Mit tiefem, bitterem Bedauern beobachtete ich, wie die letzten, zarten Sonnenstrahlen den Horizont streichelten und dann erloschen. Doch immer noch hielt ich Annie Kates Hand; ich spürte, wie sie ihren Körper fest an den meinen drückte, und ich wußte, daß einer der wichtigsten Tage meines Lebens zu Ende ging.

In der hereinbrechenden Dunkelheit, als die ersten Sterne wie blasse, ätherische Juwelen am Himmel erschienen, erhoben wir uns von den Felsen. Annie Kate blickte zu mir auf und nahm mein Gesicht in beide Hände. Sie betrachtete mich mit den gleichermaßen scheuen wie auffordernden Blicken eines Mädchens, das in der Kunst, einen jungen Mann anzuschauen, sehr bewandert war. Ich wich ihrem Blick aus und betrachtete die Wellen, die an den Fuß der Felsen schlugen, auf denen wir standen. Die Brandung besaß einen Pulsschlag, einen Rhythmus, aus dem die Harmonie und die Furchtlosigkeit einer unwiderstehlichen Kraft sprachen. Immer noch schimmerte ein letzter, blaßblauer Hauch am westlichen Horizont. Annie Kate drehte meinen Kopf zu sich herum. In ihren kleinen Händen steckte eine erstaunliche Kraft. In ihren Augen spiegelte sich mein Gesicht wider; es war das Gesicht eines Jungen, der sich in den dunklen Pupillen eines hübschen Mädchens dümmlich anlächelte. Es ist ein kostbarer Moment, der die Welt und das Leben verändert, wenn man zum erstenmal in die Augen eines Mädchens blickt, von dem man geliebt wird. Sie zog meinen Kopf zu sich herunter und küßte mich. Ihre Lippen streichelten über die meinen, sanft und zärtlich, und ich spürte, wie ihr Mund sich öffnete und ihre Zunge zwischen meine Zähne glitt. Unsere Zungen trafen sich, und wir küßten uns mit unbeholfener, steifer Keuschheit. Wir redeten mit unseren suchenden, schweigenden Zungen – genau in dem Moment, als Worte nicht ausdrücken konnten, was wir uns zu sagen hatten. Ich küßte sie voller Leidenschaft, ließ meine Träume in sie hineinfließen und bekam dafür die ihren auf den schwarzen Felsblöcken am Ufer des Atlantiks.

Ich hatte nicht gewußt, daß der Mund eines Menschen so süß schmecken und ein menschlicher Körper sich so herrlich anfühlen kann. In ihren Küssen konnte ich einen Hauch von Beeren schmecken, von Reife und Salz, und all die wunderbaren Aromata der Früchte, die in den Küstenstreifen geerntet wurden. Jahrelang hatte ich einen Augenblick wie diesen herbeigesehnt. Der Wind spielte mit unserem Haar, und die Gischt der Brandungswellen sprühte auf unsere Gesichter. Annie Kate leckte mir das Salzwasser von den Wangen, und das Meer schimmerte ebenholzschwarz und silbern durch den Vorhang ihrer im Wind flatternden blonden Haare. Sie küßte mir bedächtig Stirn und Augen, Wangen und Hals, als wollte sie sich die Form meines Gesichts durch diese Berührungen einprägen. Ich wollte mich hübsch für sie machen; ich wollte mein Gesicht in etwas Unvergeßliches verwandeln, etwas so Betörendes, daß sie nie mehr von meiner Seite weichen wollte. Vor allem aber wollte ich einfach nur hübsch sein – hübsch genug, um ein Mann zu sein, den Annie Kate Gervais lieben konnte.

24

Schöne Städte haben eine verräterische Natur. Mit der selbstgefälligen Würde einer Königin, die Almosen unter den Aussätzigen verteilt, verleihen solche Städte den Vororten, die um sie herum wachsen, den Charakter der Minderwertigkeit. Ein Vorort ist nichts weiter als die schlichte Form der Huldigung an die Lebenskraft einer Stadt, doch diese Huldigung findet nur sehr selten Beachtung. Charleston besaß eine eher demokratische Grundhaltung und versuchte, gnädig auf seine Vororte hinabzuschauen, doch für das Industriegebiet im Norden hatte die Stadt nichts als Verachtung übrig. Dieses Industriegebiet besaß nicht nur die Dreistigkeit, sich außerordentlich schmuddelig und deprimierend zu präsentieren, es hatte sich sogar den geheiligten Namen zu eigen gemacht: North Charleston. In North Charleston zu wohnen, war das Eingeständnis der Niederlage. Dort war die Arbeiterklasse zu Hause, und die Industriebetriebe hatten eine Art fest umgrenztes Ghetto gebildet. Über den Mietskasernen und Wohnwagenkolonien schwebte ständig eine dichte, stinkende Wolke aus Industrieabgasen, die den dort lebenden Menschen jeden Atemzug verpestete. North Charleston war ein Vorort, der hervorragend dafür geeignet war, um an Asthma oder gar Lungenkrebs zu erkranken; vor allem aber war es ein verhaßter Vorort. Die Scherze der Charlestoner Aristokratie galten vornehmlich den Juden, Negern und North Charleston selbst. Diesem arbeitsamen, tristen und verachteten Vorort haftete eine spürbare Traurigkeit an, und wir Kadetten mieden seine schmutzigen Straßen – mit zwei Ausnahmen: wenn wir nach Columbia fahren mußten oder wenn mitten auf einem staubigen, unbebauten Feld am Rande von North Charleston der Jahrmarkt stattfand.

Ich liebte die Volksfeste im Süden. Man mochte es kaum glauben, daß irgend etwas über Jahre hinweg so gleichbleibend billig, vulgär, lärmend und aufdringlich sein konnte. In jedem Jahr, das ich an der Akademie verbrachte, glaubte ich, daß wenigstens ein Schausteller, der irgend etwas Unaufdringliches, Schlichtes zu bieten hatte, sich einen Platz auf dem Rummel erkämpfen könnte, doch jedesmal irrte ich mich. Die Lockungen des Rummels waren und blieben die perfekte Harmonie seiner fröhlichen Dekadenz, seiner faden, würdelosen Geschmacklosigkeit, seiner grellen Farben und scharfen Gerüche, seiner lärmenden, disharmonischen Musik und seiner boshaft-schadenfrohen Zurschaustellung obskurer Tatöwierbuden, widerlicher Monströsitäten, abgerissener Straßenhändler und billiger Stripperinnen.

Doch letztere sorgten jedes Jahr dafür, daß die Kasernen sich leerten. Im sterilen Klima der Akademie stauten sich die sexuellen Lüste bis zur Unerträglichkeit auf, so daß sich kaum ein Kadett die Gelegenheit entgehen ließ, eine nackte Frau zu Gesicht zu bekommen, egal wie unansehnlich und ungepflegt sie sein mochte. Der General hatte uns Ausgang gewährt, auf daß wir den Jahrmarkt genießen konnten. Offenbar war er der Meinung, es würde die Moral der Truppe heben, sich an Schießbuden oder auf dem Riesenrad zu vergnügen.

Der Gestank der Phosphorfabrik lag über dem Gelände, als wir uns Eintrittskarten für den nächsten Stripperinnenauftritt kauften. In der Nähe des Zelts drehte sich ein Karussell, und das vergnügte Kreischen kleiner Mädchen und Jungen übertönte die dudelnde Musik einer Dampforgel, während die Kinder ihren stummen, gleichgültigen Holzpferden die Hacken in die Weichen traten. Dreißig Meter weiter versuchte ein Marktschreier mit heiserer Stimme, die Menge in ein Zelt zu locken, in dem die ›häßlichste Frau der Welt‹ zu bestaunen war.

Mark stieß mich mit dem Ellbogen an und wies mit dem Kopf auf das Zelt. »Die solltest du dir ansehen«, zog er mich auf. »Vielleicht ist sie die einzige Frau in Amerika, die dich zur Feier der Ringverleihung begleitet.«

»Ich wußte noch gar nicht, daß deine Mutter hier auftritt, Mark«, erwiderte ich.

»Vorsicht. Es ist gefährlich, sich über die Mutter eines Yankees lustig zu machen«, warnte Pig. »In dem Viertel, in dem ich aufgewachsen bin, würdest du für so eine Bemerkung ermordet.«

»North Charleston hat einen schrecklichen Gestank«, sagte Tradd, zog seine hübsche Nase kraus und schnüffelte die übelriechende Luft, als wollte er feststellen, ob sie ansteckend sei.

»Stimmt. Als würde man ins Arschloch von ’nem Elefanten kriechen«, erklärte Mark. »Der ganze Süden stinkt so.«

Wir aßen Popcorn und tranken billiges, verwässertes Bier aus Plastikbechern, als der Zelteingang plötzlich geöffnet wurde. Wir wurden im Strom der Menge ins Innere gespült und von den Leibern der erwartungsvollen Gaffer bis vor eine primitive, behelfsmäßige Bühne gedrückt. Gut die Hälfte der Zuschauer waren Kadetten von der Akademie; sie trugen wie wir die schmucken Ausgehuniformen, die wir das letzte Mal in der Woche zuvor anläßlich einer bedeutsamen Rede des ehemaligen Präsidenten Truman angelegt hatten.

Dann kamen die Stripperinnen mit lasziven Bewegungen auf die Bühne getänzelt, begleitet von kreischender, pseudo-sinnlicher Musik und dem erregten, donnernden Beifall der Menge. Aber wir hatten nicht bezahlt, um Herumgehopse, sondern um nackte Tatsachen zu sehen. Der Tanz der Stripperinnen war eine unwillentliche Parodie auf provinzielle Vorstellungen von sittenloser Verderbtheit. Was wir zu sehen bekamen, war eine Erniedrigung des Geschlechtsakts, eine lustlose, anti-erotische Pantomime verschwitzter Leiber, die so taten, als würden sie sich selbst vögeln. Es brauchte seine Zeit, bis wir erkannten, daß wir Zeugen eines gemeinsamen Auftritts von Mutter und Tochter waren, wobei die Tochter offensichtlich erst seit kurzem auf der Bühne stand. Inzwischen war die Menge in ungeduldige »Ausziehen!-Ausziehen!«-Rufe ausgebrochen, und ein Regen von Silbermünzen prasselte auf die Bühne. Die Mutter und die Tochter tauschten einen Blick und beschlossen einmütig, den großen Augenblick, da sie sich ihrer letzten Hüllen entledigten, noch eine Weile hinauszuschieben, in der Hoffnung, daß der Silbermünzen-Regen weiterging. Durch vielversprechendes Zupfen und Zerren an ihren Slips erreichten sie tatsächlich, daß die Luft im Zelt von einem zweiten Schauer flirrender Münzen erfüllt war.

Die Mutter besaß die verächtliche Arroganz und die

desillusionierende Professionalität einer Frau, die zu lange die niedersten und triebhaftesten Instinkte der Männer hatte erleben müssen. Sie hatte Übergewicht und schwitzte stark in der dumpf-schwülen Atmosphäre im Innern des Zeltes, das mittlerweile zu einem Treibhaus geiler Phantasien geworden war. Sie blickte uns an und lächelte obszön. Ich hatte noch nie ein Lächeln gesehen, in dem so viel unverhohlene Verachtung lag; in ihren Augen funkelte abgrundtiefer Haß, und auf dem Gesicht spiegelte sich Ekel, als würde sie in eine Toilette voll benutzter Präservative blicken. Ich beobachtete den Tanz von Mutter und Tochter mit einer Mischung aus Lüsternheit und Abscheu. Ich konnte kaum den Blick von der langen, dünnen Kaiserschnitt-Narbe auf dem Leib der Mutter nehmen.

Die Tochter war ein hübsches Mädchen mit einem reifen, sinnlichen Körper, doch ihre Bewegungen auf der Bühne waren amateurhafte Nachahmungen der Tanzschritte ihrer Mutter. Beide hatten die gleichen braunen Augen, die jedoch von einer dumpfen, erschöpften Trübheit waren und melancholisch im grellen Licht der Scheinwerfer schimmerten. Sie hatten sich das Haar in einem gräßlichen Wasserstoffsuperoxydblond gefärbt; es sah aus wie saft- und kraftloser Weizen auf toter, ausgedörrter Erde.

Die Musik wurde lauter, und die Körper der beiden Frauen glänzten vor Schweiß, als sie sich in gespielter, schamloser Ekstase bewegten – hin und her, vor und zurück; mal auf der rechten Seite, mal auf der linken Seite der Bühne, damit auch jeder etwas davon hatte. Die Musik hörte sich an, als wäre sie von einem berufsmäßigen Sittenstrolch komponiert worden. Als die Frauen dann langsam ihre BHs und Slips auszogen und in die Menge warfen, wurde mir klar, daß ich zum erstenmal im Leben erwachsene weibliche Geschlechtsorgane zu sehen bekam. Und noch etwas wurde mir bewußt: Daß ich von der Schönheit des Anblicks alles andere als überwältigt war. Im Gegenteil, ich wurde von Entsetzen gepackt, als ich beobachtete, wie die Mutter einem Kadetten die Zigarette aus dem Mund riß und sie mit dem Filter voran in sich hineinschob, wobei sie ein dramatisches Stöhnen ausstieß. Dann schob sie dem verdutzten Kadetten die Zigarette wieder zwischen die Lippen. Die Zuschauer brüllten vor Begeisterung.

»Pfui Teufel, ist das widerlich«, sagte Tradd. »So etwas Krankhaftes habe ich noch nie gesehen, Will. Was, in Gottes Namen, ist an diesen beiden armseligen Frauen so attraktiv?«

»Tu so, als würdest du vor Geilheit platzen«, erwiderte ich. »Schließlich gehören wir zur Show.«

»Muschis«, seufzte Pig glückselig, als die beiden Stripperinnen die Beine spreizten und sich mit limboartigen Sprüngen dem Rand der Bühne und den Gaffern näherten. »Mann, dieser Schuppen ist dermaßen verkommen, daß die Stripperinnen dir ihre Muschis zeigen.«

»Ich hoffe von Herzen, meine Töchter können sich später auch mal einen so großartigen Job an Land ziehen«, sagte Mark, lachte und pfiff und schlug dem verschüchterten Tradd auf den Rücken.

»Gräßlich. Ich komme mir wie ein Gynäkologe vor«, sagte Tradd, als die Show weiterging und sich ihrem wilden, pornographischen Höhepunkt näherte.

Als die Vorstellung zu Ende war, umarmte die Mutter ihre Tochter und verkündete der Menge: »Als sie nackt aus meiner Muschi kam, wußte ich sofort, daß ich eine neue Stripperin für meine Show habe. Applaus für Sally, Jungs!«

Sally. Warum muß das Mädchen ausgerechnet einen Namen wie Sally tragen? fragte ich mich. Warum hat ihre Mutter ihr einen so schönen, unschuldsvollen Namen gegeben? Die Sallys dieser Welt waren sanfte, harmlose und schüchterne Geschöpfe; die Sallys, die ich gekannt hatte, hätten nicht einmal den Verdacht gehabt, daß es so schäbige Halbweltdamen wie diese unter einem Zelt in North Charleston geben könnte. Wie kam diese Sally hierher, und wie kam ihre Mutter hierher? Woher stammten diese beiden Frauen? Welche Umstände hatten sie so tief sinken lassen? Was war der Grund, daß sie sich in diesem muffigen Zelt so schamlos einer geilen, hechelnden Meute präsentierten? Weshalb ließen sie sich von den gierigen, gaffenden Jungenaugen den letzten Rest von Würde nehmen, den sie noch besaßen? Weshalb ließen sie sich durch die Blicke Will McLeans erniedrigen? Weshalb war Will McLean hierher gekommen und hatte Geld bezahlt und zusammen mit den anderen gejohlt, als die Frauen ihre Slips in die Menge warfen? Warum hast du das getan? fragte ich mich, als wir das Zelt verließen. Und warum stimmte es mich so traurig? Es hatte mir doch gefallen – glaubte ich jedenfalls –, bis die Mutter ›Sally‹ zu ihrer Tochter sagte. Indem sie dem Mädchen einen Namen gab, hatte sie mich mit hineingezogen in ihr Elend, hatte mich verantwortlich gemacht, schuldig.

Als wir nach draußen kamen, war die Luft in North Charleston wunderbar belebend, und wir atmeten in der durchdringend nach Phosphor stinkenden abendlichen Brise erleichtert auf. Die Menge der Kadetten bewegte sich zur Mitte des Rummelplatzes, in die Richtung, wo sich die nördliche Grenze des Paradeplatzes befand. Wir folgten ihnen, und ich konnte spüren, wie Pig seine gewaltigen Muskeln spannte. Er flüsterte irgend etwas vor sich hin, kurze, knappe, anfeuernde Sätze; ich konnte die Worte nicht verstehen. Er ließ die Fäuste vorschießen wie beim Schattenboxen, während wir gemächlich über den Rummelplatz schlenderten. Einige Kadetten sahen es, riefen Pig aufmunternde Worte zu und begannen, Wetten abzuschließen. Tradd, Mark und ich zahlten einem wieselgesichtigen, ungepflegten Mann, der den bevorstehenden Zweikampf zwischen Dante Pignetti und dem Catch-Schwergewichtsmeister des Südostens ankündigte, einen Dollar Eintrittsgeld. Pig versuchte, uns als seine Trainer auszugeben, so daß wir kostenlos eingelassen wurden, aber der Mann erteilte Pig fröhlich eine Abfuhr und kassierte ebenso fröhlich unser Geld.

Im hinteren Teil des Zeltes zog Pig sich bis auf seine weiße Unterhose aus, streifte weiße Boxershorts über und zog sich die Sportschuhe an. Mehr als dreihundert Kadetten hatten sich im Zelt versammelt, um den Hauptkampf des Abends zu erleben. Erst gestern hatte Otto, der Knochenbrecher, Grainger Sox, einen Verteidiger der Footballmannschaft, so schwer K.o. geschlagen, daß Sox an diesem Nachmittag beim Spiel gegen William und Mary nicht hatte teilnehmen können. Die Kadetten machten einen Höllenlärm; sie waren wütend auf Otto und gespannt auf Pig und schrien nach Rache. Mittlerweile wurden überall im Zelt hohe Wetten zwischen Stadtbewohnern und Kadetten abgeschlossen. Dann war es soweit. Mark, Tradd und ich trugen Pig, der seinen Freunden Kußhändchen zuwarf, auf unseren Schultern durch die Menge. Otto erschien auf der gegenüberliegenden Seite des Zeltes, kletterte in den primitiven Ring und wartete in seiner Ringecke gelassen auf den Gegner, wobei er seinen gewaltigen Körper an die Seile lehnte. Es war unschwer zu erkennen, weshalb Otto der Knochenbrecher nicht auf den Namen Sally getauft worden war.

Er hatte ein fleischiges, narbiges Gesicht, das wie ein Zielobjekt auf einem Artillerieschießplatz aussah. Seine unbewegten schwarzen Augen hatten einen leichten orientalischen Einschlag, doch es lag mehr Langeweile als Boshaftigkeit darin. Er war ein hochgewachsener, schwerer Mann mit ungeheuer breiter Brust und gewaltigen, kremfarbenen Muskeln; aber er machte einen übergewichtigen, trägen Eindruck, als wäre er außer Form, so daß ein schneller, leichtfüßigen Gegner ihn in einem fairen Kampf gefährden konnte. Andererseits jedoch vermittelte er das Bild eines Mannes, der noch nie einen fairen Kampf geführt hatte. In seiner lässigen Unbeweglichkeit strahlte er eine furchteinflößende Kraft aus; eine seltsame Zuversicht darin, die einem Gegner allen Mut nehmen konnte. Als professioneller Kinderschreck hätte Otto einen hochdotierten Job bekommen können.

Ich beobachtete Otto, wie er Pig musterte, der in seiner Ringecke Lockerungsübungen machte. Ich hatte den Eindruck, als würde Otto eine Speisekarte lesen oder einen Teller voller Leckerbissen betrachten, bevor er ihn verschlang. Er strich sich mit den Fingern das lange Haar zurück, das offensichtlich mit dem gleichen blaßgelben Färbemittel behandelt worden war, das auch die Stripperinnen benutzt hatten.

»In diesem hochklassigen Rummelplatz-Unternehmen hat jeder weiße Haare, außer dem Zwerg ohne Arme und Beine«, sagte ich und wischte Pig mit einem Handtuch den Schweiß von Hals und Gesicht.

»Weil der Zwerg die Flasche mit dem Färbemittel nicht packen kann«, murmelte Mark und betrachtete den regungslosen Riesen auf der anderen Seite des Ringes.

»Das ist kein Mann, das ist ein richtiges Tier«, flüsterte Tradd Pig zu, der sich auf den Stuhl in der Ringecke gesetzt hatte. »Kämpfe nicht gegen so ein Monstrum, Pig, ich flehe dich an. Laß dich einfach fallen, sobald er dich anrührt, und bleib liegen.«

»Du könntest ihm einen Karateschlag verpassen, Pig«, riet ich. »Aber ich bin nicht mal sicher, ob du ihn damit aufhalten kannst.«

»Ich hab's dir schon tausendmal gesagt, Will«, erwiderte Pig, »daß man Karate nur anwenden darf, wenn man sich in unmittelbarer Todesgefahr befindet. Das hier ist ein sportlicher Wettkampf. Vielleicht benutze ich ein paar Tricks, die ich bei Straßenkämpfen gelernt habe. Aber Karate? Niemals.«

»Wenn du dein Scheißkarate nicht benutzen darfst, warum trainierst du's dann jeden Tag zwei Stunden?« schimpfte Mark.

»Weil es eine Kunst ist«, erwiderte Pig gelassen. »Die hohe Kunst der Selbstverteidigung. Bei Versagern wie diesem Otto, die auf Rummelplätzen in der Provinz harmlose Bauernlümmel verdreschen, wäre Karate die reinste Verschwendung.«

»Ich jedenfalls würde nur mit 'nem Flammenwerfer und einer Division Ledernacken als Verstärkung in diesen Ring steigen«, sagte ich.

Marks Lider hatten sich zu Schlitzen verengt, als er nun aufmerksam beobachtete, wie Otto auf der anderen Seite des Ringes ein paar halbherzige Kniebeugen machte. »Raus aus dem Ring, Pig«, sagte er plötzlich drängend. »Ich lasse dich nicht gegen diesen Kerl kämpfen.«

»Ich bin im Ring, und ich gehe nicht mehr raus, Mark«, erwiderte Pig, der keinerlei Überraschung zeigte, als hätte er mit Marks seltsamer Reaktion gerechnet.

»Ich lasse dich nicht gegen ihn kämpfen«, beharrte Mark. »Er wird dich umbringen. Ich hab' schon öfter solche Kerle gesehen. Sie verdienen sich ihren Lebensunterhalt damit, gut gewachsenen, starken Collegejungen die Seele aus dem Leib zu prügeln.«

»Mein Gott, ja. Mark hat recht«, rief Tradd über den Lärm der Menge hinweg. »Komm herunter, Pig. Wir fahren zu mir nach Hause. Dieser Rummelplatz ist der primitivste Ort, an dem ich je gewesen bin. Und der Geruch in diesem Zelt ist einfach scheußlich.«

Es war kein scheußlicher Geruch, es war ein bestialischer Gestank, eine atemraubende Mischung aus menschlichem Schweiß, Zigarettenrauch, Bierdunst und Sägemehl.

»Komm endlich runter, Pig«, sagte Mark. »Laß uns von hier verschwinden.«

»Ich werde gegen ihn kämpfen.« Pig blieb unerschütterlich. »Ich brauche das Geld, Mark, das weißt du doch. Mit den hundert Dollar komme ich durch die nächsten paar Monate.«

»Wir werden dir aushelfen, Pig«, sagte ich. »Die hundert Dollar bekommst du von uns. Wir haben dir noch immer geholfen, wenn du Geld gebraucht hast.«

»Mir wird schlecht bei dem Gedanken, mir schon wieder was von euch pumpen zu müssen, Jungs. Ist nicht gerade erhebend, wenn man seine Stubenkameraden laufend um Fünf- und Zehncentstücke anbetteln muß.«

»Komm raus aus dem Ring«, rief Mark Pig drängend ins Ohr.

»Dann würde auf der Akademie jeder erfahren, daß ich gekniffen habe«, sagte Pig müde. »Ich würde mein Gesicht verlieren. Und ich kann mit diesem Gorilla fertigwerden. Der Fettsack ist außer Form. In fünf Minuten hab' ich den Kerl zur Schnecke gemacht.«

Der Kampfrichter kletterte in den Ring, ging bis zur Mitte und kündigte über ein rostiges, kreischendes Mikrophon das Ereignis an: »Meine Damen und Herren«, rief er in die Menge, in der sich keine einzige Dame befand, »der Herausforderer, der den Mut hat, sich heute abend mit Otto dem Knochenbrecher auf einen tödlichen Zweikampf einzulassen, ist Kadett Dante Pignetti von der Militärakademie South Carolina. Gewicht: zwei Zentner. Applaus für Mr. Pignetti.«

Das Zelt schien unter dem donnernden Beifall zu explodieren, als Pig aufstand und mit erhobenen Armen ein paar Schritte durch den Ring tänzelte. Otto ließ kein Auge von ihm, während die Menge skandierte: »Pig. Pig. Pig. Pig. Pig.«

Pigs mächtiger Körper war wundervoll proportioniert; er sah aus wie eine Skulptur Michelangelos.

»Bei diesem Kampf sind alle Griffe erlaubt, meine Damen und Herren«, rief der Ringrichter ins Mikrophon.

»Bleib auf Distanz, Pig«, rief Mark, als wir die Ringecke verließen. »Immer in Bewegung bleiben. Halte dich aus seiner Reichweite. Geh mit diesem Bastard nicht in den Clinch. Box ihn aus. Ziel auf den Kopf, nicht auf den Körper! Und wenn er dir zu nahe kommt: bewegen, bewegen, bewegen!«

Pig nickte Mark zu, während das Zelt unter Gebrüll,

Pfiffen und Buhrufen erbebte, als der Ringrichter Otto vorstellte.

Pig bewegte sich zur Ringmitte und auf Otto den Knochenbrecher zu. Der Ringrichter sagte; »Schüttelt euch die Hände, Männer. Und dann kämpft.«

»Neiiin!« hörte ich Mark rufen, aber es war zu spät.

Als Pig den Arm ausstreckte, um seinem Gegner die Hand zu schütteln, stieß Otto Pig zwei Finger genau in die Augen. Pig stieß vor Schmerz und Überraschung einen grellen Schrei aus; seine Hand zuckte instinktiv in die Höhe, um die Augen zu schützen. Sofort hämmerte Otto ihn mit einem brutalen Schlag in den Nacken zu Boden. Der so schläfrige und träge wirkende Riese bewegte sich mit der tödlichen, explosiven Anmut eines Panthers, als er Pig einen gemeinen Tritt an den Kopf verpaßte. Dann riß er Pig in die Höhe, indem die Faust in das kurze Haar des Gegners krallte, und holte zu einem Schlag aus, der Pig den Kiefer hätte zertrümmern können. Doch bevor er den fürchterlichen Hieb anbringen konnte, sprang eine schlanke, zerbrechliche Gestalt in den Ring, stürmte auf Otto zu und umklammerte von hinten mit beiden Armen dessen Stiernacken. Otto ließ Pig los und richtete sich auf. Sein begriffsstutziges Gesicht zeigte eine Mischung aus Verblüffung und Erheiterung, als wäre ihm soeben ein Sittich auf die Schulter gehüpft. Er war nicht minder überrascht als ich. Oder Mark. Ottos neuer Gegner hieß Tradd St. Croix.

»Ach du Scheiße«, sagte Mark und kletterte in den Ring.

Ein überraschter Aufschrei ging durch die Menge. Alles war blitzschnell geschehen. Otto versuchte, Tradd von seinem Rücken abzuschütteln, doch Tradd hielt Otto eisern umklammert und lag wie ein Schal um seinen

Hals. Er hielt die Augen fest geschlossen, als wollte er seine unmittelbar bevorstehende Exekution nicht miterleben. Schließlich bekam Otto Tradd zu packen; er krallte die Faust in Tradds Uniform und zog ihn so lässig von seinem Rücken herunter, als würde er einen Pfeil aus einem Köcher ziehen. Tradd krachte mit dem Rücken auf die Bretter und rang nach Atem, während Otto ihn mit beinahe kindlicher Neugier studierte, als hätte er sich noch nie eines so dünnen, zerbrechlichen Angreifers entledigen müssen. Pig war inzwischen in die gegenüberliegende Ringecke gekrochen und rieb sich verzweifelt die Augen. Otto war immer noch mit der schwierigen Aufgabe beschäftigt, sich darüber klarzuwerden, auf welche Weise er jemanden totschlagen sollte, der so klein und dünn wie Tradd war, als er plötzlich völlig umdenken und sich die Frage stellen mußte, wie er mit einem Mann fertigwerden konnte, der so groß und stark war wie Mark Santoro.

Ein Problem blieb Otto immerhin erspart: Er brauchte sich nicht zu überlegen, wie er mit Will McLean fertigwerden konnte, denn der gute alte Will hatte die sofortige, rasche Entscheidung getroffen, daß Otto mit Dreivierteln der Bewohner von Stube 4428 genug zu tun habe. Ich wollte mich lieber nicht mit Leuten einlassen, die Otto der Knochenbrecher hießen.

Mit einer wuchtigen Geraden aufs Brustbein schleuderte Mark Otto rücklings in die Seile. Dann trat er schützend zwischen seine Stubenkameraden und den Gegner. Ich kroch nun doch in den Ring, ohne Otto aus den Augen zu lassen, und schleifte Tradd am Kragen seiner Uniformjacke unter den Seilen hindurch in Sicherheit, bevor Otto zu der schrecklichen — und falschen — Schlußfolgerung gelangen konnte, daß ich mit dem Gedanken spielte, körperliche Gewalt gegen ihn anzuwenden. Ich fühlte mich sowieso furchtbar schlapp; der Schock über Ottos Brutalität, die schlechte Luft, die Hitze im Zelt und der ohrenbetäubende Lärm der Menge hatten mich betäubt und mir die Kraft aus den Kochen gesaugt. Ich war zu einem hilflosen Zuschauer eines Spektakels degradiert worden, auf das ich nicht den geringsten Einfluß nehmen konnte.

»Hast du den Verstand verloren?« brüllte ich Tradd über das Johlen der Menge hinweg zu.

»Ich kann es selbst noch nicht fassen, was ich getan habe«, sagte Tradd voller Verwunderung und wilder Freude. »Ich kann es einfach nicht fassen.« Vor Staunen und Freude brach er in Tränen aus, als einige Kadetten ihn umringten, ihm auf die Schultern klopften und ihm aus ihren Flachmännern Whisky anboten. Und dann brach im Zelt die Hölle los, als Otto zur Ringmitte stampfte, um mit Mark abzurechnen.

Mark stand leicht geduckt da, in klassischer Boxhaltung. Er beobachtete Ottos Bewegungen mit jenem finsteren und furchterregend entschlossenen Santoro-Blick, der jeden Fremden warnte, daß er einen Mann vor sich hatte, den man nicht auf die leichte Schulter nehmen sollte. Otto nahm Mark nicht auf die leichte Schulter. Er bewegte sich plötzlich mit erstaunlicher Schnelligkeit und Gewandtheit, und er sah riesig und boshaft aus, als er nun all seine Erfahrungen aus Hunderten von Kämpfen in diesem primitiven Ring in die Waagschale warf, ein Ring, in dem er in ungezählten Städten und Dörfern im Süden die stärksten jungen Männer verprügelt hatte. Seine Erfahrung und Kraft verliehen ihm ein unerschütterliches Selbstvertrauen. Die Woge der Feindseligkeit, die ihm aus der Menge entgegenschlug, wurde surreal und absurd, als sie sich mit dem Gedudel der Dampforgeln und dem frenetischen Gebrüll der Straßenverkäufer vermischte; sie schien im Ring und auf Ottos breitem Rücken zu schimmern wie irgend etwas Elektrisches, Entzündliches, und Tödliches. Dies war Ottos Welt; dies war sein Zuhause. Eine farblose Blässe legte sich auf Marks Gesicht, auf dem sich das Eingeständnis der bevorstehenden Niederlage spiegelte – und eine stolze Kampfbereitschaft, die ganz und gar nicht zu einem Gesicht paßte, das plötzlich wieder einem Jungen gehörte. Es dauerte nur Sekunden, Augenblicke der Erhabenheit, während Otto sich zum tödlichen Schlag bereitmachte und auf Mark losmarschierte, um ihn in Grund und Boden zu stampfen – aus bloßer Freude, nur zur eigenen Erbauung.

Doch bevor Otto seinen Gegner erreichte, durchdrang ein seltsames, lautes Geräusch das Zelt. Zuerst war es nur ein tiefes, anhaltendes Summen wie von einer Hochspannungsleitung; dann wurde es lauter, schriller, bestialisch, wild und unbeschreiblich, und dann stellten wir fest, daß Pig diesen Laut ausstieß. Er endete mit einer Art Kriegsschrei, einem Ausbruch von Kampfeswut, Vernichtungswillen und Zorn. Pigs Augen blickten wieder klar. Er kauerte in einer seltsamen, zeremoniell anmutenden Haltung in der Ringecke. Es sah aus, als würde er zu einem grausamen, kriegerischen Götzen beten. Seine Füße standen weit auseinander, die Knie waren gebeugt, die Arme zur Seite gespreizt, die Ellbogen angewinkelt, und die ausgestreckten Hände ruhten starr und völlig bewegungslos vor seinem Gesicht, wie die Vorderbeine einer Gottesanbeterin.

Die Menge tobte.

»Karate!« riefen die Kadetten im Chor, während Mark unter den Seilen hindurchtauchte und aus dem Ring stieg.

Otto machte eine Runde um den Ring, wobei er Pig aufmerksam belauerte und darauf wartete, daß der Gegner die erste Bewegung zum Angriff machte. Doch Pig verharrte in seiner Haltung wie ein Mann, der im Gebet versunken ist. Wieder stieß er ein martialisches Heulen aus. Ich hatte Pig noch nie wütender gesehen. In diesem Augenblick wünschte ich mir, Theresas Foto mitgebracht zu haben. Ich hätte es in die Höhe gehalten und gerufen: »Otto hat Theresa eine Ithakermuschi genannt, in die man nicht mal eine Spaghettinudel reinschieben kann.« Aber mit solchen Schweinereien brauchte Pig nicht motiviert zu werden. Otto hatte etwas mit ihm getan, das noch kein menschliches Wesen mit Dante Pignetti getan hatte: Er hatte Pig körperlich gedemütigt, und das auch noch in einem Zelt voller Kadetten. Jede Ader an Pigs Körper schien reliefartig hervorzutreten. An der Stelle, wo Otto ihm ein Büschel Haare ausgerissen hatte, schimmerte Blut.

Doch Otto machte keinen alarmierten oder gar verängstigten Eindruck. Otto grinste. Er betrachtete mit Erheiterung und Interesse Pigs seltsame Körperhaltung. Otto war Zwanzig-Sekunden-Kämpfe gewöhnt; kurze, gewalttätige Schlächtereien. Er fing an zu lachen, und während er lachte, ging er mit beängstigender Geschwindigkeit auf Pig los, um der Sache endlich ein kurzes, schmerzhaftes Ende zu bereiten.

Otto lachte immer noch, als ein blitzschneller Fußtritt Pigs ihn quer durch den Ring segeln ließ.

Pigs Tritt hatte Otto voll an der Stirn getroffen und den Kopf des riesigen Mannes mit brutaler Kraft in den

Nacken gerissen. Nur die Seile auf der anderen Seite des Ringes verhinderten, daß Otto in die Zuschauermenge flog. Als er von den Seilen zurückgeschleudert wurde, taumelte er wie ein Betrunkener zur Ringmitte. Seine Augen, mit denen er ins grelle Licht starrte und den Gegner suchte, der ihm so weh getan hatte, waren glasig und verwirrt. Pig stoppte den Schwung, mit dem Otto nach vorn geschleudert wurde, mit einer Serie blitzschneller Links-Rechts-Haken an den Leib, bis Otto sich krümmte. Die Schläge hörten sich an, als würde eine Axt in weiches Holz getrieben. Pig krallte die Faust in Ottos langes weißgefärbtes Haar, zerrte den Kopf des Riesen langsam in die Höhe und schmetterte ihm die Handkante der Rechten mitten ins Gesicht. Ottos Nase explodierte wie eine überreife Beere, und dann lag er keuchend und halb bewußtlos auf dem mit Segeltuch bespannten Brettern. Das Blut strömte ihm mit derart perfekter Symmetrie über beide Gesichtshälften, daß es Charlestons Liebe zur Harmonie der Form alle Ehre gemacht hätte.

Die Kadetten brüllten im Chor: »Pig!«

Und Pig, der die Arme in Siegerpose in die Höhe reckte, antwortete: »Oink.«

»Pig!« dröhnte es durch das Zelt.

»Oink«, kam die Antwort.

»Pig!«

»Oink.«

Pig tänzelte zum Ringrichter hinüber, der sich wütend um seinen verletzten Champion kümmerte, riß ihm den Hundertdollarschein aus der Tasche und wedelte der Menge damit zu. Dann ließ er sich auf ein Knie nieder und half dem Ringrichter, die Wunden Ottos des Knochenbrechers zu versorgen.

In meinem silbergrauen 1959er Chevrolet, mit dem meine Mutter mich bestochen hatte, als ich zu Beginn meines zweiten Jahres an der Akademie damit gedroht hatte, die Ausbildung abzubrechen, fuhren wir vom Gelände des Rummelplatzes. Wir unterhielten uns aufgeregt über den Kampf; ein und dasselbe Ereignis wurde in vier völlig unterschiedlichen Versionen geschildert. Als wir in die Stadt gelangten, war der Kampf bereits zu einer Fiktion geworden, und die Wahrheit war in vier Puzzlestücke zerfallen, die nicht mehr zusammenpaßten. Bis Mitternacht kamen in den Kasernen dreihundert weitere Puzzlestücke hinzu, die von jenen Kadetten gesammelt und ineinandergesetzt wurden, die den Kampf nicht gesehen hatten, aber behaupteten, dabeigewesen zu sein. Später ging der Kampf als ein Ruhmesblatt in die Geschichte der Akademie ein – entsprechend den Gesetzen des munteren Draufloserzählens und Ausschmückens, nach denen die Vergewaltigung des Mythos zu einer Form der Wahrheit selbst wird.

»Ich muß tanken, Jungs«, stellte ich erstaunt fest und lenkte meinen Wagen an eine Zapfsäule der Gulf-Tankstelle an der Meeting Street, vier Querstraßen von der St.-Croix-Villa entfernt. Die Gebäude am alten Sklavenmarkt mit ihren Vordächern und Erkern und Bogengängen warfen ihre düsteren Schatten über uns. »Hat einer von euch Bumsköpfen in letzter Zeit meinen Wagen genommen? Wie kommen die verdammten Kilometer aufs Tacho?«

»Ich hab' mir deine Kiste letzte Woche geliehen, Will, als mein Wagen in der Werkstatt war«, sagte Mark.

»Und wie hat es dir in Alaska gefallen?«

»Ich bin nur in die Stadt gefahren, Will. Ehrlich. Du kriegst den Dollar Sprit von mir bezahlt.«

»Ach, Quatsch. Aber ich glaube, ich müßte mal die Zündung nachstellen lassen.«

Pig sagte vom Rücksitz: »Das mach' ich schon, Will. Diese Woche, wenn ich an meiner Rostmühle arbeite.«

»Wie kommst du mit deinem Fünfzig-Dollar-Auto eigentlich voran?« fragte Tradd. »Glaubst du, der Motor wird jemals laufen?«

»Oh, ja«, sagte Pig. »Fragt sich nur, wie lange.«

»Übrigens, Pig«, zog ich ihn auf, »ich dachte, du darfst kein Karate benutzen.«

»Darf ich auch nicht, Kumpel. Daß ich's getan habe, war falsch.«

»Hast du es getan, weil er dir die Finger in die Augen gebohrt hat?« fragte Tradd und blickte über die Lehne des Beifahrersitzes auf Pig.

»Volltanken, bitte. Normalbenzin«, sagte ich zum Tankwart, einem verschrumpelten älteren Mann, dem jede Bewegung Schmerzen zu bereiten schien.

»Nee. Das hat mir gar nicht so viel ausgemacht«, antwortete Pig auf Tradds Frage. »Aber als er mir ein paar von meinen prächtigen Locken ausgerissen hat, da wußte ich, daß der Kerl es verdammt ernst meint.«

Mark sagte: »Du hättest gar nicht erst in den Ring steigen sollen, du dämlicher Bastard. Du hättest ernsthaft verletzt werden können. Du hättest uns alle verletzen können.«

»Nur Will nicht«, sagte Tradd und lächelte mich an.

»Oh, doch. Ich hätte schwer verletzt werden können, wäre ich von einem eurer aus dem Ring fliegenden Körper getroffen worden«, erwiderte ich.

Pig wurde für einen Augenblick ernst. »Warum bist du nicht in den Ring geklettert, um mir zu helfen, Kumpel?« fragte er mich. »Dann wäre unsere ganze Stube versammelt gewesen, um diesen Ochsen fertigzumachen.«

»Ich hatte Schiß, Pig«, sagte ich und blickte ihn im Innenspiegel an. »Ich hatte eine Heidenangst, in den verdammten Ring zu steigen. Bei wüsten Schlägereien war ich nie besonders mutig. Dafür habe ich moralischen Mut, weil du mit moralischem Mut nicht die Fresse eingeschlagen oder die Augen rausgerissen bekommst. Übrigens, Tradd, es war sehr tapfer, was du getan hast.«

»Es war bescheuert«, sagte Mark.

»Es war wundervoll«, murmelte Tradd verträumt. »Wundervoll. Die erste mutige Tat, die ich im Leben vollbracht habe. Ich weiß gar nicht, was in mich gefahren ist. Ich kann mir beim besten Willen nicht erklären, was mich dazu getrieben hat. Bitte, sagt Mutter nichts davon. Das würde ihr bestimmt nicht gefallen . . . obwohl ich sicher bin, daß Vater stolz auf mich wäre.«

»Ich muß es deiner Mutter erzählen, Kumpel«, sagte Pig und drückte liebevoll Tradds schmale Schulter. »Du hast mir den Sieg erst möglich gemacht, Tradd. Wenn du nicht gewesen wärst, würde Otto jetzt meine zertrampelten Nüsse von seinen Schuhsohlen kratzen. Und ich danke auch dir, Mark.«

»Ich bin nur wegen Tradd in den Ring gestiegen«, erklärte Mark. »Du hättest einen kräftigen Arschtritt verdient gehabt, dich auf so ein blödes Spektakel einzulassen. Es hätte dir bestimmt nicht geschadet, von diesem Otto 'ne Tracht Prügel zu beziehen. Du hattest mehr Glück als Verstand. Das war schon immer so. Wenn du in einen Haufen Scheiße trittst, riechen deine Schuhe nach Chanel Nummer fünf. Aber einmal reißt jede Glückssträhne, Pig. Kein Mensch kann immer nur

Glück haben. Und du hast heute abend 'ne Menge von dem Glück, das dir noch bleibt, für diesen Schwachsinn geopfert.«

Als der Tankwart neben dem Seitenfenster erschien, um zu kassieren, hielt Pig ihm den Hundertdollarschein unter die Nase.

»Den kann ich nicht wechseln«, sagte der Mann.

»Wir haben aber keinen anderen Schein«, sagte Pig bekümmert.

»Ach, Unsinn, das stimmt nicht.« Ich reichte dem Mann eine Zehndollarnote.

»Du brauchst mein Benzin nicht zu bezahlen, Pig«, sagte ich. »Du brauchst das Geld für etwas anderes. Für Lehrbücher, zum Beispiel.«

»Ich werde dieses Jahr versuchen, mich allein durchzuschlagen, Kumpel«, erklärte Pig. »Kann sein, daß ich mir ab und zu mal eine Kleinigkeit borgen muß, aber dieses Jahr werde ich mich bei jeder Gelegenheit hinters Geldverdienen klemmen. Ich hab' sogar schon einen Job als Kellner im Merchant Seaman's Club. Ich werde jedes zweite Wochenende dort arbeiten.«

»Meine Güte!« rief Tradd. »Wenn das herauskommt, wirst du von der Akademie verwiesen, Pig. Das ist das Risiko nicht wert. Ich möchte nichts mehr davon hören.«

»Dann kannst du dir ja endlich dein eigenes Deo leisten, Pig«, sagte Mark. »Mir wird immer schlecht, wenn ich deine schmierigen Achselhöhlenhaare von meinem Deoroller zupfen muß.«

»Pfui Teufel«, sagte Tradd. »Womit habe ich es nur verdient, daß ich die Stube mit solchen Barbaren teilen muß?«

»Ich werde deinen Deoroller nie mehr benutzen, Kumpel.«

»Mach dir um das Geld nicht so viel Kopfzerbrechen, Pig«, sagte ich. »Das Thema Geld wird bei dir langsam zur Besessenheit. Wir haben die Finanzen bis jetzt immer noch auf die Reihe bekommen. Wir haben es doch prima geschafft, und so bleibt es auch.«

Pig blickte Mark an und sagte mit nie gekanntem, namenlosem Schmerz und einer schonungslosen Offenheit, die in den Jahren, die wir vier gemeinsam verbracht hatten, sehr selten gewesen war: »Ich kann nichts dafür, daß ich als armes Schwein auf die Welt gekommen bin, Mark. Glaubst du, es gefällt mir? Glaubst du, es macht mir Spaß, laufend Jungs anzubetteln, die ich liebe?«

»Hör auf«, sagte ich scharf.

»Ja, laßt uns mit diesem dummen Gerede über Geld aufhören«, stimmte Tradd zu.

»Ich möchte nur, daß du dir dein eigenes Deo kaufst, Pig«, sagte Mark unbehaglich und starrte in die Schatten des Sklavenmarktes.

»Wir werden herausfinden, wo Otto der Knochenbrecher sein Deo kauft«, sagte ich. »Und dann gehen wir einkaufen.«

»Glaubst du, es gefällt mir, Mark? Glaubst du, es gefällt mir?« fragte Pig noch einmal.

»Ja«, antwortete Mark. »Ich glaube, es gefällt dir.«

25

Würde mich jemand fragen, was ich am meisten an Charleston geliebt habe, dann würde ich antworten: die Stille und Geruhsamkeit an einem frühen Sonntagmorgen in der warmen Jahreszeit. An diesen Sonntagen schien die Zeit stillzustehen. Das satte Grün der Parks und der Gärten und Lauben in der milden Morgensonne; das leise Murmeln der gutgekleideten Menschen, die sich unter den Säulen der Kirchen versammelt hatten, bevor sie die Messe besuchten; dann das plötzliche Aufblühen der Segel und das Winken der kleinen Bootsbesatzungen weit draußen auf dem Fluß; die heitere Ruhe der Spaziergänger an der Battery; die wohltuende Symmetrie der Häuser aus dem achtzehnten Jahrhundert in den malerischen, winkligen Gassen; das Glokkengeläut über der Stadt; das vergnügte Geschrei der spielenden Kinder und ihre gesunden, strahlenden Gesichter; das träge Dahingleiten der Frachter, die nach langer Fahrt über den Atlantik in den Hafen einliefen – das alles war wunderschön. An den Sonntagen, wenn die Dissonanzen von Handel und Verkehr verstummt waren, besaß Charleston die stille, heitere Harmonie einer Stadt, die vollkommen frei war von Hektik und Lärm, die friedlich in sich selbst ruhte und sich ihrer Tugenden so sicher war, daß sie wie ein Ort erschien, der durch eine unbestechliche Sauberkeit von Geist und Äußerem in ein vergangenes Jahrhundert versetzt worden war und eine perfekte Umgebung zur Entspannung und zum stillen Genießen bot. An Sonntagen wurde Charleston zur Stadt der Gärtner und Spaziergänger, der Fischer und Segler. Es war eine Stadt, die gelassen sich selbst beobachten und sich ihrer Schönheiten erfreuen konnte, die dem Gurren der Tauben in den Erkern und Giebeln, den Summen der Bienen in den Gärten und dem Klatsch und Tratsch der alten Leute in den Pavillons und Gartenhäusern lauschen konnte.

Ich lernte vieles an diesen Sonntagen in Charleston, und meine Lehrerin war Abigail St. Croix. Sie brachte mir bei, die Stadt mit ihren Augen zu sehen, mit den Augen einer Charlestonerin, und sie lehrte mich, alle anderen Städte mit einem Maßstab zu messen, den Charleston vorgab. Nach dem sonntäglichen Mittagessen in der St.-Croix-Villa unternahm Abigail oft ausgedehnte Spaziergänge mit mir. Sie lehrte mich, diese Stadt schmerzlich zu lieben. Sie wies mich auf Feinheiten hin, die mir von allein niemals aufgefallen wären. Gemeinsam betrachteten wir die Auslagen in den Schaufenstern der Antiquitätengeschäfte an der King Street, und Abigail konnte mir anhand einiger Stücke Unterricht in Geschichte und Kunstgeschichte erteilen: wie das Porzellan in die Neue Welt kam, zum Beispiel, oder über der Eleganz der Möbel im Queen Anne Style des frühen achtzehnten Jahrhunderts. Jedes Stück in den Schaufenstern, das ihr gefiel, konnte sie mit Namen nennen, und wenn sie selbst nicht von einem bestimmten Stück angetan war, so konnte sie doch auf reizende Art und Weise erklären, warum ich von ihm angetan sein sollte, bevor wir unseren Spaziergang fortsetzten. Sie nannte mir Dinge mit Namen, die für mich zuvor nur als Bestandteile einer undifferenzierten Landschaft existiert hatten. Sie lehrte mich die Namen von Bäumen und Blumen, architektonischen Stilrichtungen und historischen Gestalten der Stadt; sie sagte mir, unter welcher Bezeichnung die ältesten Villen Charlestons im Denkmalschutzregister eingetragen waren; sie nannte mir die Namen der Familien, aus denen die Hafenlotsen Charlestons hervorgegangen waren, und sie erklärte mir die verschiedenen Ziegelsteinarten, die beim Bau der Häuser verwendet worden waren — alles, was sie mich bei diesen nachmittäglichen Spaziergängen lehrte oder lehren zu müssen glaubte, während wir die Schläfrigkeit der Stadt genossen. Manchmal nahm sie mich in die Häuser von Freunden mit, stellte mich vor und zeigte mir die prachtvollen Inneneinrichtungen; jedes einzelne Zimmer war ein Kunstwerk, in dem jeder Winkel mit dem aufmerksamen Auge eines begabten Miniaturenmalers gestaltet worden war. Mach alles richtig oder gar nicht, lautete Abigails Kommentar, und überlasse nichts dem Zufall. So hatte denn auch jedes noch so winzige Detail seine besondere Bedeutung, und alles trug einen Namen. Sie erzählte mir viel auf diesen Spaziergängen, und das meiste habe ich im Gedächtnis behalten. Gärten, die von ruhigen, stillen Menschen gepflegt werden, sagte Abigail St. Croix, machen Städte schön. Und einmal, als wir an der Südfassade eines alten Wagenschuppens an der Legare Street das natürliche Gitterwerk eines Efeus betrachteten, sagte sie, ein Jahrhundert wäre eine geduldige Sache. Hin und wieder blieben wir unter geöffneten Küchenfenstern stehen und hörten dem Gesang von Negerinnen zu oder den Gesprächen von Männern, die auf den Veranden hinter den Häusern Fische ausnahmen, oder der Stimme eines Droschkenfahrers, der Touristen auf die Sehenswürdigkeiten der Stadt aufmerksam machte, während sein Pferd die Kutsche durch die schmalen Gassen zog. Manchmal ging ich mit Eimer und Schaufel los, um in den Straßen den Pferdemist einzusammeln, den Abigail dann im Garten als Dünger benutzte. Einmal beobachteten wir unbemerkt, wie eine alte Frau im Erkerfenster eines uralten Hauses Narzissen in eine blaugeblümte Vase auf der Fensterbank steckte. Die Hände der Frau sahen genauso aus wie die Abigails — lang und feingliedrig und mit blaßblauen Venen unter der zarten Haut. Ich fragte mich, ob alle Charlestoner Frauen mit den Jahren so schöne Hände bekamen, ob der lebenslange Umgang mit Blumen und Leinen ihre Hände zu besonderer Zartheit und Feingliedrigkeit altern ließ.

Auf diesen Spaziergängen unterhielten wir uns auch über Tradd und Commerce, über Gott, über die Politik, wie auch über die dümmsten, albernsten und nebensächlichsten Themen. Wir redeten über alles mögliche — außer über jene Dinge, die am wichtigsten in unserem Leben waren, und die uns schmerzten, Sorgen machten oder Schaden zufügten. Nie gingen wir in einen der abgeschiedenen Gärten, wo wir vor den Augen anderer verborgen gewesen wären. Wenn ich an diese Sonntage zurückdenke — ich glaube, daß Abigail und ich bereit gewesen wären, dem anderen das Privileg zu gewähren, diese Gärten zu besuchen; nur wußten wir nicht, wo sich die Eingangstore und die Schlüssel befanden, die uns leichten, problemlosen Zugang verschafft hätten. Wir wußten zwar, daß es diese Gärten gab, aber wir wußten nicht, wie wir hineinkommen konnten.

Am zweiten Sonntag im November nahm ich Abschied von Commerce St. Croix, der in der Woche darauf nach Philadelphia reiste, um dort ein Schiff zu übernehmen. An diesem Sonntag gab es zu Mittag Commerces Leibgerichte, auf die er in den kommenden zwei Monaten auf See würde verzichten müssen. Zuerst gab es Krabbensuppe, die mit einem edlen trockenen Sherry verfeinert war. Nach der Suppe wurden Austern à la St. Jacques mit Spinatpüree aufgetragen, ein Gericht, das Abigail bei einem gemeinsamen Ausflug mit Commerce zum Dodin Bouffant in Paris einem französischen Koch abgeschaut hatte. Die Mahlzeit wurde mit einem selbstgemachten Zitronensorbett abgeschlossen; anschließend setzten wir uns zu einem Espresso im Wohnzimmer zusammen.

Meines Wissens wurde das Wohnzimmer außer an Sonntagen nicht benutzt. Es war ein wahres Museum voller Kostbarkeiten. Ich saß ziemlich steif in einem Regency-Sessel, von dem ein Foto in einem Buch über die schönsten Charlestoner Antiquitäten veröffentlicht worden war. Ein Kronleuchter, der berühmteste in South Carolina, hing wie ein riesiger Stalaktit aus funkelndem Kristall von der Decke, und der Geruch nach Möbelpolitur verlieh dem Zimmer einen schweren, opulenten Geruch, ein Parfüm der Nostalgie und Beständigkeit. Unsere Konversation war ruhig und angenehm; unsere Stimmen waren wie beim Gebet gedämpft, eine Beschwörung dieses Hauses, und das Haus selbst war eine Beschwörung ruhigerer, beschaulicherer Zeiten.

Du hast das Privileg, ein Teil von alldem zu sein, dachte ich, während Commerce von seinen Weltreisen erzählte. Es gibt weit schlechtere Strategien im Leben, als den Versuch zu unternehmen, jeden Aspekt der eigenen Existenz zu einem kleinen Kunstwerk zu formen. Andererseits wurde mir zunehmend deutlich, daß eine Umgebung von dermaßen bewußter Perfektion irgend etwas Kaltes, Unnahbares an sich hatte. Das Haus besaß keine persönliche Note, kein unauslöschliches Zeichen der Individualität. Es schien, als hätte das kollektive Unterbewußtsein sämtlicher Charlestoner, der lebenden und der toten, eine Gemeinschaft von Äquilibristen gebildet, die das Innere eines jeden Zimmers gestaltet hatten. An den Wänden war nichts Häßliches oder Komisches oder Geliebtes zu sehen, kein Souvenir oder Reiseandenken, kein Nippes, kein Tand, um die Erinnerungen anzuregen. Es gab nichts Phantasieanregendes oder Auffälliges in diesem Haus, nichts, was den weißen, verzweifelten Feuerbrand hätte entfachen können, der in den Häusern meiner Jugend gelodert hatte. Vielleicht lag es daran, daß meine Familie keinen Hang zur Nostalgie besaß, kein Gefühl der Verantwortung, eine stolze und sorgsam behütete Tradition bewahren zu müssen. Einmal hatte ich den St. Croix in einem Antiquitätengeschäft in Charlottesville, Virginia, einen Kupferstich gekauft, der eine Jagdszene zeigte. Er hatte zwanzig Dollar gekostet und war das teuerste Geschenk gewesen, das ich jemals gemacht hatte. Abigail schien hoch erfreut über den Stich gewesen zu sein; aber ich hatte ihn später nie an einer Wand des Hauses hängen sehen. Ehrlich gesagt, ich sah ihn nie wieder, doch irgend etwas in meinem Innern hielt immer danach Ausschau, jedesmal, wenn ich die St.-Croix-Villa betrat. Lange Zeit später, bei einem unserer Sonntagsspaziergänge, erläuterte Abigail mir den Wert einiger englischer Kupferstiche, die im Schaufenster des Schindler's ausgestellt waren. Als sie geendet hatte, war mir aufgefallen, daß ich den St. Croix die Reproduktion eines berühmten Stiches gekauft hatte, und sogar ich wußte, daß nur das Original an den Wänden der St.-Croix-Villa einen würdigen Platz gefunden hätte. Dies alles war auch der Grund dafür, daß Mark und Pig nur selten an den sonntäglichen Mittagessen teilnahmen. Im Unterschied zu mir störte es sie, sich wie Reproduktionen ihrer selbst zu fühlen.

Commerce schaute mit schelmischer, aufgeregter Miene zu mir herüber. Das leise Klicken der Espressotassen war das einzige Geräusch im Zimmer, als er erklärte: »Ich möchte euch etwas Lustiges vorlesen. Ich habe es entdeckt, als ich letzte Woche in meinen ältesten Tagebüchern gelesen habe. Es wird dir und Tradd gefallen, Will.«

Er ging aus dem Zimmer, und wir hörten seine leisen, schnellen Schritte, als er die Treppe hinaufstieg.

»Es kommt sehr selten vor, daß Vater aus seinen Tagebüchern vorliest, Will«, sagte Tradd und nippte mit leichtem Widerwillen an seinem Espresso. »Er behandelt sie wie biblische Texte.«

»Ich habe auch versucht, Tagebuch zu führen«, erwiderte ich. »Jedesmal, wenn ich mir ein neues kaufe, schreibe ich in den ersten ein, zwei Wochen wie ein Wilder. Dann lege ich's weg und hole es nie wieder hervor. Ich habe nie das nötige Durchhaltevermögen besessen. Wirft das ein schlechtes Licht auf meine Persönlichkeit? Was meinst du?«

»Alles wirft ein schlechtes Licht auf deine Persönlichkeit, Will«, sagte er. »Schließlich wohnen wir seit fast vier Jahren auf einer Stube.«

»Du solltest deinem vorlauten Sohn eine Ohrfeige geben, Abigail. Er versucht, meine Gefühle zu verletzen.«

»Ich bin froh, daß du kein Tagebuch führen kannst, Will. Ich wünschte, Commerce könnte es auch nicht«, sagte sie und lauschte den Schritten ihres Mannes, als er wieder die Treppe herunterkam. »Bestimmt sagt er jetzt schreckliche Dinge über mich. Das macht mir furchtbar zu schaffen. Jedesmal, wenn wir uns streiten, rennt er hinauf in sein Arbeitszimmer. Und dann schildert er alles auf eine Art und Weise, daß ich wie eine unausstehliche Furie dastehe. Ich wollte, er hätte sich ein anderes, vernünftigeres Steckenpferd ausgesucht.«

Commerce hatte ihre letzten Worte gehört, als er ins Zimmer kam. Er trug seine Brille und blätterte ein ledergebundenes Tagebuch durch.

»Meine Tagebücher sind wie Akten über mein Leben, Abigail«, sagte er rechtfertigend. »Vollständige Akten. Ich habe so sorgfältig wie ein Wissenschaftler alles Bedeutsame festgehalten, was ich seit meiner Kadettenzeit an der Akademie erlebt habe. Ich schreibe immer Ort und Datum dazu. Ich schildere die Wetterbedingungen. Wenn ich Angeln gewesen war, notiere ich die Anzahl und die Art der gefangenen Fische, welche Köder ich benutzt habe, und wo ich die Fische gefangen habe. Wenn ich sterbe, werde ich meine Tagebücher dem Museum von Charleston vermachen. Es könnte für einen zukünftigen Historiker interessant sein, der den Spuren eines alten Charlestoners bei seinem Alltagsleben in der Stadt und auf seinen Reisen um die Erdkugel folgen möchte.«

»Für mich hört sich das unvorstellbar langweilig an, Vater«, sagte Tradd und starrte in seine Tasse, als würde er sie auf Sprünge untersuchen. »Es hört sich wie ein Kochbuch an, das von jemandem geschrieben wurde, der kein gutes Essen mag.«

»An vielen Stellen sind die Tagebücher langweilig, das stimmt. Aber sie sind wahrheitsgetreu und genau. Und Genauigkeit ist das einzige, was wirklich zählt. Das Logbuch eines Schiffes ist für jeden langweilig, außer für einen Seemann. Für einen Seemann ist ein Logbuch eine faszinierende Lektüre voll interessanter Informationen. Und da ich nun mal ein Seemann bin, habe ich meine Tagebücher wie ein Logbuch geführt.«

»Irgendwann möchte ich deine Tagebücher gern lesen, Vater«, sagte Tradd. »Ich glaube, dann könnte ich sehr viel über dich erfahren.«

»Du wirst meine Tagebücher niemals lesen«, sagte Commerce mit scharfer Stimme zu seinem Sohn. »Ein Tagebuch ist die persönlichste Form der Kommunikation, die es gibt. Es wäre eine Formverletzung, sollte ich dir oder deiner Mutter oder sonst jemandem erlauben, die Tagebücher zu lesen. Ich werde in meinem Testament verfügen lassen, daß niemand meine Tagebücher öffnen darf, bis wir alle verstorben sind. Warum, glaubt ihr wohl, habe ich das Vorhängeschloß an der Tür zu meinem Arbeitszimmer angebracht? Warum soll niemand das Zimmer betreten, selbst wenn ich zu Hause bin? Es geht nicht darum, daß ich euch mißtraue, ich möchte euch gar nicht erst in Versuchung bringen.

»Alles muß seine Ordnung und Richtigkeit haben. Mehr will ich nicht. Und jetzt möchte ich Will und Tradd einen interessanten Abschnitt vorlesen, auf den ich gestern gestoßen bin. Der Vorfall hat sich am 6. Februar 1934 ereignet, als ich noch an der Akademie studiert habe. Also, hört zu: ›Gestern abend haben mein Stubenkamerad Obie Kensmith und ich unter dem Einfluß einer Szene aus Edgar Allan Poes *The Cask of Amantillado* versucht, unseren Kompaniefeldwebel Bentley Durrell einzumauern, der seinen Jahrgangskameraden gegenüber nicht die gebührende Achtung an den Tag gelegt hat, insofern er unangekündigte Stubendurchgänge vornahm, derweil wir anderen unseren Studien nachgingen.‹«

»Derweil?« fragte Abigail.

»Während meiner Studienzeit hatte ich den Hang zu einer etwas gespreizten Ausdrucksweise«, erwiderte Commerce.

»Sicher unter dem Einfluß von Edgar Allan Poe«, murmelte Tradd, ohne seinen Vater anzublicken.

»›Obie und ich‹«, fuhr Commerce fort, »›warteten bis zwo Uhr in der Frühe, bewaffnet mit Kellen, Ziegelsteinen und Mörtel. Dann machten wir uns daran, vor Durrells Stubentür in der zwoten Division eine Ziegelsteinmauer zu errichten. Indessen, der Mörtel hatte nicht ausreichend Zeit, um die nötige Festigkeit . . .‹«

»Indessen?« unterbrach Abigail ihn kichernd.

»› . . . die nötige Festigkeit zu erlangen, so daß es Bentley möglich war, sich nach dem Wecken den Weg in die Freiheit zu erkämpfen, indem er den Gewehrkolben als Keule benützte‹«, las Commerce weiter vor, ohne seine Frau zu beachten. »›Bei sämtlichen Gesprächen in den Kasernen werden nunmehr Vermutungen angestellt, was die Identität der Begeher dieses perfekten Verbrechens betrifft. Obie und ich tun unser Bestes, nicht vor Lachen herauszuplatzen, wenn wir uns an diesen Spekulationen beteiligen. Heute morgen kam Bentley, auf das äußerste verärgert, auf unsere Stube und bat uns um Hilfe, die Schufte ausfindig zu machen, die diese heimtückische Tat verübt haben. Obie und ich gelobten Bentley feierlich, ihm bei der Suche nach diesen verruchten Kriminellen behilflich zu sein und dieselben ihrer gerechten Strafe zuzuführen.‹«

»Ich kann es nicht fassen, daß du den General in seiner Stube eingemauert hast«, sagte ich.

»Hätte der Mörtel noch eine oder zwei Stunden Zeit gehabt, zu härten, wäre Bentley in ernste Schwierigkeiten geraten.« Commerce kicherte. »Dann hätten wir eine Sprengmannschaft rufen müssen, um ihn aus seiner Stube zu befreien.«

»Also wirklich! Ich finde, das ist ein sehr seltsames

Betragen für den Sproß einer der ältesten Charlestoner Familien, Vater«, sagte Tradd. »Was würdest du sagen, wenn ich durch die Kasernen schleichen und jede arme Seele einmauern würde, die nichts weiter als ihre Pflicht tut? Herrje, dann ließe sich im vierten Bataillon keine einzige Tür mehr öffnen.«

»Falls du dich nicht dabei erwischen läßt, so wie ich, hättest du mein vollstes Einverständnis. Niemand würde den Sproß einer der ältesten Charlestoner Familien eines so derben Scherzes für fähig halten«, erwiderte Commerce fröhlich, der den Beinahe-Erfolg seines Streiches gut vierzig Jahre nach der Tat immer noch zu genießen schien.

»Ich weiß wirklich nicht, wie man auf so etwas stolz sein kann«, sagte Abigail. »Meinst du nicht auch, du solltest diesen Abschnitt streichen? Sonst könnte dein zukünftiger Historiker, wer immer es sein mag, auf den Gedanken kommen, daß die Männer der Familie St. Croix einen geradezu kindischen Sinn für Humor besessen haben.«

»Dieser Historiker wird die Wahrheit über die St. Croix erfahren, Abigail, und nur darauf kommt es an.«

»Das wäre dann aber eine Wahrheit, wie du selbst sie interpretierst. Es wäre *deine* Wahrheit.«

»Ganz recht«, antwortete Commerce, hochzufrieden mit sich selbst. »Die Wahrheit, wie ich sie sehe. Aber das ist nur recht und billig. Schließlich bin ich derjenige, der die Zeit aufgewendet hat, die Tagebücher zu führen. Ich habe eine Belohnung verdient. Wenn ihr mich jetzt bitte entschuldigen würdet, ich muß noch fertig packen. Geh nicht, ohne mir auf Wiedersehen zu sagen, Will. Ich schicke dir etwas Nettes aus Europa.«

Er verließ das Zimmer und stieg wieder die Treppe

hinauf. Ein paar Augenblicke saßen wir in völligem Schweigen da, gaben uns der angenehmen Trägheit des Sonntags hin und genossen die duftende Brise, die durch das offene Fenster ins Zimmer wehte. Ich blickte mich um und sagte: »Ich möchte mir das gleiche einfangen wie du, Abigail.«

»Was einfangen, Will?« fragte sie.

»Die Schönheitskrankheit. Ich möchte mein ganzes Leben damit verbringen, die Fähigkeit auszubilden, alles um mich herum so schön wie möglich zu gestalten. Ich möchte, daß meine Möbel schön sind, daß mein Haus schön ist, mein Garten, meine Kinder, meine Frau . . . wohin ich auch schaue, möchte ich von der Kraft der makellosen Schönheit erfreut werden.«

»Du bist ein schrecklich schlampiger Mensch«, sagte Tradd voller Überzeugung. »Du putzt dir ja nicht einmal die Stiefel oder hältst deine Stubenecke sauber.«

»Bitte, bring deinen Sohn zum Schweigen, Abigail.« Ich blickte sie an und machte eine wegwerfende Handbewegung in Richtung Tradd. »Ich habe dir vorhin schon einmal vorgeschlagen, ihm eins auf sein vorlautes Maul zu geben. Es geht um Schönheit, Tradd, und ich möchte dir erklären, wie ich sie in mein Leben einfügen werde. Es ist ganz einfach. Ich werde mein Leben mit dem der Familie St. Croix verschmelzen. In Zukunft werde ich nicht mehr so überschwenglich und begeistert auf Schönheiten und Kostbarkeiten reagieren. Ich werde aufhören, herumzualbern. Von nun an werde ich reserviert und mit vornehmer Zurückhaltung auftreten. Ich lache nicht mehr über billige Witze, und mache nicht mehr den Versuch, für Freunde und Bekannte den Komiker zu spielen. Ich werde mich tadellos kleiden. Ich werde in Antiquitätengeschäften die schönsten Stücke kaufen und lernen, wie man französisch kocht. Ich muß mich für die Schönheitskrankheit empfänglich machen. Ich will, daß mein ganzes Leben damit infiziert wird.«

»Schönheitskrankheit?« Tradd kicherte. »Hört sich wie der Name eines Pilzes an, der Mutters Rosen befällt.«

Abigail verschränkte die großen, knochigen Hände im Schoß und sagte nachdenklich: »Ich würde es nicht als Krankheit bezeichnen, sondern als Suche nach Qualität. Ich habe in meinem bisherigen Leben sorgfältige und alleinige Entscheidungen darüber getroffen, was wirklich wichtig für mich ist. Ich möchte euch beiden das gleiche empfehlen, denn es ist eine Möglichkeit, das Alltagsleben auf tausenderlei Weise zu verschönern.«

»Du hast mich als Stubenkameraden, Tradd«, sagte ich mit einer Stimme, die viel zu laut für die gedämpfte, förmliche Atmosphäre im Zimmer war. »Deine Suche nach Qualität ist zu Ende. Du wirst nie etwas Besseres finden.«

»Oh, bitte, Will.«

»Ich weiß«, sagte Abigail plötzlich. »Laßt uns eine Zeremonie veranstalten . . . mit den beiden Männern, die mir die liebsten sind.«

Abigail verließ das Zimmer, während Tradd und ich ins Eßzimmer gingen, um den Tisch abzuräumen und die Kerzen in den Kandelabern zu löschen. Schließlich kam Abigail mit einem silbernen Tablett zurück, auf dem drei Weingläser und eine kristallene Karaffe standen, in der sich eine blaßgelbe Flüssigkeit befand. Sie schenkte die Flüssigkeit in die drei Weingläser.

»Was für ein Getränk ist das, Mutter?« fragte Tradd und betrachtete mißtrauisch sein Glas.

»Commerce und ich haben eine lange Hochzeitsreise

nach Europa unternommen und uns in Griechenland und besonders in die ägäischen Inseln verliebt. Als ich diese Inseln besucht habe, konnte ich spüren, daß ich an einen Ort gekommen war, an den ich gehörte. Ich meine damit nichts Prosaisches in dem Sinne, daß ich das Gefühl hatte, nach Hause gekommen zu sein oder so etwas. Nein, es war ganz anders, sehr viel anders. Als wäre ich an einen Ort gekommen, der sicherer war als mein Zuhause. Irgend etwas Ursprüngliches, Reines in meinem Innern war in vollkommenem Einklang mit dem Leben und dem Geist der Menschen auf diesen Inseln. Commerce und ich haben einen Krug voll Wasser aus der Ägäis mitgebracht, das Wasser in ein Kristallgefäß umgefüllt und uns nach der Rückkehr zwei Gläser eingeschenkt. Dann haben wir auf unsere Zukunft angestoßen und das Wasser getrunken. Jedesmal, wenn Commerce in die Ägäis kommt, bringt er Wasser von den Inseln mit, um unsere Vorräte aufzufüllen. Und jedesmal, wenn er auf große Fahrt geht, trinken wir auf eine gute Reise und eine glückliche Heimkehr. Das werden wir auch heute abend tun, aber ich glaube nicht, daß er etwas dagegen hätte, wenn ich jetzt schon mit euch beiden anstoße. Ich glaube, er würde sich darüber freuen.«

»Wie romantisch, Abigail.«

»Wußtest du noch nicht, Mutter«, sagte Tradd, »daß die Griechen ins Meer urinieren? Und das ist noch das Harmloseste.«

»Mein Sohn, der Antiromantiker.« Sie seufzte und zwinkerte mir zu.

»Dein Sohn, der erleuchtete Realist.«

»Will wird mit mir anstoßen«, sagte Abigail.

»Tradd auch«, sagte ich und hob mein Glas. »Auf die Schönheitskrankheit.«

»Die Krankheit«, sagten Tradd und Abigail gleichzeitig.

Und wieder war ein Sonntag in der St.-Croix-Villa vorüber. Als ich das Haus verließ, konnte ich an Abigails Gesichtsausdruck erkennen, wie sehr es sie schmerzte, daß ich heute keine Zeit für unseren gemeinsamen Spaziergang durch die Stadt hatte. Ich entschuldigte mich damit, daß ich Studienstoff aufarbeiten müsse, da ich durch das Training für die bevorstehende Basketballsaison in Rückstand geraten sei. Doch ich umarmte Commerce, versprach, ihm zu schreiben, verabschiedete mich von den dreien und ging zu meinem Wagen in die East Bay Street.

Dann fuhr ich zu Annie Kate. Die Schönheitskrankheit hatte mich bereits angesteckt. Es war ein verborgenes Leiden, über das ich keinem meiner Freunde etwas anvertrauen konnte. Doch ich war froh, daß wenigstens dieses Geheimnis einen Namen hatte.

26

Wir erhielten unsere Ringe am ersten wirklich kalten Novembertag. Im Tiefland von Carolina gab es keine so farbenprächtigen Herbsttage wie im gebirgigen Nordteil des Staates; statt dessen ging eine unmerkliche Veränderung mit dem Laub in den Bäumen vor sich, ein schleichendes, beinahe unsichtbares Sterben des üppigen sommerlichen Grüns und ein widerwilliger, aber unaufhaltsamer und seltsam übergangsloser Umschwung zu den Wintermonaten. In der Woche zuvor hatten die Kadetten ihre weißen Sommeruniformen aus Leinen gegen die grauen aus Wolle getauscht — in Charleston ein noch deutlicheres Anzeichen für den herannahenden Winter als die Laubfärbung der Eichen.

Am deutlichsten aber konnte man die Vorboten des Winters im Sumpfland am Rand des Exerzierplatzes sehen und spüren. Anfang November begann der Sumpf fast unmerklich seine Farbe zu ändern. Seine üppige Fruchtbarkeit und seine strotzende Gesundheit schwanden, und das leuchtende, tiefe Grün der Farne verblaßte beinahe von Tag zu Tag, wenn der Winter mit seinen Frostnächten und dem allmählich kühler werdenden Atlantik sich in jedem Halm, jedem Leben im Sumpf einzunisten begann. Schon lange vor Sonnenaufgang waren die Austernfischer Charlestons vor der Küste auf Fang, und die Boote der Krabbenfischer, die in Shem Creek vor Anker lagen, zogen im Seichtwasser dicht vor der Küste entlang. Das ganze Sumpfland, das sich zweihundert Meilen weit erstreckte, begann mit seiner wundersamen Verwandlung, dem stillen, gemächlichen Wechsel von tiefem Grün in leuchtendes Gold, während das Tiefland sich auf den ewigen Kreislauf des Werdens und Vergehens vorbereitete. Doch bei kaltem Wetter sahen die Sümpfe Charlestons, die Stadt, die Akademie anders aus. Und ich kam mir an jenem Abend, als ich mir den Ring überstreifte, wie ein anderer Mann vor.

Die Kadetten des Abschlußjahrgangs versammelten sich um 19 Uhr auf dem Paradeplatz, um von dort aus den Ringmarsch zur South Carolina Hall an der Marketing Street anzutreten. Wir trugen unsere Paradeuniformen und nahmen, nach Kompanien geordnet, am nördlichen Ende des Platzes Aufstellung. Links und rechts bildeten Kadetten unterer Jahrgänge zwei lange Reihen.

Der Jubel war ohrenbetäubend, als die Trommeln dumpf zu dröhnen begannen und die Senioren der A-Kompanie als erste Gruppe zwischen die zwei langen Reihen der jüngeren Kadetten einschwenkte und losmarschierte.

Der Ringmarsch war der längste und schönste in der Laufbahn eines jeden Kadetten. Unter den Klängen einer Regimentskapelle, die Lieder der Akademie spielte, marschierten wir durch das Legrand-Tor, dann am Hampton-Park und den malerischen Häusern in der Moultrie Street vorbei, bevor wir nach Süden in die Rutledge Street einschwenkten und den langen Weg zur Broad Street begannen. Während wir die Halbinsel hinunter marschierten, schien die Stadt zu altern; die Häuser wurden schöner und vornehmer, als würden wir zurück in die Geschichte der Stadt marschieren. Negerkinder winkten und tanzten zur Musik der Kapelle, und die alten Leute beobachteten unseren Vorbeimarsch mit kritischen Augen von Veranden und Balkonen. An jeder Kreuzung hielten Polizisten den Verkehr an, während unsere Stiefel auf dem Asphalt dröhnten und die Kapelle die martialische Musik disziplinierter Männer spielte, die sich im Rhythmus eines einzigen Willens bewegten. Das Licht der Straßenlaternen schimmerte auf den Messingabzeichen an unseren Uniformmützen, den polierten Stiefeln und Gürtelschnallen.

Wir kamen an der Bundesstraße 17, der Ashley Hall und der Charleston High School vorüber, überquerten die Calhoun Street und näherten uns dem Museum von Charleston, dem ältesten Nordamerikas. Ich hörte, wie Jeff Pomerantz uns mit lauter Stimme darauf vorbereitete, dem Wal seinen alljährlichen militärischen Gruß zu entbieten.

Der Wal, dessen Skelett in der Haupthalle des Museums von der Decke hing, war das inoffizielle Maskottchen der Akademie. Von Rekruten wurde verlangt, dem Museum nur deshalb einen Besuch abzustatten, um vor dem Knochengerüst zu salutieren, bevor das Korps in die Weihnachtsferien ging.

Diese Tradition war 1910 von einem Kadetten aus Florida begründet worden, dem man seiner fragwürdigen Abstammung wegen die Teilnahme an einem Debütantinnenball verweigert hatte. In derselben Woche hatte dieser Kadett die Geschichte erfahren, wie die Knochen eines Pottwals – eine äußerst seltene Gattung in den Küstengewässern von South Carolina – in einem Charlestoner Museum ihre letzte Ruhestätte gefunden hatten. Im Jahre 1881 waren einige Charlestoner, die an der Batterie entlangpromenierten, nicht wenig überrascht, einen 12 Meter langen Wal beobachten zu können, der in der Hauptfahrrinne in den Hafen von Charlesston hineingeschwommen kam. Kurz darauf begann die lange Jagd auf das Tier. Mit Harpunen bewaffnete Charlestoner versperrten ihm mit Fischer- und Ruderbooten den Weg aufs offene Meer und versuchten, den desorientierten Wal einzukesseln. Zwei Tage lang jagten die Harpuniere das Tier kreuz und quer durch das Hafenbecken, bis es vor Erschöpfung und an seinen Wunden starb. Dann schleifte man den Wal mit Seilen ans Ufer, wo er fotografiert und zerlegt wurde; die Knochen wurden präpariert und auf dem Fußboden des Museums zusammengesetzt. Der Kadett aus Florida erkannte in dem Schicksal des Wals ein perfektes Gleichnis, was das Verhältnis Charlestons Fremden gegenüber betraf. Er und jeder andere Kadett, der von ›außerhalb‹ an die Akademie gekommen war, wußte jedoch einiges, das der Wal nicht gewußt hatte: Die Stadt hatte Fremde, die versuchten, sich einen Platz in der aristokratischen Umgebung der South of Broad zu erkämpfen, noch nie ausstehen können. Vielen Charlestonern waren Wale sogar lieber als Kadetten, und der alljährliche Salut des Korps für den Wal war die Anerkennung dieser unbestreitbaren Tatsache.

Als wir die South Carolina Hall erreichten, wurden die Marschkolonnen aufgelöst, und wir strömten in den Ballsaal. Die Senioren jeder Kompanie saßen getrennt an langen Tischen. Auf den weißen Tischdecken aus Damast standen Kerzenleuchter und Vasen mit Nelken, und unsere Namen waren auf kleine Tischkarten gedruckt. Wir nahmen steif und förmlich Platz und warteten schweigend auf das Erscheinen des Generals. Die Kapelle spielte leise klassische Musik, und die meisten Senioren starrten auf den kleinen schwarzen Karton, der neben jeder Tischkarte lag.

Ich schaute zu meinen Jahrgangskameraden von der Romeo-Kompanie hinüber und versuchte, die stolzen Gesichter mit den angstverzerrten, verschwitzten Fratzen in Verbindung zu bringen, die ich vor gut drei Jahren am Höllenabend auf dem Exerzierplatz vor der Kaserne des vierten Bataillons gesehen hatte. Wir sahen älter aus und reifer, aber im Grunde genauso wie eh und je. Dennoch gab es einen gewaltigen Unterschied zwischen den zitternden Jungen von damals und den Männern von heute abend, und dieser Unterschied gehörte zur unerklärlichen und wundersamen Alchimie, die uns gelehrt hatte, die Akademie mehr zu lieben als alles andere. Daß sie dies bewirken konnte, war ihr größtes, unlösbares Geheimnis. Doch an diesem Abend wurde mir ein Teil dieses Geheimnisses offenbar, als ich nun ebenfalls auf den kleinen schwarzen Karton starrte, der vor mir auf dem Tisch lag. In diesem Karton befand sich der Ring der Akademie. Doch dieser Ring war anders als alle anderen Ringe, die je gefertigt worden waren. Mit hauchfeinem Schriftzug war auf der Innenseite der Name eingraviert: *William McLean.* Hier, endlich, war das Symbol, der unwiderlegbare Beweis, daß ich Teil von all diesem war, daß ich mir das Recht verdient hatte, die Akademie zu lieben und zu kritisieren.

Als ich mich im Saal umschaute, fühlte ich mich meinen Jahrgangskameraden, die gekommen waren, um an der bedeutsamsten Zeremonie unserer Kadettenlaufbahn teilzunehmen, auf unerklärliche Weise nahe. Vom ersten Tag der Ausbildung an hatte ich immer die richtigen Worte gefunden, wenn es galt, meine Verachtung gegenüber der Akademie zum Ausdruck zu bringen; aber angemessene Worte oder die richtige Stimme, sie zu preisen, hatte ich nie finden können. Diese Zwangslage war nicht sprachlicher Natur, sondern lag in meinen Gefühlen und meiner Persönlichkeit begründet. Mein Leben lang konnte ich Dinge und Institutionen besser hassen als lieben.

Doch auf diesem Treffen, dieser Zusammenkunft der ältesten Angehörigen des Kadettenkorps, war ich tief und aufrichtig bewegt, noch bevor die eigentliche Zeremonie begonnen und ich mir den Ring über den Finger gestreift hatte. Das Gefühl, zu diesen Männern – oder wenigstens zu irgend etwas – zu gehören, war schier überwältigend. Ich hatte den Tag, da ich den Ring tragen würde, lange, sehr lange herbeigesehnt; ich hatte es mir so sehr gewünscht, daß nicht einmal mein Zynismus, nicht einmal meine Einsamkeit im Regiment, nicht einmal all die grundsätzlichen Unterschiede zwischen mir und den anderen Kadetten meine Freude trüben konnte, nun endlich den Ring tragen zu dürfen. An diesem Abend vereinte und versöhnte sich meine kurze, unbedeutende Lebensgeschichte mit der langen, hehren Geschichte dieses Rings, und dies formte mich zu einem Menschen, den nur jemand begreifen konnte, der ebenfalls den Ring trug. Dieser Ring war das Symbol unserer Umwandlung und unser Bindeglied zum strahlenden Kreis einer unsterblichen Bruderschaft.

Gefolgt von seinen engsten Vertrauten, kam General Durrell in den Saal. Er bedankte sich für unsere Hochrufe mit einem majestätischen Schwenk des rechtes Armes. In seiner weißen Uniform erschien er mir so alles überragend wie nie zuvor; wie ein Mann, der sich von dieser Versammlung von Jungen zum Imperator hätte ausrufen lassen können. Er schritt den Mittelgang hinunter und redete viele von uns im Vorbeigehen mit Namen an. Als er am Tisch der R-Kompanie vorüberschritt, sah ich, wie seine Augen sich auf mich richteten; dann lächelte er und rief: »Meinen Glückwunsch, Will. Und daß ihr mir Auburn schlagt.«

»Danke, Sir. Jawohl, Sir, wir werden siegen, Sir«, sagte ich und war ganz aufgeregt, daß der General mich auf Anhieb erkannt hatte und von all meinen Freunden ausgerechnet mich angeredet hatte – und das auch noch am Abend der Ringverleihung.

Der General nahm am Kopfende des vordersten Tisches Platz, räusperte sich und rückte das Mikrophon zurecht, das vor ihm stand. »Meine Herren«, sagte General Bentley Durrell, »es ist mir eine Freude, Sie heute abend in der Bruderschaft des Ringes willkommen zu heißen. An diesem Abend treten Sie in ein Reich der Erhabenheit ein, in das nur die Edelsten und Besten Zutritt haben. An diesem Abend treten Sie in die Gemeinschaft unserer Absolventen ein, der Lebenden wie der Toten.«

Die Zuhörerschaft war mucksmäuschenstill. Die Kerzen sahen auf dem frischen Leinen wie flammengekrönte weiße Säulen aus, die in Fundamenten aus funkelndem Silber ruhten, und der Saal erstrahlte wie das Mittelschiff der Kathedrale von Easterside.

»In längst vergangenen Zeiten, als es noch Reiche auf Erden gab«, fuhr der General fort, »als das Wort eines Kaisers oder Königs in dem Augenblick zum Gesetz wurde, da er es ausgesprochen hatte, war der Ring eines Herrschers das Siegel seines Wortes und das sichtbare Zeichen seiner Macht. Wenn seine Untertanen den Abdruck des Ringes im Siegelwachs an einer Urkunde erblickten, konnten sie sich der Rechtmäßigkeit dieser Urkunde sicher sein, denn sie wußten, daß sie unmittelbar aus der Hand ihres Regenten stammte. War der Herrscher ein schwacher Mann, rief der Anblick seines Siegelabdrucks Gelächter und Verachtung hervor. War er aber ein strenger und mächtiger Regent, erregte dieser Anblick Furcht und Schrecken und sorgte für Gehorsam.

Wenn in Zukunft jemand den Ring der Akademie an Ihrem Finger sieht, wird er wissen, daß er ein Symbol der Macht und Disziplin ist und Zeugnis darüber ablegt, daß Sie ihn rechtmäßig tragen, da Sie die Anforderungen des Systems ehrenvoll erfüllt haben. Mit diesem Ring werden Sie von sämtlichen Absolventen der Akademie als Gleicher unter Gleichen behandelt. Sie werden in ihren Reihen willkommen sein, egal, wo Ihnen solche Männer auf Ihren Reisen begegnen. Absolventen sind nicht nur gefühlsbetont, was ihren Ring betrifft; er ist für sie ein Gegenstand von religiöser Bedeutung. Er ist das geheiligte Wahrzeichen sämtlicher Ideale, die von der Akademie repräsentiert werden. Dieser Ring bindet Sie an die Bruderschaft der Absolventen, eine Tafelrunde von unverbrüchlicher Treue. Dieser Ring umfaßt die Welt. Wer diesen Ring trägt, das Großsiegel der Akademie, trägt ihn mit mehr Stolz als jeder Kaiser oder König.«

Er hielt inne; dann fuhr er mit einer Stimme fort, die frei von Gefühlen war und klar und schneidend durch den Saal klang: »Meine Herren, von diesem Augenblick an, kraft der mir vom Verwaltungsrat übertragenen Rechte, befehle ich Ihnen, nun den Ring anzulegen, den sich jeder von Ihnen durch Ehrenhaftigkeit und Entschlossenheit, durch Kraft und männlichen Mut verdient hat.«

Alle vierhundert Senioren öffneten das kleine Kästchen, das vor ihnen lag, nahmen den Ring aus dem Schlitz des mit schwarzem Samt beschlagenen Innern und streiften ihn sich über den Finger. Jeder von uns spürte zum ersten Mal das Gewicht des Ringes.

Dann hörten wir wieder die Stimme des Generals, als er feierlich verkündete: »Unter dem Geheimnis des Kreises, dem Geheimnis der Form, der ewigen Form, der unendlichen Form, der vollkommenen Form, nehme ich euch in die Bruderschaft auf. Ich erkläre vor Gott und der Welt, daß ihr vom heutigen Tag an als Männer der Militärakademie von South Carolina durch das Leben geht. Indem ihr den Ring über den Finger gestreift habt, habt ihr den Eid abgelegt, allen Trägern dieses Großsiegels gegenüber treu und wahrhaftig zu sein, solange ihr lebt. Für sie alle nehme ich, Bentley Durrell, den Eid entgegen und gemahne euch, ihm treu zu bleiben.«

Ein Adjutant brachte dem General ein Glas Portwein.

Wir erhoben unsere Portweingläser und blickten auf den General.

Er erhob sein Glas und ließ den Blick über uns schweifen.

»Auf den Ring«, sagte er.

»Auf den Ring!« donnerte es aus vierhundert Kehlen durch den Saal. Dann tranken wir auf den Ring und auf unseren Eid.

»Auf die Träger des Ringes«, sagte er.

»Auf die Träger des Ringes!« dröhnte es zurück, und wir tranken auf alle Absolventen, die lebenden wie die toten.

Meine Hand fühlte sich anders an, als ich den Ring zum ersten Mal anschaute. Ich betrachtete seine geheimen Bilder und übersetzte die stumme Sprache, mit der er mir von seinem Mythos erzählte; es war eine sehr einfache Sprache, die sich in niemals verblassenden Gold artikulierte. Bis zu diesem Augenblick hatte irgendein lebendiges, unbenennbares Etwas in meinem Innern nie daran geglaubt, daß ich wirklich ein Teil der Akademie war. Jetzt aber hatte der kalte Glanz des Ringes mich umfangen, gefesselt und mich in den Kreis der Absolventen eingereiht, dem ich nun angehörte, solange ich lebte. Meine Hand zuckte; der Ring an meinem Finger gab eine stumme, aber eindeutige Erklärung ab; es war eine Information, die von ungeheurer Wichtigkeit für mich war. Der Ring sagte – nein, er schrie es hinaus – daß Will McLean die Geschichte seines Lebens, seine Wunden an Leib und Seele, seine Wünsche und Träume in die Geschichte des Ringes hatte einfließen lassen, in seine Bedeutung und seinen Symbolgehalt. Der Ring hatte meine Botschaften entschlüsselt, alles, was ich je gesagt, geschrieben und worüber ich Zeugnis abgelegt hatte. Ich betrachtete meine neue Identität, meine Gültigkeitserklärung, und fühlte mich verwandelt, tatsächlich und vollständig verwandelt im goldenen Feuer des Ringes. Ich war ein Teil von ihm. Ich hatte es geschafft.

Der General, die Ausbildungsoffiziere und sämtliche Mitglieder des Verwaltungsrats gingen nun von Tisch zu Tisch und gratulierten uns. An den vierhundert Händen der Senioren steckte eine Vierzigtausend-Dollar-Investition, und zum überlieferten Wissen in den Kasernen gehörte unter anderem, daß der Ring der Militärakademie von South Carolina aus reinerem Gold bestand als die Ringe aller anderen Akademien und Hochschulen des Landes. Der Saal war erfüllt vom gedämpften Murmeln der neuen Träger des Ringes.

»Kumpels«, sagte Pig, nahm unsere Weingläser schüttete aus allen die Reste in seines.

Dann prostete er uns zu.

»Auf die Bruderschaft«, sagte er. »Die Bruderschaft unserer Stube.«

Er nahm einen Schluck Wein und reichte das Glas an Tradd weiter.

»Aus ein und demselben Glas trinken? Der Himmel weiß, womit wir uns anstecken.« Tradd verzog das Gesicht. Dann aber hob er das Glas; sein Ring war in Augenhöhe, das Siegel war auf uns gerichtet, und er sagte: »Ich schlage einen anderen Trinkspruch vor: Auf die vier Stubenkameraden, die den Ring gemeinsam verdient haben, die für den Ring gearbeitet haben, die um den Ring gekämpft haben.«

Er trank und reichte mir das Glas.

Ich prostete den anderen zu. »Auf die besten Stubenkameraden der Welt.«

Mark konnte oder wollte nichts sagen; er war zu tief

bewegt. Er trank das Weinglas leer und drückte jedem von uns kräftig die Schulter. Tradd und ich stöhnten vor Schmerz leise auf, während Pig Mark mit dem Ausdruck sanfter, naiver Sentimentalität anschaute. In Pigs Augen spiegelte sich die Liebe zu uns — eine überströmende, unschuldige Liebe zum Leben und zur Welt, die er immer dann ausstrahlte, wenn irgend etwas sein Herz rührte.

Wir rückten zusammen, wir vier, und verschränkten die Arme mit dem Nebenmann. Es bedurfte keiner Worte; wir redeten schweigend miteinander, teilten den anderen unsere tiefsten, persönlichsten Gefühle mit. Dann legten wir unsere nunmehr beringten Hände nebeneinander auf die Tischmitte, alle vier, und blickten auf das goldene Funkeln hinab, vier Freunde, vier Ringe; und die Zahl unseres Jahrgangs, 67, blitzte im Kerzenlicht, als wir die Hände bewegten.

Dann drehte Pig seine riesige Pranke um, die Handfläche nach oben. Ich legte meine Hand auf Pigs; Tradd seine Hand auf die meine, und Mark die seine auf Tradds. Wir schauten uns an, konnten den Blicken der anderen aber nicht lange standhalten. Es stand zu viel gemeinsam Erlebtes in unseren Augen geschrieben. Niemand sagte ein Wort, bis Pig schließlich für uns alle sprach. »Kumpels«, sagte er schlicht, »solange wir leben. Kumpels.«

Ich kann mich an das Zitat eines Professors bei einem Seminar über die Ursprünge der englischen Sprache erinnern. Er hatte irgendwann an einem Sommertag etwas gesagt, das ich nicht richtig verstanden zu haben glaubte, und ich habe mich nie vergewissert, *ob* ich ihn richtig verstanden hatte. Ich glaube, er sagte: »Der Gattungsbegriff für ›Bruder‹ ist *Bruder.*« Ich hoffe, das ist sachlich richtig, doch um ehrlich zu sein, interessiert es mich nicht, ob richtig oder falsch. Aber als Pig uns jetzt ›Kumpels‹ genannt hatte, mußte ich an diesen Ausspruch denken. Mochte die Akademie noch so brutal sein, was die militärische Ausbildung betraf – die Riten, Zeremonien und Erscheinungsformen des Militärischen besaßen immer irgend etwas ergreifend Romantisches. Ich schüttelte Mark die Hand und gratulierte ihm. Ich schüttelte Pig und Tradd die Hände. Wir beglückwünschten einander und ehrten einander mit Blicken. Nur mit Blicken. Der Gattungsbegriff für ›Bruder‹ ist *Bruder.*

Als ich durch den Saal ging und den anderen Senioren der R-Kompanie die Hände schüttelte und ihnen auf die Schultern klopfte, eilte mein Geist blitzschnell zurück ins Rekrutenjahr, zu alptraumhaften Bildern von Schwitzpartys auf dem Flur, im Duschraum, auf dem Exerzierplatz. Ich erinnerte mich plötzlich an das Gebrüll bei den Mahlzeiten im Speisesaal, bei jedem Antreten – dieses unbarmherzige, nicht enden wollende Gebrüll. Die Qualen des Rekrutenjahres erstickten meine Gedanken, schmerzten wie eine Migräne. Noch heute kann die Erinnerung an dieses Jahr weh tun, wenn ich am wenigsten damit rechne. Doch an diesem Abend durchdrang ein Gedanke strahlend wie die Sonne diesen trüben Nebelschleier der Erinnerungen: Du trägst den Ring. Und ich fühlte mich deshalb so grundlegend verändert, weil ich das Rekrutenjahr mit diesen drei Stubenkameraden überstanden hatte. Am Ende des Höllenabends hatten wir mit siebenhundert Mann auf den vier Exerzierplätzen gestanden, doch nur vierhundert war es bestimmt gewesen, heute den Ring zu tragen. Ich hatte mein Schicksal mit dem der Kameraden verknüpft, und sie ihres mit dem meinen. Jeder von uns hatte die eigene, freie Entscheidung getroffen, sich gegen das System zu wehren, sich nicht zerbrechen zu lassen. Wir hatten uns diesen Augenblick verdient. Die Akademie, dieses Genie der Inszenierung von Zeremonien, hatte uns vom ersten Tag an, als wir durch das Legrand-Tor gezogen waren, begierig auf diesen Augenblick gemacht.

Ich spürte, wie jemand mir auf die Schulter klopfte. Als ich den Kopf drehte, hätte ich mir beinahe die Nase an der glühenden Spitze einer Zigarre verbrannt.

»Die haben dir wirklich den Ring gegeben, Kleiner?« sagte der Bär wehleidig mit seiner dröhnenden Baßstimme. »Das darf doch wohl nicht wahr sein. Komm, ich kauf' ihn dir ab und rette den Ruf der Akademie. Wieviel verlangst du? Tausend Dollar? Zehntausend? Nenn mir einfach den Preis.«

»Nichts zu machen, Colonel«, sagte ich und wurde rot. »Aber der Ring macht sich gut an meinem Finger, nicht wahr?«

»Nee, Kleiner. Sieht schlimm aus. Sehr schlimm«, sagte er, als würde er über langjährige Depressionen klagen. »Das ist übelkeiterregend. Wirklich zum Kotzen. Wenn ich den Ring an deinen dreckigen Pfoten sehe, McLean, ist das ungefähr so, als hätte jemand das Legrand-Tor in die Luft gejagt. Ich weiß nicht, ob ich lachen oder Selbstmord begehen soll. Vielleicht glaubst du mir nicht, aber die Akademie ist so etwas wie eine Eliteschmiede. Du bist der lebende Beweis dafür, daß es mit uns rapide den Bach runtergeht. Tu mir den Gefallen, und geh jetzt von der Akademie ab, Kleiner, ja? Ich bezahle dir das Studium, wenn du eine andere Hochschule besuchst. Denn was soll aus unserem Image werden, wenn du bei uns das Examen machst?«

»Ich werde einer der wenigen vorzeigbaren Gelehrten

sein, die an dieser Akademie jemals ihr Examen gemacht haben.«

Er warf den Kopf in den Nacken und lachte; die Asche seiner Zigarre rieselte auf den Fußboden. »Ich wollte nur kurz rüberkommen und dir gratulieren, Kleiner. Ist ein tolles Gefühl, den Ring zu tragen, nicht wahr?«

»Eins der tollsten Gefühle, die ich je hatte«, erwiderte ich wahrheitsgemäß.

Er blickte mir über die Schulter und betrachtete mit seinen wachen Augen voller Freude das Treiben im Saal. Ich spürte instinktiv, daß ich angestarrt wurde, schaute mich um und sah, wie Tradd uns beobachtete. Der Bär hatte Tradd immer schon nervös gemacht. Plötzlich, ohne den Blick von den Kadetten zu nehmen, begann der Bär in gedämpftem Flüsterton zu mir zu reden.

»Hat Oswald Spengler sich schon bei dir gemeldet?« fragte er.

»Das Abendland ist immer noch im Untergang begriffen, Colonel.«

»Und wie sieht es mit dem Untergang Afrikas aus?« erwiderte er hintergründig.

»Pearce hält sich wacker, Colonel. Sie haben sich diesen Obergefreiten vom Kader der E-Kompanie, der es auf Pearce abgesehen hatte, zur Brust genommen, nicht wahr?«

Der Bär lachte leise. »Den gewesenen Obergefreiten, der wegen Schikanierens eines Rotarsches nun ein lammfrommer gemeiner Soldat ist und noch dazu achtzig Strafpunkte kassiert hat.«

»Sie sind ein harter Mann, Colonel.«

»Ich bin weichherzig, Kleiner«, antwortete er und

ließ den Blick immer noch über die Menge schweifen. »Ich habe das Herz von Bambi, dem Rehlein.«

»Und die treuen Augen von Rin-Tin-Tin, dem Schäferhund, wenn Sie mir diese Bemerkung erlauben, Sir.«

»Eine solche Bemerkung gegenüber einem Ausbildungsoffizier kann dich vierzig Strafpunkte kosten, Freundchen«, sagte er, drehte den Kopf und brachte die glühende Spitze seiner Zigarre so nahe an mein linkes Auge, daß ich die Hitze spüren konnte und mich nach hinten beugte. Doch er hatte damit gerechnet, beugte sich weiter nach vorn und brachte die glühende Spitze der Zigarre noch dichter an mein Auge heran. Ich sah seine nikotingelben Zähne, als er mich ironisch anlächelte.

»Rin-Tin-Tin ist mein Fernseh-Lieblingshund, Sir.« Ich beugte mich noch weiter zurück, um aus der Reichweite der verdammten Zigarre zu kommen. »Aber Sie haben recht. Man könnte dieses Kompliment als Beleidigung fehlinterpretieren. Ich nehme es zurück, Colonel. Sie sehen ein bißchen besser aus als Rin-Tin-Tin.«

»Ich werde wie Frankensteins Monster aussehen, wenn du mit geschultertem M-1-Gewehr vierzigmal um den Exerzierplatz rennst, du Affenarsch.« Plötzlich wurde er wieder ernst. »Übrigens, wann fährst du mit der Baseballmannschaft zu den ersten Auswärtsspielen der Saison?«

»In der erste Dezemberwoche, Colonel. Warum?«

»Weil ich in der Woche dann Oswald Spengler lesen werde, weil du nicht auf dem Campus bist. Einer muß Pearce ja im Auge behalten, wenn du unbedingt beweisen mußt, daß du einer der schlechtesten Sportler in der Geschichte der Akademie bist.«

»Danke, Colonel«, sagte ich. »Aber was Pearce betrifft, habe ich mich schon darum gekümmert. In der Woche, wenn ich mit der Mannschaft unterwegs bin, werden meine Stubenkameraden auf Pearce achtgeben.«

»Die wissen, daß du Pearce in meinem Auftrag im Auge behältst?« sagte er wütend. »Ich hatte dir doch gesagt, niemandem ein Wort davon zu erzählen.«

»Die Jungs haben es von Anfang an gewußt, Colonel Berrineau. Ich wußte ja damals schon, daß ich viel in Sachen Basketball unterwegs sein würde. Deshalb habe ich ihnen alles erzählt. Auf unserer Stube gibt es keine Geheimnisse.«

»Hätte ich den Wunsch gehabt, daß deine Kameraden von der Sache erfahren, hätte ich's ihnen selbst gesagt«, erwiderte der Bär. Seine Augen funkelten, und er paffte wild an der Zigarre, daß die Funken stoben. »St. Croix ist ein braver, harmloser Kerl. Aber Santoro und Pignetti kenne ich nicht besonders gut. Und Kerlen, deren Namen mit ›o‹ oder ›i‹ enden, habe ich nie so recht getraut. Und ich weiß, daß Yankees keine Geheimnisse für sich behalten können.«

»Die beiden können es. Ich verspreche es Ihnen, Colonel«, sagte ich.

»Können die beiden Nigger leiden?« fragte der Bär.

»Nein, Sir.«

»Gut«, sagte er. »Das ist wenigstens etwas. Ich habe nämlich viel mehr Vertrauen zu Niggerhassern als zu Kerlen wie dir. Also gut, Kleiner. Du hast die neuen Regeln aufgestellt. Wissen die Jungs, daß sie zu Papa Bär kommen sollen, wenn es irgendwelchen Ärger gibt?«

»Jawohl, Sir. Sie wissen über alles Bescheid.«

»Es gibt da eine Sache, die dich vielleicht interessiert, Kleiner«, sagte er und bemerkte plötzlich, daß Tradd uns beobachtete. Der Bär starrte ihn düster an. Tradd wandte den Blick zur Seite und nahm sein Gespräch mit Mark wieder auf. »Hast du schon mal von Graubart gehört, diesem Rotarsch aus dem ersten Bataillon?«

»Der Junge aus Kalifornien?« erwiderte ich. »Von dieser Schande des amerikanischen Westens hat schon jeder gehört, Colonel. Ich habe erfahren, daß der Kader ihn nicht mal dazu bringen konnte, Liegestütze zu machen. Als er von der Akademie abgegangen ist, war er schon so etwas wie eine Legende. Wann hat er eigentlich das Handtuch geworfen?«

»Er ist vergangene Woche ausgestiegen«, sagte der Bär. »Nur, daß er nicht bei mir im Büro war. Er hatte für formelle Dinge nie etwas übrig. Er hat sich per Telegramm aus San Francisco von der Akademie verabschiedet. Aber als ich auf seiner Stube war, habe ich was sehr Interessantes entdeckt.«

»Und was, Colonel?«

»Das sagst du diesmal aber nicht deinen Stubenkameraden, Kleiner! Ich warne dich! Tja, was ich gefunden habe . . . Ich weiß immer noch nicht genau, was es zu bedeuten hat, aber ich werd's schon noch herausfinden. Man hatte eine Zahl auf die Tür seines Spinds gepinselt.«

»Na und, Colonel?«

»Es war die Zahl zehn, Kleiner.«

»Sie glauben, die Zehn hätten ihn von der Akademie vertrieben?«

»Ich weiß nicht, wer es gewesen ist, Kleiner. Ich habe nur die Zahl an der Tür entdeckt. Kann sein, daß sich irgendein Arschloch einen dummen Scherz erlaubt hat, aber die Sache hat mich trotzdem neugierig gemacht. Aber falls diese Organisation, diese Zehn, tatsächlich existiert, dann werden die Schweinehunde sich wünschen, nicht nur zehn, sondern tausend Mann stark zu sein, wenn der Bär sie am Arsch kriegt. Kann sein, daß sie zum erstenmal einen Fehler begangen haben, als sie ihr Zeichen an der Tür hinterließen. Kann aber genausogut sein, daß es gar nichts zu bedeuten hat.«

»Wie könnten wir denn etwas über die Zehn herausfinden?« fragte ich. »Fall sie überhaupt existieren. Wo könnten wir mit der Suche beginnen?«

»Halt einfach nur Augen und Ohren auf, Kleiner«, erwiderte er. »Und zu niemandem ein Wort darüber, kapiert?«

»Ich werde mal bei Edward dem Großen anfangen«, sagte ich. »Verzeihung, Sir, ich wollte sagen, bei Colonel Reynolds. Wenn jemand weiß, was sich auf dem Campus abspielt, dann er.«

»Wenn du das nächstemal mit Colonel Reynolds redest, wird er dich anders behandelt als bisher«, sagte der Bär und wandte sich zum Gehen.

»Wie meinen Sie das, Sir?« fragte ich verblüfft. »Warum?«

»Ganz einfach, Kleiner.« Er blickte mich noch einmal an, bevor er in der Menge der Feiernden verschwand. »Du trägst jetzt den Ring.«

27

Ich suchte mir meine Professoren mit Bedacht und Sorgfalt aus; als Grundlage für meine Entscheidungen diente mir der Ruf, den sie an der Akademie besaßen, sowie ihre Fähigkeiten als Lehrer, weniger ihre wissenschaftliche

Kompetenz oder ihre Liebe zum Fach. Ich hatte schon früh entdeckt, daß es sich eher lohnte, ein Seminar über die ›Grundlagen der Betriebswirtschaft‹ zu besuchen, das von einem hervorragenden Lehrer geleitet wurde, als mich durch ›Shakespeares Dramen‹ zu quälen; ein Thema, das mich faszinierte, jedoch von einem lustlosen, mittelmäßigen Professor heruntergespult wurde. Nichts langweilte mich mehr als arrogante, humorlose Akademiker, die ihre Studenten mit hoffnungslos tristen Vorlesungen straften, während sie ihren armseligen wissenschaftlichen Ruf mit Veröffentlichungen über so faszinierende Themen wie ›Das Nasenhaar des Ungeheuers Grendel‹ aufzupolieren versuchten.

Ich entwickelte meine Professoren-Auswahltheorie bereits am Ende des Rekrutenjahres. Eine der tragenden Säulen dieser Theorie lautete: Gute Professoren haben eine starke Persönlichkeit. Die besten Professoren haben eine außergewöhnliche Persönlichkeit. Wenn in einem Seminarraum oder einem Vorlesungssaal die Atmosphäre akademischen Dünkels herrschte, fühlte ich mich nicht wohl; ich zog einen Professor vor, der provozierte, der rednerisches Feuer besaß und die Gabe, seine Studenten für einen Stoff zu begeistern. Ich wollte schließlich etwas *lernen.*

Einen guten Lehrer betrachte ich als meinen Ratgeber, als Mentor, ja, als königlichen Eroberer, der sich das Recht erworben hat, mich zu bestrafen. Nur ein leidenschaftlicher Lehrer erweckt in mir den Wunsch, etwas anstreben zu wollen, das er selbst erreicht hat. Ein guter Lehrer vermittelt mir eine neue Sprache, die er von anderen Königen, deren Kornspeicher gefüllt und deren Bibliotheken berühmt sind, entwendet hat; insofern lehrt er mich, daß Lehren die wahre Kunst des Stehlens ist und es darauf ankommt, zu wissen, was man stehlen muß, und wo und von wem man es stehlen kann.

Schlechte Lehrer lassen mich kalt. Die guten aber weichen nie von meiner Seite; sie begleiten mich Tag für Tag und erwecken in mir den Wunsch, an andere weiterzugeben, was sie mir gegeben haben. Ich tausche ihre Geschenke mit Fremden im Zug aus und tue so, als kämen diese Geschenke von mir selbst: Ich stehle von den guten Lehrern. Und das wunderbare ist, daß sie meinen Diebstahl gutheißen und mir Beifall spenden würden, weil ich ihre wichtigste Fähigkeit so gut gelernt habe: das Stehlen.

Diese Theorie hatte ich bei den Vorlesungen von Colonel Edward T. Reynolds' entwickelt, den die Kadetten ›Edward den Großen‹ nannten. Zu den Lehrern in meinem Leben gehörten viele ausgezeichnete Frauen und Männer, doch Reynolds war vielleicht der beste.

Aber er war ein launenhafter, schwieriger Mensch, und deshalb waren Mark und ich nervös, als wir am Montagnachmittag nach der Ringverleihung zehn Minuten zu spät in seine Vorlesung kamen. Man brauchte Mut, einen Vorlesungssaal zu betreten, nachdem Edward der Große bereits mit seinem Vortrag begonnen hatte; aber es war besser, sich seinem Zorn auszusetzen als einen Monat lang den Campus nur mit Einschränkungen betreten zu dürfen und zwanzig Runden um den Paradeplatz zu drehen.

»Du übernimmst das Reden, Will«, sagte Mark, ein aufgeregtes Zittern in der Stimme. »Ist ja deine Schuld, daß wir zu spät kommen.«

»Es ist immer meine Schuld, wenn wir zu spät kommen«, pflichtete ich ihm bei. »Kein Problem, Mark. Du kannst schnell an deinen Platz gehen, und ich lasse den Zorn Edwards des Großen auf mich herunterprasseln.«

Colonel Reynolds war bereits tief in den Vorlesungsstoff eingedrungen, als wir den Saal betraten. Mitten im Satz hielt Reynolds inne. Er sah uns, wurde beängstigend rot im Gesicht und starrte uns mit einem Blick an, der den Golf von Mexiko hätte gefrieren lassen.

Ich lächelte breit und salutierte in lässiger, freundschaftlicher Manier, während Mark sich schleunigst in den hinteren Teil des Saales schlich.

Wegen Reynolds' Fettleibigkeit konnte man leicht übersehen, daß er im Grunde ein ausgesprochen gut aussehender Mann war. Sein schwarzes Haar war immer mit äußerster Sorgfalt gescheitelt; er war tadellos gekleidet, und seine Fingernägel waren perfekt manikürt. Sein Gesicht war fein geschnitten, und seine grünen Augen blickten ausdrucksvoll und konnten mit der gleichen stummen Beredsamkeit Zorn oder Fröhlichkeit widerspiegeln.

Er wog gut drei Zentner und hatte keinen erkennbaren Hals; sein gewaltiger runder Kopf mit dem stolzen, unergründlichen, eindrucksvollen Gesicht schien direkt auf den breiten Schultern zu sitzen. Seine Arme waren kurz, aber muskelbepackt, und er besaß eine bullige Persönlichkeit, die eine beinahe uneingeschränkte Autorität ausstrahlte.

Auf dem Campus wurde er gleichermaßen bewundert wie gefürchtet. Er war so unberechenbar und sprunghaft wie die englische Geschichte, die er lehrte. Seine stechenden grünen Augen, sein gewaltiger Körper, die strotzende Kraft seiner Persönlichkeit und seine unbezwingbare Würde verliehen ihm das Aussehen eines derangierten, übergewichtigen Inquisitors. Bei Edward dem Großen gab es keine kleinlichen Streitereien, nur Blutrache.

Dennoch war er durch und durch ein Gentleman, vornehm und höflich im edelsten Sinne; er besaß jene Kultiviertheit, die tief in der vom Schicksal gebeutelten Mythologie und Tradition der alten Südstaaten wurzelte und auszusterben drohte. Sein Vorlesungssaal war sein Herrschaftsgebiet, in dem er sich mit würdevollem Ernst und flammendem Herzen dem Beruf des Lehrens widmete. Wenn er über englische Geschichte las, wurde er zum brillantesten und leidenschaftlichsten Gelehrten, den ich je gehört hatte — ein nie versiegender Quell mitreißender, glühender Redekunst: Er verehrte die Sprache und ihren kunstvollen Gebrauch; seine Ausdrucksweise war blumig, fast schon überladen, wenn er sich vom eigenen Schwung mitreißen ließ.

Doch es war nicht seine meisterhafte Beherrschung der Sprache, die Reynolds auf dem Campus so umstritten machte; es waren seine extremen Ansichten. Er vertrat konservativere politische Standpunkte als seine Kollegen von der historischen Fakultät, doch Reynolds' Konservativismus besaß nicht das leidenschaftliche Feuer, das in seinem Herzen für die Geschichte brannte. Es waren auch nicht Reynolds' unverhohlen rassistische Ansichten, die seine Professorenkollegen verärgerten — es war die Tatsache, daß er *alle* Rassen und Religionen zu verachten schien. Nicht, daß er von einer rassischen Minderwertigkeit der Schwarzen überzeugt war, o nein. Er haßte die Schwarzen; aber mit der gleichen Leidenschaft haßte er die Franzosen, die Juden, sämtliche Asiaten, die Slawen, die Russen, die Italiener, die Lateinamerikaner, die Türken, die Araber. Eigentlich schien er für sämtliche rassischen, ethnischen und religiösen Gruppen nur Verachtung zu haben. Die einzigen Rassen, die er nicht haßte, waren die Rassen ohne Geschichte, die keine Chronik ihrer Kriege und Greueltaten besaßen. Nicht, daß sein Fachgebiet ihn abgestumpft hätte; es hatte nur seinen Blickwinkel eingeengt, so daß seine sprachlich so brillanten Vorlesungen leider auch ein Forum für die erschreckende Trostlosigkeit seiner Überzeugungen waren. Er war der voreingenommenste Mann, den ich jemals kennengelernt hatte. Vielleicht herrschte deshalb bei seinen Vorlesungen ein seltsam erregendes Klima der Spannungen und Widersprüche, das mir nirgendwo sonst an der Akademie begegnet war. Man konnte sehr viel von Colonel Edward T. Reynolds lernen, falls man in jeder Hinsicht grundsätzlich anderer Meinung war als er.

Aus einem sehr seltsamen Grund waren er und ich in meinem zweiten Jahr an der Akademie gute Freunde geworden. Bis ich zum erstenmal eine seiner Veranstaltungen besuchte, hatte ich nicht gewußt, daß Reynolds hauptsächlich die irischen Katholiken für den Niedergang der westlichen Zivilisation und Kultur verantwortlich machte. Ich erfuhr es, als er die Liste der Hörer seines Einführungsseminars über die ›Geschichte der westeuropäischen Zivilisationen‹ durchsah und dabei auf meinen Namen stieß. Er blickte mich an und musterte eingehend mein Gesicht.

»Sie sind katholischer Ire, Mr. McLean, nicht wahr?«

»Ja, Sir, das bin ich.«

»Stehen Sie auf, und nehmen Sie Haltung an, wenn Sie zu einem Offizier sprechen, Sie Rassenschande!« brüllte er mich an. Ich sprang auf und baute Männchen. »Wenn ich mich nicht irre, befinden wir uns hier an einer Militärakademie. Nun, Mr. McLean, ich möchte Ihnen eine ernsthafte Frage stellen, und ich wäre Ihnen für eine ernsthafte Antwort dankbar. Sind Sie stolz darauf, katholischer Ire zu sein?«

»Darüber habe ich noch nie nachgedacht, Sir. Weder über das eine noch über das andere«, antwortete ich wahrheitsgemäß.

»Dann schlage ich Ihnen vor, mit all Ihren begrenzten geistigen Kräften über diese Frage nachzudenken und Schlußfolgerungen aus Ihren Ergebnissen zu ziehen, Mr. McLean. Natürlich ist es nicht Ihre Schuld, sondern ein unglücklicher Zufall, daß Sie dieser verachtenswerten Rasse angehören. Aber Sie müssen die Bedeutung dieser Tatsache erkennen und zu begreifen versuchen, auf welche Weise die Karten gegen Sie gemischt sind. Es gibt eine ganze Reihe weiterer Iren, die meine Veranstaltungen besuchen. Es sind reizbare Teufel, die sich allesamt gegen mich verschworen haben, nachdem ich ihnen einige unbestreitbare Tatsachen über die Iren verdeutlicht hatte. Ich bin ein unvoreingenommener Mensch, Mr. McLean. Ich bin der Überzeugung, daß es bestimmten Individuen – in einer begrenzten Anzahl, wie ich allerdings hinzufügen muß – möglich ist, sich von ihren rassischen Fesseln zu lösen und sich auf eine Art und Weise selbst zu verwirklichen, die für Angehörige ihrer ethnischen Gruppe ungewöhnlich ist. Aber ich bin außerdem ein wahrheitsliebender Mann und nicht zuletzt Historiker, und ich würde meine Pflichten vernachlässigen, falls ich nicht laut und deutlich die Wahrheit verkünde, egal, wo und in welcher Form ich sie entdecke. Stimmen Sie mir zu, Mr. McLean?«

»Vollkommen, Sir«, sagte ich, obwohl ich spürte, wie heißer Zorn in mir aufstieg.

»Ausgezeichnet.« Er nickte anerkennend mit seinem massigen Löwenhaupt. »Nun, viele schlichte Gemüter an dieser Akademie betrachten mich als ungerecht. Sie betrachten mich sogar als verabscheuungswürdigen rassistischen Eiferer, Mr. McLean. Mich würde Ihre ehrliche Meinung zu dieser ungeheuerlichen Verleumdung interessieren.«

»Ich glaube nicht, daß Sie ein verabscheuungswürdiger Rassist sind, Sir. Ich glaube, Sie sind schlicht und einfach ein Rassist.«

Die Kommilitonen lachten nervös, doch unter Reynolds' düsteren Blicken verstummte das Gelächter sehr schnell. Er fand meine Bemerkung gar nicht witzig.

»Die Iren haben eine ausgeprägte Fähigkeit für schmeichlerisches Geschwätz und humorvolle Nebenbemerkungen, Mr. McLean«, sagte er traurig. »Aber sie sind eine fröhliche Rasse, weiß Gott. Während der blutigen englischen Tyrannenherrschaft hatten sie wenig zu lachen. Damit kein Mißverständnis aufkommt, Mr. McLean – obwohl in meinen Adern englisches Blut fließt, verschließe ich keineswegs die Augen vor den Fehlern der Engländer. Ein dermaßen blutdurstiges, habgieriges und eroberungssüchtiges Volk hat es auf diesem Planeten nicht noch einmal gegeben. Das englische Blut stammt aus der Kloake Westeuropas. Doch die herausragende Begabung dieser Rasse für Greueltaten wird durch ihre Fähigkeit zu regieren wettgemacht. Es war den Engländern überlassen, einer niederen Rasse wie den Iren ein Rechts- und Verwaltungssystem aufzuzwingen.«

»Und wir Iren sind Ihnen ewig dankbar dafür, Sir«, sagte ich.

»Sarkasmus, gewiß, Mr. McLean, und ich kann es Ihnen weder verübeln, noch werde ich Sie für Ihre Impertinenz bestrafen. Aber hätten wir Engländer den Iren gestattet, sich selbst zu regieren, wäre diese Rasse inzwischen ausgestorben. Ihre Landsleute hätten sich bei Sauf- und Freßgelagen und sinnlosen Metzeleien, zu denen nur eine degenerierte Rasse imstande ist, gegenseitig die Schädel eingeschlagen. Die Iren können weder sich selbst regieren, noch sind sie fähig, den Herrschaftsanspruch derjenigen anzuerkennen, die ihnen überlegen sind. Aber sie sind freiheitsliebende Menschen, daran besteht kein Zweifel. Nur ist es leider so, daß sie aus Mangel an geistiger Kapazität nicht begreifen können, was das wahre Wesen der Freiheit ausmacht. Irland steckt voller Widersprüche. Denken Sie daran, Mr. McLean: Ihre Heimat ist ein Inselstaat, der nie eine Marine hervorgebracht hat. Die Menschen lieben die Musik, haben aber nur ihre schlichten, munteren Volksweisen als musikalische Hinterlassenschaft hervorgebracht. Es sind kriegerische Menschen; aber sie haben in keinem einzigen Krieg den süßen Geschmack des Sieges gekostet. Es ist ein katholisches Land, aus dem kein wirklich großer Kirchengelehrter hervorgegangen ist. Es ist ein außergewöhnlich schönes Land, wie geschaffen, Künstler zu inspirieren; dennoch hat sich dieses Land mit den Mitteln der Kunst noch keine Unsterblichkeit erworben. Die Iren sind Menschen mit philosophischer Neigung, aber können Sie mir auch nur einen irischen Philosophen von Rang nennen? Es gibt keinen irischen Mozart, Kant oder Raffael. Es gibt keine irische Musik, Philosophie oder Malerei von Weltgeltung. Es gibt nicht einmal eine irische Küche. Können Sie irgend etwas vorbringen, das Ihre Rasse in ein besseres Licht rückt, Mr. McLean?

Reden Sie nur frei heraus, ohne Furcht vor Vergeltung. Dies ist ein Ideenaustausch.«

»Die Engländer scheinen zumindest die Kochkunst zu beherrschen, Sir. Vor allem die Kunst, sehr große Mengen zu kochen.«

Die Kommilitonen prusteten vor Lachen; aber wieder war es ein nervöses, wachsames Lachen hinter vorgehaltener Hand.

»Ruhe!« befahl Reynolds. »Geistreich, Mr. McLean. In Maßen geistreich. Aber ich hatte eher an eine geschichtliche oder kulturelle Leistung gedacht, die Sie zur Verteidigung Ihrer Rasse vorbringen können.«

Sein düsterer Blick verunsicherte mich. Ich sagte mit einer Stimme, die mir selbst fremd vorkam: »Ich bin Amerikaner, Sir. Ich bin in Georgia geboren.«

»Und ich in South Carolina, mein Herr«, rief er mit Donnerstimme. »Aber ich rede hier nicht über Geburtsorte, sondern über die Abstammung. Ich rede über ethnische Wurzeln und rassische Muster, die für bestimmte Volksgruppen typisch und immer wieder zu beobachten sind, so daß man diese Muster seit Jahrhunderten studiert und interpretiert hat. Wenn man eine Forelle aus einem Bergbach in einem Aquarium in der Wüste Gobi oder den Abwasserkanälen unter dem Montparnasse aussetzt, bleibt das Tier immer noch eine Forelle. Würden Sie auch nur ein Jahr im Lande Ihrer Vorväter verbringen, Mr. McLean, dann würden Sie am Ende dieses Jahres ein Leben als versoffener Kartoffelbauer führen, der ein häßliches irisches Weibsbild geheiratet hat und Waffen für die IRA schmuggelt. Und jetzt setzen Sie sich, Sie Einfaltspinsel, und vergeben Sie mir, daß ich Sie gleich am ersten Tag so hart herangenommen habe. Ich verspreche Ihnen, daß ich Sie und die anderen hier versammelten schlichten Gemüter als Entschädigung einiges über die Geschichte der westeuropäischen Zivilisationen lehren werde.«

Bevor er seine Vorlesung weiterführte, bedachte er mich mit einem heiteren, vergnügten Lächeln, und ich erkannte sofort, daß er mir dieses Lächeln als Zeichen der Freundschaft anbot. Als ich dieses Lächeln sah, wußte ich, daß verbale Turnierkämpfe nur ein Sport für Edward T. Reynolds waren, seine einzige Methode der Kommunikation. Aber da war noch etwas anderes an diesem Mann, etwas Dunkleres, Tiefgründiges; man konnte es nicht in Worte kleiden, aber es veranlaßte mich, ihn zu bemitleiden. Er war ein sehr einsamer Mann, und ich — ob Ire oder nicht — erkannte nicht nur eine ethnische Verwandtschaft zwischen uns beiden, sondern eine geistige Verwandtschaft, die nichts mit Blut und Rasse zu tun hatte. Dennoch wußte ich damals noch nicht, daß wir Freunde werden sollten — bis er die ersten Seminararbeiten zurückgab und ich die Notiz las, die er unter meine Arbeit geschrieben hatte: ›Sie haben einen guten Stil, Mr. McLean, aber ich bin sicher, daß Sie noch gar nichts begriffen haben, was das Wesen der europäischen Geschichte betrifft. Wenn ich diese Arbeit zugrunde lege, muß ich zu dem Schluß gelangen, daß Sie voller *merde* stecken. Ich erwarte noch sehr viel von Ihnen.‹ Er benotete die Arbeit mit ›gut‹ und lud mich für den Nachmittag zu sich und seiner Frau zum Tee ein. Es war der erste vieler solcher Nachmittage, und alle verliefen in anregender Atmosphäre und lehrten mich sehr viel. Aber die Freundschaft endete vor dem Vorlesungssaal, und Zuspätkommen war der einzige Fehltritt, den er keinem Kadetten durchgehen ließ.

»Halt, Santoro, Sie Schande Ihrer Vorväter«, befahl

er. »Sie wissen, daß ich keine Verspätungen dulde. Als ich vor dreiundzwanzig Jahren an dieser dekadenten Akademie anfing, wurde mir gesagt, daß man die Disziplin hier als weibliche Gottheit betrachtet und die Kadetten die Anbeter ihres heiligen Schreines wären. Können Sie irgendeine Entschuldigung für Ihre Verspätung vorbringen, und sollte sie noch so fadenscheinig sein?«

»Jawohl, Sir, das kann er«, antwortete ich an Marks Stelle und trat vor Reynolds' Pult.

»Ich habe zum edlen römischen Senat gesprochen, nicht zum lärmenden Pöbel Dublins, mein Herr«, sagte Colonel Reynolds ohne einen Hauch von Humor in der Stimme.

»Das ist die Wurzel unseres Problems, Sir«, sagte ich. »Genau das ist der Grund für unser Zuspätkommen.«

»Würden Sie sich bitte näher erklären, Mr. McLean? Im übrigen dürfen Sie sich bereits als mit Strafpunkten bedacht betrachten.«

»Sir, als wir uns für diese Vorlesung umgezogen und darüber gesprochen haben, wie sehr wir uns darauf freuen, unsere Kenntnisse der Geschichte und der englischen Sprache zu erweitern, indem wir gebannt einer der exzellenten Vorlesungen unseres brillanten Professors lauschen dürf . . .«

»Mr. McLean«, unterbrach er mich ungeduldig. »Was leeres Geschwätz angeht, liegt meine Toleranzgrenze ausgesprochen niedrig.«

»Jawohl, Sir. Verzeihung, Sir. Ich werde mich kurz fassen. Als Mr. Santoro und ich über die heutige Vorlesung gesprochen haben, habe ich eine unglückliche und unbedachte Bemerkung über das Gewicht unseres Herrn Professors fallen lassen.«

»Und?«

»Und Mr. Santoro sagte zu mir, er würde es nicht erlauben, daß ein Ire sich abfällig über den Körperumfang seines Lieblingsprofessors äußert.«

»Was hat Mr. Santoro getan, Mr. McLean?«

»Er hat mich kräftig auf den Kopf und die Brust geschlagen, Sir. Er hat mich körperlich mißhandelt. Sein Amoklauf hat dafür gesorgt, daß ich vorübergehend das Zeitempfinden verloren habe, und das hat zu der fünfminütigen Verspätung geführt, Sir. Daß wir Ihre Vorlesung unterbrochen haben, erfüllt uns mit grenzenloser Scham. Bitte, fahren Sie fort.«

Ich ging mit forschen Schritten an meinen Platz, doch bevor ich meine Bücher auf die Tischplatte legen konnte, sagte Colonel Reynolds: »Halt, Sie Rassenschande. Hiermit schließe ich Sie für heute aus der Vorlesung aus. Sie werden mir eine förmliche Entschuldigung schreiben und darum bitten, wieder zu dieser Veranstaltung zugelassen zu werden.«

»Sie, Mr. Santoro«, sagte er und grinste Mark breit an, »sind ein edler, vorbildlicher Vertreter der mediterranen Rasse. Daher möchte ich Sie bitten, einen Ehrenplatz neben meinem Pult einzunehmen. Ich liebe jeden, der einen dieser unverschämten Iren zu erschlagen versucht. Guten Tag, Mr. McLean.«

Bevor ich den Vorlesungssaal verließ, blieb ich kurz hinter Reynolds' Pult stehen und flüsterte ihm zu: »Bitte, Sir, ich muß Sie nach der Vorlesung unbedingt sprechen. Es ist sehr wichtig. Ich brauche Ihre Hilfe, Sir.«

»Ich bin den Rest des Nachmittags auf meinem Büro, Mr. McLean.«

Als Reynolds nach der Vorlesung sein Büro betrat, saß ich bereits in einem Besucherstuhl vor seinem Schreibtisch.

»Nehmen Sie Haltung an, Sie Rassenschande«, rief er vergnügt. »Ein höherwertiges Exemplar der Gattung Mensch betritt das Zimmer. Ein Angelsachse, fürchte ich.«

Er warf seine Notizen auf den unaufgeräumten Schreibtisch, umrundete ihn und ließ sich schwer in den riesigen Ledersessel plumpsen. Er verschränkte die Hände – seine Finger sahen wie fette weiße Bananen aus –, und legte sie auf seinen gewaltigen Schmerbauch, wobei er mich mit aufmerksamen, vergnügten Blicken musterte.

»Wir wurden in ein falsches Zeitalter hineingeboren, Mr. McLean. Sie und ich sind lebende Anachronismen. Sie sollten ein irischer Priester des zwölften Jahrhunderts sein, mit glühender Liebe zu Gott im Herzen und einem Eichenknüppel in der Faust. Ein Mönch, der in der eisigen Brandung der irischen See steht und den englischen Invasoren die Schädel einschlägt. Und ich – ich, Mr. McLean, sollte ein englischer König sein, dem sich die schönsten Maiden des Landes darbieten und der ein Heer krummbeiniger Ritter befehligt, die ihn beknien, eine Flotte bauen zu lassen, über den Kanal zu segeln und die Franzmänner niederzumetzeln. Wir sind traurige, mitleiderregende Geschöpfe, Mr. McLean. Für uns gibt es nur wenig Hoffnung auf dieser Welt. Aber gut, was kann ich für Sie tun, mein Junge?«

»Ich habe eine Frage, Sir«, sagte ich. »Sie betrifft eine historische . . . Angelegenheit.«

»Freut mich, daß Sie endlich einen Hauch von Interesse an der Wissenschaft eines Herodot und eines Colonel Reynolds zeigen.«

»Als Sie Ihr Buch über die Geschichte der Militärakademie von South Carolina geschrieben haben, Sir, sind

Sie bei Ihren Recherchen auf Informationen über eine Organisation gestoßen, die sich als ›die Zehn‹ bezeichnet?«

»Warum fragen Sie, mein Junge?« Er stützte sein Doppelkinn auf die verschränkten Hände.

»Weil Sie diese Organisation in Ihrer Studie kein einziges Mal erwähnen. Ich habe das Buch schon gelesen, als ich im zweiten Jahr an der Akademie war. Ich habe es heute noch einmal auf Hinweise auf die Zehn durchgesehen, um sicherzugehen. Das war der Grund für mein Zuspätkommen. Ich wollte absolut sicher sein, daß die Zehn nicht erwähnt werden.«

»Was haben Sie denn über diese Organisation gehört, Mr. McLean?«

»Nur Gerüchte, Sir.«

»Sehen Sie? Auch ich bin damals, als ich mein Buch schrieb, nur auf Gerüchte gestoßen. Nun, Gerüchte sind zwar ein dankbarer Stoff für Spekulationen, für einen Historiker jedoch sind sie bestenfalls fragwürdig. Ich bin sämtlichen Gerüchten nachgegangen. Ich habe nach schriftlichen Hinweisen gesucht, nach irgendeinem greifbaren Beweis für die Existenz einer solchen Organisation. Vergeblich. Ich bin auf keinen einzigen konkreten Hinweis gestoßen, der hätte beweisen oder widerlegen können, daß die Zehn ein mächtiger Geheimbund an dieser Akademie war oder immer noch ist.«

»Sie glauben also, daß diese Organisation gar nicht existiert, Colonel?« fragte ich.

»Das habe ich nicht gesagt, Mr. McLean«, erwiderte er lächelnd. »Typisch. Die Iren neigen immer zu vorschnellen Schlußfolgerungen. Ich habe gesagt, daß ich keinen schriftlichen Beweis für die Existenz der Zehn finden und daher nicht mit absoluter Sicherheit behaupten konnte, daß es eine solche Organisation gegeben hat. Ich bin Historiker, kein Romancier oder Klatschkolumnist.«

»Als ich noch Rekrut war, Sir, hat der General einem Zeitungsreporter gegenüber erklärt, daß an der Akademie keine Geheimbünde geduldet würden, gleich welcher Art. Das wäre schon gemäß den Satzungen der Akademie strengstens verboten. Und er hat bestritten, jemals von den Zehn auch nur gehört zu haben.«

»Er hat gelogen«, sagte Colonel Reynolds. »Aber man sollte ihn deshalb nicht zu hart verurteilen. Würde er nicht die Kunst der bürokratischen Täuschung und Verschleierung beherrschen, hätte er es niemals bis zum Viersternegeneral gebracht.«

»Er hat gelogen?« Ich war fassungslos. Der Mythos der untadeligen Rechtschaffenheit und Integrität General Durrells war auf dem Campus so tief verankert, daß schon der bloße Gedanke, er könnte ein Lügner sein, einem Sakrileg gleichkam. »Ist das nicht eigenartig für einen Mann, der das Ehrsystem so leidenschaftlich verteidigt? Woher wissen Sie, daß er gelogen hat?«

»Jeder, der lange genug an der Akademie ist, hat zumindest von der Existenz der Zehn gehört. Vielleicht ist es nur eine Legende. Aber selbst wenn es so wäre — *diese* Legende ist sehr lebendig und geheimnisvoll zugleich. Der General müßte schon ein Taubstummer sein, wenn er nichts davon gehört haben will. Und noch dazu ein Ignorant. Ich möchte Ihnen eine interessante Anekdote erzählen, Mr. McLean, und ich würde gern Ihre Meinung dazu hören. Als Colonel Adamson, der ehemalige Verwaltungsleiter der Akademie, 1958 gestorben ist, lag bei seiner Beerdigung ein Kranz mit zehn weißen Nelken auf seinem Sarg. Außerdem wurde bei seiner Beisetzung ein Taubenkorb mitgeführt. In diesem Korb waren zehn weiße Tauben. Ich habe sowohl die Nelken als auch die Vögel gezählt. Und schließlich wurde der Akademie in Adamsons Namen eine anonyme Spende in Höhe von zehntausend Dollar überwiesen. Auf den ersten Blick mag das alles bedeutungslos erscheinen, ohne tieferen Sinn. Aber dann gab es eine zweite Beerdigung.«

»Wessen Beerdigung, Colonel?« fragte ich atemlos und beugte mich gespannt zu ihm vor.

»Nehmen Sie Ihre ungewaschenen Finger von den Möbeln, Mr. McLean«, befahl Reynolds. »Und zeigen Sie mehr Geduld. Ein Historiker muß unendlich viel Geduld aufbringen. Das zweite Begräbnis fand in Atlanta, Georgia, statt. General Homer Stone war im Schlaf verschieden. Ich wurde als Vertreter der historischen Fakultät der Akademie zu seiner Beisetzung geschickt. Es war eine entsetzlich langweilige Angelegenheit, bei der unerträglich stumpfsinnige Grabreden gehalten wurden. Aber was mir an diesem Tag ins Auge fiel, war ein Taubenkorb mit zehn weißen Tauben, ein Kranz mit zehn weißen Nelken und die Ankündigung auf der Todesanzeige, daß der Akademie zum Gedenken an General Stone eine Spende in Höhe von zehntausend Dollar zugeht.«

»Also gibt es die Zehn.«

»Sie dürfen niemals Geschichte erfinden. Wenn Ihnen danach ist, sollten Sie sich lieber an Science Fiction halten. Lassen Sie mich fortfahren, Mr. McLean«, sagte er, lehnte sich bedächtig im Sessel zurück und blickte an die Decke. »Ich habe mit mehr als dreihundert Absolventen gesprochen, als ich die Materialien für mein Buch über die Geschichte der Akademie zusammentrug. Ich habe jeden einzelnen gefragt, ob er mir irgendeine Information über die Zehn geben könne, und mochte sie noch so unbedeutend erscheinen. Die meisten haben mir das übliche erzählt, diese belanglosen Gerüchte. Aber ich habe die interessante Feststellung gemacht, daß gerade die berühmtesten, hochrangigsten Absolventen jeden Eid darauf schworen, daß die Zehn niemals existiert hätten. Und noch etwas: Die Frage, ob es eine solche Organisation gegeben hat und immer noch gab, wurde in den späten dreißiger Jahren viel häufiger diskutiert als in den Nachkriegsjahren. Ich habe die Bruchstücke aus den verschiedenen Gerüchten zusammengesetzt, und ich werde Ihnen sagen, wie das Ergebnis aussieht. Zugegeben, es ist ein sehr abstruses Porträt der Organisation, so wie ich sie mir vorstelle. Aber behalten Sie immer im Auge, Mr. McLean, daß es sich bei diesem Porträt nur um einen groben Entwurf in den verwaschenen Farben aus Andeutungen und versteckten Hinweisen handelt. Nun, wie es heißt, ist die Mitgliedschaft bei den Zehn die höchste Ehre, die einem Kadetten dieser Akademie zuteil werden kann. Das Mystische dieser Organisation beruht vor allem auf ihren strengen Geheimhaltungsvorschriften. Angeblich gibt es einen Ehrenschwur unter den Mitgliedern, niemals ihre Zugehörigkeit zu den Zehn preiszugeben, nicht einmal ihren Frauen und der Familie gegenüber. Ich habe das Geschwätz über die Zehn selbst gehört, als ich noch Kadett an der Akademie gewesen bin, und ich habe immer damit gerechnet, daß man mich selbstverständlich zum Mitglied dieser Organisation erwählen würde, falls sie existiert. Also habe ich darauf gewartet, daß jemand an mich herantritt und mir diese frohe Botschaft überbringt. Aber das ist natürlich nie geschehen. Dabei wäre ich eine bessere Wahl als die zehn Schurken gewesen, die man möglicherweise gewählt hat, das kann ich Ihnen versichern.«

»Welche Bedingungen mußte man denn erfüllen, um gewählt werden zu können, Sir? Hat Ihnen das jemand gesagt? Selbst wenn es nur Gerüchte gewesen sind.«

»Jetzt reden Sie wie ein Historiker, Mr. McLean«, sagte er und nickte beifällig. »Es gibt verschiedene Theorien, was die Auswahlkriterien angeht. Falls es eine solche Organisation gibt, hat sie eine Art Vorstand, der die Wahl von zehn Mitgliedern aus den Reihen der Kadetten eines jeden Abschlußjahrgangs überwacht. Einige Absolventen haben mir berichtet, sie hätten gehört, die Berufenen würden nach Abschluß des zweiten Ausbildungsjahres in die Zehn aufgenommen. Andere sagten, dies würde am Tag des Korps geschehen. Ein armseliger Idiot hat mir allerdings versichert, daß es sich bei der ganzen Angelegenheit um kommunistische Propaganda handelt. Ein anderer – ein Papist – war sogar der Überzeugung, es handle sich um eine Verschwörung, um die Katholiken aus dem Korps herauszuhalten. Ich habe mit vielen bejammernswerten Männern gesprochen, Mr. McLean.«

»Wenn ich Sie recht verstanden habe, würden also Jahr für Jahr zehn neue Mitglieder in die Organisation aufgenommen, so daß sie heute Hunderte von Mitgliedern haben könnte?« fragte ich.

»So ist es, Mr. McLean.«

»Aus welchem Grund gibt es die Zehn, *falls* es sie gibt?« fragte ich. »Was sind ihre Ziele? Und was haben sie bis heute getan?«

»Tja, Mr. McLean, wie Sie sich denken können, haben sie kein Buch darüber geführt.«

»Natürlich, Sir«, sagte ich ungeduldig. »Aber Sie haben mit dreihundert Absolventen gesprochen. Hat denn nicht einer von ihnen irgend etwas über die Ziele der Organisation gesagt?«

»Doch.« Er schien seine Rolle als Geheimnisträger zu genießen, und er fütterte mich wie einen winselnden Hund, dem man Brocken um Brocken hinwirft. »Die Zehn werden angeblich erwählt, um die Reinheit und Integrität des Kadettenkorps zu wahren. Sie legen einen Eid ab, die Traditionen der Akademie um jeden Preis fortzuführen. Mir wurde gesagt, daß die Zehn eine mächtige Lobby in der Regierung von South Carolina haben, und sehr einflußreich sind, indem sie Kandidaten für politische Ämter finanziell unterstützen, von denen sie erwarten können, daß sie ihren Einfluß im Interesse der Akademie geltend machen. Außerdem überwachen die Zehn genauestens bestimmte Mitglieder des Korps, um sicherzugehen, daß niemand seinen Abschluß machen kann, der es ihrer Meinung nach nicht wert ist, den Ring zu tragen.«

»Und welche Qualifikationen muß ein Mitglied der Zehn vorweisen können?«

»Die Antwort beruht wieder einmal auf Gerüchten, Mr. McLean. Nichts als Gerüchte, allesamt wertlos. Es gibt zwar Unterschiede, aber im wesentlichen sind die Qualifikationen von der Art, wie man es erwarten kann. Außergewöhnliche Führungseigenschaften, sehr gute akademische Leistungen, Treue zur Akademie und besondere militärische Tüchtigkeit.«

»Dann verstehe ich nicht, Colonel«, sagte ich ernst, »wie diese Kerle die Frechheit haben konnten, mich zu übergehen.«

»Ich bin sicher, daß die Zehn noch nie potentielle Revolutionäre in ihre Reihen aufgenommen haben. Ihre Chancen, ins Kardinalskolleg gewählt zu werden, sind größer, Sie irische Rassenschande. Aber da fällt mir ein ... Ich habe mir sagen lassen, daß die Mitglieder der Zehn eine weitere bestimmte Qualifikation aufweisen müssen.«

»Und welche ist das, Colonel?«

»Ein ziemlich schwächlicher älterer Herr, ein Absolvent, hat zwar nicht an die Existenz dieser Organisation geglaubt, war aber nach dreißig Jahren immer noch wütend, daß sie ihn nicht zum Mitglied gemacht hat, da ein weiteres Auswahlkriterium die körperliche Kraft ist. Die Zehn dürfte also eine im wahrsten Sinne des Wortes schlagkräftige Organisation sein.«

»Das spricht auch nicht gegen den Muskelprotz McLean.«

»Vielleicht hat man sich die Frage gestellt, ob Ihre Loyalität der Akademie gegenüber groß genug ist.«

»Oh«, sagte ich. »Dann wären diese Kerle nicht so dumm, wie ich dachte.«

»Halten Sie das Maul.« Er hämmerte die Faust auf die hölzerne Tischplatte, daß seine Vorlesungsnotizen zu Boden segelten. »Ich lasse es nicht zu, daß ein irisches Großmaul den guten Namen der Akademie in den Schmutz zieht. Schon lange vor Ihnen haben viele Männer bittere Worte über die Akademie gesagt, als sie noch Kadetten waren. Aber gerade diese Männer wurden später ihre glühendsten Verehrer. Einige haben der Akademie sogar Spenden in beträchtlicher Höhe hinterlassen.«

»Ich würde nur der Abrißkolonne, die diese Institution dem Erdboden gleichmacht, eine beträchtliche Spende hinterlassen.«

»Und was würden Sie anstelle dieser Institution errichten lassen, Mr. McLean?« fragte er gereizt. »Welche

Einrichtung hätte Ihrer Meinung nach den gleichen Wert für die Gesellschaft? Die Akademie hat Staatsmänner hervorgebracht, Feldherrn, Botschafter und Industriekapitäne. Legt man ihre Größe zugrunde, hat keine andere Hochschule, gleich welcher Art, einen vergleichbaren Beitrag für das Wohl der Vereinigten Staaten geleistet. Was würden Sie an ihre Stelle setzen? Was würden Sie auf den Trümmern dieser großen Institution errichten lassen, das einen vergleichbaren Beitrag zum politischen, militärischen und wirtschaftlichen Aufstieg des Landes leisten könnte?«

»Oh, ich weiß nicht, Colonel«, sagte ich, und mein Lächeln täuschte darüber hinweg, daß ich wußte, wie er auf meine Bemerkung reagieren würde: »Wie wär's mit einem Windelwaschunternehmen?«

»Sie sind ein unverschämter Bengel«, fuhr er mich an. »Raus aus meinem Büro, Sie irischer Strolch. Sollten mir noch einmal solche Bemerkungen über die Akademie zu Ohren kommen, nehme ich Sie mir höchstpersönlich zur Brust.«

»Da mache ich mir keine allzu großen Sorgen, Colonel«, zog ich ihn auf. »Jedenfalls, jetzt nicht mehr.«

»Ach. Und warum nicht?« fragte er und starrte mich mit schmalen Augen an.

»Sie sind kein Mitglied der Zehn.«

»Das stimmt, Mr. McLean. Aber ich kann Ihnen versichern, daß ich damals – so es dies Organisation gegeben hat – sämtliche Neumitglieder der Zehn aus meinem geistlosen, saft- und kraftlosen Jahrgang pakken und in den Ashley River hätte werfen können.«

»In Ihrer Jugendzeit, Sir ... Wenn ich Ihnen diese persönliche Frage stellen darf ... waren Sie damals . . . waren Sie noch nicht so . . . ich weiß nicht, wie ich es ausdrücken soll . . .«, stammelte ich.

»Sie möchten mich auf Ihre hilflose Art und Weise fragen, ob ich damals schon ein so fettes Schwein gewesen bin, wie es Ihnen heute gegenübersitzt. Ich gehöre nicht zu den Leuten, die jedes Wort auf die Goldwaage legen, Mr. McLean, und wenn wir uns wie vernünftige Männer unterhalten wollen – wie erwachsene, intelligente Männer –, dann dürfen Sie die Worte, die Ihnen auf der Zunge liegen, nicht herunterschlucken.«

»Also gut, Sir«, sagte ich. »Waren Sie schon so fett, als Sie Kadett gewesen sind? Ich möchte es wirklich gern wissen.«

»Halten Sie mich heute für fett?« wollte er wissen.

»Ich halte Sie für unglaublich fett, Sir. Ich sage das aber nur, weil Sie mir geraten haben, kein Wort herunterzuschlucken, das mir auf der Zunge liegt.«

»Stößt mein Gewicht Sie ab, Mr. McLean?«

»Jawohl, Sir. Es stößt mich so sehr ab, daß Worte es nicht beschreiben können.«

Plötzlich erhob er sich, und dann stürzte er sich mit verblüffender Geschwindigkeit über den Schreibtisch hinweg auf mich. Ich schoß aus dem Besucherstuhl und flüchtete in Richtung Tür, nachdem ich mit knapper Not hatte verhindern können, daß er mich zu packen bekam. Er atmete schwer, und seine Augen funkelten herausfordernd. »Wenn Sie sich auf einen Faustkampf mit mir eingelassen hätten, Mr. McLean«, sagte er mit grollender Stimme, »glauben Sie, Sie wären als Sieger daraus hervorgegangen?«

»Jawohl, Sir, insofern ich Sie in ein Wettrennen verwickelt hätte, bevor wir mit den Fäusten aufeinander losgegangen wären. Nach dem vierten oder fünften

Schritt wären Sie einem Herzanfall erlegen, woraufhin ich kehrtgemacht und Sie in aller Ruhe verdroschen hätte.«

Rumpelndes Gelächter stieg aus seiner mächtigen Brust; es hörte sich an, als würde eine Ladung Schotter von einem Lastwagen gekippt. Reynolds gehörte zu den riesigen, stets verdrossen aussehenden Menschen, deren Lachen erstaunlich ansteckend war.

»Ich hätte es besser wissen müssen, als mich mit einem großmäuligen Iren auf ein Wortgefecht einzulassen. Aber ich möchte Sie an eine unbestreitbare Tatsache erinnern, Mr. McLean. Wenn Sie lange genug Geschichte studieren, mit der erforderlichen Liebe und Leidenschaft, werden Sie erkennen, daß die wirklich großen Männer, die Geschichte geschrieben haben, dikke Männer gewesen sind. Wahre Größe tritt nur sehr selten in einem mickrigen, modisch schlanken Gewand auf. Und ein großer Geist kann nur von einem entsprechend massigen Körper versorgt werden. Prägen Sie sich diese Worte gut ein. Nur ein Dummkopf würde diese Behauptung anzweifeln.«

»Oh, ich glaube Ihnen, Sir«, sagte ich. »Und ich kann aus Ihrer Theorie nur einen Schluß ziehen: Daß Sie zu den bedeutendsten Männern der Geschichte gehören.«

»Ein scharfsinniger Kerl, dieser McLean. Ein wirklich scharfsinniger irischer Großkotz. Glauben Sie bloß nicht, daß ich mich freue, übergewichtig zu sein, oder daß Ihre gefühllosen Scherze mich verletzen. Wegen meiner Körpermassen habe ich sehr gelitten, daran gibt es nichts zu rütteln. Sie haben dafür gesorgt, daß ich die Welt mit anderen Augen sehe; sie haben sogar meine Einstellung zu Gott geändert.«

»Und wie, Sir?« fragte ich verblüfft.

»Gäbe es einen gerechten, gnädigen Gott, Mr. McLean, hätte ein trockener Martini nur eine Kalorie und eine Schüssel Müsli viertausend. Gäbe es einen gerechten, gnädigen Gott, hätte ein Bananensplit gar keine Kalorien, und eine Sojabohnensprosse oder eine rohe Mohrrübe hätte zehntausend. Ich habe sehr viel Zeit damit verbracht, über die Grausamkeit des Universums nachzugrübeln.«

Ich nahm meine Bücher vom Fußboden, um ihm zu verstehen zu geben, daß ich sein Büro verlassen wollte. »Danke für Ihre Hilfe, Colonel«, sagte ich. »Übrigens, wenn Sie tatsächlich ein Mitglied der Zehn wären, hätten Sie mir dann gesagt, was Sie von Ihren Gesinnungsgenossen halten?«

»Kein einziges Wort hätte ich Ihnen gesagt. Ich hätte sogar unter der Folter geleugnet, daß eine solche Organisation existiert. Na ja, jedenfalls zu Beginn der Folter. Nur ein Narr würde behaupten, sich der fragwürdigen Kunstfertigkeit eines Folterknechts nicht früher oder später zu beugen. Ich kenne mich gut genug, um in meinem Fall sagen zu können: eher früher als später. Spätestens, wenn man mir mit Zangen die Fingernägel abreißen oder meine Genitalien mit Elektroschocks traktieren würde.«

»Eine letzte Sache noch, Sir«, sagte ich. »Wenn ich ein Buch über die Geschichte der Akademie geschrieben hätte, dann hätte ich alles erwähnt, was ich über die Zehn aufschnappen konnte. Ich hätte es als faszinierendes Gerücht dargestellt, selbst wenn mir der schriftliche Beweis gefehlt hätte.«

Er sah verletzt aus, als ich diese Bemerkung gemacht hatte, tief verletzt. Dann sagte er ganz sachlich: »Aus diesem Grunde wird nie ein Historiker aus Ihnen werden, Mr. McLean. Ich habe umfangreicheres dokumentarisches Beweismaterial für die Existenz von Atlantis als für die Existenz dieser Organisation. Die Geschichtswissenschaft ist keine höhere Form der Astrologie. Ich weiß nicht, ob auch nur eine einzige Information, die ich Ihnen gegeben habe, der Wahrheit entspricht oder nicht.«

»Aber nach welchen Kriterien entscheiden die Zehn, wer es wert ist, den Ring zu tragen, und wer nicht? Das hört sich seltsam an, Colonel. Zumal diese Frage doch durch das Rekrutenjahr und das Jahrgangssystem beantwortet wird.«

»Richtig, das habe ich Ihnen zu erklären versäumt. Nun, das Gerücht über das Wert- und Unwertsein, den Ring zu tragen, stammt von einem ziemlich heuchlerischen Liberalen, der Mitte der fünfziger Jahre hier seinen Abschluß gemacht hat und zur Zeit als Bürokrat in Washington arbeitet. Er hat behauptet, die Zehn — falls es sie gibt — hätten einen Schwur abgelegt, jedem, ob Mann oder Frau, den Abschluß unmöglich zu machen, der dem Ruf der Akademie aufgrund gravierender geistiger oder körperlicher Eigenheiten Schaden zufügen kann. Ein ziemlich humorvoller Standpunkt, wenn man die jüngste Entwicklung betrachtet, nicht wahr?«

»Wie meinen Sie das, Sir?«

»Angeblich haben die Zehn geschworen, daß die Akademie niemals einem Neger den Abschluß erlauben wird. Manchmal, Mr. McLean, hoffe ich von ganzem Herzen, daß die Zehn wirklich nicht existieren, und . . .«

»Und, Sir?«

»Daß sie an ihren Idealen festhalten. Guten Tag, Mr. McLean.«

28

Am nächsten Tag saß ich im Speisesaal und aß mit dem Korps zu Abend, ohne die lärmende Fröhlichkeit der neuen Träger des Ringes wahrzunehmen. Sie zeigten die Ringe voller Stolz den anderen Mitgliedern ihrer Tischgruppe und erlaubten sogar den Rekruten, das funkelnde Symbol zu betrachten, das sie als Blutsverwandte des Stammes der Krieger auswies. Ich war am Morgen in der Bibliothek gewesen, um nachzuschauen, ob Pearce eine Nachricht hinterlassen hatte; anschließend hatte ich die Ring-Ausstellung im Museum der Akademie besucht. Wenn ein Absolvent in einer Schlacht fiel, gaben seine nächsten Angehörigen traditionsgemäß den Ring an die Akademie zurück. Das Stück wurde dann voller Stolz und Ehrfurcht in einem mit schwarzem Samt ausgeschlagenen Schaukasten untergebracht. In dieser makabren Trophäensammlung befanden sich Ringe von Männern, die bei Bull Run gefallen, bei Antietam, in der Ardennenschlacht, bei der Schlacht um Guadalcanal, am Pork Chop Hill – und sie alle, alle hatten vor ihrem Tod verfügt, daß ihre Ringe der Akademie zurückgegeben würden. Wenn man in diesen Schaukasten blickte, konnte man sich nur schwer vorstellen, daß jeder Ring ein Menschenleben repräsentierte – und einen Tod auf dem Schlachtfeld. Jedesmal, wenn ich diese Sammlung betrachtete, war ich von der Stille und dem Ernst dieser Schwadronen aus Ringen tief bewegt, die so sorgfältig und liebevoll im Schaukasten aufgereiht lagen. Wie alle anderen Kadetten, die diesen Museumsraum besichtigten, stellte ich mir unwillkürlich die Frage, ob auch mein Ring eines Tages in diesem Schrein voll kaltem, leblosem Gold enden würde.

Ich streifte meinen Ring vom Finger und reichte ihn Beasley, der vor mir Haltung angenommen und mich um die Erlaubnis gebeten hatte, sich den Ring ansehen zu dürfen. Pig weigerte sich, seinen Ring abzunehmen; er schwor, daß er ihn nie mehr vom Finger streifen würde. Beasley drehte meinen Ring so vorsichtig zwischen den Fingern, als würde es sich um eine kostbare, zerbrechliche Reliquie handeln. Er betrachtete ihn von allen Seiten wieder und wieder; er streichelte zärtlich darüber und kniff die Augen zusammen, als er die lateinische Inschrift auf dem Siegel von South Carolina zu entziffern versuchte.

»Der Ring ist wunderschön, Sir«, sagte er.

»Er ist teuer, Rotarsch«, erwiderte ich.

»Aber er ist seinen Preis wert, Sir. Darum sind wir alle hier.«

In diesem Augenblick krachte und knarrte es in den Lautsprechern an den Wänden. Beasley nahm meine Tasse und schenkte mir Kaffee nach. Pig saß über seinen Teller gebeugt und schützte seine Riesenportion mit seinen gewaltigen runden Schultern. Doch wir spitzten die Ohren und warteten gespannt auf die Ankündigung. Es geschah nur sehr selten, daß vor Beendigung einer Mahlzeit eine Meldung durchgegeben wurde. Plötzlich erfüllte die klare Stimme des Adjutanten General Durrells den Speisesaal. Die zweitausend jungen Männer lauschten.

»Meine Herren«, sagte der Adjutant, »wir haben soeben die Meldung erhalten, daß der Sohn von General Durrell, Alfred Durrell, Abschlußjahrgang 64, in der vietnamesischen Provinz Que Noc durch eine Tretmine getötet wurde. Morgen um 13 Uhr findet in der Kapelle ein Gedenkgottesdienst für Leutnant Durrell statt. Alle Kadetten werden hiermit aufgefordert, an dieser Totenmesse teilzunehmen.«

Schweigen breitete sich im Speisesaal aus, ein langes, tiefes Schweigen. Das Korps rührte sich nicht; das Korps gab keinen Laut von sich.

Die meisten Senioren hatten Al Durrell zumindest flüchtig gekannt. Es war unmöglich, der Sohn des Generals zu sein und gleichzeitig der Aufmerksamkeit des Korps zu entgehen. Aber als typischen Generalssohn hatte man Al Durrell nicht bezeichnen können. Er hatte den Rang seines Vaters nie zum eigenen Vorteil genutzt. Al mußte ein fürchterliches Rekrutenjahr hinter sich gebracht haben, hatte man mir erzählt; denn als der Kader erkannt hatte, daß der General keine Vorzugsbehandlung seines Sohnes wünschte, hatte Al zu spüren bekommen, daß er genauso ein Rotarsch war wie jeder andere. Er hatte die Schikanen und Schindereien erduldet, die auch seine Kameraden erdulden mußten; er hatte die brutalsten Exzesse des Systems durchgestanden. Stets behielt er seine Meinung für sich; ruhig und ernst ließ er jede Quälerei und Demütigung über sich ergehen, und er erwarb sich den Respekt des Korps, da er sich niemals bei der Kommandantur beschwerte oder – schlimmer noch – seinem Vater von den Schikanen berichtete. Es wurde gemunkelt, daß er sich sogar den Respekt seines Vaters erworben hätte; aber das war umstritten. General Durrell hatte öffentlich verkündet, er sei der Meinung, daß Al's Führungsqualitäten sehr gering wären. Al hatte die Nase und die Körpergröße seines Vaters geerbt, nicht aber die Gene, die ihn zu einem großen Mann gemacht hätten. Er wurde Leutnant im Korps, ein bescheidener Rang; seine Leistungen auf akademischem Gebiet waren ansehnlich, und er war ein mittelmäßiger, aber ehrgeiziger Sportler. Man bewunderte ihn seiner Bescheidenheit und seines Humors wegen; er gehörte zu jenen Menschen, die sich selbst auf die Schippe nehmen konnten. Außerdem hielt er eine gewisse höfliche Distanz zu den Kameraden; eine Eigenschaft, die in den Kasernen nur selten gewürdigt wurde. Ich erschrak, als ich versuchte, mir das Gesicht Al Durrells ins Gedächtnis zu rufen: Es war leicht, ihn sich tot vorzustellen. Ich konnte mich nicht einmal mehr an seine Stimme erinnern.

Ich konnte spüren, daß sich im tiefen, bedrückten Schweigen im Speisesaal hilflose Wut staute. Keiner brachte einen Bissen hinunter. Ein toter junger Mann steckte in unseren Kehlen.

»Er war ein prima Kerl. Ein verdammt netter Kerl«, sagte jemand hinter mir.

Einige entsetzte Augenblicke lang war die Erstarrung vollkommen, als wir alle die Erinnerungen an Al Durrell in uns wachriefen und an sein zurückhaltendes, freundliches Wesen dachten. Wir mußten ihn aus unserer Erinnerung tilgen, mußten ihn den Schrapnells überlassen und dem Toten einen Platz in unserem Innern freimachen.

Dann erhoben wir uns von unseren Stühlen, als hätte ein unsichtbarer Kader begonnen, Befehle zu brüllen, und ich schritt inmitten des Korps, der zweitausend Mann, schweigend aus dem Saal. Viele hatten die brennenden Kerzen von den Tischen genommen, und der riesige Zug bewegte sich ohne Marschordnung im Kerzenlicht langsam zum Haus des Generals, der für die meisten von uns die Verkörperung der Unmenschlichkeit darstellte; ein Mann, den wir als immun gegenüber dem Hohn der Geschichte und des Schicksals betrachteten und dessen Sohn heute abend irgendwo in Fernost gefallen war.

Es war ein wogendes Meer aus Feuer, das sich über den abendlichen Campus bewegte; jede einzelne Kerzenflamme war eine kleine Säule der Kapelle, die aus unserer Trauer errichtet war. Schließlich machte das Korps vor dem Haus des Generals Halt. Das Licht der Kerzen flackerte unwirklich in den Schatten der Veranda, als wir zaghaft dort standen und warteten, wie betäubt, ohne zu wissen, wie wir den Gefühlen Ausdruck verleihen sollten, die unsere Zungen lähmten; ohne zu wissen, wie wir weinen oder was wir einer Mutter sagen sollten, die ihren einzigen Sohn für immer verloren hatte, oder einem Krieger, der seinen einzigen Sohn an den Krieg verloren hatte.

Obwohl es ein spontaner, ungeordneter Marsch zum Haus von General Durrell gewesen war, besaß die Versammlung doch eine zeremonielle Korrektheit. Das Korps war angetreten, um Al Durrell zu ehren, Träger des Ringes, einer von uns, ein Junge, der immer ein Junge bleiben würde, ein Kamerad, der immer ein Kamerad bleiben würde; das Korps hatte sich versammelt, um den Vater dieses Sohnes zu ehren und den Schmerz seiner Mutter zu lindern, um ihr Leid zu teilen und unsere Trauer zu bekunden.

Als wir General Durrell und dessen Frau aus der Tür kommen sahen, wurde uns klar, daß sie nicht mit unserem Aufmarsch gerechnet hatten: Sie hatten keine Zeit gehabt, sich darauf vorzubereiten. Zum ersten Mal sah ich General Durrell in Zivilkleidung. Mrs. Durrells Tränen bewegten uns; daß ihr Mann nicht weinte, bewegte uns nicht minder. Die beiden starrten in die Kerzenflammen, während wir schweigend auf dem Rasen standen. Ich konnte den Atem des Korps hören, die unterdrückte heiße Wut darüber, daß die Schlitzaugen einen von uns abgeschlachtet hatten. Von den zweitausend Kadetten, die an diesem Abend angetreten waren, sollten weitere achtundzwanzig in Vietnam ihr Leben lassen. Achtundzwanzig Ringe sollten an die Akademie zurückkehren, in den gläsernen Schaukasten im Museum. Und ich sollte später viel über diese achtundzwanzig Mann nachdenken, über jeden einzelnen von ihnen, immer dann, wenn die Nachricht von ihrem Tod eintraf; ich sollte mich fragen, ob mit diesem Besuch bei General Durrell der Tod dieser achtundzwanzig Kameraden besiegelt gewesen war.

An diesem Abend jedoch war eine der seltenen Stunden gekommen, da das Korps eins geworden war. Unser Schweigen war furchterregend und erhaben zugleich, als wir den Durrells gegenüberstanden. Der Fluß führte Niedrigwasser, und die Brise, die vom Sumpf herüberwehte, roch feucht und schwer und würzig. Der Geruch der Ebbe und der Geruch des Todes schienen eins zu sein.

Unsere Gesichter erstrahlten im Kerzenschein. Der General trat vor, um etwas zu sagen. Er räusperte sich und senkte den Blick; seine Finger bewegten sich, als würden sie unsichtbare Notizen auf einem Rednerpult durchblättern. Dann hörte er, wie seine Frau schluchzte, und trat zurück. Sie begann hemmungslos zu weinen. Der General legte ihr den Arm um die Schultern und starrte uns mit einem Blick an, der plötzlich kühl und distanziert war. Es war schwer zu erkennen, was er fühlte und dachte; seine Bewegungen und Gesten waren steif und theatralisch zugleich. Er stand über uns auf der Veranda seines Hauses in einer Art Hab-acht-Stellung. Sein Auftreten war würdevoll und förmlich wie immer, doch er rang sichtlich um Fassung. Er wußte nicht, was er sagen sollte. Er konnte nicht sprechen.

Ich hatte den Wunsch, diesen Mann zu umarmen. Ich wollte, daß seine Frau sich an meiner Schulter ausweinte. Ich wollte seinen gefallenen Sohn zum Leben erwecken. Tiefer Schmerz lag auf Durrells Gesicht, und seine Augen ertranken im Kerzenlicht.

Plötzlich trat Mrs. Durrell vor. Mit einer Stimme, die vor Schmerz, Haß und Verzweiflung zitterte, rief die zierliche, zerbrechliche Frau uns zu: »Holt sie euch, Jungs. Holt sie euch. Holt sie euch und tötet sie. Für Alfred. Für mich. Für mich.« Dann verlor sie erneut die Fassung und kehrte zu ihrem Mann zurück.

Ich weiß nicht, wann der dumpfe Sprechgesang einsetzte, aber er begann irgendwo hinter mir. Zuerst war es nur eine Stimme, tief und volltönend. Dann kamen weitere hinzu, und noch mehr, immer mehr; es breitete sich in der Menge aus. Und dann war es das gesamte Korps, das mit einer einzigen, donnernden Stimme einen Racheschwur in den Abendhimmel rief. In der Sprache der Kasernen bekundete das Korps Alice Durrell sein Beileid.

»Ich will nach Vietnam.
Ich will Vietkong töten.
Ich will nach Vietnam.
Ich will Vietkong töten.«

Der Sprechgesang hallte über den Campus. Er war furchterregend und schrecklich und martialisch, geboren aus Haß und Vernichtungswille. Die Kraft des Bösen brannte im kollektiven Herzen des Korps; sie war so stark wie die Kraft der Liebe und des Leids.

Dann hob Mrs. Durrell die Hand, und wir verstummten.

»Das ist das Schönste, das ich je erlebt habe. Ich danke euch, Jungs. Ich danke euch von ganzem Herzen.« Damit wandte sie sich um und ging mit ihrem Mann ins Haus.

Ich sprach mit niemandem, als wir uns auf den Rückweg in die Kasernen machten. Die Akademie hatte mich tief beeinflußt, das wußte ich; aber auf einen solchen Beweis ihrer Autorität war ich nicht vorbereitet gewesen. Ich hatte mich an dem Sprechgesang beteiligt. Ich hatte meinen Haß zusammen mit den anderen hinausgeschrien. Meine Stimme und die der Kasernen hatten sich zu einer einzigen Stimme vermischt. Sie waren ein und dasselbe. An diesem Abend wußte ich es zum ersten Mal ganz sicher.

29

Mitte Dezember, bevor die erste längere Reise der Basketballmannschaft durch den Süden begann, fuhr ich zu Annie Kates Strandhaus, um ihr ein Weihnachtsgeschenk zu machen. Sie war nicht da, als ich ankam. Ich fand sie auf der Deichmauer. Sie saß allein auf einem der Felsblöcke und beobachtete wie damals den Sonnenuntergang, das rotglühende Meer und die leuchtenden Farben Charlestons. Hinter uns war der Mond aufgegangen; wie eine schimmernde helle Scheibe aus frostbeschlagenem Chrom erhob er sich über der Insel, begleitet von den ersten blassen Sternen des Abends. Annie Kate hatte sich eine Decke über die Schultern gelegt. Ich konnte ihren kondensierenden Atem sehen, als ich näher kam.

Ich hatte nicht gewußt, was ich einem Mädchen kaufen sollte, das ich liebte. In meinem ganzen Leben hatte ich keinerlei Fähigkeiten erworben oder Einfallsreichtum entwickelt, was die Kunst des Schenkens betraf. Nie war es mir gelungen, einem Menschen ein Geschenk zu machen, das meinen Gefühlen für diesen Menschen entsprach. Ich hatte meiner Mutter geschrieben, daß ich verliebt war. Ich hatte ihr alles über Annie Kate berichtet, nur nicht, daß sie von einem anderen Mann schwanger war. Das war mein Geheimnis, und ich wollte es niemandem anvertrauen, nicht einmal meiner Mutter, auch wenn ich dabei ein schlechtes Gewissen hatte. Ich hatte Mutter geschrieben, daß Annie Kate mich an sie erinnern würde, und das war die Wahrheit. Alle Frauen, die ich verehrte, erinnerten mich an meine Mutter. Ich hatte sie um Rat gebeten, was ein junger Mann seiner ersten Liebe schenken sollte. Meine Mutter schickte mir gleich eine ganze Liste mit Vorschlägen: Parfüm, ein gutes Buch (vorzugsweise einen Klassiker), eine lederne Geldbörse, oder ein Goldkettchen. Sie legte mir besonders das Goldkettchen ans Herz und versicherte mir, daß es ein wunderschönes Weihnachtsgeschenk für jedes Mädchen sei, sogar für ein Mädchen aus einer alten Charlestoner Familie. Außerdem hatte Mutter mir geschrieben, daß ich Annie Kate über Weihnachten zu uns nach Hause einladen könne und sie sich sehr freuen würde, wenn ich Annie Kates Mutter überreden könnte, uns zu begleiten. ›Jeden, den Du liebst‹, hatte meine Mutter mir geschrieben, ›liebe ich auch‹. Jeden, den ich liebte, liebte sie bereits.

Es war ein Goldkettchen in dem eingewickelten Päckchen, das ich zu Annie Kate auf den Felsen brachte, zu Annie Kate am Meer.

Ich reichte ihr das Geschenk, setzte mich neben sie und schlug den Kragen meines Mantels hoch, den ich über der grauen Uniform trug. Annie Kate wickelte das Päckchen aus, öffnete die Schachtel und nahm die Goldkette heraus. Sie hielt die Kette in die Höhe, in das letzte Licht der Sonne und die ersten silbern-frostigen Strahlen des Mondes – Gold auf Gold und Silber auf Gold. Dann legte sie mir den Arm um den Hals und küßte mich.

Sie lächelte mich an, während sie das Kettchen durch die Finger gleiten ließ. Plötzlich verdüsterte sich ihre Miene, als wäre in ihrem Innern ein Schalter gedreht worden, der sie aller Kraft und allen Mutes beraubte. »Du schenkst mir die Kette, weil ich dir leid tue, nicht wahr, Will? Du liebst mich aus Mitleid. Weil ich schwanger bin. Nicht wahr?«

»Ich habe dir schon einmal gesagt, Annie Kate«, erwiderte ich, »daß ich dich gar nicht erst kennengelernt hätte, wenn du nicht schwanger wärst. Gib mir eine ehrliche Antwort: Hätte ich andernfalls überhaupt Chancen bei dir gehabt?«

»Nein«, sagte sie und starrte hinunter auf die Felsen. »Du hast recht. Seit ich denken kann, bin ich darauf vorbereitet worden, jemanden aus meinen gesellschaftlichen Kreisen zu heiraten. Aber sieh dir an, wohin es geführt hat. Jetzt bin ich von einem jungen Mann aus meinen gesellschaftlichen Kreisen schwanger. Ich habe keinen Freund auf der Welt, der wirklich weiß, wer ich bin. Habe ich dir schon erzählt, daß ich Freunde in Charleston habe, die mir nach Santa Barbara schreiben, in dem Glauben, ich würde dort studieren? Sie schicken ihre Briefe an die Cousine meiner Mutter, und die schickt sie dann nach Charleston zurück. Und dann setze ich mich hin und schreibe den Freunden. Wie es mit dem Studium vorangeht, über neue Bekanntschaften und so weiter. Ich schreibe ihnen, daß ich mit gutaussehenden jungen Männern ausgehe. Ich schildere ihnen die Landschaft, die Berge um Santa Barbara, und ich schreibe von Wochenendausflügen nach Los Angeles und San Francisco. Dann schicke ich diese Briefe an die Cousine meiner Mutter, und die schickt sie aus Santa Barbara an meine Freunde in Charleston. Ich bin noch nie in Kalifornien gewesen. Alles, was ich schreibe, ist gelogen. Mein ganzes Leben ist eine einzige große, häßliche Lüge.«

»Du gehst zu streng mit dir ins Gericht, Annie Kate«, sagte ich. »Du stammst nun mal aus einer Gesellschaftsschicht, in der man nicht einfach verkünden kann: Leute, ich bekomme ein uneheliches Kind. Du und deine

Mutter, ihr schützt eure Zukunft. So mußt du es sehen, Annie Kate. Wenn der Vater des Kindes den Mund hält, wird niemand etwas von der Sache erfahren. Warum ziehst du nicht einfach nach Santa Barbara und lebst bei dieser Frau, dieser geheimnisvollen Cousine? Hast du schon mal darüber nachgedacht?«

»Nein. Weil ich bestraft werden möchte. Wäre ich nach Kalifornien gegangen, hätte meine Mutter nicht die Genugtuung gehabt, naserümpfend auf mich herabzublicken und mir jeden Tag zu sagen, daß ich ihr Leben ruiniert und alles zunichte gemacht hätte, was sie für mich getan hat. Sie hätte keine Gelegenheit gehabt, ihre Lieblingsrolle als Märtyrerin zu spielen. Auf diese Weise hat sie die Möglichkeit, mich jeden Tag zu bestrafen. Und wir beide haben die Möglichkeit, jeden Tag den Verrat zu sehen, den ich an Mutter begangen habe, an ihrer Erziehung, an unserer gesellschaftlichen Klasse. Wir können uns jeden Tag gegenseitig weh tun. Manchmal gehe ich zu Bett und bete zum Herrn, mich nicht mehr aufwachen zu lassen. Ich glaube, meine Mutter würde mich eher verscharren lassen als den Leuten zu erklären, warum ich in Charleston bin, und nicht in Santa Barbara.«

»Beurteilst du nicht auch deine Mutter zu streng? Wahrscheinlich versucht sie nur, mit der Situation fertigzuwerden, so gut sie kann.«

»Sie redet nur darüber, wie sehr ihr Leben und ihr Ruf darunter leiden. Und immerzu denkt sie darüber nach, welche Auswirkungen das alles auf mich hat, wie es mich Tag um Tag tötet.«

»Was wirst du mit dem Kind tun, Annie Kate?« fragte ich.

Sie fuhr wutentbrannt zu mir herum und schrie

mich an: »Es gibt kein Kind. Das habe ich dir schon einmal gesagt.«

»Du kannst wohl kaum verleugnen, daß du ein Kind bekommst. Und deine Mutter nicht, und ich auch nicht. Wenn die neun Monate um sind, mußt du dich entscheiden, was du mit diesem Phantomkind anfangen willst, das sich von deiner Muttermilch ernährt.«

»Ich würde niemals ein Kind stillen, selbst wenn es ein normales Kind wäre, und einen Bastard erst recht nicht. Ich war immer schon der Meinung, daß Frauen, die ihre Kinder stillen, schreckliche Brüste bekommen. Ich wette, die Frauen in deiner Familie haben ihre Kinder immer gestillt. Aber in meiner Familie – niemals! Ich, zum Beispiel, wurde von einer schwarzen Amme gestillt.«

»Und ich bin mit der seltsamen Ansicht groß geworden, daß die Brüste einer Frau dazu dienen, ihre Kinder zu stillen«, sagte ich. »Wenn man nicht gerade in Charleston aufwächst, lernt man die verrücktesten Sachen, was?«

»Du möchtest wohl Streit mit mir anfangen, Will? Du versuchst schon wieder dafür zu sorgen, daß ich mich schmutzig und minderwertig fühle.«

»Das stimmt nicht. Ich möchte erreichen, daß du der Wahrheit ins Gesicht siehst. Daß du endlich Pläne für die Zukunft machst. Ich möchte erreichen, daß du dir Gedanken darüber machst, was mit dem Kind geschehen soll, Annie Kate. Seit wir uns das erste Mal begegnet sind, habe ich versucht, mit dir darüber zu reden, aber immer wechselst du das Thema oder weichst mir aus oder tust so, als hättest du meine Frage gar nicht gehört.«

»Für mich ist es kein Kind, Will«, sagte sie. »Kannst

du das nicht verstehen? Ich darf es nicht zulassen. Es lebt nicht in meinem Innern. Würde ich es als mein Kind betrachten, würde ich es zu lieben anfangen. Ich muß mich selbst beschützen. Ich muß das Kind als etwas Lebloses betrachten, als einen Gegenstand, der in meinem Leib heranwächst wie ein Tumor oder eine Geschwulst. Als irgend etwas, das man hätte herausschneiden müssen — was aber nicht geschehen ist. Ich darf von vornherein nicht zulassen, daß mein Leben sich mit dem des Kindes berührt. Ich möchte ein schönes Leben führen. Ich möchte fröhliche, glückliche Zeiten erleben. Mit netten, fröhlichen Menschen.«

»Was ist mit dem Kind?« flüsterte ich. »Wirst du es zur Adoption freigeben?«

»Ja«, antwortete sie nach kurzem Schweigen. »Ich werde es weggeben, sobald es geboren ist. Bist du jetzt zufrieden, Will? Beantwortet das deine Fragen? Man wird das Kind einer netten Familie geben. Das hat man mir bereits versprochen.«

»Großer Gott«, sagte ich.

»Was würdest du denn vorschlagen, Will? Daß ich das Baby in einen Kinderwagen lege, in einem blauen oder rosa Strampelanzug, und dann die Battery entlangspaziere, immer auf und ab, und dabei meinen Freunden zuwinke? Seht her, hier sind Annie Kate und ihr Bastard?«

»Ich kann dir nichts raten, Annie Kate«, sagte ich. »Vor so einer Entscheidung habe ich noch nie gestanden. Ich weiß nicht, was ich an deiner Stelle tun würde. Tut mir leid, wenn ich dich verärgert habe. Die Sache geht mich nichts an.«

»Manchmal rede ich mir ein, das alles geschieht mit jemand anderem, Will. Mit einer schäbigen, verachtenswürdigen Schlampe. Ich kann nicht glauben, daß Gott einem Menschen, den er nicht haßt, so etwas widerfahren läßt. Oh, ich weiß, ich habe gesündigt, aber Gott weiß, daß ich für diese Sünde gebüßt habe. Eine solche Strafe habe ich nicht verdient. Es ist so seltsam, Will, daß dieses ... Ding in meinem Innern heranwächst. Manchmal hasse ich es von ganzem Herzen. Und manchmal liebe ich es so sehr, daß ich es mit Worten nicht sagen könnte. Es ist so unschuldig, es braucht mich, es vertraut mir, es hängt so vollständig von mir ab. Das Kind trägt ja keine Schuld. Und es ist glücklich in meinem Leib. Ich weiß es; ich kann es spüren. Das Kind weiß nicht einmal, daß es als Bastard zur Welt kommt. Ein Bastard, der von zwei der ältesten Familien Charlestons abstammt.«

»Ich wünschte, ich könnte irgend etwas für dich tun, Annie Kate«, sagte ich und nahm ihre Hand. »Ich würde alles tun, um dir zu helfen.«

»Sei mein Freund, Will McLean. Bleib bei mir, bis das alles vorbei ist. Laß mich nicht allein ... wie grausam und ungerecht ich auch zu dir sein mag. Und egal, was für schreckliche Dinge ich zu dir sage. Sei mein Freund, aber bitte, bleib auf Distanz. Ich komme mir abscheulich und unrein vor. Ich möchte dich nicht anstecken.«

»Mich anstecken, Annie Kate? Du mußt alles mit mir teilen. Ich möchte jeden Schmerz spüren, den du spürst, damit wir ihn gemeinsam bekämpfen können.«

Wir küßten uns noch einmal, leidenschaftlicher, verzweifelter. Ich zog sie ganz fest an mich und spürte ihre kleinen Brüste und den schwangeren Leib; es schien, als wollte das Kind sich zwischen uns drängen — als Symbol all dessen, was uns erst zusammengeführt und dann wieder getrennt hatte. Doch indem ich sanft ihren Leib berührte, wurde das Kind spürbar und körperlich; es war kein Symbol mehr, sondern ein lebendes Wesen.

Ich hatte oft von Annie Kates Kind geträumt. In meinen Träumen war es die Küste von Sullivan's Island entlanggerannt und hatte brütende Vögel aufgescheucht und flache Steine übers Meer hüpfen lassen. Ich konnte das Kind ganz deutlich sehen, vermochte aber nicht zu erkennen, ob es ein Junge oder ein Mädchen war. Es war ein zartes, blondes Geschöpf, ein Meereskind, das bis zu den Knien in der Brandung stand und lachend den trägen Flug der Pelikane und die grotesk huschenden Sandkrabben beobachtete, die in ihre winzigen Höhlen flüchteten. Ich konnte sehen, wie das Kind gestrandete Quallen in die Höhe hob, die wie durchsichtige Stoffstreifen von seinen Fingern baumelten, ohne daß das Kind von ihrem Gift verätzt wurde. Ohne Furcht vor Verletzungen zog es Stachelrochen aus ihren Unterwasserkavernen hervor. Annie Kate würde ein magisches Kind bekommen, durchdrungen von der Klugheit und List der Meeresbewohner und nicht von der alten, schweigenden Boshaftigkeit Charlestons.

Als wir zurück zu Annie Kates Strandhaus gingen und vorsichtig über die Felsen stiegen, dachte ich über das Kind nach, das sich in dem geheimnisvollen Binnensee in Annie Kates Innern bewegte. Ich hielt ihre Hand und spürte ihren Herzschlag, und mir wurde klar, das daß Blut, das durch ihre Adern pulste, bald auch durch das Hirn des Ungeborenen strömen würde, daß ihr Körper zu einem Aquarium und ihr Kind zu einem Schwimmer in diesen lichtlosen Gewässern geworden war. Wir waren drei Herzen, die nun den Strand entlanggingen, drei verschiedene Sichtweisen des Universums, drei Wesen mit aufeinander ausgerichteten und dennoch unterschiedlichen Träumen. Ich fragte mich, ob auch ich im Leib meiner Mutter geträumt hatte. Wie mochte der Traum eines erwachenden Gehirns aussehen? Vielleicht war es ein uralter, immer gleicher Traum, dessen Inhalt von den Instinkten der jeweiligen Lebewesen bestimmt wurde. Waren es beim Menschen Bilder vom Feuer und den Zeichnungen von Büffeln an den Wänden einer Höhle? Die erste schaudernde Erinnerung an den kalten Glanz der Sterne? Oder verwandelten sich die Träume einer Mutter in eine primitive Form dieser Träume im Hirn des Embryos? Hatte ich durch Botschaften von außen schon im Mutterleib von Wärme und Kälte, Regen und Schnee, Liebe und Haß gewußt und mir dieses Wissen später neu erwerben müssen?

Das Strandhaus war ein dreigeschossiges Gebäude im viktorianischen Stil, dessen Mauern in einer dunklen, bedrückenden grauen Farbe gestrichen waren. Es stand etwa dreißig Meter von der Deichmauer entfernt. Bei sehr hoher Flut bildeten sich große Seen aus Meerwasser auf dem Rasen vor dem Haus; ein Drittel der Rasenfläche war von Salzablagerungen und den Skeletten kleiner Fische bedeckt, die bei Flut durch die Ritzen der Felsmauer gedrückt worden und den geduldigen Beobachtungsflügen der Seevögel entgangen waren, die an diesem Küstenstreifen patrouillierten.

Doch das Strandhaus Annie Kates besaß etwas Einzigartiges und Außergewöhnliches. Es gehörte zu jenen düsteren, verwinkelten Gebäuden, die bei phantasiebegabten Nachbarskindern Neugier und Angst erregten. Die Zimmer waren klein und hoch, und jedes hatte eine andere Form und verlieh dem Haus eine eigenartige Unausgewogenheit, gleichzeitig aber eine seltsame Symmetrie.

Es gab zwei Veranden, eine im ersten Stock, die andere im Erdgeschoß, beide mit prächtiger Aussicht auf den Hafen. Von der unteren Veranda gelangte man durch eine Glastür direkt ins Wohnzimmer; von der oberen kam man ins größte der vier Schlafzimmer. Die Möbel konnte man nur mit viel gutem Willen als Strandmöbel bezeichnen, doch sie spiegelten immerhin einen Sinn für das Zweckmäßige wider.

Als wir uns dem Haus näherten, konnten wir riechen, daß im offenen Kamin Eichenholz brannte, und dann hatten wir durch die gläserne Verandatür auch schon einen ungehinderten Blick auf Annie Kates Mutter, die in einem Schaukelstuhl vor dem Feuer saß. Sofort schüttelte Annie Kate meine Hand ab, und ich löste mich von ihr und trat einen Schritt zur Seite.

»Meine Mutter!« flüsterte sie überflüssigerweise.

»Oh, Scheiße«, sagte ich. »Stört es dich, wenn ich einen Herzanfall bekomme?«

»Laß den Unsinn«, fuhr sie mich an. »Wir haben ja nichts verbrochen. Ob sie uns wohl vor Sonnenuntergang auf der Deichmauer gesehen hat?«

»Wäre das ein Verbrechen? Weißt du was? Ich sage, du hättest versucht, mich zu vergewaltigen, als ich ahnungslos auf den Felsen saß und den Rosenkranz gebetet habe.«

»Sie ist betrunken«, sagte Annie Kate.

»Woher willst du das wissen?«

»Ich kann es daran erkennen, wie sie schaukelt. Und weil es inzwischen dunkel ist. Und weil ich seit zwanzig Jahren mit ihr zusammenwohne.«

Als wir durch die Verandatür ins Wohnzimmer traten, drehte Mrs. Gervais den Kopf in unsere Richtung und sagte: »Sieh an, sieh an. Die zwei Turteltauben.«

Annie Kate fauchte zurück: »Du hast kein Recht, mir nachzuspionieren, Mutter!«

»Ich habe nicht spioniert, mein Schatz. Ich bin nur hierheraus gefahren, um meine Tochter zu besuchen.«

»Du wolltest mich gar nicht besuchen«, rief Annie Kate. »Du hast dich betrunken und wolltest hier herauskommen und mir wieder einmal sagen, daß ich dein Leben zerstört habe, und all die Pläne, die du mit mir hattest.«

»Ja. Jeden gottverdammten Plan«, stieß Mrs. Gervais mit haßerfüllter Stimme genau in dem Augenblick hervor, als sie mich sah und bemerkte, daß ich sie nachdenklich anstarrte. Ich habe von Natur aus einen ziemlich grüblerischen Blick, der aber rein gar nichts zu bedeuten hatte – wie jetzt, zum Beispiel –, aber mir erschien der Zeitpunkt ungünstig, Mrs. Gervais das näher zu erläutern.

»Was schauen Sie mich so an, Kadett? In meinen eigenen vier Wänden kann ich so viel trinken, wie ich will, ohne daß der bartlose, unreife Sohn eines Hinterwäldlers mich anstarrt, als wäre ich ein Haufen Schmutz. Habe ich recht?«

»Ich schaue Sie gar nicht an, Mrs. Gervais«, sagte ich und kam mir wie ein Dummkopf vor, denn seit wir ins Zimmer gekommen waren, hatte ich sie fortwährend angestarrt.

»Was wollen Sie von meiner Tochter, Will?« fragte Mrs. Gervais und musterte mich mit trunkenen, feindseligen Blicken. Ich sah sie zum erstenmal in reichlich angeschlagenem Zustand, obwohl Annie Kate hin und wieder Andeutungen gemacht hatte, daß ihre Mutter eine Schwäche für geistige Getränke besaß. Bis jetzt hatte ich Mrs. Gervais aber nur als nahezu perfekte Vertreterin der feinen Charlestoner Gesellschaft kennengelernt – allerdings eine Vertreterin auf dem absteigenden Ast.

»Ich möchte Annie Kates Freund sein, Mrs. Gervais.«

»Das war vorhin aber eine ausgesprochen innige Art und Weise, seine Freundschaft zum Ausdruck zu bringen.«

»Tut . . . tut mir leid«, stammelte ich, errötete und dachte fieberhaft darüber nach, wie ich mir einen halbwegs eleganten Abgang verschaffen konnte.

»Du *hast* uns nachspioniert, Mutter«, sagte Annie Kate, außer sich vor Wut. »Ich verbiete dir, mir jemals wieder nachzuspionieren oder dich in mein Leben einzumischen.«

»Na ja«, sagte Mrs. Gervais und blickte ihre Tochter mißmutig an, »bei dem da brauche ich mir wenigstens keine Sorgen mehr zu machen, daß er dich schwängert.«

»Du betrunkene, widerliche alte Schlampe«, rief Annie Kate und griff nach der Flasche Wodka, die Mrs. Gervais sich liebevoll unter den Arm geklemmt hatte.

»Ach? Ich bin also die Schlampe? Ich möchte dich daran erinnern, meine Liebe – und zur Information deines pickeligen Kadetten –, daß dein Vater und ich vor den Augen des Herrn und der Charlestoner Gesellschaft rechtmäßig verheiratet gewesen sind, wie es sich gehört, und zwar drei Jahre bevor ich dich in die Welt gesetzt habe. Nennt ihre Mutter eine Schlampe! Nach dem, was sie mir angetan hat. Was sie dem guten Namen der Familie angetan hat. Mir und ihrem Vater, Gott habe ihn selig, so eine Schande anzutun! Dein Vater hat Glück, daß er tot ist. Er hat Glück, das alles nicht mehr erleben zu müssen.«

Annie Kate schluchzte, wandte sich ab und rannte zur Treppe.

Als sie fort war, sagte ich: »Ich bin froh, daß Sie vorbeigeschaut haben, Mrs. Gervais.«

»Reden Sie nicht so unverschämt mit mir, Kadett«, erwiderte sie. »Nicht mit mir, Kadett Will McLean. Armer, dummer Will McLean. Wissen Sie eigentlich, Will, daß Gott die Absicht hatte, die Welt zu einem riesigen Gefäß voller Enttäuschungen und Schmerz zu formen? Es ist ihm gelungen, und es hat ihn gefreut, daß sein Plan so perfekt aufgegangen ist«, sagte sie und schenkte sich ein Glas Wodka ein.

»Warum hören Sie nicht auf, das Zeug zu trinken, Mrs. Gervais?«

»Dieses Haus gehört mir, Kadett«, sagte sie scharf. »Sie haben kein Recht, mir in meinem Haus irgendwelche Befehle oder auch nur Vorschläge zu machen. Hier gebe ich die Befehle. Ich befehle Ihnen, aus meinem Haus zu verschwinden. Ich befehle Ihnen, meine Tochter nie wieder anzurühren. Ich befehle Ihnen, meine Tochter nie wieder mit Ihrem verächtlichen, selbstgefälligen Blick anzuschauen. Verschwinden Sie in die Kaserne, wohin Sie gehören, Mr. McLean.«

Ich wandte mich zum Gehen, als sie plötzlich mit verzweifelter, brüchiger Stimme meinen Namen rief. »Will. Niemand trägt die Schuld daran. Es ist nicht Ihre Schuld. Es ist nicht meine Schuld. Es ist nicht Annie Kates Schuld. Ich möchte nur verhindern, daß einer von uns noch tiefer verletzt wird. Ich trage den Schmerz jetzt schon so lange in mir, daß ich mich daran gewöhnt habe.«

»Ich werde mich auch daran gewöhnen, Mrs. Gervais«, antwortete ich, ohne mich umzudrehen. »Ich fürchte, ich werde feststellen müssen, daß Sie recht haben. Ich hoffe, Sie irren sich, aber ich glaube nicht.«

»Kommen Sie her, und schauen Sie mich an«, befahl sie mir, nachdem sie einen tiefen Schluck Wodka genommen hatte. »Schauen Sie mir ins Gesicht, Will. Kommen Sie näher. Näher. Schauen Sie es sich ganz genau an, Kadett«, sagte sie mit krächzender Stimme, als ich auf sie zutrat. »Dieses Gesicht war früher schön. Schön, nicht bloß hübsch. Sehen Sie, was mit diesem Gesicht passiert ist? Sehen Sie die Zerstörungen, die Falten und Runzeln? Es ging so schnell, Will, so schnell. Es war ein schönes Gesicht, und dann, ganz plötzlich, war es alt und häßlich. Ich weiß nicht, wie das geschehen ist oder warum es geschehen ist und was es zu bedeuten hatte, aber ich möchte, daß Sie sich mein Gesicht einprägen und sich anschauen, wie grausam die Jahre auch an Ihrem Gesicht kratzen und zerren und es verunstalten werden. Behalten Sie diesen Augenblick im Gedächtnis, Will. Denken Sie daran, wenn Sie in dreißig Jahren Ihr Gesicht im Spiegel betrachten und statt eines jungen, hübschen Kadetten einen häßlichen alten Mann erblicken. Sie werden nicht glauben, wie schnell das geht. Unglaublich schnell. Diese plötzliche Dunkelheit . . . Es kommt mir vor, als hätte ich eine Jalousie vor die letzten zwanzig Jahre meines Lebens gezogen«, sagte sie und nahm wieder einen tiefen Schluck Wodka. »Ich konnte es nicht aufhalten. Ich konnte es nicht verlangsamen. Und ich habe mir seit meinem achtundzwanzigsten Geburtstag jeden Tag Sorgen darüber gemacht. Tag für Tag. Ist das nicht traurig und dumm? Ist das nicht menschlich?«

Ich kniete mich neben den Schaukelstuhl und flüsterte: »Sie sind immer noch eine gutaussehende Frau, Mrs. Gervais.«

Sie blickte mich mit zornigen, mißtrauischen Augen an und sagte mit schleppender Stimme, die gezielt darauf gerichtet war, mich zu verletzen: »Verschwinden Sie, Kadett. Ich brauche Ihr Mitleid nicht und kann Ihre herablassende Art nicht ausstehen. Ich habe Sie nur gebraucht, um mein trunkenes Geschwätz loszuwerden und gleichzeitig dafür zu sorgen, daß Sie Ihr ungewaschenes Maul halten. Ich bin aus Charleston, Kadett. Haben Sie verstanden? Sie sind von nirgendwo. Ich bin aus Charleston, und meine Familie war auf dem zweiten Segelschiff, das in dieser Stadt angelegt hat. Wissen Sie, was das heißt? Haben Sie auch nur eine Ahnung, was das bedeutet?«

»Ja, Mrs. Gervais«, rief ich. »Es bedeutet gar nichts. Es bedeutet einen Dreck. Sie werden trotzdem alt, und Annie Kate ist trotzdem schwanger und wird trotzdem einen armen Bastard zur Welt bringen wie jedes andere Mädchen in ihrer Situation, ob in Charleston oder in einem New Yorker Slum.«

»Wenn es Ihnen so wenig bedeutet, Kadett, warum treiben Sie sich so oft hier herum? Warum wohnen Sie mit Tradd St. Croix auf einer Stube? Warum verschwenden Sie Ihre Zeit mit Annie Kate? Können Sie kein Mädchen finden, das Ihrer Herkunft entspricht und nicht schwanger ist und sich verzweifelt nach Freundschaft sehnt? Können Sie keine normale Beziehung eingehen? Wissen Sie noch nicht, daß kein Mädchen aus Charleston auch nur einen Blick auf einen Kadetten aus der Unterschicht verschwenden würde, es sei denn, das Mädchen befindet sich in einer Situation wie meine Tochter? Ich möchte Ihnen etwas über die Charlestoner Gesellschaft sagen, in der Sie sich durch Ihre servilen Speichelleckereien offenbar einen Platz sichern möchten. Sie wären Annie Kate nicht wert – und wenn sie fünfundzwanzig Bastarde hätte, von denen fünf von schäbigen Niggern gezeugt wurden!«

»Sie sind ein wahrer Schatz, wenn Sie betrunken sind, Mrs. Gervais«, sagte ich. Meine Oberlippe zitterte unkontrolliert, und ich mußte mir alle Mühe geben, daß sie meine Worte verstehen konnte. »Aber ich möchte Ihnen etwas über meine niedere Herkunft erzählen. Sie haben mich nie nach meiner Proletenfamilie gefragt, natürlich nicht, aber ich möchte Ihnen trotzdem etwas darüber erzählen.«

»Ich könnte mir nichts Langweiligeres vorstellen«, sagte sie und gähnte herzhaft.

»Das ist mir scheißegal. Ich werde es Ihnen trotzdem erzählen. Und Sie werden mir zuhören müssen, weil Sie zu betrunken sind, um aus dem Schaukelstuhl herauszukommen.«

Sie antwortete mit einer übertrieben beredsamen Geste: Sie schüttete den Rest Wodka in ihr Glas und trank es so hastig, als hätte man ihr gerade von einer weiteren Katastrophe berichtet.

»Mein Vater stammte aus Savannah, Mrs. Gervais. Er war das älteste von neun Kindern, die schrecklich unter der Wirtschaftskrise Ende der zwanziger Jahre gelitten haben. Mein Großvater hat bei der Eisenbahn gearbeitet, der Southern Railroad. Er hatte nur vier Jahre die Schule besucht, er war arm wie eine Kirchenmaus und hat dennoch jedem seiner neun Kinder eine

Highschool-Ausbildung ermöglicht. Mit zwanzig ist mein Vater ins Marineinfanteriekorps eingetreten. Er hat gegen die Japaner gekämpft – auch um dafür zu sorgen, daß die Charlestoner Snobs weiterhin in Ruhe und Sicherheit naserümpfend auf Männer wie meinen Vater und ihre Familien herabschauen konnten. Die Familie meiner Mutter stammt aus dem Hügelland von Georgia. Es waren Farmer und Arbeiter, erbärmlich arme Leute. Aber sie hatten Stolz und Würde, und sie waren so duldsam und fleißig, daß sie zu den bewundernswertesten Menschen gehören, die ich je gekannt habe. Meine Mutter hat nie ein College besucht, weil sie nie die Chance bekommen hat, aber sie ist schön und intelligent und besitzt einen angeborenen Charme und Klasse. Glauben Sie mir, wenn ich mit ihr nach Charleston kommen und sie Commerce und Abigail und Tradd vorstellen würde – alle wären der Überzeugung, daß meine Mutter seit fünfzig Jahren in Charleston wohnt, und ich bin verdammt stolz darauf. Bleibe noch ich, Mrs. Gervais. Ich. Der gute alte Will.«

Ich schritt hinter ihrem Schaukelstuhl im Zimmer auf und ab, gestikulierte heftig und schrie die stumme, geschlagene Frau an, die regungslos im Schaukelstuhl saß und in die Flammen starrte. Ihr Glas war inzwischen leer.

»Ich habe genausoviel von meinem Vater wie von meiner Mutter geerbt. Mein Vater würde sich nicht im geringsten für Charleston interessieren. Ihm wären diese Stadt und ihre sogenannten besseren Kreise scheißegal. Hätte er je von der Existenz der South-of-Broad-Gesellschaft erfahren, hätte er wahrscheinlich eines Abends betrunken vor dem Portal der St. Michael's gestanden und gebrüllt, daß er jedem Charlestoner Mann zwischen zwanzig und fünfzig, den er dabei erwischt, wie er auf der Veranda seiner Villa sitzt und Ahnenforschung betreibt, die Seele aus dem Leib prügeln würde. Und mir fehlen der angeborene gesellschaftliche Takt und die Anmut meiner Mutter, die Mühelosigkeit, mit der sie sich unter den sogenannten Aristokraten bewegen kann, zu denen sie nur aufgrund zufälliger Umstände nicht zählt und niemals zählen wird. Immer, wenn ich in diese Stadt kam, hat man mich meine Herkunft schmerzhaft spüren lassen. Manchmal habe ich mich tatsächlich geschämt, wer ich bin und woher ich komme. Aber ich habe mich umgeschaut und das Gelände erkundet, und dabei habe ich so einiges herausgefunden, Mrs. Gervais. Ich gehöre zur zweiten Generation der Unterschicht. Für die Angehörigen der gehobenen gesellschaftlichen Kreise bin ich immer noch ein Einwanderer. Aber ich habe bessere Chancen als meine Eltern, und meine Kinder werden noch bessere Chancen haben als ich. Wir werden diese Chancen nutzen. Und wir haben einen Vorteil gegenüber Ihnen und Ihresgleichen, Mrs. Gervais. Wir schauen nach vorn, nicht zurück. Wir haben Ehrgeiz. Wir sind hart und zäh, weil wir kämpfen mußten. Wir sind hungrig nach Erfolg und Fortkommen. Und die Flutwelle der menschlichen Geschichte steht auf unserer Seite.«

Mrs. Gervais hatte das Bewußtsein verloren. Der Schaukelstuhl hatte sich seit fünf Minuten nicht mehr bewegt, und sie hatte kein einziges Wort gesagt. Von der Treppe her, die in den ersten Stock führte, hörte ich spöttischen Applaus. Ich blickte auf und sah Annie Kate oben an der Treppe stehen. Sie trug ihren Morgenmantel und Slipper und spendete mir für meinen Auftritt eifrig Beifall.

»Es lebe die Flutwelle der menschlichen Geschichte«, rief sie.

Ich schlug die Hände vors Gesicht, beugte mich vor und legte den Kopf auf den Handlauf der Treppe. Augenblicke später spürte ich Annie Kates Hand auf meiner Schulter, doch ich hielt die Augen bedeckt.

»Ich schäme mich, daß du das gehört hast«, sagte ich. »Ich schäme mich schrecklich, daß ich das alles zu deiner Mutter gesagt habe, wo sie betrunken ist.«

»Wenn Mutter trinkt, ist ihr Talent, Leute zu ärgern, besonders ausgeprägt«, erwiderte Annie Kate und streichelte mir übers Haar. »Wenn sie nicht trinkt, ist sie ein ganz netter Mensch.«

»Ich bin auch ein netter Mensch, wenn ich mich nicht zum Hanswurst mache. Du liebe Güte. Da habe ich einer ohnmächtigen Frau eine sozialgeschichtliche Vorlesung gehalten.«

»Wäre sie nicht ohnmächtig geworden, hättest du sie wahrscheinlich von der Veranda geworfen«, sagte Annie Kate und zog mit dem Zeigefinger die Konturen meines kurzgeschorenen Nackenhaares nach. »So wütend habe ich dich noch nie erlebt.«

»Warum zerbreche ich mir eigentlich den Kopf darüber, wenn deine Mutter glaubt, ich wäre im Maschinenraum eines Bananenfrachters zur Welt gekommen? Was ist los mit mir? Das müßte mir doch scheißegal sein.«

»Es macht dir zu schaffen, weil es etwas Geheimnisvolles, Unergründliches ist, ein alteingesessener Charlestoner zu sein. Du versuchst zwar, dieses Rätsel zu ergründen, Will, aber du wirst es nie begreifen. Du bist mit Recht stolz auf dich und deine Herkunft, und es war schön, was du über deine Familie gesagt hast. Aber was wir Charlestoner haben, wirst du nie verstehen . . . und nie besitzen.«

»Ich werde alles tun, *damit* ich es nie verstehe und nie besitze. Falls deine Mutter recht hat, bin ich in dieser Stadt vergiftet worden. Jawohl, vergiftet, weil ich so oft bei den St. Croix bin, bei diesen feinen Leuten in ihrer prächtigen Villa. Und weil ich so oft bei dir bin.«

»Im Augenblick komme ich mir nicht besonders giftig vor«, sagte sie. »Bitte, leg meine Mutter aufs Sofa, Will. Ich würde es ja selbst tun; sie ist eine zierliche, leichte Person. Aber in meinem jetzigen Zustand schaffe ich es nicht.«

Ich hob Mrs. Gervais mühelos aus dem Schaukelstuhl. Annie Kate hatte recht. Sie wog allenfalls neunzig Pfund. Ihr zerzaustes Haar war fein und voll. Als ich sie aufs Sofa legte, erkannte ich, wie sehr diese Frau sich irrte. Sie hatte nicht ihre Schönheit verloren, nur ihre Jugend.

Annie Kate breitete eine Steppdecke über ihre Mutter.

Dann blickten wir uns an. Weder sie noch ich wußten, was wir tun oder sagen sollten. An diesem Abend hatten wir schon zu viel gesagt, hatten uns zu sehr beschimpft und beschuldigt, als daß ich ohne ein weiteres Wort einfach hätte gehen können. Aber wenn ich blieb, konnten wir nicht länger so tun, als könnten wir unserer Bestimmung entgehen, der ungewissen Zukunft, die dann unausweichlich noch komplizierter werden würde.

Als ich ihr in die Augen blickte, war es wunderschön und beängstigend zugleich. Ich konnte ihre Furcht spüren und sie meinen Schmerz, das unvorstellbare Ausmaß meiner verletzten Eitelkeit und mein Verlangen, die beharrlich drängenden Wünsche und Befehle eines männlichen Egos zu erfüllen. Ich wollte sie berühren, besitzen; ich wollte sie haben — mit wildem, egoistischem, schmerzlichem Begehren. Doch ich konnte mich nicht rühren. Ich wußte, daß ich kein Recht hatte, sie zu berühren; nicht einmal das Recht, auch nur daran zu denken. Die Berührung eines Mannes hatte ihr schon mehr als genug Leid zugefügt.

Dann streckte sie die Arme nach mir aus, nahm meine Hand und führte mich die Treppe hinauf. Nachdem wir ihr halbdunkles Zimmer betreten hatten, drehte sie sich zu mir um und schaute mich an. Mit schüchternen, unbeholfenen Bewegungen zog sie ihre Slipper aus und löste den Gürtel ihres Bademantels. Ich zog sie an mich und spürte die Nacktheit ihres Rückens, ihrer Schultern, ihrer festen Brüste, ihr straffes Gesäß. Ich küßte ihre Augen, ihren Mund, ihren Hals, ihre Brüste. Noch nie hatte ich die Brüste einer Frau berührt. Sie zog mich aus, und wir legten uns in ihr Bett.

Lange Zeit blickten wir uns an. Dann nahm sie meine Hand und legte sie auf ihren Leib, und ich konnte spüren, wie das Kind sich bewegte.

»Es tut mir leid, daß ich schwanger bin, Will«, sagte sie. »Es tut mir schrecklich leid.«

»Ist schon gut, Annie Kate. Das spielt keine Rolle für mich.«

»Sollte es aber, Will.«

»Nein.«

Wir streichelten uns, genossen die Wärme und die Jugend unserer Körper und erkannten staunend, wie sehr wir uns brauchten. Sie fuhr mit der Zunge über mein Ohr, und ich küßte ihre Brüste und drang in sie ein, und dann kam es mir fast augenblicklich. Ich war ein katastrophaler Liebhaber. Ich schämte mich und entschuldigte mich bei ihr.

Annie Kate lachte und streichelte mein Gesicht und sagte, es wäre kein Grund, sich zu entschuldigen. Es würde ihr gefallen, wie ich sie berührte, und sie wäre froh, daß sie mir so nahe sein könne. Dann redeten wir über Dinge, die nur uns etwas angingen, und anschließend küßten wir uns wieder, und ich vergaß meine Ungeschicklichkeit. Erneut stieg Verlangen in mir auf; ich nahm Annie Kate noch einmal, und wir bewegten uns rhythmisch, harmonisch. Ich sagte ihr Dinge, die ich einer Frau hatte sagen wollen, seit ich fünfzehn war. Wir bewegten uns wilder und heftiger und begannen zu stöhnen. Ich hörte die Geräusche des Meeres und die Geräusche des Hauses, während wir uns liebten; ich spürte das Kind zwischen ihrem und meinem Leib; ich spürte Annie Kates Fersen an meinen Hüften, ihre Hingabe und Bereitwilligkeit; ich nahm den Geruch ihres Haares in mich auf und genoß die Vollkommenheit des Augenblicks, und dann loderte das Feuer in mir auf, heller als zuvor, und der Schrei, der durch das Zimmer drang, kam von mir.

Und dann lag ich neben ihr – mit all der neugewonnenen Arroganz des Jünglings, der seine Jungfräulichkeit verloren hat –, und ich dachte: Jetzt weiß ich, wie es ist, eine Frau zu lieben. Jetzt habe ich die magische Quelle berührt, und nun weiß ich, daß nichts auf der Welt diesem Gefühl gleichkommt. Ich dachte überhaupt nicht an Annie Kate, ja ich hatte vergessen, daß sie neben mir lag. Gedankenversunken streichelte ich ihren Leib und wurde mir ihrer Anwesenheit erst wieder bewußt, als ich eine plötzliche Bewegung des Ungeborenen spürte. Und nie wünschte ich mir sehnlicher als in diesem Augenblick, der Vater des Kindes zu sein. Ich blickte Annie Kate an, erstaunt darüber, daß ich vergessen hatte, daß sie im Zimmer war. In ihren Augen schimmerten Tränen; ihr war mein Betrug nicht entgangen.

»Annie Kate«, sagte ich, als sie sich auf die Seite drehte. »Ich wäre glücklich, dich zu heiraten, wenn du das Kind behalten möchtest.«

»Wie edel du doch bist«, sagte sie und brach in Tränen aus.

Sie weinte minutenlang, während ich nackt auf der Bettkante saß und mich fragte, ob ich sie zu trösten versuchen oder mich einfach anziehen und zurück in die Kaserne fahren sollte. Doch ihre Bemerkung war gleichermaßen grausam wie zutreffend gewesen, und ich war so betroffen darüber, daß ich mich kaum von der Stelle rühren konnte. Als ich sie schließlich an der Schulter berührte, packte sie meine Hand und sagte unter Tränen: »Es tut mir leid, Will. Egal, was ich zu dir sage . . . laß mich jetzt nicht allein. Ich weiß nicht, was ich machen soll, wenn du gehst. Ich weiß auch nicht, warum ich dir immer weh tue. Es ist nicht so gemeint; ich will es gar nicht. Ich kann nichts dagegen tun, daß ich manchmal so gemein zu dir bin. Aber ich kann es mir nicht leisten, dich zu verlieren. Du bist alles, was mich noch am Leben erhält.«

»Du kannst mich gar nicht loswerden, Annie Kate«, flüsterte ich ihr ins Ohr und küßte sie auf die Wange.

Dann begann ich ihren Rücken zu massieren, und kurz darauf schlief sie ein, und ihr Atem ging wieder ruhig und gleichmäßig. Ich erhob mich so leise wie möglich und blickte auf die Uhr, eine Gewohnheit, die jedem Kadetten in Fleisch und Blut übergeht, denn erfahrungsgemäß rückte die mitternächtliche Stunde immer dann besonders schnell heran, wenn man einen schönen Abend außerhalb der Kaserne verbrachte. Es war zwanzig vor zwölf.

Ich zog hastig meine Uniform an, küßte Annie Kate auf die Wange und stürmte die Treppe hinunter. Als ich meine Mütze vom Wohnzimmertisch nahm, warf ich einen raschen Blick auf Mrs. Gervais. Sie hatte die Augen geöffnet und blickte mich mit einem Ausdruck unsäglichen Kummers an. Leid. Ihre Miene sagte mit stummer, trauriger Beredsamkeit: Leid. Ich ging zu ihr, küßte sie und legte ihr die Decke über.

Mit mehr als hundert Stundenkilometern raste ich über die Cooper-River-Brücke hoch über der Stadt; unter mir schimmerten die Decks der im ruhigen Wasser dümpelnden Schiffe. Mit hundertzwanzig Sachen raste ich durch die Nacht und schrie die Freude und den Triumph eines Jungen heraus, der zum Mann geworden war, der den schüchternen, erschöpften Priester seiner Jungfräulichkeit behutsam zu Grabe getragen und die ersten wundervollen Schritte in den Tempel der Sexualität getan hatte.

Zehn Sekunden bevor die Wache das Legrand-Tor verriegelte, hielt ich auf dem Parkplatz neben der Kaserne des vierten Bataillons. Ich tanzte über den Exerzierplatz, und zum erstenmal störte mich das triste Grau der Umgebung nicht mehr. Ich tanzte bis zur Treppe, die hinauf zur R-Kompanie führte, und ich hätte am liebsten in die tiefe Stille gebrüllt: »Ich bin keine Jungfrau! Ich bin keine Jungfrau!« Ich fühlte mich so beschwingt und glücklich wie nie zuvor im Leben.

Als ich am Fuß der Treppe zur ersten Division anlangte, hörte ich in der Dunkelheit eine tiefe Stimme in meinem Rücken.

»Halt, Kleiner.«

Ich fuhr herum und sah die Spitze einer Zigarre, die wie ein glühendes rotes Auge in der Luft schwebte.

»Colonel«, sagte ich erstaunt. »Was tun Sie denn mitten in der Nacht hier?«

»Ich bin der gute Hirte und muß verirrte Lämmchen zur Herde zurücktreiben«, erwiderte der Bär. »Worüber freust du dich denn so? Es machte mich nervös, dich lächeln zu sehen, McLean. Du bist über den Exerzierplatz getänzelt wie ein Schwuler, der den Partner fürs Leben gefunden hat.«

»In meinem Fall ist es ein Mädchen, Sir.«

»Ein Mädchen? Seit wann hast du die Fronten gewechselt?«

»Heute abend, Sir. Heute abend.«

»Hör mal, Kleiner«, sagte der Bär leise, paffte heftig an der Zigarre und beugte sich vor. »Du führst dich so auf, als wär's deine erste Nummer gewesen.«

»War es auch, Colonel.«

Er nahm eine Thompson-Zigarre aus Tampa, Florida, aus der Tasche seiner Uniformjacke. »Gratuliere, Kleiner. Das ist wie die Erfindung des Rades.«

Ich habe die Zigarre noch heute.

30

Ich kann mich erinnern, daß der Winter meines Abschlußjahres eine der glücklichsten Zeiten meines Lebens war. Ich fühlte mich großartig, lebendig, in perfektem Gleichklang mit dem Universum. Ich war einer der besten Spieler der Basketballmannschaft; ich liebte Annie Kate Gervais; ich machte sonntägliche Spaziergänge mit Abigail; meine Noten waren gut und der Unterricht anregend, und auf unserer Stube herrschte eine wunderbare Atmosphäre der Zufriedenheit und Harmonie. Es waren magische Wochen in Charleston; die Tage waren kalt und klar; die Stadt war still und wie verzaubert, und ich erwachte jeden Morgen beim ersten Hornsignal in der Dunkelheit um 6 Uhr 15 – frisch und ausgeruht, voller Tatendrang, Neugier und gespannter Erwartung, was der Tag bringen mochte. Im Januar hatte ich beim Spiel gegen die Mannschaft der George-Washington-Universität meinem Teamkameraden Johnny DuBruhl einen Paß zuspielen wollen, doch der Ball war vom Rand des Korbs abgesprungen, hatte Johnny am Kopf getroffen, war von dort gegen das Rückbrett geprallt und direkt durchs Netz gefallen. Der Schiedsrichter hatte mir den Korb zugesprochen; Johnny mußte sich mit einem Extrapunkt für ein Zuspiel zufriedengeben. So glücklich lief es für mich in dieser herrlichen Saison.

Die unbedeutendsten Dinge wurden zu einer Art Feier für mich. Ob in den Vorlesungssaal, zum Basketballtraining oder zum Parkplatz – immer rannte ich. Ich wollte diese Zeit auskosten, nichts versäumen, jedes Erlebnis genießen, jeden Anblick, Geruch und Geschmack dieser Monate in mich aufnehmen. Vor jedem Spiel versteckte ein Mädchen von der High School, ein Basketball-Fan, eine rote Rose irgendwo auf den Campus. Dann rief sie mich in der Kaserne an und sagte mir, wo ich die Rose finden konnte. Ich habe das Mädchen nie kennengelernt, obwohl ich alles versuchte, mich mit ihr zu treffen. Doch immer fand ich die Rose genau an Ort und Stelle: vor dem Spiel gegen Clemson auf einem Bücherregal in der Bibliothek; vor dem Spiel gegen William und Mary im Springbrunnen auf der Wiese vor General Durrells Villa; vor dem Spiel gegen Auburn festgesteckt an einem Kletterseil auf der Hindernisbahn. Die Rosen waren für mich ein Symbol des Glücks, doch ich wußte, daß meine unbekannte, unsichtbare Verehrerin nach Ende der Saison keine Rosen mehr verstecken würde. Aber ich wollte, daß mein Leben blieb, wie es in diesen Monaten war: voller Rosen, Geheimnisse und neuer Entdeckungen.

Seit damals bin ich mißtrauisch geworden, was Zeiten des ungetrübten Glücks betrifft. Wenn ich heute eine solche Zeit erlebe, schaue ich mich nervös um, überprüfe sämtliche Türschlösser, schneide alle Sträucher um mein Haus so niedrig, daß ich freie Sicht habe, lade keinen Fremden zu mir ein und reise nie mit dem Flugzeug. Das Glück ist eine Laune der Natur, eine wunderschöne Anomalie, wie ein Albino. Und wie ein Albino hat es keine Tarnfarbe, um sich vor Feinden zu schützen. Weiß. Das ist die Farbe. Diese friedlichen, sorglosen Wintermonate sind heute weiße Schatten in meinen Erinnerungen, rein und unbefleckt. Doch in den gemäßigten Zonen steht die Natur allem, was weiß ist, feindselig gegenüber.

Ich kann mich noch an den Tag erinnern, als die Dinge sich zu ändern begannen. Doch die Veränderungen gingen so langsam und unmerklich vor sich, daß ich es nicht bemerkte. An jenem Tag, als wir das letzte Spiel der Saison gegen die Militärakademie von Virginia absolvierten, kam der Anruf der geheimnisvollen Unbekannten kurz vor dem mittäglichen Antreten. Sie hatte eine letzte Rose unter einen der Scheibenwischer meines Wagens geklemmt, zusammen mit einem Brief. In diesem Brief wünschte sie mir alles Glück der Welt, bedauerte, daß sie nicht hübsch genug sei, um mich zu treffen oder kennenzulernen, und sagte mir Lebewohl. Der Brief war unglaublich ergreifend. Aus ihm sprach die Einsamkeit eines verletzten und phantasievollen Mädchens. Sie schrieb die Wahrheit. Es war die letzte Rose dieses Winters, und ich hörte nie wieder etwas von ihr. Ich hoffte, daß sie einen netten, liebevollen Mann kennenlernte, dem sie von Angesicht zu Angesicht gegenübertreten konnte. Eines wußte ich mit Sicherheit: Dieser Mann würde sie für hübsch genug halten. Da hatte ich gar keine Zweifel. Nur in einem war ihr Abschiedsgeschenk anders als die Geschenke zuvor. Die letzte Rose war weiß.

An diesem Morgen war ich schon vor dem Wecken auf den Beinen und spritzte mir am Waschbecken neben der Tür kaltes Wasser ins Gesicht, als das Hornsignal über den Campus hallte. An Tagen, da wir ein Spiel hatten, stand ich oft sehr früh auf, denn ich war aufgedreht, voller Tatendrang und nervöser Energie. Ich war zu einem regelrechten Morgenmenschen geworden; ich sprühte vor Leben und guter Laune, war gesprächig und umgänglich – einer von den schrecklichen Menschen, die Quälgeister jener Kadetten waren, die große Mengen starken Kaffee und ihre Ruhe brauchten, bevor ihr Körper sich an den Schock gewöhnen konnte, durch eine sonnenlose, kalte Welt zu marschieren. Ich hingegen bezog Kraft und Durchhaltevermögen aus der Energie des Korps um mich herum. Sobald ich mich aus dem Bett geschwungen hatte, hätte ich vor guter Laune pfeifen und singen und Witze machen können.

Als das Hornsignal zum Wecken ertönte, rief Mark: »Scheiße.«

Pig knurrte: »Scheiße.«

Tradd sagte müde: »O Gott. Schon?«

»Hoch mit euch, Jungs und Mädels«, sagte ich fröhlich. »Wieder steht euch ein erlebnisreicher Tag in Disneyland bevor.«

»Halt's Maul, Arschloch.« Mark seufzte und zog sich das Kissen über den Kopf.

Es war nicht ganz ungefährlich, vor dem morgendlichen Antreten mit Mark herumzuschäkern. Er hatte das ungeschriebene Gesetz erlassen, ihn morgens nicht anzusprechen, ja ihn nicht einmal anzuschauen. Außer Mark kannte ich niemanden, der es schaffte, vier gewundene, von Kadetten wimmelnde Treppen hinunterzusteigen, Aufstellung zu nehmen, zum Speisesaal zu marschieren und sein Frühstück zu essen, ohne auch nur einmal die Augen zu öffnen.

Bevor ich mich daranmachen konnte, wenigstens Tradd und Pig auf die Nerven zu gehen, platzte Beasley, der Rekrut, in die Stube und verkündete, daß der Bär unterwegs sei, um zu überprüfen, wer von den Abschlußsemestern zu spät zum Antreten erschien.

»Du bist ein braver Kerl, Beasley«, lobte ich ihn. »Sag den anderen Rotärschen Bescheid, daß ich sofort runterkomme und heute morgen ein bißchen mehr Schwung von ihnen erwarte.«

»Jawohl, Sir.« Beasley verschwand.

»Also dann, Männer«, wandte ich mich an meine drei Stubenkameraden. »Raus aus den Federn und rein in die Klamotten.«

»Leck mich am Arsch«, knurrte Mark unter dem Kissen hervor. Soweit ich wußte, war er kein einziges Mal rechtzeitig zum Antreten erschienen, seit wir Senioren waren.

Als ich auf den Exerzierplatz trat, blickte ich mich um und versuchte festzustellen, wo der Bär sich versteckt hielt. Ich konnte ihn nirgends entdecken; deshalb begann ich mit den Rekruten der R-Kompanie herumzualbern, die, nach Zügen getrennt, bereits Aufstellung genommen hatten. Ich war Mitglied einer Frühwarntruppe, die schlafende Senioren des Bataillons alarmieren sollte, falls der Bär oder ein anderer Ausbildungsoffizier sich in die Kaserne schlich, um die Namen derjenigen Kadetten zu notieren, die verspätet zum Antreten erschienen, was unweigerlich Strafpunkte nach sich zog.

Ich baute mich vor den Rekruten auf und nahm Haltung an. »Guten Morgen, Rotärsche«, rief ich.

»Guten Morgen, Sir«, dröhnte es mir entgegen.

»Ist es nicht wunderbar, am Leben und Mitglied des Kadettenkorps zu sein?«

»Jawohl, Sir.«

»Ich liebe die Akademie, ihr Arschgeigen. Hier habe ich ein neues Zuhause gefunden. Ist es nicht wunderbar, sich an einem eiskalten, stockdunklen Wintermorgen einen abzufrieren? Es gibt nichts Schöneres für euch, ihr Mißgeburten, nicht wahr?«

»Jawohl, Sir.«

»In Studentenwohnheimen von ganz Amerika drehen sich Jungs in euren Alter jetzt noch einmal in ihren warmen Betten um, begrapschen die riesigen, strammen Titten ihrer Freundinnen und stöhnen ihnen vor, daß sie schon um zwei Uhr nachmittags zur ersten Vorlesung müssen. Diese Kerle sind zu dieser Stunde immer noch erschöpft von den Sauf-, Freß- und Sexorgien, mit denen sie bereits gestern abend angefangen haben, als ihr mit eurer Schwitzparty in der dritten Division aufgehört habt. Aber diese Jungs besuchen Hochschulen, die Arschlöcher und keine ganzen Kerle hervorbringen. Ist das nicht widerlich, Männer? Würdet ihr eine Hochschule besuchen, nur um euren Spaß zu haben?«

»Nein, Sir!« brüllten die Rekruten.

Plötzlich roch ich Zigarrenrauch in der morgendlichen Luft. Ich hatte schon darauf gewartet.

»Wißt ihr, warum ich die Akademie besucht habe, ihr Schleimbeutel?«

»Nein, Sir!« donnerte es mir entgegen.

»Weil ich mich nach dem Vorbild eines großen Mannes formen wollte. All mein Streben war darauf gerichtet, es diesem Musterbeispiel an militärischen Tugenden gleichzutun, einem Offizier, der sich trotz einer Schußwunde im Hintern tapfer gegen den deutschen Vormarsch bei der Ardennenoffensive gestellt hat. Dieser Mann ist ein Kämpfer von so überragenden Fähigkeiten, daß er nach dem Krieg an seine Alma Mater zurückgekehrt ist, um Rotärschen wie euch Disziplin beizubringen. Es ist Colonel Thomas Berrineau, der von allen liebevoll als der Bär bezeichnet wird. Applaus für den Bären, Jungs. Dieser Mann ist wie ein Vater für mich.«

Die Rekruten applaudierten zwar lautstark, aber

ohne große Begeisterung. Es ist nicht leicht, am frühen Morgen bei fünf Grad minus von Herzen fröhlich zu sein.

»Guten Morgen, Kleiner«, sagte Colonel Berrineau, trat neben mich und ließ den Blick über die Rekruten der R-Kompanie schweifen.

»Guten Morgen, Colonel«, sagte ich. »Darf ich fragen, warum Sie Ihren Stumpen schon um Viertel nach sechs morgens spazierenführen, Sir?«

»Weil die Zigarre mir hilft, den widerlich süßen Geschmack der Zahnpasta loszuwerden, und durch ihren Qualm hilft sie jungen Hüpfern wie dir, schon am Geruch festzustellen, wenn der Bär sich heranschleicht. Aus diesem Grund muß ich deine Anvertrauten jetzt mal etwas fragen.«

Er starrte die Rekruten an. Dann röhrte er mit so lauter Stimme los, daß ich zusammenzuckte. Fall diese Stimme Mark, Pig, Tradd und all die anderen nicht weckte, mußten sie tot sein.

»Hat McLean aufwieglerische Parolen unter meinen Schäfchen verbreitet?«

»Jawohl, Sir!« brüllten die Rekruten vergnügt.

»Warum bist du eigentlich zu so früher Stunde hier unten, Kleiner?« fragte der Bär mich lauernd.

»Sir«, erwiderte ich und drehte mich zu den Rekruten um. »Ich bin aus Sorge um diese Jungen hier unten. Schauen Sie sich diesen Haufen doch an, Sir. Kein Stolz, kein Kampfgeist, kein nichts. Aber Sie und ich, Sir, wir kommen aus dem alten Korps, und damals haben wir selbst beim schlappsten Rekruten noch Reste kriegerischer Eigenschaften erwecken können. In diesen traurigen, dekadenten Zeiten ist das um so wichtiger. Nehmen wir Jones als Beispiel. Jones, aufwachen und vortreten!«

Ein Rekrut aus dem zweiten Zug trat zackig ein paar Schritte vor. Jones stammte aus Atlanta und war ein magerer junger Mann mit Brille. »Schauen Sie ihn sich an, Colonel«, sagte ich. »Als Kleinkind hatte Mr. Jones Gesichts-Kinderlähmung und mußte die ersten fünf Jahre seines Lebens Spangen an der Nase und der Oberlippe tragen. Wir werden Ihnen jetzt demonstrieren, daß Mr. Jones' Nase immer noch schlaff ist. Jones, zeigen Sie dem Colonel die schmerzhafte Behinderung an Ihrem linken Nasenflügel.«

Jones kräuselte die Nase wie ein Karnickel auf Futtersuche und stieß ein leises Stöhnen aus.

»Eine schreckliche Behinderung, wie Sie zugeben müssen, Colonel«, fuhr ich fort. »Aber Jones ist auf dem besten Weg, sie durch eiserne Willenskraft zu besiegen. Zwar muß Mr. Jones' Nase, wenn er schläft, mittels eines Flaschenzugs hochgehalten werden, aber ansonsten ist er ein Modellrekrut, genau wie ich es gewesen bin. Nur eines hat mich an Jones gestört. Er hat mir erzählt, daß er sich im Tierpark um einen Job als Nasenbär beworben hat, aber abgewiesen wurde. Aus lauter Verzweiflung ist er hierher an die Akademie gekommen, und man hat ihm sogar ein Vierjahresstipendium gegeben. Ich kann Ihnen sagen, Colonel, wir leben in schweren Zeiten.«

Der Bär ging zu Jones und nahm dessen Nase genauer in Augenschein. »Eine Frage«, sagte er. »Ist der Job im Tierpark noch zu haben? Wir von der Kommandantur machen uns nämlich ernstliche Sorgen um Mr. McLeans berufliche Zukunft.«

Aus den Reihen der Rekruten waren Schnaufen, Prusten und ein glucksendes, mühsam unterdrücktes Lachen zu hören, was auf dem Exerzierplatz des Regiments nur sehr selten vorkam.

In den Kasernengebäuden stürmten derweil die Senioren aus ihren Stuben und kamen auf den Platz gerannt – die Mützen schief auf dem Kopf, Hosen, Jakken, Schnürsenkel oder alles zugleich offen, und die Augen auf die Armbanduhren gerichtet, in der Hoffnung, noch vor dem letzten Hornsignal angetreten zu sein und einer Eintragung im Notizblock auf dem Klemmbrett des Colonels zu entgehen.

»Ihr habt ein tolles Frühwarnsystem, Kleiner«, sagte der Bär und beobachtete, wie die Senioren heranstolperten.

»Kommen Sie heute abend zu unserem letzten Spiel gegen die Militärakademie von Virginia?« fragte ich ihn.

»Na klar. Ich habe mir noch nie ein Spiel des VMI-Teams entgehen lassen. Es macht Spaß, *guten* Basketballern zuzuschauen. Was meinst du, wie stehen unsere Chancen?«

»Wahrscheinlich werden wir in Grund und Boden gestampft, Colonel«, antwortete ich. »Aber hier habe ich ja gelernt, in Würde, mit Anstand und vor allem sehr oft zu verlieren. Wenn ich meine Einheit jetzt zum Speisesaal führen dürfte, Sir? Die Männer fallen mir sonst vom Fleisch ab.«

»Ich sehe dich nächsten Freitag bei der Parade, McLean«, sagte der Colonel mit warnendem Unterton. »Und ich werde deine sogenannte Einheit genau im Auge behalten. Du bist mir dafür verantwortlich, daß sie vollständig ist, und du wirst perfekt marschieren und so dein M-1 halten, als wäre es radioaktiv.«

»Ein M-1? Was ist das, Sir?«

»Das bekommst du zu spüren, wenn ich dir den Lauf in den Arsch stecke, falls du bei der Parade fehlst, Kleiner.«

»Ich kann es kaum erwarten, das Dröhnen der Trommeln und das Knattern der Fahnen im Wind zu hören, Colonel. Ich wäre aber auch nicht enttäuscht, wenn es regnete und die ganze Sache ins Wasser fiele. Meiner Meinung nach ist es ein Verbrechen, Sir, daß wir uns zum Narren machen müssen und bei jeder Gelegenheit eine Parade veranstalten, damit die Touristen was zu fotografieren haben. Ich finde, wir sehen dämlich aus. Außerdem lachen die Leute und verletzen unsere Gefühle.«

Das letzte Wecksignal hallte über den Exerzierplatz. Der Bär trat ganz nahe an mich heran. »Spaß beiseite, Kleiner«, flüsterte er, »kannst du dich an die Zahl erinnern, die Zehn, die auf der Stubentür von diesem Rekruten gepinselt war?«

»Flüchtig, Sir«, erwiderte ich.

»Sieht so aus, als wäre es ein Zufall gewesen«, sagte er. »Ein Unteroffizier hat die Zahl auf die Tür gemalt, weil auf der Stube der zehnte Rotarsch gewohnt hat, der in seiner Kompanie das Handtuch geworfen hatte und von der Akademie abgegangen ist. Die künstlerische Karriere dieses Unteroffiziers habe ich übrigens beendet. Ich wollte dir Bescheid sagen, daß es vermutlich falscher Alarm gewesen ist.«

»Danke, Sir. Aber ich glaube, daß wir uns wegen dieser Sache keine Sorgen mehr zu machen brauchen. Pearce hat den schlimmsten Teil des Rekrutenjahres hinter sich. Es geht auf Ende Februar zu, und ich habe seit zwei Monaten keinen Zettel mehr von ihm bekommen.«

»Wir sollten trotzdem wachsam bleiben, Kleiner, auch wenn Pearce alle Aussichten hat, hier eines Tages seinen Abschluß zu machen. Mann, das wird als Jahr des Niggers in die Geschichte eingehen.« Er lächelte. »Wie ich sehe, sind alle Senioren rechtzeitig angetreten — dank deiner großen Klappe. Ich werde nicht mal Meldung machen, daß du deine Stiefel nicht geputzt hast, wenn ihr heute abend diese Penner aus Virginia besiegt.«

»Wir werden es versuchen, Colonel«, sagte ich und salutierte, als er vom Exerzierplatz schlenderte.

An diesem Abend betrat ich die Sporthalle, um mein letztes Spiel für die Militärakademie von South Carolina zu bestreiten. Der Tag war gekommen, da ich dem Sport Lebewohl sagen mußte. In der Sporthalle roch es nach Wehmut, Abschied und Leere; sie war erfüllt von Erinnerungen an längst vergessene Spiele und den Tod von Athleten. Heute abend würde irgend etwas, das mir lange Zeit sehr viel bedeutet hatte, in mir sterben. Ich war an den Grenzen meiner athletischen Leistungsfähigkeit angelangt, aber sie war ohnehin nicht sehr groß.

Athlet. Für mich war es ein wunderschönes Wort. Ich blickte hinauf zur Anzeigetafel und fragte mich: Hat es jemals einen Jungen gegeben, der diesen Sport so sehr geliebt hat wie du? Ich hatte die Anerkennung und den Beifall der Menge genossen und kannte nichts auf Erden, das dem gleichkam. Wenn ich Basketball spielte, war ich von allen Gedanken frei, von allen Sorgen und Ängsten; ich empfand eine vollkommene Reinheit des Geistes, wenn ich auf dem Spielfeld war. Ich spielte körperbetont, verbissen und schnell, war immer in Bewegung; ich besaß nicht die Übersicht und die ausgefeilte Technik echter Klassespieler. Seit beinahe vier Jahren war ich über den Basketballplatz gestürmt, als würde es sich um ein Minenfeld handeln. Natürlich, ich hatte mein Bestes gegeben, war aber immer wieder besiegt worden. Ich war kein begnadeter Basketballer, aber immerhin ein Spieler, der hart, schnell und unermüdlich war — ein Spieler, auf den der Gegner ständig achten mußte. So manchen Gegner hatte ich durch meine körperbetonte, ja rücksichtslose Spielweise das Fürchten gelehrt, einige sogar verletzt, doch anders konnte ich den Technikern nicht beikommen. Es gab Minuten, da ich mich unbesiegbar fühlte: ein wieselflinker, harter Spieler, der alles gab, was er hatte, und dem mancher Techniker lieber aus dem Weg ging, als sich auf einen Zweikampf einzulassen. Es waren Augenblicke himmlischer Magie, wenn in meinen Muskeln und Sehnen der Dämon des Sports zum Leben erwachte, wenn mein Körper, meine Bewegungen und der Spielfluß zu einem feurigen Gemisch wurden, aus Zufall geboren, und wenn ich mich in irgend etwas verwandelte, das ich in Wahrheit nie gewesen bin: ein Athlet, den niemand aufhalten konnte; ein gefürchteter, umjubelter Spieler, der ungehindert und frei über den Platz stürmte. Ich kann mich an solche Augenblicke erinnern, weil es so wenige davon gab und weil der Sport mich die eigenen Grenzen erkennen ließ — und meine Mittelmäßigkeit. Doch wenn ich dribbelte, vorstürmte, blitzschnelle Pässe warf, unter dem Korb in die Höhe sprang, dann fühlte ich mich lebendiger, als es je wieder der Fall sein wird. Es war wie ein Schweben, wie ein schwereloser Tanz in einem Traum. Und heute war der Tag der letzten Rose und des letzten Tanzes.

Als ich den Umkleideraum betrat, mußte ich daran denken, wie sehr ich mich vor dem unwiderruflichen Ende meiner Laufbahn als Basketballer gefürchtet hatte. War es wirklich schon fast vier Jahre her, seit ich diese Halle als Rekrut zum erstenmal betreten hatte? Ich konnte mich erinnern, wie erstaunt ich über ihre Größe gewesen war, damals, mit achtzehn. War es schon so lange her, daß ich achtzehn gewesen war? Wie konnte ein Mensch sich daran gewöhnen, daß die Zeit so schnell verging, so gnadenlos und unwiderruflich?

Im Umkleideraum war die Luft heiß und stickig von den auf Hochtouren arbeitenden Heizkörpern. Meine Mannschaftskameraden zogen sich um und unterhielten sich lautstark und voll nervöser Spannung.

»Big Bo«, sagte ich, als ich Bo Maybank erkannte, der am Betreuertisch saß und Doug Cummings Knöchel mit einem Schutzverband umwickelte.

»Will«, rief er, sichtlich erfreut, mich zu sehen. »Vor einer halben Stunde hab' ich fünf Dollar von Doug gewonnen. Ich hab' von der Wurflinie aus zehn Körbe hintereinander gemacht.«

»Wette nie mit Zwergen, Will«, sagte Doug und gab mir einen Klaps auf den Hintern, als ich auf dem Weg zu meinem Spind am Tisch vorüberkam. Athleten haben die seltsame, aber liebenswerte Angewohnheit, sich gegenseitig auf den Hintern zu klopfen.

Ich blieb vor Reuben Clapsaddle stehen, der sich gerade seine Sportschuhe Größe achtundvierzig zuschnürte.

»Großmutter, was hast du für riesige Füße«, sagte ich.

»Mit solchen Füßen kann man Abwehrspieler prima in den Boden stampfen, Rotkäppchen«, erwiderte Reuben.

Johnny DuBruhl, der andere Rückraumspieler unseres Teams, der drei Zentimeter kleiner war als ich, tauchte hinter mir auf und kniff mich in den Allerwertesten. »Mach voran, du Winzling. Ein triumphaler Sieg steht uns bevor. Außerdem bin ich hinterher mit meiner Freundin verabredet.«

»Die Braut müßtest du mal sehen, Will«, rief Doug Cumming vom Betreuertisch herüber. »Am besten aus größtmöglicher Entfernung.«

»Halt die Flossen still, Doug, bis ich dir die Knöchel umwickelt habe«, sagte Bo.

»Die Tante sieht aus, als wäre sie aus dem Tierpark entlaufen«, fuhr Doug fort.

»Leck mich am Arsch, Cumming!« brüllte Johnny durch den Umkleideraum.

»He, Doug«, rief Dave Dunbar, der zweitbeste Angriffsspieler unserer Mannschaft, der aus der gleichen Stadt in Ohio stammte wie Johnny. »Weißt du, wie Johnnys Freundin ihren Lebensunterhalt verdient? Sie hat 'nen tollen Job, Mann. Sie ist Panzerketten-Prüferin. Die rollen ihr mit Panzern über die Visage, und wenn die Ketten halten, schickt die Armee die Panzer nach Vietnam.«

»Ha-ha-ha«, machte Johnny. »Jedenfalls habe ich 'ne Verabredung. Das ist mehr, als der Rest von euch geilen Bastarden behaupten kann.«

»Nach dem letzten Spiel habe ich geglaubt, Johnny mit einem Mädchen gesehen zu haben«, sagte Dave. »Aber dann hab' ich noch mal hingeguckt und gemerkt, daß es ein Irrtum war.«

»Woher weißt du, daß du dich geirrt hast, Dave?« fragte ich.

»Ich bin mit meinem Volkswagen an den beiden vorbeigefahren, und das, was ich für ein Mädchen gehalten habe, ist kläffend hinter meinem Wagen hergerast.«

»Ihr seid ja nur eifersüchtig«, sagte Johnny. »Ich jedenfalls schieb' heute abend eine Nummer, und ihr müßt mit 'nem weißen Handschuh in der Kaserne hokken.«

Reuben kam zu mir und wechselte das Thema. »Hast du schon gehört, Will, daß Johnson vom Jahrgang '65 in Vietnam gefallen ist?«

»Was?« Ich war ehrlich betroffen. »Nein.«

»Tja, der Mannschaftskapitän und der beste Stürmer der 65er-Footballmannschaft sind binnen einer Woche getötet worden. Du weißt doch, daß McBride letzte Woche bei einem Feuergefecht in der Nähe von Da Nang gefallen ist, nicht wahr?«

Ich nickte. »Ja.«

»Waren feine Kerle, McBride und Johnson«, sagte Johnny, der einen rotierenden Basketball auf der Spitze seines rechten Zeigefingers balancierte. »Es ist schon seltsam. Man gewöhnt sich daran, wenn man alle Nase lang hört, daß irgendwelche Kameraden aus dem Korps in einem Leichensack nach Hause kommen. Aber wenn einem Auswahlsportler das Hirn rausgepustet wird, ist man irgendwie überrascht.«

»Vielleicht liegt es daran, daß Basketballspieler einen Scheißdreck um ihr Heimatland geben«, sagte eine hohe, schrille Stimme aus dem angrenzenden Geräteraum. Es war Bo Maybank. Sein winziges, schmales Gesicht war vor Zorn rot angelaufen. Er hatte offenbar schon länger das Bedürfnis gehabt, uns die Meinung zu sagen.

»Oh, oh, oh«, sagte Johnny lachend. »Jetzt hab' ich den Zwerg aber wütend gemacht.«

»Wenn das deine Meinung ist, Bo«, sagte Reuben achselzuckend und starrte unseren Masseur an. »Aber so große Jungs wie ich können mit kleinen gelben

Männchen nun mal kein Verstecken spielen. Das ist ein Krieg für Gnome, Zwerge und Liliputaner.«

»Es macht dir offenbar nichts aus, Reuben, daß andere Menschen für dich sterben«, sagte Bo mit zitternder Stimme, und sein Blick huschte auf der Suche nach Verbündeten durch den Umkleideraum.

»Halt einfach die Klappe und verarzte uns, wie es sich für einen braven kleinen Zwerg gehört«, sagte Doug.

»Mir ist es egal, ob für Big Reuben andere Menschen getötet werden oder nicht«, sagte Reuben. »Himmel noch mal, als mir klar wurde, daß ich zu groß bin, um eingezogen zu werden, war ich so glücklich, ich hätte fast geheult. Kannst du dir Reuben Clapsaddle in Vietnam vorstellen, Bo? In spätestens einer Woche wäre ich tot. Es ist nämlich verdammt schwierig, durch den Dschungel zu schleichen, wenn man zwei Meter zehn groß ist, Mann. Der Vietkong würde meine Quadratlatschen schon auf zehn Kilometer Entfernung hören. Ich könnte höchstens versuchen, auf Zehenspitzen zu gehen, um keinen Lärm zu machen: knack – knirsch – krach. Die gelben Zwerge würden glauben, da käme ein Saurier angewalzt. Die würden kurz ihre Reisschüsseln zur Seite legen, sich ihre Knarren schnappen, mir eins verplätten und dann weiter futtern. Nein, danke, Mann. Ich bin glücklich, ein abgebrochener Riese zu sein. Das Kämpfen überlasse ich euch Knirpsen.«

»Und jetzt sollten wir uns auf die Gegner aus Virginia vorbereiten, Freunde«, sagte ich und war selbst überrascht über meinen frömmlerischen Tonfall.

»Stimmt, Jungs«, sagte Bo reumütig. »Vor einem Spiel hätte ich mit so etwas nicht anfangen dürfen.

Jetzt ist erst mal das Match wichtig. Will hat recht. Tut mir leid, was ich gesagt habe. Ehrlich. Tut mir wirklich leid.«

»Ist schon gut, du Gnom«, sagte Johnny. »Wir alle waren betroffen, als wir gehört haben, daß die beiden gefallen sind. Stimmt's, Männer?«

»Ich möchte mich bei euch allen entschuldigen«, sagte Bo.

»Alles klar, Bo«, anwortete ich.

»Wir leben in beschissenen Zeiten«, meinte Doug und machte Kniebeugen, um seine Beinmuskulatur zu lockern.

Bo Maybank kam zu mir herüber und massierte meine verspannte Schulter- und Rückenmuskulatur; anschließend massierte er mir mit einem seiner Handtücher Gesicht und Hals. Wie immer kamen Bos Handtücher heiß und ein bißchen feucht direkt aus dem Trockner. »Wirf heute abend einen Korb für mich, Will«, flüsterte er mir zu, so daß Reuben es nicht hören konnte.

»Ich werde einen Korb für dich und einen für Vietnam werfen«, zog ich ihn auf.

»Hoffentlich hab' ich die Mannschaft nicht wütend gemacht«, sagte er. »Ich weiß nicht, was in mich gefahren war.«

»Ach, das war doch gar nichts, Bo«, erwiderte ich und zupfte ihm ein paar Haare aus seinen fast haarlosen Beinen.

Bo war Kadett wie wir anderen. Aber er war nur einen Meter fünfundsechzig groß und wog weniger als fünfzig Kilo. Er sah wie ein Angehöriger einer nicht voll entwickelten Menschenrasse aus. Seine Haut war beinahe weiß, so daß man an seinem ganzen, hageren Körper die Äderchen erkennen konnte, wie an einem dieser Modelle, die beim Biologieunterricht gezeigt werden. Seine Hände waren klein, die Finger spinnenartig; wenn er einen Basketball hielt, besaßen seine Hände die zarte, zerbrechliche Schönheit eines Fischskeletts.

Aber er war der beste Korbwerfer der Mannschaft; da gab es nicht den leisesten Zweifel. Bo besaß die angeborenen artistischen Talente eines Supertechnikers. Jeden Abend, wenn wir anderen die Halle verließen, trainierte Bo noch Korbwürfe — mit einem Wilson-Special-Basketball, der in seinen kleinen Händen wie ein Strandball aussah. Doch seine dünnen Handgelenke besaßen eine magische Kraft, und wenn Bo trainierte, hörten wir wieder und wieder den scharfen Knall, wenn er den Ball gegen das Rückbrett aus Plastik feuerte, und Augenblicke später das zischende Geräusch, wenn der Ball durchs Netz fiel. Einmal hatte Bo von der Wurflinie aus achtzehn Körbe hintereinander erzielt, und Coach Byrum, unser Trainer, erklärte, daß Bo einer der besten Werfer sei, die er je gesehen habe. Dann aber hatte der Coach uns achselzuckend zugezwinkert und gesagt: »Aber wer interessiert sich schon für einen Zwerg von einsfünfundsechzig, der besser Körbe werfen kann als ein Profi?« An diesem Abend hatte ich Bo schluchzend im Geräteraum gefunden, nachdem er nicht zum Abendessen im Speisesaal erschienen war.

Ich schaute zu ihm hinunter und lächelte. Ich hatte nie begriffen, warum Bo Maybank mich besser leiden konnte als ich mich selbst. Aber ich wußte, es hatte irgend etwas damit zu tun, daß Bo in mir eine Art Stellvertreter auf dem Spielfeld sah, ein Gegenstück seiner selbst. Bo war für diesen Sport zu klein, und bei mir reichte es so gerade eben. Wenn ich schlecht spielte, litt Bo mehr darunter als ich selbst; machte ich ein gutes Spiel, strahlte er über das ganze Gesicht. Oft war es mir peinlich, daß Bo mich den Mannschaftskameraden so offensichtlich vorzog; andererseits ergriff er stets Partei für mich, und ich brauchte jemanden, der sich so beharrlich und unkritisch für mich einsetzte. In meinem späteren Leben habe ich immer Menschen wie Bo gebraucht. Er hatte mich einfach aus den anderen ausgewählt, und manchmal erfordert die schlichte Tatsache, ausgewählt worden zu sein, keine weiteren Nachforschungen oder Fragen. Bos Hand lag immer noch auf meiner Schulter, als Coach Byrum in den Umkleideraum kam.

Es war schmerzlich, in Byrums Gesicht zu blicken, auf dem die stumme Bitte lag, das letzte Spiel der Saison zu gewinnen. Es war ein erschöpftes Gesicht, das ein verzweifeltes Bemühen um Würde und Respekt und gleichzeitig eine tiefe Resignation zeigte, wie man es oft bei Männern beobachten kann, deren Zukunft ungewiß ist, die ihren Kummer in Alkohol ertränken. Er wußte so gut wie wir, daß seine Tage als Trainer der Basketballmannschaft der Akademie gezählt waren. Ich hatte schon vor langer Zeit erkannt, daß Byrum zwar kein großer, aber ein menschlicher Trainer war. Ich hatte aus seinen Schwächen, Fehlern, Ängsten und seiner verletzlichen Menschlichkeit mehr gelernt, als mir ein harter, wirklich großer Trainer hätte beibringen können.

Bei einer seiner Reden, die er vor jedem Spiel an die Mannschaft richtete, hatten wir in dieser langen, erfolglosen Saison einen schrecklichen Augenblick erlebt, als wir beobachteten, wie Coach Byrum beinahe die Fassung verloren und vor Schmerz und Enttäuschung vor der gesamten Mannschaft in Tränen ausgebrochen wäre. Seine Stimme war schwankend, heiser und leise gewesen — die Stimme eines Mannes, der alle Hoffnung verloren hatte. Während er sprach, hielt er die linke Hand auf den Magen gepreßt, und beim Spiel stand die ganze Zeit eine Tasse voll Maloxaan neben ihm. Im Verlauf dieser demütigenden Saison hatte ich mehrmals das Bedürfnis gehabt, Byrums riesigen, gramgebeugten Körper zu umarmen und ihn um Verzeihung zu bitten, daß ich kein besserer Spieler war. Immer, wenn er mich mit seinen verzweifelten, verängstigten Augen anschaute, brach es mir das Herz.

Ich, als Kapitän, stand in der vordersten Reihe der Spieler; die anderen Mannschaftskameraden waren hinter mir. Bo reichte mir einen neuen Wilson-Special-Basketball, mit dem ich unsere Mannschaft dribbelnd zum Warmspielen in die Halle führen sollte. Ehrfürchtig nahm ich den nagelneuen Ball entgegen; er roch wie ein Paar teure Herrenschuhe. Traditionsgemäß ließ ich den Ball einmal auf dem Betonfußboden des Umkleideraumes aufprallen — eine Geste, die uns Glück bringen sollte.

Wir konnten das tiefe, monotone Gemurmel des Korps hören, das auf das Erscheinen der Mannschaften wartete. Plötzlich erklangen begeisterte Jubelschreie: Das Team der Militärakademie von Virginia, die VMI-Mannschaft, war auf der gegenüberliegenden Seite aufs Spielfeld gelaufen. Das Korps begrüßte den Gegner mit so lauten Pfiffen und Buhrufen, daß sie über den gesamten Campus hallten. Als die Geräusche verebbten, warteten wir darauf, daß Bo die Tür des Umkleideraumes öffnete. Schwitzend vor Nervosität, mit angespannten Muskeln, das altbekannte Kribbeln im Magen, bereiteten wir uns auf den Augenblick vor, da wir zum letztenmal in dieser Saison, zum letztenmal im Leben gemeinsam aufs Spielfeld liefen. Wir hörten die Spottgesänge, mit denen das Korps die gegnerische Mannschaft verhöhnte; wir spürten, wie die Augen des Korps erwartungsvoll auf die Tür des Umkleideraumes gerichtet waren. Bo wischte mir mit einem Handtuch den Schweiß von der Stirn. Ich zwinkerte ihm zu. Dann flog die Tür auf, und wir stürmten aufs Spielfeld, geblendet vom plötzlichen Licht und betäubt vom Jubelsturm.

Das Korps sprang auf und begrüßte uns mit seiner gewaltigen Stimme; dem martialischen, primitiven Gebrüll eines Stammes, als dessen Krieger wir ins Feld zogen. Immer wenn ich aus der dumpf-schwülen Enge des Umkleideraumes hinaus in die helle, klare Weite der Sporthalle stürmte, war der Jubel des Korps wie eine Befreiung. Das Warten hatte ein Ende; endlich konnte ich mich ungehindert bewegen und die aufgestaute Energie entladen. Die Kapelle spielte den ›Dixie‹, und die Schreie und Pfiffe der Zuschauer drangen mir wie eine gewaltige Dosis Insulin ins Hirn, durchströmten meinen Körper wie ein Stoß reinsten Sauerstoffs. Ich tänzelte dribbelnd über den spiegelblanken Parkettfußboden der Halle, gefolgt von den Mannschaftskameraden.

In der Spielfeldmitte fächerte das Team in zwei geordnete Gruppen auf, während ich nach rechts stürmte und den ersten Wurf auf den Korb machte. Der Ball beschrieb einen langen, hohen Bogen, und dann hörte ich das süße Geräusch, wie er zischend durch das Nylonnetz glitt. Der Applaus spornte mich an, putschte mich auf. Mein Gott, wie ich diesen Sport liebe! dachte ich und fing den Ball auf, der nach einem Fehlwurf vom

Rand des Korbes abgeprallt war, und warf ihn aus der Drehung Doug Cumming zu, der in Richtung Korb stürmte, hoch in die Luft sprang und den Ball von oben durch das Netz schmetterte. Mein Gott, liebte ich diesen Sport – und wie gern wäre ich ein besserer Spieler gewesen. Auf dem glänzenden Eichenparkett, unter den Blicken freundlicher und feindseliger Zuschauermengen, verbrachte ich die glücklichsten Tage meiner Jugend. Am meisten liebte ich den Basketball bei unseren Heimspielen, wenn ich die begeisterte Umarmung des Korps, die mir Kraft gab, beinahe körperlich spüren konnte; man muß es erlebt haben, bei einem Spiel die kraftvolle Wildheit des Korps im Rücken zu spüren. Bei Heimspielen war unsere Mannschaft um zehn Körbe besser als auswärts; aber das lag nicht daran, daß wir in gewohnter Umgebung automatisch besser spielten, sondern weil unser Siegeswille und unsere spielerischen Fähigkeiten mit der tobenden, lärmenden Kraft des Korps verschmolzen. Fremde konnten einen flüchtigen Eindruck von der gewalttätigen, brutalen Natur des Ausbildungssystems gewinnen, indem sie in der Sporthalle der Stimme des Korps lauschten. Die Schreie der Menge, befrachtet mit verdrängter Sexualität, waren grell, ungezähmt und wild.

Die Spiele gegen die Mannschaft der Militärakademie von Virginia besaßen eine zusätzliche Dimension sowohl der Verbundenheit als auch der sportlichen Rivalität. Wir waren die beiden letzten bedeutsamen Südstaaten-Militärakademien in den Vereinigten Staaten. Kadetten wie wir waren zu einer seltenen, vom Aussterben bedrohten Spezies geworden, und unsere Spiele gegen die Virginier waren wie Duelle zwischen vornehmen Gentlemen. Wir sagten ›Sir‹ zu den Schiedsrichtern, und beim Abspielen der Nationalhymne nahmen wir Haltung an und drückten die Hände auf das Herz. Und nicht zu vergessen: Wir waren die zwei letzten Basketballteams im Lande, die keinen Neger in ihren Reihen hatten. Falls die Akademie tatsächlich etwas vom ›Old South‹ besaß, dann besaßen die Virginier etwas von Old Virginia – etwas sehr Vornehmes, das wir gemeinsam hatten. Außerdem konnte ich die Spieler der VMI besser leiden als die jeder anderen Mannschaft in der Hochschulliga der Südstaaten. Sie waren die einzigen, die sich nicht über unsere Uniformen lustig machten, die wir tragen mußten, wenn wir zu Auswärtsspielen unterwegs waren; sie riefen uns nicht lachend »Links, links, links, zwo-drei-vier« hinterher, wenn wir zum Umkleideraum gingen, und sie gaben uns nicht die Schuld für jeden Gefallenen im Vietnamkrieg. An vielen amerikanischen Hochschulen waren die ersten Erschütterungen durch die Antikriegsbewegung zu spüren. Besonders wir und die Virginier wurden für Studenten anderer Hochschulen zu Symbolen einer konservativen politischen Grundhaltung, die diesen Krieg befürwortete.

Die erste Antikriegsdemonstration, deren Zeuge ich geworden war, hatte dafür gesorgt, daß an der George-Washington-Universität ein Spiel abgebrochen werden mußte, weil fünfzehn Studenten einen Sitzstreik auf dem Boden der Sporthalle veranstalteten. Reuben und ich beobachteten vom Spielfeldrand erstaunt, wie die Polizei die Demonstranten gewaltsam aus der Halle schleifte. Wir waren gleichermaßen verärgert wie belustigt, während wir das Schauspiel verfolgten, als plötzlich ein hübsches, brünettes Mädchen mit schnellen Schritten zu uns kam und ›Hallo‹ sagte, bevor sie uns einen Eimer Blut ins Gesicht schüttete. Dann schrie sie uns an: »Wie viele Kinder habt ihr Militaristenschweine heute schon abgeschlachtet? Hurensöhne!« Die Menge buhte ohrenbetäubend. Erst später wurde mir klar, daß die Zuschauer die Demonstranten ausgebuht hatten, doch in jenen Sekunden, als ich am Spielfeldrand stand, mir das Blut aus Gesicht und Augen wischte und es ausspuckte, hatte ich geglaubt, der Zorn der Menge hätte Reuben und mir gegolten.

»Captain McLean«, sagte der Schiedsrichter und tippte mir auf die Schulter.

»Sagen Sie einfach ›Cap‹ zu mir, Big George.« Ich schüttelte dem Schiedsrichter, den ich seit fast vier Jahren jedes Jahr dreimal gesehen hatte, die Hand. »Bitte, lassen Sie uns beim letzten Spiel unserer Mannschaft auf die Förmlichkeiten verzichten. Achten Sie nur auf die Fouls der Gegner. Ich schwöre, daß ich heute abend keins begehe. Ich werde wie eine Ballerina über den Platz tanzen.«

Big George lachte, als wir zur Mitte des Spielfelds gingen. »Sie haben wohl vergessen, daß Mance Ihr direkter Gegenspieler ist«, sagte er. »Ich fürchte, daß ich Sie nach fünf Minuten vom Platz stellen muß, wenn ich Sie beim Wort nehme.«

»Können Sie mir sagen, ob heute Zocker hier sind?« flüsterte ich. »Ich bin bestechlich. Wenn der Preis stimmt, lasse ich Mance an mir vorbei.«

Jimmy Mance, ein begnadeter Basketballer, schaute mich an, als wir uns der Spielfeldmitte näherten.

»Captain Mance«, sagte George und wies mit einem Kopfnicken auf mich, »Captain McLean.«

»Wie geht's, Will?« fragte Mance grinsend, und wir schüttelten uns freundschaftlich die Hände.

»Ist mein letztes Spiel heute abend, Jimmy. Zieh die Bremse an, und laß mich vor dem Korps nicht wie der letzte Trottel aussehen.«

»Na, na. Ich kann von Glück sagen, wenn ich zehn Punkte gegen dich mache, Will«, sagte er. »Das weißt du so gut wie ich.«

Ich wußte nur eins: Wenn ich verhindern wollte, daß Mance *mehr* als zehn Punkte machte, mußte ich ihm einen Fuß abschneiden.

»Ich möchte, daß Sie eine offizielle Punktetabelle führen, George«, sagte ich ernst.

»Würden Sie jetzt bitte den Mund halten, Will, damit ich Ihnen die Regeln erklären und das Spiel beginnen kann?«

»Nein, das ist wichtig, George. Ich habe aus zuverlässiger Quelle erfahren, daß Mr. Mance eine russische Frau ist, die sich einer Geschlechtsumwandlung unterzogen hat, damit sie für die VMI-Mannschaft spielen kann.«

Jimmy Mance lachte laut auf. Wenn man gegen ihn spielte, war ein Scherz das einzige, das er nicht als persönliche Beleidigung betrachtete. Es war zu einem festen Bestandteil meiner Strategie geworden, Jimmy schon bei der offiziellen Begrüßung der Mannschaftskapitäne zum Lachen zu bringen und ihn bis zur Schlußsirene mit kleinen Scherzen zu erheitern, wann immer ich sein direkter Gegenspieler war. Einmal hatte ich ihn während eines Spieles so oft zum Lachen gebracht, daß er nur zweiundzwanzig Punkte erzielt hatte. Ein anderes Mal machte ich einen Scherz über seine Mutter, den Jimmy gar nicht lustig fand – mit der Folge, daß er mich wutschnaubend in Grund und Boden spielte und achtundvierzig Punkte warf. Sein Sinn für Humor war ein empfindliches, fein gestimmtes Instrument, und ich hatte gelernt, behutsam darauf zu spielen.

Jimmy Mance hat in meinem Leben eine wichtigere Rolle gespielt, als ich es damals auch nur ahnte. Indem ich diesen phantastischen Sportler beobachtete, seine brillante Technik und die geschmeidigen Bewegungen, konnte ich das Ausmaß meiner eigenen Mittelmäßigkeit ermessen. Er war gut zwei Meter groß und besaß den Körper eines Modellathleten, schlank und mit wohlproportionierten Muskeln. Schon wenn ich Jimmy attackierte, wurde mir meine körperliche Unterlegenheit klar, und unbewußt war ich bereits besiegt. Jimmy war größer als ich, stärker, schneller und wendiger; er konnte höher springen, genauere Pässe werfen und war der mit Abstand bessere Techniker ... es schien, als hätte Gott beschlossen, einen perfekten Basketballer hervorzubringen, als er Jimmy Mances Körper schuf. Mir hatte Gott nur den heißen Wunsch in die Wiege gelegt, ein großer Sportler zu sein; aber den entsprechenden Körper hatte er mir nicht gegeben. Mance hatte seine Überlegenheit jedesmal bewiesen, wenn ich sein direkter Gegenspieler war. Meine Versuche, ihn aufzuhalten, hatten seine überragenden Fähigkeiten in dem Maße deutlicher gemacht, wie sie meine Grenzen aufgezeigt hatten. Es war eine Ehre, gegen ihn zu spielen, und später erzählte ich meinen Kindern von den Abenden, da ich den großen Jimmy Mance herausgefordert hatte – und wie oft er mir keinen Stich gelassen hatte.

Ich verließ die Spielfeldmitte und gesellte mich zu meinen Mannschaftskameraden, die sich in einem Halbkreis um Coach Byrum versammelt hatten und ihm zuhörten, wie er uns ermahnte, das Spiel nicht zu verlieren, wobei er die endlosen Klischees von sich gab, welche die dürftige Sprache des Sports ausmachen. Bo Maybank rieb mir mit einem warmen Handtuch das Gesicht ab.

Die Sirene ertönte, und ich begab mich aufs Spielfeld, um mein letztes Match für die Akademie zu bestreiten. Und, oh, die Stimme des Korps, sie begrüßte uns. In meinen Innern brannte es in diesem Augenblick vor Lebensfreude und Liebe zu meiner Sportart. Auf den Zuschauerrängen sah ich Pig und Mark und Tradd; die Arme hoch erhoben, jubelten sie mir zu. Ich fing die Blicke von Commerce und Abigail auf; ich salutierte vor dem General; ich sah den Bären und Edward den Großen und das schwarze Gesicht von Pearce inmitten der Rekruten; ich hörte, wie Cain Gilbreath, der direkt am Spielfeldrand stand, meinen Namen rief; ich winkte den Jungs von der R-Kompanie zu und fühlte eine unendliche Dankbarkeit dem Basketball gegenüber, der es mir ermöglicht hatte, zu einem Showman zu werden; der Sportart, die einem schüchternen Jungen die Gelegenheit verschafft hatte, im Rampenlicht zu stehen und den Beifall der Menge zu genießen. Ich wußte, daß Annie Kate sich die Übertragung des Spiels jetzt im Radio anhörte und mein Name von lichtschnellen, unsichtbaren Wellen zu ihr auf die Abgeschiedenheit von Sullivan's Island getragen wurde. Auf dem Spielfeld war ich vollkommen glücklich, sobald das Match begonnen hatte. Ich fühlte mich von allen Sünden gereinigt, im Einklang mit der Welt und frei.

Die beiden gegnerischen Center sprangen nach dem Ball, den der Schiedsrichter in die Höhe geworfen hatte, und schlagartig war ich mir der Menge um mich herum nicht mehr bewußt, war mir meiner selbst nicht mehr bewußt und betrat statt dessen das einsame Hochland des Sports. Ich konzentrierte mich sofort auf Jimmy Mance, beobachtete, wie er einen Angriff vorantrieb und einen Paß zu einem Mitspieler warf, der unter dem Netz lauerte. Doch ich fing den Ball im Flug ab, warf ihn Johnny zu und stürmte vor zum Netz. Doug hatte den Ball bekommen, wurde aber in einer Ecke von zwei Gegnern bedrängt, ohne jemanden anspielen zu können. Ich rannte zu ihm, und Doug warf mir den Ball hinter dem Rücken zu; ich schoß einen blitzschnellen, beidhändigen Paß auf Reuben ab, der mit dem Rücken zum VMI-Center stand. Reuben umspielte mit einer Körpertäuschung seinen Bewacher, stürmte zum Korb, sprang in die Höhe und machte ein Dumping: Er schmetterte den Ball mit wilder Wucht von oben durchs Netz. Während dröhnender Applaus erklang, warf ich mich schon wieder herum und rannte über das Spielfeld, um die Abwehr zu verstärken, denn schon rollte der zweite Angriff des VMI-Teams heran. Ich hätte schreien können vor Lebenslust und Freude am Spiel.

Doch mit Freudenschreien war ein Jimmy Mance nicht aufzuhalten. Er führte den Angriff mit technischer Brillanz. Mance konnte jederzeit das Tempo aus dem Spiel nehmen oder es beschleunigen. Jetzt führte er den Ball langsam, bedächtig, lauerte auf die Chance, unsere Abwehr durch einen seiner blitzschnellen Pässe zu überlisten. Dann, urplötzlich, war er an mir vorbei und machte selbst den Korb. In den nächsten paar Minuten warf Jimmy Mance fünf Körbe, und immer kam er dribbelnd auf mich zu, genau auf mich zu, und starrte mich mit seinen funkelnden Raubtieraugen an, wobei er den Ball mit unglaublicher Sicherheit führte und sein Körper sich mit spielerischer, lässiger Eleganz bewegte. Er war der König dieser kurzen Saison, und er wußte um die Verpflichtungen, die diese Würde ihm auferlegte. Als er wieder auf mich zukam, um seinen sechsten Korb zu machen, rief ich ihm über das Toben der Menge hinweg zu: »Du machst mich zum Gespött, Mance. Du läßt mich vor den Augen meiner Freunde wie ein Haufen Scheiße aussehen.«

Er lächelte; dann drehte er sich blitzschnell um die eigene Achse, und ich beobachtete, wie der Ball Millimeter über meinem ausgestreckten Arm hinwegflog und einen hohen Bogen beschrieb. Er traf den Rand des Korbs, und Doug Cumming fischte ihn mit einem gewaltigen Sprung aus der Luft.

»Du bist ja ein Mensch, Jimmy. Du bist tatsächlich auch nur ein menschliches Wesen«, rief ich Mance zu und stürmte zur Platzmitte, wo Doug mir einen Paß über die Schulter zuspielte. Johnny DuBruhl rief mir zu, den Ball an ihn weiterzuspielen, doch ich sah nur seine Gestalt links an mir vorüberhuschen und beachtete seinen Ruf nicht. Ich hatte nur Augen für Mance, der mittlerweile in die Abwehrreihen zurückgekehrt war, um unseren Tempogegenstoß abzufangen. Ich täuschte Mance links an und jagte rechts an ihm vorbei, und dann sprangen wir beide hoch in die Luft. Ich wartete, bis ich Mances Arme über meinen Kopf sah; dann warf ich Johnny DuBruhl mit einem Rückhandpaß den Ball zu. Johnny, der allein unter dem Netz stand, machte genüßlich den Korb. Die Zuschauer waren aus dem Häuschen. Ich lief gemächlich über das Spielfeld und nahm den Jubel der Menge als den mir zustehenden Preis entgehen.

Doch wieder kam Mance auf mich zu, wie jedesmal, wenn das VMI-Team in Ballbesitz war, wie jedesmal, wenn unsere Mannschaft zwei Punkte erzielt hatte oder

der Korbwurf mißglückt war. Daß Mance, der begnadete Jimmy Mance, mein direkter Gegner war, erregte mich. Er demütigte mich. Er trickste mich wieder und wieder aus. Ich kämpfte gegen ihn, so gut ich konnte, mit all meiner Kraft und Erfahrung. Jeden Trick, den ich kannte, setzte ich gegen Jimmy ein. Doch er umspielte mich, wie er wollte. Sobald ich einen Alleinangriff die Seitenlinie entlang erfolgreich abgeschlossen hatte, bestand Jimmys Antwort in einem langen, perfekten Sprungwurf aus unglaublicher Entfernung. Worauf unsere Antwort darin bestand, daß Reuben sich den Ball schnappte und mit seinen langen, schleppenden Schritten bis unter das gegnerische Netz vordrang und den Ball im Netz versenkte – was er bei seiner Größe beinahe aus dem Stand tun konnte –, oder daß der pfeilschnelle Johnny zwei, drei Gegner überlief und mit einem herrlichen Sprungwurf zu punkten versuchte.

Und wieder richteten sich alle Blicke auf Mance und auf mich, der ich Mance bewachte, und wieder ein blitzschnelles Dribbling, und wieder war er an mir vorbei, und wieder senkte der Ball sich mit unglaublicher Präzision ins Netz. Mances Technik war vollendet, die meine nur hausbacken. Seine Mannschaft führte zur Halbzeit mit sechs Punkten Vorsprung. In diesen zwanzig Minuten hatte Mance allein vierundzwanzig Punkte erzielt.

Aber er hatte auch drei Fouls begangen, und in der Halbzeit gab Coach Byrum mir die Erlaubnis, Jimmy zu weiteren Fouls zu provozieren, so daß er vom Platz mußte. Byrum rief mir seine Anweisungen zu, während Bo mir mit einem Handtuch den Schweiß aus dem Gesicht wischte.

Als die beiden Center zu Beginn der zweiten Halbzeit zur Platzmitte gingen, um den Schiedsrichterball aus der Luft zu fischen, sprangen die Kadetten der R-Kompanie auf und bedachten mich mit einer stehenden Ovation. Pig, Tradd und Mark hielten ein Transparent mit der Aufschrift ›ROMEO LIEBT McLEAN‹ in die Höhe. Ich mußte den Blick von dem Transparent und meinen Kameraden losreißen, um nicht vor dreitausend Zuschauern in Tränen der Rührung auszubrechen.

»Ich hab' heute in der Kaserne einen Witz gehört, Jimmy«, sagte ich lachend. »Der absolut beste Witz, den ich jemals gehört habe.«

»Erzähl schon«, sagte Mance, während der Schiedsrichter zwischen die beiden Center trat.

»Ich erzähl ihn dir nicht«, erwiderte ich und grinste Jimmy an, »aber ich schwöre, daß ich eine halbe Stunde darüber gelacht habe.«

Der Center des VMI-Teams erwischte den Ball zuerst und spielte ihn Mance zu, der sich dribbelnd um die eigene Achse drehte, bis der Angriff gut genug vorbereitet war. »He, erzähl mir den Witz!« rief er über den Lärm der Menge hinweg.

»Der lustigste Witz, den ich je gehört habe«, sagte ich noch einmal, als Jimmy mir den Rücken zukehrte, um meine Attacke abzuschirmen. Er sah nicht, daß Johnny DuBruhl sich plötzlich von seinem direkten Gegenspieler löste, sich Mance im toten Winkel näherte und ihm den Ball aus der Hand schlug, so daß er über die Auslinie zum Tisch des Punktrichters rollte. Jimmy warf ein. Ich stürmte zum gegnerischen Korb und rief: »Ball zu mir, Jimmy!«

Der Paß war zu lang, und ich rannte, so schnell ich konnte, um den Ball doch noch zu bekommen. Er sprang direkt vor mir auf und prallte vom Boden bis in Korbhöhe. Ich erwischte den Ball in vollem Lauf genau am höchsten Punkt seiner Flugbahn und warf ihn gegen das Rückbrett. Dann stürzte ich schwer zu Boden und rutschte über das Parkett. Aber ich wußte, daß der Ball saß, noch bevor er durchs Netz fiel. Wenn man so gut spielt, wie man nur kann, kommt es hin und wieder vor, daß man die eigenen Würfe gar nicht zu beobachten braucht; man weiß einfach, daß sie sitzen. Erfahrung, Ballgefühl und Instinkt sagen einem in dem Augenblick, da der Ball die Hand verläßt: Der ist im Netz.

Als ich mich aufgerappelt hatte und an Mance vorbeitrabte, zog ich ihn auf: »Unser letztes Spiel, und der Nationalmannschaftsanwärter Jimmy Mance kriegt keine Schnitte. Die Zuschauer lachen dich aus, Jimmy.«

»Erzähl mir den Witz, McLean«, rief er wütend, behielt Johnny DuBruhl aber wachsam im Auge, »oder ich mache euch ganz allein fertig. Du weißt, daß ich das kann.«

Nachdem er diese Erklärung abgegeben hatte, warf er den Ball auf zwanzig Meter Entfernung in den Korb. Es war ein unglaublicher Wurf, der die Begeisterung und Zuversicht der Menge schlagartig dämpfte und die Anfeuerungsrufe verstummen ließ. Ich rief Mance hastig den einzigen Witz zu, der mir im Moment einfiel: »Ein Kadett definiert einen Intellektuellen als jemanden, der sich Rossinis Wilhelm-Tell-Ouvertüre anhören kann, ohne an einen Apfel zu denken.«

»Das finde ich überhaupt nicht komisch, McLean«, sagte er und starrte mich düster an. »Das ist der dämlichste Witz, den ich je gehört habe.«

Ich fing einen Paß Johnnys und rückte dribbelnd, als wäre ich auf der Suche nach einem freien Anspielpartner, zur Mitte des Spielfelds vor. Reuben und die anderen Stürmer wichen zu den Seiten aus; Johnny rückte ganz weit nach links, bis vor unsere Trainerbank.

»Knüpf ihn dir vor, Will«, rief Johnny. »Mach ihn fertig.«

Die ganze rechte Seite des Spielfelds war nun frei für mich – frei, um Jimmy Mance auszutricksen.

»Du hast schon drei Fouls begangen, Jimmy«, sagte ich und beobachtete, wie die Spieler des VMI-Teams sich von ihren jeweiligen Gegnern lösten, um ihren Star zu schützen. »Sei vorsichtig. Die Manager der Profiklubs, die auf der Tribüne sitzen, wollen sehen, ob du auch als Verteidiger etwas wert bist. Falls du mich nicht stoppen kannst, wirst du wohl nie gegen Jerry West und Oscar Robinson spielen.«

»Na los, Will, komm schon«, forderte Mance mich heraus, dem der Schweiß in Strömen übers Gesicht lief.

Blitzschnell stürmte ich vor, war einen Schritt an Mance vorbei, bevor er reagieren konnte, brachte meinen Körper zwischen ihn und den Ball, und dribbelte, so schnell ich konnte und mit all dem Können, das ich in zehn Jahren Basketball erworben hatte, die Gegenspieler aus, als ich in Richtung Korb rannte. Doch ich konnte Mance im Nacken spüren; Schritt für Schritt holte er auf; er wollte mir den Winkel abschneiden, um mich am Wurf zu hindern. Als ich in die Höhe sprang, spürte ich seinen Atem. Er schwebte neben mir in der Luft, und in diesem Augenblick wußte ich, daß er den verhängnisvollen Fehler machen würde, meinen Wurf abzublocken. Ich hielt Mance den Ball hin, und dann sah ich auch schon, wie er mit seinem langen, muskulösen Arm versuchte, ihn mir aus der Hand zu schlagen. Doch da ich den Wurf nur vorgetäuscht hatte, traf Jimmy mich statt dessen am Handgelenk, und ich wußte, daß ich den schönsten Korb des Abends erzielen würde. Ich tauchte unter Mance hindurch und paßte den Ball zum bereitstehenden Doug, der ihn mir über zwei gegnerische Spieler zuwarf, so daß ich ihn im Vorbeiflug am Korb aus der Luft fischen und ins Netz fallen lassen konnte.

Mance wurde ein weiteres Foul angeschrieben. Ich verwandelte die zwei Freiwürfe und glich den Punktestand aus. In der nächsten Viertelstunde wogte das Spiel, ein Klassespiel, hin und her. Zwar gerieten wir wieder in Rückstand, doch drei Minuten vor Schluß verwandelte Johnny zwei Strafwürfe zum erneuten Punktegleichstand.

Wieder führte Mance einen Angriff seiner Mannschaft. Dabei warf er einen raschen Blick zur Uhr. Ich attackierte Mance noch in der eigenen Hälfte und versuchte, den Ball zu erobern oder Mance zumindest zum Abspiel zu zwingen. Doch er war zu wendig und zu schnell für mich und erteilte mir ein paar Lektionen in der Technik der Ballführung, als ich ihn verfolgte.

Ich sah aus dem Augenwinkel, wie die anderen VMI-Stürmer unter dem Netz in Stellung gingen; dann mußte ich mich Mance zuwenden, den ich an die Seitenlinie gedrängt hatte, wo er dribbelnd wartete und den freien Mann suchte.

»Die linke Hand, Will«, hörte ich Johnny rufen.

»Die rechte Hand«, hörte ich Dougs Stimme.

Ich bewegte mich nach links und attackierte Mances rechte Hand, seine bessere Hand. Mit einem wunderschönen Links-rechts-Dribbling war Mance an mir vorbei. Doch es hatte den Bruchteil einer Sekunde zu lange gedauert. Mance sah nicht, daß Johnny dieses Manöver erwartet hatte und genau in Mances Laufrichtung stürmte, die Arme weit nach beiden Seiten ausgestreckt. Mance sah Johnny erst, als es zu spät war: Seine Schulter prallte gegen Johnnys Brust. Es gab ein dumpfes Geräusch, als die beiden Hünen zusammenstießen, und Johnny schlug einen Purzelbaum auf dem Parkettboden. Der Schiedsrichter pfiff und drückte sich die flache Hand an den Hinterkopf, das Zeichen für ›unerlaubte Härte‹. Die Menge tobte, als der Summton durch die Halle dröhnte und der offizielle Spielleiter das Zeichen gab, daß der große Jimmy Mance wegen wiederholten Foulspiels vom Platz müsse.

Mit gesenktem Kopf schlenderte Mance zu seiner Mannschaftsbank. Ich lief ihm nach, holte ihn in der Mitte des Feldes ein und legte ihm die Hand auf die Schulter. Er blieb stehen, und wir blickten uns schweigend an. Dann legte er mir den Arm um die Schulter, und wir gingen gemeinsam zur Mannschaftsbank. Das Korps erhob sich wie ein Mann und huldigte dem großen Jimmy Mance durch donnernden Applaus. Bevor Jimmy sich setzte, umarmte er mich, umarmte mich ganz fest, und so blieben wir einige Sekunden stehen. Es war das letzte Mal gewesen, daß wir gegeneinander gespielt hatten, unser letztes Duell unter hellen Scheinwerfern. Jimmy Mance hatte vierzig Punkte geworfen, ich zwölf.

»Wenn ich bei jedem Spiel dein Bewacher wäre, würdest du längst in der Nationalmannschaft spielen, Jimmy«, sagte ich.

»Wenn ich gegen jeden Gegner so gut ausgesehen hätte, dann hätte ich's auch verdient. Alles Gute, Will.«

»Du bist der Beste, Jimmy. Der beste Spieler, den ich je gesehen habe.«

Mance ging zu seinem Platz auf der Bank und verschwand inmitten der Reservespieler und aus meinem Leben.

Ohne Mance war des VMI-Team längst nicht so gut wie unsere Mannschaft. Doch im Sport kommt es vor, daß Unterlegenheit plötzlich keine Rolle mehr spielt. Es kommt vor, daß durchschnittliche Spieler sich durch einen gewaltigen geistigen Kraftakt verwandeln, über sich hinauswachsen und zu wahren Athleten werden, und sei es auch nur für einen Abend in ihrem Leben. Als wir auf das Spielfeld zurückkehrten, um die letzten Minuten gegen das geschwächte VMI-Team zu absolvieren, rechnete jeder von uns damit, daß wir den Gegner problemlos besiegen würden. Aber wir hatten die Möglichkeit dieser Verwandlung, dieses Über-sich-Hinauswachsens nicht einkalkuliert. Und genau das geschah mit dem Gegner: Das VMI-Team attackierte uns mit schnellen, brillanten Angriffen. Ihre Entschlossenheit, dieses Jetzt-erst-Recht, versetzte uns in Erstaunen. Sie schnürten uns unter dem eigenen Korb ein, hielten ihren Zweipunktevorsprung, während die letzten Sekunden unerbittlich verrannen. Plötzlich schossen Reubens lange Arme vor. Er fing einen gegnerischen Paß ab, trabte mit seinen langen Schritten über das Parkett, glich Sekunden vor Schluß der regulären Spielzeit aus und rettete unsere Mannschaft in die Verlängerung. Doch die durchschnittlich guten Spieler des VMI-Teams hatten tapfer gekämpft, und es war wundervoll mit anzusehen.

Obwohl wir es damals noch nicht wußten, nahmen wir an einem Spiel teil, das an der Akademie zu einer Legende werden sollte. An diesem Abend krönten zwei mittelmäßige Hochschul-Auswahlmannschaften diesen

Sport mit ihrem unbeirrbaren Siegeswillen, ihrer großartigen Ritterlichkeit ihrer strahlenden Spielkunst. In der ersten der Verlängerung erzielten beide Teams neun Punkte. In der zweiten erzielten beide Teams sechs Punkte. In der dritten sieben Punkte. Und immer noch war keine Entscheidung gefallen. Es war das längste Basketballspiel in der Geschichte der Akademie.

Während wir uns auf die nächste, vierte Verlängerung vorbereiteten – erschöpft und gleichzeitig aufgepeitscht von der Begeisterung der Menge –, hörten wir schon gar nicht mehr, wie Coach Byrum uns taktische Ratschläge zurief. Byrums Stimme war heiser und kaum zu verstehen, und die lärmenden Zuschauer machten es gleichermaßen unmöglich wie überflüssig, auch nur einen Satz unseres Trainers zu hören. Bo Maybank massierte mir mit einem sauberen Handtuch Arme und Schultern, und der Druck seiner kleinen Hände hatte eine beinahe sexuelle Wirkung, als ich die Augen schloß und dem maskulinen Sprechgesang des Korps in all seiner primitiven Begierde lauschte.

Als die Sirene den Beginn der nächsten Verlängerung ankündigte, konnte ich mich kaum mehr bewegen. Meine Füße und Beine schmerzten, und meine Knie fühlten sich an, als hätte jemand eine Schrotladung hineingejagt. Ich zwinkerte Abigail zu, nickte dem General zu und hockte mich aufs Parkett, um mir die Schuhe zuzuschnüren. Johnny DuBruhl kam zu mir herüber, legte mir die Hand auf die Schulter und sagte: »Komm, bringen wir die Sache zu Ende, Will. Ich bin total kaputt. Wenn wir noch eine Verlängerung spielen müssen, sag' ich Byrum, er soll mich auf die Bank setzen.«

»Eher sterbe ich, Junge«, erwiderte ich.

In der ersten Minute der vierten Verlängerung erzielte das VMI-Team vier schnelle Punkte hintereinander. Dann aber erkämpfte Doug sich in der Ecke den Ball vom Gegner und spielte ihn Johnny zu, der einen Tempogegenstoß erfolgreich abschloß. Drei Minuten vor Ende der Verlängerung konzentrierte das VMI-Team sich nur noch darauf, seinen knappen Zweipunktevorsprung zu wahren, den Ball in den eigenen Reihen zu halten und auf die Chance zu einem alles entscheidenden Konter zu lauern. Die Sekunden zogen sich träge dahin. Ich versuchte, von dem Spieler, der Mances Platz eingenommen hatte, den Ball zu erobern, doch er war ein guter, wendiger Techniker. Ich löste mich von ihm, als er einem Mannschaftskameraden einen langen Paß zuspielte; wir hatten den Gegner dermaßen unter Druck gesetzt, daß er sich ein wenig Luft verschaffen wollte. Ein weiterer Blick zur Uhr zeigte mir, daß uns nur noch eine Minute blieb. Wieder attackierte ich Mances Ersatzmann, der mittlerweile wieder in Ballbesitz war. Ich hoffte, daß er in seiner Unerfahrenheit einen Fehler machte.

Als nur noch zwanzig Sekunden zu spielen waren, warf mein bedrängter Gegenspieler einen Paß zur Mitte des Spielfelds, wo der Center des VMI-Teams wartete. Der Center warf den Ball einem Stürmer zu, der sich auf meiner Seite des Platzes befand. Sofort griff ich ihn an. Ich sah die Angst in seinen Augen; verzweifelt versuchte er, einen freien Mitspieler zu finden, dem er den Ball zuwerfen konnte. Doug, mit weit ausgestreckten Armen und schweißglänzendem Körper, eilte mir zu Hilfe. Der Stürmer zog sich weit in die eigene Spielhälfte zurück und warf einen raschen Blick zur Uhr. Achtzehn Sekunden. Siebzehn. Jeder Muskel meines Körpers spannte sich, als ich spürte, daß uns die letzte Siegchance aus den Händen zu gleiten drohte. Wieder sah ich die nervösen Blicke des Stürmers. Er suchte meinen direkten Gegenspieler, und plötzlich erkannte ich in den Augen des Stürmers, daß er ihm den Paß zuwerfen würde. Blitzschnell löste ich mich vom Stürmer, rannte in schrägem Winkel auf meinen Gegenspieler zu, und wartete geduckt auf den Paß. Ich wußte, dieser Paß würde kommen, und ich wußte, daß ich ihn abfangen und einen letzten Korbangriff führen würde; ich wußte, ich würde es schaffen; ich wußte, ich würde . . . vierzehn Sekunden, dreizehn . . . und dann kam der Paß. Ich sah den Ball durch die Luft fliegen und sprang vor, mit ausgestrecktem Arm, und berührte den Ball mit den Fingerspitzen, so daß er in Richtung Auslinie hüpfte. Doch ich brachte ihn im letzten Moment unter Kontrolle, stürmte los und sah, wie die VMI-Spieler von allen Seiten auf mich zurannten. Und dann spürte ich es.

Ich spürte das Korps, als wäre es in meinem Innern. Die Menge war aufgesprungen, und ich wurde von der Wucht ihrer Anfeuerungsrufe vorangetrieben. Eine unermeßliche Kraft trug mich zum gegnerischen Korb. Ich hörte ihren Donner, ihren Sturm, spürte das unbeschreibliche Gemeinschaftsgefühl unserer Bruderschaft, das meinen Angriff auf den gegnerischen Korb begleitete.

Ich sah zwei VMI-Spieler — huschende, verwaschene Schemen aus Gold —, die vor mir erschienen, um meinen Tempogegenstoß zu stoppen; ich sah aus den Augenwinkeln, wie meine Mannschaftskameraden in perfekter Angriffsformation ausschwärmten, während ich nach vorn stürmte, so schnell wie noch nie im Leben, und während die letzten Sekunden verrannen. Ich hörte, wie Johnny mir von der rechten Seite zurief, ihm den Ball zuzuspielen; ich sah, wie Doug mir von der linken Seite winkte; ich spürte, wie Reuben mir folgte, vier Schritte hinter mir. Der Ball war zu einem Teil von mir geworden, und ein nie gekanntes Hochgefühl und unerschütterliches Selbstvertrauen durchströmten mich, als ich auf die zwei namenlosen VMI-Verteidiger zustürmte, die meinen Angriff erwarteten.

Der erste Verteidiger sprang vor, um mich zu attakkieren. Es war mein direkter Gegenspieler. Aus Unerfahrenheit griff er zu schnell an; ich verlangsamte das Tempo, machte eine Körpertäuschung nach rechts, wechselte den Ball in die linke Hand, und war wie ein Schatten an ihm vorbei. Er hatte den alten Trick nicht erkannt, die Geschwindigkeit zu verzögern, diesen kleinen Betrug, der bei jedem Tempowechsel von ausschlaggebender Bedeutung war.

Zu meiner Rechten rief Johnny immer noch nach dem Ball. Ich drehte den Kopf in seine Richtung, doch meine Augen ruhten auf dem zweiten Verteidiger. Der VMI-Spieler bewegte sich nach rechts, weil er damit rechnete, daß ich Johnny den Ball zuspielen würde. Aber der Paß sollte niemals kommen. Ich stieß mich vom Boden ab, stieg in die Höhe, hinauf zum Licht und Zigarettenrauch, hinauf in die Geschichte dieses Abends, in den Tod der Zeit und des letzten Spiels, das ich spielen sollte. Ich stieg hinauf in den glücklichsten, triumphalsten Augenblick meines Lebens, um jenen Korbwurf zu machen, auf den ich gewartet hatte, seit ich ein Junge von zehn Jahren gewesen war. Der VMI-Spieler, der seinen Fehler zu spät erkannt hatte, versuchte mich durch einen verzweifelten Sprung am Wurf zu hindern, doch ich brachte die rechte Schulter zwischen ihn und den Ball, wappnete mich gegen den Zusammenprall unserer Körper, und warf den Ball beinahe zärtlich gegen das Rückbrett. Ich sah nicht mehr, wie der Ball durch den Korb fiel; aber das war auch nicht mehr nötig. Es war der Ausgleich. Der Jubel des Korps ließ die Sporthalle erbeben.

Ich lag außerhalb des Spielfelds auf dem Rücken. Beim Zusammenprall mit dem VMI-Verteidiger war ich mehrere Meter zur Seite geschleudert worden. Ich starrte an die Decke, ins grelle Scheinwerferlicht. Aber ich sah nichts; ich ließ den Beifallssturm der Menge über mich hinwegbrausen, die Huldigung meines kämpferischen, kriegerischen Triumphs. Ich hörte, wie sie meinen Namen riefen. In diesem Augenblick waren das Korps und ich ein Körper, ein Wesen, eine einzige leidenschaftliche, unbezähmbare Kraft.

Dann ließ Johnny sich auf mich fallen und umarmte mich jubelnd, und wir rollten uns hysterisch lachend über das Parkett der Sporthalle, sprangen auf und rannten zu den Mannschaftskameraden. Reuben, Doug und Dave fielen uns um den Hals und klopften uns auf die Schultern, und wir tanzten einen primitiven Tanz des Triumphes. Die fünf VMI-Spieler standen mit gesenkten Köpfen da, in einer Geste der Beschämtheit und des Versagens – ein Gefühl, das ich im Laufe meiner Karriere an der Akademie nur zu oft selbst empfunden hatte. Ihre Gesichter waren erschöpft, entmutigt und geschlagen.

Ich ging zur Freiwurflinie und stieß die Arme in die Höhe, und wieder trug der Beifallssturm des Korps mich davon, drang in jeden Winkel meines aufgewühlten Innern ein, in jede Zelle meines Körpers, und ich öffnete mich dem Jubel, gab mich ihm hin . . . in diesem Augenblick hatte ich den Wunsch, die Zeit anhalten und jenen Moment für immer festhalten zu können, wie ich mit emporgereckten Armen dastand, während die Menge aufgesprungen war und mein Name rhythmisch aus tausend Kehlen drang.

Der Schiedsrichter reichte mir den Ball, ich warf die beiden alles entscheidenden Strafwürfe und beobachtete, wie das silberne Netz zweimal erzitterte, als der Ball hindurchfiel, beobachtete den verzweifelten Wurf des VMI-Centers, der den Ball über das gesamte Spielfeld schleuderte, in der Hoffnung, daß er im Korb landete. Doch der Ball ging weit daneben, und ich hörte, wie die Sirene das Spiel beendete.

Und dann war das Korps über mir. Ich stand inmitten einer begeisterten, stürmischen Menge grauuniformierter Männer; starke Arme hoben mich in die Höhe, und ich fand mich auf Marks und Pigs Schultern wieder. Ich spürte, wie Hände nach mir griffen und mich berührten, und mir wurde klar, daß ich mich mehr an diese Hände als alles andere erinnern würde. Ich versuchte, mir alles einzuprägen; jede Einzelheit dieses wilden, stürmischen Freudenfestes, welches das Korps auf dem Spielfeld veranstaltete. Doch die Erinnerung an den Applaus kann man nicht bewahren; er ist zu flüchtig, zu vergänglich. In späteren Jahren verwunderte es mich, daß ich mir diese Minuten nicht so deutlich ins Gedächtnis rufen konnte, wie ich es gern getan hätte. Ich kann mich an den Ritt auf den Schultern der Kameraden erinnern, als sie mich zum Umkleideraum trugen; an die Hände, die nach mir griffen; an das Gewühl grauuniformierter Männer, die zu mir vordringen wollten. Doch mein Schicksal und meine Natur verwehrten es mir, mich genau an das Gefühl zu erinnern, als in diesen wenigen Minuten die Bewunderung des Korps fast ausschließlich mir galt.

Nur an das Handtuch kann ich mich ganz genau erinnern . . . an Bo Maybanks Handtuch. Ich werde es für den Rest meines Lebens glasklar im Gedächtnis behalten, jede Einzelheit. Ich weiß nicht mehr, wie und wann Bo an mich herangekommen war, aber ich weiß noch, daß der kleine Kerl plötzlich neben mir herumhüpfte und mir immer wieder mit einem Handtuch den Schweiß vom Körper wischte. Und sein Gesicht . . . nie werde ich sein Gesicht vergessen, als er zu mir emporschaute. Auf seinem Gesicht spiegelten sich mein eigener Stolz und mein Glücksgefühl wider, während er neben mir auf dem Fußboden herumhüpfte und versuchte, mit seinem Handtuch an mich heranzukommen . . . als er versuchte, Teil des wundervollsten Augenblicks in meinem Leben zu werden.

Nach diesem Abend verlor ich Bo – und Jimmy Mance – und Coach Byrum – und Johnny, Doug und Reuben. Ich verlor den Basketballsport und die unvergleichliche Kameradschaft unter Athleten. Aber Bo vermißte ich am meisten, diesen kleinen Kerl, der ein phantastischer Spieler hätte werden können, der beste von uns allen, wäre er nicht um verdammte zwanzig Zentimeter zu klein gewesen, und der sich statt dessen mit seinen feuchten, warmen und völlig nutzlosen Handtüchern begnügen mußte. Drei Jahre später rief seine Mutter mich an, stolz und traurig zugleich, und erzählte mir vom Tod ihres Sohnes, des Hubschrauberpiloten Leutnant Bo Maybank. Wer kann schon sagen, wie schön es für Bo gewesen sein mag, in seinem Hubschrauber beflügelt und geheimnisvoll aus höchsten Höhen in die Tiefe hinabzustoßen und all die hochgewachsenen Männer zwergenhaft erscheinen zu lassen, die sich einst über ihn lustig gemacht hatten und ihn, strampelnd und wütend, in Wäschekarren voll schmutziger Sportsachen geworfen hatten? Woher soll ich wissen, ob Bo jemals klargeworden ist, daß körperliche Größe nicht immer das Wichtigste ist? Aber er hatte alles gelernt, was man über andere kleine, nette Menschen lernen konnte: Menschen mit freundlichen Augen, sanften Händen, angeborener Geschicklichkeit und einer Treffsicherheit, die sehr viel tödlicher war als Bos. Denn irgendein kleiner gelbhäutiger Mann schoß Bo Maybank vom Himmel über Vietnam. Die Kugel drang ihm ins Auge und ließ seinen Hinterkopf zerplatzen.

Seine Mutter weinte und weinte. Und ich vergoß die ganze Nacht Tränen um den kleinen Mann mit seinen Handtüchern, der mich so sehr gemocht hatte, der den Basketball geliebt hatte, ohne jemals einen Korb in einem Spiel zu werfen, nur in leeren Sporthallen, nachdem die Menge nach Hause gegangen war. Ich erinnerte mich an Bos winzige Sprünge mit dem Handtuch nach dem Spiel gegen das VMI-Team, und ich bedauerte, daß ich nicht von den Schultern meiner Kameraden zu ihm hinuntergelächelt hatte, daß ich ihn an den Ovationen der Menge nicht hatte teilhaben lassen, daß ich nicht wenigstens dieses eine Mal das Richtige im Leben getan und ihm diese kleine Geste der Freundschaft gegönnt hatte. Ich hätte Bo Maybank packen und zu mir heraufziehen sollen. Ja, ich hätte diesen Ritt zum Umkleideraum, diesen Ritt auf den Wogen der Begeisterung, gemeinsam mit Bo machen sollen. Aber ich hatte es nicht getan.

Nachdem ich mich an diesem Abend umgezogen hatte, ging ich noch einmal aufs Spielfeld und blieb schweigend in der Mitte stehen. Ich war beim Umziehen einer der letzten gewesen, und nun war die große Halle still und leer. Unter einer Bank sah ich einen Basketball liegen, den Bo übersehen haben mußte, als er nach dem Spiel unsere Ausrüstung zusammengepackt hatte. Meine Schritte hallten in der Stille, als ich zu der Bank hinüberging. Ich dribbelte mit dem Ball zur Wurflinie vor einem der Körbe und fragte mich, wie viele Sprungwürfe, Dumpings, Pässe und Dribblings ich in meinem Leben wohl schon gemacht hatte. Ich hatte mit dem Basketball angefangen, weil ich mir als Kind häßlich und furchtbar schüchtern vorgekommen war. Einige Basketballtrainer waren auf mich aufmerksam geworden, weil ich diesen Sport als Deckmantel für meine Schwächen benutzt und wie besessen trainiert hatte. Wäre ich den Leuten nackt gegenübergetreten, ohne diesen Deckmantel und ohne die Empfehlung, ein hoffnungsvoller Basketballspieler zu sein, wäre ich niemandem aufgefallen. Ich hatte eine Sportart gefunden, hinter der ich mich verstecken und mit der ich mich maskieren konnte. Jetzt mußte ich andere Verstecke suchen und andere Maskeraden perfektionieren. Meine Zeit als Basketballspieler war abgelaufen.

In der Dunkelheit der Sporthalle, die nur vom Licht des winterlichen Mondes erhellt wurde, schoß ich einen Sprungwurf auf den Korb ab, der aber nur den Korbrand traf, so daß der Ball zu mir zurückprallte. Ich warf kein zweites Mal. Ich dribbelte an der Wurflinie, senkte den Arm tiefer und tiefer, bis der Ball nicht mehr aufsprang, sondern nur noch rollte. Ich beobachtete, wie er zum Spielfeldrand rollte, ganz langsam, bis er neben der Auslinie liegenblieb. Er war aus dem Spielfeld und aus meinem Leben verschwunden. Wie die meisten anderen Basketballer war ich abergläubisch, was diesen Sport betraf. Bis heute abend hatte ich nie eine Sporthalle verlassen, ohne einen letzten Wurf auf den Korb zu machen. Heute ließ ich es bleiben. Ich drehte mich um und schlenderte zum Ausgang. Ich hatte mit meinem allerletzten Wurf nicht getroffen, und irgendwie kam mir das symbolisch vor. Ich hätte gern noch einmal geworfen, aber es war vorbei. Ich war an die Grenzen meiner sportlichen Fähigkeiten vorgestoßen, und ich kannte die Geheimnisse, die alle Sportler kannten. Ich schlenderte zum Ausgang der Halle, und ich kam nicht einmal auf den Gedanken, noch einen Blick zurückzuwerfen. Ich war frei.

Doch als ich durch den dunklen Mittelgang zwischen den Zuschauertribünen ging, rief mich plötzlich eine Stimme aus der Finsternis an. Ich zuckte erschreckt zusammen und fuhr wütend und ängstlich zugleich in die Richtung herum, aus der die Stimme erklungen war.

»Mr. McLean«, sagte die Stimme verzweifelt. »Ich muß Sie sprechen, Sir.«

Es war Pearce. Ich schaute zur Tür der Umkleidekabine hinüber und sah, wie Doug Cumming und Bo sich verabschiedeten.

»Ich hätte mir vor Schreck beinahe in die Hose geschissen, Pearce«, sagte ich.

»Ich brauche Ihre Hilfe, Sir«, erwiderte er. »Könnten Sie zum Jachthafen kommen und mit mir reden? Um diese Zeit ist dort niemand mehr. Wir könnten ungestört reden.«

»Gut. Warte dort auf mich, Pearce. Ich gehe an der

Kaserne des ersten Bataillons vorbei und komme dann über den Baseballplatz zu dir.«

Er verschwand schweigend in der Dunkelheit, und ich ging durch die Eingangstür ins Freie.

Die Boote im Jachthafen schimmerten silbrig im Mondlicht. Pearces Gesicht war schwarz und silbern. Es war ein gutaussehendes, verängstigtes Gesicht, dessen Züge im Mondschein wie gemeißelt aussahen.

Als ich näher kam, wurde mir klar, daß ich diesen ernsten, stillen Jungen noch gar nicht richtig kannte. An der Akademie konnte man keinen Rekruten wirklich kennenlernen, egal wie entschlossen man versuchte, die Barrieren niederzureißen, die Rekruten und Senioren trennten. Und ein Rekrut durfte einen Senior niemals völlig vertrauen; allenfalls im Kreise seiner engsten Freunde, die in der gleichen Situation waren wie er selbst, konnte ein Rekrut es sich erlauben, in seiner Wachsamkeit nachzulassen. Pearces Miene wurde angespannt, als ich näher kam, und als ich seinen Namen rief, nahm er Haltung an.

»Das ist keine Schwitzparty, Pearce«, sagte ich. »Ich bin hierher gekommen, um mit dir zu reden. Steh bequem.«

Erst als ich ›Steh bequem‹ sagte, nahm er wieder normale Körperhaltung an. Er war Rekrut, und ich war Senior – und nur die Zeit konnte uns von dieser ungewollten Feindschaft befreien. Aber ich mußte mir eingestehen, daß es mir gefallen hatte, wie er sofort Haltung annahm, als er mich kommen sah. Ich brauchte diese stumme, rituelle Anerkennung meiner Höherrangigkeit.

Bei Pearce kam in meinem Fall irgendein Element atavistischen Südstaatlertums hinzu. Ich wollte, daß er mir seine Dankbarkeit dafür zeigte, daß ich ein weißer Südstaatler war, der seine Einstellung zu den Niggern geändert hatte. Ich wollte sein Befreier sein, und deshalb erwartete ich von ihm die gleiche Unterwürfigkeit, die ich von allen menschlichen Wesen erwartete, die zu Opfern meiner Befreiungen geworden waren. In Pearces Augen konnte ich die Subtilität unserer Verbundenheit wie auch unserer Feindschaft erkennen. Inmitten der Masten und der dümpelnden Bootsrümpfe, die sich im schwarzen Wasser der steigenden Tide spiegelten, standen wir uns unsicher gegenüber. Verbündete zwar, doch vor allem ein weißer Junge und ein Niggerboy.

Seine Augen waren dunkel und verängstigt, als sie über meine Schulter hinweg über die riesigen, von Scheinwerfern angestrahlten Silhouetten der Kasernen schweiften, über den Basketballplatz, über die Sporthalle. Er wollte feststellen, ob mir jemand gefolgt war.

»Möchtest du Wasserski fahren, Pearce?« fragte ich und schaute auf die Uhr.

»Wie bitte, Sir?« sagte er verwirrt und blickte mir immer noch über die Schulter.

»Warum hast du mich hierher bestellt?« fragte ich. »Jedesmal, wenn ich dich sehe, komme ich mir vor, als würde ich für den CIA arbeiten und geheime Pläne für die Zerstörung Miamis von dir in Empfang nehmen.«

»Sie haben nicht auf meine Benachrichtigungen reagiert, Mr. McLean«, sagte er mit zorniger, anklagender Stimme.

»Was für Benachrichtigungen?«

»Ich habe vier Zettel ins Buch gelegt, und Sie haben auf keinen einzigen reagiert. Sie haben nicht einmal versucht, Verbindung mit mir aufzunehmen.«

»Das ist doch Blödsinn, Rotarsch. Ich habe jeden Tag

in dem Buch nachgeschaut, und seit Monaten lag keine Nachricht mehr von dir drin. Bist du sicher, daß du die Zettel ins richtige Buch gesteckt hast?«

»Ja. *Der Untergang des Abendlandes.* Zwischen die Seiten dreihundertacht und dreihundertneun, Sir«, erwiderte er, wobei er das Wort *Sir* ironisch betonte.

»Pearce«, sagte ich, »hat dich jemand dabei beobachtet, als du die Zettel ins Buch gelegt hast?«

»Ich glaube nicht, Sir.«

»Dann könnte es sein, daß jemand *mich* dabei gesehen hat, wie ich im Buch nachgeschaut habe«, überlegte ich laut. »Oder meine Stubenkameraden, als ich mit der Basketballmannschaft bei Auswärtsspielen gewesen bin. Verdammt, Pearce, ich habe so oft in der Schwarte nachgeschaut, daß es mir zur Gewohnheit geworden ist. Ich schaue mich nicht einmal mehr um, ob jemand mich dabei beobachtet.«

»Die vier Zettel, die ich für Sie hinterlegt hatte, Sir, sind alle aus dem Buch herausgenommen worden. Ich dachte, Sie hätten die Notizen genommen, ohne sich um meine Benachrichtigungen zu kümmern. Aber irgend jemand hat die Zettel herausgenommen, und dieser Jemand weiß offensichtlich, auf welche Weise wir in Verbindung stehen.«

»Was hattest du mir denn geschrieben?« fragte ich und blickte über die Schulter auf die Lichter der Kasernen.

»Bei einem abendlichen Antreten letzte Woche, Mr. McLean, hat plötzlich jemand hinter mir gestanden und gesagt, ich hätte noch zwei Wochen Zeit, die Akademie aus freien Stücken zu verlassen. Falls ich nicht freiwillig verschwinde, bekäme ich eine Spezialbehandlung, gegen die alles bisherige ein Zuckerschlecken sei.

Er sagte, ich würde eine längere Spritztour machen, die ich nie im Leben vergesse.«

»Wer hat das gesagt, Pearce?« fragte ich. »Hast du ihn gesehen oder die Stimme erkannt? Wenn du mir sagen kannst, wer es gewesen ist, kann ich vielleicht herausfinden, was sich da abspielt.«

»Wie ich schon sagte, Sir«, erwiderte Pearce, »er hat plötzlich hinter mir gestanden. Es war auf dem Exerzierplatz, Sir, und ich bin ja nur ein Rotarsch, und es war dunkel, und ich habe stramm gestanden und durfte mich nicht rühren. Auf einmal kam diese hämische Stimme von hinten und sagte mir, daß ich dreckiger Niggerarsch aus der Kaserne verschwinden soll, oder ich würde in zwei Wochen eine längere Spritztour machen.«

»Man kann dich auf dem Campus nirgendwo hinfahren, ohne daß du gehört oder gesehen wirst.«

»Vielleicht wollen die mich vom Campus herunterbringen«, sagte er. »Und wenn die mich erst einmal durchs Legrand-Tor gebracht haben . . . unser gelobtes Amerika ist ein sehr großes Land, Mr. McLean.«

»Paß auf, was du sagst, Rotarsch«, fuhr ich ihn an, denn ich ärgerte mich über den spöttischen Klang seiner Stimme. »Stellt sich die Frage, wie sie dich vom Campus herunterschaffen wollen. Die können dich ja schlecht in einen Wagen verfrachten und ohne Passierschein durchs Legrand-Tor kutschieren. Sie müßten an der Wache und dem wachhabenden Offizier vorbei. Und vor allem können die sich nicht einfach den ersten schwarzen Rekruten in der Geschichte der Akademie schnappen, ohne daß jeder auf dem Campus es weiß, und . . .«

In diesem Augenblick fiel mir etwas ein; die Erinnerung kam blitzartig, und sie war glasklar und erschrekkend lebendig. Plötzlich stand ich nicht mehr mit Pearce in den Schatten der Boote, sondern befand mich über einem gähnenden Abgrund, zitternd vor Angst beim Anblick des Exerzierplatzes dreißig Meter unter mir, und wieder hörte ich der schrillen, verzweifelten Stimme eines dicken Jungen zu, der in acht Stunden tot sein würde, erhängt mit seinem eigenen Uniformgürtel. Poteetes Stimme kreischte in meinem Gedächtnis. Er schrie mich an, rasend vor Wut, Schmerz und Rachsucht.

»Moment mal«, flüsterte ich. »Ich weiß, wohin sie dich bringen wollen, Pearce.«

»Wohin, Sir?« Seine Stimme bebte. »Woher wissen Sie das?«

»Sie wollen dich zum ›Haus‹ bringen«, sagte ich, und mir brach der Schweiß aus, als die Erinnerung an diesen schrecklichen Abend plötzlich wieder so klar und deutlich auf mich einstürmte.

»Was für ein Haus?«

»Ich weiß es nicht, Pearce. Ich weiß es wirklich nicht. Aber ich bin sicher, daß sie dich dorthin bringen wollen. Und eins kann ich dir versprechen.«

»Was, Sir?«

»Falls sie es schaffen, dich zu diesem ›Haus‹ zu bringen, dann wirst du von der Akademie abgehen«, sagte ich, und wir starrten uns an.

»Da . . . da wäre noch eine Sache, Sir«, sagte Pearce nach längerer Pause. »Bevor diese Stimme verschwunden ist, hat der Sprecher ein Mal auf meinem Rücken hinterlassen. Er hat etwas mit seinem Finger gezeichnet.«

»Was hat er gezeichnet, Pearce?«

»Die Zahl zehn, Sir.«

»Mein Gott«, sagte ich fassungslos. »Ich verstehe das alles nicht, Pearce. Jedesmal, wenn ich sicher bin, daß die Zehn nur ein Hirngespinst des Korps und der Absolventen sind, passiert irgend etwas, das darauf hindeutet, daß dieser Geheimbund doch existiert. Immer, wenn ich dich und den Bären für verrückt halte, geschehen diese kleinen Vorfälle ... und plötzlich glaube ich, daß wir von Leuten beobachtet und durchleuchtet werden, die jeden unserer Schritte vorausahnen. Und immer dann frage ich mich, ob ich selbst verrückt bin.«

»Sir, irgend jemand hat meine Zettel aus dem Buch genommen, daran gibt es nichts zu deuteln. Und irgend jemand hat mir beim Antreten gedroht. Und irgend jemand hat mir die Zahl zehn auf den Rücken gemalt.«

»Aber warum haben sie so lange gewartet, bis sie in Aktion traten?« murmelte ich. »Warum haben sie nicht schon eher versucht, dich von der Akademie zu verjagen?«

»Das weiß ich nicht, Sir«, erwiderte er kühl. »Ich gehöre dieser Organisation nicht an.«

»Spiel nicht den Klugscheißer, Pearce. Ich fange nämlich so langsam an, dich zu mögen.«

»Ich habe Angst, Mr. McLean«, sagte er. »Seit dieser Kerl mir seine Drohung ins Ohr geflüstert hat, habe ich eine Heidenangst. Er hat es ernst gemeint.«

»Und ich habe Angst um dich«, erwiderte ich, legte ihm den Arm um die Schulter und ging mit ihm auf den sanft schwankenden Laufsteg. Wir setzten uns auf die Planken und blickten hinaus auf das steigende dunkle Wasser, das mit der Flut vom Ashley River in den Jachthafen strömte.

»Aber vielleicht ist unsere Angst unbegründet. Die ganze Sache könnte ein sehr übler Scherz sein, den sich jemand mit uns beiden erlaubt. Es ist ja nichts Schlimmes oder Bedrohliches passiert. Wir reden nur darüber, daß irgendwas Schlimmes passieren *könnte* . . . als würden wir auf einen Orkan warten, den es vielleicht gar nicht gibt.«

»Es gibt ihn, Sir«, sagte er. »Irgendwie kann ich es spüren. Ich bin sicher, daß irgendwas geschieht. Und ich dachte schon, Sie hätten meine Nachrichten gar nicht beachtet, weil sie Ihnen gleichgültig sind. Aber ich hatte fest damit gerechnet, daß *Sie* die Zettel aus dem Buch genommen haben. Daß Sie es nicht getan haben, beweist, daß jemand Ihnen zuvorgekommen ist. Und dieser Jemand weiß alles, was zwischen uns beiden geschieht.«

»Wie ist eigentlich dein Stubenkamerad, Pearce?« fragte ich.

»Ein netter Kerl. Er stammt aus Connecticut oder New Jersey oder einem der anderen Neuenglandstaaten. Für mich ist das alles das gleiche. Der Norden. Aber Chuck ist in Ordnung. Er nimmt eine Menge Probleme auf sich, weil er mit auf der Stube wohnt. Der Kader hat ihn gezwungen, im Speisesaal weiße Handschuhe zu tragen, weil er mit einem Nigger zusammenwohnt. Sie wollen nicht, daß ihr Essen mit Niggerbakterien verseucht wird, haben sie gesagt.«

»Der Planet Erde ist eine wundervolle Welt, nicht wahr, Pearce?« sagte ich und zog Schuhe und Strümpfe aus. »Hast du schon mal die Füße eines Basketballspielers gesehen? Wir haben die häßlichsten Füße auf Erden. Blutblasen, Abschürfungen, Prellungen und überall tote gelbe Hornhaut. Nach einem Spiel brennen mir die ganze Nacht die Füße wie Feuer. Manchmal bin ich hierher geschlichen und hab' sie im Wasser gekühlt.«

»Es ist eiskalt, Sir«, sagte er, als ich die Füße ins Wasser steckte und das Gesicht verzerrte; dann zog ich sie wieder heraus und rieb sie mit einem Taschentuch trocken.

»Ich weiß nicht, ob es schmerzt oder guttut, Pearce, aber ich tu' es trotzdem, wenn mir die Füße weh tun. Ich glaube, es hilft mir. Aber sicher bin ich mir nicht. Genauso denke ich manchmal über die Akademie. Sie hat mir viel Gutes getan, glaube ich. Sonst würden mir nicht so viele Leute sagen: ›Die Akademie ist das Richtige für dich, Will.‹ Aber sie fügt einem Schmerzen zu. Die ganze Zeit tut sie einem weh. Bedauerst du, daß du an die Akademie gekommen bist, Pearce?«

»Nein, Sir«, erwiderte er, ohne zu zögern.

»Ehrlich nicht, Pearce?«

»Mir gefällt es hier, Mr. McLean. Natürlich stinkt es mir, wenn man mich als Nigger oder schwarze Sau oder Onkel Tom bezeichnet, aber darauf war ich gefaßt. Mir gefällt alles, was mit dem Militär zu tun hat, und nach meinem Abschluß möchte ich in der Armee Karriere machen. Ich wollte schon als kleiner Junge Soldat werden, und eine bessere Vorbereitung auf eine Soldatenlaufbahn kann man nirgendwo bekommen.«

»Du hast dich gut gehalten, Pearce«, sagte ich und betrachtete ihn bewundernd von der Seite. »Du bist ein zäher Rotarsch. Und du hast nur noch vier Monate, dann ist das Rekrutenjahr um.«

»Ich werde es hier bis zum Abschluß bringen, Mr. McLean«, erwiderte er mit plötzlicher Entschlossenheit und Leidenschaft. »Ich werde alles tun, was ich tun muß, um eines Tages auch einen zu tragen.«

Er zeigte auf meinen Ring.

»Hier«, sagte ich und zog ihn vom Finger. »Probier ihn mal an.«

Er streifte den Ring langsam und ehrfürchtig über seinen linken Ringfinger. Er paßte ihm wie angegossen.

»Ich will dir sagen, warum ich dich nach deinem Stubenkameraden gefragt habe: Weiß er, daß wir in Verbindung stehen? Weiß er von den Zetteln und dem Buch?«

»Ja, Sir«, sagte er leise und verschämt.

»Ich hatte dir doch ausdrücklich gesagt, mit niemandem darüber zu reden!« fuhr ich ihn an.

»Irgendwann muß jeder mal mit einem anderen Menschen reden. Sie haben es Ihren Stubenkameraden doch auch gesagt.«

»Aber die Jungs kenne ich seit fast vier Jahren, Pearce. Du kennst deinen Stubenkameraden erst seit fünf Monaten. Vielleicht ist er derjenige, der die Informationen an unsere unbekannten Freunde weiterleitet.«

»Bestimmt nicht, Sir«, sagte Pearce. »Zu dieser Sorte gehört er nicht.«

»Wer gehört denn zu dieser Sorte?« fragte ich.

»Ich habe ein, zwei Verdächtige«, erwiderte Pearce. »Einer davon ist der Bär, Sir.«

»So ein Schwachsinn!« rief ich. »Der Bär hat sich die ganze Sache einfallen lassen. Zu deinem Schutz, Pearce. Er war von Anfang an derjenige, der sich die größten Sorgen gemacht hat, daß man dich von der Akademie verjagen könnte. Er war der erste, der die Gerüchte über die Zehn erwähnt hat. Er war derjenige, der mir den Auftrag gegeben hat, dafür zu sorgen, daß du an der Akademie bleibst. Er hat den Unteroffizier, der dich schikaniert hat, zur Sau gemacht. Und er bekommt jeden Zettel, den du mir zuspielst, auf seinen Schreibtisch.«

»Genau das ist es ja, Sir«, sagte Pearce, als ich mit

meiner wütenden Tirade fertig war. »Er ist der einzige, der alles weiß. Das heißt . . . da gibt es noch jemanden.«

»Und wer ist das?«

»Sie, Sir.«

»Du traust mir ein doppeltes Spiel zu, Pearce?« Ich war ehrlich wütend. »Du spinnst ja, du dämlicher Nigger.«

Er blickte mich in der Dunkelheit finster an, voller hilflosem Zorn, denn er wußte, daß er es nicht wagen konnte, mir eine passende Antwort zu geben.

»Jawohl, Sir«, sagte er und zog meinen Ring vom Finger. »Das bin ich wirklich. Ein dämlicher Nigger. Ein verängstigter dämlicher Nigger inmitten von zweitausend weißen Jungs. Ich weiß nicht, wem ich trauen kann, Mr. McLean. Ich traue keinem. Ich möchte Sie nicht beleidigen, aber Sie sollten wissen, daß Sie in meinen Augen nicht anders als alle anderen sind. Sie sind auch nur ein weißer Junge, der uns Schwarze sein Leben lang als ›Nigger‹ betrachtet.«

»Was ich gesagt habe, tut mir leid, Pearce. Das war dumm von mir. Ich bitte dich um Verzeihung. Ich hasse das Wort ›Nigger‹ von ganzem Herzen, und ich wollte, ich könnte es rückgängig machen, daß ich dich so genannt habe. Ich hatte kein Recht dazu.«

Wir erhoben uns, standen uns gegenüber, blickten uns an.

»Ich hätte zum Bären gehen können«, sagte er schließlich. »Ich habe darüber nachgedacht. Aber dann habe ich mir gesagt, daß es besser ist, mit Ihnen zu sprechen. Ich mußte mit jemandem reden, der mir helfen kann. Mein Stubenkamerad hat genausoviel Angst wie ich.«

»Eins schwöre ich dir, Pearce. Ich bin nicht dein Feind, ich bin dein Freund, und ich möchte dir helfen, so gut ich kann. Wenn irgendwelche Leute im geheimen gegen dich arbeiten, dann werde ich versuchen herauszufinden, wer diese Leute sind, und sie aufhalten.«

»Ich glaube Ihnen, Sir«, sagte er.

»Wir lassen uns ein neues Kommunikationssystem einfallen, Pearce. Ich werde nicht einmal dem Bären davon erzählen. Diesmal bleibt es ganz unter uns. Von mir aus kannst du deinen Stubenkameraden einweihen. Ich jedenfalls werde es nicht tun. Ich werde nicht einmal meinen besten Freunden davon erzählen. Wir machen diese Schweinehunde fertig, Pearce, verlaß dich drauf. Du und ich.«

»Danke, Sir«, sagte er, und ich sah, daß er wieder Haltung angenommen hatte.

»Normalerweise dürfen wir den Rotärschen erst am Ende des Rekrutenjahres das Du anbieten. Aber bei dir verlege ich's auf heute abend vor.«

Ich streckte die Hand aus. Er nahm sie, und ich spürte die Kraft, die in dem Jungen steckte, der vor mir stand.

»Ich heiße Will«, sagte ich.

»Ich heiße Tom, Will.«

Und in der Dunkelheit des Jachthafens fing Tom Pearce zu weinen an, als ob er nie wieder aufhören wollte.

Viertes Buch

DIE ZEHN

Februar bis Juni 1967

31

Am dritten Wochenende im Februar fuhr ich zum Strandhaus auf Sullivan's Island. Annie Kate erwartete ihr Baby in einer Woche. In diesen letzten Tagen ihrer Schwangerschaft war sie noch ernster und in sich gekehrter geworden als zuvor. Ihr Leib war mittlerweile so unförmig, daß wir das Haus nur noch nach Einbruch der Dunkelheit verließen, um in der bitteren Kälte einen kurzen Spaziergang zu machen. Das Kind in ihrem Innern war zu Annie Kates Gefangenenwärter geworden. Sie trug immer noch ihren Regenmantel – aus Gewohnheit, nehme ich an. Vielleicht aber auch deshalb, weil er ihr irgendeinen irrationalen Schutz gegen die Bewegungen des Universums gewährte, das sie in seinen unveränderlichen Rhythmus von Werden und Vergehen, von Zeit und Veränderung eingehüllt hatte. Annie Kates Körper selbst hatte den Charakter einer Jahreszeit angenommen; wir konnten die Vergänglichkeit der Zeit in den Monaten von September bis Februar am Heranwachsen des Kindes in ihrem Leib erkennen. Obwohl es ihr nicht bewußt war, hatte Annie Kate sich in einen Archetyp der Mutterschaft verwandelt; wenn sie ruhelos im Haus umherging, aus dem Fenster auf die Stadt blickte oder Holzscheite im Kamin nachlegte, strahlte sie eine gewaltige Aura der Kraft und Autorität aus. Das Kind war zwar unehelich; aber das änderte nichts daran, daß es wundervoll war, das Fortschreiten ihrer Schwangerschaft zu verfolgen – ein Vorgang, den man nur mit Staunen und Demut beobachten konnte. Während ich Zeuge wurde, wie Annie Kate und ihr Kind heranreiften, verspürte ich das instinktive Unterlegenheitsgefühl, ein Mann zu sein. Die Schwangerschaft war etwas Heiliges, Göttliches; hier offenbarten sich ein unermeßliches Geheimnis und die unendlichen Kräfte der Frauen, die Männern verschlossen blieben. Hatte ich deshalb immer Furcht vor den Frauen gehabt? Ich wußte es nicht, und es spielte auch keine Rolle. Annie Kate haßte sich ihres Aussehens wegen und hielt meine philosophischen Betrachtungen über Geheimnisse und Unendlichkeiten für Unsinn. Sie wollte das Kind zur Welt bringen, nichts weiter.

Bevor ich zum Haus ging, spazierte ich über den Strandabschnitt zwischen dem Leuchtturm und Fort Moultrie. Es war Ebbe, und das Meer atmete in kleinen, halbherzigen Wellen. Das Wasser war seicht und grau, beinahe mausfarben. Ich machte mich auf die Jagd nach Sanddollars für Annie Kates Sammlung. Sie vermißte die ausgedehnten Wanderungen am Strand, und es hob immer ein bißchen ihre Stimmung, wenn ich ihr eines dieser kleinen, schön geformten Tiere mitbrachte, die bei Ebbe naß glänzend im Sand lagen. Ich kam an einer toten Möwe vorbei, die von Krabben zerfleischt worden war. Ich sah tote Krebse mit erstarrten Scheren, deren Leiber weiß wie Knochen schimmerten. Vier Pelikane flogen dicht über den Wellen dahin und hüpften wie braune Frisbeescheiben auf der Wasseroberfläche. Ich war eine halbe Stunde unterwegs, als ich den ersten Sanddollar fand, der klein genug war, um in Annie Kates Vitrine im Schlafzimmer einen Platz zu bekommen. Es war das kleinste Exemplar, das ich in diesem Jahr gefunden hatte. Das Kreuz auf der Schale war so winzig, daß eine Träne hineingepaßt hätte. Falls Winzigkeit Glück brachte, war ich auf einen unermeßlich kostbaren Schatz gestoßen. Ich war glücklich. Jeder muß für sich selbst entscheiden, was er im Leben als wertvoll erachtet, und sich dann auf die Suche danach begeben — und das, wonach man dann sucht, läßt den Menschen erkennen. So war es jedenfalls bei meiner Suche nach den Sanddollars. Dieser hier, dachte ich, wird einen Ehrenplatz in der Vitrine bekommen, inmitten der Schätze, die Annie Kate und ich bei unseren langen gemeinsamen Spaziergängen angehäuft hatten, während das Kind in ihrem Leib herangereift war. Ich brauchte keinen Beweis, daß unser Sanddollar-Währungssystem etwas Besonderes, Außergewöhnliches und Seltenes war. Ich war zum erstenmal im Leben verliebt, und das war mir Beweis genug.

Ich fuhr zum Strandhaus, parkte auf dem Hinterhof und betrat, ohne anzuklopfen, durch die Hintertür das Gebäude.

»Ju-huu! Ich bin's, Will McLean«, rief ich zum Obergeschoß hinauf.

Annie Kate kam die Treppe herunter, und ich küßte sie auf die Wange. Manchmal erlaubte sie mir, sie auf den Mund zu küssen, aber nicht oft. Sie sagte, ihr wäre nicht nach Küssen zumute, und seit Dezember hatten wir nur zweimal Liebe gemacht. Ich war der begeisterte, aber jämmerlich unerfahrene Liebhaber geblieben, der ich beim erstenmal gewesen war, und Annie Kate verspürte sicher nicht viel sexuelle Lust bei meinen unbeholfenen Bemühungen. Stets überließ ich ihr die Entscheidung, mich zu küssen oder nicht, mit mir zu schlafen oder nicht. Wenn sie mich abwies, schmerzte es mich mehr, als sie sich denken konnte oder ich zugegeben hätte; deshalb überließ ich lieber ihr die entsprechenden Ouvertüren, als daß meine ungehört verhallten. Ich hielt immer noch am Glauben eines katholisch erzogenen Jungen fest, daß Sex ein eher tierhafter, männlicher Trieb war, den Frauen als Teil ihrer naturgegebenen seelisch-körperlichen Beschaffenheit über sich ergehen lassen mußten. Annie Kates Zustand schien der Beweis zu sein, daß sündhafte Abweichungen von dieser Norm bestraft wurden und die Unreinen Gottes Zorn zu spüren bekamen. Ich vermute, manchmal dachte Annie Kate genauso über ihre Situation.

»Ich habe dir Blumen mitgebracht«, sagte ich. »Weiße Rosen. Zwölf Stück für zehn Dollar.«

»Es sind Gänseblümchen, und sie kosten fünfzig Cent das Dutzend«, erwiderte Annie Kate und ging in die Küche, um eine Vase zu holen. Immer wenn ich sie besuchte, brachte ich ihr Blumen mit. Sie stellte sie in eine Vase, schaute sie aber niemals an. Ich bin sicher, mit meinen Blumen habe ich ihr keine große Freude gemacht.

»Danke für die Blumen«, sagte Annie Kate, als sie aus der Küche kam.

»Ich habe noch ein Geschenk für dich«, verkündete ich und hielt ihr auf der Handfläche den Sanddollar hin.

»Oh, der ist ja wunderschön, Will. Ich glaube, ein so kleines Exemplar haben wir noch nicht.«

»Ich hab' ihn ja auch extra aus einem Versandhauskatalog herausgesucht.«

»Sieh mal! Er ist so zart, daß man hindurchschauen kann«, sagte sie und hielt ihn gegen das Licht, das durchs Fenster hereinfiel.

»Beim erstenmal bin ich daran vorbeigelaufen. Ich hab' ihn auf dem Rückweg zum Wagen entdeckt.«

Sie nahm meine Hand, drückte sie und gab mir einen Kuß auf die Wange.

»Du hast kalte Finger«, sagte ich und rieb ihre Rechte zwischen meinen Händen.

»Da müßtest du erst mal meine Füße anfassen. Die reinsten Eisklumpen.« Annie Kate gehörte zu jenen Menschen, die unter permanenten Durchblutungsstörungen der äußeren Extremitäten zu leiden schienen. Selbst an warmen Tagen hatte sie kalte Hände und Füße. An kalten Tagen zuckte ich zusammen, wenn sie meinen Hals berührte.

»Setz dich an den Kamin, dann reibe ich dir Hände und Füße mit Alkohol ein, bevor ich gehe. Tun dir die Beine auch weh?«

»Du gehst? Wohin denn?« fragte sie.

»Commerce und Abigail geben ihre alljährliche Faschingsdienstags-Party.«

»Ach, dieses affektierte Blabla. Seit wann gefällt dir so etwas? Aber ich kann natürlich verstehen, daß es dort unterhaltsamer für dich ist als bei mir.«

»Ich habe dieses Jahr jede Einladung der St. Croix zum Abendessen oder zu Partys ausgeschlagen, Annie Kate. Ich habe Abigail versprochen, diesmal zu kommen. Was hast du gegen die St. Croix?«

»Viel! Sehr viel! Sie haben sich immer für etwas Besseres gehalten als meine Familie, die aber zufällig die *ältere* Charlestoner Familie ist.«

»Sie haben mich nicht wegen meiner Familie eingeladen«, sagte ich.

»Nein, Will. Ganz im Gegenteil, würde ich sagen. Sie haben dich trotz deiner Familie eingeladen.«

»Was ist denn mit dir los, Annie Kate?«

»Die St. Croix haben meine Mutter nicht zu ihrer blöden Party eingeladen!«

»Sie hätte ja sowieso nicht hingehen können. Sie muß bei dir bleiben.«

»Darum geht es nicht. Die St. Croix haben Mutter noch nie eingeladen. Und Abigail hat mich so oft vor den Kopf gestoßen, daß ich es gar nicht mehr zählen kann. Sie gehört zu den Menschen, die immer nur nehmen, was sie von anderen bekommen können, aber niemals etwas geben.«

»Ich glaube, da bist du gewaltig im Irrtum.«

»Im Irrtum?« sagte sie. »Es ist die Wahrheit! Ich weiß viel mehr über Abigail als du. Als was wirst du dich verkleiden?«

»Verkleiden?« fragte ich.

»Es ist eine Faschingsparty. Ich bin sicher, alle Herrschaften werden in Kostümen erscheinen«, sagte sie.

»Ich gehe als Kadett der Militärakademie von South Carolina. Der General und der Colonel sind nämlich auch eingeladen. Wenn die mich außerhalb der Kaserne ohne Uniform erwischen, werde ich den Rest des Jahres Strafrunden auf dem Paradeplatz drehen.«

»Ich finde es gemein, daß die St. Croix meine Mutter nicht eingeladen haben.«

»Wo ist sie eigentlich?« fragte ich.

»Sie ist mal kurz nach Ogletree's, ein paar Lebensmittel einkaufen. Sie müßte jeden Augenblick zurück sein. Reibst du mir jetzt die Füße ein, Will? Ich möchte heute nicht mehr mit dir streiten.«

»Ich hole den Alkohol.«

»Hab' ich schon. Die Flasche steht dort auf dem Tisch.«

Ich zog ihr Schuhe und Strümpfe aus und nahm einen ihrer Füße in beide Hände. Immer taten ihr die Füße weh, und immer waren sie kalt, besonders in den letzten Monaten ihrer Schwangerschaft. Ich rieb ihr die Füße mit reinem Alkohol ein, bis sie warm waren und in meinen Händen vor Gesundheit und Lebenskraft brannten. Annie Kate hatte kleine, schön geformte Füße. Ihre Zehnägel waren makellos geschnitten und so blaß wie Muschelschalen. Sie schimmerten perlfarben und durchsichtig im flackernden Licht des Kaminfeuers. Sie legte die verschränkten Hände auf ihren Leib, während ich ihr die Füße massierte.

Dann kam ihre Mutter mit einer Einkaufstüte ins Zimmer. Mrs. Gervais konnte mich inzwischen recht gut leiden; da hatte ich nicht den leisesten Zweifel. Ich versüßte ihr die Einsamkeit, und sie hatte sich allmählich an meine aufgesetzt fröhliche Art gewöhnt. Im Unterschied zu ihrer Tochter gefiel Mrs. Gervais mein Sinn für Humor.

»Was machen Sie mit den Füßen meiner Tochter?« fragte Mrs. Gervais, stellte die Einkaufstüte ab und setzte sich neben Annie Kate aufs Sofa. Liebevoll streichelte sie ihrer Tochter über die Wange; dann warf sie mir eine Kußhand zu, bevor sie sich mit müden Bewegungen eine Zigarette anzündete. Sie trug ihre Niedergeschlagenheit wie ein kostbares Juwel zur Schau.

»Das ist eine religiöse Handlung, Mrs. Gervais. Ich salbe Annie Kates Füße mit Öl«, sagte ich. »Wenn ich fertig bin, trockne ich sie mit meinen Haaren ab.«

»Maria Magdalena hatte viel längeres Haar«, sagte Mrs. Gervais.

»Sie war ja auch nicht auf der Akademie. Ich brauche eben eine Stunde länger, als Maria Magdalena gebraucht hat. Aber was sein muß, muß sein.«

»Das solltest du auch mal versuchen, Mutter. Du hast doch auch immer kalte Füße. Das tut gut. Wie wär's?«

»Nein, danke«, erwiderte Mrs. Gervais und beobachtete, wie ich mir reinen Alkohol über die Hände goß und mich wieder daranmachte, Annie Kates Füße einzureiben.

»Na los, Mrs. Gervais. Die Fußmassage ist ein wahres Vergnügen für mein Opfer und für mich. Normalerweise lassen Frauen mich völlig kalt, aber wenn ich ihnen die Füße massieren darf, ist es das Größte für mich.«

Ich hob Annie Kates Fuß mit einer Hand in die Höhe.

»Schauen Sie sich diesen perfekten Fuß an. Ein Fuß, von dem man nur träumen kann. Ich würde bis ans Ende der Welt gehen, nur um einen Blick auf einen so schönen Fuß werfen zu können. Wenn ich fertig bin, lecke ich den Alkohol von diesen herrlichen Zehen ab.«

Ich nahm Annie Kates kleinen Zeh sanft zwischen die Zähne und begann zu stöhnen und zu schlürfen.

Annie Kate kicherte. »Hör auf. Das kitzelt.«

Mrs. Gervais lachte ihr leises, nervöses Lachen.

Ich rutschte auf den Knien zu ihr hinüber und zog ihr die Schuhe aus. Sie protestierte, doch es hörte sich nicht besonders überzeugend an. Ich zog ihr die Wollstrümpfe aus und rollte die Aufschläge ihrer Hose hoch. Mrs. Gervais trug meist lange Hosen – eine der Eigenarten, die sie von ihren weiblichen Nachbarn in der South of Broad unterschied.

»Oh, wie eiskalt ist Ihr Füßchen, Gnädigste«, sagte ich, legte ihren linken Fuß auf mein Knie und rieb den

Rist mit Alkohol ein. Ihr Fuß war wirklich kalt, und die weiße Haut war von leicht geschwollen blauen Adern durchzogen. Die Äderchen auf der Oberseite ihres kleinen Fußes besaßen die gleiche schöne Form und zerbrechliche Zartheit wie bei ihrer Tochter.

Fünf Minuten massierte ich ihre Füße, bis sie sich in meinen Händen weich und warm anfühlten.

»Massieren Sie mir bitte noch einmal die Zehen, Will«, sagte Mrs. Gervais, die den Kopf nach hinten ans Sofa gelehnt und die Augen geschlossen hatte.

»Ah, die Zehen«, sagte ich, »der Wohnsitz der wahren Wohltat. Darf ich Ihnen die Füße ablecken, wenn ich fertig bin, Mrs. Gervais? Als Lohn für meine Mühen?«

»Unterstehen Sie sich!«

»Wenn du weitermachst, hält Mutter dich noch für krankhaft veranlagt, Will«, erklärte Annie Kate und zog sich die Strümpfe an.

»Es hört sich wirklich krankhaft an, wenn Sie so etwas sagen«, stimmte Mrs. Gervais zu.

»Aber das ist es nicht. Ihr Verstand sagt nein, aber Ihre Füße sagen ja. Habe ich recht, Mrs. Gervais?« Ich tat so, als wollte ich ihr in den großen Zeh beißen. Sie zog hastig den Fuß zurück und lachte.

»Will geht heute abend auf eine Party, Mutter«, sagte Annie Kate.

»Oh, wie schön. Wer gibt denn diese Party?«

»Die St. Croix feiern ihre alljährliche Faschingsfete«, sagte Annie Kate.

»Ich habe ihre Partys früher auch besucht«, sagte Mrs. Gervais. »Aber das ist lange her. Bevor ich deinen Vater kennengelernt habe. Manchmal war es richtig nett.«

»Ich finde es unverschämt, daß die St. Croix dich nicht eingeladen haben«, sagte Annie Kate wütend.

»Sie sind weiß Gott nicht die einzigen, meine Liebe.«

»Möchten Sie mich begleiten, Mrs. Gervais?« fragte ich. Es war der natürliche Reflex von Will McLean, dem Schutzpatron der Frömmigkeit. »Die St. Croix haben mich immer schon aufgefordert, mal in Damenbegleitung zu kommen.«

»Nein, danke, Will. Jemand sollte bei Annie Kate bleiben.«

»Mein Kind kommt in frühestens einer Woche, Mutter. Ich würde mich freuen, wenn du Will begleitest. Notfalls kann ich dich ja telefonisch erreichen.«

»Ich glaube nicht, daß die St. Croix sich jemals von diesem Schock erholen würden. Nein, danke.«

»Tja, ich muß mich jetzt auf den Weg machen, meine Damen«, sagte ich und stand auf. »Ruft mich bitte an, wenn irgend etwas sein sollte. Wir sehen uns dann morgen früh nach dem Kirchgang.«

Ich küßte beide Frauen auf die Wange. Annie Kate drehte meinen Kopf zu sich herum und gab mir einen Kuß auf den Mund.

Als ich zur Tür ging, sagte Mrs. Gervais: »Danke für die Fußmassage, Will. Meine Füße fühlen sich jetzt richtig jung an, und dieses Gefühl habe ich seit langer Zeit nicht mehr gekannt.«

Die Party in der St.-Croix-Villa war ein fester Bestandteil der Charlestoner Wintersaison. Ich besuchte die Feier gemeinsam mit Pig und Mark. Wir waren nervös, weil wir die einzigen Kadetten unter den zweihundert geladenen Gästen waren. Keiner von uns dreien fühlte sich inmitten der Freunde der Familie St. Croix behaglich.

Commerce und Abigail empfingen uns an der Tür.

»Die drei Männer, die mir auf Erden am liebsten sind«, begrüßte Abigail uns überschwenglich.

»Guten Abend, meine Herren«, sagte Commerce gastfreundlich. »Laßt euch von George einen Drink geben und fühlt euch ganz wie zu Hause. Ich möchte, daß ihr heute abend euren Spaß habt.«

Ein Streichquartett – die vier Männer sahen in ihren Fracks wie Pinguine aus – spielte im Wohnzimmer Stücke von Mozart und Bach. Die Partygäste achteten gar nicht auf die Musik; sie war nur eine extravagante Verzierung, die man für diesen Abend herangeschafft hatte. Ich winkte Tradd zu, der auf der anderen Seite des Zimmers stand. George, der farbige Barkeeper, schenkte Drinks ein – mit der zurückhaltenden Jovialität, die seine Situation erforderte. Auf dem Wohnzimmertisch stand ein üppiges kaltes Buffet. Altes Tafelsilber schimmerte im Kerzenschein. Die Gesichter der Gäste, selbstbewußt, städtisch und entspannt, wurden vom sanften Licht des Kronleuchters und einem Dutzend Kandelaber beleuchtet, und die Gespräche wurden laut und angeregt geführt. Ich kam mir wie ein Besucher von einem anderen Planeten vor.

Abigail trug ein schwarzes, modisch elegantes, tief ausgeschnittenes Abendkleid. Ihr Haar war kurz und honigfarben, und sie roch nach Parfum und Seife. Sie bugsierte Mark, Pig und mich durch die Menge, durch die Gruppen und Grüppchen alteingesessener Charlestoner, die enge geschäftliche oder private Bindungen besaßen und wo jedes einzelne Gesicht eine Chronik der Privilegien, Unterordnungen und Verpflichtungen gegenüber dem Stammbaum großer Häuser und stolzer Namen war.

Ich nahm mein Glas und zog mich mit Mark und Pig in eine neutrale Ecke zurück. Pig lenkte einige Aufmerksamkeit auf sich, einmal seines Körperbaus wegen und zum anderen, weil er im Wohnzimmer mit dem Kopf gegen einen von der Decke baumelnden Kerzenleuchter stieß, als er sich über den Tisch beugte, um mit einem Zahnstocher einen Shrimp aufzuspießen. Als Pig sich plötzlich von hundert Augenpaaren beobachtet sah, war er zu Tode erschrocken, während der kristallene Kerzenleuchter wie ein funkelndes Pendel hin und her schwang und leise klirrende Geräusche von sich gab. Ansonsten aber schenkte uns kaum jemand Beachtung, und nur sehr wenige Leute kamen, um ein paar Worte mit uns zu wechseln.

Pig beugte sich zu mir hinunter und flüsterte mir ins Ohr: »Eine tolle Versammlung von feinen Pinkeln, was, Will? Aber ich wette, kein einziger von den Mackern kann 'ne Hantelstange von zwei Zentnern stemmen.«

»Ja, weil sie vor lauter Geldzählen nicht zum Trainieren kommen.«

»Da hast du allerdings recht, Kumpel«, sagte Pig und nahm wieder einen kräftigen Schluck von seinem Drink. Wir beide tranken zuviel; aber in den besseren Kreisen Charlestons war das normal, wenn nicht sogar ein Muß.

Mark war stehengeblieben und unterhielt sich mit einer liebenswürdigen weißhaarigen Dame, die zweihundert Jahre alt aussah und alle Anzeichen von sich gab, daß sie Mark am heutigen Abend voll in Beschlag nehmen wollte. Tradd spielte im Wohnzimmer für eine kleine Gruppe ältlicher Ladys den jungen, schneidigen

Gentleman-Offizier. Wann immer sich unsere Blicke trafen, zwinkerte er uns zu.

Der Bär und seine Frau stöberten Pig und mich in unserem Exil auf.

»Guten Abend, Colonel«, sagte ich, als sie näher kamen. »Guten Abend, Mrs. Berrineau.«

»Guten Abend, Will«, sagte sie. »Guten Abend, Dante. Wie geht es Ihnen?«

»Danke, Mrs. Bär. Mir geht's prima«, erwiderte Pig.

»Das ist Mrs. Berrineau, du haariger Affe«, verbesserte der Colonel ihn; dann wandte er sich mir zu und sagte: »Mit den geputzten Schuhen hätte ich dich beinahe nicht erkannt, Kleiner. Freut mich, daß du deiner Alma Mater wenigstens heute abend mal keine vollkommene Schande machst. Nur eine neunundneunzigprozentige Schande, würde ich sagen.«

Ich beachtete die Sticheleien des Colonels nicht. »Sie sehen heute abend bezaubernd aus, Mrs. Berrineau«, sagte ich.

»Danke schön, Will. Das Kompliment kann ich zurückgeben. Sie sehen fabelhaft aus.«

»Willst dich wohl an meine Frau ranmachen, was, Kleiner?« brummte der Bär und sagte, an seine Frau gewandt: »Laß ihn nicht zu nahe rankommen, Schatz. Ich achte auf seine Hände.«

»Ich habe Sie noch in Zivilkleidung gesehen, Colonel«, sagte ich grinsend. »Jetzt weiß ich, warum Sie so an Ihrer Uniform hängen.«

»Gefällt Ihnen sein Anzug nicht, Will?« fragte Mrs. Berrineau. »Ich habe ihn für den Colonel ausgesucht.«

»Oh, der Anzug ist phantastisch, Mrs. Berrineau. Dante und ich hatten gerade darüber gesprochen, als Sie und Ihr Gatte zu uns kamen.«

Des Colonels Augen funkelten vor Vergnügen. »Das ging ja gerade noch mal gut, was, Kleiner?« Dann schlenderten er und seine Frau davon, und der Bär sagte über die Schulter: »Ich habe nicht oft Gelegenheit, mich in den besseren Kreisen Charlestons herumzutreiben. Falls jemand sieht, daß ich so tue, als würde es mir Spaß machen, mit dir zu reden, Kleiner, dann werden diese besseren Kreise nichts mehr mit mir zu tun haben wollen. Ich wünsche euch noch einen schönen Abend, Männer. Und sauft nicht soviel.«

Mit der Zeit wurde die Party zur Qual für mich, wie die meisten Partys, und ich spürte die altbekannte Einsamkeit inmitten von Menschenmengen. Ich beobachtete den General, als er Freunde und Bewunderer empfing, die sich ein bißchen im Glanz seines Ruhmes sonnen wollten. Ich fragte mich, ob Durrell es niemals leid wurde, die Rolle des großen Mannes zu spielen. Ich plauderte mit Abigail und Commerce, doch dies war nicht meine Welt, und ich fühlte mich in ihrer Gesellschaft nicht recht wohl. Außerdem gefiel es mir nicht, sie mit zweihundert anderen Menschen teilen zu müssen. Ich wollte sie so sehen, wie ich sie immer sah, und nicht als Bestandteile dieser Phantasiewelt. Ich zog es vor, an einem ganz normalen Abend zwanglos mit ihnen zusammenzusitzen, wenn Abigail Blumen steckte, Tradd Klavier spielte und Commerce die Treppe herunterkam, nachdem er wieder einmal stundenlang an seinem Tagebuch geschrieben hatte. Als die beiden gegangen waren, rüsteten Pig, Mark und ich zum Aufbruch.

Ich versuchte gerade, Mark von seiner steinalten Bewundererin loszueisen, als George, der Barkeeper, zu mir kam und sagte, daß ich am Telefon verlangt würde.

Ich entschuldigte mich und ging in den Flur. Auch hier standen plaudernde Gäste beisammen, und ich hatte Schwierigkeiten, den Anrufer zu verstehen.

Es war Annie Kate.

»Will, das Baby kommt.«

»Bist du im Krankenhaus?«

»Mutter ist betrunken, Will. Würdest du mich hinfahren? Bitte.«

»Hast du schon einen Arzt angerufen?«

»Noch nicht.«

»Ich bin schon unterwegs. Mach dir keine Sorgen, Annie Kate. In ein paar Minuten bin ich bei dir. Ruf den Arzt an. Ich fahre sofort los.«

Ich rannte zurück ins Wohnzimmer und hielt nach dem Bären Ausschau. Dabei stieß ich mit einer aufgedonnerten, grauhaarigen Frau zusammen und sie wäre beinahe gestürzt. Mir war diese Frau schon früher am Abend aufgefallen, und sie war mir auf Anhieb unsympathisch gewesen. Sie trug drei oder vier zungenbrecherische hugenottische Namen und spielte die Rolle der *grande dame,* aber sie spielte sie erbärmlich. Ich entschuldigte mich bei ihr und glaubte zu spüren, wie ihr Blick mir die Nackenhaare versengte.

Colonel Berrineau und seine Frau unterhielten sich mit einer Gruppe von Männern und Frauen, die mir allesamt unbekannt waren. Einige der Männer trugen den Ring der Akademie. Ich blickte reflexhaft auf meine Hand, um mich davon überzeugen, daß mein Ring noch am Finger steckte.

»Colonel, kann ich Sie einen Augenblick sprechen? Es ist dringend, Sir.«

»Selbstverständlich, Kleiner«, sagte er und wandte sich an die Gruppe, mit der er sich gerade unterhalten hatte. »Wenn Sie mich bitte für einen Moment entschuldigen würden, meine Damen, meine Herren.«

Ich eilte mit ihm hinaus auf die Veranda und warf einen Blick zur Tür, um sicherzugehen, daß niemand uns zuhörte. Dann sagte ich: »Colonel, ich muß Sie um einen Gefallen bitten. Ich habe Sie nie darum gebeten, aber jetzt muß ich's tun.«

»Was ist denn los, Kleiner? Ich kann dir weder etwas gestatten noch verweigern, solange ich nicht weiß, worum es geht.«

»Ich komme heute nacht nicht in die Kaserne, Colonel. Sie müssen mich vom Dienst befreien.«

»Tut mir leid, Kleiner, aber das geht nicht.«

»Sir, bitte, hören Sie zu. Ich kenne da ein Mädchen. Sie hat die Wehen bekommen. Ich habe gerade einen Anruf erhalten. Die Mutter des Mädchens ist betrunken und kann sie nicht zum Krankenhaus fahren. Ich weiß, das hört sich lächerlich an, aber es ist die Wahrheit.«

»Schwörst du das? Auf Ehre und Gewissen?« fragte der Bär und blickte mich mit großen, ernsten Augen an.

»Ich schwöre es, Colonel.«

»Dann mach, daß du wegkommst, Kleiner. Das Mädchen braucht dich. Ich biege das schon für dich hin.«

»Danke, Sir.«

»Beeil dich, Junge«, befahl er. »Mach voran. Aber denk daran: Du mußt den Bären bezahlen.«

»Ich weiß, Colonel. Ich wußte es in dem Augenblick, als ich Sie gefragt habe«, sagte ich und rannte zu meinem Wagen.

32

Ich bin zwar schon schneller gefahren als in jener Nacht, aber nicht durch eine Stadt. Ich raste mit hundertsechzig Sachen über die Cooper-River-Brücke; ich jagte mit hundertvierzig am Mount Pleasant vorbei und blieb nicht einmal am Stop-Schild an der Middle Street stehen, als ich auf Sullivan's Island angelangt war.

Sie saß in ihrem Regenmantel auf der Veranda hinter dem Haus und wartete auf mich. Sie kam zum Wagen, als sie mich sah. Ich sprang heraus und half ihr auf den Beifahrersitz.

»Ist es schlimm?« fragte ich.

»Sehr schlimm«, sagte sie. »Holst du meinen Koffer, Will? Ich habe im Roper-Krankenhaus angerufen. Der Arzt erwartet mich an der Notaufnahme.«

»Du wirst dich wundern, wie schnell wir da sind.«

Ich rannte zur hinteren Veranda, schnappte mir Annie Kates kleinen gelben Koffer und sah Mrs. Gervais durchs Fenster. Sie saß am Küchentisch; ihr Kopf ruhte auf der Tischplatte, und ihr Mund stand offen.

Dann saß ich wieder im Wagen, ließ den Motor an und fuhr mit mahlenden Reifen los, verlangsamte vor der Kurve die Geschwindigkeit, bog mit schlingerndem Heck in die Schnellstraße auf dem Damm zwischen Sullivan's Island und Mount Pleasant ein und beschleunigte wieder. Annie Kate lehnte sich an mich und hielt sich an meinem Arm fest. Ich konnte spüren, wann die Wehen kamen und wie lange sie anhielten, denn immer dann krampften ihre Finger sich fester um meinen Arm. Ich fuhr über zwei rote Ampeln; die Tachonadel stand auf hundertvierzig Stundenkilometer, als wir Shem

Creek passierten. Aus dem Augenwinkel sah ich die Lichter von Charlestons zu meiner Linken.

»Wo stecken die verdammten Bullen?« versuchte ich Annie Kate abzulenken. »Ich verstoße gegen sämtliche Verkehrsregeln und habe das Recht, dafür bestraft zu werden.«

»Beeil dich, Will«, sagte sie, und wieder spürte ich, wie ihre Finger sich in meinen Arm gruben. Sie hatte den Kopf an meine Schulter gelegt, und ich liebte sie.

»Annie Kate«, sagte ich, als wir die Straße zur Cooper-River-Brücke hinaufjagten, »es wird alles gut. Nur noch ein paar Minuten, und wir sind da. Dann ist alles in Ordnung. Aber du sollst wissen, daß ich dich liebe. Und ich stehe zu allem, was ich gesagt habe. Wenn du das Baby behältst, könnten wir heimlich heiraten. Wenn du das Kind zur Adoption freigeben willst, liebe ich dich trotzdem und möchte dich immer noch heiraten.«

Sie antwortete nicht. Sie stöhnte und wand sich vor Schmerzen.

Der Arzt erwartete uns in der Notaufnahme. Er war ein sehr alter, vornehm aussehender Herr und besaß jene Art von stolzem, melancholischem Gesicht, bei dem man immer an einen Veteranen der konföderierten Armee denken muß. Er sah alt genug aus, um glaubhaft behaupten zu können, den ersten Schuß auf Fort Sumter abgefeuert zu haben.

Ein Krankenpfleger setzte Annie Kate in einen Rollstuhl. Ich hatte nicht einmal die Zeit, ihr ein paar Worte zu sagen. Der Arzt bedachte mich mit einem verächtlichen Blick und weigerte sich, mir die Hand zu geben. Ich war so perplex, daß es eine Zeitlang dauerte, bis ich auf den naheliegenden Gedanken kam, daß er mich für den Vater des Kindes hielt.

Der Arzt nahm Annie Kates Koffer und verschwand durch eine Schwingtür, die auf die Intensivstation führte. Als ich den Wagen auf dem Parkplatz abgestellt hatte und ins Krankenhaus zurückkehrte, befand sich nur noch der Pfleger im Zimmer. Er las im Licht einer viel zu schwachen Lampe in einer Illustrierten.

»Wo ist die Entbindungsstation?« fragte ich.

»Dritter Stock«, sagte er, ohne aufzublicken.

»Darf ich vor der Station warten?«

»Wenn's was gibt, worauf Sie warten können.«

»Dieses Mädchen. Die junge Frau, die Sie vorhin in den Rollstuhl gesetzt haben. Sie bekommt ein Kind von mir. Sie ist meine Frau. Hier muß es doch irgendwo ein Wartezimmer oder so was geben.«

»Ist das erste Kind, hm?« sagte er.

»Ja, Sir.«

»Gehen Sie nach rechts, wenn Sie aus dem Aufzug kommen. Dann sehen Sie schon die Schilder, Daddy«, sagte der Mann. »Sie müssen auf dem Flur warten. Und ich kriege 'ne Zigarre, sobald das Kind da ist.«

Ich saß länger als eine Stunde auf dem leeren, deprimierenden Flur mit seinen zerfledderten Kalendern, Cola-Automaten und Plastikmöbeln. Ich bekam niemanden zu Gesicht, nicht mal eine Krankenschwester. Einmal glaubte ich, das Baby schreien gehört zu haben, war mir aber nicht sicher. Es konnte Einbildung gewesen sein. Es gab so vieles, was ungesagt geblieben war und das ich Annie Kate jetzt gern gesagt hätte. Ich ließ die Fahrt vom Strandhaus zum Roper-Krankenhaus noch einmal an meinem geistigen Auge vorüberziehen. Ich sagte wundervolle Dinge zu Annie Kate, wie sie nur ein Liebender sagen kann. Ich verhielt mich wie ein Mann und nicht wie ein verängstigter Junge. Meine

Kraft gab Annie Kate Kraft. Sie flüsterte, daß sie das Kind behalten und mich heiraten wollte. Ich würde doch noch Vater werden. Und während ich dort saß und nachdachte, glaubte ich, mir über vieles klarzuwerden, was mein Verhalten Annie Kate gegenüber betraf: Es hing mit meinem übermächtigen Wunsch zusammen, der Beschützer und Ernährer Annie Kates und des Kindes zu sein. Ein Ehemann und Vater. Ehemann und Vater. Wie sehr mir diese Worte gefielen.

Plötzlich wurden die grünen Flügeltüren geöffnet und der Arzt, jetzt in Weiß gekleidet, trat auf den Flur. Er hatte die Augen gesenkt, doch seine Miene war düster und verzweifelt. Er kam auf mich zu. Es kam mir endlos lange vor, wie in einem Traum, bis er die paar Meter zurückgelegt hatte.

»Das Baby?« fragte ich.

»Das Baby ist tot«, erwiderte der Arzt. »Die Nabelschnur hatte sich dreimal um seinen Hals gewickelt und es erwürgt. Als hätte das Ungeborene in einer Schlinge gehangen, die es mit jeder Bewegung mehr und mehr zugezogen hat. Sie brauchen sich jetzt keine Sorgen mehr zu machen, die Mutter heiraten zu müssen, mein Sohn. Sie brauchen jetzt nicht einmal mehr Angst zu haben, Schuld auf sich zu laden, wenn Sie das Kind zur Adoption freigegeben hätten.«

Und der Arzt, ein alter Freund der Familie Gervais, der in Charleston für seine Diskretion allgemein bekannt war, wandte sich um und verschwand wieder durch die grünen Doppeltüren.

Ich weiß nicht mehr, wie lange ich auf dem Flur gestanden habe oder wie ich zurück in die Kaserne gekommen bin.

In der Woche darauf bezahlte ich den Bären. ›Den Bären bezahlen‹ war eine Art chiffrierter Begriff im Kadettenkorps: Wenn der Colonel einem Kadetten einen Gefallen getan und dabei die Dienstvorschriften umgangen hatte, wurden dem Betreffenden Minuspunkte wegen ›tadelnswerten Verhaltens‹ gegeben; allerdings für Dienstvergehen, die er gar nicht begangen hatte. Die ›Bezahlung‹ war eine Privatangelegenheit zwischen dem Kadetten und dem Colonel, von der niemand etwas wußte, weder in der Verwaltung noch in der Kommandantur. Es war ein mangelhaftes System der Wiedergutmachung und des Schadenersatzes; aber es war ein geheimes, ungeschriebenes Gesetz des Korps, das dem Bären allgemein hoch angerechnet wurde. Und weil er mir an jenem Abend, als das Baby gestorben war, den Rücken gedeckt hatte, mußte ich ›den Bären bezahlen‹. Er verdonnerte mich zu vierzehn Tagen Ausgehverbot plus fünf Strafrunden auf Wache um den Paradeplatz.

Ich versuchte, Annie Kate im Krankenhaus anzurufen, doch auf der Wöchnerinnenstation gab es keine Patientin dieses Namens. Jeden Tag versuchte ich, Mrs. Gervais telefonisch zu erreichen, um ihr mitzuteilen, daß ich Ausgehverbot hätte und Annie Kate nicht besuchen könne. Doch weder im Strandhaus noch in der Stadtvilla wurde der Hörer abgenommen. Ich schrieb vier Briefe, die allesamt unbeantwortet blieben. Jeden Abend wartete ich auf meiner Stube vergebens darauf, daß jemand im Wachtzimmer anrief.

Sofort nach Ende meines Ausgangsverbots fuhr ich

nach Sullivan's Island, doch das Haus war abgeschlossen und leer. Ich kehrte in die Stadt zurück und fuhr zum Haus in der Broad Street. Ich klopfte an die Eingangstür, und Annie Kate öffnete. Sie schien erstaunt zu sein, mich zu sehen.

»Hallo«, sagte ich. »Ich hab' eine ganze Weile nichts von dir gehört.«

Sie trug ein Hemd, darüber einen Pullover mit ausgeschnittenem Kragen, und sie sah im Gegenlicht des Türeingangs einfach hinreißend aus. Ich fühlte mich bedroht, da sie nicht mehr schwanger war und mich nicht mehr brauchte. Ihre Schönheit machte mich befangen.

»Ich war sehr mit Packen beschäftigt und habe einige meiner Charlestoner Freunde besucht«, erwiderte sie.

»Aber die glauben doch, du bist in Kalifornien.«

»Ich habe ihnen gesagt, ich hätte ein paar Tage frei. Es weiß doch jeder, daß es an kalifornischen Hochschulen zu den unmöglichsten Zeiten Ferien gibt.«

»Ja? Ich hab' es nicht gewußt«, erwiderte ich und fragte mich, warum sie mich nicht ins Haus bat.

»Dann weißt du es jetzt, Will«, sagte sie kalt.

Ich versuchte, einen Scherz zu machen. »Ohne Regenmantel hätte ich dich fast nicht erkannt.«

»Ha-ha-ha«, sagte sie.

»Wie fühlst du dich?«

»Sehr gut, vielen Dank«, antwortete sie höflich. »Und wie geht es dir?«

»Mir tun die Füße ein bißchen weh. Ich hatte nach dem Abend im Krankenhaus Ausgehverbot und mußte außerdem Strafrunden drehen«, sagte ich.

»Damit muß man rechnen, wenn man eine dieser dummen Militärakademien besucht.«

»Ja, ich weiß.« Sie fragte: »Was gibt es sonst noch Neues?«

»Nichts. Und bei dir?«

»Ich fahre morgen nach Kalifornien und werde wirklich zur Uni gehen«, antwortete sie. »Ich muß den Rest des Semesters so viele Seminare besuchen wie möglich, um im Sommersemester den Rückstand aufgeholt zu haben.«

»Im Ernst?« sagte ich und dachte verzweifelt darüber nach, wie ich die schreckliche Mauer niederreißen konnte, die sich plötzlich zwischen uns geschoben hatte. »Dann komme ich dich im Sommer besuchen, sobald ich den Abschluß habe.«

»Nein. Das halte ich für keine gute Idee.«

»Warum denn nicht? Ich wollte immer schon mal nach Kalifornien.«

»Du kannst Kalifornien nicht besuchen, ohne auch mich zu besuchen.«

»Mit dir zusammen würde es mir dort viel besser gefallen«, sagte ich.

»Das ist wirklich keine gute Idee, Will. Vielleicht könnten wir uns mal treffen, wenn ich nächstes Jahr über Weihnachten nach Hause komme.«

»Das wäre wirklich sehr schön, Annie Kate. Kannst du mir schon eine Adresse geben? Dann werde ich dir schreiben und dir berichten, was es in Charleston Neues gibt.«

»Oh, das ist nicht nötig. Mutter wird mir alles Wichtige mitteilen. Das nächste Jahr wird ein phantastisches Jahr für mich. Dann beginnt meine Debütantinnen-Saison, weißt du. Ich werde Hunderte von Partys besuchen, bevor ich auf dem St.-Cäcilien-Ball das gesellschaftliche Parkett betrete.«

»An dem Abend siehst du bestimmt wunderschön aus«, sagte ich.

»Darauf kannst du dich verlassen«, erwiderte sie und betrachtete ihre Fingernägel. »Vielleicht schicke ich dir ein Foto.«

»Vielleicht brauchst du einen Begleiter.«

»Ach, dafür wird schon gesorgt. So etwas hat hier bei uns jahrhundertelange Tradition. Aber der St.-Cäcilien-Ball ist der älteste und gesellschaftlich bedeutsamste im ganzen Land.«

»Das glaube ich gern«, sagte ich. »Ich habe noch nie einen Debütantinnen-Ball besucht.«

»Natürlich nicht. Wie denn auch? Tja, es war nett, dich wiederzusehen, Will. Ich habe noch jede Menge Arbeit zu erledigen, bevor ich morgen abreise.«

»Soll ich dich zum Flughafen fahren? Ich könnte mich gegen Mittag loseisen und vom Bären eine Sonderausgangsgenehmigung bekommen.«

»Oh, nein«, sagte sie. »Ich habe schon jemanden, der mich zum Flughafen bringt.«

»Du hast mindestens zwei.«

»Das ist wirklich lieb von dir, Will. Aber ich habe schon alles in die Wege geleitet.«

»Tja«, sagte ich, versuchte zu lächeln und das Zittern aus meiner Stimme fernzuhalten, »ich glaube, dann sollten wir jetzt Abschied nehmen, Annie Kate.«

»Nein. Ich hasse Abschiedsszenen. Sie machen mich traurig und gehen mir unter die Haut.«

»Dann bis nachher, Annie Kate.«

»Du hast absolut keinen Grund, zynisch zu werden«, fuhr sie mich an. »Du warst sehr nett zu mir, und ich möchte dich gern als lieben jungen Mann in Erinnerung behalten. Du warst mein Freund, als ich wirklich einen Freund gebraucht habe. Mach jetzt nicht alles kaputt.«

»Was ich dir an dem Abend gesagt habe, als ich dich zum Krankenhaus brachte ... daß ich dich heiraten möchte, Annie Kate, das war ernst gemeint. Jedes Wort. Ich möchte dich immer noch gern heiraten, selbst dann, wenn ich warten müßte, bis du mit dem Studium fertig bist. Ich würde gern warten. Ich wäre glücklich, wenn ich warten dürfte.«

»Du bist ein Schatz«, sagte sie und streichelte meine Wange. »Aber du solltest dich nach einem anderen Mädchen umschauen, Will. Nach einem Mädchen, das deine guten Seiten wirklich zu schätzen weiß. Denn um ehrlich zu sein – und ich möchte deine Gefühle nicht verletzen –, ich will dieses Jahr und alles, was damit zu tun hat, vollkommen aus meinem Gedächtnis streichen. Einfach alles. Ich werde nie mehr einen Gedanken an dieses Jahr verschwenden. Ich werde so tun, als hätte es dieses Jahr nie gegeben und als wäre alles, was passiert ist, niemals geschehen. Du warst sehr nett zu mir, Will, aber du hast nun mal den größten Raum im schlimmsten Jahr meines Lebens eingenommen. Wenn ich dich sehe, muß ich an all das Schlimme denken, das ich durchgemacht habe.«

»Aber ich habe dich in diesem Jahr kennengelernt, und das war das Schönste, das mir je passiert ist.«

»So etwas darfst du nicht sagen«, rief sie mit schriller Stimme. »So etwas darfst du nicht einmal denken. Mußt du denn immerzu an mich denken? Kannst du dir nicht vorstellen, wie demütigend diese ganze Sache für mich gewesen ist? Von einem Jungen schwanger zu werden, den ich geliebt habe? Einem Jungen aus bester Familie? Einem Jungen, der mir auf den Kopf zu sagt, daß er mich nicht heiraten wird, weil er nicht das geringste für mich empfindet. Kannst du dir vorstellen, wie es ist, sich ein halbes Jahr lang verstecken zu müssen? Immer in Angst zu leben, daß man von Freunden entdeckt und zum Gespött und zur Lachnummer auf Dinnerpartys gemacht wird? Nur sechs Menschen wissen, was in diesem gräßlichen Jahr mit mir geschehen ist. Fünf werden nie ein Wort darüber sagen, Will. Sie sind alte Charlestoner, und ich kann ihnen blind vertrauen.«

»Aber was den irischen Jungen angeht, bist du dir nicht so sicher, was? Du kannst niemals sicher sein, was ich später meiner fetten, häßlichen Alten erzählen werde, wenn sie hinter unserem Wohncontainer die Wäsche auf die Leine hängt.«

»Das ist ja widerlich. Es gibt keinen Grund, so etwas Häßliches zu sagen, Will. Du solltest lieber versuchen, mich zu verstehen. Jemanden wie dich werde ich niemals lieben können. Wir sind zu verschieden. Wir haben unterschiedliche Ziele, was wir aus unserem Leben machen wollen. Du könntest mir niemals geben, was ich brauche. Und du weißt zu viel über eine andere Annie Kate. Über einen Menschen, der ich gar nicht bin.«

»Was redest du denn da?«

»In diesem Jahr war ich nicht ich selbst. Ich war jemand anderer. Ein einsames, trauriges Mädchen. Beschämt und verängstigt. Niemals könnte ich jemanden lieben, der dieses Mädchen geliebt hat. Ich könnte es einfach nicht. Verstehst du? Ich kann es dir nicht einmal anrechnen, daß du ein Mädchen heiraten wolltest, das ein Kind von einem anderen erwartet hat.«

»Wer wird dich denn lieben, Annie Kate? Wer ist es wert? Denn wer es auch sein wird, er wird genausowenig wie du etwas daran ändern können, daß er sich in eine Frau verliebt, die mit dem Kind eines anderen schwanger gewesen ist.«

»Das ist nicht wahr«, sagte sie überzeugt. »Er wird eine Jungfrau heiraten.«

»Wie bitte?«

»Du wirst es schon noch herausfinden, Will. Du wirst es früh genug verstehen.«

»Du willst dem Burschen gar nichts erzählen, stimmt's?«

»Er wird es nie erfahren. Nichts von alldem ist geschehen. Gar nichts. Es war nur ein schrecklicher Traum. Aber jetzt bin ich erwacht, und alles ist wieder schön.«

»Ja, wunderschön.«

»Du solltest jetzt gehen, Will.«

»Glaube ich auch. Tja, dann, bis demnächst«, sagte ich.

»Danke, daß du vorbeigeschaut hast, Will«, sagte sie, lächelte mich an und streckte die Hand aus. »Es ist ganz reizend, daß du an mich gedacht hast.«

Ich schüttelte ihr die Hand und erwiderte: »Ich war sowieso in der Gegend. Auf Wiedersehen, Annie Kate.«

»Pssst! Ich habe dir doch schon gesagt, daß ich es nicht mag, wenn man auf Wiedersehen sagt.«

»Ich hoffe, du hast ein schönes Leben, Annie Kate. Ich hoffe es wirklich. Tut mir leid, daß ich nicht daran teilhaben werde. Laß von dir hören. Tut mir leid, daß dein Baby gestorben ist. Ich bin noch nicht dazu gekommen, dir zu sagen, wie schrecklich leid es mir . . .«

»Hast du immer noch nicht verstanden? Es gab kein Baby, Will. Es gab nur einen bösen Traum.«

»Tut mir leid, daß dein böser Traum gestorben ist«,

sagte ich über die Schulter, als ich zum Tor ging. »Und es tut mir leid, daß ich dich jemals kennengelernt habe, Annie Kate.«

Die Tür hinter mir wurde geschlossen.

Zwei Wochen später bekam ich ein Postpaket aus Santa Barbara. Als ich es öffnete, fand ich die Sanddollars darin. Die meisten waren beim Transport zerbrochen. Ich fand keinen Brief und keinen Absender.

34

Am Palmsonntag bekam ich von Colonel Edward T. Reynolds eine Einladung zum Tee. Ich traf mich mit ihm und seiner Frau nach dem Elf-Uhr-Gottesdienst auf der Treppe der St.-Philips-Kirche. Colonel Reynolds war in einer Menschenmenge leicht auszumachen; er ließ die anderen anglikanischen Gemeindemitglieder wie Angehörige einer unterernährten, blutarmen Rasse erscheinen.

Als er mich sah, sagte er: »Entfernen Sie Ihren Kadaver von den Treppen der einen wahren Kirche Gottes, Sie Papist.«

Seine Frau lächelte. »Guten Morgen, Kadett McLean«, begrüßte sie mich. Sie war eine kleine, zierliche Frau, die schätzungsweise so viel wog wie die Beine ihres Gatten. Immer, wenn sie in seiner Gegenwart redete, machte sie einen angespannten Eindruck, und ihre Lider zitterten nervös. Ich konnte mir nicht vorstellen, wie Form und Inhalt der Gespräche aussahen, wenn die beiden allein waren. Mrs. Reynolds war der einzige Mensch, der mich je mit ›Kadett McLean‹ angeredet hat. Ich war schon des öfteren zum Tee bei den Reynolds' zu Hause gewesen, doch ich hatte kein einziges Mal eine Äußerung von Mrs. Reynolds gehört, die darauf hindeutete, daß sie eine andere Meinung vertrat als ihr Mann, geschweige denn eine eigene Meinung.

»Meine Liebe«, sagte Colonel Reynolds und wandte sich respektvoll seiner Frau zu, »ich möchte dich um einen Gefallen bitten. Während du den Tee zubereitest, würde ich gern mit Mr. McLean einen kurzen Spaziergang durch unsere ehrwürdige Stadt machen.«

»Selbstverständlich, mein Lieber«, erwiderte sie, ohne zu zögern. »Aber du bleibst doch nicht längere Zeit mit Kadett McLean fort?«

»Nur so lange, bis ich diese furchtbar langweilige Predigt verdaut habe, die wir heute morgen über uns ergehen lassen mußten.«

»Bis gleich, Mrs. Reynolds«, sagte ich. »Ich passe schon auf, daß Ihr Mann kein zweites Frühstück zu sich nimmt.«

Sie blickte erst mich an, dann ihren lächelnden Gatten. Und dann begriff sie allmählich, daß ich einen Scherz gemacht hatte. Ihr Mund verzog sich zu einem nervösen, gekünstelten Lächeln; dann entschuldigte sie sich und machte sich auf den Weg zum Haus der Reynolds' in der State Street.

Der Colonel spürte mein leichtes Unbehagen. Als seine Frau außer Hörweite war, sagte er: »Förmlichkeit ist die einzige Methode, eine Ehe zu retten, Mr. McLean, denn die Ehe ist eine furchterregende Institution. Ich bin zwar stolz auf meine Gattin, doch ich bin mir meiner eigenen Unzulänglichkeiten als Ehemann durchaus bewußt. Aber ich bin nun mal ein Mensch, mit dem man es nicht leicht hat. Jetzt aber genug davon, ich habe Ihnen einige Dinge zu berichten.«

Die Azaleen standen in voller Blüte, und die Gärten waren erfüllt vom Summen der Bienen und dem fröhlichen Lachen schlanker, flachsblonder Kinder, die hinter schmiedeeisernen Zäunen spielten. Wir spazierten im Sonnenlicht am Dock-Street-Theater und der hugenottischen Kirche vorbei. Ich hatte den Eindruck, durch eine heitere Welt aus Pastellfarben zu schlendern. Die kalte Jahreszeit war vorüber, und Charleston feierte den herannahenden Frühling mit einer verschwenderischen, farbenprächtigen Explosion von Blüten auf den Friedhöfen, in den Parks und den Gärten. Allmählich drangen aus den Fenstern der Häuser, an denen wir vorüberschritten, die aromatischen Gerüche der sonntäglichen Mittagessen: Ich roch Wein, Gewürze, Essig, Zucker, Karamel, Fisch, Krabben, Hähnchen und verschiedene Sorten Fleisch. Wir gingen bedächtig die Straßen entlang und nahmen die wundervollen, verschwenderischen Gerüche in uns auf. An der Broad Street bogen wie in Richtung Fluß und zur Battery ab und schlenderten durch die Rainbow Roy und die St. Michael's Alley. Lange Zeit schwiegen wir. Die Stadt hatte uns in ihren Bann geschlagen; wir waren Gefangene ihrer Schönheit und ihrer sonntäglichen Trägheit. Als wir uns schließlich unterhielten, schienen unsere Stimmen den lautlosen Wettstreit zwischen dem leisen Rauschen des Flusses und dem satten, frischen Grün der Gärten zu stören. Keine Stadt auf Erden kann schöner sein als Charleston an einem sonnigen Vorfrühlingstag während der kurzen Herrschaftszeit der Azaleen.

Colonel Reynolds ging leicht humpelnd, als würden

ihm die Füße weh tun, was mich jedoch nicht wunderte: Kein Fuß der Welt war dazu geschaffen, ein solches Körpergewicht über längere Strecken zu tragen. Dennoch trottete Reynolds mit unbeirrbarer, absurder Würde dahin; ein übergewichtiger Mann, der so zu gehen versuchte, als wäre er noch schlank und rank. Der Anblick des Cooper River schien beruhigend auf ihn zu wirken. Er beobachtete die Frachter, die sich gravitätisch durch die Fahrrinne in Richtung offene See bewegten, fort von Charleston und den Azaleen.

»Ich habe die Geschichte zu intensiv studiert, Mr. McLean«, sagte er, als wir an der Vanderhorst Row vorbeispazierten. »Vieles hat mich deprimiert.«

»Warum hat es Sie deprimiert, Sir?« fragte ich.

»Weil das einzige Thema der menschlichen Existenz die Grausamkeit ist. Selbst die unbedeutendsten Fußnoten würden es Ihnen beweisen. Jeder Mensch ist so veranlagt, daß er seinem Mitmenschen den größtmöglichen Schmerz zufügt, sofern er die Gelegenheit hat. Ich kann die Augen schließen. Mr. McLean, jetzt und hier, bei unserem wohltuenden Spaziergang, und mein Hirn wird mir Bilder von unsäglichem Schrecken zeigen, Bilder von unbeschreiblichen Greueln und abscheulichen Verbrechen, die Menschen an anderen Menschen verübt haben. Mich kann nichts mehr überraschen und nichts mehr schockieren. Ich bin an einem Punkt in meinem Leben angelangt, da mich nur noch die vollkommene Hoffnungslosigkeit bedrückt, was das wahre Wesen des Menschen betrifft. Und Sie, junger Mann?« fragte er und blickte mich an. »Wie denken Sie über die menschliche Rasse, die diesen wundervollen Planeten zerstört?«

»Im großen und ganzen mag ich die Menschen, Colonel«, erwiderte ich. »Jedenfalls lieber als Warzenschweine oder Stachelrochen.«

»Ich kann Ihnen versichern, Kadett, daß ein Warzenschwein Sie weitaus gerechter und gnädiger behandeln würde als einer dieser monströsen Inquisitoren, die schwarze Roben tragen und über ihre Mitmenschen zu Gericht sitzen. Falls Gott die Menschen nach seinem Ebenbild geschaffen hat, Mr. McLean, kann ich gut darauf verzichten, in den Himmel zu kommen.«

»Machen Sie deshalb einen so unglücklichen Eindruck, Sir? Wegen der Geschichte?«

»Im Gegenteil, Mr. McLean. Die Geschichte als solche ist die einzige Freude in meinem Leben. Daß ich unglücklich erscheine, ist darauf zurückzuführen, daß ich nichts zur Geschichtsschreibung beigetragen habe. Meine wissenschaftliche Mittelmäßigkeit macht mich betrübt. Dabei habe ich zu Beginn meines Studiums geglaubt, einmal ein bedeutender Historiker zu werden.«

»Aber Sie haben *Die Geschichte der Militärakademie von South Carolina* geschrieben, Sir.«

»Ja, Mr. McLean. Und Gibbon hat *Aufstieg und Untergang des Römischen Reiches* geschrieben. Und Prescott hat Werke über die Eroberung Mexikos verfaßt. Ich habe mir ein so kleines, unbedeutendes Thema ausgesucht, weil meine wissenschaftlichen Fähigkeiten jämmerlich sind. Reynolds hat beschlossen, ein obskures Buch über eine obskure Militärakademie in einem obskuren Staat des obskuren amerikanischen Südens zu schreiben. Wissen Sie, warum ich dieses Thema gewählt habe, Mr. McLean? Können Sie es sich denken?«

»Nein, Sir. Aus Liebe zur Akademie, vielleicht?«

»Ich habe dieses Buch geschrieben, weil ich wußte, daß kein anderer den Wunsch dazu hat. Ich hatte das gesamte Forschungsgebiet für mich allein. Außerdem mußte ich ein Thema wählen, das ich trotz meiner beschränkten Fähigkeiten bewältigen konnte. Ich hatte weder das Können noch das Wissen noch den Mut, ein großes Thema anzugehen. Aber darüber wollte ich eigentlich nicht mit Ihnen reden, Mr. McLean.«

»Ich weiß, daß ich in englischer Geschichte keine große Leuchte bin, Colonel. Aber jetzt, wo die Basketballsaison vorbei ist, gelobe ich Besserung. Ich werde mich intensiver mit der Materie beschäftigen und mich um bessere Noten bemühen.«

Er blickte mich perplex an.

»Mir sind Ihre Leistungen auf dem Gebiet der englischen Geschichte völlig gleichgültig. Sie sind Ire und ein Schwätzer, Mr. McLean. Ich kann nicht erwarten, daß Sie die Tiefe und Bedeutung der Geschichte einer fremden und feindlichen Kultur begreifen. Nein, ich habe Sie um dieses Gespräch gebeten, um Ihnen etwas zu beichten.«

Jetzt war es an mir, perplex zu sein. »Zu beichten, Sir?«

»Habe ich mich so unklar ausgedrückt?« rief er wütend. »Ja, zu beichten, habe ich gesagt. Seit wann ist es erforderlich, einem Papisten die Bedeutung eines solchen Wortes näher zu erläutern? Ich muß Ihnen etwas sagen, das ich Ihnen schon damals hätte sagen müssen, als Sie in meinem Büro gewesen sind. Aber zuerst möchte ich Sie ins Verhör nehmen.«

»Ins Verhör nehmen, Sir?«

»Ja, verdammt noch einmal. Ich möchte Ihnen eine Frage stellen!«

»Eine Frage, Sir?« sagte ich und grinste ihm ins runde, rot angelaufene Gesicht. Colonel Reynolds auf den Arm zu nehmen bereitete mir immer eine diebische Freude.

»Warum sind Sie in mein Büro gekommen und haben sich danach erkundigt, was ich über die Zehn weiß?«

»Weil ich Sie für den einzigen Menschen hielt, der mir ehrliche Antworten gibt, falls er etwas über diesen Geheimbund weiß. Außerdem vertraue ich Ihnen und betrachte Sie als Freund, auch wenn Sie auf die Iren nicht gut zu sprechen sind.«

»Es geht nicht darum, daß ich auf die Iren nicht gut zu *sprechen* bin, Mr. McLean«, erwiderte er. »Sie scheinen noch immer nicht begriffen zu haben, wie ich über diese elenden Schurken denke. Ich verachte die Iren aus tiefster Seele. Es kostet mich ungeheure Überwindung, Sie anzuschauen, so deutlich stehen Ihnen die Schandmale Ihrer minderwertigen Rasse ins Gesicht geschrieben. Wäre Cromwell doch nicht so nachsichtig im Umgang mit dieser jämmerlichen, verabscheuungswürdigen Brut gewesen! Wenn ich mich bei Ihnen entschuldige, Mr. McLean, dann nur deshalb, weil ich Ihr Vertrauen mißbraucht habe.«

»Wieso, Sir?«

»Als ich mein Buch über die Geschichte der Akademie schrieb, habe ich ein kurzes Kapitel verfaßt, in dem ich den Spuren der Zehn nachgegangen bin. Es waren größtenteils Spekulationen, denn mir stand nur eine Quelle zur Verfügung.«

»Aber in Ihrem Buch steht nichts über die Zehn, Sir. Kein einziges Wort.«

»Das ist ja das Seltsame. Wie Sie wissen, verfügt die Akademie über eine eigene Setzerei und Druckerei. Als ich mein Manuskript damals eingereicht habe, war das

Kapitel über die Zehn beigefügt. Ich hatte nur die wesentlichsten Fakten verarbeitet. Bruchstücke, die ich in Gesprächen und aus den Gerüchten gesammelt und dann zusammengesetzt hatte. Ich habe Ihnen doch erzählt, daß ich als Vertreter der Akademie an der Beisetzung General Homer Stones teilgenommen habe, nicht wahr?«

»Ja, Sir. Damals waren Ihnen die zehn weißen Nelken und die zehn Tauben aufgefallen.«

»Richtig«, sagte er. »Nun, die Witwe von General Stone, ein wahrer Hausdrache aus einem degenerierten schottischen Geschlecht, überließ mir die gesamte Korrespondenz ihres Mannes. So, wie die Dame sich verhalten hat, hätte man glauben können, sie hätte mir den Schlüssel zum Grab des Tut-ench-Amun überreicht. Die Briefe waren langweilig und stilistisch fade. Von Ausnahmen abgesehen, ist literarische Brillanz nicht gerade das Markenzeichen von Helden und Generälen. Aber ein Brief war von höchstem Interesse für mich. In diesem Brief hat Stone seine Meinung über den Charakter und die Persönlichkeit eines Kadetten dargelegt, der in eine nicht namentlich genannte Organisation aufgenommen werden sollte. Stone schrieb, daß der Kadett alle Voraussetzungen für die Mitgliedschaft erfülle – bis auf eine. Stone zufolge war dieser Kadett eine außergewöhnliche Führungspersönlichkeit, der auf akademischem Gebiet genauso hervorragende Leistungen zeigte wie auf militärischem und dessen Treue zur Akademie unverbrüchlich sei. Aber ihm fehle, schrieb Stone, die körperliche Kraft, die für eine Mitgliedschaft unabdingbar wäre.«

»Und Sie glauben, daß General Stone über die Zehn geredet hat?«

»Er hatte nicht geredet, Mr. McLean«, erklärte Reynolds leicht gereizt. »Er hatte einen Brief geschrieben.«

»An wen war der Brief gerichtet, Colonel?«

»An Colonel Adamson, bei dessen Beerdigung im Jahre des Herrn 1958 mir die zehn weißen Nelken und die zehn Tauben zum erstenmal aufgefallen waren. Es bedurfte keiner großartigen Gehirnakrobatik, um zu der Schlußfolgerung zu gelangen, daß es sich bei der Organisation, die General Stone in seinem Brief erwähnte, um die geheimnisvolle Zehn gehandelt hat. Also habe ich diesen Brief – mit der gebotenen Vorsicht und Zurückhaltung – als Quelle für mein Kapitel über die Zehn benutzt. Ich habe in meinem Buch eine, wie ich glaube, recht humorvolle Abhandlung über diese Organisation verfaßt und ausdrücklich betont, daß niemand mit Sicherheit wisse, ob die Zehn existierten oder nicht, daß es aber stets dahingehende Gerüchte und wilde Spekulationen im Korps und unter den Absolventen gegeben habe.«

»Warum ist das Kapitel nicht erschienen, Colonel?« fragte ich. »Was ist damit geschehen?«

»Es ist verschwunden«, antwortete er. »So spurlos verschwunden, als hätte ich es nie geschrieben.«

»Haben Sie sich beim Drucker erkundigt?«

»Ich habe mich nicht beim Drucker erkundigt, junger Freund, ich habe dem Drucker gedroht, ihn zu erwürgen und seinem nichtsnutzigen Leben ein Ende zu bereiten. Aber der Mann sagte mir, nur dasjenige Material gedruckt zu haben, das ihm ausgehändigt worden sei. Wie sich nach eingehenden Nachforschungen herausstellte, hatte er die Wahrheit gesagt. Irgend jemand hatte das Kapitel über die Zehn verschwinden lassen – was dem wissenschaftlichen Wert meines Buches allerdings keinen Abbruch getan hat. Es ist handwerklich gut, für den Historiker jedoch nur mittelmäßig. Keine Schande für die Geschichtsforschung, Gott bewahre. Einfach nur Mittelmaß.« Während er sprach, nahm sein Gesicht einen schmerzlich melancholischen Ausdruck an, als hätte er mir etwas anvertraut, das ihn im tiefsten Innern doch verletzt hatte. »Ich habe mich beim Verwaltungschef beschwert, der sich daraufhin beim Dekan beschwert hat, worauf dieser sich bei General Durrell beschwert hat. Schließlich bekam ich ein Schreiben vom General, in dem er mir mitteilte, daß der Drucker einen bedauerlichen Fehler begangen hätte. Ich sollte aber froh darüber sein, denn dieser Fehler hätte mich davor bewahrt, als ein Historiker bloßgestellt zu werden, der schlampige Quellenforschung betreibt. Das stelle man sich einmal vor! Durrell, dieser unverschämte Hochland-Dandy, beschuldigt mich schlampiger Quellenforschung! Er hat mir sogar versichert, daß er höchstpersönlich jedem noch so kleinen Hinweis nachgegangen sei, der die Zehn beträfe, mit dem Ergebnis, daß er rein gar nichts herausgefunden hätte.«

»Haben Sie ihm den Brief gezeigt, Colonel? Dieser Brief wäre doch Beweis genug gewesen.«

»Der Brief beweist gar nichts, Mr. McLean, weil sein Verfasser keine einzige konkrete Aussage gemacht hat. Ich habe mir historische Freiheiten genommen und wollte einen Mann des Militärs nicht mit einem Sachverhalt konfrontieren, der zu schwierig und kompliziert ist, als daß er ihn hätte begreifen können. Nun, ich wollte diese Sache mit Ihnen klären, Mr. McLean. Sie haben einen Volltreffer auf eine intellektuelle Wunde gelandet, als Sie mich gefragt haben, weshalb die Zehn in meinem Buch nicht erwähnt werden.«

»Warum haben Sie mir das nicht schon in Ihrem Büro gesagt, Colonel?«

»Wegen eines Vorfalls, der sich nach meinem unerfreulichen Zusammenstoß mit dem Drucker ereignet hat. Als ich nach Hause kam, um mir den Brief von General Stone an Colonel Adamson noch einmal anzuschauen, war er verschwunden. Jemand hatte den Brief aus meinen Akten gestohlen.«

»Das hätten Sie mir doch erzählen können«, sagte ich. »Das hat doch nichts mit Ihnen oder mir zu tun.«

Er legte mir seinen gewaltigen Arm um die Schultern und zog mich zum Geländer der Kaimauer hinüber, von der aus man eine prächtige Aussicht über den Hafen hinweg auf Sullivan's Island hatte. Ich brachte es nicht fertig, den Blick auf die Insel zu richten.

»Mr. McLean, ich glaube, die Zehn gibt es wirklich«, sagte er mit plötzlicher, explosiver Leidenschaft. »Ich glaube, dieser Geheimbund existiert, und ich habe Angst vor diesen Leuten.«

»Falls es die Zehn wirklich gibt, Colonel, braucht man keine Angst vor ihnen zu haben. Es ist nur eine Art . . . Verein.«

»Wenn es nur ein Verein wäre, würde er keine historischen Bücher zensieren. Dann würden diese Leute nicht in die Privatwohnung eines Mannes einbrechen, um Briefe zu stehlen. Sie hatten in meinem Arbeitszimmer nichts angerührt; nur der Brief war verschwunden. Kein einziger Gegenstand war von der Stelle gerückt oder gar zerstört worden. Nur der Brief war fort. Ich habe heute vor allem deshalb mit Ihnen sprechen wollen, um Ihnen einen Rat zu geben, Mr. McLean. Sollten Sie weiterhin Nachforschungen über die Zehn anstellen, dann tun Sie es um Gottes willen mit aller Vorsicht. Außerdem wollte ich mich entschuldigen, daß ich Sie belogen habe. Ich bin von Natur aus ein wahrheitsliebender Mensch. Ehrlichkeit geht mir über alles. Ich habe immer versucht, nach meinen moralischen Prinzipien zu leben und ihnen treu zu bleiben. Aber ich habe Sie belogen. Seit wir das Gespräch in meinem Büro geführt haben, hatte ich so manche schlaflose Nacht.«

»Warum haben Sie den Einbruch nicht bei der Polizei gemeldet, Colonel? Einbruch und Diebstahl sind Straftaten. So etwas verstößt gegen *alle* moralischen Prinzipien.«

»Nein, Mr. McLean.« Er seufzte. »In den heutigen trostlosen Zeiten gibt es keine moralischen Werte mehr. Wir erleben den Tod der Toleranz und der Großherzigkeit in der westlichen Zivilisation. Damit meine ich nicht die saft- und kraftlose Humanität, sondern die wahre menschliche Größe, wie sie in den schwärzesten Epochen der Menschheitsgeschichte zu beobachten war. Es ist bitter, wenn man erkennen muß, daß es diese Größe, diesen Mut, dieses unbedingte Festhalten an moralischen Werten in dieser korrupten Welt nicht mehr gibt. Dabei müßte es die Grundlage allen politischen und gesellschaftlichen Handelns sein. In früheren Zeiten sind Menschen lieber in den Tod gegangen, als ihre Prinzipien zu verraten. Aber genug davon. Ich habe Sie gewarnt, und damit habe ich meine Pflicht getan. Und ich kann nur wiederholen: Wenn diese Schurken keine Skrupel haben, einen Historiker seiner Quellen zu berauben, dann weiß nur Gott im Himmel, wozu sie sonst noch fähig sind.«

»Wir brauchen eine andere Quelle«, sagte ich.

»Bitte?« fragte der Colonel.

»Wir brauchen eine weitere Quelle, die beweist, daß es die Zehn tatsächlich gibt. Wenn es nur eine einzige Quelle gibt, die einen bestimmten Sachverhalt beweist, *könnte* es weitere Quellen geben. Das ist ein Grundsatz, Sir, den Sie mir im Geschichtsunterricht beigebracht haben.«

»Ich weiß von keiner anderen schriftlichen Quelle, Mr. McLean. Und ich hatte zu jedem Brief, zu jedem Zeugnis, zu jeder Urkunde sämtlicher verstorbenen und vieler noch lebenden Absolventen Zugang. Es waren Männer darunter, die wesentlichen Einfluß auf die Entwicklung der Akademie hatten. Wie auch immer – der Brief war der einzige Hinweis, auf den ich gestoßen bin.«

»Haben Sie auch mit Männern gesprochen, die von der Akademie abgegangen sind, bevor sie ihren Abschluß gemacht hatten?« fragte ich.

»Natürlich nicht, Mr. McLean«, sagte er spöttisch. »Ich habe über jene Männer geschrieben, die unsere Akademie zur Größe geführt haben, nicht über die Versager, die ihren strengen Bewährungsproben nicht standhalten konnten. Von boshaften Verleumdungen abgesehen, haben die Schwächlinge, die vor dem Rekrutenjahr davongelaufen sind, nichts hinterlassen, das Licht auf die Geschichte der Akademie werfen könnte.«

»Ja, Sir«, sagte ich und dachte an mein eigenes Rekrutenjahr zurück. »Aber diese Leute könnten in der Zeit, die sie an der Akademie verbrachten, durchaus etwas von den Zehn erfahren haben, nicht wahr?«

»Sie irischer Dummkopf.« Er lachte grollend und schlug mir kräftig auf die Schulter. »Sie würden einen jämmerlichen Historiker abgeben. Diese Feiglinge würden alles tun, die Akademie in schlechtestem Licht erscheinen zu lassen. Und auf solche Quellen wollen Sie sich stützen?«

»Ich glaube, ich kenne jemanden, der mir alles über die Zehn erzählen kann. Falls es mir gelingt, diesen Jemand ausfindig zu machen. Falls die Zehn tatsächlich existieren. Und falls dieser Geheimbund, wie Sie behaupten, das Ziel verfolgt, Frauen und Neger aus dem Korps fernzuhalten und eine Art weiße Elite daraus zu formen.«

»Ich habe nicht behauptet, dies mit Sicherheit zu wissen.«

»Was wissen Sie denn mit Sicherheit, Colonel?«

»Daß die Mitglieder der Zehn rücksichtslose Menschen sind. Ich glaube, sie verfolgen ehrenvolle Ziele, aber ich weiß, daß sie sich brutaler, unzivilisierter Mittel bedienen.«

»Ist das alles?«

»Nein, das ist nicht alles, Mr. McLean.«

»Was wissen Sie noch, Sir?«

»Daß ich Angst vor diesen Leuten habe. Es war ein Verbrechen, mir den Brief zu stehlen. Es war ein Verbrechen, daß sie ihre Namen aus meinem Buch ausradiert haben. Diese Leute sind gefährlich.«

»Wie kann ich sie aufspüren, Sir?« fragte ich und blickte ihm fest in die Augen.

»Sie brauchen eine Primärquelle«, sagte er und wandte sich zur Broad Street um. »Eine Primärquelle.«

»Am kommenden Wochenende fange ich mit der

Suche an, Colonel. Und verlassen Sie sich darauf, ich werde diese Primärquelle finden.«

35

Columbia, South Carolina, ist eine Stadt, in die man sich nur schwer verlieben kann, wenn man längere Zeit in Charleston verbracht hat. Columbia ist eine nüchterne Wohn- und Industriestadt im tristen Zentrum des Staates – hundert Meilen von den Bergen und hundert Meilen vom Meer entfernt. Die Sommermonate sind gnadenlos heiß, die Winter bitterkalt, doch Columbia ist trotz seiner Schäbigkeit eine lebendige, vitale Stadt, unbelastet von traditionsbeladener Geschichte und verschont von der Arroganz der Charlestoner Aristokratie. Im amerikanischen Bürgerkrieg hatte der Nordstaatengeneral Sherman das alte Columbia dem Erdboden gleichgemacht. Wenn man in diese Stadt kam, erkannte man, in welchem Maße Charleston seine Schönheit und seinen Reiz der Tatsache verdankte, daß es von Bombardements und Feuersbrünsten verschont geblieben war.

Als wir in die Stadt fuhren, sagte Mark: »Columbia. Was für eine Jauchegrube. Kommt, Jungs, nichts wie weg hier, bevor wir uns die Pest holen.«

Wir parkten im Five Points, einem geschäftigen Viertel in der Nähe der Universität, das von Studentenkneipen und kleinen Läden beherrscht wurde. Die Universität von South Carolina wurde von zwanzigtausend Studenten besucht – achtzehntausend mehr als die

Akademie –, und die Hälfte von ihnen schien uns anzustarren, als wir in Uniform durch die Straßen gingen. South Carolina galt in den USA als der Staat mit den hübschesten Mädchen. Ich stellte wieder einmal fest, daß dies den Tatsachen entsprach. Ich sah Studentinnen, die ich vom Fleck weg geheiratet hätte, ohne Bluttest und gesellschaftliche Referenzen.

»Wir sind da, Jungs«, sagte ich und zeigte auf die Eingangstür einer Kneipe. »Hier werden wir einen alten Freund treffen.«

Wir stiegen eine Treppe zum ersten Stock hinauf und gelangten in eine Kaschemme, die von Studenten und Professoren besucht wurde. Es dauerte gut zwanzig Sekunden, bis unsere Augen sich an das schummrige Licht gewöhnt hatten. Man brauchte schon einen Blindenhund, um hier einen freien Platz ausmachen zu können, obwohl hellichter Tag war. Wieder erregten unsere Uniformen Neugier, als wir die Kneipe betraten. Wir wurden mit teils belustigten, teils feindseligen Blicken gemustert.

Ein junger Mann mit sorgfältig getrimmtem Schnäuzer kam aus dem Halbdunkel auf uns zu. Er war schwergewichtiger, als ich ihn in Erinnerung hatte; sein Haar war voll und straff nach hinten gekämmt, und seine Kleidung war modisch und adrett.

»Hallo, Will McLean«, sagte er, als er vor mir stand.

Wir schüttelten uns freundschaftlich die Hände.

Ich sagte – laut genug, daß auch Pig und Mark es hören konnten: »Hallo, Bobby Bentley aus Ocilla, Georgia.«

»Bobby? Bist du das?« sagte Pig, drängte sich an mir vorbei und schlug Bobby auf die Schulter.

»Wie hast du Bentley gefunden, Will?« fragte Mark, sichtlich verärgert.

»Ich habe bei ihm zu Hause in Ocilla angerufen. Soviel ich weiß, gibt es in dem Kuhdorf nur zwei oder drei Häuser, und es gibt nur eine Familie Bentley im Telefonbuch. Seine Mutter sagte mir, daß Bobby in Columbia studiert.«

»Kommt hier rüber, Jungs«, sagte Bobby und winkte uns mit dem Arm. »Ich geb' eine Runde Bier aus. Wo steckt denn Tradd?«

»Er ist auf einer Tagung angehender Anwälte«, sagte Pig. »Tradd ist inzwischen ein bedeutender Mann an der Akademie. Junge, Junge, wenn er erfährt, daß wir dich getroffen haben, du alter Schweißfuß.«

Als wir an Bobbys Tisch saßen, blickte ich nervös zu Mark hinüber. Er hatte Bobby nicht begrüßt und bis jetzt noch kein Wort zu ihm gesagt. Nachdem uns das Bier serviert worden war, hob Bobby seinen Krug und stieß mit jedem von uns an. Pig brachte einen Trinkspruch aus: »Auf gute Gesundheit.«

Mark grinste boshaft, und bevor wir einen Schluck Bier nehmen konnten, sagte er mit eisigem, leicht aggressivem Unterton: »Auf die Akademie.«

»Was soll der Quatsch, Mark?« fragte ich ihn zornig. »Glaubst du, Bobby hat nach allem, was man ihm dort angetan hat, noch irgendwas für die Akademie übrig?«

»Ich trinke mit Freuden auf das Wohl der Akademie, Mark«, sagte Bobby gelassen und stieß mit Mark an. »Wenn du so versessen darauf bist.«

Dann schlug Bobby einen anderen Trinkspruch vor.

»Auf Carolina!« rief er, und seine Augen funkelten.

»Scheiß auf Carolina«, sagte Mark leise.

»Da will ich auch nicht drauf anstoßen«, schloß Pig sich an.

»Auf die Freundschaft«, sagte ich seufzend. Damit

waren wir uns einig, und ich kam endlich zu einem kräftigen Schluck Bier auf das Wohl der Freundschaft. Mark und Pig hätten eher auf die Zerstörung Italiens als auf das Wohl Carolinas getrunken.

Ein, zwei Minuten nippten wir schweigend an unseren Krügen. Wir fühlten uns befangen und unbehaglich in der Gesellschaft der anderen.

»Und wie geht es dir so, Bobby?« fragte ich schließlich. »Du siehst gut aus, Junge.«

»Mir geht's prima, Will. Für jemanden, aus dem nie ein ganzer Mann wird, komme ich sehr gut klar«, erwiderte er mit Bitterkeit und Verachtung in der Stimme.

»Was macht die Blase, Bentley?« fragte Mark.

»Halt's Maul«, schimpfte ich. »Was ist denn los mit dir, Mark? Ich habe dich nicht mitgenommen, damit du Bobby andauernd beleidigst.«

»Meiner Blase geht es ausgezeichnet, Mark«, sagte Bobby kühl. »Ich hatte nie Probleme mit dem Wasserlassen. Ich bin nur nicht mit dem Rekrutenjahr fertiggeworden, das ist alles. Meine Nerven haben nicht mitgespielt.«

»Wir hätten nicht hierher fahren sollen, Will«, sagte Mark.

»Und warum nicht?«

»Weil wir nicht mit jemandem reden sollten, der seine Kameraden während ihres Rekrutenjahrs ausgenutzt hat. Ich finde, Bentley hat uns alle beschissen. Wir haben wie Brüder zu ihm gehalten, und was tut er? Er zieht den Schwanz ein und gibt auf. Ich kann ihm das nicht so leicht verzeihen wie du, Will.«

»Der Junge hatte schwache Nerven, Mark«, widersprach Pig. »Leider wußte ich's nicht, sonst hätte ich den alten Bobby mit Vitaminpillen auf Vordermann gebracht. Die Nerven müssen genauso mit Vitaminen versorgt werden wie die Muskulatur.«

»Sei froh, daß du die Pillen nicht genommen hast, Bentley«, sagte Mark. »Pig wird von Tag zu Tag schwachsinniger.«

»Mark«, sagte ich, »ich habe Bobby gebeten, uns einen Gefallen zu tun. Wenn er mir gesagt hätte, ich soll mich zum Teufel scheren, wäre ich kein bißchen sauer auf ihn gewesen. Bobby hat das härteste Rekrutenjahr von uns allen durchgemacht. Seht ihn euch an. Das ist der Junge, dem wir alle ins Gesicht gespuckt haben. Kannst du dich erinnern, Mark? Und jetzt tust du so, als wären wir zäher und härter als Bobby.«

»Der Kader hat euch gezwungen, mir ins Gesicht zu spucken«, sagte Bobby und starrte in seinen Krug. »Ihr konntet nichts dafür. Der Kader hat versucht, mich von der Akademie zu verjagen, und sie haben euch als Mittel zum Zweck mißbraucht, um dieses Ziel zu erreichen.«

»Tut mir leid, Bentley«, sagte Mark. »Das mit dem Anspucken hatte ich ganz vergessen. Will hätte uns auf dieses Treffen vorbereiten sollen, dann wäre ich gar nicht erst mitgefahren.«

»Warum bist du gekommen, Will?« fragte Bobby und blickte mich an. »Am Telefon hast du dich ziemlich geheimnisvoll ausgedrückt.«

»Ich glaube, du kannst mir einige Informationen geben, Bobby«, erwiderte ich. »Ich hoffe, du kannst Licht in eine bestimmte Angelegenheit bringen. Zuerst hatte ich gar nicht an dich gedacht, als ich auf diese Sache gestoßen bin. Aber ich hätte sofort darauf kommen müssen. Du kennst seit fast vier Jahren alle Antworten. Ich habe so lange gebraucht, um auf dich zu kommen, weil ich die Erinnerungen an das Rekrutenjahr vollkommen auslöschen und alles verdrängen möchte, was damals geschehen ist.«

»Ich auch«, sagte Bobby. »Jedesmal, wenn ich den Namen der Akademie höre, kommt mir die Galle hoch. Ich hasse diesen Scheißladen immer noch. Nachdem ich von dort abgegangen war, habe ich ein Jahr gebraucht, bis ich wieder halbwegs ruhig schlafen konnte. Ich bin sogar eine Zeitlang in psychiatrischer Behandlung gewesen.«

Ich beugte mich über den Tisch vor und sagte: »Bobby, ich möchte dir ein paar Fragen stellen. Über die Geschehnisse in den letzten Tagen, die du an der Akademie verbracht hast. Wenn du kannst, dann erzähl mir alles, was nach dem Abend passierte, als die gesamte R-Kompanie sich auf dem Flur in die Hosen gepinkelt hatte.«

Bobbys Miene hellte sich auf. »Könnt ihr euch noch an die Gesichter des Kaders erinnern?«

»Warum bist du ein paar Tage nach diesem Abend von der Akademie abgegangen, Bobby?« wollte Mark wissen. »Wir hätten alles getan, um dir zu helfen und dich zu schützen. Und du wirfst das Handtuch. Warum, verdammt noch mal?«

»Mark hat recht«, sagte ich leise. »Erst machst du monatelang die Hölle durch, und ausgerechnet, als wir alle hinter dir stehen, flüchtest du sang- und klanglos aus der Kaserne, ohne dich von uns zu verabschieden.«

»Ich bin nicht aus der Kaserne geflüchtet«, sagte Bobby mit fester Stimme.

»Blödsinn«, rief Mark. »Was denn sonst?«

»Man hat mich aus der Kaserne gebracht.«

»Wer hat dich wohin gebracht?« fragte Pig.

»Die Herren haben sich nicht vorgestellt. Und sie haben auch nicht gefragt, ob ich Lust habe, diese Spritztour zu machen.«

»Wohin haben sie dich gebracht?« fragte Mark, und plötzlich war seine Stimme angespannt.

»Es ist nicht ganz so einfach, die Umgebung zu beobachten, wenn einem die Augen verbunden sind, Santoro. Ich hätte das Tuch ja heruntergerissen, aber mit gefesselten Armen und Beinen kann man sich verdammt schlecht bewegen, vor allem wenn man noch dazu in einen Matratzenbezug gesteckt wird. Ich hätte um Hilfe geschrien, aber das ist nicht so einfach, wenn man geknebelt ist. Die Kerle haben mich in den Kofferraum eines Wagens verfrachtet. Ich habe mindestens eine halbe Stunde darin gelegen«, sagte Bobby.

»Das verstößt gegen sämtliche Dienstvorschriften«, rief Pig erregt.

»Ach, wirklich?« sagte Mark. »Würde Napalm aus Scheiße bestehen, könnte man dein Gehirn über Hanoi abwerfen.«

»Hör endlich auf Mark«, sagte ich. »Was soll der Blödsinn? Wenn du nicht zuhören willst, dann verschwinde und warte im Wagen.«

»Du schaffst es nicht, mich hier rauszukriegen, wenn ich es nicht will«, sagte Mark drohend.

»Ich kann ihn rausschaffen, ob er's will oder nicht«, sagte Pig, und er und Mark starrten sich über den Tisch hinweg an.

»Hört euch einfach an, was Bobby zu erzählen hat«, sagte ich beschwichtigend. »Also, Bobby, was ist passiert, als der Wagen gehalten hat? Ich weiß, daß du nicht sagen kannst, wo die Kerle dich aus dem Kofferraum geholt haben. Aber was haben sie mit dir angestellt?«

»Als sie mich aus dem Wagen geholt hatten, fing der Spaß erst richtig für sie an«, sagte Bobby, und die Erinnerung bereitete ihm sichtlich Schmerzen. »Zwei Mann haben mich aus dem Kofferraum gehoben und eine Treppe hinaufgetragen, in dieses große Haus, und dann . . .«

»Ein Haus!« rief ich.

»Bist du sicher, daß es ein Haus war?« fragte Pig.

Mark zitterte plötzlich vor Wut. Jeder Muskel seines Körpers spannte sich, und in seinen Augen loderte heißer Zorn. »Poteete«, flüsterte er. »Dieser gottverdammte, fette Versager Poteete.«

»Wer ist Poteete?« wollte Bobby wissen.

»Niemand, Bobby«, sagte ich hastig. »Was ist in dem Haus geschehen? Woher weißt du, daß es ein großes Haus gewesen ist?«

»Weil die Kerle erst eine Eingangstür mit einem Schlüssel geöffnet haben, bevor sie mich die Treppe raufschleppten. Dann ging es durch vier Zimmer, alle im ersten Stock. Einer von den Kerlen hat den beiden anderen, die mich getragen haben, jeweils die Türen geöffnet. Zum Schluß kamen wir in ein Zimmer mit einem gefliesten Fußboden. Die Schweinehunde haben mich aus dem Matratzenbezug fallen lassen und auf einen Stuhl gefesselt. Dann haben sie mir das Tuch von den Augen genommen.«

»Dann hast du also gesehen, wer die Kerle waren?« fragte Pig.

»Nein. Sie haben Kapuzen getragen. Schwarze Kapuzen, in die Löcher für Augen, Nase und Mund geschnitten waren. Sie hatten sich die Hemden ausgezogen. Ein paar von ihnen hielten Offiziersstöcke, und einer hatte ein M-1-Gewehr mit aufgepflanztem Bajonett in der Hand. Er hat mir die Spitze des Bajonetts zwischen die Beine gedrückt und mich angebrüllt, er würde mich zum Kastraten machen, bevor die Nacht vorüber sei. Es fing wie eine Schwitzparty in der Kaserne an . . . nur viel, viel schlimmer.«

»Was meinst du mit schlimmer, Bobby?« fragte Mark leise, dem es offenbar leid tat, so zynisch gewesen zu sein. »Was haben sie mit dir gemacht?«

»Es war seltsam, Mark, wieviel beängstigender das alles außerhalb der Kaserne gewesen ist. Ich wußte, daß sie mit mir machen konnten, was sie wollten. Sie waren völlig ungestört. Sie brauchten nicht aufzuhören, wenn zum Zapfenstreich geblasen wurde. Sie mußten sich keine Sorgen machen, daß plötzlich der Bär erschien. Sie hatten die ganze Nacht Zeit, mich zu bearbeiten, alle zusammen, alle gleichzeitig. Sie konnten mit mir anstellen, was sie wollten. Sie hätten mich foltern und in Stücke schneiden können. Falls ich nicht von der Akademie verschwinde, sagten sie mir, würden sie mich töten. Und sie würden es wie einen Unfall oder einen Selbstmord aussehen lassen.«

»Hatten sie es auf dich abgesehen, weil du dir immer in die Hose gepinkelt hast?« fragte Pig.

»Das haben sie jedenfalls behauptet, Pig«, antwortete Bobby. »Es wäre eine Schande für das Kadettenkorps und meine Jahrgangskameraden, haben sie gesagt . . . nein, geschrien. Die ganze Zeit haben sie geschrien. Stundenlang. Es war grauenhaft. Ich wäre fast taub geworden. Dann haben sie mich vom Stuhl losgebunden, mir das M-1 in die Hände gedrückt und mich gezwungen, das Gewehr mit ausgestreckten Armen zu halten, bis ich zusammengebrochen bin. Ihr wißt ja, wie es auf einer Schwitzparty läuft – Liegestütze, Kniebeugen, auf der Stelle rennen. Sie haben mich gezwungen, Wasser zu trinken, bis ich beinahe erstickt wäre. Ich habe mir wieder und wieder in die Hose gepinkelt. Ich habe mich übergeben und Krämpfe bekommen, schreckliche Krämpfe.«

»Und da hast du beschlossen, von der Akademie abzugehen?« sagte Pig und legte Bobby Bentley die Hand auf den Arm.

»Nein, Pig«, erwiderte Bobby traurig. »Ich war entschlossen, mich durch nichts auf der Welt von der Akademie verjagen zu lassen. Ich hatte es mir geschworen, genau wir ihr, genau wie alle anderen. Als ihr euch auf dem Flur in die Hosen gepinkelt hattet, wäre ich eher gestorben, als euch, meine Kameraden, zu verlassen. Was ihr an diesem Abend für mich getan habt, werde ich euch nie vergessen. Aber damals wußte ich noch nicht, wozu der Kader der R-Kompanie wirklich imstande war. Einige von denen waren verrückt, tatsächlich verrückt, krankhaft, pervers, brutal. Und sie hatten sich geschworen, daß ich von der Akademie verschwinden muß. In diesem Haus sagten sie mir, sie würden mich jeden Abend dorthin bringen, falls ich nicht endlich aufgebe, oder sie würden die Sache selbst in die Hand nehmen.«

»Nette Jungs«, sagte Mark. »Ein netter Haufen verdammter Schweinehunde.«

»Die Schwitzparty ging die ganze Nacht durch«, fuhr Bobby fort, nachdem er tief Atem geholt hatte. »Ich war von oben bis unten voller Erbrochenem und Urin, und ich bekam Halluzinationen. Wahrscheinlich vor Angst und Erschöpfung. Und dann haben sie's getan.

Sie haben mich mit Benzin übergossen. Von Kopf bis Fuß. Zuerst dachte ich, ich sollte mir das Erbrochene abwischen, weil sie den Gestank nicht mehr ertragen konnten. Aber dann haben sie sich alle auf der anderen Seite des Zimmers aufgestellt und mich aus ihren Masken angestarrt. Ich konnte durch die Mundschlitze sehen, wie sie lächelten. Dann verteilte einer von ihnen Streichholzschachteln an die Gruppe. Sie zündeten Streichhölzer an und warfen sie durchs Zimmer in meine Richtung. Zuerst war ich zu weit weg, um in Gefahr zu geraten. Aber dann rückten sie immer näher an mich heran und schnippten die verdammten brennenden Streichhölzer auf mich zu. Jedesmal, wenn eins in der Nähe des Stuhles landete, auf den sie mich wieder gefesselt hatten, fingen sie an zu jubeln. Ich habe sie angefleht, aufzuhören. Aber sie kamen näher und näher und warfen immer noch brennende Streichhölzer nach mir. Dann sah ich plötzlich mich selbst. Ich stand in Flammen und verbrannte bei lebendigem Leib in diesem Haus. Ich hätte beinahe den Verstand verloren. Die ganze Sache war so . . . unvorstellbar. Schließlich schrie ich ihnen zu, sie hätten gewonnen, ich würde noch an diesem Abend von der Akademie verschwinden und nie mehr auch nur in ihre Nähe kommen. Mann, ich habe geweint. Ich habe vor Angst gewinselt. Ich dachte, ich sterbe. Der Gestank von Kotze und Pisse und Benzin . . . ich werde es nie vergessen, solange ich lebe. Aber da war noch ein anderer Geruch.«

»Was für ein Geruch, Bobby?« fragte Mark.

»Ich hatte mir in die Hose geschissen, Mark«, sagte Bobby, den Tränen nahe. »Vor Angst hatte ich mir in die Hose geschissen, und dann mußte ich mir anhören, wie sie mich verspottet haben, während sie eimerweise Wasser über mich schütteten. Und auf der ganzen Fahrt zurück nach Charleston haben sie gelacht. Mein Gott, ihr hättet das irre Freudengeheul hören sollen, als ich sie angeschrien hatte, daß ich von der Akademie verschwinde.«

»Warum hast du das niemandem gemeldet, Bobby?« fragte ich. »Warum hast du's nicht dem Bären gesagt – oder einem anderen Ausbildungsoffizier – oder einem von den anständigen Jungs aus dem Kader der R-Kompanie?«

»Warum verpißt du dich nicht endlich, Will?« brüllte er mich plötzlich an. »Als ich an dem Abend im Kofferraum dieses Wagens gelegen und beinahe am Geruch meiner eigenen Scheiße, Pisse und Kotze erstickt bin, da habe ich beschlossen, daß ich nicht zur Akademie gehören *will.* Ich möchte nichts damit zu tun haben. Ich möchte den Ring dieses verdammten Saftladens nicht tragen. Soll ich euch mal was verraten, Jungs? Ich habe immer noch Alpträume, in denen sie auf mich zukommen, lachend und grölend, mit brennenden Streichhölzern in den Händen, und ich bin an einen Stuhl gefesselt und sitze in einem Zimmer, in dem es nach Benzin stinkt!« Er holte tief Luft; dann fuhr er ruhiger fort: »Eins ist mir an dem Abend allerdings aufgefallen. Jeder dieser Hurensöhne trug den Ring der Akademie. Jeder. Sie alle waren ›ganze Männer‹. Sie gehörten alle zum ›System‹.«

»Nein, Bobby«, widersprach ich. »Was du da beschrieben hast, gehört nicht zum System. Eine solche Geschichte hat noch keiner von uns gehört. Diese Kerle waren Verbrecher, verrückte Fanatiker, die nichts mit dem Korps zu tun hatten. Es ist ein verdammt hartes Leben in der Kaserne, Bobby, das weißt du besser als jeder andere. Aber es gibt Grenzen. Diese Kerle leben außerhalb der Gesetze, die für das Korps gelten. Das

Korps weiß nicht einmal, daß es diese Leute gibt, das schwöre ich dir.«

»Du hattest verdammt schlechte Karten gezogen, Kumpel«, sagte Pig und drückte Bobbys Arm. »An deiner Stelle hätte jeder aufgegeben.«

»Wo war dieses Haus, Bobby?« fragte Mark. Sein Gesicht war düster und maskenhaft starr. »Wir müssen wissen, wo dieses Haus ist, sonst können wir nichts unternehmen.«

»Ich habe keine Ahnung«, erwiderte Bobby. »Ich habe euch alles erzählt, was ich weiß.«

»Alles, Bobby?« fragte ich. »Hast du uns wirklich alles erzählt, woran du dich erinnern kannst? Ich glaube, diese Gruppe von Verrückten gibt es immer noch. Hin und wieder schnappen sie sich einen Jungen, bringen ihn aus der Kaserne und stellen mit ihm das gleiche an, was sie mit dir angestellt haben. Wir wissen nicht, wie wir diese Kerle aufspüren oder aufhalten können. Um ehrlich zu sein, wissen wir so gut wie gar nichts über sie. Dein Bericht, Bobby, ist der erste eindeutige Beweis, daß es diese Gruppe gibt. Waren welche aus der R-Kompanie dabei? Hast du irgendeine Stimme erkannt? Hat jemand einen anderen mit Namen oder Vornamen angeredet? Oder mit einem Spitznamen?«

Er senkte den Blick und legte beide Hände um den Bierkrug. Sein Bericht hatte furchtbare Erinnerungen in ihm aufleben lassen, und als ich Bobby Bentley musterte und auf eine Antwort wartete, erkannte ich, daß er Narben auf der Seele davongetragen hatte, die er für den Rest seines Lebens behalten würde.

»An dem Abend, in dem Haus, habe ich keine Stimme erkannt«, sagte er. »Aber ich bin sicher, daß niemand von der R-Kompanie dabei war. Als Rotarsch prägt man sich die Stimmen jedes Kadermitglieds ganz genau ein, nicht wahr? So genau, daß man die einzelnen Stimmen erkennen und sogar unterscheiden kann. Ich bin ganz sicher, daß ich keinen von diesen Bastarden kannte. Erst im vorigen Jahr . . .«

»Was war voriges Jahr?« fragte Mark gespannt.

»Ich saß mit meiner Freundin hier in dieser Kneipe. Sie heißt Susie und kommt aus Greenville. Wenn ihr mal wieder herkommt, würde ich euch gern bekannt machen. Also, Susie und ich haben hier gesessen und uns unterhalten. Über die Ehe, über Kinder. Über ernste Themen. Schöne Themen. Ich hatte mir gerade einen Krug Bier bestellt, da hörte ich die Stimme.«

»Wessen Stimme?« fragten wir wie aus einem Munde.

»Damals wußte ich es noch nicht. Aber die Stimme gehörte jemandem, der an dem Abend in dem Haus war. Die Stimme gehörte dem Schlimmsten von allen. Es war die brutalste Stimme, die ich damals in dieser Nacht gehört hatte. Es war ein tiefe, grausame Stimme mit einem schweren Südstaatenakzent.«

»Wie kannst du sicher sein, daß es die gleiche Stimme war?« wollte Pig wissen.

»Weil ich es weiß«, sagte Bobby.

»Und woher weißt du's?« fragte Mark.

Bobbys Augen waren plötzlich von Haß und Zorn erfüllt, als er sagte: »Ich weiß es deshalb, weil ich mir in die Hose gepinkelt habe, kaum daß ich diese Stimme hörte. Hier, in dieser Kneipe. Vor den Augen meiner Freundin.«

Für einige Sekunden herrschte tiefes Schweigen am Tisch. Mark, Pig und ich hielten die Hände unter der Tischplatte. Es war eine unbewußte Geste; wir wollten

Bobbys Gefühle nicht durch den Anblick unserer Ringe verletzen.

»Wer war es, Bobby?« brach Mark schließlich das Schweigen. »Wer war dieser Hurensohn?«

»Ich habe ihn gesehen, als er aufstand. Ich hab' ihn nicht erkannt. Aber Susie hat einen Freund, der in dieser Kneipe als Kellner arbeitet, nach dem Namen gefragt. Der Kerl heißt Dan Molligen. Er macht dieses Jahr hier an der Uni sein Examen in Rechtswissenschaften.«

»Molligen? Der war in unserem Rekrutenjahr Kadetten-Kommandeur des ersten Bataillons«, sagte Pig. »Eine Mistsau erster Güte.«

»Wenn das mal keine Untertreibung ist«, murmelte Bobby.

»Na also.« Pig ballte die Fäuste. »Molligen kann uns sagen, wo dieses Haus ist. Er *wird* es uns sagen.«

»Eine Frage noch, Bobby«, sagte ich. »Eine letzte Frage. Ich weiß, das alles ist schrecklich für dich gewesen. Aber kannst du dich erinnern, wie viele Kerle an dem Abend im Zimmer waren? Kannst du dich an die genaue Zahl erinnern?«

Bobby trank den Bierkrug leer und erhob sich. Auf seiner Stirn hatte sich ein Schweißfilm gebildet. Und dann sagte er nur ein einziges unmißverständliches Wort, bevor er grußlos den Tisch verließ: »Zehn.«

»Und was nun?« fragte ich Mark und Pig, als Bobby gegangen war. »Wir haben das ganze Wochenende Zeit.«

Mark hämmerte die Faust auf die Tischplatte und sagte: »Molligen.«

36

Den Rest des Tages verbrachten wir damit, alles in Erfahrung zu bringen, was man über Molligen herausfinden konnte. Ich war erstaunt, wie schnell wir uns die Techniken des Observierens aneigneten. Besonders Mark legte außerordentliche Fähigkeiten an den Tag, was die Kunst der Aufklärungsarbeit betraf. Durch fünf Telefonanrufe bei Freunden fand er heraus, daß Molligen unverheiratet war und allein in einem Haus in einer teuren Wohnsiedlung auf einem Hügel über der Universität wohnte. Molligen gehörte zu den besten zehn Prozent seines Jahrgangs, war freier Mitarbeiter der juristischen Fachzeitschrift *Law Review* und hatte nach seinem Examen eine Anstellung bei der angesehenen Anwaltskanzlei Sanders und Quackenbush in Columbia in Aussicht. Er war mit einem Mädchen aus Converse verlobt, deren Vater ein großes Warenhaus in Spartanburg gehörte. Außerdem fand Mark heraus, daß Molligen Linkshänder war, Lucky-Strike-Zigaretten ohne Filter rauchte, bis zu seinem vierzehnten Lebensjahr eine Zahnspange getragen hatte und einen neuen Jaguar XKE fuhr, der ein Nummernschild aus South Carolina trug: CL 39-260. Ich stellte fest, daß die meisten seiner Kommilitonen an der juristischen Fakultät Molligen nicht ausstehen konnten, daß er einen Großteil seiner Freizeit in Gesellschaft von Akademie-Absolventen verbrachte und immer noch vor dem Schlafzimmerspiegel Exerzierübungen mit dem Offiziersdegen machte.

Pig jedoch machte die bedeutsamste Entdeckung: Er fand Dan Molligen. Er saß in der rechtswissenschaftlichen Bibliothek vor einem großen Stapel braun gebundener Wälzer und machte sorgfältig Eintragungen in ein kleines schwarzes Notizbuch. Pig und ich beobachteten ihn eine Stunde lang. In den abgetragenen Zivilklamotten, die wir mitgebracht hatten, fühlten wir uns unwohl und kamen uns schlecht gekleidet vor. Mark machte sich auf den Weg, um einzukaufen. Ich erinnerte Pig immer wieder daran, daß wir Molligen nicht körperlich verletzen durften; wir wollten nur von ihm erfahren, wo sich das Haus befand, in das die Zehn jene Rekruten brachte, die sie als ›unwert‹ betrachtete, den Ring zu tragen.

Es wurde dunkel, doch Molligen blieb beharrlich an seinem Platz sitzen und studierte seine juristischen Fachbücher mit erstaunlicher Ruhe und Konzentration. Augenscheinlich hatte er unsere feindseligen Blikke noch nicht bemerkt. Dann kam Mark zurück; er hielt eine Einkaufstasche fest in der Hand. Wir trafen uns draußen vor der Bibliothek, wo Mark uns flüsternd seinen Plan erläuterte.

»Will, du bleibst hier und behältst Molligen weiter im Auge«, sagte er. »Sobald er das Gebäude verläßt, folgst du ihm unauffällig bis zu seinem Wagen. Wenn er nach Hause fährt, rufst du diese Telefonnummer an und sagst uns Bescheid.«

»Wie können wir sicher sein, daß er nach Hause fährt?« fragte ich. »Was ist, wenn er eine Verabredung oder irgendeinen Termin hat?«

»Molligen ist anders als du, Will«, erwiderte Mark grinsend. »Falls er eine Verabredung hat, duscht er wahrscheinlich vorher und zieht sich frische Sachen an. Auf jeden Fall haben wir den ganzen Abend Zeit.«

»Wessen Telefonnummer ist das?« wollte ich wissen

und starrte auf den Zettel, den Mark mir in die Hand gedrückt hatte.

»Molligens«, antwortete Mark.

»Du kannst doch nicht in seine Wohnung einbrechen, Mark!« protestierte ich.

»Laß das meine Sorge sein. Ruf die Nummer an, sobald der Kerl losgefahren ist«, erwiderte Mark.

»Wie willst du ihn zum Reden bringen?« fragte ich und wurde immer ängstlicher.

»Ich wollte ihm die Eier platttreten, aber Pig hatte eine bessere Idee«, sagte Mark.

»Damals, als ich ein Halbstarker war, hatten wir einen Trick, um Burschen aus rivalisierenden Straßenbanden zu schnappen«, erklärte Pig fröhlich. »Und wir hatten uns eine todsichere Methode einfallen lassen, sie zum Reden zu bringen. Harmlos und human. Das heißt, sofern der Betreffende überlebt.«

»Verdammt, warum tun wir das alles?« fragte ich mehr mich selbst als die anderen. »Wir sollten lieber aufhören, bevor wir uns so viel Ärger einhandeln, daß wir ihn nicht mehr loswerden.«

»Das ist ja das Interessante«, sagte Pig, der sich offenbar in Begeisterung redete. »Was wäre, wenn die Kavallerie kehrt gemacht hätte und zurück ins Fort geritten wäre, sobald sie gehört hätte, daß Indianer einen Wagenzug angreifen, Kumpel? Dann gäb's hier heute nur ein paar nacktärschige Indianer, die hinter Büffeln herjagen. Stell dir dieses Land mal ohne Pizzabäckereien, ohne Volkswagen und Fitneßstudios vor. Es ist ganz einfach, Will. Wir drei sind die Kavallerie, dieser Molligen ist der Indianer, und das alles ist nur ein Film. Es ist ein Spaß, Mann. Guck mal hier, Will.«

Pig nahm eine große Rolle dickes Hanfseil aus einer riesigen Einkaufstüte.

»Wir sind hier, weil du darauf gedrängt hast, daß wir mitfahren, Will«, sagte Mark. »Du hast uns mit ins Spiel gebracht, und jetzt werden wir's zu Ende führen. Wenn du willst, kannst du uns dabei helfen. Wenn nicht, bist du ein Feigling, der alles auf Pig und mich abwälzt. Die Entscheidung liegt bei dir. Aber ich möchte dich daran erinnern, daß Pig und ich es waren, die sich damals Poteete geschnappt haben, bevor er in die Tiefe springen konnte. Ich weiß, du bist viel empfindsamer als Pig und ich, aber du bist doch genauso versessen darauf wie wir, diese Schweinebande zu finden. Wahrscheinlich noch versessener.«

»Wir sind nicht dafür verantwortlich, was die Zehn tut«, erwiderte ich verzweifelt. »Wir rutschen zu tief in die Sache rein. Es ist nicht unsere Aufgabe, diese Verrückten aufzuhalten.«

»Ich möchte zu gern wissen, was sie mit Poteete angestellt haben«, sagte Mark düster. »Und ich möchte wissen, wer diese Kerle sind. Pearce ist mir scheißegal. Ich habe noch kein Wort mit ihm geredet. Aber Poteete war in meinem Zug.«

»Wir müssen rausfinden, wer die Indianer sind, Kumpel«, fügte Pig hinzu. »Wir sind die Helden, Mann. Die Guten. Wir können diesen Verein, diese Zehn, zerschlagen, wenn wir uns Molligen vorknöpfen und zum Reden bringen.«

»Will«, sagte Mark, legte mir seine riesige Rechte an den Hinterkopf und zog mich zu sich heran. »Weißt du noch, was für eine Heidenangst wir nach dem Höllenabend hatten? Kannst du dich erinnern, daß wir manchmal nachts nicht auf die Latrine gegangen sind, weil wir Schiß hatten, einer vom Kader könnte uns über den Weg laufen? Weißt du noch, wie wir ins Waschbekken gepinkelt und es später mit Ajax gescheuert haben? Jawohl, soviel Angst hatten wir. Aber was glaubst du, wie groß deine Angst erst gewesen wäre, wenn jemand dich mit Benzin übergossen und dir damit gedroht hätte, deinen Arsch in Flammen zu setzen? Ich werde Molligen nicht verletzen, Will. Das verspreche ich dir. Aber ich werde ihm genausoviel Angst einjagen, wie er Bentley eingejagt hat. Und es wird mir keine einzige schlaflose Nacht bereiten.«

»Laß uns jetzt nicht hängen, Kumpel«, sagte Pig.

Ich sagte: »Ich rufe euch an, wenn Molligen die Bibliothek verläßt.«

Während der nächsten Stunden kam ich nicht umhin, meine ungeahnte Konzentrationsfähigkeit zu bewundern, als ich Molligen aus einem versteckten Winkel der Bibliothek beobachtete. Einmal blickte er auf und sah, wie ich zu ihm hinüberschaute, doch ich richtete den Blick rasch auf einen Punkt hinter ihm, als würde ich ins Leere starren und wäre in tiefes Nachdenken über ein schwieriges juristisches Problem versunken. Aber ich hatte Angst. Ich befürchtete, er könnte mich später wiedererkennen. Anderseits ließ er nicht das leiseste Anzeichen von Mißtrauen erkennen. Warum sollte er auch? dachte ich. Er hatte keinen Grund, damit zu rechnen, daß drei Senioren von der Akademie hinter ihm her waren. Ich konnte es ja selbst kaum glauben. Die meiste Zeit wirkte Molligen wie ein Sinnbild der Regungslosigkeit. Er saß in vollkommenem Schweigen da und starrte aus seinen kleinen, leicht zusammengekniffen Augen in die Bücher . . . Kaderaugen.

Um zweiundzwanzig Uhr schob er seine Unterlagen

zusammen und verstaute sie sorgfältig in seinem Aktenkoffer; dann stellte er die Gesetzesbücher in die Regale zurück. Er blickte auf die Uhr, rückte zu meiner Erheiterung sein Hemd militärisch exakt zurecht, zog sein Freizeitjackett an und ging mit schnellen Schritten zum Ausgang des Bibliotheksgebäudes. Ich beobachtete aus einem Fenster, wie er den Parkplatz überquerte, zu seinem Jaguar ging und die Tür aufschloß. Noch bevor er vom Parkplatz fuhr, klingelte in seinem Haus das Telefon. Es läutete nur einmal. Mark Santoro nahm den Hörer ab.

»Es ist alles vorbereitet, Will«, sagte er. »Sobald wir ihn in den Kofferraum verfrachtet haben, holen wir dich hinter der Sporthalle ab.«

»Kofferraum?«

»Ist der hintere Teil eines Pkw. Normalerweise sind der Ersatzreifen, das Werkzeug und das Reserverad drin.«

Mark lachte, als er den Hörer auflegte.

Mehr als eine Stunde war vergangen, als ich meinen Cadillac auf den Parkplatz hinter der Sporthalle einbiegen sah. Während meiner Wartezeit hatte ich mir angesichts der zahllosen Möglichkeiten, Molligen zum Reden zu bringen, das Hirn zermartert. Mein Gott, und wenn nun etwas schiefgegangen ist? fragte ich mich. Wenn mißtrauische Nachbarn etwas gemerkt hatten? Wenn ein Hund gebellt hatte? Wenn eine Polizeistreife am Haus vorbeigekommen war und eingegriffen hatte? Ich sah vor meinem geistigen Auge, wie Pig und Mark verzweifelt in der Dunkelheit kämpften, wie sie schwer verletzt aus dem Haus geschleppt wurden. Oder hatten sie das Pech gehabt, vergeblich auf Molligen zu warten, weil dieser die Nacht bei seiner Verlobten verbrachte? Ich fragte mich sogar, was wir anfangen sollten, falls man uns mit Schimpf und Schande von der Akademie verjagte . . . vielleicht sogar direkt in den Knast. Das Gesetz – sofern es sich in der letzten, nervtötenden Stunde nicht grundlegend geändert hatte –, kannte mit Kidnappern kein Pardon.

Ich sah, daß Pig am Steuer saß; er hielt nur ganz kurz an, so daß ich auf den Beifahrersitz springen mußte. Ich zitterte.

»Habt ihr ihn?« fragte ich atemlos und hoffte, sie hätten ihn nicht.

»Es war ein hartes Stück Arbeit«, sagte Pig. »Ich wollte den Kerl in meinen berühmten Genickbrecher-Todesgriff nehmen, aber der Kumpel da hinten« – er deutete mit dem Daumen auf Mark – »hatte ihn sich blitzschnell und lautlos geschnappt und ihm sein Taschentuch auf die Visage gedrückt.«

»Ein Taschentuch?« fragte ich verwirrt.

»Vom Meisterchemiker persönlich mit Chloroform getränkt«, sagte Mark. »Wenn man im Hauptfach Chemie studiert, lernt man so manchen nützlichen Blödsinn, Will. Du hättest wahrscheinlich versucht, ihn mit einer Lord-Byron-Anthologie bewußtlos zu schlagen.«

»Wann wacht er auf?« fragte ich.

»Vielleicht ist er jetzt schon wach. Aber er wird 'ne Zeitlang nicht besonders unternehmungslustig sein. Jedenfalls ist er gefesselt, geknebelt und steckt in einem Matratzenüberzug«, sagte Mark, als wir durch Cayce fuhren und nervös nach Polizisten Ausschau hielten.

»Wo wollt ihr mit ihm reden?« fragte ich.

»Kannst du dich erinnern, als wir mit Commerce und Tradd auf der Jagd im Congaree-Sumpf waren? Es war, glaube ich, am Erntedankfest in unserem zweiten Ausbildungsjahr«, sagte Mark.

»Genau da wollen wir hin«, sagte Pig. »Mark und ich haben uns einen kleinen Trick einfallen lassen, um Molligen zum Reden zu bringen.«

»Wollt ihr ihn bis zum Hals im Treibsand vergraben?« fragte ich nervös. »Ehrlich, Jungs, mir wäre es lieber, wir lassen ihn frei, bevor die Dinge aus dem Ruder laufen. Wir sind schon tief in die Scheiße getreten, und wenn irgendwas schiefgeht . . .«

Pig ignorierte meine Worte. »Ich wünschte, wir wären in der Nähe des Meeres«, sagte er. »Hat einer von euch den Film gesehen, in dem Blackbeard bei Ebbe bis zum Hals im Ufersand eingegraben wird? Und dann warten alle darauf, daß die Flut kommt und er langsam ersäuft. Auf diese Weise würden wir Molligen bestimmt zum Reden bringen.«

»Er wird reden«, versicherte Mark. »Und verdammt schnell.«

Meine Hände zitterten so heftig, daß ich sie aufs Armaturenbrett drückte, und meine Augen verfolgten jeden Schwenk der Scheinwerfer, während wir durch das nächtliche Hügelland von South Carolina fuhren und der harzige Geruch der dichten Fichtenwälder ins Innere des Wagens drang. In hohem Tempo jagten wir über Nebenstraßen und kaum befahrene Highways, die sich durch diesen wilderen, urtümlicheren Teil des Staates schlängelten. Die Stadtgrenze von Columbia lag zwanzig Meilen hinter uns, als ich das Schweigen brach. »Pig, Mark«, sagte ich mit einer Stimme, die ich kaum als die eigene erkannte, »ich möchte, daß wir auf der Stelle anhalten. Bitte, haltet an. Bevor wir irgend etwas tun, das wir nicht mehr rückgängig machen können.

Ich weiß, das alles war meine Idee, aber ich wollte eigentlich nur mit Bentley reden. Ich wußte nicht, daß wir auf Molligen stoßen würden und die Sache so ausufert. Ich wollte durch den Besuch bei Bobby nur beweisen, was für ein kluger Kopf ich bin. Aber so weit wollte ich nicht gehen. Ehrlich nicht. Ich schwör's. Ich habe Schiß, Jungs. Ich hab' mehr Schiß als je zuvor.«

Mark schob die Hand unter den Sitz und brachte eine Flasche Jack Daniels zum Vorschein, die er aus Molligens Haus hatte mitgehen lassen. Er legte den Kopf in den Nacken und nahm einen tiefen Schluck. Dann reichte er mir die Flasche und sagte: »Halt jetzt das Maul, Will. Für den Rest der Nacht wollen wir dein Gejammer nicht mehr hören. Es macht uns nur nervös.«

Wütend riß ich ihm die Flasche aus der Hand. »Das hat man davon, wenn man mit der Mafia zusammenwohnt«, schimpfte ich.

»Trink 'nen Schluck Bourbon«, murmelte Mark. »Der wird dir helfen.«

»Wobei?« fragte ich.

»Unserem Freund im Kofferraum nachher ein paar Fragen zu stellen«, sagte er.

Ich nahm einen tiefen Schluck, einen zu tiefen. Ich würgte und spuckte den Bourbon auf den Wagenboden. Dann trank ich noch einmal. Und noch einmal.

»Wie sieht euer Plan denn nun aus?« wollte ich wissen und wischte mir mit dem Ärmel übers Kinn. Ich fühlte mich schon ein wenig ruhiger. »Wenn ich euch helfen soll, muß ich euren Plan kennen.«

Wir gelangten ins ausgedehnte Sumpf- und Moorgebiet von Carolina, ein düsterer, bedrohlicher Landstrich, der von tintenschwarzen Bächen durchzogen und von vereinzelten Zypressenwäldchen und Mooreichen-Hainen bestanden war. Auf dem Sumpf lag das kalte, klare Sternenlicht. Weit entfernt von den Städten, bewegten wir uns auf das Herz des Congaree-Sumpfes zu. Der Alkohol machte mich mutig. Ich betrachtete die Welt mit einer seltsamen, erregenden Wildheit, die ich bisher nie erlebt hatte und die nur jenen bekannt war, die schon einmal das Königreich der Gesetzlosigkeit betreten und Geschmack an seinen verbotenen Früchten gefunden hatten, die eine unnatürliche Kraft verliehen. An den dumpfen Geräuschen aus dem hinteren Teil des Wagens konnten wir erkennen, daß Molligen in Kofferraum an seinen Fesseln zerrte und um sich drosch wie ein riesiger Fisch, den wir lebend gefangen und dort hineingeworfen hatten.

»Kannst du dich an den Schienenstrang erinnern, der in der Nähe des Camps verlief, an dem wir damals mit Commerce gelagert haben?« fragte Mark.

»Klar«, erwiderte ich. »Wir haben Münzen auf die Gleise gelegt und sie vom Zug plattfahren lassen.«

»Wir werden den Kerl an die Schienen fesseln und warten, bis ein Zug kommt«, sagte Mark, als wäre es die selbstverständlichste Sache der Welt. »Dann erfahren wir alles über das Haus, über sein Sexualleben und wie viele Warzen seine Mutter auf ihrem fetten Arsch hat.«

»Das ist Wahnsinn!« rief ich. Selbst der Alkohol konnte mir in einer einzigen Nacht nicht so viel Mut verleihen. »Das ist total verrückt, ihr Spaghettifresser. Du und Pig, ihr seid . . .«

»Pssst, Will«, unterbrach Mark mich warnend und wies mit dem Daumen nach hinten auf den Kofferraum. »Sprich leiser, damit der Bastard nicht alles mithören kann.«

»He, Kumpel«, flüsterte Pig. »Wir fesseln ihn nicht

wirklich an die Schienen. Du erinnerst dich bestimmt an die alte Nebenstrecke, die unmittelbar neben den neuen Gleisen verläuft. An dieses stillgelegte Gleis werden wir ihn fesseln. Die Sache ist ganz harmlos, Kumpel.«

»Sofern er nicht an einem Herzanfall stirbt«, sagte ich. »Während der Sommerferien könntet ihr als Inquisitoren ganz schön was verdienen.«

»Da hast gar nicht mal so unrecht«, brüstete sich Pig. »Damals, in New York, hatte ein Kerl aus meiner Gang mal gegen unsere Regeln verstoßen. Er hatte im Beisein meiner Mutter geflucht. Ich wollte den Burschen umbringen, aber erst sollte er leiden und bereuen, was er getan hat. Wir haben ihn an allen vieren an ein Rangiergleis gefesselt, an der Güterzugstrecke nach Long Island. Als der Zug herankam, wurde er bewußtlos. Wir haben ihn losgebunden. Ich war sicher, daß der Kerl abgenippelt war. Aber dann habe ich ihn wiederbelebt.«

»Wie?« fragte Mark.

»Ich hab' ihm ins Gesicht gepinkelt.«

»Mein Gott«, sagte ich. »Sollte ich jemals im Beisein deiner Mutter fluchen, dann gib mir die Chance, Selbstmord zu begehen.«

»Das wäre ein noch größeres Verbrechen, als im Beisein Theresas zu fluchen«, erwiderte Pig. »Selbstmord ist in meinen Augen das schändlichste Verbrechen, das ein Mann begehen kann.«

»Wir sind gleich da«, sagte Mark und spähte aus dem Fenster. »Ja, genau. Da vorn ist der unbefestigte Weg. Bieg da ab, Baby. Gleich ist Showtime.«

Wir fuhren mehr als drei Meilen über die unbefestigte Straße. Bald tauchte auch der Schienenstrang auf, der am südlichen Rand des Sumpflands entlangführte. Die Straße verlief parallel zu den Schienen, doch ohne sie zu kreuzen. Schließlich hielt Pig an, und eine Weile lauschten wir den Geräuschen des nächtlichen Congaree-Sumpfes und dem dumpfen Poltern aus dem hinteren Teil des Wagens. Dan Molligen schlug rhythmisch gegen den Kofferraumdeckel.

»Wir hätten ein ganzes Stabsorchester mit hier rausbringen können«, sagte Pig. »Kein Mensch würde es hören. Wann kommt der erste Zug, Mark?«

»Wir haben die ganze Nacht Zeit, und du weißt ja, daß der Zug von Charleston nach Columbia ziemlich oft hier vorbeikommt.« Mark warf einen Blick auf die Uhr. »Okay, fesseln wir den Saftsack an die Schienen, damit wir keinen Zug verpassen.«

»Hier«, sagte Pig und schob die Hand in eine braune Einkaufstüte auf dem Rücksitz. »Der alte Mark hat an alles gedacht. Zieh eins von den Dingern über, Will.«

Es waren Halloween-Masken, gräßliche Fratzen, die den ganzen Kopf bedeckten. Die Masken rochen wie alte Fahrradschläuche. Wie drei grauenerregende Untote mit halb verwesten Gesichtern stiegen wir aus dem Wagen. Als Pig den Kofferraumdeckel öffnete, holte ich tief Atem und inhalierte den ranzigen Geruch des billigen Gummis. Der Schnaps, die Angst und dieser Geruch ließen Übelkeit in mir aufsteigen.

Wir zerrten Molligen unsanft aus dem Kofferraum und trugen den wild strampelnden und stöhnenden Mann auf die alten, rostigen Schienen, die in drei Metern Entfernung neben den neuen Gleisen der Bahnstrecke Charleston-Columbia verliefen und deren Stahl im Sternenlicht schimmerte — poliert und geglättet vom ungeheuren Gewicht und der Reibung ungezählter Züge, die hier durch den nächtlichen Sumpf rasten. Mark zerschnitt mit einem Fleischermesser, das er in Molligens Haus erbeutet hatte, den Matratzenbezug auf und zerrte den Mann heraus. Molligen war geknebelt, hatte ein Tuch vor den Augen und war fachmännisch gefesselt worden, soweit ich es beurteilen konnte. Rasch und gekonnt legten Mark und Pig ihr Opfer quer über die Gleise und schnürten Hals und Oberschenkel an den Schienen fest. Dann zog Mark Molligen den Knebel aus dem Mund, band ihm das Tuch vor den Augen ab und begann mit dem Verhör.

Wir kauerten uns um Molligen herum und beobachteten, wie sein Blick allmählich klar wurde. Als seine Augen sich vor Entsetzen weiteten, als er mit irrem Blick auf unsere Masken starrte und heftig zu keuchen begann, wußten wir, daß er wieder voll bei Besinnung war.

»Wer seid ihr?« fragte er schrill. »Was wollt ihr von mir?«

Dann änderte er plötzlich seine Taktik und sagte mit mühsam beherrschter Stimme: »Ich bin Anwalt. Was ihr hier tut, könnte sehr ernste Folgen für euch haben.«

Pig kicherte. Er amüsierte sich köstlich.

»In einer Stunde bist du tot, Mr. Molligen«, sagte Mark mit verstellter hoher Stimme, die mich an eine Mischung zwischen der Stimme eines erwachsenen Mädchens und dem Todesschrei eines Kaninchens erinnerte, das ich an einem längst vergangenen Thanksgiving-Tag erlegt hatte. Bobby Bentley hatte Molligen an der Stimme erkannt; Molligen aber würde Mark niemals an der Stimme wiedererkennen. Pig und ich folgten Marks Beispiel.

Pig sagte schrill: »Du wirst von 'nem Zug in zwei Teile geschnitten, du perverses Arschloch.«

»Ihr seid ja verrückt«, sagt Molligen mit seiner tiefen, klangvollen, leicht schleppernden Stimme. Es war beinahe übermenschlich, mit welcher Kraft er seine Panik unter Kontrolle hielt. Kein Wunder, dachte ich, daß Bentley den Klang dieser Stimme nie vergessen hat. Es lagen Verachtung und ein sonorer, unheilverkündender Beiklang darin. Mit dieser Stimme mußte er unter Rekruten besonders gefürchtet gewesen sein.

»Du Schweinehund hast einem Freund von uns etwas zuleide getan«, sagte ich.

»Wem? Wem habe ich etwas zuleide getan?« schrie er, bäumte sich in den Seilen auf und hob den Kopf. Auf seinen Schläfen und am Hals traten die Adern dick hervor. »Ich habe niemandem etwas zuleide getan.«

»Wenn du unsere Fragen beantwortest, Molligen, lassen wir dich laufen«, sagte Mark. »Solltest du uns verarschen, wirst du vom ersten Zug, der hier vorbeikommt, in Stücke geschnitten.«

»Ich sage euch alles, was ihr wissen wollt«, rief Molligen und starrte auf den in der Dunkelheit schimmernden Schienenstrang, der in Richtung Charleston führte. »Macht schnell. Stellt eure Fragen. Schnell!«

»Gehörst du einer Organisation an, die sich als die Zehn bezeichnet?« fragte Mark.

»Nein«, antwortete Molligen. »Ich habe noch nie von einer solchen Organisation gehört.«

»Wenn du uns nicht die Wahrheit sagst, Molligen, verschwinden wir und lassen dich hier auf den Schienen liegen.«

Doch Molligen hatte etwas gesehen. Er hatte Marks Ring gesehen.

»Ihr kommt von der Akademie«, rief er. »Ihr kommt von der Akademie. Ihr tragt den Ring, ihr Mistkerle. Ich trage auch den Ring, und ihr tut einem eurer Brüder so etwas an?«

»Leb wohl, Bruder«, sagte Mark und erhob sich. »Bestell dem Zug einen schönen Gruß, bevor er dich zerschnippelt.«

Mark ging davon. Pig und ich folgten ihm. Wir stiegen ohne Eile von den Gleisen und waren fast am Wagen angelangt, als wir Molligen kreischen hörten, daß wir zurückkommen sollten.

»Ja, ich gehöre zu den Zehn«, gab er zu, als wir wieder bei ihm standen. »Und jetzt bindet mich los. Ich habe euch gesagt, was ihr wissen wollt.«

»Du hast uns erst eine von mehreren Fragen beantwortet, Schweißfuß«, sagte Pig.

»Wo ist das Haus, Molligen?« fragte ich, ging in die Knie und beugte mich dicht an ihn heran; die mißgestalte Nase meiner Maske berührte sein Gesicht. »Wo ist das Haus, in das ihr Rekruten verschleppt, wenn ihr sie loswerden wollt?«

»Ich weiß nicht, wovon du redest, du verdammtes Arschloch«, sagte er. »Du mußt verrückt sein.«

In diesem Augenblick sah ich Poteetes tote, hervorquellenden Augen, wie sie am letzten Abend seines Lebens hinunter auf den Exerzierplatz des vierten Bataillons gestarrt hatten. Die wahnsinnigen Augen Poteetes, nachdem die Zehn ihn in dieses Haus verschleppt und ihn psychisch zerbrochen hatten.

Ich schlug Molligen den Handrücken ins Gesicht, und sein Kopf fiel zurück auf den Schotter zwischen den Schienenschwellen. Noch einmal schlug ich zu — und noch einmal. Ich sah, wie ihm das Blut übers Kinn lief.

Dann spürte ich Marks riesige Hand auf der Schulter. Er hob mich in die Höhe.

»Ich bin ein netter Kerl, Molligen«, sagte ich schwer atmend und staunte über die Plötzlichkeit und Wildheit meines Angriffs. »Ein netter Kerl, der nichts weiter will als eine einfache Antwort auf eine einfache Frage.«

»Ja, du bist ein Schatz«, sagte Molligen und starrte mich düster an.

»Hört mal!« rief Pig fröhlich.

»Der Zug.« Mark zuckte die Achseln. »Tja, dann sollten wir jetzt besser gehen. Wir müssen aus der Gegend verschwunden sein, wenn sie ihn finden.«

Auf Molligens Gesicht lag ein Ausdruck unsäglicher, animalischer Todesangst.

Mark beugte sich zu ihm hinunter und band ihm das Tuch wieder vor die Augen. Molligen zerrte wild an den Stricken und stieß ein entsetzliches, jämmerliches Geheul aus.

»Es wäre unmenschlich, dir nicht die Augen zu verbinden, Molligen. Wir sind wirklich nette Kerle«, sagte Mark. »Wir werden dir ein ehrendes Andenken bewahren, Bruder.«

Das Donnern des Zuges wurde lauter. Er jagte mit Höchstgeschwindigkeit durch den Cogaree-Sumpf, denn die Strecke nach Columbia war schnurgerade; es gab keine Weiche, keine engen Kurven und keinen Grund zur Sorge, daß ein betrunkener Bauer mit seinem Lieferwagen eine Schranke überfuhr. Es gab nur die Kraft des Dieselmotors und den schnellen Transport der Fracht. Zuerst waren die Lichter des Zuges noch winzig klein und Meilen entfernt im Tiefland. Doch sie wurden rasch größer wie etwas Räuberisches, Allsehendes und Dämonisches. Der Zug kam auf uns zu, donnernd, gewaltig, unaufhaltsam, und die Stirnlampen glühten wie die Lichter eines riesigen Raubtiers in der Dunkelheit des Sumpflands; er jagte über die schwarzen Flüsse hinweg; er kam mit wildem Zorn, heißem Triumph und schrecklicher Gewalt, die sich durch die Schienen fortpflanzte, so daß der Mann zu unseren Füßen das Zittern und Beben im Rückgrat spüren mußte.

Die funkelnden Gleise auf der anderen Seite, drei Meter von Molligens Kopf entfernt, begannen zu vibrieren und klirrten leise. Die Schreie des Mannes wurden irre und abgehackt.

»Wo ist das Haus, Molligen?« fragte Mark.

»Das Haus ist . . .«, kreischte Molligen und verstummte.

»Ja?« Mark kniete sich zu Molligen und schlug die Klinge des Schlachtermessers dicht neben dem Ohr des Mannes auf die Schienen. »Der Zug kommt verdammt schnell näher, Molligen. Dir bleibt nicht mehr viel Zeit.«

»Es ist General Durrells alte Villa. Die auf Pritchard Island. Schneidet mich los. Bitte. Bitte, schneidet mich los! Mein *Gott!*«

»Tut mir leid, Molligen«, sagte Mark. »Du hast zu lange gewartet. Die Zeit reicht nicht mehr.«

»O Jeeesus!« übertönte Molligens Schrei Pigs Lachen. »Jesus, Jesus, Jesus.«

Der Zug donnerte an uns vorbei wie ein mythisches, riesiges Ungeheuer. Schotterstücke sirrten wie Geschosse durch die Luft, und der ohrenbetäubende Lärm übertönte sogar Molligens Schreie.

Als der Zug vorbeigerast war, trat Mark an Molligen heran, der in dumpfes, apathisches Schweigen verfallen war. Mark nahm ihm die Augenbinde ab und starrte ihm ins Gesicht.

»Ihr Schweinehunde. Ihr dreckigen, stinkenden Schweinehunde. Ihr Schweinehunde. Ihr dreckigen, stinkenden Schweinehunde.«

»Wir haben einen Fehler gemacht, Molligen«, sagte Mark. »Wir dachten, der Zug würde auf dieser Spur fahren. Ich geb' dir einen Rat. Tu so, als wäre das alles nur ein Spaß gewesen. Falls du das nicht tust, lassen wir die Zehn auffliegen und stellen dich als Spitzel hin. Und dann kommen wir wieder, Molligen, und fesseln dich an die richtigen Gleise.«

Molligen hob den Kopf und sagte: »Ja, wir sehen uns wieder, ihr Hurensöhne.«

Mark schnitt die Seile durch, mit denen Molligen an die Schienen gefesselt war. Dann durchtrennte er die Stricke an Hals und Beinen, ging zwanzig Meter die Gleise hinunter und hieb das Fleischermesser in eine Eisenbahnschwelle.

»Schneide dich selbst los, sobald du wieder gehen kannst, Molligen. Wenn du den Schienen nach Osten folgst, kommst du zur nächsten Landstraße. Dort mußt du nach links. Nach drei Meilen stößt du auf die Fernstraße. Und vergiß diese Sache. Sie ist nie geschehen.«

»Adios, Schweißfuß«, sagte Pig, und dann rannten wir zum Wagen, während Molligen sich auf die taub gewordenen Beine zu quälen versuchte. In weniger als zwanzig Minuten hatten wir den Congaree-Sumpf verlassen und fuhren zurück in Richtung Charleston.

Wir hatten schon die Bundesstraße 26 erreicht, als mir auffiel, daß ich immer noch die Maske trug. Keiner von uns hatte ein Wort gesagt, seit wir Molligen zurückgelassen hatten; wir waren tief in unsere eigenen, wirren Gedanken über die Geschehnisse dieser Nacht und ihre möglichen Auswirkungen auf unsere Zukunft versunken. Als wir die Masken abnahmen, wurden wir wieder wir selbst. Grausamkeit ist ein sehr schwieriger Sport, sofern man ihn anonym ausübt. Ich zitterte wieder. Es lag nicht daran, daß ich mich schämte, Molligen so übel mitgespielt zu haben; es hatte sehr viel ernstere Gründe: Ich zitterte, weil ich es so genossen hatte – alles, jede Sekunde. Es hatte mir eine perverse Freude bereitet, Molligen ins Gesicht zu schlagen und ihn bluten zu sehen. Es hatte mir das Gefühl vermittelt, all das zu schlagen, was mich je verletzt oder verängstigt hatte. Endlich besaßen alle meine unsichtbaren Schrecken ein Gesicht. Ich hatte auf dieses Gesicht eingeschlagen und beobachtet, wie das Blut aus den aufgeplatzten Lippen geströmt war. Vier Jahre lang hatte ich allen Versuchungen widerstanden, mich an den grausamen Ritualen des Jahrgangssystems zu beteiligen. Ich hatte keinen Rekruten auf dem Exerzierplatz angebrüllt, oder im Speisesaal gedemütigt, oder im Duschraum gequält; dennoch hatte ich diese Kunst unbewußt und ungewollt erlernt. Während wir durch die Nacht in Richtung Charleston fuhren, wurde mir bewußt, daß ich meine Bestimmung endlich erfüllt und meinen Platz als Kadermitglied eingenommen hatte; als ein Mann, der Jungen zerbricht. Tust du das alles für Poteete, Pearce und Bentley? fragte ich mich. Oder tust du es, weil du größenwahnsinnig wirst – so schnell, daß du es nicht mehr kontrollieren kannst? Die Antwort lag in der eigentlichen Frage, und ich starrte auf die Maske, als wäre sie ein Abbild meiner gefährdeten Seele, das ich gerade erst entdeckt hatte.

Pig brach als erster das Schweigen.

»Der General«, sagte er. »Der beschissene General. O Mann, wenn wir das dem Bären erzählen!«

Mark schüttelte den Kopf. »Wir werden ihm nichts davon sagen. Sagt zu niemandem ein Wort darüber, was heute nacht passiert ist. Verdammt noch mal, Will«, sagte er und blickte mich verächtlich an. »Du Schwergewichtsweltmeister gehst auf einen gefesselten Mann los. Toll. Wir wär's, wenn du deinen nächsten Kampf gegen einen Mann unter acht oder über achtzig Jahren führst?«

»Ich könnte meine Gegner ja mit Chloroform betäuben, so wie du«, fuhr ich ihn an. »Ich hab' die Beherrschung verloren, Mann. Na und? Ich konnte die arrogante Visage von diesem Kerl nicht leiden. Dieser verfluchte Großkotz.«

»Tja, Jungs.« Mark rieb sich übers Kinn. »Jedenfalls haben wir jetzt verdammt ernste Gründe, die Klappe zu halten.«

»Warum?« wollte Pig wissen.

»Weil der General hinter der ganzen Sache steckt. Wenn er herausfindet, daß wir uns Molligen geschnappt haben, können wir unseren Abschluß an der Akademie vielleicht in einer Million Jahren machen.«

»Und wenn die Zehn irgendwas gegen Pearce unternimmt?« fragte ich.

Mark blickte mich an. »Dann überläßt du ihnen den Nigger, Will«, erwiderte er. »Überlaß den Kerlen jeden, den sie sich vorknöpfen wollen. Mir ist es scheißegal, ob die Zehn jeden dämlichen Rotarsch aus dem Korps jagen, solange ich mein Abschlußdiplom bekomme. Wir sagen zu niemandem ein Wort. Nicht mal zu Tradd. Solange er nichts weiß, kann ihm nichts passieren. Es reicht, daß wir drei in der Scheiße sitzen.

Denn eins kann ich euch versprechen. Die werden nach uns suchen.«

»Genau, Mark«, sagte Pig. »Mich interessiert Pearce auch nicht. Ich kann Nigger genausowenig leiden wie die Zehn. Laß die ganze Sache jetzt sausen, Will. Okay, Kumpel?«

»Was ist mit Poteete und Bentley?« fragte ich. »Sollen wir einfach vergessen, was wir erfahren haben? Sollen wir zulassen, daß die Zehn auch in Zukunft Rekruten so grausam tyrannisiert?«

»Das ist nun mal das Wesen des Rekrutenjahres«, sagte Mark. »Terror. Nackter, brutaler Terror. Das Rekrutenjahr ist doch im Grunde genau das, was wir heute nacht mit Molligen getan haben. Wir drei haben ihm Feuer unterm Hintern gemacht. Na ja, gut, Pig und ich. Aber du hast ihm in die Fresse geschlagen, Will.«

»Vielleicht sollte ich mit dem General reden«, sagte ich. »Von Mann zu Mann. Ihm erzählen, was wir herausgefunden haben. Vielleicht weiß er gar nicht, was sich in seiner Villa abspielt.«

»Na klar, Will«, erwiderte Mark spöttisch. »Und erzähl ihm auch, warum wir mit Halloweenmasken nachts im Sumpf herumspuken und Dan Molligen Todesangst einjagen.«

»Ich bin dafür, daß wir die Finger von der Sache lassen, Kumpels«, sagte Pig. »War doch 'ne tolle Nacht, von der wir später mal unseren Kindern erzählen können. Und wir haben Bobby gerächt. Aber jetzt muß Schluß sein. Sollen sie sich den Nigger doch schnappen. Einverstanden?«

»Einverstanden«, erklärte Mark.

Ich aber sagte nichts. Selbst in meinem Größenwahn

lagen Edelmut und Würde. Und etwas Billiges und Verabscheuungswürdiges, gegen das ich nichts tun konnte.

37

Am ersten Montag im April holten sie Pearce aus seiner Stube im zweiten Bataillon. Es war ein bedeckter, regnerischer Tag; Nebelschwaden wehten von den Flüssen herüber, und die Wetterfrösche hatten die Annäherung einer Kaltfront aus dem Mittelwesten vorhergesagt. Tradd und ich saßen über unseren Büchern und paukten für eine Klausur über das Thema ›Mittelalterliche Dramen‹. Wir bemühten uns genervt, den hochtrabenden Worten des Verfassers irgendeine konkrete Bedeutung zu entnehmen. Mark bereitete sich auf eine Chemie-Übung vor, machte winzige Randnotizen in sein Lehrbuch und rauchte eine Zigarette nach der anderen. Pig behauptete, er hätte nichts zu studieren; statt dessen machte er in seiner Ecke der Stube Hanteltraining.

Der Unteroffizier vom Dienst klopfte an und trat in die Stube.

»Will McLean?« fragte er und kam mit einem Umschlag an meinen Schreibtisch. »Diese Benachrichtigung ist vom zweiten Bataillon gekommen, Will. Vorhin kam ein Rotarsch zu uns gerannt und sagte, es wäre eine dringende Sache. Ein paar Kerle haben ihm Feuer unterm Hintern gemacht, weil er sich in der falschen Kaserne herumgetrieben hat. Deshalb hat es so lange gedauert, dir die Nachricht zu bringen.«

Nachdem er die Stube verlassen hatte, riß ich den Umschlag auf, nahm den Zettel heraus und las die Worte: *Zwei Kadetten haben meinen Stubenkameraden heute nacht aus dem Zimmer geholt. Sie sagten, seine Großmutter wäre sehr krank, und deshalb hätte man ihm Sonderurlaub gewährt. Ich schreibe Ihnen, Mr. McLean, weil Pearce mir gesagt hat, ich soll mich mit Ihnen in Verbindung setzen, falls er jemals aus der Kaserne gebracht wird, aus welchem Grund auch immer.*

»Pig, Mark«, sagte ich, richtete mich im Stuhl auf und versuchte, klar und nüchtern nachzudenken und eine Strategie zu entwerfen. Nachdem wir Dan Molligen ›verhört‹ hatten, war ich ziemlich sicher gewesen, daß er sich mit den Zehn in Verbindung setzen und sie warnen würde, daß jemand ihnen auf den Fersen sei, und daß die Organisation sich daraufhin bedeckt hielt. Ich hatte damit gerechnet, daß unser geheimer Schlag gegen die Zehn sie zumindest vorübergehend lahmlegen würde; denn wir waren genauso unsichtbar und unentdeckt wie sie selbst. »Die Zehn hat Pearce aus der Kaserne entführt. Das hier ist eine Nachricht von seinem Stubenkameraden. Zwei Kerle sind auf Pearces Stube gekommen und haben ihm gesagt, seine Großmutter wäre krank.«

»Vielleicht ist seine Oma wirklich krank«, sagte Mark, ohne von seinem Buch aufzusehen.

»Dann hätte der Bär es ihm gesagt«, erwiderte ich. »Das wißt ihr so gut wie ich.«

»Glaubst du, die beiden Kerle waren von den Zehn?« fragte Pig.

»Sagt mal, was redet ihr denn da?« wollte Tradd wissen. »Ich habe den Eindruck, auf dieser Stube hat jeder – außer mir – den Verstand verloren. Und in meinem

Fall ist es auch nur noch eine Frage der Zeit, falls ich noch lange in diesem Irrenhaus wohne.«

»Es geht um eine Sache, von der du nichts zu wissen brauchst und besser nichts wissen solltest, Tradd«, sagte Mark. »Stell uns keine Fragen mehr.«

»Ich fahre zu diesem Haus«, sagte ich und stand auf. »Ihr wißt ja, daß die Kerle Pearce dorthin bringen werden.«

»Du fährst nirgendwohin, Will.« Mark erhob sich und war mit ein paar schnellen Schritten an der Tür. »Du reitest uns nicht noch tiefer in die Sache rein. Erst recht nicht dieses Niggers wegen. Da läuft irgendein gefährliches Scheißspiel, und wir lassen am besten die Finger davon. Kapiert?«

»Ich verstehe kein Wort«, sagte Tradd. »Seit wann habe ich es hier mit Geisteskranken zu tun?« Er musterte uns argwöhnisch und spürte, daß wir irgend etwas ausgeheckt hatten. »Ich habe das Recht, zu erfahren, was hier gespielt wird.«

»Solange Tradd nicht weiß, was wir wissen, kann ihm nichts passieren«, sagte Mark drohend. »Also haltet das Maul. Wir halten Tradd aus der Sache raus.«

»Aber auf dieser Stube hatten wir noch nie Geheimnisse voreinander, Kumpel«, meldete Pig sich zu Wort. »Warum sollten wir Tradd nicht sagen, was Sache ist? Mir hat's von Anfang nicht gefallen, daß wir ihn nicht eingeweiht haben. Er ist unser Kumpel, und Kumpels haben keine Geheimnisse voreinander.«

»Tradd kann aber nichts dafür, daß wir Scheiße gebaut haben«, sagte Mark. »Er hat nicht gehört, was Molligen ausgeplaudert hat. Der General ist in diese Sache verwickelt, Will. Kapierst du denn nicht? Wenn sie den Nigger tatsächlich in die Villa des Generals bringen, dann tun sie es mit seinem Einverständnis.«

»General Durrell?« fragte Tradd.

»Mark«, sagte ich und ging langsam auf ihn zu, »ich werde zu diesem Haus fahren. Ich muß es tun.«

»Warum, Will?« rief Mark. »Sag mir den wirklichen Grund, warum du es tun mußt. Liegt es an deiner überströmenden Liebe zu Niggern? Oder ist es etwas anderes, wovon wir nichts wissen? Es gibt keinen vernünftigen Grund, daß du für Pearce Kopf und Kragen riskierst. Wenn es nur um dich allein ginge, wäre es mir egal, aber Pig und ich stecken mit drin. Sogar Tradd.«

Ich versuchte, Mark mit fester Stimme zu antworten, doch es gelang mir nicht. »Pearce hat niemand, der ihm hilft, Mark. Er müßte das alles ganz allein durchstehen.«

»Ist unser Will nicht der netteste Kerl auf der Welt?« sagte Mark. »Edel sei der Mensch, hilfreich und gut, was? Scheiße, Will! Es gibt Hunderte von Millionen Niggern da draußen. Sollen die ihm doch helfen. Die haben Pearce hierher geschickt. Er geht uns nichts an. Wir müssen für unser Examen büffeln. Wir müssen mit unseren schriftlichen Abschlußarbeiten beginnen. Und du kannst ja nicht einmal mit Gewißheit sagen, daß man Pearce wirklich zum Haus des Generals verschleppt hat, oder daß die Zehn ihn sich geschnappt haben.«

»Was, um alles in der Welt, redet ihr da?« rief Tradd wutentbrannt. »Hätte jemand wohl die Güte, mir die genaue Stunde zu nennen, als meine drei besten Freunde gleichzeitig einen totalen Realitätsverlust erlitten haben? Was ist das für ein Gerede von diesem

Haus des Generals? Oder waren es zehn Häuser und zehn Generäle?«

»Sei bloß still«, flüsterte Mark mir zu. »Du hältst Tradd da raus, Will.«

»Wenn diese Sache euch Ärger bereiten kann, dann habe ich das Recht, davon zu erfahren«, rief Tradd. »Offenbar ist es gefährlich für euch. Aber dann sollte es für mich nicht minder gefährlich sein. Es ist entwürdigend, wenn ihr mich beschützen wollt. Als wäre ich in euren Augen nicht Manns genug.«

»Mark und Pig werden es dir erzählen, sobald ich mich auf den Weg gemacht habe, Tradd«, sagte ich. »Du hast recht. Wir sollten es dir sagen. Aber ich habe jetzt keine Zeit mehr.«

»Gib die Tür frei, Mark«, sagte Pig warnend. »Wenn Will zu dem Haus fahren möchte, kann ihn niemand daran hindern. Er kann nichts dafür, wenn er ein Niggerfreund ist. Als ich hierher kam, hab' ich Austern zum Kotzen gefunden. Mittlerweile bin ich auf den Geschmack gekommen und könnte die kleinen Viecher zentnerweise verdrücken. So ähnlich wird's mit Will und den Niggern gewesen sein.«

Mark starrte Pig ungläubig an. »Was für ein dämlicher Vergleich«, sagte er und schüttelte traurig den Kopf. »Von mir aus kann Will sämtlichen Niggern auf Erden die Ärsche küssen. Aber erst, wenn er seinen Abschluß in der Tasche hat. Er bleibt hier. Basta.«

»Mark«, sagte ich. »Ich habe Pearce versprochen, ihm zu helfen, wenn diese Kerle ihn sich schnappen. Denk doch nur daran, was sie mit Bentley angestellt haben. Die hätten ihn beinahe bei lebendigem Leibe verbrannt. Kannst du dir vorstellen, was zehn weiße Fanatiker dann erst mit einem Farbigen anstellen, den sie irgendwohin aufs Land gebracht haben? Ich möchte nur zu dem Haus, um herauszufinden, wer zu den Zehn gehört. Wenn ich einen oder zwei Namen erfahre, haben wir sie am Wickel. Dann können wir diesen Verein zerschlagen und dafür sorgen, daß Pearce das Jahr durchsteht. Ich möchte herausfinden, wer die Kerle sind, Mark. Ich möchte es für mich herausfinden, nicht für Pearce. Ich muß ihre Namen wissen. Dann können sie niemandem mehr weh tun oder gar in den Selbstmord treiben. Ich bin neugierig, Mark. Ich will erfahren, warum es die Zehn überhaupt gibt und weshalb sie außerhalb des Korps operieren.«

Tradds Stimme erklang in meinem Rücken. »Mark hat recht, Will. Du bist total überdreht und steckst deine Nase in Dinge, die dich nichts angehen. Und du hast in General Durrells Villa nichts zu suchen. Ich weiß zwar nicht genau, um was es hier geht, aber du würdest dich auf jeden Fall unerlaubt aus der Kaserne entfernen und erst nach dem Zapfenstreich wieder hier sein, falls du jetzt dorthin fährst. Komm, ich gebe dir eine von meinen Schlaftabletten. Morgen sieht die Welt schon wieder anders aus. Wenn einem irgend etwas so viel Aufregung bereitet, ist Schlaf das beste Mittel. Versuch einfach, die ganze Geschichte zu vergessen, dann verschwindet alles ganz von selbst.«

»Genau davor habe ich Angst, Tradd. Daß Pearce sang- und klanglos verschwindet!« sagte ich, drehte mich zu Mark um und sagte kameradschaftlich: »Ich brauche deine Hilfe, Mark, um aus der Kaserne verschwinden zu können.«

»Leck mich«, sagte Mark. »Du kommst nicht mal durch diese Tür.«

»Mark, bitte. Nur dieses eine Mal. Laß mich durch.

Mehr will ich nicht. Nur dieses eine Mal, und ich werde dich nie wieder um einen Gefallen bitten. Ich brauche deine Hilfe, um aus der Kaserne herauszukommen. Ein Ablenkungsmanöver.«

»Hast du eine Nachricht in *Der Untergang des Abendlandes* gefunden?« fragte Tradd. »Hat Pearce dich in den letzten Tagen irgendwie zu warnen versucht?«

»Wir haben uns ein anderes System einfallen lassen, um in Verbindung zu bleiben«, erwiderte ich.

»Und welches?« fragte Mark. »Davon hast du uns ja gar nichts erzählt, Will. Ich dachte, auf dieser Stube hätten wir keine Geheimnisse voreinander.«

»Das ist offensichtlich nicht der Fall«, sagte Tradd mit beleidigtem Unterton.

»Jemand hat Pearces Zettel aus dem Buch genommen, Mark«, erklärte ich. »Pearce glaubte, der Bär wäre es gewesen.«

»Und du glaubst, jemand von uns ist es gewesen«, sagte Tradd.

»Ach was, Unsinn, Tradd. Es war eine reine Vorsichtsmaßnahme, daß Pearce und ich uns auf andere Weise verständigen. Die Basketballsaison war zu Ende. Keiner von euch brauchte mehr in dem Buch nachzuschauen, ob Pearce mir eine Nachricht hinterlassen hatte.«

»Das ist ein Vertrauensbruch, Kumpel«, sagte Pig und schüttelte traurig den Kopf. »Du enttäuschst mich.«

»Diese Stube ist die reinste Brutstätte der Mysterien«, sagte Tradd. »Ich weiß immer noch nicht, was für ein großes Geheimnis ihr vor mir verbergt.«

»Wir sind in eine verdammt heiße Sache hineingeraten, als wir vor ein paar Tagen nach Columbia gefahren sind, Tradd«, sagte Mark.

»Erzähl mir davon«, bat Tradd. »Ich habe das Recht, es zu erfahren. Ich platze vor Neugier.«

»Erzählt es ihm, sobald ich aus der Kaserne heraus bin«, sagte ich und lauschte dem fernen Pfeifen der nach Norden rollenden Eisenbahn, die gerade die Steigung bis zur Brücke über den Ashley River hinaufkletterte.

»Mein Gott, es ist schon achtzehn Minuten vor Mitternacht«, sagte ich nach einem Blick auf die Uhr.

»Pünktlich auf die Minute«, murmelte Pig. »Wie immer.«

»Du, Pig, und Tradd, ihr übernehmt das Ablenkungsmanöver«, sagte Mark, packte mich beim Ellbogen und führte mich auf den Flur. »Ich bringe unseren Robin Hood aus der Kaserne.«

Nach dem Zapfenstreich unbemerkt vom Kasernengelände zu kommen erforderte Vorsicht und Geschick. Über die Jahre hinweg hatten Kadetten – wie viele andere Gefangene – viel Zeit damit verbracht, Fluchtwege auszukundschaften und Fluchtmethoden zu entwikkeln, falls sich die dringende Notwendigkeit ergeben sollte, zwischen Zapfenstreich und Wecken in die Freiheit zu gelangen. In den jeweils ersten Divisionen der vier Kasernengebäude befanden sich kleine Falltüren in den Fußböden der Stuben; diese Türen führten zu einem Labyrinth aus Gängen und Tunnels, das sich, von Wasser- und Stromleitungen durchzogen, unterhalb der Kasernen erstreckte. Doch als der Bär in seiner Funktion als Kommandant des Kadettenkorps an die Akademie zurückgekehrt war, hatte er diese Fluchtwege versperren lassen, indem er die Falltüren verriegeln ließ. Wer diese Türen aufbrach, wurde schwer bestraft. Einige Kadetten, die an der Fallschirmjägerspezialausbildung teilgenommen hatten, hatten einen anderen Fluchtweg benutzt: Sie hatten sich wie Felskletterer binnen Sekunden an den Mauern der Kasernen hinuntergelassen. Die dazu notwendigen Seile, Strickleitern, Enterhaken und Sägen wurden seit Jahrzehnten für den Fall, daß ein Feuer ausbrach, in Gerätekammern aufbewahrt. Ich hatte die Kaserne noch nie unerlaubt verlassen, wußte aber, daß Mark und Pig für mein unbemerktes Verschwinden und meine sichere Rückkehr sorgen konnten. Sie hatten die komplizierten Tricks und Schliche gelernt, die man beherrschen mußte, wollte man die Kasernen unbemerkt verlassen. Sie waren schon des öfteren nach dem Zapfenstreich ausgebüchst, um sich in einer der Kneipen in der Hafengegend ein paar Drinks zu genehmigen. Während ich Mark durch die dunklen Korridore aus der vierten Division hinunter zur ersten folgte, dachte ich über Dankbarkeit gegenüber den Starken und Gesetzlosen nach. Nur weil ich Mark und Pig hatte, konnte ich Dinge tun, die ich allein niemals geschafft hätte. Tradd und ich waren von Natur aus brave, gehorsame Menschen. Doch ich wünschte mir, Pigs und Marks militärischen Schneid zu besitzen, den Mut zu haben, einer Gefahr furchtlos ins Gesicht zu blicken und so intensiv leben zu können, als wäre jeder Augenblick der letzte meines Lebens. Und wenn ich es schon nicht konnte, wollte ich wenigstens glauben, dazu fähig zu sein.

Mark und ich schlüpften in den Mannschaftsraum der Rekruten in der O-Kompanie, der sich gleich neben der Wachstube befand. Wir hörten das laute, unregelmäßige Schnarchen der Rekruten; es hörte sich an wie ein Motor, bei dem die Zündung nachgestellt werden mußte. Das Geräusch vertiefte die bedrückende nächtliche Stille im vierten Bataillon. Während wir darauf warteten, daß Pig seinen Teil der Aufgabe erledigte, spürte ich meinen Pulsschlag am Handgelenk, das auf Marks Schulter lag. Mir war heiß; ich zitterte vor Ungeduld, und vor Anspannung klopfte mein Herz rasend schnell – und krampfte sich schmerzhaft zusammen, als ich plötzlich hoch oben, auf dem Außengang der vierten Division, ein Streichholz aufflammen sah.

Dann sprühte die Lunte des erste Kanonenschlags; Sekundenbruchteile später flog der Feuerwerkskörper in weitem, flammendem Bogen über den nächtlichen Himmel.

»Er benutzt seine Steinschleuder«, flüsterte Mark.

Der Kanonenschlag explodierte vor der zweiten Division. Das Krachen wetterte ohrenbetäubend zwischen den Mauern der Kasernengebäude.

Augenblicke später kam der Wachoffizier, der für jede Störung in den Kasernen verantwortlich war, aus seiner Stube gestürmt, schnallte im Laufschritt seinen Degen um und zog sich hektisch die Uniformmütze gerade. Er blieb keuchend stehen und ließ den Blick suchend über die Außengänge der Gebäude schweifen. In diesem Moment explodierte der zweite Kanonenschlag vor der T-Kompanie in der dritten Division. In den Kasernen wurde es lebendig. Aufgeschreckte Rekruten kamen auf die Außengänge und blickten neugierig in die Tiefe. Der Wachoffizier brüllte sie an, sofort auf die Stuben zurückzukehren, doch immer mehr Rekruten und Kadetten strömten ins Freie. Die Senioren, verschlafen und zornig, brüllten Beschimpfungen und Flüche zum Wachoffizier hinunter. Mark und ich nutzten die allgemeine Verwirrung und huschten in die Wachtstube. Mark schnappte sich den schweren Schlüsselbund von der Wandhalterung, rannte mit mir durch den Seitenausgang und über den dunklen Hof, schloß hastig das Tor auf und schob die beiden stählernen Rolltore leise auseinander. »Viel Glück«, flüsterte er mir zu, »und sei vorsichtig.« Ich stürmte durchs Tor in Richtung Stacheldrahtzaun, der sich hinter dem Fakultätsgebäude befand. Noch während ich durch die Dunkelheit rannte, hörte ich den dritten Kanonenschlag explodieren. Pig hatte ihn dem Wachoffizier vor die Füße geworfen, der sich daraufhin in volle Deckung auf den Betonboden warf.

Kurz darauf war ich bei meinem Wagen, den ich außerhalb des Campus hinter dem Footballplatz geparkt hatte. Ich fuhr in einem Höllentempo durch die Stadt und zur östlichen Seite der Charlestoner Halbinsel hinüber. Als ich die Steigung zur Cooper-River-Brücke hinaufraste und am ersten der riesigen Stahlträger vorüberjagte, konnte ich die Lichter der Stadt hinter mir schimmern sehen und das Brackwasser des Hafens unter mir riechen. Ich kurbelte das Seitenfenster herunter und ließ mir die wohltuend kalte Luft ins erhitzte Gesicht wehen. Ich versuchte, mich zu entspannen und mir einzureden, keine Angst zu haben. Ich stellte mir vor, Pig oder Mark zu sein. Sie hätten keine Angst.

Doch meine Hände zitterten am Lenkrad, und ich spürte, wie die lähmende Furcht in meinem Innern unaufhaltsam wuchs. Trotz des geöffneten Fensters brach mir der Schweiß aus; ein Stein schien mir plötzlich im Magen zu liegen, und die Knie wurden mir weich. Du hättest Mark bitten sollen, mitzukommen, dachte ich. Ich hätte ihn nur zu fragen brauchen, dann säße er jetzt neben mir. Gleiches galt für Pig. Und für Tradd. »Verdammte Scheiße, warum hast du nicht gefragt?« rief ich laut, als ich am Mount Pleasant die Umgehungsstraße zum Highway 17 erreichte.

Früher hatte ich geglaubt, das Jahrgangssystem würde einen furchtlosen Mann aus mir machen. Ich hatte erwartet, vor nichts auf der Welt mehr Angst zu haben, indem ich mich einem Kanon der kompromißlosen Disziplin unterwarf. Aber das Jahrgangssystem hatte das Gegenteil bewirkt: Es hatte mich gelehrt, daß die Welt ein Ort der Grauens und des Schreckens war, vor dem man sich fürchten mußte. Ich hatte immer schon ein mutiger Mann sein wollen und mich deshalb bemüht, mir die unleugbare Tatsache nicht anmerken zu lassen, daß ich ein Feigling war. Und weil ich mich meiner Feigheit schämte, hatte ich die schwierige Kunst erlernt, nach außen hin mutig zu erscheinen. Nicht die Tatsache, daß ich Pearce wirklich zu helfen versucht hatte, war von ausschlaggebender Bedeutung für meine Eitelkeit gewesen, sondern daß ich den Anschein erweckt hatte, ihm helfen zu wollen. In den Augen der Kameraden als Retter in der Not dazustehen – dessen Dienste aber nie gebraucht wurden – hätte mir vollauf genügt. Jetzt aber mußte ich den anderen beweisen, daß ich es ernst gemeint hatte – und prompt wurde ich wieder ein Opfer meiner Feigheit und meines Möchtegern-Draufgängertums. Wieder einmal hatte ich mich selbst in einer komplizierten Falle verfangen, aus der es kein Zurück gab, nur die Flucht nach vorn. Ich konnte meinen Stubenkameraden unmöglich unter die Augen treten und mich ihrer Verachtung und ihrem Spott aussetzen. Und was noch wichtiger war: Es gab kein Zurück, weil ich wußte, daß ich Angst hatte. Indem ich immer weiter nach Norden fuhr, in Richtung der alten Reis- und Indigoplantagen am Wando River, erwies ich dieser Furcht und meiner Unfähigkeit, mich ihrer Tyrannenherrschaft zu widersetzen, die höchste Achtung. Es gab für mich nur eine Möglichkeit, mit dem Wissen leben zu können, ein Feigling zu sein: Wenn ich der einzige blieb, der von meiner Feigheit wußte. Ich beruhigte mich mit dem Gedanken, daß meine einzige Pflicht an diesem Abend darin bestand, Informationen zu sammeln. Und ich schwor mir, daß keine Menschenseele mich zu Gesicht bekommen sollte.

38

Ich schaltete die Scheinwerfer des Wagens aus, als ich die hölzerne Brücke erreicht hatte, die über den Bach zu General Durrells alter Villa führte. Im Schrittempo fuhr ich den unbefestigten Zufahrtsweg hinauf, der zum Hauptgebäude der einstigen Plantage führte, und gelangte vor ein verschlossenes Tor. Ich versteckte meinen Wagen in einem Palmenhain neben einem kleinen Familienfriedhof und legte den Rest des Weges, der durch ein Waldstück führte, zu Fuß zurück. Bei Nacht haben die Wälder im Süden immer eine düstere, bedrohliche Ausstrahlung, besonders wenn die Eichen hundert Jahre und älter sind und ihre Äste, dicht mit Moos bewachsen und von wildem Wein umwuchert, bis dicht über den Boden reichen und die Finsternis noch undurchdringlicher machen. In meiner Vorstellungswelt hatten schon immer zu viele unsichtbare, lebende Dinge in den undurchdringlichen Schatten gelauert. Hätte ich sie an ihren Geräuschen oder Schemen erkannt, hätte ich wahrscheinlich nicht so große Angst vor ihnen gehabt – oder vor den Zehn. Ich war froh, daß es für die Jahreszeit ungewöhnlich kalt war; in dem Zeitraum, in dem die in dieser Gegend heimischen Diamantklapperschlangen am aktivsten waren, war ich noch nie gern durch die abgelegenen Wälder von Carolina gegangen. Bei diesem Gedanken beschleunigte ich meine Schritte, und kurz darauf rannte Will McLean, Pearces unerschrockener Bodyguard, vor lauter Angst.

Dann bog ich in vollem Lauf um eine Kurve des Zufahrtsweges, und die Villa kam in Sicht. Sie war hell erleuchtet, doch keine Menschenseele, kein Wagen war zu sehen. Ich blieb stehen, wich zur Seite bis an die Sträucher aus und überlegte, wie ich mich dem Haus nähern konnte. In angespanntem Flüsterton redete ich mit mir selbst. Der Klang meiner eigenen Stimme beruhigte mich ein wenig, und ich klammerte mich daran fest, als wäre sie in diesen Sekunden der einzige greifbare Realitätsbeweis. »Ganz ruhig, Will«, flüsterte ich. »Immer mit der Ruhe! Immer schön vorsichtig, Will! Du mußt nur herausfinden, wer die Kerle sind, und dann nichts wie weg hier.«

Ich hielt mich zwischen den Bäumen, als ich das Haus umrundete, das wie ein weißes Geisterschiff inmitten einer makellos gepflegten Rasenfläche stand. In mehreren Nebengebäuden hinter der Villa sah ich drei Pkws. Bei jedem klebte ein Parkausweis der Akademie von innen an der Windschutzscheibe. Ich notierte mir die Ausweisnummern und die Fahrzeugmarken auf ein Stück Papier in meiner Brieftasche. Einen der Wagen erkannte ich, und ich schrieb den ersten Namen eines Mitglieds der Zehn auf. Es war mein Jahrgangskamerad John Alexander.

Aber ich wußte immer noch nicht mit Sicherheit, ob Pearce sich im Haus befand. Und meine Aussage war nichts wert, falls ich ihn nicht mit eigenen Augen zu Gesicht bekam. Auf der Suche nach dem sichersten Weg, der zur Villa führte, überquerte ich eine Straße, die hinter dem Gebäude in Richtung Meer führte, das ungefähr eine Viertelmeile entfernt war; das Rauschen der Brandung drang gedämpft an meine Ohren. Einmal hatte ich bei einer Grillparty, die der General für die Basketballmannschaft gegeben hatte, auf dieser Straße einen Wettlauf mit Johnny DuBruhl gemacht. Das war in meinem ersten Jahr an der Akademie gewesen.

Eine Eichen-Allee führte von der Hinterseite der Villa in den streng symmetrisch angelegten Garten, der von einer mit Flechten bewachsenen Ziegelsteinmauer umgeben war. Ich kroch auf dem Bauch die Mauer entlang bis zur ersten Eiche. Dort angelangt, hob ich den Kopf und schaute zur Villa hinüber, bevor ich zum nächsten Baum weiterkroch. Indem ich mich im Schutz der Eichen hielt, gelangte ich unbemerkt bis an die dichten Azaleensträucher, von denen die Villa umgeben war. Die Azaleen boten mir eine ideale Deckungsmöglichkeit, denn sie waren genau in einer Höhe gestutzt, die meiner Körpergröße entsprach, so daß ich mich ungesehen von Fenster zu Fenster schleichen und einen Blick ins Innere der Zimmer werfen konnte.

Das Wohnzimmer befand sich an der Vorderseite der Villa. Es war leer und still dort drinnen, doch auf den Beistelltischen, auf Stühlen und auf einem Klavier lagen Uniformen verstreut, unordentlich und offenbar hastig ausgezogen. Im Eßzimmer brannte kein Licht, doch die Tür stand offen, und ich konnte sehen, daß der Korridor erleuchtet war. Vorsichtig, so leise wie möglich, drang ich durch den Azaleenstrauch bis zur Hauswand vor; für einen Augenblick besiegte meine gespannte, unstillbare Neugier sogar die Furcht.

Dann vernahm ich die seltsamsten Stimmen, die ich je im Leben gehört hatte: Es waren menschliche Stimmen, da war ich mir sicher, doch sie hörten sich eher wie die geistlosen Choräle von Insekten in den Wäldern an als irgendein Geräusch, das der Gattung Mensch zugeschrieben werden konnte. Ich war gerade durch den Lichtkegel gehuscht, der den vorderen Säulengang erhellte, und stürmte an der Eingangstreppe vorbei, um zum Westflügel der Villa zu gelangen, als ich diese eigenartigen Geräusche hörte. In der nächtlichen Stille klangen sie überlaut. Ich blickte mich um und beobachtete das Gelände, bevor ich meine geheime Annäherung fortsetzte. Es kam mir vor, als könnte ich das Rascheln der toten Blätter im Garten und das Rauschen von Schwingen hören: Eulen auf nächtlicher Jagd. Ich fühlte mich ungeheuer lebendig; mein Inneres brannte vor Angst und gespannter Erwartung, und mein Körper erschien mir größer und stärker als je zuvor, kraftvoll und unverwundbar, während ich, jetzt wieder unsichtbar im Schutz der Azaleen, weiter vorwärtskroch. Plötzlich sah ich durch ein Fenster Schatten auf den Rasen fallen – huschende Schatten, die sich seltsam bewegten. Nun wußte ich, in welchem Zimmer sich Pearces Folterung abspielte, sollte er tatsächlich in der Villa sein: Es war ein Zimmer mit mehreren Fenstern am entfernten Ende des Westflügels. Ich war noch knapp zehn Meter von diesem Zimmer entfernt, als ich den Schrei hörte.

Tom Pearce war tatsächlich an diesem kalten Aprilabend in die Villa Durrells verschleppt worden.

Vorsichtig spähte ich über den Sims eines der Fenster ins Zimmer. Die Szene war die gleiche, wie Bobby Bentley sie mir beschrieben hatte — bis auf einen bedeutsamen, erschreckenden Unterschied. Die Mitglieder der Zehn brüllten Pearce mit dermaßen schrillen, hysterischen Stimmen ins Ohr, daß es sich wie das verrückte Geschrei einer Meute mörderischer, irrer Kastraten anhörte.

Pearce war an einen Stuhl gefesselt, der mitten im Zimmer stand. Der Stuhl war das einzige Möbelstück im Raum. Sie hatten Pearce nackt ausgezogen, und der Schweiß lief ihm in Strömen über den schwarzhäutigen, muskulösen Körper. In seinen Augen lag ein Ausdruck unsäglicher Qual und totaler Erschöpfung. Sein Mund stand offen, und der Speichel hing ihm in obszönen, klebrigen Fäden von den Lippen. Als ich ihn sah, wich meine Angst einem heißen Zorn.

Sie bearbeiteten Pearce abwechslend, immer jeweils drei Mann, und brüllten ihn mit diesen unmenschlichen, unbeschreiblichen Stimmen an. Auf dem gekachelten Fußboden konnte ich den Abdruck von Pearces Körper sehen. Es war ein Abdruck aus Schweiß, und sofort wußte ich, wie die Zehn den Abend begonnen hatten: Sie hatten Pearce körperlich gebrochen, indem sie ihn zu drei-, vierhundert Liegestützen gezwungen hatten.

»Gehst du von meiner Akademie ab, Nigger?« fragte einer der Maskierten.

»Nein, Sir«, antwortete Pearce mit kaum hörbarer Stimme.

»Dann wirst du heute abend sterben, Niggerschwein. Ich wollte immer schon einen Nigger rösten«, erklang eine Stimme aus einem Teil des Zimmers, den ich nicht einsehen konnte. Es herrschte eine so hektische Betriebsamkeit in dem Raum, daß ich die Anwesenden nicht einmal genau zählen konnte, ohne Gefahr zu laufen, entdeckt zu werden. Aber ich war ziemlich sicher, die Zahl der Versammelten zu kennen.

»So wie heute geht's jeden Abend, für den Rest des Jahres, Nigger. Wann willst du dann schlafen, Nigger?«

»Wie fühlt man sich eigentlich als Niggerschwein?« kreischte ein anderer Maskierter. »Jeden Morgen mit dem Gedanken aufzuwachen, eine schwarze Mißgeburt zu sein, ist bestimmt nicht erheiternd, was? Du bist wirklich ein häßliches Niggerschwein. Aber bald bist du ein totes Niggerschwein. Wenn du Glück hast, schlachten wir dich noch heute abend.«

»Du könntest mir mal einen lutschen, Nigger. Zu mehr taugt ihr Drecksäcke sowieso nicht. Dem weißen Mann einen lutschen. Das ist euer Lebenszweck. Euren Herrn und Meistern einen lutschen, jawohl. Willst du meinen schönen weißen Schwanz lutschen, Nigger?«

»Nein, Sir«, rief Pearce. »Bitte, Sir!«

»Gebt ihm noch eine Ladung Saft«, rief eine Stimme, als Pearce kreischend und voller Verzweiflung an den Fesseln zerrte, die ihm tief ins Fleisch schnitten. Ich sah, daß ihm Blut über die Handgelenke strömte.

Die schwarzen Masken umringten Pearce und schrien auf ihn ein; einige lachten, doch ein so irres, freudloses Lachen hätte man eher im Gummizellentrakt einer Klapsmühle erwartet. Im sanften Licht der Kerzenleuchter waren die Masken und Stimmen doppelt scheußlich; das gedämpfte Licht verstärkte den unwirklichen, alptraumhaften Charakter dieser widerlichen Szenerie. Das Zimmer war offensichtlich kein Speisezimmer. Es schien sich um eine alte Küche zu handeln, doch der Gebäudeflügel sah neu aus, so daß ich mich fragte, ob dieses Zimmer speziell für derartige Folterungen hergerichtet worden war. Vier Mann hielten ihr Opfer nun fest, während ein fünfter eine kleine Stahlklammer an Pearces Penis befestigte. Dann drückte der Mann auf einen Schalter, und ein Stromstoß jagte durch Pearces Körper. Er kreischte ohrenbetäubend und wand sich zuckend in den Fesseln. Die Schreie mußten auf der ganzen Insel zu hören sein.

Während der vier Jahre an der Akademie hatte man uns in den militärwissenschaftlichen Seminaren einiges über Einschüchterungs- und Verhörmethoden gelehrt. Experten auf diesem Gebiet hatten uns erklärt, daß Elektroschocks, sofern sie fachmännisch eingesetzt würden, die Widerstandskraft eines jeden Mannes schneller brechen könnten als sämtliche anderen Hilfsmittel.

Der Maskierte, der den Stromschalter bediente, war John Alexander. Ich konnte mir selbst nicht erklären, weshalb ich es mit Sicherheit wußte, doch seine straffe Körperhaltung und die Eigenart, die rechte Schulter ein bißchen hängen zu lassen, wenn er sich bewegte, offenbarten seine Identität so zuverlässig wie ein Fingerabdruck. Ein Arschloch bewegt sich wie ein Arschloch, ob es eine Maske trägt oder nicht.

Alexander drehte am Schalter, mit dem er offenbar die Stärke der Stromstöße einstellen konnte. Der Lautstärke von Pearces Schreien und seinen entsetzlichen Krämpfen konnte man entnehmen, wie hoch die Spannung war und wie lange der Stromstoß dauerte. Mir wurde übel, und ich hatte das Gefühl, mich in die Sträucher übergeben zu müssen. Ich wußte nicht, wie lange ich dieser gräßlichen Folterung noch zuschauen konnte. Plötzlich verlor Pearce das Bewußtsein. Die

Maskierten brachen in Jubelstürme aus. Einer von ihnen schüttete Pearce einen Eimer Wasser ins Gesicht, um ihn wiederzubeleben. Ein anderer zog sein Hemd aus und rieb damit den Schweiß von Pearces Brust. Mir fiel die lange, häßliche, wie ein Tausendfüßler geformte Narbe an der linken Schulter dieses Mannes auf, und ich wußte, daß ich soeben das zweite Mitglied der Zehn erkannte hatte: Es war mein Freund und Sportskamerad Cain Gilbreath.

Doch selbst ohne die Narbe hatte ich Cain an dessen gewaltigen Schultern und dem muskulösen Stiernacken erkannt. Die Masken hatten mich hypnotisiert; die Masken und die Ringe der Versammelten, die bewiesen, daß diese Leute allesamt Jahrgangskameraden von mir waren. Hätte ich ihnen die Masken von den Köpfen reißen können, hätte ich jeden von ihnen erkannt; da war ich sicher.

Als Pearce wieder zu Bewußtsein kam, klingelte in einem anderen Zimmer der Villa ein Telefon; ein Geräusch, das so fehl am Platze war wie der Lüster an der Decke und die Kerzenleuchter an den Wänden, die ihr sanftes Licht auf die maskierten Gestalten warfen, die den nackten schwarzen Jungen umringten, der gefesselt auf dem hölzernen Stuhl saß. Die Masken blickten sich mit ausdruckslosem Staunen an, als das Telefon läutete. Dann verließ einer von ihnen mit schnellen Schritten das Zimmer, bevor der Anrufer auflegte.

Als der Maskierte zurückkam, flüsterte er der Gruppe irgend etwas zu. Zwei Mann kamen zum Fenster, an dem ich kauerte. Ich ließ mich in die dunklen, grünen Tiefen der Azaleensträucher sinken. Mein Atem ging schwer, und ich beobachtete durch die Blätter, wie die beiden Maskierten durch das Fenster in die Dunkelheit spähten. Einer richtete den Blick nach unten, genau auf jene Stelle, wo ich mich verborgen hielt. Dann wandten die beiden Maskierten sich um und gingen zur Gruppe zurück, während ich auf Händen und Knien in den dichtesten, undurchdringlichsten Teil der Hecke kroch. Plötzlich sah ich, wie in einem etwa zweihundert Meter entfernten, kleinen Gebäude, in dem der Hausmeister wohnte, Licht aufflammte – und sofort wieder erlosch. Ich fragte mich, ob die Kerle mich durchs Fenster gesehen hatten, und ich war wütend auf mich selbst, daß ich nicht an den verdammten Hausmeister gedacht hatte. Als ich mich noch tiefer ins Gestrüpp zurückzog, flog die Eingangstür der Villa auf, und zwei Maskierte, mit M-1-Gewehren mit aufgepflanzten Bajonetten bewaffnet, stürmten auf den Hof und begannen, mit den Bajonetten in die Sträucher zu stochern. Sie sprachen kein Wort, bewegten sich aber voller Konzentration und bedächtig die Hecke entlang, die um die Villa herumführte, und stachen die langen Bajonette wuchtig und in regelmäßigen Abständen ins dichte, dunkle Gesträuch. Ich preßte mich flach auf den Boden, rührte mich nicht und hielt eine volle Minute den Atem an, als die beiden an mir vorüberkamen. Die Bajonettklinge fuhr ein paar Zentimeter über meinen Kopf hinweg; einer der Maskierten hatte mit solcher Wucht zugestoßen, daß die Klinge mir ins Hirn gedrungen wäre, hätte der Stoß ein bißchen tiefer gelegen. Wie der General es wohl erklären würde, wann man einen aufgespießten Athleten in seiner Azaleenhecke entdeckt hätte? fragte ich mich, während ich den krachenden Geräuschen lauschte, als die beiden Männer sich von mir entfernten und ihren Weg ums Haus herum mit erschreckender Ruhe fortsetzten. Ich spürte meinen rasenden Herzschlag und drückte den Mund in den feuchten, von Wurzeln durchzogenen Boden. Zwanzig Minuten lang blieb ich regungslos liegen. Du rührst dich nicht von der Stelle! sagte ich mir. Du mußte erst ganz sicher sein, daß du ungesehen von hier verschwinden kannst, und wenn du die ganze Nacht warten mußt! Doch ich wollte schnellstens weg von diesem Haus, zurück in die Sicherheit meiner Stube, zurück in den Schutz, den Mark, Pig und Tradd mir boten. Ich verfluchte die Stunde, da ich mir vom Bären die Verantwortung für Pearce hatte aufladen lassen. Ich blieb ganz still liegen, bis ich Pearce wieder schreien hörte. Ich konnte es nicht mehr ertragen und preßte die Hände auf die Ohren, doch die Schreie waren so laut, daß ich sie immer noch hörte. Meine Trommelfelle fühlten sich an, als wären sie mit Glassplittern zerschnitten worden.

Dann richtete ich mich vorsichtig auf, um noch einmal einen Blick durchs Fenster zu werfen. Ich sah, wie einer der Maskierten Pearce mit Benzin übergoß. Er leerte einen Kanister über Pearces Kopf und schüttete ihm Benzin ins Gesicht, auf die Brust und den Unterleib. Dann versammelten die Maskierten sich in einer Ecke des Zimmers, und die schrillen Stimmen begannen wieder mit ihrem irren, boshaften Spottgesang. In einer Art Zeremonie wurden Kerzen entzündet. Die Maskierten verbeugten sich voreinander, grinsend unter den Stoffmasken, und bewegten sich dann langsam, in einem rhythmischen Marsch, auf Pearce zu; die flackernden Kerzen hielten sie wie Schwerter vor sich.

»Steckt den Nigger an.«

»Verschwindest du von unserer Akademie, Nigger?«

»Feuer, Nigger, Feuer.«

Pearce, halb verrückt vor Angst, schrie, wie ich noch nie einen Menschen hatte schreien hören:

»Ich gehe, Sir. Bitte, Sir. Ich gehe. Ich gehe. Ich komme nie wieder, Sir. Bitte, Sir.«

Und sie rückten ihm näher, die Kerzen in den vorgestreckten Händen.

Beinahe hätte ich mich wieder übergeben müssen; ich ließ mich auf die Knie sinken und versuchte, nicht allzu laut zu würgen. Pearces Schreie, meine Übelkeit, der Geruch des Benzins, der durch die Fensterritzen drang, der süße Duft der Azaleen . . . Meine Hand ertastete einen Ziegelstein, packte ihn.

Ich erhob mich aus den Azaleen, den Stein – die Waffe – in der Hand.

Ich holte aus und schleuderte den Ziegelstein mit aller Kraft durchs Fenster; die Wucht Tausender von Basketballwürfen lag in diesem Wurf, und der Ziegel schlug wie eine Granate ins Zimmer; die Scheibe explodierte in einem Scherbenregen, und ich sah den Ziegelstein beinahe wie in einem Traum, wie in Zeitlupe, durch die Luft fliegen. Er traf den Kronleuchter und zerschmetterte ihn in tausend Stücke; funkelnde Kristallsplitter schossen durchs Zimmer, in dem plötzlich Stille herrschte.

Mit der Faust zerschmetterte ich eine weitere Scheibe. Ich spürte, wie Glasscherben mir die Handfläche zerschnitten. Dann brüllte ich: »Pearce, ich bin's, Will McLean. Ich habe alles gesehen.« Ich zeigte auf die Schulter mit der Narbe und brüllte: »Und dich habe ich erkannt, Cain Gilbreath, du Dreckschwein. Und dich auch, John Alexander. Ich kenne dich.«

Augenblicke später rannte ich. Über die Schulter sah ich, wie sie zur Tür und zu den Ausgängen stürmten.

Mein Kopf schmerzte noch von den schrecklichen Szenen; ich sah Bilder und Visionen dieser dämonischen Nacht an meinem inneren Auge vorüberrasen, doch alle meine Gedanken waren auf Flucht konzentriert. Ich stürmte um die Hausecke, bewegte mich schnell und geduckt und nutzte die Hecke als Deckung, bis ich hinaus aufs freie Gelände mußte und vom Licht beschienen wurde. Und schon hatte ich den ersten Fehler gemacht, denn ich war in die verkehrte Richtung gerannt — mein Wagen stand auf der anderen Seite.

»Da ist er. Schnappt ihn euch!« hörte ich jemanden von der Hintertür aus brüllen.

Als ich die Straße erreichte, die zum Strand führte, wandte ich mich in die Richtung, aus der das Tosen der Brandung erklang. Ich rannte los wie ein Sprinter, der aus den Startblöcken schnellt. In völliger Dunkelheit stürmte ich blind die Straße hinunter. Hätte mir ein Baum im Weg gestanden, ich hätte ihn nicht sehen können und mir am Stamm den Schädel eingerannt. Ich konnte mich nur erinnern, daß die Straße gerade verlief, und mußte mich voll und ganz auf mein Gedächtnis verlassen, denn schon hörte ich schnelle Schritte hinter mir, die rasch näher kamen. Meine Hand schmerzte in der Kälte; ich spürte, wie mir das Blut warm und feucht über die Finger lief und zu Boden tropfte. Ich hatte Angst, der Blutverlust könnte mich schwächen, mich langsamer werden lassen, so daß sie mich einholten. Schon spürte ich eine leichte Benommenheit. Der Vorbote eines Schwächeanfalls?

Ich schlug einen Haken nach rechts und stürmte von der Straße in Richtung Strand; dann rannte ich nach links weiter, zuerst durch den weichen, feinkörnigen Sand, bis ich den harten, festen Boden des Uferbereichs unter den Füßen spürte.

Und dann gab ich alles, was ich hatte. Der Sportler in mir erwachte zum Leben. Der pfeilschnelle Basketball-Verteidiger unter den grellen Scheinwerfern, der ungezählte Stunden harten Trainings absolviert hatte, rannte jetzt erst richtig los; die nächsten zweihundert Meter dachte ich nichts, spürte nichts, bis ich das Gefühl hatte, die Lungen würden mir platzen. Ein leichter Nebel lag über dem Strand, und die Luft war vollkommen unbewegt. Ich hatte das Gefühl, die Erde und das Wasser würden immer dicker werden, immer zäher, bis ich in einem Brei steckenbleiben würde, hilflos den Verfolgern ausgeliefert.

Ich warf einen raschen Blick zurück und sah drei schwarze Masken, die mir durch den Nebel folgten. Cain Gilbreath mit seinem riesigen, furchterregenden Körper jagte mich mit so grimmiger Entschlossenheit, daß sie mir mehr Angst einjagte als alles andere an diesem Abend. Ich hatte damit gerechnet, daß unsere Freundschaft Cain davon abhalten würde, mir Gewalt anzutun – ein schrecklicher Irrtum. Meine drei Verfolger liefen mit gleichmäßigen, langen Sätzen, trieben sich gegenseitig an, wechselten sich in der Führungsarbeit ab und warteten, daß ich meine Kräfte nach der ersten Meile der wilden Flucht aufgebraucht hätte. Ich preßte die Handfläche auf mein Herz und versuchte auf diese Weise, den Blutstrom der Wunde zu stillen.

Hinter meinen vorderen drei Verfolgern tauchten zwei weitere Maskierte auf. Sie stürmten von der Straße die Böschung zum nebligen Strand hinunter. Die Entfernung ließ ihre Gestalten ätherisch erscheinen, als wären es nichtstoffliche Wesen. Doch ich wußte, daß die beiden neuen Verfolger kaum eine Chance hatten, mich einzuholen.

Wider Erwarten hielt ich meinen Vorsprung und versuchte, mir eine Strategie zurechtzulegen, versuchte, meine Energien zu bündeln und meinen Kopf von störenden Gedanken freizubekommen. Langsamer! schrie es in mir. Spar dir deine Kräfte und lauf langsamer. Du bist der bessere Läufer; du kannst ihnen jederzeit entkommen. Du selbst mußt bestimmen, wie diese Jagd verlaufen soll, nicht die anderen.

Ich verlangsamte das Tempo. Meine Verfolger wußten, daß ich schnell war. Sie hatten mich auf dem Spielfeld gesehen. Sie wußten, daß ich einen explosionsartigen Sprint hinlegen konnte – aber sie wußten auch, daß ich kein ausdauernder Läufer war und meine Kräfte über längere Strecken erlahmen würden. Meine Vorteile waren der blitzschnelle Antritt, der zermürbende Wechsel von Geschwindigkeit und Richtung und die Fähigkeit, so schnell laufen zu können, wie die Situation es erforderte.

Du bist Basketballer, sagte ich mir, ein dribbelnder und tänzelnder Techniker; ein Leistungssportler mit blitzschnellen Reflexen. Du hast schon mit neun Jahren Basketball gespielt; du bist Tausende von Meilen gerannt; du hast jene Beinmuskeln trainiert, die dich von deinen Feinden forttragen werden. Ich konnte bluten und ihnen dennoch davonlaufen. Ich hatte schon früher geblutet, nach harten Zweikämpfen mit Gegnern auf dem Spielfeld, doch ich hatte den Trainer nie darum gebeten, mich auszuwechseln. Zu bluten war unter Athleten ein Zeichen der Ehre, und ich hatte mein Blut und meinen Schweiß in Dutzenden von Sporthallen im Süden der Staaten vergossen.

Deshalb rannte ich. Ich rannte. Ich versuchte, meine langsameren Verfolger zu vergessen und mich statt dessen an die schmerzhaften Lektionen zu erinnern, die ich beim Basketball gelernt hatte: an die verletzten Knie, die aufgescheuerten Knöchel, den brennenden Durst beim Training, die Ellbogenchecks auf den Mund, die ausgeschlagenen Zähne der Stürmer. Falls sie dich fangen sollten, ging es mir durch den Kopf, dann haben sie es sich verdient, dann war es wichtiger für sie, dich zu erwischen, als für dich, ihnen zu entkommen. Aber du wirst es ihnen nicht leicht machen. Du hast wichtige Dinge zu berichten, und du mußt jetzt das beste Spiel deines Lebens spielen.

Diese Gedanken trieben mich an. Keuchend und schwitzend warf ich wieder einen hastigen Blick über die Schulter, auf meine Feinde, die jetzt vierzig Meter hinter mir waren. Doch dann sah ich mit Entsetzen, daß die beiden letzten Verfolger, die von der Straße gekommen waren, den Abstand mehr und mehr verringerten; sie waren nur noch zehn Schritte hinter Gilbreath und seinen Kumpanen. Diese beiden Neuen waren Sprinter, große, muskulöse Männer, und sie würden einen mörderischen Endspurt hinlegen, bevor dieses Rennen zu Ende war.

Dann sah ich, wie Gilbreath über die Schulter blickte.

Und dann hörte ich dieses Geräusch:

»Oink, oink.«

»Pig!« rief ich und blieb stehen.

Ich wirbelte herum, rannte in die entgegengesetzte Richtung und wappnete mich gegen den Angriff von Cain Gilbreath.

Er stürmte auf mich zu, geduckt und sprungbereit.

Ich stand da und wartete keuchend und schwitzend auf seine Attacke. Ich spürte, wie das Blut über meine Hand lief. Und dann war Gilbreath heran; er bewegte seinen riesigen Leib mit meisterhafter, tödlicher Körperbeherrschung. Bevor er mit mir zusammenprallte, schoß mir ein seltsames Bild durch den Kopf: Cain, wie er sich den Ball schnappte und von unserer Verteidigungslinie aus unaufhaltsam nach vorn stürmte, stur wie ein Panzer; wie er den gegnerischen Abwehrblock mit brutaler Kraft durchbrach; wie er beim Training die schweren Stoffpuppen beiseite drosch, als besäßen sie überhaupt kein Gewicht — und in diesem Augenblick wußte ich, daß ich nun den Unterschied zwischen der Gewandtheit eines Verteidigers und der Angriffswucht eines Stürmers kennenlernen würde. Cain war darauf trainiert, den Körperkontakt zu suchen; ich war darauf trainiert, ihn zu vermeiden. Seine Schulter traf mich vor die Knie, und durch die Wucht des Aufpralls wurde ich über ihn hinweggeschleudert. Ich überschlug mich in der Luft und prallte so hart auf den festgebackenen Sand, daß es mir den Atem raubte. So schnell ich konnte, rollte ich mich zur Seite. Das eiskalte Salzwasser schien meine blutende Hand in Flammen zu setzen. Ich warf mich zur Seite, um Cains Angriff auszuweichen, doch er war schneller als ich. Sein erster Schlag traf meine Wange und riß meinen Kopf zur Seite; der zweite Hieb traf mich über einem Auge und riß die Braue auf. Vor Schmerz krümmte ich mich am Boden und versuchte, das Gesicht mit den Händen zu bedecken, während die Wellen über mich hinwegspülten. Dann, plötzlich, ließ Gilbreath von mir ab. Ich schlug die Augen auf und sah, daß der riesige Stürmer unserer Basketballmannschaft jetzt ein paar schmerzhafte Lektionen von meinen Stubenkameraden Mark Santoro und Dante Pignetti bekommen würde, weil Gilbreath es gewagt hatte, mich zu schlagen.

Mark erreichte ihn zuerst.

Cain erhob sich, um seinem Angriff zu begegnen. Geduckt stand er da, die Arme ausgebreitet wie ein Ringer. Doch Mark verstand nicht viel von sportlichen Regeln. Er war ein brutaler Straßenschläger, und er kam wie ein Unwetter über Cain Gilbreath. Ein blitzschneller Tritt zwischen die Beine, und Gilbreath brach in die Knie. Der zweite Tritt traf ihn voll ins Gesicht; der dritte in den Magen.

Mark drehte Gilbreaths blutenden Körper, der auf dem Bauch im Sand lag, auf die andere Seite, hockte sich mit den Knien auf Gilbreaths Arme, und schlug mit trockenen, brutalen Hieben auf das Gesicht des Gegners ein. Nach dem vierten Schlag packte ich Mark an der Schulter.

Hinter uns hatte Pig zwei andere Mitglieder der Zehn zu Boden geschlagen; den ersten mit einem linken Haken auf die Nase, den zweiten mit einem Karatetritt vor die Brust. Die beiden rappelten sich stöhnend auf und humpelten klugerweise zum Haus zurück, so schnell sie konnten.

»Laßt uns hier verschwinden!« rief ich. »Schnell, schnell!«

Wir ließen Gilbreath am Strand liegen, in der Kälte, im Nebel und in der in den Schoß des Atlantiks zurückströmenden Flut.

Tradd, der nervös in den Schatten des Ausfalltores wartete, führte uns eine Stunde vor dem Wecken unbemerkt in die Kaserne. Er hatte dem schlafenden Wachposten die Schlüssel entwendet. Pig brachte sie zurück; er schlüpfte so lautlos in die Wachstube, als würde er sich unter Wasser bewegen. Mein linkes Auge war zugeschwollen. Nachdem wir auf unserer Stube angelangt waren, säuberte Tradd behutsam die Platzwunde an meiner Wange und entfernte die Sandkörner und die geronnenen Blutklumpen. Dann legte er mir eine kalte Kompresse auf das geschwollene Auge und desinfizierte die tiefen Schnittwunden an meiner Hand, indem er reinen Alkohol direkt auf das rohe Fleisch träufelte.

»Du hast den Schmerz verdient«, sagte er, als ich aufschrie. »Du hättest für deine Dummheit und deinen Leichtsinn einen Orden verdient. Am liebsten würde ich deinen dummen Kopf in Alkohol stecken.«

»Du hast wirklich was versäumt, Kumpel«, sagte Pig zu Tradd und tänzelte schattenboxend durch die Stube, immer noch vom Fieber des Kampfes Mann gegen Mann und von der wilden Freude über seinen Sieg und die Flucht der Feinde gepackt. »Will war der Wagenzug. Die Zehn waren die verdammten Indianer. Und ich und Mark waren die beschissene US-Kavallerie, die gerade noch rechtzeitig aus den Hügeln herangaloppiert kam.«

»Aber irgend jemand mußte euch Idioten in die Kaserne hereinlassen«, sagte Tradd.

»Danke, daß ihr mir gefolgt seid«, sagte ich zu Mark und Pig. »Ich weiß nicht, was die Kerle mit mir angestellt hätten, wenn sie mich gefangen hätten.«

»Dich fangen?« spöttelte Pig. »Wer so viel Angst hat, den kann niemand fangen. Du bist wie ’ne Rakete den Strand runtergesaust, Junge.«

»Eigentlich wollte ich die Kaserne gar nicht verlassen«, brummte Mark, zog sich die nassen Schuhe und

Strümpfe aus und schleuderte sie in seinen Spind. »Aber der Hirnkranke da drüben hat mich dazu überredet. Du könntest allein nicht mit der Sache fertigwerden, hat er gesagt. Bis zum Ziegelsteinwurf hattest du deine Sache gar nicht mal so schlecht gemacht. Aber der hätte nicht zu sein brauchen. Du hättest dich vom Haus wegschleichen sollen. Du hast uns versprochen, vorsichtig zu sein. Den Ziegelstein zu werfen war verrückt.«

»Sag bloß, es überrascht dich, daß Will etwas Verrücktes getan hat?« fragte Tradd. »Dummheit gehört zu seinen Charaktereigenschaften. Der arme Tropf hat sich in die Dummheit verliebt. Wer weiß, welchen Ärger seine Eskapaden uns noch einbringen. Ich möchte, daß jeder auf dieser Stube weiß, daß ich alles mißbillige, was ihr heute nacht getan habt, und daß ich mich nicht dazu bekennen werde. Ich bin nicht euer Komplize. Ihr habt euch wie Kriminelle, Schläger und Dummköpfe benommen.«

»Aber wir haben die Kerle am Wickel, Tradd«, sagte ich und drückte ein feuchtes Tuch auf mein geschwollenes Auge. Tradds Zimperlichkeit und sein kleinlicher Zorn erheiterten mich. »Gilbreath ist einer von ihnen. Alexander ebenfalls. Außerdem kenne ich die Nummern von drei Auto-Aufklebern für den Parkplatz der Akademie. Jetzt müssen *die* an uns herantreten. *Die* müssen versuchen, einen Handel mit uns abzuschließen.«

»Und wir werden jedes ihrer Angebote annehmen«, sagte Mark und blickte mich fest an. »Wir haben nämlich keine gute Verhandlungsposition, Will. Wir kennen ein paar Namen. Na und? Wir wissen, daß diese Kerle ihren Spaß daran haben, Rotärsche und Nigger zu kidnappen. Na und? Sie haben den General auf ihrer Seite, wir aber stehen nur mit dem Schwanz in der Hand da. Heute abend war es das letzte Mal, daß wir uns mit diesem Verein angelegt haben. Es steckt irgendwas verdammt Schlimmes hinter der ganzen Geschichte, wovon wir nichts wissen und das wir nicht verstehen. Gilbreath ist einer unserer besten Freunde, Will. Cain und du, ihr treibt seit Jahren zusammen Sport, und heute abend hat er versucht, dich an diesem verdammten Strand umzubringen! Er wollte dich totschlagen. Warum? Weil er sich vor irgend etwas fürchtet, Mann. Daß du ihn dort gesehen hast, hat ihm Todesangst eingejagt. Nein, wir werden unseren Frieden mit den Zehn schließen. Wenn wir ihnen am hellichten Tag auf dem Paradeplatz die Ärsche küssen und sagen: ›Okay, Jungs, tut uns leid‹, dann dürfte das reichen.«

»In dieser Stube wird niemandem der Arsch geküßt«, sagte Pig stolz. »Nur wenn wir es wollen. Wir küssen keine Ärsche, wir verteilen Arsch*tritte.* Wir sind wie Brüder. Wir kleben zusammen wie Pech und Schwefel. Und jetzt erledigen wir einen Geheimauftrag Ihrer Majestät. Ist doch toll. Wir erleben endlich mal was, und es macht verdammt viel Vergnügen. Ich hatte selten so viel Spaß wie heute abend an diesem Strand. Mann, ihr hättet mal die Visagen von den Scheißkerlen sehen sollen, als sie über die Schulter geguckt und gesehen haben, daß Mark und ich sie verfolgten.«

»Ich habe keine philosophischen Probleme, wenn es darum geht, jemandem den Arsch zu küssen, wie du es so unschön ausgedrückt hast«, sagte Tradd zu Mark. »Ich stimme dir zu, daß unsere Verhandlungsposition schwach ist und wir verletzlich und gefährdet sind. Sogar ich komme mir gefährdet vor, und dabei habe ich nicht mal an eurer verrückten, kindischen Exkursion zu den Zehn teilgenommen. Ich bin der Meinung, daß Will allein die Schuld daran trägt, daß wir nun alle in diese Sache verwickelt sind. Also bist du, Will, dafür verantwortlich, uns mit heiler Haut aus dieser Situation zu befreien. Das bist du uns schuldig.«

»Ihr kapiert einfach nicht«, sagte ich beschwörend zu Tradd und Mark. »Wir sind cleverer als sie. Wir werden siegen, weil wir unseren Verstand besser benutzen können, und wir werden größere Risiken eingehen als sie. Die können nicht mithalten, was unseren Einfallsreichtum angeht. Unsere Kreativität. Die Kerle wissen nicht, was wir als nächstes tun werden, weil wir's selbst noch nicht wissen. Wir sind unberechenbar.«

Marks Stimme war angespannt, als er mir antwortete: »Ich bin kein kreativer Mensch, Will. Und ich bin auch nicht besonders clever. Aber ich bin klug genug, um zu erkennen, daß du uns heil und sicher aus dieser Scheiße herausholen mußt. Es wird verdammt nicht einfach sein, aber ich möchte dieses Jahr mein Examen machen. Ich denke genauso wie Tradd. Ich fühle mich bedroht. Aber ich will mich in Sicherheit fühlen. Kannst du das nicht verstehen? In Sicherheit! Benutze deinen Einfallsreichtum und deine Kreativität, um *dafür* zu sorgen. Laß dir irgend etwas einfallen, um diese Stube wieder sicher zu machen. Das bist du uns dreien schuldig.«

»Ich werde mich noch heute um die Zehn kümmern«, sagte ich. »*Sie* müssen mit Vorschlägen an mich herantreten, und dann werde ich einen Handel mit ihnen abschließen. Aber wir alle halten die Klappe, bis Pearce dieses Jahr überstanden hat. Wir haben die Kerle an den Eiern, Jungs. Sie sind völlig machtlos.«

»Ich frage mich, wie sie dem General die Sache mit dem eingeworfenen Fenster erklären«, murmelte Mark. »Ich konnte es nicht fassen, als ich gesehen habe, wie du den Ziegelstein geworfen hast.«

»Das Fenster ist billig.« Ich lachte. »Aber der Kronleuchter, den ich mit dem Ziegelstein von der Decke geschossen habe, dürfte ein bißchen teurer sein.«

»Will!« rief Tradd entsetzt. »Der Kronleuchter in General Durrells Villa ist unbezahlbar. Er ist hier im Tiefland als das kostbarste Stück berühmt, das jemals aus England in die Neue Welt gebracht wurde. Man kann ihn nicht ersetzen.«

»Durrell soll das Ding durch 'ne Glühbirne ersetzen. Er hat es nicht besser verdient, wenn er zuläßt, daß sein Haus als Folterkammer mißbraucht wird.«

»Man muß keine Kostbarkeiten zerstören, wenn man seinen Standpunkt verdeutlichen will«, erwiderte Tradd.

»Es war ein Ablenkungsmanöver, Tradd«, sagte ich. »Und es hat geklappt. Na ja, fast. Ich habe mehr Aufmerksamkeit erregt als je zuvor im Leben.«

»Du solltest auf Tradd und mich hören, Will«, sagte Mark ernst. »Sorge dafür, daß wir uns wieder sicher fühlen können.«

Pig trat an mein Bett, beugte sich zu mir herunter und flüsterte mir so leise ins Ohr, daß die anderen es nicht hören konnten: »Mark und Tradd sind Waschlappen, Will. Du und ich wir sind die einzigen richtigen Männer auf der Stube.«

»Die Jungs haben kalte Füße bekommen, Pig«, erwiderte ich, stolz darauf, daß gerade Pig mich in die Reihen der ›richtigen Männer‹ aufgenommen hatte.

»Sie sind nicht wie wir, Will. Es macht ihnen keinen

Spaß, ständig unter Hochspannung zu stehen und einen Drahtseilakt zu riskieren. Aber wir zwei sind bei so was in Hochform, stimmt's? Wenn wir einen Drahtseilakt riskieren.«

39

Zwei Tage später, nach der Vorlesung über Militärwissenschaften, trat Cain Gilbreath als Abgesandter der Zehn an mich heran und legte mir seine Bedingungen dar. Cains Gesicht war noch geschwollener als meines, obwohl wir beide so aussahen, als hätten wir unsere Köpfe zum Holzhacken benutzt. Wir begrüßten uns mit zurückhaltender Förmlichkeit und tauschten belanglose Höflichkeitsfloskeln über unsere Familien und die Basketballmannschaft aus, doch wir vermieden peinlichst, den Vorfall am Strand zu erwähnen, als hätte er sich niemals ereignet. Die Pflaster und Verbände auf unseren Gesichtern und unsere halb zugeschwollenen Augen waren beredt genug. Wir vereinbarten ein Treffen in Cains Stube vor dem abendlichen Antreten, um über ›gewisse Dinge‹ zu diskutieren, wie Cain sich ausdrückte.

Als ich auf seine Stube kam, saß er an seinem Schreibtisch; sein Stiernacken und sein breites Kreuz füllten die gesamte Nische aus, in der er saß. Sein Oberkörper war nackt, und wieder sah ich die häßliche Narbe auf seiner Schulter. Cain roch nach Schweiß und Rasierwasser und war damit beschäftigt, seine Gürtelschnalle mit einem alten, fadenscheinigen Lappen zu polieren. Er grinste ironisch und bedeutete mir mit einer Handbewegung, im Stuhl vor seinem Schreibtisch Platz zu nehmen. Ich setzte mich und schaute ihn an, doch er wich meinem Blick aus, und ich mußte daran denken, welch traurigen Tod unsere Freundschaft erlitten hatte.

»Laß uns ein Streitgespräch führen, Will«, sagte er und begann die Unterhaltung auf die gleiche Art und Weise wie in alten Zeiten.

»Ein Streitgespräch? Worüber?« fragte ich.

»Über Vietnam.«

»Immer, wenn wir über Vietnam diskutieren, behältst du die Oberhand«, sagte ich. »Laß uns über etwas anderes reden.«

»Wie wär's mit einem aktuellen Vorfall?« erwiderte Cain und blickte mich an.

»Was für ein Vorfall?«

»Es ist gestern in Columbia passiert. Ein Kerl namens Bobby Bentley hatte einen bedauerlichen Unfall. Er ist eine sehr lange, sehr steile Treppe heruntergefallen und hat sich beide Arme gebrochen. Ich habe folgende Theorie als Erklärung: Jungs, die das Rekrutenjahr nicht überstehen, sind unbeholfener als die Männer, die hierbleiben und dem Druck standhalten.«

»Du gehörst wirklich zu einem tollen Verein, Cain«, sagte ich und versuchte, meine Wut im Zaum zu halten.

»Ich bin in keinem Verein, Will«, sagte er.

Ich lachte und erwiderte: »Die Gruppe nennt sich die Zehn. Ich kenne die Namen von fünf oder sechs Mitgliedern. Aber vielleicht kenne ich noch viel mehr.«

»Von einer solchen Gruppe habe ich noch nie gehört, Will«, sagte er und polierte seine Gürtelschnalle mit wiedererwachtem Eifer. »Sie muß neu auf dem Campus sein.«

»Cain, ich weiß nicht, warum du heute mit mir reden wolltest. Aber versuch nicht, mich zu verscheißern. Ich habe mit eigenen Augen gesehen, was sich vorgestern abend in General Durrells Villa abgespielt hat.«

»Gar nichts hat sich abgespielt, Will«, sagte er und hielt die Messingschnalle prüfend gegen das Licht. »Darüber wollte ich mit dir reden. Es ist wichtig, daß niemand erfährt, was du an dem Abend gesehen hast. Sehr wichtig. Und es ist zu deinem Besten, nicht zu meinem.«

»Ich weiß nicht, Cain«, sagte ich. »Ich hab' nun mal eine große Klappe, und ich benutze sie auch gern.«

»Bobby Bentley hat einen schrecklichen Unfall erlitten«, wiederholte Cain mit kalter Stimme. »Aber es hätte ihn noch viel schlimmer treffen können.«

»Hör auf damit, Cain. Erwartest du etwa, daß ich wegen deiner Drohungen vor Angst zu schlottern anfange? Soll ich dich um Vergebung anflehen? Wenn mir irgendwas passiert, dann bin ich schneller bei der Zeitung, als du Benzin über einen Jungen schütten kannst, der an einen Stuhl gefesselt ist.«

»Pearce hat es geschafft, Will«, sagte Cain. »Das immerhin hast du durch deine kleine Einmischung erreicht. Pearce bleibt an der Akademie – falls du die Klappe hältst. Ich bin befugt, dir das mitzuteilen.«

»Ich dachte, du gehörst nicht zu den Zehn.«

»Ich hab' nie von ihnen gehört«, erwiderte er. »Diese Gruppe ist offensichtlich das Produkt deiner überschäumenden Phantasie. Aber Pearce wird den Rest des Jahres durchstehen. Darauf kommt es doch an, nicht wahr? Übrigens behauptet er, vorgestern abend seine Stube nicht eine Sekunde verlassen zu haben.«

»Ich werde ihn an den Ehrenkodex erinnern. Und dann werde ich ihn fragen, ob er wirklich den ganzen Abend auf der Stube war. Falls er lügt, wird er vor das Ehrengericht gestellt und genauso behandelt wie jeder andere Lügner.«

»Tu das, Will. Nur zu. Aber falls Pearce überhaupt vor das Ehrengericht gestellt wird, was ich ernsthaft bezweifle, wird man ihn für unschuldig erklären. Da bin ich ganz sicher.«

»Also habt ihr auch jemanden aus eurem Verein ins Ehrengericht geschmuggelt.«

»Bobby Bentley ist sehr schwer verletzt worden, Will. Schlimme Sache«, wiederholte Cain.

»Wenn ich verspreche, die Klappe zu halten – und auch Pig und Mark –, dann haben wir eine Pattsituation. Bevor du mich fragst: Tradd weiß nichts von der Sache; wir haben ihm nichts davon erzählt«, log ich.

»Wie können wir sicher sein, Will?«

»Ich gebe euch mein Wort«, sagte ich. »Also, gilt die Abmachung?«

Cain erhob sich hinter seinem Schreibtisch, ging zur Tür, zog sie auf und warf einen Blick auf den Flur, um sicherzugehen, daß niemand uns belauschte.

»Ich weiß nicht, Will«, erwiderte er dann geheimnisvoll. »Du kannst dir nicht vorstellen, wie wütend du einige sehr einflußreiche Leute gemacht hast. Ich habe dich heute als Freund hierher bestellt, nicht als Mitglied irgendeines Vereins. Mir wurde gesagt, daß alles in Ordnung kommt, solange du die Klappe hältst. Aber ich bin mir da gar nicht so sicher. Ich glaube das nicht.«

»Warum, Cain?« fragte ich und fühlte mich plötzlich nervös und verletzlich.

»Weil es eine bestimmte Gefahr gibt, Will«, flüsterte Cain. »Ich weiß nicht, welcher Art diese Gefahr ist. Ich weiß auch nicht, was irgend jemand tun könnte oder tun wird. Aber diese Gefahr besteht, und ich kann dir nicht helfen. Selbst wenn ich es könnte, würde ich es nicht tun. Wäre ich an deiner, Marks oder Pigs Stelle, würde ich noch heute von der Akademie verschwinden. Noch heute! Ich würde keine Minute warten. Sieh zu, daß du hier wegkommst, Will, so schnell es geht. Wechsle auf eine andere Uni in Carolina. Die Typen werden dich unter Beobachtung halten. Sie werden versuchen, dich zu schnappen.«

»Wer, Cain? Vor wem muß ich mich in acht nehmen?«

»Vor jedem«, sagte er verzweifelt. »Verschwinde von der Akademie, Will. Bitte, mach, daß du fortkommst.«

»Die können mir nichts anhaben, Cain. Ich weiß zuviel.«

»Das ist es ja gerade!« antwortete er.

»Diese Arschlöcher können mir keine Angst machen, Cain«, versicherte ich ihm.

»Du hast aber allen Grund, Angst zu haben, Will! Du glaubst, viel über sie zu wissen, aber laß dir gesagt sein: In Wirklichkeit weißt du nur sehr wenig.«

»Ich werde zum Bären gehen. Wollen doch mal sehen, was er zu dieser ganzen Sache sagt.«

Als ich den Bären erwähnte, fiel mir die plötzliche Veränderung in Cains geschundenem Gesicht auf. Er ging zu seinem Spind und nahm ein kleines, verwaschenes Foto aus einem Schubfach. Er reichte mir das Bild und ging noch einmal zur Tür, um nach ungebetenen Lauschern Ausschau zu halten.

Das Foto zeigte vier maskierte Kadetten, die um einen nackten, gefesselten Rekruten standen. Im Hintergrund war eine unmaskierte, massige Gestalt zu sehen, die ich auf den ersten Blick erkannte. Es war der Bär. Er rauchte seine allgegenwärtige Zigarre und beobachtete mit boshaftem Grinsen die Szene. Über dem nackten Rekruten hing der Kronleuchter, den ich mit dem Ziegelstein zerschmettert hatte. Als ich auf das Gesicht des nackten Gefangenen starrte, der sich in seinen Fesseln aufbäumte, fing ich heftig zu zittern an. Es war Poteete. Ich nahm das Foto und schob es in meine Hemdtasche. Ich zitterte so stark, daß es eine Zeitlang dauerte, bis ich die Tasche zugeknöpft hatte.

»Wie komme ich aus der Sache raus, Cain?« fragte ich. »Sag mir als mein Freund, wie ich aus der Sache rauskomme. Soll ich mich an die Zeitungen wenden?«

»Wenn du das tust, Will, wird man dich für verrückt halten. Pearce wird schwören, den ganzen Abend auf seiner Stube verbracht zu haben. Auch ich werde schwören, in der Kaserne geblieben zu sein. Pig und Mark haben Pearce nicht zu Gesicht bekommen. Die ganze Sache wird einen schrecklichen Verlauf nehmen. Man wird dich wegen Lügens von der Akademie verstoßen. Wegen eines Ehrverstoßes, wie er schlimmer nicht sein kann.«

»Ich habe Freunde im Ehrengericht«, sagte ich. »Sie werden mir glauben.«

»Nein. Du wirst wegen Lügens von der Akademie verstoßen«, wiederholte Cain.

»Ich brauche Zeit zum Nachdenken. Ich muß mir einen Plan zurechtlegen. Ich muß noch heute mit Pearce sprechen und ihn dazu bringen, vor dem Ehrengericht auszusagen, daß er in Durrells Villa mißhandelt wurde.«

»Sie werden auf dich losgehen, Will. Du mußt ständig darauf gefaßt sein, daß sie zuschlagen.«

»Danke für deine Warnung, Cain. Immerhin weiß ich jetzt, daß mir tatsächlich Gefahr droht«, sagte ich und wandte mich zum Gehen. »Übrigens, du hast dich noch nicht dafür entschuldigt, daß du mir vorgestern abend die Fresse poliert hast.«

»Ich habe dich nicht angerührt, Will«, erwiderte er ernst. »Ich war den ganzen Abend auf meiner Stube. Du mußt das geträumt haben.«

»Dann habe ich wohl auch geträumt, daß Mark dich zusammengeschlagen hat. Schau mal in den Spiegel. Dein Gesicht sieht wie ein roher Hamburger aus.«

»Mit deinen Scherzen kommst du jetzt auch nicht mehr weiter, Will«, sagte Cain. »Jetzt ist es an der Zeit, ernst zu werden. Ich möchte dir einen letzten Rat geben.«

»Und welchen, Cain?«

»Paß auf, wer hinter dir steht, wenn du eine Treppe heruntergehst, und halte dich vom Geländer am Außengang oben in der vierten Division fern.«

»Bis bald, Cain.«

»Wir werden nie mehr miteinander reden, Will«, sagte er und schüttelte mir die Hand. »Du warst immer ein prima Kumpel, aber mit unserer Freundschaft ist es aus und vorbei. Die Sache hat sich schon zu weit entwikkelt. Ich kann jetzt nichts mehr daran ändern. Es tut mir leid für dich.«

Pearce schlief in seiner Stube im zweiten Bataillon, als ich ihn am späten Nachmittag aufsuchte. Das Zimmer war von Lichtbahnen durchflutet, welche die Sonne durchs Fenster warf und in denen unzählige Staubpartikel wie farblose, mikroskopisch kleine Ballons schwebten. Ich hörte den Löwen im Hampton-Park brüllen; seine Fütterungszeit war gekommen. Während ich Pearces Gesicht betrachtete, bevor ich ihn weckte, fragte ich mich, wer seine Ahnen gewesen sein mochten, was für eine Blutmischung in seinen Adern strömte und welche Stämme sich zusammengeschlossen hatten, um eine derart wilde, männliche Schönheit hervorzubringen. Ich war sicher, daß Pearce von Frauen und Männern abstammte, die keine Furcht vor Löwen gehabt hatten. Er hatte es mir bewiesen, indem er sich dem gefürchteten zweiten Bataillon angeschlossen hatte, und Gott allein mochte wissen, welche Qualen dieser Junge in den ersten Wochen seines Rekrutenjahres hatte erdulden müssen. Ich rüttelte ihn wach, und er starrte mich durch das staubige Sonnenlicht an. Seine braunen Augen gewannen ihre alte Kraft zurück; er blickte mir fest ins Gesicht. Von einem Rotarsch erwartete man nicht, daß Kraft in seinem Blick lag – besonders dann nicht, wenn er erst zwei Tage zuvor mit Elektroschocks gequält und mit Benzin übergossen worden war. Seine Augen beunruhigten mich.

»Als ich dich das letztemal gesehen habe, Pearce, hast du wie eine Texaco-Tankstelle gerochen«, sagte ich.

»Verzeihung, Mr. McLean«, erwiderte er, schwang sich aus dem Bett und nahm Haltung an.

»Komm schon, Pearce, laß den Quatsch«, sagte ich. »Du weißt, was ich meine. Als die Kerle dich vorgestern abend mit Benzin übergossen haben, da . . .«

»Mich hat niemand mit Benzin übergossen, Mr. McLean«, antwortete er.

»Aha. Sie haben dich also schon bearbeitet, mein alter Freund Tom.«

»Diese Woche habe ich jeden Abend auf meiner Stube verbracht. Wie immer, Sir«, sagte er.

»Du weißt, daß ich Mitglied des Ehrengerichts bin, Pearce«, warnte ich ihn.

»Ich war wirklich auf meiner Stube, Mr. McLean. Sie können ja meinen Stubenkameraden fragen.«

»Du kannst mir jetzt helfen, Tom«, flüsterte ich mit drängendem Unterton. »Du hast deine Ruhe vor denen. Die Mistkerle werden dir nichts mehr tun. Aber ich habe Angst, daß sie nun versuchen, mir und meinen Freunden etwas anzutun. Wenn du aussagst, was vorgestern abend geschehen ist, dann können diese Schweine wahrscheinlich nichts gegen mich unternehmen. Ohne deine Hilfe stehen meine Stubenkameraden und ich ganz allein da draußen, Tom. Und es ist kalt draußen. Du weißt ja, wie kalt es da draußen ist.«

»Hier drinnen ist es warm, Mr. McLean«, sagte er teilnahmslos. »Ich werde dafür sorgen, daß es nie wieder kalt wird.«

»Wirst du die Wahrheit sagen, wenn ich dich brauche?« fragte ich. »Ist es unbedingt nötig, dich darum zu bitten?«

»Die Wahrheit ist, daß ich diese Stube die ganze Woche nicht verlassen habe«, erwiderte er. »Ich bin in keinem Haus gewesen. Ich weiß überhaupt nicht, wovon Sie reden, Sir.«

»Von einem Haus habe ich gar nichts gesagt, Pearce. Woher weißt du, daß es bei der Geschichte unter anderem um ein bestimmtes Haus geht?«

»Sie haben ein Haus erwähnt, als wir uns damals draußen am Jachthafen unterhalten haben«, sagte er hastig.

»Ja, stimmt, Pearce«, erwiderte ich wütend. »Kannst

du dich erinnern, was für eine Scheißangst du an dem Abend gehabt hast? Kannst du dich an die beiden Kerle erinnern, die dir beim Antreten etwas ins Ohr geflüstert haben? Wer hat denn die Zehn auf deinen Rücken geschrieben? Wer hat dich denn nackt an einen Stuhl gefesselt? Wer hat dir Stromstöße durch den Schwanz gejagt? Wer hat dich mit Benzin übergossen? Kannst du dich wirklich nicht mehr an vorgestern abend erinnern, Pearce? Zwei Tage sind doch keine lange Zeit. Sie haben dich fertiggemacht, mein Freund. Du warst am Ende. Du hast sie angebettelt, dich von der Akademie gehen zu lassen, als der Ziegelstein durchs Fenster geflogen kam. Du würdest jetzt zu Hause bei Muttern schlafen, wenn ich dir nicht zu Durrells Villa gefolgt wäre. Die Kerle, die dich in ihrer Gewalt hatten, waren ein Lynchmob, Pearce. Das war eine Vergewaltigung, Mann. Und das machen die Jahr für Jahr mit armen Schweinen wie dir. Genau das gleiche. Sie machen Lügner aus guten Jungs. Und wenn du nicht vorsichtig bist, Pearce, dann wirst du genauso wie sie. Du wirst den verdammten Ring tragen und bei der ganzen Sache deine Seele verlieren.«

Aus dem Türeingang erklang eine Stimme in meinem Rücken. »Junge, Junge«, sagte die Stimme. »War das aber eine schöne, hochgestochene Rede.«

Ich drehte mich um und sah John Alexander und seinen siamesischen Zwilling, Braselton, in die Stube kommen. Pearce nahm zackig Haltung an. Die Uniformen der beiden saßen tadellos; ihre Gürtelschnallen funkelten wie Juwelen, und ihre blankpolierten Stiefel blitzten, als die Sonnenstrahlen darauf fielen. Sie waren so adrett und sauber, daß ich mir in diesem Augenblick in meinen ungeputzten Stiefeln, der ungebügelten Hose und der matt angelaufenen Gürtelschnalle klein und schäbig vorkam und meine Schlampigkeit verfluchte. John Alexander gab mir mit seiner übertriebenen Vorliebe für makellose militärische Kleidung immer das Gefühl, ein Schmutzfink zu sein. Er war der verwegene, strahlende Fliegerheld, und ich der unscheinbare Mechaniker mit Ölflecken auf dem Overall und Schmutzrändern unter den Fingernägeln.

Alexander musterte mich schweigend von oben bis unten, wie ein Ausbildungsoffizier beim Kleiderappell. Dann blickte er Pearce an und lächelte freundlich.

»Steh bequem, Pearce«, sagte Alexander zu dem Rekruten. »Wir wollten nur mal kurz vorbeischauen, um sicherzugehen, daß Will dich nicht schikaniert oder wieder mal gegen eine der Vorschriften des Ausbildungssystems verstößt. Viele Kadetten haben rassische Vorurteile, Will. Braselton und ich möchten deshalb besondere Vorsicht walten lassen, um unseren Freund Pearce zu beschützen.«

»Hast du irgendwas mit Pearce zu besprechen, Will?« fragte Braselton mich grinsend.

»Ja, Braselton. Pearce und ich haben uns gerade darüber unterhalten, ob wir draußen vor dem Legrand-Tor eine Pommes-frites-Bude eröffnen sollten.«

»Ha-ha. Sehr gut. Das ist ein toller Witz, nicht wahr, John?« sagte Braselton und blickte seinen Busenfreund an.

»McLean ist für seinen gesunden Humor bekannt«, sagte Alexander. »Findest du nicht auch, daß Mr. McLean ein lustiger Kerl ist, Tom?«

»Jawohl, Sir«, schnarrte Pearce.

»Ich glaube, er ist der lustigste Vogel, der mir je begegnet ist«, sagte Alexander. »Ich brauche nur an Mr. McLean zu denken, schon muß ich lachen.«

»Ich auch«, sagte Braselton. »Er ist zum Schießen.«

»Wie hast du geschlafen, Tom?« wollte Alexander wissen. »Wie hast du, sagen wir mal . . . letzten Montag geschlafen?«

»Sehr gut, Sir. Ich bin kein einziges Mal aufgewacht, Sir.«

»Ich wollte, das könnte ich auch von mir behaupten«, sagte Alexander lachend. »Jede Nacht werde ich von dem verdammten Zug geweckt. Dabei sollte man doch glauben, daß man sich nach fast vier Jahren daran gewöhnt hat. Und dann dieser elende Löwe! Das Mistvieh hat um drei Uhr früh zu brüllen angefangen. Ich habe eine volle Stunde kein Auge zugetan. Das war in der Nacht zum Montag, wohlgemerkt. Eine Scheißnacht.«

»Ich habe geschlafen wie ein Toter«, sagte Braselton. »Und du, Will?«

»Ich hab' nicht so gut geschlafen«, antwortete ich, wandte mich von den beiden ab und blickte Pearce fest in die Augen. »Ich hatte Alpträume. Ich habe geträumt, eine Nachricht bekommen zu haben, daß man einen Freund von mir vom Campus entführt hat. Ich habe geträumt, daß er in einem Haus war, an einen Stuhl gefesselt, und daß Männer mit schwarzen Masken ihm Stromstöße durch den Körper gejagt und Benzin über ihn ausgegossen haben. Zwei der Männer aus meinem Traum sind jetzt in dieser Stube. Ich habe geträumt, daß ich mir die Nummern der Parkausweise auf zwei Wagen gemerkt habe, die hinter dem Haus standen, und daß die beiden maskierten Männer aus meinem Traum mit brennenden Kerzen auf meinen gefesselten und mit Benzin übergossenen Freund zugegangen sind. Dann fing mein Freund an zu schreien.«

»Das scheint ja ein schrecklicher Alptraum gewesen zu sein, Will«, sagte Pearce. Die beiden Kadetten hinter mir brachen in schallendes Gelächter aus.

»Für dich bin ich Mr. McLean, Rotarsch!« fuhr ich Pearce an, hämmerte ihm die Faust vor die Brust und schleuderte ihn gegen die Wand. »Nimm gefälligst Haltung an, du Mistkerl. Das Kinn hoch!«

»Mein Gott«, sagte Alexander kichernd, »das scheint sich ja zu einer richtigen Schwitzparty auszuwachsen.«

»Offenbar will McLean auf seine alten Tage noch einen Dienstgrad ergattern«, sagte Braselton. Es war eine der wenigen halbwegs humorvollen Bemerkungen, die ich in seinem mittelmäßigen und völlig auf Alexander fixierten Leben von ihm gehört hatte.

»Runter mit dir!« brüllte ich Pearce an. »Fünfzig Liegestütze.« Pearce ließ sich sofort zu Boden fallen und zählte laut mit.

»Eins, Sir, zwei, Sir, drei, Sir . . .«

»Schneller, du Saftsack«, befahl ich.

»Fünf, Sir, sechs, Sir . . .«

»Wo warst du am Montagabend?« brüllte ich ihm ins Ohr.

»Auf meiner Stube, Sir.«

»Ist das eine offizielle Erklärung?« fragte ich. »In meiner Funktion als Mitglied des Ehrengerichts frage ich dich: Schwörst du, die Stube an diesem Abend nicht verlassen zu haben?«

Pearce schaute zu Alexander und Braselton auf. Er hielt den Blick auf die beiden gerichtet und antwortete, ohne mich anzuschauen, mit aller Entschiedenheit: »Jawohl, Sir, ich schwöre es.«

Ich erhob mich aus der Hocke und wandte mich zu den beiden Kadetten um, die im Türeingang standen. »Nicht einmal vor dem Ehrsystem habt ihr Respekt.«

»Ich weiß gar nicht, wovon du redest, McLean«, erwiderte Alexander.

»Du scheinst nicht ganz dicht zu sein, McLean«, fügte Braselton hinzu.

Pearce machte immer noch Liegestütze, als ich mich neben ihn kniete und ihm ins Ohr flüsterte: »Danke, Tom. Danke für alles. Sollte ich dich jemals brauchen, dann hinterlasse ich dir eine Nachricht in *Der Untergang des Abendlandes* von Oswald Spengler, zwischen den Seiten dreihundertacht und dreihundertneun.«

40

Das Treffen, das wir an diesem Abend auf unserer Stube veranstalteten, verlief in düsterer, gedrückter Atmosphäre. Von meiner aggressiven Großspurigkeit, die ich nach der Rückkehr von meiner Exkursion zur Villa des Generals an den Tag gelegt hatte, war nichts mehr übrig geblieben. Ich hatte den Tag voller Tatendurst und Kampfeslust begonnen, hatte mich geschützt und für unbezwingbar gehalten; und nun beendete ich diesen Tag furchtsam und eingeschüchtert, geschlagen von der überlegenen Strategie des Feindes. Es waren noch sechs Wochen bis zu unserem Abschluß an der Akademie. Ich machte meinen Stubenkameraden den Vorschlag, uns bis dahin unsichtbar zu machen und uns aus allem herauszuhalten. Ich erzählte ihnen von meinen Besuchen bei Gilbreath und Pearce und von meiner wachsenden Einsicht, daß wir der geradezu genialen Boshaftigkeit der Intrige, die gegen uns geführt wurde, hilflos ausgeliefert waren. Die Verschwörung der Zehn war brillant durchdacht und allumfassend; sie wies keine Lücke auf; zu den Verschwörern gehörten Generäle und Kommandeure; unsere Gegner beherrschten das Ehrengericht, und sie brachten ihre Opfer auf ihre Seite. Die Verschwörung war körperlos, nicht greifbar und von abgrundtiefer Schlechtigkeit.

Ich redete hastig, mit gleichermaßen nervöser wie entmutigter Stimme, die eine alarmierende Wirkung auf Mark und Tradd hatte. Sie erkannten augenblicklich die Gefährlichkeit unserer Lage und die zermürbende Ungewißheit, was mit uns geschehen mochte. Auf Pig jedoch machte das alles nicht den geringsten Eindruck. Er war immun gegen die Schrecken, die eine ungewisse Zukunft bereithalten mochte. Er war ein Urgestein, an dem alles zerbrach, was die Furcht hervorzubringen vermochte.

»Es macht mir am meisten Angst, daß ich nicht weiß, ob eine Gefahr besteht, und wenn, aus welcher Richtung«, sagte ich meinen Freunden. »Das werden wir erst erfahren, wenn es zu spät ist. Dabei war ich so sicher, diese Bande zerschlagen zu können. Ich habe uns für klüger gehalten als sie. Ich glaubte, sie überlisten zu können, so daß sie zu mir kommen und meine Bedingungen akzeptieren müßten. Ich wollte, daß sie am Boden kriechen. Ich wollte sie erniedrigen, demütigen. Und weil sie ein Geheimbund sind, eine Elite, wollte ich beweisen, daß ich genauso gut bin wie sie. Aber sie haben mich besiegt.«

»Sie haben uns alle besiegt«, sagte Mark bei dem Versuch, mich ein bißchen aufzumuntern.

»Du steckst ja auch überall deine Nase herein. An Orten, an denen du nichts zu suchen hast, und in Situationen, die dich nichts angehen«, schimpfte Tradd. »Die ganze Sache war von Anfang an eine Riesendummheit, und sie ist es immer noch. Wir müßten dringend für unser Examen studieren, und was tun wir? Wir verschwenden Zeit und Kraft für diesen kindischen Unsinn. Ich glaube nicht, daß dieser seltsame Klub die Macht hat, irgend etwas gegen uns zu unternehmen. Und selbst wenn es so wäre, wüßten sie mit ihrer kostbaren Zeit bestimmt etwas Besseres anzufangen. Ich schlage vor, wir ignorieren die Ereignisse der vergangenen Wochen, kümmern uns um unsere eigenen Angelegenheiten und vergessen die ganze Sache. Wir müssen darauf vertrauen, daß unsere ›Feinde‹, wie Will sie bezeichnet, auch unsere Jahrgangskameraden sind. Und ich glaube nicht, daß wir von Jahrgangskameraden irgend etwas zu befürchten haben. Aber dir, Will, muß ich den Vorwurf machen, daß wir diesen unglücklichen Verlauf der Dinge deinem übersteigerten Ego zu verdanken haben.«

»Bis jetzt dachte ich immer, ich wohne mit Tradd St. Croix auf einer Stube«, sagte Mark. »Ich hab' offenbar nicht mitbekommen, als er sich in Siegmund Freud verwandelt hat.«

»Will weiß, daß ich recht habe«, sagte Tradd.

»Die Kerle haben mir Angst eingejagt, Tradd«, erwiderte ich und blickte den ruhigsten, sanftesten und empfindsamsten meiner Stubenkameraden an — den Mann, auf dessen Einschätzungen ich in Krisenzeiten am meisten vertraute. »Ich fühle mich für Mark und Pig verantwortlich. Wäre ich nicht gewesen, dann wären sie vorgestern abend nicht zur Villa hinausgefahren. Vielleicht habe ich sogar dich in die Sache hineingezogen, Tradd. Jetzt möchte ich, daß wir alle da rauskommen. Ich weiß noch nicht, wie ich es anfangen soll. Aber ich glaube, wir müssen uns so unscheinbar wie möglich machen, die Klappe halten und vorsichtig sein. Wir sollten immer dicht zusammen bleiben, nur gemeinsam ausgehen, uns gegenseitig schützen und eine weiße Weste behalten. Falls ich Cain Gilbreath davon überzeugen kann, daß wir für die Zehn keine Bedrohung darstellen und daß keiner von uns gesehen hat, was sich in der Villa abspielte, dann vergessen sie uns vielleicht. Dann lassen sie uns vielleicht in Ruhe unser Studium abschließen, ohne den Versuch zu machen, uns Knüppel zwischen die Beine zu werfen.«

»Ich hab's satt, über diese Arschlöcher zu reden«, sagte Mark. »Ich hab' die Schnauze voll davon. Wir sollten uns erst dann die Köpfe zerbrechen, wenn sie irgendwas gegen uns unternehmen. Mann, auf dieser Stube ist so viel heiße Luft, daß man 'nen Fesselballon damit aufblasen könnte.«

»Wie sollen die Zehn wissen, daß ihr Geheimnis bei uns in sicheren Händen ist?« fragte Tradd und ignorierte Marks Bemerkung. »Wie sollen wir ihnen beweisen, daß sie uns trauen können?«

»Das tun wir gar nicht erst«, meldete Pig sich zum erstenmal bei diesem Treffen zu Wort. »Etwas Schlimmeres könnten wir gar nicht tun. Wenn wir zu beweisen versuchen, daß sie uns trauen können, dann würden wir ihnen zeigen, daß wir Angst vor ihnen haben. Wenn ihr mich fragt, ich scheiße auf diese Bande. Sollten sie versuchen, einem von uns irgendwas anzutun, dann wird Dante Pignetti ihnen einen kleinen Höflichkeitsbesuch abstatten. Falls die Kerle frech werden, dann feßle ich

Cain Gilbreath auf die Schienen und hole den Namen von jedem seiner feinen Freunde aus ihm raus. Und dann werde ich 'ne Menge Höflichkeitsbesuche machen. Ich werde weiße Handschuhe und Paradeuniform tragen und werde denen so kräftig in den Arsch treten, daß die in 'ne Umlaufbahn segeln.«

»Sie anzugreifen wäre zu gefährlich, Pig. Wir wissen nicht, was die Kerle vorhaben«, widersprach ich ihm. »Es könnte alles mögliche sein. Bobby Bentley haben sie in Columbia eine Treppe hinuntergeschubst. Ich habe versucht, Bobby anzurufen, aber er ist von der Uni abgegangen, und seine Mutter wollte mir kein Sterbenswort erzählen.«

»Wenn die versuchen, mich eine Treppe runterzuschubsen, dann lasse ich sie ihre Akademie-Ringe fressen«, rief Pig wütend und ließ die gewaltigen Armmuskeln spielen. »Ich werde mit der Bande den Kasernenhof fegen. Laßt sie nur kommen. Ich werde *denen* die heilige Angst einjagen. Wir haben nichts Unrechtes getan, Mann. Die waren es! Nein, wir müssen selbstsicher auftreten, als hätten wir noch 'nen Trumpf im Ärmel. Als hätten wir die Kerle am Kanthaken und bräuchten uns um nichts in der Welt Sorgen zu machen. Wir müssen genau das tun, was sie *nicht* von uns erwarten.«

»Ausnahmsweise muß ich Pig in diesem Fall recht geben«, sagte Mark. »Wir haben nur eins in der Hand: Wir wissen, daß diese Organisation existiert und was sie tut. Falls die Kerle versuchen, auf uns loszugehen, schlagen wir zurück. Falls sie uns in Ruhe lassen, lassen wir sie auch in Ruhe. Wir warten einfach ab, was passiert.«

»Diese Situation erfordert Vorsicht, kein unüberlegtes Draufgängertum«, widersprach Tradd. »Ich stimme mit Will überein.«

»Es spielt keine Rolle, wie du und Will über diese Sache denkt, Kumpel«, sagte Pig. »Weil Mark und ich euch jederzeit die Scheiße aus dem Balg prügeln können.«

»Na und?« fauchte Tradd ihn wütend an. »Glaubst du, das könnte meine Meinung auch nur ein Jota ändern?«

»Na klar. Die meisten Leute neigen dazu, ganz meiner Meinung zu sein, wenn ich ihnen die Arme breche«, sagte Pig freundlich, ohne drohenden Unterton; er stellte nur eine Tatsache in den Raum, die seiner Sicht der Dinge entsprach. »Und hiermit erkläre ich diese bescheuerte Versammlung offiziell für beendet.«

»Cain hat gesagt, daß wir – du, Mark und ich – so schnell wie möglich von der Akademie abgehen sollten, Pig«, sagte ich.

Woraufhin Mark und Pig in brüllendes Gelächter ausbrachen. Als sie sich halbwegs beruhigt hatten, erklärte Pig: »Er kapiert nicht, daß Pig das Leben auf dem Hochseil liebt. Das hab' ich dir schon mal gesagt. Ich brauche die Gefahr, Mann. Ohne Risiko ist das Leben nichts wert.«

41

Die Zehn verhielten sich ruhig. Wir hörten nichts von ihnen; wir bekamen niemanden zu Gesicht. Uns wurden keine ironischen Nachrichten zugespielt, und es wurden keine Zettel mit mörderischen Drohungen oder Racheschwüren unter der Tür unserer Stube hindurchgeschoben. Nachdem eine Woche gespannter Wachsamkeit vergangen war, gelangten wir zu dem Schluß, daß unser Stillschweigen die Zehn beschwichtigt hatte. Wir hatten niemandem von den Vorfällen in der Villa des Generals erzählt. Jeder Tag war ein kleiner Sieg in unserem Zermürbungskrieg. Mit jedem Tag rückten wir der Stunde näher, da wir unsere Examensurkunden erhielten und die Akademie verließen — fort von den Zehn, vergessen von ihnen, unerreichbar für sie, unverwundbar.

Aber es ist leicht, eine Gefahr zu vergessen, wenn man sich durch Rituale, die sich seit mehr als hundert Jahren nicht geändert haben, von einem falschen Gefühl der Sicherheit einschläfern läßt. Es war schwierig, die Gefahr zu spüren, die in jenen Tagen unsichtbar über uns schwebte: Es war Frühsommer, und die Stadt war von unglaublicher Schönheit; in den Gärten und Parks explodierten die Blüten zu einem Meer verschiedenster Farben; das braune Gras des Winters verschwand unter einem tiefgrünen, im Sonnenlicht leuchtenden Teppich, und an manchen Nachmittagen tobten reinigende Gewitter über der Stadt. Doch die Pfützen auf dem Paradeplatz trockneten schnell wieder, und es war wunderschön, in der Abenddämmerung über den Campus zu spazieren. Das Leben im Korps nahm seinen gewohnten Verlauf: Exerzierübungen am Dienstag, Sport am Mittwoch, Waffendrill am Donnerstag und die Parade am Freitag. Jeden Morgen um acht Uhr begannen die Vorlesungen, nachdem die Ausbildungsoffiziere die Stubendurchgänge vorgenommen hatten, und das Essen im Speisesaal war so heiß und reichlich und schlecht wie vor vier Jahren. Die Tage wurden wärmer, und die Zivilangestellten der Akademie mußten bereits den ersten Löwenzahn mähen, der über Nacht auf dem Paradeplatz wuchs. Die ersten Kadetten legten sich nackt auf die Dächer der Kasernen, um Grundbräune für die Wochenenden am Strand zu bekommen. Auf dem Dach der Kaserne des dritten Bataillons schlief ein Kadett in der Sonne ein und zog sich Verbrennungen dritten Grades an den Genitalien zu. Drei Rekruten wurden einen Tag lang vermißt; wie sich herausstellte, war ihr Boot im Golfstrom abgetrieben, als sie weit vor der Küste geangelt hatten.

In Charleston tauchten die ersten schwarzen Verkäufer auf dem Markt auf und boten an ihren Ständen frisches Gemüse an. Farbenprächtige Blumen verschönerten die Fenster der Villen an der East Bay Street. In den Vororten mähten Männer in kurzärmeligen Hemden den Rasen vor ihren Häusern. Im April bekam man in den Restaurants der Stadt die letzten frischen Austern; jetzt verschwanden sie von den Speisekarten. Die Fischkutter mit ihren schwarzen, geflickten Schleppnetzen tuckerten noch vor Tagesanbruch hinaus in die fischreichen Gewässer in der Nähe des Küstenstreifens bei Shem Creek.

Allmählich wich die Spannung von uns, und unsere Gedanken galten viel mehr unseren bevorstehenden Abschlüssen als den Zehn. Wir arbeiteten an unseren Examensarbeiten, verbrachten lange Stunden in der Bibliothek, flirteten mit den Frauen an der Buchausgabe, schickten die ersten Briefe an Freunde und Verwandte, daß es bald geschafft sei, und bereiteten uns seelisch auf das Leben außerhalb des Legrand-Tores vor. Abends aßen wir auf der Stube Cracker mit Käse und Sardinen und büffelten für die letzten Prüfungen, die wir an der Akademie ablegen würden. Wir hatten es so gut wie geschafft.

Am ersten Mittwoch im Mai kam Pig in die Stube und wedelte mit einem Umschlag.

»Ich hab' den Brief«, sagte er zu mir.

»Was für einen Brief?« fragten wir wie aus einem Munde.

»Den wichtigsten Brief meines Lebens, Kumpels. Ich möchte jetzt gern eine offizielle Erklärung abgeben. Sie wird euch noch glücklicher machen als mich. Und wenn ihr glücklich seid, bin ich um so glücklicher.«

»Was redest du denn da, in Gottes Namen?« sagte Tradd. »Nun lies den Brief schon vor. Wir müssen heute noch ein bißchen was für unser Examen tun.«

»Stimmt. Ich hatte letzte Woche so viel zu tun wie ein Einbeiniger bei einem Wettbewerb im Arschtreten«, sagte Mark, der bereits über seinen Büchern saß. »Wenn ich nicht reinhaue, dann raßle ich womöglich noch durch.«

Pig lächelte und sagte: »Theresa und ich werden nächsten Samstag heiraten.«

»Was?« sagte Tradd fassungslos.

»Hast du den Verstand verloren, Pig?« stieß ich hervor.

Mark kicherte. »Was für einen Verstand?«

»Theresa kommt Samstagmorgen hierher nach Charleston geflogen, und Father Bridges hat sich bereit erklärt, uns heimlich in der St. Mary's zu trauen. Es ist schon alles vorbereitet. Und ich werde drei Trauzeugen haben statt einem. Denn ihr drei, meine besten Kumpels, werdet am Altar stehen, wenn Pig seiner Theresa das Jawort gibt.«

»Warum wartest du nicht wie jeder andere, bis du dein Examen gemacht hast, Pig?« fragte ich. »Wenn das jemand herausfindet, fliegst du von der Akademie!«

»Ja. Gedulde dich noch die paar Wochen«, riet Tradd ihm. »In einem Monat hast du dein Diplom in der Tasche. Dann kannst du völlig legal heiraten. Wir könnten einen Empfang in der Durrell-Halle und anschließend in der Kapelle eine schöne Trauungszeremonie arrangieren, mit allen Kameraden.«

»Uns fehlt das Geld für eine teure Hochzeitsfeier, Kumpel«, sagte Pig, und seine Miene verdüsterte sich. »Das ist eins unserer Probleme. Wir wollen nicht mehr länger warten. Wir sind sowieso total pleite. Und wir haben Theresas Eltern endlich überreden können, uns ihre Einwilligung zu geben. Ich möchte, daß sie meine Frau ist, wenn ich mein Diplom bekomme. Ich möchte, daß sie Mrs. Pignetti wird.«

»Ich kann es nicht glauben. Erst letzte Woche haben wir uns darüber unterhalten, daß wir vorsichtig sein müssen, Pig«, sagte ich. »Und jetzt kommst du mit einem so irrwitzigen Plan.«

»Zum Teufel, Will«, sagte Mark. »Wir kennen mindestens zehn Senioren, die schon heimlich verheiratet sind. Ist doch keine große Sache. Wenn unser Matschhirn heiraten will, dann laßt ihn doch.«

»Möchte mir eigentlich keiner von euch gratulieren?« fragte Pig mit leiser Enttäuschung.

»Herzlichen Glückwunsch, Pig«, sagte ich rasch. »Wir freuen uns wirklich von Herzen, daß ihr heiratet, aber diese andere Sache macht uns noch ein bißchen Kummer. Du und Theresa, ihr wart für mich schon von Anfang an verheiratet, weißt du. Ich wußte immer schon, daß ihr zusammengehört.«

Tradd ging zu Pig und schüttelte ihm freundschaftlich die Hand. »Du heiratest eine wunderbare Frau, Pig. Meinen Glückwunsch.«

»Ja, ich kann's kaum glauben, daß ein so süßes Schnuckelchen wie Theresa dir für den Rest des Lebens beim Pinkeln zugucken muß, während sie sich morgens die Zähne putzt«, sagte Mark, erhob sich und klopfte Pig auf den breiten Rücken; dann umarmte er ihn mit südländischem Temperament und mit so herzlicher, aufrichtiger Freude, daß die gedrückte Stimmung auf der Stube verflog. Als Mark sich von Pig löste, sprang Tradd ihm in die Arme und rief: »Üb schon mal, die Braut über die Schwelle zu tragen, du verheirateter Mann.«

Ehrfürchtig schleppte Pig Tradd, der schlaff und seufzend in seinen Armen hing, durch die Stube; dann schleuderte er Tradd auf sein Bett, warf sich auf ihn und tat so, als würde er einen Geschlechtsakt vollziehen.

»Holt dieses Ungeheuer von mir herunter!« kreischte Tradd.

»Nicht so stürmisch, Pig«, rief ich lachend.

»Theresa würde es bestimmt gefallen«, sagte Mark. »Oder besorgt sie es dir, Pig?«

»He, so redet man nicht über meine Zukünftige, Mann«, stöhnte Pig. »Vorsicht, Tradd, ich glaube, mir kommt's gleich.«

»Um Gottes willen, Pig!« schrie Tradd und strampelte und wühlte sich aus der Umklammerung der gewaltigen Arme frei. »Himmel noch mal«, murmelte er und strich die Falten seiner Hose glatt. »Allein der Gedanke, daß du mich . . . macht mich krank.«

»Ich werde meinen drei Söhnen die Vornamen von euch Bastarden geben«, verkündete Pig.

»Tradd Pignetti«, sagte ich. »Das ist der dämlichste Name, den ich je gehört habe.«

»Ja, darüber hab' ich auch schon nachgedacht«, sagte Pig todernst. »Ich werde meinen Ältesten so taufen lassen. Die Jüngeren werden Respekt vor ihm haben und ihn nicht spüren lassen, wie total plemplem sein Name ist.«

Mark stöhnte auf, dann sagte er: »Es ist wirklich nicht zu fassen, daß dieses alte Matschhirn am Samstag heiratet. Es kommt mir vor wie gestern, als er seinen schwarzen Gürtel bekommen hat.«

»Ich habe oft den Eindruck, Pig, daß du nicht einmal alt genug bist, um den Führerschein zu machen«, sagte Tradd.

»Da fällt mir was ein.« Pig schnippte mit den Fingern. »Ich muß heute abend und morgen noch an meinem Wagen arbeiten, damit ich die Blechkiste bis zum Hochzeitsausflug ans Laufen kriege.«

»Du kannst heute abend nicht an deinem Wagen arbeiten«, sagte ich.

»Warum nicht?« fragte Pig. »Ich hänge eine Kabellampe an den Haken und mach' mich über das alte Mädel her. Das hab' ich schon mehr als einmal getan.«

»Abends? Während du dich eigentlich um dein Studium kümmern solltest?« fragte Tradd.

»Abends ist die beste Zeit. Es ist kühl, und die Ausbildungsoffiziere schnüffeln in den Kasernen herum. Die gucken nie auf dem Parkplatz nach. Aber ich muß euch um einen großen Gefallen bitten, Kumpels.«

»Um welchen?« wollte Tradd wissen.

»Ich frag' nur ungern. Ehrlich. Es tut mir wirklich weh, aber es geht nun mal nicht anders. Ihr habt mir bis jetzt immer großzügig Geld geliehen . . .«

»Wieviel brauchst du, Matschhirn?« fragte Mark und zog seine Geldbörse aus der Gesäßtasche.

»Nein, laß mich ausreden, Kumpel«, sagte Pig zu Mark. »Ich wollte euch das schon seit langem sagen. Ihr alle wißt, daß ich nicht genug Geld hatte, um eine zivile Uni zu besuchen. In den vier Jahren, die wir zusammenhausen, hat keiner von euch auch nur ein Wort darüber verloren, daß ich ein armer Schlucker bin. Und trotzdem hatte ich immer Geld. Immer. Wenn ich's am dringendsten gebraucht habe, habt ihr es mir besorgt. Ehrlich, Jungs, ihr wart immer so großzügig, daß ich heulen könnte, wenn ich nur daran denke. Ich hab' schon mit Theresa über diese Sache gesprochen, und ich soll euch auch von ihr ausrichten, daß ihr bei uns immer willkommen seid. Daß ihr zur Familie gehört.«

»Verdammt, Pig«, sagte ich, beschämt und gerührt zugleich, »halt jetzt endlich die Klappe und sag uns, wieviel du brauchst.«

»Nein, laß mich ausreden. Ich hätte es hier nicht bis zum Abschluß geschafft, wenn ihr nicht gewesen wärt. Ich möchte, daß ihr das wißt. Als ich an die Akademie kam, hatte ich keinen Cent in der Tasche. Ich will damit nichts gegen meine Familie sagen, Gott bewahre, Mann. Aber das wißt ihr ja schon. Ich bin stolz auf sie, so verdammt stolz, daß ich es kaum ertragen kann, auch nur daran zu denken, daß sie sich zu Tode schuften und mir so viel Geld schicken, wie sie sich vom Mund absparen können. Ich hab' euch nie anpumpen wollen, Kumpels, ehrlich. Es tut jedesmal weh, aber ihr habt mir nie das Gefühl gegeben, ein lästiger Bittsteller zu sein oder so was. Darum seid ihr meine Brüder, für den Rest meines Lebens.«

»Das nächste Mal suche ich mir nur reiche Stubenkameraden aus wie Tradd«, sagte ich.

»Wieviel brauchst du, Matschhirn?« fragte Mark.

»Ich hab' zwanzig«, sagte ich und zählte die Geldscheine auf meinen Schreibtisch.

»Die nehm' ich«, sagte Pig.

»Hier sind dreißig, mit den herzlichsten Glückwünschen.« Tradd nahm die Banknoten aus seinem Portemonnaie.

»Ich kann dir nur fünf geben, aber morgen wechsle ich einen Scheck ein«, sagte Mark. »Übrigens, welche Uniform sollen wir auf deiner Beerdigung tragen?«

»Die Paradeuniform«, erwiderte Pig, »mit Schärpe und Degen.«

»Dann muß ich, als gemeiner Soldat, mir erst mal einen Degen leihen«, sagte ich.

Pig erklärte: »Ich möchte mit Theresa unter einem Bogen aus erhobenen Degen hindurchgehen, wenn ich aus der Kirche komme.«

»Wie sollen drei Mann einen Bogen mit Degen bilden?« fragte Mark.

»Ihr müßt eben improvisieren«, sagte Pig mit überschwenglicher Freude. »Tja, Jungs, erst mal danke. Ich bin auf dem Parkplatz, wenn ihr mich braucht.«

»Laß dich nicht erwischen, Pig«, warnte ich ihn. »Oder du schiebst an deinem Hochzeitstag Strafwache.«

»Bleib heute abend hier, Pig, bitte«, sagte Tradd. »Wir unterhalten uns über deine Hochzeit, ja? Ich rufe Mutter an und frage sie, ob sie einen kleinen Empfang für Theresa und dich arrangieren kann.«

»Genau, Mann. Geh lieber nicht das Risiko ein, daß

ein Ausbildungsoffizier dich erwischt, während du 'ne Zündkerze wechselst«, sagte Mark.

»Pig lebt am Rande des Wahnsinns. Am beschissenen Abgrund zur Hölle.« Er grinste verwegen, salutierte, und küßte uns alle auf die Wange, bevor er in der Dunkelheit verschwand.

Als Tradd einige seiner Fachbücher aus dem Regal suchte und in seiner Aktentasche verstaute, sagte er: »Ich gehe zur Bibliothek. Von dort aus rufe ich Mutter an und frage sie, ob sie einen Empfang für Theresa und Pig veranstalten kann. Pig hätte wirklich auf der Stube bleiben sollen.«

Nachdem Tradd und Pig das Zimmer verlassen hatten, breitete sich Stille aus. Mark schaltete sein Radio ein und drehte am Senderknopf, bis er eine UKW-Station empfing. Die Musik war leise und unaufdringlich, und meine innere Unruhe ließ ein wenig nach. Ich ging zu meinem Schreibtisch, knipste die Lampe an und versuchte, weiter an meiner Abhandlung über *The Portrait of a Lady* zu schreiben. Ich hatte für Henry James nie viel übrig gehabt – bis ich diesen Roman gelesen hatte. Ich hätte nie damit gerechnet, daß James so sehr in meiner Achtung steigen würde, denn ich hatte ihn für einen jener weitschweifigen Romanciers gehalten, die die Sprache benutzten, als würden sie sämtliche englischsprechenden Menschen hassen. Doch mit der Geschichte über Isabel Archer hatte er mich tief bewegt.

Ich hörte, wie Mark in seinen Chemielehrbüchern blätterte. Er räusperte sich und bewegte sich nervös auf seinem Stuhl. Er drehte das Radio lauter, dann wieder leiser. Sämtliche Fenster der Stube standen offen, und vom Ashley River wehte eine sanfte Brise zu uns herein.

Ich begann an meiner Abhandlung zu schreiben,

aber der Einstieg wollte mir nicht so recht gelingen. Ich hatte immer Schwierigkeiten, wenn ich eine Sache anfangen mußte. Der erste Satz hatte zu viele Adjektive. Der zweite auch. Ich dachte daran, was mein Professor für zeitgenössische Literatur, Colonel Masters, gesagt hatte, ein zurückhaltender und exzellenter Lehrer. Er hatte mir wegen meiner unerschütterlichen Liebe zu Adjektiven einen milden Tadel erteilt. Also fing ich von vorn an, mit klaren, prägnanten Sätzen. Du schreibst keinen Roman, sagte ich mir, sondern eine wissenschaftliche Arbeit. Substantive und Verben, Substantive und Verben. Hin und wieder streute ich allerdings ein, zwei Adjektive ein, um mein unstillbares Bedürfnis zu befriedigen. Ich schrieb sechs Sätze; dann dachte ich an Annie Kate. In letzter Zeit dachte ich immer seltener an sie. In den ersten Wochen nach unserer Trennung hatte ich kaum an etwas anderes denken können. Sie hatte meine Träume – die Nacht- und die Tagträume – voll und ganz beherrscht, wie ein unerbittlicher Despot. Die Erinnerung an Annie Kate erfüllte mich mit Trauer. Isabel Archer, Henry James' Romanheldin, hatte mich an Annie Kate erinnert. Wahrscheinlich war das mit ein Grund, daß mir das Buch so unter die Haut ging. Und noch immer konnte ich niemandem von Annie Kate erzählen. Noch immer war sie mein Geheimnis, meine Schande, meine Liebe. Ich hatte mir tausend Gründe überlegt, Annie Kate zu hassen; aber ich konnte sie nicht hassen. Ich war zum erstenmal im Leben tief verletzt worden; ich hatte zum erstenmal einem Menschen all meine Liebe geschenkt, vorbehaltlos und ohne jede Einschränkung. Ich war verletzt worden, aber ich würde es überleben. Ich hatte ihr alles gegeben, hatte ihr meine scheue, unverdorbene Jugend dargeboten, doch Annie Kate hatte sich entschieden, dieses Angebot zurückzuweisen – was ihr gutes Recht war. Ich schrieb wieder ein paar Zeilen über Isabel Archer, und wieder formulierte ich die Sätze sachlich und nüchtern, so wie sie Colonel Masters gefallen würden.

Während ich schrieb, nahm ich am Rande des Bewußtseins die Musik wahr, die aus dem Radio erklang. Wieder hörte ich, wie Mark sich unruhig bewegte. Es gefiel mir, über den Büchern zu sitzen, konzentriert zu studieren und über Themen nachzudenken, die mit dem Leben in der Kaserne rein gar nichts zu tun hatten. Ich liebte diese beschaulichen Abendstunden, die Stille in den Kasernen. Die Geborgenheit und Sicherheit. Alles lief schneller und schneller auf den Punkt zu, auf den ich vier lange Jahre hingearbeitet hatte. Ich würde diese letzten paar Wochen intensiv studieren und meine Stube nur noch zum Antreten, zum Marsch zum Speisesaal und zur freitäglichen Parade verlassen.

Eine Stunde verging wie im Flug. Plötzlich hörte ich irgendwo draußen Lärm und Tumult. Es hörte sich weit entfernt an; wie die Explosion auf einem Stern, die von einem Astronomen beobachtet wird. Doch das Geräusch wurde lauter, und Mark knipste das Radio aus und lauschte angestrengt.

Binnen weniger Minuten hörten wir hastige Schritte auf dem Flur. Mark verließ die Stube, um nachzusehen, was los war. Ich ging zu seinem Schreibtisch, knipste das Radio wieder an und stellte es auf volle Lautstärke. In den letzten paar Wochen an der Akademie wollte ich von irgendwelchem Ärger nichts mehr wissen. Meine Neugier hatte sich erschöpft, als ich durch das Fenster in die Villa des Generals geblickt hatte. Kümmere dich um deine Abhandlung, sagte ich mir, als ich draußen das altvertraute Geräusch hörte, wie Kadetten sich hastig irgend etwas zuflüsterten; wie Neuigkeiten weitergegeben und auf den Fluren Gerüchte geboren wurden. In der Kaserne verbreiteten sich Gerüchte mit unglaublicher Schnelligkeit; wir hatten, als Gefangene hinter den steinernen Mauern der Akademie, durch unseren Überlebensinstinkt ein spezielles System der schnellen Verständigung entwickelt. Vor der Tür meiner Stube ertönten laute Stimmen. Ich hörte Rufe, Geschrei. Wieder ging ich zu Marks Schreibtisch. Ich drehte das Radio noch lauter. Auf dem Exerzierplatz, tief unter mir, hörte ich, wie der Wachoffizier und der Offizier vom Dienst den Kadetten befahlen, auf ihre Stuben zurückzukehren. In allen Kasernen war es auf einen Schlag lebendig geworden. Sämtliche Kadetten standen auf den Außengängen, drängten sich an den Geländern, starrten in die Tiefe, lauschten, versuchten, irgend etwas aufzuschnappen, stellten flüsternd Vermutungen an. Dann erwachten die Lautsprecher auf den Dächern krächzend zum Leben, und eine Stimme befahl: »Alle Kadetten des vierten Bataillons, kehren Sie sofort auf Ihre Stuben zurück. Ich wiederhole. An alle Kadetten des vierten Bataillons – kehren Sie umgehend auf die Stuben zurück.« Ich weigerte mich, die Stimmen zu hören. Die Stimmen, die Stimmen. Ich wurde von panischem Schrecken gepackt, obwohl ich gar keinen Grund dazu hatte. Ich wollte, daß Mark zurückkam. Ich wünschte mir, daß Pig und Tradd bei mir waren. Nervös begann ich wieder an meiner Abhandlung zu schreiben und blätterte mit fliegenden Fingern *The Portrait of a Lady* durch und schrieb Sätze ab, die ich vorher mit Filzstift angestrichen hatte.

Es wurde wieder still in den Kasernen, doch ich

konnte immer noch die kalten Unterströme spüren, das disharmonische Geflüster, das draußen auf den Fluren und den Außengängen eingesetzt hatte. Ich konnte hören, wie die Dämonen sich aufgeregt in ihren düsteren Nischen bewegten; ich konnte sehen, wie sie ihre boshaften gelben Augen auf die vierte Division richteten. Es war keine Vorahnung; er war eine unbewußte Form des Wissens. Die Augen der Bestie ruhten wieder auf meiner Stube. Ich spürte es; ich wußte es; ich hatte es herbeigeführt. Ich drehte das Radio noch lauter und stellte einen Sender ein, der Rockmusik brachte. Ich versuchte, wieder an meiner Abhandlung über Henry James zu schreiben; statt dessen schrieb ich immer wieder Annie Kates Namen und wünschte mir, sie würde mich immer noch lieben. Ich hätte alles getan, wenn sie mich nur wieder liebte.

Ich hörte Stimmen vor der Tür meiner Stube. Eine davon erkannte ich. Eine davon liebte ich. Die Bestie, lederhäutig und erschöpft, war die lange, gewundene Treppe bis zur vierten Division heraufgestiegen. Ich hörte das ungeduldige, aufgeregte Stampfen ihrer Hufe in meinem Hirn. Ich hatte damit gerechnet, daß sie mich auf die gleiche Weise angreifen würde wie zuvor: frontal, der Angriff aus Richtung Meer. Aber diesmal war es anders. Die Bestie hatte mich zu lange beobachtet und kannte meine schwächsten Stellen. Sie hatte Annie Kates Baby getötet, als Zeichen ihrer Macht, als gräßlichen Beweis ihrer Existenz. Sie hatte dafür gesorgt, daß Annie Kates Liebe zu mir erloschen war; denn sie wußte, daß mir dies noch mehr Schmerzen bereitete als der Tod des Kindes. Ich selbst hatte die Bestie durch meine Zweifel und Ängste erschaffen, hatte sie mit meinen Alpträumen gemästet, hatte sie durch meinen Abscheu vor mir selbst scheußlich und verderbt gemacht, hatte sie meine Geheimnisse der Täuschung und Beeinflussung gelehrt und ihr durch meine Einsamkeit Kraft verliehen. Sie kam immer nur dann, wenn ich geschwächt und verwundbar war, wenn alle Verteidigungsposten unbemannt waren. War ich frohgelaunt, gesund und kampfbereit, wagte die Bestie sich nicht an mich heran. Nein, sie machte ihre düsteren Annäherungsversuche nur dann, wenn ich den Geruch von Schwäche und Zerbrechlichkeit verströmte. Sie sah mein Zittern, und ich hörte ihre ekelerregenden, plötzlichen Annäherungen, die mir jeden Fluchtweg abschnitten.

Auf dem Flur wurde es still.

Die Tür ging auf.

Pig wurde von Major Mudge und dem Wachoffizier in die Stube geführt.

»Dieser Mann steht unter Stubenarrest, Mr. McLean«, sagte Major Mudge, ohne mich anzublicken. »Er darf die Stube nur unter Bewachung verlassen. Mr. Pignetti, Sie melden sich morgen früh um acht Uhr in meinem Büro und informieren mich über Ihre Entscheidung.«

Die Offiziere verließen die Stube. Pig und ich starrten uns an.

»Will«, sagte er, und seine Stimme brach mir das Herz.

»Will«, sagte Pig noch einmal, als wäre mein Name ein Hilfeschrei.

»Was ist passiert, Pig?« fragte ich. »Erzähl mir alles, was passiert ist. Ist es schlimm?«

Draußen vor der Tür hörte ich wieder das Stimmengemurmel, als die brausenden Stürme der Gerüchte über die Flure jagten.

»Du mußt mir helfen, Will«, bettelte Pig. Es war ein Betteln, keine Frage.

»Ich kann dir nicht helfen, solange ich nicht weiß, was passiert ist«, erwiderte ich. »Bitte, setz dich und erzähl es mir.«

»Du kannst mich aus dem Schlamassel herausholen«, sagte er verzweifelt und packte meinen Kragen so fest, daß das Emblem der R-Kompanie abriß. »Du kennst sie. Sie sind deine Freunde. Du kannst mit ihnen reden und einen Handel mit ihnen abschließen. Sag ihnen, wir tun alles, was sie verlangen.«

»Wovon redest du? Was ist denn passiert, um Himmels willen? Erzähl schon, Pig.«

»Du bist Mitglied im Ehrengericht«, sagte er. »Du kannst sie davon überzeugen, daß ich unschuldig bin.«

»Ehrengericht!« brüllte ich ihn an. »In Gottes Namen, was hast du getan, Pig? Hat man dich bei einer verdammten Ehrverletzung erwischt?«

»Es war eine Falle, Will«, sagte Pig mit wachsender Verzweiflung. »Ich war immer vorsichtig. Ich bin zu clever, um mich überraschen zu lassen. Aber die wußten, daß ich da draußen gewesen bin. Die haben mich beobachtet. Die hatten sich versteckt. Ich hab' sie erst gesehen, als es zu spät war.«

»Sag mir, was du getan hast, Pig«, forderte ich ihn auf und versuchte, klaren Kopf zu behalten.

»Kapierst du denn nicht, Will? Sie wußten, daß ich rausgehe. Sie haben mich verfolgt. Kaum war ich aus der Stube, haben sie sich an meine Fersen geheftet und abgewartet, daß ich was Unerlaubtes tue, und dann haben sie zugeschlagen und mich erwischt. Du hattest recht, Will, die wollen uns alle fertigmachen. Einen nach dem anderen.«

Plötzlich flog die Tür auf. Mark kam in die Stube. Sein Gesicht war düster und verzweifelt. Ohne ein Wort zu sagen, riß er Pigs Spind auf und schleuderte die Uniformen auf den Boden.

»Fang schon mal an zu packen, Matschhirn«, wandte Mark sich hitzig an Pig. »Fang an zu packen, und halt die Klappe.«

Pig ging zu Mark hinüber. Er hielt die Hände in einer hilflosen, flehentlichen Geste ausgestreckt. »Bitte, Mark«, sagte er, »tu mir das nicht an. Ich brauche euch Jungs jetzt mehr als je zuvor. Ich brauche die Hilfe meiner Kumpels. Ihr müßt mir helfen. Bitte. Ohne eure Hilfe bin ich ein toter Mann.«

»Pig!« brüllte Mark. »Du armseliger, dämlicher Bastard! Du bist sowieso erledigt. Du bist ein toter Mann, Kumpel. Dir kann keiner mehr helfen.« Mark blickte mich an. »Mugde und der Wachoffizier haben Pig auf dem Parkplatz mit einem Benzinkanister, einem Trichter und einem Absaugschlauch erwischt. Pig war gerade dabei, den Tankverschluß eines Wagens zu öffnen, der ihm nicht gehört. Toll, was? Ist das nicht ein wunderschönes kleines Verbrechen? Vor allem läßt es sich verdammt gut erklären, wo wir ihm vorhin fünfzig Dollar gegeben haben! Aber was tut dieser Blödmann? Klaut Benzin aus einem fremden Wagen!«

»Mein Gott«, sagte ich. »Du lieber Gott, Pig. Dann ist es vorbei. Hat man dich wirklich dabei erwischt?«

»Ich kann nicht von der Akademie abgehen, Will«, sagte er weinerlich. »Ich darf nicht bestraft werden. Ihr müßt mir helfen, ungestraft zu bleiben!«

»Und wie?« erwiderte ich und legte kühle Distanz in meine Stimme. »Wir können nichts tun. Was sollen wir denn sagen? Man hat dich auf frischer Tat ertappt. Dabei hast du gewußt, daß sie hinter uns her sind! Hinter jedem von uns! Du hast einen Diebstahl begangen. Punkt, aus. Dir bleibt nur noch die Möglichkeit, von der Akademie abzugehen und dich an einer anderen Hochschule zu immatrikulieren. Hier bist du am Ende, Pig, das kannst du mir glauben. Genausogut könntest du deinen Ring vom Finger streifen und ihn in den Ashley River werfen. Es ist aus, Pig. Aus und vorbei.«

Pig packte mich und schüttelte mich wild durch. Ich erwartete, daß er mit den Fäusten auf mich losgehen würde. Er hob die rechte Hand, schlug aber nicht zu.

»Halt die Fresse, Will«, stieß er drohend hervor. »Du hältst jetzt die Fresse, oder ich breche dir sämtliche Knochen. Es muß einen Ausweg geben! Du kennst sämtliche Mitglieder des Ehrengerichts. Rede mit ihnen. Sag ihnen, daß es ein Mißverständnis war. Du bist doch einer von denen.«

»Wenn du Will anrührst, bringe ich dich um, Pig«, sagte Mark und kam auf uns zu.

»Soll ich sie vielleicht bestechen, Pig?« rief ich. »Das Ehrengericht ist nicht die beschissene Mafia. Wenn ich versuche, die Mitglieder des Gerichts zu beeinflussen, dann kann ich mit dir zusammen die Koffer packen. Was soll ich ihnen denn erzählen, Pig? Was soll ich ihnen sagen? Ihr müßt mir aus einer Klemme helfen, Leute? Soll ich sagen, daß mein guter Freund Dante Pignetti mit Benzinkanister, Trichter und Absaugschlauch nur einen kleinen Abendspaziergang über den Parkplatz gemacht hat? Pig, du mußt von der Akademie abgehen. Ich sitze lange genug im Ehrengericht. Ich kenne das Spiel. Steig freiwillig aus, Pig, ich bitte dich! Sonst wird man dich vor Gericht stellen, und dann werden für dich die Trommeln ertönen, Junge. Wir alle werden nach Anbruch der Dunkelheit in zwei Reihen auf dem Paradeplatz stehen, wenn die Trommeln geschlagen werden und wenn du zwischen dem gesamten Korps hindurchmarschierst. Du hast kein Recht, uns dieses verdammte Scheißspiel zuzumuten. Ich könnte es nicht ertragen, wenn du den Schandgang machen mußt.«

»Ich dachte, ihr seid meine Freunde«, rief Pig.

»Ich bin dein Freund, Pig«, sagte ich leise und drückte seinen Kopf an meine Schulter. »Ich rede als Freund zu dir. Und als Freund gebe ich dir den Rat, freiwillig von der Akademie abzugehen.«

»Und was ist mit der Armee?« fragte er.

»Das ist jetzt vorbei«, antwortete ich.

»Was soll ich meinem Vater sagen? Meiner Mutter? Wie soll ich Theresa das beibringen? Mein Gott, wir heiraten am Samstag. Ich kann die Hochzeit nicht absagen. Wie soll ich meiner Familie und meiner Braut erzählen, daß ich wegen Ehrverletzung von der Akademie geflogen bin? Ich würde ihnen nie mehr in die Augen blicken können. Ich wäre blamiert.«

»Du bist blamiert, Matschhirn«, rief Mark und trat zwischen Pig und mich. »Geht das nicht in deinen italienischen Dickschädel? Es ist aus.«

Pig blickte mich an und sagte: »Das Ehrengericht ist die einzige Chance für mich, Will. Wirst du meine Verteidigung übernehmen?«

»Du wirst verlieren, Pig«, erwiderte ich und nahm den Blick von seinem Gesicht. »Du wirst verlieren, und dann wird alles nur noch schlimmer für uns.«

»Wirst du meine Verteidigung übernehmen, Kumpel?« Pig blieb beharrlich. »Ich flehe dich an, Will. Ich lasse mich auf die Knie fallen und bettle dich an. Ich brauche dich, Kumpel.«

»Du wirst verlieren, Pig«, sagte ich noch einmal. »Verstehst du denn nicht? Es gibt nichts zu verteidigen. Es gibt nichts mehr zu sagen. Das Ehrengericht kennt keine Gnade, und ich bin lange genug dabei, um zu wissen, wovon ich rede. Ich selbst kenne kein Pardon, wenn ich im Ehrengericht sitze. Du bist verpflichtet, über einen Kadetten zu richten, der gelogen, gestohlen oder betrogen hat. Ist er schuldig, fliegt er raus. Es wäre viel besser für dich, freiwillig zu gehen. Dann wird das Verfahren gar nicht erst eingeleitet, und dir bleibt der Schandgang erspart, Pig. Du hast doch selbst gesehen, wie so etwas vor sich geht. In den vier Jahren müssen es zwanzig oder dreißig Mann gewesen sein, die beim Trommelwirbel durch die Reihen der Kadetten gehen mußten. Etwas Schlimmeres kann auf dem Campus gar nicht passieren. Mann, das ist grauenhaft, zwischen den angetretenen Reihen des ganzen Regiments hindurchgehen zu müssen, wenn die eigenen Freunde dir den Rücken zukehren und schwören, nie wieder deinen Namen auszusprechen.«

Voller Entsetzen rief Pig: »Du wirst nie wieder meinen Namen aussprechen, Will?«

Ich blickte ihm fest in die Augen und sagte: »Nicht, wenn du wegen Ehrverletzung von der Akademie verstoßen wirst, Pig.«

»Du würdest nicht mal mehr meinen *Namen* aussprechen, Kumpel?« fragte er fassungslos, als würde ihm erst in diesem Augenblick die bittere Wahrheit bewußt, daß es für ihn zu Ende war. »Du würdest nie mehr meinen Namen sagen, nicht mehr mein Freund sein und mich und Theresa nie besuchen kommen?«

»Ja«, antwortete ich. »Und du, Mark?« fragte Pig.

»Du kennst das System, Pig«, erwiderte Mark und wandte sich von ihm ab. »Du hast dazugehört. Wenn du wegen Ehrverletzung verstoßen wirst, ist das wie dein Tod. Nein, falsch, es ist so, als hätte es dich nie gegeben.«

»Aber wir haben so vieles zusammen durchgestanden«, protestierte Pig schwach. »Wir haben gemeinsam das Rekrutenjahr geschafft, das Jahrgangssystem. Wir haben bis kurz vorm Examen alles gemeinsam durchgestanden! Und wir haben immer wie Brüder gekämpft. Wir haben ein so enges Verhältnis, wie Freunde es nur haben können, und jetzt sagt ihr mir, daß ich nicht mal mehr ein Name für euch sein werde. Ich werde nicht mal mehr ein *Name* für euch sein? Dann bin ich für euch gestorben, nicht wahr?«

»Halt's Maul, Pig«, sagte Mark. »Sei ein Mann.«

»Sei du ein Mann, Santoro. Es geht hier um meinen Arsch, nicht um deinen. Mein Leben wird kaputt gemacht, nicht deins. Es sind meine Eltern, denen ich sagen muß, was passiert ist. Es ist meine Braut, der ich schrecklich weh tun werde. Wie soll ich Theresa in die Augen schauen und ihr sagen, daß ich kein ehrenhafter Mann bin? Sie würde es nicht glauben. Sie kennt mich zu gut.«

»Du *warst* unehrenhaft«, sagte Mark. »Jetzt trag auch die Konsequenzen. Mehr ist dazu nicht zu sagen. Ich möchte nicht, daß Will dich vor dem Ehrengericht verteidigt. Und Tradd genausowenig.«

»Warum nicht?« fragte Pig. »Hättest du die Güte, mir das zu erklären, zum Teufel? Ich hab' das Recht auf eine Verteidigung.«

»Weil ich nicht will, daß die beiden jemanden verteidigen, der schuldig ist und es nicht verdient hat, den Ring zu tragen.«

»Du Hurensohn«, sagte Pig.

»Du bist wirklich ein Blödmann, Pig. Ein Schmalspurganove, der für ein paar Dollar alles aufs Spiel setzt und wie ein altes Waschweib jammert, wenn man ihn erwischt. Und jetzt möchtest du Will auch noch in diese Scheiße hineinziehen. Bist du nicht Manns genug, die Sache allein durchzustehen?«

»Es geht nicht um deinen Arsch, Mark. Das ist der Unterschied!« brüllte Pig.

»Du bist wirklich ein toller Dieb, Pig!« brüllte Mark zurück. »Eine ganz große Nummer. Ein ausgekochter Ganove, mit allen Wassern gewaschen. Übrigens, Will, da ist eine Sache, von der du noch nichts weißt. Ich hab's in der Wachstube gehört. Pig hat es dir bis jetzt verschwiegen.«

»Sei ruhig, Mark«, bettelte Pig.

»Als man unseren Gangsterboß geschnappt hat, war er gerade damit zugange, den Tankverschluß eines ganz bestimmten Wagens zu öffnen. Auf dem Aufkleber des Wagens stand die Kadettennummer 16407. Steht alles in Major Mudges Bericht.«

»Das ist mein Auto«, sagte ich fassungslos.

»Genau.« Mark wies mit dem Zeigefinger anklagend auf Pig. »Der gute alte Kumpel, der alte Bruder, unser altes Matschhirn, hat den Sprit von seinem beschissenen Stubenkameraden klauen wollen, der ihm gerade erst zwanzig Dollar geliehen hatte.«

»Ich wollte dich nicht um noch mehr Geld bitten, Will«, erklärte Pig mit so verzweifelter Stimme, daß es mir einen Stich ins Herz gab. »Ich hatte dich schon genug angepumpt. Ich wollte dir nicht zur

Last fallen. Das mit dem Benzin hätte ich später geregelt.«

Die Tür wurde geöffnet, doch keiner von uns hob den Blick, als Tradd in die Stube kam. Er ging mit seinen kleinen, zaghaften, anmutigen Schritten zu Pig und umarmte ihn. Beide waren den Tränen nahe.

»Es tut mir leid, Pig«, sagte Tradd mit kaum hörbarer Stimme. »Das alles tut mir furchtbar leid. Es ist schrecklich.«

»Wenn ich euch nicht mehr habe, Kumpels, dann habe ich gar nichts mehr«, sagte Pig.

»Hast du die Tür gesehen?« fragte Tradd mich.

»Was meinst du damit?«

»Mach die Tür auf und sieh selbst, Will«, sagte er.

Ich ging zur Tür und öffnete. Auf dem Flur war niemand mehr zu sehen. Dann fiel mein Blick nach unten — und ich sah sie, frisch auf das Holz gepinselt: die zehn.

Wir alle versammelten uns auf dem Flur und betrachteten die Zahl, als wäre sie eines dieser gräßlichen Totems, die in früheren Zeiten an gefährlichen Grenzen an Bäume genagelt worden waren, um Reisende zu warnen, daß sie in ein Gebiet kamen, in dem die Einwohner sich alles andere als freundlich verhielten. Die Zahl war ein Zeichen, mit dem die Zehn uns zu verstehen gaben, daß sie uns beobachteten, es immer noch auf uns abgesehen hatten und keine Gefangenen machten. Die Zahl bedeutete, daß Pig das erste Opfer auf ihrem Rachefeldzug gegen uns geworden war. Sie stellten uns nach, und das wollten sie uns wissen lassen. Wir schauten uns ängstlich an. Jetzt waren wir wieder Brüder.

Schließlich sagte Pig: »Jetzt müßt ihr versuchen, mir zu helfen. Das habe ich verdient.«

»Du hast recht, Pig«, murmelte ich und starrte wie gebannt auf die unbeholfen gemalte Zahl. »Wir sollten anfangen, uns eine Verteidigungsstrategie zurechtzulegen. Das Gericht tritt morgen abend zusammen, und wir müssen im Verhandlungssaal mit Dreck um uns werfen. Mark, sagst du Gauldin Grace Bescheid, daß Pig sich dem Gericht stellt und wir drei ihn verteidigen werden? Tradd, würdest du Mark begleiten? Von jetzt an sollte keiner von uns die Stube mehr allein verlassen.«

»Tradd hat mit der Sache nichts zu tun«, sagte Mark. »Und das wissen diese Schweine ganz bestimmt.«

»Wir wissen nicht, was sie denken«, erwiderte ich. »Gehst du zu Gauldin und sagst ihm Bescheid?«

»Ja, ich werd's ihm sagen.«

Doch es war Tradd, der über den Anblick der Zahl zehn an der Tür unserer Stube am meisten entsetzt zu sein schien. Er zuckte davor zurück, als wäre es eine Manifestation tödlicher Prophezeiungen, die wie obszöne Graffiti an die Wände einer heiligen Stätte gekritzelt waren. Hastig verschmierte er mit der Hand die Farbe, als könnte er auf diese Weise den Schrecken und die Bedrohung aus unserem Leben fortwischen.

»Ist alles in Ordnung, Tradd?« fragte ich.

»Ich bin traurig, Will«, antwortete er. »Nur sehr, sehr traurig.«

Die Verhandlungen des Ehrengerichts, das in der obersten Etage der Durrell-Halle zusammentrat, wurden stets mit erbarmungsloser Strenge und Sachlichkeit geführt. Dem dunklen Sitzungssaal mit seinen nüchternen schwarzen, lederbespannten Stühlen, dem makellos polierten Tisch aus Mahagoni und der angedunkelten Walnußholzvertäfelung entbehrte jegliche Freundlichkeit. Der Saal erweckte den Eindruck, als wäre er von einem melancholischen Zimmermann erbaut worden, dessen Spezialität Särge waren. Ich hatte erlebt, daß die bloße Atmosphäre dieses Saales angeklagte Kadetten völlig entmutigt hatte. Wegen meiner Erlebnisse in diesem Saal assoziierte ich für den Rest meines Lebens dunkles Holz mit düsterer Stimmung.

Die meisten Kadetten bekamen das Ehrengericht nie zu sehen; aber diejenigen, gegen die hier verhandelt wurde, würden niemals die mitleidlose Strenge der Sitzungen vergessen. Für einige Kadetten war dieser Saal gleichbedeutend mit dem letzten Blick ins Innere der Akademie. Für andere bedeutete er, daß zum erstenmal in ihrem jungen Leben von ihnen verlangt wurde, als Vollstrecker der Rache aufzutreten, als Diener und Wächter eines starren, unerbittlichen ethischen Kodex.

Ich beobachtete, wie die zwölf Mitglieder des Ehrengerichts zur anstehenden Verhandlung gegen Dante Pignetti den Saal betraten. Ich kannte die Jungs allesamt gut. Ich hatte ihre Charaktereigenschaften, ihre Fehler und Schwächen, ihre Stärken und Tugenden während der dreizehn Verhandlungen kennengelernt, an denen ich allein in diesem Jahr teilgenommen hatte. Gemeinsam hatten wir Beweise geprüft und abgewogen, hatten lange und erbittert diskutiert und manchmal gestritten; wir hatten übereingestimmt oder leidenschaftlich andere Meinungen vertreten, doch letztendlich hatten wir über jeden unserer angeklagten Kameraden den Richterspruch gefällt.

Die Erfahrung hatte mir gezeigt, daß man es in diesem Saal lernte, die Persönlichkeiten der jungen Angeklagten zu achten. Zwar verlieh es einem ein Gefühl der

Macht, solche unumstößlichen und endgültigen Entscheidungen treffen zu können; andererseits brachte es Leid und Schmerz für fast alle Beteiligten. Ich hatte viele Kadetten nach dem Urteilsspruch weinen sehen – wie auch einige derjenigen, die das Urteil gefällt hatten, meine Person eingeschlossen. Das System war unvollkommen und brutal. Und noch etwas hatte ich im Laufe meiner Amtszeit als Mitglied des Ehrengerichts gelernt: Alle Kadetten, die dem Gericht angehörten, haßten den Klang der Trommeln, wenn ihr langsamer, dumpfer Klagegesang den Schandgang einleitete, den die Verurteilten über sich ergehen lassen mußten und der im Beisein des gesamten Regiments auf dem Paradeplatz stattfand. Wir waren Mitglieder des Gerichts, weil wir an das System und dessen Ehrbegriff glaubten. Aber das Gericht machte uns älter; der Glaube allein bewahrte uns nicht davor. Dies war das schreckliche Geschenk des Gerichts an seine Mitglieder. Die zwölf Kadetten, die heute die Verhandlung führten, wirkten wie achtzigjährige Kinder, als sie auf ihren Stühlen Platz nahmen. Sie sahen furchtbar alt und verzweifelt aus, als Gauldin Grace, der Vorsitzende des Ehrengerichts, mit lauter Stimme um Ruhe im Gerichtssaal bat. Eine Verhandlung gegen einen Kameraden war an der Akademie die ernsteste Angelegenheit überhaupt.

Nachdem Gauldin Grace die Anklagepunkte verlesen hatte, wandte er sich an Dante Pignetti: »Angeklagter, erheben Sie sich, und treten Sie vor.«

Pig, der neben mir saß, stand auf und ging mit steifen Schritten zur Mitte des Saales und blieb an einer Stelle stehen, die vom Tisch der Ankläger, der Verteidigung und dem hochglanzpolierten Tisch des Ehrengerichts gleich weit entfernt war. Seine Schuhe glänzten, und seine Uniform war frisch gereinigt und gebügelt. In Uniform war Pig eine beeindruckende, blendende Erscheinung; allerdings war dieser Saal der einzige Raum der Akademie, in dem perfektes militärisches Auftreten und adrettes Äußeres keinerlei Bedeutung hatten.

»Bekennen Sie sich schuldig oder nicht schuldig, Mr. Pignetti?« fragte Gauldin förmlich.

»Nicht schuldig, Euer Ehren«, erwiderte Pig mit fester, beherrschter Stimme.

Der Vertreter der Anklage war Jim Rowland vom dritten Bataillon, ein hochintelligenter, scharfsinniger Kadett, der bereits von der Harvard-Universität fürs Jurastudium zugelassen worden war, sobald er sein Akademie-Examen in der Tasche hatte. Ich wußte, daß Rowland sich gar nicht erst als Anklagevertreter zur Verfügung gestellt hätte, würde er Pig nicht ohne jeden Zweifel als schuldig betrachten. Es war – weiß Gott – kein günstiges Zeichen, daß Jim Rowland die Anklage vertrat. Er besaß einen messerscharfen analytischen Verstand, und seine Kraft zum logischen Denken war meiner rhetorischen Fähigkeit der Verschleierung und Vernebelung überlegen. Er rückte seine Brille zurecht, als er sich vom Stuhl erhob, und strich sich fahrig mit der Hand über sein kurzgeschorenes, struppiges Haar. Er überflog seine Notizen, die er in sorgfältiger, sauberer Handschrift in einen gelben Hefter eingetragen hatte. Nie hatte ich Jim Rowland lächeln sehen, wenn er seine Pflicht tat. Das Ehrengericht hatte für die Verhandlung gegen Pig seinen fähigsten und strengsten Ankläger ausgewählt.

Als Jim Rowland mit seinen Darlegungen begann, wurde mir rasch klar, daß dieser Fall vermutlich der problemloseste sein würde, der jemals vor dem Ehrengericht verhandelt worden war. Rowland zählte einfach nur die Tatsachen und Begleitumstände auf, bis zu dem Augenblick, als Pig von Mudge und dem Wachtoffizier dabei erwischt worden war, wie er die Kappe vom Tankverschluß eines Wagens geschraubt hatte, einen Trichter in der linken Hand und einen Absaugschlauch um den Hals.

»Sie sehen also, meine Herren«, schloß Rowland seine Ausführungen, »daß es gar keinen Fall zu verhandeln gibt. Die Sachlage ist eindeutig. Eine Beratung des Ehrengerichts ist nicht erforderlich. Kadett Pignetti wurde bei einem Diebstahl auf frischer Tat ertappt. Ich werde nachher die beiden Zeugen aufrufen, die Kadett Pignetti bei der Tat beobachtet und ihn festgenommen haben. Sie werden bezeugen, daß dieser Kadett«, er hob die Stimme und zeigte auf Pig, dessen Schultern sich strafften, »schuldig im Sinne der Anklage ist und durch Diebstahl gegen den Ehrenkodex verstoßen hat. Seit ich an der Akademie bin, hat es noch nie einen so eindeutigen Fall von Diebstahl gegeben«, sagte Rowland abschließend — und traf damit leider voll ins Schwarze.

»Nehmen Sie Platz, Kadett Pignetti«, sagte Gauldin. »Mr. McLean, Ihre einleitende Erklärung.«

Ich trat in die Mitte des Saales und sah aus den Augenwinkeln, wie Mark Pigs breite Schultern massierte. Seit wir in den Saal gekommen waren, war Pig am ganzen Körper verspannt gewesen, und sein Gesicht war bei dem Versuch, seine Panik unter Kontrolle zu halten, rot angelaufen.

»Ich muß Mr. Rowland widersprechen und darauf bestehen, daß ein ordentliches Verfahren stattfindet und eine richterliche Entscheidung gefällt wird, Euer

Ehren«, sagte ich zu Gauldin. »Der Charakter der Anklagepunkte ist mir immer noch unklar, selbst nach der einleitenden Erklärung des Anklagevertreters.«

Jim Rowland sprang auf. »Es wäre mir eine Freude«, sagte er, »die Anklagepunkte noch einmal verdeutlichen zu dürfen, Euer Ehren. Ich werde die Sachlage mit so einfachen Worten schildern, daß sogar Mr. McLean sie versteht. Er scheint ein ernstes intellektuelles Problem zu haben, wenn er meinen Ausführungen von vorhin nicht folgen konnte.«

Einige Mitglieder des Ehrengerichts kicherten leise, doch ein eisiger Blick Gauldins, der in seinem Gericht keinerlei Humor duldete, brachte sie zum Schweigen.

»Kadett Pignetti wird des Diebstahls beschuldigt, Mr. McLean«, fuhr Rowland fort. »*Das* ist die Anklage. Verstehen Sie jetzt, worum es hier geht?«

»Bleiben Sie sachlich, Mr. Rowland«, tadelte Gauldin. Dann sagte er zu mir: »Was meinen Sie damit, daß der Charakter der Anklagepunkte Ihnen noch nicht klar ist, Mr. McLean?«

»Was hat Kadett Pignetti gestohlen, Sir?« fragte ich Gauldin. »Darüber bin ich mir immer noch nicht im klaren.«

Am Tisch des Ehrengerichts erklang erstauntes Gemurmel, doch Gauldins Hammer sorgte für Ruhe.

»Ich muß mich doch ernsthaft fragen, weshalb Mr. McLean um den heißen Brei herumredet«, sagte Rowland. »Das ist doch reine Zeitverschwendung!«

»Ich verstehe auch nicht, worauf Sie hinauswollen, Will«, sagte Gauldin. »Würden Sie dem Gericht Ihren Standpunkt näher erläutern?«

»Ich möchte wissen, was Mr. Pignetti gestohlen hat«, wiederholte ich.

»Er hat aus einem Pkw, der auf dem Parkplatz des vierten Bataillons stand, Benzin gestohlen«, erklärte Gauldin. »Trifft das zu, Mr. Rowland?«

»Das trifft zu, Euer Ehren.«

»Wieviel Benzin?« fragte ich.

»Kadett Pignetti wurde festgenommen, bevor er die Tat verüben konnte«, sagte Rowland. »Er hatte den Diebstahl noch nicht ausgeführt.«

»Dann hat er kein Benzin gestohlen«, sagte ich.

»Technisch gesehen, hat er kein Benzin gestohlen. Aber nur deshalb, weil man ihn erwischt hat, bevor er die Tat verüben konnte«, sagte Jim kopfschüttelnd und starrte mich halb mitleidig, halb zornig an.

»Sie selbst, Mr. Rowland, sagen also, daß Major Mudge Mr. Pignetti erwischt hat, *bevor* er überhaupt die Möglichkeit hatte, eine Ehrverletzung zu begehen.«

»Das habe ich soeben ganz und gar nicht gesagt, Mr. McLean«, erwiderte Rowland, der meine Verteidigungsstrategie allmählich durchschaute. »Ich sagte, daß Major Mudge Kadett Pignetti beim Begehen einer Tat erwischt hat, die gegen den Ehrenkodex verstößt.«

»Aber wenn Kadett Pignetti nichts gestohlen hat, Mr. Rowland«, beharrte ich, »dann liegt auch kein Verstoß gegen den Ehrenkodex vor. Mr. Pignetti hat kein fremdes Eigentum entwendet.«

»Ich kann Ihrer Argumentation nicht ganz folgen, Mr. McLean«, sagte Gauldin und klopfte wieder mit dem Hammer auf den Tisch, obwohl es diesmal still im Saal geblieben war.

»Mr. Grace«, sagte ich und wandte mich von Jim Rowland ab, »darf ich Sie und die anderen Mitglieder des Ehrengerichts daran erinnern, was die Vorschriften besagen. Ein Ehrverstoß liegt dann vor, wenn ein Kadett lügt, stiehlt, betrügt oder dahingehende Verstöße anderer Kadetten stillschweigend hinnimmt. In den Vorschriften steht aber keine Zeile darüber, daß ein Ehrverstoß vorliegt, wenn ein Kadett über eine Lüge nachdenkt, einen Diebstahl beabsichtigt oder einen Betrug plant. Gemäß den Vorschriften dürfen nur *überführte* Täter bestraft werden, aber niemand, der eine Tat verüben *will.* Kadett Pignetti hat nichts gestohlen. Als er festgenommen wurde, befand sich kein Benzin im Kanister. Da kein Benzin im Kanister war, kann er keines gestohlen haben. Wenn er keines gestohlen hat, hat er auch keinen Diebstahl begangen. Wenn er keinen Diebstahl begangen hat, liegt keine Ehrverletzung vor. Mr. Pignetti soll für eine Tat bestraft werden, die er *vielleicht* begangen hätte, die er aber nicht begangen *hat.* Gemäß den Vorschriften des Ehrenkodex ist Kadett Pignetti unschuldig.«

»Das ist Wortklauberei, Mr. McLean«, sagte Gauldin und blickte nach links und rechts am Tisch, um die Reaktionen der anderen Mitglieder des Ehrengerichts zu beobachten. Gauldin schaute in zwölf Augenpaare, die ihn zustimmend anblickten. »Ich bitte, diese Feststellung ins Protokoll aufzunehmen.«

»Es geht hier um Beweise, Herr Vorsitzender«, erklärte ich. »Es wurde nichts gestohlen. Diesem Gericht kann kein Beweisstück vorgelegt werden. Es wurde kein fremdes Eigentum entwendet.«

»Es ist offensichtlich, daß Mr. Pignetti die Absicht hatte, einen Diebstahl zu begehen. Es gibt nur einen Grund, daß kein Beweisstück vorliegt: Major Mudge hat Kadett Pignetti durch sein Erscheinen daran gehindert, den Diebstahl zu begehen«, konterte Gauldin.

»Dann sollten wir Major Mudge dankbar sein, daß

er Mr. Pignetti vor einer Ehrverletzung bewahrt hat. Es ist irrelevant, darüber zu diskutieren, was Mr. Pignetti hätte stehlen *können*. Ich wiederhole: Es wurde nichts gestohlen, also liegt kein Diebstahl vor. Kein Diebstahl und keine Ehrverletzung. Mr. Pignetti wird des Diebstahls beschuldigt, und die Vorschriften besagen unmißverständlich, daß eine solche Tat nicht hingenommen werden darf. Aber zeigen Sie mir, was Mr. Pignetti gestohlen hat. Wieviel hat er gestohlen? Dieses Gericht hat nicht das Recht, einen Mann von der Akademie zu verweisen, weil er irgend etwas getan haben *könnte*.«

»Das Gericht hat bereits zu Protokoll nehmen lassen, daß Sie Wortklauberei betreiben, Mr. McLean«, sagte Gauldin mit Schärfe in der Stimme. »Wir haben keine Zeit für Wortspielereien. Wir müssen diesen Fall zügig entscheiden.«

»Ich möchte Sie daran erinnern, Herr Vorsitzender«, erwiderte ich, »daß auch der Ehrenkodex aus Worten besteht und jedesmal, wenn dieses Gericht eine Sitzung abhält, ›mit Worten gespielt‹ wird; daß Sie selbst, Herr Vorsitzender, eine Verhandlung mit Worten eröffnen und schließen, und daß Sie Kadetten mit Worten schuldig sprechen und von der Akademie verstoßen. Die Verteidigung stellt den Antrag, die Anklagepunkte zu ändern. Wir möchten, daß folgendes zu Protokoll genommen wird: Mr. Pignetti wurde in dem Augenblick auf dem Parkplatz der Akademie festgenommen, als es den Anschein hatte, daß er einen Diebstahl begehen wollte. Und das ist kein Wortspiel, Herr Vorsitzender. Das ist der genaue Sachverhalt.«

»Ich bin von Ihrer Argumentationsweise ganz und gar nicht überzeugt, Mr. McLean«, erwiderte Gauldin ungeduldig.

»Es geht mir nicht nur darum, Sie zu überzeugen, Gauldin«, sagte ich und ließ den Blick über die Gesichter am Tisch des Ehrengerichts schweifen. »Ich möchte versuchen, wenigstens ein Mitglied des Gerichts davon zu überzeugen, daß keine Ehrverletzung vorliegt, weil kein Diebstahl begangen wurde. Wenn ich nur einen meiner Freunde im Ehrengericht davon überzeugen kann, daß mein Stubenkamerad sich nichts hat zuschulden kommen lassen, was einen Verstoß von der Akademie rechtfertigt, dann wird dieser Stubenkamerad zusammen mit uns anderen im Juni seinen Abschluß machen.«

»Einspruch, Euer Ehren«, sagte Jim Rowland und erhob sich. »Ich erhebe Einspruch dagegen, daß Mr. McLean seine freundschaftlichen Verbindungen zu einigen Mitgliedern des Ehrengerichts ins Spiel zu bringen versucht. Das ist für diesen Fall irrelevant.«

»Stattgegeben«, sagte Gauldin und nickte zustimmend.

»Ich möchte nicht noch einmal auf der Frage ›Wortklauberei oder nicht‹ herumreiten, Euer Ehren«, fuhr ich fort, »aber ich möchte als Entscheidungshilfe für dieses Gericht einen Präzedenzfall zitieren. 1928, als die Akademie sich noch im alten Gebäude in der Charlestoner Innenstadt befand, gab es einen Obst- und Gemüseladen auf der gegenüberliegenden Straßenseite des Eingangstores. In diesem Laden hatten die Kadetten häufig eingekauft. Der damalige Kadettenkommandant ließ eine Ergänzung in den Ehrenkodex aufnehmen. Die Vorschrift besagte, daß der Diebstahl von Obst und Gemüse in genau diesem Laden eine Ehrverletzung darstelle. Ein Kadett namens Kersey aus Roanoke, Virginia, wurde wegen Diebstahls einer Zwiebel vors Ehrengericht gestellt. Man verurteilte ihn wegen – ich zitiere – ›Diebstahls von Gemüse‹. Möchte eines der Mitglieder des Ehrengerichts eine Vermutung anstellen, wie das Urteil lautete?«

»Einspruch, Euer Ehren«, rief Jim Rowland, auf dessen Gesicht sich eine Mischung aus Zorn und Unverständnis spiegelte. »Das ist völlig irrelevant und reine Zeitschinderei!«

»Was hat dieses alte Urteil mit dem zu behandelnden Fall zu tun, Mr. McLean?« fragte der Vorsitzende.

»Es hat mit Worten zu tun, Herr Vorsitzender«, sagte ich ernst. »Es hat mit der Denkweise zu tun, die wir als Mitglieder des Ehrengerichts dieser Akademie entwikkeln *müssen.* Aber wir machen häufig den Fehler, Feinheiten zu übersehen. Als ich vorhin diese alte Geschichte erzählt habe, hat jedes Mitglied des Gerichts Kadett Kersey in Gedanken für schuldig befunden, nicht wahr? Schuldig, Gemüse gestohlen zu haben! Man hatte die Zwiebel in der Jackentasche von Kadett Kersey gefunden, und der Ladenbesitzer behauptete, Kersey dabei beobachtet zu haben, wie er sich die Zwiebel in die Tasche steckte. Auch ich hielt Kersey für schuldig, als ich diesen alten Fall in der Bibliothek nachgelesen habe. Aber das Ehrengericht des Jahres 1928 hat Kadett Kersey für nicht schuldig befunden. Man hat ihn wegen *Worten* freigesprochen, meine Herren! Kadett Kersey hatte kein Obst oder Gemüse gestohlen, sondern eine *Kräuterpflanze.* Im Ehrenkodex stand aber nichts davon, daß der Diebstahl einer Kräuterpflanze einen Verstoß gegen den Kodex darstellt. Aus diesem Grunde wurden die Vorschriften ein weiteres Mal ergänzt und verbessert, und zwar dahingehend, daß der Diebstahl *sämtlicher* Gegenstände, ob Tiere, Pflanzen oder Mineralien, einen Verstoß gegen den Ehrenkodex darstellt. Als Mr. Pignetti festgenommen wurde, hatte er weder Benzin noch einen sonstigen entwendeten Gegenstand bei sich, weil er keinen gestohlen hatte!«

»Ich verfüge hiermit, daß Ihrer Argumentation vor diesem Gericht kein Wert beigemessen wird, Mr. McLean«, sagte Gauldin und schlug mit dem Hammer auf den Tisch. »Ich fürchte, Sie fügen Ihrer Sache mehr Schaden als Nutzen zu.«

Bevor ich etwas erwidern konnte, murmelte Pig zornig ein ganz bestimmtes Wort – so leise, daß es kaum zu hören war, doch jeder im Saal warf Pig erstaunte Blicke zu. Den Mitgliedern des Ehrengerichts war das Wort fremd; aber Mark, Tradd und ich hatten es ziemlich oft von Pig gehört: Er hatte Gauldin auf italienisch als Arschloch bezeichnet.

»Ich möchte Sie um eine kurze Unterbrechung bitten, bevor Mr. Rowland seinen ersten Zeugen aufruft, Euer Ehren.«

»Stattgegeben«, sagte Gauldin und starrte Pig an.

Ich ging zum Tisch der Verteidigung, an dem auch Pig saß. Sein Gesicht war hochrot, wütend und verängstigt zugleich. Der Schweiß lief ihm über Stirn und Wangen. Tradd wischte ihm mit einem weißen Taschentuch aus Leinen, das seine Initialen trug, die Stirn ab. Die Geste berührte mich; denn sie erinnerte mich an Bo Maybank, der mich immer mit seinen feuchten Handtüchern bearbeitet hatte.

Wir scharten uns besorgt um Pig. Mark massierte ihm die breiten Schultern und versuchte, ihn zu beruhigen und zu entspannen; Pigs ganzer Körper war verkrampft, und sein Atem ging stoßweise.

»Pig«, flüsterte ich ihm zu, »es hilft dir ganz bestimmt nicht, wenn du den Vorsitzenden des Ehrengerichts als Arschloch bezeichnest. Ich weiß, daß du unter gewaltigem Druck stehst, aber wir können uns solche Ausbrüche nicht noch einmal leisten. Wir dürfen nicht die Hoffnung verlieren, Kumpel. Mit dem Scheißdreck, mit dem ich das Gericht vorhin beworfen habe, hat's wahrscheinlich nicht geklappt, aber wir müssen am Ball bleiben. Wir müssen nur einen von diesen Burschen überzeugen, daß wir recht haben. Nur einen einzigen, Pig. Um dich von der Akademie zu verstoßen, ist ein einstimmiger Beschluß erforderlich. Du mußt dich darauf konzentrieren, ruhig zu bleiben. Wir werden dich nicht als Zeugen aufrufen. Du brauchst dir also keine Sorgen zu machen, im Zeugenstand irgendwas Dummes zu sagen. Aber stoß die Burschen hier nicht vor den Kopf, indem du jedesmal fluchst, wenn sie eine Entscheidung gegen uns fällen.«

»Ruhig bleiben, Matschhirn«, sagte Mark sanft.

»Die werden mich rausschmeißen«, protestierte Pig und starrte uns mit funkelnden Augen an. »Die verpassen mir einen Arschtritt, daß ich in hohem Bogen von der Akademie fliege. Ich kann's spüren. Ich kann's in diesem verdammten Saal spüren, Mann. Ich komme mir wie auf meiner eigenen Beerdigung vor.«

»Wir haben noch ein paar Trümpfe im Ärmel«, sagte Mark und hielt den Mund ganz dicht an Pigs Ohr.

»Es ist wirklich ekelhaft, wie stark Italiener schwitzen«, sagte Tradd, rümpfte die Nase und wischte Pig wieder den Schweiß von der Stirn. »Amerikanische Körper könnten solche Mengen an Flüssigkeit nicht einmal in der Wüste produzieren.«

Zum erstenmal seit dem gestrigen Abend lächelte Pig. Es löste bei uns allen ein wenig die Spannung. Wir gingen an unsere Plätze zurück und warteten, bis Jim Rowland seinen ersten Zeugen aufrief. Als wir uns anhörten, was der Wachoffizier im Zeugenstand aussagte, legte ich Pig die rechte Hand auf die Schulter und drückte sie, während wir die mit monotoner Stimme vorgetragene Aussage über uns ergehen ließen, die durch ihre schlichte Überzeugungskraft und Stichhaltigkeit Pigs ohnehin brisante Lage noch gefährdeter machte. Mark massierte weiterhin Pigs Rücken und die Schultern, während Tradd ihm den Schweiß aus dem Gesicht wischte. Wir alle drängten uns dicht an Pig, beschützten ihn; indem wir ihn berührten, berührten wir uns alle, spürten unsere Kameradschaft, die seit vier Jahren allen Stürmen getrotzt hatte, spürten die Tiefe und die viel zu kurze Zeit unserer gemeinsamen Vergangenheit, unsere Freundschaft und Liebe. Wir hatten uns wie eine unzerstörbare Mauer um unseren gefährdeten Freund geschart, und wir berührten ihn, weil es die einzige Art der Verständigung war, derer wir uns jetzt noch bedienen konnten; es war die einzige Möglichkeit, Pig in den bisher schwersten Stunden seines Lebens zu sagen: Wir sind bei dir. In diesen Minuten war ich überwältigt von der wundervollen, übermenschlichen Solidarität mit meinen Freunden; mir wurde schwindelig vor Kummer und Liebe. Ich war durch eine unglaubliche, lebendige Symbiose mit dem Herzschlag und dem Puls meiner Freunde verbunden, und ich spürte, daß ich eins mit ihnen war, daß ich ihr Blut und ihren Atem brauchte. Hätte in diesen Augenblicken einer von uns diese Verbindung gelöst, hätten mein Körper und mein Geist den Schock des Verlustes nicht verkraften können.

Die Zeugenaussage des Wachoffiziers war kurz und

korrekt, denn Jim Rowland befragte ihn gekonnt und mit bewundernswerter Präzision. Der Tisch der Verteidigung erhob kein einziges Mal Einspruch gegen die Aussagen des Offiziers, und nachdem Rowland seine Befragung beendet hatte, verzichteten wir auf ein Kreuzverhör.

Major Mudge betrat mit forschen Schritten und gebieterischer Miene den Gerichtssaal. Er wurde vereidigt und wiederholte praktisch wortgetreu die Aussage des Wachoffiziers. Doch die Phraseologie und die Betonungen waren völlig anders: Mudge besaß einen Hang zum Dramatischen. Er gestikulierte heftig, stieß beim Reden den makellos manikürten Zeigefinger in die Höhe und bewegte ihn im monotonen Rhythmus eines Metronoms hin und her. Doch um der Wahrheit die Ehre zu geben: Mudge tat es sichtlich weh, gegen Pig aussagen zu müssen. Als einer der Ausbildungsoffiziere der R-Kompanie hatte er für uns Kadetten immer ein freundliches Wort übrig gehabt, und besonders Pig hatte er ins Herz geschlossen.

Als Rowland Mudges Befragung beendet hatte, erhob sich Mark, um den Major ins Kreuzverhör zu nehmen. Er ging mit schwungvollen Schritten zum Zeugenstand, die Arme im Rücken verschränkt.

»Major Mudge«, sagte er, »was Ihre Aussage betrifft, habe ich keine Fragen. Aber ich möchte Sie bitten, den Wagen zu beschreiben, aus dem Mr. Pignetti das Benzin stehlen wollte.«

»Gewiß, Mr. Santoro«, erwiderte Mudge und blätterte in seinen Notizen. »Es war ein grauer Chevrolet, ein 59er Modell, und er hatte dringend eine Wäsche nötig.«

»Wessen Wagen war es, Sir?« fragte Mark.

»Ich weiß nicht, wem der Wagen gehört, Mr. Santoro. Ich hielt es für bedeutungslos. Aber der Aufkleber hatte die Nummer 16407.«

Mark zog ein Blatt Papier von dem Klemmbrett, wo er seine Notizen festgeheftet hatte. »Würden Sie sich bitte diese Nummer anschauen, Sir, und dem Gericht sagen, wem der fragliche Wagen gehört?«

»Einspruch, Euer Ehren!« protestierte Jim Rowland. »Diese Frage ist völlig irrelevant. Aber das dürfte das Gericht inzwischen nicht mehr verwundern. Denn was wir heute abend von der Verteidigung gehört haben, war durch die Bank irrelevant.«

»Ich kann Ihnen versichern, Euer Ehren«, sagte Mark rasch, »daß die Frage, wem der Wagen gehört, von außerordentlicher Bedeutung ist.«

»Es kann niemandem schaden, wenn wir erfahren, wem der Wagen gehört«, bestimmte Gauldin. »Wenn Sie die Güte hätten, Major, dem Gericht diese Auskunft zu geben.«

»Der Wagen gehört . . .«, sagte Mudge und fuhr mit dem Zeigefinger eine Liste entlang, auf der die Nummern sämtlicher Pkws standen, die auf dem Campus parken durften. Plötzlich hielt er inne und blickte erstaunt zu mir herüber. »Der Wagen gehört Kadett McLean«, sagte er. »Ich hätte es wissen müssen. Ein so schmutziges Auto ist mir noch nie untergekommen.«

Erstauntes Gemurmel wurde am Tisch des Ehrengerichts laut. Auf den Gesichtern der Mitglieder zeigte sich Verwirrung, sogar Zorn. Sie blickten Pig an, dann mich, dann einander, als wäre ihnen soeben aufgegangen, daß ich das Opfer war, falls Pig tatsächlich ein Dieb sein sollte.

Das Opfer legte dem Dieb die Hand auf die Schulter,

und der Dieb legte seine Hand in einer instinktiven Geste auf die des Opfers.

»Ich habe keine weiteren Fragen an den Major«, sagte Mark.

»Dann rufen Sie Ihren ersten Zeugen auf«, wies Gauldin ihn an, als Mudge den Saal verlassen hatte.

»Als meinen ersten Zeugen möchte ich Mr. Will McLean aufrufen, Euer Ehren«, sagte Mark.

»Einspruch, Euer Ehren«, rief Jim Rowland. »Mr. McLean gehört zur Verteidigung. Er kann nicht gleichzeitig der Verteidigung angehören und als Hauptzeuge auftreten.«

»Die Verfahrensvorschriften des Ehrengerichts verbieten eine solche Vorgehensweise nicht!« konterte Mark.

»Ihr Einspruch wird abgewiesen, Mr. Rowland«, sagte Gauldin müde. »Nehmen Sie den Zeugen unter Eid, Mr. Santoro, und lassen Sie uns fortfahren.«

Es war eine ganz neue Perspektive für mich, diesen Saal aus dem Zeugenstand zu sehen und dem gleichen Ehrengericht gegenüberzusitzen, dem ich über meine gesamte Seniorenlaufbahn hinweg gedient hatte. Die jungen Männer, die dort saßen, waren gute Freunde von mir; doch an diesem Abend waren ihre Blicke hart und boshaft. Die Mitglieder des Gerichts starrten mich an, wie es von ihnen verlangt wurde – als einen Zeugen, nicht als Freund.

Als ich wartete, daß Mark meine Befragung aufnahm, begann ein Gedanke mich zu beunruhigen. Pigs Zwangslage hatte gezeigt, daß mir der Ehrbegriff der Akademie nur sehr wenig, wenn nicht gar nichts bedeutete, sofern er mit meinen Freunden und deren Sicherheit zu tun hatte. Falls ich Pig helfen konnte, diesen

Saal ungestraft zu verlassen, würde ich dafür lügen und betrügen, auch unter Eid. Ich würde mich bedenkenlos selbst einer Ehrverletzung schuldig machen, so selbstverständlich, wie ich mir morgens den Gürtel umschnallte. Aber dieser Gedanke war nur deshalb beunruhigend, weil er sinnlos war. Wir, die Verteidigung, waren an einem kritischen Punkt angelangt, wo nicht einmal die wildesten, ungeheuerlichsten Falschaussagen Pig helfen konnten. Unsere einzige Möglichkeit bestand darin, das Ehrengericht zu verwirren. Und genau das war die Strategie, die wir uns bei der nächtlichen Diskussion auf unserer Stube zurechtgelegt hatten – als Pigs letzte und einzige Chance. Aber wir hatten außerdem beschlossen – als geheime Vier-Mann-Verschwörung –, daß ich derjenige sein sollte, der eine bestimmte Lüge unter Eid vorbringen sollte, die Pig vielleicht helfen konnte. Das Ehrengericht würde die Glaubwürdigkeit eines seiner eigenen Mitglieder am wenigsten in Frage stellen. Alles, was ich unter Eid aussagte, würde für das Gericht außer Zweifel stehen. Bei drei Verhandlungen in diesem Jahr war es um Ehrverletzungen durch Lügen gegangen, und jedesmal hatte ich für schuldig gestimmt. Ich hatte keine Reue verspürt, als ich das dumpfe Trommeln beim Schandgang der drei Kadetten gehört hatte, die ihrer Lügen wegen von der Akademie verstoßen worden waren. Jetzt war ich es, der lügen würde. Ich hatte mir vorher stundenlang den Kopf darüber zerbrochen, ob ich es tun sollte oder nicht. Nun versuchte ich, gar nicht erst an das Lügen und die Heuchelei zu denken, als ich den ahnungslosen Gesichtsausdruck von Gauldin Grace sah. Ich konzentrierte mich ganz darauf, den Eindruck zu erwecken, die Wahrheit zu sagen. Nur drei Menschen würden jemals von der Lüge wissen – und gemäß den Vorschriften des Ehrenkodex hatten auch sie sich damit einer Ehrverletzung schuldig gemacht, denn sie tolerierten meine Lüge. Unsere Stube betrat nun das finstere Reich der Ehre, und wir besaßen keine Landkarten, auf denen wir uns hätten orientieren können; in diesem Reich standen keine Sterne am Himmel, an denen wir unsere Sextanten hätten ausrichten können; es gab keine Glocken, die Alarm läuteten, wenn Städte vom Feind erobert zu werden drohten. In diesem Reich gab es nur den dumpfen, monotonen Klang von Trommeln.

»Wann haben Sie erfahren, daß Mr. Pignetti festgenommen wurde, als er die Kappe vom Benzintank Ihres Wagens schrauben wollte?« fragte mich Mark.

»Gestern abend, nachdem Major Mudge Mr. Pignetti auf unsere Stube brachte.«

»Waren Sie verärgert, als Sie erfuhren, daß es sich um Ihren Wagen gehandelt hat?«

»Einspruch, Euer Ehren«, rief Jim Rowland. »Irrelevant und reine Zeitverschwendung.«

»Einspruch abgelehnt«, sagte Gauldin. »Ich bin neugierig zu erfahren, worauf Mr. Santoro mit seiner Vernehmung hinauswill. Ich bin schon den ganzen Abend neugierig, welche Taktik die Verteidigung verfolgt.«

»Nein, ich war nicht verärgert«, beantwortete ich Marks Frage. »Ich war erleichtert.«

»Würden Sie dem Gericht erklären, weshalb Sie erleichtert waren, Mr. McLean?« fragte Mark und blickte mich mit seinen dunklen Augen fest an.

»Weil es mein Wagen gewesen ist, stand für mich von vornherein fest, daß Kadett Pignetti keine Ehrverletzung begangen hat. Wäre es der Wagen irgendeines anderen Kadetten gewesen, und nicht der eines von Pigs

Stubenkameraden, hätte er sich *vielleicht* schuldig gemacht. Aber da es auf unserer Stube eine Absprache, eine Art ungeschriebenes Gesetz gibt, konnte Pig gar keine Ehrverletzung begehen, selbst wenn er den Tank meines Wagens bis zum letzten Tropfen geleert hätte.«

Jim Rowland sprang auf. »Einspruch, Einspruch, Einspruch, Euer Ehren!« rief er über das laute Murmeln im Gerichtssaal hinweg. »Das ist die absurdeste Aussage, die ich in diesen vier Wänden jemals gehört habe. Mr. McLean unterstellt damit, daß die Vorschriften des Ehrenkodex unter Stubenkameraden keine Gültigkeit haben. Das ist grotesk!«

»Ich muß zugeben, Mr. Santoro, ich verstehe auch nicht, worauf die Verteidigung abzielt«, erklärte Gauldin.

»Die Verteidigung möchte dem Gericht die Bedeutung und den Geltungsbereich der Absprache klarmachen, die wir auf unserer Stube getroffen haben, Euer Ehren. Es handelt sich, wie gesagt, um ein ungeschriebenes Gesetz zwischen Mr. Pignetti, Mr. McLean, Mr. St. Croix und mir. Dieses Gesetz war uns genauso wichtig wie der Ehrenkodex, und wir haben uns genauso streng daran gehalten.«

»Sie sind hier vor dem Ehrengericht, Mr. Santoro«, sagte Gauldin, doch auch seiner Stimme war die steigende Erregung anzuhören, die sich im Saal ausbreitete. »Wir sind hier nicht zusammengekommen, um über eine Absprache zu diskutieren, die Sie auf Ihrer Stube getroffen haben. Es freut mich zu hören, daß Sie offenbar eine Regelung getroffen hatten, die für Sie alle von Nutzen war. Aber das hat mit dieser Verhandlung nicht das geringste zu tun.«

»Falls Mr. Pignetti nicht gegen die Absprache auf unserer Stube verstoßen hat, dann können wir beweisen, daß er nicht gegen den Ehrenkodex der Akademie verstoßen hat, Mr. Grace«, sagte Mark und hob die Hand in einer bittenden Geste.

»Fahren Sie fort«, sagte Gauldin und seufzte.

Mark wandte sich wieder mir zu und fragte: »Wie kommen Sie zu der Behauptung, daß es für Mr. Pignetti unmöglich war, einen Ehrverstoß gegen Sie zu begehen, Mr. McLean?«

»Weil wir vier bereits in unserem Rekrutenjahr einen Pakt geschlossen haben. Dieser Pakt besagte folgendes: Habe ich Geld, haben auch die anderen Geld. Haben die anderen Nahrung oder Kleidung, dann habe auch ich Nahrung oder Kleidung. Bin ich in Schwierigkeiten, sind auch die anderen in Schwierigkeiten. Es war ein unvollkommenes System, aber es hat fast vier Jahre lang seinen Zweck erfüllt. Durch dieses System haben wir uns gegenseitig geholfen und unterstützt. Mr. Pignetti konnte mir gar kein Benzin stehlen, weil es auch sein Benzin war. Er hätte nicht einmal den Wagen stehlen können, denn es war auch sein Wagen. Er hätte mir nicht mal Geld aus der Brieftasche stehlen können, denn es war auch sein Geld. Falls er also Benzin aus dem Tank meines Wagens gebraucht hat, dann war es sein gutes Recht, sich dieses Benzin zu nehmen, und er brauchte mich gar nicht erst um Erlaubnis zu fragen.«

Ein lautes, verärgertes Stöhnen ging durch den Gerichtssaal. Jim Rowland sprang auf, um einen energischen Einspruch vorzubringen.

»Das ist verrückt, Herr Vorsitzender«, rief Jim über das Stimmengewirr hinweg. »Das hat nicht das geringste mit dem Ehrsystem der Akademie zu tun. Es ist ein kläglicher Versuch, die Vorschriften des Systems zu unterlaufen und unter den Mitgliedern des Gerichts Verwirrung zu stiften. Kadett Pignetti wurde mit einem Benzinkanister, einem Trichter und einem Absaugschlauch auf dem Parkplatz des vierten Bataillons ertappt, als er dabei war, den Tankdeckel eines Wagens zu öffnen! Das sind die Tatsachen, und deshalb steht Mr. Pignetti heute abend hier vor Gericht. Die Unterstellung, daß Mr. Pignetti den Vorschriften des Ehrsystems gewissermaßen enthoben ist, da er das Glück hatte, zufällig den Wagen eines seiner Stubenkameraden zu erwischen, ist geradezu lächerlich. Die Argumente der Verteidigung sind es nicht wert, von diesem Gericht zur Kenntnis genommen zu werden!«

»Wenn es mein Wagen gewesen ist, dann war es Mr. Pignettis Benzin«, sagte ich.

»Ich habe noch nicht über Mr. Rowlands letzten Einspruch entschieden«, fuhr Gauldin mich nervös an.

»Ich möchte Ihnen mit Nachdruck empfehlen, in meinem Sinne zu entscheiden«, sagte Jim. »Ich bin sicher, das Ehrengericht hat genug von diesem Possenspiel.«

»Einspruch abgewiesen«, sagte Gauldin hitzig. Es lag nicht an meiner klugen Strategie, daß Gauldin Grace diese Entscheidung fällte. Ich wußte, daß er ein Mann mit eisernem Willen war, unter dessen ernstem, würdevollem Äußeren sich ein hitziges Temperament verbarg – und Jim Rowland wußte, daß er einen verhängnisvollen Fehler gemacht hatte, Gauldin dessen Entscheidung ›empfehlen‹ zu wollen. Gauldin schlug mit dem Hammer auf den Tisch, bis Ruhe im Gerichtssaal eingekehrt war. »Fahren Sie fort, Mr. Santoro.«

»Wann haben Sie Ihren Wagen zum letztenmal aufgetankt, Mr. McLean?« fragte Mark.

»Vergangenen Sonntag, an der Gulf-Tankstelle an der Brücke über den Ashley River«, antwortete ich.

»War jemand bei Ihnen, als Sie getankt haben?«

»Ja. Mr. Pignetti.«

»Wer hat das Benzin bezahlt?«

»Mr. Pignetti hat mir das Geld fürs Benzin gegeben«, log ich. »Ich hatte mein Portemonnaie in der Kaserne vergessen.«

»Also hat Mr. Pignetti das Benzin bezahlt, das sich gestern abend im Tank Ihres Wagens befand?«

»Ja«, log ich noch einmal.

»Demnach hätte selbst dann kein Diebstahl vorgelegen, wenn Mr. Pignetti das Benzin tatsächlich abgesaugt hätte, was er nicht getan hat. Und selbst wenn das Gericht es als irrelevant betrachtet, daß Mr. Pignetti das Benzin sogar andernfalls hätte absaugen dürfen — nämlich als Ihr Freund und Stubenkamerad, mit dem Sie diesen Pakt geschlossen haben — es war *in jedem Fall* sein gutes Recht. Ist das korrekt?«

»Ja. Es war sein Benzin, denn er hatte es bezahlt.«

»Aber selbst wenn er das Benzin nicht bezahlt hätte — Sie bleiben dabei, daß es sowohl Ihnen als auch Mr. Pignetti gehörte?«

»Ja. Genau wie Ihnen und Mr. St. Croix. Das Benzin hätte uns allen gehört«, sagte ich.

»Diese Argumentation ist dermaßen absurd, daß ich nicht einmal Einspruch dagegen erhebe!« rief Jim Rowland.

»Dann möchte ich Ihnen vorschlagen, daß Sie den Mund halten, Herr Anklagevertreter«, sagte Gauldin, immer noch sauer auf Rowland.

»Ihr Zeuge, Mr. Rowland«, sagte Mark.

»Ich habe keine Fragen an Mr. McLean«, sagte Jim

Rowland, kam um den Tisch der Anklagevertreter herum, trat von hinten an den Zeugenstand und legte die Hände auf die Lehne des Stuhles, in dem ich saß. Dann sagte er über meinen Kopf hinweg zu den Mitgliedern des Ehrengerichts: »Mit einer Ausnahme: Warum hat Mr. Pignetti Ihnen nicht gesagt, daß er sich mit Trichter und Schlauch auf den Weg zum Parkplatz macht, um ein paar Liter Benzin aus dem Tank Ihres Wagens abzusaugen, Will? Seien wir doch mal ehrlich. Selbst wenn es diesen geheimnisvollen Pakt auf Ihren Stube wirklich geben sollte – würden Sie den Mitgliedern des Ehrengerichts bitte erklären, warum Mr. Pignetti Ihnen nicht einfach gesagt hat, daß er sich ein paar Liter Benzin holen möchte? Benzin, das selbstverständlich allen Kameraden auf Ihrer wunderbaren sozialistischen Stube gemeinsam gehörte, wie wir alle ja nun wissen.«

»Ich weiß nicht, warum er es mir nicht gesagt hat«, erwiderte ich und war dankbar, endlich mal wieder die Wahrheit zu sagen. »Ich könnte mir vorstellen, daß es ihm peinlich gewesen ist.«

»Peinlich?« sagte Jim sarkastisch. »Peinlich? Wie könnte jemandem auf dieser wundervollen Stube irgend etwas peinlich sein? Wo Sie doch so prächtige Kameraden sind? Alles ist gemeinschaftliches Eigentum. Wieso sollte es Mr. Pignetti in diesem Phantasieland, in diesem Utopia der vierten Division peinlich gewesen sein, Ihnen Bescheid zu sagen, daß er sich ein paar Liter Benzin holen möchte?«

»Ich hatte Mr. Pignetti kurz zuvor zwanzig Dollar geliehen. Mr. St. Croix hat ihm dreißig und Mr. Santoro fünf Dollar geliehen. Ich nehme an, Mr. Pignetti wollte das Geld nicht für Benzin ausgeben.«

»Und warum nicht, Mr. McLean?« fragte Jim und

beugte sich zu mir herunter, bis dicht an mein Ohr. »Ich glaube, fünfundfünfzig Dollar sind mehr als genug für eine Tankfüllung.«

»Mr. Pignetti möchte am Samstag in der St. Mary's Church in der Innenstadt heiraten«, sagte ich. »Ich bin sicher, er wollte das Geld für die Flitterwochen aufsparen. Ich bin überzeugt, er wollte keinen Cent für Benzin ausgeben.«

»Es dürfte Ihnen bekannt sein, Mr. McLean, daß dies hier eine Militärakademie ist und wir vor Aufnahme des Studiums eine Erklärung unterzeichnet haben, daß wir nicht verheiratet sind«, erklärte Jim förmlich.

»Ja, ich habe davon gehört, daß wir uns hier an einer Militärakademie befinden«, erwiderte ich, verärgert über seinen Tonfall, fing aber eine mahnende Geste Tradds auf, der mich warnte, daß es nicht der richtige Zeitpunkt war, meinen klugscheißerischen Humor anzubringen. »Aber ich habe nur gesagt, daß Mr. Pignetti heiraten möchte. Die Trauung ist für Samstag festgesetzt. Seine Braut kommt hergeflogen. Die erforderlichen Papiere sind ausgefüllt, und beide haben sich einem Bluttest unterzogen. Doch erst wenn die Trauung vollzogen wurde, ist Mr. Pignetti verheiratet. Es ist so ähnlich wie mit dem Benzin.«

»Blödsinn«, sagte Rowland.

»Kann sein«, erwiderte ich. »Aber Sie wissen so gut wie ich, daß es keine Ehrverletzung darstellt, wenn ein Kadett heiratet. Es ist ein Verstoß gegen die allgemeinen Vorschriften der Akademie, der mit einem Ausschluß geahndet werden kann, aber nur durch die Kommandantur. Wir alle wissen, daß mehrere Senioren verheiratet sind. Einige von uns haben sogar die

Frauen und Kinder von Jahrgangskameraden kennengelernt.«

»Aber auf Ihrer wundervollen Stube scheint es an der Tagesordnung gewesen zu sein, die Vorschriften der Akademie zu mißachten.«

»Wenn Sie möchten, Mr. Rowland, kann ich Ihnen einen verheirateten Kadetten vorstellen, der heute abend am Tisch des Ehrengerichts sitzt. Es ist zwar ungewöhnlich, daß ein verheirateter Mann dem Kadettenkorps angehört, aber so ungewöhnlich ist es nun auch wieder nicht.«

Ich hatte einen nicht wiedergutzumachenden taktischen Fehler begangen, und ich bereute meine Worte, kaum daß ich sie gesagt hatte. Meine erbitterte Rivalität mit Jim Rowland hatte den Wunsch in mir geweckt, auch das kleinste Rededuell zu gewinnen. Als ich sah, daß Fuzzy Swanson tief errötete und hektisch irgend etwas in das gelbe Notizbuch zu kritzeln begann, das vor ihm lag, wußte ich, daß ich die für Pig vielleicht alles entscheidende Stimme verspielt hatte. Ich verfluchte mich selbst; ich hatte nicht das Recht, aus gekränkter Eitelkeit irgendeine Stimme zu vergeben, die Pig vielleicht die Zukunft retten konnte.

»Ich hoffe, das Ehrengericht verzeiht mir diese Indiskretion. Ich hatte kein Recht, so etwas zu sagen. Ich möchte mich hiermit entschuldigen«, sagte ich, doch Fuzzy Swanson hatte ich für immer verloren.

»Sie hatten in der Tat nicht das Recht, so etwas zu sagen«, stimmte Gauldin zu.

»Mr. McLean«, fuhr Rowland fort, »Sie sagen also vor diesem Gericht aus, daß Sie der Meinung sind, Mr. Pignetti habe das Benzin gestohlen, weil es ihm peinlich gewesen ist, seine Stubenkameraden um eine höhere Geldsumme anzupumpen.«

»Ich habe nicht ausgesagt, daß Mr. Pignetti Benzin gestohlen hat«, verbesserte ich ihn. »Ich habe ausgesagt, daß er gar nichts gestohlen hat.«

»Keine weiteren Fragen, Euer Ehren«, sagte Jim Rowland und ging zu seinem Stuhl zurück.

»Hat ein Mitglied des Ehrengerichts irgendwelche Fragen an Mr. McLean?« erkundigte sich Gauldin. Dann ordnete er eine zwanzigminütige Sitzungspause an, die wir dazu nutzten, unser Schlußplädoyer zu überdenken.

Jim Rowland zog in seinem Schlußwort keinen überraschenden Trumpf aus dem Ärmel; verbale Taschenspielertricks lagen ihm nicht. Sein Verstand arbeitete präzise wie ein Uhrwerk, was Jim einerseits gefährlich, andererseits vorausberechenbar machte, zumal er ein absolut integrer Mensch war und felsenfest an Pigs Schuld glaubte. Als Jim geendet hatte, konnte ich dem Schweigen im Saal entnehmen – der Art, Dauer und beängstigenden Tiefe dieses Schweigens –, daß Jim Rowland mehrere Mitglieder des Ehrengerichts von Pigs Schuld überzeugt hatte.

Dann erhob sich Tradd und ging mit langsamen, kleinen Schritten in die Mitte des Saales. Als er zu reden begann, zitterte seine Stimme. Die Worte, die er sagte, waren zart und zerbrechlich. Hinter Jim Rowlands Schlußplädoyer hatten die Wucht und die Kraft der Integrität gestanden; bei Tradd St. Croix war es ein Schrei des Herzens.

»Ich weiß, daß dieses Gericht über die Taktik erzürnt war, mit der wir unseren Stubenkameraden Dante Pignetti verteidigt haben. Aber wir haben diese Taktik gewählt, weil wir unseren Stubenkameraden lieben und fast alles tun würden, um ihm eine Bestrafung durch das Ehrengericht zu ersparen. Aber ich möchte einige ganz persönliche Anmerkungen machen, und ich bitte das Gericht, meine Worte zu überdenken, bevor es sein Urteil fällt. Diese Anmerkungen haben nichts mit dem Ehrenkodex zu tun, aber sie sind von entscheidender Bedeutung bei der Beantwortung der Frage, was Mr. Pignetti gestern abend auf dem Parkplatz getan hat. Es geht darum, daß Mr. Pignetti arm ist. Damit meine ich nicht nur, daß er aus einer Familie stammt, die nicht genug Geld hat. Nein, ich meine den Begriff der Armut in viel weiterem Sinne – so umfassend, daß wir alle ihn wohl niemals begreifen können. Ich habe immer Geld gehabt, viel Geld, so daß sich mir nie die Frage gestellt hat, was ich tun würde, wenn ich keinen einzigen Cent in der Tasche hätte. Noch nie habe ich jemanden, der kein Geld hat, so gut kennengelernt wie Mr. Pignetti. Und dabei habe ich gelernt, daß man sich anders verhält, wenn man arm ist. Man sieht die Welt mit ganz anderen Augen. Man muß sich ständig Sorgen darüber machen, wie man das Studium finanzieren soll, wie man sich immer wieder Geld für Uniformen, Kleidung und Nahrung von den Kameraden leihen kann. Man ist sogar gezwungen, sich Geld für den Erwerb des Akademie-Ringes zu borgen. Die Armut hat Mr. Pignetti zu einem Menschen gemacht, der anders war als die, die um ihn herum waren.«

Tradd hielt inne und blickte Pig an. Doch Pig hatte den Kopf gesenkt und starrte zu Boden. Erniedrigung und Scham hatten sein Gesicht tiefrot anlaufen lassen. Als Tradd sich wieder den Mitgliedern des Ehrengerichts zuwandte und fortfuhr, gewann seine Stimme an

Festigkeit und Überzeugungskraft. »Ich möchte das Gericht bitten, sorgfältig zu berücksichtigen und abzuwägen, was Will und Mark ausgesagt haben und was ich Ihnen jetzt sage. Auf unserer Stube *gab* es ein anderes System. Wir haben nie darüber gesprochen, weil es uns allen peinlich war, über dieses Thema zu reden. Aber unsere Stube *mußte* anders sein, und zwar aufgrund der entscheidenden Tatsache, daß Pig arm ist. Auch Will und Mark hatten nicht viel Geld. Ich war der reiche Junge auf der Stube, und die anderen mußten mich genauso beschützen, wie sie Pig beschützen mußten. Wenn einer von uns außer der Reihe Geld von den Eltern bekam, haben wir nur das behalten, was wir brauchten, und den Rest in eine gemeinsame Stubenkasse gezahlt. Das Geld, das wir nicht dringend brauchten, haben wir also in einen Topf geworfen. Wir hatten uns darauf geeinigt, nicht mehr in diese Kasse einzuzahlen, als es Will oder Mark möglich war. Diese Entscheidung haben die beiden getroffen, weil ich von Haus aus reich bin. Hätten nur Mark, Will und ich auf einer Stube gewohnt, hätten wir uns dieses System nicht auszudenken brauchen. Wir haben es getan, weil wir mit Pig zusammenwohnten, und wir mußten einen Weg finden, ihm Geld zukommen zu lassen, ohne ihn zu beschämen. Wann immer er konnte, hat auch Pig einen Betrag in die Gemeinschaftskasse gezahlt, und das waren die glücklichsten Tage auf unserer Stube. Für gewöhnlich hat Pig jedoch nur seinen Anteil aus der Kasse genommen, und zwar immer dann, wenn wir anderen nicht auf der Stube waren, weil es ihm peinlich war. Aber er wußte so gut wie wir, daß er sich das Geld nehmen durfte, weil es ihm gehörte. Wissen Sie, Pig hat uns leid getan, und wir hatten Schuldgefühle, daß er arm war und wir nicht.

Dann aber ist, fürchte ich, etwas Schreckliches mit unserem System geschehen. Ich glaube, wir haben Pig oft den Eindruck vermittelt, eine Art Almosenempfänger zu sein. Er war ein armer Kerl, und wir haben beschlossen, ihn bis zum Examen mitzuziehen, ob er uns nun um Geld anpumpte oder nicht. Wir haben ihn zu einem Fürsorgefall gemacht, ohne es zu wollen.

Ich glaube Pig, wenn er sagt, daß er gezielt Benzin aus Wills oder Marks oder meinem Wagen genommen hat. Ich glaube, er hatte das Gefühl, uns bereits um zu vieles gebeten zu haben. Er wußte, daß alles auch ihm gehörte, worum er uns gebeten hat. Er wußte, daß wir ihm mehr Geld geliehen hätten, wenn er mehr gebraucht hätte. Er wußte, wir hätten ihm Benzin für seinen Wagen gekauft; er hätte nur zu fragen brauchen. Ich glaube, Pig hat das Benzin nur deshalb genommen, weil es das Letzte gewesen wäre, worum er uns gebeten hätte.

Wir sind der Meinung, daß Pig uns nichts stehlen konnte. Was uns gehörte, gehörte auch ihm. Hätte man ihn mit dem Kanister, dem Trichter und dem Schlauch am Wagen eines anderen Kadetten erwischt, würde die Verhandlung heute abend gar nicht erst stattfinden. Keiner von uns hätte ihn verteidigt. Aber es war Will McLeans Wagen, meine Herren, und es war Will McLeans Benzin. Pig aber konnte Will McLean, Mark Santoro oder mir gar nichts stehlen. Falls das Gericht der Meinung ist, daß hier ein Diebstahl oder ein versuchter Diebstahl vorliegt, fordere ich es hiermit auf, mir den Bestohlenen zu zeigen. Sie haben gehört, wie der angeblich Bestohlene ausgesagt hat, daß kein Diebstahl begangen wurde. Man kann nicht stehlen, was einem selbst gehört. Wenn sich das Gericht gleich zur Beratung zurückzieht, dann wird es auch darüber entscheiden, wie es um die Wirksamkeit des Systems auf unserer Stube bestellt war.

Was Pigs Karriere an der Akademie betrifft, hat er unglaublichen Mut gezeigt. Er war ein vorbildlicher Kadett und Zugführer. Bei der Reserveoffiziersausbildung im Sommerlager seines Zuges hat er als Zweitbester abgeschnitten. Er hat fleißig studiert und sich in der Ringermannschaft der Akademie hervorragend geschlagen. Sie müssen heute abend darüber entscheiden, ob Dante Pignetti den Ring tragen darf oder nicht. Sie müssen darüber entscheiden, ob er für seine Armut bestraft werden soll oder nicht. Wir vertrauen darauf, daß Sie das alles berücksichtigen werden, meine Herren, und Dante Pignetti von jeder Schuld freisprechen.«

Gauldin Grace schlug mit dem Hammer auf den Tisch. »Ich bitte, den Saal für die Beratung des Ehrengerichts zu räumen.«

Eine Stunde lang blieb das Gericht hinter den großen, verschlossenen Eichentüren, die zu den Tagungsräumen im hinteren Teil führten. Wir warteten in einem kleinen Vorzimmer, wo sich normalerweise die Zeugen vor der Vernehmung aufhielten, auf den Urteilsspruch. Tradd ging hinunter ins Erdgeschoß und zog an einem Zigarettenautomaten in der Rekrutenkantine eine Schachtel Marlboro. Keiner von uns war gewohnheitsmäßiger Raucher, aber an diesem Abend rauchten wir alle. Zuerst redeten wir kein Wort über die Verhandlung. Statt dessen tauschten wir Erinnerungen an unser Rekrutenjahr aus, an den Höllenabend, an jenen Tag, als wir Abführmittel ins Fondant gegeben hatten, an unseren ersten Wochenendausgang, an die Weihnachtsurlaube, an unsere gemeinsamen Erlebnisse — wir redeten über alles, was uns den Grund unseres Hierseins vergessen ließ. Wir lachten viel, aber das Lachen tat uns gut. Es war schön zusammenzusitzen, und es ließ die Zeit schneller vergehen. Manchmal schweifte Pig vom Thema ab und redete mehr zu sich selbst — über Dinge, bei denen wir ihm nicht folgen konnten. Kein einziges Mal nahm er den Blick vom Fußboden. Doch bevor die Stunde um war, konnte er schließlich nicht mehr an sich halten und erkundigte sich, wie es bei der Verhandlung wohl gelaufen sein mochte.

»Wie stehen unsere Chancen, Will?« fragte er. »Du kennst diese Burschen, ich nicht. Die sahen alle so aus, als wollten sie mich zur Sau machen.«

»Ich weiß es ehrlich nicht, Pig«, antwortete ich. »Wenn ich dich nicht so gut kennen würde, wüßte ich selbst nicht, wie ich entscheiden würde. Der Fall ist ein bißchen seltsam.«

»Die werden mich nicht rausschmeißen«, sagte Pig. Seine Worte hörten sich mehr wie ein Gebet denn wie eine Überzeugung an. »Die werden mich nicht rausschmeißen, weil ich Senior bin und den Ring trage und kurz vor dem Examen stehe. Nur noch gut einen Monat, und wir haben unsere Abschlüsse in der Tasche. Es war wohl doch keine so gute Idee, Theresa am Samstag herkommen zu lassen, um zu heiraten.«

»Wann hast du schon mal eine gute Idee, Matschhirn?« murmelte Mark und blickte Pig durch den Rauch seiner Zigarette düster an.

»Du hattest kein Recht, denen zu sagen, daß meine

Familie arm ist, Tradd«, sagte Pig mehr zu sich selbst als zu Tradd. »Die haben mich angeschaut, als wäre ich ein Haufen Dreck, als du erzählt hast, was für ein armer Hund ich bin. Du hast es so dargestellt, als wäre ich ein Nassauer, ein Schmarotzer. Teufel noch mal, ich hab' immer einen fairen Anteil in die Gemeinschaftskasse gezahlt. Das hättest du denen sagen sollen. Und wer hat euch denn mit Vitamin C vollgepumpt, wenn ihr erkältet wart? Der alte Pig. Und als du, Tradd, letztes Jahr so ausgesehen hast, als würdest du unter Anämie leiden — wer war da mit seinen eisenhaltigen Tabletten zur Stelle? Der alte Pig. Das alles hättest du denen erzählen müssen. Und du hättest ihnen sagen sollen, daß meine Familie zwar nicht gerade vor Geld stinkt, aber daß die Pignettis stolze Menschen sind, die vor niemandem katzbuckeln. Diese Arschlöcher da drinnen haben überhaupt keine Achtung vor mir. Die halten mich für einen Haufen Mist. Und sieh dir diese Kerle mal an! Die sind einer wie der andere in einer erbärmlichen körperlichen Verfassung. Schlappe Typen. Ich werde mal ein Trainingsprogramm für die Jungs zusammenstellen, Will. Krafttraining. Egal, was bei der Verhandlung rauskommt — ich möchte, das diese Schlappschwänze sich besser um ihre Körper kümmern. Die glauben, ich hätte keinen Stolz und keine Selbstachtung. Dabei hab' ich mehr Stolz als all diese Arschlöcher zusammen. Das hättest du denen sagen müssen, Kumpel.«

»Tut mir leid, Pig«, erwiderte Tradd. »Aber ich dachte, das könnten sie selbst erkennen. Ich hielt es für überflüssig, auf eine Tatsache hinzuweisen, die für jedermann offensichtlich ist.«

»Hör mal, Pig«, beruhigte ich ihn. »Egal, wie das Urteil ausfällt . . . natürlich hoffe ich, daß du freigesprochen wirst . . . aber wenn nicht, dann mußt du es wie ein Mann hinnehmen. Hast du verstanden? Nicht, daß du mir den Saal zertrümmerst und die Mitglieder des Gerichts halbtot schlägst.«

Pig hob kraftlos die Hand. »Ich hab' euch ja schon gesagt, daß ich mehr Stolz habe als jeder in dem Saal«, erwiderte er. »Die Kerle betrachten mich sowieso nur als armen, dummen italienischen Bauerntrampel. Aber sobald sie mich freigesprochen haben, werde ich zu jedem einzelnen auf die Stube gehen und ihm sagen, daß Tradd vergessen hat, den Stolz der Familie Pignetti zu erwähnen.«

Jemand klopfte an die Tür des Vorzimmers.

Paul Vacendak, der Protokollführer des Ehrengerichts, öffnete die Tür und teilte uns mit, das Gericht sei zu einem Urteil gelangt.

Wir knieten uns in dem kleinen Zimmer im Kreis zu Boden und hielten uns die Hände; dann betete Mark das Vaterunser vor, und wir sprachen ihm nach. Pigs Hand war feucht und glitschig vor Schweiß.

Nachdem wir den Gerichtssaal betreten hatten, nahmen wir unsere Plätze ein und versuchten, den Ausdruck auf den Gesichtern der Mitglieder des Ehrengerichts zu deuten. Aber diese Jungen waren mittlerweile erfahrene Veteranen, wenn es galt, über Kameraden zu urteilen, und ihnen war nicht anzusehen, wie ihr Spruch ausfallen würde.

Gauldin Graces Stimme hallte durch den Saal. »Angeklagter, erheben Sie sich.«

Pig stand auf, nahm Haltung an und blickte mit trotzigem, erbittertem Mut zum Richtertisch.

»Die Mitglieder des Ehrengerichts befinden Sie für schuldig im Sinne der Anklage.«

Bei dem Wort *schuldig* gaben Pigs Knie für einen Augenblick nach. Unwillkürlich wankte er einen Schritt nach vorn, als hätte er den Urteilsspruch nicht richtig verstanden, als bräuchte er eine Bestätigung für das, was er eben gehört hatte. Dann drehte er sich zu uns um und streckte die Arme aus wie ein Kind, das seine Mutter um Schutz anfleht.

Und dann stieß er einen derart schmerzerfüllten Schrei aus, daß ich ihn nie vergessen werde, solange ich lebe. Der Schrei kam völlig unerwartet und war schrecklich schrill und verzweifelt. Es war der Schrei eines kleinen Tieres, eines winzigen Lebewesens, das sich nur in der Nacht hervorwagt; eines Pflanzenfressers, dessen Überleben von Tarnung und Schnelligkeit abhängt. Es lag keine Kraft in diesem Schrei, und er verwandelte meinen riesigen, unbesiegbaren Stubenkameraden in ein harmloses Beutetier.

Wir sprangen auf und hielten den wankenden Pig fest. Mark legte ihm den Arm um die Schulter und trug Pigs ganzes Körpergewicht.

»Gauldin, dürfte ich um ein paar Minuten Zeit bitten, bevor wir zum Paradeplatz gehen?« fragte ich.

»Beeilen Sie sich, Will«, antwortete er. »Er kann seine Eltern aus dem Vorzimmer anrufen. Sie wissen, wie alles weitere abläuft. Und noch etwas, Will.«

»Ja, Gauldin«, sagte ich. Ich war nicht fähig, ihn anzublicken.

»Es tut uns allen leid. Es war schrecklich. Aber wir konnten kein anderes Urteil fällen. Das soll ich Ihnen im Namen aller Mitglieder des Ehrengerichts mitteilen.«

»Richten Sie ihnen meinen Dank aus, Gauldin.«

Wir gingen in den kleinen Warteraum zurück und

setzten Pig in einen der lederbespannten Lehnstühle nahe der Tür. Wir wußten nicht, wie wir ihn ansehen oder was wir ihm sagen sollten. Wir begannen bereits, uns innerlich von ihm zu lösen und Abstand von ihm zu gewinnen; jetzt schon setzte der erbarmungslose Prozeß ein, der dazu führte, daß wir Pig als Fremden betrachteten, als jemanden, den wir nie gekannt hatten und nie mehr kennenlernen würden – als einen dermaßen unreinen Menschen, daß wir ihn nicht beachten würden, wenn er uns in zehn Jahren zufällig auf der Straße begegnete. Dieser Prozeß hatte bei Mark, Tradd und mir bereits begonnen, als wir nun verzweifelt nach den richtigen Worten suchten, nach den letzten Worten, die wir in unserem Leben zu Pig sagen würden, um auf menschliche, brüderliche Weise für immer Abschied von ihm zu nehmen.

Während wir dort saßen, hörten wir bereits den dumpfen Zapfenstreich, als die Trommler zur schrecklichen Verbannungszeremonie zum Paradeplatz zogen. Wir hörten das Dröhnen der Stiefel, als das Regiment dorthin marschierte, um in zwei langen Reihen für den Schandgang Aufstellung zu nehmen.

»Pig«, sagte ich verzweifelt, »das ist nicht das Ende der Welt. Es gibt andere Hochschulen, wo man nicht einmal weiß, was dieses beschissene Ehrsystem eigentlich ist . . . wo man sich nicht mal vorstellen kann, was eine Militärakademie ist. Dort kannst du von vorn anfangen. Der General wird dir ein gutes Zeugnis ausstellen, da bin ich sicher. Er wird nur hineinschreiben, daß du dich nicht an das militärische Leben gewöhnen konntest. Du mußt das alles so schnell wie möglich vergessen.«

»Du mußt deine Eltern anrufen«, sagte Mark. »Du

solltest sie nicht warten lassen und ihnen klipp und klar sagen, wie die Entscheidung ausgefallen ist.«

»Ich hab' sie noch gar nicht angerufen. Sie wissen nicht mal, daß ich wegen Ehrverletzung vor Gericht gestellt wurde«, sagte Pig und atmete so schwer, als hätte er gerade einen Langstreckenlauf hinter sich.

»Was?« rief Mark. »Du hast sie noch gar nicht auf diese Scheiße vorbereitet?«

Zum erstenmal, seit die Trommeln erklungen waren, hob Pig den Kopf. »Wie hätte ich meinen Eltern beibringen sollen, daß ihr Sohn möglicherweise von der Akademie fliegt?« flüsterte er. »Sie wären nie darüber hinweggekommen.«

»Verdammt! Was meinst du, wie sie jetzt erst reagieren werden?« sagte Mark und bereute augenblicklich seine Worte. »Tut mir leid. Mein Gott, Pig, es tut mir leid.«

»Möchtest du, daß ich sie anrufe?« erbot sich Tradd. »Ich könnte es ihnen schonend beibringen ... oder, noch besser, ich bitte Mutter, deine Eltern anzurufen. In Situationen wie dieser findet sie immer die richtigen Worte.«

»Nein. Ich werde es ihnen selbst sagen, wenn der richtige Zeitpunkt gekommen ist«, antwortete Pig. »Wenn es für mich am besten ist.«

»Versuch gar nicht daran zu denken, was sich gleich auf dem Paradeplatz abspielen wird«, riet Tradd ihm. »Denk erst gar nicht darüber nach, und bring es so schnell wie möglich hinter dich.«

Ich schaute Pig an und sagte: »Ich muß dich bitten, mir deinen Ring zu geben.«

»Nein!« stieß er in wildem Zorn hervor und ballte die Fäuste.

»Du hast keine Wahl«, sagte ich und senkte den Blick. »Ich muß Gauldin den Ring geben, wenn wir dieses Zimmer verlassen.«

»Laß mich den Ring behalten, Will«, flehte Pig mich an. »Ich hab' ihn mir verdient. Ich hab's verdient, ihn zu tragen. Man hat mir schon alles andere weggenommen. Der Ring ist alles, was mir geblieben ist.«

»Gib mir den Ring«, sagte ich.

»Er gehört mir, Will.«

»Jetzt nicht mehr.«

»Nun gib ihm schon den verdammten Ring«, sagte Mark, den Tränen nahe, und starrte auf die Tür. »Mach's uns allen nicht so schwer.«

Pig zog den Ring vom Finger und warf ihn nach mir. Er verfehlte nur knapp meinen Kopf und prallte gegen einen Lampenschirm auf der gegenüberliegenden Seite des Zimmers.

»Sei ein Mann«, sagte Mark. »Verdammt noch mal, benimm dich wie ein Mann. Du hast doch die ganze Zeit damit geprotzt, wie stolz du bist. Jetzt zeig es uns.«

»Ich werde es dir zeigen, Kumpel«, sagte Pig, doch in seinen Augen erlosch das Licht, und irgend etwas Tödliches trat an seine Stelle. »Du wirst es erleben, und du wirst dich dein Leben lang an Dante Pignettis Stolz erinnern. Das verspreche ich dir.«

»Wenn du dich beeilst, kannst du den Zug nach New York noch erwischen«, sagte Tradd nach einem Blick auf die Uhr. »Wenn du es nicht mehr schaffst, könntest du in der Innenstadt einen Fernbus bekommen. Soviel ich weiß, fährt einer um drei Uhr früh.«

Ich holte den Ring aus der Zimmerecke, schob ihn in die Brusttasche und ging zu Pig hinüber. Wieder klopfte jemand an die Tür. »Es ist soweit«, sagte ich.

Pig stand auf und drehte sich zur Tür um, kehrte uns den Rücken zu.

»Lebt wohl, Kumpels«, sagte er. »Und danke für alles. Ich danke euch von ganzem Herzen – meinem Herzen, Kumpels.«

Wir gingen zu ihm und umarmten ihn ein letztes Mal. Er blickte uns nicht an und erwiderte unsere Umarmungen nicht. Er machte sich von uns frei und verließ das Zimmer, ohne einen Blick zurückzuwerfen. Ich tastete mit der Hand nach seinem Ring in der Brusttasche und spürte, wie mein Herz gegen das goldene Band schlug.

Als wir den Paradeplatz erreichten, machte das Korps sich für den Schandgang bereit. Mein Körper fühlte sich an, als wäre mir eine Überdosis Novokain gespritzt worden. Wir gingen nicht, wir taumelten aus der Durrell-Halle zum Paradeplatz und beobachteten, wie das Regiment Aufstellung nahm. Die Menge strömte auseinander, teilte sich wie eine gigantische Zelle bei einer unnatürlichen, grotesken Mitose, bis sich zwei lange Reihen gebildet hatten, die sich von einem Ende des Paradeplatzes bis zum anderen erstreckten. Tausend Kadetten standen tausend anderen gegenüber; zwischen den zwei Reihen befand sich ein knapp zwei Meter breiter Korridor. Diesen Korridor würde Pig bei seiner einsamen, grausamen Parade des unehrenhaft Entlassenen zum letzten Mal entlangmarschieren. Dieser sogenannte Schandgang war das gefürchtetste und barbarischste Ritual der Akademie.

Ich selbst hatte neun Jungen auf diesen Schandgang geschickt, und nicht ein einziges Mal hatte es mir Gewissensbisse bereitet. Ich war überzeugt gewesen, daß man diesen bitteren Preis bezahlen mußte, wenn man an einer Institution, an der ›Ehre‹ ein heiliger Begriff war, gegen den Ehrenkodex verstoßen hatte. Ja, es hatte mir sogar ein Gefühl der Macht verliehen, das Recht zu haben, das gesamte Regiment zum Schandgang zusammenrufen zu lassen.

Ich hörte den scharfen Befehlen der Kompanieführer zu, mit denen sie ihre Züge ausrichteten, während ich mit Tradd und Mark am hinteren Ende der gewaltigen rechten Reihe Aufstellung nahm, weit weg von den Kameraden der R-Kompanie, genau an der Stelle, an der Dante Pignetti seine letzten Schritte auf dem Campus tun würde. Am Nordrand des Paradeplatzes sah ich ein gelbes Taxi stehen. Der Motor lief, wie ich an den Auspuffgasen sah, und der Fahrer saß mit einer Zigarette im Mundwinkel hinter dem Lenkrad und las Zeitung.

Ich stand zwischen Mark und Tradd. Ich wollte irgend etwas zu ihnen sagen, doch es gab keine angemessenen Worte. Ich hatte den verzweifelten Wunsch, ihre Hände zu halten, sie wieder zu berühren, so wie vorhin, um eine Verbindung herzustellen, bei der ich Menschlichkeit und Liebe spüren konnte, um die Finsternis wenigstens ein bißchen zu erhellen. Aber ich war Kadett, diszipliniert und gut ausgebildet, und so stand ich in Hab-acht-Stellung da und wartete.

Die Trommeln verstummten, und tiefe Stille senkte sich über den Paradeplatz. Dann hörte ich, wie Gauldin Grace mit lauter, schneidender Stimme das Urteil des Ehrengerichts verlas:

»Meine Herren, das Ehrengericht ist heute abend zusammengetreten und hat Pignetti, D. A., R-Kompanie, der Ehrverletzung durch Diebstahl für schuldig befunden. Sein Name wird von keinem Angehörigen der Militärakademie von South Carolina mehr ausgesprochen. Er wird nie wieder den Fuß auf das Gelände der Akademie setzen. Sein Name und sein Angedenken sind für jeden erloschen, der den Ring trägt oder danach strebt, ihn zu tragen. Er soll von uns gehen und nie wiederkehren. Der Schandgang kann beginnen.«

Die Trommeln erklangen wieder in dumpfem, düsterem Rhythmus. Pig begann seinen letzten Marsch eine Viertelmeile von uns, seinen Stubenkameraden, entfernt. Als er die zwei vordersten Kadetten der beiden Reihen erreichte, vollführten sie gleichzeitig eine militärische Kehrtwendung und wandten ihm den Rücken zu. Die beiden nächsten Kadetten wiederholten diesen Vorgang, dann die nächsten beiden, und das Ganze war wie eine Kettenreaktion. Alle wandten sich um, als Pig auf ihrer Höhe war.

Namenlos, ehrlos marschierte er mit regelmäßigem, festem Schritt den langen Korridor hinunter; namenlos, ehrlos war er zu einer Schande für das Regiment geworden, während er über das grüne Gras des Frühlings zwischen den schweigenden Mauern aus menschlichen Rücken hindurchschritt.

Diese Zeremonie der unehrenhaften Entlassung besaß eine düstere Intimität. Ich konnte den dumpfen Klang der Trommeln und das Atmen der zweitausend jungen Männer hören, mehr nicht. Ich stand im Gras und wartete auf den Moment, da auch ich meinem Stubenkameraden durch eine Kehrtwendung für immer entsagen mußte.

Aus dem Augenwinkel beobachtete ich, wie Pig stolz und hocherhobenen Hauptes zwischen den Reihen näher kam. Ich begann, die Geheimnisse zwischen den zwei Reihen aus Leibern zu lesen. Es tat mir furchtbar weh, Pig zu sehen. Als er näher kam, spürte ich, wie er mich für immer veränderte. Und als ich ihn deutlich sehen konnte, wußte ich, auf welche Weise ich ein Teil dieses Ganzen war. Dann konnte ich sein Gesicht erkennen; es war völlig unbewegt, wie aus Stein gehauen. Er marschierte wie ein Lebewesen, das mit den Geschöpfen der Nacht auf vertrautem Fuß stand; wie irgend etwas Augenloses, das ein derart primitives Nervensystem besaß, daß es unempfindlich gegen Schmerz war und keine Berührung spüren konnte. Sein Gesicht war von seltsamer, kalter Schönheit, als er sich mir näherte, zwischen den herumwirbelnden Leibern seiner Kameraden hindurch, diesem perfekten, symmetrischen Manöver des Regiments, den lautlosen, harmonischen Duetten der Zurückweisung und Demütigung.

Heute weiß ich, was ich an diesem Abend hätte tun sollen. Wie immer habe ich es zu spät eingesehen. Heute weiß ich, was Tradd, Mark und ich unseres Freundschaftsschwures wegen unserem Stubenkameraden gegenüber hätten tun müssen. Wir hätten aus der Reihe heraustreten und mit ihm gehen sollen. Wir hätten ihn auf unsere Schultern heben und ihn durch die Reihen hindurchtragen sollen. Wir hätten uns die Uniformen vom Leib reißen und die Fetzen den Mitgliedern des Ehrengerichts in die Gesichter schleudern sollen; wir hätten unsere Abzeichen und Epauletten abreißen, zu Boden werfen und all denen in den Rücken spucken sollen, die es gewagt hatten, sich von uns abzuwenden. Wir hätten gemeinsam gehen müssen, Arm in Arm, wir vier, spottend und lachend, unzertrennlich; wir hätten all denen, die ihre Kehrtwendungen machten, ›Leck mich am Arsch‹ zurufen und sie in den Hintern treten müssen. Wir hätten lachend und scherzend durch den verdammten Korridor schlendern müssen, wie vier betrunkene Kumpels, deren Kameradschaft stärker ist als jeder sogenannte Ehrenkodex dieser Welt. Wir hätten mit dem strahlenden Glanz mörderischer, reueloser Engel durch die Reihen gehen und die Verbannung von der Akademie kaltlächelnd hinnehmen sollen. Wir hätten die Kasernen anzünden, auf den Paradeplatz pinkeln und das Großsiegel der Akademie in Stücke schlagen sollen. Wir hätten den Campus in einem Ausbruch von Obszönitäten und Schändungen gemeinsam verlassen sollen. Wir hätten monströse Männer werden müssen – und in ebendieser Monströsität hätten wir unsere Errettung gefunden. Wir selbst hätten dem Regiment mit Wildheit, flammendem Zorn und Verachtung den Rücken zukehren sollen. Wir hätten die Galle erbrechen sollen, die sich in den vier Jahren an der Akademie in uns angesammelt hatte, und wir hätten als vier Mann gegen zweitausend antreten sollen, vier Mann gegen das Regiment, und gemeinsam hätten wir rufen müssen: »Nein, nein, nein, nein.«

Aber wir taten gar nichts; wir waren Jungen.

Er sah uns in dem Augenblick, als ich Mark schluchzen hörte. Keiner von uns hatte Mark je zuvor weinen sehen. Es war ein ganz neuer Klang in unserem Universum. Mark mußte schon eine Zeitlang gegen die Tränen angekämpft haben, denn das Schluchzen löste sich in einem gewaltsamen Ausbruch des Leids. Erst als Mark, der unerschütterliche Mark, laut zu weinen anfing, brach auch ich in Tränen aus; dann auch Tradd. Wir weinten wie Kinder, als er an uns vorbeiging und wir dem Klang der Trommeln lauschten, die unseren Stubenkameraden entehrten.

Er blieb stehen, als er bei uns anlangte. Und dann sagte er mit fester, gebieterischer Stimme: »Dreht euch um.«

Weder Mark noch Tradd noch ich hatten ihm den Rücken zugekehrt, als er uns erreicht hatte.

»Dreht euch um, Kumpels«, sagte er und ging einen Schritt zu Mark zurück, der am weitesten rechts stand. »So läuft dieses Spiel nun mal. Jetzt dreht euch schon um, oder die kriegen euch auch noch dran.«

»Geh endlich, Matschhirn«, sagte Mark unter Tränen.

»Du sollst dich umdrehen«, rief er und tätschelte Mark sanft, liebevoll die Wange; dann legte er ihm eine Hand auf die Schulter, die andere an die Hüfte, küßte ihn und drehte ihn um. Er küßte mich und drehte mich um. Er küßte Tradd und drehte ihn um. Jetzt hatte das gesamte Regiment dem Namenlosen den Rücken zugekehrt. Er stieg in das wartende Taxi. Der Fahrer lenkte es vom Bordstein, und es fuhr langsam in Richtung Legrand-Tor. Der Schandgang war vorüber.

Augenblicke später peitschten Befehle über den Paradeplatz, als die Kommandeure der siebzehn Kompanien ihre Männer für den Marsch zurück zu den Kasernen Aufstellung nehmen ließen. Mark, Tradd und ich gingen bis ans andere Ende des Paradeplatzes, um uns der R-Kompanie anzuschließen. Wir wechselten kein Wort, als wir an den drei anderen Bataillonen vorübergingen. Ich beobachtete, wie das Taxi langsam die Straße der Erinnerungen hinunterrollte. Dann sah ich erstaunt, wie es plötzlich stehenblieb, umdrehte und in die Gegenrichtung fuhr. Es kam am Paradeplatz vorbei, fuhr am Institutsgebäude für Militärwissenschaften vorüber und verschwand hinter der Sporthalle. Selbst beim

Verlassen des Korps achtete der Namenlose die Traditionen nicht.

»Wohin fährt er?« hörte ich Tradd hinter mir sagen. »Er wird den Zug verpassen, wenn er sich nicht beeilt.«

Ich blickte auf die Uhr hoch oben über den Brüstungen des zweiten Bataillons. In Kürze würde der 11-Uhr-42-Zug über die Brücke am Ashley River donnern.

»Vielleicht will er versuchen, den Zug irgendwie zum Anhalten zu bringen, wenn er über die Trasse am Südrand des Campus fährt«, sagte Mark. »Könnt ihr euch vorstellen, wie seine Eltern es aufnehmen werden?«

Dann hörten wir das schrille Pfeifen der Lok, als der Zug sich dem Ashley River näherte. Es war der altbekannte, beruhigende Laut, der den Kadetten – wie das Brüllen des Löwen – mit der Zeit so vertraut wurde wie das Blasen zum Zapfenstreich oder das stählerne Klirren der Tore vor den Kasernengebäuden, wenn sie über Nacht verschlossen wurden.

Die Erkenntnis traf mich wie ein Blitzschlag, als wir bereits auf dem Exerzierplatz des zweiten Bataillons angelangt waren. Es durchfuhr mich heiß und kalt, und ich warf mich herum, rannte wie noch nie im Leben und schrie: »Der Zug! Der Zug!«

Ich kann mich nicht mehr genau daran erinnern, was mir durch den Kopf ging, als ich zu den Gleisen rannte; ich weiß nur noch, daß es wie ein Lauf in einem Alptraum war, bei dem man rennt und rennt und doch nicht von der Stelle kommt. Ich kann mich schwach daran erinnern, daß die Lichter der Kasernen und die angestrahlte Flagge auf dem Dach des zweiten Bataillons irgendwann aus meinem Blickfeld verschwanden, daß die Marschtritte und die gebrüllten Befehle verstummten, daß die dunklen Umrisse der Kapelle hinter mir zurückblieben, daß ich irgendwann den Geruch des von zweitausend Stiefelpaaren zertrampelten Rasens auf dem Paradeplatz riechen konnte, daß ich den angestrahlten Panzer und die Rakete an den südlichen Enden des Platzes hinter mich ließ, daß ich nur noch meinen keuchenden Atem und das Dröhnen meiner Stiefel auf dem Gehsteig hörte. Aber an das Laufen, das Rennen selbst kann ich mich nicht mehr erinnern. Ich wußte, daß ich rannte, aber es war wie im Traum. Ich rannte, als wäre ich fettleibig und ausgepumpt und geschlagen.

Ich sah den Zug über die Holzkonstruktion der Brükke jagen, und ich hörte die Schreie des Taxifahrers. Ich sah, wie mein Stubenkamerad zielstrebig die Böschung zu den Schienen hinaufstieg, mit den gleichen resignierten, mechanischen Schritten, die ihn durch den Korridor zwischen den zwei Reihen des Regiments getragen hatten. Für ihn hatten die Trommeln noch nicht zu schlagen aufgehört; für ihn würden sie niemals verstummen. Er ging mit steifen, militärischen Schritten, doch mit unerschütterlichem Stolz; er stockte nicht und zögerte nicht. Er war so weit gegangen, wie er hatte gehen können. Er hatte alles getan, was er hatte tun können. Er hatte das Leben gelebt, das er sich gewünscht hatte. Er brauchte nur noch einen letzten Augenblick des Stolzes und der Ehre. Er trug seinen gewaltigen Körper zum Zug. Dieser Körper, den wir alle gefürchtet hatten, hatte seine eigenen Ängste. Er konnte die verletzten Blicke aus den Augen eines Vaters nicht ertragen, die Enttäuschung einer Mutter, und die Tatsache, daß der Hochzeitsausflug mit einem schwarzhaarigen Mädchen nie mehr stattfinden würde. Er hatte Angst vor einem Leben, in dem die Freunde seinen Namen nicht mehr aussprechen durften. Eine schlimmere Verletzung konnte er sich nicht vorstellen; er war nicht der Mann, der damit leben konnte. Wie immer, wurde er von der Tyrannei seiner Instinkte gelenkt, von seiner Leidenschaft und der impulsiven Entscheidung seines schlichten Herzens. Wir hatten ihm unsere Rücken zugewandt; aber jetzt ging er an einen Ort, an dem es kein Abwenden mehr gab, keinen Trennungsschmerz, keine Verleugnung, ihn zu kennen, und keine Weigerung, ihn zu berühren. Er stellte eine letzte verzweifelte Verbindung her. Der Zug würde sich nicht von ihm abwenden. Der Zug machte keine Kehrtwendung.

»Nein!« schrie ich, während das schreckliche Kreischen der Bremsen die Abendluft erzittern ließ, als der Lokführer den Jungen auf den Schienen stehen sah.

Er drehte sich zu mir um und lächelte. Ich schwöre, daß er lächelte und ein einziges Wort sagte, das ich wegen der kreischenden Bremsen nicht hören konnte.

Aber ich kannte das Wort.

»Kumpel«, sagte er, und dann wandte er sich von mir ab, um dem Zug zu begegnen.

An diesem Abend lernte das Korps etwas über einen anderen, härteren Ehrenkodex. Sie fanden den zerstükkelten Körper des Namenlosen entlang der Trasse, die am Sumpf vorüberführte. Die wenigen von uns, die nach seinem Tod seinen Körper sahen, sind noch heute entsetzt, wenn sie beschreiben, was der Zug ihm angetan hatte.

Ich kehrte ihm zum zweitenmal den Rücken zu. Ich drehte mich um und übergab mich, blieb aber nicht stehen, sondern brachte Meter um Meter zwischen mich und die Trasse und den Sumpf. Leute kamen an mir vorbeigerannt; hinter mir riefen Kadetten: »Mein Gott.« Ich hörte, wie der Bär jedem befahl, in die Kasernen zurückzukehren. Ich spürte, wie mein ganzer Körper taub wurde; ich konnte weder sprechen noch weinen noch denken. Ich wußte nur, daß ich weg mußte von dem Leichnam des Mannes, den ich vier Jahre lang geliebt hatte. Während ich in Richtung Kasernen ging und die Schreie und den Tumult hinter mir hörte, wurde mir zum erstenmal deutlich, warum die Strafe für Lots Weib so hart gewesen war. Manchmal gibt es Zeiten, da es unverzeihlich ist, einen Blick zurückzuwerfen.

Eine Stunde war vergangen, als ich in die Kaserne zurückkehrte. Ich kann mich nicht mehr erinnern, was ich während dieser Stunde getan habe. Der Wachoffizier des vierten Bataillons öffnete mir das Tor und ließ mich ein, ohne mir irgendwelche Fragen zu stellen. Ich stieg die dunkle, stille Treppe zur vierten Division hinauf. Auf unserer Stube brannte noch Licht; Mark und Tradd hatten auf mich gewartet. Wir blickten einander an; aber es gab nichts zu sagen.

Ich erzählte Mark und Tradd nicht, was ich an der Eisenbahnstrecke gesehen hatte. Sie wußten bereits, was geschehen war, und sie stellten mir keine Fragen. Im Spiegel erblickte ich mein Gesicht. Es war das Gesicht eines Jungen, der zuviel gesehen hatte. Nachdem ich zu Bett gegangen war, lauschte ich meiner inneren Stimme. Sie hörte sich kriegerisch an, rachsüchtig, unbesiegbar. Sie klang kalt und böse, doch genau das war in den folgenden Tagen ein Trost für mich. Am liebsten wäre ich gar nicht mehr aus dem Bett gestiegen. Ich wollte nur noch dieser Stimme zuhören. »Ich mach' sie fertig«, sagte die Stimme. »Ich mach' sie fertig.«

42

Nach dem Tod Dante Pignettis verließ ich drei Tage lang kaum das Bett. Mark und Tradd glaubten, daß ich um Pig trauerte; aber das war nicht der Fall. Ich dachte darüber nach, welche besonderen Fähigkeiten ich bei einem Rachefeldzug einbringen konnte. Ich wartete auf den richtigen Zeitpunkt und darauf, daß die kalte schwarze Wut mich durchflutete.

Drei Tage schlief ich länger als achtzehn Stunden, sammelte Kräfte und träumte von den Zehn. Ich versuchte, ihren geheimen Plan nachzuvollziehen, mit dem sie uns vernichten wollten. Sie hatten schon vorher das Leben von Kadetten zerstört, und bis jetzt war ihnen noch kein Opfer entkommen. Kein Geringerer als der Direktor der Akademie gehörte ihrer Organisation an. Aber ich wußte bereits einiges über sie; ich wollte beobachten, wie sie gegen jene Feinde vorgingen, die ihnen den Schleier des Geheimen vom Gesicht gerissen hatten.

In meinem Bett fühlte ich mich wie eine einsame, seltsame Gestalt in der Zeitgeschichte. Ich war ein Schläfer in diesem Jahrhundert der unbarmherzigen Gesetze, der Bomber und Vorstädte, der Artilleriesalven, welche die farbenfroh bemalten Fassaden von Kindergärten zerstörten. In meinem Bett träumte ich von Vorlesungen über Militärwissenschaften, imaginären Truppenbewegungen und den Porträts der Jungen, die in Vietnam gefallen waren und nun die Wände der Bibliothek zierten. In diesen Träumen befriedigte ich mein überspanntes, ja krankhaftes Bedürfnis, mein eigener größter Held zu sein. Ich besaß eine Leidenschaft für faire Gefechte und den heißen Wunsch, mich für die saubere, gerechte Sache zu opfern. Ich wußte es, und ich haßte mich dafür — und konnte doch nichts dagegen tun. Ach, Annie Kate, ich werde dich heiraten und dein Kind adoptieren, weil ich ein so guter Mensch bin. Ach, Bo Maybank, natürlich bin ich dein Freund, und du darfst mir auch den Schweiß vom Körper wischen, denn ich bin ja ein so netter Kerl. Ach, Tom Pearce, natürlich werde ich dir die Reise durch dein Rekrutenjahr erleichtern, denn ich bin ein wahrer Heiliger. Ach, Pig, natürlich werde ich dich vor dem Ehrengericht verteidigen, auch wenn du unehrenhaft gehandelt hast, weil ich ein so edler Mensch bin. Wen wirst du noch alles als Gefangenen deiner Hochheiligkeit nehmen, bevor dein Leben zu Ende ist? fragte ich mich.

In diesen Tagen versuchte ich an Pig zu denken; aber es war schwer. Wenn irgend etwas Bedeutsames in meinem Leben geschieht, kann ich meine Gefühle nur selten sofort beurteilen. Immer gibt es einen Zeitsprung, bevor ich genau sagen kann, was ich fühle. Ich wußte, daß meine Weigerung, aus dem Bett zu kommen, Mark, Tradd und meine Jahrgangskameraden von der R-Kompanie beunruhigte. Sie glaubten, es wäre auf meine größere Sensibilität und meine stärkere Liebe zu Pig zurückzuführen, daß ich im Bett blieb und mich von den anderen abschottete. Insgeheim gefiel ich mir in meiner ehrenvollen Rolle als Haupttrauernder. Die anderen dachten Positives über mich, weil ich nicht wie sie war, weil ich nicht einfach wieder zur Tagesordnung übergehen konnte und weil ich es nicht schaffte, mich gegen den Schock von Pigs Selbstmord auf den Schienen zu verschließen.

»Er ist zu empfindsam«, flüsterten die anderen, wenn

sie sich auf ihren Stuben unterhielten. Sie wußten nicht, daß ich nicht Pigs Klageweib war, sondern sein Rächer, der brutalste Schinder seines Kaders. Ich schlug die Augen auf und lächelte meine Freunde an; dann wandte ich mich wieder der Beschäftigung mit dem Schlaf zu. Ich verbarg meinen Haß hinter diesem Lächeln, wie ich es immer tat. Das Lächeln ist eine Waffe, mit der man Wachsamkeit und scharfes Beobachten verbergen kann. Ich hätte meine Freunde warnen müssen, mir nie den Rücken zuzukehren, wenn ich lächelte. Aber in jenen Tagen redete ich kaum ein Wort; ich suchte irgend etwas. In Tagträumen sah ich mich selbst, wie ich auf sonnengebleichten Innenhöfen von Erschießungskommandos getötet wurde und dem kleinen Diktator, der die Exekution vom Palastfenster aus beobachtete, in den letzten Augenblicken meines Lebens das Wort Libertad entgegenbrüllte. Ich warf mich auf scharfe Handgranaten, um mit meinem Körper die Explosionswucht aufzufangen; ich führte selbstmörderische Sturmangriffe durch feindliches MG-Feuer. Aber ich suchte nicht den Tod; deshalb schlief ich und lauschte meiner kalten, mörderischen inneren Stimme. Ich konnte mich in jenen Tagen nur mühsam bewegen und hielt mich vom Leben auf dem Campus fern, das seinen Fortgang nahm, wie es immer war und immer sein wird. Nichts konnte das Hornsignal des Zapfenstreichs verstummen lassen oder das Antreten der Kompanien verhindern oder das tägliche Hissen und Einholen der Flagge.

Nicht einmal mit der Kommandantur bekam ich in diesen Tagen des Nichtstuns Ärger. Ich liebte das Kadettenkorps von ganzem Herzen, was sehr selten der Fall war. Denn das Korps verschwor sich, um mich zu beschützen und mir Zeit zu geben, wieder zu mir selbst zu finden und den Schmerz zu besiegen, den der Tod meines Stubenkameraden mir bereitet hatte. Manchmal konnte das Korps ein mächtiger Beschützer seiner Mitglieder sein, und wem es einmal seine Liebe geschenkt hatte, aus welchem Grund auch immer, den konnte es durch das Feuer seiner Leidenschaft und Kampfbereitschaft in Erstaunen versetzen. In jenen Tagen erinnerte das Korps mich daran, daß ich ein Teil von ihm war, weil ich ihm meinen Tribut entrichtet hatte. Es schützte mich vor den Augen der Wachoffiziere, vor den aufmerksamen Blicken der Professoren, vor Befragungen durch die Ausbildungsoffiziere und vor Strafpunkten wegen Pflichtverletzungen oder Disziplinarverstößen. Das Korps hielt die Akademie in Schach, bis ich wieder stark genug war, ihm beizutreten. Inzwischen hatte sich herumgesprochen, daß bei Dante Pignettis unehrenhafter Entlassung irgend etwas nicht in Ordnung gewesen sei. Es war kein Gerücht, eher ein Gefühl, unbestimmt und ätherisch, das sich im kollektiven Bewußtsein des Korps festsetzte. Dieses Gefühl wurde so stark, daß es sich in Gestalt von Scherzen manifestierte.

Zuerst war ich schockiert, als ich feststellte, daß Pigs Tod zu einem Gegenstand des Kadettenhumors geworden war. Ein unbekannter Autor hatte in die Farbe an der Wand einer Latrine in der vierten Division eingeritzt: *Dante Pignetti wurde per Eisenbahn aus der Akademie befördert.* Da alle Kadetten durch einen Ehrenschwur gebunden waren, Pigs Namen nicht mehr laut auszusprechen, wurde sein Tod zu einem bevorzugten Thema der Graffiti-Schreiber an der Akademie. Wütend kratzte ich mit meiner Gürtelschnalle Pigs Namen aus. Doch je länger ich über solche Scherze nachdachte, desto besser konnte ich den perfiden Humor des Korps verstehen. Man mußte die Psychologie der Kadetten kennen und wissen, wie sie mit solchen Tragödien umgingen. Sie machten sich über Pigs Tod lustig, gewiß; aber es war für das Korps die einzige Möglichkeit, mit so etwas fertigzuwerden. Im Humor der Kadetten spiegelte sich eine zornige, gesunde Feindschaft mit dem Tod. Und hinter diesem Humor, auf einer sehr viel tieferen Ebene, verbarg sich die Ahnung, daß an dem Tod auf den Schienen irgend etwas rätselhaft, unlogisch und unbeantwortet geblieben war. Das Korps fragte sich, was Pig in einen derart schrecklichen Tod getrieben hatte.

Die Zehn verhielten sich abwartend, und die Tage zogen ereignislos vorüber. Ich fühlte mich immer besser und kräftiger. Ich wartete darauf, daß die Zehn ihren nächsten Schritt unternahmen. Aber diesmal wird es anders laufen, sagte ich mir. Diesmal wirst du alles tun, was du tun mußt.

Ich hatte eine bisher unbekannte Kraft in mir entdeckt, und ich würde diese Kraft einsetzen.

Die Zehn konnten es mit meiner Strategie aufnehmen, aber nicht mit meiner Wut.

43

Seit vier Jahren hatte ich Vorlesungen in Militärwissenschaften gehört, und besonders Frontalangriffe faszinierten mich. Immer wenn ich militärhistorische Bücher las, erregten die todesverachtende Verzweiflung und die Romantik solcher Angriffe meine Aufmerksamkeit und meinen Respekt. Marineinfanteristen und ihre Söhne waren nur bei verwegenen, umkämpften Landungsunternehmen an Brückenköpfen und dem anschließenden Vorstoß ins Binnenland in ihrem Element, bei dem sie unbeirrbar in schnurgerader Richtung vordrangen und alles töteten, was sich ihrem Vormarsch in den Weg stellte. Das war ein Erbteil meines Vaters. Ich wollte die gefahrvolle Annäherung des Feindes erleben — und seine kopflose Flucht, wenn er in mein Schußfeld geriet und unter Feuer genommen wurde. Umfassungsmanöver und Zangenbewegungen lagen mir nicht; genausowenig wie ein verschlagener Feind, der kompliziertere Strategien bevorzugte. Ich wollte nicht das Rascheln von Zweigen hinter mir hören oder das ängstliche Zittern der Kompanie sehen, bevor die Männer, auf den Bäuchen liegend, gegen den versteckten Feind vorrückten. Bei Frontalangriffen gab es keine Tricks und Schliche, kein Taktieren und Zögern. Der direkte Angriff war meine bevorzugte Methode der Kriegführung; aber ich wußte, daß die Zehn auf ganz andere Weise gegen mich und Mark vorrükken würden.

Es war am Freitag in der zweiten Maiwoche, einem schwülwarmen Tag, als Mark nach dem Abendessen in der Messe auf die Stube kam und sagte: »Tja, alter Junge, wenigstens wissen wir jetzt, wie die Arschlöcher gegen uns losschlagen werden.«

»Wovon redest du, Mark?«

»Hast du dir die neueste Liste mit den Disziplinarstrafpunkten angeschaut?« fragte er.

»Nein.«

»Dann rate ich dir, mal einen genauen Blick darauf zu werfen«, sagte er. »Dein Name nimmt fast eine ganze Seite ein. Meiner sogar etwas mehr als eine Seite.«

»Wie viele Strafpunkte habe ich denn bekommen?« fragte ich.

»Nicht viele«, antwortete Mark. »Nur zweiunddreißig. Zweiunddreißig dicke, fette Strafpunkte. Der alte Mark hat es sogar auf fünfunddreißig gebracht. In den letzten vier Tagen haben die Dreckskerle viermal unsere Stube auf den Kopf gestellt, als wir Seminare besuchten, und sie haben uns wegen jeder Kleinigkeit angeschissen, von nachlässig gefalteten Uniformhemden bis zu Furzflecken in den Unterhosen. Wenigstens haben sie es nicht auf Tradd abgesehen. Wahrscheinlich deshalb nicht, weil seine Familie Amerika gegründet und dann beschlossen hat, sich South Carolina zu kaufen.«

»So können diese Bastarde nicht gegen uns vorgehen, Mark«, sagte ich. »Das wäre viel zu auffällig. Jeder Ausbildungsoffizier wüßte sofort, daß sie uns was ans Zeug flicken wollen.«

»Tja, die scheinen aber damit durchzukommen, sonst würden die Listen nicht aushängen«, sagte Mark. »Letztes Jahr haben sie auf diese Weise drei Senioren abgeschossen. Sie wurden wegen Überschreitung der zulässigen Strafpunktzahl von der Akademie verstoßen. Im Jahr davor waren es fünf. So ungewöhnlich ist das gar nicht.«

Tradd kam in die Stube. »Habt ihr schon die Liste mit den Strafpunkten gesehen?« fragte er mit sorgenvoller Stimme.

»Die Liste?« erwiderte Mark. »Die beschissene Liste bin *ich*. Ich und Will, unser Sensibelchen.«

»Was wollt ihr dagegen unternehmen?« fragte Tradd.

»Wer hat uns die Strafpunkte gegeben?« wandte ich mich an Mark, ohne Tradds Frage zu beachten. »Wer hat den Ausbildungsoffizieren die entsprechenden Meldungen gemacht?«

»Vier verschiedene Personen«, sagte Mark. »Arschloch Butler. Arschloch Wentworth. Arschloch Davis. Und Oberarschloch Allison.«

»Alles Ehemalige der Akademie«, dachte ich laut nach.

»Volltreffer, Mr. Einstein«, sagte Mark und ging in der Stube auf und ab. »Die Schweine werden uns wegen Überschreitung der Strafpunktzahl von der Akademie befördern. Die schaffen's tatsächlich noch, uns ein paar Tage vor dem Examen 'nen Tritt in den Hintern zu geben. Diese Schleimscheißer haben das alles schon genau ausgetüftelt, jede Wette. Würde mich nicht wundern, wenn wir genau in dem Augenblick die zulässige Strafpunktzahl überschreiten, wenn der General uns die Diplome in die Hand drücken will.«

»Wie viele Strafpunkte hast du dieses Jahr denn schon bekommen, Will?« fragte Tradd, ging zu seinem Schreibtisch und riß ein Blatt Papier aus seinem Notizblock.

»Bevor die neue Liste ausgehängt wurde, waren es fünfunddreißig«, sagte ich.

Tradd rechnete zusammen. »Dann hast du jetzt siebenundsechzig in diesem Jahr, Will. Mein Gott, in einem Jahr sind höchstens einhundert Strafpunkte erlaubt. Noch dreiundzwanzig, und du kannst deine Koffer packen.«

»Als ich heute morgen aufgestanden bin und mir mein hübsches Gesicht rasiert habe, hatte ich dreiundzwanzig«, sagte Mark. »Jetzt hab' ich satte achtundfünfzig Pickel auf meinem haarlosen italienischen Hintern und noch reichlich Zeit, mir die fehlenden zweiundvierzig zu besorgen.«

»Wir müssen nachdenken«, sagte ich.

»Nachdenken? Worüber, Will?« Mark schüttelte den Kopf. »Es gibt nichts nachzudenken. Wir müssen jetzt erst mal dafür sorgen, daß wir morgen beim Kleiderappell wie Dressmen erscheinen. Ich werde wie der Hope-Diamant aussehen, wenn Mudge bei mir den Appell abnimmt, und ich werde jeden Rotarsch der R-Kompanie hierher auf die Stube kommen lassen und mir vor dem Antreten seine Uniform anschauen. Und unsere Stube wird aussehen wie aus dem Ei gepellt.«

»Das bringt alles nichts, Mark«, sagte ich. »Die machen uns fertig, selbst wenn ich wie der liebe Gott erscheine und du wie Jesus aussiehst. Jedenfalls wissen wir jetzt, auf welche Art und Weise die Schweine uns abschießen wollen.«

»Aber es nützt euch nichts. Ihr müßt freiwillig von der Akademie abgehen«, sagte Tradd ernst. »Das ist eure einzige Chance, ehrenvoll aus dieser Sache herauszukommen.«

»Du spinnst wohl«, fuhr Mark ihn an. »Glaubst du im Ernst, daß ich mich drei Meter vor dem Ziel so leicht geschlagen gebe? Ich habe vier Jahre Blut und Wasser geschwitzt, wie alle Jahrgangskameraden, und ich werde mit ihnen zusammen diesen Sauladen verlassen.«

»Das ist auch meine Meinung, Tradd«, sagte ich. »Bevor ich mich von den Zehn auf diese Weise fertigmachen lasse, werde ich Himmel und Hölle in Bewegung setzen, damit alle Welt erfährt, was für ein Verein das ist.«

»Ihr Dummköpfe«, rief Tradd. »Das ist verrückt.

Nehmt doch Vernunft an und tut, was ihr tun müßt. Drohungen helfen dir jetzt auch nicht mehr, Will. Du und Mark, ihr müßt retten, was zu retten ist.«

Auf dem Flur waren knallende Stiefelschritte zu hören; dann klopfte jemand an die Tür, und John Kinnell, Chef der R-Kompanie, kam als erster in die Stube, gefolgt von siebzehn Senioren der R-Kompanie.

»Oh, der Herr Feldmarschall«, sagte ich zu John. »Was verschafft uns die Ehre Ihres Besuchs?«

»Die Senioren der R-Kompanie möchten ein Treffen veranstalten«, erwiderte John, »und wir möchten dieses Treffen gern auf eurer Stube abhalten.«

»Nett, daß du vorher gefragt hast, John«, sagte Tradd.

Von den sechzig verängstigten Jungen, die im Juni 1963 als Rotärsche in die R-Kompanie eingetreten waren, versammelten sich an diesem Abend die einundzwanzig Mann, die noch übrig geblieben waren, auf unserer Stube. Wie waren Veteranen, die tausende Male angetreten waren, die hunderte freitäglicher Paraden absolviert und zahllose Stunden in zwangloser, freundschaftlicher Kamerädschaft verbracht hatten, die sich wie von selbst einstellt, wenn Jungen vier Jahre lang für ein gemeinsames Ziel kämpfen. Sie kamen in die Stube geschlendert, lachend und scherzend und schulterklopfend, und setzten sich lässig auf die Stühle, die Betten, die Fenstersimse und auf den Fußboden. Doch unter all der Fröhlichkeit und Ausgelassenheit verbarg sich etwas Ernstes; ich konnte es spüren.

»Hör mal, McLean«, rief Jim Massengale, »wenn du dir ein Flohhalsband umschnallst, darfst du meine Schwester zur Abschlußfeier ausführen.«

»Und wer bezahlt den Kammerjäger, der sich vorher

das Kleid deiner Schwester vornehmen muß?« sagte Henry Peak kichernd und stieß Massengale den Zeigefinger in den fleischigen Bauch.

»Okay, Männer«, rief John Kinnell und hob schweigengebietend die Hand. »Kommen wir zur Sache.«

In der Stube breitete sich Stille aus. Es war immer wieder erstaunlich, Johns Fähigkeit zu erleben, eine Gruppe Kadetten allein durch sein Auftreten und die ruhige Kraft seiner Persönlichkeit lenken zu können. Eigentlich war John das genaue Gegenteil des typischen, schneidigen Kadettenoffiziers, wie John Alexander ihn verkörperte. Es mangelte ihm an Aggressivität, dynamischer Kraft und all den instinktiven Talenten zur ›Menschenführung‹, die andere Kompanieführer besaßen. Wir hatten John seiner Besonnenheit und Bescheidenheit wegen zum Kompanieführer gewählt; er besaß eine stille Würde und eine schlichte Güte, und wir hatten unsere Entscheidung nie bereut.

»Wir möchten das Treffen heute abend auf eurer Stube abhalten, weil wir uns Sorgen um euch beide machen«, sagte John zu Mark und mir. »Irgendwas Seltsames geht auf dieser Stube vor. Keiner von uns weiß, was es ist. Natürlich braucht ihr uns nichts zu sagen, falls ihr der Meinung seid, daß es uns nichts angeht. Das wißt ihr ja, Will, Mark. Aber nach dem Selbstmord eures Stubenkameraden und nachdem wir die Liste mit euren Strafpunkten gesehen haben . . . na ja, da haben die Jungs und ich uns so einige Gedanken gemacht. Wir möchten gern wissen, was Sache ist. Und wir möchten euch helfen, wenn wir können.«

»Ich habe noch nie gesehen, daß ein Senior in so kurzer Zeit über dreißig Strafpunkte bekommt«, sagte Murray Seivers. »Der schlimmste Rotarsch hat es gerade mal auf zwanzig gebracht. Bei dir kann ich's vielleicht noch verstehen, Will. Was das Soldatische angeht, bist du die größte Müllkippe an der Akademie. Aber Mark hat auch über dreißig Punkte. Da komme ich nicht mit.«

»In der glorreichen R-Kompanie stinkt irgendwas gewaltig zum Himmel, Jungs«, sagte Jim Massengale zu Mark und mir. »Und ihr verschweigt es euren Kameraden. Aber wir haben zusammen zu viel Scheiße geschluckt. Wir lassen nicht zu, daß man euch so kurz vor dem Examen rauswirft.«

John sagte: »Tja, von Will und Mark haben wir bis jetzt noch nichts gehört. Weißt du, was hier läuft, Tradd?«

»Jemand möchte verhindern, daß Mark und Will ihr Examen machen«, sagte Tradd schlicht.

»Warum?« fragten achtzehn Stimmen gleichzeitig.

»Weil wir etwas herausgefunden haben«, sagte ich. »Wir können euch jetzt noch nichts darüber erzählen, Jungs. Denn es ist unser einziger Vorteil, daß außer uns niemand davon weiß. Aber falls es sich abzeichnen sollte, daß wir es nicht schaffen, werden wir euch alles erzählen.«

»Die Romeo-Kompanie steht ganz auf eurer Seite, Will«, erklärte John. »Wenn wir euch helfen können, dann werden wir's tun. Das wollten wir euch ausdrücklich sagen.«

»Danke, John. Danke euch allen, Jungs«, sagte ich. »Aber noch sind wir im Rennen. Wir müssen nur noch die nächsten zwei Wochen durchhalten. Und es hat den Anschein, als wäre es das klügste für uns, den Mund zu halten und das Beste zu hoffen.«

»*Deinen* Mund zu halten, Will«, sagte Tradd. »Hoffentlich ist das für dein Nervensystem nicht zuviel verlangt.«

»Ach, Scheiße, wir erzählen den Jungs alles«, meldete Mark sich plötzlich zu Wort. »Wir erzählen ihnen, daß einige dreckige Mistkerle versuchen, uns von der Akademie zu feuern.«

»Wer sind diese Leute, Mark?« fragte Webb.

»Sei ruhig, Mark«, ermahnte ich ihn. »Sonst machst du alles nur noch schlimmer. Dann können wir nicht mehr mit den Kerlen verhandeln.«

»Wir können jetzt schon nicht mehr verhandeln«, erwiderte Mark erregt. »Oder siehst du jemanden hier auf der Stube, der mit uns zu verhandeln versucht? Zeig mir den Hurensohn, dann reiße ich ihm den Arsch auf!«

»Tut mir leid, Mark, aber Will hat recht«, sagte Tradd beschwichtigend. »Wenn wir uns still verhalten, geht der Spuk vielleicht von allein vorüber. Könnte ja sein, daß diese Leute nur bluffen.«

»Wenn ihr uns nicht sagen könnt, was los ist«, erklärte John mühsam beherrscht, »haben wir keine Möglichkeit, euch zu helfen. Dann müßt ihr die Sache allein durchstehen. Wir wissen ja nicht einmal, ob es wirklich jemand auf euch abgesehen hat.«

»O doch! Es gibt jemanden, der es auf uns abgesehen hat«, wandte Mark sich direkt an John. »Ich werde es dir beweisen.«

»Wie?«

»Egal, wie aufpoliert Will und ich morgen zum Kleiderappell erscheinen, und egal, wie viele Rotärsche uns heute abend helfen, diese Stube auf Vordermann zu bringen – ich gehe jede Wette ein, daß Will und ich beim Appell trotzdem auf die Nase fallen.«

»Vergiß die Rotärsche. Wir werden euch helfen, die Stube sauberzumachen«, sagte Murray und schaute seine Kameraden an. »Wenn einundzwanzig Senioren eine Stube saubermachen, dürfte das verdammt noch mal reichen, daß man euch schlampigen Ferkeln morgen nichts am Zeug flicken kann. Einverstanden, Jungs?«

»Einverstanden«, sagten mehrere Stimmen, und dann fielen die Senioren der R-Kompanie mit Lappen und Besen und Tüchern über jeden Winkel unserer Stube und Spinde her und sangen dabei das Kompanie-Lied.

»Wir *werden* diese tolle Stube saubermachen, meine Herren«, sagte Harry.

»Und wir *werden* ein paar Bierchen dafür ausgegeben bekommen«, sagte Eddie.

»Wer badet McLean?« fragte Murray.

»Ich nicht«, sagte Jim. »Ich bin dafür verantwortlich, seine Uniformen zu verbrennen und seine Socken zu desinfizieren.«

Mark, Tradd und ich beobachteten schweigend unsere Kompaniekameraden. Dann begannen wir mit den langen Vorbereitungen für den wichtigsten Kleider- und Stubenappell unseres Lebens.

Als wir am nächsten Morgen zum Appell auf den Exerzierplatz traten, waren meine Stiefel tiefschwarz und funkelnd; sie glänzten im hellen Sonnenlicht wie zwei Seen, wenn man sie aus einem Flugzeug betrachtet. Ich hatte das Gefühl, statt einem Paar Stiefel zwei auf Hochglanz polierte Möbelstücke zu tragen.

Die Senioren versammelten sich um Mark und mich und inspizierten uns mit fachmännischen, geübten

Blicken. Henry Peak brachte ein Putztuch zum Vorschein und wischte ein Staubkörnchen von meinem Brustharnisch. Ich spürte, wie Hände meine Uniformjacke von hinten gerade zerrten, meine Patronentasche zurechtrückten und die Fusseln von meinem Tschako wischten.

John Kinnell brachte mir mein Gewehr, als würde er dem König eine gute Nachricht überbringen. Ich nahm ihm die Waffe vorsichtig aus den Händen.

»Danke, John«, sagte ich, »aber wenn Mudge es darauf anlegt, findet er bestimmt noch irgendwo Ölreste an der Knarre.«

»Wohl kaum«, erwiderte John und zwinkerte mir zu. »Ich hab' das Ding gestern abend in kochendes Wasser gelegt.«

»Das ist nicht erlaubt, Mann. Das verstößt gegen sämtliche Vorschriften der Akademie. Als vorbildlicher Kadett betrachte ich es als meine Pflicht, den entsprechenden Stellen zu melden, daß du mein Gewehr gekocht hast.«

»Die Knarre ist jetzt so sauber, daß man damit 'ne Operation vornehmen könnte, ohne sich wegen Infektionen Sorgen machen zu müssen«, sagte John. »Falls Mudge dir wegen des Gewehrs Strafpunkte gibt, gehe ich nach dem Appell zu ihm und sag' ihm, daß ich es gereinigt habe.«

»Danke, John. Danke für alles.«

»Das möchte ich erleben, wenn die dir auch nur einen Strafpunkt geben«, sagte er zuversichtlich. »Du siehst gut aus. Fast so gut wie ich.«

»Ich komme mir wie ein Schmuckstück vor, John. Macht Spaß, mal richtig sauber zu sein. Vielleicht komme ich ja doch noch auf den Geschmack.«

Ein Kadett in voller Paradeuniform sah wie die Figur eines antiken Schachspiels aus dem neunzehnten Jahrhundert aus. Die enggeschnittene Uniformjacke mit ihren schimmernden Knöpfen aus Bronze betonte die Rundungen von Brust und Schultern und den jugendlich straffen, geraden Rücken. Auch die gestärkte weiße Hose war im Schritt so eng, daß sie die Blicke weiblicher Zuschauer bei der Parade auf eine ganz bestimmte Stelle des Körpers lenkte.

In der Alltagsuniform aus Baumwolle, in der wir die Vorlesungen und Seminare besuchten, hatte ich mich nie so recht wohlgefühlt; aber in Paradeuniform kam ich mir wie ein absurdes, phantastisches Zwitterwesen vor. Doch an diesem Morgen fühlte ich mich sauber, adrett, richtig soldatisch, und ich war bereit für die kritischen Blicke des Majors. So stand ich denn da, aufpoliert und herausgeputzt, der schneidigste Hurensohn des ganzen Regiments.

Ich beobachtete Major Mudge, wie er in kerzengerader Körperhaltung mit seinen altbekannten, steifen soldatischen Schritten zur R-Kompanie herübermarschiert kam. Daß der Bär sich mir von hinten näherte, hörte ich allerdings nicht. Erst als ich den Zigarrenrauch roch und den blauen Dunst über meine linke Schultern wehen sah, wußte ich, wer hinter mir stand. Sofort fiel mir das Foto ein, auf dem der Bär zu sehen war, wie er dabei zugeschaut hatte, als die Zehn Poteete zerbrachen.

»Ich dachte, du wärst tot, Kleiner«, sagte er. »Ich hab' schon eine ganze Weile nichts mehr von dir gehört. Und der Bär wird nervös, wenn ein Schäfchen aus seiner Herde stiften geht.«

»Ich war die ganze Zeit auf der Stube, Colonel«, flüsterte ich. »Ich habe tagelang meine Stiefel geputzt und das Gewehr gereinigt. Aber Sie wissen ja, wie ich bin.«

»Leider, Kleiner, leider«, sagte er. »Du bist ein Blödmann, McLean. Ein Schandfleck für den guten Ruf der Akademie. Ein lebendes, atmendes Sakrileg, das gegen sämtliche Ideale verstößt, für die wir hier einstehen. Warum hast du den toten Mann gespielt, Kleiner?«

»Ich weiß jetzt alles, Colonel«, sagte ich. »Das Spiel ist aus. Sie brauchen sich nicht mehr zu verstellen. Das hätten die anderen ihnen sagen sollen.«

»Spiel? Verstellen? Was redest du da? Was hätten welche anderen mir sagen sollen?« fragte er und trat vor mich hin. Die glühende Spitze seiner Zigarre war dicht vor meinem Gesicht. »Antworte mir, Mister.«

»Sie haben mich reingelegt, Colonel«, sagte ich mit ausdrucksloser Stimme. »Sie haben mich in die Falle gelockt. Das werde ich Ihnen nie vergessen, solange ich lebe.«

»Hör mal, Kleiner, der Bär war noch nie gut im Rätselraten. Deshalb ist er manchmal langsam und manchmal sogar dumm. Ich habe drüben im zweiten Bataillon nach Pearce geschaut. Dem Jungen könnte es kaum besser ergehen. Die behandeln ihn dort, als würde er die E-Kompanie kostenlos mit schwarzen Nutten versorgen. Aber was mich stört, ist der Aushang mit den Strafpunkten.«

»Ein schlimmer Schock, Colonel, was?«

»Wenn du mich verarschen willst, Kleiner, dann brenne ich dir mit meiner Zigarre beide Augen aus und bohr' dir zwei zusätzliche Nasenlöcher in deinen irischen Riechkolben. Ich habe keine Ahnung, was du da faselst, aber wir zwei werden noch diese Woche ein kleines Pläuschen halten.«

»Nein, Sir«, sagte ich entschlossen. »Ich habe Ihnen nichts mehr zu sagen, Sir.«

Er griff in die Tasche, zog eine Handvoll der gefürchteten weißen Strafpunktzettel heraus und wedelte damit vor meinen Augen.

»Siehst du die Dinger, Kleiner?« sagte er. »Major Kleber hat mir diese Zettel heute morgen gegeben. Er hat gestern deine Stube inspiziert und sie auseinandergenommen. Du hast dir schon wieder zehn Strafpunkte eingehandelt, und der italienische Finsterling, mit dem du zusammenhaust, hat es sogar auf sechzehn gebracht. Was ist eigentlich los, Kleiner?« fragte der Bär so leise, daß es niemand anders hören konnte. »Im Korps wird gemunkelt, daß irgendwas im Gange ist.«

»Sie wissen sehr gut, was im Gange ist, Colonel. Sie gehören ja zu denen, die es in Gang gesetzt haben. Mit Leuten wie Ihnen bin ich fertig. Bald ist der ganze Spuk vorbei.«

»Jetzt reicht es mir aber«, sagte er. »Ich schleif' dich mit dem nackten Arsch durch die Kaserne, wenn du mir nicht sagst, was das alles zu bedeuten hat.«

»Ich brauche Ihre Hilfe nicht, Colonel.«

»Du meldest dich morgen bei mir, Kleiner. Das ist ein Befehl. Entweder in meinem Büro oder in meiner Unterkunft. Sonst kreuzige ich dich ohne Nägel, sowahr mir Jehova helfe. Hast du kapiert?«

Damit drehte er sich wütend um und ging mit schnellen Schritten davon. Als Major Mudge zum Kleiderappell vor meinen Zug trat, schwebte immer noch eine Wolke Zigarrenrauch in der Luft.

Major Mudge brauchte fünf Minuten, bis er mit Mark fertig war. Man mußte kein Prophet sein, um zu wissen, daß es für meinen Stubenkameraden nicht gut aussah. Dann ging Mudge rasch die Reihen meiner Kameraden entlang. Ich war der letzte Kadett der R-Kompanie, den Mudge sich vornehmen würde. Als ich ihn im Augenwinkel näherkommen sah, kam ich mir plötzlich gar nicht mehr so sauber und adrett vor. Dann stand er vor mir und blinzelte, als würde er mich durch einen schmutzigen Feldstecher aus der Ferne betrachten.

Ich ließ das Gewehrschloß aufschnappen, so daß Mudge einen Blick ins Innere der Waffe werfen konnte. Er nahm mir das M-1 aus der Hand, inspizierte die Waffe fachmännisch und spähte durch den Lauf; dann reichte er mir das Gewehr zurück.

»Ungepflegte Waffe – fünf Strafpunkte«, sagte er zum Protokollführer, einem Fähnrich, der meinen Verstoß auf einer Liste notierte. Im Augenwinkel sah ich den Ausdruck des Erstaunens auf John Kinnells Gesicht.

Dann wanderten die Blicke des Majors langsam von meinen Stiefeln bis hinauf zum Tschako. Als er mit seiner Musterung fertig war, schaute er mich mit einer Mischung aus Zorn und Bedauern an und schüttelte den Kopf.

»Unbefriedigendes äußeres Erscheinungsbild – fünf Strafpunkte«, sagte er zum Fähnrich. »Sie sollten sich mal um Ihre Stiefel kümmern, Mr. McLean. So eine Schweinerei.«

»Warum tun Sie das, Major?« sagte ich. »Was hat man Ihnen versprochen? Sie sind West-Point-Absolvent. Sie gehören nicht zu denen.«

Er gab mir keine Antwort, sondern blickte mich erstaunt und erheitert an. Erneut wandte er sich an den Fähnrich. »Disziplinloses Benehmen – fünf Strafpunkte.«

Major Mudge schaute mich wieder an und lächelte. Dann verließ er den Exerzierplatz.

Mark und ich hatten weitere fünfzehn Strafpunkte kassiert. Wir waren die beiden einzigen Kadetten der R-Kompanie, die auf diese Weise von der Akademie gefeuert werden sollten. Aber den Zehn war die erste Fehleinschätzung unterlaufen, seit sie Pearce aus der Kaserne entführt hatten. Es alarmierte die Senioren der R-Kompanie, daß zwei ihrer Jahrgangskameraden Opfer einer Verschwörung waren — einer Verschwörung, die von einem der Ausbildungsoffiziere unterstützt wurde, dem wir Kadetten von der R-Kompanie nächst dem Bären das meiste Vertrauen geschenkt hatten.

Die Hundert-Strafpunkte-Grenze überschritt ich am darauffolgenden Freitag, als Major Mudge morgens einen Stubendurchgang vornahm. Auch Mark überschritt das Flutzeichen des Verstoßes von der Akademie später an diesem Tag. Auf unserer Stube hatte sich eine Atmosphäre der Lethargie und Resignation ausgebreitet und Mark und mich mit jener schmerzlosen Verzweiflung erfüllt, die einen immer dann packt, wenn man das Unvermeidliche endgültig hingenommen hat und weiß, wie das unausweichliche Ende aussieht.

Wir zogen uns in bedrücktem Schweigen für die freitägliche Parade an. Schließlich sagte Mark: »Das war's dann wohl.«

»Sieht so aus.«

»Ich möchte nicht, daß ihr darüber redet, wenn ich dabei bin«, sagte Tradd, den Tränen nahe. Er stand von seinem Schreibtisch auf, trat ans offene Fenster und starrte hinaus. »Ich kann den Gedanken nicht ertragen, daß so etwas geschehen ist. Das alles ist so gemein, und niemand kann irgendwas dagegen tun.«

»Wir müssen es wie Männer nehmen«, sagte Mark und sah wie ein Junge aus. »Wir werden vor diesen Mistkerlen nicht zu Kreuze kriechen. Nicht wahr, Will? Wir werden wie Sieger aus diesem Saftladen rausmarschieren.«

»Aber meinen Ring gebe ich denen nicht zurück«, sagte ich.

»Dir wird nichts anderes übrigbleiben, Will«, murmelte Tradd. »Du mußt dich nach ihren Spielregeln richten. Sonst wird man die Herausgabe deines Zeugnisses und deiner Studienunterlagen verweigern. Dann kannst du dich an keiner anderen Universität bewerben. Und den General kannst du mit deinen Informationen über die Zehn auch nicht erpressen. Sonst wird er dafür sorgen, daß du an keiner Hochschule dieses Landes deinen Abschluß machen kannst.«

»Ich scheiß auf den General«, rief ich. »Ich habe mir den Ring verdient, und ich werde ihn behalten. Ich hab' ihn bezahlt. Er gehört mir.«

»Nur wenn du hier dein Examen machst, Will«, sagte Tradd. »Du kennst doch die Spielregeln.«

»Ich bin aber aus dem Spiel raus, Tradd«, erwiderte ich. »Ich spiele nicht mehr mit.«

»Und ich werde Cain Gilbreath, John Alexander und diesem Schleimer Braselton die Fresse polieren, bevor ich verschwinde«, stieß Mark hervor und streifte sich die weißen Handschuhe über.

»Dann mußt du aber warten, bis du an der Reihe bist«, sagte ich.

»Ihr solltet nicht so einen Unsinn reden«, sagte Tradd. »Reißt euch jetzt zusammen.«

»Ziehst du mir die Jacke gerade, Tradd?« fragte ich. »Ich hab' das Gefühl, am Rücken sind Falten, und ich möchte auf meiner letzten Parade einen guten Eindruck hinterlassen.«

»Die letzte Parade«, murmelte Mark. »Ich gebe dir hinterher einen aus, Will. Möchten deine Eltern und du auch mitkommen, Tradd? Wir gehen zu Henry's und besaufen uns.«

»Meine Eltern und ich fahren heute nachmittag nach Fort Benning, um mir eine Wohnung zu suchen, wenn ich dort meine Offizierslaufbahn beginne«, erwiderte Tradd. »Außerdem habe ich Mutter und Vater nichts von den schrecklichen Dingen erzählt, die euch passiert sind. Ich habe es einfach nicht fertiggebracht. Mutter war so niedergeschlagen, als sie von . . .« Er hielt inne, bevor er Pigs Namen erwähnte. »Wir fahren sofort nach der Parade los.«

»Hast du deiner Mutter von unserem Rausschmiß erzählt, Will?« wollte Mark wissen.

»Nein«, antwortete ich. »Ich möchte, daß sie noch ein paar Tage glücklich ist. Außerdem hatte ich die Hoffnung, daß wir es doch noch irgendwie schaffen und diese Hurensöhne nicht damit durchkommen.«

»Hört auf, davon zu reden«, bat Tradd.

Ich ging zu ihm und legte ihm den Arm um die Schultern. Doch meine Geste war ihm peinlich. Er löste sich von mir und wich zurück.

»Ich habe es meinen Eltern auch noch nicht gesagt«, erklärte Mark und rückte seinen Tschako zurecht. »Alle meine Verwandten, von Nord-Philadelphia bis Süditalien, wollen nächste Woche zur Examensfeier hierher kommen. Es ist verdammt schwer, den Mut aufzubringen und ihnen zu sagen, daß sie sich die Reisekosten sparen können.«

»Achtung!« rief Tradd plötzlich.

Die massige Gestalt des Bären füllte den Türrahmen aus; dann kam er mit raschen Schritten in die Stube. Seine Augen funkelten vor Zorn. Und dann brüllte er los, daß wir alle zusammenzuckten.

»Raus hier, Santoro! Mach voran, Junge. Raus hier, St. Croix! Bewegt euch, bewegt euch! Nimm gefälligst Haltung an, McLean. Brust raus, Schultern zurück. Du stehst da wie ein nasser Sack, nicht wie ein Kadett. Glotz mich nicht so geil an, du irische Schwuchtel. Bist wohl scharf auf den alten Bären, was?«

»Sir, ich möchte . . .«, stammelte ich.

»Halt's Maul!« fuhr er mich an.

Es war lange her, daß ich den Bären in Topform erlebt hatte, wenn er seine Donnerstimme wie eine Waffe einsetzte, die er von einer Munitionsfabrik angefordert hatte. Mark und Tradd flitzten zur Tür hinaus; beim Laufen klatschten ihre Degen gegen die Oberschenkel.

Das Gesicht des Bären war gerötet und wutverzerrt. Er trat an mich heran und hielt seine wulstigen Lippen so nahe an mein Ohr, daß ich seinen heißen Atem spüren konnte. Und dann pflaumte er mich an, daß ich mir wieder wie ein Rotarsch vorkam.

»Ich hatte dir am Samstag beim Appell befohlen, dich in meinem Büro oder Quartier zu melden, Mister. Ich hatte dir den *ausdrücklichen* Befehl erteilt, deinen fetten Arsch im Laufschritt in Bewegung zu setzen. Glaubst du eigentlich, ich habe nichts Besseres zu tun, als den Campus nach Bolschewiken wie dir abzusuchen?«

»Sir . . .«, versuchte ich zu sagen.

»Halt die Klappe. Du redest nur, wenn du gefragt wirst, Junge.« Pause. »So, jetzt mach das Maul auf.«

»Sir, ich . . .«

»Halt's Maul«, brüllte er und blies mir Zigarrenrauch ins Gesicht. »Also, was hast du zu deiner Entschuldigung vorzubringen, Junge? Ich bin wirklich gespannt.«

»Sir, ich bin dadurch entschuldigt, daß ich . . .«

»Maul halten!« fuhr er mich schon wieder an. »Dein Gestammel kotzt mich an, McLean. Ich will es jetzt nicht mehr hören. Sonst kommst du in verdammte Schwulitäten, Kleiner.«

»Sir.«

»McLean!« brüllte er, daß die Fensterscheiben klirrten, und schubste mich gegen meinen Schreibtisch. »Wenn ich mich nicht irre, Mr. McLean, sind wir hier immer noch auf einer Militärakademie, und du bist immer noch Kadett und den Dienstvorschriften unterworfen, auch wenn es ganz so aussieht, als wäre das in ein paar Tagen nicht mehr der Fall, Kleiner. Der Bär will jetzt wissen, was hier im vierten Bataillon los ist und warum du mich seit neuestem so anstierst, als wäre ich ein Haufen Hundescheiße.«

»Weil ich Sie für einen Haufen Hundescheiße halte, Colonel«, sagte ich.

Ich war darauf gefaßt, daß er auf mich losging, und – um ehrlich zu sein – wappnete ich mich, vom Kadettenkommandanten höchstpersönlich zusammengeschlagen zu werden. Ich wußte nicht, ob der Bär körperlich so kräftig war, wie er aussah, aber wenn man den Gerüchten Glauben schenken durfte, war er stark wie ein Ochse.

In diesem Augenblick haßte und fürchtete ich den Mann gleichermaßen.

Aber er sagte nichts, und er holte nicht zum Schlag aus. Statt dessen wurde der Ausdruck seiner Augen sanfter, und seine Stimme klang verletzt, als er sich von mir abwandte und fragte: »Warum, Kleiner? Ich verstehe das nicht.«

»Sie brauchen mich nicht mehr in die Mangel zu nehmen, Colonel. Es ist aus und vorbei.«

»Da hast du verdammt recht«, sagte er und wedelte mit einem Schreiben vor meinem Gesicht. »Das hier ist ein Befehl vom General, Will. Du sollst dich am Montag um dreizehn Uhr in seinem Büro melden. Siehst du, welche Farbe dieser Schrieb hat, Kleiner? Das ist ein Code. Jedesmal, wenn der General mir einen maschinegeschriebenen Befehl auf blauem Papier bringen läßt, ist der betreffende Kadett weg vom Fenster. Hast du gehört? Weg vom Fenster – und nichts und niemand kann seinen Arsch mehr retten. Du meldest dich am Montag um dreizehn Uhr beim General. Santoro ist um halb zwei an der Reihe. Dann treffe ich mich mit euch, fertige euch ab und fahre euch zum Legrand-Tor.«

»Wir werden friedlich abziehen, Colonel.«

»Warum bist du nicht zu mir gekommen und hast mich um Hilfe gebeten, Kleiner? Warum bist du nicht zu mir gekommen und hast mir gesagt, was hier läuft? Ich hätte damit rechnen müssen, aber ich hatte mit meinen anderen Schäfchen zuviel am Hals. Zweitausend Kadetten sind für einen einzelnen Mann viel zuviel. Wäre ich der Kommandant, hätten wir hier höchstens zwölfhundert Penner, auf die man aufpassen muß. Dann könntet ihr nicht mal auf den Bottich gehen, ohne daß der Bär mit Toilettenpapier auf euch Scheißerchen wartet. Aber eine so große Hammelherde zusammenzuhalten ist verdammt schwer. Tja, tut mir leid, Kleiner.«

»Sie sind einer von denen, Colonel«, sagte ich und hätte ihm am liebsten ins Gesicht gespuckt.

»Einer von welchen, Kleiner?«

»Einer von den Zehn, Colonel. Ich weiß es schon seit längerem. Sie brauchen mir nichts mehr vorzumachen. Es ist mir inzwischen egal. Ich wäre sowieso aus diesem Drecksladen verschwunden. An so einer Hochschule möchte ich kein Examen machen.«

»Die Akademie ist eine hervorragende Hochschule. Du solltest nicht so abfällig darüber reden, Kleiner.«

»Ja, eine wunderbare Hochschule. So wunderbar wie eine Fleischvergiftung.«

»Wer hat dir gesagt, daß ich zu den Zehn gehöre?«

»Ein anderes Mitglied der Zehn.«

»Namen, Kleiner. Nenn mir Namen.«

»Ich sage Ihnen keine Namen. Ich sage Ihnen gar nichts, Colonel.«

»Ich weiß nicht, wer dir gesagt hat, daß ich zu dem Verein gehöre. Aber wer es auch getan hat, er war ein verdammter Lügner.«

»Genau wie Sie.«

»Wenn du mit mir redest, beendest du jeden Satz gefälligst mit ›Sir‹, Mister. Du bist zwar aus dem Rennen, aber solange du hier auf dem Gelände bist, wirst du dich wie ein Kadett benehmen.«

»Jawohl, *Sir*«, sagte ich spöttisch.

»Hast du herausgefunden, daß es die Zehn wirklich gibt?« fragte er – und diesmal war ich derjenige, dem der Kragen platzte.

»Ich habe es nicht verdient, daß Sie mich verarschen, *Sir*«, brüllte ich ihn an. »In den letzten Wochen hat man mich mehr als genug verarscht, *Sir.* Sie und die anderen Mistkerle haben Mark und mich auf eine ganz miese

Tour an den Angelhaken gelockt, *Sir*, und uns zappeln lassen, *Sir*. Ich habe die Schnauze voll, *Sir*. Mir reicht es jetzt, *Sir*. Haben Sie verstanden, *Sir*? Ihr habt es geschafft. Ihr habt mich reingelegt, und ich bin in die Falle getappt. Verbindungsmann für Pearce. Was für ein Scheißdreck! Einer meiner Stubenkameraden hat Selbstmord begangen. Mein Stubenkamerad ist tot, weil Sie, *Sir*, mich Anfang des Jahres in Ihr Büro befohlen haben. Das ist genauso, als hätte ich ihm eine Waffe an den Kopf gehalten und abgedrückt, *Sir*. Aber diese schreckliche Schuld tragen Sie, *Sir*, für den Rest Ihres Lebens, *Sir*.«

»Verstehst du denn nicht, Kleiner?« sagte er. »Kapierst du nicht, daß ich der einzige bin, der dir und Santoro helfen kann? Und ich bin nicht mal sicher, *ob* ich euch noch helfen kann.«

»Sie können mir helfen, wenn Sie mich jetzt allein lassen«, sagte ich.

Er ging zu meinem Schreibtisch, zog seinen Akademie-Ring vom Finger und legte ihn auf die Tischplatte.

»Nimm den Ring, Kleiner. Du weißt, was er mir bedeutet. Ich gebe dir diesen Ring als Pfand, daß ich die Wahrheit sage. Der Ring ist mein Ehrenwort. Wenn du mir nicht glaubst, dann wirf ihn weg. Komm in meine Unterkunft, sobald du dich entschieden hast, ob du mir von der Sache erzählen willst oder nicht. Aber laß dir nicht allzuviel Zeit. Am Montag muß ich den Befehl unterzeichnen, daß du und Santoro wegen Überschreitung der zulässigen Strafpunktzahl von der Akademie verwiesen werdet. Das sind zwölf Tage vor eurem Examen, Kleiner.«

Draußen wurden die Befehle gebrüllt, zu unserer letzten Parade Aufstellung zu nehmen.

»Komm nicht zu spät zum Antreten, Kleiner«, sagte er und verließ die Stube. »Würde mir gar nicht gefallen, dir Strafpunkte geben zu müssen.«

44

Ich hatte nicht die Zeit, genauer darüber nachzudenken, welche Bedeutung der Besuch des Bären gehabt haben mochte oder welche Symbolik sich dahinter verbarg, daß er den Ring als Beweis seiner Unschuld und als Ehrenwort vom Finger gestreift hatte. Aber die Geste hatte mich gleichermaßen bewegt und verwirrt.

Ich kam zu spät zum Antreten. Die R-Kompanie verließ bereits das Kasernengelände, als ich auf den Exerzierplatz stürmte, und so mußte ich laufen, um zu den anderen aufzuschließen. Ich wollte meine letzte Parade nicht versäumen.

Ich liebte die Freitagnachmittags-Paraden an der Akademie. Sie waren die einzigen militärischen Zeremonien, die mir immer gefallen hatten, weil sie ein instinktives Bedürfnis nach Prunk und Feierlichkeit in meinem Innern befriedigen konnten. Es war die erhabenste Stunde des Korps, wenn die vier Bataillone zu ihrem atemberaubend schönen, rituellen Tanz von zweitausend Mann auf dem Paradeplatz zusammenkamen.

Als die R-Kompanie an diesem Tag auf den Platz kam, fühlte ich mich dem Korps näher als je zuvor. Ich spürte die alte Solidarität und Brüderlichkeit, das Einssein mit den Kameraden, wenn wir zum Klang der

Trommeln und Hörner und Dudelsäcke im Gleichschritt marschierten. Auf dem Weg zum Paradeplatz hatten die Senioren der ›glorreichen R‹ mich wie eine schützende Phalanx umringt, hatten mich zum Herzen der Romeo-Kompanie gemacht, hatten den ganzen Weg über mit mir gescherzt und gelacht und hatten – auf die derbe Art und Weise des Korps – versucht, mich die Ereignisse der letzten Wochen vergessen zu lassen, die zu meinem Rausschmiß geführt hatten.

Auf der Tribüne der einen Seite des Platzes hatte sich eine große Zuschauermenge versammelt. Die buntscheckige Farbenpracht der Sommerkleidung ließ die Tribüne im Sonnenlicht wie ein riesiges impressionistisches Gemälde aussehen. Auf der Spitze jedes Gebäudes, das an den Paradeplatz angrenzte, flatterten Nationalflaggen im Wind. Der General, in schneeweißer Galauniform, beobachtete, wie die Kompanien einschwenkten, um ihre Plätze für die Parade einzunehmen, wobei sie den scharfen Befehlen und dem Stechschritt der siebzehn vorausmarschierenden Kompanieführer folgten. Als ich den General sah, hätte ich meine Kompanie liebend gern verlassen, um zu ihm zu gehen und ihm mit dem Kolben meines M-1-Gewehres das Gebiß zu zerschmettern. Doch ein letztes Mal hatte die gewaltige Kraft der Gruppe mich gepackt, und ich wurde eins mit dem Korps, war im Gleichklang mit der vielbeinigen Dynamik des Regiments und folgte gehorsam dem Rhythmus der Trommeln, während der dumpfe Aufprall von zweitausend Stiefelpaaren den Paradeplatz erzittern ließ.

Die R-Kompanie rückte so präzise und geschmeidig bis an ihren Platz im Regiment vor, wie ein Schiff an seinen Liegeplatz gleitet. Dann befahl John Kinnell der

Kompanie den Halt. Ich betrachtete Jim Massengales breite Schultern. Noch während ich dorthin starrte, sah ich, wie ein Moskito von der Größe eines Daumennagels auf seinem Nacken landete. Moskitos und Stechmücken mußten bei der Parade von den Kadetten als Beweis ihrer Standhaftigkeit jedoch verschont werden.

»B-52-Bomber auf sechs Uhr gelandet, Jim«, flüsterte ich ihm zwischen zusammengepreßten Zähnen zu.

»Scheiße«, fluchte Jim. »Ich muß den kleinen Scheißkerl abmurksen.«

»Mann, Jim«, sagte Murray Sievers und biß auf den Kinnriemen seines Tschakos, um nicht laut loszulachen. »Du bist fast ein ganzer Kerl. Nur noch vierzehn Tage. Laß das arme kleine Vieh in Ruh!«

»Arm? Klein?« zischte Jim. »Der Saukerl hätte mich bei der Landung fast umgeworfen. Er hat mir jetzt schon mindestens zwei Liter Blut abgezapft und ist immer noch nicht fertig.«

»Ist eben ein cleverer Moskito«, flüsterte Murray. »Hat sich den fettesten Ochsen im Korps ausgesucht.«

»Er hat ja auch einen Schwanz wie ein Ochse«, schloß sich Webb Stockton der Gesprächsrunde an. »Wenn Jim einen Steifen kriegt, kann ein Hubschrauber drauf landen.«

»He, Santoro«, flüsterte Eddie Sheer Mark zu, der seiner Körpergröße wegen ganz vorn stand. »Die Sonne sticht heute so schlimm. Kannst du mal den Kopf zur Seite drehen und uns mit deinem Riechkolben ein bißchen Schatten geben?«

»Was ist der Unterschied zwischen einem Nigger und einem Italiener?« flüsterte Jim.

»Weiß ich nicht, du fetter Saftsack, aber ich möcht's gern erfahren«, sagte Mark, als wir auf den Befehl des Bataillonskommandeurs hin die Gewehre präsentierten.

»Die Aussprache«, sagte Jim.

Für die Zuschauer auf den Tribünen boten die Kompanien ein Bild völliger Bewegungslosigkeit, Ordnung, Stille und Disziplin. Doch in den angetretenen Reihen wurden unsichtbare, geheime Zwiegespräche geführt. Kadetten wurden bei der Parade zu meisterhaften Bauchrednern und Experten, wenn es galt, sich nicht von einem herannahenden Ausbildungsoffizier erwischen zu lassen. Man entwickelte einen untrüglichen sechsten Sinn dafür, wann man sich ungefährdet unterhalten konnte und wann nicht. Dennoch gab es Augenblicke absoluter Stille in den Reihen. Wenn die Waffen beim Abspielen der Nationalhymne präsentiert wurden, war kein einziges Wort zu hören. Wenn der General die Namen der Absolventen verlas, die in Vietnam gefallen waren, gab es in den Reihen keine noch so winzige Bewegung und kein Geräusch. Selbst wenn gegen die Vorschriften verstoßen wurde, beachteten die Kadetten eine unverletzliche Etikette. Das Korps erließ seine eigenen Regeln, die nur in geeigneten Augenblicken gebrochen wurden. Viele der Witze, die bei der Parade erzählt wurden, hatten wir als Rekruten von den damaligen Senioren aufgeschnappt, so daß sie zu einem Bestandteil der Tradition und des Erbes der R-Kompanie geworden waren.

»Scharfe Braut auf zehn Uhr. Gelbes Kleid«, flüsterte Jim.

»Das ist meine Mama«, stieß Eddie Sheer in gespieltem Erstaunen leise hervor.

»Stimmt ja gar nicht«, sagte Murray, »das ist mein Papa. Ich hab' ihm gesagt, er soll im gelben Kleid zur Parade kommen.«

»Mir kam die Braut von Anfang an seltsam vor«, sagte Webb.

»Muschi auf zwölf Uhr«, flüsterte Jim wieder, dessen ganzes Sexualleben sich auf Frauen konzentrierte, die bei den freitäglichen Paraden mit hochgerutschten Röcken auf den Tribünen saßen.

»Verdammt, das Weib steht auf«, beklagte sich Webb.

»Laß deine Phantasie spielen«, sagte Henry Peak.

»He, Tradd«, murmelte ich und ließ den Blick über die Tribünen schweifen, »da vorn ist deine Familie.«

»Wo, Will?« fragte er.

»Zwei Uhr.«

»Welche von denen ist seine Mutter?« fragte Webb.

»Bitte, laßt bei euren derben Scherzen meine Mutter aus dem Spiel«, bat Tradd.

»Sie sieht wie 'ne echte Lady aus, Tradd«, murmelte Jim.

»Danke, daß du nicht ordinär geworden bist, Jim«, sagte Tradd ein bißchen zu rasch.

»Ich frage mich nur, ob sie sich's gern von hinten besorgen läßt«, sagte Jim.

Als der Regimentskommandeur den Kompanien mit laut hallender Stimme den Befehl gab, die Marschordnung einzunehmen und hinter der Kapelle im Gleichschritt loszumarschieren, über die gesamte Länge des Paradeplatzes, stiegen Resignation und Trauer in mir auf; denn mir wurde klar, wie sehr ich dies alles vermissen würde: die Paraden, die unkomplizierte Kameradschaft von Jungen und das Gefühl, Teil eines

Ganzen zu sein, das fremd und dennoch so verzaubernd auf mich wirkte.

Ich folgte den Trommeln und unterwarf mich ihrem Klang, als die R-Kompanie im Gleichschritt einschwenkte und sich der riesigen Marschkolonne des Korps anschloß. Diese Unterordnung unter einen höheren Willen, diese vollkommene Einfügung des Ichs in ein Muster perfekter Symmetrie und Harmonie und die Erhabenheit, mit zweitausend Mann im Gleichschritt zu marschieren – das alles hatte ich an der Akademie immer schon heimlich geliebt. Die Trommeln dröhnten in meinen Ohren und meinem Hirn, während ich instinktiv dem Rhythmus des Korps gehorchte. »Disziplin, Disziplin, Disziplin«, riefen die Trommeln jedesmal, wenn mein Stiefel auf den Rasen stampfte. Am gegenüberliegenden Ende des Paradeplatzes schwenkten die Kompanien herum und begannen den offiziellen Vorbeimarsch an der Zuschauertribüne, unter den Augen der Touristen, der Absolventen und der Generäle.

Als wir uns der Tribüne näherten, folgte ich den Bewegungen meiner Vorderleute, und mein Kopf ruckte gleichzeitig mit denen der Kameraden zur Seite, als John Kinnell befahl: »Die Augen . . . rechts!« Gesichter tauchten aus der verschwommenen Menge auf. Ich sah Coach Byrum, den General, Colonel Reynolds, Abigail und Commerce und die Gesichter von Männern und Frauen, die ich niemals kennenlernen würde, solange ich lebte; Menschen, denen ich nur bei dieser Parade begegnete – ein erstes und letztes Mal. Sobald ich an ihnen vorbei war, gab es sie nicht mehr; sie waren tot für mich, gestorben.

Wieder schwenkten wir am gegenüberliegenden Ende des Paradeplatzes herum; dann marschierten wir auf das vierte Bataillon zu und begannen, das Lied der Romeo-Kompanie zu singen, kaum daß wir den Rasen des Platzes verlassen hatten. Gruppen schüchtern kichernder Mädchen warteten vor den Toren auf ihre Freunde; Kadetten pfiffen ihnen zu. Gewehrkolben krachten auf den Beton, als wir ins Kasernengelände gelangten, wo die verschiedenen Kompanien auseinanderströmten. Rekruten und Kadetten stürmten auf ihre Stuben.

Tradd zog sich rasch um und verabschiedete sich, um mit seinen Eltern die lange Fahrt nach Fort Benning zu machen. Es fiel ihm schwer, mir in die Augen zu schauen. Mark kam erst auf die Stube, als Tradd gegangen war. Er war in sich gekehrt, und seine Miene war düster und nachdenklich. Er zog sich aus und schleuderte die Paradeuniform in die Ecke.

»Wir gehen einen trinken und bleiben das ganze Wochenende besoffen, Mark«, sagte ich. »Dann wird es am Montag leichter für uns. Der Bär hat mir nämlich gesagt, daß wir am Montagmittag mit einem Arschtritt von der Akademie befördert werden. Übrigens, er hat sich seltsam benommen«, fügte ich hinzu und spielte mit den Ring herum, den der Bär auf meinen Schreibtisch gelegt hatte.

»Will«, sagte Mark und blickte mit seinen großen, unergründlich traurigen Augen zu mir herüber.

»Was ist los, Mark?«

»Kannst du dich erinnern, als wir vorhin auf dem Paradeplatz Abigail und Commerce gesehen haben?«

»Ja, sicher«, erwiderte ich. »Ich hab' sie beim Vorbeimarsch an der Tribüne dann noch einmal gesehen.«

»Und? Hast du auch gesehen, wer neben Commerce gestanden und mit ihm geredet hat wie mit einem alten

Freund? So richtig kumpelhaft? Die Arme auf den Schultern des andern?«

»Nein. Sie haben in der Menge gestanden. Es war Zufall, daß ich sie überhaupt gesehen habe.«

»Beim Antreten auf dem Paradeplatz war ich mir noch nicht sicher«, sagte Mark, »aber beim Vorbeimarsch an der Tribüne habe ich den Kerl ganz genau gesehen, Will. Ich war so von den Socken, daß ich beinahe meinen Degen fallen gelassen hätte.«

»Wer war es, Mark? Verdammt, ich sterbe vor Neugier.«

Er kam zu mir und legte mir seine riesigen Hände auf die Schultern.

»Will«, sagte er. »Es war Dan Molligen. Der Kerl, den wir auf die Schienen gefesselt hatten.«

45

Zum erstenmal, seit ich ihn von Abigail geschenkt bekommen hatte, schob ich den Schlüssel ins Schloß der schimmernden eichenen Eingangstür der St.-Croix-Villa. Mark stand im Schatten des Vordachs auf Posten und beobachtete ein älteres Paar, das die Meeting Street überquerte. Die Abenddämmerung war hereingebrochen, und über der Stadt spannte sich ein sternenloser, trüber Himmel, aus dem leichter Nieselregen fiel.

Bald verläßt du Charleston, dachte ich, die Stadt der zwei Flüsse. Sie hatte mir den leidenschaftlichen Hang zur Ästhetik eingepflanzt und die Liebe zu Altertümern und einsamen Gärten in mir erweckt. Bald würde ich diese Stadt verlassen, die mich gelehrt hatte, die Welt zu fürchten.

Ich öffnete die Tür und betrat die Eingangshalle. Schon mit dem ersten Schritt beging ich Verrat an Abigail St. Croix' Vertrauen und der Symbolik ihres Geschenks, des Schlüssels. Ich flüsterte Mark zu, mir ins Haus zu folgen. Meine Stimme kam mir wie die eines Fremden vor. Vielleicht deshalb, weil sie doch die Stimme eines Mannes geworden ist? fragte ich mich, bezweifelte es aber. Denn als ich mich durch die stillen, halbdunklen Flure und Zimmer bewegte, spürte ich nichts von der Selbstsicherheit, die für mich gleichbedeutend mit Männlichkeit war. Wieder einmal hatte ich Angst. Aber ich hatte nun schon sehr lange mit der Angst umzugehen gelernt und die unbestimmte Ahnung, daß sich mein Leben lang nichts daran ändern würde. Mittlerweile war die Angst wie ein alter, vertrauter Begleiter geworden; aber ich hatte Strategien entwickelt, sie zu unterdrücken oder zu verbergen. Ich glaubte es jedenfalls. Doch schon damals erkannte ich allmählich, daß alle Einschätzungen meiner selbst Irrtümer gewesen waren. Aber ich wußte nicht, wie ich die Gewohnheiten einer zweiundzwanzig Jahre alten Lüge ablegen sollte.

»Wonach suchen wir eigentlich?« wollte Mark wissen. »Warum sind wir hier? Glaubst du etwa, Molligen hockt auf dem Lokus – oder was?«

»Ich weiß, wo wir vielleicht eine Antwort auf diese ganze Geschichte finden können«, sagte ich, ging ins Eßzimmer und zum Kredenztisch hinüber, auf dem die alkoholischen Getränke standen. »Aber sollte ich mich irren, dürfen die St. Croix niemals erfahren, daß wir in ihr Haus eingedrungen sind, als sie fort waren. Möchtest du einen Drink?«

Wie ich vorher schon gewußt hatte, sagte er: »Scotch.«

Meine Hand bewegte sich im Halbdunkel unbeholfen tastend zwischen den kristallenen Karaffen hindurch. Ich schenkte mir einen Jack Daniels und Mark einen Chivas Regal ein.

»Wie kann man nur Scotch trinken?« sagte ich. »Das Zeug schmeckt wie Orang-Utan-Pisse.«

»Mir schmeckt er wie Scotch«, sagte Mark. »Ich hab' noch nie Orang-Utan-Pisse probiert.«

Ich tat so, als würde ich mir die Hose aufknöpfen. »Mach den Mund weit auf und sag: ›Aaah‹.«

»Ich weiß gar nicht, warum wir ausgerechnet jetzt dumme Scherze machen«, sagte Mark kopfschüttelnd, als wir zurück in die Eingangshalle gingen und uns auf die unterste Stufe der gewundenen Treppe setzten. »Wo wir am Montag von der Akademie verstoßen werden.«

»Für dich ist das gar nicht mal so schlecht, Mark. Du bist Italiener. Niemand kann ernsthaft damit rechnen, daß ein italienischer Junge es vier Jahre an einer Hochschule aushält. Das widerspricht allen Gesetzen der Genetik.«

»Und es widerspricht allen Gesetzen der Wahrscheinlichkeit, daß ich dir in den vier Jahren nicht deinen irischen Schädel eingeschlagen habe«, sagte Mark lachend.

Wir leerten gemächlich unsere Gläser und lauschten dem Regen, der zugenommen hatte. Ich betrachtete ein Porträt von Abigail, das im Eßzimmer über dem Kaminsims hing und von sanftem, diffusem Licht erhellt wurde, das von der Straße ins Zimmer fiel. Abigails

Mutter hatte das Porträt in jenem Jahr in Auftrag gegeben, als Abigail und Commerce geheiratet hatten. Auf diesem Bild besaß Abigail ein unreifes und jungenhaftes Gesicht, das ein gezwungenes, unechtes Lächeln zeigte. Dem Maler war es nicht gelungen, Abigails verletzte Einsamkeit und ihre Zerbrechlichkeit einzufangen. Und das Porträt spiegelte nichts von ihrem unaufdringlichen Charme oder ihrer Verlegenheit wider. Der einzige Wesenszug Abigails, den der Maler getroffen hatte, war ihre geradezu ehrfurchtgebietende Aufrichtigkeit. Ihr Gesicht schien mich vorwurfsvoll anzublicken.

»Hat sich jemals eine Verwandte von dir porträtieren lassen?« fragte ich Mark.

»Nein«, erwiderte er. »In meiner Familie machen wir nur Fotos.«

»Ob Abigail attraktiv auf uns gewirkt hätte, als sie in unserem Alter war?« fragte ich. »Was meinst du? Ob sie sich in einen von uns verliebt hätte?«

»Rede nicht so abfällig über Abigail«, sagte Mark mit leisem Vorwurf.

»Tu' ich doch gar nicht. Ich meine es ernst. Mich würde wirklich interessieren, ob sie sich in einen von uns verliebt hätte.«

Mark beugte sich vor und starrte das Bild der jugendlichen, förmlich-steifen Abigail an, als würde er es auf einen dahingehenden Hinweis absuchen. Auf dem Porträt war sie genau in unserem Alter.

»Nein«, sagte er schließlich. »Sie hätte sich nicht mal nach uns umgedreht. Wir stammen einfach nicht aus den richtigen Familien für eine dieser South-of-Broad-Mädels. Hier wird nach Geburtsurkunde und Kontostand geheiratet, weniger nach Schönheit. Darum ist diese Stadt auch so im Arsch.«

»Ich bin dieses Jahr mit einem Mädchen von der South of Broad gegangen, Mark.«

»Wir haben gewußt, daß es da jemanden gibt«, erwiderte er. »Ein gutes halbes Jahr warst du fast jedes Wochenende weg. Danke, daß du mir die Kleine schon vorgestellt hast. Warum hast du's nicht getan? Bekommt sie Ausschlag, wenn sie 'nen Yankee zu Gesicht kriegt, oder hast du dich für mich geschämt?«

»Blödsinn, Mark. Es war ganz was anderes«, sagte ich. »Sie war schwanger.«

»Herzlichen Glückwunsch, Daddy«, sagte er und quetschte mit seiner riesigen Hand meine Schulter.

»Das Kind war nicht von mir, Mark. Ich wollte, es wäre so gewesen. Ich hatte sogar angefangen, von dem Kind als *meinem* Kind zu denken. Ich hatte mir schon Namen überlegt, für ein Mädchen wie für einen Jungen. Aber das hätte ich mir sparen können. Das Kind hat es nicht geschafft.«

»Und was ist aus deiner Freundin geworden?«

»Sie hat mich sitzenlassen, nachdem das Kind tot geboren wurde.«

»Dann ist das Flittchen also doch noch zur Vernunft gekommen, was?« sagte Mark, sah aber, wie ich bei der schmerzlichen Erinnerung zusammenzuckte. »Entschuldige, Will. Tut mir leid, was ich gesagt habe. Aber ich habe mich gefreut, daß du dich überhaupt für Mädels interessierst. Wir haben uns nämlich längere Zeit gefragt, ob du von der anderen Fakultät bist. Ich dachte eine Zeitlang, du und Tradd, ihr hättet was miteinander.«

»Im Ernst?«

»Nein, eigentlich nicht. Aber du warst nicht gerade ein Schürzenjäger, seit ich dich kenne. Und was Frauen angeht, bist du so verdammt verschwiegen.«

»Ich habe mich für Mädchen interessiert, seit ich dreizehn oder vierzehn war, Mark. Ich hatte aber immer schon Schwierigkeiten, mich vernünftig mit Mädchen zu unterhalten, wenn ich sie nicht gut kenne. Aber ich war sicher, daß Mädchen mich mögen, wenn sie mich erst näher kennengelernt haben. Du weißt schon ... Will McLean, der liebe, gefühlvolle Bursche ... Ich dachte, Mädchen könnten sich in mich verlieben, wenn ich meine Furcht vor ihnen verliere und ihnen meinen Zynismus erspare. Bei dem Mädchen aus der South of Broad war es so, Mark. Sie hieß Annie Kate Gervais. Ist das nicht ein wunderschöner Name? Ich habe mich ihr vollkommen geöffnet, wenn du verstehst, was ich meine. Ich habe jeden Augenblick an sie denken müssen. Bei ihr habe ich mich wie ein anderer Mensch gefühlt ... viel lebendiger. Wenn ich nicht bei ihr sein konnte, war ich todtraurig. Ich habe Annie Kate Dinge erzählt, die ich noch niemandem erzählt habe. Wenn ich mit ihr zusammen war, hatte ich das Gefühl, ein gutaussehender Bursche zu sein. Zum erstenmal im Leben habe ich wirklich geglaubt, gut auszusehen, verstehst du? Ich habe in den Spiegel geschaut und gedacht: Will, du siehst gar nicht mal so übel aus. Sie hat mich völlig verändert, Mark. Ich werde nie mehr der Mensch sein, der ich vorher gewesen bin. Ich werde nie mehr glücklich sein, falls ich für ein anderes Mädchen nicht wieder das gleiche empfinde ... und das Mädchen für mich. Aber sie hat mich verlassen, und ich werde sie nie wiedersehen oder von ihr hören. Da bin ich sicher, Mark. Weißt du, ich war überzeugt, daß sie mich genauso geliebt hat wie ich sie. Ich war sicher, daß sie genauso von mir geträumt hat wie ich von ihr. Aber ich habe mich geirrt, Mark. Ich habe mich bei Annie Kate genauso geirrt wie bei allen anderen Dingen in diesem Jahr. Ich kann das Haus nicht mehr anschauen, in dem sie gewohnt hat. Ich kann nicht mal mehr dorthin gehen, wo wir uns getroffen haben, wenn wir spazierengegangen sind. Es tut immer noch weh, wenn ich an sie denke. Jetzt habe ich Angst, daß ich ein Mädchen wie Annie Kate nie wieder finden werde. Und ich komme mir wieder häßlich vor. So häßlich, daß ich es nicht ertragen kann.«

»Du hast ja ganz schön was mitgemacht, Junge«, sagte Mark ungewohnt sanft. »Aber das hat man davon, wenn man sich mit diesen Damen aus der besseren Gesellschaft einläßt. Du hättest wissen müssen, daß diese Annie Kate nicht in deiner Liga spielt. Und überhaupt, Will – wenn sie dich nicht so sehr geliebt hat, wie du sie, dann ist sie keinen Pfifferling wert. Ich meine es ernst. Dann ist sie nichts wert.«

Ich erhob mich und stieg die Treppe hinauf.

»Komm«, sagte ich, »bringen wir's hinter uns.«

»Sollten wir nicht lieber verschwinden, Will?« Mark stieg mir zögernd hinterher. »Ich habe kein gutes Gefühl bei der Sache. Was wir hier tun, ist nicht richtig. Es ist einfach nicht in Ordnung.«

»Jetzt kann uns doch sowieso alles scheißegal sein, Mark. Für uns spielt es keine Rolle mehr, was falsch und was richtig ist. Aber diese letzte Chance sollten wir nutzen . . . falls du sicher bist, daß du Commerce und Molligen zusammen gesehen hast.«

»Ganz sicher.«

»Dann können wir hier vielleicht herausfinden, woher die beiden sich kennen.«

»Und wie willst du das anstellen?«

»Indem wir Commerces Tagebücher lesen, Mark«,

sagte ich und wandte mich auf der dunklen Treppe zur schemenhaften Gestalt meines Stubenkameraden um.

»Bist du verrückt, Will?« Marks Rechte schoß vor und umklammerte mein Handgelenk. »Hast du völlig den Verstand verloren?«

»Was haben wir noch zu verlieren, Mark?« sagte ich und riß mich los. »Nichts.«

»Doch«, sagte er. »Commerce, Abigail und Tradd.«

»Ich muß alles versuchen, Mark. Alles. Verstehst du? Ich habe uns in diese Sache reingeritten. Das alles war mein Fehler. Jedesmal, wenn ich dich anschaue, bekomme ich Schuldgefühle. Hättest du einen anderen Stubenkameraden gehabt, könntest du in ein paar Tagen dein Examen begießen. Wenn es mich allein getroffen hätte, wäre mir das alles egal, Mark. Dann würde ich meinen Koffer packen und verschwinden. Aber ich habe dich, Tradd und ... unsere ganze Stube mit hineingezogen. Tradd kann uns kaum noch anschauen, ohne in Tränen auszubrechen. Du hast deinen Vertrag mit der Armee verloren und mußt an irgendeiner lausigen Provinzuniversität in Pennsylvania dein Studium ganz von vorn anfangen. Und ein feiner Kerl hat sich vor einen Zug geworfen, weil er nicht ertragen konnte, was man mit ihm gemacht hat. Ich weiß nicht, ob in Commerces Tagebüchern irgend etwas steht, das uns weiterhelfen kann. Aber wenn wir nur eine Andeutung finden, einen winzigen Hinweis, irgend etwas, womit ich den General bluffen kann, dann hat es sich gelohnt.«

»Okay«, sagte Mark, »gehen wir.«

Wir stiegen in den zweiten Stock hinauf und gelangten vor die verschlossene Tür von Commerces Arbeitszimmer. Ich ging zur Topfpalme und stellte sie so zur Seite, wie ich es Commerce im September hatte tun sehen. Der Schlüssel lag unter dem Übertopf. Ich hob ihn auf und trat an die verbotene Tür, hinter der – wie ich wußte – sich das einzige Zimmer in Charleston befand, in dem Commerce sich völlig sicher fühlte. Ich schob den Schlüssel ins Schloß, blickte über die Schulter Mark an und öffnete die Tür.

Das Zimmer spiegelte die Interessen und Leidenschaften eines passionierten Seemannes wider. Es war wie die Kapitänskajüte auf einem Schiff eingerichtet. Es gab Seekarten und Sextanten, seltene Muscheln und kleine Modelle sämtlicher Schiffe, auf denen Commerce in seinem Seemannsleben für verschiedene Schiffahrtslinien Dienst getan hatte. Der Tisch war aus dem Lukendeckel eines abgewrackten Frachters gefertigt.

Wir zündeten eine kleine Kajütenlampe an und zogen die dicken schwarzen Vorhänge vor die Fenster. Auf den Bücherregalen an der Wand sahen wir die drei Reihen der ledergebundenen Tagebücher von Commerce St. Croix; die privaten Aufzeichnungen über das Leben eines Mannes und dessen Reisen um den Erdball. Die Tagebücher sahen wie eine Sammlung kostbarer alter Nachschlagewerke aus.

»Na, toll«, sagte Mark. »Ich schätze, in drei Jahren haben wir die Wälzer durchgeforstet.«

»Dann müssen wir uns eben beeilen. Wir werden nur die Passagen lesen, die mit der Akademie zu tun haben«, erwiderte ich, nahm den ersten Band vom Regal, legte ihn auf den Tisch, schlug das Buch auf und las den ersten Eintrag. »Mann Gottes, das hier hat er mit fünfzehn Jahren geschrieben! Da war er noch nicht mal an der Akademie.«

»Ich fange mit dem letzten Band an und arbeite mich nach hinten durch«, schlug Mark vor. »Du schnappst dir die Bände, in denen er die Jahre an der Akademie behandelt und wühlst dich nach vorn durch.«

»Jedes Tagebuch behandelt nur ein Lebensjahr, Mark«, sagte ich und zeigte auf die Eintragung auf der ersten Seite des zweiten Bandes. »Gott sei Dank haben wir es mit einem ordnungsliebenden Mann zu tun.«

»Sei mal ruhig«, sagte Mark. »Ich lese gerade, was er über den Kater schreibt, den er dieses Jahr am Neujahrstag in Marseille gehabt hat. Mann Gottes, Will, Commerce war mit 'ner Braut im Bett.«

»Den persönlichen Kram sollst du nicht lesen, Mark«, sagte ich tadelnd. »Commerces Privatleben geht uns nichts an.«

Mark hob den Kopf und blickte stirnrunzelnd zu mir herüber. »Oh, ich verstehe. Wir lesen zwar munter in seinen Tagebüchern, aber wenn es um sein Privatleben geht, müssen wir weiterblättern. Kannst du mir verraten, wie wir dann irgendwas rausfinden sollen?«

»Du weißt schon, was ich meine.«

»Ich finde es jedenfalls interessant, was die Herren der Charlestoner High Society so treiben, wenn sie eine Zeitlang ihre Frauen los sind. Kannst du dir vorstellen, was Tradd sagen würde, wenn er hört, daß sein Vater fremdgeht?«

»An die Arbeit, Mark.«

»Wir finden sowieso nichts«, sagte er.

»Vielleicht nicht. Vielleicht aber doch.«

Ich begann im Band über Commerces Rekrutenjahr an der Akademie zu lesen. Es war faszinierend, welche Entwicklung das Jahrgangssystem seit damals genommen hatte. In Commerces Rekrutenjahr schien es keine solchen Brutalitäten und Schikanen gegeben zu haben, wie sie uns heute, Mitte der sechziger Jahre, auf dem langen Weg bis zur Aufnahme in die Bruderschaft der Akademie-Männer begleitet hatten. Damals war die Akademie eher eine Ausbildungsstätte für angehende, reiche Südstaaten-Gentlemen als sonst etwas. Es hatte keine Schwitzpartys im Duschraum gegeben und keine Tradition, Rekruten so fertigzumachen, daß sie zerbrachen. Commerce hatten die Rituale des militärischen Drills offenbar Freude gemacht; er war in dieser von strenger Disziplin bestimmten Umwelt regelrecht aufgeblüht. Den ausführlichen, aber ziemlich banalen Bericht über sein Rekrutenjahr hatte er als glücklicher Junge geschrieben. Dann stieß ich auf einen Namen, der mir sofort ins Auge fiel. Bentley Durrell hatte gemeinsam mit Commerce Physikseminare besucht; die beiden hatten sich in der Bibliothek getroffen, um vor einer schriftlichen Klausur Notizen auszutauschen.

Mark las mit gespannter Aufmerksamkeit im neuesten Tagebuch; hin und wieder runzelte er die Stirn. Er blätterte die Seiten viel langsamer um als ich; er hatte nie besonders gern gelesen. Ich beschloß, mir den Band von Commerces drittem Studienjahr vorzunehmen. Rasch erfuhr ich, daß er es zum Versorgungs-Unteroffizier in der H-Kompanie gebracht hatte. Auf der zweiten Seite erwähnte er wieder Bentley Durrell. Durrell war Kadetten-Fähnrich des Regiments geworden. Er hatte bei seinen Jahrgangskameraden einen überraschenden morgendlichen Stubendurchgang vorgenommen und Commerce vier Strafpunkte gegeben, weil dieser sein Bett nicht gemacht hatte.

»Sieh mal einer an,« murmelte ich. »Durrell hat seine eigenen Jahrgangskameraden in die Pfanne gehauen. Das sieht dem Kerl ähnlich.«

Mark erwiderte nichts. Das Lesen schien ihn immer

mehr zu langweilen. Commerce war ein nüchterner Tagebuchschreiber, der praktisch nur äußere Geschehnisse geschildert hatte, ohne sie aus seiner Sicht zu kommentieren. Er betrachtete die Welt mit den Augen eines Buchhalters, dem es vor allem um Genauigkeit ging, der aber kein Interesse an Einzelheiten, Gerüchten oder den unterschiedlichen Charakteren, den Ängsten und Gefühlen seiner Kameraden hatte. Er schilderte die Kadetten genauso trocken wie die täglichen Geschehnisse.

Ich erfuhr, welche Noten er bei seinen Klausuren bekommen, wie viele Straf- oder Bonuspunkte er jeden Monat kassiert und wofür er damals sein Geld ausgegeben hatte.

Ich begann die Seiten zu überfliegen und nur noch stichprobenartig längere Abschnitte zu lesen. Erst als Commerce von der Ringverleihung berichtete, las ich wieder aufmerksamer. Mir fiel ein stilistischer Unterschied auf; Commerce berichtete jetzt ein wenig persönlicher über die Geschehnisse. Beispielsweise stieß ich auf einen längeren Abschnitt über einen Kleiderappell, den er selbst auf dem Exerzierplatz abgenommen hatte; auf die Beschreibung eines Charlestoner Mädchens, mit dem er sich verabredet hatte; auf die Schilderung eines Gesprächs, das er mit seinem Vater geführt hatte; auf die Zusammenfassung einer Diskussion, die auf seiner Stube stattgefunden hatte; auf weitere Studiennoten und auf ein paar Zitate von Mark Aurel. Nichts Interessantes. Ein paar Seiten weiter berichtete er ausführlich über einen Debütantinnenball in der South Carolina Hall; dann folgte ein Bericht über die Parade am Tag des Korps. Wie ich Commerces farbloser, nüchterner Prosa entnehmen konnte, hatte der Tags des Korps sich seit den damaligen Zeiten nicht verändert.

Ich blätterte um – und fand es.

Ich war wie benommen, als ich den Absatz las, den Commerce in seiner präzisen, sauberen Handschrift eingetragen hatte:

Später am Abend, als die Feierlichkeiten anläßlich des Tages des Korps zu Ende waren, wurde ich in eine Geheimorganisation aufgenommen, die als die Zehn bekannt ist. Seit ich Rekrut bin, habe ich Gerüchte über die Zehn gehört. Ich war überzeugt gewesen, daß es die Zehn nicht gibt. Mein Stubenkamerad und ich haben einmal sogar ein Streitgespräch darüber geführt, das ich an früherer Stelle in diesem Tagebuch wiedergegeben habe. Ich kann nicht einmal sagen, ob Obie recht hatte. Sie haben uns zum Haus des Direktors gebracht. Uns wurden Tücher vor die Augen gebunden, und dann hat man uns zur Einführungszeremonie weit hinaus aufs Land gefahren. Über einhundert Mitglieder der Zehn waren im Haus des Direktors versammelt, und die Einführungszeremonie war in der Tat sehr eindrucksvoll. Uns wurde die Geschichte der Organisation seit ihren Anfängen geschildert. Sie ist in der Besatzungszeit durch die Nordstaaten nach dem Bürgerkrieg entstanden, als die Akademie neu gegründet wurde. Wir legten den Eid ab, die Reinheit und die Ideale der Zehn zu achten und zu wahren, solange wir leben. Die Mitgliederliste liest sich wie ein Who's Who der Akademieabsolventen, und ich fühlte mich geehrt und glücklich, zu den Auserwählten zu gehören. Mein Onkel, William St. Croix, war mein Bürge . . .

Unten auf der Seite hatte Commerce die neun Jahrgangskameraden aufgelistet, die mit ihm zusammen in die Organisation aufgenommen worden waren. Bentley Durrells Name war der dritte auf dieser Liste.

»Lies mal, was er am Tag des Korps eingetragen hat, Mark«, sagte ich. »Mann, wir haben es gefunden!«

»Augenblick noch, Will. Ich lese hier gerade etwas sehr Interessantes.«

Ich nahm den nächsten Tagebuchband vom Regal, der Commerces viertes Jahr an der Akademie behandelte, und blätterte rasch bis zu den Eintragungen am Tag des Korps. Wieder fand ich unten auf der Seite die zehn Namen der neuen Mitglieder, die in jenem Jahr in den Geheimbund aufgenommen worden waren. Ich trug die Namen sorgfältig in ein kleines Notizbuch ein, das ich aus der Gesäßtasche gezogen hatte. Mark hatte die Tagebuchseite mit Commerces Eintragungen am Tag des Korps 1967 aufgeschlagen und starrte fassungslos ins Buch.

»Das sind die Namen der neuen Mitglieder der Zehn aus diesem Jahr, Mark. Schreib sie auf. Vielleicht kommen wir doch noch ungeschoren davon. Vielleicht schaffen wir es doch noch, Junge«, sagte ich.

Ich ging jetzt schnell vor, nahm Band nach Band vom Regal, schlug die Eintragungen an den Tagen des Korps auf und notierte mir die Namen. Selbst wenn Commerce auf hoher See gewesen war, hatte er die Namen der zehn neuen Mitglieder, den Tag ihrer ›Erwählung‹ und das Datum, an dem er ihre Namen erfahren hatte, sorgfältig notiert.

Mark schrieb die Namen der zehn Auserwählten des Jahres 1967 auf ein Blatt Papier, doch der erschrokkene und zutiefst bedrückte Ausdruck lag immer noch auf seinem Gesicht. Er schüttelte kaum merklich den

Kopf. Dann nahm er den vorletzten Tagebuchband vom untersten Regal.

»In diesem Band müssen die Namen unserer Jahrgangskameraden stehen, welche die zweifelhafte Ehre hatten, den Zehn beitreten zu dürfen«, sagte ich. »Jetzt erfahren wir, wer zu den verdammten Schweinehunden gehört, denen wir das alles zu verdanken haben.«

Mark blätterte das Tagebuch durch. Er brauchte ziemlich lange, um die Seite mit Commerces Bericht über den Tag des Korps 1966 zu finden – unverständlich lange. Als er die Seite endlich aufschlug, hatte ich bereits zehn weitere Bände durchgearbeitet und hundert Namen von Männern notiert. Einhundert Namen.

Ich sah, wie Mark zusammenzuckte.

»Was ist los, Mark?« fragte ich, doch er gab keine Antwort.

Er zeigte auf eine Eintragung im Tagebuch.

Ich beugte mich zu ihm hinüber und las.

»O Gott«, stieß ich hervor. »Oh, mein Gott!«

Wir saßen fünf Minuten im Zimmer, ohne ein Wort zu wechseln.

Dann sagte Mark: »Ich habe vorhin noch etwas gefunden, Will.«

»Worüber?«

»Über Annie Kate.«

46

Um dreiundzwanzig Uhr hatten wir die Tagebuchbände sorgfältig zurück in die Regale gestellt und alle Spuren beseitigt, die unser Eindringen ins Haus hätten verraten können. Dann verließen wir die St.-Croix-Villa und kehrten an die Akademie zurück. Wir hatten unsere Notizbücher mit Namen, Daten und Informationen gefüllt, die das zarte, zerbrechliche Netzwerk der Bündnisse und Schicksale grundlegend verändern oder gar vollkommen zerstören würden, die so unschuldig begonnen hatten, als ich im September zum erstenmal mit Kadettenrekrut Pearce geredet hatte.

Ich war immer noch fassungslos, als Mark die Rutledge Avenue hinunterfuhr. Das Schicksal täuscht dich durch die Banalität ganz normaler Begebenheiten, dachte ich. Es verschleiert die Warnsignale, stellt dich mit sanften, mütterlichen Händen an deinen Platz, flüstert dir freundliche Worte zu, schläfert deine Wachsamkeit ein und führt dich auf diese Weise fröhlich und munter zu schrecklichen Fehleinschätzungen, wenn nicht sogar in den Tod – aber immer wieder zurück in die Banalität. Wenn das nicht das Schicksal ist, wie soll man es dann nennen? fragte ich mich. Ich wußte keinen anderen Namen dafür. Doch ich spürte seine boshafte Präsenz, als wir langsam durch die malerischen Straßen dieser Stadt fuhren, vorbei an den schweigenden Häusern, durch Dunkelheit und Trauer und Regen zurück zur Kaserne. Ich spürte all den Schmerz des Älterwerdens, die scharfe Schneide der wachsenden Lebensweisheit und den Tod wunderschöner Blütenträume der Jugend. In meinem Innern ging eine Veränderung vor sich. Ich spürte ein gewaltsames Ziehen und Zerren; ich spürte, wie die Kobra sich in meinem Blut bewegte; ich spürte Hitze, und ich spürte Eis.

Als wir auf dem Parkplatz neben der Kaserne des vierten Bataillons hielten, umarmte ich Mark und hielt ihn länger als eine Minute fest. Der Körper des großen Mannes lag schlaff und regungslos in meinen Armen.

»Heute nacht erledige ich auch noch den Rest, Mark. Versuch zu schlafen. Ich bin vor dem Wecken zurück. Wir werden es schon schaffen, Junge.«

»Das ist mir jetzt egal. Ich hasse die Akademie. Ich hasse diese Stadt«, sagte er.

»Es ist weder die Akademie noch die Stadt, Mark. Das wissen wir jetzt. Es ist diese andere Sache. Diese Verirrung, diese . . . Perversion. Und denk daran – zu niemandem ein Wort.«

Ich verließ Mark und ging am Tennisplatz vorbei, roch den süßen Duft von nassem Klee. Ich warf einen Blick auf das Haus des Generals zu meiner Linken, als ich an den Türeingang der Unterkunft des Bären gelangte. Auf mein Läuten öffnete seine Frau die Tür und sagte mir, der Colonel befände sich oben in seinem Schlafzimmer und würde fernsehen. Sie bat mich hinein und fragte mich, ob sie mir eine Tasse Kaffee anbieten könne. »Ja, Ma'am«, sagte ich und stieg die Treppe zum Schlafzimmer des Colonels hinauf.

»Colonel«, rief ich vom Treppenabsatz aus.

»Nur hereinspaziert, Kleiner«, erklang seine Stimme aus dem Schlafzimmer.

Er trug einen Pyjama, rauchte eine Zigarre und las in einem Buch, während auf dem Bildschirm ein wilder Schußwechsel stattfand. Doch ich achtete gar nicht darauf, was gezeigt wurde. Aus Gewohnheit salutierte ich, obwohl der Bär keine Uniform trug. Aus Gewohnheit erwiderte er den militärischen Gruß.

»Stimmt was nicht, Kleiner?« fragte er.

»Gar nichts stimmt mehr, Sir.« Ich konnte seinem harten Blick nicht standhalten. »Die ganze beschissene Welt stimmt nicht mehr.«

»Falls du diese Lektion gelernt hast, Kleiner, bist du auf dem besten Weg, ein Mann zu werden.«

»Ich weiß, wer die Kerle sind, Colonel. Jetzt kenne ich jeden Namen.«

»Die Zehn, Kleiner?«

»Jawohl, Sir. Ich möchte Ihnen zeigen, warum ich Sie für einen von denen gehalten habe. Cain Gilbreath gab mir dieses Foto, als ich ihm sagte, daß ich Sie um Hilfe bitten würde.«

Ich reichte ihm das Foto, auf dem die Folterung Poteetes und im Hintergrund der Colonel zu sehen waren.

»Das ist eine Fälschung, Kleiner. Das hättest du doch sehen müssen.«

»Jetzt sehe ich's, Colonel. Als ich das Foto bekam, habe ich es nicht gesehen. Ich habe mir Ihren Jahrgang angeschaut, Colonel und kenne jetzt die Namen der zehn Männer, die als Ihre Jahrgangskameraden von den Zehn aufgenommen wurden. Ihr Name war nicht darunter. Sie haben die ganze Zeit die Wahrheit gesagt. Die Kerle wußten, daß Sie mir helfen würden. Deshalb haben sie das Foto gefälscht.«

»Der Ring ist mein Ehrenwort, Kleiner. Der Ring bedeutet mir wirklich etwas.«

»Ich hätte nicht an diese Akademie kommen sollen, Colonel. Ich gehöre nicht hierher. Ich habe das alles von Anfang an gehaßt. Es hat mir nur geschadet.«

»Alles hat seine guten und seine schlechten Seiten,

Kleiner. Die Akademie wird für den Rest deines Leben deine Alma Mater bleiben. Egal was geschieht.«

»Vielleicht. Aber es ist gegen meine Natur, an einem Ort wie diesem zu leben. Es ist ein grausamer Ort, Colonel, ein liebloser Ort.«

»Manchmal, Kleiner. Genau wie alle anderen Orte.«

Ich nahm seinen Ring aus der Tasche, und er streifte ihn sich über den Finger. Er fragte mich nicht, warum ich weinte; auch Mrs. Berrineau fragte nicht, als sie mir den Kaffee brachte. Ich war nicht der erste Kadett, der ins Haus der Berrineaus kam, weil er Sorgen hatte oder ihm Unrecht getan worden war, und ich würde nicht der letzte sein. Es gab ein Gesetz im Korps, das ich bereits im ersten Monat meines Rekrutenjahres gelernt, bis jetzt aber ignoriert hatte: Wenn du Sorgen hast, geh zum Bären. Ich war nur ein weiterer Kadett in einer langen Reihe von Vorgängern, die am Fuß seines Bettes gesessen und geweint hatten. Er sagte kein Wort. Er erwartete es von seinen Jungen.

Schließlich holte ich mein Notizbuch hervor, erzählte ihm die vollständige Geschichte der Zehn und nannte ihm den Namen jedes Absolventen, der Mitglied dieses geheimen Ordens geworden war. Hin und wieder stieß der Colonel einen leisen Pfiff aus, wenn ich die Namen eines ehemaligen Gouverneurs, eines Senators, von Botschaftern, Direktoren großer Unternehmen und Armeegenerälen nannte. Während ich redete, wußte ich, daß Colonel Reynolds zufrieden mit mir gewesen wäre. An diesem Abend war ich zu einem Historiker geworden, der endlich auf die entscheidende Primärquelle gestoßen war.

Als ich geendet hatte, sagte der Bär: »In zwei Tagen, Kleiner, mußt du ins Büro des Generals, um deine Entlassungspapiere zu holen. Wir haben mehr als achtundvierzig Stunden Zeit, eine Überraschung für ihn vorzubereiten. Du und Santoro meldet euch morgen früh um acht Uhr in meinem Büro. Wir haben Abschlußprüfungen, Kleiner, Abschlußprüfungen.«

»Bekommen Sie keine Schwierigkeiten mit dem General, Sir, wenn er herausfindet, daß Sie über diese Sache Bescheid wissen?«

»Aber sicher«, sagte der Bär durch eine Wolke Zigarrenrauch. »Er wird mich feuern.«

»Und Ihre Karriere, Colonel?«

»Die macht mir kein Kopfzerbrechen, Kleiner. Die Armee, das war meine Karriere. In der Armee habe ich jede einzelne Minute geliebt. Hier an der Akademie spiele ich nur den Hirten für meine Lämmchen. Aber eins hast du nie begriffen, McLean, du Bolschewik. Ich liebe diese Akademie. Das ist eine schlichte Tatsache. Und ich liebe alles, was die Akademie und dieser Ring versinnbildlichen. Und ich will dir noch etwas sagen, Kleiner.«

»Ja, Sir.«

»Am Montag werden wir die Zehn zerschlagen. Aber bis dahin müssen wir verdammt gut vorbereitet sein. Denn der General ist cleverer, als du und ich jemals sein werden. So, und jetzt werde ich einige Schulden von Lämmchen einfordern, denen ich mal einen Gefallen getan habe. Ich werde die Arschlöcher aus deinem Jahrgang, die zu diesem Verein gehören, nach Strich und Faden fertigmachen. Und ich werde ein kleines Pläuschen mit Mr. Pearce halten. Er wird mir einen vollständigen Bericht über seine Spezialbehandlung in der Villa unterschreiben, oder ich knöpfe ihn mir so vor, daß die Zehn ihm wie ein Damenkränzchen vorkommen. In ler Zwischenzeit gibst du mir die Liste mit den Namen ler Kadetten, denen du vertraust. Blind vertraust, Klei-ıer. Ich muß mich auf die Jungs verlassen können.«

»Im Moment hätte ich mit den Kadetten, denen ich mmer noch blind vertraue, in einem Paddelboot Platz, Colonel.«

»Freut mich, daß du deinen Humor noch nicht ganz verloren hast. Aber wenn du morgen in mein Büro kommst, dann mach auf ernst und nachdenklich! Keine dummen Sprüche. Du bist noch nicht aus dem Schneider. Du bist immer noch auf Feindgebiet. Heute nacht wirst du den Bären auf das feindliche Territorium führen. Noch was, Kleiner . . .«

»Ja, Sir?«

»Im Feindesland kann es verdammt einsam sein.«

47

Als ich am Montagmittag in General Bentley Durrells Büro kam, sah er wie der letzte Überlebende einer elitären, höchst gefährdeten Adelsdynastie aus. Sein Auftreten war soldatisch knapp; sein Verhalten reserviert und würdevoll. Er betrachtete mich mit dem Blick eines Jägers. Seine Lippen verzogen sich vor Herablassung, als er sich daranmachte, die Riten meiner Exkommunikation aus dem Korps vorzubereiten. Sein Gesicht war vom unerbittlichen Gletscherstrom der Lebensjahre runzelig und zerfurcht; sein Hals war faltig. Plötzlich sah er wie ein alter Mann aus; allerdings wie ein unverwüstlicher, stattlicher alter Mann. Ich weiß nicht mehr, wie lange er mich kühl anblickte. Ich hatte damit gerechnet, Angst zu haben; statt dessen hatte sich jetzt, da endlich die Stunde unserer Abrechnung gekommen war, tiefe Ruhe über mich gesenkt. Zum erstenmal stand ich dem Schreckgespenst und der Macht und dem körperlosen Bösen der Zehn als Wissender gegenüber: Ich kannte die Antworten auf meine Fragen, und alle meine Ängste waren besiegt. Zum erstenmal hatte ich keine Furcht mehr vor Generälen. Zum erstenmal trat ich Bentley Durrell als Erwachsener gegenüber, als Mann.

Ich salutierte, und Durrell erwiderte meinen militärischen Gruß.

»Ich möchte um Waffenstillstand ersuchen, Sir«, sagte ich. Es überraschte ihn, daß ich als erster redete.

Er lächelte herablassend. »Ein Waffenstillstand?« erwiderte er mit seiner volltönenden Stimme. »Ich wußte noch gar nicht, daß Krieg zwischen uns herrscht. Sind Sie dieser Ansicht?«

»Jawohl, Sir. Zwischen uns herrscht Krieg.«

»Wer hat diesen Krieg erklärt?« fragte er erheitert.

»Gewisse Umstände haben zum Kriegsausbruch geführt.«

»Und um was geht es in diesem Krieg, Mr. McLean? Mir sind Männer, die frei heraus reden und ohne Umschweife zur Sache kommen, immer schon lieber gewesen als Duckmäuser. Wissen Sie, warum ich Sie heute in mein Büro befohlen habe?«

»Um mich von der Akademie zu verstoßen, General. Neun Tage vor meinem Examen.«

»So ist es, Mr. McLean. Das gehört zu den traurigsten, aber unabdingbarsten Pflichten meines Amtes. Es erfüllt uns mit Kummer, wenn wir gezwungen sind, einen Senior von der Akademie zu verstoßen. Besonders wenn es sich um jemanden handelt, der so weit gekommen ist wie Sie. Nun ja, Mr. McLean, wären Sie vorsichtiger gewesen, hätten Sie sich vorschriftsmäßig verhalten, wären Sie ordentlich zum Appell erschienen, hätten Sie sich wie ein ganz normaler Kadett verhalten, wären Sie heute nicht hier. Ich glaube, dann hätten Sie zusammen mit Ihren Jahrgangskameraden problemlos den Abschluß machen können.«

»Das glaube ich nicht, Sir. Es gab eine Verschwörung, meinen Stubenkameraden und mich aus dem Korps zu jagen. Was diese Verschwörung betrifft, führt jede Spur zu Ihnen. Sie selbst haben beschlossen, Santoro und mich von der Akademie zu vertreiben, Sir.«

Er lachte verächtlich und erwiderte: »Ich habe wichtigere Dinge zu tun, als mir über die Disziplinarvergehen irgendeines Senioren den Kopf zu zerbrechen.«

»Wenn ich nicht die Zehn entdeckt hätte, Sir, nicht wahr?«

»Die Zehn, Mr. McLean? Wer sind die Zehn? Seit ich Kadett gewesen bin, habe ich Gerüchte gehört, daß angeblich eine Organisation dieses Namens existiert. Aber ich kann Ihnen versichern, daß es die Zehn nicht gibt.«

»Die neuen Mitglieder werden jedes Jahr am Tag des Korps ausgewählt, General. So wie Sie, Sir, im Frühjahr Ihres dritten Jahres an der Akademie, zusammen mit neun Jahrgangskameraden.«

»Daß es Kadettenbruderschaften gibt, wissen wir seit langem, Mr. McLean. Auch ich habe einer Bruderschaft angehört. Fast jeder Absolvent ist Mitglied eines solchen Zirkels. Das ist eine sehr lange Tradition, Mr. McLean. Die Verantwortlichen an dieser Akademie haben die Existenz derartiger Bruderschaften schon immer toleriert.«

»Die Zehn sind keine Bruderschaft, Sir, sondern eine Bande, für deren Ausschreitungen Sie verantwortlich sind.«

»Wollen Sie mich erpressen, Mr. McLean?« fragte er und lächelte herablassend. Er hatte die Situation völlig in der Hand.

»Ganz recht, Sir«, erwiderte ich. »Ich möchte Ihnen ein Geschäft vorschlagen. Mein Stubenkamerad und ich werden kein Wort über die Zehn verlieren, falls Sie uns die Möglichkeit geben, den Abschluß zu machen.«

»Das finde ich höchst amüsant, Mr. McLean. Aber nicht minder unverschämt und beleidigend. Wie soll ich auf Ihre impertinenten Beschuldigungen reagieren, Mr. McLean? Was haben Sie erwartet? Daß ich ängstlich bin? Was Sie hier vorbringen, ist völlig haltlos. Ich habe entscheidend dazu beigetragen, daß unsere glorreiche Armee im Zweiten Weltkrieg im Pazifikkrieg gesiegt hat. Ich war unter Präsident Eisenhower Botschafter für mehrere ausländische Vertretungen. Ich habe die gekrönten Häupter Europas kennengelernt und die Hälfte der politischen Führer in den Staaten hinter dem eisernen Vorhang. Sie werden also gewiß Verständnis dafür haben, daß Ihr Dummejungengeschwätz mich nicht im geringsten interessiert. Aber sagen Sie mir eines, Mr. McLean. Wie würden Sie an meiner Stelle reagieren?«

»Tief beschämt, Sir.«

»Sie werden Ihre vermeintliche moralische Höherwertigkeit dringend brauchen, Mr. McLean, um den Rest dieses Tages hinter sich zu bringen, der sich als sehr anstrengend für Sie erweisen könnte«, erwiderte der General, dessen hohle Wangen vor Zorn leicht gerötet waren. »Ihr Fall ist eindeutig und bereits entschieden. Mit Nachsicht können Sie nicht rechnen. Major Mudge hat mir Ihren sofortigen Verstoß von der Akademie empfohlen, und ich habe seiner Empfehlung zugestimmt. Ich muß Sie nun bitten, mir Ihren Ring zu geben.«

»Nein«, sagte ich.

»Reden Sie mich gefälligst mit ›Sir‹ an, Mister«, sagte der General scharf.

»Ich werde Ihnen den Ring erst dann geben, wenn ich den offiziellen Entlassungsbescheid der Akademie habe, Sir«, sagte ich. »So steht es eindeutig in den Dienstvorschriften.«

»Von Ihrer offiziellen Entlassung trennt Sie nur noch meine Unterschrift, Mr. McLean«, sagte der General und griff nach einem Füller auf seinem Schreibtisch.

»Unterschreiben Sie den Entlassungsschein nicht, Sir«, sagte ich und war selbst überrascht von der Selbstsicherheit, ja dem Befehlston in meiner Stimme.

Er blickte zu mir auf, und für einen Augenblick starrten wir uns an. Er schaute kurz zur Tür; dann sah er wieder mich an.

»Mr. McLean, ich möchte Ihnen diese Sache so leicht wie möglich machen. Ich kann Ihnen gar nicht sagen, wie leid es mir tut, Sie entlassen zu müssen, aber Sie kennen die Vorschriften. Es ist meine Pflicht, diese Papiere zu unterschreiben und Sie von der Akademie zu verstoßen. Der Verstoß ist unwiderruflich, und ich unternehme diesen Schritt zu Ihrem eigenen Besten und zum Besten der Akademie. Ich werde Ihnen ein Empfehlungsschreiben ausstellen, mit dem Sie an jeder anderen Hochschule dieses Landes studieren und Ihr

Examen ablegen können. Aber das alles hängt davon ab, ob Sie sich wie ein Gentleman verhalten oder nicht.«

»Ich verhalte mich nur in Gesellschaft von Gentlemen wie ein Gentleman.«

»Ihre Unverschämtheit wird Ihre Zukunftsaussichten erheblich verschlechtern«, sagte er und schraubte den Füller auf.

»Was ich weiß, wird Ihre Zukunftsaussichten *ganz* erheblich verschlechtern, Sir«, erwiderte ich. »Was ich über die Zehn weiß.«

»Wer würde Ihnen schon glauben, wenn Sie den Versuch machen, die Akademie in Verruf zu bringen? Wer würde den Aussagen eines unehrenhaft entlassenen, verbitterten Kadetten glauben?«

Jemand klopfte laut an die Tür.

Der Bär betrat in Paradeuniform das Büro des Generals. Er stellte sich direkt neben mich und salutierte vor Durrell. Der Schreibtisch war zu einer Grenze zwischen uns geworden, zu einer Demarkationslinie. »Ich würde diesem Kadetten glauben, General«, sagte der Bär.

»Darf ich fragen, Colonel Berrineau, wer Ihnen befohlen hat, sich in meinem Büro zu melden?« sagte der General, der sich erstaunlich schnell von seiner anfänglichen Überraschung erholt hatte.

»Mr. McLean hat mich gebeten, hierher zu kommen, Sir«, erwiderte der Bär. »Er hat mich um Hilfe gebeten. Er hat mir gesagt, Sie wollten ihn von der Akademie verjagen.«

»Guten Tag, Colonel«, sagte der General mit eisiger Stimme und erhob sich. »*Ich* bin derjenige, der jemanden in mein Büro bestellt, nicht Mr. McLean. Sie begeben sich auf der Stelle wieder zum Dienst. Morgen früh um acht Uhr erwarte ich Sie hier in meinem Büro. Ich hoffe, Sie können eine zufriedenstellende Entschuldigung für Ihr Verhalten vorbringen. Im übrigen verjage ich Mr. McLean nicht von der Akademie, wie Sie sich ausdrücken. Er wird wegen Überschreitung der zulässigen Strafpunktzahl entlassen, nachdem mir eine entsprechende Empfehlung von Major Mudge zugegangen ist. Das ist keine angenehme Aufgabe, und ich verstehe nicht, weshalb Sie es Mr. McLean nur noch schwerer machen.«

»Einen Augenblick, Sir.« Der Bär sprach mit vollkommen ruhiger, respektvoller Stimme, doch in Gegenwart des Generals schien sogar seine bullige Persönlichkeit an Ausstrahlung zu verlieren. »Heute ist von meinem Büro eine neue Liste der Straf- und Bonuspunkte ausgegeben worden.«

»Ich verstehe nicht, worauf Sie hinauswollen, Colonel«, sagte der General. »Außerdem möchte ich Sie jetzt nicht mehr in meinem Büro sehen. Guten Tag.«

»Mr. McLean nimmt auf dieser Liste eine herausragende Stelle ein, Sir.«

»Dessen bin ich mir durchaus bewußt, Colonel. Schließlich habe ich Sie ja heute morgen wegen der aktuellen Zahl seiner Strafpunkte angerufen.«

»Ich habe Ihnen aber nicht gesagt, Sir, daß Mr. McLean auf derselben Liste insgesamt siebenundfünfzig Bonuspunkte zuerkannt wurden, Sir. Dreißig Punkte für hervorragende Pflichterfüllung, fünf für herausragendes Erscheinungsbild, fünf für außergewöhnliche Sauberkeit der Stube, fünf wegen besonderer Verdienste für die Militärakademie von South Carolina — und so weiter, General. Wenn man die Bonus- von den Strafpunkten subtrahiert, hat Mr. McLean in diesem Jahr nur fünfundvierzig Strafpunkte aufzuweisen. Ähnliches gilt für Mr. Santoro.«

»Ich verstehe, Colonel«, flüsterte der General, und seine Stimme zitterte vor Wut. »Ich verstehe sehr gut.«

»Und da ist noch etwas, Sir«, fuhr der Bär fort. »Ich habe alles gehört, was vorhin in diesem Büro gesprochen wurde.«

»Haben Sie etwa gelauscht, Colonel? Haben Sie einen Ihrer vorgesetzten Offiziere belauscht? Aus welchem Grund, Colonel?«

»Weil ich etwas herausfinden mußte, General. Etwas sehr Wichtiges.«

»Was mußten Sie herausfinden?«

»Ob Sie gelogen haben, Sir. Zu meinem Bedauern haben Sie gelogen.«

»Sie bezeichnen mich als Lügner, Colonel?« fragte der General mit kühler, distanzierter Stimme.

»Ich bezeichne Sie als einen verdammten Lügner«, erwiderte der Bär nicht minder kühl und distanziert. »Ich bezeichne Sie als Schande für den Ring und für sämtliche Absolventen der Akademie. Sie sind es nicht wert, Sir, Direktor dieser traditionsreichen Hochschule zu sein. Mr. McLean hat mir eine Namensliste gegeben, General. Auf dieser Liste stehen sämtliche Namen der vermutlichen Mitglieder der Zehn, sowie die Namen der Jungen, die in den letzten dreißig Jahren von dieser Organisation von der Akademie vertrieben wurden. Mr. McLean hat mir die vollständige Geschichte der Zehn berichtet. Mir hat sich dabei der Magen umgedreht, General. Ich habe mit zwölf Jungen, die von den Zehn gekidnappt und an ihrem letzten Abend als Kadetten in Ihre Villa entführt wurden, Kontakt aufgenommen. Sie alle haben sich bereit erklärt, dies vor Gericht unter Eid zu beschwören.«

»Sie werden mir diese Liste übergeben, Colonel«, sagte der General. »Das ist ein Befehl. Sie werden zu niemandem ein Wort über diese Liste sagen. Sie begeben sich jetzt auf Ihre Unterkunft und warten auf weitere Instruktionen.«

»Sobald Mr. McLean und Mr. Santoro ihren Abschluß gemacht haben, gebe ich Ihnen die Liste, General. Sollte den beiden der Abschluß verwehrt werden, werde ich diese Liste der Presse zugänglich machen.«

»Ihre Anschuldigungen werden längst nicht mehr so schwerwiegend und glaubwürdig sein, wenn sie aus dem Munde eines ehemaligen Kadettenkommandanten stammen, der wegen Unfähigkeit vom Dienst suspendiert wurde. Ich wollte Sie erst nach Ablauf des Jahres von Ihrem Posten entbinden, Colonel, aber Ihre Insubordination läßt mir keine Wahl. Morgen früh, wenn Sie sich hier in meinem Büro melden, erwarte ich Ihr Rücktrittsschreiben«, erklärte der General schroff; dann aber wurde seine Stimme weicher, versöhnlich und einschmeichelnd, als wäre ihm klargeworden, daß er zu heftig und zu schnell reagiert hatte. Seine Strategie spiegelte sich im Tonfall seiner Stimme wider. »Ich glaube, Colonel, wir beide sind zu vorschnell. Wir kennen uns nun schon sehr lange, und unsere gegenseitige berufliche und private Wertschätzung sollte nicht wegen der Lügen eines Jungen zerstört werden. Ja, Mr. McLean lügt. Das kann ich Ihnen versichern, Colonel. Und seine Lügen hätten Sie um ein Haar Ihren Posten gekostet. Ich weiß, wieviel Ihnen Ihr Job bedeutet, Colonel. Sie haben die Chance, weiterhin als Kadettenkommandant unter mir zu dienen. Ich bin bereit zu vergessen, was heute hier geschehen ist. Ich glaube, es war nur eine kleine Meinungsverschiedenheit unter Männern, die freundschaftlich verbunden sind. Ich möchte Sie in meiner Mannschaft behalten, Colonel Berrineau. Aber nur, wenn auch Sie es möchten, und nur, wenn ich mir Ihrer uneingeschränkten Loyalität mir und meinem Stab gegenüber sicher sein kann. Es liegt an Ihnen, Colonel. Es ist allein Ihre Entscheidung.«

Der Bär schwieg für einen Augenblick, nachdenklich und in sich gekehrt; seine Miene war sorgenvoll. Ich befürchtete, daß er die Seite gewechselt hatte.

»General«, sagte er schließlich, »Mr. McLean ist in diese Geschichte verwickelt worden, weil ich ihn zu Anfang des Studienjahres um einen Gefallen gebeten hatte. Ich fühle mich persönlich verantwortlich dafür, daß er in diese Sache hineingezogen wurde. Ich wußte nichts darüber, bis er am Freitagabend in meine Unterkunft gekommen ist. Jetzt weiß ich alles.«

»Ihr Job bedeutet Ihnen sehr viel, nicht wahr, Colonel?«

»Jawohl, Sir. Er bedeutet mir sehr viel.«

»Ausgezeichnet. Also gilt unser Abmachung, Colonel?« fragte der General.

»Sie können mich am Arsch lecken, General Durrell«, erwiderte der Bär.

»Würden Sie die Akademie verraten, Colonel?« Die Stimme des Generals war nur noch ein heiseres Flüstern.

»Nein, Sir«, antwortete der Bär fest. »Niemals. Würden Sie es tun, Sir?«

»Sie sind kein loyaler Mann, Colonel«, sagte der General. »Jetzt verschwinden Sie aus meinem Büro. Colonel Lyall wird Ihre Aufgaben als Kadettenkommandant kommissarisch übernehmen, bis ich einen Ersatz für Sie gefunden habe.«

»Sie werden sich noch wundern, wie loyal ich bin, General«, erwiderte der Bär. Dann wandte er sich mir zu und sagte: »Ich stehe voll und ganz auf Ihrer Seite, Will. Sie und ich, wir werden diesem Herrn zeigen, was diese Akademie hervorbringen kann. Wir werden ihm zeigen, was es wirklich bedeutet, den Ring zu tragen.« Bevor er das Büro verließ, flüsterte er mir so leise zu, daß nur ich es hören konnte: »Sobald ich verschwunden bin, spielst du die letzte Karte aus. Spiel sie aus, Kleiner.«

Nachdem der Bär das Büro verlassen hatte und ich wieder allein in die feindseligen, abschätzenden Augen des Generals blickte, spürte ich das volle Gewicht der Einsamkeit auf mir lasten. Doch seit der Bär erklärt hatte, auf meiner Seite zu stehen, hatte sich die Atmosphäre im Zimmer verändert, und zum erstenmal lag ein Ausdruck der Unsicherheit, ja der Furcht auf General Durrells Gesicht.

»Ich werde jetzt die Papiere unterschreiben, die Ihren Verstoß von der Akademie besiegeln, Mr. McLean. Ich möchte Ihnen nur noch sagen, daß dieser Verstoß keine persönlichen Gründe hat.«

»Weshalb werde ich verstoßen?«

»Natürlich wegen Überschreitung der zulässigen Strafpunktzahl, Mr. McLean.«

»Sie haben es doch gehört, Sir. Ich habe in diesem Jahr erst fünfundvierzig Strafpunkte. Sie müssen sich schon etwas anderes einfallen lassen.«

»Ich beschütze Sie und Mr. Santoro vor einer sehr viel härteren Strafe, Mr. McLean. Ein gewisser Daniel

Molligen, ein Absolvent des Jahres 1964, wollte gegen Sie und Mr. Santoro wegen Überfalls, Entführung und Nötigung Strafantrag stellen. Sie haben es nur meiner persönlichen Fürsprache zu verdanken, daß Mr. Molligen darauf verzichtet hat, die Polizei zu verständigen. Aber die Schwere dieses Verbrechens ist Grund genug, Sie und Mr. Santoro von der Akademie zu verweisen. In den Dienstvorschriften wird ausdrücklich verlangt, daß ein so schweres Verbrechen mit sofortigem Verstoß des betreffenden Kadetten geahndet werden muß. Ich bin jedoch bereit, Ihnen so weit entgegenzukommen, in Ihren und Mr. Santoros Papieren diesen Vorfall nicht als Grund Ihres Verstoßes zu nennen. Es wäre besser für Sie, wenn als Entlassungsgrund die Überschreitung der zulässigen Strafpunktzahl genannt wird. Es wäre sehr viel besser für Sie und sehr bedeutsam für Ihre Zukunft. Denn es wäre mir eine Freude, mich persönlich bei den Rektoren anderer Hochschulen für Sie und Mr. Santoro zu verwenden. Und es würde mich sehr betroffen machen, wenn Sie jetzt irgend etwas Dummes tun und sich dadurch selbst die Möglichkeit verbauen, Ihr Studium an einer anderen Hochschule abzuschließen.«

»*Sie* würden mir und Mr. Santoro diese Möglichkeit verbauen, General. Wie würden Sie es anstellen, Sir?«

»Ich würde in Ihren Papieren vermerken, daß Sie wegen eines äußerst schändlichen Sittenverstoßes von der Akademie verwiesen wurden, Mr. McLean. Ich würde es wirklich nicht gern tun, doch falls Sie Ihre Drohungen und unbewiesenen Behauptungen nicht zurücknehmen, sehe ich keine andere Möglichkeit. Aber ich bin sicher, daß uns irgendeine Lösung einfällt, Will. Meinen Sie nicht auch?«

»Was muß ich tun, um meinen Abschluß machen zu

können, General? Das ist alles, was mir am Herzen liegt. Daß mein Stubenkamerad und ich unsere Examen machen können.«

»Sie werden keine Probleme haben, Ihren Abschluß zu erlangen, Will. Hier an der Akademie ist das allerdings nicht mehr möglich. Dazu sind die Dinge ein wenig zu weit gediehen. Aber das ist ja nicht das Ende der Welt. Vielleicht kann ich für Sie und Mr. Santoro sogar ein paar Fäden ziehen und dafür sorgen, daß Ihnen die bisherige Studienzeit angerechnet und für finanzielle Unterstützung gesorgt wird. Sie scheinen der Meinung zu sein, es wäre eine Art Verschwörung gegen Sie im Gange, Will, aber glauben Sie mir, Sie irren sich. Vielleicht haben Sie sogar Colonel Berrineau von dieser angeblichen Verschwörung überzeugen können. Aber es gibt hier keine Geheimorganisation oder dergleichen. Es gibt nur Mr. Molligen, und der ist entschlossen, Strafanzeige gegen Sie zu erstatten, wenn ich meine schützende Hand nicht mehr über Sie halte. Ich versuche, Ihnen auf jede nur erdenkliche Weise zu helfen, aber Sie machen es mir wirklich nicht leicht. Ich möchte nur eins, Will. Ich möchte nicht erleben müssen, wie die Zukunft eines jungen Menschen ruiniert wird.«

»Was erwarten Sie von mir, General?«

»Nichts, Will. Überhaupt nichts. Viele Kadetten, die wegen Überschreitung der zulässigen Strafpunktzahl von der Akademie verwiesen wurden, haben mir geschrieben, nachdem sie an einer anderen Hochschule ihr Examen abgelegt hatten, und sich dafür bedankt, daß ich ihnen so früh im Leben eine so wertvolle Lektion erteilt habe. Disziplin ist nicht nur wertvoll, Will, sie ist auch wirkungsvoll. Ich hätte nur noch eine Bitte.

Bleiben Sie mit mir in Verbindung. Schreiben Sie mir, wenn Sie einen neuen Studienplatz gefunden haben. Lassen Sie mich wissen, wie es bei Ihnen vorangeht. Es interessiert mich, wie Ihre Karriere aussieht. Glauben Sie mir. Und falls ich Ihnen mal irgendwie helfen kann, werde ich das mit Freuden tun. Darauf gebe ich Ihnen mein Ehrenwort.«

»Geben Sie mir auch in einer anderen Angelegenheit Ihr Ehrenwort, Sir?«

»Selbstverständlich, Will.«

»Dann geben Sie mir Ihr Ehrenwort, daß es die Zehn nicht gibt.«

Er beugte sich über den Schreibtisch zu mir vor und erwiderte fest meinen Blick.

»Sie haben mein Ehrenwort, Will«, flüsterte er.

»Und ich brauche nichts weiter zu tun, als die Akademie still und leise zu verlassen?«

»Richtig. Und Sie müssen Colonel Berrineau davon überzeugen, daß Sie die Wahrheit ein wenig verdreht haben, als Sie ihm Ihre Informationen über die Zehn zukommen ließen. Das dürfte nicht allzu schwierig sein. Ohne Sie und Ihren Stubenkameraden steht der Colonel sehr dumm da, sollte er sich an die Zeitungen wenden. Falls Colonel Berrineau es dennoch tut, wird er nie wieder eine Anstellung finden. Dann wären Sie dafür verantwortlich.«

»Sie möchten also, daß ich den Bären verrate?«

»Sie sollen ihn nicht verraten, Will. Ganz bestimmt nicht. Aber bringen Sie ihn zur Vernunft, mein Sohn. Sorgen Sie dafür, daß ihm ein Licht aufgeht, so wie jetzt Ihnen.«

»Sie haben recht, Sir«, sagte ich. »Mir ist ein Licht aufgegangen.«

»Das habe ich nicht anders erwartet, Will. Die Zukunft ist wichtig. Sehr wichtig.«

»Die Gegenwart aber auch, General. Weil man in der Gegenwart die Entscheidungen für die Zukunft treffen muß. Und Sie müssen jetzt eine sehr, sehr wichtige Entscheidung treffen, General.«

»Was meinen Sie damit, Will?«

»Schauen Sie aus dem Fenster, General. Nach links. Er steht neben dem Briefkasten auf der anderen Straßenseite.«

Schweigend blickte der General aus dem Fenster und sah Mark Santoro neben dem Briefkasten stehen. Mark hielt einen Stapel Briefe in der Hand. Ich schob einen dicken Umschlag auf den Schreibtisch des Generals.

»Sir«, sagte ich, »der Mann, der neben dem Briefkasten steht, ist mein Stubenkamerad. Er hält fünfzig Briefe in der Hand. Die eine Hälfte dieser Briefe ist an Journalisten in den gesamten Vereinigten Staaten adressiert, die andere Hälfte an einflußreiche Senatoren aus South Carolina und andere hohe Regierungsbeamte, die allesamt diese Akademie nicht besucht haben. In dem Umschlag auf Ihrem Schreibtisch befindet sich eine kurze Beschreibung der Zehn sowie eine Schilderung der Methoden, die angewendet werden, um Rekruten aus dem Korps zu verjagen. Es tauchen dabei häufig Begriffe wie Kidnapping und Folterung auf. Außerdem liegt eine Liste bei, auf der sämtliche Namen der Mitglieder dieser Organisation vermerkt sind. Sobald ich ans Fenster gehe und meinen Ring vom Finger streife, wird Mr. Santoro die Briefe einwerfen. Außerdem wird in diesem Fall jedem Mitglied des Kadettenkorps heute abend eine Kopie dieses Briefes ausgehändigt. Sie, General, müssen jetzt und hier darüber entscheiden, ob die Zehn ein Geheimbund bleiben oder über Nacht zur berühmtesten Organisation in South Carolina werden.«

Der General erhob sich, ging zum Fenster und öffnete es.

»Gehen Sie sofort auf Ihre Stube zurück, Mr. Santoro«, rief er hinaus. »Sie stehen unter Arrest. Ich habe bereits den Kommandeur der Militärpolizei verständigt.«

Mark Santoro grinste Bentley Durrell an, den Viersternegeneral und Kriegshelden, und zeigte ihm den Vogel.

Ich ging zu Durrell, stellte mich neben ihn und zog mir langsam den Ring vom Finger.

Der General packte mein Handgelenk.

Seine Hände waren spinnenartig, die Haut voller Leberflecke; für einen Augenblick war ich erstaunt, wie zerbrechlich, schwach und erschöpft diese Hände im Alter geworden waren.

»Schicken Sie Ihren Stubenkameraden in die Kaserne zurück, Mr. McLean. Ich glaube, wir können ein für beide Seiten zufriedenstellendes Abkommen treffen.«

Er ging zum Schreibtisch und zerriß langsam und methodisch die vor wenigen Minuten unterschriebenen Papiere, die meinen Verstoß von der Akademie besiegelt hätten.

Ich winkte Mark mit emporgerecktem Daumen zu, und er ging zur Kaserne zurück. Dann wandte ich mich zu General Durrell um.

Er saß wieder hinter seinem Schreibtisch; er hielt die Augen geschlossen, und sein Gesicht war abgespannt und schlaff, als wären alle Salze und Konservierungsstoffe seiner bisher unangefochtenen Autorität von einem plötzlichen, unvorhergesagten Monsun fortgespült worden. Doch er zwang sich zur Ruhe; ich konnte beobachten, wie der kampferprobte, disziplinierte Veteran in seinem Innern allmählich wieder die Oberhand gewann; wie er die Kontrolle über seine Umgebung und sich selbst zurückeroberte; wie ihm wieder bewußt wurde, wer er war und wer ich war; wie sich wieder die tiefe Kluft aus Alter und Erfahrung zwischen uns auftat, als wir uns schließlich, endlich angesichts der nackten Wahrheit, gegenüberstanden. In diesen Minuten, in der brennenden Nachmittagssonne dieses Tages im Spätfrühling 1967 in Charleston, gab es keine Strategien und keine Geheimnisse mehr – und keine Karten, die noch auszuspielen waren.

Schließlich begann er mit matter, leiser Stimme zu sprechen. »Hätte ich Sie früh genug durchschaut, Mr. McLean«, sagte er, »und hätte ich das Potential, das in Ihnen steckt, früh genug erkannt, dann hätte ich Sie zu einem außergewöhnlichen Kadetten formen können, zu einem hervorragenden Soldaten. Sie sind ein kluger Kopf. Sehr selten bei einem Sportler. Zu schade, daß Sie Ihr wahres Gesicht bis zum Schluß verborgen haben. Ein großer Verlust. Für Sie und für mich.«

»Ich wäre ein schrecklicher Soldat geworden, General«, sagte ich. »Das hat mir die Akademie bewiesen.«

»Warum, Mr. McLean?« fragte er, die Augen immer noch fest geschlossen.

»Weil ich glaube, Sir«, antwortete ich, »daß ich für einen Mann wie Colonel Berrineau mein Leben lassen würde. Aber einem Mann wie Ihnen würde ich niemals folgen.«

Er schlug die Augen auf und funkelte mich zornig an.

»Noch nie hat ein Kadett so zu mir geredet, Mr. McLean«, sagte er. »Das hat noch kein Kadett gewagt. Mir wurde immer wieder gesagt, daß ich im Kadettenkorps gefürchtet bin. Ich habe das als großes Kompliment betrachtet. Stellen Sie sich vor – ein alter Mann wie ich wird von zweitausend kräftigen, jungen Burschen gefürchtet.«

»Ich hatte immer Angst vor Ihnen, Sir«, gab ich zu. »Höllische Angst, General. Immer, wenn Sie nach einem Sieg unserer Basketballmannschaft in den Umkleideraum gekommen sind, um uns zu gratulieren, habe ich kein Wort herausbekommen. Ich hatte immer Angst und ein Gefühl der Unterlegenheit, wenn ich mit Ihnen geredet habe. Als Rekrut mußte ich Ihre Bücher und Ihre Biographie lesen und mir die Strategie Ihrer Feldzüge einprägen. Mein Vater hätte es gern gesehen, wenn Sie statt Eisenhower Präsident geworden wären. Ich bin mit Ihrem Namen aufgewachsen. Ich werde nie vergessen, als ich Sie das erste Mal gesehen habe, damals, vor vier Jahren, als Sie vor mir und den anderen Neulingen Ihre Rede gehalten haben – über die Pflicht, die Ehre und die moralische Verpflichtung, der Menschheit zu dienen. Eines habe ich damals allerdings nicht erkannt.«

»Und was?« fragte er müde.

»Ich habe nicht erkannt, daß ich eines Tages vielleicht ein besserer Mensch sein würde, als Sie es jemals gewesen sind, General. Und daß ich an der Akademie sehr viel bessere Menschen kennenlernen würde als Sie.«

Er stand stolz und gebieterisch auf und schritt auf

dem Teppich hinter seinem Schreibtisch auf und ab. Plötzlich war er wieder Zoll für Zoll ein General, Zoll für Zoll der große Mann, der seinen Mythos verteidigte.

»Sie!« fuhr er mich an. »Sie werden nie auch nur ein Prozent jenes Mannes sein, der ich war und bin, Mr. McLean. Schon damals, als ich Direktor dieser Akademie wurde, habe ich gespürt, daß unserem Land höchste Gefahren drohen, von innen und außen. Ich wußte, daß es Männer aus Eisen bedurfte, um in diesem Land eine moralische Wende herbeizuführen. Ich habe diese Stelle angenommen, weil ich unserer Nation Patrioten zuführen wollte – Männer, die bereit sind, eher für ihre Heimat zu sterben, als sich Tyrannen zu unterwerfen. Ich wollte Männer formen, die in jeder Hinsicht anders sind als Sie, Mr. McLean. Ich wollte Männer erziehen, die die Weltgeschichte verändern können. Männer, dic von dieser Akademie die Vision eines besseren Amerika vermittelt bekommen . . . eine Vision, die so groß und edel und wahrhaft ist, daß nichts sie zerstören kann. Ich wollte eine neue Generation tapferer Soldaten schaffen, Bürger und Krieger in einem, die auch in Zukunft an der gewaltigen Aufgabe arbeiten, die Vereinigten Staaten zur großartigsten Nation der Weltgeschichte zu machen. Und das habe ich getan, Mr. McLean! Und ich werde es weiterhin tun, auch wenn ein oder zwei mißratene Außenseiter wie Sie und Ihr Stubenkamerad es schaffen, hier ihren Abschluß zu machen. Sie werden mir keine Steine in den Weg legen, Mr. McLean, und Sie werden keinen Schandfleck hinterlassen.«

»Ja, ja, ja«, sagte ich. »Das habe ich alles schon mal gehört, General. Ich habe es in jeder Rede gehört, die

Sie vor dem Korps gehalten haben. Nur glaube ich kein Wort mehr, das über Ihre Lippen kommt.«

»Sie werden jetzt auf der Stelle mein Büro verlassen, Mr. McLean. Aber zuvor brauche ich noch eine kleine Information von Ihnen. Ich muß wissen, wie Sie in den Besitz dieser Liste gelangt sind. Sie und Mr. Santoro werden gemeinsam mit Ihren Jahrgangskameraden Ihr Examen machen. Aber ich muß wissen, wie Sie an die Liste gekommen sind.«

»Und wenn ich es Ihnen nicht sage?«

»Dann werden Sie hier keinen Abschluß machen, und ich werde mit anderen Mitteln gegen Ihre Verleumdungen kämpfen. Es wird ein schwerer Kampf, Mr. McLean, aber die Akademie kann diesem Sturm trotzen. Verlassen Sie sich darauf.«

»Ich bin in Commerce St. Croix' Villa eingedrungen und habe die Namen aus seinen Tagebüchern abgeschrieben. Er weiß nicht, daß ich es getan habe.«

»Sie sind wirklich ein Mann von hoher moralischer Integrität, Mr. McLean«, flüsterte der General. »Schon wegen dieses Einbruchs müßte ich Sie mit Schimpf und Schande von der Akademie verstoßen.«

»Sie haben Ihre Karriere auch nicht gerade nach dem Vorbild Christi gestaltet, General Durrell«, erwiderte ich.

»Sie können jetzt gehen, Mr. McLean«, sagte Durrell, der sich jetzt wieder in der Gewalt hatte. »Aber ich möchte Ihr Ehrenwort, daß Sie diese Briefe vernichten. Jede einzelne Kopie.«

»Sie haben mein Ehrenwort, Sir.«

Ich salutierte und ging zur Tür. Bevor ich die Hand an den Griff legte, hörte ich ihn sagen: »Eine letzte Sache noch, Mr. McLean. Haben Sie jemals darüber nachgedacht, welchen Platz Sie in der Geschichte einnehmen werden? Wo, glauben Sie, ist Ihr Platz in der Geschichte der Akademie? Meinen Platz kenne ich bereits. Aber wie sieht es mit Ihrem aus? Sagen Sie mir, welchen Platz Sie in der Geschichte der Akademie einnehmen werden.«

Er lachte mich aus; er machte sich über mich lustig, und ich drehte mich um und verachtete alles, was dieser Mann verkörperte, aus tiefster Seele.

»General«, erwiderte ich, »ich möchte Ihnen etwas sagen, und ich möchte, daß Sie darüber nachdenken.«

»Was haben Sie mir denn zu sagen, McLean?«

»Was die Geschichte der Akademie betrifft, Sir – ich werde sie schreiben.«

48

An diesem Abend saß ich allein im Garten der St.-Croix-Villa und hörte Abigail und Tradd zu, die im Musikzimmer ein Duett für Klavier und Harfe spielten. Aus der Stadt, gedämpft und weit entfernt, konnte ich das Bellen der Hunde und den Verkehrslärm an der Broad Street hören. Umsichtigerweise wartete ich inmitten der Rosen auf den geeigneten Zeitpunkt. Während ich Abigail und Tradd schweigend durchs Fenster betrachtete, hing ich wieder einmal den endlosen, kummervollen Gedanken an meine letzten Tage als Kadett nach. Im übernatürlichen Licht der Kronleuchter waren die Gesichter der St. Croix' klar und strahlend; sie erschienen mir so selbstverständlich vertraut, so bezaubernd unschuldig an all den Schrecken und Verschwörungen und Tragödien und irreparablen Zerstörungen, die mich hierher in den Garten ihrer Villa geführt hatten.

Abigails Hand bewegte sich anmutig über die langen, golden schimmernden Saiten der Harfe. Tradd saß am Klavier; sein fein geschnittenes Gesicht war vor tiefer Konzentration angespannt, während er die Noten vom Blatt las und seine Finger sie augenblicklich in Töne verwandelten. Die harmonische Musik erfüllte den Garten wie der süße Duft der Rosen. Im Klang der Harfe lag eine unbeschreibliche Einsamkeit, aber auch ein stilles, zurückhaltendes Verlangen nach ihrem Begleiter, dem Klavier. In der St.-Croix-Villa hatte ich viel über Musik gelernt. Und noch viel, viel mehr.

Mutter und Sohn schauten sich an und lächelten. Ihre Blicke trafen sich in zufriedener Übereinstimmung, während die Musik von ihren Fingerspitzen tanzte. Tradds Klavier stellte eine klangvolle Frage und bekam mit verblüffender Direktheit eine Antwort der Harfe, in der wiederum eine Frage lag, und so fort. Ich spürte einen scharfen Stich der Leere und Einsamkeit, schmerzhaft und voller Kummer und Bedauern, wie es oft der Fall war, wenn ich nahezu perfekt gespielte klassische Musik hörte. Doch mein Kopf war voller Alpträume von herandonnernden Zügen.

Wie anders dieser Garten doch ist als der von Annie Kate und ihrer Mutter, dachte ich. In diesem Garten verwehrte man der Natur ihre Fähigkeit zur Selbstentfaltung. Abigails Regiment über den Garten war zu herrisch, zu despotisch, als daß hier ein so farbenprächtiger, lautloser Aufstand der Sträucher und Blumen möglich gewesen wäre wie im Garten der Gervais'. Der fremdartige Charakter dieses Gartens war auf die unnachgiebige Strenge zurückzuführen, mit der er gepflegt wurde. Du solltest Freiheiten nie zu radikal beschneiden, Abigail, sagte ich mir. Laß der Natur und dem Klima ein wenig mehr Raum. Du mußt der Lebendigkeit der Form und der urtümlichen Symmetrie, die aus der Wildnis stammen, ein bißchen Freiheit geben.

Ich ließ sie das Duett zu Ende spielen. Ganz zum Schluß veränderte sich die Musik. Die Klänge des Klaviers huschten wie schnell dahinfließendes Wasser durch den Garten, und die Harfe antwortete darauf, indem sie Honig in dieses Wasser goß. Als die letzten Töne verstummt waren, erhob ich mich von der Bank inmitten der Rosen und des Jasmin. Ich nahm all meinen Mut zusammen, ging zur Eingangstür und betätigte den polierten Türklopfer aus Messing. Wieder einmal hatte ich das plötzliche Gefühl, durch die Stadt zu schweben, unter den Palmen und Hausgiebeln; ein Fremder unter den Gärten. Wieder die Einsamkeit, dachte ich, deine alte Heimat.

Tradd öffnete die Tür. Da ich im Schatten des Vordaches stand, erkannte er mich nicht sofort.

»Will«, sagte er schließlich. »Ich habe gehört, du hast es geschafft und sogar den General besiegt. Herzlichen Glückwunsch, alter Junge.«

Er umarmte mich herzlich. »Dieser Abend muß gefeiert werden. Mutter, Will ist gekommen. Er ist nach Hause gekommen, und er wird doch noch ein Akademie-Mann.«

Abigail kam in die Vorhalle. Die Unbeholfenheit ihrer Gesten und Bewegungen waren beredtsamer als je zuvor. Sie betrachtete mich liebevoll, mit unschuldigen

Blicken. Ich legte den Kopf an ihre Wange, und sie streichelte mir zärtlich über das Haar. »Es ist alles vorbei, Will. Jetzt müssen wir versuchen, dieses schreckliche Jahr zu vergessen. Wo ist Mark? Kommt er auch?«

»Nein, Abigail«, sagte ich. »Er ist in der Kaserne geblieben. Er war zu müde.«

»Was hast du dem General gesagt, Will?« fragte Tradd. »Mich haben schon drei Kadetten angerufen und mir erzählt, daß du und der General eine Art Krieg geführt habt, bei dem du gesiegt hast. Es hat sich auf dem ganzen Campus herumgesprochen. Ich habe gehört, der Bär ist als Kadettenkommandant gefeuert worden. Du mußt mir alles erzählen, Will. Jedes Wort, jede Silbe. Ich lasse dich nicht gehen, bevor ich nicht alles weiß.«

»Natürlich wird Will uns alles erzählen, Tradd. Nun laß den armen Jungen erst einmal hereinkommen, damit er es sich bei einem Drink gemütlich machen kann. Er holt sich eine schreckliche Erkältung, wenn er noch lange in diesem Durchzug steht.«

»Eine Erkältung, Mutter?« sagte Tradd. »Na, hör mal. Aber doch nicht Ende Mai.«

»Man kann sich am schnellsten eine Erkältung holen, wenn man am wenigsten damit rechnet. Ich habe mir die schlimmsten Erkältungen immer im Sommer geholt.«

»Wo ist Commerce?« fragte ich und blickte nervös zur Treppe.

»Vater war ein ziemlicher Muffel, als er heute nach Hause kam, Will«, erwiderte Tradd. »Er hat mal wieder eine seiner depressiven Phasen.«

»Er ist in seinem Arbeitszimmer«, sagte Abigail verärgert. »Er regt sich über irgend etwas auf. Aber das ist ja nichts Neues. Als er heute nach Hause kam, war er zerstreut und kaum ansprechbar. Er sitzt jetzt schon den ganzen Nachmittag auf seinem Zimmer und weigert sich, auch nur ein Wort mit uns zu sprechen. Ich habe versucht, auf ihn einzureden, daß er wenigstens das Abendessen mit uns einnimmt, aber er hat nicht einmal auf mein Klopfen reagiert. Männer sind die seltsamsten Geschöpfe auf Gottes weitem Erdenrund. Jedenfalls das Exemplar, das ich geheiratet habe. Aber heute hat er sich völlig unerklärlich aufgeführt. Als er von einem Absolvententreffen an der Akademie nach Hause kam, hat er das Schloß an der Tür seines Arbeitszimmers ausgewechselt und ein Kombinationsschloß eingebaut. Es sieht schrecklich billig aus. Aber als ich es ihm sagte, hat er natürlich gar nicht erst darauf reagiert.«

»Was ihn auch bedrücken mag, er wird schon darüber hinwegkommen, Mutter«, sagte Tradd. »Das war bis jetzt noch immer der Fall.«

»Was ist das für ein Getränk, Will?« wollte Abigail wissen. Ihr fiel erst jetzt die Flasche auf, die ich in der linken Hand hielt.

»Wasser«, sagte ich. »Edles, kühles Wasser. Jahrgang 1967. Ich möchte eine neue Tradition in der Familie St. Croix begründen, die euch immer an mich erinnern wird. Ich möchte, daß der heutige Abend für uns alle so denkwürdig wird wie der Abend damals, als wir das Wasser aus der Ägäis getrunken haben.«

»Wir brauchen keine neuen Traditionen, damit wir immer an dich denken, Will«, sagte Abigail. »Du gehörst zu uns. Du bist zu einem Teil der Geschichte dieses Hauses geworden. Andererseits kann die menschliche Seele immer neue Traditionen gebrauchen. Manchmal ist es sogar notwendig. Es war ein hartes Jahr für dich und Tradd. Ein tragisches Jahr.«

Abigail nahm mir die Flasche aus der Hand und füllte das Wasser behutsam in eine Waterford-Karaffe, die auf einem Beistelltisch im Eßzimmer stand, während Tradd und ich unsere angestammten Plätze am Eßzimmertisch einnahmen.

»Haben wir uns seit dem Rekrutenjahr sehr verändert, Tradd?« fragte ich. »Sehen wir noch so aus wie damals? Fühlen wir das gleiche wie damals? Haben wir noch die gleichen Gedanken?«

»Du liebe Güte, nein, Will«, erwiderte er überzeugt. »Jedenfalls hoffe ich inständig, daß wir in den vier Jahren viel erwachsener geworden sind. Im Rekrutenjahr waren wir Jungen, und wir hatten dumme, jungenhafte Vorstellungen und Wünsche. In wenigen Tagen wird man uns offiziell zu ganzen Männern erklären. Dann werden wir für den Rest unseres Lebens edel, wahrhaft und männlich denken.« Er hielt inne, lächelte. »Das war natürlich nur ein Scherz, Will. Aber im Ernst, ich glaube, wir haben uns das Erwachsensein ehrlich verdient. Wir haben das System durchlaufen, von Rekrutenjahr bis zum Examen, und dabei verändert man sich zwangsläufig. Das macht uns anders als unsere Altersgenossen an anderen Hochschulen.«

»Glaubst du das wirklich, Tradd? Oder möchtest du es nur glauben?« fragte ich.

»Ich bin ganz sicher, Will. Die ganze Zeit, die wir an der Akademie verbracht haben, war ich felsenfest davon überzeugt. Traditionen hatten schon immer einen wichtigen Platz in meinem Leben, und ich habe an das System geglaubt. Ich hatte nie den Wunsch zu rebellieren, so wie du. Deshalb bin ich, offen gesagt, ziemlich erstaunt, daß du heute abend eine neue Tradition begründen möchtest.«

»Wenn es Wills Wunsch ist, dann möchte ich gern daran teilhaben«, sagte Abigail und kam mit einem Tablett an den Tisch, auf dem drei Weingläser und die Karaffe mit dem Wasser standen.

Ich schenkte das Wasser in die drei schlanken Gläser.

»Das sieht so trübe aus«, sagte Tradd, blickte seine Mutter an und verzog das Gesicht. »Bist du sicher, daß es genießbar ist, Will? Ich lege keinen Wert darauf, mir Typhus oder Rachitis oder sonst etwas einzuhandeln, indem ich bakterienverseuchtes Wasser trinke.«

»Du liebe Güte, Tradd.« Abigail lachte. »Wir sind nicht in Mexiko.«

»Genau. Es kann gar nichts passieren«, versprach ich. »Einen Trinkspruch.«

»Wir alle bringen einen Trinkspruch aus, ja?« schlug Abigail vor.

»Eine ausgezeichnete Idee, Mutter.«

»Auf den Erfolg und die Karriere meines Sohnes«, sagte Abigail und blickte erst Tradd, dann mich an, »und auf den Erfolg und die Karriere meines Adoptivsohnes.«

Tradd hob sein Glas und sagte bewegt: »Auf meinen Stubenkameraden, Will McLean, den besten Freund, den ich je hatte.«

»Auf die Freundschaft«, sagte ich, und wir alle hatten Tränen in den Augen.

Wir stießen mit dem Wasser an. Tradd und Abigail nahmen einen tiefen Schluck. Ich trank keinen Tropfen. Statt dessen schüttete ich Tradd den Inhalt meines Glases ins Gesicht.

»Will!« rief Abigail. »Ich hoffe doch sehr, du findest

das nicht komisch. Was soll denn das? Also wirklich, ich bin schockiert!«

Ich beachtete sie nicht. Statt dessen starrte ich meinen Stubenkameraden an. Ich beobachtete, wie seine Miene sich veränderte. Erst sah ich Erschrecken, dann Zorn und dann die schockhafte Erkenntnis, daß ich ihm zum erstenmal im Leben als sein Feind gegenübersaß.

»Du hast mir einmal etwas gesagt, Tradd. Solltest du mal einen Sohn haben, würdest du ihn nicht auf den Namen Tradd St. Croix taufen lassen, weil du nicht möchtest, daß dieser Name bis in die nächste Generation fortbesteht. Ein Tradd St. Croix ist genug für diese Welt, hast du gesagt. Der Meinung bin ich auch. Ein Tradd St. Croix ist mehr als genug. Aber ich habe einen Namen für deinen Sohn gefunden. Du solltest ihn Judas taufen lassen.«

»Seit wann weißt du es schon?« fragte Tradd und wischte sich mit einem Taschentuch fahrig das Gesicht ab.

»Seit den drei längsten Tagen meines Lebens. Aber ich wußte nicht, wie ich dir gegenübertreten sollte, Tradd. Ich wußte nicht, wie ich dir sagen sollte, daß ich dich auf den Tod nicht mehr ausstehen kann. Es ist nicht leicht, in nur drei Tagen die Liebe zu einem anderen Menschen sterben zu lassen. Und es ist schwer zu glauben, daß jemand Liebe und Freundschaft so in den Schmutz tritt, wie du es getan hast. Du warst einer von ihnen, Tradd. Mein Gott, du hast die ganze Zeit zu ihnen gehört.«

»Es ist nicht so, wie du denkst, Will. Ich schwöre es! Ich kann alles erklären. Es gibt eine vollkommen logische Erklärung für alles, Will. Sie haben mir versprochen, daß du es nie herausfindest. Das haben sie mir fest versprochen! Aber du mußt mir zuhören«, sagte er verzweifelt und streckte über den Tisch die Hand nach mir aus.

»Sag mir, was das alles zu bedeuten hat, Will«, verlangte Abigail. »Sag es mir. Auf der Stelle. Was ist mit dir passiert?«

Ich fuhr zu ihr herum und starrte sie an. »Was mit mir passiert ist, Abigail? Was mit mir passiert ist? Wo soll ich anfangen, wenn ich dir erzählen soll, was mit mir passiert ist? Wie soll ich es dir auf eine Art und Weise erklären, daß du es verstehen kannst? All diese Schönheit um dich herum. Die Villa, deine Blumen, dein Tafelsilber, deine Antiquitäten, deine Musik, dein vollkommenes Leben. So eine Schönheit, so eine wundervolle Schönheit. Aber sie hat dich geblendet, Abigail. Die Schönheit hat dir den Blick für das Häßliche und die Schlechtigkeit und das Verderbte genommen, das um dich herum herangewachsen ist. Siehst du dieses Gesicht? Siehst du das Gesicht des reichen Jungen?« sagte ich, packte Tradds Kinn und drehte seinen Kopf gewaltsam so herum, daß Abigail sein Profil sehen konnte. »Er hat drei Menschen verraten, Abigail. Drei Menschen, die ihn geliebt haben. Einer von ihnen ist tot. Wegen deines erbärmlichen, wertlosen Sohnes. Das Wasser, das ihr vorhin getrunken habt, ist nicht aus der Ägäis oder aus Tahiti oder anderen romantischen Gegenden. Das Wasser ist aus dem Ashley River. Es ist mit dem Blut und den Knochen unseres Stubenkameraden gewürzt, Tradd. Kannst du dich an ihn erinnern? Oder du, Abigail? Könnt ihr euch daran erinnern, wie arm er gewesen ist? Könnt ihr euch erinnern, wie wir ihm unter die Arme gegriffen haben? Wie wir ihm Geld gegeben und alles mit ihm geteilt haben? Wie wir ihn unseren Bruder genannt haben? Wie hast du dich gefühlt, als er sich auf der Brücke vor den Zug geworfen hat, Tradd? Wie hast du dich gefühlt, als man dir erzählt hat, daß er in Stücke gerissen wurde?«

»Hör auf, Will«, flehte Tradd mich an und legte die Hände auf die Ohren. »Bitte, hör auf und gib mir die Gelegenheit, dir alles zu erklären. Ich habe das Recht, mich zu verteidigen. Du kennst das alles nur aus deiner Sicht, nicht aus meiner.«

»Kannst du dich an seinen Namen erinnern, Tradd?« fuhr ich fort und weidete mich an seiner Qual. »Ich schon. Ich kann mich sehr gut an seinen Namen erinnern. Aber ich kann ihn nicht aussprechen, weil die Akademie zu stark für mich ist. Sie sitzt so tief in meinem Innern, daß ich mich nie mehr von ihr befreien kann, Tradd. O ja, sie ist stark, Tradd. Sie ist unglaublich stark, Abigail. Viel stärker, als ich geglaubt habe. Denn ich bringe es nicht einmal fertig, seinen Namen auszusprechen, seit man ihn vor dem Ehrengericht verurteilt hat. Ich kann nicht mal den verdammten Namen meines Stubenkameraden aussprechen! Hilf mir, seinen Namen zu sagen, Tradd. Bitte, hilf mir, seinen Namen zu sagen.«

»Hör erst einmal Tradd an, Will«, sagte Abigail mit kläglicher Stimme. »Ich weiß nicht, worum es geht, aber ich bin sicher, daß Tradd eine plausible Erklärung hat. Beruhige dich bitte, und hör dir erst einmal an, was Tradd zu sagen hat.«

Als Tradd um den Tisch herumkam, kehrte ich ihm den Rücken zu, blickte in einen antiken Spiegel und sah mich, Tradd und Abigail als verzerrte Bilder von stumpfer Farbe. Tradd legte mir die Hände auf die Arme; dann drückte er den Kopf an meine Schulter.

»Will«, sagte er mit schwankender Stimme, den Tränen nahe, »du warst immer stark. Du bist immer respektiert worden. Du konntest immer einer von den anderen Jungen sein, wenn du wolltest. Du hast es oft vorgezogen, dich abzukapseln, aber du hattest immer die Möglichkeit, zu den anderen zu gehören. Du warst nie der Honigprinz, Will. Aber ich. Ich bin der Honigprinz. Ich bin es seit vier Jahren. Du warst immer ein Sportler und konntest dir leicht die Anerkennung und Achtung der Kameraden gewinnen. Ich hatte nie diese Möglichkeit. Mich hat man immer für schwach und weibisch und nutzlos gehalten, bis ich an die Akademie gekommen bin. Du hast nie begriffen, wie sehr ich die Akademie liebe und wie sehr einige andere Menschen sie lieben. Ich bin dankbar, Will, ewig dankbar, daß die Akademie mir die Chance gegeben hat, zu beweisen, daß der Honigprinz genauso stark und hart sein kann wie andere. Die Akademie hat mir die Möglichkeit gegeben, mich vor mir selbst zu beweisen, Achtung vor mir selbst zu bekommen, mich selbst zu mögen. Zum erstenmal habe ich mich wie ein Mann gefühlt. Du hältst das für einen Scherz, nicht wahr, Will? Der Honigprinz fühlt sich wie ein Mann. Aber so war es! Und als ich auserwählt wurde, den Zehn beizutreten, war ich so stolz wie noch nie im Leben. Es ist die höchste Ehre an der Akademie, erwählt zu werden. Nur die besten Kadetten eines Jahrgangs dürfen den Zehn angehören. Erst später habe ich herausgefunden, daß ich die Erwählung nur meinem Vater zu verdanken hatte, der ebenfalls Mitglied der Zehn ist. Ich habe nicht gewußt, daß ich es Vaters Verbindungen zu verdanken hatte! Aber kannst du dir vorstellen, wie ich mich gefühlt habe, als ich davon erfuhr? Wieder einmal hatte ich es meinem Erbe zu verdanken, dem großen Namen meiner Familie, Will. Nichts im Leben habe ich mir aus eigener Kraft verdient. Mir ist alles in den Schoß gefallen, weil ich ein St. Croix bin.«

»Deine Freundschaft hattest du dir verdient, Tradd«, sagte ich zu seinem Spiegelbild. »Du hattest sie dir verdient, weil wir dich für einen feinen Kerl hielten, für einen großzügigen, netten Kumpel. Daß du ein St. Croix bist, hatte nichts damit zu tun.«

»Warum tut ihr euch das an? Ich kann es nicht ertragen«, flüsterte Abigail. »Das halte ich nicht aus.«

»Bitte, Will«, sagte Tradd. »Ich brauche dich mehr als je zuvor. Diesmal brauche ich dich wirklich. Jetzt kannst du mir deine Freundschaft beweisen, Will. Jetzt wird sie zum erstenmal auf die Probe gestellt. Uns ist nichts mehr geblieben, Will. Wir wurden von Ereignissen überrollt, auf die wir keinen Einfluß hatten. Versetz dich doch in meine Lage! Ich war von uns vieren auf der Stube in der schlechtesten Situation. Ich hatte den Zehn einen Geheimhaltungseid geleistet. Ich hatte diesen Eid mit Stolz abgelegt, Will. Nichts hat mich mit mehr Stolz erfüllt als dieser Eid. Dann hattest du den Auftrag bekommen, auf Pearce aufzupassen. Ich erhielt den Befehl, dich im Auge zu behalten und den Zehn alles zu melden, was du für Pearce getan und über ihn erzählt hast. Ich wollte dir das alles sagen, Will. Du hast ja keine Ahnung, wie oft ich einfach zu dir gehen und dir alles erzählen wollte! Aber es hat sich nie die Gelegenheit ergeben, Will, und dann war da noch dieser Eid. Es wurde schlimmer und schlimmer, und du bist immer tiefer in diese Geschichte hineingezogen worden. Dann kam unser Stubenkamerad ums Leben, und damit war alles aus. Nach seinem Tod hatte ich keine Möglichkeit mehr, mich dir anzuvertrauen, Will. Aber du mußt doch verstehen, in was für einer schrecklichen Klemme ich gesteckt habe! Egal, was ich getan hätte oder nicht – es wäre so oder so ein Verrat gewesen. An den Zehn oder an euch.«

»Du hast dich für die Zehn entschieden, Tradd.«

»Es war nicht meine Entscheidung, Will. Es hat mir genausowenig gefallen wie dir, was die Zehn mit den Rekruten angestellt haben. Ich habe versucht, dieser furchtbaren Sache ein Ende zu machen. Ich wollte nicht mehr mit ansehen, wie Rekruten zum Haus des Generals verschleppt wurden. Aber was gilt schon das Wort des Honigprinzen? Was passiert ist, tut mir leid. O Gott, Will. Es tut mir schrecklich leid. Ich würde alles tun, wenn ich es ungeschehen machen könnte. Was mit Poteete passiert ist, tut mir leid. Was mit unserem Stubenkameraden geschehen ist, tut mir leid. Aber sie haben ihre Entscheidung selbst getroffen. Ich kann doch nichts dafür, daß sie ihr Leben fortgeworfen haben. Was Poteete getan hat, hat er in geistiger Umnachtung getan. Und was unser Stubenkamerad getan hat, war schlicht und einfach falsch! Er hatte sich einer Ehrverletzung schuldig gemacht, mit der weder du noch ich noch die Zehn etwas zu tun hatten.«

»Und wie beurteilst du, was Tradd getan hat?« fragte ich mit zitternder Stimme. »Ich möchte wissen, wie Tradd St. Croix darüber denkt. Was war es für ein Gefühl, Poteete mit Benzin zu übergießen, Tradd? Na los, sag es mir. Hast du dich dabei wie ein ganzer Kerl gefühlt? Hast du dich mächtig gefühlt? An dem Abend hast du dich nicht wie der Honigprinz gefühlt, stimmt's, Kumpel? Und unser Stubenkamerad? Unser Stubenkamerad, Tradd. Du hast diese Schweinehunde angerufen, nachdem er die Stube verlassen hatte. Du bist kurz nach ihm gegangen. Du hast die Stube verlassen, um deinen Freunden Bescheid zu sagen, nicht wahr? Du hattest die Zehn auch an dem Abend vorgewarnt, als ich zu Durrells Villa gefahren bin. Du hast ihnen von Bobby Bentley berichtet. Du warst derjenige, der Pearces Zettel aus dem Buch genommen hat. Denn du warst das Instrument, mit dem deine drei Stubenkameraden von der Akademie verjagt werden sollten. Drei Jungen, die sich zufällig in das fröhliche Treiben der Zehn eingemischt hatten. Und wofür das alles, Tradd? Wegen des Honigprinzen. Hat dieses Monstrum unsere Stube zerstört? Unsere Freundschaft? Ein Leben? Der beschissene Honigprinz?«

»Hör mir zu, Will. Bitte, hör mir zu und vergiß diese anderen Geschichten. Ich flehe dich an, vergiß sie. Jetzt ist alles vorbei. Wir können es nicht mehr ändern. Als du zum Haus des Generals gefahren bist und das Geheimnis der Zehn aufgedeckt hast, konnte ich dich nicht warnen oder dich beschützen oder dir helfen. Deine Nachforschungen wurden zu einer sehr ernsthaften Angelegenheit für Leute, die viel älter und viel bedeutender sind als du und ich. Sie hatten es auf dich abgesehen, Will, und die Anweisung erteilt, daß du und die anderen unter keinen Umständen den Abschluß an der Akademie machen dürft. Ich habe mich für euch eingesetzt. Es hat mich krank gemacht, Will. Körperlich krank. Ich habe ihnen gesagt, ich könnte unsere Freundschaft dazu benutzen, euer Schweigen zu gewährleisten. Ich glaube immer noch, daß ich recht hatte. Es tut mir leid, Will, daß ich daran beteiligt war, dir weh zu tun, aber ich konnte nicht anders. Hörst du, Will? Bitte, hör mir zu, Will. Ich brauche dich jetzt. Ich tue alles, was du willst. Ich trete aus diesem Orden aus. Ich tue alles, Will! Alles, was du willst! Uns bleibt nichts anderes übrig, als ganz von vorn anzufangen und so zu tun, als wäre nichts von alledem passiert. In Zukunft werde ich dir ein besserer Freund sein. Ich habe aus den Fehlern der Vergangenheit gelernt, Will. Sehr viel gelernt. Und sehr gelitten. Du kannst dir nicht vorstellen, wie sehr ich gelitten habe. Wir müssen darüber hinwegkommen. Wir müssen, Will!«

Ich nahm den Schlüssel zur St.-Croix-Villa aus der Jackentasche und ließ ihn auf den Boden fallen.

»Als du am Freitag mit deinen Eltern in Fort Benning gewesen bist«, sagte ich, »bin ich hier ins Haus eingedrungen und habe die schlimmsten Stunden meines Lebens verbracht, als ich aus den Tagebüchern deines Vaters Namen und Daten abgeschrieben habe. An diesem Abend erfuhr ich, daß du Mitglied der Zehn bist, Tradd.«

»Das ist unverzeihlich, Will«, sagte Abigail wutentbrannt. »Einen solchen Vertrauensbruch wird Commerce dir niemals vergeben. Seine Tagebücher sind ihm heilig.«

»Der Schlüssel liegt auf dem Fußboden, Abigail. Ich werde ihn nie wieder benutzen. Aber da wäre noch eine Sache, auf die ich in den Tagebüchern gestoßen bin. Eine Sache, die mir sehr viel Schmerz bereitet und die ich nicht verstehe. Warum habt ihr zwei mich betrogen, was Annie Kate betrifft?«

Tradds Gesicht im Spiegel war erstaunt und wütend

zugleich. »Wovon redest du, Will? Woher weißt du überhaupt von Annie Kate? Niemand weiß etwas über sie, bis auf . . . diese verdammten Tagebücher!«

Abigail ging rasch zu ihrem Sohn und legte ihm die Hände auf die Schultern. Unsere Gesichter strahlten düster und traurig im Spiegel; eine unheilige, hoffnungslose Dreifaltigkeit.

Dann sagte Abigail: »Ich war dafür verantwortlich, daß du Annie Kate kennengelernt hast, Will. Ich habe es im vergangenen August in die Wege geleitet. Ich wußte, daß sie an jenem Abend in der Gasse auf dich gewartet hat.«

»Mutter! Um Himmels willen, was redest du da? Annie Kate lebt seit Monaten in Kalifornien. Vater hat ihre Reise bezahlt. Das alles war doch längst arrangiert, und das alles war geheim! Du hast mir versprochen, daß niemand davon erfährt. Annie Kate hat es sogar geschworen!«

»Annie Kate hat ihren Schwur nicht gebrochen, Tradd«, sagte ich. »Sie hat deinen Namen nicht genannt. Ich weiß aus Commerces Tagebüchern, daß du der Vater ihres Kindes warst. Aber dich, Abigail, möchte ich bitten, mir alles über Annie Kate zu erzählen. Warum habt ihr mich ausgewählt, ihr über die schwere Zeit der Schwangerschaft hinwegzuhelfen? Warum hast du mich nicht in eure Geheimnisse eingeweiht? Ich hätte niemandem davon erzählt. Und vor allem . . . ich hätte mich nicht in sie verliebt, und sie hätte mich nicht sitzenlassen.«

»Du hast dich in Annie Kate *verliebt,* Will?« stieß Tradd fassungslos hervor. »Das kann nicht sein. Das darf nicht sein. Nicht in sie. Mutter! Das mußt du mir erklären! Du hast mich belogen, nicht wahr? Annie

Kate war gar nicht in Kalifornien! Du hast mich belogen, Mutter!«

»Wir konnten sie nicht zwingen, nach Kalifornien zu ziehen, Tradd«, flüsterte Abigail. »Wir wollten nur nicht, daß du dir ihretwegen Sorgen machst. Sie wollte ihr Kind in Charleston zur Welt bringen, auch wenn sie es nicht behalten konnte.«

»Aber das Kind ist gestorben, Mutter. Oder war das auch eine Lüge?«

»Nein. Das Kind ist tot, Tradd«, sagte ich. »Ich war an dem Abend im Krankenhaus. Der Arzt kam zu mir und hat mir gesagt, daß dein verfluchtes Kind sich bei der Geburt selbst erwürgt hat. Aber er hätte es *dir* sagen müssen, nicht mir, Tradd. Es war ungerecht Annie Kate, mir und dem Kind gegenüber, daß ich mir die vorwurfsvollen Erklärungen des Arztes anhören mußte, der mir mit kalter Stimme gesagt hat, daß so etwas leider hin und wieder passiert. Ihr habt mich auf eine ganz miese Tour ausgenutzt. Ihr habt in Kauf genommen, daß ich mich in das Mädchen verliebe, das ein Kind von meinem Stubenkameraden erwartete!«

»Tradd hat nichts damit zu tun, Will«, sagte Abigail und packte die Schultern ihres Sohnes fester. »Er war wirklich in dem Glauben, Annie Kate wäre in Kalifornien, wie ich es ihm gesagt habe. Aber ich habe nicht bedacht, wie abgekapselt das Mädchen sich fühlen würde. Wie einsam. Sie hat jeden Abend angerufen und stundenlang geweint, Will. Mir war das Mädchen gleichgültig, und ich hätte niemals meine Zustimmung erteilt, daß Tradd sie heiratet. Aber ihr Weinen hat mir das Herz gebrochen. Ich konnte es einfach nicht mehr ertragen. Aber ich konnte und wollte mir auch nicht eingestehen, daß sie ein Kind von meinem Sohn erwartet. Ich wußte, daß du dich um Annie Kate kümmern würdest, Will. Ich wußte, du hättest Mitleid mit ihr. Ich wußte, daß du ein Mensch bist, der niemandem, der in einer so schlimmen Lage ist, die Hilfe verweigert. Du hast ein unstillbares Bedürfnis, Menschen zu bemitleiden, Will. Ich glaube sogar, daß du mich nur deshalb so gern hast, Will.«

»Denn das gibt dir das Gefühl, solchen Menschen unendlich überlegen zu sein, Will«, fügte Tradd hinzu. »Deshalb wirst du mir verzeihen. Ich weiß es. O ja, ich weiß alles über dich. Du wirst mir verzeihen und auf meine Dankbarkeit rechnen, solange wir leben. Indem du mir verzeihst, besitzt du einen Teil von mir. Deine Barmherzigkeit wird dir immer ein Klotz am Bein sein, Will. Die Opfer deiner Güte müssen ihr Leben lang einen schrecklichen Preis dafür zahlen. Aber bei uns ist es anders. Du und ich, Will, wir sind engere Freunde, als wir gewußt haben. Der eine stützt den anderen bei dessen Schwächen und Unsicherheiten.«

»Und du solltest auch bedenken, Will«, sagte Abigail, »daß du Tradd mehr brauchst als er dich. Tradd kann dir jetzt helfen. Er kann *dir* bei deiner Karriere weiterhelfen. Er kann sein Geld, seine Freunde und seinen guten Namen dazu benutzen, für dein Fortkommen zu sorgen, egal welche Laufbahn du nach deinem Examen einschlägst.«

»Ihr kotzt mich an.«

Ich löste mich von Tradd und ging zum Fenster, von dem aus man über den größten Teil des Gartens blikken konnte.

Hinter mir schlug Tradd die Hände seiner Mutter zur Seite und stieß wütend hervor: »Wie fühlt man sich, wenn man ein Heiliger sein möchte, Will? Das muß eine schrecklich schwere Last sein. Ich verdanke es dir, daß ich das Rekrutenjahr durchgestanden habe, Will. Ja, wirklich. Aber du mußt noch lernen, dir die Menschen vorsichtiger auszusuchen, die du in dein vor Güte überfließendes Herz schließt. Denn manchen Menschen ist es nicht gegeben, dir die Ehrerbietung zu erweisen, die du von ihnen erwartest. Auch die Verehrung kann sich irgendwann erschöpfen.«

»Genau wie die Freundschaft, Tradd.«

»So habe ich das nicht gemeint, Will. Verzeih, was ich gesagt habe. Ich möchte dich nicht verlieren. Ich kann es mir nicht leisten, dich auch noch zu verlieren. Hörst du, Will? Ich flehe dich an. Ich werde alles tun, um deine Freundschaft zurückzuerlangen. Du kannst dir nicht vorstellen, wie wichtig sie für mich ist.«

Aber ich hörte Tradd gar nicht mehr zu. In der südwestlichen Ecke des Gartens loderte in einem Müllfaß, in dem Abigail im Herbst Laub verbrannte, ein Feuer. Ich betrachtete die züngelnden Flammen, die hoch hinauf in den Abendhimmel schlugen, höher als die Gartenmauer, und die die verkrümmte Gestalt Commerce St. Croix' beleuchteten, der alle seine Tagebücher verbrannte und die Geschichte seines Lebens den Flammen darbot. Eine Zeitlang beobachtete ich ihn. Er vernichtete seine Autobiographie, sein Geheimnis, seinen bescheidenen Beitrag zur Geschichte, in der er gelebt hatte. Ich sah, daß er weinte, als er in die Flammen blickte.

»Ich weiß, daß es unverzeihlich war, was ich mit Commerces Tagebüchern getan habe. Richtet ihm das bitte von mir aus. Aber es gab keine andere Möglichkeit«, sagte ich und wandte mich zu Abigail und Tradd um. »Ich habe mich in Charleston nirgendwo glücklicher gefühlt als in diesem Haus. Hier war so viel Frieden. So viel Sicherheit. Ich habe mich hier vollkommen sicher gefühlt.«

»Du kannst dich hier immer noch sicher fühlen«, sagte Abigail.

»Bitte, Will.« Tradd war den Tränen nahe. »Bitte. Ich habe noch eine letzte Chance verdient. Bitte, laß mich jetzt nicht allein. Nicht jetzt! Nicht so! Wir lieben uns wie Brüder, Will. Das weißt du doch. Sag mir, daß du mich nicht liebst. Ja, sag es mir. Sag mir, daß du mich nicht liebst, Will.«

»Das kann ich nicht, Tradd«, erwiderte ich und verließ die St.-Croix-Villa für immer.

49

An meinem allerletzten Abend als Kadett ging ich als Zeichen der Ehrerbietung und Dankbarkeit noch einmal in die Altstadt von Charleston. Meine Zeit in dieser Stadt war abgelaufen; der lange Reifeprozeß war zu Ende. Morgen würde ich zum letztenmal unter den prüfenden Blicken der hohen Offiziere an der Tribüne vorbeimarschieren, und ich war froh darüber. Denn ich konnte das Gewicht dieser Blicke nicht mehr ertragen. Meine Ausbildung an der Akademie war abgeschlossen. Ich wußte, was ich jetzt zu tun hatte, worauf ich achten mußte und wen ich zu fürchten hatte. Nun konnte ich meine eigenen Dienstanweisungen schreiben, und ihre Paragraphen und Vorschriften würden mir gehören. Ich würde meine eigenen Gedanken denken, nicht die ihren.

Aber die Lektionen, die ich an der Akademie gelernt hatte, würde ich nie mehr vergessen. Die Akademie war meine Bestimmung, mein Charakter, meine Metapher. Solange ich lebte, würde ich über die dunklen Korridore gehen, über die Außengänge, von Bogen zu Bogen, von einem erbarmungslosen Kader zum anderen, von einer Zähmung zur nächsten, von einem gewissenlosen System zum anderen. Die Landschaft würde sich verändern, ebenso die Gesichter und die Namen; doch aus den Kasernen gab es kein Entrinnen mehr für mich, solange ich lebte.

Langsam schlenderte ich die Battery entlang, vom Murray Boulevard bis zur East Bay. Am Nachmittag hatte es geregnet, die Straßen und Gehsteige waren naß. Ich ging die Straßen entlang, die ich am meisten liebte: King und Legare, Tradd und Walker, Meeting und South Battery, Church und Lamboll. Ich spazierte die Stoll's Alley hinunter und über die Longitude Lane zurück zum Wasser; dann wieder die Tradd Street hinauf und durch die Bedon's Alley zur Elliot Street.

Jetzt, endlich, in diesen unvergleichlichen Straßen, wurden meine Erinnerungen klar und deutlich; die Puzzlesteine fügten sich zu einem Ganzen zusammen, zu einem Bild aus Schmerz und Süße. Mir fielen kleine, unbedeutende Dinge aus der Vergangenheit ein: das Flüstern der Stubenkameraden bei Unwettern; der Geruch von Messingpolitur an meinen Fingern; der April, wenn wir am Folley Beach zum erstenmal schwimmen gegangen waren; Blitze über dem Atlantik; das Austernschälen auf Bowen's Island während eines der in South Carolina seltenen Schneestürme; die Möwen, die über den Friedhof an der St. Philipp's stolzierten; die Anwälte, die aus ihren Büros kamen und zum Mittagessen in den Restaurants an der Broad Street schlenderten; die Dunkelheit, wenn an kalten Wintermorgen zum Wecken geblasen wurde; die Segelregatten; die buntkarierten Röcke der Dudelsackspieler, die dem Korps bei der Parade voranmarschierten; die Blaureiher in den Sümpfen; der Druck des Kinnriemens an meinem Tschako; die Brüderlichkeit; die Biere im Henry's; die Kamelien, die in einer Schüssel aus Porzellan auf dem Wasser schaukeln; das stets finstere Gesicht Mark Santoros, und wieder die Brüderlichkeit.

Während ich durch die Straßen schlenderte, lauschte ich den Gesprächen und dem Gemurmel der Familien auf den Veranden. Ich ging langsam durch die Stadt meiner vier Jahre langen Bewährungsprobe, dieser unermeßlich schönen Stadt, und nahm den Geruch der regenfeuchten, schimmernden Blumen in mich auf, deren schwerer Duft aus verborgenen Gärten hinter hohen Mauern aus Ziegelstein drang. Ich war eingehüllt von den Düften des Jasmin und der Magnolie, der Mispel und der Glyzine, und ich hörte das Summen der Insekten, die um die Blüten des Lorbeer und der Olive schwirrten.

Ich war als junger Mann nach Charleston gekommen, als einsamer Besucher, der mit krummem Rükken durch die malerischen Straßen der Stadt geschlurft war; als grüner Junge, ängstlich und verschüchtert, der sich dem unwiderstehlichen Charme dieser Stadt mit ganzem Herzen hingegeben hatte und dadurch weltgewandt geworden war. Ein letztes Mal sah ich Charleston mit den Augen eines Jungen. Der Junge in meinem Innern starb, und ich wollte ihn in den stillen Gassen der South of Broad zurücklassen. Ich tat es ohne Bedauern; nur daß ich nicht stehengeblieben war, um ihm einen letzten Gruß zu erweisen, bereute ich hinterher ein bißchen. Ich hatte versäumt, mich bei dem Jungen für seine Neugier zu bedanken und dafür, daß er noch hatte staunen können. Und vor allem dafür, daß er so lange überlebt hatte. Ich stand bei diesem Jungen in der Schuld. Er hatte sich für die Lektionen, die er so eifrig gelernt hatte, meine Achtung und meinen Dank verdient. Er hatte mich herausgefordert, als er dem Mann in meinem Innern den Kommandostab überreichte; er hatte mich angetrieben, den Mut aufzubringen, ein freundlicher und harmloser Mann zu werden. Lange Zeit war ich mir wie der letzte Junge in Amerika vorgekommen; doch jetzt war es endlich an der Zeit, diesen Jungen für immer zu verlassen, ein Mann zu werden und eine neue Suche zu beginnen, neue Ziele anzustreben.

An der Battery blieb ich stehen, genau an der Stelle, wo der Ashley River und der Cooper River zusammenfließen. Ich blickte über das Meer, hinüber zu den Lichtern auf Sullivan's Island. Im gelben Schein der Straßenlaternen zog ich einen Brief aus der Tasche und las ihn noch einmal. Ich hatte diesen Brief am Tag zuvor bekommen und ihn wieder und wieder gelesen, wie besessen — den einzigen Brief, den ich jemals von Annie Kate Gervais bekommen sollte.

Lieber Will,

jetzt weißt Du alles. Ich habe geweint, als ich erfuhr, daß Du nun die Wahrheit kennst. Und wieder habe ich mich meiner geschämt. Abigail hat mich angerufen und mich gebeten, bei Dir ein gutes Wort für Tradd einzulegen. Aber jetzt weißt Du ja, was sie und Tradd mir angetan haben, und Du wirst sicher verstehen, daß ich nicht einmal mehr ihre Namen hören möchte. Das habe ich Abigail auch gesagt. Aber es tut mir leid, daß man Dir wieder einmal meinetwegen weh getan hat. Ich kann mich nicht mehr allzu gut an die Zeit erinnern, die wir gemeinsam verbracht haben, Will, aber ich weiß noch sehr gut, wie nett Du zu mir gewesen bist. Und ich kann mich daran erinnern, daß Du mich geliebt hast. Ob auch ich Dich geliebt habe, weiß ich nicht. Aber ein Teil von mir hat Dich geliebt, Will. Das weiß ich ganz gewiß. Du wirst einem Mädchen ein wunderbarer Ehemann sein; aber ich war nicht die Richtige für Dich.

Ich möchte Dir erzählen, warum Tradd mich nicht heiraten wollte. Es ist wichtig für mich, daß ich es Dir schreibe. Mein Vater stammte aus North Charleston. In der South of Broad nannten ihn alle den ›weißen Müllhaufen‹, aber er war ein wunderbarer, freundlicher Mann, der sich Hals über Kopf in meine Mutter verliebt hatte. Mutter stammt aus einer sehr vornehmen, aber verarmten Familie, die ihr es nie verziehen hat, daß sie meinen Vater heiratete. Den Rest der Geschichte kennst Du ja, Will. Für mich wird es keine Debütantinnenpartys geben, keinen St.-Cäcilia-Ball, keine Mitgliedschaft im Jachtklub. Tradd war meine einzige Chance, Zugang zu dieser Welt zu bekommen. Aber natürlich hätte Abigail es niemals erlaubt, daß ein St. Croix eine Gervais aus North Charleston heiratet. Eine komische Geschichte, nicht wahr, Will? Abigail war der Meinung, ich hätte mich mit Absicht schwängern lassen, und sie hat auch Tradd davon überzeugt. Ist das nicht komisch?

Tja, ich muß mich jetzt auf den Weg zur Uni machen. Ich komme ordentlich voran. Meine Noten sind

gut. Und Kalifornien ist schön. Ich schaue sehr gern den Surfern zu, und hier hält mich jeder für eine dieser Südstaatenschönheiten aus aristokratischer Familie. Ich bestärke die Leute in dem Glauben. Wenn ich hier am Strand spazierengehe, halte ich nie nach Muscheln oder Sanddollars Ausschau. Bitte, schreibe mir nicht zurück, Will. Ich hoffe, Du verstehst.
Annie Kate

Ich wandte mich von der Brüstung der Kaimauer ab und ging durch die White Point Gardens. Ich versuchte, eine Art Bilanz zu ziehen, eine Chronik all dessen zu erstellen, was ich an der Akademie gelernt hatte; ich wollte eine Liste meiner Stärken und Schwächen und Fehler aufstellen, um mir die Aufgabe zu erleichtern, ein Mann zu werden. Eines wußte ich oder glaubte es zu wissen: Ich wollte mein Leben mit Leidenschaft führen, in vollkommener Freiheit der Form, ohne die strenge Regelmäßigkeit von Exerzierplätzen, ohne Bataillone, Uniformen und Dienstgrade. Ich hatte mein Leben lang nur die Freiheit gekannt, und nun war es an der Zeit, nicht mehr im Gleichschritt zu marschieren, sondern ungebunden durch das Leben zu schreiten, nur sich selbst verantwortlich. Ich würde jetzt eigene Wege gehen, stolz auf meine Eigenständigkeit, und meiner Individualität bewußt. Ich würde Geschwindigkeit und Richtung meiner Schritte selbst bestimmen. Und wenn ich in den Kasernen auch gelernt hatte, daß ich nie mehr frei von Angst sein würde, so hatte ich doch auch gelernt, daß ich nicht käuflich war, von nichts und niemandem, und für keinen Preis der Welt. Also hatte ich – schließlich, endlich – doch einen Wesenszug an mir entdeckt, auf den ich stolz sein konnte.

Zum letztenmal spazierte ich in Uniform durch diese wunderschöne Stadt. Jetzt wußte ich, daß es möglich war, sich in eine ganze Stadt zu verlieben. Ich ging in den Hampton-Park, um dem Löwen Lebewohl zu sagen. Dann kehrte ich in die Kaserne zurück.

Mark und ich zogen uns für die offizielle Überreichung der Diplome an. Es war ein Junimorgen wie aus dem Bilderbuch. Vorhin hatte ich zugeschaut, wie Mark und Hunderte meiner Jahrgangskameraden als Leutnants in der Armee der Vereinigten Staaten vereidigt worden waren. In den nächsten zwei Jahren sollten acht von ihnen im Vietnamkrieg ihr Leben lassen. Als ich in die Kaserne zurückgekehrt war, hatte ich alle meine Uniformen – außer der Paradeuniform – in den Müllcontainer vor der vierten Division geworfen, mit Benzin getränkt und mit einem Streichholz angezündet. Das Feuer war spektakulär gewesen – und ungeheuer zufriedenstellend.

Mit nur noch zwei Mann war es einsam auf unserer Stube geworden.

»He, Leutnant«, sagte ich, als ich meine Hosenträger zurechtrückte. »Ich will nichts davon hören, wie viele Orden du in Vietnam verliehen bekommst. Hast du verstanden?«

Mark drehte sich um und grinste mich an. »Ja, hab' schon kapiert, du Matschhirn.«

»Versprich mir eins, Mark«, sagte ich ernst. »Versprich mir, daß du vorsichtig bist. Versprich es mir.«

»Mach' ich. Ich werde vorsichtig sein. Ich verspreche es dir, Will. Und Orden bekomme ich sowieso nicht.«

Mark war vorsichtig. Aber manchmal ist Vorsicht nicht genug. Für meinen Stubenkameraden Mark Santoro war sie nicht genug. Und was die Orden betraf, hatte er mich belogen. Ihm wurden so viele Orden verliehen, daß er zum höchstdekorierten Akademie-Absolventen der Vietnam-Ära wurde. Später ließ sein Vater die Orden einfassen und rahmen, und er stellte sie stolz an jenem Tag aus, als Mark Santoros Porträt an der Wand der Akademie-Bibliothek enthüllt wurde.

Nachdem Mark und ich zur Diplomverleihung fertig angezogen waren, umarmten wir uns lange Zeit. Dann gingen wir hinunter zum Exerzierplatz und nahmen zusammen mit den Senioren der R-Kompanie Aufstellung. Ein letztesmal marschierten wir zum Paradeplatz, um uns den anderen vierhundert Jahrgangskameraden anzuschließen.

Am südlichen Rand des Paradeplatzes saßen viertausend Menschen unter den Bäumen, um die Verleihungszeremonie zu verfolgen. Ich sah meine Familie und winkte ihr zu. Der Campus war wunderschön, und der Rasen des Paradeplatzes strahlte in tiefstem sommerlichen Grün. Ich sah, wie braunhäutige Mädchen in bedruckten Baumwollkleidern und stolze Mütter und Väter ihren Söhnen, Brüdern und Freunden applaudierten, als sie einer nach dem anderen über die Tribüne gingen, um ihre Diplome aus den Händen des Generals in Empfang zu nehmen.

Als der Adjutant meinen Namen aufrief, ging ich zum General, nahm mein Diplom mit der linken Hand entgegen, trat zurück und salutierte.

Kühl erwiderte er den militärischen Gruß und schüttelte mir die Hand.

»Machen Sie dem Ring keine Schande, Mr. McLean«, sagte er.

»Dante Pignetti«, erwiderte ich. »Dante Pignetti, mein Stubenkamerad, Sir.«

Er starrte mich an; dann wandte er sich ab.

Als ich über die Tribüne ging, spürte ich, wie irgend etwas in meinem Innern heranwuchs, irgend etwas Machtvolles, Intensives und Unergründliches. Ich fragte mich, ob die Menge es daran erkennen konnte, wie ich von der Bühne ging. Es war der Zeuge in mir; ein Zeuge, der an all dem Schmerz und der Last und der Erhabenheit der Erinnerungen zu tragen hatte. Ich fragte mich, ob die Menge den Unterschied sehen konnte.

Nein, die Leute sahen nur einen Jungen, der sich der langen Reihe der Absolventen angeschlossen hatte, einen Jungen mit einem Diplom, einen glücklichen, lächelnden Jungen. Sie sahen einen Jungen, der für den Rest seines Lebens ein Akademie-Mann sein würde. Ein ganzer Kerl.

Die Leute konnten den Unterschied nicht sehen, denn sie kannten das System nicht, das mir ein Geschenk von unschätzbarem Wert angeboten hatte: Es hatte mir die Möglichkeit gegeben, den Beweis zu liefern, daß ich keiner von ihnen war, obwohl ich den Ring trug.

Als die Zeremonie zu Ende war, ging ich zum Bären und reichte ihm mein Diplom und einen Kugelschreiber.

»Was soll das bedeuten, Kleiner?«

»Ich möchte, daß Sie mein Diplom unterzeichnen, Colonel. Ich möchte, daß Sie es offiziell gültig machen«, erwiderte ich, zeigte auf General Durrells Unterschrift und fügte hinzu: »Ich möchte, daß auf meinem Diplom der Name eines Mannes steht, den ich achten kann, Colonel.«

Er reichte mir mein Diplom zurück, ohne es unterschrieben zu haben. »Der steht schon drauf, Kleiner«, sagte er. »Der steht schon drauf.«

Und er zeigte auf meinen Namen.

Band 11912

Michael Blake

Ein Mann gibt nicht auf

Das Kriegsgericht vor Augen, begegnet ein junger Soldat seiner großen Liebe

Mortensen, achtzehnjähriger Gefreiter, soll bei der amerikanischen Luftwaffe zum Funker ausgebildet werden. Mit der Absicht seiner Vorgesetzten keineswegs einverstanden, setzt er sich zur Wehr, indem er Befehle verweigert. Zur Strafe muß er die Latrinen reinigen, bis man ihn vor ein Kriegsgericht stellen wird. Doch mutwillige Schikanen und eine ungewisse Zukunft drohen seine Willenskraft immer mehr zu lähmen, bis er eines Tages Claire kennenlernt, die Tochter seines Kommandeurs ...

Band 11992

Thomas Tryon

Schwarzer Sommer

Ein äußerst spannender Psychothriller

1938. In einem christlichen Feriencamp inmitten der idyllischen Waldlandschaft Connecticuts wird ein Neuling erwartet. Doch statt des angekündigten exzellenten Baseballspielers kommt Leo, ein jüdisches Waisenkind, das virtuos Geige spielt, Spinnen sammelt und den Ball kraftlos wie ein Mädchen wirft. Sehr schnell erspäht der athletische Reece Hartsig, Betreuer der Gruppe, in ihm das ideale Opfer, und die christlichen Jungen beginnen sich gegen ihn zu verschwören. Es ist also nur eine Frage der Zeit, bis Anpassung, Unterdrückung und Gewalt der Idylle ein jähes Ende bereiten.